Nadia West

CW01648386

JONATHAN STRANGE

&

Mr NORRELL

JONATHAN STRANGE & Mr NORRELL

Susanna Clarke

Roman traduit de l'anglais (Grande-Bretagne) par Isabelle D. Philippe

Robert Laffont

Retrouvez *Jonathan Strange & Mr Norrell* sur

www.jonathanstrange.fr

Titre original : JONATHAN STRANGE & MR NORRELL
© Susanna Clarke, 2004
Traduction française : Éditions Robert Laffont, S.A., Paris, 2007
Couverture : © Portia Rosenberg

ISBN 978-2-221-10887-1
(édition originale : ISBN 0-7475-7055-8 Bloomsbury, Londres)

En mémoire de mon frère,
Paul Frederick Gunn Clarke (1961-2000)

Volume I

Mr NORRELL

Il ne parlait presque jamais magie et,
quand il s'y risquait, c'était comme une leçon d'histoire
et personne ne pouvait supporter de l'écouter.

1

La bibliothèque de Hurtfew

Automne 1806-janvier 1807

VOILÀ QUELQUES ANNÉES, dans la bonne ville d'York, il existait une société de magiciens. Ces messieurs se réunissaient le troisième mercredi du mois et échangeaient de longues et ennuyeuses communications sur l'histoire de la magie anglaise.

C'étaient des « gentlemen magiciens », ce qui signifie que leur magie n'avait jamais nui à personne – ni fait aucun bien. En réalité, il faut l'avouer, aucun de ces magiciens n'avait jamais jeté le plus petit sort, ni par sa vertu magique fait trembler une feuille sur un arbre, modifié la trajectoire d'un seul atome de poussière ou touché à un cheveu de la tête de quiconque. Cependant, en dépit de cette unique menue réserve, ils étaient réputés pour compter parmi les gentlemen les plus sages et les plus magiques du Yorkshire.

Un grand magicien a dit des praticiens de sa profession qu'ils « devaient se creuser et se torturer la cervelle afin d'y faire entrer la moindre connaissance, mais que les querelles leur venaient toujours très naturellement[1] ». Depuis bon nombre d'années, les magiciens d'York attestaient la vérité de ce jugement.

À l'automne 1806, ils accueillirent une recrue en la personne d'un gentilhomme du nom de John Segundus. Lors de la première réunion à laquelle il assista, Mr Segundus se leva et prit la parole devant la société. Il commença par complimenter ses confrères de leur histoire distinguée ; il énuméra les nombreux et célèbres magiciens et historiens qui, à un moment ou à un autre, avaient appartenu à la Société d'York. Il laissa entendre que la connaissance de l'existence d'une telle société l'avait rien moins qu'incité à venir à York. Les magiciens du Nord, rappela-t-il à ses auditeurs, avaient toujours été

---

1. *The History and Practice of English Magic* (*L'Histoire et la Pratique de la magie anglaise*), Jonathan Strange, vol. 1, chap. II, John Murray éd., Londres, 1816. *[Toutes les notes, sauf mention spéciale, sont de l'auteure.]*

plus respectés que ceux du Sud. Mr Segundus affirma étudier la magie depuis de nombreuses années, il connaissait l'histoire de tous les grands magiciens des temps jadis. Il se procurait les nouvelles publications sur le sujet et avait même apporté sa modeste contribution à leur nombre. Récemment, néanmoins, il avait commencé à se demander pourquoi les hauts faits de magie qu'il lisait dans ces ouvrages restaient des mots et n'étaient plus visibles dans les rues, ni n'avaient plus les honneurs de la presse. Mr Segundus désirait comprendre, disait-il, pourquoi les magiciens modernes étaient incapables d'exercer la magie sur laquelle ils écrivaient. Bref, il voulait savoir pourquoi il n'y avait plus de magie en Angleterre.

Cette question était la plus banale du monde. Tôt ou tard, tout enfant du royaume la posait à sa gouvernante, à son maître ou à ses parents. Pourtant les membres savants de la Société d'York n'aimèrent pas du tout se l'entendre poser, et voici quelle en était la raison : ils n'étaient pas plus capables d'y répondre que le premier venu.

Le président de la Société d'York (qui s'appelait le Dr Foxcastle) se tourna vers John Segundus et expliqua que ce n'était pas une bonne question.

— Elle présuppose que les magiciens ont plus ou moins le devoir d'appliquer la magie, ce qui est évidemment absurde. Vous ne voulez pas insinuer, je présume, que les botanistes ont pour tâche de concevoir de nouvelles fleurs ? Ou que les astronomes devraient peiner afin de réarranger les étoiles ? Les magiciens, monsieur Segundus, étudient la magie qui a été réalisée par le passé. Pourquoi devrait-on en attendre davantage ?

Un homme âgé aux yeux d'un bleu terne, avec des vêtements tout aussi ternes (un certain Hart ou Hunt, Mr Segundus ne put jamais vraiment retenir son nom), déclara d'une voix terne que cela n'avait aucune importance qu'on en attendît davantage ou pas. Un gentleman était incapable de magie. La magie, c'était ce que les sorciers des rues prétendaient faire afin de dérober leurs pennies aux enfants. La magie, au sens pratique du mot, avait beaucoup décliné. Elle avait de mauvaises fréquentations. Elle était l'amie de cœur des faces mal rasées, des gitans, des cambrioleurs ; l'habituée des chambres miteuses aux rideaux sales et jaunis. Ah, non ! Un gentilhomme était incapable de magie. Un gentilhomme pouvait étudier l'histoire de la magie, ce qui était d'une grande noblesse ; la pratiquer, non. Le monsieur âgé regarda Mr Segundus de ses yeux ternes et paternels, puis déclara qu'il espérait que Mr Segundus n'avait pas tenté de jeter des sorts.

Mr Segundus rougit.

Cependant, la fameuse maxime du magicien était toujours valable : deux magiciens – en l'occurrence, le Dr Foxcastle et Mr Hunt ou Hart – ne pouvaient tomber d'accord sans que deux autres pensassent exactement le contraire. Plusieurs de ces messieurs découvrirent qu'ils partageaient entièrement l'avis de Mr Segundus et qu'aucune autre question dans toute la science de la magie n'était aussi importante que celle-là. Le principal partisan de Mr Segundus était un gentleman nommé Honeyfoot, un sieur de cinquante-cinq ans, agréable, amical, au teint sanguin et aux cheveux gris. Comme les échanges devenaient plus âpres et que le Dr Foxcastle se montrait de plus en plus sarcastique envers Mr Segundus, Mr Honeyfoot se tourna à maintes reprises et lui chuchota des paroles de réconfort telles que : « Ne leur prêtez point attention, monsieur, je suis entièrement de votre avis », ou « Vous avez tout à fait raison, monsieur, ne vous laissez pas influencer ». Ou encore : « Vous avez mis dans le mille ! Oui, monsieur ! L'absence de la bonne question nous bridait. Maintenant que vous êtes là, nous allons réaliser de grandes choses. »

Des paroles aussi aimables ne manquèrent pas de trouver une oreille reconnaissante en John Segundus, dont l'émotion se lisait clairement sur le visage.

— Je crains de m'être rendu désagréable, murmura-t-il à Mr Honeyfoot. Telle n'était pas mon intention. J'avais espéré l'approbation de ces messieurs.

Au début Mr Segundus était enclin au découragement, mais une sortie particulièrement fielleuse du Dr Foxcastle provoqua en lui une légère indignation.

— Ce monsieur, disait le Dr Foxcastle, en fixant un regard froid sur Mr Segundus, paraît vouloir à tout prix que nous partagions le sort malheureux de la Société savante des magiciens de Manchester !

Mr Segundus inclina la tête en direction de Mr Honeyfoot et répondit :

— Je ne m'attendais pas à trouver les magiciens du Yorkshire aussi obstinés. Si la magie n'a pas d'amis au Yorkshire, où pourrions-nous en trouver ?

L'amabilité de Mr Honeyfoot envers Mr Segundus ne se limita pas à cette soirée. Il invita Mr Segundus dans sa demeure de High-Petergate à partager un bon dîner avec Mrs Honeyfoot et ses trois jolies filles, geste que Mr Segundus, célibataire et peu en fonds, sut apprécier. Après dîner, Miss Honeyfoot joua du piano et Miss Jane chanta en italien. Le lendemain, Mrs Honeyfoot déclarait à son époux que Mr Segundus était un vrai gentleman ; elle craignait néanmoins qu'il ne tirât jamais profit de cette qualité, car il n'était pas de bon ton d'être bon, doux et modeste.

L'intimité entre les deux gentilshommes fit très vite des progrès. Mr Segundus ne tarda pas à passer deux ou trois soirées sur sept dans la demeure de High-Petergate. Un jour, une foule de jeunes gens s'y trouva réunie, ce qui aboutit naturellement à une partie de danse. Tout cela était charmant, mais Mr Honeyfoot et Mr Segundus s'éclipsaient souvent pour débattre du seul sujet qui les intéressât vraiment tous les deux : pourquoi n'y avait-il plus de magie en Angleterre ? Pourtant ils avaient beau discuter (parfois jusqu'à deux ou trois heures du matin), ils ne trouvaient pas de réponse ; peut-être cet état de fait n'était-il pas si singulier, car toutes sortes de magiciens, d'amateurs d'antiquités et de savants se posaient cette question depuis plus de deux cents ans.

Mr Honeyfoot était un gentleman de haute taille, gai et souriant, débordant d'énergie, qui aimait toujours réaliser ou agiter des projets, songeant rarement à s'interroger sur leur utilité. La présente tâche lui rappelait fortement les grands magiciens médiévaux[1] qui, chaque fois qu'ils avaient à résoudre un problème en apparence impossible, partaient pendant un an et un jour, accompagnés seulement d'un ou deux serviteurs enchantés[2] pour les guider. À la fin de cette période, ils ne manquaient jamais de trouver la solution. Mr Honeyfoot confia à Mr Segundus que, selon son opinion, on ne pouvait mieux faire qu'imiter ces grands hommes, dont certains avaient gagné les régions les plus reculées d'Angleterre, d'Écosse et d'Irlande (où la magie était encore très forte), tandis que d'autres avaient quitté ce monde – personne ne sachant pour l'heure où ils avaient couru ni ce qu'ils avaient fait une fois rendus là-bas. Mr Honeyfoot ne proposa pas d'aller si loin ; en fait, il ne souhaitait pas s'éloigner à cause de l'hiver et de l'état déplorable des routes. Néanmoins, il était on ne peut plus convaincu qu'ils devaient aller « quelque part » pour consulter « quelqu'un ». Il dit à Mr Segundus qu'à son avis ils perdaient tous deux leur enthousiasme ; l'apport d'une opinion neuve serait inestimable. Mais aucune destination, aucun objet ne se présentait. Mr Honeyfoot était au désespoir. Puis il songea à l'autre magicien.

Quelques années auparavant, la Société d'York avait eu vent de certaines rumeurs qui voulaient que le Yorkshire abritât un autre magicien. Ce monsieur vivait dans un coin retiré de la campagne où, murmurait-on, il consa-

---

1. Appelés plus proprement « Auréats » ou magiciens de l'Âge d'or.

2. En anglais, *fairy-servant*, que nous traduisons par « serviteur enchanté » (comme ici), « serviteur féerique », ou « serviteur-fée ». Pour les Britanniques *fairy*, en effet, désigne aussi bien un « fé » masculin qu'une fée ; de même la tradition normande mentionne le « fé amoureux ». Sachant cela par son exil dans les îles anglo-normandes et son immense culture personnelle, V. Hugo choisit de faire de « fée » une apposition : « l'homme-fée » (*Légende des siècles*), les « arbres-fées » (*Rhin*) par exemple. Lamartine parlera aussi d'une « main-fée ». Nous suivons donc l'usage des poètes. (Une autre solution, peut-être moins lisible, eût été de recourir aux termes d'ancien français : « faerie », « faé » ou « fé »...) (*N.d.T.*).

crait ses jours et ses nuits à l'étude de textes magiques rares dans sa magnifique bibliothèque. Le Dr Foxcastle avait déniché le nom de cet autre magicien ainsi que le lieu où l'on pouvait le trouver, et lui avait écrit une lettre courtoise pour l'inviter à devenir membre de la Société d'York. Dans sa réponse, l'autre magicien s'était incliné devant l'honneur qui lui était rendu, tout en exprimant ses profonds regrets : il en était incapable… la grande distance entre York et l'abbaye de Hurtfew… les routes médiocres… ses recherches qu'il ne pouvait négliger sous aucun prétexte, etc.

Les magiciens d'York avaient tous parcouru sa lettre et émis des doutes sur le fait qu'un individu ayant une écriture aussi fine pût jamais donner un magicien digne de ce nom. Ensuite – avec le léger regret de la magnifique bibliothèque qu'ils ne verraient jamais – ils avaient chassé l'autre magicien de leurs pensées. Mr Honeyfoot expliqua à Mr Segundus que l'importance de la question « Pourquoi n'y avait-il plus de magie en Angleterre ? » était telle que ce serait une grossière erreur de leur part de négliger toute ouverture. Qui pouvait savoir ? L'opinion de l'autre magicien valait peut-être la peine d'être connue. Il rédigea donc un billet proposant que Mr Segundus et lui-même eussent bientôt le plaisir de présenter leurs respects à l'autre magicien, le troisième mardi après Noël à deux heures et demie. Une réponse arriva promptement ; Mr Honeyfoot, avec sa bonhomie et sa bonne camaraderie coutumières, envoya chercher immédiatement Mr Segundus pour lui montrer la lettre. L'autre magicien leur signifiait, de sa fine écriture, qu'il serait très heureux de faire leur connaissance. Cela suffisait, Mr Honeyfoot était ravi ; sur-le-champ il partit à grands pas prévenir Waters, son cocher, qu'on allait avoir besoin de lui.

Mr Segundus demeura seul dans la pièce, la lettre à la main. Il lut :

« … Je suis, je le confesse, quelque peu embarrassé pour m'expliquer le soudain honneur qui m'est accordé. Il est à peine concevable que les magiciens d'York, avec tout le bonheur que leur procure leur société et l'incalculable profit de leur sagesse mutuelle, dussent éprouver une quelconque nécessité à consulter un savant solitaire comme moi… »

Un ton subtilement ironique se dégageait de cette lettre ; son auteur semblait se gausser de Mr Honeyfoot à chaque mot. Mr Segundus fut content de penser que Mr Honeyfoot n'avait guère dû le remarquer, sinon il ne serait pas allé parler à Waters avec tant d'allégresse. Cette missive était si inamicale que Mr Segundus s'aperçut que sa propension à prendre en considération l'autre magicien s'était évanouie. « Eh bien, tant pis ! songea-t-il, je dois y aller parce que Mr Honeyfoot le souhaite… Et, après tout, quel est le pire qui puisse arriver ? Nous le verrons, nous serons déçus, et tout sera dit. »

Le jour de leur visite fut précédé par un temps de chien : la pluie avait formé de longues flaques irrégulières dans les champs bruns et nus ; les toitures humides ressemblaient à des miroirs de pierre glacés, et la chaise de poste de Mr Honeyfoot roulait dans un monde qui, par rapport au confort de la terre ferme, paraissait contenir une proportion de ciel frais et gris bien plus élevée qu'à l'ordinaire.

Dès le premier soir, Mr Segundus avait eu l'intention d'interroger Mr Honeyfoot sur la Société savante des magiciens de Manchester citée par le Dr Foxcastle. Il se jeta à l'eau.

— C'était une société de fondation assez récente, répondit Mr Honeyfoot. Ses membres comptaient des ecclésiastiques de l'espèce la plus pauvre, des ex-boutiquiers, des apothicaires, des hommes de loi respectables, des minotiers à la retraite qui avaient glané des rudiments de latin et ainsi de suite. Des personnages que l'on pourrait qualifier de semi-gentlemen. Je crois que le Dr Foxcastle s'est réjoui de leur dispersion. Selon lui, il n'appartient pas à des gens de cette farine de devenir magiciens. Pourtant, savez-vous, il y avait quelques individus brillants parmi eux. Ils ont commencé, comme vous, avec l'objectif de rendre au monde la magie pratique. Car c'étaient des hommes pratiques, qui voulaient appliquer les principes de la raison et de la science à la magie, ainsi qu'on l'avait fait aux arts et aux manufactures. Ils prônaient la « thaumaturgie rationnelle ». Quand cela n'a pas marché, ils se sont découragés. Ma foi, on ne peut les en blâmer ! Malheureusement ils ont laissé leurs désillusions les précipiter dans toutes sortes de difficultés. Ils se sont mis à penser qu'il n'existait aucune magie au monde, ni qu'il n'en avait jamais existé. Ils racontaient que les magiciens « auréats » étaient tous des charlatans ou des victimes du charlatanisme. Et que le roi Corbeau était une invention des Anglais du Nord pour se protéger de la tyrannie du Sud (étant des hommes du Nord, ils éprouvaient de la sympathie pour cette idée-là). Oh ! leurs arguments étaient très ingénieux. J'ai oublié comment ils expliquaient les fées. Ils se sont dispersés, comme je vous l'ai dit. L'un d'eux, un certain Aubrey, je crois, a voulu consigner par écrit toute cette histoire à des fins de publication. Mais, quand le moment critique est arrivé, il s'est aperçu qu'une forme de mélancolie permanente avait pris possession de lui et qu'il était incapable de se secouer suffisamment pour se mettre à l'ouvrage.

— Pauvre malheureux, compatit Mr Segundus. Peut-être est-ce l'époque. Elle n'est guère propice à la magie ou au savoir, n'est-il pas, monsieur ? Les marchands prospèrent, ainsi que les marins et les politiciens ; pas les magiciens. Notre temps est révolu. – Il songea un instant. – Il y a trois ans de cela, reprit-il, je me trouvais à Londres et j'y ai rencontré un magicien des rues, une sorte de vagabond des garnis, affligé d'une étrange défiguration. Cet homme m'a convaincu de me séparer d'une assez grosse somme d'argent, en échange de quoi il promettait de me confier un grand secret. Quand je lui ai remis l'argent, il m'a prédit qu'un jour deux magiciens restaureraient la magie en Angleterre. Bon, je ne crois pas du tout aux prophéties. Pourtant, la méditation de ses paroles m'a amené à découvrir la vérité de notre déchéance. N'est-ce pas étrange ?

— Vous avez entièrement raison, sornettes que les prophéties, approuva Mr Honeyfoot avec un rire. – Puis, frappé par une pensée, il reprit : – Nous sommes deux magiciens. Honeyfoot et Segundus, énonça-t-il, comme pour peser de quoi ces deux noms auraient l'air dans les journaux et les livres d'histoire. Honeyfoot et Segundus... Cela sonne très bien.

Mr Segundus secoua la tête.

— Le lascar connaissait ma profession, et il fallait s'attendre à ce qu'il m'affirmât que j'étais un des deux élus. Finalement, il m'a déclaré sans ambages que ce n'était pas vrai. Au début, il n'en était pas sûr, semblait-il. Il y avait quelque chose en moi... Il m'a demandé d'écrire mon nom et l'a contemplé un bon moment.

— Il voyait qu'il n'y avait plus d'argent à vous soutirer, je présume, commenta Mr Honeyfoot.

L'abbaye de Hurtfew se trouvait à quatorze milles au nord-ouest d'York. L'antiquité tenait toute dans le nom. Il y avait bien eu une abbaye dans un passé reculé ; la présente habitation avait été construite sous le règne d'Anne. Très belle, carrée, imposante, elle était entourée d'un beau parc rempli d'arbres détrempés fantomatiques, car le temps devenait assez brumeux. La Hurt, une rivière enjambée d'un pont ravissant de style classique, traversait le parc.

L'autre magicien (qui s'appelait Mr Norrell) attendait ses hôtes dans le vestibule. Il était petit, semblable en cela à son écriture, et il leur souhaita la bienvenue à Hurtfew d'une voix douce, comme s'il n'avait pas l'habitude de formuler tout haut ses pensées. Mr Honeyfoot, un tantinet sourd, ne comprit pas ce qu'il dit.

— Je me fais vieux, monsieur, une faiblesse répandue. J'espère que vous userez d'un peu de patience avec moi.

Mr Norrell introduisit ses invités dans un salon élégant, où un bon feu flambait dans la cheminée. Aucune chandelle ne brûlait ; deux belles croisées laissaient entrer assez de lumière pour y voir, même si le jour était gris, pas bien gai. Pourtant l'idée d'un second feu ou d'un chandelier allumé quelque part dans la pièce taraudait Mr Segundus, si bien qu'il se retournait continuellement sur son siège et regardait autour de lui pour découvrir où ceux-ci pouvaient bien être. Mais il n'y avait rien, hormis peut-être un miroir ou une pendule ancienne.

Mr Norrell déclara qu'il avait lu l'essai de Mr Segundus sur la vie des serviteurs enchantés de Martin Pale[1].

— Un travail honorable, monsieur. Néanmoins vous avez oublié maître Fallowthought. Un esprit très mineur, certes, dont l'apport au grand Dr Pale est discutable[2]. Cependant, votre petite enquête est incomplète sans lui.

Il y eut un silence.

— Un esprit enchanté du nom de Fallowthought, monsieur ? tenta Mr Segundus. Je... c'est... c'est-à-dire... je n'ai jamais entendu parler d'un tel être... dans ce monde ou un autre.

Mr Norrell sourit pour la première fois, d'une sorte de sourire intérieur.

— Bien sûr, j'oubliais. Tout est dans le livre de Holgarth et Pickle, qui raconte l'histoire de leurs propres relations avec maître Fallowthought et que vous pouvez difficilement avoir lu. Je vous félicite... Ils composaient un duo peu recommandable, plus criminel que magique. Moins on en sait sur eux, mieux on se porte.

— Oh, monsieur ! s'écria Mr Honeyfoot, suspectant Mr Norrell de parler d'un de ses livres. Nous entendons des choses merveilleuses sur votre bibliothèque. Tous les magiciens du Yorkshire ont été piqués au vif en apprenant le grand nombre de livres que vous avez réunis !

— Ah bon ? répliqua froidement Mr Norrell. Vous me surprenez. Je n'avais pas idée que mes affaires étaient si connues du commun... J'imagine que Thoroughgood est le responsable, poursuivit-il d'un ton songeur, citant un homme qui vendait des livres et des curiosités au Coffee-yard d'York. Maintes fois Childermass m'a prévenu que Thoroughgood était un bavard.

Mr Honeyfoot ne comprenait pas. Si *lui* avait eu de telles quantités de livres sur la magie, il eût aimé en parler, être complimenté sur eux et les proposer

---

1. *A Complete Description of Dr Pale's fairy-servants, their Names, Histories, Characters and the Services they performed for Him* (« Description complète des serviteurs enchantés du Dr Pale, leurs noms, histoires et caractères, et les services qu'ils lui ont rendus ») de John Segundus, publié par Thomas Burnham Librairie, Northampton, 1799.

2. Dr Martin Pale (1485-1567) était le fils d'un tanneur de Warwick. Il fut le dernier des magiciens de l'Âge d'or ou « Auréats ». D'autres praticiens l'ont suivi (*cf.* Gregory Absalom), mais leur réputation est discutable. Pale fut certainement le dernier magicien anglais à s'aventurer dans le « monde-fée ».

à l'admiration ; or il ne pouvait croire que Mr Norrell était différent. Par conséquent, avec l'intention d'être aimable et de mettre Mr Norrell en confiance, car il pensait que le gentilhomme était timide, il s'obstina.

— M'est-il permis d'exprimer un vœu, monsieur, celui de voir votre magnifique bibliothèque ?

Mr Segundus était certain que Norrell refuserait mais, finalement, ce dernier les considéra fermement pendant quelques instants – il avait de petits yeux bleus et semblait les épier depuis quelque cachette intérieure – puis, presque de bonne grâce, il accéda à la requête de Mr Honeyfoot. Ce dernier était toute gratitude, heureux à l'idée d'avoir charmé Mr Norrell autant que lui-même l'était.

Mr Norrell conduisit les deux autres gentilshommes dans un corridor, un corridor des plus ordinaires, songea Mr Segundus, lambrissé et parqueté de chêne bien ciré, embaumant la cire d'abeille ; ensuite, un escalier, ou peut-être seulement trois ou quatre marches, puis un nouveau corridor où il faisait un peu plus frais et dont le sol était de la bonne pierre d'York, le tout parfaitement quelconque. À moins que le second corridor n'eût précédé l'escalier ou les marches ? Ou y avait-il même eu vraiment un escalier ? Mr Segundus était un de ces heureux mortels qui sont toujours en mesure de dire s'ils sont face au nord, au sud, à l'est ou à l'ouest. Il ne tirait aucune fierté particulière de ce talent – il lui était aussi naturel que de savoir que sa tête reposait toujours sur ses épaules –, néanmoins son don l'abandonna dans la maison de Mr Norrell. Par la suite, il ne put jamais se représenter l'enfilade de couloirs et de pièces par où ils étaient passés, ni déterminer exactement combien de temps ils avaient mis pour atteindre la bibliothèque. Et il eût été bien incapable d'indiquer la direction ; à l'évidence, Mr Norrell avait découvert un cinquième point cardinal – ni est, ni sud, ni ouest, ni nord, mais quelque part ailleurs – et il les avait entraînés dans cette direction. Mr Honeyfoot, lui, parut ne rien remarquer de bizarre.

La bibliothèque était peut-être un tantinet plus petite que le salon qu'ils venaient de quitter. Une belle flambée ronflait dans l'âtre, tout était confort et tranquillité. Cependant, une fois encore, la clarté ambiante ne correspondait pas avec les trois hautes croisées à douze petits carreaux. Une fois encore Mr Segundus fut mis mal à l'aise par la sensation persistante qu'il aurait dû y avoir d'autres chandelles dans la pièce, d'autres fenêtres ou un autre feu pour expliquer la lumière. Les fenêtres en question donnaient sur une vaste étendue pluvieuse et crépusculaire, de sorte que Mr Segundus ne pouvait distinguer la vue, ni deviner dans quelle partie de la maison ils se tenaient.

La pièce n'était pas vide ; un homme assis à une table se leva au moment où ils entrèrent. Mr Norrell le présenta brièvement comme étant Childermass, son gérant d'affaires.

Mr Honeyfoot et Mr Segundus, étant magiciens, n'avaient nul besoin qu'on leur expliquât que, de toutes ses richesses, la bibliothèque de l'abbaye de Hurtfew était la plus chère à son propriétaire ; et ils ne furent pas surpris de découvrir que Mr Norrell avait construit un bel écrin pour abriter le trésor de son cœur. Les rayonnages tapissant les murs de la pièce étaient taillés dans des bois anglais et rappelaient des arches gothiques surchargées de sculptures. Des sculptures de feuillages, des feuillages séchés et recroquevillés, évoquant l'automne, saison que l'artiste avait voulu représenter, ainsi que des enchevêtrements de racines et de branches, de baies et de lierre, le tout magnifiquement réalisé. Cependant la merveille des bibliothèques n'était rien à côté de la merveille des livres.

Le premier axiome que l'apprenti magicien apprend, c'est qu'il y a des livres SUR la magie et des livres DE magie. La seconde leçon, c'est qu'un spécimen parfaitement respectable des premiers se trouve à deux ou trois guinées chez un bon bouquiniste, et que la valeur des derniers n'a pas de prix[1]. La collection de la Société d'York était considérée comme très belle – quasi inestimable ; ses nombreux volumes comptaient cinq ouvrages écrits entre

1. Les magiciens, comme nous le savons grâce à la maxime de Jonathan Strange, se querellent sur n'importe quel sujet, et nombre d'années d'études acharnées ont été consacrées à la question controversée de savoir si tel ou tel ouvrage mérite le nom de livre de magie. La plupart des profanes estiment assez utile cette simple règle : les livres écrits avant que la magie disparaisse d'Angleterre sont des livres de magie, les livres rédigés plus tard sont des livres sur la magie. Le principe, dont découle la règle empirique du profane, c'est qu'un livre de magie doit être écrit par un magicien praticien plutôt que par un magicien théoricien ou un historien de la magie. Quoi de plus raisonnable ? Pourtant nous rencontrons déjà des difficultés. Les grands maîtres de la magie, ceux que nous appelons les magiciens de l'Âge d'or ou « Auréats » (Thomas Godbless, Ralph Stokesey, Catherine de Westminster, le roi Corbeau), écrivaient peu, ou peu de leurs textes ont survécu. Il est probable que Thomas Godbless ne savait pas écrire. Stokesey a appris le latin dans une petite école de son Devonshire natal, mais tout ce que nous savons de lui nous vient d'autres auteurs.

Les magiciens ne s'appliquèrent à écrire des livres qu'au moment où la magie était sur le déclin. L'obscurité qui devait étouffer la gloire de la magie anglaise était déjà proche ; les hommes que nous appelons les magiciens de l'Âge d'argent ou « Argentins » (Thomas Lanchester, 1518-1590 ; Jacques Belasis, 1526-1604 ; Nicholas Goubert, 1535-1578 ; Gregory Absalom, 1507-1599) étaient des chandelles vacillantes dans la pénombre ; ils étaient clercs avant d'être magiciens. Certes, ils prétendaient pratiquer la magie, quelques-uns avaient même un serviteur enchanté ou deux, mais ils semblent avoir accompli très peu de choses de la sorte, et certains clercs modernes ont douté qu'ils aient pu seulement pratiquer la magie.

1550 et 1700, et qui pouvaient raisonnablement être tenus pour des livres de magie (bien que l'un d'eux ne se limitât guère qu'à deux pages en lambeaux). Les livres de magie sont rares, et ni Mr Segundus ni Mr Honeyfoot n'en avaient jamais vu plus de deux ou trois dans une bibliothèque privée. À Hurtfew, tous les murs étaient couverts d'étagères, et toutes les étagères chargées de livres. Et les livres étaient tous, ou presque, des livres anciens, des livres de magie. Oh ! certes, beaucoup présentaient de belles reliures modernes, mais il s'agissait visiblement des volumes que Mr Norrell avait donnés à relier (il avait de toute évidence un penchant pour la vachette unie avec les titres gravés en fines capitales argentées). Maints autres avaient, eux, des reliures très, très, très anciennes, avec des dos et des coins dépenaillés.

Mr Segundus jeta un regard au dos des livres rangés sur un rayon voisin ; le premier titre qu'il lut était *How to putte Questiones to the Dark and understand its Answeres*[1].

— Un ouvrage inepte, lança Mr Norrell.

Mr Segundus sursauta ; il ne savait pas son hôte si proche. Mr Norrell poursuivit :

— Je ne saurais trop vous déconseiller d'y accorder une pensée.

Mr Segundus reporta donc les yeux sur le livre suivant, le traité des *Instructions* de Belasis.

— Vous connaissez sans doute Belasis ? demanda Mr Norrell.

— De réputation uniquement, monsieur, répondit Mr Segundus. J'ai souvent ouï dire qu'il détenait la clé d'un bon nombre de choses, mais j'ai aussi entendu – en réalité, toutes les autorités en sont d'accord – que la totalité des exemplaires a été détruite il y a bien longtemps. Et pourtant en voilà un ! Tenez, monsieur, c'est extraordinaire ! magnifique !

— Vous attendez beaucoup de Belasis, fit remarquer Norrell, et autrefois j'étais entièrement de votre avis. Je me souviens d'avoir consacré pendant de nombreux mois huit heures de ma journée à étudier ses recherches – hommage que je n'ai jamais rendu à aucun autre auteur, dois-je avouer. Cependant, en dernière analyse, il est décevant. Il est mystique là où il devrait être intelligible et intelligible là où il devrait être obscur. Certaines idées n'ont pas à être consignées dans des livres pour être portées à la connaissance du monde. Pour ma part, je n'ai plus bonne opinion de Belasis.

— Voici un livre dont j'ignorais l'existence, monsieur, reprit Mr Segundus. *Les Supériorités de la magie judéo-chrétienne.* Que pouvez-vous m'en dire ?

1 « Comment questionner les Ténèbres et comprendre leurs réponses » (*N.d.T.*).

— Ah ! s'exclama Mr Norrell. Il date du XVIIe siècle, mais je le tiens en piètre estime. Son auteur est un menteur, un ivrogne, un adultère et un coquin. Je suis content qu'il soit tombé dans l'oubli…

Les magiciens vivants n'étaient pas les seuls objets du mépris de Mr Norrell, apparemment. Il avait pris la mesure de tous les morts aussi et les avait trouvés déficients.

Pendant ce temps, Mr Honeyfoot, les mains en l'air tel un méthodiste louant Dieu, se précipitait d'un rayonnage à l'autre ; il pouvait à peine s'immobiliser assez longtemps pour lire le titre d'un ouvrage avant qu'un autre ne lui tirât l'œil à l'opposé de la pièce.

— Oh, monsieur Norrell ! s'écriait-il. Une telle profusion d'œuvres ! Nous allons certainement trouver les réponses à toutes nos questions ici !

— J'en doute, monsieur, fut la réplique de Mr Norrell.

Le gérant d'affaires émit un rire bref, un gloussement manifestement dirigé contre Mr Honeyfoot ; pourtant, Mr Norrell ne le réprimanda ni du regard ni d'un mot. Mr Segundus se demanda de quelle sorte d'affaires Mr Norrell chargeait ce triste sire. Avec ses cheveux longs aussi hirsutes que la pluie et aussi sombres que le tonnerre, il eût paru tout à fait à sa place sur une lande balayée par les vents, ou en train de rôder dans une allée d'un noir de poix. Ou encore dans un roman de Mrs Radcliffe[1].

Mr Segundus descendit les *Instructions* de Jacques Belasis et, malgré la piètre opinion de Mr Norrell sur cet auteur, tomba instantanément sur deux passages extraordinaires[2]. Puis, conscient du temps qui passait et de l'œil

---

1. Ann Ward Radcliffe (1764-1823), romancière anglaise à l'origine du roman noir (*Tale of terror*), auteure de *L'Italien ou le Confessionnal des pénitents noirs, Les Mystères d'Udolpho…* (*N.d.T.*).

2. Le premier passage lu par Mr Segundus traitait de l'Angleterre, du « monde-fée » (que les magiciens nomment parfois « les Autres Pays ») et d'une étrange contrée qui passe pour s'étendre de l'autre côté de l'Enfer. Mr Segundus avait déjà entendu parler du lien symbolique et magique qui relie ces trois mondes, mais n'en avait jamais lu une explication aussi claire que celle produite ici.

Le deuxième extrait concernait un des plus grands magiciens d'Angleterre, Martin Pale. Dans *L'Arbre du savoir*, de Gregory Absalom, un célèbre passage rapporte comment, tout en voyageant dans le monde des fées, le dernier des grands magiciens « auréats », Martin Pale, avait rendu visite à un prince enchanté. Pareillement à la plupart de ses congénères, le prince enchanté avait une multitude de noms, de titres, de distinctions honorifiques et de pseudonymes. Néanmoins, il se faisait généralement appeler Henry le Froid. Henry le Froid prononça donc un long discours plein de déférence à l'intention de son hôte. Ce discours regorgeait de métaphores et d'allusions obscures, mais Henry le Froid semblait avoir pour propos que les fées étaient des créatures naturellement méchantes qui ne savaient pas toujours quand elles se dévoyaient. À cela, Martin Pale répondit brièvement, et quelque peu énigmatiquement, que les Anglais n'avaient pas tous la même pointure.

BRITISH AIRWAYS

WEST/NADIA MISS
BA 377 14AUG LONDON LHR

SEAT	GATE CLOSES	GATE
01A	0810	46

CLUB EUROPE

BOARDING PASS
CARTE D'ACCES A BORD/BORDKARTE
TARJETA DE EMBARQUE/CARTA D'IMBARCO

SUBJECT TO CONDITIONS OF CARRIAGE. COPIES AVAILABLE ON REQUEST. SEE IMPORTANT NOTICES ON THE BACK OF THIS DOCUMENT.

oneworld

BRITISH AIRWAYS

NAME OF PASSENGER
WEST/NADIA MISS
CLUB EUROPE
FROM TOULOUSE TLS
TO LONDON LHR

FLIGHT NO.	CLASS/DATE	TIME
BA 377	C 14AUG	0830

GATE	GATE CLOSES	SEAT	SMOKE
46	0810	01A	XX

POS	CK	WT.UNCK	SEQ NO
1	0	0	038

OO ETKT

LEASE
acked ☐ Perishable
tted ☐ Damaged
aggage
issued by British Airways.
ncluding limitations of
d to final destination, you
at point of transfer.
WAYS

PASSENGER BAGGAGE must not contain:

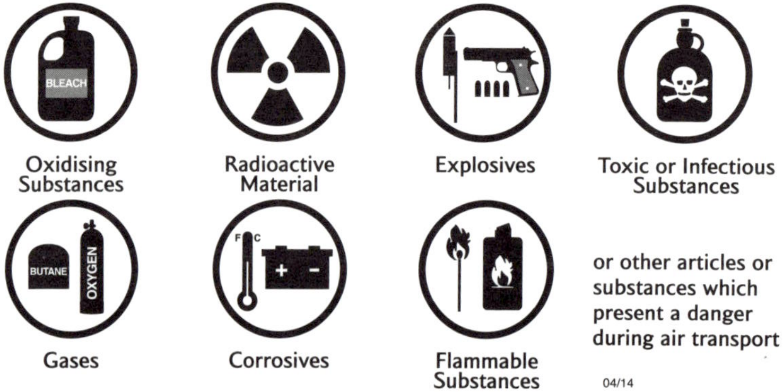

or other articles or substances which present a danger during air transport

04/14

sombre, inquiétant, que l'homme d'affaires posait sur lui, il ouvrit *Les Supériorités de la magie judéo-chrétienne.* Il ne s'agissait pas, ainsi qu'il l'avait supposé, d'un livre imprimé mais d'un manuscrit griffonné à la hâte au dos de toutes sortes de bouts de papier, dont une majorité de vieilles notes de taverne. Mr Segundus y lut le récit de merveilleuses aventures. Le magicien du XVIIe siècle s'était servi de sa maigre magie pour combattre de grands et puissants ennemis, combats auxquels aucun magicien humain n'eût dû se risquer. Il avait scribouillé l'histoire de ses victoires disparates au moment où ses ennemis le cernaient. Pendant qu'il écrivait, l'auteur savait fort bien que le temps lui était compté et que la mort était le mieux qu'il pût espérer.

La pièce s'obscurcissait ; les gribouillis anciens perdaient de leur netteté sur la page. Deux valets entrèrent et, sous le regard du gérant d'affaires qui n'avait rien d'un gérant d'affaires, allumèrent des bougies, tirèrent les rideaux des croisées et ajoutèrent des boulets frais sur le feu. Mr Segundus s'avisa de rappeler à Mr Honeyfoot qu'ils n'avaient pas encore expliqué à Mr Norrell la raison de leur visite.

En quittant la bibliothèque, Mr Segundus remarqua un détail qui lui parut bizarre. Un fauteuil était tiré devant le feu, et à côté se dressait un

---

Pendant plusieurs siècles, nul n'eut la moindre idée de ce que tout cela pouvait signifier, bien que plusieurs théories fussent avancées – toutes étaient familières à John Segundus. La plus commune était celle développée par William Pantler au début du XVIIIe siècle. Pantler disait que Henry le Froid et Martin Pale avaient parlé de théologie. Les fées, ainsi que chacun sait, sont hors d'atteinte de l'Église ; aucun Christ ne leur est venu ni ne leur viendra jamais, et ce qu'il adviendra d'elles au jour du Jugement dernier, nous l'ignorons. Selon Pantler, Henry le Froid comptait demander à Pale s'il y avait un espoir que les fées, à l'instar des hommes, pussent recevoir le salut éternel. La réponse de Pale – que les Anglais n'avaient pas tous la même pointure – était sa manière de signifier que les Anglais ne seraient pas tous sauvés. Se fondant sur cela, Pantler en vient à attribuer à Pale une assez étrange croyance selon laquelle le paradis n'est susceptible de contenir qu'un nombre fini de Bienheureux ; pour chaque Anglais damné, une place au Paradis s'ouvre pour une fée. La réputation de magicien théoricien de Pantler repose entièrement sur l'ouvrage qu'il a rédigé sur le sujet.

Dans les *Instructions* de Jacques Belasis, John Segundus lut une explication très différente. Trois siècles avant que Martin Pale mît les pieds dans le château de Henry le Froid, ce dernier avait reçu un autre visiteur humain, un magicien anglais encore plus grand que Pale, Ralph Stokesey, qui avait laissé derrière lui une paire de bottes. D'après Belasis, les bottes étaient vieilles, ce qui explique probablement pourquoi Stokesey ne les avait pas remportées, mais leur présence au château jeta dans la consternation tous ses hôtes enchantés, qui avaient une grande vénération pour les magiciens anglais. Henry le Froid, en particulier, était dans le pétrin car il craignait que, d'une manière détournée, incompréhensible, la morale chrétienne ne pût le tenir pour responsable de la perte des bottes. Il tenta donc de se débarrasser de ces terribles objets en les confiant à Martin Pale, qui n'en voulut point.

petit guéridon. Sur celui-ci étaient posés les plats et la reliure de cuir d'un très vieil ouvrage, une paire de ciseaux et un long couteau d'aspect cruel, tel qu'un jardinier peut en utiliser pour tailler les haies. Les pages du livre, elles, étaient invisibles. Peut-être Mr Norrell l'a-t-il donné à relier à neuf, songea Mr Segundus. L'ancienne reliure semblait pourtant tenir encore. Et pourquoi Mr Norrell prendrait-il lui-même la peine d'ôter les pages au risque de les abîmer ? Un relieur exercé était plus approprié.

Après qu'ils se furent réinstallés au salon, Mr Honeyfoot s'adressa à Mr Norrell.

— Ce que j'ai vu ici aujourd'hui, monsieur, finit de me convaincre que vous êtes la personne la plus apte à nous aider. Mr Segundus et moi sommes d'avis que les magiciens modernes sont sur la mauvaise voie ; ils perdent leurs énergies dans des vétilles. N'en êtes-vous pas d'accord, monsieur ?

— Si, certainement, approuva Mr Norrell.

— Notre question, poursuivit Mr Honeyfoot, c'est : pourquoi la magie a-t-elle déchu de son rang dans notre nation ? Notre question, monsieur, c'est : pourquoi la magie n'existe-t-elle plus en Angleterre ?

Les petits yeux de Mr Norrell se durcirent et flamboyèrent, tandis que ses lèvres se pinçaient comme pour réprimer une profonde joie intérieure, secrète. On eût cru, pensa Mr Segundus, qu'il avait attendu longtemps qu'on lui posât cette question et tenait sa réponse toute prête depuis des années.

— Je ne puis vous aider à répondre à cette question, monsieur, dit Mr Norrell, car je ne l'entends point. C'est une mauvaise question, monsieur. La magie n'a pas disparu d'Angleterre. Je suis, pour ma part, un magicien praticien point trop mauvais.

2

L'*Old Starre Inn*

Janvier-février 1807

ALORS QUE LA VOITURE franchissait la grille de l'allée de Mr Norrell, Mr Honeyfoot s'exclama :

— Un magicien en exercice en Angleterre ! Et dans le Yorkshire en plus ! Nous avons eu la plus grande chance qui soit ! Ah ! monsieur Segundus, nous devons vous en remercier. Vous gardiez les yeux ouverts alors que le reste d'entre nous était endormi. Sans vos encouragements, nous aurions pu ne jamais découvrir Mr Norrell. Et je suis bien certain qu'il ne serait pas venu nous chercher. Il est un tantinet réservé. Il ne nous a livré aucun détail sur les réalisations concrètes de sa magie, rien en dehors du simple fait de ses succès. Ce qui, j'imagine, atteste une nature modeste. Monsieur Segundus, vous admettrez, je pense, que notre tâche est claire. Il nous appartient, monsieur, de vaincre la timidité naturelle de Norrell et sa détestation des compliments pour le mener triomphalement devant un plus large public.

— Peut-être, répondit Mr Segundus d'un air dubitatif.

— Je ne dis point que ce sera chose aisée, reprit Mr Honeyfoot. Il est un peu taciturne et n'aime guère la compagnie. Il doit comprendre, cependant, que, pour le bien de la nation, il lui faut partager avec d'autres le savoir en sa possession. C'est un gentleman : il connaît son devoir et s'y conformera, j'en suis convaincu. Ah, monsieur Segundus ! Vous méritez la gratitude de tous les magiciens du pays pour votre intervention.

Quoi que Mr Segundus méritât, la triste réalité veut que les magiciens d'Angleterre composent un cercle d'individus particulièrement ingrats. Mr Honeyfoot et Mr Segundus pouvaient être à l'origine de la plus grande découverte dans le domaine de la magie depuis trois siècles, et alors ? En l'apprenant, chacun des membres de la Société d'York, ou presque, fut persuadé qu'il eût pu mieux faire et, le mardi suivant, jour où se tenait une réunion extraordinaire de la Société savante des magiciens d'York, ceux de ses membres qui n'étaient pas prêts à le jurer étaient une minorité.

Le mardi soir à sept heures, la salle à l'étage de l'*Old Starre Inn*[1] de Stonegate était comble. Les nouvelles apportées par Mr Honeyfoot et Mr Segundus semblaient avoir attiré tous les gentlemen de la ville qui avaient jamais ouvert un livre de magie. York, après tout, était encore à sa manière une des villes les plus magiques d'Angleterre ; seule, peut-être, la cité royale de Newcastle pouvait se targuer de posséder plus de magiciens.

Une telle cohue d'experts se pressait dans la salle que, pour l'heure, bon nombre étaient obligés de rester debout, même si les garçons montaient sans cesse davantage de chaises par l'escalier. Le Dr Foxcastle s'était assuré un excellent fauteuil, noir, imposant et curieusement sculpté. Ce siège (qui évoquait plutôt un trône), ainsi que le drapé des rideaux de velours rouge derrière lui, et la manière dont il était assis, les mains jointes sur son gros ventre rond, tout concourait à lui donner un air magistral.

Les domestiques de l'*Old Starre Inn* avaient préparé une magnifique flambée pour tenir à distance la froidure d'une soirée de janvier ; devant étaient installés quelques vieux magiciens chenus – datant, apparemment, du règne de George II –, tous enveloppés de plaids quadrillés, avec des têtes jaunies, ridées comme des toiles d'araignée, et flanqués de valets tout aussi vieux, aux poches remplies de fioles de médicaments. Mr Honeyfoot les accueillait avec ces mots :

— Comment allez-vous, monsieur Aptree ? Et vous, monsieur Greyshippe ? J'espère que vous vous portez bien, monsieur Tunstall ! Je suis très content de vous réunir ici, messieurs ! J'escompte bien que vous êtes tous venus vous réjouir avec nous. Nos années de traversée du désert sont terminées. Oh ! nul ne sait mieux que vous, monsieur Aptree, et vous, monsieur Greyshippe, quelles ont été ces années, car vous avez beaucoup vécu. Mais à présent nous allons voir une fois de plus la magie conseillère et protectrice de l'Angleterre ! Et les Français, monsieur Tunstall ! Quel sera le sentiment des Français en ayant vent de la nouvelle ? Tenez, je ne serais pas surpris que cela entraînât une reddition imminente.

Mr Honeyfoot avait bien d'autres choses à dire du même tonneau ; il avait préparé tout un discours où il se proposait de leur exposer les magnifiques avantages qui devaient revenir à la Grande-Bretagne grâce à cette découverte. Cependant, il ne put jamais en prononcer que quelques phrases, tant chacun des messieurs présents dans la salle débordait d'opinions de son cru sur le

---

1. En vieil anglais, la *Vieille Auberge de l'Astre* (*N.d.T.*).

sujet, toutes nécessitant d'être communiquées de façon pressante à l'assemblée. Le Dr Foxcastle fut le premier à interrompre Mr Honeyfoot. De son grand trône noir, il s'adressa à lui en ces termes :

— Je suis navré de vous voir ruiner la réputation de la magie – pour laquelle je sais que vous avez une véritable estime – avec des fables invraisemblables et de folles fariboles. Monsieur Segundus, poursuivit-il, se tournant vers le gentleman qu'il considérait comme la source de tous les problèmes, j'ignore quels sont les usages là d'où vous venez, mais dans le Yorkshire nous n'aimons pas beaucoup les hommes qui bâtissent leur réputation aux dépens de la tranquillité d'esprit des autres.

Le Dr Foxcastle ne put aller plus loin, noyé par les bruyantes vociférations des partisans de Mr Honeyfoot et de Mr Segundus. Le gentleman suivant à prendre la parole s'étonna de ce que Mr Segundus et Mr Honeyfoot eussent pu se laisser autant abuser. Manifestement, Norrell était fou, aucunement différent de n'importe quel aliéné aux yeux hagards qui se postait au coin de la rue pour clamer qu'il était le roi Corbeau.

Un monsieur aux cheveux blond-roux, dans un état de grande exaltation, était d'avis que Mr Honeyfoot et Mr Segundus auraient dû insister pour que Mr Norrell quittât sa maison sur l'instant et se rendît sans délai en triomphe à York, en voiture découverte (bien que l'on fût en janvier), afin que lui-même pût jeter des feuilles de lierre sur son passage[1] ; l'un des vieillards assis au coin du feu était furieux, mais en raison de son grand âge sa voix était assez faible, et personne n'eut le loisir de s'intéresser à ce qu'il racontait.

Dans la salle, était présent un homme raisonnable et de haute taille du nom de Thorpe, un gentleman très peu ferré en magie, mais qui possédait un sens commun rare chez un magicien. Il avait toujours pensé que Mr Segundus méritait des encouragements dans sa quête pour savoir ce qu'il avait pu advenir des réalisations de la magie anglaise – bien que, à l'instar des autres, il ne s'attendît point à ce que Mr Segundus découvrît la réponse aussi vite. Maintenant qu'ils en tenaient une, de réponse, Mr Thorpe était d'avis qu'ils ne devaient pas l'écarter sans cérémonies.

— Messieurs, Mr Norrell a prétendu pouvoir exercer la magie. Très bien. Nous connaissons un peu Norrell, nous avons tous entendu parler des textes rares qu'il est censé collectionner et, pour cette seule raison, nous aurions tort d'écarter ses prétentions sans plus d'examen. L'argument le plus fort en

1. Les conquérants de la Rome impériale ont peut-être été honorés de couronnes de laurier, les amoureux et ceux à qui la fortune sourit voient leur chemin jonché de roses, mais les magiciens anglais n'ont eu toujours droit qu'à du vulgaire lierre.

faveur de Norrell est le suivant : deux d'entre nous – tous deux des savants sérieux – ont vu Norrell et sont repartis convaincus. – Il se tourna vers Mr Honeyfoot : – Vous croyez en cet homme, n'importe qui peut le voir à votre visage. Vous avez assisté à quelque chose qui vous a convaincu. Ne voulez-vous pas nous dire de quoi il s'agissait ?

La réaction de Mr Honeyfoot à cette question fut sans doute un brin étrange. Au début, il sourit avec reconnaissance à Mr Thorpe, comme si c'était là exactement ce qu'il aurait pu souhaiter : une occasion d'exprimer les excellentes raisons qu'il avait de croire Mr Norrell capable de pratiquer la magie, et il ouvrit la bouche à cette fin. Puis il s'arrêta, marqua une pause, regarda autour de lui. Ces excellentes raisons, qui lui avaient paru si substantielles l'instant d'avant, devenaient brumeuses et inconsistantes dans sa bouche ; sa langue et ses dents n'avaient plus la moindre prise sur elles pour les formuler en bon anglais. Il marmonna quelques mots sur le maintien honnête de Mr Norrell.

La Société d'York ne trouva pas cela satisfaisant (ses membres eussent-ils eu réellement le privilège de voir le maintien de Mr Norrell, ils l'eussent trouvé encore moins satisfaisant). Alors Mr Thorpe se tourna cette fois vers Mr Segundus.

— Monsieur Segundus, vous aussi avez vu Norrell. Quelle est votre opinion ?

Pour la première fois, la Société d'York remarqua la pâleur de Mr Segundus. Il revint à l'esprit de certains de ces messieurs qu'il ne leur avait pas répondu quand ils l'avaient salué ; il semblait incapable de rassembler ses esprits pour s'exprimer.

— Vous sentez-vous bien, monsieur ? s'enquit aimablement Mr Thorpe.

— Oui, oui, murmura Mr Segundus, ce n'est rien. Je vous remercie.

Toutefois, il avait l'air si perdu qu'un de ces messieurs lui offrit son siège et qu'un autre sortit chercher un verre de vin des Canaries. Le gentleman excitable aux cheveux blond-roux, qui regrettait de ne pas avoir jeté de feuillages de lierre sur le passage de Mr Norrell, caressa même le secret espoir que Mr Segundus fût ensorcelé et qu'ils pussent voir un phénomène extraordinaire.

Après un soupir, Mr Segundus répéta :

— Je vous remercie. Je ne suis point malade, mais la semaine passée je me suis senti lourd et hébété. Mrs Pleasance m'a donné de la maranta et des infusions chaudes de réglisse, qui n'ont servi à rien, ce qui ne me surprend pas, la confusion étant, je pense, dans ma tête. Je ne me sens plus aussi mal. Messieurs, si vous deviez me demander aujourd'hui pour quelle raison je crois que la magie est de retour en Angleterre, je vous dirais que c'est parce que j'ai assisté à des actes de magie. L'impression d'avoir vu des actes de magie est très vive ici et ici – Mr Segundus se toucha le front, puis le cœur. – Pourtant, je sais que je n'ai pas eu cette chance. Norrell n'en a réalisé aucun pendant que nous étions chez lui. Aussi, je suppose que j'ai rêvé.

Nouvelle explosion de ces messieurs de la Société d'York. Le gentleman terne eut un sourire aussi terne que sa personne et voulut savoir si quelqu'un y comprenait quelque chose. Alors Mr Thorpe s'écria :

— Mon Dieu ! Il est tout à fait absurde de notre part de rester assis ici et d'affirmer que Norrell peut ou ne peut pas faire ceci ou cela. Nous sommes tous des êtres rationnels, je présume, et la réponse est assez simple. Nous le prierons de réaliser à notre intention un acte de magie pour preuve de ses droits.

Ces paroles montraient un tel bon sens que les magiciens gardèrent un moment le silence – ce qui ne signifiait pas que la proposition remportât tous les suffrages, pas du tout. Plusieurs des magiciens, dont le Dr Foxcastle, ne la considéraient pas d'un bon œil. S'ils demandaient à Norrell un acte de magie, le risque courait qu'il pût effectivement en réaliser un. Or ils n'avaient aucune envie de voir un acte de magie, ils voulaient seulement lire des livres sur le sujet. D'autres étaient d'avis que la Société d'York allait se ridiculiser juste en présentant cette requête. Mais, à la fin, la plupart d'entre eux tombèrent d'accord avec Mr Thorpe.

— En tant que gentlemen et en tant que savants, le moins que nous puissions faire, c'est d'offrir à Mr Norrell l'occasion de nous convaincre.

Il fut ainsi décidé d'écrire une nouvelle missive à Mr Norrell.

Pour l'ensemble des magiciens, il était évident que Mr Honeyfoot et Mr Segundus avaient très mal géré la situation ; sur une matière au moins, celle de la magnifique bibliothèque de Mr Norrell, ils faisaient montre d'une insondable stupidité, car ils étaient incapables d'en donner un catalogue intelligible. Qu'avaient-ils vu ? Oh, des livres ! beaucoup de livres ! Un nombre remarquable de livres ? Oui, ils pensaient avoir trouvé leur nombre remarquable sur le moment. Et des livres rares ? Oh, sans doute ! Leur avait-il été permis de les descendre et de les ouvrir ? Ah, non ! Mr Norrell n'était pas allé jusqu'à les y inviter. Mais avaient-ils lu les titres ? Certes. Eh bien alors, quels étaient les titres de ces livres ? Ils ne savaient plus, ils ne parvenaient pas à s'en souvenir. Mr Segundus avança qu'un des ouvrages avait un titre qui commençait par un B, mais cela s'arrêtait là. C'était très étrange.

Mr Thorpe avait toujours eu l'intention d'écrire la lettre à Mr Norrell ; cependant, nombre de magiciens dans la salle avaient dans l'idée d'offenser

Mr Norrell pour son impudence. Ces messieurs estimaient, à juste titre, que le meilleur moyen d'insulter Norrell était de laisser le Dr Foxcastle prendre la plume. Ainsi fut-il fait. Finalement, un billet furibard leur arriva en réponse.

« Abbaye de Hurtfew, Yorkshire
« 1er février 1807

« Monsieur,
« Par deux fois au cours de ces dernières années j'ai eu l'honneur de recevoir un courrier de la Société savante des magiciens d'York sollicitant mon amitié. Maintenant en voici un troisième qui m'informe du mécontentement de la société. Il semble aussi facile de perdre le crédit de la Société d'York que de l'acquérir, et un homme peut ne jamais savoir de quel côté pèse la balance. En réponse à l'accusation précise contenue dans votre message, et aux termes de laquelle j'aurais exagéré mes talents et prétendu à des pouvoirs qu'il me serait impossible de posséder, je n'ai que ceci à vous opposer : d'autres peuvent attribuer naïvement leur absence de succès à quelque défaut du monde plutôt qu'à leur propre piètre savoir, pourtant, la vérité, c'est que la magie est aussi faisable à cette époque qu'à n'importe quelle autre. Ainsi l'ai-je prouvé, à mon entière satisfaction, mille fois au cours des vingt dernières années. Où est donc ma récompense d'aimer mon art mieux que les autres hommes ? d'étudier plus dur pour le perfectionner ? Désormais le bruit court à l'étranger que je suis un affabulateur ; mes talents professionnels sont déconsidérés, et ma parole sujette à caution. Vous ne serez pas autrement surpris, je présume, que dans de telles circonstances je ne me sente guère enclin à obliger la Société d'York en quoi que ce soit, surtout pas en vous donnant une démonstration de magie. La Société savante des magiciens d'York se réunit mercredi prochain et en ce jour je vous ferai connaître mes intentions.

« Votre serviteur
« Gilbert Norrell »

Tous ces mystères étaient fort désagréables. Les magiciens théoriciens attendaient, quelque peu nerveusement, de voir quel tour le magicien praticien pouvait avoir dans son sac. Néanmoins, ce que Mr Norrell leur réservait n'était rien de plus alarmant qu'un homme de loi, un homme de loi tout risettes, courbettes et signes de tête, un homme de loi des plus banals appelé Robinson, avec un habit noir et des gants de chevreau impeccables, et un document tel que ces messieurs de la Société d'York n'en avaient jamais vu de pareil : une ébauche d'accord, établie en conformité avec les codes oubliés depuis longtemps du droit magique anglais.

Mr Robinson, qui se présenta ponctuellement à huit heures à la salle à l'étage de l'*Old Starre Inn*, semblait se croire attendu. Il avait un bureau et deux commis sur Coney-street[1]. Son visage était bien connu de nombre de ces messieurs.

— Je vous avoue, messieurs, susurra Mr Robinson, que ce document est largement l'œuvre de mon mandant, Mr Norrell. Je ne suis pas expert en droit thaumaturgique. Qui l'est de nos jours ? Toutefois, si je me trompe, sans doute serez-vous assez aimables pour me rectifier.

Plusieurs des magiciens d'York inclinèrent prudemment la tête.

Mr Robinson était une personne policée. Il était si soigné, si resplendissant de santé et si content de tout qu'il brillait littéralement – qualité qu'on attend d'une fée ou d'un ange, mais qui est légèrement déconcertante chez un homme de loi. Il se montrait très respectueux envers les gentlemen de la Société d'York, car il ne connaissait rien à la magie mais pensait que celle-ci devait être très ardue et exiger une grande concentration d'esprit. À cette humilité toute professionnelle et à son admiration sincère pour la Société d'York, Mr Robinson mêlait néanmoins la vanité et le bonheur de savoir que ces grands cerveaux devaient à présent interrompre leurs méditations sur des matières ésotériques pour l'écouter. Il ajusta des bésicles dorées sur son nez, ajoutant un nouveau petit scintillement à son éclatante personne.

Mr Robinson annonça que Mr Norrell s'engageait à réaliser un acte de magie à un endroit donné à une date donnée.

— Messieurs, vous n'avez aucune objection, je l'espère, à ce que mon mandant fixe la date et le lieu ?

Ces messieurs n'en avaient point.

— Donc ce sera à la cathédrale[2], vendredi en quinze.

Mr Robinson précisa que, si Mr Norrell ne tenait pas ses promesses de magie, il rétracterait publiquement ses prétentions au titre de magicien prati-

1. Nous conservons la graphie historique adoptée par l'auteure pour les noms de lieux (rues, quartiers, etc.) en nous appuyant sur l'autorité de Victor Hugo, qui observe les mêmes conventions dans son magnifique roman britannique *L'Homme qui rit* (« le chef-d'œuvre du grand poète », selon Pierre Claudel), dont l'histoire se passe en Angleterre (exemple : « Westminster-hall », « Corleone-lodge », « Covent-garden », « Tarrinzeau-field »…) (*N.d.T.*).

2. La grande église d'York est à la fois une cathédrale (l'église qui abrite le siège de l'évêque ou de l'archevêque) et une église abbatiale (une église jadis fondée par un missionnaire). Elle a porté ces deux noms à différentes époques. Aux premiers siècles on l'appelait l'église abbatiale, mais de nos jours les habitants d'York préfèrent le terme de « cathédrale », qui place leur église au-dessus de celles des villes voisines de Ripon et Beverley. Ripon et Beverley ont des églises abbatiales, mais point de cathédrale.

cien – en fait, au titre de magicien tout court – et ferait le serment de ne plus jamais émettre de telles prétentions.

— Il n'a pas besoin d'aller jusque-là, intervint Mr Thorpe. Nous n'avons aucun désir de le punir ; nous souhaitions simplement mettre ses prétentions à l'épreuve.

Le sourire éclatant de Mr Robinson s'estompa légèrement, comme s'il avait une information désagréable à leur communiquer et ne savait par où commencer.

— Attendez, renchérit Mr Segundus, nous n'avons pas encore entendu la contrepartie du marché. Nous ne savons pas ce qu'il attend de nous.

Mr Robinson inclina la tête. Il entrait dans les intentions de Mr Norrell, semblait-il, d'exiger le même engagement de tous les magiciens de la Société d'York. En d'autres mots, s'il réussissait, ils devraient sans autre forme de procès dissoudre la Société savante des magiciens d'York et aucun d'eux ne pourrait plus prétendre au titre de « magicien ». Après tout, ajouta Mr Robinson, ce ne serait que justice, puisque Mr Norrell aurait alors prouvé qu'il était le seul vrai magicien du Yorkshire.

— Y aura-t-il un tiers, un parti indépendant, pour décider si un acte de magie aura bien été accompli ?

Cette question parut laisser perplexe Mr Robinson. Il espérait qu'ils voudraient bien l'excuser s'il s'était fourvoyé, dit-il, il ne voulait pas offenser le monde, mais il avait cru que tous les gentilshommes présents étaient des magiciens.

Oh, oui ! opina du bonnet la Société d'York, ils étaient tous magiciens.

Alors, poursuivit Mr Robinson, ils devaient certainement reconnaître un acte de magie à première vue ? Certainement, personne n'était mieux qualifié pour cela ?

Un autre gentleman demanda quel acte de magie Norrell avait l'intention de réaliser. Mr Robinson se répandit en plates excuses et en explications compliquées ; il ne pouvait les éclairer, il l'ignorait.

Répéter les nombreux arguments tortueux par lesquels les membres de la Société d'York finirent par signer l'accord de Mr Norrell risquerait de lasser la patience du lecteur. Beaucoup le firent par vanité : ils avaient publiquement déclaré Norrell incapable de magie ; ils avaient publiquement défié Norrell de donner un échantillon de son art – en pareil cas il eût été particulièrement ridicule de changer d'avis, telle était du moins leur opinion.

Mr Honeyfoot, à l'inverse, signa précisément parce qu'il croyait en la magie de Norrell. Mr Honeyfoot espérait que Mr Norrell obtiendrait la reconnaissance publique par cette démonstration de ses pouvoirs, puis emploierait sa magie au service de la nation.

Certains de ces messieurs se sentirent incités à signer par l'insinuation (émanant de Norrell et plus ou moins relayée par Robinson) qu'ils ne se montreraient pas de vrais magiciens à moins d'en passer par là.

Un à un, séance tenante, les magiciens d'York signèrent donc le document apporté par Mr Robinson. Le dernier fut Mr Segundus.

— Je ne signerai pas, déclara-t-il. Car la magie est ma vie et, même si Mr Norrell a tout à fait raison de me juger un piètre savant, que ferai-je une fois qu'elle me sera enlevée ?

Silence.

— Oh ! s'exclama Mr Robinson. Ma foi, c'est... Êtes-vous sûr, monsieur, de ne pas vouloir signer le document ? Vous voyez bien que tous vos amis l'ont fait ? Vous serez seul...

— Oui, j'en suis certain, répondit Mr Segundus. Je vous remercie.

— Oh ! souffla Mr Robinson. Ma foi, dans le cas présent je dois avouer que j'ignore comment procéder. Mon mandant ne m'a donné aucune instruction sur ce que je dois faire si seulement quelques-uns de ces messieurs signaient. Je dois consulter mon client demain matin.

On entendit le Dr Foxcastle faire la remarque à Mr Hart ou Hurt que, une fois de plus, le nouveau venu déversait un tombereau d'ennuis sur la tête de tout le monde.

Deux jours plus tard, Mr Robinson se présenta chez le Dr Foxcastle avec un message assurant que, en cette occasion précise, Mr Norrell serait bien aise de fermer les yeux sur le refus de signer de Mr Segundus ; il considérait que son contrat le liait à tous les membres de la Société d'York, à l'exception de Mr Segundus.

La veille du jour où Mr Norrell devait accomplir son acte de magie, il neigea sur York et, le lendemain matin, la poussière et la boue de la cité avaient entièrement disparu sous une blancheur immaculée. Les bruits de pas et de sabots étaient assourdis, et les voix des citoyens d'York altérées par un silence blanc qui étouffait tous les sons. Mr Norrell avait fixé une heure très matinale. Chacun dans sa maison, les magiciens d'York prenaient seuls leur petit-déjeuner. Sans un mot, ils regardaient une servante servir leur café, rompre leurs pains au lait chauds, aller quérir le beurre. L'épouse, la sœur, la fille, la belle-fille ou la nièce qui accomplissaient ordinairement ces menues tâches n'étaient pas encore levées ; le plaisant papotage domestique féminin, que les messieurs de la Société d'York affectaient tant de mépriser et qui, en vérité, formait un doux et gentil refrain dans la petite musique de leur vie quotidienne, était absent. Les salles à manger où ces messieurs étaient installés avaient changé par rapport à ce qu'elles étaient la veille. L'obscurité hivernale avait disparu, chassée par une formidable lumière – le soleil d'hiver réverbéré maintes fois par le sol enneigé. La nappe damassée blanche avait un éclat éblouissant, où dansaient les boutons de rose ornant les délicates tasses à café de la fille de la maison. La cafetière d'argent de la nièce étincelait sous les rayons, et les bergères souriantes en biscuit de la belle-fille s'étaient métamorphosées en anges flamboyants. La table paraissait dressée de couverts et de cristaux féeriques.

Mr Segundus, sortant la tête d'une fenêtre du troisième étage de Lady-Peckitt's-yard, songea que Norrell avait dû déjà accomplir sa magie. Un grondement menaçant retentit au-dessus de lui ; il retira la tête en vitesse afin d'évider une brutale chute de neige du toit. Mr Segundus n'avait pas plus de servante qu'il n'avait de femme, de sœur, de fille, de belle-fille ou de nièce, mais Mrs Pleasance, sa logeuse, était une lève-tôt. Au cours de la dernière quinzaine, elle l'avait entendu plusieurs fois soupirer sur ses livres et espérait le réconforter grâce à un petit-déjeuner complet : deux harengs grillés, thé et lait frais, pain blanc et beurre sur une assiette en porcelaine bleu et blanc. Dans le même but généreux, elle s'était assise pour bavarder avec lui. En voyant son abattement, elle s'écria :

— Oh ! Ce vieil homme me fait perdre patience !

Mr Segundus n'avait pas dit à Mrs Pleasance que Mr Norrell était vieux, pourtant elle ne l'imaginait pas autrement. D'après ce que Mr Segundus lui avait raconté, elle le voyait comme une sorte de grippe-sou qui accumulait la magie à la place de l'or ; au fil de notre récit, je laisserai le lecteur juge de la pertinence de ce portrait moral de Mr Norrell. À l'exemple de Mrs Pleasance, je me figure toujours que les avares sont vieux. Je ne saurais expliquer pourquoi, car je suis convaincue qu'il y a autant d'avares jeunes que vieux. Pour ce qui est de savoir si Mr Norrell était vraiment vieux, il était le type d'homme qui était déjà vieux à dix-sept ans.

— De son vivant, poursuivit Mrs Pleasance, Mr Pleasance disait que personne à York, homme ou femme, ne pétrissait un pain capable de rivaliser avec le mien, et d'aucuns ont été assez gentils pour jurer qu'ils n'en avaient jamais mangé d'aussi bon. J'ai toujours gardé une bonne table par goût des choses bien faites et, si un de ces singuliers djinns des contes arabes s'échappait de cette théière pour me proposer trois vœux, j'espère que je ne serais pas méchante au point de vouloir empêcher d'autres gens de faire du pain et, leur pain serait-il aussi bon que le mien, je ne vois pas alors en quoi cela me chagrinerait, au contraire, tant mieux pour eux ! Allez, monsieur, goûtez-en un morceau, insista-t-elle, poussant une assiettée du fameux pain vers son pensionnaire. Je n'aime pas à vous voir maigrir ainsi. Les gens vont colporter que Hettie Pleasance a perdu tous ses talents de maîtresse de maison. Je voudrais bien que vous ne soyez pas si découragé, monsieur. Vous n'avez pas signé ce perfide document et, quand les autres gentlemen seront contraints de renoncer, vous pourrez continuer. Et j'espère de tout mon cœur, monsieur Segundus, que vous pourrez faire de grandes découvertes. Et peut-être alors que ce Mr Norrell, qui se croit si malin, sera content de vous prendre pour associé et se verra ainsi amené à regretter son stupide orgueil.

Mr Segundus sourit et la remercia.

— Malheureusement je ne crois pas que cela risque d'arriver. Ma première difficulté réside dans le manque de matériaux. J'en possède très peu et, une fois la société dissoute... Eh bien, je ne sais ce qu'il adviendra de sa bibliothèque, mais je doute qu'elle me revienne.

Mr Segundus mangea son pain (qui était aussi bon que feu Mr Plaisance et ses amis l'avaient soutenu) et ses harengs, puis but un peu de thé. Leur pouvoir apaisant sur un cœur inquiet devait être plus grand qu'il ne l'avait supposé, car il s'aperçut qu'il se sentait un peu mieux. Remonté de la sorte, il mit sa redingote, son chapeau, son cache-col et ses gants, et sortit en tapant des pieds dans les rues enneigées pour se diriger vers le lieu fixé par Mr Norrell pour les prodiges du jour, la cathédrale d'York.

J'espère que tous mes lecteurs sont familiers d'une vieille cité épiscopale anglaise, sans quoi je crains que la signification du choix de ce lieu particulier par Mr Norrell ne leur échappe. Ils doivent comprendre que dans une vieille cité épiscopale la grande église n'est pas un monument parmi d'autres ; c'est LE monument, différent de tous les autres par ses dimensions, sa beauté et sa solennité. Même à l'époque moderne, où une vieille cité épiscopale peut être équipée de toutes les élégantes installations des immeubles municipaux, des salles de réunion et des fêtes (et York était bien pourvue à cet égard), la cathédrale se dresse au-dessus de celles-ci, en témoignage de la dévotion de nos aïeux. La ville contient quelque chose de plus vaste qu'elle. En vaquant à ses affaires dans le labyrinthe des ruelles étroites, on est sûr de perdre de vue la cathédrale, puis tout à coup la cité s'ouvrira devant soi et la voici, cent fois plus haute et cent fois plus imposante que tout autre édifice ; on s'avise qu'on a atteint le cœur de la ville, et que toutes les rues et tous les chemins ont mené nos pas, d'une manière ou d'une autre, vers ce lieu bien plus profondément mystérieux que ceux connus de Mr Norrell. Telles étaient les pensées qui agitaient Mr Segundus au moment où il pénétrait sur le parvis et se tenait au pied de la grande et lugubre ombre bleue de la façade ouest de la cathédrale. À ce moment-là arriva le Dr Foxcastle, tournant le coin magistralement, toutes voiles dehors, telle une grande nef noire. Ayant reconnu Mr Segundus, il mit le cap vers lui et lui donna le bonjour.

— Monsieur, dit le Dr Foxcastle, peut-être aurez-vous l'amabilité de me présenter à Mr Norrell ? Voilà un gentleman que j'aimerais beaucoup connaître.

— Je n'en serai que trop heureux, monsieur, répondit Mr Segundus, promenant ses regards autour de lui.

Les trois quarts des habitants étaient restés enfermés chez eux à cause des intempéries ; seules quelques silhouettes sombres couraient à pas précipités sur le champ immaculé qui s'étendait devant la grande église grise. Après examen, ceux-ci se révélèrent être des gentlemen de la Société d'York, ou des ecclésiastiques et des gardiens – bedeaux, suisses, sous-maîtres de chapelle, doyens, balayeurs de transept et autres gens de la sorte – qui avaient été dépêchés dans la neige par leurs supérieurs pour s'occuper des affaires de la cathédrale.

— Rien ne m'agréerait autant, monsieur, reprit Mr Segundus, que de vous obliger, mais je n'aperçois point Mr Norrell.

Pourtant quelqu'un était là.

Il se tenait seul dans la neige, juste en face de la cathédrale : un individu sombre, pas tout à fait respectable, qui observait Mr Segundus et le Dr Foxcastle d'un air de grand intérêt. Ses cheveux hirsutes pendaient sur ses épaules telle une chute d'eau noire ; il avait un visage maigre et volontaire, avec un côté tors dans l'ensemble, telle une racine d'arbre, et un long nez fin. Et, bien que son teint fût très pâle, quelque chose assombrissait ses traits, peut-être étaient-ce les ténèbres de ses yeux, ou la proximité de ces longs cheveux noirs et gras. Au bout d'un moment, ce personnage s'approcha des deux magiciens, les salua de façon sommaire et déclara espérer qu'ils voudraient bien lui pardonner de les importuner, mais ils lui avaient été désignés comme des messieurs qui étaient là pour la même affaire que lui. Il déclara qu'il s'appelait John Childermass, et était le régisseur de Mr Norrell en certaines matières (bien qu'il ne précisât pas lesquelles).

— J'ai le sentiment de connaître votre figure, dit Mr Segundus d'un air songeur. Je vous ai déjà rencontré, n'est-il pas ?

Une expression altéra fugitivement le visage sombre de Childermass , il était impossible de savoir si c'était un rire ou un froncement de sourcils.

— Je suis souvent à York pour les affaires de Mr Norrell, monsieur. Peut-être m'avez-vous vu chez un des marchands libraires de la cité ?

— Non, répondit Mr Segundus, je vous ai vu… Je puis vous décrire… où ?… Oh ! cela va me revenir dans un instant !

Childermass leva un sourcil pour signifier qu'il en doutait fort.

— Assurément, Mr Norrell vient en personne ? s'enquit le Dr Foxcastle.

Childermass demanda pardon au Dr Foxcastle ; il ne pensait pas que Mr Norrell se déplacerait. Il ne pensait pas que Mr Norrell vît une raison de venir.

— Ah ! s'exclama le Dr Foxcastle. Alors il s'avoue vaincu, n'est-ce pas ? Bon, bon, bon. Pauvre monsieur ! Il se sent on ne peut plus ridicule, je présume, si je puis me permettre. Très certainement. C'était une noble tentative, en tout cas. Nous ne lui en tiendrons aucune rigueur.

Le Dr Foxcastle, soulagé de ne pas voir de magie, se sentait magnanime.

Childermass demanda une fois de plus pardon au Dr Foxcastle ; il craignait que le Dr Foxcastle se fût mépris sur le sens de ses paroles. À n'en point douter, Mr Norrell accomplirait un acte de magie ; il agirait de l'abbaye de Hurtfew, et les résultats seraient visibles à York.

— Les gentlemen, expliqua Childermass au Dr Foxcastle, n'aiment pas quitter leur coin du feu à moins d'y être contraints. Sans doute si vous, monsieur, aviez pu mener votre observation de l'affaire de votre salon, vous ne seriez pas ici dans le froid et l'humidité.

Le Dr Foxcastle prit une vive inspiration et gratifia Childermass d'un regard signifiant à quel point il le trouvait insolent.

Childermass ne parut pas démonté par l'opinion que le Dr Foxcastle avait de lui ; en fait, il eut l'air plutôt amusé.

— C'est l'heure, messieurs, reprit-il. Vous devriez aller prendre place dans l'église. Vous seriez désolés, j'en suis convaincu, de manquer l'événement auquel tant de changements sont suspendus.

L'heure était passée de vingt minutes, et des membres de la Société d'York entraient déjà à la file dans la cathédrale par la porte du transept sud. Plusieurs regardaient autour d'eux avant d'y pénétrer, comme pour lancer un dernier et tendre adieu à un monde qu'ils n'étaient pas si sûrs de revoir.

3

Les pierres d'York

Février 1807

Une grande et vieille église au cœur de l'hiver est, dans le meilleur des cas, un lieu lugubre ; les frimas de cent hivers semblent s'être conservés dans ses pierres et en suinter. Dans la pénombre humide et glacée de la cathédrale, les membres de la Société d'York étaient contraints de rester debout à attendre d'être ébaubis, sans aucune assurance que la surprise escomptée serait agréable.

Mr Honeyfoot ébaucha un sourire enjoué à l'adresse de ses compagnons ; pour un gentleman aussi exercé dans l'art du sourire affable, sa prestation était bien piètre.

À cet instant, les cloches se mirent à tinter. Le carillon de Saint-Michel-le-Belfrey sonnait simplement la demi-heure, mais, à l'intérieur de la cathédrale, il prenait une sonorité étrange, lointaine, rappelant les cloches d'une autre contrée. Le son n'en était aucunement joyeux. Les gentlemen de la Société d'York savaient fort bien que les cloches accompagnaient souvent la magie et, en particulier, la magie de ces êtres surnaturels, les fées ; ils savaient que, au temps jadis, des clochettes d'argent résonnaient souvent au moment où un Anglais ou une Anglaise d'une qualité ou d'une beauté spéciale était sur le point d'être ravi(e) par les fées pour vivre pour toujours dans d'étranges pays fantomatiques. Même le roi Corbeau – qui n'était pas une fée, mais un Anglais – avait la manie quelque peu regrettable d'enlever des hommes et des femmes afin de les emmener vivre avec lui dans son château des Autres Pays[1]. Aurions-nous, vous et moi, le pouvoir de nous emparer par

---

1. La célèbre ballade « Le roi Corbeau » décrit précisément un tel enlèvement :

« Pas longtemps, pas longtemps, m'a dit mon père / Pas longtemps tu seras nôtre / Le roi Corbeau ne sait que trop bien / Quelles fleurs sont les plus belles.

« Le prêtre était par trop mondain / Même s'il priait et agitait sa cloche / Le roi Corbeau trois cierges alluma / Le prêtre dit que c'était bien.

magie de tout être humain au monde qui nous aurait tapé dans l'œil, ainsi que celui de garder l'heureux élu à notre côté de toute éternité, notre choix tomberait sans doute sur un être un tantinet plus captivant qu'un membre de la Société savante des magiciens d'York. Cette pensée réconfortante, toutefois, ne venait pas à l'esprit des gentilshommes rassemblés à l'intérieur de la cathédrale d'York. Plusieurs d'entre eux commençaient à se demander si la lettre du Dr Foxcastle n'avait pas ulcéré Mr Norrell, et ils finirent par avoir sérieusement peur.

Alors que les tintements de cloches s'éteignaient, une voix retentit dans les ombres sinistres au-dessus de leurs têtes. Les magiciens tendirent l'oreille pour l'écouter. Beaucoup étaient déjà dans un état de nervosité et de tension si extrême qu'ils s'imaginaient recevoir des instructions, comme dans un conte de fées. Ils se figuraient qu'on leur communiquait de mystérieuses interdictions. De telles instructions et interdictions, les magiciens le savaient grâce aux contes, sont ordinairement un brin étranges, mais pas très difficiles à observer, du moins à première vue. En général, elles suivent ce modèle-ci : « Ne pas manger la dernière prune confite du bocal bleu rangé dans le placard de coin » ou celui-là : « Ne pas battre sa femme avec une badine d'armoise ». Pourtant, que l'on songe encore aux contes de fées, les circonstances conspirent toujours contre le destinataire des instructions ; celui-ci se retrouve en train de commettre l'action même qui lui était proscrite, et un terrible destin lui tombe de ce fait sur la tête.

Au minimum les magiciens crurent entendre prononcer leur condamnation. Mais la langue dans laquelle s'exprimait la voix était peu claire. Une fois, Mr Segundus crut reconnaître un mot qui sonnait comme « malfaisant » et, une autre fois, « *interficere* », terme latin qui signifie « tuer ». La voix en soi n'était pas aisée à entendre ; elle n'avait pas la moindre ressemblance avec une voix humaine – ce qui ne servait qu'à accroître la peur des gentilshommes de voir apparaître des fées. Elle était suprêmement dure, grave et âpre ; on eût cru deux silex frottés ensemble, pourtant les sons produits étaient manifestement censés être articulés ; oui, ils étaient articulés. Ces messieurs levèrent la tête pour scruter l'obscurité avec appréhension ; ils n'aper-

---

« Les bras d'icelle étaient par trop faibles / Même si elle disait m'aimer aussi / Le roi Corbeau tendit la main / Avec un soupir elle me lâcha.

« Ce pays n'est que trop plat / Il se réflète au firmament / Et tremble comme la pluie battue par le vent / Au passage du roi Corbeau.

« Pour toujours et sans retour / Je t'en prie, de moi souviens-toi / Sur la lande, sous les étoiles / En la folle compagnie du Roi. »

çurent que la vague forme d'une petite gargouille de pierre surgissant d'un des rayons d'une grande colonne pour saillir dans le vide ténébreux. À mesure qu'ils s'accoutumaient à ces étranges sonorités, ils reconnaissaient de plus en plus de mots, un mélange d'ancien anglais et de latin classique, comme si celui qui les proférait ne savait pas qu'il s'agissait de deux langues distinctes. Heureusement, cet abominable galimatias présentait peu de difficultés pour les magiciens, dont la plupart avaient l'habitude de débrouiller les divagations et les écrits des clercs des temps anciens. Une fois traduit en anglais clair, compréhensible, le discours rendait à peu près ceci :

« Il y a longtemps, très longtemps de cela, cinq cents ans ou plus, par un jour d'hiver au crépuscule, un jeune homme entra dans l'église en compagnie d'une demoiselle à la chevelure entremêlée de feuilles de lierre. Il n'y avait personne d'autre, hormis les pierres. Personne pour le voir l'étrangler, hormis les pierres. Il la laissa retomber morte sur les dalles, et personne ne vit rien, hormis les pierres. Il ne fut jamais châtié pour son péché parce qu'il n'y avait d'autres témoins que les pierres. Les années passèrent et, chaque fois que le coupable pénétrait dans l'église et se tenait parmi les fidèles, les pierres criaient que c'était l'homme qui avait assassiné la demoiselle aux cheveux tressés de lierre, mais nul ne les a jamais entendues. Cependant, il n'est point trop tard. Nous savons où il est enterré ! Dans le coin du transept sud ! Vite ! Vite ! Allez quérir des pioches ! Allez quérir des pelles ! Descellez les dalles de pierre. Exhumez ses ossements ! Brisez-les avec la pelle ! Jetez son crâne contre les colonnes et fracassez-le ! Que les pierres aient aussi leur vengeance ! Il n'est point trop tard ! Il n'est point trop tard ! »

À peine les magiciens avaient-ils eu le temps de digérer ces paroles et de s'interroger sur l'identité de celui qui parlait, qu'une autre voix sépulcrale s'élevait. Cette fois-ci, la voix provenait du chœur et ne parlait qu'anglais – une curieuse variante d'anglais, truffée de mots archaïques et oubliés. Cette voix se plaignait d'une soldatesque qui serait entrée dans l'église et aurait brisé des vitraux. Un siècle plus tard, les vandales étaient revenus pour démolir un jubé, mutiler les visages des saints, emporter l'orfèvrerie. Une fois, ils avaient même aiguisé leurs pointes de flèches sur le rebord des fonts baptismaux ; trois siècles plus tard, ils avaient fait feu de leurs pistolets dans le chapitre. La seconde voix ne paraissait pas comprendre que les hommes n'avaient pas la faculté de vivre bien longtemps, alors qu'une grande église pouvait rester debout pendant des millénaires. « Ils trouvent leur bonheur dans la destruction ! clamait-elle. Ils ne méritent que d'être détruits ! » À l'instar du premier, celui qui parlait semblait loger dans l'église depuis d'innombrables années et avait vraisemblablement entendu un grand nombre de prêches et de prières, pourtant les plus douces des vertus chrétiennes – la pitié, l'amour, l'humilité – lui étaient inconnues. Et pendant ce temps la première voix continuait de pleurer la demoiselle aux cheveux tressés de lierre. Les deux litanies rocailleuses s'entrechoquaient d'une manière très déplaisante à l'oreille.

Mr Thorpe, qui avait un cœur vaillant, alla seul jeter un regard furtif dans le chapitre pour découvrir qui parlait.

— C'est une statue, déclara-t-il.

Alors les gentlemen de la Société d'York scrutèrent de nouveau les ténèbres au-dessus de leurs têtes en direction de la première voix surnaturelle. Cette fois, très peu d'entre eux doutèrent que la gargouille de pierre en était à l'origine car, au moment où ils regardaient, ils distinguèrent ses petits bras épais, qu'elle agitait de désespoir.

Puis tous les autres monuments et statues de la cathédrale se mirent à parler pour témoigner, de leurs voix caverneuses, de tout ce qu'ils avaient vu au cours de leurs vies de pierre. Le vacarme, ainsi que Mr Segundus le rapporta plus tard à Mrs Pleasance, était indescriptible. En effet, la cathédrale d'York possédait maintes créatures et animaux fabuleux sculptés qui battaient des ailes.

Beaucoup se plaignaient de leurs voisins, et peut-être n'est-ce guère surprenant puisqu'ils étaient contraints de rester ensemble depuis tant de siècles. Quinze rois de pierre se dressaient chacun sur un socle de pierre dans un grand jubé. Leurs cheveux étaient frisés, on eût dit qu'ils avaient été enroulés sur des papillotes sans avoir jamais été brossés ; Mrs Honeyfoot ne pouvait les voir sans déclarer qu'elle mourait d'envie de donner un coup d'étrille à chacun de ces chefs royaux. Dès l'instant où ils eurent la faculté de la parole, les rois commencèrent à se disputer et à s'apostropher les uns les autres – car tous les socles étaient de hauteur égale, et les rois, y compris ceux de pierre, détestent par-dessus tout d'être mis sur un pied d'égalité. Un petit groupe de personnages singuliers se donnaient le bras et guettaient de leurs yeux de pierre, du haut d'une colonne ancienne. Aussitôt que le sortilège produisit son effet, chacun de ceux-ci tenta de repousser les autres loin de lui, comme si même des bras de pierre pouvaient s'ankyloser au bout d'un ou deux siècles, et que leurs propriétaires commençassent à se lasser d'être enchaînés les uns aux autres.

Une statue parlait ce qui leur parut être de l'italien. Personne n'en savait la raison – Mr Segundus devait découvrir plus tard qu'elle était une copie d'une œuvre de Michel-Ange. Elle décrivait une église entièrement différente, où des ombres d'un noir profond contrastaient vivement avec une lumière éclatante. En d'autres mots, elle dépeignait ce que voyait sa parente romaine.

Mr Segundus était content de constater que les magiciens, bien que très effrayés, demeuraient dans l'enceinte de l'église. Certains étaient si médusés par ce qu'ils voyaient qu'ils ne tardèrent pas à oublier leur peur et coururent de tous côtés pour découvrir de plus en plus de miracles, faisant des observations, crayonnant leurs notes dans de petits carnets comme s'ils avaient oublié le perfide document qui, à dater de ce jour, devait les empêcher d'étudier la magie. Un long moment, les magiciens d'York (qui, hélas ! ne seraient bientôt plus magiciens) déambulèrent dans les travées et virent des prodiges. À tout moment, leurs oreilles étaient assaillies par l'affreuse cacophonie de mille voix caverneuses qui parlaient toutes ensemble.

Dans la salle capitulaire, des dais de pierre s'ornaient de nombreuses têtes aux drôles de couvre-chefs, qui jacassaient et caquetaient de concert. Ici se trouvaient de merveilleuses sculptures de cent arbres anglais : aubépine, chêne, prunellier, armoise, cerisier et bryone. Mr Segundus découvrit deux dragons de pierre à peine plus longs que l'avant-bras, qui se poursuivaient l'un l'autre sous des branches, des feuilles, des racines et des vrilles d'aubépine de pierre. Ils se déplaçaient avec autant de facilité que toute autre créature. Le bruit de tant de muscles minéraux bougeant ensemble sous leur peau minérale, frottant en sus sur des côtes de pierre, résonnant contre un cœur de pierre – sans parler du bruit des griffes de pierre cliquetant sur des branches elles aussi de pierre –, était intolérable, et Mr Segundus se demandait si ses confrères pourraient le supporter. Il observa un petit nuage de poussière grumeleuse, pareil à celui qui accompagnait le travail d'un tailleur de pierres, et qui s'élevait dans les airs autour d'eux ; si le sortilège leur permettait de rester en mouvement un certain temps, il songea que les reliefs allaient s'user jusqu'à ne plus être qu'un éclat de silex.

Des feuilles et des herbes de pierre frémissaient et tremblaient, comme agitées par le vent ; quelques-unes d'entre elles imitaient même leurs doubles végétaux au point de croître. Par la suite, quand le sortilège serait rompu, on devait découvrir des églantines et du lierre pétrifiés entortillés autour des stalles, des lutrins et des livres de prières, là où il n'y avait jamais eu ni lierre ni églantine de pierre.

Les magiciens de la Société d'York ne furent pas les seuls à contempler des prodiges ce jour-là. Intentionnellement ou non, la magie de Mr Norrell avait débordé le parvis de la cathédrale pour se répandre dans la cité. Trois statues de la façade ouest de la cathédrale avaient été confiées aux ateliers de Mr Taylor pour restauration. Des siècles de pluies du Yorkshire avaient érodé ces figures, et plus personne ne savait quels grands personnages elles étaient censées représenter. À dix heures et demie, un des maçons de Mr Taylor porta son ciseau à hauteur du visage d'une de ces statues dans l'intention de lui redonner l'aspect d'une jolie sainte ; à cet instant, la statue poussa un cri et leva le bras pour éviter le ciseau, provoquant la pâmoison du malheureux ouvrier. Par la suite, les statues furent replacées à l'extérieur de la cathédrale, intactes, leurs faces aussi aplaties que des biscuits et aussi lisses que du beurre.

Puis, tout à coup, un changement se produisit dans le vacarme ; les voix s'éteignirent une à une, jusqu'au moment où les magiciens entendirent de nouveau le carillon de Saint Michel-le-Belfrey sonner la demi-heure. La première voix (celle de la petite statue cachée là-haut dans les ténèbres) continua quelque temps après que les autres se furent tues, sur son vieux thème du meurtrier impuni (« Il n'est pas trop tard ! il n'est pas trop tard ! »), avant de s'abîmer à son tour dans le silence.

Le monde avait changé pendant le séjour des magiciens à l'intérieur de l'église. La magie était de retour en Angleterre, que ses représentants le voulussent ou non. D'autres changements de nature plus prosaïque étaient aussi advenus : le ciel s'était rempli de lourdes nuées, chargées de neige. Leur gris était un curieux mélange de bleu ardoise et de vert glauque. Cette singulière couleur créait une sorte de lumière crépusculaire, telle celle qu'on imagine propre aux légendaires royaumes sous la mer.

Mr Segundus se sentit très fatigué par son aventure. D'autres messieurs avaient été plus effrayés que lui ; il avait assisté à un sortilège et trouvait cela merveilleux au-delà de tout ce qui était imaginable. Pourtant, maintenant que c'était fini, il était plongé dans une grande agitation et souhaitait plus que tout au monde avoir l'autorisation de rentrer tranquillement chez lui sans parler à personne. En proie à cet état d'émotivité, il se trouva abordé par le gérant d'affaires de Mr Norrell.

— Je crois, monsieur, dit Mr Childermass, que votre société doit être dissoute à présent. Vous m'en voyez désolé.

Peut-être était-ce entièrement le fait de son abattement : Mr Segundus subodorait que, malgré ses manières respectueuses, Childermass, en quelque autre partie de sa personne, se gaussait des magiciens d'York. Childermass appartenait à cette inconfortable classe d'hommes qui sont de basse extraction et ont donc pour destin de servir leurs maîtres toute leur vie, mais dont l'intelligence et les talents les poussent à rechercher la reconnaissance et des récompenses bien au-dessus de leur portée. Parfois, grâce à quelque heureux concours de circonstances, ces hommes trouvent le chemin de la grandeur ;

le plus souvent, cependant, la pensée de ce qui aurait pu être les aigrit ; ils font des domestiques indociles et accomplissent leurs tâches guère mieux – ou moins bien – que leurs congénères moins doués. Ils deviennent insolents, perdent leurs places et finissent mal.

— Je vous demande pardon, monsieur, reprit Childermass, mais j'ai une question à vous poser. J'espère qu'elle ne vous paraîtra pas impertinente. J'aimerais savoir s'il vous arrive d'ouvrir une gazette londonienne ?

Mr Segundus répondit par l'affirmative.

— Ah, oui ? C'est très intéressant. J'ai moi-même beaucoup d'affection pour un quotidien. Malheureusement, je n'ai guère le loisir de lire… À part les livres qui me passent entre les mains dans le cadre de mes fonctions pour Mr Norrell. Et quel genre de choses trouve-t-on dans une gazette londonienne de nos jours ? Vous voudrez bien excuser mon insistance, monsieur, seulement Mr Norrell, qui n'ouvre jamais un journal, m'a posé la question hier, et je ne me suis pas jugé qualifié pour y répondre.

— Eh bien, dit Mr Segundus, légèrement embarrassé, on y trouve toutes sortes de choses. Qu'aimeriez-vous savoir ? Il y a les comptes-rendus des actions de la marine de Sa Majesté contre les Français, les discours du gouvernement, la chronique des scandales et des divorces. Est-ce là ce que vous vouliez ?

— Oh, oui ! acquiesça Childermass. Vous l'expliquez fort bien, monsieur. Je me demande, poursuivit-il, devenant songeur, si les nouvelles de province sont relatées dans les gazettes londoniennes… Si, par exemple, les remarquables événements d'aujourd'hui pourraient mériter un entrefilet…

— Je l'ignore, répondit Mr Segundus. Pourquoi non ? Mais enfin, vous savez, le Yorkshire est si loin de Londres ! Peut-être les rédacteurs londoniens n'auront-ils jamais vent de ce qui s'est passé.

— Ah ! dit Mr Childermass, avant de s'enfermer dans le mutisme.

La neige se mit à tomber, d'abord quelques flocons, puis davantage, jusqu'à ce qu'un million de flocons descendissent doucement d'un ciel gris-vert, mou et plombé. Sous la neige, toutes les maisons d'York devinrent un tantinet plus floues, un tantinet plus grises ; les habitants paraissaient tous un tantinet plus petits ; les cris et les clameurs, les bruits de pas et de sabots, les grincements des voitures et les claquements de portes résonnaient tous d'une manière un tantinet plus lointaine. Et peu à peu tout devint moins important ; finalement, le monde se limita à la neige qui tombait, au ciel d'un vert glauque, au vague fantôme gris de la cathédrale d'York… et à Childermass.

Childermass ne soufflait mot. Mr Segundus se demanda ce qu'il voulait de plus : il avait répondu à toutes ses questions. Childermass guettait

Mr Segundus de ses drôles d'yeux noirs, comme s'il attendait que Mr Segundus ajoutât quelques mots – comme s'il escomptait vraiment que Mr Segundus les prononcerait, et que rien au monde ne fût plus certain.

— Si vous voulez, tenta Mr Segundus, secouant la neige de sa pèlerine, je puis dissiper les doutes éventuels. Je puis écrire une lettre au rédacteur en chef du *Times* pour le renseigner sur les extraordinaires exploits de Mr Norrell.

— Oh ! quelle générosité ! s'écria Childermass. Croyez-moi, monsieur, je sais que peu de gentlemen seraient aussi magnanimes dans la défaite. Toutefois, je n'en attendais pas moins de votre part. J'ai dit à Mr Norrell que je ne pensais pas qu'il y eût un gentleman plus obligeant que Mr Segundus.

— Je vous en prie ! se récria Mr Segundus, ce n'est rien.

La Société savante des magiciens d'York fut dissoute, et ses membres furent contraints de renoncer à la magie (tous, à l'exception de Mr Segundus). Même si certains d'entre eux étaient sots, et que tous ne fussent pas d'une extrême amabilité, je ne crois pas qu'ils méritaient une telle avanie. En effet, à quoi est condamné un magicien qui, conformément à un accord pernicieux, n'a plus le droit d'étudier la magie ? À musarder dans sa maison jour après jour, à déranger sa nièce (ou son épouse, ou sa fille) dans ses travaux de couture et à harceler les domestiques de questions sur des matières auxquelles il ne s'était jamais intéressé auparavant pour le plaisir d'avoir quelqu'un à qui parler, jusqu'à ce que les domestiques se plaignent de lui à leur maîtresse. Il prend un livre, commence à lire sans prêter attention à sa lecture, et il lui faut atteindre la page 22 pour découvrir qu'il s'agit d'un roman – le type d'ouvrage qu'il méprise plus que tout autre ; il le repose alors avec dégoût. Il demande l'heure à sa nièce (ou à son épouse, ou à sa fille) dix fois par jour, car il ne peut croire que le temps puisse s'écouler si lentement, et il s'emporte contre sa montre de gousset pour la même raison.

Mr Honeyfoot, j'en suis fort aise, s'en tira un peu mieux que les autres. Ayant un cœur tendre, il avait été très affecté par l'histoire que la gargouille de pierre avait relatée du haut des ténèbres. Celle-ci gardait la mémoire de ce crime affreux dans son petit cœur de pierre depuis des siècles, elle et personne d'autre se souvenait de la demoiselle à la chevelure tressée de lierre, et Mr Honeyfoot estimait que cette fidélité devait trouver sa récompense. Aussi écrivit-il au doyen, aux chanoines et à l'archevêque, se rendant importun jusqu'à ce que ces importants personnages consentissent à l'autoriser à desceller les dalles du transept sud. Une fois cela fait, Mr Honeyfoot et les hommes dont il avait loué les services exhumèrent des ossements dans un cercueil de plomb, exactement comme la petite gargouille de pierre l'avait prédit. Le doyen prétendit alors qu'il ne pouvait autoriser le retrait des ossements de la cathédrale (ce qui était le vœu de Mr Honeyfoot) sur le seul témoignage de la petite gargouille de pierre ; pareille action était sans précédent. Ah, mais si ! il existait des précédents, vous savez, objecta Mr Honeyfoot. Et la dispute fit rage de nombreuses années. En conséquence, Mr Honeyfoot n'eut pas vraiment le loisir de se repentir d'avoir signé le document de Mr Norrell[1].

La bibliothèque de la Société savante des magiciens d'York fut vendue à Mr Thoroughgood de Coffee-yard. Personne ne songea à signaler ce fait à l'attention de Mr Segundus, et il ne l'apprit que par une voie détournée, après que le commis de Mr Thoroughgood en eut parlé à un ami (un vendeur de la mercerie Priestley) et que cet ami en eut par hasard touché un mot à Mrs Cockcroft, de la *George Inn*, qui mit au courant Mrs Pleasance, laquelle était la logeuse de Mr Segundus. Dès que Mr Segundus en eut vent, il courut par les rues enneigées jusqu'à la boutique de Mr Thoroughgood, sans prendre la peine de mettre son chapeau, son pardessus ou ses bottes. Hélas, les livres étaient déjà partis. Il demanda à Mr Thoroughgood qui les avait achetés. Mr Thoroughgood pria Mr Segundus de lui pardonner, mais il craignait de ne pouvoir divulguer l'identité de l'acquéreur ; il ne pensait pas que le gentilhomme souhaitât que son nom circulât. Hors d'haleine, sans son

1. L'exemple invoqué par Mr Honeyfoot était un meurtre qui avait eu lieu en 1279 à Alston, morne ville des landes. Le corps d'un jeune homme fut découvert dans le cimetière, pendu à une aubépine qui poussait devant la porte de l'église. Au-dessus de celle-ci, il y avait une statue de la Vierge à l'Enfant. Aussi les habitants d'Alston transmirent-ils la nouvelle à Newcastle, au château du roi Corbeau. Celui-ci dépêcha deux magiciens pour faire parler la Vierge et l'Enfant Jésus, leur faire dire comment ils avaient vu un étranger tuer le garçon, mais, quelle qu'en fût la raison, ils ne savaient rien. Après cela, chaque fois qu'un étranger venait dans leur ville, les habitants d'Alston le traînaient devant la porte de l'église et lui demandaient : « Est-ce lui ? », mais la Vierge et l'Enfant répondaient toujours que ce n'était pas lui. Sous les pieds de la Vierge se trouvaient un lion et un dragon qui étaient enroulés l'un autour de l'autre d'une façon étrange et se mordaient réciproquement le cou. Ces créatures avaient été sculptées par un artiste qui, sans avoir jamais vu de lion ni de dragon, avait vu un grand nombre de chiens et de moutons, et il restait quelque chose du chien et du mouton dans sa sculpture. Chaque fois, donc, qu'un malheureux était amené devant la Vierge et l'Enfant à des fins d'examen, le lion et le dragon cessaient de se mordre et relevaient la tête tels les chiens de garde extraordinaires de la Vierge. Le lion aboyait et le dragon bêlait furieusement.

Les années passèrent. Les habitants de la ville qui se souvenaient du jeune homme étaient tous morts, et le meurtrier aussi, vraisemblablement. Mais la Vierge et l'Enfant avaient en quelque sorte pris l'habitude de parler et, chaque fois qu'un malheureux étranger passait à portée de leur regard, ils tournaient leur tête de pierre et disaient : « Ce n'est pas lui. » Alson acquit la réputation d'un lieu surnaturel, que les gens s'efforçaient à tout prix d'éviter.

manteau et sans son chapeau, avec ses chaussures trempées et ses bas tachés de boue qui en faisaient le point de mire de tous les clients du magasin, Mr Segundus éprouva quelque satisfaction à informer Mr Thoroughgood que cela n'avait aucune importance que Mr Thoroughgood lui répondît ou non, car il croyait connaître le gentilhomme en question.

Mr Segundus ne manquait pas de curiosité sur le compte de Mr Norrell. Il pensait beaucoup à lui et en parlait souvent avec Mr Honeyfoot[1]. Mr Honeyfoot était convaincu que tous les précédents événements pouvaient s'expliquer par le fervent désir de Mr Norrell de faire renaître la magie en Angleterre. Mr Segundus, plus dubitatif, commença à regarder autour de lui pour voir s'il trouvait une relation de Norrell susceptible de lui en apprendre davantage.

Un gentleman de la condition de Mr Norrell, doté d'une belle demeure et d'un grand domaine, sera toujours une source d'intérêt pour ses voisins et, à moins que lesdits voisins soient tout à fait stupides, ils s'arrangeront toujours pour avoir un aperçu de ses activités. Mr Segundus découvrit une famille de Stonegate liée par cousinage avec des gens qui possédaient une ferme à cinq milles de l'abbaye de Hurtfew ; il offrit son amitié à la famille de Stonegate et persuada celle-ci de donner un dîner auxquels seraient invités leurs cousins. (Mr Segundus était de plus en plus choqué par son don inné pour monter ces petits stratagèmes.) Les cousins arrivèrent en temps voulu et se montrèrent tous on ne peut plus disposés à dégoiser sur leur riche et original voisin qui avait ensorcelé la cathédrale d'York. Néanmoins, leurs cancans se résumaient à ce renseignement : Mr Norrell s'apprêtait à quitter le Yorkshire pour se rendre à Londres.

Mr Segundus fut surpris par cette nouvelle, et surtout de l'effet que celle-ci produisait sur son moral. Il se sentait curieusement déçu – ce qui était ridicule, se répétait-il : Norrell ne lui avait jamais manifesté un quelconque intérêt, ni témoigné la moindre bonté. Pourtant, Norrell était désormais le seul confrère de Mr Segundus. Après son départ, Mr Segundus serait le seul magicien, le dernier magicien du Yorkshire.

---

1. Afin de mieux comprendre la nature de Mr Norrell et ses pouvoirs magiques, Mr Segundus rédigea une soigneuse description de sa visite à l'abbaye de Hurtfew. Malheureusement, il estima son mémoire particulièrement imprécis sur ce point. Quand il relisait ce qu'il avait écrit, il s'apercevait que ses souvenirs étaient désormais autres. Chaque fois il raturait des mots et des expressions pour les remplacer par d'autres, et il finissait par tout recomposer. Au bout de quatre ou cinq mois, il fut forcé de s'avouer qu'il ne savait plus ce que Mr Honeyfoot avait dit à Mr Norrell, ni ce que Mr Norrell avait pu répondre, ni ce que lui, Mr Segundus, avait vu dans le manoir. Il en conclut que tenter d'écrire sur le sujet était vain, et il jeta ses textes au feu.

4

Les Amis de la magie anglaise

Début du printemps 1807

Considérez, si vous voulez bien, un homme qui se tient dans sa bibliothèque jour après jour, un être de petite taille, dépourvu de tout charme particulier. Son livre est posé sur la table, devant lui. Une provision fraîche de porte-plumes, un canif pour aiguiser les plumes neuves, de l'encre, du papier, des carnets, tout est commodément à portée de sa main. Un feu flambe toujours dans la cheminée ; notre ami ne peut s'en passer, il est frileux. La pièce change avec les saisons, pas lui. Trois grandes croisées ouvrent sur la campagne anglaise, paisible au printemps, riante en été, mélancolique en automne et morne en hiver – exactement comme doit l'être un paysage anglais. Toutefois, les changements de saison n'éveillent aucun intérêt en lui ; il lève rarement les yeux des pages de son ouvrage. Il prend de l'exercice à l'exemple de tout gentleman ; par temps sec, ses longues promenades l'entraînent à travers le parc et le long d'un petit bois ; par temps humide, il y va de son tour dans le bosquet. Mais il ne connaît pas grand-chose au bosquet, au parc ou au bois. Un livre l'attend sur la table de la bibliothèque ; ses yeux croient toujours suivre sa ligne de caractères, sa tête ressasse sa démonstration, ses doigts le démangent de le reprendre. Il fréquente ses voisins deux ou trois fois le trimestre, car on est en Angleterre, où les voisins ne souffriront jamais que l'un des leurs vive à l'écart de toute société, ni ne lui permettront d'être aussi sec et revêche qu'il lui est possible. Ils lui rendaient donc visite, laissaient leurs cartes aux domestiques, l'invitaient à dîner ou à venir danser dans les salles de bal. Leurs intentions sont charitables pour la plupart – ils ont dans l'idée que la solitude n'est pas bonne pour un homme – ; ils sont aussi quelque peu curieux de savoir s'il a changé en quoi que ce soit depuis la dernière fois qu'ils l'ont vu. Il n'a pas changé. Il n'a rien à leur dire et passe pour l'homme le plus assommant du Yorkshire.

Une ambition dont l'ardeur eût donné satisfaction même à Mr Honeyfoot animait pourtant le petit cœur sec de Mr Norrell, celle de préparer le retour de la magie en Angleterre. Et c'était dans l'intention de mener cette ambition à son assouvissement longtemps différé que Mr Norrell se proposait désormais d'aller à Londres.

Childermass lui assura que le moment était favorable. Or Childermass connaissait le monde. Childermass savait à quels jeux les enfants jouaient au coin des rues, jeux oubliés depuis longtemps par les autres grandes personnes. Childermass savait à quoi les vieilles gens pensaient au coin du feu, même si nul ne le leur avait demandé depuis des années. Childermass savait aussi ce que les jeunes gars entendaient dans le roulement des tambours et le son des fifres qui les poussaient à partir de la maison pour devenir soldats, comme il connaissait le demi-coquetier de gloire et le tonneau de malheur qui les attendaient. Childermass était capable de regarder un homme de loi distingué dans la rue et de vous détailler le contenu des poches de ses basques. Et tout ce que savait Childermass faisait sourire Mr Norrell ; certaines choses qu'il savait provoquaient même chez lui de francs éclats de rire, et rien de ce qu'il savait ne lui arrachait plus de deux sous de pitié.

Aussi, quand Childermass dit à son maître : « Allez à Londres, allez-y maintenant ! », Mr Norrell le crut.

— La seule chose qui ne me plaît pas beaucoup, maugréa Mr Norrell, c'est votre projet de demander à Segundus d'écrire pour notre compte à une des gazettes londoniennes. Il est certain qu'il commettra des bourdes dans son texte. Y avez-vous songé ? Il s'essaiera à une interprétation sans aucun doute. Ces savants de troisième ordre ne peuvent jamais s'empêcher d'ajouter leur grain de sel. Il émettra des conjectures – de fausses conjectures, naturellement – sur la sorte de magie que j'ai utilisée à York. Il y a déjà suffisamment de confusion autour de la magie sans que nous y ajoutions, n'est-il pas ? Faut-il recourir à Segundus ?

Childermass, abaissant vers son maître son regard sombre et un sourire encore plus sombre, répondit qu'il pensait qu'il le fallait.

— Je me demande, monsieur, dit-il, si vous avez entendu parler récemment d'un gentleman de la marine, un certain Baines ?

— Je crois connaître l'homme que vous citez, répondit Mr Norrell.

— Oh ! s'écria Childermass. Et comment sa réputation a-t-elle pu parvenir jusqu'à vous ?

Un bref silence.

— Eh bien, ma foi, répondit Mr Norrell à contrecœur, je présume que j'ai lu le nom du capitaine Baines dans la presse.

— Le lieutenant Hector Baines a servi sur *Le Roi du Nord*, une frégate, expliqua Childermass. À l'âge de vingt et un ans, il a perdu une jambe et trois doigts au cours d'une opération dans les Antilles. Le commandant du *Roi du Nord* et beaucoup de marins ont péri pendant cet engagement. Les articles selon lesquels le lieutenant Baines a continué de commander le bâtiment et de donner des ordres à son équipage pendant que le chirurgien du bord lui sciait la jambe sont, si je puis me permettre, très exagérés. Néanmoins, il est certain qu'il a ramené des Antilles un navire terriblement avarié, attaqué un galion espagnol rempli de butin et amassé une fortune avant de rentrer au pays en héros. Il a rompu avec la demoiselle à laquelle il était fiancé pour en épouser une autre. Voilà, monsieur, l'histoire du capitaine Baines telle qu'elle a paru dans le *Morning Post*. Et maintenant je vais vous narrer la suite. Baines est un enfant du Nord comme vous, monsieur, un homme d'obscure naissance sans beaucoup d'amis pour lui faciliter la vie. Peu après son mariage, lui et son épouse se rendirent à Londres et descendirent dans une demeure amie, à Seacoal-lane, et pendant leur séjour reçurent des visiteurs de tous rangs et de toutes conditions. Des vicomtesses les conviaient à leurs tables, des membres du Parlement leur portaient des toasts, et tout ce que pouvaient apporter l'influence et le parrainage était promis au capitaine Baines. Ce succès, monsieur, je l'attribue à l'approbation et à l'estime générale que l'article du journal lui a values. Peut-être avez-vous des amis à Londres qui vous accorderont les mêmes faveurs sans déranger les chefs de rédaction des journaux ?

— Vous savez très bien que non, répondit Mr Norrell avec impatience.

Dans l'intervalle, Mr Segundus peina très longtemps sur sa lettre. Cela le chagrinait de ne pouvoir montrer plus de flamme dans son éloge de Mr Norrell. Les lecteurs de la gazette londonienne espéreraient sans doute qu'il dirait quelque chose des qualités personnelles de Mr Norrell et s'étonneraient qu'il ne le fît pas.

En temps utile, la lettre parut dans le *Times* sous le titre : « EXTRAORDINAIRES ÉVÉNEMENTS D'YORK : APPEL AUX AMIS DE LA MAGIE ANGLAISE ». Mr Segundus terminait son récit de l'enchantement d'York en disant que les Amis de la magie anglaise devaient certainement bénir cet amour de la retraite absolue qui caractérisait la nature de Mr Norrell, car il avait favorisé ses études et avait enfin porté ses fruits sous la forme du merveilleux enchantement de la cathédrale d'York. Toutefois, concluait Mr Segundus, il appelait les Amis de la magie anglaise à se joindre à lui pour supplier Mr Norrell de ne pas retourner à sa vie d'études solitaire, mais de prendre sa place sur la grande scène des affaires de la Nation, ouvrant ainsi un nouveau chapitre de l'Histoire de la magie anglaise

L'appel aux Amis de la magie anglaise eut un effet des plus sensationnels, surtout à Londres. Les lecteurs du *Times* étaient absolument stupéfiés par les prouesses de Mr Norrell. Tout le monde désirait rencontrer le vieux magicien ; les jeunes ladies plaignaient les pauvres vieux messieurs d'York qui avaient été si terrifiés par lui et regrettaient personnellement de ne pas l'être autant qu'eux. Manifestement, il existait très peu de chances pour qu'une occasion pareille se représentât ; Mr Norrell résolut de s'installer à Londres en toute hâte.

— Vous devez me trouver un logement, Childermass, déclara-t-il. Trouvez-moi une maison susceptible de prouver à ses visiteurs que la magie est une profession respectable, non moins que le droit et beaucoup plus que la médecine.

Childermass s'enquit sèchement si Mr Norrell souhaitait le voir chercher une architecture qui illustrât la proposition selon laquelle la magie était aussi respectable que l'Église.

Mr Norrell, qui savait que la plaisanterie existait sur terre, sinon les auteurs n'y consacreraient pas de livres, mais n'en avait personnellement jamais été la cible, ni ne l'avait jamais maniée, réfléchit un moment avant de répondre enfin que, non, il n'estimait pas cette prétention justifiée.

Pensant peut-être que rien n'était aussi respectable que l'argent, Childermass dirigea donc son maître vers une maison de Hanover-square, au cœur des résidences des riches et des nantis. J'ignore quelle peut être votre opinion ; quant à moi, je n'aime guère le côté sud de Hanover-square ; les immeubles sont si hauts et si étroits – quatre étages au moins –, leurs grandes fenêtres sont si régulières, et puis chaque maison est si semblable à ses voisines qu'elles ont quelque peu l'apparence d'un haut mur bouchant la lumière. Quoi qu'il en soit, Mr Norrell (un être moins fantasque que votre humble servante) fut satisfait de son nouveau domicile. Ou, du moins, aussi satisfait que pouvait l'être un gentleman qui vivait depuis plus de trente ans dans un grand manoir entouré d'un parc où les arbres étaient séculaires, parc enclos à son tour dans un important domaine constitué de fermes et de bois. Un gentleman, en d'autres mots, qui n'avait jamais été heurté par la vue de la propriété d'autrui chaque fois qu'il regardait par la fenêtre.

— Voilà certainement un logement exigu, Childermass, déclara-t-il, mais je ne me plains pas. Comme vous le savez, mon propre confort m'est indifférent.

Childermass rétorqua que la maison était plus vaste que la plupart.

— Vraiment ? s'exclama Mr Norrell, très surpris.

Mr Norrell était particulièrement choqué par les modestes dimensions de la bibliothèque, qui n'était pas conçue pour accueillir un tiers des livres qu'il jugeait indispensables ; il demanda à Childermass comment les Londoniens rangeaient leurs livres. Peut-être ne lisaient-ils pas ?

Mr Norrell n'était pas à Londres depuis plus de trois semaines quand il reçut une lettre d'une Mrs Godesdone, une dame dont le nom lui était inconnu.

« Je ne suis pas sans savoir qu'il est très choquant que je puisse vous écrire sans que nous ayons été présentés. Nul doute que vous vous disiez : Qui est donc cette impertinente créature ? J'ignorais que ce genre de personne pouvait exister ! et me tiendrez pour scandaleusement hardie, etc. Cependant, Drawlight, l'un de mes amis les plus chers, m'assure que vous avez le naturel le plus doux qui soit au monde et ne m'en tiendrez pas rigueur. Je me fais une joie de vous connaître et considérerais comme un très grand honneur si vous consentiez à nous offrir le plaisir de votre présence à une soirée que nous donnons mardi soir. Surtout que la crainte d'affronter la foule ne vous empêche pas de venir ! Je déteste la foule par-dessus tout et seuls mes amis les plus intimes seront invités à vous rencontrer… »

Ce n'était pas le type de lettre à produire une impression très favorable sur Mr Norrell. Il la parcourut très rapidement, la mit de côté avec une exclamation de dégoût et reprit son livre. Peu de temps après, Childermass arrivait afin de traiter les affaires du matin. Il lut la lettre de Mrs Godesdone et demanda quelle réponse Mr Norrell escomptait lui apporter.

— Un refus, déclara Mr Norrell.

— Vraiment ? Et dois-je alléguer que vous avez un engagement antérieur ? s'enquit Childermass.

— Certainement, si vous voulez.

— Avez-vous donc un engagement antérieur ? insista Childermass.

— Non.

— Ah ! Alors peut-être est-ce la surabondance de vos obligations pour les autres jours qui vous pousse à refuser celle-ci ? Vous craignez d'être trop fatigué ?

— Je n'ai aucune obligation, vous le savez fort bien. – Mr Norrell lut pendant encore une ou deux minutes avant de remarquer, apparemment à l'adresse de son livre : – Vous êtes encore là ?

— Oui, je suis encore là.

— Eh bien, alors, qu'y a-t-il ? Qu'est-ce qui vous prend ?

— Je croyais que vous étiez venu à Londres pour montrer au monde à quoi ressemblait un magicien moderne. Vos affaires n'avanceront pas vite si vous devez rester cloîtré chez vous.

Mr Norrell ne pipa mot. Il reprit la lettre et l'examina.

— Drawlight, énonça-t-il enfin. Qu'entend-elle par là ? Je ne connais personne de ce nom.

— J'ignore ce qu'elle entend par là, répondit Childermass, mais il y a une chose que je sais : pour l'heure, il ne conviendrait pas de se montrer trop aimable.

À huit heures, le soir de la réception de Mrs Godesdone, Mr Norrell, qui avait revêtu sa plus belle redingote grise, était installé dans sa voiture, à s'interroger sur le cher ami de Mrs Godesdone, Drawlight, quand il s'avisa soudain qu'il n'avançait plus. En jetant un coup d'œil par la fenêtre, il vit à la lumière des réverbères un énorme embarras de personnes, de voitures et de chevaux. Pensant que tout le monde devait trouver les rues de Londres aussi déroutantes que lui, il supposa naturellement que son cocher et son valet de pied avaient perdu leur chemin et, tapant au toit de la voiture avec sa canne, s'emporta.

— Davey ! Lucas ! Ne m'avez-vous pas entendu dire Manchester-street ? Pourquoi ne pas vous être assurés du trajet avant notre départ ?

Lucas, perché à côté du cocher, se pencha pour crier qu'ils étaient déjà dans Manchester-street, mais qu'il leur fallait attendre leur tour ; avant eux, une longue file de voitures devait s'arrêter devant la maison.

— Quelle maison ? s'époumona Mr Norrell.

— La maison où ils se rendaient, répondit Lucas.

— Non, non, vous vous trompez, le réprimanda Mr Norrell. Ce doit être une petite réunion.

Toutefois, à son entrée dans la demeure de Mrs Godesdone, Mr Norrell se trouva instantanément plongé au milieu d'une centaine des amis les plus chers de Mrs Godesdone. Le vestibule et les salles de réception étaient bondés de monde, et il en arrivait davantage à chaque instant. Mr Norrell était sidéré. Pourtant, de quoi diable pouvait-il être surpris ? Il s'agissait d'une soirée londonienne en vue, guère différente de toutes celles qui étaient données chaque soir de la semaine dans n'importe laquelle d'une demi-douzaine de maisons à travers la ville.

Comment décrire une soirée londonienne ? Les lieux disparaissent sous une éblouissante profusion de bougies fichées dans des lustres de cristal ; des miroirs raffinés triplent et quadruplent la clarté ambiante jusqu'à ce que la nuit éclipse le jour. Des pyramides de fruits de serre multicolores se dressent majestueusement sur les tables recouvertes de nappes blanches ; des créatures divines, resplendissantes de bijoux, déambulent dans le salon deux par deux, bras dessus, bras dessous, admirées de tous ceux qui les voient. La chaleur est suffocante, la presse et le bruit presque aussi terribles ; il n'y a nulle place où s'asseoir et à peine celle de rester debout. Vous pouvez apercevoir votre plus cher ami dans un autre coin de la pièce, vous avez peut-être mille choses à lui conter, mais comment diable parvenir jusqu'à lui ? Avec un peu de chance, vous le retrouverez plus tard dans la bousculade et lui serrerez la main alors que vous passez avec précipitation l'un devant l'autre. Au milieu d'inconnus échauffés et hargneux, votre chance de tenir une conversation rationnelle est égale à celle que vous auriez dans un des déserts d'Afrique. Votre unique souhait est de protéger votre robe de soirée préférée des pires ravages de la cohue. Chacun se plaint de la chaleur et du manque d'air, déclare l'atmosphère irrespirable. Mais si c'est un supplice pour les invités, alors que dire de l'infortune de ceux qui n'ont pas été invités ? Nos souffrances ne sont rien comparées aux leurs ! En outre, demain, nous pourrons toujours nous répéter que la soirée était charmante.

Il se trouva que Mr Norrell arriva en même temps qu'une très vieille lady. Bien que très petite et déplaisante d'aspect, c'était visiblement quelqu'un d'important. (Elle était couverte de diamants.) Les domestiques se pressèrent autour d'elle, et Mr Norrell pénétra dans la maison sans éveiller leur attention. Il entra dans un salon comble, où il repéra une jatte de punch posée sur un guéridon. Pendant qu'il buvait son punch, il lui vint à l'esprit qu'il n'avait dit son nom à personne et que, par conséquent, nul n'était au courant de sa présence. Il tomba dans un abîme de perplexité sur la marche à suivre. Les autres invités étaient occupés à saluer leurs amis. Quant à aborder un des serviteurs et s'annoncer lui-même, Mr Norrell ne s'en sentait pas de taille ; leurs visages hautains et leurs attitudes indiciblement supérieures le déconcertaient. Il était dommage qu'un ou deux membres de feue la Société savante des magiciens d'York ne pussent lui voir l'air triste et mal à l'aise ; ç'aurait pu les dérider infiniment. Pourtant, il en va de même avec nous tous. Dans un environnement familier, nos manières sont enjouées et assurées ; transportons-nous en des lieux où nous ne connaissons personne et où nous sommes inconnus, mon Dieu ! comme nous nous sentons gênés !

Mr Norrell errait de salon en salon, ne songeant qu'à repartir, quand il fut arrêté dans ses déambulations par le son de son propre nom et les mots énigmatiques suivants :

— ... m'assure qu'on ne le voit jamais sans une robe magique bleu nuit, orné de symboles saugrenus ! Néanmoins, Drawlight, qui connaît ce Norrell très bien, dit que...

Un tel brouhaha régnait dans la pièce qu'on peut s'émerveiller de ce que Mr Norrell ait seulement entendu quelque chose. Ces paroles avaient été prononcées par une jeune femme, et Mr Norrell regarda fébrilement autour de lui pour tenter de la voir, sans succès. Il se demanda ce qu'on racontait d'autre sur son compte.

Il se trouvait par hasard près d'une lady et d'un gentleman. Elle était assez quelconque – une femme à l'air posé, de quarante ou cinquante ans ; lui, toutefois, était un type d'homme qu'on ne voyait pas souvent dans le Yorkshire. Assez menu, il arborait avec recherche un bel habit noir, et son linge était d'une blancheur immaculée. Il portait un petit lorgnon d'argent, qui se balançait à un ruban de velours noir accroché autour de son cou. Ses traits étaient réguliers et plutôt fins, ses cheveux bruns, et son teint très soigné et blanc, à l'exception d'une légère pointe de fard rouge sur les joues. Ses yeux, cependant, étaient remarquables : grands, en forme d'amande, sombres et d'un brillant quasi liquide, ils étaient frangés des cils les plus longs, les plus noirs qui fussent. Il y avait chez lui de nombreux côtés féminins, fruit de l'artifice, mais ses yeux et ses cils étaient dus à la seule nature.

Mr Norrell prêta attentivement l'oreille à leur conversation pour savoir s'ils parlaient de lui.

— ... le conseil que j'ai donné à Lady Duncombe à propos de sa fille, disait le petit homme. Lady Duncombe avait trouvé un parti exceptionnel pour sa fille, un gentleman pourvu de neuf cents livres par an ! Mais la jeune sotte a donné son cœur à un capitaine des dragons sans le sou, et cette pauvre Lady Duncombe était hors d'elle. « Oh, Votre Grâce ! m'écriai-je à l'instant où j'appris la nouvelle. Rassurez-vous ! Remettez-vous-en à moi ! Je ne prétends pas être un génie extraordinaire, comme Votre Grâce le sait, mais mes rares talents conviennent exactement à ce genre de situation. » Ah, madame ! Vous allez rire quand vous saurez la manière dont j'ai arrangé l'affaire ! Il est probable que personne d'autre au monde n'aurait songé à un plan aussi grotesque ! J'ai emmené Miss Susan chez *Gray*, dans Bond-street, où nous avons tous deux passé une matinée très agréable à essayer colliers et pendentifs d'oreilles. Elle a vécu les trois quarts de sa vie dans le Derbyshire et n'a aucune habitude des bijoux vraiment remarquables. Je ne crois pas qu'elle ait jamais pensé sérieusement à de tels objets auparavant. Puis Lady Duncombe et votre serviteur ont glissé une ou deux allusions, comme quoi, en épousant le capitaine Hurst, elle s'ôtait le pouvoir de faire de si ravissantes acquisitions, alors que si elle épousait Mr Watts elle pourrait choisir les plus beaux. Je me suis ensuite donné beaucoup de mal pour me lier avec le capitaine Hurst et le convaincre de m'accompagner chez *Boodle* où – eh bien, je ne vous décevrai pas, madame – où l'on joue ! – Le petit homme gloussa. – Je lui ai prêté un peu d'argent pour qu'il tente sa chance – ce n'était pas mon argent, comprenez-vous. Lady Duncombe me l'avait donné à dessein. Nous nous y sommes rendus trois ou quatre fois et en un temps remarquablement court les dettes du capitaine ont… Enfin, madame, je ne vois pas comment il pourra jamais les rembourser ! Lady Duncombe et moi nous lui avons représenté qu'une chose est d'espérer la main d'une jeune femme avec une maigre solde, mais qu'une autre en est d'attendre qu'elle accepte un homme criblé de dettes. Il n'était pas enclin à nous écouter, au début. Il a même employé – comment dirais-je ? – des expressions plutôt militaires ! À la fin, cependant, il a été obligé de reconnaître la justesse de nos propos.

Mr Norrell vit la dame à l'air posé de quarante ou cinquante ans gratifier son interlocuteur d'un regard chargé d'aversion. Puis elle s'inclina, très légèrement et froidement, et disparut dans la foule sans un mot ; le petit homme se tourna dans l'autre sens et héla un ami.

L'œil de Mr Norrell fut ensuite attiré par une jeune femme extrêmement jolie dans une robe blanc et argent. Un bel homme de haute taille lui parlait, et elle riait de bon cœur à toutes ses fariboles.

— … et s'il découvrait deux dragons, un rouge et un blanc, sous les fondations de la maison, unis dans un combat éternel et symbolisant la future destruction de Mr Godesdone ? Sans doute, poursuivit l'homme avec espièglerie, n'y verriez-vous aucun inconvénient.

Elle eut un nouveau rire, encore plus déluré que le précédent, et Mr Norrell fut surpris d'entendre l'instant d'après quelqu'un s'adresser à elle en l'appelant « Mrs Godesdone ».

Après réflexion, Mr Norrell songea qu'il aurait dû lui parler. Elle avait déjà disparu. Las du vacarme et de l'agitation, il était décidé à s'éclipser discrètement, quand il se trouva que juste à ce moment la foule qui se pressait à la porte était particulièrement impénétrable ; il fut pris dans le flot des invités et entraîné dans une tout autre partie du salon. Il tournait telle une feuille morte prise dans une rigole ; au cours d'une de ces rotations autour de la pièce, il aperçut un coin tranquille près d'une fenêtre. Un grand paravent d'ébène sculpté incrusté de nacre masquait à demi – ah ! quelle merveille était-ce là ! – une bibliothèque. Mr Norrell se glissa derrière le paravent, prit sur un rayon *A Plaine Discoverie of the Whole Revelation of St John* de John Napier[1] et se mit à lire.

Il n'était pas là depuis longtemps quand, levant par hasard les yeux, il reconnut le bellâtre qui bavardait avec Mrs Godesdone et le petit homme brun qui s'était donné tant de mal pour anéantir les espoirs matrimoniaux du capitaine Hurst. Ils conversaient passionnément, mais la presse et la bousculade étaient telles autour d'eux que, sans autre cérémonie, le grand saisit le petit par la manche et le tira derrière le paravent, dans le coin occupé par Mr Norrell.

— Il n'est pas là, disait le grand, soulignant chacun de ses mots d'un tapotement de doigt sur l'épaule de l'autre. Où sont donc les yeux brûlant de fièvre que vous nous avez promis ? Où sont les transes qu'aucun de nous ne peut expliquer ? Quelqu'un a-t-il eu un mauvais sort ? je ne pense pas. Vous l'avez invoqué tel un esprit des vastes profondeurs, et il n'est pas apparu.

— J'étais encore avec lui ce matin, répliqua le petit homme sur un ton de défi, pour l'entendre me raconter le merveilleux enchantement qu'il a créé dernièrement, et il m'a promis alors de venir.

— Il est minuit passé. Il ne viendra plus. – Le bellâtre sourit d'un air supérieur. – Avouez, vous ne le connaissez pas.

Le petit homme sourit à son tour pour rivaliser avec le sourire de l'autre (ces deux gentlemen se livraient à une véritable joute de sourires).

— Personne à Londres ne le connaît mieux que moi, déclara-t-il. Je dois admettre que je suis un peu – un tout petit peu – déçu.

— Ha ! s'exclama le grand. De l'avis général, nous avons été on ne peut plus abominablement abusés. Nous sommes venus ici dans l'espoir d'assister à une performance tout à fait extraordinaire, au lieu de quoi nous avons été contraints de nous divertir seuls – son regard s'étant posé par hasard sur Mr Norrell, il ajouta : Ce monsieur, par exemple, lit un livre.

Le petit homme regarda derrière lui et, ce faisant, heurta malencontreusement du coude *A Plaine Discoverie of the Whole Revelation of St John.* Il décocha un regard glacial à Mr Norrell pour oser occuper un espace aussi réduit avec un livre aussi gros.

— J'ai dit que j'étais déçu, poursuivit-il, mais je ne suis guère surpris. Vous ne le connaissez pas comme moi. Ah ! Je puis vous assurer qu'il a une haute conscience de sa valeur. Personne ne peut en avoir de meilleure. Un homme qui achète une maison à Hanover-square sait le train que l'on se doit de

1. Plus connu en France sous le nom de Neper (1550-1617). En français, *Une connoissance pleine des révélations de saint Jean* (*N.d.T.*).

mener. Ah, oui ! Il a acheté une maison à Hanover-square ! Vous ne le saviez pas, sans doute ? Il est riche comme un Juif. Un vieil oncle, Haythornthwaite, est mort en lui laissant un tas d'argent. Il possède – entre autres vétilles – un beau manoir et un grand domaine – le domaine de l'abbaye de Hurtfew, dans le Yorkshire.

— Ah ! fit le bellâtre, pince-sans-rire. Il est béni des dieux. Les vieux oncles riches qui trépassent se font scandaleusement rares.

— Oh, c'est vrai ! approuva le petit homme. Des amis à moi, les Griffin, ont un oncle incroyablement nanti pour qui ils déploient toutes sortes d'attentions depuis des années... Et, bien qu'il eût déjà au moins cent ans quand ils ont commencé, il n'est toujours pas mort. On croirait qu'il a l'intention de vivre éternellement pour les narguer ! Tous les Griffin prennent de l'âge et meurent les uns après les autres, en proie au désappointement le plus amer. Cependant, je suis sûr que vous, mon cher Lascelles, n'avez aucunement besoin de vous occuper de vieillards aussi contrariants. Vos rentes sont plutôt confortables, n'est-ce pas ?

Son interlocuteur préféra ignorer ce trait d'impertinence ; au lieu de cela il remarqua avec froideur :

— Je crois que ce monsieur souhaite vous parler.

Le monsieur en question était Mr Norrell qui, ébahi d'entendre discuter si publiquement de sa fortune et de ses terres, attendait de prendre la parole depuis déjà quelques minutes.

— Je vous demande pardon, commença-t-il.

— Oui ? répondit le plus grand d'un ton sec.

— Je suis Mr Norrell.

Les deux autres le dévisagèrent avec de grands yeux.

Au bout de quelques instants de silence, le petit gentleman, qui avait commencé par prendre l'air offensé, était passé par un stade inexpressif et finissait par sembler perplexe, pria Mr Norrell de bien vouloir répéter son nom.

Mr Norrell s'exécuta ; après quoi le petit gentleman bafouilla :

— Je vous demande pardon, mais... C'est-à-dire... J'espère que vous vous voudrez bien m'excuser de vous poser une question aussi impertinente. Y a-t-il dans votre maison de Hanover-square quelqu'un tout de noir vêtu, avec une figure maigre et torse comme une racine de haie ?

Mr Norrell réfléchit un moment, puis déclara :

— Childermass, vous devez parler de Childermass.

— Ah ! Childermass ! s'écria le petit homme, comme si tout était désormais parfaitement clair. Oui, bien sûr ! Suis-je sot ! C'est Childermass ! Oh ! monsieur Norrell ! Je puis à peine commencer à vous exprimer ma joie de faire votre connaissance. Monsieur, je me présente : Drawlight.

— Vous connaissez Childermass ? s'enquit Mr Norrell, intrigué.

— Je... – Mr Drawlight hésita. – J'ai vu le personnage que j'ai décrit sortir de votre maison et j'ai... Oh ! Monsieur Norrell ! Quel benêt je fais à l'occasion ! Je l'ai pris pour vous ! Veuillez ne pas vous offenser, monsieur ! Car, maintenant que je vous regarde, je vois clairement que, s'il a l'aspect farouche et romantique qu'on associe aux magiciens, vous, vous avez l'air méditatif d'un savant. Lascelles, Mr Norrell n'a-t-il pas l'allure grave et rassise d'un savant ?

Le bellâtre répondit, sans grand enthousiasme, qu'il supposait que oui.

— Monsieur Norrell, mon ami, monsieur Lascelles, enchaîna Drawlight.

Mr Lascelles le salua à peine.

— Oh, monsieur Norrell ! s'exclama Mr Drawlight. Vous ne sauriez imaginer les tourments que j'ai endurés ce soir, à me demander si vous alliez venir ou pas ! À sept heures, mes inquiétudes sur ce point étaient si vives que cela a été plus fort que moi ! Je suis descendu jusqu'à la taverne de Glasshouse-street dans le seul but d'interroger Davey et Lucas pour avoir leur avis ! Davey était certain que vous ne viendriez pas, ce qui m'a jeté, comme vous pouvez l'imaginer, dans le plus grand désespoir !

— Davey et Lucas ! répéta Mr Norrell sur le ton du plus grand étonnement.

(Tels étaient, rappelons-nous, les noms du cocher et du valet de pied de Mr Norrell.)

— Oui, oui ! La taverne de Glasshouse-street est l'endroit où Davey et Lucas mangent de temps en temps leur soupe, comme vous le savez sans doute.

Mr Drawlight marqua une pause dans son flot de paroles, le temps pour Mr Norrell de murmurer qu'il le savait, en effet.

— J'ai consciencieusement vanté vos extraordinaires pouvoirs à tout mon cercle de relations, reprit Mr Drawlight. J'ai été votre Jean le Baptiste, monsieur, je vous préparais la route !... Et je n'ai pas hésité à déclarer que nous étions de grands amis, vous et moi, car dès le début j'avais le pressentiment, mon cher monsieur Norrell, qu'il en serait ainsi. Et, comme vous voyez, j'avais raison, car nous voilà maintenant en train de bavarder agréablement ensemble !

5

Drawlight

Du printemps à l'automne 1807

TÔT LE LENDEMAIN MATIN, le gérant d'affaires de Mr Norrell, Childermass, répondit à l'injonction de son maître de venir l'assister dans la salle à manger. Il trouva Mr Norrell blême et dans un état de grande inquiétude.

— De quoi s'agit-il ? demanda Childermass.

— Ah ! s'écria Mr Norrell, levant la tête. Vous osez me le demander ! Vous qui avez tant négligé vos devoirs que n'importe quel chenapan peut mettre ma maison sous surveillance et interroger mes domestiques sans crainte d'être dérangé ! Oui, et même obtenir des réponses à ses questions ! Pourquoi je vous emploie, j'aimerais le savoir, sinon pour me protéger de ce genre d'impertinence ?

Childermass leva les épaules.

— Vous voulez parler de Drawlight, je présume.

Un bref silence étonné.

— Vous étiez au courant ? s'exclama Mr Norrell. Grand Dieu ! Mon brave, à quoi songiez-vous ? Ne m'avez-vous pas répété cent fois qu'afin de préserver ma solitude les domestiques devaient être interdits de bavardage ?

— Oh, certainement ! Pourtant, j'ai bien peur, monsieur, que vous ne deviez renoncer à certains de vos plaisirs solitaires. La retraite et la réclusion sont très bien au Yorkshire, mais nous ne sommes plus au Yorkshire.

— Oui, oui ! admit Mr Norrell avec humeur. Je sais bien que nous n'y sommes plus. Là n'est pas la question. La question est : que nous veut ce Drawlight ?

— Avoir le mérite d'être le premier gentleman londonien à faire la connaissance d'un magicien. C'est tout.

Néanmoins, la logique ne suffisait pas à dissiper les craintes de Mr Norrell. Il frotta nerveusement l'une contre l'autre ses mains d'un blanc jaunâtre et lança des regards inquiets dans les coins sombres de la pièce, comme s'il les suspectait de cacher d'autres Drawlight, tous occupés à l'épier.

— Il n'avait rien d'un savant dans ses habits, murmura-t-il, mais cela n'est pas une garantie. Il ne portait pas d'anneaux de pouvoir ou d'allégeance, néanmoins...

— Je ne vous entends pas, le coupa Childermass. Parlez distinctement...

— Ne pourrait-il avoir quelque don particulier ? Ou il a peut-être des amis qui sont jaloux de mon succès ! Qui sont ses associés ? Quelle est sa formation ?

Childermass eut un long sourire qui remonta d'un seul côté de sa figure.

— Oh ! Vous vous êtes convaincu qu'il était l'agent d'un autre magicien. Eh bien, monsieur, tel n'est pas le cas. Je vous en réponds. Loin de négliger vos intérêts, après que nous avons reçu la lettre de Mrs Godesdone, j'ai mené mon enquête sur ce gentleman... Comme beaucoup, si je puis me permettre ; comme lui a mené aussi la sienne sur vous. Selon moi, ce serait une drôle d'espèce de magicien qui emploierait un être tel que lui. En outre, si pareil magicien avait existé, vous l'auriez démasqué depuis longtemps, n'est-il pas ?... Et vous auriez trouvé le moyen de le séparer de ses livres et de mettre un terme à ses recherches, non ? Vous l'avez déjà fait, vous savez.

— Vous n'avez rien contre ce Drawlight, alors ?

Childermass leva un sourcil et sourit de son sourire oblique.

— Au contraire, affirma-t-il.

— Ah ! tonna Mr Norrell. Je le savais ! Eh bien alors, je mettrai certainement un point d'honneur à éviter sa société.

— Pourquoi ? demanda Childermass. Je ne vous ai rien dit en ce sens. Ne viens-je pas de vous certifier qu'il ne représente aucune menace pour vous ? Qu'est-ce qui vous fait croire qu'il s'agit d'un méchant homme ? Suivez mon conseil, monsieur, utilisez l'outil que vous avez sous la main.

Alors Childermass conta à Mr Norrell ce qu'il avait découvert sur le compte de Drawlight : celui-ci appartenait à une certaine race de gentlemen qu'on ne rencontrait qu'à Londres, et dont la principale occupation était de porter des toilettes chic et hors de prix ; ces personnages passaient leur vie dans une oisiveté ostentatoire, buvant et jouant plus que de raison, et séjournaient des mois d'affilée à Brighton et autres stations balnéaires à la mode ; ces dernières années, cette « race » semblait avoir atteint des sommets de perfection en la personne de Christopher Drawlight. Même ses meilleurs amis eussent reconnu qu'il ne possédait pas une seule qualité[1].

Malgré les exclamations désapprobatrices et les bruyantes inspirations de Mr Norrell à chaque nouvelle révélation, il n'est pas douteux que cet entretien lui fut bénéfique. Lorsque Lucas entra dans la pièce avec une chocolatière dix minutes plus tard, il mangeait tranquillement son toast et sa confiture, et paraissait complètement différent de l'être anxieux et maussade que le serviteur avait vu plus tôt ce matin-là.

On entendit frapper à la porte et Lucas alla ouvrir. On entendit ensuite un pas léger dans l'escalier, puis Lucas réapparut pour annoncer :

— Mr Drawlight !

— Ah, Mr Norrell ! Comment allez-vous, monsieur ?

Mr Drawlight pénétra dans la pièce. Il portait un veston bleu foncé et tenait une canne d'ébène à la poignée d'argent. Visiblement d'excellente humeur, il s'inclina, sourit et marcha de long en large, tant et si bien que cinq minutes plus tard il ne restait guère un pouce de tapis du salon qu'il n'eût piétiné, une table ou un fauteuil qu'il n'eût effleuré d'un geste caressant, un miroir où son reflet n'eût pas dansé, un tableau auquel il n'eût pas fait bon visage.

Mr Norrell, bien qu'assuré désormais que son hôte n'était pas un grand magicien ou le serviteur d'un grand magicien, n'était pas encore disposé à écouter Childermass. La manière dont il avait invité Mr Drawlight à s'asseoir à sa table pour prendre une tasse de chocolat était des plus froides. Cependant, les silences boudeurs et les regards noirs n'avaient pas le moindre effet sur Mr Drawlight, étant donné qu'il comblait les silences par ses bavardages et était trop accoutumé aux regards noirs pour s'en formaliser.

— Ne trouvez-vous pas comme moi, monsieur, que la soirée d'hier était la plus charmante du monde ? Bien que, si je puis me permettre, j'estime que vous avez eu tout à fait raison de partir au moment de votre choix. J'ai pu ensuite faire le tour et clamer que le gentleman qu'ils venaient de regarder quitter le salon était Mr Norrell en personne ! Oh ! Croyez-moi, monsieur, votre départ n'est pas passé inaperçu. L'honorable Mr Masham était convaincu qu'il venait d'entrevoir votre inestimable épaule, Lady Barclay a

1. Il s'était trouvé une fois dans une pièce avec le chat blanc angora de Lady Bessborough. Il portait un veston et un pantalon noirs impeccables et s'émouvait donc beaucoup de ce que le chat allait et venait avec raideur et faisait mine de vouloir s'asseoir sur ses genoux. Il attendit le moment où il fut certain que personne ne le voyait, puis souleva l'animal, ouvrit une fenêtre et le jeta dans le vide. Bien qu'étant tombé de trois étages, le chat survécut, mais il garda une patte folle en souvenir de l'aventure et montra toujours par la suite la plus grande aversion pour les gentlemen en habit noir.

cru avoir remarqué une élégante boucle grise de votre vénérable perruque, et Miss Finkerton était absolument ravie de se dire que son regard s'était fugitivement posé sur le bout de votre nez de savant ! Et le peu que tous ont vu de vous, monsieur, leur a donné le désir d'en voir davantage. Ils brûlent de contempler l'homme complet !

— Ah ! s'exclama Mr Norrell, avec une certaine satisfaction.

Les assurances répétées de Mr Drawlight que les ladies et les gentlemen présents à la soirée de Mrs Godesdone avaient été enchantés de connaître Mr Norrell contribuaient à diminuer ses préjugés envers son hôte. Selon Mr Drawlight, la compagnie de Mr Norrell était pareille au piment : la plus infime pincée donnait de la saveur au plat entier. Bref, Mr Drawlight sut se rendre si agréable que Mr Norrell devint progressivement plus loquace.

— Et à quelle heureuse circonstance, monsieur, s'enquit Mr Drawlight, devons-nous le bonheur de votre société ? Qu'est-ce qui vous amène à Londres ?

— Je suis venu à Londres afin de servir la cause de la magie moderne. J'ai l'intention, monsieur, de rendre la magie à la Grande-Bretagne, répondit gravement Mr Norrell. J'ai beaucoup de nouvelles à communiquer aux grands hommes de notre siècle. Il y a maintes façons dont je puis les servir.

Mr Drawlight murmura poliment qu'il en était certain.

— Je puis vous affirmer, poursuivit Mr Norrell, que je regrette sincèrement que ce devoir n'incombe pas à un autre magicien.

Mr Norrell soupira, l'air aussi noble que ses traits fins et pincés le lui permettaient. Il est extraordinaire qu'un homme tel que lui – un homme qui avait anéanti les carrières de tant de ses confrères magiciens ! – soit capable de se convaincre qu'il préférerait que toute la gloire de sa profession revienne à l'un d'entre eux, et pourtant il ne fait aucun doute que Mr Norrell pensait ce qu'il disait.

Mr Drawlight eut un marmonnement de sympathie, persuadé que Mr Norrell était trop modeste. Il ne supposa pas un instant qu'un autre que Mr Norrell pût être plus apte à la tâche de rendre la magie à la Grande-Bretagne.

— Mais je suis dans une position désavantageuse, reprit Mr Norrell.

Mr Drawlight fut surpris de l'entendre.

— Je ne connais pas le monde, monsieur, j'en ai conscience. J'ai l'amour du savant pour le silence et la solitude. Passer des heures dans un salon à causer de tout et de rien avec une assemblée d'inconnus est pour moi un vrai supplice… Cependant, ce genre d'événements ne manquera sans doute pas. Childermass m'assure que je n'y échapperai pas.

Mr Norrell considéra Drawlight avec une tristesse rêveuse, dans l'espoir que celui-ci pourrait le contredire.

— Ah ! – Mr Drawlight médita un moment. – Voilà exactement pourquoi je suis si heureux que vous et moi soyons devenus amis ! Je ne prétends pas être un savant, monsieur. Je ne connais quasiment rien aux magiciens ou à l'histoire de la magie, et sans doute pouvez-vous de temps à autre trouver ma société ennuyeuse, mais vous devez mettre en balance tous ces petits désagréments avec le grand bien que je peux vous apporter en vous escortant dans le monde pour vous y présenter. Oh, monsieur Norrell, monsieur ! Vous ne sauriez imaginer combien je puis vous être utile !

Mr Norrell refusa de donner sa parole séance tenante pour suivre Mr Drawlight dans tous les lieux que ce dernier prétendait si charmants et de rencontrer tous ces personnages dont l'amitié, toujours selon Mr Drawlight, devait ajouter une nouvelle saveur à son existence. Néanmoins, ce soir-là, il consentit à accompagner Mr Drawlight à un dîner donné dans la maison de Lady Rawtenstal, à Bedford-square.

Mr Norrell survécut au dîner avec moins de fatigue qu'il ne s'y attendait et accepta donc de retrouver Mr Drawlight le lendemain chez Mr Plumstree.

Doté de Mr Drawlight pour mentor, Mr Norrell alla dans le monde avec plus de confiance qu'avant. Ses engagements se multiplièrent : il était occupé de onze heures du matin à minuit passé. Il avait ses visites matinales, dînait dans les restaurants du Tout-Londres, assistait à des réceptions, des bals et des concerts de musique italienne, côtoyait des baronnets, des vicomtes, des vicomtesses et des honorables ceci et cela. On le rencontrait se promenant dans Bond-street, bras dessus, bras dessous avec Mr Drawlight ; on le voyait prendre l'air en voiture dans Hyde-park en compagnie de Mr Drawlight et du meilleur ami de Mr Drawlight, Mr Lascelles.

Les jours où Mr Norrell ne dînait pas dehors, Mr Drawlight mangeait sa soupe chez Mr Norrell, à Hanover-square, ce dont le gandin devait être trop content, dans l'idée de Mr Norrell, car Childermass lui avait révélé que Mr Drawlight n'avait pas de fortune. Childermass disait aussi que Drawlight vivait d'expédients et… de ses dettes ; aucun de ses nobles amis n'avait jamais été convié à lui rendre visite chez lui, son logement se réduisant à un garni au-dessus d'une cordonnerie de Little Ryder-street.

Comme pour tout nouveau logis, on s'aperçut vite que celui de Hanover-square – qui avait pourtant paru parfait au début – exigeait toutes sortes d'aménagements. Naturellement, Mr Norrell était impatient que les travaux fussent entrepris le plus tôt possible. Quand il demanda à Drawlight de reconnaître avec lui que les ouvriers londoniens étaient extraordinairement lents, ce dernier saisit cette occasion pour vérifier les projets de son protégé en matière de coloris, papiers peints, tapis, mobilier et bibelots, et trouva à redire à tout. Ils débattirent la question un quart d'heure durant, puis Mr Drawlight ordonna qu'on tînt prête la voiture de Mr Norrell et chargea Davey de les conduire, Mr Norrell et lui, droit à la boutique de Mr Ackermann dans le Strand. Là, Mr Drawlight montra à Mr Norrell un livre qui contenait une illustration de Mr Repton représentant un salon vieillot et désert, où un homme âgé de l'ère élisabéthaine au visage impassible fixait son regard sur un tableau pendu au mur, et où les chaises vides bâillaient toutes d'ennui, tels des invités à une réception découvrant qu'ils n'avaient rien à se dire. Mais sur la page suivante, ah ! quels changements avaient été apportés par les arts de la menuiserie, de la décoration et de la tapisserie ! Voici une nouvelle image du même salon, meublé de neuf et embelli au point d'en être méconnaissable. Une douzaine de ladies et de gentlemen vêtus à la dernière mode avaient été attirés dans le petit salon raffiné par la perspective de pouvoir se délasser en s'allongeant sur les sièges dans des poses élégantes, ou encore en se promenant dans la serre couverte de vigne vierge, mystérieusement apparue de l'autre côté des portes-fenêtres. La morale de l'histoire, ainsi que l'expliqua Mr Drawlight, c'était que si Mr Norrell espérait gagner des amis à la cause de la magie moderne, il devait percer beaucoup plus de portes-fenêtres dans sa demeure.

Sous la tutelle de Mr Drawlight, Mr Norrell apprit à préférer les rouges des galeries d'art aux verts ternes et respectables de sa jeunesse. Dans l'intérêt de la magie moderne, les honnêtes matériaux de la maison de Mr Norrell furent maquillés de peinture et de vernis, et voués à représenter des choses qu'ils n'étaient pas, tels des comédiens sur une scène. Le plâtre fut peint de sorte à figurer du bois, et le bois peint de sorte à figurer diverses qualités de bois. Quand il fallut se décider pour les aménagements de la salle à manger, la confiance de Mr Norrell dans le goût de Drawlight était si totale que Drawlight fut chargé de choisir le service de table sans en référer à quiconque.

— Vous ne le regretterez pas, mon cher monsieur ! s'exclama Mr Drawlight. Car voilà trois semaines j'ai choisi de la vaisselle pour la duchesse de B., et elle a déclaré à l'instant même où elle la découvrait que jamais de sa vie elle n'avait rien vu d'à moitié aussi beau...

Par un radieux matin de mai, Mr Norrell était installé dans un salon de Wimpole-street, chez une certaine Mrs Littleworth. Parmi les personnes réunies là se trouvaient aussi Mr Drawlight et Mr Lascelles. Mr Lascelles appréciait énormément la société de Mr Norrell, en fait il arrivait juste derrière Mr Drawlight à cet égard ; cependant, ses raisons de solliciter l'attention de

Mr Norrell étaient bien différentes. C'était un individu intelligent, cynique, qui trouvait on ne peut plus ridicule qu'un vieux gentleman savant pût s'être persuadé qu'il pouvait accomplir des actes de magie. En conséquence, Mr Lascelles prenait un vif plaisir à questionner Mr Norrell sur la magie chaque fois que l'occasion se présentait, pour pouvoir s'amuser de ses réponses.

— Et Londres vous plaît-il, monsieur ? demanda-t-il.

— Pas du tout, répondit Mr Norrell.

— Vous m'en voyez navré. Avez-vous trouvé des frères en magie à qui parler ?

Mr Norrell plissa le front, puis déclara qu'il ne croyait pas qu'il existât des magiciens à Londres, ou alors toutes ses recherches n'avaient pas réussi à les débusquer.

— Ah, monsieur ! protesta Mr Drawlight. Là, vous vous trompez ! On a dû abominablement mal vous renseigner ! Nous avons des magiciens à Londres. Oh ! Quarante au moins. Lascelles, ne conviendriez-vous pas avec moi que nous avons des centaines de magiciens à Londres ? On peut en voir quasiment à chaque coin de rue. Mr Lascelles et moi serons très heureux de vous permettre de les rencontrer. Ils ont une espèce de roi, qu'ils appellent Vinculus, un grand épouvantail d'homme déguenillé qui tient, juste devant Saint-Christopher-le-Stocks, une petite baraque toute tachée de boue avec un rideau jaune sale. Pour deux pennies, il vous prédit l'avenir.

— La bonne aventure de Vinculus se résume à des calamités, fit observer Mr Lascelles dans un éclat de rire. Il m'a déjà promis la noyade, la folie, la destruction par le feu de tous mes biens et une fille naturelle qui me causera un grand préjudice dans ma vieillesse par sa méchanceté.

— Je serai content de vous emmener, monsieur, ajouta Drawlight à l'adresse de Mr Norrell. Je tiens Vinculus en grande affection.

— Prenez garde si vous y allez, monsieur, conseilla Mrs Littleworth. Certains de ces hommes peuvent vous causer de terribles frayeurs. Les Cruickshank ont introduit un magicien – un individu fort malpropre – dans leur maison pour montrer quelques tours à leurs amis, mais, une fois sur place, il n'en connaissait plus aucun, semblait-il, alors ils ont refusé de le payer. Pris de fureur, il a juré qu'il allait transformer le bébé en seau à charbon Les voilà aux cent coups parce qu'on ne trouvait plus le bébé, même si aucun nouveau seau à charbon n'était apparu, sauf les vieux qui leur étaient familiers. Ils ont fouillé la maison de fond en comble, Mrs Cruickshank était à moitié morte d'angoisse, et l'on a envoyé quérir le médecin… Finalement, la nourrice s'est présentée à la porte avec le bébé et il s'est avéré qu'elle l'avait emmené pour le montrer à sa mère dans James-street.

Malgré de tels attraits, Mr Norrell déclina l'aimable offre de Mr Drawlight de l'emmener voir Vinculus dans sa baraque jaune.

— Et quelle est votre opinion sur le roi Corbeau, monsieur Norrell ? s'enquit Mrs Littleworth avec empressement.

— Je n'en ai pas. Ce personnage est loin de mes pensées.

— Vraiment ? remarqua Mr Lascelles. Vous voudrez bien m'excuser, monsieur Norrell, mais voilà une déclaration peu ordinaire. Vous êtes bien le premier magicien que je rencontre à ne pas m'affirmer que le roi Corbeau était le premier de vous tous, le magicien *par excellence**[1] ! Un homme qui pouvait, l'eût-il désiré, décrocher Merlin de son arbre, faire tourner le vieux bonhomme sur sa tête et le remettre là où il était[2]...

Mr Norrell ne disait rien.

— Pourtant, aucun des autres Auréats n'a pu rivaliser avec ses réalisations, n'est-ce pas ? Des royaumes dans tous les mondes[3]. Des troupes de chevaliers humains et de chevaliers-fées pour exécuter ses ordres. Des bois enchantés capables de marcher. Pour ne rien dire de sa longévité – un règne de trois cents ans – et, à la fin de celui-ci, on nous raconte qu'il était encore, en apparence du moins, un jeune homme.

Mr Norrell ne disait toujours rien.

— Vous croyez peut-être que les contes mentent ? J'ai souvent ouï dire que le roi Corbeau n'avait jamais existé, qu'il n'était pas un magicien, juste une longue série de magiciens qui tous se ressemblaient beaucoup. Peut-être est-ce là ce que vous pensez ?

Mr Norrell préférait garder le silence, mais le caractère direct de la question de Mr Lascelles l'obligea à fournir une réponse :

— Non, proféra-t-il enfin, je suis tout à fait certain qu'il a existé. Mais je ne puis considérer son influence sur la magie anglaise autrement que comme déplorable. Sa magie était d'une sorte particulièrement pernicieuse ; et rien ne saurait me plaire davantage que de le voir tomber dans l'oubli autant qu'il le mérite.

— Et vos serviteurs-fées ? reprit Mr Lascelles. Sont-ils seulement visibles pour vous ? Ou d'autres personnes peuvent-elles les percevoir ?

1. Tous les mots ou expressions en italique et marqués d'un astérisque sont en français dans le texte (*N.d.T.*).

2. On raconte que Merlin a été emprisonné dans une aubépine par la sorcière Nimue.

3. Mr Lascelles exagère. Les royaumes du roi Corbeau n'ont jamais dépassé trois en nombre.

Sans pouvoir retenir une moue, Mr Norrell affirma ne pas en avoir.

— Comment cela, vous n'en avez pas ? s'exclama une dame dans une robe œillet mignardise, vivement surprise.

— Vous êtes sage, Mr Norrell, déclara Mr Lascelles. L'affaire Tubbs-Starhouse doit représenter un avertissement pour tous les magiciens[1].

— Mr Tubbs n'était pas magicien, objecta Mr Norrell. Et je n'ai jamais non plus ouï dire qu'il prétendît en être un. Mais, eût-il été le plus grand magicien de la chrétienté, il aurait encore eu tort de souhaiter la compagnie des

---

1. La célèbre affaire Tubbs-Starhouse portée devant la cour d'assises trimestrielles de Nottingham voilà quelques années. Un homme du Nottinghamshire du nom de Tubbs avait pour désir de voir une fée et, à force de penser aux fées nuit et jour, et de lire toutes sortes de livres spécialisés sur la question, il se mit en tête que son cocher était un homme-fée.

Le cocher, nommé Jack Starhouse, était grand et brun, et décochait rarement un mot, ce qui déconcertait ses compagnons de service et leur donnait à croire qu'il était fier. Il était entré tout récemment dans la maison de Mr Tubbs et prétendait avoir été précédemment cocher chez un vieil homme, un certain Browne, dans un domaine appelé Coldmicklehill dans le Nord. Il possédait un grand talent : il savait se faire aimer de toutes les créatures. Les chevaux étaient toujours très dociles quand il tenait les rênes, jamais rétifs ou agités, et il avait une manière avec les chats inconnue jusque-là des habitants du Nottinghamshire. Il leur parlait en chuchotant ; tous les chats à qui il parlait s'immobilisaient avec une expression de légère surprise, comme s'ils n'avaient jamais entendu paroles plus sensées de leur vie et n'espéraient plus jamais en entendre. Il savait aussi les faire danser. Les chats de la maison Tubbs étaient aussi graves et soucieux de leur dignité que n'importe quel autre groupe de chats, mais Jack Starhouse était capable de leur faire exécuter de folles danses, où ils bondissaient en tous sens sur leurs pattes de derrière et se jetaient d'un côté et de l'autre. Il parvenait à cela au moyen d'étranges soupirs, sifflements et chuintements.

Un des autres domestiques observa que, si seulement les chats avaient été bons à quelque chose – ce qui n'était pas le cas –, tout cela aurait pu avoir un intérêt. Néanmoins, ce merveilleux don de Starhouse avec les animaux ne servait à rien, pas plus qu'il ne divertissait ses compagnons de service ; cela les mettait simplement mal à l'aise.

Que ce fût cette particularité ou sa physionomie aux yeux un peu trop écartés qui ait rendu Mr Tubbs si certain de sa nature féerique, je l'ignore, mais Mr Tubbs se mit à enquêter secrètement sur son cocher.

Un jour, Mr Tubbs convoqua Starhouse dans son bureau. Il lui indiqua qu'il avait appris que Mr Browne était très malade, qu'il l'avait été tout le temps que Starhouse avait prétendu travailler pour son compte – et n'était pas sorti de chez lui depuis des années et des années. Aussi Mr Tubbs était-il curieux de savoir en quoi il avait eu besoin d'un cocher.

Jack Starhouse garda un moment le silence. Puis il avoua qu'il n'avait jamais été au service de Mr Browne. Il dit avoir travaillé pour une autre famille du voisinage. Il avait travaillé dur, c'était une bonne place, il avait été content ; cependant les autres domestiques ne l'aimaient pas, il ne savait pourquoi, cela lui était déjà arrivé. Une des domestiques avait raconté des mensonges sur lui et il avait été congédié. Il avait vu Mr Browne une fois, il y avait des années. Il déclara regretter d'avoir menti à Mr Tubbs, mais n'avait pas su quoi faire d'autre.

fées. Il n'a jamais existé de compagnie plus pernicieuse ou plus inamicale envers l'Angleterre. Quantité de magiciens trop paresseux ou trop ignorants pour suivre un corpus d'études approprié ont préféré consacrer leurs énergies à acquérir un serviteur-fée – et, une fois qu'ils s'en sont procuré un, ont dépendu de lui pour régler leurs affaires à leur place. L'histoire d'Angleterre regorge de tels hommes et certains, je suis heureux de le dire, en ont été punis comme ils le méritaient. Regardez Bloodworth[1] !

Mr Norrell fit de nombreuses nouvelles connaissances, sans allumer la pure flamme de l'amitié dans le cœur d'aucune d'elles. En général, Londres le

---

Mr Tubbs expliqua qu'il était inutile d'inventer d'autres sornettes. Il savait que Starhouse était un homme-fée et l'assura qu'il n'avait rien à craindre. Il ne le trahirait pas, il souhaitait seulement évoquer avec lui son monde et son peuple.

Au début, Starhouse ne comprit pas ce que Mrs Tubbs voulait dire et, quand il finit par comprendre, il eut beau protester qu'il était un être humain et un Anglais, en vain ; Mr Tubbs ne le crut pas.

Après cet entretien, quoi que fît Starhouse, où qu'il allât, il trouvait Mr Tubbs qui l'attendait avec cent questions sur les fées et le royaume des fées. Bien que Mr Tubbs se montrât toujours gentil et courtois, ce traitement rendit Starhouse si malheureux qu'il fut contraint de quitter sa place. Alors qu'il n'avait toujours pas retrouvé de travail, il fit la connaissance, dans une taverne de Southwell, d'un homme qui lui conseilla d'intenter un procès à son ancien maître pour diffamation. Dans un fameux arrêt, Jack Starhouse devint le premier homme à être déclaré humain sous la loi anglaise.

Ce curieux épisode se termina mal à la fois pour Tubbs et Starhouse. Tubbs fut puni pour son inoffensive prétention à voir une fée en étant ridiculisé partout où il allait. Des caricatures peu flatteuses de lui furent publiées dans les journaux de Londres, Nottingham, Derby et Sheffield, et des voisins avec qui il était en très bons termes depuis des années ne voulurent plus le connaître. Tandis que Starhouse découvrit rapidement que personne ne souhaitait employer un cocher qui avait poursuivi son maître devant les tribunaux ; il se vit obligé d'accepter des travaux d'une nature des plus dégradantes et ne tarda pas à tomber dans une grande misère.

L'affaire Tubbs-Starhouse est intéressante en particulier parce qu'elle illustre la croyance largement répandue que les fées n'ont pas quitté complètement l'Angleterre. Beaucoup d'Anglais et d'Anglaises croient que nous sommes quotidiennement entourés de fées. Certaines sont invisibles, d'autres se font passer pour des chrétiens et peuvent appartenir à notre entourage. Les savants disputent de cette matière depuis des siècles sans parvenir à la moindre conclusion.

1. Le serviteur-fée de Mr Bloodworth est venu à l'improviste lui offrir ses services, disant qu'il désirait qu'on l'appelât « Buckler ». Comme tout écolier anglais de nos jours vous l'expliquerait, Bloodworth eût mieux fait de se montrer plus curieux et de se renseigner davantage sur le personnage de Buckler et sur les raisons exactes pour lesquelles il avait quitté le monde des fées sans autre but que de devenir le serviteur d'un magicien anglais de troisième ordre.

Buckler était très habile en toutes sortes d'enchantements, et les affaires de Bloodworth dans la petite ville lainière de Bradford on Avon prospérèrent. Buckler ne causa des difficultés qu'une seule fois quand, lors d'un soudain accès de rage, il détruisit un livre appartenant au chapelain de Lord Level.

trouva décevant ; il ne jetait pas de charmes, ne maudissait personne, ne prédisait rien. Une fois, dans la maison de Mrs Godesdone, on l'entendit déclarer qu'il allait pleuvoir mais, si tant est que c'était là une prophétie, elle se révéla décevante, car il ne plut pas ; en fait, il ne tomba pas de pluie avant

---

Plus Buckler restait chez Woodworth, plus sa force grandissait, et la première chose qu'il fit en acquérant de la force fut de changer d'apparence : ses haillons poussiéreux se métamorphosèrent en un bel habit ; une paire de ciseaux rouillés qu'il avait dérobée à un serrurier de la ville devint une épée ; sa physionomie chafouine, maigre et pie, se transforma en un beau visage humain, et il grandit d'un seul coup de deux ou trois pieds. C'était là, s'empressa-t-il de faire comprendre à Mrs Bloodworth et à ses filles, sa véritable apparence, l'autre étant un simple enchantement dont il avait été la victime.

Par une belle matinée de 1310, alors que Bloodworth était sorti de chez lui, Mrs Bloodworth découvrit une grande armoire dans un coin de la cuisine où auparavant il n'y avait jamais eu d'armoire. Quand elle interrogea Buckler sur sa présence, il répondit aussitôt qu'il s'agissait d'une armoire magique et que c'était lui qui l'avait apportée. Il déclara qu'il avait toujours jugé dommage qu'on n'eût pas plus communément recours à la magie en Angleterre ; il dit que cela le chagrinait de voir Mrs Bloodworth et ses filles laver, balayer, faire la cuisine et le ménage de l'aube au crépuscule alors qu'elles devaient, à son humble avis, siéger sur des coussins, vêtues de robes constellées de bijoux, à déguster des confitures. Voilà qui ne manquait pas de bon sens, songea Mrs Bloodworth. Buckler lui dit combien de fois il avait blâmé son mari de son impuissance à rendre la vie plus facile et plus agréable à Mrs Bloodworth, sans que Bloodworth lui prêtât attention. Mrs Bloodworth répondit qu'elle n'était en rien étonnée.

Buckler lui assura que, si elle pénétrait dans l'armoire, elle se retrouverait en un lieu magique où elle apprendrait des sorts qui lui permettraient d'accomplir ses travaux en un instant, la rendraient belle aux yeux de tous ceux qui la regarderaient, feraient apparaître de gros tas d'or chaque fois qu'elle le souhaiterait, agiraient en sorte que son mari lui obéît en toutes choses, etc.

Combien de sorts y avait-il ? s'enquit Mrs Bloodworth. Environ trois, pensait Buckler. Étaient-ils d'un apprentissage difficile ? Oh, non ! Très facile. Cela prendrait-il du temps ? Non, guère, elle serait de retour à l'heure pour la messe. Dix-sept personnes entrèrent dans l'armoire de Buckler ce matin-là et ne reparurent jamais en Angleterre : parmi elles, il y avait Mrs Bloodworth, ses deux cadettes, ses deux servantes et deux valets, l'oncle de Mrs Bloodworth et six voisins. Seule Margaret Bloodworth, l'aînée des Bloodworth, avait refusé de les suivre.

Le roi Corbeau envoya deux magiciens de Newcastle mener l'enquête sur cette affaire, et nous tirons cette histoire de leurs mémoires. Le témoin principal était Margaret qui relata comment, à son retour, « [son] pauvre père s'était aventuré à dessein dans l'armoire afin de voir s'il pouvait les sauver, alors qu'[elle] le suppliait de n'en rien faire, et n'en était plus jamais ressorti ».

Deux siècles plus tard, le Dr Martin Pale voyageait dans le monde des fées. Au château de John Hollyshoes (un ancien et puissant prince des fées), il découvrit une enfant d'homme, d'environ six ou huit ans, très pâle et l'air affamée. Elle lui dit s'appeler Anne Bloodworth et se trouvait dans le monde des fées, croyait-elle, depuis quinze jours. On lui avait donné de l'ouvrage, un énorme tas de marmites sales à laver. Elle disait qu'elle y travaillait assidûment depuis son arrivée et qu'après avoir terminé elle rentrerait à la maison retrouver ses parents et ses sœurs. Elle pensait en avoir fini dans un ou deux jours.

le samedi suivant. Il ne parlait presque jamais magie et, quand il s'y risquait on avait l'impression d'écouter une leçon d'histoire et personne ne pouvait le supporter. Il glissait rarement un mot aimable en faveur d'un autre magicien, hormis une fois où il fit l'éloge d'un magicien du siècle précédent, Francis Sutton-Grove[1].

— Moi qui pensais, monsieur, objecta Mr Lascelles, que Sutton-Grove était illisible. J'ai toujours entendu dire que *De generibus artium* était un pensum absolument illisible.

— Oh ! répliqua Mr Norrell, dans quelle mesure il peut divertir ces dames et ces messieurs, je l'ignore. Quant à un étudiant de magie sérieux, il ne fera jamais trop grand cas de Sutton-Grove. Chez cet auteur, il trouvera la première tentative de définition des domaines de la magie que le magicien moderne devrait étudier, tous exposés par listes et tables. Certes, le système de classification de Sutton-Grove est souvent erroné – peut-être est-ce là ce que vous entendez par « illisible » ? –, néanmoins je ne connais vision plus plaisante au monde que sa douzaine de listes ; l'étudiant peut les parcourir des yeux et songer « je connais ceci » ou « j'ai encore cela à voir », et il a devant lui assez de travail pour quatre, peut-être cinq ans.

L'histoire des statues de la cathédrale d'York devint si rancie à force d'être répétée que le monde commença à se demander si Mr Norrell avait jamais accompli autre chose ; Mr Drawlight fut forcé d'inventer de nouveaux échantillons de sa magie.

— De quoi est donc capable ce magicien, monsieur Drawlight ? s'impatienta Mrs Godesdone un soir où Mr Norrell n'était pas présent.

---

1. Francis Sutton-Grove (1682-1765), magicien théoricien. Il écrivit deux ouvrages : *De generibus artium magicarum anglorum*, 1751, et *Prescriptions et Descriptions*, 1749. Même Mr Norrell, le plus grand (et, de fait, l'unique) admirateur de Sutton-Grove, trouvait *Prescriptions et Descriptions*, où l'auteur tentait d'exposer les lois de la magie pratique, abominablement mauvais, et l'élève de Mr Norrell, Jonathan Strange, l'abhorrait tant qu'il déchira son exemplaire en pièces et le donna à manger à l'âne d'un rétameur (*cf. La Vie de Jonathan Strange*, de John Segundus, John Murray éd., 1820).

De generibus artium magicarum anglorum était réputé être l'ouvrage le plus ennuyeux du canon de la magie anglaise (qui contient pourtant maints ouvrages fastidieux). C'était la première tentative d'un Anglais pour définir les domaines de magie que le magicien moderne devait étudier ; selon Sutton-Grove, ceux-ci s'élevaient à trente-huit mille neuf cent quarante-cinq, et il les a tous cités sous différents chapitres. Sutton-Grove annonce le grand Mr Norrell d'une autre manière encore : aucune de ses listes ne signale la magie traditionnellement attribuée aux oiseaux ou aux bêtes sauvages, et Sutton-Grove exclut expressément ces sortes d'enchantements pour lesquels la coutume préfère recourir aux fées, par exemple, à seule fin de ramener les morts à la vie.

— Ah, madame ! s'écria Mr Drawlight. De quoi n'est-il pas capable plutôt.. Tenez ! Il y a à peine un hiver ou deux, à York – qui est, comme vous devez le savoir, madame, la ville natale de Mr Norrell –, une grande tempête, venue du nord, a jeté le linge propre de ses habitants dans la boue et la neige, aussi les échevins, pensant épargner aux dames de la ville la peine de tout relaver, ont-ils fait appel à Mr Norrell... Celui-ci a dépêché sur les lieux une bande de fées pour reblanchir le linge... Puis tous les trous des chemises, des bonnets de nuit et des jupons ont été reprisés, et tous les bords effrangés ont été raccommodés, et tout le monde a déclaré n'avoir jamais vu une blancheur si immaculée de vie d'homme !

Cette histoire, en particulier, devint très populaire et fit monter Mr Norrell dans l'estime générale pendant plusieurs semaines cet été-là. Quand Mr Norrell dissertait, comme il lui arrivait parfois, sur la magie moderne, les trois quarts de ses auditeurs supposaient donc qu'il devait évoquer ce genre de tours.

Toutefois, si les ladies et les gentlemen que Mr Norrell fréquentait dans les salons et les restaurants londoniens étaient en règle générale déçus par lui, lui se lassait également d'eux. Il se plaignait sans cesse auprès de Mr Drawlight des questions futiles qu'ils lui posaient et répétait que la cause de la magie moderne n'avait pas avancé d'un pas, malgré les heures qu'il avait passées en leur compagnie.

Par un morne mercredi matin de la fin du mois de septembre, Mr Norrell et Mr Drawlight se tenaient assis tous les deux dans la bibliothèque de Hanover-square. Mr Drawlight était au milieu d'une longue histoire portant sur ce que Mr F. avait dit en vue d'insulter Lord S., et sur ce que Lady L. avait pensé de tout cela, quand Mr Norrell l'interrompit soudain :

— Je vous saurais gré, monsieur Drawlight, si vous pouviez me conseiller sur l'important point suivant : a-t-on informé le duc de Portland de mon installation à Londres[1] ?

— Oh, monsieur ! se récria Mr Drawlight. Il n'y a que vous, si modeste de nature, pour pouvoir supposer le contraire. Je puis vous assurer que tous les ministres ont dès à présent entendu parler de l'extraordinaire Mr Norrell.

— Si c'est le cas, rétorqua Mr Norrell, alors pourquoi monsieur le duc ne m'a-t-il envoyé aucun message ? Non, je commence à croire qu'on doit être ignorant de mon existence. Aussi, monsieur Drawlight, je vous saurais gré si vous m'informiez de toutes les relations que vous auriez au gouvernement et que je pourrais solliciter.

---

1. Le duc de Portland, Premier ministre et président du Conseil des ministres (1807-1809).

— Au gouvernement, monsieur ? s'alarma Mr Drawlight.

— Je suis venu ici afin de me rendre utile, expliqua Mr Norrell d'un ton plaintif. J'avais espéré jouer déjà un rôle éminent dans la lutte contre les Français.

— Si vous avez le sentiment que l'on vous néglige, monsieur, vous m'en voyez profondément navré ! Mais cela ne se justifie pas, je puis vous l'assurer. Par toute la ville, des ladies et des gentlemen seraient trop heureux d'assister à de petits tours ou à des illusions qu'il vous plairait de nous montrer un soir après dîner. Vous ne devez pas craindre de nous bouleverser... Nous avons les nerfs solides.

Mr Norrell ne répondit rien.

— Voyons, monsieur, reprit Mr Drawlight, avec un sourire doucereux de ses dents blanches et un regard conciliant dans ses yeux bruns liquides, nous n'allons pas nous quereller. Je regrette seulement de ne pouvoir vous obliger, mais, comme vous le constatez, cela n'est pas en mon pouvoir. Le gouvernement a sa sphère, j'ai la mienne.

En réalité, Mr Drawlight connaissait plusieurs gentlemen à divers postes gouvernementaux qui eussent été contents de rencontrer son ami et d'écouter ce qu'il aurait pu dire, en échange de la promesse de Mr Drawlight de ne jamais ébruiter une ou deux drôles de choses qu'il savait à leur sujet. La vérité, cependant, c'était que Mr Drawlight ne voyait aucun avantage personnel à présenter Mr Norrell à ces gentlemen ; il préférait cantonner Mr Norrell dans les salons et les restaurants londoniens, où il espérait, en temps utile, le persuader d'accomplir ces petits tours et autres petits machins que son cercle brûlait de contempler.

Mr Norrell se mit à écrire des lettres pressantes à des gentlemen du gouvernement. Il les montrait à Mr Drawlight avant de charger Childermass de les porter, mais les gentlemen du gouvernement ne répondaient jamais. Mr Drawlight avait prévenu Mr Norrell. Ces messieurs du gouvernement étaient généralement très occupés.

Une ou deux semaines plus tard, Mr Drawlight fut invité dans une maison de Soho-square à venir écouter un célèbre soprano italien. Naturellement, Mr Norrell fut aussi invité. Toutefois, à son arrivée là-bas, Mr Drawlight ne trouva pas le magicien dans la foule. Adossé au manteau de la cheminée, Lascelles était en conversation avec quelques autres gentlemen. Drawlight s'avança pour lui demander s'il savait où se trouvait leur ami.

— Oh ! s'exclama Mr Lascelles. Il est allé rendre visite à Sir Walter Pole. Mr Norrell détient d'importantes informations qu'il souhaite communiquer sans délai au duc de Portland. Et Sir Walter Pole est celui que Mr Norrell compte honorer de son message.

— Portland ? s'exclama un autre gentleman. Comment ? Nos ministres sont aussi désespérés que cela ? Consultent-ils donc des magiciens ?

— Vous faites fausse route, déclara Mr Lascelles avec le sourire. Norrell a tout combiné en personne. Il a l'intention de proposer ses services au gouvernement. Apparemment, il a un plan pour battre les Français par la magie. Je crois toutefois hautement improbable qu'il puisse persuader les ministres de l'écouter. Entre les Français qui les tiennent à la gorge sur le continent, et tous ceux qui les tiennent à la gorge au Parlement, je doute qu'il se trouve ailleurs une association de gentlemen plus harassés. Je ne les pense pas disposés à accorder la moindre attention aux excentricités d'un gentleman du Yorkshire...

À l'instar du héros d'un conte de fées, Mr Norrell avait découvert que le pouvoir de faire ses quatre volontés se trouvait depuis le début entre ses mains. Même un magicien se devait d'avoir des relations, or il se trouvait qu'un lointain cousin de Mr Norrell (du côté maternel) s'était rendu jadis fort désagréable envers lui dans une lettre. Pour empêcher pareil événement de se reproduire, Mr Norrell avait offert à cet homme huit cents livres (ce qui était ce que cet homme voulait), mais je suis désolée de préciser que ce geste ne réussit pas à faire taire le parent de la mère de Norrell, qui se complaisait dans la bassesse. Il avait écrit à Mr Norrell une deuxième lettre, dans laquelle il comblait son bienfaiteur de remerciements et de compliments et déclarait :

> « ... dorénavant je me considérerai, ainsi que mes amis, lié à vos intérêts. Nous nous tiendrons prêts à voter aux prochaines élections conformément à vos nobles souhaits et, s'il apparaissait à l'avenir qu'un service pouvait vous être utile, vos ordres ne feraient qu'honorer et élever aux yeux du monde
>
> « Votre humble et dévoué serviteur
>
> « Wendell Markworthy. »

Jusque-là Mr Norrell n'avait pas cru nécessaire d'élever Mr Markworthy aux yeux du monde en l'honorant de quelque ordre que ce soit, mais il apparut alors (Childermass l'avait découvert) que Mr Markworthy s'était servi de l'argent pour s'assurer, à lui et à son frère, des places de commis dans la Compagnie des Indes orientales. Ils étaient partis pour les Indes et, dix ans plus tard, en étaient revenus riches. N'ayant jamais reçu d'instructions de Mr Norrell, son premier mécène, sur la manière de voter, Mr Markworthy avait suivi l'exemple de Mr Bonnell, son supérieur à la Compagnie des Indes orientales, et avait encouragé tous ses amis à l'imiter. Il s'était rendu donc très utile à Mr Bonnell, un familier du politicien Sir Walter Pole. Dans les mondes mouvementés du commerce et du gouvernement, ce gentleman-ci doit une faveur à celui-là qui, à son tour, a droit à une faveur d'un troisième, et ainsi de suite jusqu'à ce que se forme une chaîne de promesses et d'obligations. Dans le cas présent, la chaîne remontait tout du long de Mr Norrell jusqu'à Walter Pole ; or Sir Walter Pole était désormais ministre.

6

« La magie n'est pas respectable, monsieur »

Octobre 1807

IL NE FAISAIT PAS BON être ministre en ce temps-là.

La guerre allait de mal en pis, et le gouvernement était l'objet d'une universelle détestation. À chaque nouvelle catastrophe qui venait à la connaissance du public, une petite part du blâme retombait sur tel ou tel personnage, et la plus grande sur les ministres ; eux, pauvres malheureux, n'avaient personne d'autre à blâmer qu'eux-mêmes, ce à quoi ils se résignaient de plus en plus souvent.

Ce n'était pas que les ministres fussent obtus ; ils comptaient au contraire des personnalités fort brillantes parmi eux. Ils n'étaient pas non plus, dans l'ensemble, de mauvais sujets ; plusieurs menaient des vies domestiques irréprochables et aimaient les enfants, la musique, les chiens et la peinture de paysages. Le gouvernement était pourtant si impopulaire que, sans les discours prudents du secrétaire au Foreign Office, l'équivalent de notre ministre des Affaires étrangères, il lui eût été quasi impossible de faire passer quoi que ce soit à la Chambre des communes.

Le ministre des Affaires étrangères était en effet un orateur hors pair. Si bas que fût tombé le gouvernement aux yeux de tous, quand le ministre des Affaires étrangères se levait pour prendre la parole, ah ! tout paraissait différent ! Avec quelle rapidité découvrait-on que les maux actuels étaient la faute de l'administration précédente (un groupe d'hommes néfastes qui mariaient une sottise générale à la perversité des objectifs). Quant au présent cabinet, le ministre des Affaires étrangères répétait que, depuis l'Antiquité, le monde n'avait pas vu de gentlemen aussi vertueux, aussi incompris et aussi cruellement caricaturés par leurs ennemis. Ils étaient tous sages comme Salomon, nobles comme César et courageux comme Marc-Antoine. Et, en matière de probité, nul ne ressemblait autant à Socrate que le chancelier de l'Échiquier. Néanmoins, malgré toutes ces vertus et ces compétences, aucun des plans des ministres pour vaincre les Français n'aboutissait, et même leur intelligence était la cible des critiques. Les gentilshommes campagnards qui lisaient les discours de tel ou tel ministre dans leurs journaux maugréaient qu'assurément le bougre était intelligent. Pourtant, les gentilshommes campagnards n'étaient pas plus rassurés à cette pensée. Les gentilshommes campagnards soupçonnaient fortement que l'intelligence était plus ou moins non britannique. Un esprit brillant, nerveux, imprévisible, était avant tout le propre de l'ennemi par excellence de la Grande-Bretagne, l'empereur Napoléon Bonaparte ; les gentilshommes campagnards ne pouvaient pas approuver.

Sir Walter Pole avait quarante-deux ans et était, j'ai le regret de l'avouer, tout aussi intelligent que n'importe quel autre membre du cabinet. Il s'était affronté avec la plupart des grands hommes politiques du temps. Une fois, alors qu'ils étaient tous deux complètement ivres, Richard Brinsley Sheridan l'avait même frappé à la tête avec un flacon de madère. Après coup, Sheridan avait déclaré au duc d'York :

— Pole a accepté mes excuses avec l'élégance d'un gentleman. Par bonheur, il est si vilain qu'une cicatrice de plus ou de moins ne ferait pas grande différence !

À mon sens, il n'était pas tellement vilain. Certes, ses traits étaient extrêmement disgracieux ; il avait une face large, à moitié aussi longue que les autres, avec un grand nez (assez pointu du bout), des yeux sombres pareils à des escarboucles, et deux petits sourcils épais comme des épinoches nageant hardiment dans une grande mer faciale. Pourtant, pris ensemble, tous ces éléments ingrats composaient une figure plutôt plaisante. Si vous aviez vu ce visage au repos (fier et un rien mélancolique), vous vous seriez imaginé qu'il devait avoir toujours cet aspect, qu'aucun visage au monde ne pouvait être plus mal approprié à exprimer des sentiments. Vous n'auriez su être davantage dans l'erreur.

En effet, rien n'était plus caractéristique de Sir Walter Pole que la surprise. Ses yeux s'élargissaient, ses sourcils remontaient d'un demi-pouce, et il se renversait brusquement en arrière ; somme toute, il ressemblait rien tant qu'à un personnage des gravures de Mr Rowlandson ou Mr Gillray. Dans la vie publique, la surprise servait très bien Sir Walter. « Vous ne voulez tout de même pas dire... ! » s'exclamait-il. Et à supposer que le gentleman assez sot pour procéder par insinuations – en sa présence – ne fût pas de vos amis, ou que vous ayez en vous cette forme de malice qui aime à voir les esprits bornés confondus par les esprits déliés, vous vous seriez diverti. Les jours où il était plein de facétie, Sir Walter était meilleur qu'une pièce de Drury Lane. Les gentlemen assommants des deux Chambres devenaient perplexes et l'évitaient. (Le vieux Lord Untel agite sa canne à l'adresse de Sir Walter en trottant sur la petite allée dallée reliant la Chambre des communes à la cavalerie de la Garde et crie par-dessus son épaule : « Je ne vous connais plus, monsieur ! Vous déformez mes propos ! Vous leur donnez un sens qu'ils n'ont jamais eu ! »)

Une fois, alors qu'il haranguait la foule à la City, Sir Walter avait mémorablement comparé l'Angleterre et ses hommes politiques à une jeune orpheline confiée aux soins d'une bande de vieux grippe-sous libidineux. Ces chenapans, loin de protéger la jeune femme de la méchanceté du monde, volaient son héritage et pillaient sa maison. Et si les auditeurs de Sir Walter butaient sur certains mots de son vocabulaire (produit d'une excellente éducation classique), cela n'avait pas grande importance. Tous étaient capables de s'imaginer l'infortunée demoiselle debout en jupons sur son lit pendant que les principaux politiciens whigs du jour mettaient à sac ses armoires et vendaient ses effets au chiffonnier. Et tous les jeunes gentlemen se trouvaient plaisamment choqués par l'image.

Sir Walter avait une âme généreuse, et souvent bon cœur. Un jour, il confia à quelqu'un qu'il espérait que ses ennemis avaient tous des raisons de le craindre, et ses amis des raisons de l'aimer – selon moi, tel était peu ou prou le cas. Son entrain naturel, sa gentillesse et son intelligence, la place éminente qu'il occupait désormais dans le monde étaient d'autant plus à porter à son crédit qu'il les avait gardés face à des problèmes qui eussent fait chuter un homme de moindre valeur. Sir Walter avait des plaies d'argent. J'entends par là qu'il manquait simplement de liquidités. La pauvreté est une chose, les dettes de Sir Walter en étaient une autre. Misérable situation ! Et d'autant plus amère qu'il n'en était pas responsable : il n'avait jamais été dépensier et ne s'était jamais montré inconsidéré, mais il était le fils d'un homme imprudent et le petit-fils d'un autre imprudent. Sir Walpole était né endetté. Eût-il été une autre sorte d'homme, alors tout aurait pu aller bien. Eût-il été porté vers la marine, alors les prises de navire auraient pu faire sa fortune. Eût-il aimé l'agriculture, il aurait pu travailler ses terres et cultiver le blé pour gagner sa vie. Eût-il même été ministre cinquante ans plus tôt, il aurait pu prêter l'argent du Trésor public à vingt pour cent d'intérêt et empocher le profit. Mais que peut un homme politique moderne ? Il a plus de chances de dépenser de l'argent que de s'enrichir.

Il y avait de cela quelques années, ses amis du gouvernement lui avaient obtenu la place de secrétaire ordinaire près du Bureau des suppliques, ce qui lui avait valu un couvre-chef spécial, une petite pièce en ivoire et sept cents livres par an. Aucune fonction n'était attachée à cette charge, personne ne se rappelant la nature de la mission du Bureau des suppliques, ni la signification de la petite pièce d'ivoire. Hélas, ensuite, les amis de Sir Walter partirent ; ils furent remplacés par de nouveaux ministres, qui déclarèrent qu'ils allaient abolir les sinécures et, parmi les nombreux bureaux et places qu'ils élaguèrent de l'arbre du gouvernement, se trouvait le Bureau des suppliques.

Au printemps 1807, la carrière politique de Sir Walter était, selon les apparences, bel et bien terminée (les dernières élections lui avaient coûté près de deux mille livres). Une de ses amies, Lady Winsell, se rendit à Bath où, à un concert de musique italienne, elle fit la connaissance des Wintertowne, une veuve et sa fille. Une semaine plus tard, Lady Winsell écrivait à Sir Walter :

> « C'est exactement ce dont j'ai toujours rêvé pour vous. Sa mère aspire à un grand mariage et ne créera pas de difficultés ou, en tout cas, si elle en crée, je compte sur votre charme pour les vaincre. Pour ce qui est de la fortune ! Je vous l'affirme, mon cher ami, quand on a indiqué la somme qui doit lui revenir, les larmes me sont montées aux yeux ! Que penseriez-vous d'un millier de livres par an ? Je ne dirai rien de la jeune personne elle-même. Quand vous l'aurez vue, vous me ferez son éloge bien mieux que je ne le saurais. »

Vers trois heures, le jour où Mr Drawlight assistait au récital de l'Italienne, Lucas, le valet de pied de Mr Norrell, toquait à la porte d'une maison de Brunswick-square où Mr Norrell avait été convoqué pour rencontrer Sir Walter. Mr Norrell fut introduit, puis conduit dans un salon très élégant du premier étage.

Les murs étaient tapissés d'une collection de gigantesques tableaux, dans des cadres dorés tarabiscotés, qui représentaient tous Venise. Mais le temps était couvert ; une pluie froide avec des bourrasques s'était installée, et Venise – cette cité construite à parts égales de marbre et de mer ensoleillée – était noyée dans une obscurité toute londonienne. Ses bleus aigue-marine, ses blancs marbrés et ses reflets dorés étaient ternis, proches des gris et des verts des choses englouties. De temps en temps, le vent projetait une petite pluie cinglante contre la vitre (un son mélancolique), et dans la lumière aqueuse les surfaces cirées des *chiffonniers** en bois de rose et des secrétaires en merisier formaient des miroirs noirs se reflétant lugubrement les uns les autres. Malgré toute sa munificence, la pièce était particulièrement privée de confort ; il n'y avait ni chandelles pour éclairer la pénombre ni feu pour chasser la fraîcheur. L'intendance paraissait dépendre de quelqu'un doté d'une excellente vue et ne souffrant jamais du froid.

Sir Walter Pole se leva pour saluer Mr Norrell et demanda s'il pouvait avoir l'honneur de lui présenter Mrs Wintertowne et sa fille, Miss Wintertowne. Bien que Sir Walter lui parlât de deux ladies, Mr Norrell n'en voyait qu'une, une dame d'un certain âge, d'une grande dignité et d'aspect intimidant. Cela le laissa perplexe. Il conclut que Sir Walter devait s'être mépris ; pourtant il eût été discourtois de contredire Sir Walter si tôt dans leur entretien. L'esprit troublé, Mr Norrell s'inclina devant l'intimidante dame.

— Je suis très content de faire votre connaissance, monsieur, déclara Sir Walter. J'ai beaucoup eu vent de vous. Londres ne parle que de l'extraordinaire Mr Norrell, semble-t-il – et, se tournant vers la dame, Sir Walter poursuivit : – Mr Norrell est magicien, madame, une personnalité de grand renom dans son comté natal du Yorkshire.

L'intimidante dame dévisagea Mr Norrell avec de grands yeux.

— Vous êtes différent de ce à quoi je m'attendais, monsieur Norrell, remarqua Sir Walter. Je m'étais laissé conter que vous étiez un magicien praticien – j'espère ne pas vous offenser, monsieur –, c'est ce que l'on m'avait affirmé, et je dois reconnaître éprouver un soulagement certain à voir qu'il n'en est rien. Londres est infesté d'un grand nombre de pseudo-sorciers qui soutirent son argent au peuple en lui promettant toutes sortes d'invraisemblances. Je me demande, avez-vous déjà vu Vinculus, qui a une petite baraque devant Saint-Christopher-le-Stocks ? Il est le pire d'entre eux. Vous, vous êtes un magicien théoricien, je présume ? – Sir Walter eut un sourire encourageant. – Mais on me dit que vous avez une requête à me soumettre, monsieur.

S'excusant auprès de Sir Walter, Mr Norrell révéla qu'en vérité il était bien magicien praticien. Sir Walter eut l'air surpris. Mr Norrell espérait ardemment que cet aveu ne lui ferait pas perdre l'estime de son illustre hôte.

— Non, non, aucunement, murmura poliment Sir Walter.

— L'idée fausse que vous avez, expliqua Mr Norrell, par quoi j'entends, bien sûr, la croyance que tous les magiciens praticiens doivent être des charlatans, vient de la scandaleuse oisiveté des magiciens anglais au cours de ces deux cents dernières années. J'ai réalisé un petit enchantement – dont les habitants d'York ont eu l'amabilité de déclarer qu'ils le trouvaient stupéfiant – et pourtant je vous certifie, sir Walter, que n'importe quel magicien doté d'un modeste talent eût pu en faire autant. Cette inertie générale a privé notre grande nation de son meilleur soutien et nous a laissés sans défense. J'espère pallier cette faiblesse. D'autres magiciens peuvent négliger leur mission, pas moi. Je suis venu, sir Walter, vous offrir mon aide dans nos présentes difficultés.

— Nos présentes difficultés ? répéta Sir Walter. Vous voulez parler de la guerre ? – Il écarquilla ses petits yeux noirs. – Mon cher monsieur Norrell ! Quel rapport entre la guerre et la magie ? Ou entre la magie et la guerre ? Je crois avoir entendu évoquer ce que vous avez réalisé à York, et j'espère que les lavandières vous en ont su gré. Néanmoins, j'ai peine à voir comment nous pourrions appliquer la magie à la guerre ! Certes, nos soldats se salissent beaucoup, mais enfin, vous savez – et il partit à rire – ils ont d'autres chats à fouetter !

Pauvre Mr Norrell ! Ce fut un grand choc pour lui de prendre connaissance de l'histoire de Mr Drawlight sur la manière dont les fées auraient blanchi le linge de la population. Il assura à Sir Walter n'avoir jamais blanchi de linge de sa vie – ni par magie ni par quelque autre moyen – et lui raconta ce qu'il avait réellement réalisé à la place. Pourtant, curieusement, alors que Mr Norrell était capable d'accomplir des prodiges mirifiques, il était seulement capable de les décrire avec sa sécheresse habituelle. Sir Walter en garda l'impression que le spectacle de mille statues de pierre parlant toutes à la fois dans la cathédrale d'York avait été plutôt ennuyeux et qu'il avait eu de la chance de se trouver ailleurs à ce moment-là.

— Pas possible ! souffla-t-il. Ma foi, voilà qui est très intéressant. Mais je ne comprends toujours pas comment…

À cet instant, quelqu'un toussa ; dès que Sir Walter entendit cette toux, il s'interrompit pour écouter.

Mr Norrell jeta des regards à la ronde. Dans le coin le plus éloigné, le plus sombre de la pièce, une jeune femme en robe blanche était étendue sur un sofa, un châle assorti enroulé autour d'elle[1]. Elle demeurait immobile. Une main pressait un mouchoir sur sa bouche. Son attitude, son immobilité, tout en elle donnait une vive sensation de souffrance et de mauvaise santé.

Mr Norrell avait été si certain que le coin était inoccupé qu'il fut presque aussi saisi par cette soudaine apparition que si celle-ci avait été l'effet de la magie d'un autre. Sous ses regards, la jeune femme fut prise d'une quinte de toux qui dura un moment ; dans l'intervalle, Sir Walter parut fort mal à l'aise. Il ne jeta pas un coup d'œil à la malheureuse (même si ses yeux se posaient partout ailleurs dans la pièce). Il prit dans ses mains un bibelot doré sur un guéridon à côté de lui, le retourna, examina le dessous, le reposa. Finalement, il toussota – un bref raclement de gorge comme pour signifier que tout le monde toussait, que la toux était la chose la plus naturelle au monde, que

1. « Une femme toute de blanc vêtue ne sera jamais trop belle », célèbre citation de Jane Austen (*N.d.T.*).

tousser ne pouvait jamais, en aucune circonstance, être un sujet d'inquiétude. La jeune femme sur son sofa vint enfin à bout de sa quinte et, paraissant respirer péniblement, elle resta complètement immobile et silencieuse.

Mr Norrell laissa errer son regard de la demoiselle à la grande toile sombre accrochée au-dessus d'elle et tenta de se rappeler ce qu'il disait.

— C'est un mariage, déclara l'auguste dame.

— Je vous demande pardon, madame ? dit Mr Norrell.

La dame se contenta d'incliner la tête en direction du tableau et accorda un sourire plein de dignité à Mr Norrell.

La peinture pendue au-dessus de la jeune femme représentait Venise, ainsi que tous les autres tableaux du salon. Les villes anglaises, dans leur majorité, sont construites sur des hauteurs ; leurs rues montent et descendent, et il vint à l'esprit de Mr Norrell que Venise, étant bâtie au niveau de la mer, devait être la cité la plus plate, et aussi la plus singulière au monde. Cette platitude donnait au tableau l'air d'un exercice de perspective : statues, colonnes, dômes, palais et basiliques s'étendant au loin jusqu'à se fondre avec un vaste ciel mélancolique, tandis que la mer qui léchait les murs de ces constructions était encombrée de péniches dorées et sculptées d'une profusion d'ornements, et de ces étranges barques vénitiennes noires qui ressemblent tant aux pantoufles des dames en deuil.

— Cela représente les noces symboliques de Venise et de l'Adriatique, expliqua la dame (que nous devons maintenant présumer être Mrs Wintertowne), une curieuse cérémonie italienne. Les toiles que vous voyez dans cette pièce ont toutes été achetées par feu Mr Wintertowne au fil de ses voyages sur le continent. Quand lui et moi nous sommes mariés, elles ont été son cadeau de mariage. L'artiste – un Italien – était alors inconnu en Angleterre. Plus tard, enhardi par la protection qu'il avait reçue de Mr Wintertowne, il est venu à Londres.

Sa façon de parler était aussi imposante que sa personne. Après chaque phrase, elle observait un silence pour laisser le temps à Mr Norrell d'être impressionné par sa teneur.

— Et quand ma chère Emma sera mariée, poursuivit-elle, ces tableaux seront mon présent de mariage au couple qu'elle formera avec Sir Walter.

Mr Norrell demanda si Miss Wintertowne et Sir Walter devaient se marier bientôt.

— Dans dix jours ! répondit triomphalement Mrs Wintertowne.

Mr Norrell leur adressa ses félicitations.

— Vous êtes donc magicien, monsieur ? s'enquit Mrs Wintertowne. Je suis désolée de l'apprendre. Cette profession m'inspire un dégoût particulier

Elle le regardait avec ferveur en prononçant ces mots, comme si sa seule désapprobation pouvait suffire à le faire renoncer instantanément à la magie pour se dédier à une autre occupation.

Puisqu'il n'y renonçait pas, elle se tourna vers son futur gendre.

— Ma propre belle-mère, sir Walter, se fiait aveuglément à un magicien. Après la disparition de mon père, il était toujours à la maison. On pouvait entrer dans une pièce qu'on croyait vide et le trouver à demi dissimulé derrière un rideau. Ou assoupi sur un sofa avec ses bottes crottées aux pieds. Il était le fils d'un tanneur, et tous ses gestes trahissaient sa basse extraction. Il avait de longs cheveux sales et une tête de bouledogue, et pourtant il avait place à notre table, tel un gentleman. Ma belle-mère s'en remettait à lui pour tout et il a régenté notre vie sept ans durant.

— Et l'on ne tenait pas compte de votre avis, madame ? lança Sir Walter Vous me surprenez !

Mrs Wintertowne eut un rire.

— Je n'étais qu'une enfant de huit ou neuf ans quand cela a commencé, sir Walter. Il s'appelait Dreamditch et nous répétait sans cesse combien il était heureux d'être notre ami, même si mon frère et moi ne cessions, de notre côté, de lui assurer que nous ne le considérions pas ainsi. Il se bornait à nous sourire comme un chien qui a appris à sourire et ne sait pas s'arrêter. Ne vous méprenez pas, sir Walter. Ma belle-mère était à maints égards une excellente femme. L'estime que mon père avait pour elle était telle qu'il lui a laissé six cents livres par an et la garde de ses trois enfants. La seule faiblesse de la pauvre femme était de douter sottement de ses capacités. Mon père croyait que, sous le rapport de la compréhension, de la connaissance du bien et du mal et de bien d'autres choses, les femmes étaient les égales des hommes, et je partage entièrement son opinion. Ma belle-mère n'aurait pas dû se dérober à sa charge. À la mort de Mr Wintertowne, je ne me suis pas dérobée à la mienne.

— Non, en effet, madame, murmura Sir Walter.

— Finalement, reprit Mrs Wintertowne, elle a accordé toute sa confiance à ce Dreamditch, le magicien. Il n'avait pas une once de magie en lui et se trouva donc obligé d'en inventer. Il établit un règlement pour mon frère, ma sœur et moi, qui, assura-t-il à ma belle-mère, devait nous protéger. Nous portions des rubans violets attachés serré autour de la poitrine. Dans notre salle à manger, le couvert était dressé pour six, un pour chacun de nous et pour chacun des esprits dont Dreamditch prétendait qu'ils veillaient sur nous. Il nous a dit leurs noms. Quels étaient-ils, selon vous, sir Walter ?

— Je n'en ai pas la moindre idée, madame.

Mrs Wintertowne partit à rire.

— Meadowlace, Robin Summerfly et Buttercup[1]. Mon frère, sir Walter, qui me ressemblait pour l'indépendance d'esprit, lâchait souvent à portée d'oreille de ma belle-mère : « Maudit Meadowlace ! Maudit Robin Summerfly ! Maudit Buttercup ! » Et elle, pauvre sotte, le suppliait pitoyablement d'arrêter. Ils ne nous ont fait aucun bien, ces esprits surnaturels ! Ma sœur est tombée malade. Souvent j'allais dans sa chambre et y trouvais Dreamditch qui caressait ses joues pâles et sa main molle de ses longs ongles jaunes et malpropres. Il en pleurait presque, ce pitre. Il l'aurait sauvée si cela avait été en son pouvoir. Il a eu beau jeter des sorts, elle est morte. Une belle enfant, sir Walter. Pendant des années j'en ai voulu au magicien de ma belle-mère, pendant des années je l'ai pris pour un méchant homme. À la fin, sir Walter, j'ai compris qu'il n'était qu'un triste et pitoyable bouffon.

Sir Walter se retourna sur son fauteuil.

— Miss Wintertowne ! Vous avez parlé… Mais je n'ai point entendu ce que vous avez dit.

— Emma ! Qu'y a-t-il ? s'écria Mrs Wintertowne.

Un léger soupir leur parvint du sofa. Puis une voix douce et claire s'éleva :

— J'ai dit que vous aviez tort, maman.

— Vous croyez, mon cœur ?

Mrs Wintertowne, qui avait un caractère si autoritaire et livrait ses opinions aux autres à la manière de Moïse édictant les commandements, ne parut pas le moins du monde blessée que sa fille la contredît. En fait, elle parut ravie.

— Bien sûr qu'il nous faut des magiciens, déclara Miss Wintertowne. Qui d'autre peut interpréter pour nous l'histoire d'Angleterre et, en particulier, son histoire du Nord, celle du roi noir du Nord ? Nos historiens ordinaires en sont incapables. – Il y eut un silence. – J'aime beaucoup l'histoire, acheva-t-elle.

— Je l'ignorais, dit Sir Walter.

— Ah, sir Walter ! s'exclama Mrs Wintertowne. Notre chère Emma ne gaspille pas son énergie sur des romans, comme tant d'autres. Ses lectures sont étendues. Elle connaît plus de biographies et de poésie que toute autre demoiselle de ma connaissance.

— J'espère toutefois, déclara ardemment Sir Walter, se penchant pardessus le dossier de son siège pour parler à sa promise, que vous aimez aussi les romans. Vous savez, nous pourrions nous faire réciproquement la lecture. Que pensez-vous de Mrs Radcliffe ? ou de Mme d'Arblay ?

Ce que Miss Wintertowne pensait de ces dames distinguées, Sir Walter ne le sut jamais, car elle fut prise d'une seconde quinte de toux qui l'obligea tant

1. Reine-des-prés, Robin Mouche-à-miel et Bouton-d'or (*N.d.T.*).

bien que mal, après de gros efforts apparents, à se remettre en position assise. Il attendit une réponse pendant un moment. Mais, une fois sa toux calmée, elle se rallongea sur le sofa avec un air de souffrance et d'épuisement, et ferma les yeux.

Mr Norrell s'étonnait de ce que personne n'eût songé à lui porter secours. Il semblait régner dans la pièce une sorte de conspiration pour nier que la pauvre jeune femme était malade. Personne ne demandait si on pouvait lui donner quelque médecine. Personne ne lui suggérait non plus d'aller se coucher, ce que Mr Norrell, qui était lui-même souvent souffrant, jugeait être de loin le plus salutaire pour elle.

— Monsieur Norrell, reprit Sir Walter, je ne puis prétendre comprendre en quoi consiste l'aide que vous nous offrez...

— Ah ! Pour les détails, répondit Mr Norrell, je sais aussi peu de choses sur la guerre que vos généraux et vos amiraux sur la magie, pourtant...

— ... quoi qu'il en soit, continua Sir Walter, je suis au regret de vous dire que cela ne fera pas l'affaire. La magie n'est pas respectable, monsieur. Elle n'est pas... – Sir Walter cherchait le mot juste – sérieuse. Le gouvernement ne peut y toucher. Même cet innocent échange que vous et moi avons aujourd'hui a des chances de nous susciter des embarras dès que le public en aura eu vent. Sincèrement, Mr Norrell, eussé-je mieux saisi ce que vous vouliez nous proposer aujourd'hui, je n'aurais point accepté de vous recevoir.

La manière dont Sir Walter avait prononcé ces mots était loin d'être déplaisante, mais, oh, pauvre Mr Norrell ! S'entendre dire que la magie n'était pas sérieuse était un coup très dur. Se trouver relégué avec les Dreamditch et les Vinculus de ce bas monde était accablant. En vain protesta-t-il qu'il avait longuement et profondément réfléchi à la façon de rendre à la magie le respect qu'on lui devait, en vain proposa-t-il de montrer à Sir Walter une longue liste de recommandations concernant le règlement de la magie en Angleterre. Sir Walter ne souhaitait pas en prendre connaissance. Il secoua la tête en souriant et lui opposa une fin de non-recevoir :

— Je crains de ne rien pouvoir pour vous, monsieur Norrell.

Quand Mr Drawlight arriva à Hanover-square ce soir-là, il fut contraint d'écouter Mr Norrell se lamenter sur l'anéantissement de tous ses espoirs de succès auprès de Sir Walter Pole.

— Eh bien, monsieur, ne vous avais-je pas prévenu ? s'écria Drawlight. Oh, pauvre monsieur Norrell ! Comme ils se sont montrés cruels envers vous ! Vous m'en voyez navré. Mais je ne suis pas le moins du monde surpris. J'ai toujours ouï dire que ces Wintertowne étaient bouffis de vanité !

Hélas, une légère duplicité entrait dans la nature de Mr Drawlight, et il doit être précisé qu'il n'était pas aussi navré qu'il le prétendait. Cette manifestation d'indépendance l'avait irrité, et il était déterminé à punir Mr Norrell pour son audace. La semaine suivante, Mr Norrell et Mr Drawlight n'allèrent qu'aux dîners les plus intimes. Sans vraiment s'arranger pour que Mr Norrell se trouvât l'invité du chausseur de Mr Drawlight ou de la vieille dame qui époussetait les monuments funéraires de l'abbaye de Westminster, Mr Drawlight prit soin que leurs hôtes fussent des gens d'aussi peu d'importance ou d'influence que possible, ou aussi peu en vue. Par ce moyen, Drawlight espérait donner à Mr Norrell l'impression que, non seulement les Pole et les Wintertowne, mais le monde entier le dédaignaient, afin que ce dernier pût être amené à comprendre qui était son véritable ami et ainsi devenir un rien plus accommodant quand il s'agissait d'accomplir ces petits tours de magie que Drawlight promettait depuis des mois déjà.

Tels étaient les espoirs et les projets qui animaient le cœur du plus cher ami de Mr Norrell. Malheureusement pour Mr Drawlight, Mr Norrell était si abattu par le rejet de Sir Walter qu'il ne remarqua guère de changement dans le style de leurs divertissements, et Drawlight réussit à ne punir nul autre que lui-même.

À présent que Sir Walter se trouvait hors d'atteinte de Mr Norrell, celui-ci devint de plus en plus convaincu que Sir Walter était précisément le protecteur de ses souhaits. Homme enjoué, énergique, aux manières simples et plaisantes, Sir Walter Pole était tout ce que Mr Norrell n'était pas. Par conséquent, en déduisit Mr Norrell, Sir Walter Pole aurait réalisé tout ce dont il était incapable. Les personnages influents du siècle auraient suivi Sir Walter.

— Si seulement il m'avait écouté, soupirait Mr Norrell un soir où lui et Drawlight dînaient seul à seul. Mais je n'ai point su trouver les mots pour le convaincre. Naturellement, je regrette aujourd'hui de ne pas vous avoir, vous ou Lascelles, prié de m'accompagner. Les hommes du monde préfèrent s'entretenir avec leurs pairs. Je sais cela maintenant. Peut-être eussé-je dû jeter un enchantement pour lui montrer… Transformer les tasses à thé en lapins ou les cuillères à thé en poissons rouges. Au moins, alors, il m'aurait cru. Néanmoins je ne pense pas que la vieille dame eût été très contente si je l'avais fait. Je n'en sais plus rien. Quel est votre avis ?

Drawlight, qui commençait à croire que, si quelqu'un devait jamais mourir d'ennui, il était alors certain d'expirer d'ici le quart d'heure suivant, s'aperçut qu'il en avait perdu le goût de parler, et le mieux auquel il parvint fut un sourire tremblant.

7

Une occasion peu susceptible de se reproduire

Octobre 1807

— EH BIEN, MONSIEUR, vous tenez votre revanche ! cria Mr Drawlight surgissant sans prévenir dans la bibliothèque de Hanover-square.

— Ma revanche ? répéta Mr Norrell. Que voulez-vous dire ?

— Ah ! La fiancée de Sir Walter, Miss Wintertowne, est décédée. Elle est morte cet après-midi. Ils devaient se marier dans deux jours, mais, pauvre créature, elle est bel et bien morte. Mille livres par an !... Imaginez-vous le désespoir de Sir Walter. Eût-elle seulement réussi à demeurer en vie jusqu'à la fin de la semaine, quelle différence cela aurait fait ! Son besoin d'argent est sans espoir, Sir Walter est aux abois. Je ne serais point surpris si nous devions apprendre demain qu'il s'est tranché la gorge...

Mr Drawlight s'accouda un moment au dossier d'un bon gros fauteuil installé devant le feu ; baissant les yeux, il découvrit un ami.

— Ah, Lascelles, par exemple ! C'est vous, caché derrière le journal que j'ai sous les yeux ! Comment allez-vous ?

Pendant ce temps Mr Norrell regardait fixement Mr Drawlight.

— La jeune femme est morte, vous dites ? énonça-t-il avec stupeur. La jeune femme que j'ai vue dans ce salon ? J'ai peine à y croire. Cela est très inattendu.

— Oh, non ! Au contraire, répondit Drawlight, rien n'était plus probable.

— Mais le mariage ! objecta Mr Norrell. Tous les préparatifs nécessaires ! Ils ne pouvaient pas savoir qu'elle était malade.

— Au contraire, je vous assure, ils le savaient. Tout le monde le savait. Tenez ! Un type, un certain Drummond, l'a vue à Noël, à un bal privé donné à Leamington Spa. Il a parié cinquante livres avec Lord Carlisle qu'elle ne serait plus de ce monde avant la fin du mois.

Mr Lascelles posa son journal avec une exclamation d'impatience.

— Non, non, intervint-il, il ne s'agissait pas de Miss Wintertowne. Vous songez à Miss Hookham-Nix, que son frère a menacé de tuer d'un coup de pistolet si elle devait déshonorer la famille, ce que la société pense qu'elle fera tôt ou tard. Cela se passait à Worthing, et ce n'est pas Lord Carlisle qui a pris le pari, mais le duc d'Exmoor.

Drawlight considéra un moment ces nouveaux éléments.

— Je crois que vous avez raison, déclara-t-il enfin, bien que cela n'ait aucune importance, car tout le monde savait bien que Miss Wintertowne était malade. Hormis, bien sûr, la vieille dame. Elle pensait que sa fille était la perfection incarnée. Et que peut avoir à faire « la Perfection » avec la mauvaise santé ? La Perfection ne peut qu'être objet d'admiration, la Perfection doit faire un grand mariage. La vieille dame n'a jamais admis que la Perfection puisse être malade, elle ne supportait même pas que l'on abordât la question. Malgré toutes les quintes de toux, les évanouissements et les repos sur le sofa, je n'ai jamais ouï dire qu'un médecin l'ait jamais approchée.

— Sir Walter aurait pris mieux soin d'elle, commenta Lascelles, agitant son journal avant de s'y replonger. On peut raconter ce qu'on veut de sa politique, mais c'est un homme sensé. Quel dommage qu'elle n'ait pas pu tenir jusqu'à jeudi !

— Monsieur Norrell, vous êtes tout pâle, dit Drawlight en se tournant vers leur ami. Vous en faites une tête ! Vous êtes bouleversé, si je puis me permettre, par le spectacle de cette vie innocente fauchée dans sa jeunesse. Vos bons sentiments, comme toujours, vous font honneur, monsieur, et je suis totalement de votre avis : la pensée de cette pauvre demoiselle arrachée à l'existence telle une jolie fleur écrasée sous une botte, eh bien, monsieur, cela me fend le cœur, je ne puis guère supporter d'y penser. Mais enfin, vous savez, elle était très malade et devait nous quitter à un moment ou à un autre. Et, selon vos propres allégations, elle ne s'est guère montrée très aimable à votre égard. Je sais que ce n'est pas la mode, mais je préconise très fermement que les jeunes gens prêtent une respectueuse attention à nos aînés lettrés. J'exècre l'impudence, l'impertinence et toutes les attitudes de cette sorte !

Mr Norrell ne parut pas entendre le réconfort que son ami avait la bonté de lui apporter et, quand il reprit enfin la parole, ses mots semblaient principalement adressés à lui-même. Il soupira profondément et murmura :

— Je n'ai jamais pensé trouver la magie aussi peu considérée ici. – Il eut une hésitation, puis continua d'une voix grave et rapide : – C'est un acte très dangereux de ramener quelqu'un du royaume des morts. Il n'a pas été accompli depuis trois cents ans. Je ne peux pas le tenter !

Ces propos étaient extraordinaires, et Mr Drawlight et Mr Lascelles se retournèrent vers leur ami avec un certain étonnement.

— En effet, monsieur, dit Mr Drawlight, personne ne prétend le contraire

— Certes, je connais la formule, poursuivit Mr Norrell comme si Drawlight n'avait pas parlé, mais, précisément, je me suis toujours élevé contre ce type de magie !... Cela dépend tant... cela dépend tant de... L'issue peut en être complètement imprévisible. Il n'est pas du pouvoir du magicien de décider. Non ! Je ne tenterai pas l'expérience. Je ne dois même pas y songer.

Il y eut un bref silence. Cependant, malgré sa résolution de ne plus songer à cette dangereuse magie, le magicien s'agitait toujours sur son siège, le souffle saccadé et court, se mordait les doigts et présentait divers signes de nervosité.

— Mon cher monsieur Norrell, déclara Mr Drawlight, je crois que je commence à vous entendre. Et je dois reconnaître que je trouve l'idée excellente ! Vous avez en tête un grand acte de magie, un témoignage de vos extraordinaires pouvoirs ! Tenez, monsieur ! Si vous deviez réussir, tous les Wintertowne et les Pole d'Angleterre se presseraient sur votre seuil pour avoir le privilège de faire la connaissance du merveilleux Mr Norrell !

— Et s'il devait échouer, observa sèchement Mr Lascelles, tous les autres citoyens d'Angleterre fermeraient leur porte à un Mr Norrell de triste notoriété.

— Mon cher Lascelles, s'écria Mr Drawlight, quelles inepties vous dites ! Je vous en fiche mon billet, il n'y a rien au monde de plus facile que d'expliquer un échec. Au fond, c'est ce à quoi nous nous employons tous en permanence.

Mr Lascelles protesta que cela ne se tenait pas, et ils commençaient à se chamailler sur le sujet quand un cri angoissé jaillit des lèvres de leur ami, Mr Norrell.

— Oh, mon Dieu ! Que dois-je faire ? Que dois-je faire ? J'ai travaillé dur tous ces mois pour rendre ma profession convenable aux yeux des hommes et ils me méprisent toujours ! Monsieur Lascelles, vous qui connaissez la société, dites-moi...

— Hélas, monsieur, l'interrompit Mr Lascelles, je mets un point d'honneur à ne jamais donner de conseil à personne.

Et de retourner à son journal.

— Mon cher monsieur Norrell ! reprit Mr Drawlight, qui n'avait pas attendu qu'on lui demandât son opinion. Une telle occasion est peu susceptible de se représenter... – Argument puissant qui tira un profond soupir de la poitrine de Mr Norrell. – Je ne pense pas pouvoir me le pardonner si je vous laissais la manquer. D'une pierre, vous nous rendez cette douce jeune femme (dont personne ne peut apprendre la mort sans verser de larmes), vous redorez le blason d'un homme de mérite ET vous restaurez le pouvoir de la magie dans ce royaume pour les générations à venir ! Une fois que vous aurez prouvé la vertu de votre art – son utilité et ainsi de suite –, qui pourra refuser aux magiciens la vénération et les louanges qui leur sont dues ? Ils seront respectés tout autant que les amiraux, beaucoup plus que les généraux et sans doute autant que les archevêques et les grands chanceliers d'Angleterre ! Je ne serais point surpris que Sa Majesté institue immédiatement une opportune hiérarchie de rangs, avec magiciens ordinaires, magiciens autorisés, magiciens non rémunérés et toutes sortes de distinguos. Et vous, monsieur Norrell, au sommet comme archimagicien ! Tout cela d'une seule pierre, monsieur ! D'une seule pierre !

Drawlight était ravi de son discours. Lascelles, froissant son journal dans son irritation, avait visiblement beaucoup d'arguments à opposer à Drawlight ; il s'était toutefois privé du pouvoir d'en formuler un seul en déclarant qu'il ne donnait jamais de conseils.

— Il n'existe guère de formule magique plus dangereuse ! proféra Mr Norrell dans une sorte de chuchotement horrifié. Dangereuse pour le magicien comme pour le sujet.

— Eh bien, monsieur, répondit raisonnablement Drawlight, je suppose que vous êtes le meilleur juge pour le danger qui vous concerne. Quant au sujet, comme vous l'appelez, il est mort. Que peut-il lui advenir de pire ?

Drawlight attendait une réponse à sa pertinente question, mais Mr Norrell ne lui en apporta aucune.

— À présent je dois sonner pour la voiture, déclara Drawlight, joignant le geste à la parole. Je dois me rendre sur-le-champ à Brunswick-square. N'ayez crainte, monsieur Norrell, j'ai bon espoir que nos propositions rencontreront l'assentiment de tous les partis. Je serai de retour dans l'heure.

Après que Drawlight se fut retiré avec empressement, Mr Norrell resta assis environ un quart d'heure, à regarder simplement dans le vide, et bien que Lascelles ne crût pas dans la magie que Mr Norrell parlait de réaliser (ni, par conséquent, dans les périls que Mr Norrell parlait aussi d'affronter), il était content de ne pas voir ce que son hôte semblait contempler.

Enfin Mr Norrell se leva, prit en hâte cinq ou six livres sur les rayons et les ouvrit, sans doute pour rechercher les passages remplis de consignes à l'intention des magiciens souhaitant réveiller les demoiselles mortes. Cela l'occupa jusqu'à ce que trois autres quarts d'heure se fussent écoulés, quand un léger remue-ménage se fit entendre à l'extérieur de la bibliothèque. La voix de Mr Drawlight le précéda dans la pièce.

— ... la plus grande faveur au monde ! Je suis votre obligé.. – Mr Drawlight franchit la porte de la bibliothèque d'un pas dansant, le visage réduit à un seul et immense sourire. – Tout va bien, monsieur ! Sir Walter a bien résisté un peu au début, mais tout va bien ! Il m'a prié de vous transmettre sa gratitude pour votre aimable attention, sans croire toutefois qu'elle pût être d'une quelconque utilité. J'ai précisé que, s'il redoutait que la chose s'ébruitât, alors il n'avait rien à craindre, car nous ne souhaitions aucunement le voir dans l'embarras, que l'unique désir de Mr Norrell était de le servir... et que Lascelles et moi étions la discrétion personnifiée. Il a protesté que cela lui importait peu, le public se gaussant toujours d'un ministre. Simplement il préférait qu'on laissât dormir Miss Wintertowne, ce qu'il croyait plus respectueux de son état présent. « Mon cher sir Walter ! me suis-je récrié, comment pouvez-vous parler ainsi ? Vous ne pouvez pas soutenir qu'une riche et belle demoiselle aurait quitté joyeusement cette vie la veille de ses noces, alors que vous deviez être l'heureux époux ! Oh, Sir Walter... ! ai-je insisté, vous pouvez ne pas croire dans la magie de Mr Norrell, néanmoins quel mal y a-t-il à essayer ? Proposition dont la matrone a vu immédiatement le bon sens et qui l'a poussée à ajouter ses arguments aux miens ; puis elle m'a parlé d'un magicien qu'elle avait connu dans son enfance, personnage très talentueux et ami dévoué de la famille, qui avait prolongé la vie de sa sœur de plusieurs années au-delà de toute attente. Croyez-moi, monsieur Norrell, rien ne saurait exprimer la reconnaissance que Mrs Wintertowne éprouve devant votre bonté et elle vous prie de venir immédiatement – Sir Walter lui-même admet qu'il ne voit aucune raison de retarder votre visite –, aussi ai-je ordonné à Davey d'attendre à la porte et de ne s'éloigner sous aucun prétexte. Oh ! Monsieur Norrell, cela doit être une nuit de réconciliation ! Tous les malentendus, toutes les malheureuses interprétations qui ont pu découler d'un ou deux mots mal choisis, tout, absolument tout doit être balayé ! Comme dans une pièce de Shakespeare !

On alla chercher le pardessus de Mr Norrell et il monta en voiture. À l'air de surprise qui se peignit sur ses traits quand les portes de la voiture se rouvrirent, et que Mr Drawlight sauta à l'intérieur d'un côté, et Mr Lascelles de l'autre, je suis tentée de croire qu'il n'avait pas eu l'intention, à l'origine, que ces gentlemen l'accompagnassent à Brunswick-square.

Lascelles s'était jeté dans la voiture en s'étranglant de rire, répétant qu'il n'avait de sa vie rien entendu d'aussi ridicule, et comparant leur course par les rues de Londres dans la voiture de Mr Norrell aux anciens fabliaux français et italiens, dans lesquels des simples d'esprit montent dans des seaux à lait pour aller pêcher le reflet de la lune au fond d'un étang – propos qui eussent pu offenser Mr Norrell si ce dernier avait été d'humeur à les écouter.

À leur arrivée à Brunswick-square, ils trouvèrent une petite foule rassemblée sur le perron. Deux hommes se précipitèrent pour saisir les chevaux par la bride, et la clarté de la lampe à pétrole accrochée au-dessus du perron montra que la foule en question était constituée d'une douzaine de domestiques de Mrs Wintertowne, tous à l'affût du magicien qui devait ramener à la vie leur jeune maîtresse. La nature humaine étant ce qu'elle est, il est fort probable qu'il devait bien y avoir parmi eux quelques-uns qui étaient simplement curieux de voir à quoi un tel personnage pouvait ressembler. Sur leurs pâles physionomies, cependant, beaucoup montraient des signes qu'ils avaient pleuré ; ceux-là étaient, selon moi, poussés par un sentiment plus noble à veiller silencieusement en pleine nuit dans la rue glaciale.

L'un d'eux prit une chandelle et alla au-devant de Mr Norrell et de ses amis pour leur montrer le chemin, la maison étant glacée et très sombre. Ils étaient dans l'escalier quand ils entendirent la voix de Mrs Wintertowne qui appelait au-dessus de leurs têtes :

— Robert ! Robert ! Est-ce Mr Norrell ? Oh ! Grâce à Dieu, monsieur ! – Elle apparut brusquement dans l'embrasure d'une porte. – J'ai cru que vous n'arriveriez jamais !

Et, à la grande consternation de Mr Norrell, elle prit ses deux mains dans les siennes et les serra fort, en le suppliant d'user de tous ses sorts les plus puissants pour ramener Miss Wintertowne à la vie. L'argent n'était pas un problème. Il pouvait dire son prix ! Qu'il lui assurât seulement qu'il allait lui rendre son enfant. Il devait le lui promettre !

Mr Norrell s'éclaircit la voix et allait peut-être se lancer dans un de ses longs et fastidieux exposés de la philosophie de la magie moderne, quand Mr Drawlight s'avança doucement pour prendre à son tour les mains de Mrs Wintertowne et leur épargner à tous les deux cette épreuve.

— Maintenant je vous supplie, ma chère madame, d'être plus calme ! clama Mr Drawlight. Mr Norrell est venu, vous le voyez, et nous devons mettre à l'épreuve l'étendue de son pouvoir. Il vous prie de ne plus parler de paiement. Quoi qu'il fasse ce soir, ce sera le produit de l'amitié…

À cet instant, Mr Drawlight se hissa sur la pointe des pieds et leva le menton afin de voir par-dessus l'épaule de Mrs Wintertowne dans quel coin de la pièce Sir Walter Pole se tenait. Sir Walter, qui venait de se lever de son fauteuil, considérait les nouveaux venus, un peu à l'écart. À la lumière des chandelles, il était pâle et avait les yeux creux, ainsi qu'une figure hâve toute nouvelle chez lui. La simple courtoisie voulait qu'il se fût avancé pour leur parler, pourtant il s'en abstint.

Il était curieux d'observer comment Mr Norrell hésitait au seuil de la porte et montrait peu d'empressement à se laisser conduire dans les profondeurs de la maison jusqu'à ce qu'il eût parlé à Sir Walter.

— Je dois parler à Sir Walter ! Permettez-moi juste quelques mots avec Sir Walter !... Je tenterai l'impossible pour vous, Sir Walter ! cria-t-il de la porte. Étant donné que la demoiselle ne nous a... hum !... pas quittés depuis longtemps, je pense que la situation n'est pas perdue. Je dois me retirer maintenant, Sir Walter, et me mettre au travail. J'espère, en temps voulu, avoir l'honneur de vous apporter de bonnes nouvelles !

Toutes les assurances que Mrs Wintertowne mendiait, sans les obtenir, auprès de Mr Norrell, Mr Norrell était désormais pressé de les donner à Sir Walter, qui manifestement n'en voulait pas. De son refuge au fond du salon, ce dernier inclina la tête, puis, comme Mr Norrell s'attardait encore, il proféra d'une voix enrouée :

— Merci, monsieur. Merci !

Et sa bouche s'étira d'une drôle de façon. Sans doute était-ce censé être un sourire.

— Je regrette de tout mon cœur, Sir Walter, cria encore Mr Norrell, de ne pouvoir vous inviter à monter avec moi pour regarder ce que je fais, mais la singulière nature de cette magie particulière exige la solitude. J'aurai, je l'espère, l'honneur de vous montrer un peu de ma magie en une autre occasion.

Sir Walter s'inclina légèrement avant de se détourner.

Mrs Wintertowne parlait alors à son domestique, Robert, et Drawlight profita de cette légère diversion pour tirer Mr Norrell de côté et chuchoter fébrilement à son oreille :

— Non, non, monsieur ! Ne les renvoyez pas ! Mon conseil, réunir autour du lit autant de personnes qu'il est possible d'en convaincre. C'est la meilleure garantie, je vous l'assure, pour que nos exploits de cette nuit soient largement répandus demain matin. Et n'ayez pas peur de créer un peu de remue-ménage afin d'impressionner les domestiques. Vos meilleures incantations, s'il vous plaît ! Oh ! Quelle bûche suis-je ! Si seulement j'avais songé à apporter des poudres chinoises pour les jeter dans le feu ! Je suppose que vous n'en avez pas sur vous ?

Sans prendre la peine de lui répondre, Mr Norrell demanda à être conduit sans délai auprès de Miss Wintertowne.

Et, bien que le magicien eût demandé instamment à y aller seul, ses chers amis, Mr Drawlight et Mr Lascelles, n'étaient pas assez ingrats pour le laisser affronter solitairement ce moment critique de sa carrière. En conséquence, tous les trois furent escortés par Robert jusqu'à une chambre du deuxième étage.

8

Un gentleman aux cheveux comme du duvet de chardon

Octobre 1807

LÀ, DANS LA CHAMBRE, il n'y avait plus personne.

C'est-à-dire qu'il y avait quelqu'un. Miss Wintertowne reposait sur le lit ; toutefois, la philosophie eût été alors bien en peine de déterminer si elle était quelqu'un ou personne.

On l'avait revêtue d'une longue robe blanche et l'on avait attaché à son cou une chaîne d'argent ; on avait peigné et coiffé sa belle chevelure, paré ses oreilles de boucles de perle et de grenat. Cependant, il était extrêmement douteux que Miss Wintertowne appréciât encore pareilles attentions. On avait allumé des chandelles et préparé un bon feu dans la cheminée, on avait disposé dans toute la pièce des roses qui l'emplissaient d'un parfum suave, mais Miss Wintertowne eût pu désormais reposer autant en paix dans le galetas le plus nauséabond de la ville.

— Et elle était assez agréable à regarder, dites-vous ? demanda Mr Lascelles.

— Vous ne l'avez donc jamais vue ? s'étonna Drawlight. Oh ! c'était une créature céleste Tout à fait divine. Un ange...

— Vraiment ? Et aujourd'hui une pauvre ruine aux traits si pincés ! s'exclama Mr Lascelles. Je conseillerai à toutes les ravissantes de ma connaissance de ne pas mourir. – Il se pencha plus près. – On lui a fermé les yeux constata-t-il.

— Ses yeux étaient admirables, déclara Mr Drawlight, gris foncé et limpides, avec de longs cils noirs et des sourcils également noirs. Quel dommage que vous ne l'ayez jamais vue ! Elle était justement la sorte de créature que vous auriez admirée. – Drawlight se tourna vers Mr Norrell. – Eh bien, monsieur, êtes-vous prêt à commencer ?

Mr Norrell était dans un fauteuil près du feu. Les manières déterminées, professionnelles, qu'il avait adoptées à son arrivée dans la maison, avaient disparu ; la nuque inclinée, il poussait de profonds soupirs, le regard rivé sur le tapis. Mr Drawlight et Mr Lascelles l'observaient avec ce degré d'intérêt propre à leurs tempéraments respectifs : Mr Drawlight ne tenait pas en place, les yeux brillant d'anticipation, tandis que Mr Lascelles était tout scepticisme, calme et souriant. Mr Drawlight s'éloigna respectueusement du lit de quelques pas, afin que Mr Norrell pût approcher plus commodément, et Mr Lascelles s'adossa à un mur en croisant les bras, posture qu'il adoptait souvent au théâtre

Mr Norrell poussa un nouveau soupir.

— Monsieur Drawlight, je vous ai déjà dit que cette magie particulière exigeait une complète solitude. Je me vois dans l'obligation de vous prier d'attendre en bas.

— Oh ! monsieur, protesta Drawlight. Des amis aussi intimes que Lascelles et moi ne pouvons pas vous causer du dérangement ? Nous sommes les êtres les plus discrets au monde ! Dans moins de deux minutes, vous aurez tout à fait oublié que nous sommes ici. Je considère notre présence comme absolument essentielle ! Car qui répandra la nouvelle de votre succès demain matin, sinon Lascelles et moi ? Qui décrira l'ineffable grandeur du moment où votre art de la magie aura triomphé et où la jeune femme se sera levée d'entre les morts ? Ou, au contraire, le pathétique et intolérable moment où vous aurez été contraint de vous avouer vaincu ? Vous n'y réussirez pas la moitié aussi bien, monsieur. Vous savez bien que non.

— Peut-être, admit Mr Norrell. Mais ce que vous suggérez est impossible. Je ne veux pas, je ne peux pas commencer tant que vous n'aurez pas quitté la pièce.

Pauvre Drawlight ! Il n'avait aucun moyen de forcer le magicien à commencer sa magie contre sa volonté, mais avoir attendu aussi longtemps pour assister à des enchantements pour ensuite s'en voir exclure ! C'était plus qu'il n'en pouvait supporter. Même Mr Lascelles, ayant espéré assister à une séance d'un ridicule achevé dont il eût pu se gausser, était un tantinet dépité.

Dès qu'ils eurent quitté les lieux, Mr Norrell se leva avec lassitude de son fauteuil et sortit un volume qu'il avait pris avec lui. Il l'ouvrit à un endroit marqué par ses soins avec une lettre pliée et le posa sur un guéridon afin de l'avoir sous la main s'il avait besoin de le consulter. Puis il se mit à réciter une incantation.

L'effet fut quasi immédiat : soudain une tache verte apparut là où il n'y avait rien de vert auparavant, tandis qu'un parfum doux et frais, tel celui des bois et des prairies, envahissait la pièce. Mr Norrell se tut.

Quelqu'un se tenait au milieu du salon : un personnage grand et de belle apparence, à la peau blanche et sans une imperfection, avec une énorme masse de cheveux, aussi clairs et brillants que du duvet de chardon. Ses yeux bleus et froids étincelaient, et ses longs sourcils noirs se terminaient en se retroussant vers le haut. Il était vêtu exactement comme tout gentleman, sauf que son habit était du vert le plus tendre qu'on pût imaginer, de la couleur des feuilles au début de l'été.

— *Ô Lar !* commença Mr Norrell d'une voix chevrotante. *Ô Lar ! Magnum opus est mihi tuo auxilio. Haec virgo mortua est et familia ejus eam ad vitam redire vult*[1].

Mr Norrell montrait du doigt la forme sur le lit.

À la vue de Miss Wintertowne, le gentleman aux cheveux comme du duvet de chardon devint tout d'un coup fébrile. Il étendit les mains dans un geste de plaisir étonné et se mit à baragouiner en latin à toute allure. Mr Norrell, qui était plus accoutumé à voir le latin écrit ou imprimé dans les livres, s'aperçut qu'il ne pouvait pas suivre quand cette langue était parlée aussi vite, même s'il reconnaissait quelques mots ici et là, tels que « *formosa* » et « *venusta* »[2], qui sont relatifs à la beauté féminine.

Mr Norrell attendit que l'extase du gentleman se fût calmée, puis il dirigea l'attention de ce dernier vers le miroir au-dessus de la cheminée : apparut la vision de Miss Wintertowne suivant un étroit sentier caillouteux dans un sombre paysage montagneux.

— *Ecce mortua inter terram et caelum !* récita Mr Norrell. *Scito igitur, ô Lar, me ad hanc magnamoperam te elegisse quia*[3]...

— Oui, oui ! cria le gentleman, passant brusquement à la langue anglaise. Vous avez choisi de m'invoquer parce que mon génie de la magie dépasse celui de toute ma race. Parce que j'ai été le serviteur et le confident de Thomas Godbless, de Ralph Stokesey, de Martin Pale et du roi Corbeau. Parce que je suis vaillant, chevaleresque, généreux et aussi beau que le jour est long ! C'est entendu ! C'eût été de la démence d'invoquer quelqu'un d'autre ! Nous savons tous les deux qui je suis. La question est : qui diable êtes-vous ?

— Moi ? dit Mr Norrell, ahuri. Je suis le plus grand magicien de notre ère !

---

1. « Ô Lare, j'ai grand besoin de ton aide. Cette vierge est morte et sa famille veut qu'elle revienne à la vie. »

2. « Belle », « de belle forme », et « charmante » (*N.d.T.*).

3. « Voici la morte entre ciel et terre ! Sache donc, ô Lare, que je t'ai choisi pour cette grande tâche parce que... »

Le gentleman arqua un sourcil parfait, signifiant ainsi qu'il était surpris de l'entendre. Lentement, il fit le tour de Mr Norrell, le considérant sous tous les angles. Puis, geste des plus déconcertants, il arracha la perruque de Mr Norrell de sa tête et regarda dessous, comme si Mr Norrell était une marmite sur le feu, et qu'il souhaitât savoir ce qu'il y avait à souper.

— Je... je suis celui qui est destiné à rendre la magie à l'Angleterre ! balbutia Mr Norrell, récupérant sa perruque et la remettant en place, légèrement de guingois, sur sa tête.

— Eh bien, à l'évidence vous l'êtes ! acquiesça le gentleman. Sinon je ne serais pas là ! Vous ne vous figurez pas que je perdrais mon temps avec un sorcier des haies à trois pennies, si ? Or qui êtes-vous donc ? C'est ce que je désire savoir. Quels enchantements avez-vous jetés ? Qui était votre maître ? Quels pays enchantés avez-vous visités ? Quels ennemis avez-vous vaincus ? Qui sont vos alliés ?

Mr Norrell était extrêmement surpris de se voir poser tant de questions et il n'était aucunement préparé à y répondre. Il flancha et hésita, avant de se raccrocher finalement à la seule pour laquelle il avait une réponse sensée.

— Je n'ai pas eu de maître. J'ai appris seul.

— Et comment ?

— Dans les livres.

— Dans les livres !

Cela sur un ton de profond mépris.

— Oui, bien sûr. Les livres parlent beaucoup de magie de nos jours. Certes, les trois quarts sont ineptes. Nul ne sait mieux que moi combien on imprime d'inepties dans les livres. Cependant, ils contiennent aussi quantité d'informations utiles, et il est surprenant, dès qu'on a un peu étudié, de commencer à voir...

Mr Norrell s'échauffait pour son sujet, mais le gentleman aux cheveux comme du duvet de chardon n'avait jamais la patience d'écouter les autres, aussi l'interrompit-il.

— Suis-je le premier de ma race que vous ayez vu ?

— Ah, oui !

Cette réponse eut l'heur de plaire au gentleman aux cheveux comme du duvet de chardon ; il sourit.

— Et alors ! Si je devais accepter de ramener cette jeune femme à la vie, quelle serait ma récompense ?

Mr Norrell s'éclaircit la voix.

— Quel genre de chose... ? commença-t-il d'une voix un peu rauque.

— Oh ! Je ne suis pas difficile ! s'écria le gentleman aux cheveux comme du duvet de chardon. Mes souhaits sont des plus raisonnables. Par bonheur, je suis entièrement dépourvu d'avidité et d'ambitions sordides. Vraiment, vous vous apercevrez que ma proposition est bien plus à votre avantage qu'au mien, si désintéressée est ma nature ! J'aimerais seulement qu'il me soit permis de vous aider dans toutes vos entreprises, de vous conseiller en toutes matières et de vous guider dans vos études. Oh ! Et puis vous devez veiller à faire savoir au monde entier que vos plus importantes réalisations sont dues en grande partie à mon intervention !

Mr Norrell parut un brin souffrant. Il toussota et marmonna quelques mots sur la générosité du gentleman.

— Si j'étais le genre de magicien impatient de confier toutes ses affaires à un autre, alors votre offre serait la bienvenue. Malheureusement... je crains... Bref, je n'ai aucune intention de vous remployer... Ni aucun autre représentant de votre race.

Un long silence.

— Eh bien, en voilà une ingratitude ! déclara le gentleman avec froideur. Je me suis donné la peine de vous rendre cette visite. J'ai écouté avec le meilleur naturel qui soit votre ennuyeuse conversation. J'ai supporté patiemment votre ignorance des formes et des usages de la magie. Et maintenant vous dédaignez mes offres de service. D'autres magiciens, je puis vous le certifier, ont enduré toutes sortes de tourments pour obtenir mon aide. Je ferais peut-être mieux de parler avec l'autre. Il sait peut-être mieux que vous comment on s'adresse à des personnages de haut rang et de position supérieure. – Le gentleman parcourut la pièce du regard. – Je ne le vois pas. Où est-il donc ?

— Où est qui ?

— L'autre.

— L'autre qui ?

— Magicien !

— Magi... – Mr Norrell commença à former le mot, qui mourut sur ses lèvres. – Non, non ! Il n'y a pas d'autre magicien ! Je suis le seul. Je vous assure que je suis le seul. Pourquoi devriez-vous penser que...

— Bien sûr qu'il y a un autre magicien ! rétorqua le gentleman, tant il était ridicule à ses yeux de nier une chose aussi évidente. Il est votre plus cher ami au monde !

— Je n'ai pas d'amis, protesta Mr Norrell.

Il était extrêmement perplexe. De qui le garçon-fée pouvait-il parler ? De Childermass ? Lascelles ? Drawlight ?

— Il a les cheveux roux et un long nez. Et il est très vaniteux... comme tous les Anglais ! précisa le gentleman aux cheveux comme du duvet de chardon.

Cela ne menait à rien. Childermass, Lascelles et Drawlight étaient chacun très vaniteux à leur manière, Childermass et Lascelles avaient tous deux de longs nez, mais aucun d'eux n'avait les cheveux roux. Mr Norrell n'y comprenait rien ; aussi, avec un gros soupir, revint-il à l'affaire en question.

— Vous ne voulez pas m'aider ? demanda-t-il. Vous ne voulez pas ramener la jeune femme du royaume des morts ?

— Ce n'est pas ce que j'ai dit ! s'exclama le gentleman aux cheveux comme du duvet de chardon, d'un ton qui laissait entendre qu'il s'étonnait de ce que Mr Norrell pût penser cela. Ces derniers siècles, je dois l'avouer, je me suis quelque peu lassé de la société de ma famille et de mes serviteurs. Mes sœurs et mes cousins ont maintes vertus pour eux, mais ils ne sont pas sans défauts. Ils sont, vous m'en voyez désolé, un tantinet fanfarons, vaniteux et orgueilleux. Cette jeune femme – il montra Miss Wintertowne – avait sans doute toutes les vertus et tous les talents habituels ? Elle était gracieuse ? Spirituelle ? Vive ? Fantasque ? Elle dansait comme le soleil ? Montait à cheval comme le vent ? Chantait comme un ange ? Brodait comme Pénélope ? Parlait français, italien, allemand, breton, gallois et moult autres langues ?

Mr Norrell répondit qu'il pensait que oui. Il croyait bien que c'était le genre de choses qui occupaient les demoiselles pour l'heure.

— Alors elle me sera une charmante compagne ! conclut le gentleman aux cheveux comme du duvet de chardon, frappant dans ses mains.

Mr Norrell s'humecta les lèvres avec nervosité.

— Que proposez-vous exactement ?

— Accordez-moi la moitié de l'existence de la dame et le marché est conclu.

— La moitié de son existence ? répéta Mr Norrell.

— La moitié, confirma le gentleman aux cheveux comme du duvet de chardon.

— Mais que diraient ses amis s'ils apprenaient que j'ai bradé la moitié de son existence ? geignit Mr Norrell.

— Oh ! Ils n'en sauront jamais rien. Vous pouvez compter sur ma discrétion. Au reste, elle n'a plus d'existence, maintenant. La moitié d'une existence vaut mieux que pas d'existence du tout.

Certes, la moitié d'une existence valait mieux que pas d'existence du tout. Avec une demi-existence, Miss Wintertowne pouvait épouser Sir Walter et le sauver de la ruine. Sir Walter pourrait rester alors aux affaires et apporter son soutien à tous les projets de Mr Norrell pour restaurer la magie anglaise. Toutefois, ce dernier avait lu un grand nombre de livres qui décrivaient les échanges d'autres magiciens anglais avec des représentants de cette race, et il savait combien ceux-ci pouvaient se montrer fourbes. Il croyait voir comment le gentleman avait l'intention de le mystifier.

— Combien de temps dure une vie ? demanda-t-il.

Le gentleman aux cheveux comme du duvet de chardon étendit les mains dans un geste plein de candeur.

— Combien de temps souhaitez-vous ?

Mr Norrell réfléchit.

— Supposons qu'elle ait vécu jusqu'à quatre-vingt-quatorze ans. Quatre-vingt-quatorze eût été un bel âge. Elle en a dix-neuf. Cela lui ferait soixante-quinze de plus. Si vous deviez lui octroyer soixante-quinze ans de plus, je ne vois alors aucune raison pour que vous n'en ayez pas la moitié.

— Soixante-quinze ans alors, approuva le gentleman aux cheveux comme du duvet de chardon, dont la moitié exactement me revient.

Mr Norrell le considéra avec un regain de nervosité.

— Y a-t-il une autre formalité dont nous devrions nous acquitter ? s'enquit-il. Faut-il signer un document ?

— Non, mais je pourrais prendre un objet appartenant à la dame comme signe de mes droits sur elle.

— Prenez une de ses bagues, suggéra Mr Norrell, ou le collier qu'elle porte autour du cou. Je puis expliquer une bague ou un collier manquant, j'en suis certain.

— Non. Ce devrait être quelque chose de... Ah ! Je sais !

Drawlight et Lascelles étaient installés au salon où Mr Norrell et Sir Walter Pole s'étaient rencontrés pour la première fois. Les lieux étaient sombres. Le feu baissait dans l'âtre, les chandelles étaient presque éteintes. Les rideaux n'étaient pas tirés et personne n'avait mis les volets. Le crépitement de la pluie contre les carreaux était sinistre.

— C'est assurément une nuit à réveiller les morts, fit observer Lascelles. La pluie et les branches d'arbres fouettent les vitres et le vent gémit dans la cheminée, tous les effets scéniques de circonstance, en fait ! J'ai souvent des accès de génie dramatique, et je ne sais si la séance de ce soir ne pourrait pas m'inspirer l'idée de réessayer... Une tragi-comédie, l'histoire des tentatives désespérées d'un ministre ruiné pour gagner de l'argent par tous les moyens, qui commencerait par un mariage intéressé et finirait dans la sorcellerie. Je pense qu'elle pourrait être très bien accueillie. Je l'intitulerais *Dommage qu'elle soit une dépouille*[1].

Lascelles marqua un silence pour permettre à Drawlight de rire de ce trait d'esprit, mais son ami avait perdu son sens de l'humour après le refus du magicien de lui permettre d'assister à son enchantement. Tout ce qu'il dit fut ceci :

— Où croyez-vous qu'ils soient tous passés ?

— Je l'ignore.

— Eh bien, vu tout ce que vous et moi avons fait pour eux, j'estime que nous méritions mieux que cela ! Voilà à peine une demi-heure, ils étaient si pleins de gratitude envers nous. Nous avoir oubliés si vite, c'est très mal ! Et on ne nous a même pas proposé une part de gâteau depuis notre arrivée. Sans doute est-ce trop tôt pour souper… Quoique, pour ma part, je meure de faim ! – Il demeura silencieux un instant. – Le feu est en train de mourir aussi, remarqua-t-il.

— Ajoutez-y du charbon, alors ! suggéra Lascelles.

— Comment ? Pour risquer de me salir ?

Une à une, les chandelles s'éteignirent. La lueur du feu baissa de plus en plus, jusqu'au moment où les peintures vénitiennes ne formèrent plus que de grands carrés noir foncé, accrochés à des murs d'un noir légèrement moins dense. Un long moment ils restèrent assis en silence.

— Une heure et demie a sonné à la pendule ! s'écria soudain Drawlight. Quelle sensation de solitude cela donne ! Pouah ! Toutes les horribles histoires qu'on lit dans les romans se produisent toujours à l'instant précis où retentit la cloche de l'église ou quand la pendule sonne une ou deux heures dans une maison plongée dans l'obscurité !

— Je ne parviens pas à me rappeler un exemple de quoi que ce soit de terrible qui se soit produit à une heure et demie, objecta Lascelles.

À ce moment-là, ils entendirent des bruits de pas dans l'escalier – qui se muèrent rapidement en bruits de pas dans le couloir. La porte du salon s'ouvrit ; quelqu'un se tenait sur le seuil, un bougeoir à la main.

Drawlight saisit le tisonnier.

C'était simplement Mr Norrell.

— Ne vous alarmez pas, monsieur Drawlight. Il n'y a pas de quoi avoir peur.

1. Clin d'œil à la pièce de l'auteur élisabéthain John Ford, *Dommage qu'elle soit une putain* (1626) (*N.d.T.*).

Pourtant la physionomie de Mr Norrell, tandis qu'il levait son bougeoir, paraissait indiquer le contraire ; très pâle, il avait des yeux écarquillés où se lisait encore un fond de peur.

— Où est Sir Walter ? demanda-t-il. Où sont passés les autres ? Miss Wintertowne réclame sa maman.

Mr Norrell fut obligé de répéter sa dernière phrase avant que les deux autres gentlemen finissent par comprendre.

Lascelles cligna les yeux deux ou trois fois et ouvrit la bouche sous l'effet de la stupeur, puis, s'étant ressaisi, il la referma ensuite pour arborer une expression hautaine, qu'il garda le restant de la nuit, laissant ainsi entendre qu'il fréquentait souvent des maisons où des demoiselles se levaient d'entre les morts et considérait cet exemple précis comme étant, somme toute, une affaire assommante. Dans l'intervalle, Drawlight avait mille choses à dire et sans doute les dit-il toutes. Malheureusement, personne ne leur consacra l'attention nécessaire pour découvrir leur teneur.

On dépêcha Drawlight et Lascelles à la recherche de Sir Walter. Puis Sir Walter alla quérir Mrs Wintertowne, et Mr Norrell accompagna cette dame, en larmes et tremblante, jusqu'à la chambre de sa fille. Entre-temps, la nouvelle du retour à la vie de Miss Wintertowne filtrait dans d'autres parties de la maison ; en l'apprenant, les domestiques étaient fous de joie et débordants de gratitude envers Mr Norrell, Mr Drawlight et Mr Lascelles. Un majordome et deux valets de chambre s'avancèrent vers Mr Drawlight et Mr Lascelles, et demandèrent la permission d'assurer à ces messieurs que, si jamais ils pouvaient se trouver bien de n'importe quel service qu'eux-mêmes pourraient être en mesure de leur rendre, ils n'avaient qu'à parler.

Mr Lascelles chuchota à Mr Drawlight qu'il ne s'était guère avisé jusque-là qu'en réalisant de bonnes actions il serait amené à se voir aborder avec une telle familiarité par tant de gens du bas peuple. C'était des plus déplaisant : il veillerait à s'abstenir à l'avenir. Par bonheur, les gens du bas peuple étaient de si joyeuse humeur qu'ils ne devinèrent jamais qu'ils l'avaient offensé.

L'on ne tarda pas à apprendre que Miss Wintertowne s'était levée de son lit et, appuyée au bras de Mr Norrell, était passée dans son boudoir, où elle était à présent installée dans un fauteuil au coin du feu. Elle avait même réclamé une tasse de thé.

Drawlight et Lascelles furent conviés à l'étage, dans un ravissant petit salon où ils trouvèrent Miss Wintertowne, sa mère, Sir Walter, Mr Norrell et quelques domestiques.

À leurs airs, on eût pu croire que c'étaient Mrs Wintertowne et Sir Walter qui avaient traversé plusieurs mondes surnaturels pendant la nuit ; ils avaient le visage si gris et si tiré ! Mrs Wintertowne pleurait, et Sir Walter pressait de temps en temps sa main sur son front pâle comme quelqu'un qui aurait vu des horreurs.

Miss Wintertowne, de son côté, paraissait tout à fait calme et maîtresse d'elle-même, telle une demoiselle qui aurait passé une soirée simple et tranquille à la maison. Dans son fauteuil, elle portait la robe élégante dont elle était vêtue la dernière fois que Drawlight et Lascelles l'avaient vue. Elle se leva et sourit à Drawlight.

— Je crois, monsieur, que vous et moi nous connaissons à peine. Pourtant, on m'a appris combien je vous devais. Hélas, je crains de ne pouvoir jamais m'acquitter de cette dette. Ma présence parmi vous est, pour une bonne part, due à votre énergie et à votre insistance. Merci, monsieur. Merci, merci beaucoup.

Et de lui tendre ses deux mains, qu'il étreignit.

— Oh, madame ! s'écria-t-il, tout courbettes et sourires. Ce fut un grand honneur, je vous assure...

À cet instant, il s'interrompit et demeura silencieux un moment.

— Madame ? reprit-il avec un rire gêné, ce qui était assez singulier en soi, Drawlight n'étant pas facilement gêné.

Sans lui lâcher les mains, il promena ses regards à la ronde, cherchant quelqu'un pour le tirer d'embarras. Puis il souleva l'une des mains de Miss Wintertowne et la lui montra. Si elle ne parut pas le moins du monde alarmée par ce qu'elle découvrit, elle eut l'air très surprise ; elle leva la main pour que sa mère pût la voir.

Le petit doigt de sa main gauche avait disparu.

9

Lady Pole

Octobre 1807

Il a été remarqué (par une dame infiniment plus sagace que la présente auteure[1]) combien le monde en général se sent aimablement disposé envers les jeunes gens qui meurent ou se marient. Imaginez alors l'intérêt qui entourait Miss Wintertowne ! Aucune demoiselle n'avait joui de tels avantages auparavant : en effet, elle était morte le mardi, était revenue à la vie aux premières heures du mercredi matin et se mariait le jeudi, ce que certains estimèrent trop de sensations fortes en une seule semaine.

Le désir de la voir était universellement répandu. Le seul renseignement que possédaient la plupart des gens, c'était qu'elle avait perdu un doigt dans son passage d'un monde à l'autre. Ce détail était des plus intriguants ; présentait-elle d'autres changements ? Nul ne le savait.

Le mercredi matin (jour de son heureux retour à la vie), les protagonistes de cette merveilleuse aventure semblaient tous s'être entendus pour tenir la ville dans l'ignorance ; les visiteurs du matin de Brunswick-square apprirent seulement que Miss Wintertowne et sa mère se reposaient ; à Hanover-square, était répétée exactement la même chanson – Mr Norrell était très fatigué –, il lui était tout à fait impossible de recevoir quiconque ; quant à Sir Walter Pole, personne n'était vraiment certain de savoir où le trouver (bien que l'on suspectât fortement qu'il fût dans la maison de Brunswick-square, chez Mrs Wintertowne). S'il n'y avait pas eu Mr Drawlight et Mr Lascelles (ces âmes charitables !), la ville eût été affamée d'informations de toutes sortes, mais ils roulaient assidûment dans Londres, se montrant dans un nombre incalculable de salons, boudoirs, salles à manger et cercles de jeu. Il est impossible de dire à combien de dîners Drawlight fut invité ce jour-là, et il est heureux

1. Jane Austen, pour ne pas la nommer (*N.d.T.*).

qu'il n'eût jamais été un gros mangeur, sans quoi il eût pu se gâter durablement l'estomac. Cinquante fois ou davantage il avait dû raconter comment, après le rétablissement de Miss Wintertowne, Mrs Wintertowne et lui avaient mêlé leurs larmes ; comment Sir Walter Pole et lui s'étaient serré la main ; comment Sir Walter l'avait remercié avec une vive reconnaissance et comment il avait supplié Sir Walter de ne plus y penser ; et comment Mrs Wintertowne avait insisté pour que Mr Lascelles et lui fussent tous deux reconduits chez eux dans sa voiture personnelle.

Sir Walter Pole avait quitté la maison de Mrs Wintertowne vers sept heures du matin et avait regagné son logement pour y dormir quelques heures, puis il retourna à Brunswick-square aux alentours de midi, ainsi que toute la ville l'avait prévu. (Comme nos voisins voient clair en nous !) Il était déjà apparu à Mrs Wintertowne que sa fille jouissait désormais d'une certaine célébrité ; que, du jour au lendemain, elle était devenue en quelque sorte un personnage. Les gens laissaient leurs cartes à la porte, quantité de lettres et de messages de félicitations arrivaient toutes les heures à l'intention de Miss Wintertowne, dont beaucoup venaient d'expéditeurs dont cette dernière ignorait même le nom. « Permettez-moi, madame, disait l'une, de vous supplier d'oublier l'oppression de cette vallée ténébreuse dont vous avez eu la révélation. »

Que des personnes inconnues pussent se croire qualifiées pour donner leurs commentaires sur une affaire aussi privée que la mort et la résurrection, qu'elles dussent épancher leur curiosité dans des lettres adressées à sa fille, c'était là une circonstance propre à inspirer un extrême déplaisir à Mrs Wintertowne ; elle avait nombre d'arguments pour blâmer des êtres aussi vulgaires, malappris, et, à son arrivée à Brunswick-square, Sir Walter fut dans l'obligation de tous les entendre.

— Mon conseil, madame, tenta-t-il, est de ne plus y penser. Nous, les hommes d'État, le savons bien, une politique de dignité et de silence est la meilleure défense contre ce type d'impertinence.

— Ah ! Sir Walter ! se récria sa future belle-mère. Il est très flatteur pour moi de voir que nos opinions s'accordent si souvent ! Dignité et silence. Entendu. Je ne pense pas que nous puissions jamais être trop discrets sur le sujet des souffrances de ma pauvre chère Emma. Après-demain, je suis, pour ma part, résolue à ne plus en reparler.

— Il n'était peut-être pas dans mes intentions d'aller si loin, tempéra Sir Walter. Parce que, vous savez, nous ne devons pas oublier Mr Norrell. Je crains qu'il ne doive souvent se montrer à nos côtés... Après le service qu'il nous a rendu, nous aurons peine à lui montrer assez de considération. – Il hésita, puis ajouta avec une convulsion de ses traits ingrats : – Heureusement, Mr Norrell a eu la bonté de m'indiquer la meilleure manière, selon lui, de rembourser ma part de l'obligation.

C'était là une allusion à une conversation que Sir Walter et Mr Norrell avait eue à quatre heures le matin même, quand le second avait arrêté le premier dans l'escalier et l'avait entrepris longuement sur son projet de confondre les Français grâce à la magie.

Mrs Wintertowne déclara qu'elle serait enchantée, bien entendu, d'honorer Mr Norrell de marques particulières de respect et de considération ; nul n'ignorait en quelle haute estime elle le tenait. Mis à part son grand art de magicien – dont, affirma Mrs Wintertowne, il ne valait pas la peine de parler quand il se rendait dans leur maison –, il paraissait être un vieux monsieur vraiment aimable.

— Certes, acquiesça Sir Walter. Pour l'heure, cependant, notre souci le plus pressant doit être que Miss Wintertowne ne se charge pas de fardeaux qui dépassent ses forces, et je souhaitais en particulier vous entretenir de ce point. J'ignore quelle peut être votre opinion, mais il ne serait pas plus mal, me semble-t-il, de différer notre mariage d'une semaine ou deux.

Mrs Wintertowne ne pouvait pas approuver un tel projet ; tous les préparatifs étaient faits, et la cuisine du repas de noces déjà en bonne voie : potage, gelées, pot-au-feu, esturgeon macéré au vinaigre et ainsi de suite, tout était prêt. À quoi bon laisser les mets se gâter à présent, pour devoir tout recommencer dans une semaine ou deux ? Sir Walter n'eut rien à opposer à ces arguments d'économie domestique ; il proposa donc de demander à Miss Wintertown si elle se sentait assez forte.

Aussi se levèrent-ils de leurs sièges dans le petit salon glacial (où cette conversation avait eu lieu) et montèrent-ils dans le boudoir de Miss Wintertowne au deuxième étage, où ils lui posèrent la question.

— Oh ! répondit-elle, je ne me suis jamais sentie mieux de ma vie ! Je me sens bien, pleine de force. Merci. Je suis déjà sortie ce matin. Je ne marche pas souvent. Je me sens rarement de taille à prendre de l'exercice ; toutefois, ce matin, j'avais le sentiment que la maison était une prison. J'étais impatiente d'être dehors…

Sir Walter parut très inquiet.

— Était-ce sage ? – Il se tourna vers Mrs Wintertowne. – Était-ce judicieux ?

Mrs Wintertowne ouvrit la bouche pour protester, mais sa fille se borna à rire.

— Oh ! Mère n'était pas au courant, je vous assure. Je suis sortie pendant qu'elle dormait dans sa chambre. Barnard m'a suivie. Et j'ai fait vingt fois le tour de Brunswick-square. Vingt fois ! N'est-ce pas la chose la plus ridicule que vous ayez jamais entendue ? J'étais prise d'un tel désir de marcher ! Oui, j'aurais couru, je pense, si cela m'avait été possible, mais à Londres, vous savez… – Elle eut un nouveau rire. – Je voulais aller plus loin, Barnard m'en a empêchée. Barnard était tout en émoi, de peur que je ne défaille dans la rue. Elle a insisté pour que je restasse à portée de vue de la maison.

Ils la regardaient avec de grands yeux. C'était – mis à part tout autre considération – probablement le plus long discours que Sir Walter l'eût jamais entendue tenir. Elle se tenait assise bien droite, les yeux brillants et le teint frais, incarnant la santé et la beauté. Elle parlait si vite et avec tant d'expression, elle était si gaie et montrait tant d'animation. Apparemment, Mr Norrell ne lui avait pas seulement rendu la vie, il avait doublé ou triplé sa vitalité.

Voilà qui était très curieux.

— Bien sûr, reprit Sir Walter, si vous vous sentez assez bien pour prendre de l'exercice, personne ne vous en empêchera, j'en suis certain. Rien n'a plus de chances de vous redonner des forces, et de vous garantir une santé durable, qu'un exercice régulier. Pourtant, peut-être, dans l'immédiat, ce serait aussi bien de ne point sortir sans prévenir. Outre Barnard, vous auriez dû avoir une autre personne pour vous protéger. Dès demain, vous savez, je puis prétendre à cet honneur.

— Mais vous serez occupé, Sir Walter, lui rappela-t-elle. Vous aurez à vous occuper des affaires du gouvernement.

— Certes, mais…

— Oh ! Je sais que vous serez continuellement pris par vos fonctions. Je sais bien que je ne dois pas m'attendre à autre chose.

Elle semblait si gaiement résignée à ce qu'il la négligeât qu'il ne put s'empêcher d'ouvrir la bouche pour protester ; le bien-fondé de ses paroles le retint d'articuler un mot. Depuis la première fois qu'il l'avait vue chez Lady Winsell, à Bath, il avait été saisi par sa beauté et son élégance – et en avait promptement conclu que ce serait une très bonne idée, non seulement de l'épouser dès que le moment serait opportun, mais aussi de mieux la connaître – car il avait subodoré que, si l'on mettait de côté sa fortune, elle pourrait très bien lui convenir comme épouse. Il songea qu'une heure ou deux de conversation pourraient contribuer à les mettre sur ce pied de franchise absolue et de confiance si souhaitable entre mari et femme. Il avait bon espoir qu'un tel tête-à-tête apporterait vite des preuves solides de leurs sympathies et de leurs goûts réciproques. Plusieurs propos qu'elle avait tenus l'avaient encouragé à espérer que tel serait le cas. En outre, en sa qualité d'homme – intelligent qui plus est – de quarante-deux ans, il avait naturellement quantité de connaissances et autant de jugements sur presque tous les sujets, qu'il était impatient de faire partager à une ravissante personne de dix-neuf ans – toutes choses, pensait-il, qu'elle ne pourrait manquer de trouver captivantes. Entre le grand souci qu'il avait des affaires et la petite santé de sa fiancée, tous les deux devaient pourtant avoir cet intéressant entretien. Or voilà qu'elle lui disait qu'elle s'attendait à ce que leurs relations continuassent de la sorte après leur mariage. Elle ne paraissait pas s'en offusquer. Au contraire, avec sa nouvelle humeur, sa gaieté, elle semblait amusée qu'il eût dû s'abuser en croyant qu'il pourrait en aller différemment.

Malheureusement, il était déjà en retard pour une audience avec le ministre des Affaires étrangères, aussi prit-il la main de Miss Wintertowne (celle qui était entière, la droite) et la lui baisa-t-il galamment ; il lui répéta combien il attendait impatiemment le lendemain, qui ferait de lui le plus heureux des hommes, écouta poliment – son chapeau à la main – un court discours de Mrs Wintertowne sur le sujet et sortit de la maison, résolu à réfléchir plus avant à ce problème – dès qu'il en trouverait le temps, en fait.

Le lendemain matin, le mariage fut célébré à Saint George, non loin de Hanover-square. Presque tous les ministres de Sa Majesté y assistaient, ainsi que deux ou trois ducs de la couronne, une demi-douzaine d'amiraux, un évêque et plusieurs généraux. Néanmoins, je suis au regret de révéler que, si importants que fussent de tels personnages pour la paix et la prospérité d'une nation, le jour où Miss Wintertowne épousa Sir Walter Pole, tout le monde se fichait d'eux comme de l'an quarante. L'homme qui attirait tous les regards, celui dont tout le monde chuchotait le nom à son voisin pour le lui montrer, était le magicien, Mr Norrell.

10

De la difficulté de trouver un emploi pour un magicien

Octobre 1807

SIR WALTER AVAIT L'INTENTION d'introduire peu à peu le sujet de la magie auprès des autres ministres, afin de leur permettre de s'accoutumer progressivement à cette idée avant de leur proposer de mettre Mr Norrell à l'épreuve dans la guerre contre la France. Il redoutait qu'ils ne s'opposassent à lui ; il était sûr que Mr Canning se montrerait sarcastique, Lord Castlereagh peu coopératif, et le comte de Chatham simplement ébahi.

Mais toutes ses craintes étaient infondées. Les ministres, s'avisa-t-il vite, étaient tout aussi sensibles à la nouveauté de la situation que n'importe quel autre Londonien. Quand le cabinet se réunit à Burlington House[1], ses membres se déclarèrent extrêmement désireux d'employer l'unique magicien d'Angleterre. Toutefois, ce qu'on devait faire de lui n'était aucunement clair. Il s'était écoulé deux cents ans depuis la dernière fois que le gouvernement

1. Burlington House, à Piccadilly, était la résidence londonienne du duc de Portland, *First Lord of the Treasury*, président du Conseil des ministres (que beaucoup, de nos jours, aiment à appeler « Premier ministre », à la française). Elle avait été érigée à une époque où les nobles anglais n'avaient pas peur de rivaliser avec leur monarque par leurs étalages de pouvoir et de richesses, et n'avait son égale en beauté nulle part ailleurs dans la capitale. Quant au duc lui-même, c'était un vieillard on ne peut plus respectable, mais, pauvre homme, il ne correspondait pas à l'idée communément répandue de ce que devait être un Premier ministre. Il était très âgé et malade. En ce moment même, il reposait dans une chambre garnie de rideaux quelque part au fin fond de sa maison, stupéfié par le laudanum et mourant à petit feu. Il n'était d'aucune utilité à son pays et de presque aucune pour ses pairs ministres. Le seul avantage de son mandat, autant qu'ils pouvaient en juger, était la possibilité qu'il leur donnait d'utiliser sa magnifique demeure comme lieu de réunion et d'employer ses magnifiques domestiques à descendre quérir à la cave toutes les petites douceurs qui pouvaient les tenter. (Généralement, ils trouvaient que le gouvernement de la Grande-Bretagne était une affaire qui donnait soif.)

anglais avait recouru aux services d'un magicien, et ils avaient un peu perdu la main.

— Mon principal problème, expliqua Lord Castlereagh, c'est de recruter des hommes pour l'armée, une tâche peu ou prou impossible, je vous l'assure ; les Britanniques sont une race particulièrement pacifique. Mais j'ai le Lincolnshire en vue : je me suis laissé dire que les porcs du Lincolnshire sont particulièrement beaux, et qu'en les mangeant la population prend de l'embonpoint et devient très robuste. Maintenant, ce qui m'arrangerait au mieux, ce serait un sort général jeté sur le Lincolnshire, de sorte que trois ou quatre mille jeunes hommes soient incontinent remplis d'un désir ardent de devenir soldats pour combattre les Français. – Il posa sur Sir Walter un regard songeur. – Votre ami connaîtrait-il un tel sort, Sir Walter ? Qu'en pensez-vous ?

Sir Walter, n'en sachant rien, promit de consulter Mr Norrell.

Plus tard, le même jour, Sir Walter rendit visite à Mr Norrell et lui posa la question. Mr Norrell buvait du petit-lait. Il ne croyait pas que quiconque lui eût jamais proposé un tel morceau de magie et pria Sir Walter de bien vouloir transmettre ses compliments à Lord Castlereagh pour posséder un cerveau des plus originaux. Quant à savoir si la tâche était possible ou non, « la difficulté consiste à limiter l'application du sort au seul Lincolnshire et aux jeunes hommes. Il y a le danger, si nous réussissons, ce dont je me flatte d'être capable, que le Lincolnshire – ainsi que plusieurs des comtés voisins – puisse être entièrement vidé de sa population ».

Sir Walter retourna voir Lord Castlereagh et s'opposa à son projet

La magie suivante que les ministres proposèrent plut beaucoup moins à Mr Norrell. La résurrection de Lady Pole accaparait les pensées de tous les Londoniens, et les ministres n'étaient nullement à l'abri de la fascination générale. Lord Castelereagh commença par demander aux autres ministres qui était celui que Napoléon Bonaparte avait craint le plus au monde. Qui avait toujours paru prévoir les prochains mouvements du méchant empereur français ? Qui avait infligé une défaite si retentissante aux Français qu'ils n'osaient plus mettre leur nez de Français hors de leurs ports ? Qui avait réuni en une seule personne toutes les qualités qui composaient un Anglais ? Qui d'autre, insista Lord Castlereagh, sinon Lord Nelson ? À l'évidence, il fallait impérativement ramener Lord Nelson d'entre les morts. Lord Castlereagh demandait pardon à Sir Walter – peut-être n'avait-il rien compris – mais pourquoi perdaient-ils du temps à discuter ?

Sur ce, Mr Canning, un individu à poigne et querelleur, rétorqua vivement que, certes, la disparition de Lord Nelson était regrettable, que Lord Nelson avait été le héros national, que Nelson avait accompli tout ce que Lord Castlereagh décrivait. Cependant, au bout du compte – et Mr Canning ne voulait pas manquer de respect à la Navy, cette institution britannique des plus glorieuses –, Nelson n'avait été qu'un marin, alors que feu Mr Pitt[1] avait été tout. Si l'on devait ramener un mort à la vie, alors on n'avait vraiment pas le choix : ce devait être Pitt.

Lord Chatham (qui était également le frère de feu Mr Pitt) soutint naturellement cette proposition tout en s'interrogeant sur les raisons de ce choix : pourquoi ne pas ressusciter et Pitt et Nelson ? Il resterait seulement à payer deux fois le magicien, et personne n'y verrait d'objection, si ?

Puis d'autres ministres suggérèrent d'autres gentlemen décédés comme candidats à la reviviscence, jusqu'au moment où il apparut que la moitié des caveaux d'Angleterre risquaient d'être vidés de leurs occupants. Très vite ils se retrouvèrent face à une très longue liste et, selon leur habitude, entrèrent dans des disputes infinies à son propos.

— Cela ne peut pas aller, déclara Sir Walter. Il faut bien partir de quelque part. Or chacun de nous a été aidé pour accéder à ses actuelles fonctions par l'amitié de Mr Pitt, si ma mémoire est bonne. Nous aurions tort de donner la préférence à un autre gentleman.

Un émissaire fut dépêché pour ramener Mr Norrell de Hanover-square à Burlington House. On introduisit Mr Norrell dans le salon somptueusement peint où les ministres siégeaient. Sir Walter lui annonça qu'ils envisageaient une nouvelle résurrection.

Mr Norrell pâlit et marmonna quelques mots sur le fait que seul son respect particulier pour Sir Walter l'avait poussé à entreprendre un type de magie qu'il n'eût jamais tenté sinon. Il n'avait aucune envie de se lancer dans une deuxième tentative ! Les ministres ignoraient ce qu'ils demandaient.

Néanmoins, après que Mr Norrell eut mieux compris « qui » était celui dont ils proposaient la candidature, il parut extrêmement soulagé, et on l'entendit expliquer quelque chose sur l'état du « corps ».

Alors les ministres songèrent que Mr Pitt était mort depuis près de deux ans et que, si dévoués qu'ils eussent été à Pitt de son vivant, ils n'avaient pas très envie de le voir dans son état actuel. Lord Chatham (frère de Mr Pitt) remarqua tristement que ce pauvre William devait certainement s'être déjà bien altéré.

---

1. William Pitt, dit le Premier Pitt (1759-1806). Il est douteux que nous reverrons jamais son pareil, car il devint Premier ministre à l'âge de vingt-quatre ans et gouverna le pays de ce jour jusqu'à sa mort, avec seulement un bref intermède de trois ans.

Ce sujet ne fut plus évoqué.

Une ou deux semaines plus tard, Lord Castlereagh proposa d'envoyer Mr Norrell en Hollande ou peut-être au Portugal, lieux où les ministres caressaient le vague espoir de prendre pied pour contrecarrer Bonaparte et où Mr Norrell pourrait jeter ses sorts sous la direction des généraux et des amiraux. Aussi l'amiral Paycocke, un ancien marin au visage rubicond, et le capitaine Harcourt-Bruce, du 20e régiment de dragons légers, furent-ils dépêchés à Hanover-square pour observer les mouvements de Mr Norrell.

Le capitaine Harcourt-Bruce n'était pas seulement beau, fringant et brave, il était également romantique. La résurgence de la magie en Angleterre le faisait fortement vibrer. Grand lecteur de la plus excitante des histoires, il avait la tête farcie d'anciennes batailles dans lesquelles les Anglais étaient surpassés en nombre par les Français et condamnés à périr, quand tout à coup les accents d'une musique étrange, surnaturelle, retentissaient et que, au faîte d'une colline, apparaissait le roi Corbeau au grand heaume noir, avec son lambrequin de plumes de corbeau flottant au vent. Le roi descendait de la colline au galop sur son grand destrier noir, avec cent chevaliers humains et autant de chevaliers-fées derrière lui, et vainquait les Français grâce à sa magie.

Telle était l'idée que le capitaine Harcourt-Bruce se faisait d'un magicien. Tel était le genre d'exploit qu'il espérait voir se reproduire sur tous les champs de bataille du continent. Alors, quand il rendit visite à Mr Norrell dans son salon de Hanover-square, et après qu'il se fut assis pour regarder son hôte se plaindre avec humeur à son valet de pied, d'abord que la crème de son thé était trop crémeuse, ensuite qu'elle était trop liquide, eh bien, je ne vous surprendrai pas si je vous dis qu'il fut un tantinet déçu. Il était même si découragé par toute l'entreprise que l'amiral Paycocke, un vieux gentleman un peu bourru, le prit en pitié et eut seulement le cœur de se gausser de lui et de le taquiner avec la plus grande modération.

L'amiral Paycocke et le capitaine Harcourt-Bruce retournèrent voir les ministres pour leur signifier qu'il était hors de question d'envoyer Mr Norrell où que ce fût ; les amiraux et les généraux ne le leur pardonneraient jamais. Pendant quelques semaines, cet automne-là, il sembla que les ministres ne trouveraient jamais l'emploi de leur unique magicien.

11

Brest

Novembre 1807

PENDANT LA PREMIÈRE semaine de novembre, une escadre de navires français s'apprêtait à quitter le port de Brest, situé sur la côte ouest de la Bretagne française. L'intention des Français était de patrouiller dans le golfe de Gascogne, en quête de bâtiments britanniques à capturer ou, s'ils revenaient bredouilles, d'empêcher au moins les Britanniques de faire tout ce qu'ils paraissaient manigancer.

Une brise soutenue soufflait de la terre. Les marins français achevèrent leurs préparatifs avec diligence, et les navires étaient presque parés, quand de grosses nuées noires apparurent soudain ; il se mit à pleuvoir.

Or il n'était rien moins que naturel qu'un port de l'importance de Brest dût réunir un grand nombre de gens qui étudiaient les vents et la météorologie. Au moment où les vaisseaux allaient appareiller, plusieurs de ces personnes descendirent en hâte sur les quais, en proie à une vive émotion, afin de prévenir les marins que cette pluie était louche : les nuées, d'après eux, étaient venues du nord, tandis que le vent soufflait de l'est. La chose était impossible, pourtant les faits étaient là. Les capitaines des navires eurent juste le temps d'être étonnés, incrédules ou effrayés – en fonction de leurs tempéraments respectifs – quand une autre nouvelle leur parvint.

La rade de Brest consiste en un bassin intérieur et un bassin extérieur, le bassin intérieur étant séparé du large par une longue et mince presqu'île. Comme la pluie redoublait, les officiers français commandant l'escadre apprirent que toute une flotte de vaisseaux britanniques était apparue dans le bassin extérieur.

Combien y avait-il là de bâtiments ? Les informateurs des officiers ne le savaient pas. Plus qu'on ne pouvait en compter, une centaine peut-être. Apparemment, imitant la pluie, les bateaux avaient surgi en un instant d'une mer déserte. Et quel type de bâtiments était-ce ? Oh ! Voilà la chose la plus étrange ! Les bâtiments étaient tous des bâtiments de ligne, des navires de guerre du second et du troisième rang, lourdement armés.

La nouvelle était stupéfiante. Le nombre comme le grand tonnage des navires étaient, à la vérité, plus inexplicables que leur subite apparition. La British Navy assurait toujours le blocus de Brest, mais jamais avec plus de vingt-cinq bâtiments à la fois, dont seulement dix ou douze étaient de ligne, les autres étant des frégates, des sloops et des bricks petits et mobiles.

Cette histoire de cent navires était si incroyable que les capitaines français n'y ajoutèrent foi qu'après s'être rendus à la rame ou à cheval à Lochrist, à Saint-Julien de Camaret ou en d'autres lieux, d'où, du haut des falaises, ils pouvaient contempler les navires de leurs yeux.

Les jours passèrent. Le ciel était plombé, et il continuait de pleuvoir. Les bâtiments britanniques demeuraient obstinément à leur place. La population de Brest était en émoi, de peur que certains d'entre eux ne tentassent d'approcher de la ville pour la bombarder. Néanmoins, les navires britanniques ne bougeaient pas.

Plus étranges encore étaient les nouvelles qui arrivaient d'autres ports de l'Empire français : de Rochefort, de Toulon, de Marseille, de Gênes, de Venise, de Flushing, de Lorient, d'Anvers et d'une centaine d'autres de moindre importance. Eux aussi subissaient le blocus de flottes britanniques de cent ou deux cents navires de guerre. C'était à n'y rien comprendre. Ajoutées les unes aux autres, ces flottes regroupaient plus de navires de guerre que n'en possédaient les Britanniques. Elles regroupaient même plus de navires de guerre qu'il n'y en avait sur la face de la terre.

À cette époque, le plus grand officier supérieur de Brest était l'amiral Desmoulins. Il avait un domestique, un homme très menu, guère plus grand qu'un enfant de huit ans, et aussi brun que peut l'être un Européen. On eût cru qu'on l'avait passé au four et qu'on l'y avait laissé trop cuire. Sa peau avait la couleur d'un grain de café et la texture du riz au lait desséché. Il avait les cheveux noirs, gras et hérissés, pareils aux piquants et aux tuyaux de plumes qu'on peut observer sur les parties les moins succulentes des poulets rôtis. Il s'appelait Perroquet. L'amiral Desmoulins était très fier de son Perroquet, fier de sa petite taille, fier de son intelligence, fier de son agilité et surtout fier de sa couleur. L'amiral Desmoulins se vantait souvent d'avoir vu des Noirs qui eussent paru clairs à côté de Perroquet.

Il revint à Perroquet de rester assis quatre jours sous le déluge, à observer les navires au moyen de sa lunette. La pluie rejaillissait de son bicorne taille enfant comme de deux petites gargouilles pour couler dans le col de sa redingote, également de taille enfant, alourdissant terriblement celle-ci, transformant le drap en feutre, et ruisseler sur sa peau cuite et huileuse, mais il n'y prêtait pas la moindre attention.

Au bout de quatre jours Perroquet poussa un soupir, se releva d'un bond, s'étira, ôta son chapeau, se gratta vigoureusement la tête, bâilla puis déclara :

— Ma foi, mon amiral, ces bâtiments sont les plus étranges que j'aie jamais vus ! Cela dépasse mon entendement.

— Comment cela, Perroquet ? demanda l'amiral.

L'amiral Desmoulins et le capitaine Jumeau étaient venus rejoindre Perroquet sur les falaises près de Saint-Julien de Camaret, et la pluie rejaillissait aussi de leurs bicornes, transformant aussi le drap de leurs redingotes en feutre, et remplissaient leurs bottes d'un demi-pouce d'eau.

— Ma foi, répondit Perroquet, les bâtiments reposent sur l'eau comme s'ils étaient déventés, et pourtant ils ne le sont pas. Il souffle un grand frais ouest qui devrait en toute justice les drosser sur ces rochers, mais est-ce le cas ? Non. Les bâtiments chassent-ils sur leurs ancres ? Non. Réduisent-ils la voilure ? Non. Je ne puis compter le nombre de fois où le vent a tourné depuis que je suis ici, or qu'ont fait les hommes à bord ? Néant.

Le capitaine Jumeau, qui n'aimait pas Perroquet et était jaloux de son influence auprès de l'amiral, eut un rire.

— Il a perdu la tête, mon amiral. Si les Britanniques étaient vraiment aussi oisifs et ignorants qu'il le prétend, leurs bâtiments ne seraient déjà plus que des amas d'espars brisés !

— On dirait plus des images de navires que des vrais, murmura Perroquet d'un air songeur, sans prêter attention au capitaine. Et ce qui est encore plus curieux, mon amiral, c'est ce bâtiment, le troisième rang à l'extrémité la plus au nord de la ligne. Lundi, il était semblable aux autres, mais maintenant ses voiles sont tout en lambeaux, son mât de misaine a disparu, et il présente une brèche par le travers.

— Hourrah ! cria le capitaine Jumeau. Quelque brave équipage français lui aura infligé cette avarie pendant que nous restons ici à discuter.

Perroquet eut un grand sourire.

— Croyez-vous, mon capitaine, que les Britanniques auraient laissé un seul bâtiment français s'approcher de leur centaine de navires, en réduire un en miettes et puis reprendre tranquillement la mer ? Ha ! J'eusse aimé vous y voir, mon capitaine, dans votre coquille de noix. Non, mon amiral, c'est mon avis, le navire britannique est en train de fondre.

— Fondre ! s'exclama l'amiral de surprise.

— La coque est bombée comme le sac à ouvrage d'une vieille femme, expliqua Perroquet. Et le beaupré et la voile à livarde traînent dans l'eau.

— Quelle ineptie ! rétorqua le capitaine Jumeau. Comment un bâtiment peut-il fondre ?

— Je l'ignore, répondit pensivement Perroquet. Cela dépend de quoi il est fait.

— Jumeau, Perroquet, reprit l'amiral Desmoulins. Le meilleur parti serait de quitter le mouillage pour aller examiner ces bâtiments. Si la flotte britannique semble parée à attaquer, nous ferons demi-tour, mais dans l'intervalle nous apprendrons peut-être quelque chose.

L'amiral et le capitaine Jumeau mirent donc à la voile sous la pluie avec quelques braves ; car les marins, même s'ils affrontent les périls avec équanimité, sont superstitieux, et Perroquet n'était pas le seul à Brest à avoir remarqué la singularité des navires britanniques.

Après avoir parcouru quelque distance, nos aventuriers virent que les étranges bateaux étaient entièrement gris et qu'ils étincelaient ; sous ce ciel sombre, sous toute cette pluie battante, ils brillaient. Une fois, les nuages s'écartèrent fugitivement et un rayon de soleil tomba sur la mer. Les navires disparurent. Puis les nuages se refermèrent, et les navires reprirent leur position.

— Bon Dieu ! s'écria l'amiral. Qu'est-ce que tout cela signifie ?

— Peut-être que les bâtiments britanniques ont tous été coulés, hasarda Perroquet, mal à l'aise, et que ceux-là sont leurs fantômes…

Pourtant les étranges navires étincelaient et brillaient, ce qui souleva une discussion sur la nature de leurs matériaux. L'amiral pensait à du fer ou à de l'acier. (« Des bâtiments de métal, vraiment ! Les Français sont, comme je l'ai souvent supposé, une nation très fantasque. »)

Le capitaine Jumeau se demandait s'ils ne pouvaient pas être en papier d'argent.

— En papier d'argent ! s'exclama l'amiral.

— Oh oui ! insista le capitaine Jumeau. Les dames, vous savez, prennent du papier d'argent et le roulent en forme de tuyaux pour confectionner de petites corbeilles qu'elles décorent ensuite de fleurs et garnissent de friandises.

L'amiral et Perroquet furent surpris par ces explications. Toutefois, le capitaine Jumeau était joli garçon et connaissait manifestement mieux qu'eux les façons des dames.

Cependant, si une dame mettait une soirée à confectionner une corbeille, combien de dames fallait-il pour confectionner toute une flotte ? L'amiral se plaignit que tous ces calculs lui donnaient la migraine.

Le soleil perça de nouveau. Cette fois-ci, puisqu'ils étaient plus près des navires, ils remarquèrent que les rayons passaient au travers et leur ôtaient toute couleur jusqu'à ce qu'ils ne fussent plus qu'un léger scintillement de l'onde.

— Du verre, suggéra l'amiral.

Il n'était pas loin du but, pourtant ce fut le brillant Perroquet qui finit par découvrir la vérité.

— Non, mon amiral, c'est la pluie. Ils sont faits de pluie.

Alors qu'un déluge dégringolait des cieux, les gouttes d'eau étaient poussées à s'agglutiner pour former des masses solides : colonnes, poutres et voiles, qu'un artiste avait façonnées à l'image de cent navires.

Perroquet, l'amiral et le capitaine Jumeau brûlaient de savoir qui pouvait être à l'origine d'un tel prodige et s'accordèrent sur le fait que ce devait être un maître fondeur de pluie.

— Pas seulement un maître fondeur de pluie ! s'exclama l'amiral. Un maître marionnettiste ! Regardez comme les vaisseaux dansent sur les flots ! Comme leurs voiles se gonflent puis retombent !

— Je n'ai, assurément, jamais vu choses plus jolies, mon amiral, concéda Perroquet, mais je répète ce que j'ai déjà dit. Qui que soit l'artiste, il ne connaît rien à la navigation et aux manœuvres…

Deux heures durant, le bâtiment de bois de l'amiral pénétra dans les bâtiments de pluie et en ressortit. Étant constitués de pluie, ils n'émettaient aucun bruit : pas de craquement des bordages, pas de claquement de toile dans le vent, pas de cri de marin à son second maître. À maintes reprises, des groupes d'hommes de pluie au visage lisse vinrent au garde-corps afin de regarder fixement le bâtiment de bois avec son équipage d'êtres de chair et de sang ; nul ne savait à quoi songeaient les marins de pluie. Pourtant l'amiral, le capitaine et Perroquet se sentaient en parfaite sécurité, car, ainsi que le fit observer ce dernier :

— Même si les marins de pluie voulaient nous tirer dessus, ils ne disposent que de boulets de pluie et nous en serions quittes pour une bonne douche !

Perroquet, l'amiral et le capitaine Jumeau étaient éperdus d'admiration. Ils en oubliaient qu'ils avaient été leurrés, oubliaient qu'ils avaient gâché une semaine, et que pendant cette semaine-là les Britanniques s'étaient infiltrés dans des ports de la côte baltique et de la côte portugaise, et dans toutes sortes d'autres ports où l'empereur Napoléon Bonaparte ne voulait pas de leur présence. Cependant, le sort qui maintenait les navires en place faiblissait (ce qui expliquait sans doute le navire en train de fondre à l'extrémité nord de la flotte). Au bout de deux heures, il cessa de pleuvoir, et au même moment le sortilège fut rompu, ce que Perroquet, l'amiral et le capitaine Jumeau devinèrent à une curieuse altération de leurs sens, comme s'ils avaient goûté un quatuor à cordes, ou qu'ils eussent été brièvement assourdis à la vue du bleu du ciel. L'espace d'un instant, les navires de pluie se transformèrent en navires de brume, puis le vent les désagrégea doucement.

Les Français étaient seuls sur l'Atlantique désert.

12

L'esprit de la magie anglaise appelle Mr Norrell à la rescousse de la Grande-Bretagne

Décembre 1807

Un jour de décembre, il se trouva que deux grands haquets se heurtèrent dans Cheapside. L'un, chargé de barriques de vin de Xérès, se renversa. Pendant que les rouliers discutaient pour savoir à qui attribuer la faute, des passants s'avisèrent que du vin fuyait d'une des barriques. Une foule de buveurs eut tôt fait de se rassembler, armée de verres et de gobelets d'une pinte pour récupérer le xérès, ainsi que de crochets et de barres de fer pour percer les fûts encore intacts. Les haquets et la foule ne tardèrent pas à bloquer Cheapside si sûrement que des queues de voitures se formèrent dans toutes les rues voisines : Poultry, Treadneedle-street, Bartholomew-street et, dans l'autre sens, Aldersgate, Newgate et Paternoster-row. Comment ce nœud de véhicules, de chevaux et de personnes pourrait-il jamais se défaire ? C'était inimaginable.

Un des deux rouliers était bien fait de sa personne, et l'autre corpulent ; après avoir vidé leur querelle, ils se transformèrent en répliques de Dionysos et de Silène pour leur bacchanale. Ils décidèrent de s'amuser, eux et leurs émules, à ouvrir toutes les portes des voitures pour voir à quoi les riches s'occupaient à l'intérieur. Les cochers et les valets de pied tentèrent bien d'empêcher cette impertinence, mais la plèbe était trop nombreuse pour être tenue à distance, et trop ivre pour se préoccuper des coups de fouet que leur portaient les cochers les plus fâchés. Dans une de ces voitures, le roulier corpulent découvrit Mr Norrell et s'exclama : « Comment ! Le vieux Norrell ! » Les rouliers montèrent tous deux dans ladite voiture pour serrer la main de Mr Norrell et, lui soufflant au nez des vapeurs de xérès, lui certifier qu'ils allaient en vitesse dégager tous les obstacles afin que lui, le héros du « Blocus français », pût passer – promesse qu'ils tinrent. Des personnages respectables virent leurs chevaux dételés, et leurs voitures poussées cahin-caha dans des cours de tanneurs et autres lieux sordides, ou encore reculées dans des ruelles de briques sales où elles se retrouvèrent bel et bien coincées, avec tout le vernis éraflé ; et quand les rouliers et leurs amis eurent ménagé cette voie triomphale à Mr Norrell, ils l'escortèrent, lui et son équipage, jusqu'à Hanover-square, poussant des acclamations tout du long, lançant leurs chapeaux dans les airs et inventant de toutes pièces des chants en son honneur.

Tout le monde, semblait-il, était ravi des exploits de Mr Norrell. Une bonne partie de la marine française avait été amenée par ruse à rester dans ses ports durant onze jours, temps pendant lequel les Britanniques avaient été libres de naviguer à leur gré dans le golfe de Gascogne, la Manche et la mer Baltique, et où un grand nombre d'objectifs avaient été atteints. Des espions avaient été déposés en divers coins de l'Empire français, d'autres rapatriés en Angleterre avec des dépêches sur les menées de Napoléon. Les vaisseaux marchands britanniques avaient débarqué leurs cargaisons de café, de coton et d'épices dans des ports allemands et baltiques sans ingérence aucune.

Napoléon Bonaparte, racontait-on, parcourait la France pour trouver un magicien personnel, sans succès. À Londres, les ministres n'en revenaient pas : ils s'apercevaient que, pour une fois, ils avaient pris une décision que la nation approuvait.

Mr Norrell fut invité au ministère de la Marine, où il but du vin de madère dans la salle de réunion du conseil. Installé dans un fauteuil près du feu, il eut un long et aimable entretien avec le ministre de la Marine, Lord Mulgrave, et son chef de cabinet, Mr Horrocks. Le fronton de la cheminée s'ornait de sculptures d'instruments nautiques et de guirlandes de fleurs que Mr Norrell admirait beaucoup. Il décrivit à ses interlocuteurs les beaux reliefs sculptés de la bibliothèque de l'abbaye de Hurtfew.

— Pourtant, poursuivit Mr Norrell, je vous envie, monseigneur. Oui, en effet. Une si belle représentation des instruments de votre profession ! Je regrette de ne pas avoir fait de même. Rien n'est aussi frappant. Rien, je crois, n'incite un homme à entamer sa journée de travail avec autant d'ardeur que la vue de ses instruments soigneusement préparés… ou leurs imitations en bon chêne anglais, pareils à ceux-ci. En vérité, un magicien a besoin de si peu d'outils ! Je vais vous confier une petite astuce, monseigneur : plus un magicien transporte d'attirail avec lui – poudres de couleur, chats empaillés, chapeaux magiques et ainsi de suite – plus vite vous vous apercevrez que c'est un imposteur !

Et quels étaient les outils nécessaires à un magicien ? s'enquit poliment Mr Horrocks.

— Tenez ! rien, vraiment, répondit Mr Norrell. Juste un plat creux en argent pour y contempler des visions.

— Oh ! s'écria Mr Horrocks. Je crois que je donnerais presque tout pour voir ce tour de magie. Pas vous, monseigneur ? Oh, Mr Norrell, pourrions-nous vous persuader de nous montrer une vision dans un plat d'argent ?

D'ordinaire, Mr Norrell était le dernier homme au monde à satisfaire une curiosité aussi futile, mais il avait été si content de son accueil au ministère de la Marine (car ces deux messieurs lui avaient fait une foule de compliments) qu'il accepta quasiment sur-le-champ et qu'un domestique fut envoyé quérir un plat en argent.

— Un plat d'argent d'environ un pied de diamètre, précisa Mr Norrell, que vous devrez remplir d'eau claire.

Tout dernièrement, le ministère de la Marine avait donné des ordres pour que trois navires se rejoignissent au sud de Gibraltar, et Lord Mulgrave était curieux de savoir si cette jonction avait eu lieu ou non ; Mr Norrell pourrait-il se renseigner ? Mr Norrell ne savait pas, il promit pourtant d'essayer. Quand on eut apporté le bassin et que Mr Norrell se fut penché dessus, Lord Mulgrave et Mr Hurrocks eurent le sentiment que rien d'autre n'eût évoqué autant les anciennes splendeurs de la magie anglaise ; ils se croyaient revenus à l'époque de Stokesey, de Godbless et du roi Corbeau.

Une image apparut à la surface de l'eau dans le plat d'argent, celle de trois navires voguant sur les flots d'une mer bleue. L'intense et claire lumière de la Méditerranée brilla dans la pièce plongée dans l'obscurité de décembre et illumina les physionomies des trois gentlemen qui scrutaient le fond du plat.

— Mais cela bouge ! s'écria Lord Mulgrave, stupéfait.

Oui, cela bougeait. Les nuages blancs les plus doux qu'on puisse imaginer glissaient dans le ciel bleu, les navires voguaient sur l'onde et l'on voyait s'y déplacer de minuscules personnages. Lord Mulgrave et Mr Horrocks n'eurent aucune difficulté à reconnaître le *Catherine of Winchester*, le *Laurel* et le *Centaur*.

— Oh, monsieur Norrell ! renchérit Mr Horrocks. Le *Centaur* est le bâtiment de mon cousin. Pouvez-vous donc me montrer le capitaine Barry ?

Mr Norrell s'agita, retint sa respiration avec un sifflement aigu et contempla intensément le bassin d'argent : peu après apparaissait la vision d'un chérubin trop vieux pour son âge, le visage rose, les cheveux dorés, qui arpentait un gaillard d'arrière. C'était bien son cousin, le capitaine Barry, leur assura Mr Horrocks.

— Il a bonne mine, n'est-ce pas ? s'exclama Mr Horrocks. Je suis content de voir qu'il est bien portant.

— Où sont-ils ? Le savez-vous ? demanda Lord Mulgrave à Mr Norrell.

— Hélas ! répondit Mr Norrell. L'art de produire des images est le plus imprécis au monde[1]. Je suis enchanté d'avoir eu l'honneur de montrer à monseigneur quelques-uns des navires de Sa Majesté. Je suis encore plus heureux que ce soient ceux que vous vouliez – ce qui, honnêtement, est plus que je n'espérais – néanmoins, je crains de ne pouvoir rien vous apprendre de plus.

Le ministère de la Marine était si content des talents de Mr Norrell que Lord Mulgrave et Mr Horrocks s'empressèrent de regarder autour d'eux pour voir quelles autres missions ils pourraient confier au magicien. La marine de Sa Majesté avait récemment capturé un vaisseau français de ligne pourvu d'une très belle figure de proue en forme de sirène, avec des yeux bleu vif, des lèvres couleur corail, une somptueuse cascade de boucles d'or artistiquement constellée de représentations en bois d'étoiles de mer et de crabes, et une queue entièrement plaquée d'argent, comme si l'intérieur pouvait être en pain d'épice. On savait qu'avant sa capture le navire avait mouillé à Toulon, Cherbourg, Anvers, Rotterdam et Gênes, et que la sirène avait donc vu beaucoup de défenses ennemies et une bonne part du grand projet de construction navale que l'empereur Napoléon Bonaparte avait mis en chantier à cette époque. Mr Horrocks suggéra à Mr Norrell de lui jeter un sort afin qu'elle pût raconter tout ce qu'elle savait. Mr Norrell s'exécuta. Néanmoins, une fois la sirène transformée en créature parlante, on ne put lui tirer aucune réponse aux questions. Elle se considérait comme l'ennemie implacable des Britanniques et fut on ne peut plus ravie de recevoir la faculté de la parole afin de pouvoir exprimer sa haine d'eux. Ayant passé toute son existence parmi les marins, elle connaissait une foule d'insultes et en agonisait de bon cœur quiconque s'approchait d'elle, d'une voix qui évoquait le grincement des mâts et des membrures par grand frais. Et elle ne se contentait pas de houspiller les Anglais avec des mots. Trois matelots avaient à faire sur le bâtiment ; dès qu'ils se trouvèrent à portée des bras de la sirène, elle les saisit avec ses grandes mains de bois et les jeta par-dessus bord.

Mr Horrocks, qui était descendu à Portsmouth lui parler, se lassa d'elle et lui jura qu'il allait ordonner de la hacher menu pour en faire un feu de joie. Étant française, elle était aussi très brave et répondit qu'elle aimerait bien voir l'homme qui tenterait de la brûler. Et de secouer sa queue et d'agiter les bras d'un air menaçant, et tous les crabes et les étoiles de mer de sa chevelure de se hérisser.

1. Quatre ans plus tard, pendant la guerre napoléonienne d'Espagne, l'élève de Mr Norrell, Jonathan Strange, eut des critiques similaires à émettre au sujet de cette forme de magie.

La situation fut résolue après que le jeune et beau capitaine qui avait capturé son navire fut dépêché pour la raisonner. Il parvint à lui expliquer en un français clair et compréhensible la légitimité de la cause britannique et la terrible injustice de la française, et si ce fut l'éloquence de ses propos ou la beauté de sa figure qui la convainquit, je l'ignore, mais elle révéla à Mr Horrocks tout ce qu'il souhaitait savoir.

Mr Norrell atteignait tous les jours de nouveaux sommets d'éminence publique. Un graveur entreprenant du nom de Holland, qui tenait un magasin d'estampes dans Saint Paul's Churchyard, eut l'inspiration de commander une gravure de lui pour la vendre dans sa boutique. Cette gravure montrait Mr Norrell en compagnie d'une demoiselle, légèrement vêtue d'un sarrau lâche. Une grande quantité de matière sombre et épaisse tournoyait et s'enroulait autour du corps de la demoiselle sans jamais la toucher vraiment et, elle portait – unique ornement de sa personne – un croissant de lune fiché dans les boucles de sa chevelure. Elle tenait Mr Norrell (apparemment effaré par sa conduite) par le bras et l'entraînait énergiquement dans une volée de marches, en lui montrant d'un geste très insistant une dame d'un âge mûr assise au sommet. La dame d'âge mûr était affublée, comme la demoiselle, d'un sarrau et de draperies. Élégante addition : un casque romain sur sa tête. Elle paraissait pleurer sans la moindre retenue, tandis qu'un vieux lion, son seul compagnon, était couché à ses pieds avec un air triste sur sa mine. Cette gravure, intitulée *L'Esprit de la magie anglaise appelle Mr Norrell à la rescousse de la Grande-Bretagne*, connut un immense succès et Mr Holland en vendit près de sept cents exemplaires en un mois.

Mr Norrell ne sortait pas autant que précédemment ; il restait plutôt chez lui et recevait de respectueuses visites de toutes sortes de grands personnages. Il n'était pas rare que cinq ou six voitures ornées d'une couronne de pair d'Angleterre s'arrêtassent à sa demeure de Hanover-square en l'espace d'une seule matinée. Il était encore le petit homme inquiet et peu loquace qu'il avait toujours été et, sans Mr Drawlight et Mr Lascelles, les occupants de ces voitures eussent certainement trouvé leurs visites lassantes. En de telles occasions, Mr Drawlight et Mr Lascelles soutenaient la conversation. En effet, la dépendance de Mr Norrell vis-à-vis de ces deux messieurs croissait de jour en jour. Childermass avait déclaré une fois que ce serait une curieuse sorte de magicien qui emploierait Drawlight, et pourtant Mr Norrell l'employait désormais continuellement ; Drawlight roulait sans cesse de-ci de-là dans la voiture de Mr Norrell, appelé par les affaires de ce dernier. Quotidiennement il se rendait de bonne heure à Hanover-square pour répéter au vieux magicien ce qui se disait en ville, qui était en pleine ascension, qui en déclin, qui avait des dettes, qui était amoureux, jusqu'à ce que Mr Norrell, confiné dans sa bibliothèque, commençât à en savoir autant sur les affaires de la capitale que n'importe quelle lady londonienne.

Plus surprenant, peut-être, était le dévouement de Mr Lascelles à la cause de la magie anglaise. L'explication, toutefois, en était assez simple Mr Lascelles était de cette fâcheuse race qui méprise un emploi stable, quel qu'il soit. Bien que conscient de son intelligence supérieure, il ne s'était jamais donné la peine d'acquérir des connaissances ou des talents particuliers et, à l'âge de trente-neuf ans, était impropre à toute charge ou occupation. En observant autour de lui, il avait vu des hommes, qui avaient travaillé assidûment toutes les années de leur jeunesse, élevés à des positions de pouvoir et d'influence ; sans nul doute, il les enviait. Dès lors il était fortement gratifiant pour Mr Lascelles de devenir conseiller en chef du plus grand magicien de l'époque et de se voir poser des questions respectueuses par les ministres du Roi. Naturellement, il feignait d'être le même gentleman insouciant et désinvolte qu'avant, mais, au fond, il était extrêmement jaloux de sa récente importance. Une nuit, dans le Bedford, lui et Drawlight avaient conclu un arrangement autour d'une bouteille de porto. Deux amis, étaient-ils convenus, étaient plus que suffisants pour un gentleman sans histoires tel que Mr Norrell, et ils avaient scellé une alliance afin de préserver leurs intérêts mutuels et d'empêcher toute tierce personne de gagner de l'influence sur le magicien.

Le premier, Mr Lascelles encouragea Mr Norrell à songer à la publication. Ce pauvre Mr Norrell était en effet constamment en butte aux idées fausses du public touchant la magie et se lamentait sans arrêt de l'ignorance générale sur le sujet.

— Ils me demandent de leur montrer des esprits féeriques, se plaignait-il, des licornes, des manticores et autres fariboles de ce genre. L'utilité de la magie que je pratique leur échappe complètement. Seuls les plus frivoles sortes de magie excitent leur intérêt !

— Des exploits de magie vous apporteront une célébrité universelle, répondit Mr Lascelles, mais ils n'aideront jamais à une meilleure compréhension de vos opinions. Pour cela, vous devez publier.

— Oui, vous avez raison ! s'écria avec passion Mr Norrell, et j'ai bien l'intention d'écrire un livre, ainsi que vous me le conseillez. Néanmoins, je crains de ne pas avoir le loisir de me lancer dans cette entreprise avant de nombreuses années…

— Oh ! je vous le concède, un livre supposerait énormément de travail, approuva mollement Mr Lascelles, mais je ne songeais pas à un livre. J'avais à l'esprit deux ou trois articles. Tout rédacteur en chef, à Londres ou à Édimbourg, serait ravi de publier n'importe quel petit texte qu'il vous agréerait de lui envoyer. Vous pouvez faire votre choix parmi les périodiques ; si vous suiviez mon conseil, monsieur, vous choisiriez l'*Edinburgh Review*[1]. Dans tout le royaume, il n'existe guère de maison prétendant au bon ton qui ne la reçoive. Il n'existe pas de moyen plus rapide de répandre plus largement vos vues.

Mr Lascelles se montra si convaincant sur le sujet, il évoqua de telles visions - les articles de Mr Norrell sur tous les pupitres de bibliothèque et ses opinions en discussion dans tous les salons – que, sans la grande aversion qu'il éprouvait pour l'*Edinburgh Review,* Mr Norrell se serait assis séance tenante pour tremper sa plume dans l'encrier. Malheureusement, l'*Edinburgh Review* était renommée surtout pour ses prises de parti radicales, sa critique du gouvernement et son opposition à la guerre contre la France, toutes opinions auxquelles Mr Norrell ne pouvait absolument pas adhérer.

— Au reste, conclut Mr Norrell, je n'ai absolument aucune envie d'écrire des recensions des livres des autres. Les publications modernes sur la magie sont des plus pernicieuses, remplies d'informations mensongères et de jugements erronés.

— Alors, monsieur, vous pouvez le dire ! Plus vous serez grossier, plus les rédacteurs seront ravis.

— Ce sont mes jugements que je souhaite faire mieux connaître, pas ceux des autres.

— Ah ! monsieur, objecta Lascelles, c'est précisément en publiant des critiques des travaux des autres et en pointant leurs erreurs que les lecteurs peuvent être amenés à mieux comprendre vos jugements. Quoi de plus facile que de tourner une recension à ses propres fins ! Il suffit de citer le livre une ou deux fois et, quant au reste de l'article, on peut développer le thème de son choix. Je vous assure, tout le monde en use ainsi.

— Hum ! vous avez peut-être raison, dit Mr Norrell pensivement. Mais non. Ce serait donner l'impression que j'apporte mon soutien à ce qui n'aurait jamais dû être publié en premier lieu.

Et sur ce point Mr Norrell se révéla inébranlable.

Lascelles était déçu ; le magazine de son choix, l'*Edinburgh Review,* surpassait de loin ses rivaux par la supériorité de ses vues. Ses articles étaient dévorés par tous les sujets du royaume, du plus humble vicaire au Premier ministre. Les autres publications étaient très insipides par comparaison.

1. *La revue d'Édimbourg,* périodique progressiste (whig) historique (1802-1924) (*N.d.T.*).

Il était enclin à abandonner cette idée et en avait presque tout oublié quand il se trouva recevoir une lettre d'un jeune libraire du nom de Murray[1]. Mr Murray sollicitait de la haute bienveillance de Mr Lascelles et de Mr Drawlight l'honneur de lui permettre de leur présenter ses respects à l'heure et au jour de leur convenance. Il avait, ajoutait-il, une proposition à leur soumettre, une proposition concernant Mr Norrell.

Quelques jours plus tard, Lascelles et Drawlight reçurent le libraire au domicile de Mr Lascelles, dans Bruton-street. Son attitude était énergique et carrée, et il leur exposa sa proposition sans délai.

— À l'instar de tous les autres habitants de ces îles, messieurs, j'ai été surpris et heureux devant le récent et extraordinaire renouveau de la magie anglaise. Et j'ai également été frappé par l'enthousiasme avec lequel le public britannique a salué cette renaissance d'un art qu'on croyait disparu depuis belle lurette. Je suis persuadé qu'un périodique consacré à la magie obtiendrait une vaste diffusion. La littérature, la politique, la religion et les voyages, tout cela est très bien, ces matières seront toujours des sujets populaires pour un périodique, mais la magie – la vraie magie, la magie pratique comme celle de Mr Norrell – a l'avantage d'une absolue nouveauté. Je me demande, messieurs, si vous sauriez me dire si Mr Norrell regarderait ma proposition sous un jour favorable. J'ai ouï dire que Mr Norrell a bien des choses à nous communiquer sur le sujet. J'ai ouï dire également que les opinions de Mr Norrell sont tout à fait surprenantes ! Certes, nous avons tous appris un semblant d'histoire et de théorie de la magie sur nos bancs d'écoliers, mais il y a si longtemps que la magie n'a pas été pratiquée dans ces îles qu'il est probable que ce que l'on nous a enseigné est plein d'erreurs et d'idées fausses.

— Ah ! s'exclama Mr Drawlight. Vous êtes perspicace, monsieur Murray ! Mr Norrell serait heureux de vous entendre parler ainsi ! Plein d'erreurs et d'idées fausses, exactement ! Chaque fois, cher monsieur, que vous aurez le privilège de profiter de la conversation de Mr Norrell, comme je l'ai eu en maintes occasions, vous apprendrez que telle est exactement la situation !

— C'est depuis longtemps le vœu le plus cher de Mr Norrell, celui qu'il a le plus à cœur, renchérit Lascelles. Permettre une compréhension plus précise de la magie moderne à un public plus large. Hélas, monsieur, les vœux intimes sont souvent battus en brèche par les obligations publiques. Le ministère de la Marine et le ministère de la Guerre le tiennent si occupé !

---

1. John Murray (1778-1843) a réellement existé ; installé dans Fleet-street, près de Saint Paul, il fut, entre autres, l'éditeur de Lord Byron, d'Horace Walpole, de Jane Austen et, plus tard, de Darwin (*N.d.T.*).

Mr Murray répondit poliment que, bien entendu, toute autre considération devait s'effacer devant la haute considération de la guerre, et que Mr Norrell était à lui seul un trésor national.

— Néanmoins, j'espère que l'on trouvera un moyen ou un autre de s'arranger afin que le gros du fardeau ne retombe pas sur les épaules de Mr Norrell. Nous engagerions un rédacteur en chef pour préparer chaque numéro, recueillir articles et recensions, apporter des changements, tout cela sous la direction de Mr Norrell, naturellement.

— Ah, oui ! acquiesça Mr Lascelles. Très bien. Tout cela sous la direction de Mr Norrell. Nous nous permettons d'insister sur ce point.

L'entretien se termina très cordialement des deux côtés ; Lascelles et Drawlight promirent de parler à Mr Norrell sans tarder.

Drawlight regarda Mr Murray sortir de la pièce.

— Un Écossais, déclara-t-il, aussitôt la porte refermée.

— Ah, tout à fait ! acquiesça Lascelles. Mais cela m'indiffère. Les Écossais sont souvent très capables, très avisés en affaires. Voilà une entreprise qui pourrait très bien marcher.

— Il m'a semblé un individu tout à fait respectable, presque un gentleman. Sauf qu'il a la drôle de manie de fixer son œil droit sur vous pendant que l'autre parcourt la pièce. J'ai trouvé cette coquetterie un tantinet déconcertante.

— Il est borgne de l'œil droit.

— Vraiment ?

— Oui, Canning me l'a dit. Un de ses maîtres d'école le lui a crevé d'un coup de canif quand il était petit.

— Mon Dieu ! Vous imaginez, mon cher Lascelles ! Toute une publication consacrée aux opinions d'une seule personne ! Je n'eusse jamais cru cela possible ! Notre magicien sera bien étonné quand nous le lui apprendrons.

Mr Lascelles se mit à rire.

— Il tiendra cela pour la chose la plus naturelle du monde. Sa vanité n'a pas de bornes.

Ainsi que Lascelles l'avait prédit, Mr Norrell ne trouva rien d'extraordinaire dans la proposition de Murray. Il commença aussitôt à opposer des difficultés.

— Ce projet est excellent, malheureusement tout à fait irréalisable. Je n'ai pas le temps de diriger une revue et je ne me vois guère confier une tâche si importante à un autre.

— J'étais de cet avis, déclara Mr Lascelles, jusqu'à ce que je pense à Portishead.

— Portishead ? Qui est Portishead ? s'enquit Mr Norrell.

— Eh bien, c'était un magicien théoricien, mais...

— Un magicien théoricien ? l'interrompit Mr Norrell, sur ses gardes. Vous savez ce que j'en pense !

— Oh ! Vous n'avez pas entendu la suite, reprit Lascelles. Son admiration pour vous est si grande qu'après avoir appris que vous n'approuviez pas les magiciens théoriciens il a renoncé immédiatement à ses études.

— Vraiment ? dit Mr Norrell, quelque peu apaisé par cette nouvelle.

— Il a publié un ou deux livres. Je ne sais plus exactement quoi... Une histoire de la magie du XVIe siècle pour les enfants ou quelque chose dans ce genre[1]. J'estime vraiment que vous pouvez confier en toute sécurité le périodique à Lord Portishead, monsieur. Il n'y a pas de danger qu'il publie quoi que ce soit que vous désapprouviez ; il a la réputation d'être un des hommes les plus honorables du royaume. Son seul souhait sera de vous agréer, j'en suis certain[2].

Un peu à contrecœur Mr Norrell accepta de rencontrer Lord Portishead, et Mr Drawlight écrivit un billet pour mander ce dernier à Hanover-square.

Lord Portishead avait environ trente-huit ans. Il était très grand et maigre, avec des mains et des pieds longs et fins. Il portait habituellement une veste plus ou moins blanche et une culotte de couleur claire. C'était une âme noble qu'un rien mettait mal à l'aise : sa haute taille le mettait mal à l'aise ; sa qualité de magicien théoricien le mettait mal à l'aise (étant un homme intelligent, il savait que Mr Norrell le désapprouvait) ; côtoyer des hommes du monde aussi accomplis que Drawlight et Lascelles le mettait mal à l'aise et rencontrer Mr Norrell – son grand héros – le mettait suprêmement mal à l'aise. À un moment, il fut pris d'une telle agitation qu'il se mit à se balancer

---

1. Dans sa présentation, Mr Lascelles s'est arrangé pour fondre tous les ouvrages de Lord Portishead en un seul. Lorsque Lord Portishead renonça à l'étude de la magie au début de 1808, il avait publié trois livres : *La Vie de Jacques Belasis*, Longman, Londres, 1801 ; *La Vie de Nicholas Goubert*, Longman, Londres, 1805 ; *Histoire du roi Corbeau à l'usage des enfants*, gravures de Thomas Bewick, Longman, Londres, 1807. Les deux premiers étaient des discussions érudites de deux magiciens du XVIe siècle. Mr Norrell ne les tenait pas en haute estime, mais il avait une aversion particulière pour l'*Histoire du roi Corbeau à l'usage des enfants*. Jonathan Strange, au contraire, y voyait un excellent petit livre.

2. « Il était curieux qu'un homme aussi riche – car Lord Portishead comptait de grands morceaux d'Angleterre parmi ses biens – ait dû être si effacé, tel fut pourtant le cas. Il était en outre un mari dévoué et le père de dix enfants. Mr Strange m'a confié que voir Lord Portishead jouer avec ses enfants était extrêmement plaisant. Et, en effet, il était lui-même pareil à un enfant. Malgré toute son érudition, il ne savait pas plus reconnaître le mal qu'il ne pouvait comprendre spontanément le chinois. C'était le lord le plus aimable de toute l'aristocratie britannique. » (*La Vie de Jonathan Strange* de John Segundus, John Murray éd., Londres, 1820.)

d'avant en arrière, ce qui, de concert avec sa taille et son habit blanchâtre, lui donna l'apparence d'un bouleau argenté par grand vent.

En dépit de sa nervosité, il parvint à transmettre le sentiment du grand honneur qui lui était fait en étant appelé à connaître Mr Norrell. Ce dernier fut si content de l'extrême déférence témoignée par Lord Portishead qu'il lui donna gracieusement l'autorisation de reprendre ses études de magie.

Naturellement, Lord Portishead fut ravi ; mais quand il s'entendit signifier que Mr Norrell souhaitait qu'il se tînt assis de longues périodes de temps dans un coin du salon particulier de Mr Norrell, à s'imprégner des opinions de celui-ci sur la magie moderne, puis qu'il publiât, sous la direction de Mr Norrell, le nouveau périodique de Mr Norrell, il sembla ne pouvoir concevoir bonheur plus grand.

Le nouveau périodique eut pour nom *Les Amis de la magie anglaise*, titre emprunté à la lettre adressée au *Times* par Mr Segundus au printemps précédent. Curieusement, aucun des articles parus dans *Les Amis de la magie anglaise* n'était de Mr Norrell, qui se révéla incapable de terminer un texte ; il n'était jamais satisfait de ce qu'il avait écrit. Il n'était jamais sûr de ne pas en avoir trop dit ou assez dit[1].

---

1. *Les Amis de la magie anglaise* parut pour la première fois en février 1808 et connut un succès immédiat. Dès 1812, Norrell et Lascelles se vantaient d'un tirage dépassant les 13 000 exemplaires, bien que la fiabilité de ces chiffres demeure incertaine.

De 1808 à 1810, le rédacteur en chef fut officiellement Lord Portishead, mais il n'y a guère de doute que Messrs Norrell et Lascelles aient beaucoup pesé sur sa ligne éditoriale. Un certain différend opposait Norrell et Lascelles sur la finalité générale du périodique. Mr Norrell souhaitait d'abord que *Les Amis de la magie anglaise* inculquassent au public britannique la grande importance de la magie moderne anglaise, deuxièmement que la revue corrigeât les vues erronées de l'histoire de la magie et, troisièmement, qu'elle désavouât ces magiciens et ces cercles de magiciens qu'il haïssait. Il ne désirait pas expliquer les procédures de la magie anglaise à l'intérieur de ses pages ; en d'autres mots, il n'avait pas du tout l'intention d'en faire un organe pédagogique. Lord Portishead, dont l'admiration pour Mr Norrell n'avait pas de bornes, considérait comme son premier devoir de rédacteur en chef de suivre les nombreuses consignes de Mr Norrell. Résultat, les premiers numéros des *Amis de la magie anglaise* sont plutôt ennuyeux et souvent mystérieux : remplis d'omissions, de contradictions et de faux-fuyants. Lascelles, lui, voyait très bien comment le périodique pouvait servir de soutien au renouveau de la magie anglaise, et il était désireux d'en alléger le ton. Il devint de plus en plus ulcéré devant la prudente approche de Portishead. Il intrigua, et dès 1810 lui et Lord Portishead étaient corédacteurs en chef.

John Murray fut l'éditeur des *Amis de la magie anglaise* jusqu'au début 1815, moment où lui et Norrell se querellèrent. Privés du soutien de Norrell, Murray fut contraint de vendre le périodique à un autre éditeur, Thomas Norton Longman. En 1816, Murray et Strange projetèrent de créer un périodique rival des *Amis de la magie anglaise*, *Le Famulus*, mais seul le premier numéro parut.

Pour un étudiant de magie sérieux, les premiers numéros ne sont pas d'un grand intérêt, et leur seul agrément réside dans plusieurs articles au fil desquels Portishead, au nom de Mr Norrell, attaque les gentlemen magiciens, les ladies magiciennes, les magiciens des rues, les magiciens itinérants, les enfants prodiges magiciens, la Société savante des magiciens d'York, la Société savante des magiciens de Manchester, les sociétés savantes de magiciens en général et tous autres magiciens qu'il soit.

13

Le magicien de Threadneedle-street

Décembre 1807

LE PLUS CÉLÈBRE magicien des rues de Londres était indubitablement Vinculus. Sa baraque de thaumaturgie se dressait devant l'église Saint-Christopher-le-Stocks dans Threadneedle-street, face à la Banque d'Angleterre ; il eût été difficile de dire quelle était la plus célèbre, de la banque ou de la baraque.

La raison de la célébrité – ou de la triste notoriété – de Vinculus était un brin mystérieuse. Il n'était pas meilleur magicien que n'importe quel autre charlatan aux cheveux plats, avec son rideau sale et jauni. Ses sortilèges ne marchaient pas, ses prophéties ne se réalisaient pas et ses transes s'étaient révélées fausses, sans le moindre doute.

Depuis de nombreuses années, il s'était adonné à communiquer sur un mode profond et sérieux avec l'esprit du fleuve Tamise. Il tombait en transe, posait des questions à l'esprit, et la voix de l'esprit sortait de sa bouche avec des accents graves, mouillés et sifflants. Par un jour de l'hiver 1805, une femme le paya un shilling pour demander à l'esprit de lui révéler où elle pouvait trouver son époux fugueur. L'esprit lui fournit quantité de renseignements tout à fait surprenants, une foule s'assembla vite autour de la baraque pour l'écouter. Certains des spectateurs croyaient au don de Vinculus et furent, comme de juste, impressionnés par la vaticination de l'esprit ; d'autres, en revanche, commencèrent à se gausser du magicien et de sa cliente. Un de ces ricaneurs (un lascar des plus astucieux) réussit même à mettre le feu aux brodequins de Vinculus pendant que celui-ci parlait. Vinculus sortit aussitôt de sa transe : il sauta en tous sens en hurlant, tout en tentant d'arracher ses galoches et d'éteindre le feu avec ses piétinements. Il se jetait de tous côtés, et la foule se divertissait énormément du spectacle, quand un objet jaillit de sa bouche. Deux hommes le ramassèrent et l'examinèrent : c'était un petit engin métallique, guère plus long d'un pouce et demi. Il ressemblait à un harmonica et, lorsqu'un des hommes le mit dans sa bouche, lui aussi fut capable de produire la voix de l'esprit du fleuve Tamise.

Malgré de telles humiliations publiques, Vinculus gardait une certaine autorité, une dignité innée, qui signifiait que lui, entre tous les magiciens des rues de Londres, était traité avec une forme de respect. Les amis et les admirateurs de Mr Norrell ne cessaient d'inciter celui-ci à rendre visite à Vinculus et s'étonnaient qu'il n'y montrât aucune disposition.

Un jour de la fin décembre, alors que des nuages menaçants dessinaient des paysages alpins dans le ciel londonien, que le vent causait de tels ravages dans les cieux que la City était un instant plongée dans les ténèbres et celui d'après illuminée de soleil, et que la pluie battait contre le carreau, Mr Norrell était installé confortablement dans sa bibliothèque devant une joyeuse flambée. La table à thé, garnie d'une quantité de douceurs, était dressée devant lui, et il tenait dans la main *Le Langage des oiseaux* de Thomas Lanchester. Il en tournait les pages en quête d'un passage aimé quand il eut une peur bleue en entendant soudain une voix clamer très fort et d'un ton méprisant :

— Magicien ! Vous croyez avoir ébahi le monde par vos exploits !

Mr Norrell leva les yeux et, à son grand étonnement, s'aperçut qu'il y avait quelqu'un d'autre dans la pièce, un individu qu'il n'avait jamais vu, un homme maigre au profil d'aigle, pauvrement mis, en haillons. Son visage avait la teinte d'un lait rance de trois jours, ses cheveux celle d'un ciel charbonneux londonien, ses habits celle des eaux sales de la Tamise près des docks de Wapping[1]. Rien en lui – ni sa physionomie, ni ses cheveux, ni ses habits – n'était bien propre ; néanmoins, à tous autres égards, il correspondait à l'idée répandue de ce à quoi un magicien devait ressembler (ce qui n'était assurément pas le cas de Mr Norrell). Il se tenait très droit, et l'expression farouche de ses yeux gris était naturellement impérieuse.

— Ah, oui ! poursuivit cet individu, foudroyant Mr Norrell du regard. Tout cela est bien joli ! Eh bien, sachez ceci, magicien ! Votre venue a été prédite depuis longtemps. Je vous attendais depuis vingt ans ! Où vous cachiez-vous donc ?

Mr Norrell resta muet de stupeur, fixant son accusateur bouche bée. C'était comme si l'intrus avait plongé la main dans sa poitrine et en avait extrait sa pensée la plus secrète pour l'étaler au grand jour. Depuis son arrivée dans la capitale, Mr Norrell s'était avisé qu'il se tenait prêt depuis

1. « Wapping est connu de triste mémoire pour ses anciennes potences de justice et son bassin d'exécution où les condamnés étaient enchaînés pour être recouverts par trois marées successives », Londres, Guide Michelin (*N.d.T.*).

longtemps ; il aurait pu faire profiter l'Angleterre de sa magie bien des années plus tôt ; les Français auraient pu être vaincus, et la magie anglaise portée à cette position élevée dans la considération nationale à laquelle Mr Norrell la croyait destinée. L'idée d'avoir trahi la magie anglaise par sa lenteur à agir le tourmentait. À présent, sa propre conscience s'était apparemment matérialisée pour l'accabler de ses reproches. Cela le mettait en position de faiblesse pour affronter le mystérieux inconnu. Il demanda en bégayant à qui il avait l'honneur.

— Je suis Vinculus, magicien de Threadneedle-street !

— Ah ! s'exclama Mr Norrell, soulagé d'apprendre que, au moins, il ne s'agissait pas d'une apparition surnaturelle. Et vous êtes venu ici pour mendier, je présume ? Eh bien, vous pouvez décamper ! Je ne vous reconnais pas pour confrère en magie et je ne vous donnerai rien ! Pas d'argent, pas de promesses de secours, pas de recommandations auprès d'autres personnes. Je puis même vous jurer que j'ai l'intention…

— Vous vous trompez encore, magicien ! Je ne veux rien pour mon compte. Je suis venu vous expliquer votre destin, ainsi que je suis né pour le faire.

— Mon destin ? Oh ! Il s'agit de prophéties, n'est-il pas ? se recria Mr Norrell avec mépris, avant de se lever de son fauteuil pour tirer violemment sur la sonnette, sans qu'aucun domestique apparût. Eh bien, je n'ai vraiment rien à dire à de prétendus prophètes. Lucas ! Les prophéties sont sans aucun doute un des plus vilains tours que les coquins de votre espèce jouent aux honnêtes gens. La magie ne peut pas prévoir l'avenir et les magiciens qui ont prétendu le contraire sont des menteurs. Lucas !

Vinculus embrassa la pièce du regard.

— J'entends raconter que vous possédez tous les ouvrages jamais consacrés à la magie. Le bruit court que vous avez même retrouvé ceux qui avaient disparu dans l'incendie de la bibliothèque d'Alexandrie… et que vous les connaissez tous par cœur sans doute !

— Les livres et les journaux sont la base d'une bonne érudition et de connaissances solides, déclara Mr Norrell, collet monté. La magie doit être mise sur le même pied que les autres disciplines.

Brusquement Vinculus se plia en deux et se courba à hauteur de Mr Norrell, avec un air de la plus intense et de la plus brûlante concentration. Involontairement, Mr Norrell se tut et se pencha à son tour vers Vinculus, afin d'écouter ce que ce dernier s'apprêtait à lui confier.

— « J'ai tendu la main, chuchota Vinculus, et les rivières d'Angleterre ont fait demi-tour pour couler dans l'autre sens… »

— Je vous demande pardon ?

— « J'ai tendu la main, reprit Vinculus, un peu plus fort, et le sang de mes ennemis s'est figé dans leurs veines... »

Il se redressa, écarta les bras et ferma les yeux, en proie à une extase quasi religieuse. D'une voix forte, claire et pleine de passion, il continua :

— « J'ai tendu la main, et les pensées et la mémoire se sont essorées de la tête de mes ennemis tel un vol d'étourneaux ;

« Mes ennemis se sont effondrés tels des sacs vides,

« Je suis venu à eux hors des brumes et de la pluie ;

« Je suis venu à eux dans des rêves de minuit ;

« Je suis venu à eux dans un vol de corbeaux qui emplissait un ciel du nord à l'aube ;

« Quand ils se sont crus saufs, je suis venu à eux avec un cri qui a rompu le silence d'un bois d'hiver... »

— Oui, oui ! l'interrompit Mr Norrell. Pensez-vous vraiment que ce type d'inepties est neuf pour moi ? Tous les insensés, à tous les coins de rue, hurlent le même galimatias rebattu et tous les nomades avec un rideau jaune à leur guichet tentent de se donner des airs de mystère en récitant quelques phrases de ce tonneau. Elles figurent dans tous les livres de troisième ordre sur la magie publiés dans les deux cents dernières années ! « Je suis venu à eux dans un vol de corbeaux ! » Mais que cela signifie-t-il ? J'aimerais le savoir. Qui est venu dans un vol de corbeaux ? Lucas !

Vinculus l'ignora. Son organe de stentor noyait la voix grêle et aiguë de Mr Norrell.

— « La pluie m'a ouvert une porte et je l'ai franchie ;

« Les pierres m'ont fait un trône et j'y ai siégé ;

« Trois royaumes m'ont été donnés pour être miens à jamais ;

« L'Angleterre m'a été donnée pour être mienne à jamais ;

« L'esclave sans nom portait une couronne d'argent ;

« L'esclave sans nom était un roi d'un pays inconnu... »

— Trois royaumes ! s'exclama Mr Norrell. Ha ! Maintenant je comprends à quoi prétendent ces inepties ! À une prophétie du roi Corbeau ! Ma foi, je suis désolé de vous dire que, si vous espérez m'impressionner en me rapportant des légendes de ce gentleman, vous serez déçu. Oh, oui ! vous vous méprenez du tout au tout ! Il n'existe pas de magicien que j'exècre davantage[1] !

---

1. Le roi Corbeau passe traditionnellement pour avoir possédé trois royaumes : un en Angleterre, un dans le monde des fées et un troisième, inconnu, de l'autre côté de l'Enfer.

— « Les armes que mes ennemis ont levées contre moi sont vénérées en Enfer comme de saintes reliques ;

« Des plans que mes ennemis ont dressés contre moi sont conservés comme des écritures saintes ;

« Des sacristains de l'Enfer ont gratté dans la terre rougie le sang que j'ai versé sur d'antiques champs de bataille et l'ont celé en un vaisseau d'ivoire et d'argent.

« J'ai donné la magie à l'Angleterre, un précieux héritage,

« Mais les Anglais ont méprisé mon présent.

« La magie sera gravée dans le ciel par la pluie, mais ils ne sauront la lire ;

« La magie sera gravée sur les faces des montagnes de pierre, mais leurs esprits ne pourront la contenir ;

« En hiver, les arbres dénudés formeront des lettres noires, mais ils ne les comprendront pas… »

— À sa naissance, tout Anglais acquiert le droit d'être servi par des magiciens compétents et cultivés, l'interrompit de nouveau Mr Norrell. Que nous proposez-vous à la place ? Des divagations mystiques sur les pierres, la pluie et les arbres ! Cela me rappelle Godbless, qui soutient que nous devrions apprendre la magie des bêtes sauvages de la forêt. Et pourquoi pas des cochons de la porcherie ? Ou des chiens errants, je me demande ? Ce n'est pas là le type de magie que les hommes civilisés souhaitent voir pratiquer de nos jours en Angleterre !

Il jeta un regard furieux à Vinculus ; au passage, quelque chose lui tira l'œil.

Vinculus s'était vêtu sans soin particulier. Sa cravate sale était négligemment nouée autour de son cou, et un petit intervalle de peau malpropre apparaissait entre la cravate et la chemise. Dans cet espace, on apercevait une drôle d'arabesque bleu vif, guère différente d'un délié de lettre à la plume. Cela aurait pu être une cicatrice – la survivance d'une rixe, peut-être –, mais elle ressemblait davantage à cette peinture barbare de la peau pratiquée par les indigènes des îles des mers du Sud. Curieusement, Vinculus, qui était capable sans se démonter d'aller invectiver un autre homme chez lui, semblait gêné par cette marque. Lorsqu'il vit que Mr Norrell l'avait découverte, il porta la main à son cou et tira sur sa cravate pour la cacher.

— « Deux magiciens doivent apparaître en Angleterre… »

Une exclamation franchit les lèvres de Mr Norrell, fusant comme un cri pour s'achever en un léger soupir de tristesse.

— « Le premier me craindra ; le deuxième brûlera de m'apercevoir ;

« Le premier sera gouverné par des larrons et des assassins ; le second conspirera à sa propre destruction ;

« Le premier aura beau enfouir son cœur dans un bois sombre sous la neige, il le sentira encore palpiter ;

« Le deuxième verra son bien le plus cher aux mains de son ennemi... »

— Ah ! Maintenant je comprends ! Vous êtes venu jusqu'ici sans autre but que me blesser ! Faux magicien, vous êtes jaloux de mon succès ! Vous ne pouvez pas détruire ma magie, alors vous êtes déterminé à noircir ma réputation et à troubler ma paix...

— « Le premier passera sa vie seul ; il sera son propre geôlier ;

« Le deuxième parcourra des routes solitaires, la tempête au-dessus de sa tête, à la recherche d'une tour noire sur un flanc de colline... »

À cet instant, la porte de la bibliothèque s'ouvrit et deux hommes se précipitèrent à l'intérieur.

— Lucas ! Davey ! cria Mr Norrell avec des accents hystériques. Où étiez-vous donc ?

Lucas se mit à expliquer quelque chose sur le cordon de sonnette.

— Comment ? Saisissez-vous de lui ! Vite !

Davey, le cocher de Mr Norrell, était bâti sur le même généreux gabarit que ses semblables et possédait la force qui vient de l'opposition quotidienne de sa volonté à celle de quatre chevaux d'attelage de race dans la fleur de l'âge. Il empoigna Vinculus à bras-le-corps et à la gorge. Vinculus se débattit avec énergie. Entre-temps, il n'oubliait pas de continuer à haranguer Mr Norrell :

— « Je siège sur un trône noir dans les ténèbres, mais ils ne me verront pas.

« La pluie m'ouvrira une porte et je la franchirai ;

« Les pierres m'offriront un trône et j'y siégerai...

Davey et Vinculus heurtèrent un guéridon, déséquilibrant la pile de livres posée dessus.

— Ah ! Faites attention ! s'écria Mr Norrell. Pour l'amour de Dieu, faites attention ! Mais il va renverser mon encrier ! Il va abîmer mes livres !

Lucas se joignit à Davey pour tenter de bloquer les grands moulinets de bras de Vinculus, tandis que Mr Norrell trottait à travers la bibliothèque bien plus allègrement qu'on ne le voyait bouger depuis des années, ramassant ses volumes pour les mettre à l'abri du danger.

— « L'esclave sans nom portera une couronne d'argent », haleta Vinculus.

En se resserrant autour de sa gorge, le bras de Davey rendit sa harangue décidément moins impressionnante qu'avant. Dans un dernier effort, Vinculus dégagea la partie supérieure de son corps de l'étreinte de Davey et cria :

— « L'esclave sans nom sera un roi dans un pays étranger... »

Puis Lucas et Davey partie le tirèrent, partie le portèrent hors de la pièce.

Mr Norrell alla se rasseoir dans son fauteuil au coin du feu. Il reprit son livre, mais s'avisa qu'il était trop fébrile pour retourner à sa lecture. Il s'agitait en tous sens, se rongeait les ongles, déambulait dans la pièce, revenait sans arrêt aux ouvrages déplacés dans la bagarre et les examinait à la recherche du moindre dégât (il n'y en avait aucun) ; surtout, il allait se poster devant les fenêtres et scrutait la rue avec inquiétude pour voir si la maison n'était pas surveillée. À trois heures, la pièce commença de s'obscurcir. Lucas revint allumer les chandelles et ranimer le feu, Childermass sur ses talons.

— Ah ! s'écria Mr Norrell. Enfin ! N'avez-vous pas entendu ce qui s'est passé ? Je suis trahi de toutes parts. D'autres magiciens m'espionnent et complotent ma ruine ! Mes domestiques paresseux oublient leurs devoirs ! Il leur est indifférent qu'on me coupe la gorge ! Quant à vous, espèce de scélérat, vous êtes le pire de tous ! Cet homme est apparu soudainement dans la pièce, *comme par magie* ! Et quand j'ai sonné et appelé à l'aide, personne n'est venu ! Vous deviez abandonner toute autre occupation. Votre seule tâche maintenant est de découvrir quels sortilèges a utilisés cet homme pour pénétrer dans ma maison ! Où a-t-il appris sa magie ? Que sait-il ?

Childermass jeta un regard ironique à son maître.

— Eh bien, si c'est là ma seule tâche, elle est remplie d'avance. Il n'y a rien de magique. Une des filles de cuisine a laissé la fenêtre de la dépense ouverte, notre sorcier est entré par là et a rôdé à pas de loup dans la maison jusqu'à ce qu'il vous trouve. Voilà tout ! Personne n'est venu car il a coupé le cordon de la sonnette, ainsi Lucas et les autres n'ont pas entendu vos appels. Ils ne se sont doutés de rien avant qu'il se mette à divaguer, alors ils sont arrivés aussitôt. N'est-il pas vrai, Lucas ?

À genoux devant l'âtre avec le tisonnier à la main, Lucas reconnut que les événements s'étaient déroulés exactement ainsi.

— J'ai donc tenté de vous avertir, monsieur. Seulement vous n'avez pas voulu m'écouter.

Mais Mr Norrell s'était tellement monté la tête sur les prétendus pouvoirs magiques de Vinculus que ces explications eurent d'abord peu d'effet d'apaisement sur lui.

— Ah ! fit-il. Je suis tout de même certain qu'il veut me nuire. Il m'a déjà beaucoup nui.

— Oui, acquiesça Childermass, ô combien ! En effet, pendant son passage dans la dépense, il a mangé trois pâtés en croûte.

— Et deux fromages frais, ajouta Lucas.

Mr Norrell fut forcé de s'avouer que ces indélicatesses ne ressemblaient guère aux agissements d'un grand magicien ; il ne pouvait toutefois se sentir entièrement rasséréné avant d'avoir exhalé sa colère sur son prochain. Childermass et Lucas se trouvant opportunément sous la main, il s'en prit à eux et leur infligea un long sermon, plein d'invectives contre Vinculus, le plus grand chenapan que la terre eût jamais porté, et se terminant par plusieurs lourds sous-entendus sur les mauvaises extrémités auxquelles en venaient des domestiques impudents et négligents.

Childermass et Lucas, qui se trouvaient dans l'obligation d'écouter ce genre de discours presque chaque semaine depuis qu'ils étaient entrés au service de Mr Norrell, ne s'en formalisèrent pas outre mesure ; ils attendirent simplement que leur maître eût déchargé sa bile, après quoi Childermass observa :

— Mis à part les pâtés et les fromages, il s'est attiré de graves ennuis et a risqué la pendaison en vous rendant visite de cette manière. Que voulait-il ?

— Oh ! Me donner à connaître une prophétie du roi Corbeau. Une idée guère originale. Ses paroles étaient aussi impénétrables que le sont en général de telles divagations. Il y avait quelque chose sur un champ de bataille, puis autre chose sur un trône, et encore sur une couronne d'argent. La substance de son propos était de vanter un autre magicien… En quoi je présume qu'il parlait de lui.

Maintenant que Mr Norrell ne craignait plus que Vinculus fût un terrible rival, il commença à regretter de s'être laissé aller à discuter avec lui. Il eût été bien plus préférable, songeait-il, de garder un silence hautain et magistral. Il se consola en se faisant la réflexion que Vinculus avait eu l'air beaucoup moins imposant quand Lucas et Davey l'avaient traîné hors de la bibliothèque. Peu à peu, cette pensée, ainsi que la conscience de son instruction et de ses talents infiniment supérieurs, commencèrent à le réconforter. Hélas ! ce type de réconfort est de courte durée. Car, après avoir repris *Le Langage des oiseaux*, il tomba sur le passage suivant :

« … La magie n'est rien d'autre que la pensée sauvage de l'oiseau au moment où celui-ci se jette dans le vide. Il n'existe aucune créature sur terre qui soit aussi douée pour la magie. Même le plus petit d'entre eux peut s'envoler de ce monde pour atteindre par hasard les Autres Pays. D'où vient le vent qui vous souffle à la figure, qui ouvre les pages de votre livre ? Là où la magie étourdie des petites créatures sauvages répond à la magie de l'Homme, là où le langage du vent, de la pluie et des arbres est intelligible, là nous trouverons le roi Corbeau[1]... »

Quand Mr Norrell revit Lord Portishead (pas plus tard que le surlendemain), il s'avança aussitôt vers Sa Seigneurie et l'aborda avec les mots suivants :

— J'espère, monsieur, que vous aurez quelques remarques très pertinentes à faire sur Thomas Lanchester dans notre revue. Depuis des années, j'admire *Le Langage des oiseaux* comme étant une valeureuse tentative pour placer le lecteur devant une compréhension claire et exhaustive de la magie des magiciens auréats. Cependant, après un examen plus approfondi je trouve que ses écrits sont entachés de leurs pires caractéristiques... Il est mystique, monsieur ! Il est mystique !

1. *Cf.* Thomas Lanchester, *Traité du Langage des oiseaux*, ch. VI.

14

La ferme Crève-cœur

Janvier 1808

Quelque trente ans avant que Mr Norrell n'arrivât à Londres avec le projet d'étonner le monde en restaurant la magie anglaise, un gentleman, un certain Laurence Strange, entra en possession de son héritage. Celui-ci comprenait un castel quasiment en ruine, des landes dénudées et une montagne de dettes et d'hypothèques. C'étaient de véritables plaies, mais, songea Laurence Strange, il n'y avait là rien que l'acquisition d'une grosse somme d'argent ne pouvait panser ; et, à l'instar de bien d'autres gentlemen avant et après lui, il se mit en devoir de se rendre particulièrement aimable auprès des héritières que le hasard jetait sur son chemin. Étant un bel homme aux manières raffinées et sachant bien parler, en un rien de temps il avait séduit une Miss Erquistoune, une demoiselle écossaise dotée de neuf cents livres annuelles.

Grâce à la fortune de Miss Erquistoune, Laurence Strange remit sa maison en état, travailla ses terres et remboursa ses dettes. Il ne tarda pas à gagner de l'argent au lieu d'en devoir. Il agrandit donc son domaine et prêta même au taux de quinze pour cent. Dans ces activités et d'autres similaires, il trouva de quoi occuper toutes ses heures de veille. Il ne se donnait plus le mal de se montrer prévenant envers son épouse. Il lui fit comprendre que sa société et sa conversation l'ennuyaient ; et elle, pauvre créature, fit son purgatoire sur terre. Les terres de Laurence Strange se trouvaient au Shropshire[1], dans un coin reculé du comté proche de la frontière galloise. Mrs Strange ne connaissait personne là-bas. Elle était habituée à une vie citadine, aux bals d'Édimbourg, et aux boutiques d'Édimbourg, et aux brillantes conversations de ses amis d'Édimbourg ; la vue des hautes et sombres collines, éternellement ense-

1. En français, « comté de Salop » ! (*N.d.T.*).

velies sous la pluie galloise, était déprimante. Elle supporta cette existence d'isolement pendant cinq ans, avant de mourir d'un refroidissement qu'elle avait attrapé lors d'un orage, en se promenant seule sur ces collines.

Mr et Mrs Strange eurent un enfant unique qui, à l'époque de la disparition de sa mère, avait dans les quatre ans. Mrs Strange était à peine enterrée depuis quelques jours quand cet enfant devint l'objet d'une violente querelle entre Laurence Strange et la famille de sa défunte épouse. Les Erquistoune soutenaient que, aux termes du contrat de mariage, une grosse partie de la fortune de Mrs Strange devait être mise de côté afin que son fils en héritât à sa majorité. Laurence Strange – à la surprise de personne – clama qu'il lui revenait jusqu'au dernier penny de faire ce qui lui plaisait de l'argent de sa femme. Les deux parties consultèrent des hommes de loi ; deux procès séparés s'ouvrirent, l'un au Collège des docteurs en droit civil de Londres, l'autre devant les tribunaux écossais. Les deux procès, l'affaire Strange contre Erquistoune et l'affaire Erquistoune contre Strange, durèrent des années. Au fil du temps, la seule vue de son fils devint insupportable à Laurence Strange. Le garçon lui apparaissait comme un champ marécageux ou un taillis plein d'arbres malades ; doté de valeur sur le papier, mais sans bon rendement annuel. Si la loi anglaise avait autorisé Laurence Strange à vendre son fils pour en acheter un plus intéressant, il ne s'en serait probablement pas privé[1].

Entre-temps, les Erquistoune avaient compris que Laurence Strange était en position de rendre son fils tout aussi malheureux que sa mère l'avait été ; aussi le frère de Mrs Strange écrivit-il de manière pressante à Laurence Strange pour lui proposer que le garçonnet passât une partie de l'année dans sa demeure d'Édimbourg. À la grande surprise de Mr Erquistoune, Mr Strange n'y vit aucune objection[2].

Voilà comment Jonathan Strange passa la moitié de son enfance dans la maison « édimbourgeoise » de Mr Erquistoune, à Charlotte-square, où l'on peut présumer qu'il apprit à ne pas tenir son père en très haute estime. Là, il reçut sa première instruction en compagnie de ses trois cousines, Margaret, Maria et Georgiana Erquistoune. Certes, Édimbourg est une des villes les plus civilisées au monde, et ses habitants sont tout aussi intelligents et amateurs de divertissements que ceux de Londres. Chaque fois que Jonathan était chez eux, Mr et Mrs Erquistoune se démenaient pour le rendre heureux, espérant

---

1. Finalement, les deux procès tournèrent en faveur du fils de Laurence Strange.

2. Bien au contraire, Laurence Strange se félicitait de ne pas avoir à payer la nourriture et les vêtements du garçon pendant des mois d'affilée. Ainsi, l'âpreté au gain peut rendre mesquin et ridicule un homme intelligent.

ainsi compenser l'abandon et la froideur qui l'attendaient dans la maison paternelle. Il ne fallait donc pas s'étonner s'il était devenu un brin enfant gâté, un brin complaisant envers soi et un brin enclin à l'orgueil.

Laurence Strange vieillissait et devenait plus riche, mais pas meilleur.

Quelques jours avant l'entretien de Mr Norrell avec Vinculus, un nouveau valet vint travailler au castel de Laurence Strange. Les autres domestiques étaient prêts à l'aider et à le conseiller : ils avertirent le nouveau que Laurence Strange était fier et méchant, qu'il était détesté à l'unanimité, qu'il aimait l'argent plus que tout, et que lui et son fils se parlaient à peine depuis des années. Ils ajoutèrent qu'il avait un caractère diabolique et qu'en aucun cas le nouveau valet ne devait tenter quoi que ce fût pour l'offenser, sinon sa situation se détériorerait.

Le nouveau valet les remercia de leurs recommandations et promit de ne pas les oublier. Cependant, les autres domestiques ignoraient que le nouveau valet avait un caractère capable de rivaliser avec celui de Mr Strange ; il était parfois sarcastique, souvent grossier, il avait une très bonne opinion de ses compétences et, proportionnellement, une tout aussi mauvaise de celles d'autrui. Le nouveau valet ne parla pas de ses défauts aux autres domestiques pour la simple raison qu'il n'en avait pas conscience. Quand il se prenait de querelle avec ses amis et ses voisins, il s'interrogeait toujours sur les raisons et toujours se figurait que la faute devait leur en revenir. Mais au cas où vous vous imagineriez que ce chapitre ne traiterait que d'individus déplaisants, il faut ajouter sans plus tarder que, si la méchanceté définissait de bout en bout le caractère de Laurence Strange, le nouveau valet était un mélange d'ombre et de lumière plus normal. Il possédait beaucoup de bon sens et dépensait autant d'énergie à défendre les autres contre des préjudices réels qu'à se venger d'insultes personnelles imaginaires.

Laurence Strange, étant âgé, dormait rarement beaucoup. Il lui arrivait souvent d'avoir plus d'allant la nuit que dans la journée ; il veillait alors à son bureau, écrivant des lettres et menant ses affaires. Naturellement, un des domestiques veillait avec lui et, quelques jours après son entrée dans la maison, ce devoir incomba au nouveau.

Tout alla bien jusqu'à deux heures du matin passées. Mr Strange appela alors le nouveau valet et lui ordonna d'aller lui quérir un petit verre de xérès. Si ordinaire que fût cette requête, le nouveau valet ne la trouva nullement facile à satisfaire. Après avoir cherché le xérès aux endroits habituels, il se vit contraint de réveiller d'abord la bonne pour lui demander où était la chambre du majordome, puis le majordome pour savoir où l'on serrait le xérès. Le nouveau valet dut alors attendre quelques instants de plus pendant que le majordome exprimait sa surprise que Mr Strange eût réclamé du xérès, un vin auquel il ne touchait presque jamais. Le fils de Mr Strange, Mr Jonathan Strange, en revanche – ajouta le majordome pour l'édification du nouveau – goûtait fort le xérès et en gardait en général un ou deux flacons dans son cabinet de toilette.

Suivant les instructions du majordome, le nouveau valet alla chercher le xérès à la cave, tâche qui exigeait d'allumer beaucoup de chandelles, de suivre plusieurs longs tronçons de couloirs sombres et glacés, d'enlever à la brosse quantité de vieilles toiles d'araignée visqueuses de ses habits, de se cogner souvent la tête contre d'antiques outils rouillés, pendus à des plafonds vétustes et moisis, et d'essuyer ensuite beaucoup de sang et de poussière sur son visage. Il apporta son verre à Mr Strange, qui le but d'un trait et en réclama aussitôt un autre.

Le nouveau valet pensa qu'il avait son compte de caves pour la nuit ; aussi, se souvenant des paroles du majordome, il monta dans le cabinet de toilette de Mr Jonathan Strange. Après être entré prudemment, il trouva la pièce inoccupée en apparence, mais encore éclairée aux chandelles. Cela ne surprit pas particulièrement le nouveau valet, qui savait que le gaspillage du suif occupait une place de choix parmi les nombreux vices propres aux gentilshommes célibataires riches. Il se mit à ouvrir tiroirs et placards, à soulever les pots de chambre pour regarder dedans, à jeter un coup d'œil sous les tables et les sièges et à inspecter l'intérieur des vases de fleurs. (Pour peu que vous soyez surpris par tous les endroits visités par le nouveau valet, tout ce que je puis dire alors c'est qu'il avait plus d'expérience des gentilshommes célibataires riches que vous, et qu'il savait que leur gestion des affaires domestiques se caractérisait souvent par une certaine excentricité.) Il trouva le flacon de xérès, selon son attente, faisant office de tire-bottes dans une des bottes de leur propriétaire.

Au moment où le nouveau valet se servait un verre de vin, il jeta un regard par hasard à un miroir accroché au mur et découvrit que, après tout, la pièce n'était pas vide. Jonathan Strange, installé dans une bergère, suivait les faits et gestes de son visiteur avec une expression de grand étonnement peinte sur la figure. Le nouveau valet n'avança pas un mot d'explication – car quelle explication eût-il pu donner qu'un gentilhomme eût écoutée ? Un domestique, lui, l'aurait compris en un instant. Le nouveau valet sortit de la pièce.

Depuis son arrivée dans la maison, le nouveau valet nourrissait certains espoirs d'accéder à une position d'autorité sur les autres domestiques. Il estimait que son intelligence supérieure et son expérience du monde le désignaient comme un lieutenant naturel pour les deux Messrs Strange dans quelque affaire difficile qui pouvait se présenter ; en imagination il entendait déjà prononcer des phrases telles que celles-ci : « Comme vous savez, Jeremy, ce sont là matières sérieuses, et je n'oserais confier leur exécution à personne d'autre que vous. » Il serait prématuré de conclure qu'il renonça incontinent à ces espoirs, néanmoins il ne pouvait se dissimuler à lui-même que Jonathan Strange n'avait pas paru spécialement ravi de découvrir dans ses appartements privés un intrus occupé à se servir du vin sorti de sa réserve privée.

Ainsi, le nouveau valet entra dans le bureau de Laurence Strange avec ses ambitions en herbe avortées et l'esprit dangereusement irrité. Mr Strange but son second verre de xérès d'un trait et déclara qu'il songeait à en prendre un autre. À ces mots, le nouveau valet poussa une sorte de cri étranglé et s'écria en se tirant les cheveux :

— Alors pourquoi, au nom du ciel, espèce de vieux fou, ne pas l'avoir dit plus tôt ? Je vous eusse apporté le flacon !

Mr Strange l'examina avec surprise et répondit doucement que, bien sûr, il pouvait se passer d'un autre verre si cela lui causait autant de dérangement.

Le nouveau valet retourna à l'office en craignant de s'être montré un peu cassant. Quelques instants plus tard, la sonnette retentissait une fois de plus. Mr Strange était à son bureau, une lettre à la main, en train de contempler par la fenêtre la nuit pluvieuse et noire de poix.

— Un homme habite sur la colline d'en face, dit-il, et cette lettre, Jeremy. doit lui être portée avant le point du jour.

« Ah ! songea le nouveau valet. Comme les choses vont vite ! Une affaire urgente qui doit être conduite à la faveur de la nuit ! Que cela peut-il signifier, sinon qu'il commence à préférer mon assistance à celle des autres ? » Grandement flatté, il déclara avec empressement qu'il partait sur-le-champ et se saisit de la lettre, qui portait seulement l'inscription énigmatique : « Wyvern ». Il s'enquit si la maison avait un nom, afin qu'il pût demander son chemin s'il s'égarait.

Mr Strange s'apprêtait à lui répondre que la maison n'avait pas de nom, quand il s'interrompit dans un rire.

— Vous devez demander Wyvern de la ferme Crève-cœur, lança-t-il.

Et d'expliquer à son nouveau valet qu'il devait quitter la grand-route à un portillon cassé, en face de la taverne de Blackstock ; derrière le portillon, il trouverait un sentier qui le mènerait tout droit à la ferme Crève-cœur.

Le nouveau valet prit donc un cheval et une grosse lanterne, puis s'en fut sur la grand-route. La nuit était lugubre. Le ciel offrait un affreux mélange de coups de vent et de pluie battante et glacée qui pénétrait dans tous les interstices de ses habits, de sorte qu'il fut très vite transi de froid.

Le sentier qui s'ouvrait en face de la taverne de Blackstock et montait en serpentant sur la colline était envahi par la végétation. En réalité, il méritait à peine le nom de « sentier », car de jeunes arbustes y poussaient en son milieu, tordus par les violentes rafales et transformés en verges pour cingler le nouveau valet qui luttait pour passer. Un demi-mille plus loin, il lui semblait avoir combattu plusieurs brutes l'une après l'autre (étant homme à avoir la tête près du bonnet, qui se prenait toujours de querelle dans les lieux publics, cette sensation lui était parfaitement familière). Il maudit Wyvern pour sa négligence et sa fainéantise, qui le rendaient incapable d'entretenir ses haies. Une heure ou deux plus tard, il atteignit un lieu qui avait pu contenir un champ jadis, mais n'était plus qu'une forêt de ronces et d'églantiers. Il commença à regretter de ne pas avoir emporté de hache avec lui. Il laissa sa monture attachée à un arbre et tenta de se frayer un passage. Les épines étaient grosses, pointues, innombrables ; maintes fois il se trouva coincé dans les ronciers en tant d'endroits et de façon si compliquée (un bras en l'air, une jambe tordue sous lui), qu'il se mit à désespérer d'en ressortir un jour. Il paraissait curieux que l'on pût vivre derrière une haie d'épines aussi haute ; Jeremy se prit à songer qu'il ne serait guère surprenant de découvrir que Mr Wyvern dormait depuis cent ou deux cents ans. « Bon, peu me chaut, pensa-t-il, tant que je ne suis pas obligé de l'embrasser. »

Alors qu'une triste aube grise pointait à flanc de colline, il tomba sur une chaumière délabrée qui semblait avoir moins le cœur crevé que le toit ! Le pan de cheminée penchait en un grand arc vers l'extérieur, et la cheminée elle-même branlait au-dessus. Un éboulement de tuiles en pierre avait laissé des trous par où les poutres apparaissaient, telles des côtes. Des sureaux et des épineux emplissaient l'intérieur et, dans la vigueur de leur croissance, avaient brisé toutes les fenêtres et dégondé les portes.

Le nouveau valet resta immobile quelque temps sous la pluie, à contempler ce sinistre décor. Après avoir levé les yeux, il vit quelqu'un dévaler la colline dans sa direction, un personnage de conte de fées, avec un drôle de grand chapeau sur le chef et un bâton à la main. En approchant, ledit personnage se révéla être un gros fermier, un bonhomme d'allure raisonnable, dont l'aspect fantastique tenait entièrement au bout de toile qu'il avait plié sur sa tête pour se protéger de la pluie.

Il salua le nouveau valet en ces termes :

— Mon gars ! Que t'es-tu fait ? Tu es tout couvert de sang et tes beaux habits sont en haillons !

Le nouveau valet baissa les yeux pour s'examiner et s'avisa que c'était vrai. Il expliqua que le sentier était obstrué par les ronces et les mauvaises herbes.

Le fermier le considéra avec étonnement.

— Mais il existe un bon chemin, s'exclama-t-il, à moins d'un quart de mille à l'ouest, que tu aurais pu suivre avec moitié moins de temps ! Qui diable t'a dit de prendre cet ancien sentier ?

Sans répondre, le nouveau valet pria le fermier de lui indiquer où l'on pouvait trouver Mr Wyvern de la ferme Crève-cœur.

— C'est bien la chaumière de Wyvern, mais il y a cinq ans qu'il est mort. La ferme Crève-cœur, tu l'appelles ? Qui t'a donné ce nom ? L'on t'a joué un tour. Anciens sentiers, ferme Crève-cœur, pour sûr ! Enfin, sans doute ce nom est-il aussi bon qu'un autre. Oui, ce domaine a été un crève-cœur pour Wyvern. Il a eu la malchance de posséder des terres dont un gentilhomme de la vallée s'était toqué et, quand Wyvern a refusé de vendre, le gentilhomme lui a envoyé des chenapans en pleine nuit pour arracher tous les haricots, les choux et les carottes que Wyvern avait plantés. Et, comme cela n'a pas marché, il lui a intenté des procès. Ce pauvre Wyvern ne connaissait pas le droit et n'y entendait goutte.

Le nouveau valet médita un instant ces paroles.

— J'imagine, énonça-t-il à la fin, que je peux vous dire le nom de ce gentilhomme...

— Oh ! fit le fermier. Ça n'en vaut pas la peine. – Il détailla le nouveau valet un peu plus attentivement. – Mon gars, reprit-il, tu es blanc comme du riz au lait et tu frissonnes, prêt à tomber en morceaux !

— J'ai froid, avoua le nouveau valet.

Alors le fermier (qui s'appelait Bullbridge) insista pour que le malheureux revînt avec lui, afin de se chauffer devant son feu, de se restaurer, et peut-être de prendre un peu de repos. Le nouveau valet le remercia, mais répéta qu'il avait froid, voilà tout.

Par conséquent, Bullbridge raccompagna le nouveau valet à son cheval (par un chemin qui évitait les ronces) et lui montra la bonne voie pour aller à la route. Le nouveau valet regagna donc la maison de Mr Strange.

Un soleil blanc, morne, se leva dans un ciel tout aussi blanc et morne, telle une peinture allégorique du désespoir. Pendant qu'il chevauchait, le nouveau valet eut le sentiment que le soleil était le pauvre Wyvern, et le ciel l'enfer, et que Wyvern y avait été envoyé par Mr Strange pour en connaître éternellement les tourments.

À son retour, les autres domestiques s'assemblèrent autour de lui.

— Ah, mon bonhomme ! s'écria le majordome avec sollicitude. Quel spectacle tu offres ! Était-ce le xérès, Jeremy ? As-tu provoqué son courroux avec le xérès ?

Le nouveau valet dégringola de sa monture. Il s'agrippa aux basques du majordome et le supplia de lui apporter une canne à pêche, expliquant qu'il en avait besoin pour repêcher le pauvre Wyvern de l'enfer.

De ces paroles, et d'autres discours aussi cohérents, les domestiques conclurent vite qu'il avait pris froid et était fiévreux. Ils le mirent au lit et envoyèrent quelqu'un quérir le médecin. Cependant, Laurence Strange eut vent de la chose et dépêcha un deuxième messager à la suite du premier pour interdire au médecin de se déplacer. Ensuite, Laurence Strange déclara qu'il songeait à prendre un gruau et indiqua au majordome qu'il entendait être servi par le nouveau valet. Cette exigence poussa le majordome à partir à la recherche de Mr Jonathan Strange pour le supplier d'agir, mais Jonathan Strange s'était, apparemment, levé aux aurores pour se rendre à cheval à Shrewsbury et son retour n'était pas attendu avant le lendemain. Les domestiques se virent donc contraints de sortir le nouveau valet de son lit, de le rhabiller, de mettre le plateau de gruau dans sa main molle et de lui faire passer la porte. Tout au long de la journée, Mr Strange émit une succession soutenue de menues requêtes, dont – et Mr Strange se montra pointilleux là-dessus – chacune devait être acquittée par le nouveau valet.

Vers la tombée du jour, le nouveau valet était aussi brûlant qu'un fer à repasser et parlait fiévreusement de bourriches d'huîtres. Mr Strange, lui, manifesta son intention de veiller une autre nuit et ordonna que le nouveau valet se tînt à son service dans le bureau.

Le majordome implora bravement son maître de le laisser veiller à sa place.

— Oh ! Vous ne sauriez concevoir à quel point je me suis pris d'affection pour ce bougre, protesta Mr Strange, les yeux brillants de haine, et comme je souhaite l'avoir toujours auprès de moi ! Vous ne lui trouvez pas bonne mine ? Dans mon opinion, il a seulement besoin d'air frais.

Sur ces paroles, il ouvrit la fenêtre au-dessus de son secrétaire. Instantanément la pièce devint glacée, et une poignée de flocons de neige entra du dehors.

Le majordome soupira ; il adossa plus solidement au mur le nouveau valet, qui menaçait de nouveau de s'écrouler, et glissa en catimini des chaufferettes dans ses poches.

À minuit, la bonne entra pour emporter les restes du gruau de Mr Strange. À son retour à la cuisine, elle raconta que leur maître avait trouvé les chaufferettes et les avait sorties pour les poser sur la table. Les domestiques allèrent se coucher tristement, persuadés que le nouveau valet aurait expiré le lendemain matin.

Le matin arriva. La porte du bureau de Mr Strange était fermée. Sept heures passèrent et personne ne sonna pour appeler la domestique ; personne ne se montra. Huit heures passèrent. Neuf heures. Dix. Les domestiques se tordaient les mains de désespoir.

Ce qu'ils avaient oublié – ce que, en réalité, Laurence Strange avait oublié –, c'était que le nouveau valet était un jeune homme robuste, alors que Laurence Strange était un vieillard, et ce que le nouveau valet avait dû endurer cette nuit-là, Laurence Strange avait été forcé d'en avoir sa part. À dix heures sept, le majordome et le cocher s'aventurèrent ensemble dans la pièce et trouvèrent le nouveau valet dormant à poings fermés par terre, la fièvre étant tombée. À l'autre bout de la pièce, leur maître était toujours assis à son secrétaire, mort de froid.

Quand les événements de ces deux nuits furent plus largement connus, beaucoup furent curieux de voir le nouveau valet, comme on peut l'être de voir un tueur de dragons ou un homme qui aurait abattu un géant. Bien entendu, le nouveau valet était ravi d'attirer ainsi l'attention et, à force de raconter son histoire, il s'aperçut que, après avoir reçu l'ordre de lui servir un troisième verre de xérès, il avait osé dire son fait à son maître : « Oh ! cela peut vous arranger maintenant, espèce de vieux pécheur endurci, de maltraiter les honnêtes hommes et de les conduire au tombeau, mais un jour viendra – et il n'est pas bien loin – où vous devrez répondre de tous les soupirs que vous avez arrachés de la poitrine d'un honnête homme, de toutes les larmes que vous avez fait couler des yeux de la veuve ! » De même, on ne tarda pas à savoir dans le voisinage que, au moment où Mr Strange avait ouvert la fenêtre avec l'aimable intention de faire mourir de froid le nouveau valet de chambre, ce dernier s'était écrié : « Froid d'abord, Laurence Strange, mais sur le gril à la fin ! Froid d'abord, sur le gril à la fin ! », allusion prophétique au présent état de Mr Strange.

15

« Comment se porte Lady Pole ? »

Janvier 1808

— Comment se porte Lady Pole ?

On entendait cette question dans le moindre recoin de Londres, parmi toutes les conditions et tous les rangs de ses habitants. À Covent-garden, au point du jour, les marchands des quatre saisons demandaient aux petites fleuristes : « Comment se porte Lady Pole ? » À la librairie Ackermann, sur le Strand, Mr Ackermann en personne s'enquérait auprès de ses clients (membres de la noblesse et personnages de distinction) s'ils avaient des nouvelles de Lady Pole. À la Chambre des communes, pendant d'ennuyeux discours, des membres du Parlement chuchotaient cette question à leurs voisins (chacun, ce faisant, épiait Sir Walter Pole du coin de l'œil). Dans les cabinets de toilette de Mayfair, dès potron-minet, les femmes de chambre demandaient pardon à leurs maîtresses : « ... Mais Lady Pole était-elle à la soirée hier soir ? Et comme se porte Madame ? »

Et cette question continuait donc de courir la ville : « Comment se porte Lady Pole ? »

Ainsi que la réponse qui allait avec : « Oh ! Madame se porte comme un charme, oui, comme un charme. »

Ce qui montre la triste pauvreté de la langue anglaise, car Madame se portait encore mieux qu'un charme. À côté de Madame, toute autre personne paraissait pâle, fatiguée, à demi morte. L'extraordinaire énergie dont elle avait fait preuve le lendemain de sa résurrection ne l'avait pas quittée ; quand elle se promenait, les passants ouvraient de grands yeux en voyant une dame marcher d'un si bon pas. Quant au valet qui était censé la servir, pauvre diable, il était en général à plusieurs yards derrière, époumoné, le visage rubicond. Sortant un beau matin de chez Drummond à Charing Cross, le ministre de la Guerre se trouva dans une conjonction soudaine et inopinée avec Madame, qui longeait la rue à vive allure, et fut au sens propre renversé.

Elle l'aida à se relever, déclara qu'elle espérait ne pas l'avoir blessé et s'en fut avant qu'il eût pu songer à répondre.

Comme n'importe quelle demoiselle de dix-neuf ans, Lady Pole adorait danser. Au bal, elle enchaînait les danses sans perdre son souffle et était consternée que tout le monde repartît si vite.

— Il est ridicule d'appeler bal une si tiède affaire ! se plaignait-elle à Sir Walter. Nous nous sommes divertis trois heures à peine ! – Et de s'étonner aussi de la fragilité des autres danseurs. – Pauvres créatures ! Je les plains.

L'armée, la Navy et l'Église trinquaient à sa santé. Sir Walter était régulièrement cité comme l'homme le plus fortuné du Royaume ; Sir Walter était d'ailleurs de cet avis. Miss Wintertowne – la pauvre, pâle et souffrante Miss Wintertowne – avait excité sa compassion, mais Lady Pole, qui rayonnait continuellement d'une bonne santé et d'une joyeuse humeur prodigieuse, était l'objet de son admiration. Quand elle envoya accidentellement à terre le ministre de la Guerre, il y vit la meilleure blague du monde et en parla à toutes les personnes de sa connaissance. Il confia en secret à Lady Winsell, une amie intime, que Madame était exactement l'épouse qui lui convenait, si intelligente, si vivante, si... tout ce qu'il eût pu souhaiter. Il était particulièrement impressionné par son indépendance d'esprit.

— La semaine dernière, elle m'a averti que le gouvernement ne devrait pas envoyer d'argent et de troupes au roi de Suède – ce que nous avons décidé –, mais plutôt apporter son soutien aux gouvernements du Portugal et d'Espagne, et de faire de ces pays les bases de nos opérations contre Bonaparte. À dix-neuf ans, concevoir des pensées si profondes sur tant de sujets et en avoir tiré tant de conclusions ! À dix-neuf ans, contredire aussi hardiment l'ensemble du gouvernement ! Naturellement, je lui ai dit qu'elle devrait siéger au Parlement !

Lady Pole réunissait en une seule personne tous les différents attraits de la Beauté, de la Politique, de la Richesse et de la Magie. La bonne société ne doutait pas qu'elle fût destinée à devenir un de ses plus brillants chefs de file. Elle était mariée depuis déjà près de trois mois ; le moment était venu de suivre le cap que le destin et la belle société lui avaient fixé. On envoya des cartons d'invitation pour un grand dîner qui devait être donné dans la deuxième semaine de janvier.

Le premier dîner de la carrière d'une jeune épouse est une occasion capitale, entraînant d'infinies menues angoisses. Les succès qui lui ont valu des compliments pendant les trois ans qui ont suivi sa sortie de la salle d'études ne suffisent plus. Non, elle ne peut plus se contenter de s'habiller d'une manière exquise, de choisir le type de bijoux qui sied exactement aux circonstances, de deviser en français, de jouer du piano et de savoir chanter. Désormais, elle doit tourner son attention vers la cuisine et les vins français. Certes, d'autres peuvent la conseiller en ces importantes matières, cependant seuls son goût et ses inclinations personnelles doivent la guider. Dédaignant à coup sûr le style de divertissement maternel, elle souhaite imposer sa marque différemment. À Londres, le beau monde dîne dehors quatre, cinq fois par semaine. Une nouvelle mariée – âgée de dix-neuf ans et qui n'avait presque jamais mis les pieds dans une cuisine auparavant – saura-t-elle imaginer un repas propre à étonner et à flatter des palais aussi blasés ?

Et puis il y a les domestiques. Dans la nouvelle maison de la nouvelle mariée, les valets sont aussi novices dans leurs tâches. Si l'on a besoin d'un objet usuel rapidement – chandelles, différentes sortes de fourchettes, un linge épais avec lequel porter une soupière brûlante... – seront-ils capables de le trouver ? Dans le cas de l'installation de Lady Pole au numéro 9 de Harley-street, les problèmes étaient multipliés par trois. La moitié du personnel venait du Northamptonshire – du domaine de Madame, à Great Hitherden – et l'autre moitié avait été fraîchement engagée à Londres ; et, nul ne l'ignore, un abîme sépare les domestiques campagnards des domestiques londoniens. Ce n'est pas exactement une affaire de service. Les domestiques doivent cuisiner, astiquer, vaquer à leur besogne dans le Northamptonshire tout comme à Londres. Non, la différence tient davantage à la manière dont ce service est accompli. Imaginons un hobereau du Northamptonshire rendant visite à son voisin. La visite terminée, le valet va chercher le pardessus du hobereau et aide ce dernier à s'en revêtir. Pendant ce temps, tout naturellement, le valet s'enquiert respectueusement de la santé de l'épouse du hobereau. Sans être le moins du monde offensé, celui-ci répond par des questions de son cru. Le hobereau a peut-être appris que la grand-mère du valet s'était blessée à la suite d'une chute en ramassant les choux dans son potager, et il aimerait savoir si elle est rétablie. Le hobereau et le valet habitent un monde très petit et se connaissent depuis l'enfance. Néanmoins, à Londres, cela ne risque pas d'arriver. Un valet londonien ne doit pas parler aux hôtes de son maître. Il doit feindre d'ignorer jusqu'à l'existence des choux et des grands-mères.

Au numéro 9 de Harley-street, les domestiques campagnards de Lady Pole étaient continuellement mal à l'aise, redoutant de mal faire et jamais sûrs de ce qui était convenable. Leur langage était repris et moqué. Leur accent du Northamptonshire n'était pas toujours intelligible pour les domestiques londoniens (qui, faut-il le préciser, ne faisaient pas de très gros efforts pour les comprendre), en outre ils employaient des mots comme *goosegogs*, *sparrow-*

grass, betty-cat et *battlewigs,* là où ils auraient dû dire *gooseberries, asparagus, she-cat* et *earwigs*[1].

Les domestiques londoniens se délectaient à jouer des tours à leurs congénères de la campagne. Ils remirent à Alfred, un jeune valet, des plats d'eau sale et nauséabonde, lui racontant qu'il s'agissait d'un velouté français, et lui ordonnèrent d'en servir à dîner au reste de la domesticité. Souvent, ils donnaient aux domestiques de la campagne des messages à faire passer au garçon boucher, au boulanger et à l'allumeur de réverbères. Les messages étaient truffés d'argot londonien et les malheureux n'y voyaient que du feu, mais, pour le garçon boucher, le boulanger et l'allumeur de réverbères, qui les comprenaient très bien, ils étaient à la fois vulgaires et insultants. Le garçon boucher pocha l'œil d'Alfred à cause de ce qu'il lui avait rapporté, pendant que les domestiques londoniens s'ébaudissaient en tendant l'oreille, cachés dans la dépense.

Naturellement, les domestiques de la campagne se plaignirent vigoureusement à Lady Pole (qu'ils avaient connue toute leur vie) des persécutions dont ils étaient victimes, et celle-ci fut scandalisée de découvrir que tous ses anciens amis étaient malheureux dans leur nouvelle place. Mais elle était inexpérimentée et indécise sur la marche à suivre. Sans mettre en doute un instant la vérité des doléances de ses gens, elle craignait d'aggraver la situation.

— Que dois-je faire, Sir Walter ? demanda-t-elle.

— Faire ? répéta Sir Walter, surpris. Rien. Remettez-vous-en à Stephen Black. Le temps que Stephen en ait fini avec eux, ils seront doux comme des agneaux et gais comme des pinsons.

Avant son mariage, Sir Walter avait eu un seul domestique, Stephen Black, et la confiance de Sir Walter en cet individu ne connaissait guère de bornes. Au numéro 9 de Harley-street, il avait le titre de majordome, quoique ses fonctions et ses responsabilités dépassassent de loin la sphère d'un simple majordome : il traitait avec les banquiers et les hommes de loi au nom de Sir Walter ; il étudiait la comptabilité des propriétés de Lady Pole et rendait compte à Sir Walter de ce qu'il y trouvait ; il engageait domestiques et ouvriers sans en référer à personne ; il dirigeait leurs travaux, payait factures et gages.

1. « Groseilles », « asperges », « chatte » et « perce-oreilles ». (*Cf.* la différence entre les termes français et leurs équivalents en patois occitan, par exemple : *peillarot* pour « chiffonnier », *capel* pour « chapeau », *pitchoun* pour « petit » ou *qu'es aquo ?* pour « qu'est-ce que c'est ? ») (*N.d.T.*).

Bien sûr, dans de nombreuses maisons il y a un domestique qui jouit d'une autorité spéciale en vertu de son intelligence et de ses talents exceptionnels. Cependant, dans le cas de Stephen, c'était d'autant plus extraordinaire qu'il était nègre. Je dis bien « extraordinaire », car n'est-il pas de règle qu'un domestique nègre soit la personne la moins considérée dans une maison ? Quelque travailleur, quelque intelligent qu'il puisse être ? Stephen Black avait su pourtant trouver le moyen de contredire ce principe universel. Il possédait, il est vrai, certains avantages naturels : un visage noble, une taille grande et bien prise. Certes, cela ne gâtait rien que son maître fût un homme politique content d'afficher ses principes libéraux en confiant l'intendance de sa maison et de ses affaires à un domestique noir.

Les autres domestiques furent un tantinet surpris d'apprendre qu'ils étaient sous les ordres d'un homme noir, un type de créature qu'ils voyaient pour la première fois. Certains furent d'abord enclins à l'indignation et se jurèrent les uns les autres que, s'il osait leur donner un ordre, ils lui retourneraient une réponse bien sentie. Toutefois, quelles que fussent leurs intentions, ils s'avisèrent que, en présence de Stephen, ils s'abstenaient. Son apparence sérieuse, son air d'autorité et ses instructions raisonnables rendaient très naturel d'exécuter tout ce qu'il leur demandait.

Le garçon boucher, le boulanger, l'allumeur de réverbères, ainsi que d'autres nouvelles connaissances similaires du personnel de Harley-street, montrèrent dès le début un vif intérêt pour Stephen. Ils interrogèrent les domestiques de Harley-street sur son mode de vie. Que buvait-il et mangeait-il ? Qui étaient donc ses amis ? Où aimait-il aller chaque fois qu'il se trouvait être libre de ses mouvements ? Lorsque les domestiques de Harley-street répondirent que Stephen avait pris trois œufs durs pour son petit-déjeuner, que le valet gallois du ministre de la Guerre était un de ses intimes et qu'il s'était rendu la veille à un bal des domestiques sur les quais de Wapping, le garçon boucher, le boulanger et l'allumeur de réverbères se déclarèrent très reconnaissants de ces renseignements. Ceux de Harley-street s'enquirent alors du motif de leur curiosité. Le garçon boucher, le boulanger et l'allumeur de réverbères n'en revinrent pas. Ceux de Harley-street n'étaient-ils réellement pas au courant ? Non, ceux de Harley-street n'étaient réellement pas au courant. Le garçon boucher, le boulanger et l'allumeur de réverbères expliquèrent alors qu'une rumeur courait dans Londres depuis des années, qui voulait que Stephen Black ne fût pas majordome. Secrètement, c'était un prince africain, l'héritier d'un vaste royaume, et chacun savait que, dès qu'il se lasserait d'être majordome, il retournerait là-bas pour épouser une princesse aussi noire que lui.

Après ces révélations, les domestiques de Harley-street observèrent Stephen du coin de l'œil et tombèrent d'accord sur le fait que rien n'était plus vraisemblable. D'ailleurs, leur propre obéissance à Stephen n'en était-elle pas la meilleure preuve ? Car il n'était guère plausible que des Anglais et des Anglaises aussi fiers, aussi indépendants, se seraient soumis à l'autorité d'un « homme noir », s'ils n'avaient pas senti d'instinct le respect et la révérence qu'un roturier éprouvait devant un roi !

Dans l'intervalle, Stephen Black ne sut rien de ces curieuses spéculations. Il remplissait toujours ses fonctions avec la même diligence. Il continuait à polir l'argenterie, former les valets aux devoirs du *service à la française**, reprendre les cuisiniers, commander des fleurs, du linge, des couteaux et des fourchettes, et se charger des mille et une petites tâches nécessaires pour préparer la maison et le personnel à l'importante soirée du grand dîner. Le jour venu, tout était aussi sublime que son ingéniosité pouvait y pourvoir. Des vases de roses de serre emplissaient le salon et la salle à manger, et décoraient l'escalier d'honneur. La table à manger était dressée d'une épaisse nappe blanche damassée et brillait des feux de l'argenterie, des cristaux et des chandeliers. Deux grands miroirs vénitiens accrochés au mur avaient été, sur instruction de Stephen, disposés l'un face à l'autre, de sorte que l'argenterie, les cristaux et les chandelles s'y reflétaient deux fois, trois fois, à l'infini ; lorsque les convives s'assirent enfin pour dîner, ils semblèrent se dissoudre doucement dans un halo doré éblouissant, tel le chœur des saints glorieux.

L'hôte d'honneur était Mr Norrell. Quel contraste désormais avec la période de son arrivée à Londres ! Il avait été alors dédaigné, un homme de peu. À présent il siégeait parmi les personnages les plus éminents du pays et était courtisé par eux ! Les autres invités lui adressaient sans cesse des remarques et des questions et paraissaient ravis de ses réponses brèves, déplaisantes : « Je ne vois pas de qui vous parlez » ou « Je n'ai pas le plaisir de connaître ce monsieur », ou encore « Je ne suis jamais allé au lieu que vous citez ».

Une partie de la conversation de Mr Norrell – la partie la plus divertissante – était alimentée par Mr Drawlight et Mr Lascelles. Placés de part et d'autre de leur ami, ils s'empressaient de faire circuler autour de la table ses avis sur la magie moderne. Ce soir-là, la magie était un sujet de prédilection. Se trouvant simultanément en présence du seul magicien d'Angleterre et du plus célèbre fruit de sa magie, les invités ne pouvaient ni rêver ni parler d'un autre sujet. Sous peu, ils se mettaient à disputer des nombreuses prétentions à l'enchantement qui avaient fleuri dans tout le pays après la résurrection de Lady Pole.

— Le moindre quotidien régional contient deux ou trois bulletins sur la question, concéda Lord Castlereagh. Dans le *Bath Chronicle*, l'autre jour, j'ai lu un papier sur un certain Gibbons de Milsom-street qui s'est éveillé en pleine nuit parce qu'il avait entendu des malandrins s'introduire par effraction dans son logis. Cet homme possède une vaste bibliothèque de livres magiques, apparemment. Il a essayé un charme de sa connaissance et a transformé les cambrioleurs en souris.

— Pas possible ! s'écria Mr Canning. Et qu'est-il advenu des souris ?

— Elles se sont toutes sauvées dans des trous du lambris.

— Ha ! intervint Mr Lascelles. Croyez-moi, monseigneur, ne voyez là aucune magie. Gibbons a entendu du bruit, il a songé à un cambrioleur, a jeté un sortilège, ouvert une porte et, en fait de cambrioleurs, il a trouvé des souris. La vérité, c'est qu'il s'agissait de souris depuis le début. Toutes ces histoires finissent par se révéler fausses. À Lincoln, un clergyman célibataire, du nom de Malpas, et sa sœur se sont mis en devoir d'examiner les prétendus exemples de phénomènes magiques, et ils n'en ont trouvé aucun de vrai.

— Ce sont de tels admirateurs de Mr Norrell, ce clergyman et sa sœur ! ajouta avec ferveur Mr Drawlight. Ils sont si contents qu'un tel homme se soit levé pour restaurer le noble art de la magie anglaise ! Ils ne supportent pas que d'autres puissent commettre des mensonges et prétendre imiter ses grands exploits ! Ils détestent que d'autres se donnent des airs importants aux dépens de Mr Norrell ! Ils le ressentent comme un affront personnel ! Mr Norrell a eu la gentillesse de leur procurer certains moyens infaillibles d'établir sans le moindre doute la fausseté de pareilles prétentions, et Mr Malpas et Miss Malpas sillonnent le pays dans leur phaéton afin de confondre les imposteurs !

— Je crois que vous êtes trop magnanime envers Gibbons, monsieur Lascelles, déclara Mr Norrell avec sa pédanterie habituelle. Il n'est pas certain qu'il ne poursuivait pas un but délictueux avec ses fausses prétentions. À tout le moins il a menti sur sa bibliothèque. J'ai envoyé Childermass l'inspecter, et Childermass affirme que ne s'y trouve pas un livre remontant à plus de 1760. Sans valeur ! Absolument sans valeur !

— Nous devons cependant espérer, dit Lady Pole à Mr Norrell, que le clergyman et sa sœur découvriront bientôt un magicien d'un talent authentique, quelqu'un pour vous aider, monsieur.

— Oh ! Mais il n'y a personne ! s'exclama Drawlight. Absolument personne ! Vous voyez, afin d'accomplir ses extraordinaires exploits, Mr Norrell s'est enfermé chez lui pendant des années pour lire. Hélas ! un tel dévouement à l'intérêt national est très rare ! Je vous assure qu'il n'y a personne !

— Toutefois le clergyman et sa sœur ne doivent pas abandonner leurs recherches, insista Madame. De par mon propre exemple, je sais combien de peine représente un seul acte isolé de magie. Songez combien il serait souhaitable que Mr Norrell soit pourvu d'un assistant...

— Souhaitable, bien que guère probable, commenta Mr Lascelles. Les Malpas n'ont rien trouvé laissant à penser qu'une telle personne existe.

— D'après vos propos, monsieur Lascelles, ils n'ont pas cherché ! protesta Lady Pole. Leur objectif est de débusquer la fausse magie, non de découvrir de nouveaux magiciens ! Il leur serait très facile, en roulant dans leur phaéton, de mener une enquête sur qui pratique la magie et qui possède une bibliothèque. Je suis certaine qu'ils ne verraient pas d'inconvénient à ce surcroît de dérangement. Ils seraient trop contents de faire leur possible pour vous aider, monsieur. – Ces derniers mots à l'adresse de Mr Norrell : – Et nous espérons tous qu'ils arriveront bientôt à leurs fins, car vous devez vous sentir un peu seul.

En temps utile, l'on estima qu'une proportion convenable de la cinquantaine de plats servis avait été consommée, et les valets débarrassèrent les reliefs. Ces dames se retirèrent et ces messieurs furent laissés à leur vin. Néanmoins, ces messieurs s'aperçurent qu'ils goûtaient moins leur société mutuelle qu'à l'accoutumée. Ils avaient été au bout de tout ce qu'ils avaient à dire sur la magie. Ils ne trouvaient aucun agrément à jaser sur leurs connaissances ; jusqu'à la politique qui leur semblait un brin ennuyeuse. Bref, ils eurent le sentiment qu'ils aimeraient avoir le plaisir de revoir Lady Pole et, sans lui poser d'abord la question, ils déclarèrent donc à Sir Walter que sa femme devait lui manquer. Il le nia. Pourtant, cela ne se pouvait ; chacun savait que les messieurs mariés de fraîche date n'étaient jamais heureux séparés de leurs épouses ; la plus courte des absences pouvait abattre le moral d'un jeune marié et lui provoquer des troubles de la digestion. Les hôtes de Sir Walter s'interrogèrent les uns les autres pour savoir s'ils lui trouvaient l'air bilieux, et ils s'accordèrent pour reconnaître que oui. Il refusa de l'admettre. Ah ! il faisait bonne contenance ? Très bien. Il était clair, néanmoins, que le cas était désespéré. Ils auraient pitié de lui et iraient rejoindre les dames.

De son coin près de la desserte, Stephen Black regarda ces messieurs sortir. Trois valets – Alfred, Geoffrey et Robert – demeuraient dans la pièce.

— Devons-nous aller servir le thé, monsieur Black ? s'enquit Alfred d'un ton innocent.

Stephen Black leva un doigt fin, signe qu'ils devaient rester là où ils étaient, et il fronça légèrement le sourcil pour réclamer le silence. Il attendit d'avoir la certitude que ces messieurs étaient hors de portée de voix, puis il s'exclama :

— Que diable vous est-il arrivé à tous ce soir ? Alfred ! Je sais que vous n'avez pas souvent eu affaire à la société que nous recevons aujourd'hui, mais ce n'est pas une raison pour oublier toute votre éducation ! Votre balourdise m'a étonné !

Alfred marmonna des excuses.

— Lord Castlereagh vous a prié de lui servir des perdreaux aux truffes. Je l'ai entendu on ne peut plus distinctement ! Et pourtant vous lui avez apporté une gelée à la fraise ! À quoi pensiez-vous donc ?

Alfred balbutia une réponse indistincte, elle, où seul le mot « peur » était audible.

— Vous avez peur ? Peur de quoi ?

— J'ai cru apercevoir une étrange figure debout derrière la chaise de Madame.

— Alfred, de quoi parlez-vous ?

— Un personnage de haute taille et à la chevelure argentée, avec une redingote verte. Il se penchait pour dévisager Madame. L'instant d'après, il n'y avait plus personne.

— Alfred, regardez à l'autre bout de la pièce.

— Oui, monsieur Black.

— Que voyez-vous donc ?

— Un rideau, monsieur Black.

— Et quoi d'autre ?

— Un lustre.

— Un rideau de velours vert et un lustre étincelant de chandelles. Voilà votre personnage à la chevelure d'argent et à la redingote verte, Alfred ! Maintenant allez aider Cissie à ranger la vaisselle et ne soyez pas si ridicule à l'avenir. – Stephen Black se tourna vers le deuxième valet : – Geoffrey, votre comportement a été aussi répréhensible que celui d'Alfred. Je jurerais que vos pensées étaient ailleurs. Qu'avez-vous à dire pour votre défense ?

Le pauvre Geoffrey ne répondit pas tout de suite. Il clignait les yeux, serrait les lèvres et, de manière générale, se comportait en homme qui tente de retenir ses larmes.

— Je vous prie de m'excuser, monsieur Black, j'ai été distrait par la musique.

— Quelle musique ? Il n'y avait pas de musique. Là ! Écoutez ! Le quatuor à cordes commence à peine au salon. Il n'a pas joué jusqu'ici.

— Oh, non, monsieur Black ! Je parle du pipeau et du violon qui résonnaient dans la pièce voisine tout le temps que ces dames et ces messieurs étaient à table. Oh, monsieur Black ! C'était la musique la plus triste que j'aie jamais entendue. J'ai cru qu'elle allait me fendre le cœur !

Stephen le considéra avec perplexité.

— Je ne vous comprends pas, déclara-t-il enfin. Il n'y avait ni pipeau ni violon. – Il se tourna vers le dernier valet, un homme d'aspect robuste aux cheveux bruns, d'une quarantaine d'années. – Et vous, Robert ! Je ne sais trop que vous dire ! N'avons-nous pas discuté hier ?

— Si, monsieur Black.

— Pourtant, ce soir, vous êtes allé à la fenêtre une demi-douzaine de fois ! À quoi pensiez-vous ? Lady Winsell cherchait quelqu'un des yeux pour lui apporter un verre propre. Votre place était à la table, pour servir les hôtes de Madame, pas à la fenêtre.

— Je vous prie de m'excuser, monsieur Black, j'ai entendu des coups à la fenêtre.

— Des coups ? Quels coups ?

— Des branches qui battaient contre le carreau, monsieur Black.

Stephen Black eut un geste d'impatience.

— Robert, il n'y a pas d'arbre près de la maison ! Vous le savez fort bien.

– J'ai pensé qu'un arbre avait poussé autour de la maison, murmura Robert.

– Comment ! s'écria Stephen.

16

Illusions-perdues

Janvier 1808

LES DOMESTIQUES de Harley-street continuaient de se croire hantés par des visions surnaturelles et des bruits funèbres. Le chef cuisinier, John Longridge, et les filles de cuisine étaient dérangés par un triste tintement de cloche. L'effet de cette cloche, expliqua John Longridge à Stephen Black, était de leur rappeler cruellement la mort de tous ceux qu'ils avaient connus, la fuite des plaisirs et l'accumulation des épreuves. En conséquence, ils étaient devenus mornes et abattus, et leur existence ne valait plus la peine d'être vécue.

Geoffrey et Alfred, les deux valets les plus jeunes, étaient tourmentés par le son du fifre et du violon que Geoffrey avait entendus pour la première fois le soir du dîner. La musique semblait toujours provenir de la pièce voisine. Stephen avait eu beau les emmener dans toute la maison afin de leur montrer que personne ne jouait nulle part de tels instruments, cela ne servit à rien : ils demeuraient effrayés et malheureux.

Le comportement le plus déroutant de tous, de l'avis de Stephen, était celui de Robert, le valet le plus âgé. Dès le premier jour, Robert avait paru à Stephen un homme sensé, consciencieux, digne de confiance – bref, le dernier être au monde à devenir la proie de craintes imaginaires. Pourtant Robert soutenait toujours qu'il sentait un bois invisible pousser autour de la maison. Chaque fois qu'il marquait un instant d'arrêt dans son travail, il entendait des branches fantomatiques gratter les murs et cogner contre les fenêtres, et des racines d'arbre se déployer sournoisement sous les fondations et soulever les briques. Ce bois était ancien, disait Robert, et maléfique. Un voyageur dans ce bois craignait autant les arbres qu'un rôdeur qui s'y cacherait.

Mais, plaidait Stephen, le bois le plus proche se trouvait à quatre milles de distance, sur la lande de Hampstead, et même là les arbres étaient domestiqués. Ils n'encerclaient pas les maisons habitées pour tenter de les détruire. Stephen pouvait raconter ce qu'il voulait, Robert se bornait à secouer la tête en frissonnant.

Seule consolation de Stephen : cette étrange folie avait estompé les différences des domestiques. Les domestiques londoniens se moquaient désormais que leurs congénères de la campagne eussent la parole lente et des manières surannées. De leur côté, les domestiques de la campagne ne se plaignaient plus à Stephen que leurs congénères londoniens leur jouassent des tours et les chargeassent de courses imaginaires. Tout le personnel était uni dans la croyance que la maison était hantée. Ils s'attardaient dans la cuisine après le labeur et se racontaient des histoires de demeures où, selon les ouï-dire, s'étaient installés des fantômes et déroulées des horreurs, et où les habitants avaient connu de terribles destins.

Un soir, quinze jours environ après le dîner de Lady Walpole, ils étaient rassemblés autour du feu de la cuisine pour se livrer à leur passe-temps préféré. Stephen se lassa vite de les écouter et se réfugia à l'office pour lire le journal. Il n'y était pas depuis plus de quelques instants quand il entendit sonner. Il posa donc son journal, remit sa redingote noire et alla voir d'où on l'appelait.

Dans le petit corridor du sous-sol reliant la cuisine à l'office s'alignait une rangée de sonnettes, sous lesquelles les noms de diverses pièces étaient proprement indiqués à la peinture brune : « Salon vénitien », « Salon jaune », « Salle à manger », « Boudoir de Lady Pole », « Chambre de Lady Pole », « Cabinet de toilette de Lady Pole », « Bureau de Sir Walter », « Chambre de Sir Walter », « Cabinet de toilette de Sir Walter », « Illusions-perdues ».

« Illusions-perdues ? songea Stephen. Que diable est-ce là ? »

Le matin même, il avait payé le menuisier pour le travail demandé par la pose des sonnettes et avait reporté le montant dans son livre de comptes : « À Amos Judd, pose de 9 sonnettes dans le corridor de la cuisine et peinture des noms au-dessous : 4 shillings ». Désormais, il y avait dix sonnettes. Et celle d'Illusions-perdues sonnait violemment.

« Peut-être est-ce une plaisanterie de Judd, songea Stephen. Eh bien, je le rappellerai demain pour qu'il y mette bon ordre. »

Ne sachant trop quoi faire, Stephen monta au rez-de-chaussée et jeta un coup d'œil dans toutes les pièces ; elles étaient vides. Aussi monta-t-il au premier étage.

En haut des marches, il découvrit une porte qu'il n'avait encore jamais vue.

— Qui est là ? chuchota une voix derrière la porte.

Cette voix était inconnue de Stephen et, bien que ce fût seulement un chuchotement, celui-ci était curieusement pénétrant. Stephen eut l'impression qu'il s'insinuait dans sa tête par un autre canal que ses oreilles.

— Il y a quelqu'un dans l'escalier ! insista la voix chuchotante. Est-ce le domestique ? Venez ici, je vous prie ! J'ai besoin de vous !

Stephen frappa et entra.

La pièce était tout aussi mystérieuse que la porte. Si l'on avait demandé à Stephen d'en fournir une description, il aurait dit qu'elle était décorée dans le style gothique, seule explication qui lui venait à l'esprit pour expliquer son extraordinaire apparence. Mais elle ne possédait aucun des traditionnels ornements gothiques décrits dans les pages du *Répertoire des beaux-arts* de Mr Ackermann. Pas d'arcs brisés du Moyen Âge, ni de sculptures de bois recherchées, ni de motifs religieux. Les murs et le sol étaient de simple pierre grise, très usée et inégale par endroits ; le plafond, une voûte également en pierre. Une petite fenêtre donnait sur un firmament étoilé. Celle-ci ne comportait pas même un fragment de verre, et le vent d'hiver s'engouffrait dans la pièce.

Un gentleman pâle à l'extraordinaire chevelure argentée comme du duvet de chardon mirait son reflet dans un vieux miroir fêlé, l'air profondément mécontent.

— Ah ! te voilà ! maugréa-t-il, jetant un regard morose à Stephen. On peut sonner cent fois dans cette maison, personne ne vient !

— Je vous prie de m'excuser, monsieur, répondit Stephen, mais nul ne m'a averti de votre présence.

Il pensa que le gentleman devait être un hôte de Sir Walter ou de Lady Pole – ce qui expliquait le gentleman, mais pas la pièce. Les gentlemen sont souvent invités à loger dans les maisons des autres, les pièces presque jamais.

— En quoi puis-je vous être utile, monsieur ? s'enquit Stephen.

— Quelle buse tu es ! s'écria le gentleman aux cheveux comme du duvet de chardon. Ne sais-tu donc pas que Lady Pole doit se rendre à un bal en mon manoir ce soir ? Mon domestique s'est sauvé et se cache quelque part. Comment puis-je apparaître au côté de la belle Lady Pole dans cet état ?

Le gentleman avait bien des sujets de plainte : son visage n'était pas rasé, sa curieuse chevelure était emmêlée, et il n'était pas habillé, seulement drapé dans un peignoir à l'ancienne mode.

— Je suis à vous dans un instant, monsieur, l'assura Stephen. Je dois d'abord trouver le moyen de vous raser. Vous ne savez pas ce que votre domestique a fait du rasoir, j'imagine ?

Le gentleman leva les épaules.

On ne voyait pas de table de toilette dans la pièce. En réalité, on y voyait très peu de mobilier. Le miroir, un vieux trépied pour la traite des vaches et un étrange fauteuil sculpté qui semblait être en os. Stephen se refusait à croire qu'il s'agissait d'ossements humains, bien qu'ils en eussent tout l'air.

Sur le trépied, à côté d'un ravissant petit coffret, Stephen trouva un fin rasoir d'argent. Une cuvette d'étain bosselée remplie d'eau était posée à terre.

Curieusement, il n'y avait pas de cheminée, juste une chaufferette en fer rouillé pleine de braises, qui répandait des cendres sales sur le sol. Aussi Stephen y mit la cuvette d'eau à chauffer, puis il rasa le gentleman. Quand il eut fini, le gentleman inspecta sa figure et se déclara extrêmement satisfait. Il ôta son peignoir et attendit patiemment debout, en culotte de chambre, que Stephen l'eût frictionné avec une brosse en soie de sanglier. Ce dernier ne put s'empêcher de remarquer que, tandis que d'autres gentlemen devenaient rouges comme des homards après pareil traitement, ce gentleman-ci restait pâle ; sa peau avait pris l'éclat laiteux du clair de lune ou de la nacre.

Ses habits étaient les plus élégants que Stephen eût connus ; sa chemise était blanchie à la perfection, et ses bottes brillaient tels des miroirs noirs. Le plus extraordinaire, c'était sa douzaine de cravates de mousseline immaculée, chacune aussi fine qu'une toile d'araignée et aussi amidonnée que du papier à musique.

Terminer la toilette du gentleman prit deux heures, car celui-ci était, Stephen s'en aperçut, extrêmement vaniteux. Pendant ce temps, le gentleman s'entichait de plus en plus de Stephen.

— Je puis te certifier que mon ignorant de valet ne t'arrive pas à la cheville dans la coiffure, affirma-t-il. Quant à l'art délicat du nœud des cravates en mousseline, eh bien, il n'y entend rien !

— Ma foi, monsieur, cette sorte de tâche me plaît, avoua Stephen. J'aimerais bien convaincre Sir Walter de prendre davantage soin de ses habits, mais les hommes politiques n'ont guère le loisir de penser à de telles vétilles...

Stephen aida le gentleman à revêtir sa redingote vert pré (de la meilleure qualité et d'une coupe on ne peut plus à la mode), puis le gentleman se dirigea vers le trépied et ramassa le coffret posé dessus. Celui-ci était fait de porcelaine et d'argent, peu ou prou de la taille d'une tabatière, quoique un tantinet plus long que la majorité de celles-ci. Stephen émit une remarque admirative sur la couleur, pas exactement bleu clair ni exactement grise, pas non plus précisément lavande ni précisément lilas.

— Certainement ! Elle est belle, acquiesça le gentleman avec enthousiasme. Et très difficile à obtenir. Le pigment doit être dilué dans les larmes de vieilles filles de bonne famille, qui doivent mener de longues vies d'une vertu irréprochable et trépasser sans avoir connu un jour de véritable bonheur !

— Les pauvres ! s'exclama Stephen. Je suis content qu'elle soit si rare.

— Oh ! elle ne doit pas sa rareté aux larmes, j'en ai des flacons pleins, mais à l'art de mélanger la couleur.

Dans l'intervalle, le gentleman était devenu si affable, si loquace, que Stephen n'eut plus aucune hésitation à lui demander :

— Et que gardez-vous dans un si joli coffret, monsieur ? Du tabac à priser ?

— Oh, non ! C'est un de mes plus précieux trésors, que j'aimerais voir Lady Pole porter au bal de ce soir !

Il ouvrit le coffret et montra à Stephen un petit doigt blanc.

Ceci parut d'abord un brin inhabituel à Stephen, toutefois sa surprise s'évanouit en un instant ; si on l'avait alors questionné à ce sujet, il eût répondu que les gentlemen transportaient souvent sur eux des doigts dans de petits coffrets, et que ce n'était là qu'un exemple parmi tant d'autres.

— Est-ce dans votre famille depuis longtemps, monsieur ? demanda-t-il poliment.

— Non, pas depuis longtemps.

Le gentleman referma le coffret d'un coup sec et le glissa dans sa poche.

Côte à côte, lui et Stephen admirèrent son reflet dans le miroir. Stephen remarqua à quel point ils étaient complémentaires : une peau noire éclatante à côté d'une peau blanche opalescente, chacune l'exemple parfait d'un type particulier de beauté masculine. Une pensée identique frappa le gentleman.

— Comme nous sommes beaux ! s'exclama-t-il d'un ton songeur. Je m'aperçois maintenant que j'ai commis une terrible bourde ! Je vous ai pris pour un domestique de cette maison ! Cela est tout à fait impossible ! Votre dignité et votre beauté montrent que vous êtes de naissance aristocratique, peut-être royale ! Vous êtes en visite ici, je présume, comme moi. Je vous demande pardon d'avoir abusé de votre amabilité, et je vous remercie du grand service que vous m'avez rendu en me préparant pour mon rendez-vous avec la belle Lady Pole.

Stephen sourit.

— Non, monsieur, je suis bien un domestique. Je suis le domestique de Sir Walter.

Le gentleman aux cheveux comme du duvet de chardon leva un sourcil d'étonnement.

— Un homme aussi talentueux et aussi élégant que vous ne devrait pas être domestique ! s'écria-t-il d'un ton scandalisé. Il devrait être le souverain d'un vaste domaine ! À quoi sert la beauté, j'aimerais savoir, sinon à donner un signe visible de sa supériorité sur tous les autres ? Mais je vois ce que c'est ! Vos ennemis se sont entendus pour vous dépouiller de vos biens et vous bannir chez les ignorants et les humbles !

— Non, monsieur. Vous vous méprenez. J'ai toujours été domestique.

— Eh bien, je ne comprends pas, déclara le gentleman aux cheveux comme du duvet de chardon, avec un hochement de tête intrigué. C'est un mystère pour moi, et je compte bien l'éclaircir dès que j'en aurai la liberté. Dans l'intervalle, cependant, pour vous récompenser de m'avoir si bien coiffé, et pour tous les autres services rendus, ce soir vous devez venir à mon bal.

La proposition était si singulière que Stephen ne sut que répondre. « Ou il est fou, pensa-t-il, ou c'est une sorte de politicien radical qui souhaite abolir toutes les distinctions de rang. »

À voix haute, il déclara :

— Je suis très sensible à l'honneur que vous me faites, monsieur, mais donnez-vous seulement la peine de réfléchir. Vos hôtes se rendront à votre demeure en pensant rencontrer des dames et des messieurs de leur rang. Quand ils découvriront qu'ils fraient avec un domestique, ils se ressentiront vivement de cette insulte. Je vous remercie de votre bonté, mais je ne voudrais surtout pas vous embarrasser, ou offenser vos amis.

Ces paroles semblèrent davantage encore intriguer le gentleman aux cheveux comme du duvet de chardon.

— Quelle noblesse de sentiments ! s'écria-t-il. Sacrifier votre propre plaisir pour préserver le confort des autres ! Ma foi, je l'avoue, cela ne me serait jamais venu à l'esprit. Et cela n'accroît que davantage ma détermination à faire de vous mon ami et à tenter tout ce qui est en mon pouvoir pour vous venir en aide. Néanmoins, vous ne me comprenez pas bien. Mes hôtes, pour qui vous vous montrez si scrupuleux, sont tous mes vassaux et mes sujets. Pas un n'oserait me critiquer, moi ou celui que je choisis pour ami. S'y risqueraient-ils, eh bien, nous pourrions toujours les occire ! Vraiment, ajouta-t-il comme si cette conversation soudain l'ennuyait, il ne sert pas à grand-chose de débattre ce point, puisque vous êtes là !

Sur ces entrefaites le gentleman s'éloigna, et Stephen s'avisa qu'il se trouvait dans un grand salon où une foule de gens dansaient sur une musique triste.

Une fois encore il fut un tantinet surpris mais, comme la fois précédente, il se fit instantanément à cette idée et commença à regarder autour de lui. Malgré toutes les garanties que le gentleman aux cheveux comme du duvet de chardon lui avait données sur le sujet, il redouta d'abord d'être reconnu.

Quelques coups d'œil à la ronde suffirent à l'assurer qu'aucun des amis de Sir Walter n'était présent ; en effet, Stephen ne connaissait personne et, avec son bel habit noir et son linge blanc immaculé, il pensa pouvoir passer facilement pour un gentleman. Il était content que Sir Walter n'eût jamais exigé de lui qu'il portât une livrée ou une perruque poudrée, ce qui aurait éventé sur-le-champ sa condition de domestique.

Tout le monde était mis à la dernière mode. Les dames portaient des robes aux teintes les plus exquises (bien qu'à dire vrai, pour la plupart, Stephen n'eût pas souvenir d'avoir vu leurs pareilles). Les messieurs avaient des hauts-de-chausses sur des bas blancs et des redingotes brunes, vertes, bleues ou noires ; leurs chemises étaient d'un blanc éclatant, éblouissant, et leurs gants de chevreau ne présentaient pas la moindre tache ou marque.

Cependant, malgré toute la gaieté des hôtes et toutes leurs belles toilettes, il y avait des signes que le manoir n'était pas aussi prospère qu'il avait pu l'être jadis. Le salon était chichement éclairé par un nombre insuffisant de chandelles de suif, et seuls résonnaient une viole et un fifre.

« Cela doit être la musique dont Geoffrey et Robert parlaient, songea Stephen. Il est vraiment étrange que je n'aie pu l'entendre auparavant ! Elle est aussi mélancolique qu'ils la décrivaient... »

Il se fraya un chemin jusqu'à une étroite fenêtre dépourvue de vitres et, à la lumière des étoiles, découvrit un bois obscur et touffu. « Et cela doit être le bois évoqué par Robert. Comme il a l'air maléfique ! Et y a-t-il une cloche ? Je me le demande... »

— Oh, **oui** ! répondit une dame qui se tenait tout près.

Elle portait une robe couleur d'orage, de ténèbres et de pluie, avec un chapelet de regrets et de promesses rompues en sautoir. Stephen fut étonné de se voir ainsi abordé, car il était certain de ne pas avoir exprimé ses pensées à haute voix.

— Il y a bien une cloche ! poursuivait-elle. Elle se trouve au sommet d'une des tours.

Elle lui souriait et le fixait avec une admiration si sincère que Stephen estima que ce n'était que politesse de prononcer à son tour quelques paroles.

— Cette assemblée est assurément des plus élégantes, madame. Je ne sais quand j'ai vu autant de figures charmantes et de gracieuses tournures réunies en un seul lieu. Et chacune dans tout l'incarnat de la jeunesse. J'avoue que je suis surpris de ne pas voir de plus vieilles gens dans la salle. Ces dames et ces messieurs n'ont-ils donc ni pères ni mères ? Ni tantes ni oncles ?

— Quelle remarque singulière ! répliqua-t-elle avec un rire. Pourquoi le maître du manoir des Illusions-perdues inviterait-il à son bal des personnes âgées et d'un physique ingrat ? Qui voudrait les regarder ? Au reste, nous ne sommes pas aussi jeunes que vous semblez le croire. L'Angleterre n'était que bois mornes et landes infertiles la dernière fois que nous avons vu nos pères et mères. Oh, attendez ! Voyez ! Lady Pole est là !

Parmi les danseurs, Stephen aperçut Madame. Elle étrennait une toilette de velours bleu, et le gentleman aux cheveux comme du duvet de chardon la conduisait en tête du quadrille.

Alors la dame à la robe couleur d'orage, de ténèbres et de pluie lui demanda s'il voulait bien danser avec elle.

— Avec plaisir.

Les autres dames virent quel bon danseur Stephen était. Il s'aperçut qu'il pouvait inviter toutes les cavalières de ses vœux. Après la dame à la robe couleur d'orage, de ténèbres et de pluie, il dansa avec une jeune femme dont le crâne chauve était caché sous une perruque de scarabées brillants qui grouillaient et ondoyaient sur sa tête. Sa troisième cavalière se plaignait amèrement chaque fois que la main de Stephen effleurait sa robe par mégarde ; elle prétendait que cela troublait le chant de sa toilette ; et quand Stephen baissa les yeux, il vit en effet que l'étoffe en était couverte de bouches minuscules qui s'ouvraient pour chanter un petit air composé d'une série de notes aiguës à donner le frisson.

Alors que, en général, les danseurs suivaient l'usage commun et changeaient de cavaliers au bout de deux danses, Stephen remarqua que le gentleman aux cheveux comme du duvet de chardon dansa avec Lady Pole tout au long de la nuit et qu'il ne parla à presque personne d'autre dans le salon. Cependant, il n'avait pas oublié Stephen. Chaque fois que celui-ci croisait son regard, le gentleman aux cheveux comme du duvet de chardon souriait et inclinait la tête, en donnant tous les signes qu'il souhaitait lui faire comprendre que, parmi les plaisantes circonstances du bal, celle qui lui plaisait le plus était d'y voir Stephen Black.

17

L'inexplicable apparition de vingt-cinq guinées

Janvier 1808

La meilleure épicerie de Londres est Brandy, dans Saint James's-street. Je ne suis pas seule de cet avis ; le grand-père de Sir Walter Pole, Sir William Pole, refusait d'acheter son café, son chocolat ou son thé dans tout autre établissement, alléguant que, en comparaison du Café Turc Grillé Extrafin de Mr Brandy, les autres cafés avaient un arôme farineux. Il faut préciser, toutefois, que la fidélité de Sir William Pole avait son mauvais côté. Bien que libéral en éloges, et toujours courtois et condescendant envers les employés du magasin, il était réputé pour ne presque jamais payer ses factures et, quand il quitta ce bas monde, le montant de son ardoise chez Brandy était considérable. Mr Brandy, un petit homme âgé et maussade, au visage hâve et au caractère emporté, était fou de rage. Il mourut peu après, et beaucoup crurent qu'il l'avait fait exprès, pour se lancer à la poursuite de son noble débiteur.

À la mort de Mr Brandy, sa veuve hérita de l'affaire. Mr Brandy s'était marié sur le tard, et mes lecteurs ne seront guère surpris d'apprendre que Mrs Brandy n'avait pas connu le bonheur parfait dans son mariage. Elle s'était rapidement aperçue que Mr Brandy aimait contempler ses guinées et ses shillings plus qu'il n'aimait la contempler, elle – je me permets au passage de signaler que ce devait être un drôle de bonhomme s'il n'aimait pas la contempler, car elle était on ne peut plus ravissante et adorable, toute en soyeuses boucles brunes, yeux bleu clair et air mutin. À mon avis, un vieux barbon tel que Mr Brandy, qui n'avait pour lui que son argent, aurait dû tenir précieusement à une jeune et jolie dame comme elle et chercher à lui plaire dans la mesure de ses possibilités – ce n'était pas le cas. Il lui avait même refusé de s'installer dans ses meubles, chose qui était tout à fait dans ses moyens. Il était si près de ses sous qu'il déclara qu'ils devaient occuper le petit entresol au-dessus de la boutique de Saint James's-street ; pendant les douze années que dura leur union, ce logement servit donc à Mrs Brandy à la fois de salon, de chambre à coucher, de salle à manger et de cuisine. Mr Brandy n'était pas mort depuis trois semaines qu'elle achetait une maison à Islington, non loin de l'*Angel*, et prenait à son service trois bonnes, Sukey, Dafney et Delphina.

Elle engagea également deux commis pour s'occuper des clients du magasin. John Upchurch était un être sérieux, travailleur et capable. Toby Smith était un rouquin nerveux, dont le comportement déconcertait souvent Mrs Brandy. Tantôt il était silencieux et chagrin, tantôt il était enjoué et débordait de confidences inattendues. À certains écarts dans les comptes (tels qu'il peut en survenir dans toute affaire), et du fait que Toby avait l'air misérable et mal à l'aise chaque fois qu'elle le questionnait à ce sujet, Mrs Brandy s'était mise à craindre qu'il n'empochât la différence. Un soir de janvier, son dilemme prit une curieuse tournure. Elle était assise dans son petit salon au-dessus de la boutique quand on frappa à la porte ; Toby Smith entra à pas traînants, incapable de soutenir son regard.

— Qu'y a-t-il, Toby ?

— S'il vous plaît, madame, balbutia Toby, tournant les yeux de-ci de-là, la recette ne tombe pas juste. John et moi l'avons comptée et recomptée, madame, et nous avons refait les additions plus d'une dizaine de fois. Nous n'y comprenons rien.

Mrs Brandy retint une exclamation, soupira et s'enquit de la différence.

— Vingt-cinq guinées, madame.

— Vingt-cinq guinées ! s'écria Mrs Brandy avec horreur. Vingt-cinq guinées ! Comment est-il possible qu'on ait perdu autant ? Oh ! j'espère que vous vous trompez, Toby. Vingt-cinq guinées ! Je n'aurais jamais imaginé qu'il y avait tant d'argent dans la caisse ! Oh, Toby ! s'exclama-t-elle, une autre idée lui venant à l'esprit. On a dû nous voler !

— Non, madame. Je vous demande pardon, madame, mais vous vous méprenez. Je n'ai pas voulu dire qu'il nous manquait vingt-cinq guinées. Nous avons un excédent, madame. De ce montant…

Mrs Brandy le contempla avec des yeux ronds.

— Vous pouvez vérifier par vous-même, madame, reprit Toby, si vous voulez bien descendre à la boutique – et il lui tint la porte ouverte avec une expression anxieuse, implorante, sur la figure.

Aussi Mrs Brandy dévala-t-elle l'escalier, suivie de Toby.

Il était aux alentours de neuf heures, par une nuit sans lune. Tous les volets avaient été accrochés, et John et Toby avaient éteint les lampes. La boutique eût dû être aussi obscure que l'intérieur d'une boîte à thé, au lieu de quoi une belle lumière dorée l'emplissait, qui semblait émaner d'un objet posé sur le comptoir.

Un tas de guinées étincelantes se trouvait là. Mrs Brandy prit une des pièces et l'examina. Elle eût aussi bien pu tenir une boule de douce lumière jaune ayant la pièce pour socle. Cette lumière était étrange ; elle faisait paraître Mrs Brandy, John et Toby différents d'eux-mêmes : Mrs Brandy semblait fière et hautaine, John avait l'air sournois et fourbe, et Toby arborait une expression de grande férocité. Inutile de le préciser, ces qualités étaient étrangères à leurs caractères. Plus étrange encore était la transformation apportée par la lumière aux douzaines de petits tiroirs d'acajou qui formaient un mur entier de la boutique. Les autres soirs, les lettres dorées incrustées dans le bois donnaient le nom du contenu des tiroirs : « Fleur de muscade (macis) », « Moutarde (graines) », « Noix de muscade », « Fenouil », « Feuilles de laurier », « Piment », « Essence de gingembre », « Cumin », « Poivre en grains », « Vinaigre », et autres denrées d'un établissement d'épicerie prospère et au goût du jour. Pour l'heure on lisait les mots suivants : « Pitié (méritée) », « Pitié (imméritée) », « Cauchemars », « Bonne fortune », « Mauvaise fortune », « Persécution des familles », « Ingratitude des enfants », « Confusion », « Perspicacité » et « Véracité ». Heureusement, aucun d'eux ne nota ce drôle de changement. L'eût-elle vu, Mrs Brandy en eût été on ne peut plus affligée. Elle n'aurait pas su à quoi imputer ces nouvelles denrées.

— Bon, déclara Mrs Brandy, cet argent doit bien venir de quelque part. Quelqu'un a-t-il envoyé payer sa note aujourd'hui ?

John secoua la tête, imité de Toby.

— En outre, ajouta Toby, personne ne doit autant, hormis, bien entendu, la duchesse de Workshop et, sincèrement, madame, dans ce cas...

— Oui, oui, Toby, il suffit, l'interrompit Mrs Brandy.

Elle réfléchit un moment.

— Un gentleman, en voulant essuyer la pluie de son visage, a peut-être tiré son mouchoir et ainsi fait tomber à terre l'argent de sa poche.

— Mais nous ne l'avons pas trouvé à terre, objecta John. Il était là, dans la caisse, avec le reste.

— Eh bien, rétorqua Mrs Brandy, je ne sais quoi dire. A-t-on payé avec une guinée aujourd'hui ?

Non, répondirent Toby et John, personne n'avait payé avec une guinée ce jour-là, sans parler de vingt-cinq personnes ou de vingt-cinq guinées.

— Et des guinées si jaunes, madame, fit observer John, chacune la jumelle exacte de l'autre, sans la moindre marque de ternissure !

— Dois-je courir chercher Mr Black, madame ? demanda Toby.

— Oh, oui ! s'écria ardemment Mrs Brandy. Enfin, peut-être que non. Nous ne devons pas ennuyer Mr Black, à moins qu'il ne se passe quelque grave événement. Et il n'y a rien de grave, non, Toby ? Ou peut-être que si. Je ne sais...

La soudaine et inexplicable arrivée de grosses sommes d'argent est chose si rare dans nos temps modernes que ni Toby ni John ne furent en mesure d'aider leur maîtresse à décider si celle-ci avait ou non un caractère de gravité.

— Enfin, Mr Black est si intelligent ! continua Mrs Brandy. Il résoudra sans doute cette énigme sur-le-champ. Cours à Harley-street, Toby ! Présente mes compliments à Mr Black et dis-lui que, s'il est libre, je serais heureuse de converser un moment avec lui. Non, attends ! Ne dis pas cela, c'est présomptueux. Tu dois t'excuser de le déranger et lui faire savoir que, dès qu'il se trouvera libre, je lui serais reconnaissante, non, je serais honorée, non, reconnaissante... Je serais reconnaissante de converser un moment avec lui.

Mrs Brandy et Mr Black s'étaient connus quand Sir Walter avait hérité des dettes de son grand-père et que Mrs Brandy, de son côté, avait hérité du commerce de son époux. Toutes les semaines ou presque, Stephen était passé avec une guinée ou deux afin d'aider à rembourser la dette de son maître. Pourtant, curieusement, Mrs Brandy rechignait souvent à accepter cet argent.

— Oh, monsieur Black ! protestait-elle. De grâce, rangez-moi cet argent ! Je suis certaine que Sir Walter en a davantage besoin que moi. Nous avons réalisé d'excellentes affaires la semaine dernière. En ce moment, nous avons en magasin du chocolat *carracca* dont nos clients ont eu la bonté de vanter la qualité : selon eux, il est le meilleur qu'on puisse trouver à Londres... Infiniment supérieur aux autres chocolats, à la fois pour le goût et la consistance !... Et ils en ont envoyé chercher de par toute la ville. Voulez-vous en reprendre une tasse, monsieur Black ?

Mrs Brandy apportait alors le chocolat dans une ravissante chocolatière en porcelaine bleu et blanc, en servait une tasse à Stephen et lui demandait avec inquiétude comment il le trouvait ; en effet, même si on en envoyait chercher de par toute la ville, Mrs Brandy ne parvenait pas à se sentir convaincue de ses vertus, tant qu'elle ne connaissait pas l'avis de Stephen. Et sa sollicitude pour lui ne se limitait pas à lui servir du chocolat au lait. Elle se préoccupait de sa santé. Si la journée se trouvait être froide, elle s'inquiétait de savoir s'il avait assez chaud ; s'il pleuvait, elle craignait qu'il n'attrapât un rhume ; si le temps était chaud et sec, elle insistait pour qu'il s'assît près d'une fenêtre ouvrant sur un petit potager afin de se rafraîchir.

Quand l'heure du départ était venue pour lui, elle remettait la question de la guinée sur le tapis.

— Pour la semaine prochaine, monsieur Black, je ne puis vous le promettre. La semaine prochaine, il est possible que j'aie grand besoin d'une guinée... Les gens ne règlent pas toujours leurs notes... Aussi aurai-je l'audace de vous prier de la rapporter mercredi. Mercredi vers trois heures. Je n'aurai plus d'engagements à trois heures et je veillerai à tenir un pot de chocolat prêt, puisque vous avez l'amabilité de me dire que vous l'appréciez beaucoup.

Ceux de mes lecteurs qui sont des gentlemen souriront et déclareront que les femmes n'ont jamais rien compris aux affaires. Les dames, elles, reconnaîtront avec moi que Mrs Brandy connaissait très bien son affaire, car la principale affaire de la vie de Mrs Brandy était de rendre Stephen Black aussi amoureux d'elle qu'elle l'était de lui.

En temps utile, Toby revint, non avec un message de Stephen Black, mais avec Stephen en personne. Un nouvel émoi, plus agréable, balaya l'inquiétude de Mrs Brandy à propos des pièces.

— Oh, monsieur Black ! Nous n'espérions pas vous voir de sitôt ! Je ne songeais pas que vous seriez libre !

Stephen se tenait dans la pénombre, en dehors du halo projeté par les mystérieuses pièces.

— Peu importe où je suis ce soir, proféra-t-il d'un ton sourd, tout à fait différent de sa voix normale. La maison est sens dessus dessous. Madame est souffrante.

Mrs Brandy, John et Toby furent bouleversés à cette nouvelle. À l'instar de tous les autres Londoniens, ils s'intéressaient de près à tout ce qui touchait Madame. Ils se flattaient de leurs relations avec toutes sortes de personnages aristocratiques ; toutefois, le parrainage de Lady Pole leur donnait le plus de satisfaction. Rien ne leur plaisait autant que de pouvoir assurer aux clients que, lorsque Lady Pole s'asseyait pour son petit-déjeuner, le petit pain de Madame était tartiné des confitures de Mrs Brandy, et sa tasse à café remplie du café en grains de Mrs Brandy.

Une pensée des plus déplaisantes vint soudain à l'esprit de Mrs Brandy.

— J'espère que Madame n'a pas mangé quelque chose qui ne lui a pas réussi ? s'enquit-elle.

— Non, répondit Stephen avec un soupir. Rien de la sorte. Elle se plaint de douleurs dans les membres, de drôles de rêves et d'une sensation de froid. Le plus souvent, elle reste silencieuse et prostrée. Au toucher, sa peau est glacée.

Stephen s'avança dans l'étrange lumière.

Les étranges altérations que celle-ci avait apportées à l'aspect de Toby, de John et de Mrs Brandy n'étaient rien par rapport aux changements opérés sur la personne de Stephen : sa beauté innée tripla, quadrupla, décupla. Il acquit une expression de noblesse presque surnaturelle ; plus extraordinaire encore, la lumière se concentrait en un bandeau autour de son front, de sorte qu'il semblait être couronné d'un diadème. Et pourtant, comme plus tôt, aucun de ceux qui étaient présents ne remarqua rien d'anormal.

Il tourna et retourna les pièces entre ses fins doigts noirs.

— Où étaient-elles, John ?

— Ici, dans la caisse, avec tout le reste de l'argent. D'où diable sortent-elles, monsieur Black ?

— Je suis aussi perplexe que vous. Je n'ai aucune explication à proposer – Stephen se tourna vers Mrs Brandy. – Mon principal souci est que vous vous mettiez à l'abri du soupçon que vous auriez pu obtenir cet argent par des moyens malhonnêtes. Vous devriez le remettre à un homme de loi, que vous chargerez d'insérer un avis dans le *Times* ou le *Morning Chronicle*, pour savoir si quelqu'un aurait perdu vingt-cinq guinées dans la boutique de Mrs Brandy.

— Un homme de loi, monsieur Black ! s'écria Mrs Brandy, horrifiée. Oh, mais cela va coûter très cher !

— Les hommes de loi coûtent toujours cher, madame.

À ce moment-là, un gentleman de Saint James's-street passa devant la boutique de Mrs Brandy et, apercevant une clarté dorée filtrant par les interstices des volets, s'avisa qu'il y avait du monde à l'intérieur. Il se trouvait avoir besoin de thé et de sucre, et frappa donc à la porte.

— Un client, Toby ! s'exclama Mrs Brandy.

Toby se précipita pour ouvrir la porte et John mit les guinées de côté. À l'instant même où il rabattait le couvercle de la caisse, la pièce devint toute noire ; pour la première fois, ils comprirent qu'ils s'étaient vus les uns les autres à la lumière des pièces surnaturelles. Alors John courut de tous côtés pour rallumer les lampes et égayer le magasin, tandis que Toby pesait les marchandises commandées par le client.

Stephen Black s'affala sur une chaise et se prit le front dans une main. Le visage gris, il paraissait las à mourir.

Mrs Brandy, assise sur le siège voisin, lui toucha la main très doucement.

— Vous êtes souffrant, mon cher monsieur Black.

— Je suis juste plein de courbatures… Comme un homme qui aurait dansé toute la nuit.

Il poussa un nouveau soupir et appuya la tête contre sa main.

Mrs Brandy retira la sienne.

— J'ignorais qu'il y avait un bal hier soir, dit-elle, avec une pointe de jalousie dans la voix. J'espère que vous vous êtes diverti. Qui étaient vos cavalières ?

— Non, non, il n'y avait pas bal. J'éprouve les douleurs de celui qui aurait dansé sans en avoir eu le plaisir. – Il releva brusquement la tête. – Entendez-vous cela ?

— Si j'entends quoi, monsieur Black ?

— Cette sonnerie, le glas pour les morts.

Elle tendit l'oreille un moment.

— Non, je n'entends rien. J'ose espérer que vous resterez souper, mon cher monsieur Black. Ce serait un si grand honneur pour nous. Je crains que ce ne soit pas une chère très raffinée. Il n'y a pas grand-chose, presque rien du tout. Juste des huîtres, une tourte et un mouton *harrico.* Cependant, un vieil ami comme vous saura se montrer indulgent, j'en suis sûre. Toby peut aller quérir...

— Vous êtes certaine de ne pas l'entendre ?

— Oui.

— Je ne peux rester.

Il eut l'air de vouloir ajouter quelque chose, ouvrit même la bouche pour parler, mais la cloche parut de nouveau s'imposer à son attention et il demeura silencieux.

— Je vous souhaite le bonsoir !

Il se leva et, s'inclinant brusquement, sortit de la boutique.

Dans Saint James's-street, la cloche continuait de tinter. Stephen Black marchait comme un homme dans le brouillard. Il venait d'atteindre Piccadilly quand un portefaix en tablier, chargé d'une corbeille pleine de poissons, surgit soudain d'une ruelle. En tâchant d'éviter le portefaix, Stephen heurta un monsieur corpulent avec une redingote bleue et un chapeau de Bedford, planté au coin d'Albermale-street

Le monsieur corpulent se retourna et aperçut Stephen. Aussitôt, il s'alarma de voir une tête noire proche de la sienne, et des mains noires tout aussi proches de ses poches et de ses objets de valeur. Sans prêter attention à la mise élégante et à l'allure respectable de Stephen, il conclut immédiatement qu'il allait être dépouillé ou étendu d'un coup de poing et leva son parapluie, prêt à frapper pour se défendre.

Stephen avait redouté ce moment toute sa vie ; il songea qu'on allait appeler la maréchaussée et qu'il serait traîné devant les juges. Il était alors probable que même le parrainage et l'amitié de Sir Walter Pole ne suffiraient pas à le sauver. Un jury anglais pourrait-il concevoir un homme nègre qui ne fût ni voleur ni menteur ? Un homme nègre qui fût une personne honorable ? Cela semblait peu vraisemblable. Pourtant, maintenant qu'il se trouvait face à son destin, Stephen découvrait qu'il ne s'en souciait guère ; il regardait les événements se dérouler comme s'il suivait une pièce à la lorgnette, ou scrutait le fond d'un étang.

Le monsieur corpulent écarquillait les yeux de peur, de colère et d'indignation mêlées. Il ouvrait la bouche pour agonir Stephen, quand, tout à coup, il commença à se transformer. Son corps devint le tronc d'un arbre ; brusquement il lui poussa des bras dans toutes les directions, et ces bras devinrent à leur tour des branches ; son visage se métamorphosa en fourche, et il grandit de vingt pieds ; à l'emplacement de son chapeau et de son parapluie, se dressait désormais une épaisse cime de lierre.

« Un chêne à Piccadilly, songea Stephen, à peine intéressé. Voilà qui n'est pas courant. »

Piccadilly changeait également. Une voiture passait par hasard par là. Manifestement elle appartenait à un personnage important car, outre le cocher juché sur son siège, deux postillons voyageaient derrière ; des armoiries ornaient la portière, et l'attelage comptait quatre chevaux gris assortis. Sous les yeux de Stephen, les bêtes grandirent et mincirent tant qu'elles disparurent quasi complètement ; puis elles se transformèrent en un bosquet de délicats bouleaux argentés. La voiture devint un buisson ardent, tandis que le cocher et ses postillons devenaient respectivement un hibou et deux rossignols, qui s'envolèrent à tire-d'aile. Une dame et un monsieur qui se promenaient côte à côte étendirent tout à coup des brindilles dans tous les sens et se muèrent en un buisson de sureau, un chien se métamorphosa en une vilaine touffe de fougère desséchée. Les becs de gaz suspendus au-dessus de la chaussée furent aspirés dans le ciel et dessinèrent des étoiles dans la claire-voie hivernale des arbres, et la rue Piccadilly rapetissa jusqu'à former un sentier à peine visible dans un bois sombre.

Tout comme en rêve, où les événements les plus extraordinaires surviennent accompagnés de leurs propres explications et deviennent naturels dans l'instant, Stephen ne trouva rien d'étonnant à cela. Il lui semblait avoir toujours su que Piccadilly se trouvait à deux pas d'un bois enchanté.

Il s'engagea dans le sentier.

Le bois était sombre et silencieux. Au-dessus de la tête de Stephen, les étoiles étaient les plus brillantes qu'il eût jamais vues, et les arbres rien de plus que des silhouettes noires, de pures absences d'étoiles.

La profonde détresse et l'hébétude qui avaient enveloppé ses facultés mentales tout le jour se dissipèrent ; il songea à l'étrange rêve qu'il avait fait la veille, dans lequel il rencontrait un curieux personnage à la redingote verte et aux cheveux comme du duvet de chardon qui le menait à un château où il dansait toute la nuit avec les créatures les plus bizarres.

Le triste tintement de cloche était beaucoup plus clair dans le bois qu'il ne l'avait été à Londres, et Stephen le suivit sur son sentier. En très peu de temps il arriva devant un immense manoir en pierre, percé de mille fenêtres. Une faible clarté sourdait de certaines de ces ouvertures. Un mur élevé entourait le manoir. Stephen le franchit (sans savoir comment, car il n'aperçut nulle trace de porte), puis se retrouva dans une cour vaste et lugubre, où des crânes, des ossements brisés et des armes rouillées étaient éparpillés à la ronde, comme s'ils reposaient là depuis des siècles. Malgré les dimensions et l'aspect majestueux de la maison, sa seule entrée était une petite porte dérobée, sous laquelle Stephen dut se baisser pour passer. Tout de suite il aperçut une grande foule de personnes, toutes vêtues de leurs plus beaux atours.

Deux messieurs se tenaient juste dans l'embrasure de la porte. Ils portaient de beaux habits noirs, des bas blancs immaculés, des gants et des escarpins de danse. Ils bavardaient mais, dès que Stephen apparut, l'un des deux se retourna et lui sourit.

— Ah, Stephen Black ! s'écria-t-il. Nous vous attendions !

À cet instant, le fifre et la viole retentirent de nouveau.

18

Sir Walter consulte des personnalités de plusieurs professions

Février 1808

PÂLE, SANS UN SOURIRE, Lady Pole était assise à sa fenêtre. Elle parlait peu et, chaque fois, ses propos étaient étranges, sans rime ni raison Quand son époux et ses amis lui demandaient avec inquiétude ce qu'elle avait, elle répondait qu'elle était lasse des bals et ne voulait jamais plus danser. Quant à la musique, c'était la chose la plus détestable au monde, elle s'étonnait de ne pas s'en être aperçue plus tôt.

Sir Walter jugeait très alarmant ce refuge dans le silence et l'apathie. Somme toute, cela ressemblait trop au mal qui avait causé tant de souffrances à Madame avant son mariage et s'était terminé si tragiquement par sa première mort. N'avait-elle pas déjà été pâle ? Eh bien, elle était pâle à présent. N'avait-elle pas déjà eu froid ? Elle avait de nouveau froid.

Pendant la précédente maladie de Madame, aucun médecin ne l'avait soignée et, naturellement, en tout lieu la Faculté voyait dans cet état de fait une insulte à la profession.

— Oh ! s'écriaient ces messieurs chaque fois qu'ils entendaient prononcer le nom de Lady Pole. La magie qui l'a ramenée à la vie était sans doute prodigieuse, mais, si seulement les remèdes appropriés avaient été prescrits à temps, on n'aurait eu nul besoin de recourir à la magie.

Mr Lascelles avait eu raison de déclarer que la faute en revenait entièrement à Mrs Wintertowne. Elle abhorrait les médecins et n'avait jamais laissé l'un d'eux approcher sa fille. Sir Walter, cependant, ne s'embarrassait pas de tels préjugés ; il manda d'urgence Mr Baillie.

Mr Baillie était un gentleman écossais qui passait depuis longtemps à Londres pour le premier praticien de sa profession. Auteur d'un grand nombre d'ouvrages aux titres ronflants, il était médecin extraordinaire du roi. Il avait une physionomie raisonnable et tenait à la main une canne à pommeau d'or, symbole de son importance. Il répondit promptement à l'appel de Sir Walter, impatient de prouver la supériorité de la Faculté sur la magie. Son examen fait, il ressortit de la chambre. Madame était en parfaite santé, d'après lui. Elle n'avait même pas un refroidissement.

Sir Walter expliqua une nouvelle fois combien elle était différente à présent de ce qu'elle était voilà seulement quelques jours.

Mr Baillie considéra Sir Walter d'un air songeur. Il affirma comprendre le problème. Sir Walter et Madame n'étaient pas mariés depuis longtemps, n'était-il pas vrai ? Eh bien, Sir Walter devait lui pardonner, mais les médecins se voyaient souvent dans l'obligation de dire des choses que les autres taisaient. Sir Walter n'était pas habitué à la vie conjugale. Il allait vite découvrir que les gens mariés se querellaient souvent. Il ne fallait pas en avoir honte ; les couples les plus unis ne s'entendaient pas toujours et, quand cela arrivait, il n'était pas rare qu'un des conjoints feignît une indisposition. Et ce n'était pas non plus toujours la dame. N'y avait-il pas quelque chose, peut-être, que Lady Pole avait pris à cœur ? Eh bien, s'il s'agissait d'une vétille, d'une nouvelle robe ou d'un chapeau à brides, par exemple, pourquoi ne pas les lui offrir, puisqu'elle y tenait tant ? Si c'était une chose plus importante, comme une maison ou un voyage en Écosse, il serait alors peut-être préférable d'en discuter avec elle. Mr Baillie était certain que Madame était une personne raisonnable.

Il s'écoula un silence pendant lequel Sir Walter fixa Mr Baillie tout du long de son nez.

— Madame et moi ne nous sommes pas querellés, déclara-t-il enfin.

Ah, fit Mr Baillie de manière bienveillante. Il pouvait très bien sembler à Sir Walter qu'aucune brouille n'avait eu lieu. Il arrivait souvent que les messieurs n'en reconnussent pas les signes. Mr Baillie engagea Sir Walter à bien réfléchir. Ne pouvait-il pas avoir proféré quelque parole qui avait chagriné Madame ? Mr Baillie ne parlait pas de reproche. Tout cela faisait partie des compromis auxquels les gens mariés devaient consentir en entamant leur vie commune.

— Mais il n'est pas dans la nature de Lady Pole de se conduire en enfant gâtée !

Sans doute, sans doute, répondit Mr Baillie. Toutefois, Madame était très jeune, et l'on devait toujours souffrir le droit à un grain de folie chez les jeunes personnes. La jeunesse n'a pas la tête sur les épaules. Sir Walter devait se faire une raison. Mr Baillie s'animait peu à peu. Il avait des exemples à donner (tirés de l'histoire et de la littérature) de femmes et d'hommes intelligents, sérieux, qui avaient tous commis des incartades dans leur jeune âge :

cependant, un coup d'œil à la figure de Sir Walter l'avertit qu'il ne devait pas pousser le bouchon plus loin.

Sir Walter était dans une situation analogue. Lui aussi avait plusieurs choses à dire, et la ferme intention d'en dire certaines, mais il se sentait sur un terrain mouvant. Un homme qui se marie pour la première fois à l'âge de quarante-deux ans n'ignore pas que presque toutes ses relations sont mieux qualifiées que lui pour gérer ses affaires domestiques. Aussi, Sir Walter se contenta de regarder Mr Baillie de travers. Puis, comme il était près de onze heures, il appela sa voiture et son secrétaire, et se rendit à Burlington House, où il donnait audience aux autres ministres.

À Burlington House, il traversa des cours à colonnades puis des antichambres dorées. Il gravit de grands escaliers de marbre, surplombés de plafonds peints où un nombre incroyable de dieux, de déesses, de héros et de nymphes dégringolaient de cieux bleus ou s'alanguissaient sur de vaporeuses nuées blanches. Il fut salué par toute une armée de valets en livrée, jusqu'au moment où il arriva à la salle où les ministres consultaient des dossiers et discutaient entre eux.

— Pourquoi ne mandez-vous pas Mr Norrell, Sir Walter ? lança Mr Canning dès qu'il entendit de quoi il s'agissait. Je suis surpris que vous ne l'ayez pas déjà fait. Je suis sûr que l'indisposition de Madame se révélera n'être rien de plus qu'un léger accident de la magie qui l'a ramenée à la vie. Mr Norrell n'a qu'à apporter une menue rectification à son enchantement et Madame se portera mieux.

— Oh, parfaitement ! acquiesça Lord Castlereagh. Lady Pole n'est plus du ressort des médecins. Vous et moi, Sir Walter, sommes sur cette terre par la grâce de Dieu, Madame, elle, est ici par la grâce de Mr Norrell. Sa mainmise sur la vie est différente du reste d'entre nous, théologiquement et sans doute aussi médicalement.

— Chaque fois que Mrs Perceval est souffrante, protesta Mr Perceval, un homme pointilleux, de petite taille, à l'aspect et aux manières ternes, qui occupait la position élevée de chancelier de l'Échiquier, la première personne vers laquelle je me tourne est sa femme de chambre. Après tout, qui mieux que sa femme de chambre connaît l'état de santé d'une dame ? Que dit la femme de chambre de Lady Pole ?

Sir Walter secoua la tête.

— Pampisford est aussi déroutée que moi. Elle a reconnu avec moi que Madame était encore en excellente santé il y a deux jours, et qu'elle est maintenant pâle, glacée, apathique et malheureuse. Voilà tout ce que sait Pampisford. Cela, et un tas d'inepties sur le caractère hanté de notre maison ! Je ne sais ce qu'ont les domestiques en ce moment. Ils sont tous dans un drôle d'état, tourmentés. Ce matin un des valets est venu me conter des fariboles sur une rencontre qu'il a faite dans l'escalier à minuit. Un personnage en redingote verte, avec quantité de cheveux gris argenté...

— Comment ? Un fantôme ? Une apparition ? demanda Lord Hawkesbury.

— Je crois que c'est ce qu'il entendait, oui.

— Voilà qui est extraordinaire ! Lui a-t-il parlé ? s'enquit Mr Canning.

— Non, Geoffrey m'a raconté que ce personnage lui avait jeté un regard froid et dédaigneux avant de passer son chemin.

— Oh ! Votre valet a dû rêver, Sir Walter. Il a certainement dû rêver, déclara Mr Perceval.

— Ou il avait bu, suggéra Mr Canning.

— Oui, j'y ai pensé aussi. Alors, naturellement, j'ai interrogé Stephen Black, poursuivit Sir Walter, mais Stephen est aussi sot que les autres. J'ai bien du mal à lui parler.

— Voyons, objecta Mr Canning, vous ne tentez pas de nier, j'imagine, qu'il y ait quelque chose dans cette histoire qui relève de la magie ? Et ne revient-il pas à Mr Norrell d'expliquer ce qui échappe aux autres ? Envoyez chercher Mr Norrell, Sir Walter !

Cette proposition était si raisonnable que Sir Walter se demanda pourquoi il n'y avait pas songé seul. Il avait la plus haute opinion de ses talents et ne pensait pas, en général, pouvoir manquer une déduction aussi évidente. La vérité, comprit-il, était qu'il n'aimait pas la magie. Il ne l'avait jamais aimée ; ni au début, quand il y avait vu une imposture, ni maintenant qu'elle s'était révélée efficiente. Cependant, il était mal placé pour expliquer ses sentiments aux autres ministres, lui qui les avait convaincus de recourir aux services d'un magicien pour la première fois depuis deux cents ans !

À trois heures et demie, il rentra à Harley-street. C'était le moment le plus surnaturel d'une journée hivernale. Le crépuscule transformait les immeubles et les passants en néants sombres et flous tandis que, au-dessus, le ciel restait d'un bleu argenté éblouissant et rayonnait de lumière froide. Un coucher de soleil d'hiver dessinait au bout des artères une bande de couleur rose et sanglante, plaisante à l'œil, mais qui glaçait le cœur sans raison. En regardant par la vitre de sa voiture, Sir Walter jugea heureux qu'il ne fût en aucune manière un esprit imaginatif. Un autre eût pu être troublé par la conjonction de la tâche désagréable qui consistait à consulter un magicien et de cette étrange dissolution noir et sang des rues londoniennes.

Geoffrey ouvrit la porte du n° 9 de Harley-street ; Sir Walter monta promptement à l'étage. Là, il passa devant le salon vénitien où Madame s'était tenue ce matin-là. Une sorte de pressentiment le poussa à y jeter un regard. Au premier abord, on eût cru qu'il n'y avait personne. Le feu s'éteignait dans l'âtre, créant une espèce de deuxième crépuscule à l'intérieur de la pièce. Nul n'avait encore allumé de lampe ni de chandelle. Puis il la vit.

Elle était assise très droite dans un fauteuil devant la fenêtre. Elle lui tournait le dos. Tout en elle était exactement pareil que lorsqu'il l'avait laissée le matin : le fauteuil, la posture, jusqu'aux plis de sa robe et de son châle.

Dès qu'il fut dans son bureau, il s'assit pour écrire un billet urgent à Mr Norrell.

Mr Norrell ne vint pas immédiatement. Une heure ou deux s'écoulèrent. Il arriva enfin avec une expression figée sur la figure. Sir Walter descendit l'accueillir dans le vestibule et lui raconta ce qui s'était passé. Il lui proposa ensuite de monter au salon vénitien.

— Oh ! s'exclama Mr Norrell. D'après ce que vous me décrivez, Sir Walter, je suis on ne peut plus certain qu'il n'est pas nécessaire de tourmenter Lady Pole. Voyez-vous, je crains ne rien pouvoir pour elle. Pour autant qu'il m'en coûte de vous dire cela, mon cher – car, comme vous le savez, j'aimerais toujours vous servir dans la mesure de mes possibilités –, quoi que ce fût qui ait pu affliger Madame, je ne crois pas que le remède soit au pouvoir de la magie.

Sir Walter soupira. Il passa sa main dans ses cheveux et eut l'air malheureux.

— Mr Baillie n'a rien trouvé d'anormal et j'ai donc pensé...

— Oh ! Ces circonstances, précisément, me convainquent que je ne saurais vous être d'aucune aide. La magie et la médecine ne sont pas toujours distinctes l'une de l'autre, contrairement à ce que vous semblez croire. Leurs domaines se chevauchent souvent. Une maladie peut avoir à la fois un traitement médical et un autre magique. Si Madame était vraiment souffrante ou si, Dieu nous en préserve !, elle devait mourir deux fois, alors, certes, on aurait la magie pour la guérir ou la ramener à la vie. Cependant, pardonnez-moi, Sir Walter, ce que vous m'avez décrit suggère un mal spirituel plutôt que physique et, comme tel, il ne relève ni de la magie ni de la médecine. Je ne suis pas expert en ces matières, mais peut-être pourrait-on trouver un prêtre, ce qui conviendrait mieux ?

— Lord Castlereagh pensait... Je ne sais si c'est vrai... Lord Castlereagh pensait donc que, puisque Lady Pole doit sa vie à la magie... J'avoue que je ne l'ai pas très bien compris, néanmoins je crois qu'il voulait dire que, puisque la vie de Madame dépend de la magie, elle n'est susceptible de ne répondre qu'à la magie.

— Vraiment ? Lord Castlereagh a dit cela ? Oh ! Il se trompe du tout au tout. Qu'il ait pu le penser, voilà qui m'intrigue. Il s'agit là de ce qu'on appelait jadis l'« hérésie méraudienne[1] ». Un abbé de Rievaulx, du XIIe siècle, se consacra à sa destruction et fut canonisé par la suite. Bien entendu, la théologie de la magie n'a jamais été un de mes thèmes préférés ; pourtant, je crois ne pas me tromper en soutenant que dans le soixante-neuvième chapitre des *Trois États perfectibles de l'être* de William Pantler[2]...

Mr Norrell paraissait prêt à se lancer dans un de ses longs et ennuyeux discours sur l'histoire de la magie anglaise, remplis de références à des ouvrages dont nul n'avait jamais entendu parler. Sir Walter l'interrompit :

— Oui, oui ! Avez-vous une idée de l'identité du personnage à la redingote verte et aux cheveux d'argent ?

— Oh ! s'exclama Mr Norrell. Vous croyez qu'il y avait quelqu'un, alors ? Cela me paraît des plus improbable. Ne pourrait-il s'agir plutôt, par exemple, d'un peignoir oublié à une patère par la négligence d'un domestique ? Juste à l'endroit où l'on s'attend le moins à le voir ? J'ai moi-même souvent été fort effrayé par cette perruque que vous apercevez en ce moment sur ma tête. Lucas doit la ranger chaque soir – il le sait –, pourtant, plusieurs fois déjà, il l'a laissée sur son champignon, sur le rebord de cheminée, où elle se reflète dans le miroir au-dessus et n'évoque rien tant que deux messieurs qui s'entendent pour comploter dans mon dos.

Mr Norrell cligna rapidement ses petits yeux en direction de Sir Walter. Puis, après avoir répété qu'il ne pouvait rien faire, il souhaita le bonsoir à Sir Walter et quitta les lieux.

---

1. Cette théorie, qui fut exposée pour la première fois par Meraud, un magicien cornique du XIIe siècle, a connu de nombreuses variantes. Sous sa forme la plus extrême, elle implique la croyance que quelqu'un qui a été guéri, sauvé ou ramené à la vie par la magie n'est plus sujet de Dieu et de son Église, alors qu'il peut devoir toute sorte d'allégeance au magicien ou à la fée qui l'a aidé.

Meraud fut arrêté et traduit devant Stephen, roi de l'Angleterre du Sud, et ses évêques, lors d'un concile qui se tint à Winchester. Meraud fut marqué au fer, fouetté et à moitié dévêtu. Puis il fut banni. Les évêques interdirent qu'on lui portât secours. Meraud tenta de se rendre à pied de Winchester à Newcastle, où se trouvait le château du roi Corbeau. Il expira en chemin.

La croyance, répandue en Angleterre du Nord, que certaines catégories d'assassins n'appartiennent ni à Dieu ni au Diable, mais au roi Corbeau, est une autre forme de l'« hérésie méraudienne ».

2. *Trois États perfectibles de l'être* de William Pantler, Henry Lintot éd., Londres, 1735. Les trois êtres perfectibles sont les anges, les hommes et les fées.

Mr Norrell rentra tout droit chez lui. Dès qu'il eut regagné sa maison de Hanover-square, il monta aussitôt à un petit bureau au deuxième étage. C'était une pièce tranquille à l'arrière de la demeure, qui donnait sur le jardin. Les domestiques n'y pénétraient jamais quand il y travaillait ; même à Childermass il fallait une raison particulièrement pressante pour le déranger dans sa retraite. Bien que Mr Norrell les avertît rarement du moment où il avait l'intention d'utiliser ce petit bureau, l'une des règles de la maison voulait que celui-ci fût toujours tenu prêt à l'accueillir. À cet instant, un feu joyeux brûlait dans la cheminée et toutes les lampes étaient allumées, mais on avait oublié de tirer les rideaux et, en conséquence, la fenêtre était devenue un miroir noir où la pièce se reflétait.

Mr Norrell s'installa à son bureau, face à la fenêtre. Il ouvrit un gros volume, un de ceux, nombreux, qui étaient posés devant lui, et se mit à murmurer une formule magique.

Une braise qui tomba de la grille du fourneau, une ombre mouvante sur les murs lui firent lever les yeux. Il aperçut son propre reflet alarmé dans la fenêtre sombre, puis discerna une silhouette postée derrière lui : une tête argentée, auréolée d'une masse de cheveux brillants.

Sans daigner se retourner, Mr Norrell s'adressa au reflet dans la fenêtre d'un ton acerbe et ulcéré.

— Quand tu disais que tu prendrais la moitié de la vie de la demoiselle, je pensais que tu lui permettrais de rester avec ses amis et sa famille pendant la moitié de soixante-quinze ans. Je pensais qu'on conclurait simplement à sa mort !

— Je n'ai jamais dit cela.

— C'est de la tricherie ! Tu ne m'as pas du tout aidé ! Tu risques de tout compromettre par tes subterfuges ! s'écria Mr Norrell.

Le personnage reflété dans la fenêtre émit un son désapprobateur.

— J'avais espéré vous trouver plus raisonnable à notre seconde rencontre. Au lieu de quoi vous vous montrez plein d'arrogance et d'un courroux démesuré à mon égard ! Pour ma part, j'ai respecté les conditions de notre accord ! J'ai fait ce que vous demandiez et n'ai rien pris qu'il ne m'appartînt de prendre ! Si vous vous souciiez réellement du bonheur de Lady Pole, vous vous réjouiriez qu'elle se retrouve maintenant au milieu d'amis qui l'admirent et l'estiment sincèrement !

— Oh ! Pour ce qui est de cela, rétorqua Mr Norrell avec mépris, je ne m'en soucie guère. Qu'est le destin d'une jeune femme, comparé au succès de la magie anglaise ? Non, c'est son époux qui m'intéresse, l'homme pour qui j'ai accompli tout cela ! Il est abattu par ta perfidie. Et s'il ne s'en remettait pas ? Et s'il devait donner sa démission du gouvernement ? Je ne pourrais peut-être jamais trouver un autre allié aussi disposé à m'aider[1]. Je n'aurai certainement jamais plus un ministre qui me soit aussi redevable !

— Son époux, n'est-il pas ? Eh bien, je l'élèverai à quelque position éminente ! Je le ferai beaucoup plus grand que tout ce qu'il pourrait atteindre par sa propre industrie. Il sera Premier ministre. Pourquoi pas empereur de Grande-Bretagne ? Cela vous conviendrait-il ?

— Non, non ! se récria Mr Norrell. Tu ne comprends pas ! Je veux seulement qu'il soit content de moi et qu'il parle aux autres ministres pour les convaincre du grand bien que ma magie peut apporter au pays !

— Que vous préfériez l'aide de cet homme à la mienne est un mystère pour moi, déclara dédaigneusement le personnage reflété dans la fenêtre. Que connaît-il donc à la magie ? Rien ! Moi, je puis vous apprendre à soulever des montagnes pour écraser vos ennemis ! Je puis faire chanter les nuées à votre approche. Je puis aussi appeler le printemps quand vous arrivez et l'hiver quand vous partez. Je puis...

— Ah, oui ! Et tout ce que tu désires en retour, c'est de soumettre la magie anglaise à tes caprices ! Tu arracheras les Anglais et les Anglaises à leurs foyers pour transformer l'Angleterre en un lieu réservé à ta race dégénérée ! Le prix de ton aide est trop élevé pour moi !

Le personnage reflété dans la fenêtre ne répondit pas directement à ces accusations. Un bougeoir bondit soudain de sa place sur un guéridon et traversa la pièce, brisant un miroir sur le mur opposé, ainsi qu'un petit buste en porcelaine de Thomas Lanchester.

Puis tout redevint silencieux.

Mr Norrell resta assis, tremblant d'effroi. Il baissa les yeux sur les livres étalés sur son bureau, mais s'il lisait, alors c'était d'une manière connue seulement des magiciens, car son regard ne parcourait pas la page. Après un intermède de quelques instants, il releva la tête. Le personnage reflété dans la fenêtre avait disparu.

Tous les projets concernant Lady Pole tombèrent à l'eau. Le mariage – qui quelques courtes semaines durant avait paru prometteur aux deux conjoints – ne suscita plus qu'indifférence et silence de son côté à elle et tourment et affliction de son côté à lui. Loin de devenir une figure de proue du beau monde, elle refusait de sortir. Personne ne lui rendait visite, et le beau monde l'oublia très vite.

1. Il est clair d'après ces paroles que Mr Norrell ne comprenait pas encore en quelle grande estime les ministres le tenaient dans leur ensemble, ni combien ils étaient pressés de recourir à ses services dans la guerre.

Les domestiques de Harley-street hésitaient de plus en plus à entrer dans la pièce où elle se tenait, bien qu'aucun d'eux n'eût su expliquer pourquoi. La vérité était qu'il rôdait autour de Lady Pole le très faible écho d'une cloche. Un vent glacé semblait souffler de loin sur elle et faisait frissonner tous ceux qui l'approchaient. Aussi restait-elle assise, heure après heure, enroulée dans son châle, sans bouger ni parler, tandis que les mauvais rêves et les ténèbres s'amassaient autour de son fauteuil.

19

Les Peep-O'Day Boys

Février 1808

CURIEUSEMENT, NUL ne s'avisa que l'étrange mal qui affectait Madame était à peu près identique à celui qui affectait Stephen Black. Il se plaignait lui aussi de la fatigue et du froid et, les rares fois où l'un ou l'autre prononçait quelques mots, tous deux parlaient bas, d'une voix lasse.

Au fond, peut-être n'était-ce pas si curieux. Les trains de vie différents d'une dame et d'un majordome tendent à masquer les similitudes de leurs situations réelles. Un majordome a son travail, qu'il doit accomplir. À la différence de Lady Pole, Stephen n'était pas autorisé à rester assis oisivement devant la fenêtre, heure après heure, sans parler. Des symptômes élevés à la dignité d'un mal chez Lady Pole étaient écartés comme un simple découragement chez Stephen.

John Longridge, le chef cuisinier de Harley-street, souffrait de découragement depuis plus de trente ans ; il fut prompt à saluer en Stephen un nouveau venu dans la franc-maçonnerie de la mélancolie. Il était heureux, le bougre, d'avoir un compagnon d'infortune. Les soirs où Stephen s'asseyait à la table de la cuisine, la tête enfouie dans les mains, John Longridge venait s'installer en face de lui et se mettait à s'apitoyer sur son sort.

—Je compatis, monsieur, oui, je compatis. Le découragement, monsieur Black, est le pire tourment dont un homme puisse souffrir. Parfois, il me semble que tout Londres ressemble à une purée de pois cassés froide, à la fois par la couleur et la consistance. Je vois des gens aux têtes de purée de pois cassés froide avec des mains de purée de pois cassés froide suivre des rues de purée de pois cassés froide. Ah, pauvre de moi ! Je me sens mal, alors ! Le soleil, là-haut dans le ciel, est froid, gris et impur, et n'a pas le pouvoir de me réchauffer. Vous sentez-vous souvent glacé, monsieur ? – John Longridge posait la main sur celle de Stephen : – Ah, monsieur Black ! vous êtes froid comme une tombe.

Stephen avait l'impression d'être un somnambule. Il ne vivait plus ; il rêvait seulement. Il rêvait de la maison de Harley-street et des autres domestiques. Il rêvait de son travail, de ses amis et de Mrs Brandy. Parfois, il rêvait de choses très étranges – de choses qu'il savait, dans un repli glacé de son être, ne pas devoir exister. Il pouvait longer un corridor ou monter un escalier de Harley-street, tourner et voir d'autres corridors et d'autres escaliers s'enfuir au loin – des corridors et des escaliers absents à l'origine. La maison de Harley-street avait été fortuitement logée à l'intérieur d'un édifice bien plus vaste et plus ancien. Les corridors à la voûte en pierre étaient pleins de poussière et de ténèbres. Les escaliers et les sols étaient si usés et si inégaux qu'ils ressemblaient davantage à des pierres trouvées dans la nature qu'à des ouvrages de l'architecture. Mais le plus étrange de tout dans ces vestibules fantomatiques, c'était qu'ils étaient familiers à Stephen. Sans comprendre pourquoi ni comment, il se surprenait à penser : « Oui, juste au coin se trouve la Salle d'armes est ». Ou encore : « Cet escalier mène à la Tour de l'Éventreur. »

Chaque fois qu'il voyait ces corridors ou, comme cela lui arrivait parfois, imaginait leur présence sans les percevoir réellement, il se sentait un tantinet plus vivant, un tantinet plus proche de son ancien soi. Quelle que fût la part de son être qui se fût fermée (son âme ? son cœur ?), elle s'ouvrait de l'épaisseur d'un cheveu, et la pensée, la curiosité et les sentiments recommençaient à l'animer. Quant au reste, rien ne l'amusait, rien ne le satisfaisait. Tout n'était qu'ombres, vide, échos et poussière.

Son esprit agité le poussait quelquefois à entreprendre de longues promenades solitaires par les sombres rues d'hiver autour de Mayfair et de Piccadilly. Lors d'une telle soirée, à la fin février, il se retrouva devant la buvette de Mr Wharton, dans Oxford-street. Il connaissait bien cet établissement. La salle à l'étage accueillait les Peep-O'Day Boys[1], un club réservé à l'aristocratie des domestiques masculins des grandes maisons londoniennes. Le valet de chambre de Lord Castlereagh en était un membre éminent ; le cocher du duc de Portland en était un autre, ainsi que Stephen. Les membres du Peep-O'Day se retrouvaient le troisième mardi du mois et partageaient les plaisirs des membres d'un quelconque autre club londonien ; ils buvaient et se restauraient, jouaient, discutaient politique ou parlaient de leurs maîtresses. D'autres soirs du mois, les Peep-O'Day Boys qui se trouvaient par hasard sans engagement avaient l'habitude de se rendre à l'étage de la buvette de Mr Wharton afin de se délasser en compagnie de leurs pairs. Stephen entra donc et gravit l'escalier menant à l'étage.

---

1. « Gars du Point-du-jour » (*N.d.T.*).

Cette salle offrait un aspect similaire à la partie correspondante de tout établissement semblable de la ville. Elle était lambrissée de bois sombre, et aussi enfumée que le sont habituellement les lieux de rendez-vous de la moitié masculine de la société. Des cloisons du même bois divisaient la salle en boxes, afin que les habitués pussent profiter d'un petit monde clos bien à eux. Le plancher nu était agrémenté de sciure fraîche tous les jours. Des nappes blanches recouvraient les tables, et les lampes à pétrole étaient tenues propres, leurs mèches coupées à neuf. Stephen s'installa dans un des boxes et commanda un porto, qu'il fixa ensuite d'un air maussade.

Chaque fois qu'un des membres du Peep-O'Day passait devant le box de Stephen, il s'arrêtait pour échanger un mot avec ce dernier, et lui levait une main pour le saluer sans enthousiasme. Ce soir-là, pourtant, il ne se donna même pas la peine de répondre. Cela s'était déjà produit, oh ! deux ou trois fois, quand soudain Stephen entendit clairement chuchoter :

— Vous avez raison de les dédaigner ! En effet, au bout du compte, que sont-ils, sinon des laquais et des hommes de peine ? Quand, avec mon aide, vous serez élevé à votre légitime place, au sommet de la noblesse et de la grandeur, il vous sera d'un immense réconfort de vous rappeler que vous avez repoussé leur amitié avec mépris !

Ce n'était qu'un chuchotement, pourtant Stephen l'entendait très clairement au-dessus des voix et des rires des membres du Peep-O'Day et des autres messieurs présents. Bizarrement, l'idée lui vint que ce murmure aurait pu traverser la pierre, le fer ou le cuivre ; il aurait pu provenir d'un millier de pieds sous terre et on l'aurait tout de même entendu. Il aurait pu briser des pierres précieuses et rendre fou.

Ce phénomène était si extraordinaire que Stephen sortit momentanément de sa léthargie. Pris de la curiosité de savoir qui avait parlé, il promena vivement ses regards autour de la salle, mais ne vit personne qu'il ne connaissait pas. Alors, il passa la tête par-dessus la cloison pour inspecter le box voisin, lequel contenait un personnage d'un aspect saisissant. Celui-ci semblait tout à fait à son aise. Ses bras étaient posés sur le haut de la cloison, et ses pieds bottés sur la table. Il présentait plusieurs traits remarquables ; le principal restait une crinière de cheveux argentés, aussi doux, aussi clairs et brillants que du duvet de chardon. Il adressa un clin d'œil à Stephen, puis se leva de son box et vint s'asseoir dans celui de Stephen.

— Autant vous dire, commença-t-il d'un ton hautement confidentiel, que cette cité n'a pas conservé le centième de son ancienne splendeur ! J'ai été sérieusement déçu depuis mon retour. Jadis, contempler Londres, c'était contempler une forêt de tours, de clochetons et de flèches. Les étendards et les oriflammes multicolores qui flottaient de leurs sommets éblouissaient l'œil ! De tous côtés, on apercevait des sculptures de pierre aussi fines que des osselets et aussi ondoyantes que l'eau vive. Certaines maisons étaient ornées de dragons, de griffons et de lions de pierre, symboles de la sagesse, du courage et de la férocité de leurs occupants, tandis qu'on pouvait trouver dans les jardins de ces mêmes maisons dragons, griffons et lions de chair et de sang, enfermés dans de solides cages. Leurs grondements, qui retentissaient distinctement jusque dans la rue, remplissaient de crainte les cœurs pusillanimes. Dans chaque église reposait un saint bienheureux, réalisant des miracles d'heure en heure sur l'ordre de la populace. Chaque saint était enfermé en un cercueil d'ivoire, lequel était caché dans un sarcophage constellé de pierreries, qui à son tour était exposé dans un somptueux tombeau d'or et d'argent brillant nuit et jour à la lueur de mille chandelles de cire ! Quotidiennement avait lieu une magnifique procession pour célébrer l'un ou l'autre de ces saints bienheureux, et la renommée de Londres courait d'un monde l'autre ! Certes, à cette époque, ses habitants avaient coutume de venir me consulter sur la construction de leurs églises, l'aménagement de leurs jardins, la décoration de leurs demeures. S'ils se montraient respectueux dans leurs suppliques, je leur étais généralement de bon conseil. Oh, oui ! Quand Londres me devait son apparence, elle était belle, grandiose, incomparable. Mais aujourd'hui...

Il eut un geste éloquent, comme s'il avait réduit Londres à une boule de papier dans sa main et l'avait jetée au loin.

— Que vous avez l'air sot quand vous me regardez ainsi ! Je me suis donné tant et plus de mal afin de vous rendre visite, et vous restez assis là, silencieux et maussade, la bouche grande ouverte ! Vous êtes surpris de me voir, sans doute, mais est-ce là une raison pour oublier vos bonnes manières ? Bien entendu, déclara-t-il avec l'air de qui ferait une grande concession, les Anglais sont souvent toute stupéfaction en ma présence – il s'agit là de la chose la plus naturelle au monde –, néanmoins vous et moi sommes de tels amis que j'estime mériter un meilleur accueil que cela !

— Nous connaissons-nous, monsieur ? s'enquit Stephen avec étonnement. J'ai certainement rêvé de vous. J'ai rêvé que vous et moi nous trouvions ensemble dans un immense manoir aux corridors interminables et poussiéreux !

— Nous connaissons-nous, monsieur ? railla le gentleman aux cheveux comme du duvet de chardon. Voyons donc ! Quelle ineptie ! Comme si nous n'assistions pas aux mêmes fêtes, bals et réceptions tous les soirs depuis des semaines !

— Assurément dans mes rêves…

— Je n'avais jamais imaginé que vous pourriez être si obtus ! s'écria le gentleman. Illusions-perdues n'est pas un rêve ! C'est le plus ancien et le plus beau de mes manoirs – qui sont nombreux – et il est tout aussi réel que Carlton House[1]. Il l'est même bien davantage ! Une bonne partie de l'avenir m'est connue, et je puis vous annoncer que Carlton House sera rasé dans vingt ans et que la City de Londres durera, oh ! à peine deux mille ans de plus, tandis qu'Illusions-perdues restera debout jusqu'à la prochaine ère du monde ! – Il eut l'air grotesquement content à cette idée, et il faut dire, en effet, que son attitude naturelle semblait inspirée par une extrême autosatisfaction. – Non, non, il ne s'agit pas de rêve. Vous êtes simplement victime d'un enchantement qui vous ramène chaque soir à Illusions-perdues pour participer à nos Menus Plaisirs !

Stephen fixa le gentleman sans comprendre. Puis, se rappelant qu'il devait se défendre ou donner prise aux accusations de maussaderie et de mauvaises manières, il rassembla ses esprits et balbutia :

— Et… et est-ce vous qui m'avez enchanté, monsieur ?

— Naturellement !

À la mine ravie avec laquelle il répondit, il était clair que le gentleman aux cheveux comme du duvet du chardon estimait avoir accordé la plus grande des faveurs à Stephen en l'enchantant. Stephen l'en remercia poliment.

— … bien que je ne puisse imaginer, ajouta-t-il, ce qui me vaut une telle bonté de votre part. Je suis sûr de ne la mériter en rien.

— Ah ! s'exclama le gentleman, ravi. Vos manières sont excellentes, Stephen Black ! Vous pourriez enseigner à ces orgueilleux d'Anglais une chose ou deux sur le respect dû aux personnes de qualité. Vos manières finiront par vous porter bonheur !

— Et ces guinées d'or dans la caisse de Mrs Brandy, reprit Stephen, étaient-elles à vous aussi ?

— Oh ! Venez-vous seulement de le comprendre ? Notez l'intelligence dont j'ai fait preuve ! Me souvenant de tout ce que vous m'avez conté sur le fait que vous êtes cerné nuit et jour par des ennemis qui vous veulent du mal, j'ai confié l'argent à une amie qui vous est chère. Alors quand elle vous épousera, l'argent sera vôtre.

— Comment avez-vous…, commença Stephen avant de s'interrompre.

Manifestement, le gentleman n'ignorait aucun aspect de son existence, et rien non plus dans quoi il ne se sentît pas en droit de s'immiscer.

---

1. La demeure londonienne du prince de Galles à Pall Mall.

— Vous vous méprenez sur mes ennemis, monsieur, reprit-il. Je n'en ai aucun.

— Mon cher Stephen ! s'écria le gentleman, au comble du divertissement. Bien sûr que vous avez des ennemis ! Le premier d'entre eux est ce méchant homme qui est votre maître et l'époux de Lady Pole ! Il vous contraint à être son domestique et à exécuter ses ordres nuit et jour. Il vous impose des tâches absolument déplacées pour un personnage de votre beauté et de votre qualité. Et pourquoi fait-il cela ?

— Je présume, parce que..., tenta Stephen.

— Précisément ! le coupa le gentleman d'un ton triomphant. Parce que, dans la bassesse de sa cruauté, il vous a capturé et mis dans les chaînes, et maintenant il triomphe de vous, gambadant et hurlant d'un rire méchant de vous voir dans pareille détresse !

Stephen ouvrit la bouche pour protester que Sir Walter Pole n'avait jamais commis aucun de ces actes ; qu'il avait toujours traité Stephen avec amabilité et affection ; que, lorsque Sir Walter était plus jeune, il avait versé de l'argent, malgré ses maigres moyens, afin que Stephen pût aller à l'école et que, plus tard, alors que Sir Walter était encore plus pauvre, ils avaient souvent partagé table et feu. Quant à triompher de ses ennemis, Stephen avait rarement vu Sir Walter arborer un petit sourire d'autosatisfaction quand il pensait avoir marqué un point contre ses adversaires politiques ; il ne l'avait jamais vu non plus gambader ni hurler de rire. Stephen s'apprêtait à dire tout cela, quand le son du mot « chaînes » sembla le foudroyer. Soudain, en imagination, il vit un lieu obscur – un terrible lieu, un lieu plein d'horreur – un lieu clos, étouffant, fétide. Des ombres se mouvaient dans les ténèbres, et l'on entendait le glissement et le cliquetis de lourdes chaînes de fer. Ce que signifiait cette image ou quelle était sa provenance, il n'en avait pas la moindre idée. Il ne pensait pas que ce pût être un souvenir. Il était certain de n'avoir jamais été dans un endroit pareil.

— ... S'il devait découvrir un jour que vous et elle lui échappez chaque soir pour être heureux dans ma demeure, eh bien, il succomberait sur-le-champ à une crise de jalousie et tenterait sans doute de vous tuer tous les deux. Cependant, n'ayez crainte, mon cher, mon très cher Stephen ! Je veillerai à ce qu'il ne s'aperçoive de rien. Oh ! Comme je déteste les individus aussi égoïstes ! Pour ma part, je sais ce que c'est que d'être dédaigné et offensé par les orgueilleux Anglais et contraint d'accomplir des tâches qui sont au-dessous de moi. Je ne puis supporter de voir ce destin vous échoir ! – Le gentleman se tut pour caresser la joue et le front de Stephen de ses doigts blancs et glacés, ce qui produisit un étrange fourmillement sous la peau de celui-ci. –

Vous ne sauriez imaginer le vif intérêt que je vous porte, et quelle impatience est la mienne de vous rendre un service durable ! Voilà pourquoi j'ai conçu un plan pour vous faire roi de quelque royaume féerique !

— Je vous demande pardon, monsieur. Je pensais à autre chose. Roi, vous dites ? Non, monsieur. Je ne saurais être roi. Seule votre grande bonté envers moi vous pousse à juger cela possible. D'ailleurs, je crains fort que le pays des fées ne s'accorde pas tout à fait avec ma personne. Dès la première fois que je me suis rendu dans votre demeure, j'ai été sot et épais. Je suis las, matin, midi et soir, et ma vie m'est un fardeau. Sans doute la faute m'en revient-elle entièrement, mais les mortels ne sont peut-être pas faits pour la félicité féerique...

— Oh ! Simplement vous ressentez de la tristesse devant la morosité de l'Angleterre, comparée à la vie plaisante que vous menez dans ma demeure, où l'on donne sans cesse des bals et des banquets, et où tout le monde est paré de ses plus beaux atours !

— Vous avez sans doute raison, monsieur, mais si vous aviez le cœur de me délivrer de cet enchantement, je vous en serais très reconnaissant.

— Ah ! C'est impossible, déclara le gentleman. Ne savez-vous donc pas que mes ravissantes sœurs et cousines – pour chacune desquelles, je dois préciser, des rois se sont entretués et de vastes empires sont tombés en décadence – se disputent toutes pour savoir laquelle sera votre prochaine cavalière ? Que diraient-elles si je leur annonçais que vous ne reviendriez plus à Illusions-perdues ? Car, parmi mes nombreuses autres vertus, je suis un frère et un cousin des plus prévenants, et je m'efforce toujours de plaire aux femmes de ma maison quand cela m'est possible. Pour ce qui est de refuser de devenir roi, il n'est rien, je vous l'assure, de plus agréable que de voir tout le monde se prosterner devant soi et de s'entendre appeler par toutes sortes de titres de noblesse.

Il reprit ses louanges outrées de la beauté, du maintien digne et de la danse élégante de Stephen – qualités qu'il considérait comme essentielles pour le souverain d'un vaste royaume du monde des fées – et se mit à spéculer sur le royaume qui conviendrait le mieux à Stephen.

— Félicité-indicible est une belle contrée, avec des forêts sombres et impénétrables, des montagnes désertes et des mers infranchissables. Elle présente en outre l'avantage d'être privée de souverain actuellement. Enfin, elle a aussi l'inconvénient qu'on compte déjà vingt-six autres prétendants et que vous seriez plongé immédiatement au milieu d'une sanglante guerre civile, ce qui ne vous plairait peut-être guère. Alors il reste le duché de Grâce. Le présent duc n'a pas d'allié digne de ce nom. Oh ! Mais je ne saurais supporter de voir un de mes amis souverain d'un pays aussi misérablement petit que Grâce !

20

Le modiste improbable

Février 1808

Ceux qui avaient espéré que la guerre serait finie à présent que le magicien était entré en scène ne tardèrent pas à être déçus.

— La magie ! fulminait Mr Canning, le ministre des Affaires étrangères. Ne me parlez plus de magie ! C'est exactement comme le reste, plein de déconvenues et de contretemps...

Ce jugement n'était pas dénué d'une certaine pertinence, et Mr Norrell était toujours trop content de donner de longues et laborieuses explications sur les raisons qui rendaient une réalisation impossible. Une fois, au cours d'une de ces explications, il fit une déclaration qu'il devait regretter plus tard. Cela se passait à Burlington House ; Mr Norrell exposa à Lord Hawkesbury, le ministre de l'Intérieur[1], qu'on ne pouvait rien tenter étant donné que cela demanderait, oh ! au moins une douzaine de magiciens travaillant nuit et jour. Et de se lancer dans un long et ennuyeux monologue sur l'état pitoyable de la magie anglaise, en concluant par : « Je souhaiterais qu'il en fût autrement mais, Votre Seigneurie le sait bien, les plus talentueux de nos jeunes gens se tournent vers l'armée de terre, la Royal Navy et l'Église pour le choix de leurs carrières. Ma pauvre profession est tristement négligée. »

Et de pousser un grand soupir.

Mr Norrell n'attendait rien de ce discours, sinon peut-être attirer l'attention sur son prodigieux talent personnel. Malheureusement, Lord Hawkesbury entendit tout à fait autre chose.

— Oh ! s'exclama-t-il. Vous voulez donc dire qu'il nous faut davantage de magiciens ? Ah, oui ! je vois bien. Très bien. Une école, peut-être ? Ou une

1. Robert Banks Jenkinson, Lord Hawkesbury (1770-1828). À la mort de son père, en décembre 1808, il devint comte de Liverpool. Pendant les neuf années suivantes, il se révéla être un des plus fidèles partisans de Mr Norrell.

Société royale sous la protection de Sa Majesté ? Ma foi, monsieur Norrell, nous vous laisserons le soin des détails. Si vous aviez la bonté de nous rédiger un mémorandum sur le sujet, je serais heureux de le lire et de soumettre ses propositions aux autres ministres. Nous connaissons tous votre savoir-faire, si clair et à la fois si circonstancié, votre si belle écriture. Sans doute, monsieur, vous trouverons-nous bien quelques subsides. Quand vous aurez le temps, monsieur. Rien ne presse. Je sais que vous êtes occupé.

Pauvre Mr Norrell ! Rien n'aurait su être moins à son goût que la promotion d'autres magiciens. Il se réconforta à la pensée que Lord Hawkesbury était un ministre exemplaire, dévoué aux affaires, avec mille et une préoccupations en tête. Il aurait probablement vite tout oublié.

Mais la fois suivante que Mr Norrell se trouvait à Burlington House, Lord Hawkesbury se précipita vers lui en s'écriant :

— Ah, monsieur Norrell ! J'ai parlé au roi de vos plans pour former de nouveaux magiciens. Sa Majesté en a été fort enchantée, elle a trouvé l'idée excellente et m'a prié de vous signifier qu'elle serait contente d'étendre sa protection à votre projet.

Il fut heureux qu'avant que Mr Norrell eût pu répondre la soudaine entrée de l'ambassadeur de Suède dans le salon obligeât Sa Seigneurie à s'écarter en hâte.

Une semaine ou deux plus tard, Mr Norrell retrouvait Lord Hawkesbury, cette fois à un dîner donné par le prince de Galles à Carlton House en l'honneur de Mr Norrell.

— Ah, monsieur Norrell ! Vous voilà ! Je ne pense pas que vous ayez sur vous vos recommandations pour votre école de magiciens, si ? Je viens de m'entretenir avec le duc de Devonshire, et il vous est on ne peut plus favorable. Il croit avoir une demeure à Leamington Spa qui ferait exactement l'affaire et m'a posé des questions sur le programme : si celui-ci comprendrait des prières et où les magiciens dormiraient... Toutes sortes de choses dont je n'ai pas la moindre idée. Je me demande si vous auriez l'amabilité de lui parler. Il est juste là-bas, devant la cheminée – il nous a vus –, il vient par ici. Votre Grâce, voici Mr Norrell, qui est prêt à vous fournir tous les renseignements !

Non sans difficulté, Mr Norrell parvint à convaincre Lord Hawkesbury et le duc de Devonshire qu'une école nécessiterait beaucoup trop de temps, et surtout qu'il lui restait à rencontrer des jeunes gens dotés d'un talent suffisant pour que l'entreprise en valût la peine. À contrecœur, Sa Grâce et Sa Seigneurie furent contraintes d'en convenir, et Mr Norrell put tourner son attention vers un projet bien plus plaisant : celui d'éliminer les magiciens déjà existants.

Depuis longtemps les sorciers des rues de la City de Londres étaient pour lui une cause d'irritation continuelle. Alors qu'il était encore inconnu et obscur, il avait commencé à solliciter des membres du gouvernement et d'autres messieurs éminents au sujet de l'éloignement de ces magiciens errants. Naturellement, dès qu'il eut une position publique éminente, il redoubla et tripla ses efforts. Sa première idée était que la magie devait être réglementée par le gouvernement, et les magiciens assermentés (bien que, naturellement, il n'envisageât personne d'autre d'assermenté que lui). Il proposa d'instituer un véritable conseil régulateur de la magie ; en cela, il était par trop ambitieux.

Comme Lord Hawkesbury disait à Sir Walter :

— Nous n'avons aucun désir d'offenser un homme qui a rendu un tel service au pays mais, au milieu d'une guerre longue et difficile, demander l'instauration d'un conseil, avec des conseillers privés, des secrétaires et Dieu sait quoi d'autre ! Et à quelle fin ? Celle d'écouter Mr Norrell parler et de lui faire ensuite nos compliments ? C'est hors de question. Mon cher Sir Walter, persuadez-le de suivre une autre voie, je vous en prie.

Aussi, la fois suivante où Sir Walter et Mr Norrell se rencontrèrent (au domicile de Mr Norrell, à Hanover-square), Sir Walter adressa à son protégé les mots suivants :

— Votre dessein est admirable, monsieur, et nul n'en disconvient, néanmoins un conseil est précisément la mauvaise manière de le réaliser. Dans la City de Londres – qui est l'endroit où le problème se pose principalement –, ce conseil n'aurait aucune autorité. Voici ce que nous devons faire : demain, vous et moi nous rendrons à l'Hôtel de Ville pour présenter nos respects au lord-maire et à un ou deux des conseillers municipaux. Je pense que nous trouverons bientôt des amis de notre cause.

— Mon cher Sir Walter ! se récria Mr Norrell. Cela ne peut pas aller. Le problème ne se limite pas à Londres. Je m'y suis plongé depuis mon départ du Yorkshire... – Ici, il fouilla dans une pile de documents posée sur un petit guéridon à portée de sa main pour finir par exhumer une liste. – Il y a douze sorciers des rues à Norwich, deux à Yarmouth, deux à Gloucester, six à Winchester, quarante-deux, oui, quarante-deux à Penzance ! Tenez ! Seulement l'autre jour, l'une d'eux – une vraie souillon – s'est présentée à ma maison et a refusé de s'en aller sans me voir, après quoi elle m'a demandé de lui donner un papier – un certificat d'aptitude, pas moins ! – attestant ma croyance qu'elle était capable d'accomplir des actes de magie. Je n'ai jamais été plus étonné de ma vie ! Je lui ai dit : « Femme... »

— En ce qui concerne les villes que vous citez, reprit Sir Walter, l'interrompant précipitamment. Selon moi, vous vous apercevrez que, une fois Londres débarrassée de ce désagrément, les autres seront rapides à suivre. Aucune n'apprécierait de rester à la traîne.

Mr Norrell ne tarda pas à se rendre compte que les choses se passaient exactement comme Sir Walter l'avait prévu. Le lord-maire et les conseillers municipaux étaient impatients d'apporter leur pierre au glorieux renouveau de la magie anglaise. Ils exhortèrent le conseil municipal de la City de Londres à créer une Commission pour les actes de magie. Cette Commission décréta que Mr Norrell était seul autorisé à accomplir des actes de magie à l'intérieur des limites de la City, et que les autres personnes qui « ouvriraient des baraques ou des boutiques, ou encore importuneraient les administrés de Londres par leurs prétentions à la magie » seraient bannies sans délai.

Les sorciers des rues remballèrent leurs petites échoppes, chargèrent leurs maigres effets sur des diables et quittèrent la ville en traînant les pieds. Quelques-uns prirent la peine de maudire Londres en partant, mais à tout prendre ils accueillirent ce revirement de fortune avec une admirable philosophie. La plupart s'étaient simplement résolus à renoncer désormais à la magie et à se faire à la place mendiants et vide-goussets ; comme ils se livraient à la mendicité et à la rapine en amateurs depuis des années, cela n'était pas un crève-cœur aussi grand qu'on pourrait le croire.

Cependant, l'un d'eux ne partit pas. Vinculus, le magicien de Threadneedle-street, resta dans sa baraque, continua à prédire des lendemains malheureux et à vendre de mesquines vengeances à des amoureux dédaignés et à des apprentis rancuniers. Naturellement, Mr Norrell se plaignit vigoureusement de cet état de fait auprès de la Commission pour les actes de magie, puisque Vinculus était le sorcier qu'il honnissait le plus. La Commission pour les actes magiques dépêcha aussitôt bedeaux et gendarmes pour menacer Vinculus du pilori, mais Vinculus ne fit aucun cas d'eux ; il était si populaire parmi les habitants de Londres que la Commission craignait une émeute si on l'éloignait de force.

Par une triste journée de février, Vinculus se tenait dans sa baraque de magicien, non loin de l'église Saint-Christopher-le-Stocks. Aux lecteurs qui ne se souviendraient pas des baraques de magiciens de notre enfance, il faut rappeler que, par sa forme, cette baraque évoquait un théâtre de Guignol ou une échoppe de marchand forain, et qu'elle était de bois et de toile. Un rideau jaune, festonné jusqu'à mi-hauteur d'une épaisse croûte de saleté, servait à la fois de portière et d'enseigne pour la réclame des services proposés à l'intérieur.

En ce jour particulier, Vinculus n'avait pas de clients et gardait très peu d'espoir d'en accueillir aucun. Les rues de la City étaient quasiment désertes. Un âcre brouillard gris, avec un arrière-goût de fumée et de goudron, ensevelissait Londres. Les boutiquiers de la City avaient empilé des boulets dans la grille de leurs fourneaux et allumé toutes les lampes en leur possession dans la vaine tentative de dissiper l'obscurité et le froid, pourtant, ce jour-là, leurs fenêtres en rotonde ne jetaient aucune joyeuse clarté dans les rues ; la lumière n'arrivait pas à percer le brouillard. Dès lors personne n'entrait dans les magasins pour dépenser son argent, et les employés en longs tabliers blancs et perruques poudrées traînaient à leur aise, bavardant entre eux ou se chauffant devant le feu. C'était une de ces journées où celui qu'une obligation retenait à l'intérieur y restait pour s'en acquitter, et où celui qui était contraint de sortir le faisait prestement et rentrait dès que possible.

Assis mélancoliquement derrière son rideau, à moitié mort de froid, Vinculus tournait et retournait dans son esprit les noms des deux ou trois cabaretiers qui se laisseraient peut-être convaincre de lui servir à crédit un verre ou deux de vin chaud. Il avait presque décidé lequel il allait solliciter en premier quand le bruit de quelqu'un qui tapait des pieds et soufflait sur ses doigts lui laissa espérer qu'un client attendait dehors. Vinculus leva son rideau et sortit de sa baraque.

— C'est toi, le magicien ?

Avec une certaine méfiance, Vinculus admit que c'était bien lui (l'homme avait l'apparence d'un bailli).

— Parfait. J'ai une commande pour toi.

— Deux shillings pour la première consultation.

L'inconnu glissa la main dans sa poche, sortit sa bourse et mit deux shillings dans la main de Vinculus.

Puis il entreprit d'exposer le problème qu'il souhaitait voir résolu par la magie. Ses explications étaient très claires, et il savait exactement ce qu'il attendait de Vinculus. Le seul problème, c'était que, plus il parlait, moins Vinculus le croyait. Le bonhomme affirmait venir de Windsor. Cela était parfaitement possible. Certes, il parlait avec un accent du Nord, mais il n'y avait rien d'extraordinaire à cela : des gens descendaient souvent du Nord pour faire fortune. L'homme prétendait aussi être propriétaire d'une boutique de modes florissante ; or cela semblait beaucoup moins vraisemblable, tant il était difficile d'imaginer quelqu'un qui ressemblât moins à un modiste. Vinculus avait beau peu fréquenter ce monde-là il savait que les modistes étaient en général vêtus à la dernière mode. Or ce lascar portait un vieux pardessus noir qui avait été rapiécé et reprisé une dizaine de fois. Son linge, bien que propre et de bonne qualité, eût été déjà démodé vingt ans plus tôt. Vinculus ignorait les noms des cent et un articles de fantaisie confectionnés par les modistes, mais il savait que les modistes, eux, les connaissaient. Or cet homme ne les connaissait pas ; il les appelait des « falbalas ».

Par ce temps glacial, le sol s'était transformé en un fâcheux mélange de glace et de boue gelée et, alors que Vinculus notait les détails sur un petit carnet graisseux, pour une raison ou une autre il perdit l'équilibre et tomba contre le modiste improbable. Il tenta bien de se rattraper, cependant le sol verglacé était si traître qu'il ne put éviter de se cramponner à l'autre. Le modiste improbable eut l'air épouvanté de recevoir en pleine figure une puissante haleine aux relents de bière et de choux, et de sentir des doigts osseux lui agripper tout le corps, mais il ne dit rien.

— Je vous demande pardon, marmonna Vinculus, quand il eut enfin retrouvé la position verticale.

— Il n'y a pas de quoi, répondit poliment le modiste improbable, chassant de son pardessus les miettes rassies, les grumeaux de graisse et de saleté agglomérés et autres vestiges du passage de Vinculus.

Vinculus, de son côté, rajustait ses habits qui s'étaient quelque peu débraillés dans sa chute.

Le modiste improbable reprit son histoire.

— Ainsi, comme je dis, mon commerce prospère et mes chapeaux à brides sont les plus courus de tout Windsor, et il ne se passe guère de semaine sans qu'une des princesses qui logent au château ne vienne commander un nouveau chapeau ou falbala. J'ai apposé un grand écu des armes royales en plâtre doré au-dessus de ma porte, pour montrer la royale protection dont je bénéficie. Pourtant, je ne puis m'empêcher de songer que le commerce de modes représente beaucoup de travail. Veiller tard le soir à coudre des chapeaux, compter mon argent et ainsi de suite. Mon existence pourrait être bien plus facile si une des princesses s'éprenait de moi et m'épousait. Possèdes-tu un tel enchantement, magicien ?

— Un charme d'amour ? Certainement. Mais cela vous coûtera cher. En général, je demande quatre shillings pour un charme destiné à une fille de ferme, dix shillings pour une couturière et six guinées pour une veuve dotée d'une petite affaire. Une princesse… hum ! – Vinculus gratta sa joue mal rasée de ses ongles sales. – Quarante guinées, lança-t-il au hasard.

— Très bien.

— Et laquelle est-ce ? demanda Vinculus.

— Laquelle est-ce quoi ? répliqua le modiste improbable.

— Quelle princesse ?

— Elles sont toutes à peu près pareilles, n'est-il pas ? Le prix varie-t-il avec la princesse ?

— Non, pas vraiment. Je vais vous donner le charme rédigé sur un bout de papier. Déchirez le papier en deux et cousez-en une moitié à l'intérieur de votre pardessus. Il vous faudra placer l'autre moitié en un endroit caché des atours de la princesse sur laquelle vous avez porté votre choix.

Le modiste improbable eut l'air ébahi.

— Et comment diable puis-je faire cela ?

Vinculus considéra son client.

— Vous m'aviez dit que vous cousiez leurs chapeaux, je croyais.

Le modiste improbable eut un rire.

— Ah, oui ! Bien sûr.

Vinculus le regarda d'un air méfiant.

— Vous n'êtes pas plus modiste que moi je suis...

— Magicien ? suggéra le modiste improbable. Tu ne peux pas ne pas reconnaître que ce n'est pas là ta seule profession. Après tout, tu viens de me faire les poches.

— Seulement parce que je désire savoir quel genre de coquin vous êtes, rétorqua Vinculus.

Et de secouer son bras jusqu'à ce que les objets qu'il avait prélevés dans les poches du modiste improbable tombassent de sa manche : une poignée de pièces d'argent, deux guinées d'or et trois ou quatre feuilles de papier pliées. Il ramassa les papiers.

D'excellente qualité, les feuillets étaient petits, épais. Ils étaient tous recouverts de lignes serrées d'une écriture fine et soignée. En haut du premier était écrit : « Deux sortilèges pour forcer un homme obstiné à quitter Londres », et « Sortilège pour savoir ce que mon ennemi trame en ce moment ».

— Le magicien de Hanover-square ! s'écria Vinculus.

Childermass (car c'était lui) inclina la tête.

Vinculus prit connaissance des formules magiques. La première était destinée à faire croire au sujet que tous les cimetières londoniens étaient hantés par ceux qui y étaient enterrés, et tous les ponts visités par les suicidés qui s'étaient jetés de leur hauteur. Le sujet devait voir les fantômes tels qu'ils étaient apparus à leur mort, marqués de tous les stigmates de la violence, de la maladie et de l'extrême vieillesse. De la sorte, il devenait de plus en plus terrifié, jusqu'à ne plus oser passer devant un pont ou une église, ce qui est un grave inconvénient à Londres, étant donné que les ponts ne sont jamais à plus de cent yards d'intervalle, et les églises à considérablement moins encore. La seconde formule était destinée à convaincre le sujet qu'il trouverait son unique et véritable amour et toutes sortes de félicités aux champs, et la troisième – celle qui permettait de savoir ce que tramait son ennemi – impliquait un miroir et avait été probablement conçue par Norrell pour donner à Childermass le moyen d'espionner Vinculus.

Vinculus ricana.

— Vous pouvez aller dire au magicien de Mayfair que ses sortilèges n'ont aucun effet sur moi !

— Vraiment ? répliqua Childermass, d'un ton sarcastique. Eh bien, c'est sans doute parce que je ne te les ai pas jetés.

Vinculus laissa tomber les papiers par terre.

— Jetez-les-moi donc !

Il croisa les bras dans une attitude de défi et fit flamboyer ses yeux, comme chaque fois qu'il invoquait l'esprit du fleuve Tamise.

— Merci, je m'en garderais.

— Et pourquoi non ?

— Parce que, pas plus qu'à toi, il ne me plaît qu'on me dise comment je dois conduire mon affaire. Mon maître m'a donné ordre de m'assurer que tu quittes Londres. Et j'ai l'intention de le faire à ma manière, non à la sienne. Viens, Vinculus, je crois qu'il serait préférable que nous ayons une petite conversation.

Vinculus réfléchit à cette proposition.

— Cette conversation pourrait-elle avoir lieu dans un endroit plus chaud ? Une taverne, peut-être ?

— Certainement, si tu le souhaites.

Les papiers où étaient notées les formules magiques de Mr Norrell voletaient autour de leurs pieds. Vinculus se baissa, les ramassa et, faisant fi des bouts de paille et de la boue qui y étaient collés, les glissa à l'intérieur de son pardessus.

21

Les tarots de Marseille

Février 1808

LA TAVERNE, qui s'appelait *L'Ananas,* avait été jadis le refuge et la cachette d'un fameux voleur et assassin. Ce malandrin avait eu un ennemi, un individu aussi sinistre que lui. Le voleur et son ennemi avaient été associés dans un crime abominable, mais le voleur avait gardé les deux parts de butin et envoyé aux juges un message leur indiquant où trouver son complice. Dès que celui-ci se fut évadé de Newgate, il était venu à *L'Ananas* au cœur de la nuit, accompagné de trente coupe-jarrets. Il leur avait fait arracher les ardoises du toit et desceller les briques des murs afin de pouvoir accéder à l'intérieur et cueillir le voleur. Nul n'avait assisté à ce qui avait suivi, mais beaucoup avaient entendu des cris terribles monter de la rue d'un noir de charbon. Le patron, s'étant avisé que la mauvaise réputation de *L'Ananas* était bonne pour les affaires, ne s'était jamais donné la peine de réparer sa maison autrement qu'en comblant les brèches avec du bois et de la poix, ce qui lui donnait l'air de porter des bandages, comme si elle s'était bagarrée avec ses voisines.

Trois marches graisseuses descendaient de la porte de la rue dans une salle lugubre. La taverne avait une odeur particulière, bien à elle, où se mêlaient la bière, le tabac froid, le fumet naturel de la clientèle et la puanteur impie de la Fleet River, qui servait d'égout depuis d'innombrables années. La Fleet coulait sous les fondations de la taverne, et l'on prétendait que celle-ci s'y enfonçait. Les murs de la salle étaient décorés de gravures bon marché : portraits de fameux criminels du siècle dernier qui avaient été tous pendus, portraits des fils débauchés du roi qui ne l'avaient pas encore été.

Childermass et Vinculus s'installèrent à une table dans un coin. Une fille noyée dans l'ombre apporta une méchante chandelle de suif et deux chopes en étain d'une bière très épicée. Childermass paya.

Ils burent en silence, puis Vinculus leva les yeux vers Childermass.

— Qu'étaient-ce toutes ces sornettes sur les chapeaux à brides et les princesses ?

Childermass partit à rire.

— Ah ! Juste une idée à moi. Depuis le jour où tu es apparu dans sa bibliothèque, mon maître a sollicité tous ses illustres amis pour l'aider à te détruire. Il a demandé à Lord Hawksbury et à Sir Walter de se plaindre au roi en son nom. Il se figurait, à mon avis, que Sa Majesté pourrait envoyer l'armée pour te faire la guerre, mais Lord Hawksbury et Sir Walter l'ont prévenu qu'il était peu probable que le roi se donnât tant de mal pour un petit sorcier loqueteux au rideau jaune. Il m'a alors traversé l'esprit que, si Sa Majesté devait apprendre que tu avais d'une manière ou d'une autre menacé la virginité de ses filles, il se pourrait qu'il considère les choses différemment[1] – Childermass prit une autre rasade de sa bière épicée. – Mais dis-moi, Vinculus, n'es-tu pas las des faux sorts et des oracles pour rire ? La moitié de tes clients viennent se gausser de toi. Ils ne croient pas plus à ta magie que toi. Ton temps est fini. Il existe un vrai magicien en Angleterre désormais.

Vinculus émit un léger reniflement de dégoût.

— Le magicien de Hanover-square ! Tous les grands personnages de Londres restent assis à se répéter qu'ils n'ont jamais vu d'individu aussi honnête. Moi, je connais et les magiciens et la magie, et je vous dis ceci : tous les magiciens mentent, et celui-ci davantage que les autres.

Childermass leva les épaules, ne voulant pas prendre la peine de le nier

Vinculus se pencha sur la table.

— « La magie sera gravée sur les faces des montagnes de pierre, mais leurs esprits ne pourront la contenir. En hiver, les arbres dénudés formeront des lettres noires, mais ils ne les comprendront pas... »

— Des arbres et des montagnes, Vinculus ? Quand as-tu vu un arbre ou une montagne pour la dernière fois ? Pourquoi ne pas dire que la magie est gravée sur les faces des masures ou que la fumée forme des lettres dans le ciel ?

— Cette prophétie n'est pas de moi !

— Ah, oui ! Bien sûr. Tu prétends que c'est celle du roi Corbeau. Enfin, il n'y a rien d'extraordinaire là-dedans. Tous les charlatans que j'ai pu rencontrer étaient porteurs d'un message du roi Corbeau...

---

1. Le roi était un père des plus aimants et des plus dévoués pour ses six filles, mais sa tendresse était telle qu'elle le porta à se conduire presque comme leur geôlier. Il ne supportait pas l'idée que l'une d'elles pût se marier et le quitter. Elles furent en effet priées de mener une vie insupportablement ennuyeuse auprès de la reine grincheuse, au château de Windsor. Sur les six, une seule parvint à se marier avant d'avoir quarante ans.

— « Je siège sur un trône noir dans les ténèbres, marmonna Vinculus, mais ils ne me verront pas. La pluie m'ouvrira une porte et je la franchirai. »

— Très bien. Alors, puisque tu n'as pas écrit cette prophétie tout seul, où l'as-tu dénichée ?

Sur le moment Vinculus eut l'air de ne pas vouloir répondre, puis il concéda :

— Elle est écrite dans un livre.

— Un livre ? Quel livre ? La bibliothèque de mon maître est étendue. Il n'a pas connaissance d'une telle prophétie.

Vinculus demeura silencieux.

— Est-ce ton livre ? demanda Childermass.

— J'en ai la garde.

— Et où t'es-tu procuré un livre ? Où l'as-tu volé ?

— Je ne l'ai pas volé. C'est mon héritage. Le plus grand sujet de gloire et le plus grand fardeau qui ait jamais été confié à un homme de cette Ère.

— S'il est vraiment précieux, alors tu peux le vendre à Norrell. Il a déjà acheté des livres au prix fort.

— Le magicien de Hanover-square n'aura jamais ce livre. Il ne le verra même jamais !

— Et où gardes-tu un tel trésor ?

Vinculus eut un rire glacé, signifiant ainsi qu'il n'était guère probable qu'il se confiât à un serviteur de son ennemi.

Childermass appela la fille de salle afin qu'elle leur apportât une nouvelle tournée de bière. Elle les servit, et ils burent plus longtemps en silence. Puis Childermass tira un jeu de cartes de la poitrine de son pardessus et le montra à Vinculus.

— Les tarots de Marseille. As-tu déjà vu leurs pareils ?

— Souvent, répondit Vinculus, sauf que les vôtres sont différents.

— Ce sont les copies d'un jeu de cartes appartenant à un marin que j'ai connu à Whitby. Il les avait achetées à Gênes, dans l'intention de s'en servir pour découvrir les cachettes de l'or des pirates. Après les avoir enfin regardées, il s'était aperçu qu'il était incapable de les comprendre. Il a proposé de me les vendre, mais j'étais pauvre et ne pouvais payer le prix qu'il en exigeait. Alors nous avons conclu un marché. Je lui dirais la bonne aventure et, en échange, il me prêterait ses tarots, le temps d'en réaliser des copies. Malheureusement, son bâtiment a appareillé avant que j'aie pu achever les dessins, et la moitié a donc été réalisée de mémoire.

— Et que lui avez-vous prédit ?

— La vérité. Qu'il périrait noyé avant la fin de l'année.

Vinculus eut un rire approbateur.

Au moment où il avait conclu son marché avec le défunt marin, Childermass avait été trop pauvre même pour s'offrir du papier. Les cartes avaient donc été reproduites au dos de notes de tavernes, de listes de blanchisserie, de lettres, de vieux comptes et d'affiches de théâtre. À une date plus récente, il avait collé les dessins sur du carton de couleur, seulement, dans plusieurs cas, les caractères d'imprimerie ou les inscriptions au verso apparaissaient au travers, ce qui leur donnait un drôle d'aspect.

Childermass étala neuf cartes à la file. Il retourna la première carte.

Sous l'image, on lisait un chiffre et un nombre : « VIIII. L'Ermite ». Elle représentait un vieil homme avec un froc et un capuchon de moine. Il portait une lanterne et marchait avec une canne, comme s'il était près de perdre l'usage de ses membres pour être resté trop longtemps à étudier. Il avait le visage tiré et méfiant. Une atmosphère sèche semblait se lever pour envelopper l'observateur, on eût dit la carte poudrée de poussière.

— Hum ! fit Childermass. Pour le moment, tes actes sont régis par un ermite. Bon, nous le savions déjà.

Le tarot suivant était « Le Mat », le seul à ne pas porter de chiffre : en un certain sens, le personnage figuré dessus se trouvait hors de l'histoire. La carte de Childermass montrait un homme marchant sur une route sous un arbre estival. Il s'appuyait sur un bourdon et portait sur l'épaule un autre bâton avec un balluchon pendu au bout ; un petit chien gambadait derrière lui. L'arcane majeur était censé figurer le fou ou le bouffon des temps anciens. Il avait un grelot à son bonnet et des rubans aux genoux, que Childermass avait colorés en rouge et vert. Il apparut que Childermass ne savait pas très bien interpréter ce tarot. Il réfléchit un instant, puis retourna les deux cartes suivantes : « VIII. La Justice », une femme couronnée tenant un glaive et une balance, et le deux de bâton. Les bâtons formaient une croix et pouvaient, entre autres choses, symboliser un carrefour.

Childermass laissa échapper un carrefour.

— Eh bien, eh bien ! lança-t-il, en se croisant les bras et en regardant Vinculus d'un air amusé. Cette carte-ci – il tapota « La Justice » – me signale que tu as pesé le pour et le contre et que tu es parvenu à une décision. Et celle-là – il indiquait le deux de bâton – m'apprend quelle est ta décision : tu vas errer. J'ai perdu mon temps, apparemment. Tu t'es déjà décidé à quitter Londres. Tant d'embarras, Vinculus, alors que tu as toujours eu l'intention de partir !

Vinculus haussa les épaules. À quoi s'attendait donc Childermass ?

Le cinquième tarot était le valet de coupe. Naturellement, on imagine un valet comme un être jeune, mais l'image représentait un homme mûr à la tête baissée, les cheveux hirsutes et la barbe drue. Dans la main gauche, il tenait une lourde coupe ; ce ne pouvait pourtant être celle-ci qui donnait une expression aussi inattendue, aussi contrainte à sa physionomie, non, à moins que ce ne fût la coupe la plus lourde du monde. Non, ce devait être un autre fardeau, pas immédiatement visible. Par suite des matériaux que Childermass avait été forcé d'utiliser pour confectionner ses tarots, cette image avait un aspect très spécial. Elle avait été dessinée au dos d'une lettre, dont le texte transparaissait au travers du papier. Les habits du valet étaient un énorme gribouillis ; jusqu'à son visage et à ses mains qui présentaient des fragments de lettres.

Vinculus rit à la vue de la carte, comme s'il la reconnaissait. Il la tapota trois fois en guise de salut amical. Peut-être était-ce ce geste qui fit perdre de son assurance à Childermass.

— Tu as un message à remettre à quelqu'un, proféra-t-il d'un ton incertain.

Vinculus inclina la tête.

— La carte suivante me dira-t-elle qui est cette personne ? s'enquit-il.

— Oui.

— Ah ! s'exclama Vinculus, qui retourna lui-même le sixième tarot.

Le sixième tarot était le cavalier de bâton. Un homme au chapeau à larges bords montait un cheval isabelle. La campagne à travers laquelle il chevauchait était figurée par quelques rochers et touffes d'herbe sous les sabots de sa monture. Ses vêtements étaient de coupe soignée et d'aspect coûteux ; pour une raison inconnue il portait un gros gourdin. Cependant, le nom même de gourdin le rendait plus grand que nature : il ne s'agissait que d'une grosse branche, arrachée à un arbre ou à une haie, et dont saillaient encore des feuilles et des brindilles.

Vinculus ramassa l'arcane et l'étudia attentivement.

Le septième tarot était le deux d'épée. En silence, Childermass retourna immédiatement la huitième carte, « Le Pendu ». La neuvième était « Le Monde ». Elle représentait une femme nue qui dansait ; aux quatre coins, un ange, un aigle, un taureau ailé et un lion ailé figuraient les quatre évangélistes.

— Tu peux t'attendre à une rencontre menant à une épreuve quelconque, voire à la mort, déclara Childermass. Les cartes ne révèlent pas si tu y survivras ou non. Quoi qu'il arrive, celle-ci – il toucha le dernier tarot – dit que tu accompliras ton dessein.

— Et savez-vous qui je suis maintenant ? s'enquit Vinculus.

— Pas exactement, mais j'en sais plus sur toi qu'avant.

— Vous voyez que je ne suis pas comme les autres.

— Rien ici ne confirme que tu es autre chose qu'un charlatan, conclut Childermass, commençant à rassembler ses cartes.

— Attendez, s'écria Vinculus, je vais vous dire la bonne aventure.

Vinculus lui prit les cartes et en étala à son tour neuf. Puis il les retourna une à une : « XVIII. La Lune », « XVI. La Maison Dieu » à l'envers, le neuf d'épée, le valet de bâton, le dix de bâton à l'envers, « II. La Papesse », « X. La Roue de la fortune », les deux deniers, le roi de coupe. Vinculus les contempla. Il ramassa « La Maison Dieu » et l'inspecta, sans souffler mot.

Childermass rit.

— Tu as raison, Vinculus. Tu n'es pas comme les autres. Voilà ma vie, là, sur la table. Mais tu ne sais pas la lire. Tu es un curieux personnage, le contraire de tous les magiciens des siècles derniers. Ils étaient farcis de savoir, et dépourvus de talent. Toi, tu as du talent et aucun savoir. Tu ne peux donc tirer profit de ce que tu vois.

Vinculus gratta sa longue joue creuse de ses ongles malpropres.

Childermass recommençait à ramasser ses cartes ; une fois de plus Vinculus l'en empêcha et indiqua qu'il leur fallait retirer les cartes.

— Quoi ? s'exclama Childermass, surpris. Je t'ai lu l'avenir. Tu n'es pas parvenu à me lire le mien. Que te faut-il de plus ?

— Je vais vous prédire son avenir.

— L'avenir de qui ? Celui de Norrell ? Tu n'y entendras rien.

— Battez les cartes, maugréa Vinculus d'un air buté.

Alors Childermass battit les cartes, et Vinculus en prit neuf, qu'il étala. Puis il retourna la première : « IIII. L'Empereur ». Elle représentait un roi assis sur un trône en plein air, arborant tous les insignes royaux habituels de la couronne et du sceptre. Childermass se pencha en avant pour l'examiner.

— Qu'y a-t-il ? demanda Vinculus.

— Je n'ai pas très bien copié ce tarot-ci. Je ne l'avais jamais remarqué auparavant. L'encrage est mal fait. Les traits sont épais et brouillés, si bien que les cheveux et la robe de l'empereur paraissent presque noirs. Et quelqu'un a laissé une empreinte de doigt sale sur l'aigle. L'empereur devrait être plus âgé que celui-ci. J'ai dessiné un jeune homme. As-tu par hasard une interprétation à me donner ?

— Non, répondit Vinculus, qui indiqua d'un mouvement méprisant du menton que Childermass devait retourner la carte suivante.

« IIII. L'Empereur ».

Il y eut un bref silence.

— Ce n'est pas possible ! s'exclama Childermass. Il n'y a pas deux empereurs dans ce jeu, j'en suis sûr.

Le roi était peut-être plus jeune et plus fier qu'avant. Ses cheveux et sa toge étaient noirs, et la couronne posée sur sa tête était devenue un mince diadème de métal clair. On ne discernait plus trace d'empreinte de doigt sur le tarot, et le grand oiseau dans le coin était à présent incontestablement noir. Il avait dépouillé son aspect d'aigle pour prendre une forme tout à fait anglaise : il s'était transformé en corbeau.

Childermass retourna la troisième carte. « IIII. L'Empereur ». Puis la quatrième. « IIII. L'Empereur ». À la quatrième, le chiffre et le nom de la carte avaient disparu, mais l'image demeurait identique : un jeune roi aux cheveux noirs, aux pieds duquel un grand oiseau noir se pavanait. Childermass retourna toutes les cartes sans exception. Il inspecta même le reste du jeu ; son impatience le rendit toutefois maladroit, et les tarots s'éparpillèrent à la ronde. Une foule de rois noirs entourait Childermass, tourbillonnant dans l'air gris et vif. Chaque tarot portait la même figure, avec le même regard clair impitoyable.

— Là, murmura doucement Vinculus. Voilà ce que vous pouvez rapporter au magicien de Hanover-square ! Voilà son passé, son présent et son avenir !

Inutile de préciser que, lorsque Childermass regagna Hanover-square et relata à Mr Norrell ce qui s'était passé, ce dernier fut très en colère. Que Vinculus s'obstinât à défier Mr Norrell était déjà assez pénible ; qu'il affirmât posséder un livre et que Mr Norrell ne fût pas en mesure de le lire était considérablement pire, mais qu'il prétendît tirer les cartes à Mr Norrell et le menacer avec des figures de rois noirs, voilà qui était proprement intolérable.

— Il vous a abusé ! déclara Mr Norrell avec emportement. Il a caché vos cartes et leur a substitué un jeu à lui. Je suis stupéfait que vous vous soyez ainsi laissé attraper !

— Tout à fait, acquiesça Mr Lascelles, regardant Childermass d'un œil froid.

— Oh ! Assurément, Vinculus n'est rien que tours de passe-passe, renchérit Drawlight. Mais j'eusse aimé assister à la séance. J'ai beaucoup d'affection pour Vinculus. Je regrette vivement, monsieur Childermass, que vous ne m'ayez pas prévenu que vous alliez le voir. Je vous aurais suivi.

Childermass, ignorant Lascelles et Drawlight, s'adressa à Mr Norrell :

— À supposer qu'il soit un prestidigitateur assez habile pour réaliser un tel tour – ce que je suis loin d'admettre –, comment pouvait-il savoir que je me trouvais posséder un jeu de tarots de Marseille ? Comment pouvait-il le savoir alors que vous l'ignoriez ?

— Oui, et il était aussi bien pour vous que je l'ignore ! Dire la bonne aventure avec des figures, voilà tout ce que je méprise ! Oh ! Cette affaire a été très mal conduite du début à la fin !

— Et quid de ce livre que le sorcier prétend avoir ? s'enquit Lascelles.

— Oui, en effet, reprit Mr Norrell. Cette étrange prophétie. Sans doute n'est-ce rien, cependant une ou deux expressions laissent supposer une grande antiquité. Il serait préférable que j'examine ce livre, je crois.

— Eh bien, monsieur Childermass ? dit Lascelles.

— J'ignore où il le cache.

— Alors nous vous suggérons de le découvrir.

Childermass mit donc des espions sur la piste de Vinculus et, la première et la plus surprenante des découvertes qu'ils firent, c'était que Vinculus était marié. En fait, il était bien mieux marié que la plupart des gens. Ses épouses, au nombre de cinq, étaient dispersées dans les diverses paroisses de Londres, les bourgs et les villages avoisinants. La plus vieille avait quarante-cinq ans, et la plus jeune quinze. Chacune ignorait tout de l'existence des quatre autres. Childermass réussit à les rencontrer à tour de rôle. À deux d'entre elles, il joua le personnage du modiste improbable ; à une autre, il se présenta comme un douanier ; pour le bénéfice de la quatrième, il se transforma en pendard ivrogne et joueur, et il raconta à la cinquième que, bien qu'il passât dans le monde pour être un domestique du grand Mr Norrell de Hanover-square, il était en secret un magicien. Deux essayèrent de le détrousser ; l'une jura qu'elle lui dirait tout ce qu'il voulait savoir, pourvu qu'il lui payât son gin ; une autre tenta de l'entraîner avec elle à une réunion de prières méthodiste ; et la cinquième, à la grande surprise de tout le monde, tomba amoureuse de lui. À la fin, néanmoins, toute cette comédie ne servit à rien, car aucune d'elles ne savait que Vinculus possédait une chose telle qu'un livre, encore moins où il le cachait.

Mr Norrell refusait d'y croire. Dans son cabinet d'étude du deuxième étage il jeta des sorts et scruta son plat d'argent rempli d'eau pour examiner les logements des cinq femmes de Vinculus. Il n'aperçut nulle part un objet qui ressemblât à un livre.

Entre-temps, à l'étage au-dessus, dans une chambrette réservée à son usage personnel, Childermass se tirait les cartes. Les tarots avaient tous retrouvé leur aspect d'origine, hormis « L'Empereur » qui n'avait toujours pas perdu son air de roi Corbeau. Certains arcanes sortaient sans arrêt, entre autres l'as de coupe – un calice liturgique d'une conception si recherchée qu'il ressemblait plus à une cité fortifiée sur un piédestal – et « II. La Papesse ». Selon l'opinion de Childermass, ces deux cartes avaient un sens caché. La série des bâtons sortait également avec une fréquence peu commune, et toujours les chiffres les plus hauts : le sept, le huit, le neuf, le dix. Plus Childermass fixait ces rangées de bâtons, plus elles lui semblaient être des lignes de texte. Pourtant, en même temps elles formaient une barrière, un obstacle à la compréhension. Childermass en vint donc à croire que le livre de Vinculus, quel qu'il fût, était écrit dans une langue étrangère.

22

Le cavalier de bâton

Février 1808

Jonathan Strange était un homme très différent de son père. Il n'était pas avare, il n'était pas fier, il n'était pas grincheux ni désobligeant. Toutefois, bien qu'il n'eût aucun vice marquant, ses vertus étaient peut-être presque aussi difficiles à définir. Aux parties de plaisir de Weymouth ou dans les salons de Bath, il était régulièrement proclamé « l'homme le plus charmant du monde » par la bonne société qu'il y côtoyait ; tout ce qu'on entendait par là, c'était qu'il parlait bien, dansait bien, et qu'il chassait et jouait comme il seyait à un gentleman.

Plutôt grand, il était considéré comme joli garçon. D'aucunes le trouvaient même beau, ce qui n'était aucunement l'opinion générale. Son visage avait deux défauts, un long nez et une expression ironique. Il est également vrai que ses cheveux avaient une teinte rousse et, ainsi que chacun sait, aucun roux ne peut jamais être vraiment qualifié de beau.

À l'époque de la mort de son père, il était très absorbé par le projet de convaincre certaine demoiselle de l'épouser. Quand il rentra de Shrewsbury le jour du décès paternel, et que les domestiques lui annoncèrent la nouvelle, sa première pensée fut de se demander quel effet celle-ci aurait sur sa demande en mariage. Y avait-il plus de chances que l'élue de son cœur dît oui à présent ? Ou moins de chances ?

Ce mariage aurait dû être l'affaire la plus facile à arranger. Tous leurs amis approuvaient l'union, et le frère de la demoiselle – son seul parent – était à peine moins ardent à l'appeler de ses vœux que Jonathan Strange lui-même. Certes, Laurence Strange avait de puissantes objections à la pauvreté de la fiancée, mais il s'était ôté tout pouvoir de soulever de sérieuses difficultés en se raidissant dans la mort.

Pourtant, alors que Jonathan Strange était le prétendant notoire de cette demoiselle depuis des mois, l'engagement – attendu d'heure en heure par toutes leurs relations – ne suivait pas. Non qu'elle ne l'aimât point ; il était absolument certain du contraire, néanmoins il lui semblait parfois qu'elle n'était tombée amoureuse de lui que dans le seul dessein de se quereller avec lui. Il était bien en peine de se l'expliquer. Il croyait avoir répondu à toutes ses demandes en manière de réforme de sa conduite. Son goût pour les cartes et autres sortes de jeux s'était réduit à quasiment néant. Désormais, il buvait très peu – guère plus d'un flacon par jour. Il lui avait promis de ne pas voir d'inconvénient à aller plus souvent à l'église si cela devait lui agréer – au moins, disons, une fois par semaine, deux fois si elle préférait –, mais elle prétendait laisser ces matières à l'appréciation de sa conscience, que ce n'était pas le genre de choses qui pouvaient être prescrites par autrui. Il savait qu'elle détestait ses fréquentes visites à Bath, Brighton, Weymouth et Cheltenham, et il lui assura qu'elle n'avait rien à craindre des femmes de ces lieux ; sans aucun doute charmantes, elles ne représentaient cependant rien pour lui. Elle répondit que ce n'était pas là ce qui l'inquiétait. L'idée ne lui avait pas même traversé l'esprit. Seulement, elle souhaitait qu'il trouvât une meilleure manière d'occuper son temps. Elle n'avait pas l'intention de lui faire la morale, et nul n'aimait mieux qu'elle une villégiature, mais une villégiature permanente ! Était-ce là réellement ce qu'il voulait ? Cela le rendait-il heureux ?

Il lui affirma qu'il était entièrement d'accord avec elle et que, au cours de l'année précédente, il avait sans cesse dressé des plans pour embrasser telle profession ou tel programme d'études. Ses plans étaient en soi très bons. Il songeait à rechercher un génie poétique sans ressources afin de devenir son protecteur ; à ramasser des fossiles sur la plage de Lyme Regis[1] ; à acquérir une fonderie ; à questionner une de ses connaissances sur les nouvelles méthodes d'agriculture ; à étudier la théologie et à achever la lecture d'un ouvrage fascinant sur la mécanique qu'il était quasi certain d'avoir posé sur un guéridon dans le coin le plus reculé de la bibliothèque de son père voilà deux ou trois ans. Toutefois, il s'avéra qu'il existait un obstacle à chacune de ces voies projetées. Les génies poétiques sans ressources étaient plus difficiles à trouver qu'il ne l'avait imaginé[2] ; les livres de droit étaient assommants ; il

---

1. À l'aube du XIXe siècle, des squelettes complets d'ichtyosaures et de plésiosaures furent mis au jour dans les falaises jurassiques de Lyme Regis dans le Dorset, grâce à l'activité de chercheurs de fossiles locaux dont le plus célèbre était une femme, Mary Anning (*N.d.T.*).

2. Il semblerait que Jonathan Strange n'ait pas renoncé facilement à l'idée d'une carrière poétique. Dans *La Vie de Jonathan Strange* (John Murray éd., Londres, 1820), John Segundus expose comment, déçu dans sa quête d'un poète, Strange décida d'écrire lui-même des poèmes. « Le premier jour, tout se passa très bien ; du petit-déjeuner au souper, il resta assis en robe de chambre à son secrétaire dans son cabinet de toilette et griffonna très vite

n'arrivait pas à se souvenir du nom de l'expert en agriculture et, le jour où il projetait de partir pour Lyme Regis, il pleuvait des cordes.

Et ainsi de suite. Il jura à la jeune demoiselle qu'il regrettait de tout son cœur de ne pas s'être engagé dans la Royal Navy bien des années plus tôt. Rien au monde ne lui eût mieux convenu ! Bien sûr, son père n'aurait jamais donné son accord, et il avait déjà vingt-huit ans. Il était bien trop tard pour embrasser une carrière d'officier de marine.

Cette jeune femme étrangement insatisfaite s'appelait Arabella Woodhope, et était la fille du défunt vicaire de Saint Swithin's, à Clunbury[1]. Au moment du décès de Laurence Strange, elle rendait une visite prolongée à des amis du village de Gloucestershire, où son frère était vicaire. Son message de condoléances atteignit Strange le matin des obsèques. Il exprimait tous les sentiments appropriés : de la sympathie pour la perte qu'il venait d'éprouver, tempérée par une compréhension des nombreux manquements de Mr Strange dans son rôle de père. Un autre sentiment se glissait dans sa missive. Elle s'inquiétait pour lui. Elle regrettait son absence du Shropshire. Il ne lui plaisait pas qu'il fût seul et sans amis en pareil moment.

Jonathan prit sa décision sur l'instant. Il n'imaginait pas être susceptible de se trouver en une situation plus avantageuse. Arabella ne serait jamais plus débordante de tendresse inquiète qu'elle ne l'était alors, et lui ne serait jamais plus riche. (Il ne parvenait pas à croire qu'elle fût aussi indifférente à sa fortune qu'elle le prétendait !) Il jugea qu'il devait laisser passer un intervalle de temps convenable entre les funérailles de son père et sa demande en mariage. Trois jours lui paraissaient peu ou prou raisonnables ; aussi, le matin du quatrième jour, il ordonna à son valet d'emballer ses effets et à son palefrenier de tenir son cheval prêt, puis il partit pour le Gloucestershire.

---

sur plusieurs douzaines de feuillets d'in-quarto. Il était content de tout ce qu'il écrivait, ainsi que son valet, qui était lui-même homme de lettres et le conseillait sur les épineuses questions de la métaphore et de la rhétorique, et qui courait en tous sens ramasser les papiers à mesure qu'ils voltigeaient dans la pièce et les mettre en ordre avant de descendre à toutes jambes pour en lire les morceaux les plus réjouissants à son ami, l'aide-jardinier. La rapidité avec laquelle Strange écrivait était réellement étonnante ; le valet déclara que, en approchant la main de la tête de Strange, il sentait la chaleur en rayonner à cause des immenses énergies créatrices contenues à l'intérieur. Le deuxième jour, Strange s'installa pour écrire encore une cinquantaine de pages et rencontra immédiatement des difficultés car il ne parvenait pas à trouver une rime à "de l'amour les supplices". "Tombé dans le vice" n'était pas prometteur ; "un couple de Miss" était absurde et "quel est le bénéfice ?" carrément vulgaire. Il s'acharna une heure, resta bredouille, sortit à cheval pour relâcher son esprit et ne reposa jamais plus les yeux sur son poème. »

1. Un village à cinq ou six milles de la maison de Strange.

Il emmena avec lui le nouveau valet. Il avait longuement parlé à cet homme, qu'il avait trouvé plein d'énergie, ingénieux et capable. Le nouveau valet était ravi d'avoir été choisi (bien que sa vanité lui susurrât qu'il s'agissait là de la chose la plus naturelle au monde). À présent que le nouveau valet a accompli le pas de géant de sa carrière – à présent qu'il est, d'une certaine façon, sorti du mythe pour entrer dans le monde de tous les jours – on trouvera peut-être plus commode de lui donner un nom comme au commun des mortels. Il s'appelait Jeremy Johns.

Le premier jour, ils n'eurent que les aventures ordinaires qui échoient à tous les voyageurs : ils se querellèrent avec un bonhomme qui avait lancé son chien après eux sans raison, et conçurent des inquiétudes au sujet du cheval de Strange qui commença par montrer des signes qu'il était mal en point ; après une enquête plus approfondie, il se révéla être en parfaite santé. Le matin du deuxième jour, ils chevauchaient dans un beau paysage de douces collines, de bois dénudés et de fermes coquettes et d'aspect prospère. Jeremy Johns s'exerçait activement au degré de morgue séant au domestique d'un gentilhomme qui venait d'hériter d'un grand domaine, tandis que Jonathan Strange songeait à Miss Woodhope.

Maintenant qu'était venu le jour où il devait la revoir, il se mettait à douter de l'accueil qui l'attendait. Il était content de la savoir en compagnie de son frère, ce cher Henry qui ne discernait que de bons aspects dans cette union et qui, Strange en était absolument certain, ne manquait jamais d'encourager sa sœur à la considérer d'un œil favorable. Quant aux amis chez qui elle séjournait, il ressentait quelques doutes. Il y avait un pasteur et son épouse. Il ne savait rien d'eux, mais éprouvait la méfiance naturelle d'un jeune homme riche et qui ne se refusait rien envers des membres du clergé. Qui savait quelles idées de vertus extraordinaires et d'inutile autosacrifice ils pouvaient lui inculquer quotidiennement ?

Le soleil déclinant jetait des ombres immenses. La glace et le givre scintillaient sur les branches des arbres et dans les creux des champs. La vue d'un paysan en train de labourer lui rappela les familles qui vivaient sur ses terres et dont le bien-être avait toujours été une cause de souci pour Miss Woodhope. Une conversation idéale germa dans son esprit : *Et quelles sont vos intentions concernant vos fermiers ?* demanderait-elle. – *Mes intentions ?* s'écrierait-il. – *Oui,* répondrait-elle. *Comment soulagerez-vous leurs fardeaux ? Votre père leur a arraché jusqu'au dernier penny. Il a rendu leur existence misérable. – Je sais cela,* dirait Strange. *Je n'ai jamais défendu les actes de mon père. – Avez-vous déjà baissé les loyers ?* s'enquerrait-elle. *Avez-vous parlé au conseil de la paroisse ? Avez-vous songé à des hospices pour les vieilles gens et à une école pour les enfants ?*

« Il n'est vraiment pas raisonnable de parler de loyers, d'hospices et d'école, pensa mélancoliquement Strange. Après tout, mon père n'est mort que mardi dernier… »

— Eh bien, voilà qui est singulier ! remarqua Jeremy Johns.

— Hum ? fit Strange.

Il s'aperçut qu'ils s'étaient arrêtés devant une barrière blanche. Au bord de la route se dressait une pimpante chaumière peinte de blanc. De construction récente, elle était hexagonale, avec des fenêtres gothiques.

— Où est donc l'agent d'octroi ? demanda Jeremy Johns.

— Hum ? fit encore Strange.

— C'est un bureau d'octroi, monsieur. Regardez, voilà le tableau portant la liste des sommes à payer. Mais il n'y a personne. Dois-je laisser six pence ?

— Oui, oui. À ta guise.

Jeremy Johns laissa donc l'octroi sur le pas-de-porte de la chaumière et ouvrit la barrière afin que Strange et lui pussent passer. Cent yards plus loin, ils pénétraient dans un village. Une vieille église de pierre nimbée de la lumière dorée de l'hiver, une allée de charmes tordus et séculaires qui menait quelque part ou ailleurs, et une vingtaine de chaumières également en pierre, avec de la fumée qui montait des cheminées. Un ruisseau courait le long de la route, bordé d'herbes jaunes et sèches, d'où pendaient des stalactites de glace.

— Où sont donc les habitants ? s'étonna Jeremy.

— Comment ? répondit Strange. – Il regarda autour de lui et vit deux fillettes qui les épiaient de la fenêtre d'une chaumière. – Là, dit-il.

— Non, monsieur. Ce sont des enfants. Je parlais des adultes. Je n'en vois aucun.

En effet, aucun n'était en vue. Il y avait bien des poules qui se pavanaient à la ronde, un chat assis sur un reste de paille dans une vieille charrette et des chevaux dans un pré, mais personne. Cependant, dès que Strange et Jeremy Johns sortirent du village, la raison de cet étrange état de fait leur apparut. À une centaine de yards de la dernière maison, une foule s'était rassemblée autour d'une haie d'hiver, portant tout un assortiment d'armes : serpettes, faucilles, verges et fusils. Cette vision était fort saugrenue, à la fois sinistre et un tantinet grotesque. On eût pu croire que le village avait décidé de faire la guerre aux aubépines et aux sureaux. Le soleil bas illuminait les villageois, dorant leurs habits et leurs armes, et leurs mines étranges et résolues. Des ombres bleuâtres s'allongeaient derrière eux. Ils étaient complètement silencieux, et quand l'un deux bougeait, c'était avec beaucoup de précautions, par crainte de faire du bruit.

En chevauchant à leur hauteur, Strange et Jeremy se dressèrent sur leurs étriers et tendirent le cou pour apercevoir ce que pouvait bien être l'objet de l'attention des villageois.

— Eh bien, voilà qui est singulier ! s'exclama une fois de plus Jeremy, après qu'ils furent passés. Il n'y avait rien !

— Si, répondit Strange, il y avait un homme. Je ne suis pas surpris que tu n'aies pu l'apercevoir. D'abord je l'ai pris pour une vieille racine, mais c'était un homme, à n'en pas douter. Un homme blême, décharné, battu par les intempéries, un homme remarquablement proche d'une racine, un homme néanmoins.

La route les conduisit dans un bois obscur. La curiosité de Jeremy Johns avait été piquée, et il se demandait qui pouvait être l'inconnu et quel sort allaient lui réserver les villageois. Strange répondit une ou deux fois à l'aveuglette, avant de se replonger dans ses rêveries sur Miss Woodhope.

« Il vaut mieux éviter de discuter des changements apportés par la disparition de mon père, songeait-il. C'est beaucoup trop dangereux. J'attaquerai par des sujets légers, sans conséquence. Les aventures de ce voyage, par exemple. Tiens, qu'est-il survenu qui puisse l'amuser ? » Il leva les yeux ; des arbres sombres, pleureurs, le cernaient. « Il a bien dû y avoir quelque chose. » Il se rappela un moulin à vent qu'il avait vu près de Hereford, un manteau rouge d'enfant pris dans une des ailes. Avec le mouvement giratoire, tantôt le petit manteau était traîné dans la boue et la neige fondue, tantôt il volait dans les airs tel un éclatant drapeau écarlate. « Une allégorie d'on ne sait quoi. Je pourrais lui parler du village désert et des enfants à la fenêtre qui m'épiaient entre les rideaux, l'une avec sa poupée à la main, l'autre avec son cheval de bois. Ensuite viennent la foule silencieuse et armée et l'homme sous la haie… »

Oh ! dirait-elle sans doute. *Pauvre diable ! Que lui est-il arrivé ? – Je ne sais,* répondrait Strange. – *Mais vous êtes resté pour lui porter secours, j'espère,* insisterait-elle. – *Non,* répondrait Strange. – *Oh !* se récrierait-elle…

— Attendez ! cria Strange, retenant sa monture. Cela ne peut pas aller ! Nous devons rebrousser chemin. Je ne suis pas tranquille pour le bonhomme sous la haie.

— Oh ! s'exclama Jeremy Johns, avec soulagement. Je suis très content de vous l'entendre dire, monsieur. Moi non plus je ne suis pas tranquille.

— Je ne pense pas que vous ayez songé à emporter une paire de pistolets, si ? demanda Strange.

— Non, monsieur.

— Sacrebleu ! s'exclama Strange, avec un léger tressaillement car Miss Woodhope réprouvait les jurons. Et un couteau ? Un engin de ce genre ?

— Non, rien, monsieur. Mais ne vous inquiétez pas. – Jeremy sauta à bas de son cheval et alla fouiller dans le sous-bois. – Dans ces branchages, je puis nous tailler des gourdins qui seront presque aussi efficaces que des pistolets.

Quelques grosses branches qu'on avait coupées dans un taillis d'arbres étaient abandonnées sur le sol. Jeremy en ramassa une et la proposa à Strange. En fait de gourdin, il s'agissait plutôt d'une bûche hérissée de brindilles.

— Ma foi, murmura Strange d'un ton indécis. Je présume que c'est mieux que rien.

Jeremy se munit d'une autre branche de la même taille et, ainsi armés, ils revinrent vers le village et sa foule silencieuse.

— Toi, là-bas ! cria Strange, distinguant un homme vêtu d'une souquenille de berger, avec quantité de hardes en tricot nouées par-dessus et un chapeau à larges bords sur la tête.

Il fit quelques moulinets avec son gourdin d'un air qu'il espérait menaçant.

— Qu'est-ce que... ?

Immédiatement plusieurs membres de la foule se retournèrent ensemble en portant un doigt à leurs lèvres.

Un autre homme s'approcha de Strange. Avec son habit de velours brun, il avait une allure plus respectable que le premier. Il effleura son chapeau de deux doigts et dit très doucement :

— Je vous demande pardon, monsieur, ne pourriez-vous emmener vos chevaux un peu plus loin ? Ils piaffent et s'ébrouent trop fort.

— Mais..., commença Strange.

— Chut, monsieur ! chuchota l'autre. Votre voix, elle est trop claironnante. Vous allez le réveiller !

— Le réveiller ? Qui ?

— L'homme sous la haie, monsieur. Il est magicien. N'avez-vous jamais ouï dire que, si on réveille un magicien avant son heure, on risque de voir ses rêves sortir de sa tête pour devenir réalité ?

— Et qui sait de quelles horreurs il rêve ! renchérit un autre dans un chuchotement.

— Comment..., tenta Strange.

Une fois encore, plusieurs personnes dans la foule se retournèrent pour lui jeter des regards indignés et lui faire signe de parler plus doucement.

— Comment savez-vous que c'est un magicien ? chuchota-t-il.

— Ah ! Il est à Monk Gretton depuis ces deux derniers jours, monsieur. Il conte à qui veut l'entendre qu'il est magicien. Le premier jour, il a amené par ruse certains de nos enfants à dérober des tourtes et de la bière dans le garde-manger de leur mère, prétendant qu'elles étaient pour la reine des fées. Hier, on l'a trouvé qui errait sur les terres de Farwater Hall, qui est notre grand château ici, monsieur. Mrs Morrow – dont c'est le bien – l'a engagé pour dire la bonne aventure, mais tout ce qu'il a raconté c'était que son fils, le capitaine Morrow, avait été abattu par les Français… Et maintenant, pauvre femme, elle est couchée sur son lit et répète qu'elle attend la mort. Par conséquent, monsieur, nous avons assez vu ce personnage. Nous comptons le faire partir. Et s'il ne veut pas, nous le mettrons à l'hospice.

— Ma foi, cela semble on ne peut plus raisonnable, chuchota Strange. Pourtant, ce que je ne comprends pas, c'est…

Juste à ce moment-là, le dormeur rouvrit les yeux. La foule eut une sorte de haut-le-cœur collectif, plusieurs reculèrent d'un ou deux pas.

L'homme s'extirpa de la haie. La tâche fut malaisée, diverses parties de celle-ci – brins d'aubépine, branches de sureau et de gui, lianes de lierre et balais de sorcière – s'étant glissées entre ses vêtements, ses membres et ses cheveux pendant la nuit, ou fixées à lui par de la glace. Il se mit sur son séant. Il ne paraissait pas le moins du monde surpris de découvrir qu'il avait un public ; à son comportement, on eût pu même croire qu'il s'y était attendu. Il les observa tous et émit plusieurs reniflements peu flatteurs.

Il passa ses doigts dans ses cheveux pour en ôter des feuilles mortes, des brindilles et une demi-douzaine de perce-oreilles.

— J'ai tendu la main, marmonna-t-il à personne en particulier. Les rivières d'Angleterre ont fait demi-tour pour couler dans l'autre sens.

Il défit sa cravate et repêcha quelques araignées qui avaient élu domicile sous sa chemise. Ce faisant, il montra qu'il avait le cou et la gorge décorés d'un étrange dessin composé de traits, points, croix et cercles bleus. Puis il renoua sa cravate autour de son cou et, ayant ainsi achevé sa toilette à sa satisfaction, il se releva.

— Je m'appelle Vinculus, déclara-t-il.

Attendu qu'il venait de passer la nuit sous une haie, il avait la voix remarquablement claire et sonore.

— Depuis dix jours je chemine vers l'ouest, à la recherche d'un homme qui est destiné à devenir un grand magicien. Voilà dix jours, en effet, on m'a montré un portrait de cet homme, et voilà qu'à certains signes ésotériques je découvre que c'est vous !

Tout le monde se retourna pour voir de qui il parlait.

Le bonhomme en blouse de berger avec ses hardes en tricot s'approcha de Strange et lui tira la manche.

— C'est vous, monsieur, dit-il.

— Moi ? s'étonna Strange.

Vinculus vint à Strange.

— « Deux magiciens doivent apparaître en Angleterre, cita-t-il.

« Le premier me craindra ; le deuxième brûlera de m'apercevoir ;

« Le premier sera gouverné par des larrons et des assassins ; le second conspirera à sa propre destruction ;

« Le premier aura beau enfouir son cœur dans un bois sombre sous la neige, il le sentira encore palpiter ;

« Le deuxième verra son bien le plus cher aux mains de son ennemi... »

— Je vois, l'interrompit Strange. Et lequel suis-je, le premier ou le second ? Non, ne me réponds pas. Peu importe. Les deux sont absolument épouvantables. Pour quelqu'un qui tient à ce que je devienne magicien, tu ne promets pas une existence très intéressante. J'espère me marier bientôt, et une vie passée dans l'obscurité des bois, au milieu des brigands et des criminels, serait inopportune, pour ne pas dire plus. Je te suggère d'en choisir un autre.

— Je ne vous ai pas choisi, magicien ! Vous avez été choisi voici longtemps.

— Eh bien, qui que ce fût qui m'a choisi, il sera déçu.

Vinculus ignora cette dernière remarque et saisit fermement la bride du cheval de Strange, par précaution contre une possible fuite. Puis il se mit à réciter dans son intégralité la prophétie dont il avait déjà gratifié Mr Norrell dans sa bibliothèque de Hanover-square.

Strange l'écouta avec un degré d'enthousiasme similaire. Une fois que ce fut fini, il se pencha de sa monture et articula très lentement et distinctement :

— Je ne connais rien à la magie.

Vinculus observa un silence. Il donna l'impression d'être prêt à concéder que cette déficience pouvait être un obstacle légitime au destin de grand magicien de Strange. Par bonheur, la solution lui vint aussitôt à l'esprit ; il glissa la main dans son pardessus, au niveau de la poitrine, et en tira des feuilles de papier couvertes de fétus de paille.

— Tenez, dit-il, l'air encore plus mystérieux et plus solennel qu'auparavant. J'ai ici quelques sorts que... Non, non ! Je ne puis vous les donner. – Strange tendait déjà la main pour les prendre. – Ils me sont précieux. J'ai supporté des années de tourments et enduré de grandes épreuves pour en avoir possession.

— Combien ? lança Strange.

— Sept shillings et six pence, répondit Vinculus.

— Très bien.

— Vous n'avez tout de même pas l'intention de lui donner de l'argent, monsieur ? intervint Jeremy Johns.

— Si cela peut l'empêcher de me parler, alors si, assurément.

Entre-temps la foule considérait Strange et Jeremy Johns d'une manière peu amène. Cette attitude générale avait coïncidé plus ou moins avec le réveil de Vinculus ; les villageois commençaient à se demander si les deux étrangers n'étaient pas deux émanations des rêves de Vinculus. Ils se mirent à s'accuser les uns les autres d'avoir réveillé Vinculus. Ils allaient se prendre de querelle quand un personnage d'aspect officiel, avec un couvre-chef d'allure imposante, se présenta et signifia à Vinculus que, en sa qualité de pauvre, il devait se rendre à l'hospice. Vinculus rétorqua qu'il n'en ferait rien étant donné qu'il n'était plus pauvre : il possédait sept shillings et six pence ! Et de balancer son argent sous le nez du bonhomme de la façon la plus impertinente. À l'instant où une rixe semblait devoir s'ensuivre pour un motif ou un autre, la paix fut soudain rétablie dans le village de Monk Gretton par un expédient des plus simples : Vinculus tourna les talons pour partir dans un sens, tandis que Strange et Jeremy Johns s'éloignaient à cheval dans l'autre.

Vers cinq heures, ils arrivaient à une auberge dans le village de S., non loin de Gloucester. Strange avait si peu d'espoir de voir sortir de ses retrouvailles avec Miss Woodhope autre chose que des souffrances pour tous deux, qu'il songea à reporter celles-ci au lendemain matin. Il commanda un bon dîner et alla s'installer avec un journal dans un fauteuil confortable au coin du feu. Toutefois, il s'aperçut vite que le confort et la tranquillité étaient de piètres substituts à la compagnie de Miss Woodhope et annula donc son dîner pour se rendre immédiatement à la demeure de Mr et Mrs Redmond, afin de commencer à être malheureux le plus tôt possible. Il ne trouva que deux dames au logis, Mrs Redmond et Miss Woodhope.

Les amoureux sont rarement les êtres les plus raisonnables de la création. Aussi, mes lecteurs ne seront guère surpris de découvrir que les rêveries de Strange à propos de Miss Woodhope avaient établi un portrait d'elle des plus inexacts. Certes, ses conversations imaginaires exprimaient les opinions de son élue ; en revanche, elles n'étaient aucunement une indication de son caractère et de ses manières. Par exemple, il n'était pas dans les habitudes de celle-ci d'accabler des personnes récemment affligées d'exigences concernant la construction d'écoles et d'hospices. Pas plus qu'elle ne critiquait tout ce qu'elles disaient. Elle n'était pas aussi dénaturée.

Elle le reçut de manière très différente de la jeune dame maussade et intransigeante de son imagination. Loin de lui demander de redresser incontinent tous les torts causés par son père, elle se comporta avec une bonté particulière à son égard et, somme toute, parut ravie de le revoir.

Elle avait près de vingt-deux ans. Au repos, ses traits n'étaient que modérément gracieux. Sa figure et sa silhouette présentaient peu d'attraits remarquables, mais, une fois animée par la conversation ou le rire, sa physionomie se transformait du tout au tout. Miss Woodhope possédait un naturel gai, un esprit vif et le goût du comique. Elle était toujours prête à sourire et, comme un sourire est la parure la plus seyante que puisse arborer une dame, elle avait la réputation d'avoir éclipsé à l'occasion des beautés célèbres dans trois comtés.

Son amie, Mrs Redmond, était une créature placide et bienveillante de quarante-cinq ans. Elle n'était pas riche, ni particulièrement futée, et n'avait pas non plus beaucoup voyagé. En d'autres circonstances, elle eût été embarrassée de commercer avec un homme du monde tel que Jonathan Strange ; heureusement, le père de ce dernier venait de décéder, et cela lui fournit un sujet de conversation.

— Vous devez être très occupé en ce moment, monsieur Strange, déclara-t-elle. Je me rappelle qu'à la mort de mon père il y a eu un nombre infini de choses à régler. Il avait laissé tant de legs ! Chez nous, des pots en porcelaine étaient alignés sur le rebord de la cheminée. Mon père souhaitait qu'un pot revienne à chacun de nos vieux domestiques. Mais la description de ces pots sur son testament était très déroutante, et personne ne savait lequel était destiné à qui. Ensuite les domestiques se sont chamaillés, ils voulaient tous prendre la porcelaine jaune avec des roses roses. Oh ! j'ai cru que je n'en finirais jamais avec ces legs. Votre père vous a-t-il laissé beaucoup de legs, monsieur Strange ?

— Non, madame. Aucun. Il détestait tout le monde.

— Oh ! Voilà qui est heureux, non ? Et qu'allez-vous faire maintenant ?

— Faire ? répéta Strange.

— Miss Woodhope dit que votre pauvre cher père achetait et revendait des choses. Suivrez-vous ses traces ?

— Non, madame. Si je parviens à mes fins, et je crois que j'y parviendrai, les affaires de mon père seront toutes en ordre aussi tôt que possible.

— Ah ! Alors vous serez sans doute très occupé par l'agriculture ? D'après Miss Woodhope, vos terres sont vastes.

— Elles le sont, madame. Cependant, j'ai tâté de l'agriculture et je trouve que cela ne me convient pas.

— Oh ! murmura Mrs Redmond, prudemment.

Il y eut un silence. La pendule de Mrs Redmond fit entendre son tic tac ; les braises s'effondrèrent dans la grille du fourneau. Mrs Redmond commença à tirer des fils de broderie posés sur ses genoux et emmêlés en un terrible nœud. Son chat noir prit alors cette soudaine activité pour un jeu et traversa le canapé d'un air dédaigneux pour tenter d'attraper les fils de soie. Avec un rire, Arabella saisit le chat et se mit à jouer avec lui. C'était exactement le genre de paisible scène domestique que Strange aimait (même s'il ne voulait pas de Mrs Redmond et était indécis quant au chat), et celle-ci était d'autant plus désirable à ses yeux qu'il n'avait jamais trouvé que froideur et maussaderie dans la maison de son enfance. La question était de convaincre Arabella qu'elle le désirait aussi. Une forme d'inspiration lui vint et il s'adressa soudain de nouveau à Mrs Redmond :

— Enfin, bref, madame, je ne pense pas avoir de temps à y consacrer. Je vais étudier la magie.

— La magie ! s'exclama Mrs Redmond, le regardant avec surprise.

Elle semblait prête à le questionner davantage quand, à cet instant crucial, on entendit Mr Redmond dans l'entrée. Il était accompagné de son vicaire, Henry Woodhope – cet Henry Woodhope qui était à la fois le frère d'Arabella et l'ami d'enfance de Jonathan Strange. Naturellement, il fallut venir à bout des présentations et des explications (Henry Woodhope ignorait la venue de Strange), et la déclaration inattendue de Strange passa momentanément au second plan.

Ces messieurs revenaient d'une réunion paroissiale. Dès que tout le monde se fut réinstallé au salon, Mr Redmond et Henry firent part à Mrs Redmond et à Arabella de diverses nouvelles de la paroisse. Puis ils s'informèrent du voyage de Strange, de l'état des routes et du sort des fermiers dans le Shropshire, le Herefordshire et le Gloucestershire (ceux-ci étant les comtés traversés par Strange). À sept heures, le thé fut servi. Dans le silence qui suivit, pendant que tous buvaient et se restauraient, Mrs Redmond annonça à son mari :

— Mr Strange va être magicien, mon chéri.

Elle parlait comme s'il s'agissait de la chose la plus naturelle au monde – car ce l'était pour elle.

— Magicien ? s'exclama Henry, stupéfait. Pourquoi une telle vocation ?

Strange hésita. Il n'avait guère envie de donner sa véritable raison – qui était d'impressionner Arabella par sa détermination à choisir une activité sérieuse et savante ; il se rabattit donc sur la seule autre explication qui lui venait à l'esprit.

— J'ai rencontré un homme sous une haie de Monk Gretton qui m'a proclamé magicien.

Mr Redmond rit, goûtant la plaisanterie.

— Excellent ! s'écria-t-il.

— Vraiment ? fit de son côté Mrs Redmond.

— Je ne comprends pas, dit Henry Woodhope.

— Vous ne me croyez pas, je présume ? demanda Strange à Arabella.

— Oh ! bien au contraire, monsieur Strange ! répondit Arabella avec un sourire amusé. Cela s'accorde avec votre façon habituelle de procéder. Voilà une motivation de carrière tout aussi forte que ce à quoi je pouvais m'attendre de votre part.

— Si vous devez embrasser une profession – et je ne vois pas pourquoi vous en désireriez une maintenant que vous avez hérité de votre domaine – vous pourriez en choisir une plus valable que la magie ! protesta Henry. Elle n'a aucune application pratique.

— Ah, je pense que vous avez tort ! objecta Mr Redmond. Il y a bien ce gentleman à Londres qui confond les Français en leur envoyant des illusions ! J'ai oublié son nom. Comment appelle-t-il sa théorie, déjà ? La magie moderne ?

— En quoi celle-ci est-elle différente de l'ancienne ? s'étonna Mrs Redmond. Et à laquelle vous adonnerez-vous, monsieur Strange ?

— Oui, expliquez-nous, monsieur Strange, insista Arabella avec un air malicieux. À laquelle vous adonnerez-vous ?

— Un tantinet aux deux, mademoiselle Woodhope. Un tantinet aux deux ! – Se tournant vers Mrs Redmond, il poursuivit : – J'ai acheté trois sorts à mon bonhomme sous la haie. Aimeriez-vous en voir un, madame ?

— Oh, oui, assurément !

— Mademoiselle Woodhope ? s'enquit Strange.

— À quoi servent-ils donc ?

— Je l'ignore, je ne les ai pas encore lus.

Jonathan Strange sortit de sa poche de poitrine les trois sorts que Vinculus lui avait vendus et les lui remit pour qu'elle y jetât un regard.

— Ils sont très sales, fit observer Arabella.

— Oh ! Nous, les magiciens, faisons peu de cas d'un brin de saleté. Au reste, ils sont sans doute très vieux. De mystérieux charmes anciens tels que ceux-ci sont souvent...

— La date est inscrite en haut. 2 février 1808. Cela remonte à quinze jours.

— Vraiment ? Je n'avais pas remarqué.

— « Deux sorts pour inciter un homme obstiné à quitter Londres », lut Arabella. Je me demande pourquoi le magicien voudrait qu'on quittât Londres...

— Je n'en sais rien. Il y a certainement trop de gens à Londres, néanmoins cela me paraît beaucoup d'efforts de les faire partir un à un.

— Ces deux-là sont épouvantables ! Remplis de fantômes et d'horreurs ! Faire croire qu'on va rencontrer son seul et unique véritable amour, alors que, en réalité, le sort ne permet rien de tel !

— Laissez-moi voir ! – Strange lui arracha des mains les charmes incriminés, les examina hâtivement et déclara : – Je vous promets que je n'en connaissais pas le contenu au moment de leur acquisition. Absolument pas. En réalité, l'homme auquel je les ai achetés était un vagabond, et plutôt sans ressources. Avec la somme que je lui ai donnée, il a pu éviter l'hospice.

— Eh bien, vous m'en voyez contente. Il reste que ses sorts sont affreux, et j'espère que vous ne vous en servirez pas.

— Et que pensez-vous du dernier ? « Un sort pour découvrir les présentes manigances de mon ennemi. » Vous n'avez pas d'objection à celui-ci, je pense ? Consentez à ce que je jette ce dernier sort.

— Mais sera-t-il suivi d'effet ? Vous n'avez pas d'ennemis, si ?

— Pas que je sache. Aussi, il ne peut y avoir de mal à l'essayer, n'est-il pas ?

Les consignes exigeaient un miroir et des fleurs flétries[1]. Strange et Henry décrochèrent donc un miroir du mur et le couchèrent sur la table. Les fleurs posèrent davantage de difficultés ; on était en février, et les seules fleurs que possédait Mrs Redmond étaient de la lavande, du thym et des roses séchées.

— Cela fera-t-il l'affaire ? demanda-t-elle à Strange.

Il haussa les épaules.

— Qui sait ? Alors... – Et de retourner à ses consignes. – Les fleurs doivent être disposées autour, comme ceci. Puis je trace un cercle avec mon doigt sur le miroir, comme cela. « Et partager le cercle en quatre. Frapper le miroir trois fois et prononcer les mots suivants... »

— Strange, l'interrompit Henry Woodhope, où avez-vous pris ces inepties ?

— Chez l'homme sous la haie. Henry, vous n'écoutez pas.

— Et il vous a paru honnête, n'est-ce pas ?

— Honnête ? Non, pas particulièrement. Il semblait glacé. Oui, « glacé » est le mot juste pour le décrire, et aussi « affamé ».

— Et combien avez-vous payé ces sorts ?

---

1. Mr Norrell semble l'avoir adapté d'après une description d'un sort du Lancashire tirée de *La Bibliothèque de la Mort* de Peter Watershippe (1448).

— Henry ! intervint sa sœur. N'avez-vous donc pas entendu Mr Strange déclarer qu'il les a achetés pour faire la charité ?

Strange traçait distraitement des cercles à la surface du miroir, puis les partageait en quatre. Arabelle, assise à son côté, sursauta brusquement de surprise. Strange baissa les yeux.

— Mon Dieu ! s'exclama-t-il.

Dans le miroir était apparue l'image d'un salon – pas celui de Mrs Redmond. Il s'agissait d'une petite pièce, meublée sans extravagance mais avec tout le confort. Le plafond – haut – donnait l'impression qu'on se trouvait dans un modeste appartement à l'intérieur d'une grande, et peut-être assez imposante, demeure. Des bibliothèques étaient remplies de volumes et d'autres livres étaient épars sur des guéridons. Un bon feu brûlait dans la cheminée et des chandelles sur le bureau. Un homme travaillait à ce bureau. Il avait aux alentours de cinquante ans et était sobrement vêtu d'un habit gris. C'était un personnage insignifiant et paisible, avec une perruque à l'ancienne. Plusieurs ouvrages étaient ouverts devant lui ; tantôt il lisait dans quelques-uns, tantôt écrivait dans d'autres.

— Mrs Redmond ! Henry ! s'écria Arabella. Venez vite ! Regardez ce que Mr Strange a fait !

— Qui diable est-ce ? s'exclama Strange, mystifié.

Il souleva le miroir et regarda dessous, apparemment dans l'idée qu'il pourrait y découvrir un minuscule gentleman en habit gris, prêt à répondre aux questions. Une fois le miroir reposé sur la table, la vision de l'autre pièce et de l'autre homme était toujours là. Ils n'entendaient aucun son en provenance de l'image, cependant les flammes du feu dansaient dans l'âtre, et le petit être, avec ses lunettes étincelantes sur le nez, tournait la tête d'un livre à l'autre.

— Pourquoi serait-il votre ennemi ? s'enquit Arabella.

— Je n'en ai pas la moindre idée.

— Lui devez-vous de l'argent, peut-être ? demanda Mr Redmond.

— Je ne pense pas.

— Ce pourrait être un banquier. On croirait un bureau de comptabilité, suggéra Arabella.

Strange se mit à rire.

— Voyons, Henry, vous pouvez cesser de me regarder de travers. Si je suis magicien, j'en suis un très médiocre. D'autres adeptes invoquent des esprits féeriques ou des rois depuis longtemps disparus. Apparemment, j'ai conjuré l'esprit d'un banquier !

Volume II
JONATHAN STRANGE

« Un magicien peut-il tuer un homme avec sa magie ? »
demanda Lord Wellington à Strange.
Strange fronça le sourcil.
La question ne lui plaisait guère.
« J'imagine qu'un magicien le pourrait,
reconnut-il, un gentleman jamais. »

23

Shadow House

Juillet 1809

Un beau jour de l'été 1809, deux cavaliers chevauchaient sur un chemin de campagne poudreux du Wiltshire. Le ciel était d'un bleu vif, intense ; dessous s'étendait l'Angleterre, dessinée à coups d'ombres profondes et de vaporeux reflets de l'ardent éclat céleste. Un grand marronnier d'Inde penché au-dessus de la route formait justement une flaque d'ombre noire et, quand les deux cavaliers l'atteignirent, elle les engloutit, ne laissant rien subsister hormis leurs voix.

— ... et combien de temps s'écoulera-t-il avant que vous n'envisagiez la publication ? disait l'un. Car vous devez l'envisager, vous le savez. J'ai médité cette question, et je crois que le premier devoir de tout magicien moderne est de publier. Je suis surpris que Norrell ne publie pas.

— Il s'y résoudra sans doute avec le temps, répondit l'autre. Quant à mes publications, qui voudrait lire ce que j'ai écrit ? De nos jours, alors que Norrell accomplit un nouveau miracle chaque semaine, je ne puis penser que l'œuvre d'un magicien purement théorique serait d'un grand intérêt pour quiconque.

— Oh ! Vous êtes par trop modeste, protesta la première voix. Vous ne devez pas céder le terrain à Norrell. Norrell ne peut pas tout faire !

— Mais si, il le peut, soupira la deuxième voix.

Comme il est plaisant de rencontrer de vieux amis ! Car revoilà Mr Honeyfoot et Mr Segundus. Mais pourquoi les trouvons-nous à cheval ? Un type d'exercice qui n'agrée ni à l'un ni à l'autre, et auquel ni l'un ni l'autre ne s'adonne régulièrement, Mr Honeyfoot étant trop âgé, et Mr Segundus trop pauvre. Et par un jour comme celui-ci ! Si chaud que Mr Honeyfoot sera d'abord en nage, puis souffrira de démangeaisons et enfin aura une belle éruption de boutons rouges. Une journée d'un éclat si éblouissant qu'elle déclenchera à coup sûr une des migraines de Mr Segundus. Et que font-ils dans le Wiltshire ?

Le hasard avait voulu que, au cours de ses travaux consacrés à la petite gargouille de pierre et à la jeune fille à la chevelure tressée de feuilles de laurier, Mr Honeyfoot eût fait une découverte. Il croyait avoir reconnu en l'assassin un habitant d'Avebury. Aussi était-il venu dans le Wiltshire afin de consulter quelques vieux documents dans l'église paroissiale d'Avebury. « En effet, ainsi qu'il l'avait expliqué à Mr Segundus, si je découvre qui il était, cela peut m'amener à découvrir aussi qui était la jeune fille, et quelle sombre pulsion l'a conduit à la détruire. » Mr Segundus avait accompagné son compagnon pour étudier tous les documents concernés et l'avait aidé à déchiffrer le latin ancien. Cependant, bien que Mr Segundus aimât les vieux documents (personne ne les aimait plus que lui), et bien qu'il mît tout son espoir dans leurs futurs accomplissements, il doutait secrètement que sept mots latins vieux de cinq siècles pussent expliquer la vie d'un homme. Pour sa part, Mr Honeyfoot était tout optimisme. Il vint alors à l'esprit de Mr Segundus que, puisqu'ils se trouvaient déjà dans le Wiltshire, ils devaient saisir l'occasion pour visiter Shadow House[1], située dans ce comté et qu'aucun des deux n'avait jamais vue.

La plupart d'entre nous nous rappelons avoir entendu parler de Shadow House dans nos salles de classe. Le nom évoque de vagues idées de magie et de ruines, mais nous sommes peu nombreux à garder un souvenir très clair de la raison de son importance. La vérité est que les historiens de la magie disputent encore de sa signification, et certains n'hésiteront pas à soutenir qu'elle n'en possède absolument aucune. Pas un des grands événements de l'histoire de la magie anglaise n'y a eu lieu ; mieux, des deux magiciens qui logeaient dans la demeure, l'un était un charlatan et l'autre une femme, ni l'une ni l'autre de ces qualités n'étant susceptible de recommander son propriétaire aux gentlemen magiciens et aux gentlemen historiens de date récente. Pourtant, Shadow House était réputée depuis deux siècles pour être un des lieux les plus enchantés d'Angleterre.

Elle avait été construite au XVIe siècle par Gregory Absalom, magicien à la cour du roi Henri VIII et des reines Marie et Élisabeth. Si l'on mesure le succès d'un magicien au nombre d'actes de magie qu'il accomplit, alors Absalom n'était pas un magicien, car ses charmes n'étaient presque jamais suivis d'effet. Toutefois, si nous nous reportons plutôt au pécule amassé par un magicien et prenons celui-ci comme aune, alors Absalom était assurément l'un des plus grands magiciens d'Angleterre qui ait jamais vécu ; en effet, il était né pauvre et mourut très riche.

1. « Maison des ombres » (*N.d.T.*).

Un de ses exploits les plus hardis fut de persuader le roi du Danemark de payer une bonne poignée de diamants pour un charme qui, d'après lui, devait transformer les chairs du roi de Suède en eau. Naturellement, le charme échoua mais, avec l'argent qu'il tira de la moitié de ces joyaux, Absalom bâtit Shadow House. Il la décora de tapis turcs, de miroirs et de verreries de Venise, et d'une centaine d'autres beaux objets ; une fois l'aménagement achevé, il se produisit – ou il a pu se produire ou il ne s'est pas produit du tout – un curieux événement. Certains clercs croient – d'autres non – que les enchantements qu'Absalom avait feint de pratiquer pour ses clients ont commencé à se manifester de leur propre chef dans sa maison.

Par une nuit claire de 1610, deux femmes de chambre qui regardaient par une fenêtre dans les étages virent vingt ou trente belles dames et nobles gentilshommes danser en cercle sur la pelouse. En février 1666, Valentine Greatrakes, un Irlandais, eut une conversation en hébreu avec Moïse et Aaron dans un petit corridor près de la grande armoire à linge. En 1667, Mrs Penelope Chelmorton, invitée au manoir, jeta un coup d'œil à un miroir et y découvrit une petite fille de trois ou quatre ans qui la fixait. Sous ses yeux, elle vit l'enfant grandir au fil des années et se reconnut en elle. Le reflet de Mrs Chelmorton continua de vieillir jusqu'à ce qu'un cadavre desséché apparût dans le miroir. La réputation de Shadow House était fondée sur ces histoires, et une bonne centaine d'autres.

Absalom avait un enfant unique, une fille prénommée Maria. Née à Shadow House, elle y vécut toute sa vie, en sortant rarement et jamais plus de deux ou trois jours. Dans sa jeunesse, la maison recevait rois et ambassadeurs, clercs, soldats et poètes. Après la mort de son père, on venait y contempler la fin de la magie anglaise, sa dernière étrange floraison à la veille de son long hiver. Puis, à mesure que les visiteurs se raréfiaient, les lieux se dégradèrent et commencèrent à se délabrer, tandis que le jardin tombait en friche. Cependant, Maria Absalom refusait de remettre le manoir paternel en état. Même les plats qui se cassaient étaient laissés en morceaux fêlés par terre[1].

---

1. Certains savants (Jonathan Strange, entre autres) ont soutenu que Maria Absalom savait exactement les conséquences de ses actes en laissant sa demeure péricliter. Selon leur conviction, elle agissait ainsi conformément à la croyance très répandue que tous les édifices délabrés appartenaient au roi Corbeau. Cela expliquerait sans doute le fait que la magie de Shadow House parut se renforcer après que la maison fut tombée en ruine.

« Tous les ouvrages de l'Homme, toutes ses cités, ses empires, ses monuments tomberont un jour en poussière. Même les demeures de mes chers lecteurs doivent – fût-ce seulement un jour, une heure – se délabrer et devenir des maisons où les pierres sont liées avec du clair de lune, percées de la clarté des étoiles et meublées de vents poussiéreux. On dit que

Lors de la cinquantième année de Maria Absalom, le lierre était devenu si vigoureux et s'était tellement étendu qu'il poussait dans tous les placards et rendait une bonne partie des sols glissante et peu sûre pour celle qui y posait le pied. Les oiseaux chantaient autant à l'intérieur qu'à l'extérieur du manoir. Pour son centenaire, la dame était aussi décrépite que la maison – pourtant ni l'une ni l'autre n'était aucunement « éteinte ». Elle vécut quarante-neuf ans de plus, avant de mourir dans son lit par un beau matin d'été, nimbée par la lumière variable du soleil et les ombres des feuillages d'un grand frêne qui tombaient tout autour d'elle.

Tandis qu'ils se hâtaient vers Shadow House par ce torride après-midi, Mr Honeyfoot et Mr Segundus s'inquiétaient de ce que Mr Norrell finît par avoir vent de leur venue (en effet, entre les amiraux et les ministres qui lui envoyaient des courriers respectueux et lui rendaient visite, Mr Norrell devenait d'heure en heure plus important). Ils craignaient qu'il ne considérât que Mr Honeyfoot avait violé les clauses de son contrat. Aussi, afin que le moins de monde possible fût au courant de leur expédition, ils n'avaient confié à personne leur destination et étaient partis à une heure très matinale, pour se rendre à pied à une ferme où ils avaient pu louer des chevaux, avant de prendre la direction de Shadow House par un chemin détourné.

Au bout de la route blanche qui poudroyait, ils arrivèrent devant un portail monumental. Mr Segundus descendit de cheval pour l'ouvrir. Les grilles, dont le beau fer forgé castillan était rouillé, avaient viré au rouge sombre éclatant, et leur forme originelle était tordue et délabrée. Mr Segundus eut la main autant maculée de poussière que si l'on avait tassé et moulé un million de roses séchées et qu'on les avait réduites en poudre afin de créer un simulacre onirique de portail. Les arabesques métalliques s'ornaient en outre de bas-reliefs composés de têtes hilares et malveillantes, désormais d'un rouge ardent et à moitié effritées, comme si la région de l'Enfer où ces païens demeuraient alors dépendait d'un démon négligent qui eût laissé surchauffer son four.

Les grilles s'ouvraient sur mille rosiers rose pâle, sur de hautes falaises inclinées d'ormes, de frênes et de marronniers ensoleillés, et un ciel bleu, ô com-

---

ce jour-là, durant cette heure-là, nos maisons deviendront la propriété du roi Corbeau. Même si nous pleurons la fin de la magie anglaise, même si nous disons qu'elle nous a depuis longtemps désertés et que nous nous demandons les uns aux autres comment il a été possible que nous en soyons venus à perdre une chose aussi précieuse, n'oublions pas que c'est ce qui nous attend aussi au déclin de l'Angleterre et qu'un jour nous ne serons pas plus capables d'échapper au roi Corbeau que, à l'époque actuelle, nous ne pouvons le faire revenir. » (*L'Histoire et la Pratique de la magie anglaise*, Jonathan Strange, John Murray éd., Londres, 1816.)

bien bleu. Shadow House comprenait quatre pignons élevés, ainsi qu'une multitude de hautes cheminées grises et de fenêtres à meneaux. En ruine depuis plus d'un siècle, elle était autant bâtie de sureaux et d'églantiers que de calcaire argenté, et il entrait dans sa composition autant de brises estivales embaumées que de fer et de bois.

— C'est comme les Autres Pays, souffla Mr Segundus, pressant dans son enthousiasme son visage contre les barreaux, qui lui laissèrent leur empreinte sous l'apparence d'une poudre de roses[1].

Il tira les battants du portail et poussa son cheval. Mr Honeyfoot suivit. Ils attachèrent leurs montures à côté d'un bassin en pierre et entreprirent d'explorer les jardins.

Les terres de Shadow House ne méritaient peut-être pas le nom de « jardins ». Personne ne les entretenait depuis plus de cent ans. Cependant, elles n'étaient ni un bois ni une friche. La langue anglaise n'a pas de mot pour désigner un jardin de magicien deux cents ans après sa disparition. Celui-ci était plus riche et plus luxuriant que tous les jardins que Mr Segundus et Mr Honeyfoot avaient jamais vus.

Mr Honeyfoot était enchanté de tout ce qu'il découvrait. Il s'exclama devant une grande allée d'ormes dont les arbres enfonçaient jusqu'à la taille, en quelque sorte, dans une mer de digitales rose vif. Il s'émerveilla à haute voix devant une sculpture représentant une renarde portant son petit dans la gueule. Il s'extasia sur l'étonnante atmosphère magique du lieu et déclara que sa visite pouvait être profitable même à Mr Norrell.

Mr Honeyfoot n'était toutefois guère sensible aux atmosphères ; Mr Segundus, de son côté, commençait à ressentir un certain malaise. Il lui semblait que le jardin d'Absalom exerçait une étrange influence sur lui. Plusieurs fois, pendant que Mr Honeyfoot et lui se promenaient, il se surprit tout disposé à parler à quelqu'un qu'il prenait pour un intime. Ou encore à retrouver un endroit où il était déjà venu. Et chaque fois, à l'instant où les mots lui brûlaient les lèvres, il s'avisait que ce qu'il avait tenu pour un ami

1. Quand on parle des « Autres Pays », on a en général à l'esprit le monde des fées ou quelque autre vague notion du même ordre. De telles définitions servent très bien les buts d'une conversation générale, mais un magicien se doit d'apprendre à être plus précis. Il est notoire que le roi Corbeau régnait sur trois royaumes : le premier était le royaume de l'Angleterre du Nord, qui comprenait le Cumberland, le Northumberland, le Durham, le Yorkshire, le Lancashire, le Derbyshire et une partie du Nottinghamshire. Les deux autres s'appelaient les « Autres Pays du roi ». L'un faisait partie du monde des fées, et on supposait communément que l'autre était une contrée tout au bout de l'enfer, parfois nommée les « Terres amères ». Les ennemis du roi disaient qu'il les louait à Lucifer.

était en réalité une ombre à la surface d'un rosier ; la tête de l'homme se révélait être une branche de fleurs pâles, et sa main une autre. Le lieu que Mr Segundus croyait connaître aussi bien que les décors familiers de son enfance n'était que la conjonction fortuite d'un rosier jaune, de branches de sureau qui se balançaient et de l'arête inondée de soleil de la maison. D'ailleurs, il ne parvenait pas à identifier qui était cet ami, ni quel était ce lieu. Ces impressions commencèrent à tant le troubler que, au bout d'une demi-heure, il proposa à Mr Honeyfoot de s'asseoir un moment.

— Mon cher ami ! s'écria Mr Honeyfoot. Que se passe-t-il ? Êtes-vous souffrant ? Vous êtes tout blanc, votre main tremble. Pourquoi n'avoir rien dit plus tôt ?

Mr Segundus passa la main sur son front et proféra indistinctement qu'il croyait qu'un enchantement allait se produire, il en avait l'intuition très nette.

— Un enchantement ? s'exclama Mr Honeyfoot. Quel enchantement ? – Il regarda avec inquiétude autour de lui, au cas où Mr Norrell surgirait brusquement de derrière un arbre. – Sans doute est-ce la chaleur du jour qui vous affecte. J'ai moi-même très chaud. Quels lourdauds nous sommes de rester dans cet état ! En effet, voici de quoi nous réconforter ! Voici de quoi nous rafraîchir ! On s'accorde pour reconnaître que s'installer sous l'ombrage de grands arbres tels que ceux-ci, près d'une douce onde gazouillante telle que celle-là, est le meilleur reconstituant du monde. Venez, monsieur Segundus, prenons place !

Ils s'installèrent donc sur la berge herbeuse d'un ruisseau brun. L'air doux et tiède et le parfum des roses apaisèrent Mr Segundus. Ses yeux se fermèrent une fois, se rouvrirent, se refermèrent, se rouvrirent lentement, lourdement...

Presque instantanément il se mit à rêver.

Il vit une sombre demeure, un porche élevé. Celui-ci était taillé dans une pierre d'un gris argent qui luisait légèrement, comme au clair de lune. Les montants de porte sculptés représentaient deux effigies (ou peut-être une seule, car toutes deux étaient identiques). L'homme semblait sortir du mur à grands pas, et John Segundus reconnut aussitôt en lui un magicien. On distinguait mal ses traits, juste assez pour deviner un visage pourvu des attraits de la jeunesse. Sa tête était surmontée d'un casque doté d'une visière pointue et flanqué d'ailes de corbeau.

John Segundus franchit le seuil et n'aperçut d'abord que le firmament noir, les étoiles et le vent. Il découvrit ensuite qu'il y avait bien une salle, en ruine. Nonobstant, les murs existants étaient ornés de tableaux, de tapisseries et de miroirs. Les figures des tapisseries bougeaient et parlaient entre elles, et tous les miroirs ne fournissaient pas des reproductions fidèles de la salle ; certains reflétaient des lieux totalement différents.

Tout au fond de la salle, dans un vague mélange de clarté lunaire et de lueur des chandelles, une dame était assise à une table. Elle portait une longue robe d'un style très ancien, faite d'une plus grande quantité d'étoffe que ce que John Segundus pensait nécessaire, ou même possible, pour une seule toilette. Celle-ci était d'un étrange bleu roi fané et, sur la robe, à l'instar d'autres étoiles, les derniers diamants du roi du Danemark scintillaient encore. Comme il s'avançait, la dame leva la tête vers lui : deux yeux singulièrement fendus, plus écartés que ne l'admettaient généralement les canons de la beauté, et une grande bouche retroussée en un sourire dont la signification lui échappait. Les reflets de la clarté des chandelles suggéraient une chevelure aussi rousse que sa robe était bleue.

Soudain un nouveau personnage apparut dans le rêve de John Segundus : un gentleman habillé de façon moderne. Si ce gentleman ne paraissait pas surpris devant la dame magnifiquement parée (sinon un tantinet démodée), en revanche il avait l'air très étonné de trouver John Segundus là. Il lui tendit la main, prit John Segundus par l'épaule et se mit à le secouer…

Mr Segundus s'aperçut que Mr Honeyfoot lui avait saisi l'épaule et le secouait doucement.

— Je vous demande pardon ! dit Mr Honeyfoot, mais vous avez crié dans votre sommeil et j'ai pensé que vous souhaiteriez peut-être être réveillé.

Mr Segundus le dévisagea avec perplexité.

— Je faisais un rêve, expliqua-t-il. Un rêve des plus bizarres !

Mr Segundus conta son rêve à Mr Honeyfoot.

— Quel lieu remarquablement magique ! s'exclama Mr Honeyfoot d'un ton approbateur. Votre rêve, si plein de symboles et de présages, en est une nouvelle preuve !

— Quelle est sa signification ? demanda Mr Segundus.

— Ah ! fit Mr Honeyfoot, qui s'interrompit pour réfléchir un moment. Voyons, la dame portait du bleu, dites-vous ? Le bleu signifie… Laissez-moi voir !… l'immortalité, la chasteté et la fidélité. Il représente Jupiter et peut être symbolisé par du fer. Hum ! Bon, où cela nous mène-t-il ?

— Nulle part, je pense, soupira Mr Segundus. Remettons-nous en marche.

Mr Honeyfoot, impatient d'en voir davantage, accepta promptement cette proposition et suggéra d'explorer l'intérieur de Shadow House.

Sous le soleil brûlant, la maison se réduisait à une imposante brume vert-bleu sur un fond de ciel. Au moment où ils passaient la porte donnant dans la grand-salle, Mr Segundus s'exclama :

— Oh !

— Eh bien ! Qu'est-ce donc ? s'enquit Mr Honeyfoot, alarmé.

De part et d'autre de la porte se dressait une statue en pierre du roi Corbeau.

— C'est celle de mon rêve, murmura Mr Segundus.

Une fois dans la grand-salle, Mr Segundus promena ses regards à la ronde. Les miroirs et les tableaux qu'il avait vus en songe avaient depuis longtemps disparu. À la place, des lilas et des sureaux comblaient les murs effondrés. Des marronniers et des frênes enchevêtrés formaient un toit vert et argent qui ondoyait et mouchetait le bleu du ciel. De fines herbes dorées et des primevères tressaient une claire-voie aux fenêtres de pierre vides.

À une extrémité de la salle, deux vagues silhouettes se tenaient dans un rayon de soleil. Quelques objets disparates jonchaient le sol, sorte de vestiges magiques : des morceaux de papier sur lesquels étaient griffonnées des bribes de sortilèges, un plat d'argent rempli d'eau et une chandelle à demi consumée dans un bougeoir ancien en cuivre.

Mr Honeyfoot souhaita le bonjour à ces deux silhouettes indistinctes ; l'une d'elles lui répondit d'une voix grave et courtoise, tandis que l'autre s'écriait :

— Henry, c'est lui ! L'intrus ! Le sieur que je vous ai décrit ! Ne voyez-vous pas ? Un homme menu, à la chevelure et aux yeux si sombres qu'ils pourraient être ceux d'un Italien, même s'il y a du gris dans ses cheveux. Cependant, sa mine calme et timide est sans aucun doute celle d'un Anglais ! Une redingote râpée, poussiéreuse et rapiécée, avec des manchettes effrangées qu'il a tenté de cacher en les coupant au ras. Oh ! Henry, voici notre homme assurément ! Vous, monsieur ! cria-t-il, s'adressant soudain à Mr Segundus. Expliquez-vous !

Le pauvre Mr Segundus était abasourdi de s'entendre décrire, lui et sa redingote, avec tant de précision par un complet étranger. En outre, cette description était si singulièrement affligeante ! En rien courtoise. Alors qu'il restait figé, tâchant de rassembler ses idées, son interlocuteur passa dans l'ombre d'un frêne qui formait une partie du mur nord de la salle ; pour la première fois dans l'état de veille, Mr Segundus aperçut Jonathan Strange.

— Je vous ai vu en rêve, monsieur, je crois, déclara Mr Segundus, non sans quelque hésitation (car, en prononçant ces mots, il avait conscience de leur étrangeté).

Ce qui eut pour seul effet d'augmenter le courroux de Strange.

— Ce rêve, monsieur, était le mien ! Je me suis étendu dans l'intention expresse de le faire. Je puis produire des preuves, des témoins, que ce rêve était mien. Mr Woodhope – il montra son compagnon – m'a vu le faire. Mr Woodhope est un ecclésiastique… Le recteur d'une paroisse du Gloucestershire... Je ne puis imaginer qu'on puisse mettre sa parole en doute ! Je suis plutôt d'avis que, en Angleterre, les rêves d'un gentleman ne concernent que lui. Je crois bien qu'il existe une loi à cet effet et, s'il n'en existe pas, eh bien, le Parlement devrait certainement être amené à en promulguer une sur-le-champ ! Il est indigne d'un homme de s'inviter dans les rêves d'un autre

Strange marqua une pause pour reprendre son souffle.

— Monsieur ! intervint vivement Mr Honeyfoot. Je dois vous prier de vous adresser à ce gentleman avec davantage de respect. Vous n'avez pas la bonne fortune de le connaître comme moi. Eussiez-vous cet honneur, vous apprendriez que rien n'est plus éloigné de sa nature que le désir d'offenser autrui.

Strange émit une sorte d'exclamation exaspérée.

— Il est assurément très singulier qu'on puisse s'immiscer dans les rêves les uns des autres, déclara Henry Woodhope. Il ne s'agit pas vraiment du même rêve, n'est-ce pas ?

— Oh ! Je crains que si, répondit Mr Segundus avec un soupir. Depuis que je suis entré dans ce jardin, j'ai eu la sensation qu'il était plein de portes invisibles et que je les avais passées l'une après l'autre, jusqu'au moment où je me suis assoupi et ai fait le rêve où j'ai vu ce gentleman. J'avais l'esprit confus. Je savais que ce n'était pas moi qui avais laissé ces portes entrebâillées ou qui les avais ouvertes, mais je ne m'en souciais guère. Je n'avais qu'une idée, voir ce qu'il y avait au bout.

Henry Woodhope considéra Mr Segundus, apparemment sans comprendre tout à fait ses paroles.

— Je persiste à penser que ce ne peut pas être le même rêve, savez-vous, expliqua-t-il à Mr Segundus comme à un enfant un peu obstiné. De quoi rêviez-vous ?

— D'une dame en robe bleue, répondit Mr Segundus. J'ai cru que c'était Miss Absalom.

— Voyons, bien sûr que c'était Miss Absalom ! se récria Strange avec courroux, comme s'il supportait difficilement d'entendre évoquer un fait aussi évident. Malheureusement, la dame était déjà engagée et devait recevoir un gentleman. Elle a été naturellement troublée d'en voir deux, aussi a-t-elle disparu sur-le-champ. – Strange secoua la tête. – Il ne peut y avoir plus de cinq hommes en Angleterre qui aient des prétentions à la magie, et il a fallu que l'un d'eux vienne ici et mette fin à mon entrevue avec la fille d'Absalom ! J'ai peine à y croire. Je suis l'homme le plus infortuné d'Angleterre. Dieu sait le mal que je me suis donné pour avoir ce rêve ! Cela m'a pris trois semaines, en travaillant nuit et jour, pour préparer les sorts d'évocation et, quant au...

— Mais c'est merveilleux ! l'interrompit Mr Honeyfoot. C'est magnifique ! Tenez, Mr Norrell en personne ne pourrait tenter pareil exploit !

— Oh ! dit Strange, se tournant vers Mr Honeyfoot. Ce n'est pas aussi difficile que vous le croyez. D'abord, il vous faut envoyer une invitation à la dame ; n'importe quelle formule évocatoire fera l'affaire. Pour ma part, j'ai eu recours à Ormskirk[1]. Bien entendu, le point délicat était d'adapter Ormskirk, de sorte que Miss Absalom et moi-même nous retrouvions tous les deux en même temps dans mon rêve ; Ormskirk est si peu précis que la personne qu'on invoque peut très bien aller n'importe où n'importe quand, et avoir le sentiment d'avoir rempli ses obligations. Cela ne fut pas chose facile, je le reconnais. Pourtant, savez-vous, je ne suis pas mécontent du résultat. Deuxièmement, j'ai dû me jeter un sort pour provoquer un sommeil enchanté. Bien sûr, j'avais ouï dire de tels charmes, mais j'avoue que je n'en avais jamais vraiment vu, et j'ai donc été contraint, savez-vous, d'en inventer un de mon cru. Sans doute n'est-il pas très fort, mais qu'y faire ?

— Mon Dieu ! s'exclama Mr Honeyfoot. Suggérez-vous que quasiment toute cette magie était de votre invention ?

— Oh ! Enfin, répondit Strange, pour cela... j'avais Ormskirk... J'ai tout fondé sur Ormskirk.

— Oh ! Hether-Gray ne pourrait-il pas offrir un meilleur fondement qu'Ormskirk ? s'enquit Mr Segundus. Pardonnez-moi. Je ne suis pas un praticien de la magie, mais Hether-Gray m'a semblé tellement plus sûr qu'Ormskirk[2] !

— Est-ce possible ? s'étonna Strange. Certes, j'ai entendu parler de Hether-Gray. J'entretiens depuis peu une correspondance avec un gentleman du Lin-

1. Paris Ormskirk (1496-1587), instituteur du village de Clerkenwell, près de Londres. Il est l'auteur de plusieurs traités de magie. Bien qu'il n'eût rien d'un penseur très original, c'était un savant très appliqué qui s'est attelé à la tâche de réunir et de trier tous les sortilèges évocatoires qu'il pouvait trouver, afin de tenter de découvrir une variante fiable. Cela lui prit douze années, pendant lesquelles il remplit sa petite chaumière, sur Clerkenwell-Green, de milliers de morceaux de papier sur lesquels étaient gribouillés des sorts. Mrs Ormskirk n'était pas très contente, et cette malheureuse est devenue le modèle de l'épouse du magicien dans les comédies de répertoire et les romans de quatre sous : une créature braillarde, bougonne et bilieuse.

Le sort qu'Ormskirk finit par exhumer devint populaire et fut largement utilisé de son temps et durant les deux siècles suivants ; mais, avant que Jonathan Strange n'apportât ses propres modifications à ce charme et ne provoquât l'apparition de Miss Absalom dans son rêve et celui de Mr Segundus, je n'ai jamais eu vent que quiconque en eût tiré le moindre succès – peut-être pour les raisons qu'expose Jonathan Strange.

2. Le bon sens de Mr Segundus semble l'avoir abandonné sur ce point. Charles Hether-Gray (1712-1789) était un autre historien de la magie qui a publié un célèbre sort d'évocation. Également mauvais, son sortilège et celui d'Ormskirk se valent.

colnshire qui prétend détenir un exemplaire de *L'Anatomie d'un minotaure* de cet auteur. Alors cela vaut vraiment la peine d'étudier Hether-Gray, n'est-ce pas ?

Mr Honeyfoot déclara que Hether-Gray n'existait pas, que son livre était la plus grande niaiserie au monde ; Mr Segundus n'était pas d'accord, et Strange montra davantage d'intérêt, oubliant qu'il était censé être furieux contre Mr Segundus.

Car qui pouvait garder rancune à Mr Segundus ? Sans doute existe-t-il en ce monde des personnes incapables d'apprécier la bonté et l'amabilité, et dont l'esprit s'irrite au contraire de la douceur. Je suis heureuse de préciser que Jonathan Strange n'était pas de leur nombre. Mr Segundus s'excusa d'avoir gâté l'enchantement, et Strange, avec un sourire et un signe de tête, pria Mr Segundus de ne plus y penser.

—Je ne vous demanderai pas, monsieur, dit Strange à Mr Segundus, si vous êtes magicien. La facilité avec laquelle vous pénétrez dans les rêves des autres démontre vos pouvoirs. – Strange se tourna vers Mr Honeyfoot. – Êtes-vous aussi magicien, monsieur ?

Pauvre Mr Honeyfoot ! Toucher un point aussi sensible par une question aussi brutale ! Il était encore magicien de cœur et n'aimait pas à se voir rappeler son malheur. Il répondit qu'il avait été magicien, voilà peu. Mais il avait été forcé de mettre un terme à ses activités. Rien n'eût pu être plus éloigné de ses vœux. L'étude de la magie, de la bonne magie anglaise s'entend, était, dans son opinion, la plus noble occupation au monde.

Strange le considéra avec une légère surprise.

—Je ne vous comprends pas très bien. Comment a-t-on pu vous contraindre à renoncer à vos études ?

Alors Mr Segundus et Mr Honeyfoot expliquèrent comment ils avaient été membres de la Société savante des magiciens d'York, et comment cette société avait été dissoute par Mr Norrell.

Mr Honeyfoot s'enquit de l'opinion personnelle de Strange sur Mr Norrell.

— Oh ! répondit Strange avec un sourire. Mr Norrell est le saint patron des libraires anglais.

— Monsieur ? s'écria Mr Honeyfoot.

— Oh ! reprit Strange. On entend parler de Mr Norrell partout où existe le commerce du livre, de Newcastle jusqu'à Penzance, en Cornouailles. Le libraire vous accueille avec des courbettes avant de vous déclarer : « Ah, monsieur, vous arrivez trop tard ! J'avais un grand nombre d'ouvrages sur les sujets de la magie et de l'histoire. Mais je les ai tous vendus à un gentleman très savant du Yorkshire. » Et il s'agit toujours de Norrell. On peut, si l'on veut, acheter les livres laissés par Norrell. En règle générale, les livres que laisse Mr Norrell sont parfaits pour allumer le feu !

Mr Segundus et Mr Honeyfoot, naturellement, souhaitaient mieux connaître Jonathan Strange, qui semblait, de son côté, tout aussi impatient de leur parler. Par conséquent, après que chaque parti eut pris et donné les renseignements habituels (« Où êtes-vous descendu ? – Oh ! À la *George Inn*, à Avebury. – Eh bien, voilà qui est singulier ! Nous aussi... »), il fut promptement décidé que les gentlemen regagneraient Avebury tous les quatre à cheval pour dîner ensemble.

Au moment de quitter Shadow House, Strange marqua une halte devant la porte du roi Corbeau et demanda si Mr Segundus ou Mr Honeyfoot avait déjà visité l'ancienne capitale royale du Nord, Newcastle. Ni l'un ni l'autre ne l'avaient fait.

— Cette porte est une copie de celles qu'on trouve là-bas dans tout le pays, leur apprit Strange. La première de ce style a été réalisée quand le roi séjournait encore en Angleterre. Dans cette ville, où que vous tourniez les yeux, le roi surgit d'un porche sombre et poussiéreux pour venir vers vous. – Strange eut un petit sourire ironique. – Mais il garde le visage toujours à demi dissimulé et ne vous adressera jamais la parole !

À cinq heures, ils s'attablèrent pour dîner dans l'arrière-salle de la *George Inn*. Mr Honeyfoot et Mr Segundus trouvèrent que Strange était un convive des plus agréables, enjoué et disert. Pour sa part, Henry Woodhope se restaura avec application ; après avoir fini de manger, il regarda par la fenêtre. Mr Segundus, craignant qu'il pût se sentir négligé, se tourna vers lui et le complimenta sur l'enchantement créé par Strange à Shadow House.

Henry Woodhope fut étonné.

— Je n'avais pas imaginé qu'il y eût matière à compliment, protesta-t-il. Strange n'a pas mentionné quoi que ce fût de remarquable.

— Mon cher monsieur ! s'exclama Mr Segundus. Qui sait quand pareil exploit fut tenté pour la dernière fois en Angleterre !

— Oh ! Je ne connais rien à la magie. Je crois que c'est la dernière mode, j'ai lu des reportages sur cet art dans les gazettes londoniennes. Mais un ecclésiastique a peu de temps libre pour lire. En outre, je connais Strange depuis que nous sommes enfants, et il a un naturel des plus fantasques. Je suis surpris que cette crise de magie ait duré si longtemps ! Il s'en lassera sans doute bientôt, comme il s'est lassé de toutes choses.

Sur ces mots, il se leva de table et annonça qu'il songeait à se promener un moment dans le village. Il souhaita une bonne soirée à Mr Honeyfoot et à Mr Segundus, puis les quitta.

— Pauvre Henry, dit Strange, une fois Mr Woodhope sorti. Nous devons horriblement l'ennuyer.

— C'est très généreux de la part de votre ami de vous accompagner dans votre voyage alors que son objet ne peut avoir aucun intérêt pour lui, déclara Mr Honeyfoot.

— Oh, certainement ! acquiesça Strange. Vous savez, il s'est vu forcé de m'accompagner après avoir trouvé si peu d'animation à la maison. Henry est en visite pour quelques semaines, mais notre quartier est très calme. En outre, je suis très absorbé par mes études.

Mr Segundus demanda à Mr Strange quand il avait commencé à étudier la magie.

— Au printemps de l'an dernier.

— Mais vous avez tant de réalisations à votre actif ! s'écria Mr Honeyfoot. Et en moins de deux ans ! Mon cher monsieur Strange, voilà qui est tout à fait remarquable !

— Oh ! Croyez-vous ? Il me semble n'avoir presque rien fait. J'ignorais où me tourner pour demander conseil. Vous êtes les premiers de mes confrères magiciens que je rencontre. Vous voilà avertis que j'ai bien l'intention de vous tenir éveillés la moitié de la nuit pour que vous répondiez à mes questions !

— Nous serons ravis de vous aider de toutes les manières possibles, intervint Mr Segundus. Cependant, je doute fort que nous vous soyons d'un grand secours. Nous n'étions que des théoriciens de la magie.

—Vous êtes par trop modestes, déclara Strange. Considérez, par exemple, combien vos lectures ont été beaucoup plus étendues que les miennes !

Segundus se mit donc à citer des auteurs dont Strange pouvait ne pas avoir encore entendu parler. Et Strange de gribouiller leurs noms et le titre de leurs œuvres au petit bonheur, écrivant tantôt dans un petit calepin, tantôt au verso de la note du dîner, et une fois sur le dos de sa main. Puis il interrogea Mr Segundus sur les livres en question.

Pauvre Mr Honeyfoot ! Comme il brûlait de participer à cette conversation captivante ! Comme il y prit part, en réalité, n'abusant que lui-même par ses petits stratagèmes !

— Recommandez-lui de lire *Le Langage des oiseaux* de Thomas Lanchester, dit-il, s'adressant à Mr Segundus de préférence à Strange. Oh ! Je sais que vous n'en avez pas une bonne opinion, mais on peut beaucoup apprendre chez Lanchester, à mon avis.

Là-dessus, Strange leur dévoila que, à sa connaissance, il existait encore en Angleterre quatre exemplaires du *Langage des oiseaux* à peine cinq ans plus tôt : un dans une librairie de Gloucester ; un autre dans la bibliothèque personnelle d'un gentleman magicien de Kendal ; un troisième, propriété d'un maréchal-ferrant non loin de Penzance, qui l'avait accepté comme versement partiel pour la réparation d'un portail en fer ; et un dernier qui bouchait un trou d'une fenêtre de l'école de garçons dans l'enceinte de la cathédrale de Durham.

— Où sont-ils aujourd'hui ? s'exclama Mr Honeyfoot. Pourquoi ne pas en avoir acquis un exemplaire ?

— Le temps que j'arrive en chaque lieu, Mr Norrell y était passé avant moi et les avait tous achetés, répondit Strange. Je n'ai jamais vu cet homme de ma vie. En revanche, il me barre le chemin à tout instant. Ainsi ai-je conçu le plan d'évoquer un magicien disparu afin de lui poser des questions. Je me suis figuré qu'une dame serait mieux disposée à mon égard, aussi ai-je arrêté mon choix sur Miss Absalom[1].

Mr Segundus secoua la tête.

— Ce moyen d'obtenir des renseignements me paraît plus théâtral que commode. Ne pouvez-vous trouver une voie plus facile ? Après tout, à l'âge d'or de la magie anglaise, les livres étaient beaucoup plus rares qu'aujourd'hui, et pourtant il y avait toujours des hommes pour devenir magiciens...

— Je me suis plongé dans les histoires et les biographies des Auréats pour savoir comment ils ont débuté, reprit Strange. À l'époque, apparemment, dès qu'on se découvrait un talent pour la magie, on se mettait en route pour la maison d'un autre magicien, plus âgé, plus expérimenté, et on lui demandait d'être son disciple[2].

---

1. À l'époque médiévale, conjurer les trépassés était une forme de magie répandue, et tout le monde semblait croire qu'un magicien mort était à la fois l'esprit le plus facile à évoquer et le meilleur interlocuteur qui fût.

2. Rares sont les magiciens qui n'ont pas appris la magie d'un autre praticien. Le roi Corbeau n'a pas été le premier magicien anglais. Il y en avait eu bien d'autres avant lui, notamment le mi-homme mi-démon du XVIIe siècle, Merlin, mais, à l'époque où le roi Corbeau hérita de l'Angleterre, il n'y en avait aucun. Bien qu'on sache assez peu de choses sur les premières années du roi Corbeau, il est logique de supposer qu'il a appris et la magie et l'art de gouverner à la cour du roi des fées. Les premiers magiciens de l'Angleterre médiévale ont donc appris leur art à la cour du roi Corbeau, et ces magiciens en ont ensuite formé d'autres.

Le magicien du Nottinghamshire, Thomas Godbless (1105-1182), fait exception. La majeure partie de sa vie nous est totalement inconnue. Il a certainement demeuré quelque temps auprès du roi Corbeau, mais cela semble sur le tard, alors qu'il était déjà magicien depuis des années. Il constitue peut-être un bon exemple de magicien autodidacte, comme l'ont été, assurément, Gilbert Norrell et Jonathan Strange.

— Alors vous devriez solliciter l'aide de Mr Norrell ! s'écria Mr Honeyfoot. Vraiment, vous devriez ! Oh ! oui, je sais... – voyant que Mr Segundus s'apprêtait à formuler une objection... – Norrell est un tantinet distant, et alors ? Mr Strange saura vaincre sa timidité, j'en suis certain. Malgré tous les travers de sa nature, Norrell, qui n'est pas un sot, doit bien voir les très grands avantages qu'il y a à avoir un tel assistant !

Mr Segundus avait maintes objections à ce projet, en particulier la grande aversion de Mr Norrell pour les autres magiciens ; néanmoins, Mr Honeyfoot, doté d'un tempérament passionné, n'avait pas plus tôt conçu cette idée qu'elle devenait une obsession, et il ne pouvait imaginer qu'elle pût contenir des désavantages.

— Oh ! Je conviens que Norrell ne nous a jamais considérés d'un œil favorable, nous, les théoriciens de la magie. Seulement, il aura sans doute une attitude tout à fait différente à l'égard d'un égal.

Strange ne paraissait pas opposé à cette idée ; il était naturellement curieux de voir Mr Norrell. Mr Segundus le suspectait même d'avoir déjà pris sa décision sur ce sujet, aussi laissa-t-il réfuter petit à petit ses doutes et ses objections.

— C'est un jour décisif pour la Grande-Bretagne, monsieur ! s'exclama Mr Honeyfoot. Regardez tout ce qu'un seul magicien a été capable d'accomplir ! Songez à ce que deux pourraient faire ! Strange et Norrell ! Oh ! Cela sonne très bien !

Mr Honeyfoot répéta « Strange et Norrell ! » plusieurs fois, avec un ravissement qui fit beaucoup rire Strange.

Nonobstant, comme nombre de natures aimables, Mr Segundus était enclin à changer d'avis. Tant que Mr Strange était devant lui, imposant, souriant et confiant, Mr Segundus était convaincu que son génie devait obtenir la reconnaissance qu'il méritait – que ce fût avec l'aide de Mr Norrell ou malgré ses crocs-en-jambe. Mais, le lendemain matin, après que Strange et Henry Woodhope furent repartis à cheval, ses pensées retournèrent à tous les magiciens que Mr Norrell s'était employé à détruire, et il commença à se demander si Mr Honeyfoot et lui n'avaient pas fourvoyé Strange.

— Je ne puis m'empêcher de penser que nous aurions mieux fait de recommander à Mr Strange d'éviter Mr Norrell, répétait-il. Au lieu de l'encourager à s'adresser à Norrell, nous aurions dû lui conseiller de se cacher !

Mr Honeyfoot ne voyait pas du tout les choses ainsi.

— Aucun gentleman n'aime qu'on lui conseille d'aller se cacher, déclara-t-il, et si Mr Norrell voulait nuire à Mr Strange – ce que je suis très loin de penser –, alors je suis sûr que Mr Strange serait le premier à s'en aviser.

24

Un autre magicien

Septembre 1809

Mr Drawlight se tourna légèrement dans son fauteuil et déclara avec un sourire :

— Il semble, monsieur, que vous ayez un rival.

Avant que Mr Norrell ait pu songer à une réponse appropriée, Lascelles demandait quel était son nom.

— Strange, répondit Drawlight.

— Je ne le connais pas, dit Lascelles.

— Oh, je pense que si ! s'écria Drawlight. Jonathan Strange du Shropshire. Deux mille livres annuelles.

— Je ne vois pas du tout de qui vous voulez parler. Oh, attendez ! N'est-ce pas l'homme qui, encore étudiant à Cambridge, a effrayé un chat appartenant au principal de Corpus Christi ?

Drawlight convint que c'était celui-là même. Lascelles sut instantanément de qui il s'agissait ; tous deux gloussèrent de rire.

Pendant ce temps Mr Norrell restait silencieux comme la pierre. La remarque préliminaire de Drawlight avait été un coup terrible. Il avait l'impression que Drawlight s'était tourné pour le frapper, qu'un personnage d'un tableau, un guéridon ou un fauteuil s'était tourné pour le frapper. Le choc lui avait presque coupé le souffle ; il était absolument sûr qu'il en serait malade. Mr Norrell n'osait songer à ce que Drawlight pouvait ajouter : quelque chose sur de plus grands pouvoirs peut-être, sur l'accomplissement de prodiges à côté desquels ceux de Mr Norrell paraîtraient pitoyables. Et il s'était donné tant de mal pour s'assurer de ne pas avoir de rivaux ! Il se voyait comme celui qui parcourait sa maison la nuit, verrouillant les portes et bâclant les fenêtres seulement pour entendre les bruits de pas infaillibles d'un intrus dans une pièce à l'étage.

Au fil de la conversation, cependant, ces impressions désagréables diminuèrent, et Mr Norrell commença à se sentir plus à l'aise. Pendant que Drawlight et Lascelles parlaient des excursions de Strange à Brighton et de ses visites à Bath, ainsi que du domaine de Strange dans le Shropshire, Mr Norrell pensa comprendre quel type d'homme ce Strange devait être : superficiel, à la mode, guère différent de Lascelles. Cela étant (songeait Mr Norrell), n'était-il pas plus probable que le « Vous avez un rival » s'adressait non pas à lui, mais à Lascelles ? Ce Strange (pensait Mr Norrell) devait être le rival de Lascelles dans quelque liaison amoureuse. Norrell baissa les yeux sur ses mains jointes sur ses genoux et sourit de sa propre sottise.

— Et Strange, disait Lascelles, est donc maintenant magicien ?

— Oh ! s'exclama Drawlight, se tournant vers Mr Norrell. Pas même ses meilleurs amis ne compareraient ses talents à ceux de l'estimable Mr Norrell, j'en suis certain. Néanmoins, je le crois bien considéré à Bristol et à Bath. Il est à Londres, à présent. Ses amis espèrent que vous aurez l'amabilité de lui donner audience... Puis-je exprimer le vœu d'être présent à la rencontre de deux tels praticiens de l'art ?

Mr Norrell releva les yeux très lentement.

— Je serai heureux de faire la connaissance de Mr Strange, énonça-t-il.

Mr Drawlight ne devait pas attendre longtemps avant d'assister à l'importante entrevue entre les deux magiciens (ce qui était tout aussi bien, car Drawlight détestait attendre). Une invitation fut lancée, et Lascelles et Drawlight se mirent en devoir d'être là lorsque Mr Strange présenta ses respects à Mr Norrell.

Il ne se révéla ni aussi jeune ni aussi séduisant que Mr Norrell l'avait craint. Il était plus près de trente ans que de vingt et, autant qu'il soit permis à un autre gentleman d'en juger, pas du tout séduisant. Ce qui était complètement inattendu, en revanche, c'est qu'il amena avec lui une ravissante jeune femme, Mrs Strange.

Mr Norrell commença par demander à Strange s'il avait apporté ses œuvres. Il lui plairait beaucoup, assura-t-il, de lire ce qu'avait écrit Mr Strange.

— Mes œuvres ? répéta Strange, avant de s'arrêter un instant. J'ai bien peur, monsieur, de ne pas savoir ce que vous entendez par là. Je n'ai rien écrit.

— Oh ! fit Mr Norrell. Mr Drawlight m'a dit que vous aviez été sollicité pour donner quelque chose au *Gentleman's Magazine*, mais peut-être...

— Ah, cela ! fit Strange. Je n'y ai guère encore réfléchi. Nichols m'a certifié qu'il n'en avait pas besoin avant vendredi dans quinze jours.

— Deux semaines de délai et vous n'avez pas encore commencé ! murmura Mr Norrell, très étonné.

— Oh ! je crois que plus vite on se sort ces choses-là de la cervelle pour les coucher sur le papier et les porter chez l'imprimeur, mieux cela vaut. Sans doute, monsieur – et il sourit à Mr Norrell d'une manière amicale – en jugez-vous de même.

Mr Norrell, qui n'avait encore jamais réussi à sortir quoi que ce soit de sa cervelle pour le porter chez l'imprimeur et dont tous les essais en étaient encore à un stade ou un autre de la révision, ne souffla mot.

— Quant à ce que je vais écrire, poursuivit Strange, je ne le sais pas encore exactement. Il y a de fortes chances pour que ce soit une réfutation de l'article de Portishead paru dans *Le Magicien moderne*[1]. L'avez-vous vu, monsieur ? Cela m'a mis en rage pendant une semaine. Il cherche à démontrer que les magiciens modernes n'ont pas le droit de s'occuper des fées. C'est une chose de reconnaître que nous avons perdu le pouvoir d'évoquer de tels esprits, c'en est une autre d'abdiquer toute intention de ne jamais y faire appel ! Ce genre de délicatesse exagérée m'impatiente. Ce qu'il y a de plus extraordinaire, c'est qu'il me faut encore jeter un coup d'œil à toutes les critiques de l'article de Portishead parues partout ailleurs. Maintenant que nous avons quelque chose de proche d'une association de magie, je pense que nous aurions tort de laisser passer sans blâme d'aussi grossières inepties.

Pensant apparemment qu'il avait assez parlé, Strange attendit qu'un des autres messieurs lui répondît.

Après une ou deux minutes de silence, Mr Lascelles fit remarquer que Lord Portishead avait produit cet article à la demande expresse de Mr Norrell, et avec l'aide et l'approbation de ce dernier.

— Vraiment ?

Strange eut l'air très surpris.

Il s'écoula un silence de quelques instants, puis Lascelles demanda mollement comment on étudiait la magie par les temps qui couraient.

— Dans les livres, répondit Strange.

— Ah, monsieur ! s'écria Mr Norrell. Comme je suis content de vous l'entendre dire ! Ne perdez pas votre temps, je vous en conjure, à suivre un autre parti, appliquez-vous continuellement à la lecture ! Aucun sacrifice de temps ou de plaisir ne pourra jamais être trop grand !

Strange considéra Mr Norrell avec une légère ironie, puis observa :

---

1. *Le Magicien moderne* (*The Modern Magician*) fut un des quelques périodiques de magie créés après la première parution des *Amis de la magie anglaise* en 1808 (*The Friends of English Magic*). Bien que non nommés par Mr Norrell, les rédacteurs en chef de ces périodiques ne s'avisèrent jamais de dévier de la pensée orthodoxe de la magie telle qu'elle fut définie par Mr Norrell.

— Malheureusement, la pénurie de livres a toujours été un gros obstacle. Vous n'avez sans doute pas idée, monsieur, combien il reste peu de livres de magie en circulation en Angleterre. Tous les libraires sont d'accord pour reconnaître qu'il y en avait beaucoup voilà encore quelques années, mais aujourd'hui...

— Vraiment ? l'interrompit hâtivement Mr Norrell. Eh bien, c'est très curieux, assurément.

Le silence qui suivit fut particulièrement embarrassé. Voilà les deux seuls magiciens anglais de l'ère moderne en présence. L'un confessait qu'il n'avait pas de livres ; l'autre, comme il était de notoriété publique, possédait deux grandes bibliothèques pleines. La simple politesse voulait que Mr Norrell fît l'offre de son aide, même réduite, pourtant il ne souffla mot.

— Des circonstances très singulières vous ont sans doute poussé à choisir d'être magicien, déclara Mr Lascelles au bout d'un moment.

— Oui, acquiesça Strange. Des plus singulières.

— Ne voulez-vous donc pas nous conter quelles étaient ces circonstances ?

Strange eut un sourire taquin.

— Je suis sûr qu'il sera agréable à Mr Norrell de savoir qu'il a été à l'origine de ma vocation de magicien. En réalité, on peut soutenir que Mr Norrell a fait de moi un magicien.

— Moi ? se récria Mr Norrell, horrifié.

— La vérité, monsieur, intervint vivement Arabella, c'est qu'il avait essayé tout le reste : les travaux des champs, la poésie, les forges... Au cours d'une année, il a passé en revue tout un éventail d'activités sans se décider pour aucune d'elles. Il était obligé d'en venir tôt ou tard à la magie.

Il y eut un nouveau silence, puis Strange reprit la parole.

— Auparavant je n'avais pas compris que Lord Portishead avait écrit à votre demande, monsieur. Peut-être aurez-vous la bonté de m'expliquer une petite chose. J'ai lu tous les essais de Sa Seigneurie dans *Les Amis de la magie anglaise* et *Le Magicien moderne*, sans relever la moindre mention du roi Corbeau. Cette omission est si frappante que je commence à la croire délibérée.

Mr Norrell inclina la tête.

— L'une de mes ambitions est de jeter ce personnage aux oubliettes comme il le mérite.

— Tout de même, monsieur, sans le roi Corbeau, il n'y aurait pas de magie ni de magiciens ?

— Certes, telle est l'opinion générale. Nonobstant, serait-ce vrai – ce que je suis très loin d'admettre –, il a perdu depuis longtemps tout droit à notre estime. Car quelles ont été ses premières actions après son entrée en Angleterre ? Déclarer la guerre au roi légitime d'Angleterre et le dépouiller de la moitié de son royaume ! Et devons-nous, vous et moi, monsieur Strange, clamer au monde que nous avons choisi un tel homme pour modèle ? Que nous le tenons pour le premier d'entre nous ? Cela fera-t-il respecter notre profession ? Cela persuadera-t-il les ministres du roi de nous accorder leur confiance ? Je ne le pense pas ! Non, monsieur Strange, si nous ne pouvons condamner son nom à l'oubli, alors il est de notre devoir – du vôtre et du mien – de répandre dans le monde notre haine de lui ! De publier partout notre exécration de sa nature corrompue et de ses mauvaises actions !

À l'évidence, une grande disparité de vues et de tempéraments existait entre les deux magiciens et, selon Arabella Strange, il n'y avait pas lieu pour eux de rester plus longtemps dans le même espace à s'agacer l'un l'autre. Elle et Strange se retirèrent peu de temps après.

Naturellement, Mr Drawlight fut le premier à se prononcer sur le nouveau magicien.

— Eh bien ! s'exclama-t-il un peu avant que la porte se fût refermée dans le dos de Strange. Je ne sais pas quel peut être votre avis, mais je n'ai jamais été plus surpris de mon existence ! Plusieurs sources m'ont certifié qu'il était bel homme. Que pouvaient-elles vouloir entendre par là, d'après vous ? Avec ce nez, et ces cheveux ! Brun rouge est une couleur si frivole – si importable – et je suis presque certain d'avoir vu du gris dedans. Pourtant, il ne peut avoir plus de – quoi ? – trente, trente-deux ans peut-être ? Elle, d'un autre côté, est tout à fait exquise ! Tant de vivacité ! Ces anglaises brunes, si joliment arrangées ! Dommage qu'elle ne se fût pas donné un peu plus de mal pour se tenir au courant des modes londoniennes. La mousseline à ramages qu'elle portait était assurément ravissante, mais j'aimerais lui voir porter quelque chose de vraiment plus élégant – pourquoi pas de la soie vert forêt, garnie de faveurs et de verroterie noires ? C'est seulement une première intuition, comprenez-vous, je puis avoir une idée tout à fait différente quand je la reverrai.

— Croyez-vous qu'il éveillera la curiosité ? s'enquit Mr Norrell.

— Oh ! certainement, répondit Mr Lascelles.

— Ah ! fit Mr Norrell. Alors je crains fort – monsieur Lascelles, je serais très heureux si vous pouviez me conseiller –, je crains fort que Lord Mulgrave n'aille mander Mr Strange. Le zèle déployé par Sa Seigneurie pour l'usage de la magie dans la guerre – excellent en soi, bien entendu – a eu le fâcheux effet de l'inciter à lire toutes sortes de livres sur l'histoire de la magie et de lui donner des opinions sur ce qu'il y trouve. Il a ainsi conçu le plan d'appeler des sorcières pour m'aider à vaincre les Français – je crois qu'il songe à ces créatures mi-fées mi-femmes auxquelles les méchants avaient recours quand ils désiraient nuire à leurs voisins – le type de sorcières, en bref, que Shakespeare met en scène dans *Macbeth*. Il m'a prié d'en évoquer trois ou quatre et n'a pas été content quand j'ai refusé de me plier à sa requête. La magie moderne peut réaliser beaucoup. Cependant, invoquer des sorcières peut attirer tout un tas d'ennuis. Maintenant je redoute qu'il envoie quérir Mr Strange. Monsieur Lascelles, ne l'en croyez-vous pas capable ? En outre, Mr Strange pourrait tenter sa chance, sans rien comprendre aux dangers encourus. Peut-être serait-ce aussi bien d'écrire à Sir Walter afin de lui demander s'il aurait la bonté de glisser un mot à l'oreille de Sa Seigneurie pour le prévenir contre Mr Strange.

— Oh ! s'exclama Lascelles. Je n'en vois pas la nécessité. Si vous pensez que la magie de Mr Strange n'est pas sûre, alors cela s'ébruitera bientôt.

Plus tard le même jour, dans une maison de Great Titchfield-street, un dîner fut donné en l'honneur de Mr Norrell, auquel Mr Drawlight et Mr Lascelles étaient aussi présents. Mr Norrell fut prié d'exprimer son avis sur le magicien du Shropshire.

— Mr Strange me semble être un gentleman charmant et un magicien très doué, qui peut représenter un estimable apport à notre profession, laquelle s'est trouvée un tantinet démunie depuis quelque temps.

— Mr Strange paraît entretenir de très étranges notions de magie, commenta Lascelles. Il n'a pas pris la peine de se nourrir des idées modernes sur le sujet – par quoi j'entends, bien entendu, les idées de Mr Norrell qui ont tant étonné le monde par leur clarté et leur concision.

Mr Drawlight renouvela son opinion selon laquelle la chevelure rousse de Mr Strange était « importable » et que la toilette de Mrs Strange, bien que pas exactement de la dernière mode, était d'une très jolie mousseline.

À peu près au moment où cette conversation avait lieu, un autre groupe de personnes (dont Mr et Mrs Strange) s'attablaient pour dîner dans la salle à manger plus modeste d'une demeure de Charterhouse-square. Les amis de Mr et Mrs Strange étaient naturellement impatients de connaître leur opinion sur le célèbre Mr Norrell.

— Il répète qu'il espère que le roi Corbeau tombera bientôt dans l'oubli, leur annonça Strange, sans dissimuler son incompréhension. Que pensez-vous de cela ? Un magicien qui espère que le roi Corbeau tombera bientôt dans l'oubli ! Si l'on découvrait que l'archevêque de Canterbury travaille secrètement à supprimer toute connaissance de la Trinité, cela aurait autant de sens à mes yeux…

— Il est comme un musicien qui souhaiterait passer sous silence la musique de Mr Haendel, acquiesça une dame en turban qui mangeait des artichauts aux amandes.

— Ou un poissonnier qui chercherait à convaincre les gens que la mer n'existe pas, renchérit un gentleman qui se servait une généreuse part de mulet, nappée d'une bonne sauce au vin.

Puis d'autres personnes proposèrent des exemples similaires d'extravagance et tout le monde rit, sauf Strange, qui fixait son assiette en fronçant le sourcil.

— Je croyais que vous vouliez demander à Mr Norrell de vous aider ! protesta Arabella.

— Comment le pourrais-je, alors que nous avons paru nous quereller dès le premier instant de notre rencontre ! s'écria Strange. Je ne lui plais pas, et c'est réciproque.

— Vous ne lui plaisez pas ? Non, peut-être ne lui avez-vous pas plu. Cependant, il n'a regardé personne d'autre pendant tout le temps que nous étions là. On eût cru qu'il voulait vous dévorer des yeux. Il est sans doute seul. Il a étudié toutes ces années et n'a jamais trouvé personne à qui expliquer ses pensées. Il ne le pourrait certainement pas avec ces hommes déplaisants... J'ai oublié leurs noms. Mais à présent qu'il vous a vu... Il sait qu'il pourrait discuter avec vous... Enfin ! ce serait extraordinaire s'il ne vous réinvitait pas.

À Great Titchfield-street, Mr Norrell posa sa fourchette et se tapota les lèvres avec sa serviette de table.

— Bien entendu, murmura-t-il. Il doit s'appliquer. Je l'ai exhorté à s'appliquer.

De son côté, Strange disait à Charterhouse-square :

— Il m'a pressé de m'appliquer. « À quoi donc ? ai-je demandé. – À la lecture », m'a-t-il répondu. Je n'ai jamais été plus stupéfait de ma vie. J'ai failli lui demander ce que j'étais censé lire quand il possède tous les livres.

Le lendemain, Strange déclarait à Arabella qu'ils pouvaient retourner dans le Shropshire quand elle voulait ; il ne croyait pas que rien les retînt à Londres. Il lui confia aussi qu'il avait décidé de ne plus penser à Mr Norrell. Il ne réussit pas à tenir complètement sa promesse, car plusieurs fois au cours des jours suivants Arabella se surprit à écouter une longue énumération de tous les défauts de Mr Norrell, à la fois personnels et professionnels.

Entre-temps, à Hanover-square, Mr Norrell interrogeait continuellement Mr Drawlight sur ce que Mr Strange devenait, à qui il rendait visite, ou encore sur ce qu'on pensait de lui.

Mr Lascelles et Mr Drawlight étaient inquiets de ce rebondissement. Depuis plus d'un an désormais ils exerçaient une influence grandissante sur le magicien et, en leur qualité d'amis, ils étaient courtisés par des amiraux, des généraux, des politiciens, quiconque en fait souhaitait connaître l'opinion de Mr Norrell sur ceci ou souhaitait voir Mr Norrell faire cela. L'idée qu'un nouveau magicien pourrait être lié à Mr Norrell par des liens plus étroits que Drawlight ou Lascelles pourraient jamais espérer en forger, remplissant ainsi la tâche de conseiller, leur était très désagréable. Mr Drawlight avertit Mr Lascelles qu'il fallait décourager Norrell de penser au magicien du Shropshire et, bien que la nature fantasque de Mr Lascelles ne lui permît jamais d'être tout de suite d'accord avec personne, il n'est pas douteux qu'il partageait son avis.

Toutefois, trois ou quatre jours après la visite de Mr Strange, Mr Norrell déclara :

— J'ai réfléchi très sérieusement à la question et je crois qu'il faut tenter quelque chose pour Mr Strange. Il s'est plaint de son manque de documents. Eh bien, certes, je vois que cela pourrait... En bref, j'ai décidé de lui faire présent d'un livre.

— Monsieur ! Vos précieux livres ! s'exclama Drawlight. Vous ne devez pas les distribuer... Surtout pas à des magiciens qui risquent de ne pas en avoir un usage aussi raisonné que vous !

— Oh ! Je ne parle pas d'un de mes livres. J'ai peur de ne pouvoir m'en séparer d'un seul. Non, j'ai fait l'acquisition d'un volume chez *Edwards & Skittering* pour l'offrir à Mr Strange. Le choix, je l'avoue, était difficile. Il existe de nombreux ouvrages que, pour être tout à fait franc, je ne tiens pas à recommander si tôt à Mr Strange ; il n'est pas encore prêt. Il s'imprégnerait par eux de toutes sortes d'idées erronées. Ce livre-ci – Mr Norrell le regarda d'un air plus ou moins inquiet – présente de nombreux défauts, je crains même qu'il n'en contienne un grand nombre. Mr Strange n'y apprendra pas la magie réelle. Néanmoins, il développe quantité d'idées sur les objets d'une recherche approfondie et les périls qu'il y a à s'en remettre trop tôt au papier, leçons que, je l'espère, Mr Strange peut prendre à cœur.

Mr Norrell réinvita donc Strange à Hanover-square. Comme la fois précédente, Drawlight et Lascelles étaient présents ; Strange, lui, vint seul.

La seconde entrevue eut lieu dans la bibliothèque de Hanover-square. En silence, Strange embrassa du regard les quantités considérables de livres. Peut-être sa colère était-elle retombée. Les deux partis semblaient déterminés à se parler et à se conduire plus cordialement.

— Vous me faites un grand honneur, monsieur, dit Strange après que Mr Norrell lui eut remis son cadeau. *La Magie anglaise* de Jeremy Tott. – Il tourna les pages. – Je ne connais pas cet auteur.

— Il s'agit d'une biographie de son frère, un historien de la magie théorique du siècle dernier qui s'appelait Horace Tott, expliqua Mr Norrell[1].

Il résuma les leçons sur la recherche approfondie et la nécessité de ne pas s'en remettre au papier que Strange devait bien retenir. Ce dernier sourit poliment et inclina la tête en convenant que ce devait être intéressant.

Mr Drawlight admira le présent de Strange.

Mr Norrell fixait Strange avec une curieuse expression, comme s'il eût été content d'avoir une petite conversation avec lui sans savoir par où la commencer.

Mr Lascelles rappela à Mr Norrell que Lord Mulgrave, de l'Amirauté, était attendu d'ici à une heure.

— Vos affaires vous réclament, monsieur, dit alors Strange. Je ne veux pas être importun. Aussi bien m'appelle dans Bond-street une affaire pour le compte de Mrs Strange qui ne doit pas être négligée.

— Et peut-être, lança Drawlight, que nous aurons un jour l'honneur d'admirer un morceau de magie préparé par Mr Strange. J'adore assister à des spectacles de magie !

— Peut-être, murmura Strange.

Mr Lascelles sonna pour appeler le domestique. Soudain Mr Norrell prit la parole :

— Je serais ravi de voir un échantillon de la magie de Mr Strange maintenant... S'il voulait bien nous faire l'honneur d'une démonstration.

— Oh ! fit Strange. Mais je ne...

— Cela serait un grand honneur pour moi, insista Mr Norrell.

— Très bien, répondit Strange, je serai trop heureux de vous montrer quelque chose. Ce sera un peu maladroit, peut-être, comparé à ce à quoi vous êtes accoutumé. Je doute grandement, monsieur Norrell, de pouvoir vous égaler en élégance d'exécution.

Mr Norrell inclina à son tour la tête.

Strange jeta deux ou trois coups d'œil autour de la bibliothèque, en quête d'une idée de magie. Ses yeux tombèrent sur un miroir pendu dans les pro-

1. Horace Tott vécut paisiblement dans le Cheshire avec l'intention continue d'écrire une grosse somme sur la magie anglaise, mais sans jamais en jeter les premières lignes sur le papier. Il s'éteignit à soixante-quatorze ans en s'imaginant toujours qu'il allait commencer la semaine suivante, ou peut-être celle d'après.

fondeurs d'un recoin de la pièce où la lumière ne pénétrait jamais. Il posa *La Magie anglaise* de Jeremy Tott sur la table de la bibliothèque de manière à ce que son reflet fût parfaitement visible dans le miroir. Durant quelques instants, il le regarda fixement ; il ne se passa rien. Puis Strange eut un drôle de geste : il se passa les mains dans les cheveux, s'étreignit la nuque et s'étira les épaules, comme un homme qui soulage ses crampes. À la fin, il sourit et, somme toute, parut extrêmement content de lui.

Ce qui était curieux, car le livre avait exactement le même aspect qu'avant.

Lascelles et Drawlight, accoutumés à voir – ou plutôt à entendre parler de – la merveilleuse magie de Mr Norrell, ne furent guère impressionnés par cette gesticulation ; celle-ci était en effet bien inférieure à ce qu'un banal exorciste pouvait réussir sur un champ de foire. Lascelles ouvrit la bouche – sans doute pour émettre une moquerie caustique – mais fut devancé par Mr Norrell, qui s'écria brusquement d'un ton admiratif :

— Voilà qui est remarquable ! Vraiment... Mon cher monsieur Strange ! Je n'ai jamais même entendu parler d'un tel enchantement ! Il n'est pas mentionné chez Sutton-Grove. Je vous assure, mon cher monsieur, il ne figure pas chez Sutton-Grove !

En proie à une certaine confusion, Lascelles et Drawlight reportaient leurs regards d'un magicien à l'autre.

Lascelles s'approcha de la table et scruta le livre.

— Il est peut-être un brin plus long qu'il n'était.

— Je ne crois pas, objecta Drawlight.

— Il est en cuir jaune maintenant, dit Lascelles. Était-il bleu avant ?

— Non, il a toujours été jaune.

Mr Norrell rit tout haut. Mr Norrell, habituellement avare de ses sourires, riait d'eux.

— Non, non, messieurs ! Vous n'avez pas deviné ! Certes, non ! Oh ! Monsieur Strange, je ne puis vous dire combien... Mais ils ne comprennent pas ce que vous avez fait. Prenez-le, monsieur Lascelles ! cria-t-il. Prenez-le donc, monsieur Lascelles !

Plus perplexe que jamais, Lascelles tendit la main pour saisir le livre. Tout ce qu'il saisit fut le vide. Le livre n'était là qu'en apparence.

— Il a interverti le livre et son reflet, expliqua Mr Norrell. Le livre réel se trouve là-bas, dans le miroir. – Et d'aller inspecter le miroir avec un air d'intérêt tout professionnel. – Comment avez-vous fait ?

— Comment, en effet ? murmura Strange, qui traversa la pièce pour examiner le reflet du livre posé sur la table sous différents angles, tel un joueur de billard, fermant un œil puis l'autre.

— Savez-vous le récupérer ? demanda Drawlight.

— Malheureusement non, avoua Strange. À la vérité, je n'ai qu'une idée très brumeuse de ce que j'ai fait. Sans doute est-ce pareil pour vous, monsieur ; on a la sensation qu'une musique joue au fond de sa tête, on anticipe simplement la note suivante.

— Tout à fait remarquable, répéta Mr Norrell.

Ce qui était peut-être encore plus remarquable, c'était que Mr Norrell, qui avait vécu toute sa vie dans la crainte de se découvrir un rival, avait fini par voir la magie d'un autre et, loin d'être accablé par ce spectacle, s'en trouvait exalté.

Mr Norrell et Mr Strange se séparèrent cet après-midi-là en des termes très cordiaux, et ils se retrouvaient dès le lendemain matin sans que Mr Lascelles ou Mr Drawlight en sût rien. Cette réunion s'acheva sur la proposition de Mr Norrell de prendre Mr Strange comme disciple. Mr Strange accepta son offre.

— Je regrette seulement qu'il soit marié, geignit Mr Norrell d'un air chagrin. Les magiciens n'ont pas le droit de se marier.

25

L'apprentissage d'un magicien

Septembre-décembre 1809

Le premier matin de son apprentissage, Strange fut invité à prendre son petit-déjeuner à Hanover-square dès l'aurore. Au moment où les deux magiciens s'attablaient, Mr Norrell déclara :

— J'ai pris la liberté de vous établir un programme d'études pour les trois ou quatre années à venir.

Si Strange eut l'air un peu saisi à la mention des trois ou quatre années, il ne pipa mot.

— Trois ou quatre ans est un délai si bref que, malgré tous mes efforts, poursuivit Mr Norrell avec un soupir, je ne puis croire que nous accomplirons grand-chose.

Il remit une douzaine de feuillets de papier à Strange. Chacun était couvert de trois colonnes de la petite écriture précise de Mr Norrell ; chaque colonne contenait une longue liste de différentes sortes de magies[1]

Strange les parcourut et conclut qu'il avait plus de choses à apprendre que prévu.

— Ah ! Je vous envie, monsieur, reprit Mr Norrell. Oui, je vous envie. La « pratique » de la magie est pleine de frustrations et de déceptions, son « étude », elle, est un plaisir sans fin ! Tous les grands magiciens d'Angleterre sont alors nos compagnons et nos mentors. Un travail assidu trouve sa récompense dans l'accroissement des connaissances et, le plus beau de l'affaire, l'on n'a pas à se pencher sur l'un de ses semblables de la fin d'un mois à la suivante si l'on ne le souhaite guère !

Pendant quelques instants, Mr Norrell sembla perdu dans la contemplation de cet heureux état puis, sortant de sa torpeur, il suggéra qu'ils ne repoussassent pas plus longtemps le plaisir de l'apprentissage de

1. Naturellement, Mr Norrell fonde son sommaire sur les classifications incluses dans le *De generibus artium magicarum anglorum*, de Francis Sutton-Grove.

Strange et se rendissent immédiatement dans la bibliothèque afin de commencer.

La bibliothèque de Mr Norrell était au premier étage. C'était une pièce charmante, conforme aux goûts de son propriétaire, qui venait toujours s'y réfugier, en quête de réconfort et de récréation. Mr Drawlight avait persuadé Mr Norrell d'adopter la mode qui consistait à poser de petits miroirs dans des coins et des angles saugrenus. Ainsi, l'on croisait constamment un rai de vive lumière argentée ou le soudain reflet d'un passant dans la rue à l'endroit où l'on s'y attendait le moins. Les murs étaient recouverts d'un papier vert tendre, imprimé d'un motif de feuilles de chêne plus foncées, accrochées à des ramilles noueuses ; dans le plafond peint était creusé un petit dôme, qui représentait la voûte de feuillage d'une clairière au printemps. Les volumes avaient tous des reliures claires en vachette, avec les titres gravés au dos en fines capitales argentées. Parmi tant d'élégance et d'harmonie, il était quelque peu surprenant d'apercevoir quantité de trous parmi les livres, et nombre de rayonnages entièrement vides.

Strange et Mr Norrell s'assirent au coin du feu.

— Si vous me le permettez, monsieur, dit Strange, j'aimerais commencer par vous poser quelques questions. J'avoue que ce que j'ai entendu l'autre jour concernant les fées m'a vraiment étonné, et je me demandais si vous accepteriez de m'entretenir un peu sur ce sujet. À quels dangers le magicien s'expose-t-il en ayant recours aux esprits féeriques ? Et quel est votre avis sur leur utilité ?

— Leur utilité a été grandement exagérée, répondit Mr Norrell, leur danger beaucoup sous-estimé.

— Oh ! Pensez-vous que les fées sont, comme certains le croient, des démons ?

— Bien au contraire. Je suis tout à fait convaincu que la vision commune que l'on a d'elles est la bonne. Connaissez-vous les écrits de Chaston sur la question ? Cela ne me surprendrait guère si Chaston se révélait s'être approché au plus près de la vérité[1]. Non, non, mon objection aux fées est d'une autre nature. Monsieur Strange, à votre avis, pourquoi la magie anglaise dépend-elle tant – ou semble-t-elle tant dépendre – de l'aide des fées ?

Strange réfléchit un moment.

1. Richard Chaston (1620-1695). Chaston écrit que les races des hommes et des fées contiennent toutes deux en elles une faculté de raison et une faculté de magie. Chez les hommes la raison est forte, et la magie faible. Chez les fées, c'est l'inverse : la magie leur vient très naturellement, mais selon les critères humains elles sont à peine saines d'esprit.

— Je présume que c'est parce que toute la magie anglaise nous vient du roi Corbeau qui fut élevé à une cour des fées et y a appris sa magie.

— Je conviens que cela a un rapport avec le roi Corbeau, mais non de la manière que vous croyez, je pense. Considérez, s'il vous plaît, monsieur Strange, que, pendant tout le temps où le roi Corbeau régnait sur l'Angleterre du Nord, il régnait également sur un royaume féerique. Considérez, s'il vous plaît, qu'aucun roi n'a jamais eu deux races aussi diverses sous son empire. Considérez encore, s'il vous plaît, qu'il était un aussi grand monarque qu'il était magicien, fait que la majorité des historiens sont enclins à négliger. Il n'y a guère de doute, selon moi, qu'il était très préoccupé par la tâche d'unir ses deux peuples, tâche qu'il a menée à bien, monsieur Strange, en exagérant à dessein le rôle des fées dans la magie. De cette manière, il a accru l'estime de ses sujets humains pour les fées, il a trouvé une occupation utile à ses sujets les fées, et est parvenu à ce que les deux peuples recherchent la société l'un de l'autre.

— Oui, murmura Strange, l'air songeur. Je vois cela.

— À mon avis, même les plus grands des magiciens auréats ont surestimé l'importance des fées dans la magie humaine. Vous n'avez qu'à regarder Pale ! Il tenait ses sylphides pour si essentielles à la poursuite de son art qu'il a écrit que ses plus grands trésors étaient les trois ou quatre fées vivant en son logis ! Mon exemple personnel prouve pourtant que presque toutes les sortes respectables, oui, respectables, de magie sont parfaitement réalisables sans l'assistance d'aucune d'elles ! Qu'ai-je jamais accompli qui ait nécessité l'aide d'une fée ?

— Je vous entends, répondit Strange, s'imaginant que la dernière question de Mr Norrell devait être rhétorique. Je dois reconnaître, monsieur, que cette idée est tout à fait nouvelle pour moi. Je ne l'ai jamais lue dans aucun livre.

— Moi non plus. Certes, il existe certaines sortes de magies qui sont absolument impossibles sans les fées. Il y aura peut-être des moments – et j'espère sincèrement que de telles occasions seront rares – où vous et moi aurons à traiter avec ces créatures pernicieuses. Naturellement, nous aurons à montrer la plus grande prudence. Toute fée que nous invoquerons aura presque certainement déjà eu affaire à des magiciens anglais. Elle sera pressée de nous énumérer les noms de tous les grands magiciens qu'elle a servis, ainsi que les services qu'elle leur a rendus. Elle comprendra les formes et les précédents de telles collaborations bien mieux que nous. Cela nous met – nous mettra – en position de faiblesse. Je vous assure, monsieur Strange, nulle part le déclin de la magie anglaise n'est mieux compris que dans les Autres Pays !

— Les fées exercent pourtant une grande fascination sur les gens du commun, dit Strange d'un ton pénétré, et si vous deviez employer de temps à autre l'une d'elles dans votre travail, cela pourrait peut-être rendre votre art plus populaire. Beaucoup de préjugés s'opposent encore à l'usage de la magie dans la guerre.

— Oh ! Assurément ! s'écria Mr Norrell avec irritation. Les gens croient que la magie commence et s'achève avec les fées ! Ils s'arrêtent à peine sur le talent et le savoir du magicien ! Non, monsieur Strange, cela ne constitue pas à mes yeux une raison pour employer les fées ! Bien au contraire ! Voilà cent ans, l'historien de la magie, Valentine Munday, a nié l'existence des Autres Pays ! D'après lui, les hommes qui prétendaient y être allés étaient tous des imposteurs. En cela, il se trompait, mais sa position demeure une de celles pour lesquelles j'ai beaucoup de sympathie et j'espère que nous pourrons contribuer à sa propagation. Certes, poursuivit pensivement Mr Norrell, Munday en est venu à nier l'existence de l'Amérique, puis de la France, et ainsi de suite. Je crois que, au moment de sa mort, il avait renoncé à l'Écosse depuis longtemps et commençait à nourrir des doutes sur Carlisle... J'ai son livre ici[1].

Mr Norrell se leva et le sortit d'un des rayons. Cependant, il ne le donna pas tout de suite à Strange.

Au bout d'un bref silence, Strange s'enquit :

— Vous me conseillez donc de lire cet ouvrage ?

— Oui, en effet. Je pense que vous devriez le lire.

Strange attendit, mais Norrell continuait à contempler le livre qu'il avait toujours à la main comme s'il ne savait pas comment s'y prendre.

— Alors vous devez me le remettre, suggéra doucement Strange.

— Oui, en effet, acquiesça Mr Norrell.

Il s'avança précautionneusement et lui tendit le livre quelques instants, avant de l'incliner brusquement et de le lui lâcher dans la paume d'un drôle de geste, comme si, au lieu d'un livre, il s'agissait d'un oisillon qui s'accrochait à lui et refusait absolument de connaître personne d'autre, si bien qu'il était obligé de le mystifier en retirant sa main. Par bonheur, il était si absorbé par cette manœuvre qu'il ne leva pas les yeux vers Strange, qui se retenait de rire.

Mr Norrell resta un moment immobile, regardant avec nostalgie son livre désormais aux mains d'un autre magicien.

---

1. *Le Carnet bleu : un essai pour exposer les mensonges les plus répandus et les supercheries communes mis en œuvre par les magiciens anglais à l'encontre des sujets du roi et envers leurs semblables,* Valentine Munday, ouvrage publié en 1698.

Une fois qu'il se fut séparé du premier ouvrage, l'aspect pénible de son épreuve ne parut plus être toutefois qu'un mauvais souvenir. Une demi-heure plus tard, il recommandait un autre livre à Strange et allait le chercher sans plus de cérémonie. Avant midi, il indiquait à Strange les livres sur les étagères et lui permettait de les descendre à sa place. À la fin de la journée, Mr Norrell avait donné à Strange une extraordinaire quantité de volumes à lire et déclarait qu'il espérait qu'il les aurait parcourus d'ici à la fin de la semaine.

Une journée entière consacrée aux entretiens et à l'étude était un luxe qu'ils ne pouvaient se permettre souvent ; en général, ils étaient obligés de passer une partie du jour à recevoir des visiteurs, qu'il s'agît de relations en vue que Mr Norrell croyait capital de cultiver ou de gentlemen des différents ministères du gouvernement.

Au bout d'une quinzaine, l'enthousiasme de Mr Norrell pour son nouvel élève ne connaissait plus de bornes.

— On n'a qu'à lui expliquer une chose une fois, rapporta Norrell à Sir Walter, il comprend aussitôt ! Je me rappelle fort bien combien de semaines j'ai peiné pour comprendre le livre de Pale, *Conjectures concernant la prémonition de choses à venir* ; Mr Strange, lui, a maîtrisé cette théorie particulièrement ardue en un peu moins de quatre heures !

Sir Walter sourit.

— Sans doute. Néanmoins, vous sous-évaluez vos propres mérites, selon moi. Mr Strange a l'avantage d'avoir un professeur pour lui expliquer les passages difficiles, alors que vous n'aviez personne. Vous lui avez préparé la voie et aplani les obstacles.

— Oh ! protesta Mr Norrell. Quand Mr Strange et moi nous sommes installés pour disputer plus avant des *Conjectures*, je me suis aperçu qu'elles avaient une application plus large que je ne l'avais supposé. Ce sont les questions de Mr Strange, voyez-vous, qui m'ont mené à une nouvelle compréhension des idées du Dr Pale !

— Eh bien, monsieur, déclara Sir Walter, je suis heureux que vous ayez trouvé un ami dont les pensées s'accordent si bien avec les vôtres. Il n'est pas de plus grand réconfort.

— Je vous le concède, Sir Walter ! Oui, vraiment.

L'admiration de Strange pour Mr Norrell était d'une nature plus modérée. La conversation insipide et les bizarreries de comportement de Norrell continuaient de lui agacer les nerfs ; à peu près au moment où Mr Norrell faisait l'éloge de Strange à Sir Walter, Strange se plaignait de Norrell à Arabella.

— Je ne sais que penser de lui. Il est l'homme le plus remarquable de notre époque et aussi le plus soporifique. Par deux fois ce matin, notre conversation a été interrompue parce qu'il a cru entendre une souris dans la pièce - les souris lui inspirent un dégoût particulier. Deux valets, deux bonnes et moi avons dû déplacer tout le mobilier à la recherche de la bestiole, pendant qu'il restait debout devant la cheminée, paralysé de peur.

— Possède-t-il un chat ? hasarda Arabella. Il devrait se procurer un chat.

— Oh, cela est impensable ! Il déteste les chats encore plus que les souris. Il m'a confié que, s'il a l'infortune de se trouver dans le même lieu qu'un chat, il est sûr d'être entièrement couvert de boutons rouges en moins d'une heure.

Faire l'éducation complète de son élève était le vœu sincère de Mr Norrell, mais les habitudes de secret et de dissimulation qu'il avait cultivées toute son existence n'étaient pas faciles à abandonner. Un jour de décembre, alors que la neige tombait en gros flocons mous de lourdes nuées d'un gris verdâtre, les deux magiciens étaient assis dans la bibliothèque de Mr Norrell. Le lent mouvement tourbillonnant de la neige de l'autre côté des croisées, la bonne chaleur du feu et les effets d'un grand verre de xérès qu'il avait été malavisé d'accepter quand Mr Norrell lui en avait offert concouraient à donner à Jonathan une sensation de pesanteur et d'engourdissement. Son front était appuyé sur sa main, et ses yeux se fermaient déjà.

Mr Norrell discourait.

— Beaucoup de magiciens, disait-il en joignant les mains, ont tenté d'enfermer des pouvoirs magiques dans un objet physique. L'opération en soi n'est pas difficile, et cet objet peut répondre aux vœux du magicien. Arbres, bijoux, livres, projectiles, chapeaux ont été tour à tour utilisés à cette fin, à un moment ou à un autre. – Mr Norrell fit les gros yeux aux extrémités de ses doigts. – En plaçant ainsi une partie de ses pouvoirs dans l'objet de son choix, le magicien espère se prémunir contre leur déclin, conséquence inévitable de la maladie et de la vieillesse. J'ai moi-même été souvent fortement tenté par ce stratagème ; mes propres aptitudes peuvent être réduites à néant par un gros refroidissement ou un méchant mal de gorge. Cependant, après mûre réflexion, j'ai conclu que de telles divisions de nos pouvoirs sont on ne peut plus imprudentes. Examinons, par exemple, le cas des anneaux. Les anneaux ont longtemps été considérés comme particulièrement adéquats à cette sorte de magie en raison de leur petite taille. Un homme peut garder un anneau en permanence à un doigt pendant des années sans susciter le moindre commentaire – ce qui ne serait pas le cas s'il montrait le même attachement à un livre ou à un caillou – et pourtant il n'existe guère de magicien dans l'histoire qui, ayant confié jadis une partie de son talent et de son pouvoir à un anneau magique, n'ait pas d'une manière ou d'une autre perdu cet anneau et ne se soit pas attiré beaucoup de désagréments pour le récupérer. Prenez par exemple, au XIIe siècle, le Maître de Nottingham, dont la fille a pris son anneau de magicien pour un banal brimborion, l'a glissé à son doigt et s'en est allée à la foire de Saint Matthew. Cette jeune femme négligente...

— Comment ? s'écria soudain Strange.

— Comment ? lui fit écho Mr Norrell, alarmé.

Strange jeta à l'autre gentleman un regard aigu, inquisiteur. Mr Norrell le dévisagea à son tour, un peu effrayé.

— Je vous demande pardon, monsieur, dit Strange, mais vous ai-je bien entendu ? Parlons-nous bien des pouvoirs magiques qui se cachent par quelque moyen dans des anneaux, des pierres, des amulettes... ou autres objets de cette sorte ?

Mr Norrell inclina la tête avec circonspection.

— Je croyais que vous aviez dit..., commença Strange. Enfin... – Il fit un effort pour radoucir son ton. – Je croyais que vous m'aviez certifié, il y a quelques semaines, que les anneaux et les pierres magiques étaient une légende.

Mr Norrell considéra son élève avec crainte.

— Peut-être me suis-je mépris, ajouta Strange.

Mr Norrell demeura muet.

— J'ai dû me méprendre, répéta Strange. Je vous demande pardon, monsieur, de vous avoir interrompu. Je vous en prie, continuez.

Mr Norrell, même s'il paraissait grandement soulagé que Strange eût résolu la question, n'était cependant plus de force à continuer et proposa à la place de prendre le thé, ce que Strange accepta avec empressement[1].

---

1. L'histoire de la fille du Maître de Nottingham (sur laquelle Mr Norrell ne revint jamais) vaut la peine d'être relatée et je la consigne donc ici.

La foire où se rendit la jeune femme avait lieu à Nottingham, le jour de la Saint Matthew. La demoiselle passa une journée plaisante, à déambuler entre les baraques, à faire des emplettes de lingerie, de dentelles et d'épices. Au cours de l'après-midi, en se retournant brusquement, elle vit par hasard des acrobates italiens qui étaient sur ses pas, et le bord de sa cape vola et frappa une oie qui passait. Ce volatile irascible s'élança sur elle en battant des ailes et en cacardant. Dans sa surprise, elle laissa tomber l'anneau de son père, qui chut dans le gosier grand ouvert de l'oie. Celle-ci l'avala tout rond. Avant que la fille du Maître de Nottingham eût pu dire ou faire quoi que ce fût, la gardeuse d'oies entraîna sa bête, et toutes deux disparurent dans la foule.

L'oie fut achetée par un certain John Ford, qui la ramena dans sa maison du village de Fiskerton. Le lendemain, son épouse, Margaret Ford, tua la volaille, la pluma et la vida. Dans son estomac, elle trouva un lourd anneau d'argent, incrusté d'un morceau d'ambre jaune en forme de crosse. Elle le posa sur une table à côté de trois œufs de poule qui avaient été ramassés le matin même.

Ce soir-là, Strange rapporta à Arabella tout ce que Mr Norrell avait dit et tout ce que lui, Strange, avait répondu.

— C'était la chose la plus bizarre au monde ! Il était si effrayé d'avoir été démasqué qu'il ne trouvait plus ses mots. J'ai dû inventer les nouveaux mensonges qu'il me racontait. J'ai été contraint de conspirer avec lui contre moi-même.

— Je ne comprends pas, protesta Arabella. Pourquoi devrait-il se contredire de cette curieuse manière ?

Aussitôt les œufs se mirent à bouger, puis à se craqueler, et une merveille surgit de chaque coquille. Du premier œuf il sortit un instrument à cordes semblable à une viole, hormis que celle-ci possédait des petits bras et des petites jambes et jouait une douce musique sur elle-même au moyen d'un minuscule archet. De l'œuf suivant émergea un petit navire du plus pur ivoire, avec des voiles de fine toile blanche et un jeu de rames en argent. Et du dernier œuf est éclos un poussin à l'étrange duvet rouge et or. Cet ultime prodige fut le seul à survivre au jour. Au bout d'une heure ou deux la viole se craquela comme une coquille d'œuf avant de tomber en morceaux ; au coucher du soleil le navire d'ivoire avait mis à la voile et s'était évanoui dans les airs ; mais le poussin grandit et, par la suite, provoqua un incendie qui détruisit la plus grande partie de Grantham. Pendant le sinistre, on le vit qui se baignait dans les flammes. Cette circonstance laissa supposer qu'il s'agissait d'un phénix.

Quand Margaret Ford se fut avisée qu'un anneau magique était tombé mystérieusement en sa possession, elle décida de s'en servir à des fins de magie. Malheureusement, c'était une femme très méchante, qui tyrannisait son aimable époux et passait de longues heures à réfléchir au moyen de se venger de ses ennemis. John Ford possédait le manoir de Fiskerton et, pendant les mois qui suivirent, il fut comblé de terres et de richesses par des lords importants qui craignaient la magie perverse de son épouse.

La rumeur des prodiges accomplis par Margaret Ford atteignit vite Nottingham, où le Maître de Nottingham était sur son lit de mort. Un si grand nombre de ses pouvoirs étaient contenus dans l'anneau que la perte de celui-ci l'avait rendu d'abord mélancolique, puis désespéré, enfin malade. Quand la réputation de son anneau finit par lui revenir, il était trop mal en point pour tenter quoi que ce fût.

Sa fille, d'un autre côté, était profondément désolée d'avoir attiré ce malheur sur sa famille et jugea de son devoir d'essayer de retrouver l'anneau ; aussi, sans s'ouvrir à personne de ses intentions, elle se mit en route pour le village de Fiskerton en longeant la berge.

Elle n'était pas allée plus loin que Gunthorpe quand elle tomba sur un spectacle des plus navrants. Un petit bois brûlait ardemment, avec des flammes rouges qui le léchaient de tous côtés. L'âcre fumée noire lui piquait les yeux et lui irritait la gorge, et pourtant le bois n'était pas consumé par le feu. Un gémissement sourd émanait des arbres, comme s'ils se plaignaient d'une torture si peu naturelle. La fille du Maître chercha des yeux quelqu'un qui pût lui expliquer ce prodige. Un jeune bûcheron qui passait par là lui dit : « Voilà deux semaines, Margaret Ford s'arrêta dans le bois, sur la route qui venait de Thurgaton. Elle se reposa sous l'ombrage de ses arbres, but à son ruisseau et mangea ses noix et ses baies mais, juste au moment où elle partait, une racine lui crocha le pied, provoquant sa chute, et quand elle se releva de terre, un églantier eut l'impertinence de la griffer au bras. Alors elle jeta un sortilège au bois et jura qu'il brûlerait pour l'éternité. »

— Oh ! Il est déterminé à garder certaines informations pour lui. Voilà qui est certain… En outre, j'imagine qu'il ne parvient pas toujours à se rappeler ce qui doit rester secret et ce qui ne le doit pas. Je vous ai raconté que des trous parsemaient sa bibliothèque, vous vous rappelez ? Eh bien, le jour où il m'a pris pour élève, il semble qu'il ait ordonné d'en vider cinq rayons et de renvoyer les livres dans le Yorkshire, sous prétexte qu'ils étaient trop dangereux à lire pour moi.

— Seigneur ! Comment donc avez-vous découvert cela ? demanda Arabella, stupéfaite.

— Drawlight et Lascelles me l'ont dit. Ils s'y sont complu.

La fille du Maître le remercia du renseignement et poursuivit un moment sa route. Souffrant de la soif, elle s'accroupit pour prendre un peu d'eau à la rivière. Tout d'un coup une femme – ou une créature très proche d'une femme – sortit à moitié de l'eau. Son corps était entièrement couvert d'écailles de poisson, sa peau aussi bleue et tachetée que celle d'une truite, et sa chevelure formait un étrange bouquet de nageoires grises et épineuses. Elle paraissait regarder avec fureur la fille du Maître, bien que ses yeux ronds et froids et sa peau raide de poisson ne fussent pas bien appropriés à la reproduction des expressions humaines, aussi était-il difficile de savoir.

— Oh ! Je vous demande pardon ! s'écria la fille du Maître, apeurée.

La femme ouvrit la bouche, révélant une gorge de poisson et une pleine bouche de vilaines dents de poisson, mais semblait incapable d'émettre un son. Puis elle se retourna et replongea dans l'onde.

Une femme qui lavait son linge sur la berge expliqua à la fille du Maître : « C'est Joscelin Trent qui a le malheur d'être l'épouse d'un homme qui plaît à Margaret Ford. De jalousie, Margaret Ford lui a jeté un sortilège, et elle est forcée, la malheureuse, de passer toutes ses journées et toutes ses nuits immergée dans les hauts-fonds de la rivière pour empêcher sa peau et sa chair enchantées de sécher et, comme elle ne sait pas nager, elle vit dans la terreur constante de se noyer. »

La fille du Maître remercia la bonne femme de ses paroles.

La fille du Maître arriva ensuite au village de Hoveringham. Un homme et son épouse qui se serraient tous deux sur un petit poney la dissuadèrent d'entrer dans le village, et lui en firent faire le tour par d'étroits chemins et sentiers. D'une petite éminence verdoyante, la fille du Maître regarda en bas et vit que tous les villageois portaient un bandeau sur les yeux. Ils n'étaient pas accoutumés à leur cécité volontaire et se heurtaient continuellement le visage contre les murs, butaient sur des tabourets et des carrioles, se coupaient avec des couteaux et des outils et se brûlaient au feu. En conséquence, ils étaient couverts d'entailles et de plaies. Aucun d'eux n'ôtait pourtant son bandeau.

— Oh ! dit l'épouse. Le prêtre de Hoveringham a eu l'audace de dénoncer la méchanceté de Margaret Ford du haut de sa chaire. Les évêques, les abbés et les chanoines sont tous restés silencieux, mais ce frêle vieillard l'a défiée, aussi a-t-elle maudit tout le village. Ils sont condamnés à avoir en permanence devant les yeux des images vivantes de leurs pires craintes. Ces pauvres gens voient leurs enfants mourir de faim, leurs parents sombrer dans la démence, leurs bien-aimés les mépriser et les trahir. Les époux et les épouses se voient les uns les autres affreusement assassinés. C'est pourquoi, bien que ces visions ne soient que des illusions, les villageois doivent se bander les yeux, par crainte de perdre la raison.

— Les misérables !

Mr Norrell fut on ne peut plus dépité d'apprendre que l'éducation de Strange devait subir une interruption d'un jour ou deux, le temps que lui et Arabella cherchassent une maison où habiter.

— Son épouse pose un problème, expliqua Mr Norrell à Drawlight avec un soupir. Eût-il été célibataire, il n'aurait rien trouvé à redire à venir habiter ici chez moi.

Secouant la tête devant l'effroyable malignité de Margaret Ford, la fille du Maître continua son chemin vers le manoir de John Ford, où elle trouva Margaret et ses servantes, chacune avec une badine à la main pour conduire les vaches à la traite du soir.

La fille du Maître s'avança hardiment vers Margaret Ford. Sur-le-champ, Margaret Ford se retourna et la frappa de sa badine. « La vilaine ! cria-t-elle. Je sais qui tu es ! Mon anneau me l'a dit. Je sais que tu as l'intention de me mentir, à moi qui ne t'ai jamais nui, et de me demander de devenir ma servante. Je sais aussi que tu projettes de me voler mon anneau. Eh bien, sache-le ! J'ai jeté de puissants enchantements sur mon anneau. Si un voleur était assez insensé pour y toucher, alors en un très bref intervalle de temps des abeilles, des guêpes et toute sortes d'insectes s'envoleraient de terre pour le piquer ; des aigles, des faucons et toutes sortes d'oiseaux fondraient du ciel pour l'assaillir de coups de bec ; puis des ours, des sangliers et toutes sortes de bêtes sauvages apparaîtraient pour le piétiner et le mettre en pièces ! »

Sur ce, Margaret Ford battit d'importance la fille du Maître et dit à ses servantes de la mettre au travail dans la cuisine.

Les servantes de Margaret Ford, une gent misérable et maltraitée, donnèrent à la fille du Maître les besognes les plus dures et, chaque fois que Margaret Ford les frappait ou tempêtait contre elles – ce qui arrivait très souvent –, elles se soulageaient en lui infligeant le même traitement. Toutefois, la fille du Maître ne se laissait pas abattre. Elle resta à travailler à la cuisine pendant plusieurs mois et réfléchit très fort au moyen d'amener par ruse Margaret Ford à laisser tomber l'anneau ou à le perdre.

Margaret Ford était une femme cruelle, prompte à s'offenser d'un rien, et son courroux, une fois réveillé, ne s'apaisait jamais. En dépit de tout cela, elle adorait les tout-petits ; elle saisissait toute occasion de soigner des nourrissons et, une fois qu'elle avait un enfant dans les bras, elle était la douceur même. Elle n'avait pas d'enfants, et aucun de ceux qui la connaissaient ne doutait que c'était là une profonde source de chagrin pour elle. On racontait qu'elle avait dépensé beaucoup de magie à essayer de concevoir un enfant, en vain.

Un jour, Margaret Ford jouait avec la fillette d'un voisin et disait combien, si elle devait avoir un enfant, elle préférerait que ce fût une fille, et comment elle souhaiterait qu'elle eût une peau d'une blancheur de lait, des yeux verts et des boucles cuivrées (ce qui était les couleurs naturelles de Margaret Ford).

— Oh ! fit la fille du Maître d'une voix innocente. L'épouse du bailli d'Epperstone a un poupard qui correspond exactement à cette description, la plus ravissante petite créature qu'on ait jamais vue.

Alors Margaret Ford ordonna à la fille du Maître de l'emmener à Epperstone et de lui montrer le poupard de l'épouse du bailli. Après que Margaret Ford eut vu de ses yeux que le nourrisson était l'être le plus doux, le plus exquis qui fût (tout comme la fille du Maître l'avait dit), elle annonça à la mère horrifiée son intention d'emporter l'enfant.

Drawlight fut des plus inquiets d'entendre que Mr Norrell avait caressé un tel espoir et, au cas où celui-ci renaîtrait, il prit la précaution de renchérir :

— Oh, monsieur ! Songez à votre collaboration avec l'Amirauté et le ministère de la Guerre, si importante et si confidentielle ! La présence d'une autre personne dans la maison serait un grand obstacle.

— Mais Mr Strange va me seconder dans cette affaire ! protesta Mr Norrell. Ce serait très mal de ma part de priver le pays des talents de Mr Strange.

Dès qu'elle fut en possession du poupon de l'épouse du bailli, Margaret Ford devint une personne différente. Elle passait ses journées à s'occuper de la petite, à jouer avec elle et à lui chanter des berceuses. Margaret Ford devint enfin contente de son sort. Elle utilisait son anneau magique beaucoup moins qu'avant et ne se mettait presque plus jamais en colère.

Les choses continuèrent ainsi jusqu'à ce que la fille du Maître eût passé presque un an au logis de Margaret Ford. Puis, par un beau jour d'été, Margaret Ford, la fille du Maître, l'enfant et les autres servantes déjeunèrent sur les berges de la rivière. Après s'être restaurée, Margaret Ford se reposa à l'ombre d'un rosier. C'était une chaude journée, et elles étaient toutes endormies.

Dès qu'elle eut la certitude que Margaret Ford dormait, la fille du Maître sortit une friandise et la montra à la fillette. Celle-ci, ne sachant que trop bien ce qu'on devait faire des friandises, ouvrit un large bec, et la fille du Maître la lui fourra dedans. Puis, aussi vite qu'elle pouvait, et s'assurant qu'aucune des autres servantes ne la voyait faire, elle ôta l'anneau du doigt de Margaret Ford.

Ensuite, elle cria :

— Oh ! Oh ! Réveillez-vous, madame ! La petite a pris votre anneau et l'a mis dans sa bouche ! Oh, pour l'amour de cette enfant, rompez le sort ! Rompez le sort !

En s'éveillant, Margaret Ford vit la fillette avec la joue gonflée, mais elle était trop endormie et trop surprise pour comprendre ce qui se passait.

Une abeille vint à voleter de leur côté. La fille du Maître la montra du doigt en hurlant. Toutes les autres servantes hurlèrent aussi.

— Vite, madame, je vous en supplie ! gémit la fille du Maître. Oh ! – Elle leva les yeux. – Voici les aigles et les faucons qui approchent ! Oh ! – Elle regarda au loin. – Et voilà les ours et les sangliers qui accourent pour mettre en pièces la pauvre petite créature !

Margaret Ford cria à l'anneau de mettre un terme à sa magie, ce qu'il fit instantanément, et presque au même moment l'enfant avala la friandise. Pendant que Margaret Ford et ses servantes imploraient l'enfant et la cajolaient, la secouaient, pour lui faire recracher l'anneau magique, la fille du Maître partit en courant sur la berge de la rivière en direction de Nottingham.

La suite de l'histoire présente tous les artifices habituels. Dès que Margaret Ford eut découvert la supercherie, elle alla quérir des chevaux et des chiens pour poursuivre la fille du Maître. À plusieurs reprises, la fille du Maître sembla perdue pour de bon – les cavaliers la serraient de près, et les chiens étaient sur ses talons. Mais l'histoire nous raconte comment elle fut aidée dans sa fuite par toutes les victimes des maléfices de Margaret Ford ; comment les villageois de Hoveringham arrachèrent les bandeaux de leurs yeux et, malgré toutes les horreurs qu'ils voyaient, se précipitèrent pour construire des barricades afin d'empêcher Margaret Ford de passer ; comment cette pauvre Joscelin Trent tendit les bras hors de la rivière et tenta d'entraîner Margaret Ford dans les eaux boueuses ; comment le petit bois en feu laissa choir des branches enflammées sur elle.

Mr Strange et moi sommes allés à l'Amirauté mardi dernier présenter nos respects à Lord Mulgrave. Au début, je crois que Lord Mulgrave n'était pas ravi de voir que j'avais amené Mr Strange...

— En effet, Sa Seigneurie est habituée à votre magie supérieure ! Sans doute juge-t-il qu'un *amateur**, aussi talentueux soit-il, n'a pas à se mêler des intérêts de l'Amirauté.

— ... néanmoins, quand Sa Seigneurie a entendu les idées de Mr Strange pour vaincre les Français par la magie, il s'est tourné vers moi, le sourire aux lèvres, et a déclaré : « Vous et moi, monsieur Norrell, sommes un peu rassis. Nous voulions qu'un sang neuf nous aiguillonne, n'est-il pas ? »

— Lord Mulgrave a dit cela ? Il vous a dit cela ? s'étrangla Drawlight. Quelle abominable grossièreté. J'espère, monsieur, que vous lui avez décoché un de vos regards !

— Comment ? – Mr Norrell était absorbé par son récit et ne prêtait aucune attention à Mr Drawlight. – Oh ! lui ai-je répondu. Je suis tout à fait de votre avis, monseigneur. Attendez seulement d'avoir entendu le reste de ce que Mr Strange a à vous dire. Vous n'en connaissez pas encore la moitié !

Et il ne s'agissait pas que de l'Amirauté. Le ministère de la Guerre et tous les autres services gouvernementaux avaient des raisons de se réjouir de la venue de Jonathan Strange. Tout à coup nombre de choses qui auparavant avaient été délicates devenaient plus faciles. Les ministres du roi chérissaient depuis longtemps le projet d'envoyer de mauvais rêves aux ennemis de la Grande-Bretagne. Le ministre des Affaires étrangères l'avait exposé pour la première fois en janvier 1808, et depuis plus d'un an chaque soir Mr Norrell envoyait diligemment un mauvais rêve à l'empereur Napoléon Bonaparte, en suite de quoi il ne se passait rien. L'empire napoléonien ne s'était toujours pas écroulé, et Bonaparte livrait bataille avec autant de sang-froid que jamais.

L'anneau revint au Maître de Nottingham, qui rompit tous les sortilèges perpétrés par Margaret Ford et restaura sa fortune comme sa réputation.

Il existe une autre variante de cette histoire qui ne contient ni anneau magique, ni bois qui brûle éternellement, ni phénix – absolument aucun miracle, en réalité. Selon cette variante, loin d'être ennemies, Margaret Ford et la fille du Maître de Nottingham (dont le nom était Donata Torel) étaient les dirigeantes d'une confrérie de magiciennes qui fleurit au Nottinghamshire au XIIe siècle. Hugh Torel, le Maître de Nottingham, s'opposa à cette confrérie et s'appliqua à la détruire (bien que sa propre fille en fût membre). Il manqua de peu de réussir, jusqu'à ce que les femmes quittassent leurs foyers, leurs pères et leurs époux pour aller vivre dans les bois sous la protection de Thomas Godbless, un bien plus grand magicien que Hugh Torel. Cette variante moins colorée de l'histoire n'a jamais connu la même popularité que l'autre, mais c'est celle que Jonathan Strange a désignée comme authentique et qu'il a incluse dans *L'Histoire et la Pratique de la magie anglaise.*

Mr Norrell finit donc par recevoir l'instruction de s'arrêter. En privé, Sir Walter et Mr Canning pensaient que le plan avait échoué parce que Mr Norrell n'était pas doué pour créer des horreurs. Mr Canning se plaignait que les cauchemars envoyés par Mr Norrell à l'empereur (cauchemars concernant essentiellement un capitaine des dragons caché dans le vestiaire de Bonaparte) effraieraient à peine la gouvernante de ses enfants, alors l'empereur de la moitié de l'Europe ! Pendant un temps, il s'était efforcé de convaincre les autres ministres de charger Mr Beckford, Mr Lewis et Mrs Radcliffe de créer des rêves d'épouvante que Mr Norrell pourrait ensuite implanter dans la tête de Bonaparte. Mais le reste des ministres considérèrent que le recours à un magicien était une chose, les romanciers une autre, et qu'ils refusaient de s'abaisser à cela.

Avec Strange, le plan renaquit de ses cendres. Strange et Mr Canning soupçonnaient le méchant empereur français d'être peu sensible à des maux aussi immatériels que les rêves ; aussi, cette fois-ci, décidèrent-ils de s'attaquer à son allié, Alexandre, le tsar de Russie. Ils avaient l'avantage de compter un grand nombre d'amis à la cour d'Alexandre : des nobles russes qui avaient gagné beaucoup d'argent en vendant du bois à la Grande-Bretagne et étaient impatients de recommencer, ainsi qu'une ingénieuse et brave dame écossaise, qui était l'épouse du valet de chambre d'Alexandre.

Ayant appris qu'Alexandre était une personnalité curieusement impressionnable, adonnée au mysticisme, Strange décida de lui envoyer un rêve bourré de mauvais présages et de symboles ésotériques. Pendant sept nuits d'affilée, Alexandre fit donc le même rêve : il était attablé devant un confortable souper en compagnie de Napoléon Bonaparte, et on leur servait un délicieux consommé de venaison. Mais l'empereur n'avait pas plus tôt goûté au consommé qu'il bondissait de son siège et s'écriait : « *J'ai une faim qui ne saurait se satisfaire de potage**. » Là-dessus, il se transformait en une louve, qui dévorait d'abord le chat d'Alexandre, puis son chien, puis son cheval, puis sa délicieuse maîtresse turque. Et tandis que la louve se mettait en devoir de croquer d'autres amis et relations d'Alexandre, ses entrailles s'ouvraient et dégorgeaient chat, chien, cheval, maîtresse turque, amis, relations, etc., sous d'horribles formes. À mesure que la louve mangeait, elle grossissait et, quand elle fut aussi grande que le Kremlin, elle se retourna, ses lourdes tétines ballottant et la gueule tout ensanglantée, prête à engloutir Moscou.

— Il n'y a rien de déshonorant à lui envoyer un rêve pour le prévenir qu'il a tort de faire confiance à Bonaparte, et que Bonaparte finira par le trahir, expliqua Strange à Arabella. Je pourrais, après tout, lui envoyer une missive pour lui dévoiler l'avenir. Il a réellement tort, et rien n'est plus certain que ce Bonaparte le trahira à la fin !

Par l'entremise de la dame écossaise, il leur revint que le tsar de Russie avait été extrêmement troublé par ses rêves et que, à l'instar du roi Nabuchodonosor de la Bible, il avait mandé d'urgence des astrologues et des devins pour les lui interpréter, ce dont ils s'étaient chargés aussitôt.

Strange envoya alors de nouveaux rêves au tsar de Russie.

— Et j'ai suivi votre conseil, confia-t-il à Mr Canning. Je les ai rendus plus obscurs et plus difficiles d'interprétation, afin que les sorciers du tsar aient du fil à retordre.

L'infatigable Mrs Janet Archibaldovna Barsukova ne tarda pas à transmettre la bonne nouvelle qu'Alexandre négligeait les affaires du gouvernement et de la guerre pour passer toute la journée à méditer ses rêves et à en parler avec ses astrologues et ses sorciers, et que, chaque fois qu'il recevait un courrier de l'empereur Napoléon Bonaparte, on le voyait blêmir et frémir.

26

L'orbe, la couronne et le sceptre

Septembre 1809

TOUTES LES NUITS sans exception, Lady Pole et Stephen Black étaient invités par le triste tintement de cloche à venir danser dans les salons obscurs d'Illusions-perdues. Pour la mode et la beauté, ces bals étaient sans aucun doute les plus somptueux que Stephen eût jamais vus ; les toilettes élégantes et la distinction des danseurs offraient toutefois un curieux contraste avec le manoir, qui présentait de nombreux signes de gêne et de délabrement. La musique ne variait jamais. La même poignée d'airs sortait des raclements d'un unique violon et des soufflements d'un unique pipeau. Les chandelles de suif huileuses – Stephen ne pouvait s'empêcher d'observer avec son œil de majordome qu'elles n'étaient pas en nombre suffisant pour un aussi vaste salon – jetaient d'étranges ombres qui virevoltaient sur les murs pendant que les danseurs suivaient leurs enchaînements.

D'autres fois, Lady Pole et Stephen Black prenaient part à de longues processions, au cours desquelles on promenait des bannières à travers une enfilade de salles poussiéreuses et chichement éclairées (le gentleman aux cheveux comme du duvet de chardon prisait beaucoup de telles cérémonies). Certaines de ces bannières étaient d'anciennes pièces moisies de lourde passementerie. D'autres, représentant les victoires du gentleman sur ses ennemis, étaient confectionnées à partir des peaux tannées de ces derniers. Des parentes à lui avaient brodé les lèvres, yeux, cheveux et oripeaux sur le cuir jauni. Le gentleman aux cheveux comme du duvet de chardon ne se lassait jamais de ces Menus Plaisirs, et il ne paraissait jamais douter le moins du monde que Stephen et Lady Pole fussent également ravis.

Bien que versatile en tout le reste, il demeurait constant dans deux choses : l'admiration qu'il portait à Lady Pole et sa tendresse pour Stephen Black. Il continuait à prouver celle-ci en couvrant Stephen de cadeaux extravagants et en lui envoyant d'étranges échantillons de bonne fortune. Tantôt ces cadeaux étaient remis, comme auparavant, à Mrs Brandy au nom de Stephen, tantôt ils lui étaient envoyés directement car, ainsi que le gentleman le lui répétait gaiement :

— Votre méchant ennemi n'en saura rien ! – Il parlait de Sir Walter. – Je l'ai très intelligemment aveuglé avec ma magie, et il ne lui viendra jamais à l'esprit de s'étonner. Tenez ! Vous pourriez être nommé archevêque de Canterbury demain qu'il trouverait cela tout naturel ! Tout le monde trouverait cela naturel. – Une pensée parut le frapper. – Vous plairait-il d'être archevêque de Canterbury demain, Stephen ?

— Non merci, monsieur.

— En êtes-vous vraiment sûr ? Cela ne pose guère de problème, et si l'Église présente un certain attrait pour vous…

— Je vous en donne ma promesse, monsieur, elle n'en présente aucun.

— Votre bon goût comme toujours vous fait honneur. Une mitre est un accessoire abominablement inconfortable à porter et, qui plus est, peu seyant !

Notre pauvre Stephen était assailli de miracles. Tous les deux ou trois jours, il bénéficiait d'un avantage quelconque. Parfois, la valeur réelle de ses gains était négligeable – peut-être guère plus de quelques shillings –, néanmoins la manière dont ils tombaient dans son escarcelle était toujours extraordinaire. Une fois, par exemple, il reçut la visite de l'intendant d'une ferme qui affirma avec insistance que, bien des années plus tôt, il avait rencontré Stephen à un combat de coqs non loin de Richmond, dans le North Riding du Yorkshire, et que Stephen avait parié avec lui que le prince de Galles accomplirait un jour une action qui déshonorerait le pays. Cette action étant désormais arrivée (l'intendant cita l'abandon de son épouse par le prince comme cause du déshonneur), l'intendant était venu à Londres en calèche pour apporter à Stephen vingt-sept shillings et six pence, ce qui était le montant du pari, selon lui. Il ne servit à rien à Stephen de répéter qu'il n'avait jamais assisté à un combat de coqs à Richmond dans le Yorkshire ; l'intendant n'eut de cesse que Stephen eût accepté l'argent.

Quelques jours après la visite de l'intendant, on découvrit un molosse gris posté sur la route, en face de la maison de Harley-street. La pauvre bête était crottée, trempée par la pluie, et présentait tous les signes de celle qui a parcouru une longue distance. Plus curieux encore, elle serrait un document entre ses crocs. Les valets, Robert et Geoffrey, et John Longridge, le cuisinier, firent de leur mieux pour se débarrasser du chien en criant et en le bombardant de bouteilles et de pierres, mais l'animal supporta stoïquement ce traitement et refusa de bouger jusqu'à ce que Stephen Black fût sorti sous la pluie et eût pris le document dans sa gueule. Alors, il s'en fut l'air tranquillement content, se félicitant apparemment de s'être acquitté d'une tâche difficile. Le document se révéla être le plan d'un village du Derbyshire et montrait, entre autres détails surprenants, une porte dérobée creusée à flanc de colline.

Une autre fois, Stephen reçut une lettre du maire et des conseillers municipaux de Bath relatant comment, deux mois plus tôt, le marquis de Wellesley s'était rendu à Bath et comment, durant son séjour, il n'avait cessé de vanter Stephen Black et son admirable honnêteté, son intelligence et sa loyauté envers son maître. Le maire et ses conseillers avaient été si impressionnés par les propos de Sa Seigneurie qu'ils avaient ordonné sur-le-champ qu'une médaille fût frappée pour célébrer la vie et les vertus de Stephen. Après qu'on en eut fabriqué cinq cents exemplaires, le maire et les conseillers avaient ordonné que ceux-ci fussent distribués aux principaux chefs de maison de Bath dans la liesse générale. Ils joignaient à leur missive une médaille pour Stephen et le priaient de bien vouloir les tenir au courant de son prochain séjour à Bath afin qu'ils pussent donner un grand dîner en son honneur.

Ces miracles étaient impuissants face à l'accablement du malheureux Stephen. Ils ne servaient qu'à souligner le caractère mystérieux de son existence Stephen savait que l'intendant, le molosse, le maire et les conseillers avaient tous des comportements contre nature : les intendants aimaient l'argent – ils ne s'en séparaient pas sans bonne raison ; les chiens ne poursuivaient pas d'étranges quêtes pendant des semaines d'affilée ; et les maires et les conseillers ne marquaient pas soudain un vif intérêt à des domestiques nègres qu'ils ne connaissaient ni d'Ève ni d'Adam. Pourtant, aucun de ses amis ne trouvait en rien remarquable le cours pris par sa vie. La vue de l'or et de l'argent le révulsait, et sa chambrette tout en haut de la maison de Harley-street était remplie de trésors qui lui étaient indifférents.

Il était prisonnier depuis près de deux ans de l'enchantement du gentleman. Il avait souvent imploré ce dernier de le libérer – ou, sinon lui, alors Lady Pole – mais le gentleman ne voulait rien entendre. Aussi, Stephen était-il sorti de sa torpeur pour tenter de confier à autrui les souffrances que Lady Pole et lui enduraient. Il désirait savoir s'il existait des précédents à leur cas. Il avait peu d'espoir de trouver quelqu'un en mesure de les aider. La première personne à qui il s'était adressé était Robert, le valet ; il l'avait prévenu qu'il allait entendre la confidence privée d'un malheur secret. Cependant, dès qu'il se mit à parler, Stephen s'aperçut à son grand étonnement qu'il s'exprimait sur un sujet complètement différent ; il se surprit à prononcer un discours très sérieux et savant sur la culture et les utilisations des pois et des haricots, matière dont il ignorait tout. Pis encore, certaines de ses assertions étaient d'une nature des plus insolites et eussent sincèrement étonné n'importe quel paysan ou jardinier qui les eût entendues. Il expliqua les différentes propriétés des haricots, selon qu'on les plantait ou les ramassait au clair de lune, à la lune noire, le 1er mai ou la nuit de la Saint-Jean, et comment ces propriétés changeaient si on semait ou cueillait les haricots avec un couteau ou un déplantoir d'argent.

La personne suivante à qui il tenta de raconter son désarroi était John Longridge. Cette fois-ci, il se retrouva en train de donner un compte-rendu exact des commerces et des accomplissements de Jules César en Grande-Bretagne. Son mémoire était plus clair et plus détaillé que ce que n'importe quel clerc eût pu présenter, même après s'être penché sur le sujet pendant au moins vingt ans. Une fois encore, il contenait des assertions qui n'étaient consignées dans aucun livre[1].

Il fit deux autres tentatives pour exprimer son horrible situation. Auprès de Mrs Brandy, à qui il présenta une curieuse défense de Judas Iscariote dans laquelle il affirmait que, dans tous ses derniers actes, Iscariote suivait les consignes de deux hommes, John Copperhead et John Brassfoot, qu'il avait pris pour des anges ; et auprès de Toby Smith, le commis de Mrs Brandy, à

1. Stephen rapporta comment, peu de temps après que Jules César eut débarqué sur ces rivages, il avait laissé son armée pour se promener dans un petit bois verdoyant. Il n'était pas allé bien loin quand il tomba sur deux jeunes gens qui frappaient le sol de frustration en poussant de gros soupirs. Tous deux étaient remarquablement beaux et tous deux portaient les étoffes les plus fines, teintes avec les pigments les plus rares. Jules César fut tellement frappé par la noble apparence de ces jeunes hommes qu'il leur posa toutes sortes de questions, auxquelles ils répondirent candidement et sans la moindre défiance. Ils expliquèrent que tous deux étaient plaignants à un tribunal voisin. Le tribunal siégeait tous les trimestres afin de trancher les querelles et de punir les criminels de leur peuple, mais malheureusement la tribu à laquelle ils appartenaient était particulièrement méchante et chicanière et, en ce moment même, aucun procès ne pouvait être jugé parce qu'on ne pouvait trouver aucun juge impartial ; toutes les personnes honorables parmi eux soit étaient accusées de crime, soit avaient été convaincues d'entretenir des liens étroits avec l'un des procès. En entendant cela, César fut pris de pitié pour eux et proposa aussitôt d'être leur juge, ce qu'ils acceptèrent avec empressement.

Ils l'entraînèrent un peu plus avant dans le bois, jusqu'à un creux herbeux entre de douces collines vertes. Là, César découvrit un millier des hommes et des femmes les plus beaux qu'il eût jamais vus. Il s'assit à flanc de colline et entendit toutes leurs doléances et accusations et, après les avoir entendues, il prononça des jugements si sages que tout le monde fut content et que personne ne s'en retourna avec le sentiment d'être victime d'une injustice.

Ils étaient si ravis des jugements de Jules César qu'ils lui proposèrent tout ce qu'il voulait en récompense. Jules César réfléchit un moment, puis répondit qu'il aimerait gouverner le monde. Ils lui promirent qu'il en serait ainsi.

qui il dressa la liste de tous les gens d'Irlande, d'Écosse, du pays de Galles et d'Angleterre qui avaient été enlevés par les fées au cours des deux derniers siècles. Aucun d'eux n'était connu de lui.

Stephen fut forcé de conclure qu'il aurait beau faire, il ne pourrait jamais parler de son enchantement.

La personne qui souffrait le plus de ses singuliers silences et de son découragement était sans nul doute Mrs Brandy. Elle ne comprenait pas qu'il avait changé pour tout le monde, elle voyait seulement qu'il avait changé vis-à-vis d'elle. Un jour, au début de septembre, Stephen lui rendit visite. Ils ne s'étaient pas vus depuis des semaines, ce qui avait rendu Mrs Brandy si malheureuse qu'elle avait écrit à Robert Austin, et que ledit Robert était venu voir Stephen et l'avait tancé pour sa négligence. Cependant, une fois où Stephen était monté dans le petit salon au-dessus de la boutique de Saint James-street, nul n'eût pu blâmer Mrs Brandy si elle avait souhaité le voir repartir aussitôt. Assis le front dans la main, il poussait de profonds soupirs et n'avait rien à lui raconter. Elle lui offrit du vin de Constance, de la marmelade, un bun glacé à l'ancienne – toutes sortes de friandises ; il les refusa toutes. Il ne voulait rien ; aussi resta-t-elle de l'autre côté du feu et reprit-elle son ouvrage, un bonnet de nuit qu'elle brodait pour lui d'un air découragé.

— Peut-être êtes-vous fatigué de Londres et de moi, et souhaitez-vous retourner en Afrique ?

— Non, répondit Stephen.

— L'Afrique est sans doute un endroit particulièrement charmant, reprit Mrs Brandy, qui paraissait résolue à se punir en renvoyant Stephen incontinent en Afrique. C'est ce que j'ai toujours ouï dire. Avec des oranges et des ananas partout où l'on porte les yeux, et des cannes à sucre et des cacaotiers. – Elle avait travaillé dur quatorze ans dans l'épicerie et tracé sa carte du monde dans ses stocks. Elle eut un rire amer. – Je me trouverais probablement dans une très mauvaise situation en Afrique. Quel besoin les gens ont-ils de commerces, quand ils n'ont qu'à tendre la main pour cueillir le fruit de l'arbre le plus proche ? Oh, oui ! je serais ruinée en un rien de temps en Afrique… – Elle coupa un fil entre ses dents. – Non que je ne serais heureuse de partir demain – elle piqua méchamment son fil dans le chas innocent de l'aiguille – si on me le proposait…

— Iriez-vous en Afrique pour moi ? demanda Stephen sous l'effet de la surprise.

Elle leva les yeux.

— J'irais n'importe où pour vous. Je croyais que vous le saviez.

Ils échangèrent un regard malheureux.

Stephen déclara qu'il devait rentrer à Harley-street pour vaquer à ses occupations.

Dehors dans la rue, le ciel s'obscurcit et il se mit à pleuvoir. Les gens ouvrirent leurs parapluies. En remontant Saint James's-street, Stephen eut une étrange vision : un navire noir qui voguait vers lui à travers la pluie grise, au-dessus des têtes des passants. C'était une frégate haute de quelque deux pieds, à la peinture écaillée et aux voiles sales et déchirées. Elle montait puis descendait, imitant le mouvement des navires en mer. Stephen frémit légèrement en la voyant. Un mendiant émergea de la foule, un nègre à la peau aussi sombre et luisante que celle de Stephen. Le navire était attaché à son chapeau. En marchant, il baissait et relevait la tête afin de faire naviguer son navire. À mesure qu'il avançait, il effectuait ses drôles de mouvements oscillants et chaloupés très lentement, précautionneusement, par peur de faire chavirer son énorme couvre-chef. L'effet d'ensemble était celui d'un homme qui dansait avec une incroyable lenteur. Le mendiant, un pauvre marin infirme à qui l'on avait refusé une pension, s'appelait Johnson ; privé de toutes autres ressources, il s'était mis à chanter et à mendier pour gagner son pain, en quoi il avait eu beaucoup de succès et était connu dans toute la ville grâce au singulier chapeau qu'il portait. Johnson tendit la main à Stephen, mais ce dernier détourna le regard. Il prenait toujours grand soin de ne pas parler ou de ne pas prêter attention à des nègres de basse extraction. Si on le voyait converser avec de telles personnes, il craignait qu'on n'allât supposer qu'il entretenait des liens avec eux.

Il entendit appeler son nom, et il sursauta comme s'il avait été échaudé, mais ce n'était que Toby Smith, le commis de Mrs Brandy.

— Oh ! Monsieur Black ! criait Toby, se dépêchant. Vous voilà ! Vous marchez si vite en général, monsieur ! J'étais sûr que vous seriez déjà à Harley-street. Mrs Brandy vous envoie ses compliments, monsieur, et dit que vous avez oublié ceci à côté de votre fauteuil.

Toby tendit un diadème en argent, un fin bandeau métallique qui mesurait le tour de tête exact de Stephen. Il ne portait d'autres ornements que quelques signes mystérieux et d'étranges caractères gravés à sa surface.

— Ce n'est pas à moi ! se récria Stephen.

— Oh ! fit Toby, déconcerté, avant de décider que Stephen plaisantait. Oh, monsieur Black, je vous l'ai vu cent fois sur la tête !

Il s'inclina avec un rire et regagna la boutique à toutes jambes, laissant Stephen avec son diadème à la main.

Celui-ci traversa Piccadilly et s'engagea dans Bond-street. Il n'était pas allé bien loin quand il entendit des cris. Une petite silhouette dévalait la rue. De par sa stature, le personnage ne paraissait pas avoir plus de quatre ou cinq ans, mais son visage d'une pâleur de mort, aux traits aigus, était celui d'un enfant beaucoup plus âgé. Il était suivi de loin par deux ou trois hommes qui criaient : « Au voleur ! » et « Arrêtez-le ! ».

Stephen s'élança aux trousses du voleur. Bien que le jeune malandrin ne pût pas échapper complètement à Stephen (qui était leste), ce dernier n'était pas tout à fait capable de se saisir du brigand (qui glissait comme une anguille). Ce dernier tenait un ballot allongé enveloppé dans un chiffon rouge, qu'il réussit on ne sait comment à fourrer dans les mains de Stephen avant de se faufiler vivement dans une foule amassée devant *Hemmings*, l'orfèvre. Ces gens venaient de sortir de la boutique et ne soupçonnaient rien de la poursuite, aussi ne s'écartèrent-ils pas d'un bond à l'arrivée du voleu dans leurs rangs ; il était impossible de dire où il était passé.

Stephen s'arrêta, tenant son paquet. Le tissu, un vieux et doux velours, glissa, révélant une longue tige d'argent.

Le premier des poursuivants à arriver était un beau gentleman brun, sinistrement vêtu de noir mais non dénué d'élégance.

— Vous le teniez à un moment, dit-il à Stephen.

— Je regrette seulement, monsieur, de n'avoir pas su le retenir, répondit Stephen. Cependant, comme vous voyez, j'ai votre bien.

Stephen tendit à l'homme la tige d'argent et le tissu de velours rouge l'autre refusa de les prendre.

— C'est la faute de ma mère ! pesta le gentleman avec colère. Oh ! Comment a-t-elle pu être si négligente ! Je lui ai pourtant répété mille fois que si elle laissait la fenêtre du salon ouverte, tôt ou tard un voleur entrerait par là. Ne l'ai-je pas dit cent fois, Edward ? Ne l'ai-je pas répété, John ?

Ces dernières paroles s'adressaient aux domestiques du gentleman, qui avaient accouru derrière leur maître. S'ils manquaient de souffle pour pouvoir répondre, ils furent en mesure, par des signes de tête emphatiques, d'assurer à Stephen que leur maître l'avait bien répété.

— Tout un chacun sait que je garde mes trésors en mon logis, continua le gentleman, elle persiste pourtant à ouvrir la fenêtre malgré mes instances ! Et maintenant, bien entendu, elle reste assise à pleurer la perte de ce trésor qui était dans la famille depuis des centaines d'années. Ma mère, en effet, tire vanité de notre maison et de tous ses biens. Ce sceptre, par exemple, prouve que nous descendons des anciens rois du Wessex, car il appartenait à Edgar ou à Alfred, ou à un autre de pareille farine.

— Alors vous devez le reprendre, monsieur, insista Stephen. Votre mère sera sans doute fort soulagée de le voir intact.

Le gentleman tendit le bras pour saisir le sceptre, et soudain retira sa main.

— Non ! Je n'en ferai rien ! Je jure que je n'en ferai rien. Si je devais restituer ce trésor à la garde de ma mère, alors elle ne comprendrait jamais les conséquences néfastes de sa négligence ! Elle n'apprendrait jamais à tenir la fenêtre close ! Et qui sait ce que je pourrais perdre ensuite ? Tenez, je pourrais rentrer chez moi demain et trouver la maison vide ! Non, monsieur, vous devez garder le sceptre ! Il est la récompense du service que vous m'avez rendu en tentant d'attraper le larron !

Les domestiques du gentleman inclinèrent la tête, comme s'ils comprenaient la raison de son geste. Puis une voiture s'arrêta ; le gentleman et ses domestiques montèrent dedans et s'éloignèrent.

Stephen demeura sous la pluie, la couronne dans une main et le sceptre dans l'autre. Devant lui se profilaient les boutiques de Bond-street les plus en vogue de tout le royaume, aux devantures desquelles étaient exposés velours et soies, diadèmes de perles et de plumes de paon, diamants, rubis, pierreries et toutes sortes de colifichets en or et en argent.

« Eh bien, songea Stephen, nul doute qu'il serait capable de trouver pour moi de fantastiques trésors dans le contenu de ces magasins. Toutefois, je serai plus malin que lui. Je vais rentrer par un autre chemin. »

Il tourna dans un étroit passage entre deux bâtisses, traversa une cour exiguë, franchit une grille, emprunta un autre passage et émergea dans une ruelle bordée de maisons modestes. L'endroit était désert et curieusement silencieux. Le seul bruit était celui de la pluie frappant les pavés, la pluie qui avait encrassé toutes les façades des maisons au point qu'elles en paraissaient noires. Les habitants du quartier devaient être très économes, car aucun d'eux n'avait allumé de lampe ou de chandelle malgré l'obscurité du jour. Cependant, les lourdes nuées ne couvraient pas tout le ciel ; une lumière blanche et liquide sourdait à l'horizon, de sorte que la pluie tombait en traits d'argent entre le ciel sombre et la terre tout aussi sombre.

Un objet brillant jaillit tout à coup d'une ruelle noyée dans l'ombre rebondissant irrégulièrement sur les pavés mouillés pour venir s'immobiliser juste devant Stephen.

Il le regarda mieux, puis poussa un grand soupir en constatant qu'il s'agissait, selon son attente, d'une petite boule d'argent. Celle-ci était très cabossée et d'aspect ancien. Au-dessus, là où il aurait dû y avoir une croix pour signifier que le monde entier appartenait à Dieu, on voyait une minuscule main ouverte, dont un des doigts était cassé. Ce symbole de la main ouverte, Stephen ne le connaissait que trop. Il appartenait au gentleman aux cheveux comme du duvet de chardon. La veille seulement, Stephen avait participé à une procession et porté une oriflamme ornée de cet emblème dans des cours obscures, balayées par les vents, et le long d'allées de chênes immenses dans les branches invisibles desquels le vent bruissait.

On entendit le bruit d'une fenêtre à guillotine qu'on levait. Une femme passa la tête au-dehors en haut de la maison, les cheveux en papillotes.

— Eh bien, ramassez-la ! brailla-t-elle, jetant un regard furieux à Stephen.

— Elle n'est pas à moi ! cria-t-il à son adresse.

— Elle n'est pas à lui, qu'il dit... – Sa réponse la rendit encore plus furibonde. – Je suppose que je ne l'ai pas vue tomber de votre poche et rouler loin de vous ! Comme je suppose que je ne m'appelle pas Maria Tompkins ! Et je suppose aussi que je ne peine pas nuit et jour pour garder Pepper-street propre et nette, simplement il faut que vous veniez ici exprès pour jeter vos ordures !

Avec un lourd soupir, Stephen ramassa l'orbe. S'il la mettait dans sa poche, il s'avisa que, quoi que dît ou crût Maria Tompkins, il y avait un réel danger qu'elle en déchirât l'étoffe, elle était si lourde ! Il fut donc contraint de marcher sous la pluie, le sceptre dans une main, l'orbe dans l'autre. Le diadème, il le posa sur sa tête, ce qui était sa place la plus naturelle. Ainsi paré, il rentra à pied à la maison.

Arrivé à la demeure de Harley-street, il descendit à l'office et ouvrit la porte de la cuisine. Il se retrouva, non à la cuisine, mais dans un salon qu'il découvrait. Il éternua trois fois.

Un instant suffit à le rassurer : il n'était pas au manoir d'Illusions-perdues. Le salon était banal, le type de salon, en réalité, que l'on pouvait trouver dans n'importe quelle maison londonienne cossue. Il était toutefois incroyablement mal tenu. Ses occupants, probablement nouveaux dans les lieux, semblaient être en plein emménagement. Tous les meubles et accessoires habituellement propres à un salon et à un bureau étaient réunis : tables de bridge, bureaux, lutrins, chenets, fauteuils de divers degrés de confort et de commodité, miroirs, tasses à thé, cire à cacheter, bougeoirs, tableaux, livres (en grande profusion), bois de santal, encriers, plumes, papiers, horloges, pelotes de ficelle, repose-pieds, pare-étincelles et secrétaires. Tous ces objets étaient entassés pêle-mêle et posés les uns sur les autres dans de surprenantes combinaisons. Caisses d'emballage, boîtes et ballots étaient éparpillés à la ronde, certains déballés, d'autres à demi déballés et d'autres encore à peine ouverts. La paille avait été extraite des caisses et jonchait à présent la pièce et le mobilier, ce qui avait pour effet de rendre tout poussiéreux et arracha deux éternuements supplémentaires à Stephen. Un peu de paille s'était même accumulée dans l'âtre, de sorte qu'il existait une menace très réelle que toute la pièce s'embrasât d'un moment à l'autre.

Le salon abritait deux personnes : un homme inconnu de Stephen et le gentleman aux cheveux comme du duvet de chardon. L'inconnu était assis à un guéridon devant la fenêtre. Il aurait dû vraisemblablement déballer ses affaires et mettre son bureau en ordre, mais il y avait renoncé et était actuellement plongé dans la lecture d'un ouvrage. Il interrompait celle-ci de temps à autre pour consulter deux ou trois volumes posés sur la table, marmonner avec exaltation et consigner une note ou deux dans un petit calepin maculé d'encre.

Pendant ce temps le gentleman aux cheveux comme du duvet de chardon, qui occupait un fauteuil de l'autre côté de la cheminée, dirigeait sur l'inconnu un regard d'une malveillance et d'une irritation telles que Stephen craignit pour sa vie. Cependant, à l'instant où le gentleman aux cheveux comme du duvet de chardon aperçut Stephen, il devint tout sucre tout miel.

— Ah, vous voilà ! Comme vous avez l'air noble dans vos atours royaux !

Un grand miroir à pied se dressait justement face à la porte. Pour la première fois Stephen se vit avec la couronne, l'orbe et le sceptre : il avait l'air d'un roi jusqu'au bout des ongles. Il se retourna pour considérer l'inconnu assis à sa table, afin de savoir comment il réagissait à la subite apparition d'un homme noir ceint d'une couronne.

— Oh ! Ne vous inquiétez pas pour lui ! reprit le gentleman aux cheveux comme du duvet de chardon. Il ne peut nous voir, ni nous entendre. Il n'est pas plus doué que l'autre. Regardez !

Il froissa une feuille de papier et la lui lança énergiquement à la tête.

Le lecteur ne tressaillit même pas, ni ne leva les yeux ni ne parut se rendre compte de rien.

— L'autre, monsieur ? releva Stephen. Que voulez-vous dire ?

— Ce magicien-ci est le plus jeune, celui récemment arrivé à Londres.

— Vraiment ? J'ai entendu parler de lui, naturellement. Sir Walter le tient en haute estime. J'avoue avoir oublié son nom.

— Oh ! Qui se soucie de son nom ? Ce qui compte, c'est qu'il est tout aussi stupide que le premier et presque aussi vilain.

— Comment ? dit tout à coup le magicien, avant de détourner les regards de son livre pour les promener autour de la pièce d'un air un tantinet suspicieux. Jeremy ! appela-t-il d'une voix forte.

Un domestique passa la tête à la porte, sans se donner la peine d'entrer dans la pièce.

— Monsieur ? dit-il.

Stephen ouvrit des yeux ronds devant cette manifestation de paresse ; il ne l'eût jamais permise à Harley-street. Il ne manqua pas d'examiner l'homme très froidement pour lui montrer ce qu'il pensait de lui, avant de se rappeler que celui-ci ne pouvait pas le voir.

— Ces demeures londoniennes sont construites de scandaleuse façon, déclara le magicien. J'entends les habitants de la maison voisine.

Cette assertion était assez intéressante pour attirer le dénommé Jeremy à l'intérieur de la pièce. Il s'immobilisa pour tendre l'oreille.

— Les murs sont-ils donc si fins ? continua le magicien. Pensez-vous qu'ils puissent présenter une anomalie ?

Jeremy tapa au mur mitoyen des deux maisons. Celui-ci renvoya un son aussi sourd et discret que n'importe quel mur solide et bien bâti du royaume. N'y comprenant goutte, il répondit :

— Je n'entends rien, monsieur. Que disaient-ils ?

— Je crois avoir entendu l'un d'eux traiter l'autre de stupide et de vilain.

— Êtes-vous sûr, monsieur ? Ce sont deux vieilles dames qui habitent de ce côté.

— Ha ! Cela ne prouve rien. L'âge n'est plus une garantie de rien, de nos jours.

Sur cette remarque, le magicien parut soudain se lasser de cette conversation. Il retourna à son livre et reprit sa lecture.

Jeremy attendit un moment, puis, comme son maître paraissait avoir oublié sa présence, il se retira.

— Monsieur, je ne vous ai pas encore remercié pour ces magnifiques cadeaux, dit Stephen au gentleman.

— Ah, Stephen ! Je suis content de vous avoir agréé. Le diadème, je le confesse, est votre chapeau métamorphosé par magie. J'eusse grandement préféré vous donner une vraie couronne, seulement j'ai été incapable de m'en procurer une en un délai aussi court. Vous êtes sans doute déçu. Bien que, maintenant que je viens à y penser, le roi d'Angleterre ait plusieurs couronnes et s'en serve rarement…

Il leva les mains dans les airs et pointa vers le haut deux doigts blancs immensément longs.

— Oh ! s'exclama Stephen, s'avisant soudain de ce que le gentleman s'apprêtait à réaliser. Si vous songez à jeter des sorts pour amener le roi d'Angleterre jusqu'ici avec une de ses couronnes – ce que je crois, puisque vous êtes tout amabilité –, alors je vous supplie de vous épargner cette peine ! Je n'en ai aucunement besoin pour le moment, comme vous le savez. En outre, le roi d'Angleterre est un si vieux monsieur... Ne serait-il pas plus aimable de le laisser chez lui ?

— Oh, très bien ! fit le gentleman, abaissant ses mains.

En l'absence de toute autre occupation, il se remit à dénigrer le nouveau magicien. Rien ne lui plaisait chez cet homme. Il railla le livre qu'il lisait, trouva à redire à la façon de ses bottes et se montra incapable d'apprécier sa taille (malgré le fait qu'il était exactement de la taille du gentleman aux cheveux comme du duvet de chardon, ainsi qu'il s'avéra quand ils se levèrent par hasard tous les deux en même temps).

Stephen était impatient de retourner à ses devoirs de Harley-street mais, s'il les laissait seuls ensemble, il craignait que le gentleman ne se mît à lancer à la tête du magicien un objet plus substantiel que du papier.

— Voulez-vous que je vous accompagne à Harley-street, monsieur ? proposa-t-il. Alors vous pourrez me raconter comment vos nobles actions ont modelé Londres et ont fait sa gloire. C'est toujours si divertissant. Je ne me lasse jamais de l'entendre !

— Avec joie, Stephen ! Avec joie !

— Est-ce loin, monsieur ?

— Est-ce loin, quoi, Stephen ?

— Harley-street, monsieur. J'ignore où nous sommes.

— Nous sommes à Soho-square. Et, non, ce n'est point loin du tout !

Après qu'ils eurent gagné la demeure de Harley-street, le gentleman prit affectueusement congé de Stephen, le pressant de ne pas être triste à cause de cette séparation et lui rappelant qu'ils devaient se retrouver le soir même au manoir d'Illusions-perdues.

— ... où une cérémonie des plus charmantes doit se tenir dans le beffroi de la Tour extrême-orientale. Elle commémore une circonstance qui s'est passée... Oh ! voilà cinq cents ans environ... quand j'ai brillamment trouvé moyen de capturer les jeunes enfants de mon ennemi, et que nous les avons précipités du haut du beffroi dans la mort. Ce soir, nous reconstituerons ce grand triomphe ! Nous revêtirons des poupées de son des habits tachés de sang des enfants et les jetterons sur les pavés, puis nous chanterons et nous danserons pour fêter leur destruction !

— Organisez-vous cette cérémonie chaque année, monsieur ? Je suis certain que je m'en souviendrais si j'y avais déjà assisté. L'effet en est si... frappant !

— Je suis heureux que vous soyez de cet avis. Je l'organise chaque fois que j'y songe. Naturellement, l'effet en était bien plus frappant quand nous utilisions de vrais enfants.

27

L'épouse du magicien

Décembre 1809-janvier 1810

DÉSORMAIS, IL Y AVAIT donc à Londres deux magiciens à admirer et à encenser. Je doute que ce soit une grande surprise pour quiconque d'apprendre que, des deux, Londres préférait Mr Strange. En effet, Strange correspondait à l'idée que chacun se faisait d'un magicien. Il était grand, il était charmant ; il avait un sourire des plus ironiques et, à la différence de Mr Norrell, il parlait beaucoup de magie et ne voyait pas d'objection à répondre aux questions du public sur le sujet. Mr et Mrs Strange assistaient à nombre de dîners et de soirées et, à un moment de la réunion, Strange obligeait en général l'assemblée en donnant une prestation d'un des genres mineurs de magie. Le tour le plus populaire qu'il réalisait consistait à faire apparaître des visions à la surface de l'eau[1]. À la différence encore de Mr Norrell, il n'utilisait pas de plat d'argent, le vase traditionnel pour apercevoir des visions. Strange prétendait qu'on voyait vraiment si peu de choses dans un

1. Le 14 mai 1810, Strange écrit à John Segundus : « … Ici, on trouve une grande passion pour les visions, que je suis toujours heureux de satisfaire chaque fois qu'il m'est possible. Quoi que Norrell puisse dire, ce n'est pas très difficile, et rien ne ravit davantage le profane. Mon seul regret est que les invités finissent toujours par me demander de leur montrer leurs proches. Mardi, j'étais à Tavistock-square, dans la demeure de la famille Fulcher. J'ai versé un peu de vin sur la table, ai pratiqué mon enchantement et leur ai donné à voir une bataille navale qui faisait rage à ce moment-là aux Bahamas, une vue d'un monastère napolitain en ruine au clair de lune et, finalement, l'empereur Napoléon Bonaparte qui buvait une tasse de chocolat les pieds dans une bassine d'eau fumante.

« Les Fulcher étaient suffisamment bien élevés pour paraître s'intéresser à mes réalisations, mais à la fin de la soirée ils m'ont demandé si je pouvais leur représenter leur tante qui habite à Carlisle. Pendant la demi-heure qui a suivi, Arabella et moi avons été contraints de converser l'un avec l'autre tandis que la famille fascinée contemplait le spectacle d'une vieille dame coiffée d'un bonnet de nuit blanc qui tricotait, assise au coin du feu. » *Recueil de lettres et papiers de Jonathan Strange*, John Segundus, John Murray éd., Londres, 1824.

plat que cela ne valait guère la peine de jeter des sortilèges. Il préférait attendre que les domestiques eussent desservi et enlevé la nappe, puis renversait un verre d'eau ou de vin sur la table et évoquait des visions dans la flaque ainsi créée. Heureusement, ses hôtes étaient habituellement si férus de magie qu'ils ne se plaignaient presque jamais de leurs tables et de leurs tapis tachés et gâtés.

Pour leur part, à leur vive satisfaction, Mr et Mrs Strange s'étaient installés à Londres. Ils avaient pris une maison à Soho-square, et Arabella était absorbée par tous les plaisants soucis liés à un nouveau logis : commander des meubles élégants aux ébénistes, supplier ses amies pour l'aider à trouver des domestiques sérieux et courir quotidiennement les magasins.

Un matin de la mi-décembre, elle reçut un message d'un des vendeurs de *Haig & Chippendale's Upholstery*[1] (une personne très attentionnée) la prévenant que venait d'arriver à la boutique une soie vert bronze à rayures satinées et moirées alternées qui, d'après lui, conviendrait parfaitement pour les rideaux du salon de Mrs Strange. Cette course imprévue nécessitait une légère réorganisation de la journée d'Arabella.

— D'après la description de Mr Summer, cela semble être très chic, dit-elle à Strange au petit-déjeuner, et je crois que cela me plaira fort. Mais si je choisis de la soie vert bronze pour les rideaux, alors je pense devoir abandonner toute idée de velours lie-de-vin pour la méridienne. À mon avis, les coloris vert bronze et lie-de-vin s'accorderont mal. Donc je vais passer chez *Flint & Clark* afin de jeter un nouveau coup d'œil au velours lie-de-vin et voir si je puis souffrir d'y renoncer. Puis j'irai chez *Haig & Chippendale.* Mais cela suppose que je n'aurai guère le temps de rendre visite à votre tante, ce qui est pourtant dans mes obligations, puisqu'elle part pour Édimbourg ce matin. Je voudrais la remercier de nous avoir trouvé notre bonne Mary.

— Hum ? fit Strange, qui mangeait des petits pains chauds à la confiture en lisant *Curieuses Observations sur l'anatomie des fées* de Holgarth et Pickle[2].

— Mary, la nouvelle domestique. Vous l'avez vue hier soir.

— Ah ! dit Strange, tournant une page.

— Elle me paraît être une fille charmante, aimable, aux manières posées. Je suis certaine que nous n'aurons qu'à nous louer d'elle. Donc, comme je disais, je vous serais très reconnaissante, Jonathan, si vous vous rendiez chez

1. « Tapisserie Haig & Chippendale » (*N.d.T.*).

2. Un livre appartenant à la bibliothèque de Mr Norrell. Mr Norrell l'avait cité, quelque peu indirectement, quand Mr Segundus et Mr Honeyfoot lui présentèrent leurs respects au début janvier 1807.

votre tante ce matin. Vous pourriez descendre à Henrietta-street après le petit-déjeuner et la remercier pour Mary. De là, vous pourriez aller chez *Haig & Chippendale* et m'y attendre. Oh ! Et pourriez-vous aussi faire un saut chez *Wedgwood & Byerley* et leur demander quand le nouveau service de table sera prêt ? Cela ne vous créera pas un grand dérangement. C'est quasiment sur votre chemin. – Elle le considéra d'un air dubitatif. – Jonathan, m'écoutez-vous ?

— Hum ? fit une nouvelle fois Strange en levant les yeux. Oui, absolument !

Escortée d'un des valets, Arabella se rendit donc à pied à Wigmore-street, où *Flint & Clark* avaient leurs établissements. Après ce second examen du velours lie-de-vin, elle conclut que, bien que très élégant, le coloris en était vraiment trop sombre. Toute impatience, elle poursuivit donc son chemin vers Saint Martin's-lane pour découvrir la soie vert bronze. À son arrivée chez *Haig & Chippendale*, elle trouva le vendeur qui l'attendait ; pas son époux. Le vendeur se confondit en excuses, mais Mr Strange ne s'était pas montré de la matinée.

Elle ressortit dans la rue.

— George, apercevez-vous votre maître quelque part ? demanda-t-elle au valet.

— Non, madame.

Une pluie grise se mit à tomber. Une espèce de prémonition la poussa à regarder dans la vitrine d'une librairie. Elle y découvrit Strange, qui parlait avec passion à Sir Walter Pole. Elle entra donc dans la boutique, souhaita le bonjour à Sir Walter et demanda gentiment à son époux s'il avait rendu visite à sa tante ou fait un tour chez *Wedgwood & Byerley.*

Strange parut un tantinet embarrassé par sa question. Baissant les yeux, il s'aperçut qu'il tenait un gros livre à la main ; il fronça le sourcil, incapable d'imaginer comment celui-ci se trouvait là.

— Je n'y aurais pas manqué, ma chérie, naturellement, répondit-il, si ce n'est que Sir Walter m'entretient depuis tout ce temps, ce qui m'en a empêché.

— C'est entièrement ma faute, se hâta d'assurer Sir Walter à Arabella. Notre blocus nous pose un problème. Cela n'a rien d'inhabituel, et j'en informais Mr Strange dans l'espoir que Mr Norrell et lui puissent nous aider.

— Et le pouvez-vous ? s'enquit Arabella.

— Oh ! J'espère bien, répondit Strange.

Sir Walter expliqua que le gouvernement britannique avait reçu des renseignements selon lesquels quelques navires français – une dizaine, peut-être -

s'étaient faufilés entre les mailles du blocus britannique. Nul ne savait où ils étaient allés se cacher, ni quelles étaient leurs intentions une fois rendus à destination. Pas plus que le gouvernement ne savait où trouver l'amiral Armingcroft, qui était censé empêcher ce genre d'événements. L'amiral et sa flotte de dix frégates et de vaisseaux de ligne s'étaient évaporés ; ils s'étaient probablement élancés à la poursuite des Français. Il y avait un jeune capitaine prometteur, actuellement basé à Madère et, si le ministère de la Marine avait été en mesure de découvrir ce qui se passait et où cela se passait, on eût confié avec joie au capitaine Lightwood quatre ou cinq bâtiments pour l'envoyer sur place. Lord Mulgrave avait demandé à l'amiral Greenwax ce qu'on devait faire selon lui ; l'amiral Greenwax avait interrogé les ministres, et les ministres avaient répondu que le ministère de la Marine devait sur-le-champ consulter Mr Strange et Mr Norrell.

— Je ne voudrais pas vous laisser accroire que le ministère de la Marine est impuissant sans Mr Strange, déclara Sir Walter avec le sourire. On a tenté ce qu'on a pu. On a dépêché un de nos clercs, un certain Petrofax, à Greenwich, pour qu'il aille voir un ami d'enfance de l'amiral Armingcroft et lui demande, avec sa connaissance supérieure du tempérament de l'amiral, comment celui-ci agirait en pareille circonstance, à son opinion. Toutefois, quand Mr Petrofax s'est rendu à Greenwich, l'ami d'enfance de l'amiral était ivre mort dans son lit, et Mr Petrofax n'était même pas sûr qu'il eût compris la question.

— Norrell et moi serons sans doute capables d'émettre une suggestion, déclara Strange d'un air songeur. Néanmoins, j'aimerais voir le problème sur carte.

— J'ai toutes les cartes et les documents nécessaires chez moi. Un de nos domestiques les apportera à Hanover-square plus tard dans la journée. Peut-être serez-vous assez aimable pour en parler à Mr Norrell…

— Oh ! Pourquoi pas maintenant ? proposa Strange. Arabella acceptera bien de patienter quelques instants ! N'est-ce pas, Arabella ? dit-il à son épouse. Je vois Mr Norrell à deux heures et, si je peux lui exposer le problème sur-le-champ, je crois qu'alors nous serons peut-être en mesure de rendre une réponse à l'Amirauté avant souper.

Arabella, avec la douceur et la docilité d'une bonne épouse, mit pour l'heure de côté toute pensée de ses nouveaux rideaux et assura les deux gentlemen que cela ne la dérangeait pas d'attendre pour la bonne cause. Il fut décidé que Mr et Mrs Strange accompagneraient Sir Walter à sa demeure de Harley-street.

Strange sortit son oignon et le consulta.

— Vingt minutes pour aller à Harley-street. Trois quarts d'heure pour réfléchir au problème. Puis encore quinze minutes jusqu'à Soho-square. Oui, nous avons tout le temps.

Arabella eut un rire.

— Il n'est pas toujours aussi scrupuleux, je vous assure, lança-t-elle à Sir Walter. Il s'est présenté en retard mardi à un rendez-vous avec Lord Liverpool, et Mr Norrell n'a pas été très content.

— Ce n'était pas ma faute, se défendit Strange. J'étais prêt à sortir à l'heure, mais je ne trouvais plus mes gants.

Le reproche badin qu'Arabella lui avait adressé sur son absence de ponctualité continuait de le chagriner ; sur le chemin de Harley-street, il examina sa montre dans l'espoir d'y découvrir sur la marche du Temps un fait passé jusque-là inaperçu qui pourrait prouver son innocence. Alors qu'ils atteignaient Harley-street, il crut tenir la solution.

— Ha ! s'écria-t-il soudain. Je sais ! Ma montre retarde !

— Je ne pense pas, objecta Sir Walter, sortant son propre oignon pour le montrer à Strange. Il est midi pile. La mienne indique la même heure.

— Alors pourquoi n'entendons-nous pas les cloches ? objecta Strange. Entendez-vous les cloches ? demanda-t-il à Arabella.

— Non, je n'entends rien.

Sir Walter rougit et marmonna quelques mots sur le fait que les cloches de cette paroisse et des paroisses voisines ne sonnaient plus.

— Vraiment ? s'étonna Strange. Et pourquoi diable ?

Apparemment, Sir Walter sut gré à Strange de garder sa curiosité pour lui ; il se borna à répondre :

— La maladie de Lady Pole a laissé ses nerfs dans un triste état. Le tintement des cloches lui est particulièrement pénible, et j'ai demandé aux sacristains de Saint-Mary-le-bone et de Saint Peter de bien vouloir, par égard pour les nerfs de Lady Pole, s'abstenir de sonner les cloches. Ils ont eu l'obligeance d'accéder à ma requête.

Cette attention était plutôt extraordinaire, mais enfin, au dire de tout le monde, la maladie de Lady Pole était plutôt extraordinaire, ses symptômes ne ressemblant à aucun autre. Ni Mr Strange ni Mrs Strange n'avaient jamais vu Lady Pole. Nul ne l'avait plus vue depuis deux ans, en réalité. À leur arrivée au n° 9 de Harley-street, Strange était pressé de consulter sans délai les documents de Sir Walter, mais il dut réfréner son impatience pendant que Sir Walter s'assurait qu'Arabella ne manquerait pas de distraction en leur absence. Sir Walter, un homme courtois, n'aimait pas laisser ses hôtes seuls. En particulier, délaisser une dame ne se faisait pas. Strange, par ailleurs, désirait être à l'heure pour son rendez-vous avec Mr Norrell ; aussi vite que Sir Walter pouvait suggérer des diversions, Strange s'évertuait donc à lui remontrer qu'Arabella n'en avait besoin d'aucune.

Sir Walter désigna à Arabella les romans de sa bibliothèque et lui recommanda notamment *Belinda*, de Mrs Edgeworth[1], comme étant propre à l'amuser.

— Oh ! fit Strange, l'interrompant. J'ai lu *Belinda* à Arabella voilà deux ou trois ans. Au reste, vous savez, je ne pense pas que nous soyons longs au point qu'elle ait le temps de parcourir un roman en trois tomes.

— Alors, du thé et des gâteaux au cumin peut-être ? proposa Sir Walter à Arabella.

— Arabella n'aime pas les gâteaux au cumin, l'interrompit de nouveau Strange, prenant lui-même distraitement *Belinda* et commençant à en lire le premier tome. Elle les a en horreur.

— Un verre de madère, alors. Vous prendrez bien un peu de madère, j'en suis sûr. Stephen, servez un verre de madère à Mrs Strange.

À la manière silencieuse, surnaturelle, propre aux domestiques londoniens hautement qualifiés, un valet noir de grande taille apparut au côté de Sir Walter. Mr Strange eut l'air saisi par sa soudaine arrivée, et il le dévisagea quelques instants avant de dire à sa femme :

— Vous ne voulez pas de madère, n'est-il pas ? Vous ne voulez rien…

— Non, Jonathan, je ne veux rien du tout, acquiesça sa femme, riant de leur drôle de discussion. Merci, Sir Walter, mais je ne demande pas mieux que de rester tranquillement assise ici à lire.

Le domestique noir s'inclina, puis se retira aussi silencieusement qu'il était venu. Strange et Sir Walter sortirent à leur tour pour discuter de la flotte française et des bâtiments anglais manquants.

Une fois laissée seule, Arabella s'aperçut qu'elle n'était pas d'humeur à lire, après tout. Explorant la pièce du regard en quête d'amusement, elle eut l'œil attiré par un grand tableau, un paysage composé de bois et d'un château en ruine perché au sommet d'un escarpement. Les arbres étaient sombres, et les ruines et l'escarpement nimbés d'or par les feux du soleil couchant ; le ciel, lumineux par contraste, flamboyait de coloris nacrés. Une grande partie du premier plan était occupée par un étang argenté où une jeune femme semblait se noyer ; un deuxième personnage se penchait au-dessus d'elle : homme, femme, satyre ou faune, il était impossible de le dire

1. *Belinda*, roman de Maria Edgeworth qui raconte les débuts d'une jeune fille dans la belle société du XVIIIe siècle (1801) (*N.d.T.*).

et, bien qu'Arabella étudiât attentivement leurs postures, elle ne put décider si l'intention du deuxième personnage était de sauver la malheureuse ou de l'assassiner. Après s'être lassée de contempler cette toile, Arabella s'aventura dans le couloir pour examiner les peintures qui y étaient accrochées ; celles-ci étant pour la plupart des marines de Brighton et de Chelmsford à l'aquarelle, elle les trouva très insipides.

On pouvait entendre parler Sir Walter et Strange dans une autre pièce.

— … chose extraordinaire ! Et pourtant, c'est un excellent bougre à sa façon, disait Sir Walter.

— Oh ! Je n'en disconviens pas ! Son frère est l'organiste de la cathédrale de Bath, répondait Strange. Il possède aussi un chat noir et blanc qui se promène dans les rues de Bath juste devant lui. Une fois où je me trouvais dans Milsom-street…

Une porte était restée ouverte, par laquelle Arabella entrevit un salon raffiné, décoré d'un grand nombre de tableaux qui paraissaient être plus somptueux, avec des coloris plus riches, que tout ce qu'elle avait déjà pu voir. Elle entra.

La pièce paraissait pleine de lumière, alors que le jour était tout aussi gris et menaçant que précédemment. « Alors, d'où provient toute cette lumière ? s'interrogea Arabella. On croirait qu'elle émane des tableaux, cela est pourtant impossible. » Les tableaux représentaient tous Venise[1] et, assurément, les vastes étendues de ciel et de mer qu'ils contenaient faisaient paraître les lieux quelque peu immatériels.

Après avoir fini d'examiner les peintures d'un mur, elle se retourna pour se diriger vers le mur opposé et découvrit tout à coup – à sa grande mortification – qu'elle n'était point seule. Installée sur un sofa bleu devant le feu, une jeune femme la considérait avec curiosité. Le sofa avait un dossier assez haut, raison pour laquelle Arabella n'avait pas remarqué son occupante plus tôt.

— Oh ! Je vous demande pardon !

La jeune femme demeura silencieuse.

C'était une créature d'une remarquable élégance, au teint clair, sans la moindre imperfection, et aux cheveux bruns gracieusement arrangés. Elle portait une robe de mousseline blanche et un châle indien de couleur ivoire, argent et noir. Elle avait l'air trop bien vêtue pour une gouvernante, et trop

---

1. Il s'agit des tableaux vénitiens que Mr Norrell avait vus dans la demeure de Mrs Wintertowne deux ans plus tôt. À l'époque, Mrs Wintertowne avait confié à Mr Norrell qu'elle avait l'intention de les donner en cadeau de mariage à Sir Walter et à Miss Wintertowne.

naturelle pour être une dame de compagnie. Alors, si elle était une invitée de la maison, pourquoi Sir Walter ne la lui avait-il pas présentée ?

Arabella fit une révérence à la jeune femme.

— Je croyais qu'il n'y avait personne ! dit-elle, s'empourprant légèrement. Je vous demande pardon de vous avoir importunée.

Et de se tourner pour se retirer.

— Oh ! s'exclama l'inconnue. J'espère que vous ne songez pas à partir ! Je vois si rarement du monde... Presque jamais personne ! En outre, vous souhaitiez regarder les tableaux ! Vous ne pouvez le nier, vous savez, car je vous ai vue dans ce miroir au moment où vous êtes entrée, et votre désir était manifeste.

Un grand miroir vénitien était pendu au-dessus de la cheminée. Il avait un cadre très tarabiscoté, également composé de fragments de miroir, et était orné des fleurs et des arabesques de verre les plus laides qu'on pût imaginer.

— J'espère, reprit la jeune femme, que vous ne m'obligerez pas à vous retenir.

— Je crains de vous déranger, protesta Arabella.

— Aucunement ! – D'un geste, son interlocutrice montra les tableaux. – Je vous en prie, continuez !

Aussi, estimant que se retirer constituerait un outrage encore pire aux bonnes manières, Arabella la remercia et alla contempler les autres tableaux. Cependant, consciente de ce que l'inconnue l'observait tout le temps dans le miroir, elle n'était plus aussi concentrée.

Quand elle eut fini son tour, la jeune femme pria Arabella de prendre place.

— Et vous plaisent-ils ?

— Eh bien, répondit Arabella. Ils sont assurément très beaux. J'aime surtout les images de fêtes et de processions, nous n'avons rien de pareil en Angleterre. Tant d'oriflammes flottant au vent ! Tant de bateaux dorés et de costumes exquis ! Cependant, l'artiste paraît préférer les monuments et les cieux azuréens aux êtres humains. Il les a représentés si petits, si insignifiants ! Au milieu de tant de palais de marbre et de ponts, ils semblent perdus. Ne trouvez-vous pas ?

Sa remarque eut l'air d'amuser la jeune femme, qui eut un petit sourire contraint.

— Perdus ? répéta-t-elle. Oh ! Et comment, les pauvres ! Car, au bout du compte, Venise n'est qu'un labyrinthe... Un vaste et magnifique labyrinthe, certes, mais un labyrinthe, et seuls ses plus vieux habitants sont sûrs de retrouver leur chemin... Ou, du moins, tel est mon sentiment.

— Vraiment ? dit Arabella. Assurément, cela doit être très malcommode. Enfin, la sensation d'être perdue dans un labyrinthe doit être si délicieuse ! Oh ! Que ne donnerais-je pour y aller !

La jeune femme la dévisagea avec un étrange sourire mélancolique.

— Si vous y aviez passé des mois, comme moi, à errer péniblement dans d'interminables ruelles obscures, vous ne penseriez pas ainsi. Les plaisirs qu'il y a à se perdre dans un dédale s'estompent très vite. Quant aux curieuses fêtes, cérémonies et processions, eh bien... – Elle leva les épaules. – Je les ai en horreur !

Arabella ne la comprenait pas, puis, pensant que cela pouvait l'aider de découvrir qui était l'inconnue, elle demanda son nom.

— Je suis Lady Pole.

— Oh ! Mais bien sûr ! s'exclama Arabella, se demandant pourquoi elle n'y avait pas songé plus tôt.

Elle se présenta à Lady Pole et lui expliqua que son époux avait affaire avec Sir Walter Pole, raison de sa présence ici.

Une soudaine explosion de rires retentit, en provenance de la bibliothèque.

— Ils sont censés discuter de la guerre, expliqua Arabella à Madame, mais soit la guerre est devenue beaucoup plus divertissante ces derniers temps, soit – comme je le subodore – ils ont délaissé les affaires pour se mettre à jaser sur leurs connaissances. Il y a une demi-heure, Mr Strange ne songeait qu'à son prochain rendez-vous. Maintenant, j'imagine que Sir Walter l'a entraîné à parler d'autres sujets, et sans doute a-t-il tout oublié. – Elle sourit, selon l'habitude des femmes quand elles feignent de critiquer leurs époux mais en sont fières en réalité. – Je crois vraiment qu'il est l'être le plus distrait au monde. La patience de Mr Norrell doit être parfois mise à rude épreuve.

— Mr Norrell ? fit Lady Pole.

— Mr Strange a l'honneur d'être l'élève de Mr Norrell, annonça Arabella.

Elle s'attendait à ce que Madame lui répondît par un éloge des extraordinaires aptitudes magiques de Mr Norrell ou par quelques mots de reconnaissance pour sa bonté. Cependant Lady Pole restait muette, aussi Arabella continua-t-elle d'une voix encourageante :

— Bien sûr, nous avons beaucoup entendu parler du merveilleux enchantement que Mr Norrell a pratiqué pour le compte de Votre Seigneurie.

— Mr Norrell n'a pas été un ami pour moi, répliqua Lady Pole d'un ton sec, neutre. Je préférerais de beaucoup être morte qu'être ce que je suis.

Ces propos étaient si incongrus qu'Arabella demeura sans voix pendant quelques instants. Elle n'avait aucune raison d'aimer Mr Norrell. Il ne lui avait jamais témoigné la moindre gentillesse ; il s'était même plusieurs fois donné le mal de lui montrer combien il faisait peu de cas d'elle mais, malgré tout, il était l'unique autre représentant de la profession de son époux. Ainsi, tout comme la femme d'un amiral prendra toujours le parti de la Marine ou celle d'un évêque plaidera en faveur de l'Église, Arabella se sentit obligée de prononcer quelques paroles pour la défense du magicien.

— La douleur et la souffrance sont les pires des compagnes, et sans doute Votre Seigneurie en est-elle profondément dégoûtée. Personne ne saurait vous blâmer de désirer vous en débarrasser… – Cependant, au moment où elle disait ces mots, Arabella songeait : « C'est très curieux, elle n'a pas le moins du monde l'air malade ». – Toutefois, si ce qui me revient est vrai, Votre Seigneurie n'est pas sans consolation dans ses souffrances. Je dois confesser que je n'ai jamais entendu prononcer le nom de Madame sans qu'il soit accompagné de quelque éloge de votre époux dévoué. Vous n'allez tout de même pas le quitter de bon cœur ? Votre Seigneurie, vous devez certainement éprouver un peu de reconnaissance envers Mr Norrell ? Ne serait-ce que pour l'amour de Sir Walter…

Lady Pole ne répondit pas à cette plaidoirie ; elle préféra questionner Arabella sur son époux. Depuis combien de temps pratiquait-il la magie ? Depuis combien de temps était-il l'élève de Mr Norrell ? Ses enchantements étaient-ils généralement couronnés de succès ? Accomplissait-il ses sortilèges seul ou sous la direction de Mr Norrell ?

Arabella fit de son mieux pour répondre à toutes ses questions, ajoutant :

— S'il y a quelque chose que Votre Seigneurie souhaiterait que je demande à Mr Strange pour elle, s'il y a un service qu'il puisse vous rendre, alors Votre Seigneurie n'a qu'à s'exprimer.

— Merci. Ce que j'ai à vous dire tient autant au salut de votre mari qu'au mien. J'estime que Mr Strange devrait apprendre comment j'ai été abandonnée à une horrible destinée par Mr Norrell. Mr Strange doit savoir à quelle sorte d'homme il a affaire. Lui direz-vous ?

— Naturellement. Je…

— Promettez-le-moi.

— Je dirai à Mr Strange tout que souhaite Votre Seigneurie.

— Je me dois de vous prévenir que j'ai tenté plusieurs fois de m'ouvrir de mon malheur auprès des autres et que je n'y suis jamais parvenue.

Alors que Lady Pole disait cela, il se produisit quelque chose qui dépassa l'entendement d'Arabella. L'un des tableaux avait bougé, ou alors quelqu'un était passé derrière un des miroirs, ou encore cette pièce n'était pas du tout une pièce, les murs n'avaient pas de réelle consistance et se réduisaient à une espèce de croisée des chemins où des vents inconnus venus de lointaines contrées soufflaient sur Lady Pole.

— En 1607, commença Lady Pole, un gentleman de Halifax, dans le West Yorkshire, Redeshawe, hérita dix livres de sa tante. Il se servit de son argent pour acheter un tapis turc, qu'il rapporta ensuite chez lui et étala sur les dalles de son petit salon. Puis il but un peu de bière et s'assoupit dans son fauteuil au coin du feu. En se réveillant à deux heures du matin, il trouva le tapis couvert de trois ou quatre cents petits êtres, tous hauts de deux ou trois pouces. Mr Redeshawe observa que les individus les plus importants d'entre eux, hommes comme femmes, étaient magnifiquement équipés d'une armure d'or et d'argent et qu'ils montaient des lapins blancs, qui étaient pour eux comme des éléphants pour nous. Lorsqu'il leur demanda ce qu'ils faisaient, une brave âme lui grimpa sur l'épaule pour lui hurler à l'oreille qu'ils s'apprêtaient à livrer une bataille selon les règles d'Honoré Bonet[1] et que le tapis de Mr Redeshawe était exactement approprié à leur but parce que la régularité des motifs aidait les hérauts à déterminer si chaque armée était correctement disposée et ne prenait pas un injuste avantage sur l'autre. Toutefois, Mr Redeshawe n'entendait pas qu'une bataille fût livrée sur son tapis neuf, aussi il prit un balai et... Non, attendez ! – Lady Pole s'interrompit et enfouit soudain son visage dans ses mains. – Ce n'est pas là ce que je voulais dire !

Elle recommença. Cette fois-ci, elle raconta l'histoire d'un homme qui était parti chasser dans un bois. Il s'était séparé de ses compagnons. Son cheval s'était pris un sabot dans un terrier de lapin et était tombé. Dans la chute, le chasseur avait eu le sentiment très étrange de glisser mystérieusement au fond du terrier. Quand il s'était relevé, il s'était aperçu qu'il se trouvait en un pays inconnu, éclairé par son propre soleil et nourri par sa propre pluie. Dans un bois qui ressemblait beaucoup à celui qu'il venait de quitter, il découvrit un manoir où un groupe de gentilshommes – dont certains étaient assez étranges – jouaient tous ensemble aux cartes.

Lady Pole venait d'arriver au moment où les gentilshommes invitaient le chasseur égaré à se joindre à eux, quand un léger bruit – guère plus qu'une inspiration – fit se retourner Arabella. Elle s'aperçut que Sir Walter était entré dans la pièce et regardait sa femme avec consternation.

— Vous êtes fatiguée, lui dit-il.

---

1. *L'Arbre des batailles* d'Honoré Bonet, traité d'art militaire médiéval, a inspiré *Le Livre des faits d'armes et de la chevalerie* de Christine de Pisan (*N.d.T.*).

Lady Pole leva les yeux vers son mari. Son expression à cet instant était singulière. On y lisait de la tristesse, de la pitié aussi, et, assez curieusement, un soupçon d'amusement, un peu comme si elle songeait : « Regardez-nous ! Quelle triste paire nous faisons ! » À haute voix, elle répondit :

— Je suis seulement aussi fatiguée que d'habitude. J'ai dû marcher des milles et des milles la nuit dernière. Et aussi danser pendant des heures !

— Alors vous devez prendre du repos, la pressa-t-il. Laissez-moi vous conduire à Pampisford, elle prendra soin de vous.

D'abord, Madame parut encline à lui résister. Elle saisit la main d'Arabella et l'étreignit, lui montrant ainsi qu'elle ne consentirait pas à se séparer d'elle. Ensuite, tout aussi soudainement, elle céda et se laissa emmener.

À la porte elle se retourna.

— Au revoir, madame Strange. J'espère qu'on vous permettra de revenir. J'espère vraiment que vous me ferez cet honneur. Je ne vois personne. Ou plutôt je vois des pièces bondées de gens, sans un chrétien parmi eux !

Arabella s'avança avec l'intention de serrer la main de Lady Pole et de lui assurer qu'elle reviendrait avec plaisir, mais Sir Walter avait déjà emmené Madame hors de la pièce. Pour la seconde fois, ce jour-là, Arabella fut laissée seule dans la demeure de Harley-street.

Une cloche se mit à tinter.

Naturellement, elle fut un peu surprise après tout ce que Sir Walter avait révélé sur les cloches de Saint-Mary-le-bone qui ne sonnaient plus, par respect pour le mal de Lady Pole. Le tintement de cette cloche était triste et lointain, et représenta à son imagination toutes sortes de scènes mélancoliques...

... fougères et landes mornes, battues par les vents ; champs déserts aux murets cassés et aux grilles pendant de leurs gonds ; une chapelle noire, en ruine ; une tombe béante ; un suicidé enterré à un croisement solitaire ; un feu d'ossements qui rougeoie dans la neige crépusculaire ; une potence à la fourche de laquelle un homme se balance ; un autre fol crucifié sur une roue ; une antique lance piquée dans la boue, avec un étrange talisman, tel un petit doigt parcheminé, accroché à son extrémité ; un épouvantail dont les guenilles noires claquaient si violemment au vent qu'il semblait prêt à bondir dans le ciel gris et à voler vers vous sur d'immenses ailes sombres...

— Je dois vous demander pardon si vous avez vu ici quoi que ce soit qui vous ait choquée, déclara Sir Walter, rentrant brusquement dans la pièce.

Arabella se rattrapa à un fauteuil pour ne pas tomber.

— Mrs Strange ? Vous n'êtes pas bien. – Il la prit par le bras et l'aida à s'asseoir. – Puis-je aller chercher quelqu'un ? Votre époux ? La femme de chambre de Sa Seigneurie ?

— Non, non, balbutia Arabella, un brin oppressée. Je ne veux rien ni personne. J'ai cru... J'ignorais que vous étiez là. C'est tout.

Sir Walter la dévisageait avec une vive inquiétude. Elle tenta bien de lui sourire, sans être tout à fait sûre que son sourire atteignît son but.

Il mit les mains dans ses poches, les ressortit, se passa les doigts dans les cheveux et poussa un profond soupir.

— Sans doute Sa Seigneurie vous aura-t-elle conté toutes sortes de balivernes, dit-il d'un air malheureux.

Arabella acquiesça d'un signe de tête.

— Et de les entendre vous a peinée. Vous m'en voyez navré.

— Non, non, aucunement. En effet, Sa Seigneurie a évoqué des... des événements plutôt curieux, mais cela ne fait rien. Rien du tout ! Je me suis sentie mal. N'y voyez aucun rapport, je vous en prie ! Cela n'avait rien à voir avec Sa Seigneurie ! J'ai eu la bizarre impression qu'il y avait devant moi une sorte de miroir présentant toutes sortes de singuliers paysages et j'ai cru tomber dedans. J'imagine que j'ai dû manquer me trouver mal et que vous êtes entré à temps pour l'empêcher. C'est très étrange. Cela ne m'était jamais arrivé...

— Laissez-moi aller chercher Mr Strange.

Arabella pouffa de rire.

— Vous pouvez si vous voulez. Néanmoins, je puis vous assurer qu'il sera bien moins inquiet pour moi que vous ne l'êtes. Mr Strange n'a jamais été passionné par les indispositions des autres. Les siennes sont une tout autre affaire ! Point n'est besoin d'aller chercher quiconque. Regardez ! Je suis de nouveau moi-même. Je suis parfaitement bien.

Il y eut un petit silence.

— Lady Pole..., commença Arabella, avant de s'interrompre, ne sachant comment continuer.

— Sa Seigneurie est habituellement plutôt calme, déclara Sir Walter, pas exactement en paix, comprenez-vous, mais plutôt calme. Cependant, les rares fois où un nouveau visiteur pénètre dans cette maison, cela la surexcite et suscite chez elle des propos incongrus. Je suis certain que vous êtes trop bonne pour ne rien répéter de ce qu'elle vous a dit.

— Oh, bien sûr ! Je ne le répéterai pour rien au monde !

— Vous êtes très aimable.

— Et pourrais-je... pourrais-je revenir ? Sa Seigneurie paraît y tenir beaucoup et je serais très heureuse de la revoir.

Sir Walter mit un long moment pour peser cette proposition. À la fin, il hocha la tête. Puis il réussit à transformer son signe de tête en une inclinaison du buste.

— Je considérerais votre visite comme un grand honneur pour nous deux. Merci.

Strange et Arabella quittèrent la demeure de Harley-street. Strange avait retrouvé sa bonne humeur.

— Je vois le moyen d'y parvenir, lui affirma-t-il. Rien ne saurait être plus simple. Quel dommage que je doive attendre l'opinion de Norrell avant de commencer ! Sinon, je crois que je pourrais résoudre le problème entier dans la demi-heure qui suit. Comme je vois les choses, il y a deux points capitaux. Le premier... Qu'avez-vous donc ?

Arabella s'était immobilisée avec un petit « oh ! ».

Il lui avait soudain traversé l'esprit qu'elle avait fait deux promesses complètement contradictoires : une à Lady Pole, celle de parler à Strange du gentleman du Yorkshire qui avait acheté un tapis ; la seconde à Sir Walter, celle de ne rien répéter de ce que Lady Pole lui avait raconté.

— Ce n'est rien, dit-elle.

— Et sur laquelle des nombreuses occupations que Sir Walter vous avait préparées avez-vous porté votre choix ?

— Sur aucune. Je... j'ai vu Lady Pole et nous avons devisé ensemble. Rien de plus.

— Vraiment ? Quel dommage que je n'aie pas été avec vous ! J'eusse aimé voir la femme qui doit la vie à la magie de Norrell. Mais je ne vous ai pas narré ce qui m'est arrivé ! Vous vous rappelez avec quelle soudaineté le domestique nègre est entré ? Eh bien, l'espace d'un instant j'ai eu la nette impression qu'un grand roi noir se tenait là, couronné d'un diadème et tenant un orbe et un sceptre, le tout d'argent étincelant... Seulement, après y avoir regardé à deux fois, il n'y avait là que le valet nègre de Sir Walter. N'est-ce pas ridicule ?

Strange eut un rire.

Strange avait bavardé si longtemps avec Sir Walter qu'il était arrivé avec près d'une heure de retard à son rendez-vous avec Mr Norrell, et ce dernier était courroucé. Plus tard ce jour-là, Strange fit porter au ministère de la Marine un message indiquant que Mr Norrell et lui s'étaient penchés sur le problème des navires français manquants et qu'ils pensaient que ceux-ci se trouvaient dans l'Atlantique, sur la route des Antilles, où ils préparaient un mauvais coup. Par ailleurs, les deux magiciens croyaient que l'amiral Armingcroft avait deviné ce que les Français manigançaient et s'était lancé à leur poursuite. Le ministère de la Marine, sur le conseil de Mr Strange et de Mr Norrell, avait donné l'ordre au capitaine Lightwood de suivre l'amiral vers l'ouest. En temps utile, quelques bâtiments français furent capturés, et ceux qui ne l'avaient pas été regagnèrent leurs ports français pour y rester.

Arabella éprouvait des tourments de conscience à cause des deux promesses qu'elle avait faites. Elle soumit son problème à plusieurs matrones, des amies à elles, dont le bon sens et la prudence lui inspiraient une confiance absolue. Naturellement, elle le leur présenta sous une forme abstraite, sans nommer personne ni évoquer les circonstances particulières. Malheureusement, cette précaution eut pour effet de rendre son dilemme incompréhensible, et les sages matrones ne furent donc pas en mesure de l'aider. Cela la désolait de ne pouvoir se confier à Strange, mais, à l'évidence, le simple fait de lui en glisser un mot eût été manquer à sa promesse à Sir Walter. Après maintes réflexions, elle décida qu'une promesse faite à une personne sensée devait engager davantage qu'une autre faite à une personne insensée. Car, après tout, qu'avait-on à gagner à répéter les absurdes divagations d'une malheureuse folle ? Aussi ne rapporta-t-elle jamais à Strange les paroles de Lady Pole.

Quelques jours plus tard, Mr et Mrs Strange assistaient à un concert de musique italienne dans une maison de Bedford-square. Arabella trouvait là de quoi se divertir, mais il ne faisait point chaud dans le salon où ils se tenaient assis ; aussi, pendant une pause qui suivit le moment où un nouveau chanteur se joignit aux musiciens, elle s'éclipsa sans bruit pour aller chercher son châle, qu'elle avait laissé dans une autre pièce. Elle l'enroulait autour de ses épaules quand un bruissement se fit entendre derrière elle. Levant les yeux, elle vit Drawlight s'avancer vers elle avec la rapidité d'un songe en s'écriant :

— Mrs Strange ! Comme je suis content de vous voir ! Et comment se porte notre chère Lady Pole ? J'apprends que vous l'avez vue ?

Arabella concéda contre son gré que c'était vrai.

Drawlight glissa son bras sous le sien pour l'empêcher de se s'enfuir.

— Les difficultés que j'ai rencontrées pour me procurer une invitation dans cette maison vous me croiriez à peine ! Aucune de mes démarches n'a jamais rencontré le moindre succès ! Sir Walter allègue une mauvaise excuse après l'autre pour me décommander. C'est toujours la même antienne : Madame est souffrante, ou elle va un peu mieux, mais elle ne va jamais assez bien pour recevoir quiconque...

— Eh bien, j'imagine..., tenta Arabella.

— Oh ! Très bien ! l'interrompit Drawlight. Si elle est souffrante, alors, certes, le monde doit être tenu à distance. Toutefois, ce n'est pas une raison pour m'exclure, moi qui l'ai vue quand elle n'était plus qu'un cadavre ! Oh, oui ! Vous ne le saviez pas, sans doute ? Le soir où il l'a ramenée d'entre les morts, Mr Norrell est venu me supplier de l'accompagner dans cette maison. Il m'a tenu ce langage : « Venez avec moi, mon cher Drawlight, car je ne crois pas avoir le courage de supporter la vue d'une belle et innocente demoiselle fauchée à la fleur de l'âge ! » Depuis elle reste chez elle et ne reçoit personne. D'aucuns pensent que sa résurrection l'a rendue fière et peu disposée à fréquenter les simples mortels. À mon sens, la vérité est tout autre. Je crois que sa mort et sa résurrection lui ont donné le goût des expériences étranges. Qu'en pensez-vous ? Il me semble même tout à fait possible qu'elle prenne quelque potion pour voir des horreurs ! Vous n'avez vu aucun indice de quoi que ce soit de ce genre, j'imagine ? Elle n'a pas bu de gorgées d'un verre de liquide d'une drôle de couleur ? Pas de papier plié fourré en hâte dans une poche au moment où vous entriez dans la pièce ? Un papier qui pourrait contenir une ou deux petites pincées de poudre ? Non ? Le laudanum se présente en général dans une fiole de verre bleu, haute de deux ou trois pouces. En cas de dépendance, la famille croit toujours pouvoir dissimuler la vérité, en pure perte. Celle-ci finit toujours par éclater au grand jour. – Il émit un petit rire affecté. – Votre serviteur se charge toujours de l'exposer au grand jour.

Arabella retira doucement son bras du sien et le pria de l'excuser. Elle était dans l'incapacité de lui fournir le renseignement qu'il demandait. Elle ne connaissait rien aux petits flacons ni aux poudres.

Elle retourna au concert dans un état d'esprit beaucoup moins plaisant que celui dans lequel elle l'avait quitté.

— Quel odieux, quel odieux petit bonhomme !

28

La bibliothèque du duc de Roxburghe

Novembre 1810-janvier 1811

À LA FIN de 1810, la situation du gouvernement était à peu près aussi affligeante que possible. Les ministres recevaient de mauvaises nouvelles à tout bout de champ. Les Français triomphaient partout ; les autres grandes puissances européennes, qui s'étaient jadis liguées avec la Grande-Bretagne pour combattre l'empereur Napoléon Bonaparte (et qui avaient été par la suite vaincues par lui), mesuraient leur erreur et s'alliaient désormais avec lui. Au pays, le commerce était anéanti par la guerre, et des hommes ruinés aux quatre coins du royaume ; les moissons firent défaut deux ans d'affilée. La benjamine du roi tomba malade et mourut, et le roi devint fou de chagrin.

La guerre détruisait tout confort présent et assombrissait fortement l'avenir. Soldats, marchands, hommes politiques et paysans, tous maudissaient l'heure de leur naissance ; les magiciens, eux (une race d'hommes contrariante s'il en fut !) étaient ravis de la tournure des événements. Depuis de nombreux siècles leur art n'avait plus été tenu en si haute estime. Maintes tentatives pour gagner la guerre avaient tourné au désastre ; la magie paraissait dès lors le plus grand espoir de la Grande-Bretagne. Ces messieurs du ministère de la Guerre et de tous les divers conseils et bureaux de la Marine étaient on ne peut plus pressés d'employer Mr Norrell et Mr Strange. La fièvre des affaires dans la demeure de Mr Norrell à Hanover-square était souvent si forte que les visiteurs se voyaient obligés d'attendre jusqu'à trois ou quatre heures du matin avant que Mr Strange et Mr Norrell pussent les recevoir. L'épreuve n'était point trop grande tant qu'une foule de gentlemen se pressait dans l'antichambre de Mr Norrell, mais malheur à celui qui était le dernier ! Car il n'est jamais plaisant d'attendre en pleine nuit derrière une porte close et de savoir que deux magiciens pratiquent la magie de l'autre côté[1].

Une rumeur qui circulait à l'époque (on l'entendait partout où l'on allait) était l'histoire des tentatives ratées de l'empereur Napoléon Bonaparte pour s'attacher un magicien personnel. Les espions de Lord Liverpool[2] rapportèrent que l'empereur était si jaloux du succès des magiciens anglais qu'il avait dépêché des officiers pour chercher dans tout son empire une ou des personnes dotées d'aptitudes à la magie. Jusque-là, cependant, tout ce qu'ils avaient trouvé, c'était un Hollandais, un dénommé Witloof, qui possédait une garde-robe magique. Ladite garde-robe avait été transportée à Paris en calèche. À Versailles, Witloof avait promis à l'empereur qu'il pouvait trouver la réponse à n'importe quelle question à l'intérieur de sa garde-robe.

Selon les espions, Bonaparte avait posé à la garde-robe les trois questions suivantes : « L'enfant que l'impératrice attendait était-il de sexe masculin ? » ; « Le tzar de Russie changerait-il de nouveau d'alliances ? » ; « Quand les Anglais seraient-ils vaincus ? ».

Witloof était entré dans sa garde-robe, puis en était ressorti avec les réponses suivantes : « Oui », « Non » et « Dans un délai de quatre semaines ». Chaque fois que Witloof pénétrait dans la garde-robe, on entendait le plus affreux des hourvaris, comme si la moitié des démons de l'enfer hurlait à l'intérieur, des nuées de petites étoiles d'argent fusaient des fentes et des gonds, et le meuble se balançait légèrement sur ses pieds de griffon. Après avoir obtenu la réponse à ses trois questions, Bonaparte avait considéré la garde-robe en silence pendant quelques instants, puis il était allé à grands pas en ouvrir les portes. Dedans il trouva une oie (pour émettre les bruits), du

---

1. Parmi les formes de magie perpétrées par Strange et Norrell en 1810, citons : causer l'ensablement d'une zone maritime dans le golfe de Gascogne et l'apparition d'un immense bois d'arbres monstrueux (détruisant ainsi vingt navires français) ; provoquer des vents et des marées inhabituels pour dérouter les bâtiments français et détruire les récoltes et le bétail français ; façonner avec de la pluie flottes de guerre, villes fortifiées, personnages gigantesques, nuées d'anges, etc., afin d'effrayer, de troubler ou d'ensorceler les soldats et les marins français ; faire tomber la nuit alors que les Français attendaient le jour et vice versa.

Tous les articles ci-dessus sont cités dans le *De generibus artium magicarum anglorum* de Francis Sutton-Grove.

2. Le précédent ministre de la Guerre, Lord Castlereagh, s'était querellé violemment avec Mr Canning vers la fin de 1809. Les deux gentlemen s'étaient battus en duel, après quoi tous les deux avaient été obligés de donner leur démission du gouvernement. L'actuel ministre de la Guerre, Lord Liverpool, était en fait la même personne que Lord Hawkesbury, dont il a été question plus haut dans ces pages. Il avait renoncé à un titre pour en prendre un autre à la mort de son père, en décembre 1808.

salpêtre (pour produire les étoiles d'argent) et un nain (pour mettre le feu au salpêtre et aiguillonner l'oie). Personne ne savait avec certitude ce qu'il était advenu du Hollandais et du nain ; l'oie avait été mangée par l'empereur au dîner du lendemain.

À la mi-novembre, le ministère de la Marine invita Mr Norrell et Mr Strange à Plymouth pour passer en revue la flotte de la Manche, honneur traditionnellement réservé aux amiraux, aux héros et aux monarques. Les deux magiciens et Arabella descendirent à Porthsmouth dans la voiture de Mr Norrell. Leur entrée dans la ville fut marquée par une salve de canons des bâtiments mouillés au port, ainsi que des arsenaux et des forts avoisinants. Escortés de toute une batterie d'amiraux, d'officiers généraux et de capitaines répartis en plusieurs vedettes, ils circulèrent en canot entre les navires de Spithead. D'autres bateaux moins officiels suivaient, remplis des bons citoyens de Portsmouth venus saluer les deux magiciens et les acclamer. En rentrant à Portsmouth, Mr Norrell et Mr et Mrs Strange jetèrent un coup d'œil aux chantiers navals. Dans la soirée, un grand bal fut donné en leur honneur à la salle des fêtes municipale, et la ville entière fut illuminée.

De manière générale, le bal fut considéré comme très réussi. Il y eut un seul léger bémol au début, quand certains des invités eurent l'imprudence de faire des remarques à Mr Norrell sur l'agrément de l'occasion et la beauté de la salle de bal. La réponse discourtoise de Mr Norrell les convainquit immédiatement qu'il était un homme désagréable, acariâtre, ne daignant vous parler que si vous possédiez le grade d'amiral. Toutefois, ils trouvèrent une ample compensation à leur déception dans les manières libres et enjouées de Mr et Mrs Strange. Eux étaient heureux d'être présentés aux principales personnalités de Portsmouth. Ils évoquaient avec admiration Portsmouth, les navires qu'ils avaient vus, les choses navales et nautiques en général. Mr Strange dansa toutes les danses sans exception, Mrs Strange n'en sauta que deux, et ils ne regagnèrent leurs chambres à l'hôtellerie de *La Couronne* qu'à deux heures du matin passées.

S'étant mis au lit un peu avant trois heures, Strange ne fut pas ravi d'être réveillé à sept heures par un coup à la porte. Il se leva et trouva un des domestiques de l'hôtellerie posté dans le couloir.

— Je vous demande pardon, monsieur, lui déclara l'homme, mais le préfet maritime vous fait savoir que le *Faux Prélat* s'est échoué sur Horse Sand. Il a envoyé le capitaine Gilbey chercher un des magiciens, mais votre confrère a la migraine et refuse d'y aller.

Ce message n'était peut-être pas aussi parfaitement compréhensible que le souhaitait le bonhomme, et Strange soupçonna que, eût-il même été plus réveillé, il ne l'eût pas mieux compris. Il était toutefois clair qu'il s'était passé « quelque chose » et qu'on exigeait de lui qu'il allât « quelque part ».

— Dites au capitaine Machin chose de m'attendre, soupira-t-il. J'arrive.

Il s'habilla et descendit. Dans la salle à manger, il trouva un fringant jeune homme en uniforme qui marchait de long en large. C'était le capitaine Gilbey. Strange se rappela l'avoir croisé au bal, un garçon à l'air intelligent et aux manières plaisantes. Il parut grandement soulagé de voir Strange, à qui il expliqua qu'un bâtiment s'était échoué sur un des hauts-fonds de Spithead. La situation était délicate : le *Faux Prélat* pouvait être renfloué sans grave avarie, ou non. Entre-temps, le préfet maritime adressait ses compliments à Mr Norrell et à Mr Strange, et les priait, l'un des deux ou tous les deux, de bien vouloir suivre le capitaine Gilbey pour voir s'ils pouvaient tenter quelque chose.

Un cabriolet attendait devant *La Couronne* ; un des domestiques de l'hôtellerie tenait la bride du cheval. Strange et le capitaine Gilbey montèrent en voiture, et le capitaine Gilbey leur fit traverser la ville à vive allure. Celle-ci commençait à s'éveiller avec un air d'alarme et d'effervescence. Des fenêtres s'ouvraient ; des têtes en bonnet de nuit en sortaient pour brailler des questions ; les passants dans la rue criaient en réponse. Beaucoup de monde se hâtait dans la même direction que le cabriolet du capitaine Gilbey.

Après avoir atteint les remparts, le capitaine Gilbey marqua une halte. L'air était froid et humide, un vent frais soufflait de la mer. À faible distance, un gros navire était échoué sur le flanc. On apercevait de loin les marins, en noir et minuscules, s'agripper au garde-corps et descendre tant bien que mal le long de la coque du bâtiment. Une douzaine de canots et de petits bateaux à voile se pressaient autour de l'épave. Certains des occupants de ces embarcations soutenaient des conversations animées avec l'équipage.

Aux yeux terriens de Strange, il semblait que le navire s'était simplement couché pour dormir. Il avait l'impression que, s'il avait été son capitaine, il n'aurait qu'à lui parler fermement pour l'obliger à se relever.

— Des dizaines de bateaux rentrent au port et en ressortent tout le temps, n'est-ce pas ? Comment pareille situation a-t-elle pu se produire ?

Le capitaine Gilbey haussa les épaules.

— Je crains que ce ne soit pas aussi extraordinaire que vous le pensez. Le capitaine ne devait pas être familier de la passe de Portsmouth ou alors il était ivre…

Une foule imposante s'assemblait. Tous les habitants de Portsmouth ont un lien avec la mer et les bateaux, ainsi que quelque avantage particulier à défendre. Les discussions quotidiennes portent sur les bateaux qui entrent au port ou en sortent, et ceux qui sont ancrés à Spithead. Un événement tel que celui-ci était d'un intérêt quasi universel. Il attirait, non seulement les habituels désœuvrés du lieu (déjà assez nombreux), mais aussi les citoyens et les commerçants plus sérieux et, bien entendu, tous ces messieurs de la Marine qui avaient le loisir de venir voir. Un débat énergique avait déjà éclaté sur les torts du capitaine du navire et sur les actions que le préfet maritime devait tenter pour redresser la barre. Dès que la foule eut compris qui était Strange et la raison de sa venue, elle fut trop contente de le faire bénéficier de ses opinions. Malheureusement, l'on utilisait beaucoup de termes nautiques, et Strange n'avait au mieux qu'une vague compréhension de ce que ses informateurs voulaient dire. Après une explication, il commit l'erreur de demander le sens de « chasser sur ses ancres » et de « se mettre à la cape », ce qui conduisit à une exposition si compliquée des rudiments de la navigation à voile qu'il comprenait encore moins à la fin de celle-ci qu'il n'avait compris au début.

— Enfin ! s'exclama-t-il. Le problème principal reste que le bateau est couché sur le flanc. Dois-je le remettre d'aplomb ? Cela serait assez facile à obtenir

— Mon Dieu ! Non ! s'écria le capitaine Gilbey. Cela n'ira pas du tout ! À moins de réaliser la manœuvre avec les plus grandes précautions, la quille se brisera en deux à coup sûr. Tout le monde se noierait.

— Oh ! fit Strange.

Sa deuxième proposition d'assistance connut encore moins de succès. Quelque propos que quelqu'un avait tenu sur un grand frais qui éloignerait le navire du banc de sable à marée haute lui laissa penser qu'un coup de vent pourrait les aider. Il leva les mains pour commencer à en conjurer un.

— Que faites-vous ? s'inquiéta le capitaine Gilbey.

Strange le lui expliqua.

— Non, surtout pas ! s'écria le capitaine, épouvanté.

Plusieurs personnes saisirent Strange à bras-le-corps. Un homme commença à le secouer vigoureusement, cherchant ainsi à chasser toute magie avant qu'elle produisît son effet.

— Le vent souffle du sud-ouest, expliqua le capitaine Gilbey. S'il forcit, il drossera le bâtiment sur le banc de sable et le disloquera presque sûrement. Tout le monde se noiera !

On entendit un autre clamer qu'il ne parvenait absolument pas à comprendre pourquoi le ministère de la Marine tenait en si haute estime un lascar d'une ignorance si crasse.

Un second rétorqua d'un ton sarcastique qu'il pouvait ne rien valoir comme magicien mais que, au moins, il dansait très bien.

Un troisième s'esclaffa.

— Comment s'appelle ce banc de sable ? s'enquit Strange.

Le capitaine Gilbey secoua la tête avec exaspération, pour bien montrer qu'il n'avait pas la moindre idée de ce dont Strange parlait.

— Le... l'endroit... la chose sur laquelle le navire a talonné, insista Strange, a-t-elle à voir avec les chevaux ?

— Le banc de sable s'appelle Horse Sand[1], répondit froidement le capitaine Gilbey, qui se détourna pour parler à quelqu'un d'autre.

Pendant les deux minutes suivantes, nul ne se préoccupa plus du magicien. Tous observaient la progression des sloops, des bricks et des canots autour du *Faux Prélat*, scrutaient le ciel, parlaient de la manière dont le temps changeait et de la future direction du vent à marée haute.

Tout à coup certains attirèrent l'attention de leurs voisins sur les flots. Leur surface était le lieu d'une étrange apparition : une grande chose argentée, avec une tête allongée de forme bizarre et de longs poils clairs qui ondoyaient derrière telles des algues. Celle-ci paraissait nager vers le *Faux Prélat*. La foule n'avait pas plus tôt commencé à s'exclamer et à s'étonner de cette mystérieuse créature que plusieurs autres surgirent. L'instant suivant, il y avait toute une armée de formes argentées – plus qu'un homme n'en pouvait compter –, toutes se dirigeant vers le bateau avec aisance et rapidité.

— Que diable cela peut-il bien être ? demanda un homme dans la foule.

Elles étaient beaucoup trop grandes pour être des hommes, et n'avaient rien à voir avec des poissons ou des dauphins.

— Ce sont des chevaux, déclara Strange.

— D'où sortent-ils ? s'enquit un autre homme.

— Je les ai tirés du sable. De Horse Sand, pour être précis.

— Ne risquent-ils pas de se désagréger ? s'inquiéta quelqu'un dans la foule.

— Et à quoi servent-ils ? s'enquit le capitaine Gilbey.

— Ils sont composés de sable, d'eau de mer et de magie, et dureront aussi longtemps qu'ils auront de l'ouvrage. Mon capitaine, dépêchez un des canots au capitaine du *Faux Prélat* pour lui dire que ses hommes devront atteler le plus possible de chevaux au navire. Les chevaux vont dégager le bateau du banc de sable.

— Oh ! souffla le capitaine Gilbey. Très bien. Oui, certes.

---

1. « Sable du cheval » (*N.d.T.*).

Moins d'une demi-heure après que le message fut parvenu au *Faux Prélat*, le navire était sorti du banc de sable, et les marins s'affairaient à réparer les voiles et à exécuter les mille et un gestes propres aux marins (gestes qui, à leur façon, sont tout aussi mystérieux que les tours des magiciens). Cependant, il faut avouer que la magie ne marcha pas tout à fait comme Strange l'avait espéré. Il n'avait pas imaginé que la capture des chevaux poserait des difficultés. Il supposait que le bateau contenait assez de cordages pour servir de longes, et il s'était efforcé d'ajuster son enchantement afin que les bêtes fussent aussi dociles que possible. Toutefois, d'ordinaire les marins ne connaissent pas grand-chose aux chevaux. Ils connaissent la mer, c'est tout. Certains marins firent de leur mieux pour attraper les cavales et les atteler, mais beaucoup ignoraient comment s'y prendre ou craignaient trop les créatures argentées, fantomatiques, pour s'approcher d'elles. Des cent chevaux créés par Strange, seule une vingtaine fut attelée au bateau. Ces vingt-là contribuèrent assurément à renflouer le *Faux Prélat* ; néanmoins, tout aussi utile fut le grand creux qui apparut dans le banc de sable au fur et à mesure que les chevaux étaient créés.

À Portsmouth, l'opinion était divisée : Strange avait-il réalisé un glorieux exploit en sauvant le *Faux Prélat* ? Ou s'était-il simplement servi de la catastrophe pour avancer dans sa carrière ? Beaucoup des capitaines et des officiers de la place racontaient que la magie qu'il avait pratiquée était d'une sorte très voyante et était manifestement davantage destinée à attirer l'attention sur ses talents personnels et à impressionner le ministère de la Marine qu'à sauver le bâtiment. Ils n'étaient pas non plus enchantés par les chevaux de sable. Ceux-ci n'avaient pas simplement disparu une fois leur tâche terminée, contrairement à ce qu'avait prédit Strange ; ils avaient nagé dans les parages de Spithead pendant encore un jour et demi, ils s'étaient ensuite couchés et étaient redevenus des bancs de sable en des endroits inattendus. Les capitaines et les pilotes de Portsmouth se plaignirent auprès du préfet maritime que Strange avait modifié de manière permanente la passe et les hauts-fonds de Spithead, de sorte que tous les frais et les tracas pour sonder les fonds et refaire la carte du littoral allaient à présent revenir à la Royal Navy.

À Londres, cependant, où les ministres étaient aussi ignorants que Strange en matière de navires et de navigation, un fait était clair : Strange avait sauvé un bâtiment, dont la perte eût coûté très cher au ministère de la Marine.

— Le sauvetage du *Faux Prélat* démontre le très gros avantage à avoir sur le terrain un magicien capable de gérer une crise au moment où elle survient, remarqua Sir Walter Pole à l'adresse de Lord Liverpool. Je sais que nous avons envisagé d'envoyer Norrell quelque part et que nous avons été contraints d'y renoncer, mais pourquoi ne pas recourir à Strange ?

Lord Liverpool considéra cette suggestion.

— Selon moi, répondit-il, nous ne pourrions justifier l'envoi de Mr Strange pour faire la guerre avec un de nos généraux que si nous avions raisonnablement confiance dans la capacité de ce général à remporter sous peu quelque succès face aux Français. Toute autre éventualité serait un impardonnable gâchis des talents de Mr Strange, dont Dieu sait que nous avons absolument besoin à Londres. Sincèrement, nous n'avons pas grand choix. En réalité, il n'y a que Lord Wellington.

— Oh, très bien !

Lord Wellington se trouvait au Portugal avec son armée ; il n'était donc pas facile de connaître sa pensée, mais, par une curieuse coïncidence, son épouse vivait au n° 11 de Harley-street, juste en face du domicile personnel de Sir Walter. Quand Sir Walter rentra chez lui ce soir-là, il toqua à la porte de Mrs Wellington et demanda à madame la duchesse comment, selon elle, Lord Wellington accueillerait l'idée d'un magicien. Lady Wellington, une petite créature malheureuse, dont l'opinion était peu prise en compte par son époux, l'ignorait.

Strange, de son côté, était ravi de la proposition. Arabella, bien qu'un peu moins ravie, donna son consentement sans se faire prier. Le plus gros obstacle au départ de Strange se révéla être, et ce ne fut une surprise pour personne, Norrell lui-même. Au cours de l'année précédente, Mr Norrell en était arrivé à beaucoup se reposer sur son élève. Il consultait Strange sur tous les sujets qui par le passé avaient été soumis à Drawlight et à Lascelles. Mr Norrell ne parlait que de Mr Strange quand ce dernier était absent et ne parlait qu'à Strange quand il était là. Son attachement semblait d'autant plus fort qu'il était entièrement nouveau : auparavant il ne s'était senti jamais vraiment à l'aise en compagnie de quiconque. Si, dans un salon ou une salle de bal bondée, Strange réussissait à s'échapper un quart d'heure, Mr Norrell dépêchait Drawlight à sa suite pour savoir où il était passé et avec qui il pouvait bien s'entretenir. Quand Mr Norrell apprit qu'il existait un projet pour envoyer son unique disciple et ami à la guerre, il fut bouleversé.

— Je suis surpris, Sir Walter, que vous ayez pu émettre une telle suggestion ! dit-il.

— Tout homme doit être prêt à faire des sacrifices pour sa patrie pendant une guerre, protesta Sir Walter avec irritation. Des milliers l'ont déjà fait, savez-vous...

— C'étaient des militaires ! Oh ! Un militaire est sans doute très précieux à sa manière, mais cela n'est rien comparé à la perte qu'encourrait la nation s'il devait arriver des ennuis à Mr Strange. Il y a, je crois comprendre, une école à High Wycombe où l'on forme trois cents officiers chaque année. Plût au ciel que j'eusse le bonheur d'avoir trois cents magiciens à instruire ! Si tel était le cas, la magie anglaise serait dans une situation bien plus prometteuse qu'elle ne l'est aujourd'hui...

Après que Sir Walter eut échoué dans sa tentative, Lord Liverpool et le duc d'York se chargèrent d'entretenir Mr Norrell sur ce sujet. Aucun ne réussit à le convaincre de considérer autrement qu'avec horreur le départ annoncé de Strange.

— Avez-vous songé, monsieur, argua Strange, au grand respect que cela gagnerait à la magie anglaise ?

— Oh ! c'est sans doute possible, rétorqua Mr Norrell, avec mauvaise humeur. Cependant, rien n'est plus susceptible d'évoquer le roi Corbeau et toute cette forme sauvage et pernicieuse de magie que la vue d'un magicien anglais sur un champ de bataille ! D'aucuns commenceront à imaginer que nous appelons les fées et consultons les chouettes et les ours. Alors que j'ai espoir de voir la magie anglaise considérée comme une forme de profession discrète et respectable... La forme de profession, en fait...

— Monsieur, tenta Strange, se hâtant d'interrompre un discours qu'il avait déjà cent fois entendu, je n'aurai pas la compagnie de chevaliers féeriques derrière moi. En outre, il existe certaines considérations que nous aurions grand tort d'ignorer. Vous et moi avons assez souvent déploré qu'on nous demande continuellement de répéter les mêmes types d'enchantement. Les nécessités de la guerre exigeront de moi que je m'adonne à une magie qui ne m'est pas familière... Et, comme nous nous en sommes souvent fait la remarque, la pratique de la magie rend la théorie tellement plus facile à comprendre !

Les deux magiciens avaient toutefois des tempéraments trop différents pour s'accorder sur un tel point. Strange parlait de braver le danger afin d'apporter la gloire à la magie anglaise. Son langage et ses métaphores, tirés de la guerre et des jeux de hasard, avaient peu de chances de trouver grâce auprès de Mr Norrell. De son côté, Mr Norrell assurait Strange qu'il trouverait la guerre très désagréable.

— On est souvent mouillé et transi de froid sur un champ de bataille. Cela vous plaira beaucoup moins que vous ne le croyez.

Durant plusieurs semaines, en janvier et février 1811, il sembla bien que l'opposition de Mr Norrell dût empêcher Strange d'aller à la guerre. L'erreur commise par Sir Walter, Lord Liverpool, le duc d'York et Strange était d'en avoir appelé à la noblesse, au patriotisme et au sens du devoir de Mr Norrell. Nul doute que Mr Norrell possédât ces vertus, mais d'autres principes, plus puissants chez lui, devaient toujours contrecarrer ses facultés supérieures.

Par bonheur, on pouvait compter sur deux gentlemen qui savaient un peu mieux manœuvrer. Lascelles et Drawlight étaient aussi impatients que les autres de voir Strange partir pour le Portugal et, à leur avis, la meilleure méthode pour y parvenir était de jouer sur l'inquiétude que le sort de la bibliothèque du duc de Roxburghe causait à Mr Norrell.

Cette bibliothèque était depuis longtemps une épine dans le flanc du vieux magicien. Il s'agissait d'une des plus importantes collections privées du royaume – la seconde seulement derrière celle de Mr Norrell. Elle avait une histoire curieuse, poignante. Quelque cinquante ans plus tôt, le duc de Roxburghe, un gentleman on ne peut plus brillant, civilisé et respectable, était tombé amoureux de la sœur de la reine et avait demandé au roi la permission de l'épouser. Pour diverses raisons liées à l'étiquette, aux formes et à la préséance, le roi avait refusé. Le cœur brisé, le duc et la sœur de la reine s'étaient juré solennellement un amour éternel et de ne jamais épouser quiconque d'autre sous aucun prétexte. Si la sœur de la reine avait été de son côté fidèle à ce marché, je l'ignore ; le duc, lui, s'était retiré dans son château aux confins de l'Écosse et, pour remplir ses journées solitaires, il se mit à collectionner les livres rares : manuscrits médiévaux ornés d'exquises enluminures et éditions des tout premiers livres imprimés dans les ateliers d'hommes de génie tels que William Caxton de Londres et Valdafer de Venise. Dès le début du siècle, la bibliothèque du duc était une des merveilles du monde. Sa Grâce était friande de poésie, de chevalerie, d'histoire et de théologie. Elle ne s'intéressait pas spécialement à la magie, mais tous les livres anciens la ravissaient et il eût été très étonnant qu'un ou deux essais de magie n'eussent pas trouvé place dans sa bibliothèque.

Mr Norrell avait écrit plusieurs fois au duc pour le prier de lui permettre d'examiner et peut-être d'acheter tous les ouvrages de magie en sa possession. Le duc, toutefois, n'avait aucune envie de satisfaire la curiosité de Mr Norrell. Par ailleurs, étant immensément riche, il ne voulait pas de son argent. Ayant été fidèle à sa promesse à la sœur de la reine pendant maintes longues années, le duc n'avait pas d'enfants ni d'héritiers du sang. À sa mort, la forte conviction d'être le prochain duc d'York s'empara d'un grand nombre de ses parents mâles. Ces messieurs firent valoir leurs droits devant le comité des privilèges de la Chambre des lords. Le comité délibéra et parvint à la conclusion que le nouveau duc était soit le général de division Ker, soit Sir James Innes. Quant à savoir lequel des deux cela pouvait être, le comité n'avait pas de certitude, et il résolut donc de continuer à délibérer. Au début de 1811, il n'était toujours pas arrivé à statuer.

Par un mardi matin froid et humide, Mr Norrell recevait Mr Lascelles et Mr Drawlight dans sa bibliothèque de Hanover-square. Childermass, également présent, écrivait des lettres à différents ministères pour le compte de Mr Norrell. Strange était allé à Twickenham avec Mrs Strange pour rendre visite à un ami.

Lascelles et Drawlight parlaient du procès qui opposait Ker à Innes. Apparemment fortuites, une ou deux allusions à la fameuse bibliothèque de la part de Lascelles éveillèrent l'attention de Mr Norrell.

— Que savons-nous de ces messieurs ? demanda-t-il à Lascelles. S'intéressent-ils à la pratique de la magie ?

Lascelles sourit.

— Soyez sans inquiétude sur ce point, monsieur. Je puis vous assurer que l'unique préoccupation d'Innes ou de Ker, c'est d'être duc. Je ne crois pas avoir vu aucun des deux ouvrir même un livre.

— Vraiment ? Ils n'aiment pas les livres ? Bon, voilà qui est on ne peut plus rassurant. – Mr Norrell réfléchit un moment. – Mais si l'un des deux devait hériter de la bibliothèque du duc et trouver par hasard sur un rayon quelque essai de magie rare pour lequel il se prendrait de curiosité… Les gens sont curieux de magie, savez-vous. Cela est une des conséquences les plus regrettables de mon succès personnel. Cet homme peut donc lire quelques lignes et se trouver inspiré d'essayer un ou deux charmes. Après tout, c'est exactement ainsi que j'ai moi-même commencé à l'âge de douze ans, quand j'ai ouvert un livre de la bibliothèque de mon oncle et trouvé à l'intérieur une page orpheline arrachée d'un volume plus ancien. Dès l'instant que je l'ai lue, j'ai eu la conviction que j'allais être magicien !

— Vraiment ? C'est très intéressant, commenta Lascelles d'une voix chargée d'ennui. Mais, selon moi, cela ne risque guère d'arriver à Innes ou à Ker. Aucun des deux ne recherche une nouvelle carrière.

— Ah ! En revanche, n'ont-ils pas de jeunes parents ? Des parents qui sont peut-être d'avides lecteurs des *Amis de la magie anglaise* ou du *Magicien moderne* ? Des parents qui accapareront tous les livres de magie dès l'instant où ils poseront les yeux dessus ! Non, pardonnez-moi, monsieur Lascelles, il m'est impossible de considérer l'âge avancé de ces deux gentlemen comme un quelconque gage de sécurité !

— Très bien. Néanmoins, monsieur, je doute que ces jeunes « thaumatomanes[1] » que vous décrivez avec tant de pittoresque aient l'occasion de voir la bibliothèque. Afin de défendre leurs droits au duché, Ker et Innes ont encouru tous deux d'énormes frais de justice. Le premier souci du prochain duc, quel qu'il soit, sera de payer ses avocats. Son premier acte, après avoir pénétré dans Floors Castle[2], sera de chercher quelque chose à vendre. Je serais très surpris si la bibliothèque n'était pas mise à l'encan moins d'une semaine après que le comité aura rendu son arrêt.

— Une vente de livres ! s'exclama Mr Norrell, aux alarmes.

— De quoi avez-vous peur maintenant ? s'enquit Childermass, levant les yeux de sa correspondance. Une vente de livres est en général l'événement le plus propre à vous plaire…

— Oh ! C'était avant, protesta Mr Norrell, quand personne dans ce royaume ne portait le moindre intérêt aux ouvrages de magie excepté moi. Je crains désormais que beaucoup de monde n'essaie de les acquérir. Il peut y avoir des annonces dans le *Times*…

— Oh ! s'écria Drawlight. Si les ouvrages sont achetés par un tiers, vous pouvez toujours vous plaindre aux ministres ! Vous pouvez même vous plaindre au prince de Galles ! Il n'est pas dans l'intérêt de la nation que des ouvrages de magie tombent dans d'autres mains que les vôtres, monsieur Norrell.

— Hormis celles de Strange, dit Lascelles. Je ne pense pas que le prince de Galles ou les ministres verraient une objection à ce que Strange récupère les livres.

— C'est vrai, concéda Drawlight. J'avais oublié Strange.

Mr Norrell avait l'air plus alarmé que jamais.

— Mr Strange comprendra que les livres me reviennent, balbutia-t-il. Ils doivent être réunis dans une seule bibliothèque, il ne faut pas les séparer. – Avec espoir, il chercha des yeux quelqu'un qui soit d'accord avec lui. – Naturellement, poursuivit-il, je ne vois aucune objection à ce que Mr Strange les consulte. Nul n'ignore combien de livres, combien de mes précieux livres j'ai déjà prêtés à Mr Strange. C'est-à-dire… J'entends par là, cela dépendra du sujet.

Drawlight, Lascelles et Childermass ne soufflèrent mot. Ils savaient en effet combien de livres Mr Norrell avait prêtés à Mr Strange. Ils savaient aussi combien il en avait mis de côté.

— Strange est un gentleman, déclara Lascelles. Il se conduira donc en gentleman et attendra la même chose de vous. Si les livres sont l'objet d'une

1. Thaumatomane : personne possédée d'une passion pour la magie et ses prodiges, *Dictionary of the English Language* de Samuel Johnson.

2. Floors Castle est la demeure des ducs de Roxburghe.

proposition réservée à vous seul, alors je pense que vous pouvez les acheter. S'ils sont mis aux enchères, il se sentira habilité à surenchérir sur vous.

Mr Norrell hésita, jeta un regard à Lascelles et s'humecta nerveusement les lèvres.

— Et, à votre avis, comment les livres seront-ils vendus ? Aux enchères ou par une transaction privée ?

— Aux enchères, répondirent en chœur Lascelles, Drawlight et Childermass.

Mr Norrell pressa les mains sur son visage.

— Bien entendu, reprit Lascelles lentement, comme si l'idée lui traversait l'esprit juste à cet instant, si Strange était à l'étranger, il ne serait pas en mesure de surenchérir. – Il but une petite gorgée de son café. – N'est-ce pas ?

Mr Norrell releva les yeux avec un regain d'espoir.

Tout à coup il devint hautement souhaitable que Mr Strange partît un an ou deux pour le Portugal[1].

---

1. Le Comité des privilèges finit par se décider en faveur de Sir James Innes et, tout comme Mr Lascelles l'avait prédit, le nouveau duc mit aussitôt la bibliothèque en vente.

La vente aux enchères, qui eut lieu à l'été 1812 (pendant le séjour de Strange dans la Péninsule), fut peut-être l'événement bibliographique le plus notable depuis l'incendie de la bibliothèque d'Alexandrie. Elle dura quarante et un jours et fut à l'origine d'au moins deux duels.

Parmi les livres du duc se trouvaient sept textes de magie, tous extraordinaires :

Rosa et Fons était une méditation mystique sur la magie d'un magicien inconnu du XIVe siècle ;

Thomas de Dundelle, un poème jusque-là inconnu de Chrétien de Troyes, était une version colorée de la vie de Thomas Dundale, le premier serviteur humain du roi Corbeau ;

The Book of Loveday Ingham (« *Le Livre de Loveday Ingham* ») était un compte-rendu des occupations quotidiennes d'un magicien de Cambridge du XVe siècle ;

Exercitatio magica nobilissima était une tentative du XVIIe siècle pour décrire toute la magie anglaise ;

The History of Seven (« *L'Histoire de Sept* ») était un ouvrage confus, partie en anglais, partie en latin et partie dans un idiome féerique inconnu. Il est impossible de le dater ni d'identifier son auteur, et le but que ledit auteur poursuivait en rédigeant ce livre nous est obscur. Dans l'ensemble, cela semble être l'histoire d'une cité du monde des fées, « Sept ». Cette information est présentée dans un style déroutant, et l'auteur s'écarte fréquemment de son récit pour accuser un personnage anonyme de lui avoir nui de quelque mystérieuse manière. Ces passages du texte ressemblent davantage à un libelle qu'à autre chose ;

The Parliament of Women (« *Le Parlement des femmes* ») était une description allégorique du XVIIe siècle de la sagesse et de la magie qui appartiennent en propre aux femmes ; l'ouvrage de loin le plus merveilleux était *The Mirror of the Lyf of Ralph Stokesie* (« *Le Miroir de la vie de Ralph Stockesie* »), qui fut vendu aux enchères le dernier jour, avec la première édition du *Decameron* de Boccace. Jusqu'alors même Mr Norrell ignorait l'existence de ce livre. Il paraît avoir été écrit par deux auteurs : l'un, un magicien du XVe siècle du nom de William Thorpe ; l'autre, un serviteur féerique de Ralph Stockesie, Col-Tom-Blue. Pour ce trésor, Mr Norrell déboursa la somme inouïe de 2 100 guinées.

Mr Norrell inspirait un respect si général qu'aucun gentleman présent dans la salle ne surenchérit contre lui. En revanche, une lady surenchérit sur lui pour chaque ouvrage. Dans les semaines précédant la vente aux enchères, Arabella Strange avait été très occupée. Elle avait écrit nombre de lettres à la parentèle de Strange et rendu visite à toutes ses amies londoniennes afin d'emprunter assez d'argent pour acheter certains spécimens pour son époux, mais Norrell ne lui en avait pas laissé un seul.

Sir Walter Scott, l'écrivain, qui était présent, relata ainsi la fin de la vente : « Mrs Strange était tellement déçue d'avoir perdu *Le Miroir de la vie de Ralph Stockesie* qu'elle resta assise en larmes. À ce moment-là, Mr Norrell vint à passer avec le livre à la main. Cet homme n'eut pas un mot, pas un regard pour l'épouse de son élève. Je ne sais quand j'ai vu pour la dernière fois une conduite si mesquine à mon goût. Plusieurs personnes ont noté ce traitement, et j'ai entendu quelques remarques désobligeantes sur le compte de Norrell. Même Lord Portishead, dont l'admiration pour le magicien ne connaît point de bornes, admet qu'il juge le comportement de Norrell envers Mrs Strange remarquablement déplaisant. »

Mais ce n'est pas seulement le traitement réservé à Mrs Strange par Mr Norrell qui suscita des commentaires défavorables. Dans les semaines qui suivirent la vente, les savants et les historiens attendirent d'apprendre quelles nouvelles connaissances ces sept magnifiques ouvrages devaient apporter. En particulier, ils nourrissaient de grandes espérances pour que *Le Miroir de la vie de Ralph Stockesie* fournît des réponses à certains des plus troublants mystères de la magie anglaise. On pensait généralement que Mr Norrell révélerait ses nouvelles découvertes dans les pages des *Amis de la magie anglaise* ou encore qu'il ferait imprimer des copies de ses livres. Il ne fit ni l'un ni l'autre. Une ou deux personnes lui écrivirent pour lui poser des questions précises. Il ne leur répondit pas. Quand des lettres parurent dans les journaux pour se plaindre de ce comportement, il s'en indigna. Après tout, il ne faisait que ce qu'il avait toujours fait : acquérir des livres précieux puis les celer là où aucun autre homme ne pourrait les voir. La différence, c'est que, au temps où il était un gentleman inconnu, personne n'y avait accordé beaucoup d'intérêt, alors que le monde avait désormais les yeux posés sur lui. Son silence étonnait, et on commençait à se remémorer d'autres occasions où Mr Norrell avait agi d'une manière discourtoise ou arrogante.

29

Dans la maison de José Estoril

Janvier-mars 1811

— J'AI SONGÉ, monsieur, que mon départ pour la Péninsule provoquerait moult bouleversements dans vos relations avec le ministère de la Guerre, déclara Strange. Je crains que, pendant mon absence, vous ne trouviez pas si opportun que cela d'avoir des individus qui toquent à votre porte à toute heure du jour et de la nuit, pour vous demander de pratiquer sans délai tel ou tel enchantement. Vous serez seul à vous occuper d'eux. Quand allez-vous dormir ? Je pense que nous devons les amener à changer d'attitude. Si je puis vous être d'une aide quelconque pour vous organiser, j'en serai heureux. Peut-être devrions-nous convier Lord Liverpool à dîner un soir de cette semaine ?

— Oh, oui, certainement ! s'écria Mr Norrell, que cette preuve de la considération de Strange mettait d'excellente humeur. Votre présence est nécessaire. Vous expliquez tout si bien ! Vous n'avez qu'un mot à dire et Lord Liverpool comprend sur-le-champ !

— Alors dois-je écrire à monsieur le duc ?

— Oui, faites ! Faites !

C'était la première semaine de janvier. Bien que n'étant pas encore arrêtée, la date du départ de Strange risquait de ne pas être très éloignée. Strange s'assit pour rédiger le carton d'invitation. Lord Liverpool répondit sans tarder, et se présenta le surlendemain à Hanover-square.

Mr Norrell et Jonathan Strange avaient pour habitude de passer l'heure précédant le dîner dans la bibliothèque de Mr Norrell, et ce fut dans cette pièce qu'ils reçurent monsieur le duc. Childermass était également là, prêt à remplir son office de secrétaire, conseiller, messager ou domestique, selon les circonstances.

Lord Liverpool n'avait jamais vu la bibliothèque de Mr Norrell et, avant de prendre place, il fit un petit tour des lieux.

— On m'avait dit, monsieur, déclara-t-il, que votre bibliothèque était une des merveilles du monde moderne. Toutefois, je ne l'imaginais pas à moitié aussi fournie.

Mr Norrell était très, très content. Lord Liverpool était exactement le type d'hôte selon son cœur – un admirateur des livres sans la moindre inclination à les descendre des rayons pour les lire.

Strange s'adressa alors à Mr Norrell :

— Nous n'avons pas encore parlé, monsieur, des livres que je dois emporter dans la Péninsule. J'ai établi une liste de quarante titres. Cependant, si vous pensez que celle-ci peut être améliorée, je serais heureux de vos conseils.

Et de tirer un feuillet plié d'un fatras de papiers sur une table pour le tendre à Mr Norrell.

Cette liste n'était pas de nature à réjouir le cœur de Mr Norrell. Elle était pleine de premières pensées raturées, de corrections elles-mêmes raturées et de remords ajoutés en travers et contraints de s'entortiller autour d'autres mots qui les gênaient. Elle présentait des pâtés d'encre, des titres fautifs, des confusions de noms d'auteurs et, le plus troublant de tout, trois lignes d'un poème rébus que Strange avait composé pour Arabella en guise de cadeau d'adieu. Toutefois, cela n'expliquait pas la pâleur de Mr Norrell. Il ne lui était jamais venu à l'idée que Strange pourrait avoir besoin de livres au Portugal. La perspective de voir emporter quarante de ses précieux volumes dans un pays en guerre, où ils pourraient être la proie du feu, des explosifs, de l'eau ou de la poussière, était quasiment insupportable. Sans connaître grand-chose à la guerre, Mr Norrell subodorait que les soldats n'étaient pas en général de grands amateurs de livres. Ils poseraient leurs doigts sales dessus ! Ils les déchireraient ! Ils les liraient – comble de l'horreur ! – et essaieraient les charmes ! Les soldats savaient-ils lire ? Mr Norrell l'ignorait. Toutefois, entre le sort du continent entier qui était en jeu et Lord Liverpool dans la pièce, il s'avisa combien il lui serait difficile – impossible, en vérité ! – de refuser de les prêter.

Il se tourna avec un air désespérément implorant vers Childermass.

Childermass haussa les épaules.

Lord Liverpool continuait à promener calmement ses regards à la ronde. Il semblait penser que l'absence temporaire d'une quarantaine de livres passerait inaperçue au milieu de tant de milliers.

— Je ne souhaite pas en prendre plus de quarante, poursuivit Strange d'un ton terre à terre.

— Très sage, monsieur, approuva Lord Liverpool. Très sage ! N'en prenez pas plus que vous ne pouvez en transporter commodément.

— Transporter ! s'exclama Mr Norrell, plus choqué que jamais. Vous n'avez tout de même pas l'intention de les porter de lieu en lieu ? Vous devez les ranger dans une bibliothèque dès votre arrivée. Une bibliothèque dans un château serait le mieux. Un château solide, bien défendu...

— Je crains qu'ils ne me soient pas d'une grande utilité dans une bibliothèque, objecta Strange avec un calme exaspérant. J'irai de campement en champ de bataille, et ils devront me suivre...

— Alors vous devez les mettre dans une caisse ! répliqua Mr Norrell. Une caisse en bois très robuste ou peut-être un coffre de fer ! Oui, le fer sera parfait. Nous pouvons en faire fabriquer un tout spécialement. Et puis...

— Ah ! Pardonnez-moi, monsieur Norrell, le coupa Lord Liverpool, mais je déconseille vigoureusement le fer à Mr Strange. Il doit se défier de toute disposition qu'on prendrait pour lui dans les fourgons militaires. Les soldats ont besoin des fourgons pour leur équipement, cartes, vivres, munitions, etc. Mr Strange causera le moins de dérangement possible à l'armée s'il transporte tous ses biens à dos d'âne ou de mulet, à l'instar des officiers. – Il se retourna vers Strange. – Vous aurez besoin d'une bonne bête, bien robuste, pour vos bagages et votre domestique. Achetez des sacoches chez *Hewley & Ratt* et glissez vos livres dedans. Les sacoches militaires sont très vastes. Au reste, dans un fourgon, les livres seraient volés presque à coup sûr. Les soldats, je suis navré de le dire, volent tout. – Il réfléchit un moment puis ajouta : – Du moins, les nôtres.

Comment le dîner se déroula après cela, Mr Norrell n'en eut qu'une faible notion. Il fut vaguement conscient que Strange et monsieur le duc parlaient beaucoup et riaient d'autant. Maintes fois il entendit Strange répéter : « Eh bien, c'est décidé alors ! » Et il entendait Monsieur le duc répondre : « Oh, assurément ! » Mais de quoi ils parlaient, Mr Norrell ne le savait ni ne s'en souciait. Il regrettait d'être jamais venu à Londres. Il regrettait de s'être jamais engagé à ressusciter la magie anglaise. Il regrettait de ne pas être resté à l'abbaye de Hurtfew, à lire et à pratiquer la magie pour son plaisir. Rien de tout cela, pensait-il, ne justifiait la perte de quarante livres.

Après le départ de Lord Liverpool et de Strange, il regagna sa bibliothèque pour contempler les quarante livres en question, les manier et les garder précieusement tant que c'était encore possible.

Childermass était là. Il avait pris son dîner sur un coin de table et se penchait alors sur les comptes de la maison. Au moment où Mr Norrell entrait, il leva les yeux et lui adressa un grand sourire.

— Je crois que Mr Strange se débrouillera très bien dans l'art militaire, monsieur. Il a déjà déjoué vos plans.

Par une nuit claire du début février, un navire britannique appelé le *Saint Serlo's Blessing*[1] remonta le Tage et accosta place du Cheval-Noir, en plein milieu de la cité de Lisbonne. Parmi les premiers à débarquer se trouvaient Strange et son domestique, Jeremy Johns. Strange n'était jamais allé en terre étrangère auparavant ; il s'aperçut que la conscience d'y être pour l'heure, ainsi que l'importante animation militaire et navale qui régnait partout autour de lui étaient fort réjouissantes. Il était impatient de se mettre à la magie.

— Je me demande où est Lord Wellington, dit-il à Jeremy Johns. Crois-tu qu'un de ces gaillards le saurait ?

Il regarda avec une certaine curiosité une grande arche, à demi construite, à une extrémité de la place. Son allure était très martiale, et il n'eût guère été surpris d'apprendre que Wellington se tenait quelque part derrière.

— Il est deux heures du matin, monsieur ! protesta Jeremy. Monsieur le duc doit dormir.

— Oh ! Crois-tu ? Avec le destin de toute l'Europe dans ses mains ? Sans doute as-tu raison.

À son corps défendant, Strange concéda qu'il valait mieux pour le moment trouver une hostellerie et remettre au lendemain matin sa quête de Lord Wellington.

On leur avait recommandé une hostellerie de la rue des Cordonniers qui appartenait à un homme des Cornouailles, Mr Prideaux. Les hôtes de Mr Prideaux étaient presque tous des officiers britanniques venant d'arriver d'Angleterre ou attendant qu'un navire les emmenât en permission. L'objectif de Mr Prideaux était que, pendant leur séjour dans son établissement, les officiers se sentissent le plus possible chez eux. En cela, il n'avait qu'en partie réussi. Quoi qu'il y pût, Mr Prideaux trouvait que le Portugal se rappelait continuellement au souvenir de ses pensionnaires. Le papier peint et les meubles de l'hostellerie avaient beau, à l'origine, avoir été tous apportés de Londres, un soleil portugais les baignait depuis cinq ans et les avait décolorés d'une manière typiquement portugaise. Mr Prideaux avait beau donner pour instruction à son chef de préparer une carte du jour bri-

1. Le *Saint Serlo's Blessing* fut capturé par les Français. Son nom français était *Le Temple foudroyé*. Saint Serlo's Blessing était, bien sûr, le nom d'un des quatre bois enchantés qui entouraient et protégeaient la cité capitale du roi Corbeau, Newcastle.

tannique, ledit chef était portugais, et ses plats contenaient donc toujours plus de poivre et d'huile d'olive que ses hôtes ne le souhaitaient. Même les bottes des hôtes avaient une légère touche portugaise après que le chasseur portugais les eut cirées.

Le lendemain matin, Strange se leva assez tard. Il avala un énorme petit-déjeuner, puis alla se promener pendant une heure ou deux. Lisbonne se révéla être une cité riche en places entourées d'arcades, en élégantes constructions modernes, statues, théâtres et boutiques. Il commença à penser que la guerre ne devait pas être si terrible, après tout.

Comme il rentrait à l'hostellerie, il vit quatre ou cinq officiers britanniques réunis dans l'entrée qui conversaient avec ardeur. Telle était précisément l'occasion qu'il espérait. Il s'avança vers eux, les pria de l'excuser de les interrompre, expliqua qui il était et, enfin, demanda où l'on pouvait trouver Lord Wellington à Lisbonne.

Les officiers se retournèrent et lui jetèrent un regard surpris, jugeant manifestement sa question déplacée, même s'il n'eût su dire pourquoi.

— Lord Wellington n'est pas à Lisbonne, dit l'un, un gaillard vêtu de la veste bleue et de la culotte blanche des hussards.

— Et quand revient-il ? s'enquit Strange.

— Quand revient-il ? répéta l'officier. Pas avant des semaines... Des mois, je crois. Peut-être jamais.

— Où le trouverai-je alors ?

— Mon Dieu ! s'exclama l'officier. Il peut être n'importe où...

— Ne savez-vous donc pas où il est ? s'étonna Strange.

L'officier le considéra avec une certaine sévérité.

— Lord Wellington ne reste pas toujours au même endroit. Lord Wellington va partout où sa présence est nécessaire. Et la présence de Lord Wellington, ajouta-t-il pour la gouverne de Strange, est partout nécessaire.

Un autre officier, qui portait une veste écarlate généreusement ornée de dentelle argentée, précisa d'un ton plutôt plus aimable :

— Lord Wellington est sur les lignes.

— Sur les lignes ? répéta Strange.

— Oui.

Malheureusement, l'explication n'était pas aussi claire et aussi utile que l'officier le croyait. Mais Strange avait le sentiment d'avoir suffisamment montré son ignorance. Son désir de poser des questions s'était évaporé.

« Lord Wellington est sur les lignes. » C'était une très curieuse locution ; si Strange avait été contraint d'émettre une hypothèse sur son sens, il eût émis l'hypothèse qu'il s'agissait d'une expression argotique signifiant être « pris de boisson ».

Il regagna son hostellerie et pria le portier de lui dénicher Jeremy Johns. Si quelqu'un devait paraître sot et ignare devant l'armée britannique, il préférait que ce fût Jeremy.

— Te voilà ! s'écria-t-il quand Jeremy apparut. Va trouver un soldat ou un officier et demande-lui où je puis atteindre Lord Wellington.

— Certainement, monsieur. Mais pourquoi ne le lui demandez-vous pas vous-même ?

— Tout à fait impossible. Ma magie m'attend.

Aussi, Jeremy sortit et revint après un très bref intervalle de temps.

— As-tu découvert ce que je t'ai demandé ? demanda Strange.

— Oh, oui, monsieur ! répondit gaiement Jeremy. Il n'y a aucun mystère. Lord Wellington est sur les lignes.

— Oui, mais encore ?

— Oh, je vous demande pardon, monsieur ! Le gentleman a dit cela si naturellement, comme si c'était la chose la plus connue du monde. J'ai pensé que vous comprendriez.

— Eh bien, je ne comprends pas. Je ferais peut-être mieux de questionner Prideaux.

Mr Prideaux était ravi d'apporter son aide. Il n'y avait rien de plus simple au monde. Mr Strange devait se rendre au quartier général de l'armée. Il était certain d'y trouver monsieur le duc. C'était à une demi-journée de cheval de Lisbonne. Peut-être un peu plus.

— Comme de Tyburn à Godalming, monsieur, si vous pouvez vous l'imaginer.

— Eh bien, si vous avez la bonté de me montrer une carte…

— Dieu vous bénisse, monsieur ! s'exclama Mr Prideaux, amusé. Vous ne trouveriez jamais tout seul. Il faut quelqu'un pour vous conduire.

La personne à qui Mr Prideaux fit appel était un officier d'intendance auxiliaire qui avait affaire à Torres Vedras, ville à trois ou quatre kilomètres de distance du quartier général. L'officier d'intendance auxiliaire se déclara très heureux de chevaucher avec Strange et de lui montrer la route.

« Enfin je fais un progrès », songea Strange.

La première partie du voyage se déroula dans un plaisant paysage de champs et de vignes, ponctué ici et là de ravissantes fermes peintes en blanc et de moulins à vent en pierre, aux ailes tendues de toile brune. Un grand nombre de soldats portugais en uniforme brun allaient et venaient continuellement le long de la route ; s'y trouvaient également quelques officiers britanniques, dont les uniformes écarlates ou bleus semblaient – aux yeux patriotiques de Strange, en tout cas – plus virils et plus martiaux. Après avoir chevauché pendant trois heures, ils virent une chaîne de montagnes se dresser dans la plaine à la façon d'une muraille.

Quand ils pénétrèrent dans une étroite vallée entre deux des plus hauts sommets, l'officier d'intendance auxiliaire annonça :

— Voici le début des lignes. Vous apercevez ce fort là-haut, d'un côté du défilé ?

Il tendit le doigt vers la droite. Le « fort », qui paraissait avoir débuté dans l'existence comme moulin à vent, avait récemment reçu toutes sortes d'ajouts en manière de bastions, de remparts et d'affûts de canons.

— Et l'autre fort de l'autre côté du défilé ? ajouta l'officier d'intendance auxiliaire, tendant alors le doigt vers la gauche. Et, sur le prochain piton rocheux, encore un petit fortin ? Et puis... même si vous ne le voyez pas, étant donné que le temps est gris et couvert aujourd'hui... il y en a encore un autre après. Et ainsi de suite. Toute une ligne de fortifications, du Tage à la mer ! Et ce n'est pas tout ! Il y a deux autres lignes plus au nord. Trois lignes en tout !

— Voilà qui est assurément impressionnant ! Est-ce l'œuvre des Portugais ?

— Non, monsieur. C'est l'œuvre de Lord Wellington. Ici, les Français ne passeront pas. Tenez, monsieur ! Même une abeille ne passerait pas, à moins d'avoir un papier signé par Lord Wellington ! Et voilà pourquoi, monsieur, l'armée française est bloquée à Santarem et ne peut aller plus loin, pendant que vous et moi dormons tranquilles dans nos lits à Lisbonne !

Sous peu ils quittaient la route pour emprunter un chemin escarpé et sinueux qui montait à flanc de montagne au petit village de Pero Negro. Strange était frappé par la différence entre la guerre telle qu'il se l'était figurée et la guerre telle qu'elle était en réalité. Il s'était représenté Lord Wellington siégeant dans quelque édifice de Lisbonne, occupé à donner des ordres. Finalement, il le trouvait dans un endroit si petit qu'il aurait tout juste mérité le nom de village en Angleterre.

Le quartier général de l'armée se révéla être une bâtisse parfaitement quelconque au fond d'une simple cour pavée. Strange fut informé que Lord Wellington était parti inspecter les lignes. Nul ne savait quand il rentrerait, probablement pas avant dîner. Nul ne voyait d'objection à ce que Strange l'attendît, pourvu qu'il ne fût dans les jambes de personne.

Mais, dès le premier instant où il pénétra dans ce bâtiment, Strange se trouva soumis à cette loi naturelle, particulièrement désagréable, qui veut que, chaque fois qu'une personne se présente en un lieu où elle n'est pas connue, elle est sûre d'être dans les jambes des autres, où qu'elle se tienne. Il ne pouvait s'asseoir, parce que le salon où il avait été introduit ne contenait pas de sièges – probablement au cas où les Français pénétreraient on ne sait comment dans la maison et se cacheraient derrière eux ; aussi prit-il position devant une fenêtre. Entrèrent alors deux officiers, dont l'un voulait montrer à l'autre quelque importante caractéristique militaire du paysage portugais, raison pour laquelle il était nécessaire de regarder par la fenêtre. Ils firent les gros yeux à Strange, qui alla se poster devant une arche à demi masquée par un rideau.

Entre-temps, dans le couloir une voix demandait à chaque instant à un certain Winespill d'apporter les barils de poudre à canon, et vite. Un soldat d'une stature très menue, affligé d'une légère bosse, pénétra dans la pièce. Il avait une tache de naissance lie-de-vin à la figure et portait une partie d'uniforme de chaque régiment de l'armée britannique. Il s'agissait probablement de Winespill. Winespill était malheureux. Il ne trouvait pas la poudre à canon. Il chercha dans les placards, sous les escaliers et sur les balcons, et répondait de temps à autre : « Un instant ! », jusqu'au moment où il songea à fouiller derrière Strange, derrière le rideau et sous l'arche. Aussitôt il cria qu'il venait de retrouver les tonneaux de poudre et qu'il les aurait vus plus tôt si l'« on » – ici, il jeta un regard noir à Strange – n'avait pas été planté devant.

Les heures s'écoulaient lentement. Strange, qui avait repris sa place à la fenêtre, tombait presque de sommeil, quand il s'avisa, à certains bruits de branle-bas et de perturbation, qu'une importante personnalité venait de pénétrer dans l'édifice. L'instant d'après, trois hommes entrèrent en coup de vent dans le salon ; Strange se trouva enfin en présence de Lord Wellington.

Comment décrire Lord Wellington ? Comment pareil exercice peut-il être nécessaire ou même possible ? On voit sa tête partout ; une gravure bon marché au mur de l'auberge relais, une autre beaucoup plus élaborée, ornée de drapeaux et de tambours, en haut de l'escalier de la salle des fêtes. De nos jours, aucune demoiselle d'une sensibilité romantique moyenne n'atteint l'âge de dix-sept ans sans s'être procuré au moins un portrait de lui. Elle trouve un long nez aquilin infiniment préférable à un plus court et retroussé, et considère comme la pire infortune de son existence que monsieur le duc soit déjà marié. En compensation, elle a la ferme intention d'appeler son premier-né Arthur. Et elle n'est pas seule dans sa dévotion. Ses cadets et ses cadettes sont tout aussi fanatiques. Le plus beau petit soldat de plomb d'une nursery anglaise s'appelle toujours Wellington et connaît plus d'aventures que le reste de la boîte réuni. Tout écolier joue à être Wellington au moins une fois par semaine, y compris ses jeunes sœurs. Wellington incarne toutes les vertus anglaises. Il est l'« anglicitude » portée à la perfection. Si les Français portent Napoléon dans leurs tripes (ce qu'ils font, apparemment), alors nous portons Wellington dans notre cœur[1].

À cet instant précis, Lord Wellington avait des raisons de ne pas être trop content.

— Mes ordres étaient on ne peut plus clairs, je pense ! disait-il aux deux autres officiers. Les Portugais devaient détruire tout le blé qu'ils ne pouvaient emporter afin qu'il ne tombât pas aux mains des Français. Or je viens de passer la moitié de la journée à regarder les soldats français défiler dans les grottes de Cartaxo et en ressortir avec des sacs !

— Cela a été très dur pour les paysans portugais de détruire leur blé. Ils redoutaient la famine, expliqua un des officiers.

L'autre officier émit la suggestion optimiste que ce n'était peut-être pas du blé que les Français avaient trouvé dans les sacs, mais autre chose grandement moins utile. De l'or ou de l'argent, peut-être ?

Lord Wellington le dévisagea froidement.

— Les soldats français ont porté les sacs aux moulins à vent. Les ailes tournaient au vu et au su de tout le monde ! Peut-être pensez-vous qu'ils moulaient de l'or ? Dalziel, plaignez-vous auprès des autorités portugaises, je vous prie ! – Son regard, qui errait furieusement dans la pièce, vint à se poser sur Strange. – Qui est-ce ? demanda-t-il.

L'officier appelé Dalziel murmura quelques phrases à l'oreille de monsieur le duc.

— Oh ! fit Lord Wellington, avant de s'adresser à Strange, vous êtes le magicien.

Une très légère pointe de curiosité perçait dans ses paroles.

— Oui, répondit Strange.

— Monsieur Norrell ?

— Ah, non ! Mr Norrell est en Angleterre. Moi, je suis Mr Strange.

Lord Wellington eut l'air déconcerté.

— L'autre magicien, expliqua Strange.

— Je vois, dit Lord Wellington.

1. Certes, on peut objecter que Wellington était irlandais, mais une plume anglaise patriote ne s'abaisse pas à répondre à de telles chicaneries.

L'officier appelé Dalziel dévisageait Strange avec une expression de surprise, estimant que, une fois que Lord Wellington avait dit à Strange qui il était, ce dernier était plutôt mal venu de prétendre à une autre identité.

— Eh bien, monsieur Strange, reprit Lord Wellington, je crains que vous n'ayez fait le voyage pour rien. Je dois vous dire honnêtement que, si j'avais pu empêcher votre venue, je l'eusse fait. Cependant, maintenant que vous êtes là, je saisirai l'occasion pour vous exposer le grand préjudice que vous et cet autre monsieur représentez pour l'armée.

— Préjudice ? s'étonna Strange.

— Oui, préjudice. Les visions que vous avez montrées à nos ministres les ont encouragés à croire qu'ils comprenaient la situation au Portugal. Ils m'ont expédié un tombereau d'ordres et se sont ingérés dans une bien plus grande mesure qu'ils ne s'y fussent sinon risqués. Je suis le seul à savoir comment opérer au Portugal, monsieur Strange, étant donné que je suis le seul à connaître toutes les circonstances. Je ne doute pas que vous et l'autre monsieur n'ayez réalisé des exploits ailleurs – la Navy semble ravie –, je ne veux pas le savoir ! Ce que je dis, et j'insiste, c'est que je n'ai nul besoin de magicien ici, au Portugal.

— Monseigneur, ici, au Portugal, la magie n'est assurément pas exposée à de tels abus, puisque je serai entièrement à votre service et sous votre commandement !

Lord Wellington jeta à Strange un regard aigu.

— Ce qu'il me faut surtout, ce sont des hommes. Savez-vous les multiplier ?

— Les hommes ? Eh bien, cela dépend de ce que monsieur le duc entend par là. La question est intéressante…

À son grand inconfort, Strange s'aperçut qu'il s'exprimait exactement comme Mr Norrell.

— Savez-vous les multiplier ? l'interrompit monsieur le duc.

— Non.

— Savez-vous faire voler nos balles plus vite pour frapper les Français ? Elles volent déjà très vite, en l'occurrence. Peut-être savez-vous retourner la terre et déplacer les pierres pour bâtir mes redoutes, mes lunettes et autres ouvrages défensifs ?

— Non, monseigneur. Mais, monseigneur…

— L'aumônier du quartier général s'appelle Mr Briscall. Le médecin militaire est le Dr McGrigor. Si vous décidez de séjourner au Portugal, alors je vous suggère de vous présenter à ces deux gentlemen. Peut-être leur serez-vous d'une aide quelconque. Vous ne m'en êtes d'aucune.

Lord Wellington se détourna et, toute affaire cessante, ordonna d'une voix forte à un certain Thornton de préparer le dîner. De cette manière, il fut donné à Strange de comprendre que l'audience était terminée.

Strange avait l'habitude d'être traité avec davantage de déférence par les ministres du gouvernement. Il était accoutumé à ce que certains des plus hauts personnages du pays s'adressassent à lui comme à un égal. Se retrouver soudain classé avec les aumôniers et les médecins militaires – de simples figurants – était vraiment mortifiant.

Il passa la nuit – très inconfortablement – à l'unique auberge de Pero Negro et, dès le point du jour, regagna Lisbonne à cheval. Une fois de retour dans son hostellerie de la rue des Cordonniers, il s'assit pour rédiger à l'attention d'Arabella une longue lettre où il décrivait par le menu les traitements choquants dont il avait été victime. Puis, se sentant un tantinet réconforté, il jugea qu'il était peu digne d'un homme de se plaindre ; aussi déchira-t-il sa lettre.

Ensuite, il dressa la liste de toutes les formes de magie que Norrell et lui avaient pratiquées pour le ministère de la Marine et s'efforça de décider laquelle conviendrait le mieux à Lord Wellington. Après mûre réflexion, il conclut qu'il existait peu de meilleurs moyens d'ajouter aux malheurs de l'armée française que de lui envoyer des orages et une pluie battante. Il résolut sur-le-champ d'écrire à monsieur le duc une missive proposant de pratiquer cet enchantement. Une ligne de conduite précise est toujours source de réconfort, et Strange reprit aussitôt courage – jusqu'au moment où il regarda par hasard par la fenêtre. Le ciel était noir, la pluie torrentielle, et il soufflait un vent violent. On avait le sentiment qu'il allait tonner avant peu. Il partit à la recherche de Mr Prideaux. Prideaux confirma qu'il pleuvait ainsi depuis des semaines. Les Portugais pensaient que cela devait continuer encore un bon moment. Et, en effet, les Français étaient très malheureux.

Strange médita la situation quelques instants. Il fut tenté d'envoyer à Lord Wellington un billet proposant cette fois l'arrêt des pluies, au motif que celles-ci devaient être aussi très désagréables aux soldats britanniques. À la fin, cependant, il décida que la question de la magie météorologique était trop sujette à controverse tant qu'il ne comprenait pas mieux la guerre et Lord Wellington. Entre-temps, il porta son choix sur une pluie de grenouilles, la meilleure des choses qui, dans son idée, puisse tomber sur la tête des soldats français. C'était hautement biblique et que pouvait-il y avoir, se demandait Strange, de plus respectable que cela ?

Le lendemain matin, tristement reclus dans sa chambre d'hostellerie, il feignait de lire un des livres de Mr Norrell quand, en réalité, il contemplait la pluie, lorsqu'on frappa à la porte. C'était un officier écossais sous l'uniforme des hussards, qui dévisageait Strange d'un air interrogateur.

— Monsieur Norrell ? demanda-t-il.

— Je ne suis pas… Oh, peu importe ! Que puis-je pour vous ?

— Un message du quartier général pour vous, monsieur Norrell.

Le jeune officier remit un bout de papier à Strange.

Il s'agissait de sa propre lettre à Wellington. On y avait griffonné en travers au gros crayon bleu ce simple mot : « Refusé ».

— De qui est l'écriture ? s'enquit Strange.

— De Lord Wellington, monsieur Norrell.

— Ah !

Le jour suivant, Strange écrivit à Wellington un nouveau billet où il proposait de faire monter les eaux du Tage afin de submerger les Français. Ceci eut au moins le mérite d'inciter Wellington à rédiger une assez longue réponse pour expliquer que, pour l'heure, la totalité des troupes britanniques et la majorité des portugaises se trouvaient entre le Tage et les Français et que, en conséquence, l'idée de Mr Strange n'était pas jugée pertinente.

Strange ne se laissa pas abattre. Il continua à envoyer quotidiennement une proposition à Wellington. Toutes furent rejetées.

Par une journée particulièrement sinistre de la fin février, il traversait le vestibule de l'hostellerie de Mr Prideaux pour aller dîner seul quand il manqua heurter un jeune homme au teint frais en tenue anglaise. Le jeune homme lui présenta ses excuses, puis demanda s'il savait où l'on pouvait trouver Mr Strange.

— C'est moi, Strange. À qui ai-je l'honneur ?

— Je m'appelle Briscall. Je suis l'aumônier du quartier général.

— Monsieur Briscall. Oui, bien sûr.

— Lord Wellington m'a prié de vous rendre visite, expliqua Mr Briscall. Il m'a parlé de la possibilité que vous m'aidiez grâce à la magie… – Mr Briscall sourit. – Toutefois, je crois que, en fait, il espère que je parviendrai à vous dissuader de lui écrire quotidiennement.

— Oh ! Je ne cesserai que lorsqu'il me confiera une mission.

Mr Briscall eut un rire.

— Très bien, je le lui rapporterai.

— Je vous remercie. Et que puis-je pour vous ? Je n'ai jamais jeté de sortilège pour l'Église jusqu'ici. Je serai franc avec vous, monsieur Briscall. Ma connaissance de la magie ecclésiastique est très réduite. En revanche, je serais content de me rendre utile.

— Hum ! Je serai également franc avec vous, monsieur Strange. Les devoirs de ma charge sont très simples. Je visite les malades et les blessés. Je lis les offices aux soldats et essaie de leur donner des funérailles décentes quand ils se font tuer, les pauvres diables. Je ne vois pas en quoi vous pourriez m'aider.

— Personne ne le voit, soupira Strange. Mais venez dîner avec moi. Au moins, je n'aurai pas à manger seul.

Un arrangement fut vite conclu. Les deux hommes s'assirent dans la salle à manger de l'hostellerie. Strange trouva en Mr Briscall un agréable convive, qui ne demandait qu'à lui conter tout ce qu'il savait de Lord Wellington et de l'armée.

— Généralement, les soldats ne sont pas tournés vers la religion, déclara-t-il. Je n'ai jamais espéré non plus qu'ils le seraient. Et puis j'ai été grandement aidé par le fait que tous les aumôniers qui m'ont précédé sont partis en congé presque dès leur arrivée. Je suis le premier à être resté, et les hommes m'en savent gré. Ils considèrent favorablement quiconque est prêt à partager leur dure vie.

Strange assura qu'il en était certain.

— Et vous, monsieur Strange ? Comment vont vos affaires ?

— Mes affaires ? Très mal. Personne ne veut de moi ici. Je me vois appelé – les rares fois où l'on daigne me parler – au hasard Mr Strange ou Mr Norrell. Personne ne semble avoir l'idée que nous sommes deux personnes distinctes.

Briscall rit de nouveau.

— Et Lord Wellington rejette toutes mes offres de service à mesure que je les conçois.

— Pourquoi cela ? Que lui avez-vous donc soumis ?

Strange lui parla de sa première proposition d'envoyer une plaie de grenouilles tomber du ciel sur les Français.

— Voyons, je ne suis vraiment pas surpris qu'il l'ait refusée ! lâcha Briscall avec dédain. Les Français accommodent les grenouilles pour les manger, n'est-il pas ? Or l'un des aspects capitaux du plan de Lord Wellington est d'affamer les Français. Vous auriez pu aussi bien proposer de faire pleuvoir des poulets rôtis ou des pâtés en croûte sur leurs têtes !

— Ce n'est pas ma faute, répliqua Strange, piqué. Je ne serais que trop heureux de prendre en considération les plans de Lord Wellington... Seulement je ne connais pas leur teneur. À Londres, le ministère de la Marine nous communiquait ses intentions et nous façonnions notre magie en conséquence.

— Je vois, dit Briscall. Pardonnez-moi, monsieur Strange – peut-être n'ai-je pas bien compris –, néanmoins il me semble qu'ici vous bénéficiez d'un gros avantage. À Londres, vous étiez contraint de vous en remettre au jugement du ministère sur ce qui pouvait se passer à des centaines de milles de distance… Or le ministère de la Marine s'est souvent fourvoyé. Ici, vous pouvez aller voir par vous-même. Votre expérience n'est pas différente de la mienne. La première fois que j'ai débarqué, personne n'a tenu compte de moi. Je suis passé d'un régiment à un autre. Personne ne voulait de moi.

— Et pourtant aujourd'hui vous faites partie de l'état-major de Wellington. Comment y êtes-vous arrivé ?

— Cela m'a pris du temps, mais, à la fin, j'ai pu prouver mon utilité à monsieur le duc… Et je suis sûr que vous y réussirez.

Strange soupira.

— Je m'y emploie. Mais j'ai seulement l'air capable de montrer sans cesse mon inefficacité.

— Sottises que tout cela ! Autant que je puisse voir, vous n'avez commis qu'une seule véritable erreur, celle de rester ici, à Lisbonne. Si vous suivez mon conseil, vous en partirez dès que possible. Allez dormir dans les montagnes avec les hommes de troupe et leurs officiers ! Vous ne les comprendrez pas avant. Parlez-leur. Passez vos journées avec eux, dans les villages abandonnés derrière les lignes. Bientôt, ils vous aimeront pour cela. Ce sont les meilleurs bougres du monde.

— Vraiment ? Le bruit a couru à Londres que Wellington les avait traités de « lie de la société » !

Briscall s'esclaffa, comme si le fait d'être la lie de la société représentait un très léger écart de conduite et, au fond, une grande part du charme de l'armée. C'était là, songea Strange, une drôle de position pour un ecclésiastique.

— À laquelle de ces deux classes appartiennent-ils donc ? demanda-t-il.

— Aux deux, monsieur Strange. Ils appartiennent aux deux. Eh bien, qu'en pensez-vous ? Irez-vous ?

Strange fronça le sourcil.

— Je ne sais pas. Ce n'est pas que je redoute la dureté et l'inconfort, comprenez-vous… Je crois être capable d'endurer autant de misères de ce genre que la plupart. Mais je ne connais personne sur place. J'ai le sentiment d'avoir été dans les jambes de tout le monde depuis mon arrivée et, sans amis pour aller au…

— Voilà à quoi l'on peut remédier facilement ! Ici, on n'est pas à Londres ou à Bath, où il faut des lettres d'introduction. Prenez un tonneau de cognac… Et une caisse ou deux de champagne, si votre domestique peut les transporter. Vous aurez vite un très large cercle de relations parmi les officiers si vous avez du cognac et du champagne de reste !

— Vraiment ? Est-ce aussi simple que cela ?

— Oh, assurément ! Et ne vous embêtez pas à prendre du vin rouge. Ils en ont déjà en abondance.

Quelques jours plus tard, Strange et Jeremy Johns quittaient Lisbonne pour l'arrière-pays au-delà des lignes. Les hommes de troupe et les officiers britanniques étaient un brin surpris de compter un magicien en leur sein. Ils écrivirent, à leurs amis au pays, des lettres où ils le décrivaient dans une variété de termes peu flatteurs et s'interrogeaient sur sa présence aux armées. Strange suivit, de son côté, les conseils de Mr Briscall. Tout officier qu'il rencontrait était invité à venir trinquer au champagne avec lui, le soir même après dîner. Ils excusaient vite l'originalité de sa profession. L'important, c'était qu'on pouvait toujours trouver de joyeux lurons au bivouac de Strange, et quelque chose de décent à boire.

Strange s'était mis aussi à fumer. Ce passe-temps ne l'avait jamais vraiment attiré jusque-là, mais il découvrit qu'une provision de tabac sous la main était inestimable pour engager la conversation avec la troupe et les officiers.

C'était une drôle de vie, dans un paysage sinistre. Les campagnes derrière les lignes avaient été toutes vidées de leurs habitants sur ordre de Lord Wellington, et les récoltes brûlées. Les soldats des deux armées étaient descendus dans les villages désertés et avaient pris tout ce qui leur paraissait utile. Du côté britannique, il n'était pas rare de tomber sur des canapés, des garde-robes, des chaises, tables ou lits abandonnés à flanc de coteau ou dans une clairière au milieu des bois. De temps à autre, on trouvait des chambres à coucher ou des salons complets, pourvus d'un nécessaire à raser, de livres et de lampes, mais sans l'encombrement des murs et du plafond.

Si l'armée britannique souffrait des désagréments du vent et de la pluie, alors la situation de l'armée française était bien, bien pire. Les tenues des soldats étaient en lambeaux, et ils n'avaient plus rien à manger. Ils surveillaient les lignes de Lord Wellington depuis le mois d'octobre. Ils ne pouvaient pas lancer une offensive contre l'armée britannique ; celle-ci disposait de trois rangs de forts imprenables derrière lesquels se replier au moment de son choix. Lord Wellington ne se donnait pas la peine de lancer une offensive contre les Français. Pourquoi l'eût-il fait, alors que la faim et les maladies décimaient ses ennemis plus vite qu'il ne l'aurait pu ? Le 5 mars, les Français levèrent le camp et tournèrent au nord. Dans les heures qui suivaient Lord

Wellington et l'armée britannique étaient à leur poursuite. Jonathan Strange les accompagna.

Par un matin très pluvieux de la mi-mars, Strange chevauchait sur le bas-côté d'une route où le 95e régiment de fantassins marchait au pas. Par hasard, il repéra de bons amis à lui un peu plus en avant. Poussant son cheval au petit galop, il ne tarda pas à les rattraper.

— Bonjour, Ned, lança-t-il, s'adressant à un homme qu'il avait tout lieu de considérer comme un être sérieux et raisonnable.

— Bonjour, monsieur, répondit Ned avec jovialité.

— Ned ?

— Oui, monsieur ?

— Que désirez-vous avant toute chose ? Je sais, la question est curieuse, Ned, et vous voudrez bien m'excuser de vous la poser. Mais j'ai vraiment besoin de savoir.

Ned ne répondit pas tout de suite. Il retint sa respiration, plissa le front et montra les signes d'une profonde réflexion. Pendant ce temps, ses camarades confiaient gentiment à Strange ce qu'ils désiraient avant tout : des marmites d'or magiques, qui ne seraient jamais vides, par exemple, ou des maisons taillées dans un seul diamant. L'un d'eux, un Gallois, cria plaintivement plusieurs fois : « Des rôties au fromage, des rôties au fromage ! », ce qui provoqua l'hilarité des autres, les Gallois étant naturellement pleins d'humour.

Entre-temps, Ned était arrivé au bout de ses ruminations.

— Des bottes neuves, proféra-t-il.

— Vraiment ? s'écria Strange sous l'effet de la surprise.

— Oui, monsieur. Des bottes neuves. Ces maudites routes portugaises. – Il désigna d'un geste l'accumulation de pierres et de fondrières que les Portugais osaient appeler route. – Elles mettent en lambeaux les bottes de son homme et, la nuit, il a mal jusqu'aux os d'avoir marché dessus. Ah ! si j'avais des bottes neuves ! Ne serais-je pas frais, même après un jour de marche ? Ne pourrais-je donc pas combattre les Français, alors ? Ne pourrais-je pas donner des sueurs froides à ces petits-maîtres ?

— Votre soif de combat vous fait honneur, Ned, répondit Strange. Je vous en remercie. Vous m'avez fourni une excellente réponse.

Il repartit aux cris de « Quand Ned aura-t-il ses bottes, alors ? » et de « Où sont les bottes de Ned ? ».

Ce soir-là, le quartier général de Lord Wellington était dressé au village de Lousão, dans une bastille à la splendeur passée. Le château avait appartenu jadis à un noble portugais riche et patriote, José Estoril, mais lui et ses fils avaient été tous torturés et massacrés par les Français. Les fièvres avaient emporté son épouse, et divers bruits circulaient sur le triste sort de ses filles. Depuis de nombreux mois c'était un lieu très mélancolique, et voilà que l'état-major de Wellington l'avait investi pour le remplir du brouhaha de leurs plaisanteries et discussions sonores ; les pièces lugubres étaient presque égayées par les allées et venues des officiers aux habits rouge et bleu.

L'heure précédant le dîner était une des plus animées de la journée ; la salle était bondée d'officiers venus au rapport ou prendre leurs ordres, ou encore simplement glaner des commérages. À une extrémité, un vénérable escalier de pierre ornementé et en ruine menait à une antique porte à deux battants. Derrière ces portes, racontait-on, Lord Wellington travaillait assidûment à concevoir de nouveaux plans pour vaincre les Français ; curieusement, tous ceux qui entraient ne manquaient pas de jeter un regard respectueux en direction du sommet de l'escalier. Deux membres de l'état-major de Wellington, le directeur de l'intendance militaire, le colonel George Murray, et l'adjudant major, le général Charles Stewart, avaient pris place de part et d'autre d'une grande table, tous deux très occupés à faire des préparatifs pour l'évacuation de l'armée, prévue le jour suivant. Et permettez-moi de marquer une pause ici juste pour vous faire observer que si, à la lecture des mots « colonel » et « général », vous vous figurez deux vieux birbes attablés, vous ne sauriez être davantage dans l'erreur. Dix-huit ans auparavant, lorsque la guerre des Français avait commencé, l'armée britannique, il est vrai, était commandée par quelques personnages d'un âge vénérable, dont beaucoup avaient blanchi sous le harnais sans voir un champ de bataille. Les années ayant filé, ces vieux généraux étaient tous à la retraite ou morts, et l'on avait trouvé opportun de les remplacer par des hommes plus jeunes, plus énergiques. Wellington avait à peine quarante ans, la plupart de ses officiers supérieurs étaient encore plus jeunes. Le salon du manoir de José Estoril était donc plein de cadets, tous amateurs de combat, tous amateurs de danse, tous dévoués corps et âme à Lord Wellington.

Ce soir de mars, bien que pluvieux, était doux, aussi doux qu'un soir de mai en Angleterre. Depuis la mort de José Estoril, les jardins étaient retournés à l'état sauvage ; en particulier, beaucoup de lilas étaient apparus, entassés contre les murs de la maison. Ces arbustes étaient alors tous en fleur, et les fenêtres et les persiennes restées ouvertes laissaient entrer l'air humide qui embaumait. Tout à coup le colonel Murray et le général Stewart se retrouvèrent, eux et leurs importants documents, copieusement arrosés. Ayant levé la tête avec indignation, ils virent Strange dehors sur la galerie, qui secouait négligemment l'eau de son parapluie.

Il pénétra dans le salon et souhaita le bonjour à divers officiers qu'il connaissait un peu. Il s'avança vers la table et demanda s'il lui était possible de parler à Lord Wellington. Le général Stewart, un bel homme à la fière allure, se borna à hocher vigoureusement la tête. Le colonel Murray, une âme plus aimable et plus courtoise, déclara qu'il craignait que ce ne fût pas possible.

Strange reporta son regard sur le vénérable escalier et sur les grandes doubles portes sculptées derrière lesquelles se tenait monsieur le duc (curieux comme tous ceux qui entraient savaient d'instinct où il devait se trouver, si forte est la fascination exercée par les grands hommes !). Strange ne montrait aucune propension à partir. Le colonel Murray songea qu'il devait se sentir seul.

Un homme de haute taille aux sourcils d'un noir de jais, avec de longues moustaches noires assorties, s'approcha de la table. Il portait l'habit bleu foncé et les galons dorés des dragons légers.

— Où avez-vous mis les prisonniers français ? demanda-t-il au colonel Murray.

— Dans le beffroi, répondit le colonel Murray.

— Cela fera l'affaire, dit l'homme. Je pose la question seulement parce que le colonel Pursey a enfermé trois Français dans une petite grange, pensant qu'ils seraient inoffensifs là-dedans. Cependant, des lascars du 52e avaient apparemment serré auparavant des poules dans cette grange et les Français auraient mangé les poules dans la nuit. Le colonel Pursey disait que, le matin, plusieurs de ses gars regardaient les Français d'un œil très spécial, se demandant dans quelle mesure les Français n'auraient pas un goût de poulet, et si cela ne valait peut-être pas la peine d'en faire rôtir un pour le vérifier.

— Oh ! fit le colonel Murray. Il n'y a aucun danger que pareille chose se produise ce soir. Les seuls autres occupants du beffroi sont les rats, et j'oserais penser que, si l'un doit manger l'autre, ce seront les rats qui mangeront les Français.

Le colonel Murray, le général Stewart et l'homme aux moustaches noires partirent à rire, quand ils furent brusquement interrompus par le magicien.

— La route entre Espinhal et Lousão est abominablement mauvaise.

(C'était la route par laquelle une importante partie de l'armée britannique était arrivée ce jour-là.)

Le colonel Murray concéda que la route était en effet très mauvaise.

— Je ne puis vous dire combien de fois aujourd'hui ma monture a trébuché dans les fondrières et glissé dans la boue, poursuivit Strange. J'étais certain qu'elle allait se mettre à boiter. Pourtant, elle n'est pas pire que n'importe laquelle des autres routes que j'ai vues depuis mon arrivée ici et, demain, je crois comprendre que certains d'entre nous devons aller là où il n'existe pas la moindre route.

— Oui, acquiesça le colonel Murray, souhaitant de tout son cœur que le magicien disparût.

— À travers rivières en crue et plaines caillouteuses, et à travers bois et fourrés, j'imagine. Ce sera très dur pour nous tous. Sans doute nos progrès seront-ils très lents. Sans doute n'avancerons-nous pas du tout.

— C'est un des inconvénients de faire la guerre dans un pays aussi arriéré, aussi reculé que le Portugal, soupira le colonel Murray.

Le général Stewart s'abstint de tout commentaire ; le regard furibond qu'il décocha au magicien exprimait toutefois clairement son opinion, à savoir que les progrès de Mr Strange seraient meilleurs si lui et son cheval rentraient à Londres.

— Emmener quarante-cinq mille hommes avec tous leurs chevaux, leurs voitures et leur attirail de guerre par une contrée si abominable ! Personne en Angleterre ne croirait cela possible. – Strange rit. – Il est fort dommage que monsieur le duc n'ait pas un moment pour me parler, peut-être aurez-vous néanmoins la bonté de lui transmettre un message. Dites-lui ceci : Mr Strange présente ses compliments à Lord Wellington et signale que, si cela intéresse monsieur le duc d'avoir une jolie petite route carrossable pour l'armée, demain, Mr Strange serait heureux d'en conjurer une pour lui. Ah ! Et s'il le désire, il peut également avoir des ponts pour remplacer ceux que les Français ont fait sauter. Le bonsoir à vous !

Là-dessus, Strange s'inclina devant les deux gentlemen, reprit son parapluie et sortit.

Strange et Jeremy Johns avaient été dans l'incapacité de trouver un endroit où loger à Lousão. Aucun de ces messieurs qui trouvaient des quartiers aux généraux et indiquaient au reste des troupes dans quel champ détrempé ils devaient dormir n'avait prévu quoi que ce fût pour le magicien et son valet. Finalement, Strange convint d'une chambrette à l'étage avec un bonhomme qui tenait une petite cave à vins à quelques milles de là, sur la route de Miranda de Corvo.

Strange et Jeremy avalèrent le souper préparé par le caviste. C'était un ragoût, et leur distraction de la soirée consista essentiellement à tenter d'en deviner les ingrédients.

— Que diable est-ce là ? s'exclama Strange, levant sa fourchette au bout de laquelle s'entortillait quelque chose de blanchâtre et de luisant.

— Un poisson, peut-être ? hasarda Jeremy.

— Plutôt un escargot, dit Strange.

— Ou un morceau d'oreille, ajouta Jeremy.

Strange fixa la chose un peu plus longuement.

— Cela te dit ? demanda-t-il.

— Non, merci, monsieur, déclina Jeremy avec un coup d'œil résigné à son assiette fêlée. J'en ai déjà plusieurs.

Une fois leur souper terminé, et la dernière chandelle brûlée jusqu'au bout, il n'y avait rien d'autre à faire que d'aller se coucher, ce qu'ils firent. Jeremy se roula en boule d'un côté de leur chambrette et Strange s'allongea de l'autre. Chacun avait préparé sa couche avec les matériaux qui avaient eu l'heur de lui plaire : Jeremy avait un matelas confectionné avec ses habits de rechange, et Strange un oreiller formé essentiellement de livres sortis de la bibliothèque de Mr Norrell.

Tout à coup leur parvint un bruit de cheval au galop sur la route menant à la petite cave à vins, rapidement suivi d'un lourd bruit de bottes dans l'escalier branlant, lequel à son tour fut suivi d'un tambourinement de poings contre la porte brinquebalante. La porte s'ouvrit ; un élégant jeune homme en uniforme de hussard s'écroula à moitié dans la pièce. L'élégant jeune homme, un tantinet hors d'haleine, parvint à balbutier, entre deux goulées d'air, que Lord Wellington présentait ses compliments à Mr Strange et que, si cela ne dérangeait pas Mr Strange, Lord Wellington souhaiterait lui parler sur-le-champ.

Au manoir de José Estoril, Wellington était attablé avec plusieurs officiers de son état-major et d'autres gentlemen. Strange aurait juré que ces messieurs étaient engagés dans la conversation la plus animée qui fût jusqu'au moment où il avait fait son entrée, mais tous se taisaient désormais. Cela lui laissa supposer qu'ils parlaient de lui.

— Ah, Strange ! s'exclama Lord Wellington, levant un verre en guise de salut. Vous voilà ! J'ai envoyé trois *aides de camp** à votre recherche toute la soirée. Je voulais vous convier à dîner, seulement mes garçons ont échoué à vous trouver. Asseyez-vous en tout cas, et prenez un peu de champagne et de dessert...

Strange contempla avec mélancolie les reliefs du dîner, que les domestiques débarrassaient. Entre autres mets délicats, Strange crut reconnaître les restes d'une oie rôtie, des carapaces de crevettes revenues au beurre, un demi-pied de céleri et les entames de saucisses piquantes portugaises. Il remercia monsieur le duc et se servit de la tarte aux amandes et des cerises confites.

— Comment trouvez-vous la guerre, monsieur Strange ? demanda un monsieur à la mine chafouine et aux cheveux fauves à l'autre bout de la table.

— Oh ! Au début, elle est un peu déroutante, comme tout, mais, ayant désormais essuyé nombre d'aventures qu'offre la guerre, je m'y accoutume. J'ai été détroussé, une fois. J'ai été mitraillé, une fois. Une fois, j'ai trouvé un Français dans la cuisine et ai dû l'en chasser et, une fois, la maison où je dormais a été incendiée.

— Par les Français ? s'enquit le général Stewart.

— Non, non. Par les Anglais. Une compagnie du 43e avait, apparemment, très froid cette nuit-là, ils ont donc mis le feu à la maison pour se réchauffer.

— Oh, cela arrive sans arrêt ! regretta le général Stewart.

Après un court silence, un de ces messieurs en uniforme de la cavalerie déclara :

— Nous parlions, nous discutions, plutôt, de la magie et de ses secrets. Strathclyde prétend que vous et l'autre magicien avez donné un nombre à tous les mots de la Bible et que vous cherchez les mots pour jeter un sortilège, et puis que vous ajoutez les nombres et puis que vous faites autre chose et puis...

— Je n'ai rien dit de tel ! protesta une autre personne, sans doute le fameux Strathclyde. Vous n'avez rien compris !

— J'ai bien peur de n'avoir jamais fait quoi que ce fût qui ressemble de près ou de loin à ce que vous racontez, déclara Strange. Cela paraît assez compliqué, et je ne crois pas que cela marcherait. Quant à la manière de pratiquer la magie, il existe maintes, maintes méthodes. Autant sans doute que pour faire la guerre...

— J'aimerais bien être magicien, reprit le monsieur à la mine chafouine et aux cheveux fauves, à l'autre bout de la table. Je donnerais un bal tous les soirs avec de la musique enchantée, et des feux d'artifice tout aussi enchantés, et je sommerais toutes les plus belles femmes de l'histoire d'y assister : Hélène de Troie, Cléopâtre, Lucrèce Borgia, Maid Marian[1] et Mme de Pompadour. Je les amènerais toutes danser ici avec vous, messieurs. Et quand les Français se montreraient à l'horizon, je n'aurais qu'à donner un coup de baguette – il agita vaguement le bras – comprenez-vous, et ils tomberaient tous morts.

— Un magicien peut-il tuer avec sa magie ? demanda Lord Wellington à Strange.

Strange fronça le sourcil. La question ne lui plaisait guère.

— J'imagine qu'un magicien le pourrait, reconnut-il, un gentleman jamais.

Lord Wellington inclina la tête comme si c'était exactement la réponse qu'il attendait, puis il demanda :

1. Amie de Robin des Bois (*N.d.T.*).

— Cette route, monsieur Strange, que vous avez eu la bonté de nous proposer, quelle sorte de route serait-ce ?

— Oh ! Les détails sont on ne peut plus faciles à préciser, monseigneur. Quelle sorte de route vous agréerait ?

Les officiers et les gentlemen attablés avec Lord Wellington échangèrent des regards ; ils n'avaient pas réfléchi à la question.

— Une route de craie, peut-être ? proposa Strange avec obligeance. Une route de craie, c'est joli.

— Trop poudreuse par temps sec, et un flot de boue sous la pluie, trancha Lord Wellington. Non, non, une route de craie n'ira jamais. Une route de craie n'est guère mieux que pas de route du tout.

— Et que diriez-vous d'une route pavée ? suggéra le colonel Murray.

— Les hommes useront leurs bottes sur les pavés, objecta Wellington.

— En outre, cela ne serait pas du goût de l'artillerie, renchérit le gentleman à la mine chafouine et aux cheveux fauves. Les malheureux auraient un mal du diable à tirer les canons sur une route pavée..

Un autre parla d'une route de graviers. Mais, selon Wellington, cela soulevait la même objection qu'une route de craie : elle se transformerait en flot de boue sous la pluie... Et les Portugais, oui, les Portugais croyaient qu'il pleuvrait encore demain.

— Non, conclut monsieur le duc. Je pense, monsieur Strange, que ce qui nous conviendrait le mieux serait une route sur le modèle romain, une *via*, avec un joli petit fossé de chaque côté pour drainer l'eau et de bonnes dalles de pierre bien ajustées par-dessus.

— Très bien, fit Strange.

— Nous partons au lever du jour, dit Wellington.

— Alors, monseigneur, si l'on avait la bonté de me montrer où cette route doit nous conduire, je m'en chargerais sans délai.

Au matin, la route était en place et Lord Wellington y chevauchait, monté sur Copenhague[1] – son cheval préféré. Strange voyageait à ses côtés sur Égyptien, son cheval préféré à lui. À sa manière décidée coutumière, Wellington indiquait les éléments qui lui plaisaient particulièrement dans cette route et ceux qui ne lui plaisaient pas :

— ... Je n'ai vraiment guère de réserves à émettre. Cette route est excellente ! Élargissez-la seulement un peu demain matin, je vous prie.

Lord Wellington et Strange convinrent que, en général, la chaussée devait être en place deux heures avant que le premier régiment n'y posât le pied et

1. *Copenhagen*, Copenhague, le fameux alezan du duc de Wellington (1806-1838).

disparaître une heure après le passage du dernier soldat. Cela devait empêcher l'armée française d'en profiter. Le succès de ce plan dépendait de la précision des renseignements que l'état-major de Wellington fournirait à Strange quant au moment où l'armée était susceptible de se mettre en marche et de faire halte. À l'évidence, ces calculs n'étaient pas toujours exacts. Une ou deux semaines après la première apparition de la route, le colonel MacKenzie du 11e d'infanterie vint voir Lord Wellington dans une grande colère pour se plaindre que le magicien avait laissé la route s'effacer avant que son régiment eût pu l'atteindre.

— Lorsque nous sommes arrivés à Celorico, monseigneur, elle disparaissait sous nos pas ! Une heure après, elle s'était complètement évanouie. Ce magicien ne pourrait-il pas invoquer des visions pour savoir ce qu'il advient des différents régiments ? Je crois comprendre que c'est une chose qu'il lui est très facile de réaliser ! Alors, il pourrait s'assurer que les routes ne s'évanouissent pas avant que tout le monde en ait fini avec elles.

— Notre magicien est très occupé, répliqua sèchement Lord Wellington. Beresford a besoin de routes[1]. J'ai besoin de routes. Je ne puis absolument pas demander à Mr Strange de scruter éternellement des miroirs et des bassins d'eau pour découvrir où sont passés les régiments égarés. Vous et vos gars devez tenir la cadence, colonel MacKenzie. Point final.

Peu de temps après, le quartier général britannique reçut des renseignements sur un incident survenu à une bonne part de l'armée française pendant que celle-ci faisait mouvement de Guarda à Sabugal. Une patrouille avait été chargée d'inspecter la route reliant les deux villes, mais des Portugais avaient surgi et prévenu la patrouille qu'il s'agissait d'une des routes du magicien anglais et qu'elle devait disparaître dans une heure ou deux en emmenant tout le monde en enfer… Ou peut-être en Angleterre. Dès que cette rumeur parvint aux oreilles des soldats, ils refusèrent obstinément de suivre cette route, en vérité parfaitement réelle et existant depuis près d'un millénaire. Finalement, les Français empruntèrent un chemin sinueux et rocailleux par monts et par vaux qui usa leurs bottes, déchira leurs tenues et les retarda de plusieurs jours.

Lord Wellington n'aurait su être plus content.

1. Trois grandes forteresses gardaient la frontière avec l'Espagne : Almeida, Badajoz et Ciudad Rodriguez. Dans les premiers mois de 1811, toutes trois étaient tenues par les Français. Tout en faisant mouvement sur celle d'Almeida, Wellington dépêcha le général Beresford avec l'armée portugaise pour assiéger la forteresse de Badajoz, plus au sud.

30

Le livre de Robert Findhelm

Janvier-février 1812

IL FAUT S'ATTENDRE à ce qu'une demeure de magicien présente certaines particularités. Le trait le plus particulier de la demeure de Mr Norrell était, sans aucun doute, Childermass. Aucune autre maison londonienne n'avait son pareil comme domestique. Un jour, on pouvait le voir débarrasser une tasse sale ou ramasser les miettes sur une table, tel un valet ordinaire. Le lendemain, il interrompait une assemblée d'amiraux, de généraux et d'aristocrates pour leur exposer sur quels points il les jugeait dans l'erreur. Mr Norrell avait autrefois réprimandé publiquement le duc du Devonshire pour avoir osé parler en même temps que Childermass.

Par un jour brumeux de la fin janvier 1812, Childermass entra dans la bibliothèque de Hanover-square, où Mr Norrell travaillait, et l'avisa brièvement qu'il était contraint de se déplacer pour affaires et ne savait point quand il rentrerait. Puis, après avoir laissé aux autres domestiques diverses instructions sur les tâches à accomplir en son absence, il monta sur son cheval et s'en fut.

Pendant les trois semaines qui suivirent, Mr Norrell reçut quatre lettres de lui : une de Newark, dans le Nottinghamshire, une d'York, dans l'East Riding du Yorkshire, une de Richmond, dans le North Riding du Yorkshire, et une de Sheffield, dans le West Riding du Yorkshire. Ces messages ne parlaient qu'opérations de commerce et ne jetaient aucune lumière sur son mystérieux voyage.

Childermass revint un soir de la seconde moitié de février. Lascelles et Drawlight avaient dîné à Hanover-square et se tenaient dans le salon avec Mr Norrell, quand il fit son entrée. Il venait tout droit de l'écurie ; ses bottes et sa culotte étaient crottées, et sa redingote encore trempée de pluie.

— Où diable étiez-vous passé ? s'exclama Mr Norrell.

— Dans le Yorkshire, où j'ai mené mon enquête sur Vinculus.

— Avez-vous vu Vinculus ? s'enquit Drawlight avec empressement.
— Non, je ne l'ai pas vu.
— Savez-vous où il se cache ? demanda Mr Norrell.
— Non, je ne le sais pas.
— Avez-vous retrouvé le livre de Vinculus ? s'enquit à son tour Lascelles.
— Non, je ne l'ai point retrouvé.
— Allons donc ! s'exclama Lascelles, qui dévisagea Childermass d'un air réprobateur. Si vous suivez mon conseil, monsieur Norrell, vous ne laisserez pas Childermass gâcher davantage son temps avec Vinculus. Nul ne l'a vu ni n'a entendu parler de lui depuis des années. Sans doute est-il mort.

Childermass s'installa sur le canapé, en homme qui en avait parfaitement le droit, et déclara :

— Les cartes disent qu'il n'est pas mort. Les cartes disent qu'il est toujours vivant et a toujours le livre.

— Les cartes, les cartes ! se récria Mr Norrell. Je vous ai répété mille fois combien j'abomine toute allusion à ces accessoires ! Vous m'obligeriez en les enlevant de ma maison et en n'en reparlant plus jamais !

Childermass jeta un regard froid à son maître.

— Souhaitez-vous entendre ce que j'ai appris ou non ? rétorqua-t-il.

Mr Norrell inclina la tête de mauvaise grâce.

— Bon. Dans votre intérêt, monsieur Norell, je me suis attaché à mieux connaître toutes les épouses de Vinculus. D'abord, j'ai toujours jugé impossible que l'une d'elles ne sache pas un détail susceptible de nous aider. Tout ce que j'avais à faire, c'était de les suivre dans leurs caboulots, de leur payer du gin et de les laisser parler. L'une d'elles finirait bien par me le cracher. Eh bien, j'avais raison ! Voilà trois semaines, Nan Purvis m'a conté une histoire qui m'a mis enfin sur la trace du livre de Vinculus.

— Laquelle est Nan Purvis ? interrogea Lascelles.

— La première. Elle m'a raconté une histoire qui s'est passée vingt ou trente ans plus tôt, du temps de son mariage avec Vinculus. Ils s'enivraient dans une taverne. Ils avaient dépensé leur argent et épuisé leur crédit, et il était temps de rentrer au logis. Ils titubaient dans la rue, quand, dans le caniveau, ils découvrirent une créature encore plus avinée qu'eux. Un vieil homme était couché là, ivre mort. Les eaux sales coulaient autour de lui et sur son visage ; coup de chance, il ne s'était pas noyé. Quelque chose chez cette épave tira l'œil de Vinculus. Il lui sembla le reconnaître. Il alla le regarder de plus près. Puis il s'esclaffa et décocha un méchant coup de pied au vieillard. Nan demanda à Vinculus qui était ce vieil homme. Vinculus répondit qu'il s'appelait Clegg. Elle lui demanda ensuite d'où il le connaissait. Vinculus riposta avec fureur qu'il ne connaissait pas Clegg. Il lui jura n'avoir jamais connu Clegg ! Mieux, insista-t-il, il était déterminé à ne jamais le connaître ! Bref, il n'existait personne au monde qu'il méprisât plus que Clegg ! Quand Nan se plaignit que ce n'était pas là une explication très satisfaisante, Vinculus avoua à contrecœur que l'homme était son père, après quoi il se refusa à en dire davantage !

— Mais quel rapport cela a-t-il avec notre histoire ? l'interrompit Mr Norrell. Pourquoi n'avez-vous pas interrogé les épouses de Vinculus sur le livre ?

Childermass eut l'air fâché.

— Je l'ai fait, monsieur, voilà quatre ans. Vous vous souvenez peut-être que je vous en ai informé. Aucune d'elles ne savait rien sur ce sujet.

D'un geste exaspéré de la main, Mr Norrell indiqua à Childermass de poursuivre.

— Quelques mois plus tard, Nan se trouvait dans une taverne où elle entendit le compte-rendu d'une pendaison que quelqu'un lisait dans une gazette. Nan adorait les histoires de pendaison, et ce reportage l'impressionna tout particulièrement car le bonhomme qui avait été exécuté s'appelait Clegg. Cela l'avait marquée et, le soir, elle en parla à Vinculus. À sa vive surprise, elle découvrit qu'il était déjà au courant et qu'il s'agissait bien de son père. Vinculus était content que Clegg eût été pendu, certifiant que le bougre le méritait amplement. Il affirmait que Clegg était coupable d'un crime effroyable, le pire crime commis en Angleterre dans les cent dernières années.

— Quel crime ? demanda Lascelles.

— Au début Nan n'arrivait pas à s'en souvenir, répondit Childermass. Cependant, grâce à mes petites questions répétées et à la promesse d'une nouvelle tournée de gin, elle retrouva la mémoire. Il avait dérobé un livre.

— Un livre ! s'exclama Mr Norrell.

— Oh, monsieur Norrell ! s'écria Drawlight. Ce doit être le même livre Ce doit être le livre de Vinculus...

— Est-ce celui-là ? s'enquit Mr Norrell.

— Je crois que oui, répondit Childermass.

— Mais cette femme connaissait-elle la nature de ce livre ? insista Mr Norrell.

— Non, les informations de Nan s'arrêtaient là. J'ai donc repris mon cheval pour aller à York, où Clegg avait été jugé et exécuté, et j'ai consulté le greffe des assises trimestrielles. Tout d'abord, j'ai découvert que Clegg était originaire de Richmond dans le Yorkshire. Ah, oui ! – ici, Childermass jeta un regard entendu à Mr Norrell. Vinculus est un fils du Yorkshire[1], du moins descend-il d'une de ses familles. Clegg débuta dans la vie comme danseur de corde dans les foires du Nord mais, l'acrobatie n'étant pas un art qui s'accorde bien avec la boisson – et Clegg était un fameux buveur –, il fut contraint d'y renoncer. Il retourna à Richmond et s'engagea dans une ferme prospère, comme domestique saisonnier. Il se débrouilla bien là-bas et en imposa au fermier par son intelligence, tant et si bien qu'on commença à lui confier de plus en plus de tâches. De temps à autre, il allait boire avec de mauvais drôles et, en ces occasions, il ne s'en tenait jamais à une ou deux bouteilles. Il lampait jusqu'à ce que les chantepleures rendissent l'âme et que les caves fussent vides. Il était enivré des jours durant et se livrait alors à toutes sortes de méfaits – vol, jeu, bagarres, destruction de la propriété d'autrui... Cependant, il veillait à ce que ces folles aventures eussent lieu loin de la ferme, et il avait toujours une excuse plausible pour expliquer ses absences, de sorte que son maître, le fermier, ne soupçonna jamais que quelque chose clochait, même si les autres domestiques, eux, étaient au courant. Le fermier s'appelait Robert Findhelm. Paisible, aimable, respectable, il était le type d'homme facilement dupé par un coquin du genre de Clegg. La propriété était dans sa famille depuis des générations mais, autrefois, il y avait fort longtemps, elle avait été une des métairies de l'abbaye d'Easby...

Mr Norrell prit une inspiration et s'agita dans son fauteuil.

Lascelles le considéra d'un air interrogateur.

— L'abbaye d'Easby était une des institutions dotées par le roi Corbeau, expliqua Mr Norrell.

— Comme l'était Hurtfew, ajouta Childermass.

— Vraiment ! dit Lascelles, étonné[2]. Je l'avoue, après tout ce que vous avez raconté sur son compte, je suis surpris que vous logiez dans une demeure qui lui soit si étroitement liée.

— Vous ne comprenez pas, répliqua Mr Norrell, avec irritation. Nous parlons du Yorkshire, du royaume du nord de l'Angleterre de John Uskglass, où il a vécu et régné pendant trois cents ans. Il n'existe guère de village ou de champ qui n'ait pas quelque lien étroit avec lui.

1. Le Yorkshire faisait partie du royaume du nord de l'Angleterre du roi Corbeau. Sachant que, comme eux, il venait du Nord, Childermass et Mr Norrell eussent montré un peu plus de respect pour Vinculus.

2. Outre Lascelles, d'aucuns ont relevé l'étrange circonstance qui voulait que Mr Norrell, qui abhorrait toute référence au roi Corbeau, eût vécu dans une demeure dont les pierres avaient été taillées sur l'ordre du roi et sur des terres que le roi avait jadis eues en sa possession et dont il était familier.

Childermass continua :

— La famille de Findhelm possédait un objet qui avait jadis appartenu à l'abbaye, un trésor qui leur avait été confié par le dernier abbé et s'était transmis de père en fils avec les terres.

— Un livre de magie ? s'impatienta Mr Norrell.

— Si ce qu'on m'a conté dans le Yorkshire est vrai, c'était plus qu'un livre de magie, c'était LE livre de magie. Un livre composé par le roi Corbeau et couché par écrit de sa main.

Il y eut un silence.

— Est-ce possible ? demanda Lascelles à Mr Norrell.

Mr Norrell ne répondit pas. Il était abîmé dans ses méditations, absorbé par cette nouvelle idée, peu plaisante.

À la fin, il reprit la parole, davantage pour formuler ses pensées à haute voix que pour répondre à la question de Lascelles.

— Un ouvrage ayant appartenu au roi Corbeau ou écrit par lui est l'une des grandes fantaisies de la magie anglaise. D'aucuns se sont imaginé l'avoir trouvé ou savoir où il était caché. Certains étaient pourtant des hommes intelligents, qui eussent pu écrire d'importantes œuvres d'érudition. Ils ont préféré gâcher leur vie à la recherche du livre du roi. Cela ne signifie pas, toutefois, qu'un tel livre ne puisse exister quelque part…

— Et s'il existait bel et bien, le pressa Lascelles, et si on le retrouvait, alors…

Mr Norrell secoua la tête et refusa de répondre.

Childermass s'en chargea à sa place.

— Alors, toute la magie anglaise devrait être réinterprétée à la lumière de ce qui serait retrouvé.

Lascelles leva un sourcil.

— Est-ce vrai ? demanda-t-il.

Mr Norrell hésita et donna la forte impression de penser le contraire.

— Et vous, croyez-vous qu'il s'agissait du livre du roi ? lança Lascelles à Childermass.

Childermass haussa les épaules.

— Findhelm le croyait certainement. À Richmond, j'ai déniché deux vieilles personnes qui avaient servi la maison de Findhelm dans leur jeunesse. Elles m'ont déclaré que le livre du roi était la fierté de son existence. À ses yeux, il était d'abord le gardien du livre, et tout le reste – ses qualités de mari, parent, fermier – venait après. – Childermass marqua une pause. – La plus grande gloire et le plus lourd fardeau octroyés à un homme de notre époque, murmura-t-il d'un ton pensif. Findhelm sembla avoir été lui-même un théoricien de la magie de médiocre qualité. Il achetait des ouvrages sur la magie et prenait des cours payants auprès d'un magicien de Northallerton. Cependant, un détail m'a frappé comme étant très curieux : ces deux vieux domestiques m'ont répété avec insistance que Findhelm n'avait jamais lu le livre du roi et n'avait qu'une très vague notion de son contenu.

— Ah ! s'exclama à mi-voix Mr Norrell.

Lascelles et Drawlight reportèrent leurs regards sur lui.

— Alors il ne savait pas lire, conclut Mr Norrell. Enfin, cela est très...

Il redevint silencieux et se mit à se ronger les ongles.

— Peut-être était-il écrit en latin, suggéra Lascelles.

— Pourquoi supposez-vous que Findhelm ne savait pas le latin ? répliqua Childermass avec une certaine irritation. Parce qu'il était fermier ?

— Oh ! Je ne voulais pas manquer de respect envers les fermiers, je vous assure, se récria Lascelles avec un rire. Le métier a son utilité. Néanmoins, en général, les fermiers ne sont guère connus pour leurs études classiques. Cette personne eût-elle seulement reconnu du latin si elle en avait eu sous les yeux ?

Childermass rétorqua que, oui, bien sûr, Findhelm aurait reconnu du latin. Il n'était point un sot.

À quoi Lascelles répliqua froidement n'avoir jamais prétendu qu'il en était un.

Le ton montait, quand ils furent tous deux brusquement réduits au silence par Mr Norrell.

— Lorsque le roi Corbeau a pris pied pour la première fois en Angleterre, dit-il lentement d'un air pensif, il ne savait ni lire ni écrire. Peu de gens savaient à cette époque, y compris chez les rois. En outre, le roi Corbeau avait été élevé dans une maison enchantée, où l'écriture n'existait pas. Il n'avait même jamais vu de textes écrits. Ses nouveaux domestiques humains lui en montrèrent et lui expliquèrent leur utilité. Le roi était alors un tout jeune homme, âgé tout au plus de quatorze ou quinze ans. Il avait déjà conquis des royaumes dans deux mondes différents, et était doté de tous les talents qu'un magicien pouvait souhaiter. Bouffi d'arrogance et d'orgueil, il n'avait aucun désir de lire dans les pensées des autres hommes. Qu'étaient donc les pensées des autres comparées aux siennes ? Il refusa donc d'apprendre à lire et à écrire le latin – ce que ses domestiques lui recommandaient – et inventa à la place une écriture à lui, afin de garder ses pensées pour la postérité. Sans doute cette écriture reflétait-elle les rouages de son esprit mieux que le latin ne l'eût fait. Cela se passait au tout début. Cependant, plus il demeurait en Angleterre, plus il changeait. Il devenait moins taciturne, moins solitaire :

moins proche des fées et plus proche des humains. À la fin, il consentit à apprendre à lire et à écrire comme les hommes. Mais il n'oublia jamais son propre système d'écriture – « les Lettres du roi », tel est son nom – et l'enseigna à certains magiciens privilégiés afin qu'ils pussent mieux entendre sa magie. Martin Pale cite les Lettres du roi, ainsi que Belasis. Ni l'un ni l'autre, toutefois, n'en ont jamais vu le moindre trait de plume. Si un spécimen en a survécu, et de la main du roi, alors, assurément...

M. Norrell se tut de nouveau.

— Décidément, monsieur Norrell, intervint Lascelles, vous êtes plein de surprises, ce soir ! Tant d'admiration pour un homme que vous avez toujours prétendu haïr et mépriser !

— Mon admiration ne diminue aucunement ma haine ! rétorqua sèchement Mr Norrell. J'ai dit qu'il était un magicien hors pair. Je n'ai pas dit qu'il était honnête homme ou que je saluais son influence sur la magie anglaise ! Au reste, ce que vous venez d'entendre était mon opinion personnelle et n'est pas destiné à circuler dans le public. Childermass le sait, lui me comprend.

Mr Norrell jeta un regard nerveux à Drawlight. Ce dernier n'écoutait plus depuis un bon moment, dès qu'il avait découvert que l'histoire de Childermass ne concernait personne du beau monde, seulement des paysans du Yorkshire et des domestiques ivres. Il était occupé à polir sa tabatière avec son mouchoir.

— Clegg a donc dérobé ce livre ? demanda Lascelles à Childermass. Est-ce là ce que vous prétendez ?

— En quelque sorte. À l'automne 1754, Findhelm a donné le livre à Clegg en le priant de le remettre à un habitant du village de Bretton, dans le Derbyshire Peak. Pourquoi ? Je n'en sais rien. Clegg s'est mis en route et, le troisième ou le quatrième jour de son voyage, il a atteint Sheffield. Il s'est arrêté à une taverne et, là, il s'est acoquiné avec un individu, maréchal-ferrant de son état, dont la réputation de buveur était presque aussi bien établie que la sienne. Ils se sont lancés dans un concours de beuverie qui a duré deux jours et deux nuits. Au début, ils buvaient simplement pour voir lequel des deux tenait le mieux la boisson, mais, le deuxième jour, ils ont commencé à se jeter mutuellement d'absurdes défis d'ivrognes. Une caque de harengs saurs était oubliée dans un coin. Clegg défia le maréchal-ferrant de marcher sur un tapis de harengs. Un public s'était déjà assemblé. Tous les spectateurs et les désœuvrés déversèrent les harengs et recouvrirent le sol de poissons. Le maréchal-ferrant marcha d'une extrémité de la salle à l'autre jusqu'à ce que le sol ne fût qu'une purée nauséabonde de poissons écrasés et que lui-même fût couvert de sang de la tête aux pieds, après les chutes qu'il avait faites. Ensuite, le maréchal-ferrant défia Clegg de marcher sur le bord du toit de la taverne. Clegg était déjà aviné depuis un jour entier. Maintes fois, les témoins de la scène crurent qu'il allait tomber et casser son cou de vaurien, mais il ne tomba pas. À son tour, Clegg défia le maréchal-ferrant de rôtir ses chaussures et de les sucer – ce que fit le maréchal-ferrant – et, finalement, le maréchal-ferrant mit Clegg au défi de manger le livre de Robert Findhelm. Clegg déchira celui-ci en lambeaux et le mangea bout après bout.

Mr Norrell poussa un cri d'horreur. Lascelles battit des paupières sous l'effet de la surprise.

— Quelques jours plus tard, reprit Childermass, quand Clegg reprit conscience, il s'avisa qu'il s'était mal conduit. Il gagna Londres et, quatre ans après cet épisode, dans une taverne de Wapping, culbuta une serveuse qui était la mère de Vinculus.

— En vérité, l'explication est limpide ! s'écria Mr Norrell. Le livre n'est pas perdu du tout ! L'histoire du concours d'ivrognerie était une pure invention de Clegg pour jeter de la poudre aux yeux de Findhelm ! En réalité, il a gardé le livre et l'a donné à son fils ! Voyons, si seulement nous pouvions découvrir...

— Mais pourquoi ? objecta Childermass. Pourquoi aurait-il dû se donner tant de mal afin de procurer le livre à un fils qu'il n'avait jamais vu et dont il ne se souciait guère ? D'ailleurs, quand Clegg a pris la route du Derbyshire, Vinculus n'était pas né...

Lascelles s'éclaircit la voix.

— Pour une fois, monsieur Norrell, je suis d'accord avec Mr Childermass. Si Clegg possédait encore le livre ou savait où il se trouvait, alors il l'aurait certainement produit à son procès ou aurait tenté de s'en servir pour négocier sa vie.

— Et si Vinculus avait autant profité du crime paternel, ajouta Childermass, pourquoi haïssait-il donc son père ? Pourquoi s'est-il réjoui de sa pendaison ? Robert Findhelm était certain que le livre avait été détruit, c'est évident. Nan m'a raconté que Clegg avait été pendu pour avoir volé un livre, et pourtant la plainte que Robert Findhelm a déposée contre lui n'avait pas le vol pour objet. Findhelm a porté plainte pour assassinat de livre. Clegg a été le dernier homme en Angleterre à avoir été pendu pour assassinat de livre[1].

1. L'« assassinat de livre » a été un dernier ajout à la loi anglaise sur la magie. La destruction volontaire d'un livre de magie méritait le même châtiment que le meurtre d'un chrétien.

— Pourquoi donc Vinculus affirme-t-il posséder ce livre si son père l'a mangé ? demanda Lascelles d'un ton étonné. La chose est impossible.

— D'une manière ou d'une autre l'héritage de Robert Findhelm est passé à Vinculus. Comment est-ce arrivé, je ne prétends nullement le savoir, déclara Childermass.

— Et l'homme du Derbyshire ? lança soudain Mr Norrell. D'après vos dires, Findhelm destinait le livre à un homme du Derbyshire.

Childermass soupira.

— J'ai traversé le Derbyshire en regagnant Londres. Je me suis rendu au village de Brenton. Trois maisons et une auberge perchées sur une colline désolée. Qui que fût celui que Clegg était chargé d'aller voir, il était mort depuis longtemps. Je n'ai rien pu découvrir là-bas.

Stephen Black et le gentleman aux cheveux comme du duvet de chardon s'étaient installés dans la salle à l'étage de la buvette de Mr Wharton, dans Oxford-street, point de rencontre des Peep-O'Day Boys.

Le gentleman, à son habitude, épanchait sa grande affection pour Stephen.

— Ce qui me rappelle que je voulais depuis plusieurs mois vous présenter à la fois des excuses et des explications, disait-il.

— Des excuses, monsieur ?

— Oui, Stephen. Vous et moi ne souhaitons rien tant au monde que le bonheur de Lady Pole. Cependant, je suis lié par le méchant accord que j'ai conclu avec le magicien, et aux termes duquel je dois la ramener chaque matin au domicile de son époux, où elle doit tuer les longues heures de la journée jusqu'au soir suivant. Intelligent comme vous l'êtes, vous avez dû assurément remarquer que vous n'êtes soumis à aucune contrainte de ce genre, et vous vous demandez sans doute pourquoi je ne vous emmène pas à Illusions-perdues pour y connaître le bonheur éternel.

— En effet, je me le suis demandé, monsieur, reconnut Stephen, avant de marquer un silence car tout son avenir semblait dépendre de la question suivante : Y a-t-il quelque chose qui vous en empêche ?

— Oui, Stephen. Dans un certain sens.

— Je vois. Eh bien, c'est on ne peut plus fâcheux.

— N'aimeriez-vous pas savoir de quoi il retourne ?

— Oh, si, monsieur ! Assurément, monsieur !

— Sachez donc, déclara le gentleman, adoptant une mine grave et importante tout à fait différente de son expression habituelle, que nous, les esprits féeriques, connaissons un peu l'avenir. Souvent la fatalité nous choisit pour être ses vaisseaux d'élection. Dans le passé, nous avons apporté notre aide à des chrétiens pour leur permettre d'accomplir de grandes et nobles destinées : Jules César, Alexandre le Grand, Charlemagne, William Shakespeare, John Wesley et ainsi de suite[1]. Toutefois, notre appréhension des événements à venir est souvent brumeuse... – le gentleman eut un geste de fureur, comme pour dégager son visage d'épaisses toiles d'araignée – ... imparfaite. Par tendresse pour vous, Stephen, j'ai relevé la trace de la fumée des champs de bataille et des cités en feu, arraché les entrailles dégouttantes de sang des moribonds afin de découvrir votre avenir. Vous êtes bien destiné à être roi ! Je ne suis pas le moins du monde surpris ! Dès le début j'ai eu l'intuition que vous deviez être un roi, et il était fort invraisemblable que je fusse dans l'erreur. Mieux que cela, je crois savoir quel royaume doit être le vôtre. La fumée, les entrailles et tous les autres signes désignent on ne peut plus clairement un royaume où vous êtes déjà allé ! Un royaume avec lequel vous avez déjà des liens étroits.

Stephen attendit.

— Ne voyez-vous pas ? s'écria le gentleman avec impatience. Ce doit être l'Angleterre ! Je ne saurais vous dire combien j'étais ravi quand j'ai appris cette importante nouvelle !

— L'Angleterre ! s'exclama Stephen.

— Oui, en effet ! Rien ne saurait être plus bénéfique pour l'Angleterre que vous dussiez être son roi. L'actuel souverain est vieux et aveugle. Quant à ses fils, ils sont tous gras et ivrognes ! Alors, maintenant, vous voyez pourquoi je ne puis vous emmener à Illusions-perdues. Ce serait tout à fait mal de ma part de vous enlever à votre royaume légitime !

Stephen demeura un moment sans bouger, tâchant de comprendre.

— Ce royaume ne pourrait-il être quelque part en Afrique ? énonça-t-il à la fin. Peut-être suis-je destiné à retourner là-bas et peut-être, grâce à quelque étrange prodige, le peuple me reconnaîtra-t-il comme le descendant d'un de ses rois...

— Peut-être, répondit le gentleman d'un ton dubitatif. Pourtant, non ! Cela ne peut être. Car, voyez-vous, il s'agit d'un royaume où vous êtes déjà allé. Or, vous n'avez jamais mis les pieds en Afrique. Oh, Stephen ! Je désire ardemment que votre magnifique destinée s'accomplisse. Ce jour-là, j'allierai tous mes nombreux royaumes à la Grande-Bretagne... Et vous et moi vivrons en parfaite amitié et fraternité. Songez combien nos ennemis seront

1. Tous les personnages cités par le gentleman ne sont pas chrétiens. Tout comme nous appelons « fées » bon nombre de tribus et de races différentes, on nous donne communément le nom de chrétiens sans distinction de religion, de race ou d'époque.

confondus ! Songez combien les magiciens seront dévorés de rage ! Combien ils se maudiront de ne pas nous avoir traités avec davantage de respect !

— Vous devez vous méprendre, monsieur. Je ne puis gouverner l'Angleterre. Pas avec cette... – Il étendit ses mains devant lui, pensant « peau noire ». À haute voix il poursuivit : – Seul vous, monsieur, avec votre tendresse pour moi, pouvez penser une telle chose possible. Les esclaves ne deviennent pas rois, monsieur.

— Les esclaves, Stephen ? Qu'entendez-vous par là ?

— Je suis né dans les fers de l'esclavage, monsieur. Comme beaucoup de ma race. Ma mère était esclave sur une plantation que le grand-père de Sir Walter possédait en Jamaïque. Quand ses dettes sont devenues trop lourdes, Sir Walter s'est rendu en Jamaïque afin de vendre la plantation... L'un des biens qu'il a rapportés avec lui était ma mère. Ou, plutôt, il se proposait de la ramener pour qu'elle soit domestique dans sa maison, mais elle est morte en me mettant au monde pendant le voyage.

— Ha ! s'exclama triomphalement le gentleman. Alors, c'est exactement ce que j'avais dit. Vous et votre estimable mère avez été réduits en esclavage par les méchants Anglais et humiliés par leurs manœuvres !

— Eh bien, oui, monsieur. Cela est vrai dans un sens, sauf que je ne suis plus un esclave. Personne sur le sol britannique ne peut être esclave. L'air de l'Angleterre est celui de la liberté. Les Anglais se vantent haut et fort qu'il en soit ainsi.

« Et pourtant, songea-t-il, ils ont des esclaves dans d'autres pays. » À haute voix il poursuivit :

— Dès l'instant où le valet de Sir Walter m'a descendu du bateau à l'état de nouveau-né, j'étais libre.

— Nous devons toutefois les châtier ! s'écria le gentleman. Il nous est facile de tuer l'époux de Lady Pole, puis je descendrai en enfer trouver son grand-père et puis...

— Sir William et Sir Walter n'ont pas créé l'esclavage ! protesta Stephen. Sir Walter s'est toujours vivement opposé à la traite des esclaves. Et Sir Walter a été bon pour moi. Il m'a fait baptiser et éduquer.

— Baptiser ? Comment ? Même votre nom vous a été imposé par vos ennemis ? Un symbole de l'esclavage ? Alors je vous conseille fortement de le renier pour en choisir un autre quand vous monterez sur le trône d'Angleterre ! Quel est le nom que vous a donné votre mère ?

— Je ne sais, monsieur. Je ne suis pas certain qu'elle m'en ait donné un.

Le gentleman étrécit les yeux, signe qu'il réfléchissait profondément.

— L'étrange mère que ce serait, énonça-t-il d'un ton songeur, qui n'aurait pas nommé son enfant. Oui, il doit exister un nom qui vous est propre. Qui vous est vraiment propre. Pour moi, cela est clair. Le nom que votre mère vous a donné dans son cœur pendant les précieux instants où elle vous tenait dans ses bras. N'êtes-vous point curieux de le connaître ?

— Certes, monsieur. Seulement ma mère est morte depuis longtemps. Elle n'a peut-être jamais confié ce nom à âme qui vive. Son nom à elle s'est perdu. Une fois, quand j'étais enfant, je l'ai demandé à Sir William, mais il n'est pas parvenu à s'en souvenir.

— Il le savait sans aucun doute et n'a pas voulu vous le révéler par malice. Il faudrait quelqu'un de très brillant pour retrouver votre nom, Stephen. Quelqu'un d'une rare perspicacité, avec des dons extraordinaires et une incomparable noblesse de caractère. Moi, en vérité ! Oui, voilà ce à quoi je vais m'attacher. En gage de la tendresse que je vous porte, je trouverai votre vrai nom !

31

Dix-sept morts napolitains

Avril 1812-juin 1814

En ce temps, on enrôlait dans l'armée britannique nombre d'« officiers de liaison » dont la mission était de parler avec les indigènes, de dérober le courrier de l'armée française et de toujours savoir la position des troupes ennemies. Aussi romantiques vos idées soient-elles sur la guerre, les officiers de liaison de Wellington les transcenderont toujours. Ils traversaient des rivières à gué au clair de lune et franchissaient des chaînes de montagnes sous un soleil brûlant. Ils vivaient davantage derrière les lignes françaises que derrière les lignes anglaises, et connaissaient tous les partisans de la cause britannique.

Le plus grand de ces officiers de liaison était, sans le moindre doute, le major Colquhoun Grant du 11e régiment d'infanterie. Souvent les Français levaient les yeux de leur occupation pour apercevoir le major Grant qui les observait à cheval, d'une hauteur éloignée. Il les surveillait avec sa lunette, puis consignait des notes à leur sujet dans son petit calepin. Cela les mettait très mal à l'aise.

Un matin d'avril 1812, tout à fait par hasard, le major Grant se trouva pris entre deux patrouilles de cavalerie françaises. Lorsqu'il devint évident qu'il ne pourrait les distancer, il abandonna sa monture et se dissimula dans un petit bois. Le major Grant se considérait davantage comme un soldat que comme un espion et, en tant que soldat, il mettait un point d'honneur à porter son uniforme à toute heure. Malheureusement, l'uniforme du 11e d'infanterie (à l'instar de celui de presque tous les régiments d'infanterie) était écarlate ; alors que le major se cachait au milieu des feuillages bourgeonnants printaniers, les Français n'eurent aucun mal à le débusquer.

Pour les Britanniques, la capture de Grant était une catastrophe équivalente à la perte de toute une brigade d'hommes de troupe. Lord Wellington envoya sur-le-champ des dépêches urgentes, dont certaines à des généraux français, afin de proposer un échange de prisonniers, et d'autres à des commandants de la *guerrilla*[1] promettant des dollars d'argent et des armes en abondance s'ils parvenaient à opérer le sauvetage de Grant. Ni l'une ni l'autre de ces propositions ne produisant de résultats, Lord Wellington se vit obligé d'arrêter un autre plan. Il loua les services du chef de la guerrilla, Jeronimo Saornil, célèbre pour sa férocité, afin qu'il conduisît Jonathan Strange au major Grant.

— Vous vous apercevrez que Saornil est un personnage assez terrible, dit Wellington à Strange avant qu'il se mît en route. Cependant, je n'ai aucune crainte à cet égard car, sincèrement, vous l'êtes aussi.

Saornil et ses hommes étaient une engeance de scélérats sanguinaires à souhait. Sales, nauséabonds et pas rasés, ils portaient sabres et poignards au ceinturon, et fusils en bandoulière. Leurs habits et leurs tapis de selle étaient couverts d'emblèmes cruels et redoutables : têtes de mort et tibias croisés, cœurs empalés sur des couteaux, gibets, crucifixions sur des roues, corbeaux occupés à picorer des cœurs et des yeux, et autres représentations tout aussi plaisantes. Ces emblèmes étaient composés de ce qui ressemblait à première vue à des boutons de nacre mais qui, après un examen plus approfondi, se révéla être la denture de tous les Français qu'ils avaient massacrés. Saornil, en particulier, avait tant de dents attachées à sa personne qu'il cliquetait au moindre mouvement, un peu comme si tous les défunts Français claquaient encore des dents de peur.

Entourés par les symboles et les oripeaux de la mort, Saornil et ses hommes étaient assurés de susciter la terreur chez tous ceux qui croisaient leur chemin. Ils furent donc un brin déconcertés en découvrant que le magicien anglais les avait surpassés sous ce rapport : il avait apporté un cercueil avec lui. L'un d'eux demanda à Strange ce qu'il y avait à l'intérieur. D'un air dégagé, il répondit qu'il contenait un corps.

Après plusieurs jours de folle chevauchée, le groupe de *guerrilleros* mena Strange sur une colline qui surplombait la principale route menant d'Espagne en France. Sur cette route, assurèrent-ils à Strange, le major Grant et ses ravisseurs allaient sûrement passer.

---

1. *Guerrilla* : mot espagnol signifiant « petite guerre ». Les bandes de *guerrilleros* étaient des groupes d'Espagnols, allant de quelques douzaines d'hommes à des milliers, qui combattaient et harcelaient les armées françaises. Certains obéissaient à d'anciens soldats et gardaient un niveau de discipline militaire impressionnant. D'autres n'étaient guère plus que des bandits et mettaient autant d'énergie à terroriser leurs malheureux compatriotes qu'à combattre les Français.

Les hommes de Saornil établirent leur camp à proximité et se postèrent à l'affût. Le troisième jour, ils virent un gros contingent de soldats français longer la route ; au milieu d'eux, chevauchait le major Grant dans son uniforme écarlate. Aussitôt Strange donna l'ordre d'ouvrir le cercueil. Trois des *guerrilleros* saisirent des leviers et arrachèrent le couvercle. Au-dedans ils trouvèrent un personnage en terre cuite, une sorte de mannequin façonné dans la même argile rouge et rugueuse que les Espagnols utilisaient pour fabriquer leurs assiettes et leurs cruchons colorés. Grandeur nature, d'une facture grossière, il avait deux trous à la place des yeux et quasiment pas de nez. Il était cependant soigneusement revêtu de l'uniforme d'officier du 11e d'infanterie.

— Bon, lança Strange à Jeronimo Saornil, quand les éclaireurs français atteindront ce rocher là-bas, prenez vos hommes et attaquez-les.

Saornil mit un moment à digérer cet ordre, entre autres raisons parce que l'espagnol de Strange présentait plusieurs bizarreries de grammaire et de prononciation.

Une fois qu'il eut compris, il demanda :

— Devons-nous tenter de délivrer *el Bueno Granto* ?

(El Bueno Granto était le surnom donné au major Grant par les Espagnols.)

— Certainement pas ! répliqua Strange. Je me charge d'el Bueno Granto !

Saornil et ses hommes descendirent à mi-hauteur de la colline, où de maigres arbustes formaient un écran qui les dissimulait de la route. De là, ils ouvrirent le feu. Les Français furent pris complètement par surprise. Quelques-uns furent tués, beaucoup d'autres blessés. Il n'y avait pas de rochers et très peu de buissons – presque rien où se cacher –, seule la route s'ouvrait devant eux, offrant de bonnes chances d'échapper à leurs assaillants. Après quelques minutes de panique et de confusion, les Français rassemblèrent leurs esprits et leurs blessés, puis s'égaillèrent.

En remontant la colline, les *guerrilleros* doutaient du succès de l'opération ; après tout, la silhouette en uniforme écarlate était toujours parmi les Français au moment où ceux-ci s'enfuyaient. Ils regagnèrent les arbustes où ils avaient laissé le magicien et furent étonnés de ne pas le trouver seul. Le major Grant était en sa compagnie. Fraternellement assis sur un rocher, les deux hommes se restauraient de poulet froid et de bordeaux rouge.

— ... Brighton est très bien, expliquait le major Grant, mais Weymouth garde ma préférence.

— Vous me surprenez, rétorquait Strange. Je déteste Weymouth. J'y ai passé une des plus misérables semaines de ma vie. J'étais terriblement épris d'une jeune fille, Marianne, et elle m'a rembarré pour un bougre qui avait une plantation en Jamaïque et un œil de verre.

— Ce n'est pas la faute de Weymouth, protesta le major Grant. Ah ! capitaine Saornil ! – Et d'agiter un pilon de poulet en direction du commandant en guise de salut. – *Buenos días !*

Entre-temps, les officiers et les soldats de l'escorte française poursuivaient leur route vers la France et, une fois arrivés à Bayonne, ils remirent leur prisonnier à la garde du directeur de la police secrète de Bayonne. Le directeur de la police secrète s'avança pour accueillir ce que, en toute confiance, il croyait être le major Grant. Il fut quelque peu interloqué quand, après avoir tendu la main pour serrer celle du major, le bras entier lui resta dans la main. Il fut si surpris qu'il laissa celui-ci tomber par terre, où il se brisa en mille morceaux. Il se tourna pour présenter ses excuses au major Grant et fut encore plus consterné de découvrir de grosses fissures noires qui apparaissaient sur tout le visage du major. Ensuite, une partie de la tête du major se détacha – moyennant quoi l'on découvrit qu'il était entièrement creux à l'intérieur. L'instant d'après, il tombait en miettes, tel le personnage Humpty Dumpty dans *À travers le miroir.*

Le 22 juillet, Wellington livrait bataille aux Français devant l'ancienne cité universitaire de Salamanque. De date récente, ce fut la victoire la plus décisive pour une armée britannique.

Cette nuit-là, l'armée française se replia à travers les bois situés au sud de Salamanque. En courant, les soldats qui levaient les yeux eurent la stupéfaction de voir des nuées d'anges descendre entre les arbres obscurs. Les anges brillaient d'un éclat éblouissant. Leurs ailes étaient aussi blanches que celles des cygnes, et leurs robes offraient les coloris changeants de la nacre, des écailles de poisson ou des cieux avant l'orage. Dans leurs mains, ils tenaient des lances ardentes et leurs yeux flamboyaient d'une fureur divine. Ils volaient parmi les arbres avec une stupéfiante rapidité et brandissaient leurs lances au nez des Français.

Beaucoup de soldats furent frappés d'une telle terreur qu'ils repartirent à toutes jambes vers la cité – vers l'armée britannique lancée à leurs trousses. La plupart étaient cependant trop effrayés pour faire autre chose que rester figés, le regard fixe. Un gaillard, plus brave et plus déterminé que les autres, tenta de comprendre ce qui arrivait. Il lui paraissait hautement improbable que le ciel se fût brusquement allié aux ennemis de la France ; après tout, on n'avait jamais entendu pareille chose depuis le temps de l'Ancien Testament.

Il remarqua que, si les anges menaçaient les soldats de leurs lances, ils ne les attaquaient pas. Il attendit que l'un d'entre eux fondît dans sa direction, puis lui plongea son sabre à travers le corps. L'arme ne rencontra aucune résistance, seulement le vide. L'ange ne montra aucun signe de souffrance ou de peur. Aussitôt le Français cria à ses compatriotes qu'il n'y avait aucune crainte à avoir ; ce n'était là que des illusions inoffensives, produites par le magicien de Wellington.

Les soldats français continuèrent leur route, poursuivis par les anges fantômes. Alors qu'ils émergeaient des arbres, ils se trouvèrent sur la berge de la Tormes. Un vieux pont enjambait la rivière, donnant accès à la ville d'Alba de Tormes. À cause d'une erreur due à l'un des alliés de Lord Wellington, ce pont avait été laissé sans surveillance. Les Français le franchirent et se sauvèrent à travers la ville.

Quelques heures plus tard, peu après l'aube, Lord Wellington à cheval traversait avec lassitude le pont d'Alba de Tormes. Trois autres gentlemen l'accompagnaient : le lieutenant-colonel de Lancey, sous-intendant de l'armée, un beau jeune homme du nom de Fitzroy Somerset, alors attaché militaire de Lord Wellington, et Jonathan Strange. Tous étaient poussiéreux et souillés par les combats ; aucun ne s'était couché depuis plusieurs jours : et il n'y avait guère de chances qu'ils pussent le faire de sitôt, Wellington étant déterminé à poursuivre les Français en déroute.

La ville, avec ses églises, ses couvents et ses édifices médiévaux, se détachait nettement sur un ciel opalescent. Malgré l'heure matinale (il n'était pas plus de cinq heures et demie), tout le monde était déjà levé. Les cloches sonnaient pour célébrer la défaite des Français. Des régiments de soldats britanniques et portugais épuisés défilaient dans les rues, et les habitants sortaient de leurs maisons pour les presser d'accepter du pain, des fruits et des fleurs. Des charrettes transportant des blessés s'alignaient contre un mur, pendant que l'officier responsable envoyait des hommes à la recherche de l'hôpital local et d'autres abris où les loger. Dans l'intervalle, cinq ou six religieuses au visage ingrat mais d'apparence experte avaient accouru d'un des couvents et circulaient parmi les victimes pour leur donner à boire du lait frais dans un gobelet en étain. Des garçonnets que plus personne ne pouvait convaincre de rester au lit acclamaient avec excitation tous les soldats qu'ils voyaient et improvisaient des parades de la victoire derrière ceux qui le voulaient bien.

Lord Wellington regarda autour de lui.

— Watkins ! cria-t-il, hélant un soldat en uniforme d'artilleur.

— Oui, monsieur ? répondit l'homme.

— Je suis en quête de mon petit-déjeuner, Watkins. Je ne pense pas que vous ayez aperçu mon cuisinier ?

— Le sergent Jefford a prévenu qu'il avait vu vos gens monter au château, monseigneur.

— Merci, Watkins, dit monsieur le duc, se remettant en route avec son escorte.

Le château d'Alba de Tormes n'avait plus grand-chose d'un château. Bien des années auparavant, au début de la guerre, les Français l'avaient assiégé et, à l'exception d'une seule tour, il était en ruine. Désormais les oiseaux et les bêtes sauvages nichaient et creusaient leurs terriers là où jadis les ducs d'Alba vivaient dans un luxe inimaginable. Les belles fresques italiennes qui faisaient autrefois la renommée du château étaient beaucoup moins impressionnantes, à présent que les plafonds avaient tous disparu et qu'elles avaient été soumises aux caresses brutales de la pluie, de la grêle, du grésil et de la neige. La salle à manger manquait de certaines des commodités dont les autres salles à manger étaient pourvues ; elle s'ouvrait sur le ciel, et un jeune bouleau croissait au beau milieu. Ces désagréments ne troublaient en rien les domestiques de Lord Wellington ; ils étaient accoutumés à servir les repas de monsieur le duc en des lieux bien plus étranges. Ils avaient installé une table sous le bouleau et l'avaient recouverte d'une nappe blanche. Pendant que Wellington et ses compagnons montaient au château, ils commençaient à dresser des assiettes de petits pains et de tranches de jambon espagnol, des saladiers d'abricots et des plats de beurre frais. Le cuisinier de Wellington sortit pour mettre à frire du poisson, des rognons à la diable, et préparer du café.

Les quatre gentlemen s'attablèrent. Le colonel de Lancey fit remarquer qu'il ne pouvait se souvenir à quand son dernier repas remontait. Un autre renchérit, puis tous s'appliquèrent en silence à la sérieuse affaire qui consistait à manger et à boire.

Ils se sentaient à peine revivre et devenaient un peu plus loquaces, quand le major Grant se présenta.

— Ah, Grant ! dit Lord Wellington. Bonjour. Prenez donc place. Restaurez-vous un peu.

— Je n'y manquerai pas dans un instant, monseigneur. Mais, d'abord, j'ai des nouvelles pour vous. D'une nature assez surprenante. Les Français auraient perdu six canons.

— Des canons ? répéta monsieur le duc, peu intéressé, en se servant un petit pain et des rognons à la diable. Bien sûr qu'ils ont perdu des canons.

Somerset ! lança-t-il, s'adressant à son attaché militaire. Combien de pièces d'artillerie françaises ai-je saisies aujourd'hui ?

— Onze, monsieur le duc.

— Non, non, intervint le major Grant. Je vous demande pardon, mais vous vous méprenez. Je ne parle pas des canons qui ont été pris pendant la bataille. Ceux dont je parle n'ont pas participé aux combats. Ils voyageaient entre le général Caffarelli, dans le Nord, et l'armée française. Ils ne sont pas arrivés à temps pour la bataille. En réalité, ils ne sont jamais arrivés. Vous sachant dans les parages, monsieur, et pressant l'allure des Français, le général Caffarelli était impatient de les livrer avec la plus grande célérité. Il a formé son escorte avec les trente premiers soldats qu'il avait sous la main. Eh bien, monseigneur, il a agi avec précipitation et s'en est repenti à loisir, car dix sur trente étaient napolitains.

— Napolitains ! Vraiment ? s'étonna monsieur le duc.

De Lancey et Somerset échangèrent entre eux des regards ravis ; même Jonathan Strange eut un sourire.

Si Naples faisait partie de l'empire français, la vérité, c'était que les Napolitains haïssaient les Français. Les jeunes gens de Naples, contraints de se battre dans les rangs français, saisissaient toutes les occasions possibles pour déserter, se réfugiant souvent chez l'ennemi.

— Et les autres soldats ? s'enquit Somerset. Nous devons supposer qu'ils empêcheront les Napolitains de nous porter beaucoup de mauvais coups ?

— Il est trop tard pour que le reste de la troupe tente quoi que ce soit, déclara le major Grant. Ils sont tous morts. Vingt paires de bottes françaises et autant d'uniformes français pendent, à cette heure, dans la boutique d'un fripier de Salamanque. Les vestes présentent toutes de longues fentes dans le dos, comme celles causées par une dague italienne, et sont entièrement maculées de sang.

— Donc les canons sont aux mains d'une bande de déserteurs italiens, n'est-ce pas ? résuma Strange. Quel est leur but ? Déclarer une guerre de leur cru ?

— Non, non ! répondit Grant. Ils vont les vendre au plus offrant. Soit à vous, monseigneur, soit au général Castanos.

(Ainsi s'appelait le général commandant l'armée espagnole.)

— Somerset ! reprit monsieur le duc. Que dois-je donner pour six canons français ? Quatre cents dollars ?

— Oh ! Cela vaut bien quatre cents dollars de faire sentir aux Français les conséquences de leur imprudence, monseigneur. Mais ce que je ne comprends pas, c'est que nous n'ayons encore aucune nouvelle des Napolitains. Qu'attendent-ils donc ?

— Je crois connaître la réponse à cette question, intervint le major Grant. Il y a quatre nuits, deux hommes se sont rencontrés secrètement dans un petit cimetière à flanc de coteau, non loin de Castrejon. Ils portaient des uniformes français en lambeaux et baragouinaient un vague italien. Ils ont devisé quelque temps et, au moment de se séparer, l'un est allé au sud, vers l'armée française stationnée à Cantalpiedra, et l'autre au nord, vers le Duero. Monsieur, j'ai la conviction que les déserteurs napolitains envoient des messages à leurs compatriotes pour qu'ils les rejoignent. Ils croient sans doute que, avec l'argent que vous ou le général Castanos leur donnerez en échange des canons, ils pourront tous regagner Naples sur un navire doré. Il n'y a probablement pas un d'entre eux qui n'ait un frère ou un cousin dans quelque autre régiment français. Ils ne veulent pas rentrer à la maison et affronter leurs mères et grand-mères sans ramener leurs parents...

— J'ai toujours ouï dire que les Italiennes sont intraitables, acquiesça le colonel de Lancey.

— Tout ce qu'il nous reste à faire, monseigneur, poursuivit le major Grant, c'est de retrouver quelques Napolitains et de les interroger. Je suis certain que nous apprendrons qu'ils savent où les voleurs se cachent et où sont les canons.

— Y a-t-il des Napolitains parmi les prisonniers d'hier ? s'enquit Wellington.

Le colonel de Lancey dépêcha un homme pour s'informer.

— Certes, reprit Wellington d'un air songeur. Cela m'arrangerait de ne rien payer. Merlin ! – Tel était le surnom dont il avait affublé Jonathan Strange. – Si vous aviez la bonté d'évoquer une vision des Napolitains, nous aurions peut-être un indice de l'endroit où les trouver, eux et les canons, et nous n'aurions plus qu'à aller les cueillir à froid !

— Peut-être, dit Strange.

— Sans doute verra-t-on une montagne d'une forme curieuse en arrière-plan, poursuivit monsieur le duc d'un ton enjoué, ou un village avec un clocher d'église pittoresque. Un de nos guides espagnols reconnaîtra vite les lieux.

— Sans doute.

— Vous n'en semblez pas convaincu.

— Pardonnez-moi, monseigneur, mais – comme je crois l'avoir déjà indiqué – les visions sont précisément une magie inadaptée à cette sorte de chose[1].

— Bon, avez-vous mieux à proposer ? demanda monsieur le duc.

— Non, monsieur. Pas pour le moment.

— Alors, c'est décidé ! trancha Lord Wellington. Monsieur Strange, le colonel de Lancey et le major Grant peuvent tourner leur attention vers la découverte de ces canons. Somerset et moi nous chargeons de harceler les Français.

La brusquerie du ton sur lequel monsieur le duc s'exprimait donnait à penser qu'il escomptait que tous ces objectifs ne tarderaient pas à être mis en train. Strange et les gentlemen de l'état-major avalèrent donc le reste de leur petit-déjeuner et partirent accomplir leurs différentes tâches.

Vers midi, Lord Wellington et Fitzroy Somerset se tenaient à cheval sur une petite crête, près du village de Garcia Hernandez. Dans la plaine caillouteuse en contrebas, plusieurs brigades de dragons britanniques se préparaient à sonner la charge contre des escadrons de cavalerie qui formaient l'arrière-garde de l'armée française.

Juste à ce moment-là, le colonel de Lancey montait la pente à cheval.

---

1. *Jonathan Strange à John Segundus*, Madrid, 20 août 1812 :

« Chaque fois qu'il faut trouver quelqu'un ou quelque chose, Lord Wellington ne manque pas de me prier d'invoquer une vision. Cela ne marche jamais. Le roi Corbeau et les autres Auréats avaient une méthode magique pour retrouver les objets et les personnes. À ce que je comprends, ils commençaient avec un plat d'argent plein d'eau. Ils divisaient la surface de l'eau en quarts au moyen de traits de lumière scintillante. (À propos, John, je ne puis vraiment croire que vous ayez autant de difficultés que vous le dites pour créer ces traits. Il m'est impossible de décrire la magie plus clairement. Ce sont les choses les plus simples au monde !) Les différents quarts représentent le Paradis, l'Enfer, la Terre et le monde des fées. Il semble qu'on emploie un sort d'élection pour établir dans lequel de ces royaumes la personne ou l'objet recherché doit se trouver... Mais comment cela se passe ensuite, je n'en ai pas la moindre idée, pas plus que Norrell. Si seulement je possédais cette magie ! Parce que je ne la possède pas, Wellington ou son état-major m'attribuent toujours des tâches que je ne suis pas en état d'accomplir, ou encore que je dois laisser à demi inachevées. J'en ressens le manque presque quotidiennement. Je n'ai toutefois guère le temps de tenter des expériences. Aussi, John, je vous serais infiniment obligé si pouviez passer un peu de temps à essayer ce sort et me faire savoir sans délai si vous obtenez le moindre succès. »

Dans les papiers de John Segundus qui nous restent, rien ne laisse penser qu'il ait obtenu du succès dans ses tentatives pour retrouver cette sorte de magie. À l'automne 1814, cependant, Strange s'avisa qu'un passage des *Révélations de trente-six autres mondes* de Paris Ormskirk – longtemps tenu pour un compte-rendu d'une comptine de berger – était en réalité une variante quelque peu altérée de ce sort précis. Vers la fin 1814, Strange comme Mr Norrell pratiquaient cette magie avec assurance.

— Ah, colonel ! dit Lord Wellington. M'avez-vous trouvé des Napolitains ?

— Il n'y a aucun Napolitain parmi les prisonniers, monsieur, déclara de Lancey. Mais Mr Strange suggère que nous regardions parmi les morts sur le champ de bataille d'hier. Par des moyens magiques, il a identifié dix-sept cadavres Napolitains.

— Des cadavres ! s'exclama Lord Wellington, abaissant sa lunette sous l'effet de la surprise. Pourquoi diable voudrait-il des cadavres ?

— Nous lui avons posé la question, monsieur. Il est resté évasif et a refusé de nous répondre. Il nous a demandé, cependant, de mettre les morts en lieu sûr, dans un endroit où ils ne risquent pas de s'égarer ni d'être malmenés.

— Enfin, j'imagine qu'on ne doit pas employer un magicien pour se plaindre ensuite qu'il ne soit pas du même bois que les autres ! soupira Wellington.

À cet instant, un officier qui se tenait tout près cria que les dragons avaient pris le galop et allaient attaquer les Français. Oubliées, les bizarreries des magiciens ! Lord Wellington rajusta sa lunette à son œil et tous les hommes tournèrent leur attention vers les combats.

Pendant ce temps, Strange était revenu du champ de bataille au château d'Alba de Tormes. Dans la tour de l'armurerie (la seule partie du château encore debout), il avait découvert une salle vide d'occupants, qu'il s'était appropriée. Les quarante livres de Mr Norrell se répartissaient à travers la pièce, tous encore plus ou moins entiers, bien que certains incontestablement dépenaillés. Le sol était jonché de carnets de Strange et de morceaux de papier où étaient griffonnées des bribes de charmes et de formules magiques. Sur une table, au centre de la salle, trônait un grand plat d'argent rempli d'eau. Les volets étaient fermés, et la seule lumière présente provenait du plat d'argent. À tout prendre, c'était un véritable antre de magicien ; la jolie domestique espagnole qui apportait du café et des biscuits aux amandes à intervalles réguliers était terrifiée et ressortait en courant dès qu'elle avait posé ses plateaux.

Un officier du 18e de hussards, un certain Whyte, était arrivé pour seconder Strange. Le capitaine Whyte avait logé quelque temps dans la demeure du ministre plénipotentiaire britannique à Naples. Expert en langues, il comprenait parfaitement le dialecte napolitain.

Strange n'eut aucune difficulté à évoquer les visions demandées, mais, ainsi qu'il l'avait prédit, celles-ci donnèrent très peu d'indications sur le lieu où les hommes se cachaient. Les canons, découvrit-il, se trouvaient à demi dissimulés derrière des rochers d'un jaune pâle – le type de rochers généreusement éparpillés dans toute la Péninsule – et les hommes bivouaquaient dans un maigre bois d'oliviers et de pins – le type de bois qu'on apercevait en jetant son regard dans n'importe quelle direction.

Le capitaine Whyte se tenait au côté de Strange et traduisait tout ce que les Napolitains disaient en un anglais clair et concis. Bien qu'ils eussent scruté la cuvette d'argent toute la journée, ils apprirent toutefois peu de choses. Quand un homme a faim depuis dix-huit mois, quand il n'a pas vu sa femme ou sa dulcinée depuis deux ans et qu'il a passé les quatre derniers mois à dormir dans la gadoue ou sur des pierres, sa conversation a tendance à s'émousser quelque peu. Les Napolitains avaient très peu à raconter, et leurs propos tournaient essentiellement autour des victuailles qu'ils rêvaient de croquer, des attraits de leurs épouses et bien-aimées absentes qu'ils rêvaient de lutiner et des moelleux matelas de plumes sur lesquels ils rêvaient de dormir.

Pendant la moitié de la nuit et la majeure partie du jour suivant, Strange et le capitaine Whyte ne quittèrent pas la tour de l'armurerie, absorbés par la tâche monotone d'observer les Napolitains. Vers la fin du second jour, un *aide de camp** apporta un message de Wellington. Monsieur le duc avait établi son quartier général en un lieu qui s'appelait Flores de Avila, et Strange et le capitaine Whyte étaient sommés de s'y rendre aux ordres. Aussi remballèrent-ils les livres de Strange et le plat d'argent, rassemblèrent-ils leurs autres effets, puis partirent-ils sur les routes brûlantes et poudreuses.

Flores de Avila se révéla être un endroit assez obscur ; aucun des Espagnols, hommes ou femmes, que le capitaine Whyte accosta ne connaissait ce nom. Par chance, quand deux des plus grandes armées d'Europe ont voyagé récemment sur une route, elles ne peuvent pas ne pas laisser de traces de leur passage ; Strange et le capitaine Whyte s'avisèrent que le meilleur plan était de suivre leur sillage de bagages abandonnés, de charrettes cassées, de cadavres et de corbeaux occupés à festoyer. Sur un arrière-plan de plaines désertes et jonchées de cailloux, ces visions évoquaient des vignettes d'une peinture médiévale de l'enfer, et elles incitèrent Strange à émettre bon nombre de remarques mélancoliques sur l'horreur et la futilité de la guerre. D'ordinaire, le capitaine Whyte, soldat de métier, se serait senti enclin à discuter, mais il était lui aussi affecté par le caractère sombre de leur environnement et se bornait à répondre ·

— C'est très vrai, monsieur, très vrai.

Néanmoins, un soldat ne doit pas s'appesantir trop longtemps sur ces sujets. Sa vie est pleine d'épreuves, et il lui faut goûter son plaisir où il peut. Bien qu'il prenne peut-être du temps à méditer les cruautés offertes à ses regards, placez-le au milieu de ses camarades et il est quasi impossible qu'il ne retrouve pas son entrain. Strange et le capitaine Whyte atteignirent Flores de Avila vers neuf heures ; moins de cinq minutes plus tard ils saluaient chaleureusement leurs amis, écoutaient le dernier racontar sur Lord Wellington et demandaient force renseignements sur la bataille de la veille, une nouvelle défaite pour les Français. On avait peine à imaginer qu'ils avaient vu quoi que ce fût d'affligeant dans les douze derniers mois.

Le quartier général avait été installé dans une église en ruine à flanc de colline, au-dessus du village ; là, les attendaient Lord Wellington, Fitzroy Somerset, le colonel de Lancey et le major Grant.

Malgré le succès de deux batailles en autant de jours, Lord Wellington n'était pas d'excellente humeur. L'armée française, renommée dans l'Europe entière pour la rapidité de ses marches militaires, lui avait échappé et se trouvait désormais sur la route de Valladolid et de la sécurité.

— Leur vitesse de progression est un grand mystère pour moi, se plaignait-il, et je donnerais beaucoup pour les rattraper et les anéantir. Mais cette armée est la seule que je possède et, si je la mets à genoux, je n'en ai pas d'autre.

— Nous avons eu des échos des Napolitains aux canons, apprit le major Grant à Strange et au colonel Whyte. Ils en demandent cent dollars pièce. Six cents dollars en tout.

— Ce qui est trop, commenta brièvement monsieur le duc. Monsieur Strange, capitaine Whyte, j'espère que vous nous apportez de bonnes nouvelles.

— Guère, monsieur, répondit Strange. Les Napolitains sont dans un bois. Quant à savoir où ce bois se situe, je n'en ai pas la moindre idée. Je ne suis pas sûr de la suite. J'ai épuisé tout ce que je sais.

— Alors vous devez vite en apprendre davantage !

Strange donna l'impression fugitive qu'il allait répondre vivement à monsieur le duc puis, se ravisant, il soupira et demanda si les dix-sept morts napolitains avaient été gardés en lieu sûr.

— On les a mis dans le clocher, dit le colonel de Lancey, sous la garde du sergent Nash. Quel que soit l'emploi que vous leur réservez, je vous conseille de ne pas tarder. Je doute qu'ils se conservent plus longtemps par cette chaleur.

— Ils tiendront bien encore un jour, répliqua Strange. Les nuits sont fraîches.

Là-dessus, il leur tourna le dos et sortit de l'église.

L'état-major de Wellington le regarda partir avec une certaine curiosité.

— Savez-vous, observa Fitzroy Somerset, je ne puis vraiment m'empêcher de me demander ce qu'il va faire de ses dix-sept cadavres...

— Quoi qu'il en soit, dit Wellington, trempant sa plume dans l'encrier pour commencer un courrier à l'adresse des ministres londoniens, cette pensée ne lui sourit guère. Il fait tout son possible pour l'éviter...

Ce soir-là, Strange appliqua un procédé de magie dont il n'était pas familier. Il tenta de pénétrer les rêves de la compagnie napolitaine et y réussit parfaitement.

Un des hommes rêvait qu'il montait à un arbre, poursuivi par un gigot d'agneau rôti. Il pleurait de faim dans son arbre pendant que le gigot tournait autour et agitait son manche d'os vers lui d'un air menaçant. Peu après, le gigot d'agneau était rejoint par cinq ou six œufs durs méprisants qui chuchotaient entre eux les plus affreux mensonges sur son compte.

Un autre rêvait que, en traversant un petit bois, il rencontrait sa défunte mère. Celle-ci lui contait qu'elle venait de regarder dans un terrier et avait vu au fond Napoléon Bonaparte, le roi d'Angleterre, le pape et le tzar de Russie. L'homme descendait dans le terrier pour voir mais, une fois arrivé au bout, il découvrait que Napoléon Bonaparte, le roi d'Angleterre, le pape et le tzar de Russie n'étaient en fait qu'une seule personne : un énorme bonhomme pleurnichard, aussi grand qu'une église, avec des dents en fer rouillées et, à la place des yeux, des roues de charrette enflammées.

— Ha ! ricana cet ogre. Tu ne croyais pas que nous étions vraiment des gens différents, si ?

Et de plonger le bras dans un chaudron bouillonnant qui se trouvait à proximité pour en tirer le petit garçon du rêveur et le dévorer.

Bref, les rêves des Napolitains, bien que fort intéressants, n'étaient pas très éclairants.

Le lendemain matin, vers dix heures, Lord Wellington était installé à un bureau de fortune dans le chœur de l'église en ruine. Il leva les yeux et vit Strange entrer.

— Eh bien ? s'enquit-il.

Strange poussa un soupir.

— Où est le sergent Nash ? J'ai besoin de lui pour sortir les morts. Avec votre permission, monsieur, je vais essayer un procédé de magie dont j'ai ouï dire autrefois[1].

---

1. Strange savait que ce procédé était une réalisation du roi Corbeau. La majeure partie de la magie du roi Corbeau était mystérieuse, belle et subtile, et il est donc surprenant pour nous d'apprendre qu'il ait dû avoir recours à un charme aussi brutal.

La nouvelle se répandit vite au quartier général que le magicien allait tenter quelque chose avec les morts napolitains. Flores de Avila était un coin perdu, ne comptant guère plus d'une centaine d'habitations. Le soir précédent s'était révélé très ennuyeux pour une armée de jeunes gens qui venaient de remporter une grande victoire et se sentaient enclins à la célébrer, et l'on considérait comme hautement probable que la magie de Strange se montrerait le meilleur divertissement du jour. Une petite foule d'officiers et d'hommes de troupe ne tardèrent pas à s'assembler pour y assister.

L'église avait une terrasse de pierre qui dominait une étroite vallée sur un horizon de montagnes pâles et imposantes, aux versants tapissés de vignes et d'oliveraies. Le sergent Nash et ses hommes allèrent chercher les dix-sept cadavres dans le clocher, puis les alignèrent en position assise contre le muret qui marquait le bord de la terrasse.

Strange déambula devant, les regardant tous à tour de rôle.

—Je croyais vous avoir spécifié que personne ne devait se mêler des cadavres, reprocha-t-il au sergent Nash.

Au milieu du XIIIe siècle, plusieurs des ennemis du roi Corbeau tentèrent de former une alliance contre lui. La plupart de ses membres étaient connus de lui : le roi de France en était un, le roi d'Angleterre un autre, et il y avait quelques esprits féeriques mécontents qui se donnaient des titres pompeux et qui avaient pu ou non régner sur les vastes territoires qu'ils revendiquaient. Il y avait aussi d'autres personnages plus mystérieux, mais encore plus puissants. Le roi avait été, pendant la plus grande partie de son règne, en bons termes avec la plupart des anges et des démons, mais le bruit courait qu'il s'était querellé avec deux d'entre eux : l'archange Zadkiel, qui régit la pitié, et le démon Alrinach, qui régit les naufrages.

Le roi ne semble pas s'être grandement préoccupé des activités de l'alliance. Mais il s'y intéressa davantage quand certains présages magiques parurent montrer qu'un de ses propres vassaux les avait rejoints et complotait contre lui. L'homme qu'il suspectait s'appelait Robert Barbatus, comte de Wharfdale, un personnage si célèbre pour sa ruse et ses manigances qu'on le surnommait le Renard. Aux yeux du roi, il n'existait pas de plus grand crime que la trahison.

Quand le fils aîné du Renard, Henry Barbatus, fut emporté par les fièvres, le roi Corbeau le fit exhumer de son tombeau et le ramena à la vie pour qu'il lui révélât ce qu'il savait. Thomas de Dundale et William Lanchester éprouvaient tous deux un profond dégoût pour cette sorte particulière de magie et implorèrent le roi d'employer d'autres moyens. Mais le roi était en proie à une grande colère, et ils échouèrent à le dissuader. Il existait une centaine d'autres formes de magie auxquelles il aurait pu recourir, mais aucune n'était aussi rapide ou aussi efficace et, à l'instar de la plupart des grands magiciens, le roi Corbeau était avant tout pratique.

On dit que, dans sa fureur, le roi Corbeau battit Henry Barbatus. Dans la vie, Henry Barbatus avait été un superbe jeune homme, autant admiré pour sa belle physionomie et ses manières gracieuses qu'il était craint pour ses prouesses chevaleresques. Qu'un si noble chevalier eût été réduit à un pantin tremblant et pleurnicheur par la magie du roi provoqua le courroux de William Lanchester et fut, entre les deux magiciens, à l'origine d'une âpre querelle qui dura plusieurs années.

Le sergent Nash eut l'air indigné.

— Je suis certain qu'aucun de nos gars n'y a touché ! protesta-t-il. Mais, monseigneur, continua-t-il en s'adressant à Lord Wellington, il ne restait guère de corps, sur le champ de bataille que ces irréguliers espagnols n'eussent pas profanés...

Et de discourir sur les diverses tares nationales des Espagnols et de conclure en affirmant que, si un homme se risquait seulement à dormir en un endroit où les Espagnols pouvaient le trouver, il s'en repentirait à son réveil.

Lord Wellington eut un geste impatient de la main pour réduire l'homme au silence.

— Je n'en vois pas qui soient très mutilés, dit-il à Strange. Cela a-t-il une importance s'ils le sont ?

Strange murmura amèrement qu'il présumait qu'il n'était pas exclu qu'il dût les inspecter.

En réalité, les trois quarts des blessures présentées par les Napolitains semblaient être la cause de leur mort. Cependant, tous avaient été dépouillés de leurs vêtements et plusieurs avaient eu les doigts coupés, meilleur moyen de voler leurs bagues. L'un d'eux avait été joli garçon, mais sa beauté était fortement gâtée à présent qu'on lui avait arraché les dents (pour en fabriquer des fausses) et coupé la majeure partie de ses cheveux noirs (pour en tirer des perruques).

Strange ordonna à un homme d'aller lui chercher un couteau bien aiguisé et un pansement propre. Une fois le couteau apporté, il retira sa redingote et remonta sa manche de chemise. Puis il se mit à marmonner en latin. Il se fit ensuite une longue et profonde entaille dans le bras ; dès qu'il eut obtenu un beau et régulier jet de sang, il en éclaboussa les têtes des cadavres, prenant soin d'oindre les yeux, la langue et les narines de chacun d'eux. Au bout d'un moment, le premier cadavre se réveilla. On entendit un horrible bruit de râpe tandis que ses poumons desséchés s'emplissaient d'air et que ses membres s'agitaient d'une manière épouvantable à voir. L'un après l'autre, les corps revinrent à la vie et commencèrent à parler dans une langue gutturale, contenant une bien plus grande proportion de cris que tout langage connu de l'assistance.

Même Wellington était un peu pâle. En apparence, seul Strange continuait à ne montrer aucune émotion.

— Mon Dieu ! s'écria Fitzroy Somerset. Quelle langue est-ce là ?

— Un des dialectes de l'enfer, je crois, répondit Strange.

— Vraiment ? murmura Somerset. Eh bien, voilà qui est frappant !

— Ils ont dû l'apprendre très vite, commenta Lord Wellington. Ils ne sont morts que depuis trois jours. – Il appréciait les natures promptes et efficaces. – Mais parlez-vous cette langue ? demanda-t-il à Strange.

— Non, monsieur.

— Alors, comment allons-nous communiquer avec eux ?

En guise de réponse, Strange saisit la tête du premier corps, ouvrit de force ses mâchoires baragouineuses et lui cracha dans la bouche. Sur l'instant, le Napolitain se mit à utiliser sa langue maternelle, « terrestre » : un épais patois italien, qui était pour la majorité tout aussi impénétrable et presque aussi atroce que la langue dans laquelle il s'exprimait auparavant. Ce patois présentait cependant l'avantage d'être parfaitement compréhensible pour le capitaine Whyte.

Avec l'aide de ce dernier, le major Grant et le colonel de Lancey interrogèrent donc les morts Napolitains et furent hautement satisfaits des réponses obtenues. Ayant trépassé, les Napolitains étaient infiniment plus désireux de plaire à leurs questionneurs qu'eût pu l'être tout indicateur vivant. Peu avant leur mort à la bataille de Salamanque, ces malheureux avaient tous reçu un message secret de leurs compatriotes cachés dans un bois. Ce message les informait de la prise des canons et les sommait de gagner un village, à quelques lieues au nord de la cité, d'où ils pourraient aisément repérer le bois en question en suivant des signes cabalistiques tracés à la craie sur les arbres et les rochers.

Le major Grant prit un petit détachement de cavalerie et fut de retour en quelques jours avec à la fois les canons et les déserteurs. Wellington était ravi.

Malheureusement, Strange se montra incapable de trouver le charme qui eût permis de renvoyer les morts napolitains à leur dernier sommeil[1]. Il se livra à plusieurs essais ; hélas, ceux-ci n'eurent que très peu d'effet, hormis une fois, où les dix-sept cadavres poussèrent soudain comme des champignons jusqu'à atteindre six mètres de haut et devenir curieusement transparents, telles d'immenses aquarelles d'eux-mêmes réalisées sur des bannières de mousseline. Après que Strange leur eut rendu leur taille normale, le problème de leur sort demeura entier.

D'abord, ils furent joints aux prisonniers français. Ces derniers protestèrent haut et fort contre le fait de partager leur prison avec pareilles horreurs qui traînaient les pieds en tenant à peine debout. (« Et vraiment, déclara Lord

1. Pour mettre fin à la « vie » des cadavres, il faut leur arracher les yeux, la langue et le cœur

Wellington en contemplant les cadavres avec dégoût, on ne peut pas leur en vouloir… »)

Une fois les prisonniers embarqués pour l'Angleterre, les morts napolitains restèrent donc avec l'armée. Tout cet été-là, ils voyagèrent dans un char à bœufs et, sur l'ordre de Lord Wellington, ils avaient été enchaînés. Les fers étaient censés restreindre leurs mouvements et les obliger à tenir en place, mais les morts napolitains ne craignaient point la douleur, ils semblaient même y être insensibles ; aussi cela ne leur coûtait-il guère de s'arracher à leurs chaînes, laissant parfois des lambeaux de chair derrière eux. Dès qu'ils s'étaient libérés, ils partaient à la recherche de Strange et, de la plus pitoyable manière que l'on pût imaginer, commençaient à l'implorer de les rappeler pleinement à la vie. Ils avaient vu l'enfer et n'étaient pas pressés d'y retourner.

À Madrid, l'artiste espagnol Francisco Goya réalisa une sanguine de Jonathan Strange entouré des morts napolitains. Sur le croquis, Strange est assis par terre, le regard baissé et les bras ballants ; toute son attitude exprime l'impuissance et le désespoir. Les Napolitains se pressent autour de lui ; certains le regardent d'un air affamé, d'autres ont des expressions suppliantes sur le visage, l'un d'eux tend un doigt hésitant pour lui caresser la nuque. Ce dessin, inutile de le préciser, est tout à fait différent des autres portraits de Strange

Le 25 août, Lord Wellington donna l'ordre de destruction des morts napolitains[1].

Strange avait quelque crainte que Mr Norrell n'eût vent de la magie perpétrée dans l'église en ruine de Flores de Avila. Il n'en parla pas dans ses propres lettres et pria Lord Wellington de bien vouloir la taire dans ses dépêches.

— Oh, très bien ! acquiesça monsieur le duc.

En effet, Lord Wellington ne tenait pas particulièrement à écrire sur la magie. Il détestait traiter d'une réalité qu'il ne comprenait pas extrêmement bien.

---

1. « Pour ce qui est des soldats italiens morts au champ d'honneur, je puis seulement dire que nous regrettons vivement une telle cruauté vis-à-vis d'hommes qui avaient déjà grandement souffert. Mais nous avons été contraints d'agir comme nous l'avons fait. On ne parvenait point à les convaincre de laisser le magicien en paix. S'ils ne l'avaient pas tué, ils l'auraient assurément rendu fou. Nous avons été forcés de désigner deux hommes pour le garder pendant son sommeil, afin d'empêcher les morts de le toucher et de le réveiller. Ils avaient été si malmenés depuis leur trépas, les malheureux ! Ce n'était pas une vision qu'on pût souhaiter avoir à son réveil. À la fin, nous avons allumé un bûcher et les avons jetés dedans. »

Lord Fitzroy Somerset à son frère, 2 septembre 1812.

— Ces précautions ne seront pas d'une grande utilité, souligna-t-il. Tous ceux qui ont écrit une lettre au pays pendant ces cinq derniers jours auront déjà donné à leurs proches un compte-rendu exhaustif.

— Je sais, répondit Strange avec une certaine inquiétude. Toutefois, les hommes exagèrent toujours à mon propos et, lorsque les citoyens d'Angleterre auront fait la part des outrances habituelles, peut-être tout cela n'apparaîtra-t-il pas si remarquable. Ils se figureront simplement que j'ai guéri des Napolitains qui étaient blessés ou quelque chose dans ce genre...

Le rappel à la vie de dix-sept morts napolitains était un bon exemple du type de problème rencontré par Strange dans la dernière moitié de la guerre. Pareil aux ministres qui l'avaient précédé, Lord Wellington s'accoutumait de plus en plus à recourir à la magie pour atteindre ses fins, et il exigeait de son magicien des sortilèges de plus en plus sophistiqués. Cependant, à la différence de ses collègues, Wellington avait très peu de temps ou d'inclination pour écouter de longues explications sur l'impossibilité d'accomplir tel ou tel tour. Après tout, il demandait régulièrement l'impossible à ses ingénieurs, ses généraux et ses officiers, et ne voyait aucune raison de faire une exception en faveur de son magicien.

— Trouvez donc un autre moyen ! était sa seule réponse, alors que Strange tâchait de lui expliquer qu'une pratique magique particulière n'avait pas été tentée depuis 1302, ou que le charme s'en était perdu, ou encore qu'elle n'avait jamais existé.

Comme aux premiers jours de son activité de magicien, avant sa rencontre avec Norrell, Strange était donc contraint d'inventer l'essentiel de sa magie, s'inspirant des principes généraux et de récits à moitié oubliés puisés dans de vieux grimoires.

Au début de l'été 1813, Strange réalisa une nouvelle fois une sorte de magie dont on n'avait pas vu la pareille depuis le règne du roi Corbeau : il déplaça un cours d'eau. Voici comment cela se passa. Cet été-là la guerre progressait, et toutes les initiatives de Lord Wellington étaient couronnées de succès. Il arriva néanmoins que, un beau matin de juin, les Français se retrouvèrent dans une position plus favorable que ce n'était le cas depuis un certain temps Monsieur le duc et les autres généraux se réunirent sur-le-champ pour discuter des mesures à prendre afin de corriger cette situation hautement indésirable. Strange fut sommé de les rejoindre sous la tente de Wellington. Il les trouva rassemblés autour d'une table sur laquelle on avait étalé une grande carte.

Monsieur le duc, d'excellente humeur, accueillit Strange presque avec tendresse :

— Ah, Merlin ! Vous voilà ! Voici notre problème ! Nous sommes de ce côté-ci de la rivière tandis que les Français occupent l'autre côté, et il m'agréerait infiniment que nos positions fussent inversées.

Et l'un des généraux de commencer à expliquer que si on conduisait l'armée à l'ouest, « jusqu'ici », puis qu'on jetât un pont sur la rivière, « là », et qu'on engageât le combat avec les Français « ici »...

— Cela prendrait trop de temps ! coupa Lord Wellington. Bien trop de temps ! Merlin, ne pourriez-vous pas vous arranger pour que notre armée se sente pousser des ailes et survole les Français ? Le pourriez-vous, pensez-vous ? – Monsieur le duc plaisantait peut-être à moitié, mais seulement à moitié. – Il s'agirait de fournir à chaque homme une petite paire d'ailes. Prenez le capitaine Macpherson, par exemple, lança-t-il, jaugeant un énorme Écossais. Je rêve de voir Macpherson voleter de-ci de-là.

Strange considéra le capitaine Macpherson d'un air songeur.

— Non, répondit-il enfin, mais je vous saurais gré, monseigneur, de me permettre de vous l'emprunter, ainsi que la carte, pour une heure ou deux.

Strange et le capitaine Macpherson étudièrent la carte un moment, puis Strange revint vers Lord Wellington pour expliquer que, si cela prenait trop de temps de donner des ailes à toute la troupe, cela n'en prendrait guère de déplacer la rivière. Cette manœuvre ferait-elle l'affaire ?

— En ce moment, poursuivit-il, la rivière coule vers le sud jusqu'ici, puis tourne au nord. Si, au contraire, elle coulait vers le nord au lieu de couler vers le sud et tournait au sud là, alors, voyez-vous, nous serions sur la berge nord et les Français sur la berge sud.

— Oh ! souffla monsieur le duc. Très bien.

La nouvelle configuration de la rivière dérouta tant les Français que plusieurs de leurs compagnies, après avoir reçu l'ordre de marcher au nord, partirent dans la mauvaise direction, si certains étaient-ils que la direction opposée à la rivière ne pouvait être que le nord. On ne devait plus jamais revoir lesdites compagnies, aussi supposa-t-on communément qu'elles avaient été massacrées par les *guerrilleros* espagnols.

Par la suite, Lord Wellington fit observer gaiement au général Picton qu'il n'y avait rien de plus lassant pour les troupes et les bêtes que des marches forcées incessantes et que, à l'avenir, il croyait préférable de garder tout le monde immobile, pendant que Mr Strange déplacerait l'Espagne de-ci de-là sous leurs pieds, à la façon d'un tapis.

Entre-temps, à Cadix, le conseil de la Régence espagnole s'inquiétait devant ce rebondissement et commençait à se demander s'ils reconnaîtraient leur pays quand ils l'auraient enfin repris aux Français. Ils se plaignirent au ministre anglais des Affaires étrangères (que beaucoup croyaient ingrat). Ce dernier convainquit Strange d'adresser au conseil de la Régence un courrier promettant, après la guerre, de remettre la rivière à sa place d'origine, ainsi que « … tout autre chose que Lord Wellington aurait demandé à déplacer pendant la poursuite des hostilités ». Parmi les nombreuses choses déplacées par Strange, on comptait : une oliveraie et une pinède en Navarre[1], la cité de Pampelune[2] et deux églises de la ville française de Saint-Jean-de-Luz[3].

Le 6 avril 1814, l'empereur Napoléon Bonaparte abdiqua. On raconte que, une fois avisé, Lord Wellington dansa la gigue. Lorsque Strange apprit la nouvelle, il rit tout haut, puis s'arrêta net et murmura :

— Mon Dieu ! Que va-t-il advenir de nous à présent ?

On supposa, à l'époque, que cette remarque quelque peu énigmatique se rapportait à l'armée. Par la suite, toutefois, d'aucuns se demandèrent s'il ne parlait pas de lui et de l'autre magicien.

---

1. Le colonel Vickery avait reconnu les bois en question et découvert qu'ils regorgeaient de soldats français prêts à tirer sur l'armée britannique. Ses officiers discutaient justement de la riposte, quand Lord Wellington s'approcha à cheval. « Nous pourrions les contourner, j'imagine, dit Wellington, mais cela prendra du temps et je suis pressé. Où est donc notre magicien ? »

On alla chercher Strange.

— Monsieur Strange ! s'écria Lord Wellington. J'ai peine à croire que cela vous serait difficile de déplacer ces arbres ! Bien moins, j'en suis certain, que de dérouter quatre mille hommes de sept milles. Déplacez-moi ces bois, je vous prie !

Aussi Strange obéit-il aux ordres et déplaça-t-il les bois de l'autre côté de la vallée. Les soldats français se retrouvèrent tapis sur un aride flanc de colline et se rendirent très vite aux Britanniques.

2. En raison d'une erreur des cartes d'Espagne de Wellington, la cité de Pampelune n'était pas exactement à l'endroit où les Britanniques la croyaient. Wellington fut profondément déçu quand, après que son armée eut parcouru vingt milles en un jour, elle n'atteignit pas Pampelune, qui fut repérée dix milles plus au nord. Après une rapide discussion du problème, on trouva plus commode de demander à Mr Strange de déplacer la cité que de modifier toutes les cartes.

3. Ces églises de Saint-Jean-de-Luz furent une source d'embarras. Il n'y avait aucune raison de les déplacer. La vérité, c'était que, un dimanche martin, Strange buvait du cognac au petit-déjeuner dans un hôtel de Saint-Jean-de-Luz en compagnie de trois capitaines et de deux lieutenants du 16e de dragons légers. Il commentait à ces messieurs la théorie qui expliquait la téléportation magique de divers objets. C'était une entreprise totalement vaine de sa part : eussent-ils été sobres, ils ne l'auraient déjà pas très bien comprise, or ni eux ni Strange n'étaient sobres depuis deux jours. À titre d'exemple, Strange intervertit les positions des deux églises encore remplies de leurs ouailles. Il avait la ferme intention de les rechanger avant la sortie de la messe, mais peu après il se trouvait convié à une partie de billard et n'y pensa plus. Au reste, malgré ses nombreuses assurances, Strange ne trouva jamais le temps ni l'inclination pour remettre la rivière, le bois, la cité ou quoi que ce fût à sa place d'origine.

La carte d'Europe fut redessinée : les nouveaux royaumes de Bonaparte furent démantelés et les anciens restaurés ; des rois furent déposés, d'autres remis sur le trône. Les peuples européens se félicitèrent d'avoir fini par vaincre *the Great Interloper*, le Grand Contrebandier. Mais, pour les habitants de la Grande-Bretagne, il apparut brusquement que la guerre avait eu une finalité totalement différente : elle avait fait de la Grande-Bretagne la plus grande nation du monde. À Londres, Mr Norrell eut la satisfaction d'entendre de la bouche de tout un chacun que la magie – sa magie et celle de Mr Strange – avait été d'une importance cruciale dans cet heureux aboutissement.

Un soir, vers la fin mai, Arabella rentrait d'un dîner de la Victoire à Carlton House. Elle avait entendu parler de son mari dans les termes les plus élogieux, des toasts avaient été portés en l'honneur de celui-ci et le prince régent l'avait couverte de compliments. Pour l'heure il était à peine minuit passé, et elle s'était retirée au salon pour réfléchir au fait que seul manquait à son bonheur le retour de son mari, quand une des domestiques fit irruption en clamant :

— Oh, madame ! Le maître est là !

Quelqu'un entra dans la pièce.

Il était plus maigre, plus brun que dans son souvenir. Ses cheveux montraient plus de gris, et il avait une cicatrice blanche au-dessus du sourcil gauche. La cicatrice n'était pas récente, elle la voyait pourtant pour la première fois. Ses traits n'avaient pas changé, mais elle ne savait pourquoi, son expression était différente. Cette personne ne paraissait guère être celle à laquelle elle songeait juste un instant plus tôt. Cependant, avant qu'Arabella eût le temps d'être déçue, ou embarrassée, ou tout ce qu'elle avait redouté d'être quand il finirait par rentrer à la maison, il promena autour du salon un regard vif, à demi ironique, qu'elle reconnut instantanément. Puis il la considéra avec le sourire le plus familier du monde et déclara :

— Je suis de retour.

Le lendemain matin, ils ne s'étaient pas encore raconté le centième de tout ce qu'ils avaient à se dire.

— Asseyez-vous là, intima Strange à Arabella.

— Dans ce fauteuil ?

— Oui.

— Pourquoi ?

— Afin que je puisse vous regarder. Je ne vous ai pas regardée depuis trois ans, et il y a longtemps que cela me manque. Je dois remédier à cette privation.

Arabella s'assit ; au bout d'une minute ou deux elle esquissait un sourire.

— Jonathan, je ne puis garder contenance si vous me contemplez ainsi. À cette allure, vous aurez remédié à votre privation en une demi-heure. Je regrette de vous décevoir, mais vous ne m'avez pas regardée si souvent. Vous aviez toujours le nez dans quelque vieux livre poussiéreux.

— Faux ! J'avais complètement oublié combien vous étiez querelleuse. Donnez-moi ce fragment de papier, je vais y consigner une note.

— Je n'en ferai rien, répliqua Arabella dans un rire.

— Savez-vous quelle fut ma première pensée à mon réveil ce matin ? Que je devais me lever, me raser et prendre mon petit-déjeuner avant que le domestique de quelque autre gaillard ait mis la main sur toute l'eau chaude et tous les petits pains. Puis je me suis souvenu que tous les domestiques de cette maison étaient les miens, que toute l'eau chaude de la maison était à moi et que tous les petits pains étaient également à moi. Je ne crois pas avoir été aussi heureux de ma vie...

— Étiez-vous donc privé de tout confort en Espagne ?

— En guerre, on vit d'une façon princière ou comme un vagabond. J'ai vu Lord Wellington – Sa Grâce, devrais-je dire[1] – dormir sous un arbre avec seulement un rocher pour oreiller. D'autres fois, j'ai vu des voleurs et des mendiants ronfler sur des lits de plume dans des chambres de palais. La guerre met tout sens dessus dessous.

— Eh bien, j'espère que vous ne vous morfondrez pas à Londres. Le gentleman aux cheveux comme du duvet de chardon soutenait qu'une fois qu'on avait goûté à la guerre, on était sûr de s'ennuyer à la maison.

— Ha ! Non, pas du tout ! Comment, alors que tout y est propre et en ordre ? Et qu'on a tous ses livres et ses biens à portée de la main, et son épouse juste devant soi chaque fois qu'on lève les yeux ? Que... ? Qui était-ce, dites-vous ? Le gentleman aux cheveux comment ?

— ... comme du duvet de chardon. Je suis certaine que vous connaissez le personnage dont je parle. Il loge chez Sir Walter et Lady Pole. Du moins, je ne suis pas sûre qu'il y loge, mais je le vois chaque fois que je me rends dans leur demeure.

1. Le gouvernement britannique fit Lord Wellington duc. Dans le même temps, il fut question d'anoblir Strange. « Un titre de baronnet est le moins qu'il puisse espérer, expliqua Lord Liverpool à Sir Walter, et nous serions parfaitement en droit de faire mieux. Que diriez-vous d'une vicomté ? » La raison pour laquelle cela resta lettre morte, c'était que, comme Sir Walter le souligna, il était absolument impossible de conférer un titre à Strange sans réserver le même traitement à Norrell. Or, nul au gouvernement n'aimait assez Norrell pour en avoir le désir. L'idée de devoir s'adresser à Mr Norrell en lui donnant du « Sir Gilbert » ou du « monsieur le vicomte » était plutôt décourageante.

Strange fronça le sourcil.

— Non, je ne le connais point. Quel est son nom ?

Arabella l'ignorait.

— J'ai toujours cru qu'il était un parent de Sir Walter ou de Lady Pole. Il est tout à fait singulier que je n'aie jamais pensé à lui demander son nom ! J'ai eu pourtant... Oh ! des heures de conversation avec lui !

— Vraiment ? Je ne suis pas certain d'approuver cela. Est-il beau garçon ?

— Oh, oui ! Très beau ! C'est drôle que je ne sache pas son nom ! Il est très divertissant. Tout à fait différent de la plupart des gens du monde.

— Et de quoi conversez-vous ?

— Oh, de tout ! Et cela se termine toujours par des promesses de cadeaux. Lundi dernier, il voulait me ramener un tigre du Bengale. Mercredi, il souhaitait me présenter la reine de Naples... Parce que, selon lui, elle et moi nous ressemblions tant que nous étions sûres de devenir des amies intimes. Et, vendredi encore, il insistait pour envoyer un domestique me chercher un arbre à musique...

— Un arbre à musique ?

Arabella rit.

— Un arbre à musique ! Il prétend que quelque part, sur une montagne avec un nom à coucher dehors, il pousse un arbre qui porte des partitions en guise de fruits, et que sa musique est de loin supérieure à toute autre. Je ne sais jamais s'il croit à ses fariboles ou non. Au reste, parfois je me suis demandé s'il n'était pas fou. Je dois toujours trouver une excuse ou une autre pour ne point accepter ses présents.

— J'en suis content. Je n'aurais pas aimé rentrer chez moi et trouver la maison pleine de tigres, de reines et d'arbres à musique. Avez-vous des nouvelles fraîches de Mr Norrell ?

— Non, aucune.

— Pourquoi souriez-vous donc ? demanda Strange.

— Je souriais ? Je l'ignorais. Eh bien alors, je vais tout vous raconter. Il m'a envoyé une fois un message, pas plus.

— Une fois ? En trois ans ?

— Oui. Il y a environ un an de cela, le bruit a couru que vous aviez été tué à Vitoria et Mr Norrell a dépêché Childermass pour s'enquérir si c'était vrai. Je n'en savais pas plus que lui. Puis, ce soir-là, le capitaine Moulthrop est arrivé. Il avait débarqué à Portsmouth moins de deux jours plus tôt et était venu ici d'une traite pour m'aviser qu'il n'y avait pas un mot de vrai dans tout cela. Je n'oublierai jamais son amabilité ! Pauvre jeune homme ! Il avait été amputé d'un bras moins d'un mois ou deux auparavant et souffrait encore beaucoup. Mais il y a une lettre de Mr Norrell pour vous sur la table. Childermass l'a apportée hier.

Strange se leva et se dirigea vers la table. Il ramassa la lettre et la retourna entre ses mains.

— Eh bien, je vais devoir partir, je présume, dit-il d'un ton dubitatif.

En vérité, il n'était nullement pressé de revoir son vieux mentor, ni très enthousiaste à cette idée. Il s'était habitué à être indépendant en pensée et en action. En Espagne, il recevait ses instructions du duc de Wellington ; toutefois, la nature de la magie qu'il mettait en œuvre pour se conformer à ces instructions était entièrement son fait. La perspective de pratiquer de nouveau la magie sous la tutelle de Mr Norrell ne l'enchantait guère ; et après des mois passés en compagnie des fringants et intrépides jeunes officiers de Wellington, la pensée de longues heures avec Mr Norrell pour seul interlocuteur était un tantinet sinistre.

Malgré ces mauvais pressentiments, l'entretien fut très cordial. M. Norrell était si ravi de le revoir, si curieux de la nature précise des charmes qu'il avait utilisés en Espagne, si élogieux pour tout ce qui avait été réalisé, que Strange commençait à croire qu'il avait sous-estimé son maître.

Assez naturellement, Mr Norrell refusa d'entendre que Strange voulait renoncer à son rôle d'élève.

— Non et non et non ! Vous devez revenir ici. Nous avons beaucoup à faire. Maintenant que la guerre est finie, le vrai travail est devant nous. Nous devons restaurer la magie pour les temps modernes ! J'ai eu les plus grandes assurances de plusieurs ministres, très désireux de me convaincre de la totale impossibilité pour eux de continuer à gouverner le pays sans l'aide de notre magie ! Or, en dépit de tout ce que vous et moi avons réalisé, il existe encore des malentendus ! Tenez ! L'autre jour, j'ai entendu par hasard Lord Castlereagh conter à quelqu'un que vous aviez, sur l'insistance de Lord Wellington, eu recours à la magie noire en Espagne ! J'ai assuré sans tarder à monsieur le duc que vous n'aviez employé que les méthodes les plus modernes.

Strange marqua un silence, puis inclina légèrement la tête d'une manière que Mr Norrell prit certainement pour un acquiescement.

— Nous évoquions la question de savoir si je devais ou non continuer à être votre élève. J'ai maîtrisé toutes les sortes de magie inscrites sur la liste que vous m'aviez dressée voilà quatre ans. Vous m'avez dit, monsieur, avant mon départ pour la Péninsule, que vous étiez entièrement satisfait de mes progrès, ainsi que vous vous en souvenez sans doute..

— Oh ! ce n'était qu'un début. J'ai établi une nouvelle liste pendant votre séjour en Espagne. Je vais sonner Lucas pour qu'il aille la chercher à la bibliothèque. En outre, il y a d'autres livres, bien d'autres, que je souhaite vous voir lire.

Ses petits yeux bleus clignèrent de nervosité en direction de Strange.

Strange hésita. C'était là une allusion à la bibliothèque de l'abbaye de Hurtfew, qu'il n'avait encore jamais vue.

— Oh, monsieur Strange ! s'exclama Mr Norrell. Je suis très content que vous soyez rentré au pays, monsieur. Je suis très content de vous revoir ! J'espère que nous pourrons avoir de nombreuses heures de conversation. Mr Lascelles et Mr Drawlight ont passé beaucoup de temps ici…

Strange répondit qu'il n'en doutait pas.

— … mais il n'est pas question de leur parler magie. Revenez demain. Venez de bonne heure. Venez donc déjeuner !

32

Le roi

Novembre 1814

Au début de novembre 1814, Mr Norrell eut l'honneur de recevoir la visite de quelques gentlemen titrés – un comte, un duc et deux baronnets – qui venaient, à les en croire, l'entretenir d'un sujet des plus délicats. Ils étaient si discrets que, une heure et demie après qu'ils eurent commencé à parler, Mr Norrell ignorait toujours ce qu'ils attendaient de lui.

Il ressortait que, si nobles que fussent ces gentlemen, ils étaient les émissaires d'un personnage encore plus important – le duc d'York – venus s'ouvrir à Mr Norrell de la folie du roi. Les fils du roi avaient récemment rendu visite à leur père et avaient été bouleversés par sa triste condition ; et bien que tous fussent égoïstes, certains d'entre eux débauchés, et aucun d'eux porté à faire des sacrifices d'aucune sorte, ils s'étaient tous répété combien ils donneraient de l'argent sans compter et se couperaient bon nombre de membres pour que le roi trouvât un peu de réconfort.

Cependant, tout comme les enfants du roi s'étaient querellés pour savoir quel médecin devait suivre leur père, ils se querellaient à présent pour décider si un magicien devait ou non s'en occuper. Le prince régent était le premier à s'opposer à cette idée. Bien des années auparavant, du vivant du grand Mr Pitt, le roi avait déjà souffert d'une grave crise de démence et le prince avait régné à sa place ; puis le roi s'était ensuite rétabli et le prince s'était vu dépouiller de ses pouvoirs et de ses privilèges. De toutes les situations fâcheuses du monde, pensait le prince régent, la plus fâcheuse était de se lever de son lit sans avoir la certitude d'être ou non le souverain de Grande-Bretagne. Aussi pouvait-on peut-être pardonner au prince de souhaiter que le roi demeurât fou ou, du moins, n'eût d'autre soulagement que celui apporté par la mort.

Mr Norrell, n'ayant nul désir d'offenser le prince régent, s'abstint de proposer ses services, ajoutant qu'il doutait extrêmement que le mal du roi fût susceptible d'être traité par la magie. Aussi, le fils cadet du souverain, le duc d'York, qui était un gentleman militaire, demanda au duc de Wellington s'il pensait que Mr Strange pouvait se laisser convaincre de rendre visite au roi.

— Oh ! je n'en doute pas ! répondit le duc de Wellington. Mr Strange est toujours content d'avoir une occasion de pratiquer sa magie. Rien ne saurait lui agréer davantage. Les tâches dont je l'ai chargé en Espagne posaient toutes sortes de difficultés et, bien qu'il affectât de s'en plaindre, en vérité il n'eût pu être plus ravi. Je tiens en haute estime les aptitudes de Mr Strange. L'Espagne, comme Votre Altesse royale le sait, est l'un des endroits les moins civilisés au monde, guère pourvu de voies qui soient supérieures à un sentier muletier d'une extrémité du pays à l'autre. Mais grâce à Mr Strange mes hommes avaient de bonnes routes anglaises pour les mener partout où ils étaient appelés et, s'il y avait une montagne, une forêt ou une ville qui nous barrait le chemin, eh bien, Mr Strange la déplaçait ailleurs !

Le duc d'York fit observer que le roi d'Espagne, Ferdinand VII, avait envoyé un courrier au prince régent pour se plaindre que de nombreuses parties de son royaume avaient été rendues méconnaissables par le magicien anglais et demander que Mr Strange revînt pour rendre au pays son aspect originel.

— Ah ! fit le duc de Wellington, guère intéressé. Alors comme cela ils s'en plaignent encore ?

Résultat de cette conversation, en descendant un lundi matin Arabella Strange trouva son salon plein des rejetons mâles du roi. Ils étaient cinq : Leurs Altesses royales les ducs d'York, de Clarence, de Sussex, de Kent et de Cambridge. Ayant tous entre quarante et cinquante ans, ayant tous été jadis beaux garçons, aimant ripailler et boire et, en conséquence, étant tous devenus corpulents.

Mr Strange était debout, accoudé au rebord de cheminée, un livre de Mr Norrell à la main et une expression d'intérêt poli sur le visage, tandis que Leurs Altesses royales parlaient toutes à la fois et se coupaient mutuellement la parole dans leur ardeur à décrire ce que la situation du roi avait de poignant.

— Si vous voyiez comment Sa Majesté régurgite son pain et son lait en mangeant, dit le duc de Clarence à Arabella, les larmes aux yeux, combien il est rempli de craintes imaginaires, et les longs entretiens qu'il a avec Mr Pitt, mort à cette heure… Eh bien, ma chère, vous ne pourriez vous empêcher d'être découragée par ce spectacle.

Et le duc de prendre la main d'Arabella et de commencer à la caresser, apparemment persuadé qu'il s'agissait d'une domestique.

— Tous les sujets de Sa Majesté le roi sont désolés qu'il soit souffrant, répondit Arabella. Aucun de nous ne peut rester indifférent devant ses souffrances.

— Oh, ma chère ! s'écria le duc, ravi. Vos paroles me vont droit au cœur !

Et de planter un gros baiser mouillé royal sur sa main, en la dévisageant avec une grande tendresse.

— Si Mr Norrell ne voit pas là matière à traitement magique, alors sincèrement je ne pense pas que les chances soient favorables, déclara Strange. Néanmoins, je servirai volontiers Sa Majesté.

— En ce cas, reprit le duc d'York, il ne reste plus que le problème des frères Willis.

— Les Willis ? répéta Strange.

— Oh, en effet ! s'exclama le duc de Cambridge. Les Willis sont plus impertinents qu'on ne saurait l'imaginer.

— Nous devons éviter de trop fâcher les Willis, avertit le duc de Clarence, sinon ils vont sûrement se venger sur Sa Majesté.

— Les Willis soulèveront quantité d'objections à la visite de Mr Strange, soupira le duc de Kent.

Les Willis étaient deux frères qui possédaient un asile d'aliénés dans le Lincolnshire. Depuis de nombreuses années déjà, ils prenaient soin du roi chaque fois que Sa Majesté se trouvait déraisonner. Et chaque fois qu'il se trouvait avoir toute sa raison, le roi répétait à tous vents combien il exécrait les Willis et à quel point il leur en voulait de leurs cruels traitements. Il avait arraché à la reine, aux ducs et aux princesses la promesse de ne pas le livrer aux Willis, dût-il perdre de nouveau la raison. Cela n'avait servi à rien. Au premier signe de divagation, les Willis avaient été appelés ; ils étaient venus sur-le-champ, avaient enfermé le roi dans une chambre, lui avaient passé la camisole de force et administré de puissants remèdes purgatifs.

Cela étonnera mes lecteurs (car cela étonne tout le monde) qu'un roi soit si peu maître de son destin. Songez pourtant avec quelles alarmes la suspicion de démence est accueillie dans les familles privées. Songez alors combien ces alarmes sont bien plus grandes quand le patient est le roi de Grande-Bretagne ! Si vous ou moi devenions fou, ce serait un malheur pour nous-mêmes, nos proches et notre famille. Mais quand un roi devient fou, c'est une calamité pour la nation entière. Fréquemment par le passé, le mal du roi George avait déjà laissé sans réponse la question de savoir qui devait gouverner le pays. Il n'existait aucun précédent. Personne ne savait que faire. Non que les Willis fussent aimés ou respectés ; ils ne l'étaient pas. Non que leurs traitements soulageassent en quelque façon le roi de ses tourments ; ils ne le soulageaient pas. Le secret du succès des Willis venait de ce qu'ils gardaient leur sang-froid alors que tous les autres étaient pris de panique. Ils endossaient une responsabilité que tous les autres étaient on ne peut plus désireux d'éviter. En échange, ils exigeaient un contrôle absolu sur la personne du roi. Nul n'avait le droit de parler au roi hors de la présence d'un Willis. Pas plus la reine que le Premier ministre. Pas même les treize fils et filles du roi.

— Eh bien, reprit Strange après toutes ces explications, je concède que je préférerais parler à Sa Majesté sans m'embarrasser de quiconque, surtout de personnes défavorables à mon dessein. À l'occasion, j'ai toutefois dérouté toute l'armée française. Je puis sans doute venir à bout de deux médecins. Laissez-moi donc les Willis.

Strange refusa de discuter la question des honoraires avant d'avoir vu le roi. Il ne demanderait rien pour rendre visite à Sa Majesté, ce que les ducs – qui avaient tous des dettes de jeu à rembourser et des pleines maisons d'enfants illégitimes à nourrir et à élever – trouvèrent très élégant de sa part.

Dès potron-minet le lendemain, Strange se rendit à cheval au château de Windsor afin de voir le roi. La matinée était froide, piquante, et une épaisse brume blanche ensevelissait toutes choses. En chemin, il jeta trois petits sorts. Le premier garantirait que les Willis dormiraient bien au-delà de leur heure coutumière ; le deuxième serait cause que les épouses et les domestiques des Willis oublieraient de les réveiller, et le troisième l'assurerait que, lorsque les Willis se réveilleraient enfin, aucun de leurs habits ou de leurs bottes ne serait là où ils les avaient laissés la veille. Deux ans plus tôt, Strange aurait eu scrupule à jouer un tour, même aussi léger, à deux étrangers, mais désormais il n'hésitait plus. À l'instar de beaucoup des messieurs qui avaient suivi le duc de Wellington en Espagne, il s'était mis inconsciemment à imiter Sa Grâce, dont il entrait dans le tempérament de toujours agir de la manière la plus directe possible[1].

Vers dix heures, il franchissait la Tamise par le petit pont de bois du village de Datchet. Il longea le chemin séparant le fleuve des remparts, puis entra dans la ville de Windsor. Aux portes du château, il se présenta à la sentinelle et lui expliqua son affaire avec le roi. Un valet en livrée bleue apparut pour l'escorter jusqu'aux appartements royaux. Le valet était un homme urbain, intelligent, et, comme il arrive souvent avec le personnel des lieux grandioses, il était extrêmement fier du château et de tout ce qui allait avec. Son prin-

1. Dans *La Vie de Jonathan Strange*, John Segundus dispute d'autres circonstances où il croit que les dernières actions de Strange étaient influencées par le duc de Wellington.

cipal plaisir dans l'existence consistait à en faire faire le tour à ses hôtes et à se les figurer ébahis, intimidés et frappés de stupeur.

— Cela ne peut être votre première visite, n'est-ce pas, monsieur ? telle fut sa première question à Strange.

— Au contraire. J'y pose le pied pour la première fois de ma vie.

Notre homme eut l'air choqué.

— Alors, monsieur, vous avez manqué un des spectacles les plus nobles que l'Angleterre peut offrir.

— Vraiment ? J'y suis, maintenant.

— Seulement vous y êtes pour affaire, monsieur, répondit le domestique d'un ton réprobateur, et n'aurez sans doute guère le loisir de tout regarder de manière appropriée. Il vous faut revenir, monsieur. En été. Et au cas où vous seriez marié, je prends la liberté de vous signaler que les dames sont toujours particulièrement charmées par le château.

Il fit traverser à Strange une cour d'imposantes dimensions. Il y avait longtemps de cela, en temps de guerre, celle-ci avait dû offrir un abri pour quantité de gens et leur bétail, et il subsistait quelques anciennes constructions d'un style sévère qui témoignaient du caractère militaire que le château avait présenté à l'origine. Au fil du temps, cependant, l'attrait de la pompe et de la splendeur royale avait commencé à contrebalancer des considérations plus utilitaires, et une église magnifique avait été construite, qui occupait la majeure partie de l'espace. Cette église (appelée la Chapelle mais, en réalité, plus proche d'une cathédrale) montrait toute la complexité et la recherche dont le style gothique est capable. Elle était enclose de contreforts de pierre, armés de piquants et couronnés de clochetons, eux aussi en pierre, et regorgeait de chapelles, d'oratoires et de sacristies.

Toujours sous la conduite du valet, Strange contourna une éminence escarpée aux flancs lisses, surmontée de la tour ronde qui est la partie la plus facilement reconnaissable du château vu de loin. En passant sous une porte médiévale, ils pénétrèrent dans une autre cour aux proportions presque aussi magnifiques que la première, mais, alors que l'autre était peuplée de domestiques, de soldats et de représentants de la maison, celle-ci était silencieuse et déserte.

— Il est bien dommage que vous ne soyez pas venu chez nous il y a quelques années, monsieur, dit le serviteur. À l'époque, il était possible de visiter les appartements du roi et ceux de la reine après en avoir fait la demande auprès de l'intendant. Le mal de Sa Majesté a mis fin aux visites.

Il mena Strange à une imposante entrée gothique, au milieu d'une longue rangée d'édifices de pierre. En gravissant une volée de marches, il continua à déplorer les nombreux obstacles qui empêchaient de voir le château. Il ne pouvait s'empêcher de penser que la déception de Strange devait être immense.

— J'ai trouvé ! déclara-t-il soudain. Je vais vous montrer Saint George's Hall ! Oh ! Ce n'est pas le centième de ce que vous devriez voir, monsieur, mais cela vous donnera une idée de la magnificence du château de Windsor !

Au sommet de l'escalier, il tourna à droite et traversa promptement une salle aux murs couverts d'assemblages décoratifs d'épées et de pistolets. Strange le suivait. Ils pénétrèrent dans une galerie haute de plafond, longue de soixante ou quatre-vingts mètres.

— Là ! dit le valet avec autant de suffisance que s'il l'avait lui-même construite et décorée.

Le long du mur sud, de hautes fenêtres cintrées laissaient entrer un jour froid et brumeux. La partie inférieure des murs était lambrissée de poirier, et les panneaux avaient tous des bordures sculptées et dorées. La partie supérieure, ainsi que le plafond, était couverte de peintures de dieux et de déesses, de rois et de reines. Le plafond représentait Charles II montant vers une gloire éternelle sur un nuage blanc et bleu, entouré de chérubins roses et potelés. Généraux et diplomates déposaient des trophées à ses pieds, tandis que Jules César, Mars, Hercule et divers grands personnages se tenaient autour avec embarras, subitement frappés d'un sentiment mortifiant d'infériorité devant le monarque britannique.

Tout cela était on ne peut plus magnifique. Cependant, la peinture qui tira l'œil de Strange était une immense fresque murale s'étendant sur toute la longueur du mur nord. Au milieu, on voyait deux rois assis chacun sur un trône. De part et d'autre, debout ou à genoux, se pressaient chevaliers, dames, courtisans, pages, dieux et déesses. La partie gauche de la fresque était baignée de soleil. De ce côté-ci, le roi était un homme beau et robuste, présentant toute la vigueur de la jeunesse. Il portait une toge claire et avait les cheveux dorés et bouclés, le front ceint de lauriers et un sceptre à la main. Les figures et les dieux qui l'entouraient étaient tous équipés de casques, de cuirasses, de lances et d'épées, l'artiste suggérant ainsi que ce monarque n'attirait dans son amitié que les plus guerriers des hommes et des divinités. Dans la partie droite du tableau, en revanche, la lumière devenait terne et plus crépusculaire, comme si le peintre avait voulu figurer un soir d'été. Des étoiles brillaient au-dessus des personnages et tout autour. De ce côté-là, le roi avait la peau pâle et les cheveux bruns. Il portait une toge noire, et sa physionomie était indéchiffrable. Couronné de sombres feuillages de lierre, il tenait en sa main gauche une fine baguette d'ivoire. Son entourage se composait surtout de créatures surnaturelles : un phénix, une licorne, une mantichore, des faunes et satyres. On distinguait également quelques personnages mystérieux : une silhouette masculine en robe de moine avec le capuchon tiré sur le visage, une silhouette féminine enroulée dans une cape foncée et semée d'étoiles, le bras jeté en travers des yeux. Entre les deux trônes se dressait une jeune femme vêtue d'une tunique blanche flottante et coiffée d'un casque d'or. D'un geste protecteur, le roi martial lui avait posé la main gauche sur l'épaule ; le roi ténébreux, lui, tendait la main droite vers elle, qui avait allongé la sienne, de sorte que les bouts de leurs doigts se touchaient légèrement.

— C'est l'œuvre d'Antonio Verrio[1], un gentilhomme italien, expliqua le valet. – Il montra du doigt le roi de gauche. – Voici Edward III de l'Angleterre du Sud. – Il montra ensuite le roi de droite. – Et voilà le roi magicien de l'Angleterre du Nord, John Uskglass.

— Vraiment ? fit Strange, grandement intéressé. J'ai déjà vu des statues de lui, certes. Et aussi des gravures dans des livres. Mais je ne pense pas avoir jamais vu de portraits. Et la dame entre les deux rois, qui est-ce donc ?

— Mrs Gwynn, une des maîtresses de Charles II. Elle est censée représenter Britannia[2].

— Je vois. Ce n'est pas rien, je pense, que notre roi magicien occupe encore une place d'honneur dans la maison royale. Mais enfin, on l'a vêtu à la romaine et on lui fait donner la main à une actrice. Je me demande ce qu'il dirait de cela...

Le valet ramena Strange par la galerie tapissée d'armes et le laissa devant une porte noire d'allure imposante, surmontée d'un grand fronton de marbre en corniche.

— Je ne puis vous conduire plus loin, monsieur. Ici s'arrête mon domaine et commence celui des Drs Willis. Vous trouverez le roi derrière cette porte.

Et de s'incliner avant de redescendre l'escalier.

Strange frappa à la porte. De l'intérieur résonnaient le son d'un clavecin et les accents d'une voix masculine.

La porte s'ouvrit sur un grand et solide gaillard de trente ou quarante ans. Son visage rond et blafard était vérolé et suait tel un fromage de Cheschire. L'un dans l'autre, il ressemblait de façon saisissante au bonhomme de la lune qui passe pour un « ample fromage[3] ». Il s'était rasé sans soin et, çà et là sur

1. Peintre italien spécialiste de mythologies baroques (1639-1707). Il fut admiré de Charles II, pour qui il décora le château de Windsor (*N.d.T.*).

2. Nom latin de la Grande-Bretagne (*N.d.T.*).

3. La Fontaine, *Fables*, XI (*N.d.T.*).

sa face blanche, se détachaient deux ou trois gros poils noirs, évoquant une famille de mouches noyée dans le lait avant la fabrication dudit fromage, d'où leurs pattes émergeraient. Sa redingote était taillée dans une bure brune rugueuse, et sa chemise et sa cravate dans le lin le plus grossier. Aucun de ses vêtements n'était particulièrement propre.

— Oui ? dit-il, gardant la main sur le battant, montrant ainsi son intention de le refermer à la moindre provocation de l'intrus.

Il tenait très peu du personnage du serviteur de palais et beaucoup de celui de l'infirmier d'asile d'aliénés, ce qu'il était.

Strange leva un sourcil devant ce manque de courtoisie. Il donna son nom assez froidement et déclara qu'il était venu rendre visite au roi.

Le bonhomme soupira.

— Eh bien, monsieur, je ne puis nier que nous vous attendions. Mais, vous voyez, vous ne pouvez entrer. Le Dr John et le Dr Robert – les noms des deux frères Willis – ne sont pas là. Nous les espérons d'un instant à l'autre depuis une heure et demie. Nous ne savons pas où ils peuvent se trouver.

— Voilà qui est des plus fâcheux, répondit Strange, mais cela ne me concerne pas. Car je n'ai nul désir de voir les messieurs dont vous me parlez. J'ai affaire avec le roi. J'ai ici une lettre signée par les archevêques de Canterbury et d'York m'accordant le droit de visiter Sa Majesté aujourd'hui.

Et Strange d'agiter la lettre sous le nez de l'autre.

— Monsieur, vous devez attendre la venue du Dr John et du Dr Robert. Ils ne permettent à personne de s'immiscer dans leur façon de s'y prendre avec le roi. Le silence et la retraite sont ce qui convient le mieux au roi. La conversation est la pire des choses pour lui. Vous ne sauriez imaginer, monsieur, quel terrible mal vous pourriez causer au roi simplement en lui parlant. Mettons que vous lui disiez qu'il pleut. Vous considéreriez sans doute que la remarque est la plus innocente du monde. Elle peut pourtant donner à ruminer au roi, voyez-vous, et son esprit, dans sa démence, vole alors d'une chose à une autre, lui provoquant une crise de fureur des plus dangereuses. Il peut songer aux fois où, dans le temps, il pleuvait et où ses domestiques lui apportaient des nouvelles de batailles perdues, et de filles qui étaient mortes, et de fils qui l'avaient déshonoré… Tenez ! Cela pourrait suffire à tuer le roi sur le coup ! Voulez-vous tuer le roi, monsieur ?

— Non.

— Eh bien, alors, reprit le bonhomme d'un ton enjôleur, ne voyez-vous donc pas, monsieur, qu'il serait préférable d'attendre le Dr John et le Dr Robert ?

— Merci, mais je pense que c'est un risque à courir. Conduisez-moi à Sa Majesté, je vous prie.

— Le Dr John et le Dr Robert seront très mécontents, l'avertit le bonhomme.

— Je ne m'en soucie guère, répliqua Strange avec froideur.

Le bonhomme parut stupéfié par cette impertinence.

— À présent, poursuivit Strange, avec un air très déterminé et un nouveau moulinet de sa lettre, auriez-vous l'obligeance de me permettre de voir le roi ou allez-vous défier l'autorité de deux archevêques ? Cela est une affaire très grave, passible de... Enfin, je ne sais pas exactement de quoi, mais d'une peine assez sévère, j'imagine.

Le bonhomme soupira. Il appela un compère (aussi sale et fruste que lui) et lui ordonna de se rendre immédiatement aux domiciles du Dr John et du Dr Robert pour aller les chercher. Puis, à contrecœur, il s'écarta afin de laisser entrer Strange.

Les dimensions de la salle étaient grandioses. Les murs, lambrissés de chêne, présentaient quantité de fines moulures. D'autres personnages majestueux et allégoriques étaient alanguis sur les nuées peintes au plafond. Quant à la pièce elle-même, elle était lugubre. Pas un seul tapis n'en couvrait le sol, et il y faisait très froid. Un fauteuil et un clavecin en mauvais état constituaient le seul mobilier. Un vieil homme était assis au clavecin, leur tournant le dos. Vêtu d'une robe de chambre d'un antique brocart violet, il avait un bonnet de nuit froissé en velours écarlate sur la tête et, aux pieds, des pantoufles sales et cassées. Il jouait avec beaucoup de vigueur et chantait à tue-tête en allemand. En entendant des bruits de pas approcher, il s'interrompit.

— Qui est là ? demanda-t-il. Qui est-ce donc ?

— Le magicien, Votre Majesté, répondit l'infirmier de l'asile d'aliénés.

Le vieil homme parut méditer un moment ce renseignement, puis il déclara d'une voix forte :

— Cette profession m'inspire un dégoût sans pareil !

Et de se remettre à frapper les touches de son clavecin en chantant à tue-tête.

C'était là une entrée en matière plutôt décourageante. L'infirmier d'asile d'aliénés émit un petit rire insolent et se retira, laissant Strange et le roi seul à seul. Strange s'avança de quelques pas dans la salle et se posta à un endroit d'où il pourrait observer le visage du roi.

Sur ce visage, le malheur de la démence se combinait avec celui de la cécité. Les iris étaient d'un bleu trouble, le blanc des yeux aussi terne que du lait caillé. De longues mèches de cheveux blanchâtres, striés de gris, pendaient de part et d'autre de ses joues, marbrées de vaisseaux éclatés. Pendant que le roi chantait, de la salive voletait de ses lèvres rouges flasques. Sa barbe était presque aussi longue et aussi blanche que ses cheveux. Il ne ressemblait en rien aux portraits que Strange avait vus de lui, car ceux-ci avaient été exécutés quand il avait toute sa tête. Avec sa longue chevelure, sa longue barbe et sa longue robe violette, il rappelait surtout un personnage de vieillard tragique sorti de Shakespeare… Ou plutôt à deux personnages de vieillards tragiques sortis de Shakespeare. Dans sa folie et sa cécité, il était le roi Lear et Gloucester réunis.

Strange avait été averti par les ducs royaux qu'il était contraire à l'étiquette de parler au roi à moins que ce dernier ne vous adressât d'abord la parole. Il y avait cependant peu d'espoir que cela arrivât, étant donné que Sa Majesté détestait autant les magiciens. Aussi, quand Sa Majesté marqua une nouvelle pause dans sa musique et son chant, Strange se présenta.

— Je suis l'humble serviteur de Votre Majesté, Jonathan Strange d'Ashfair, dans le Shropshire. J'étais le magicien ordinaire des armées pendant la dernière guerre en Espagne où, sans m'en vanter, j'ai pu me rendre quelque peu utile à Votre Majesté. C'est l'espoir des fils et des filles de Votre Majesté que ma magie puisse soulager Votre Majesté de son mal.

— Dites au magicien que je ne le vois pas ! répondit le roi d'un ton dégagé.

Strange ne se donna pas la peine de répliquer à cette déclaration absurde. Bien sûr que le roi ne pouvait le voir, il était aveugle.

— Mais je vois fort bien son compagnon ! continua Sa Majesté d'un ton approbateur en tournant la tête, comme pour fixer un point à cinquante centimètres ou à un mètre sur la gauche de Strange. Avec sa perruque argentée, je pense bien que je devrais être capable de le voir ! Il a l'air d'un bougre bien extravagant.

Ces propos étaient si convaincants que Strange se retourna pour regarder. Naturellement, il n'y avait personne.

Pendant ces quelques derniers jours, il avait compulsé les livres de Mr Norrell en quête d'une indication appropriée à l'état du roi. Il existait étonnamment peu de charmes susceptibles de guérir la folie. Au reste, il n'en avait trouvé qu'un, et il n'était pas certain de sa destination. Il s'agissait d'une prescription des *Révélations des trente-six autres mondes*, d'Ormskirk. Ormskirk écrivait que celle-ci devait dissiper les illusions et corriger les idées fausses. Strange sortit l'ouvrage pour relire le charme. La formule de magie était particulièrement obscure, composée seulement des mots suivants :

« Place la lune devant ses yeux et sa blancheur dévorera les fausses apparences que le trompeur y aura mises.

« Place un essaim d'abeilles à portée de ses oreilles. Les abeilles aiment la vérité et détruiront les mensonges du trompeur.
« Place du sel dans sa bouche, de crainte que le trompeur ne tente de l'attirer avec le goût du miel ou de le rebuter avec un goût de cendres.
« Cloue sa main d'un clou en fer afin qu'il ne puisse la lever pour exécuter l'ordre du trompeur.
« Place son cœur en lieu sûr afin que tous ses désirs lui soient propres et que le trompeur ne puisse y trouver prise.

« Mémorandum. La couleur rouge peut être jugée bénéfique. »

Tandis que Strange prenait lecture du passage, il fut forcé de reconnaître qu'il n'avait pas la moindre idée de sa signification[1]. Comment le magicien était-il censé décrocher la lune pour le sujet affligé ? Et si le second alinéa était exact, alors les ducs eussent mieux fait de recourir à un apiculteur qu'à un magicien. Strange ne pouvait pas non plus croire que Leurs Altesses royales seraient ravies s'il s'avisait de transpercer les mains du roi avec des clous en fer. La note sur la couleur rouge était également étrange. Il croyait se souvenir d'avoir lu ou entendu quelque chose sur le rouge, sans se rappeler pour l'heure quelle en était la teneur.

Le roi, entre-temps, avait engagé la conversation avec le personnage imaginaire aux cheveux d'argent.

— Je vous demande de bien vouloir me pardonner de vous avoir pris pour un être du commun. Vous pouvez bien être roi, comme vous l'affirmez ; néanmoins, je me permets de vous faire remarquer que je n'ai jamais eu vent d'aucun de vos royaumes. Où se trouve Illusions-perdues ? Où sont les Châteaux bleus ? Où est donc la Cité des anges de fer ? Nous, en revanche, sommes roi de Grande-Bretagne, une terre connue de tous et qui est clairement représentée sur les cartes ! – Sa Majesté s'arrêta, vraisemblablement pour attendre la réponse du personnage aux cheveux d'argent, car il s'écria soudain : – Oh, ne le prenez pas mal ! De grâce, ne le prenez pas mal ! Vous êtes roi et je suis roi aussi ! Nous serons tous rois ensemble ! Et rien ne nous oblige, ni l'un ni l'autre, de céder au courroux ! Tenez, je vais jouer et chanter pour vous !

---

1. Il est probable qu'Ormskirk n'en avait pas non plus la moindre idée. Il avait simplement consigné un charme qui lui avait été confié par quelqu'un d'autre ou qu'il avait trouvé dans un livre. C'est l'éternel problème posé par les écrits des magiciens argentins. Dans leur désir de conserver la moindre bribe de science magique, ils étaient souvent amenés à noter ce qui leur demeurait incompréhensible.

Et de tirer une flûte de la poche de sa robe de chambre afin de jouer un air mélancolique.

À titre d'expérience, Strange tendit la main et déroba le bonnet de nuit écarlate de Sa Majesté. Il observa attentivement le roi pour voir s'il devenait encore plus fou sans son couvre-chef ; au bout de plusieurs minutes d'observation, il fut forcé de reconnaître qu'il ne voyait aucune différence. Il lui remit son bonnet de nuit.

Pendant l'heure et demie qui suivit, il essaya toute la magie qui lui venait à l'esprit. Il jeta des sorts de mémoire, des sorts de découverte, des sorts d'éveil, des sorts pour la concentration d'esprit, des sorts pour chasser les cauchemars et les mauvaises pensées, des sorts pour discerner un ordre dans le chaos, des sorts pour retrouver son chemin après s'être égaré, des sorts de démystification, des sorts de clairvoyance, des sorts pour exercer son intelligence, des sorts pour guérir les malades ainsi que des sorts pour restaurer un membre fracturé. Certains de ces sorts étaient longs et compliqués. D'autres se limitaient à un mot. D'autres devaient être prononcés à haute voix. D'autres exigeaient seulement d'être pensés. D'autres ne comportaient aucun mot et consistaient en un simple geste. D'autres encore étaient des sorts que Strange et Norrell pratiquaient quotidiennement sous une forme ou une autre depuis les cinq dernières années. D'autres n'avaient probablement pas servi depuis des siècles. D'autres demandaient un miroir, deux une petite perle de sang du doigt du magicien, et un troisième une bougie et un bout de ruban. Mais ils avaient tous quelque chose en commun : ils n'avaient absolument aucun effet sur le roi.

À la fin, Strange songea : « Oh, j'abandonne ! »

Sa Majesté, qui, par bonheur, n'avait eu nulle conscience de la magie à laquelle elle avait été soumise, devisait confidentiellement avec le personnage aux cheveux d'argent qu'elle seule pouvait voir.

— Avez-vous été envoyé ici pour toujours ou bien pouvez-vous repartir ? Oh, ne vous laissez pas attraper ! Ce lieu est peu sûr pour les rois ! On nous met la camisole de force ! La dernière fois que j'ai eu l'autorisation de sortir de mes appartements, c'était un lundi de 1811. On me dit qu'il y a trois ans de cela, mais on ment ! D'après mes calculs, il y aura deux cent quarante-six ans dimanche en quinze !

« Pauvre malheureux ! songea Strange. Enfermé dans ce lieu glacé et sinistre, sans amis ni divertissements ! Rien d'étonnant à ce que le temps passe si lentement pour lui. Rien d'étonnant à ce qu'il soit fou ! »

À haute voix il déclara :

— Je serai très heureux de vous faire sortir, Votre Majesté, si tel est votre désir.

Le roi marqua une pause dans son bavardage et tourna légèrement la tête.

— Qui a dit cela ? demanda-t-il.

— C'est votre serviteur, Votre Majesté. Jonathan Strange, le magicien.

Et Strange de s'incliner respectueusement, avant de se rappeler que Sa Majesté était dans l'incapacité de le voir.

— La Grande-Bretagne ! Mon cher royaume ! s'écria le roi. Comme j'aimerais le revoir, surtout maintenant que l'été est là… Les arbres et les prés sont parés de leurs plus beaux atours et l'air a la douceur de la tarte aux cerises !

Par la fenêtre, Strange jeta un regard aux frimas blancs et aux arbres nus et squelettiques.

— Très bien. Je considérerais comme un grand honneur si Votre Majesté acceptait de me suivre dehors.

Le monarque parut méditer cette proposition ; il ôta l'une de ses pantoufles et tenta de la poser en équilibre sur sa tête. Comme cela ne marchait pas, il remit sa pantoufle, prit un gland qui pendait au bout du cordon de sa robe de chambre et le suça d'un air songeur.

— Comment saurais-je si vous n'êtes pas un méchant démon venu m'induire en tentation ? demanda-t-il enfin du ton de quelqu'un en possession de toute sa raison.

Strange avait quelque mal à répondre à sa question. Pendant qu'il cherchait que dire, le roi reprit :

— Naturellement, si vous êtes un méchant démon, alors vous devriez savoir que je suis éternel et ne puis mourir. Si je découvre que vous êtes mon ennemi, je taperai du pied et vous renverrai tout droit en enfer !

— Vraiment ? Votre Majesté devra m'enseigner ce tour. J'aimerais savoir une chose aussi utile. Mais permettez-moi de vous faire observer que, avec une magie si puissante à votre disposition, Votre Majesté n'a rien à craindre en me suivant à l'extérieur. Nous devrons partir aussi vite et aussi discrètement que possible. Les frères Willis ne vont sûrement pas tarder à être là. Votre Majesté ne doit pas faire de bruit !

Le roi ne souffla mot, se tapota le nez et prit un air très rusé.

La tâche suivante de Strange était de trouver le chemin de la sortie sans alerter les infirmiers. Le roi ne fut absolument d'aucune aide à cet égard. Quand il lui demanda où les diverses portes menaient, il répondit qu'à son avis une porte menait en Amérique, une autre à la damnation éternelle, et qu'une troisième pouvait peut-être conduire au vendredi suivant. Aussi Strange en choisit-il une, celle dont le roi pensait qu'elle menait en Amérique, et se dépêcha d'escorter Sa Majesté à travers une enfilade de pièces. Toutes avaient des plafonds peints représentant des monarques anglais qui traversaient les nues dans des chars flamboyants, triomphaient des allégories de l'Envie, du Péché et de la Sédition, et fondaient des temples de la Vertu, des palais de la Justice éternelle et autres institutions utiles de ce genre. Mais, bien que les plafonds débordassent de l'activité la plus intense, les salons au-dessous étaient abandonnés, râpés et pleins de poussière et d'araignées. Les meubles étaient tous recouverts de housses, de sorte qu'on avait le sentiment que ces sièges et ces tables avaient dû mourir il y avait bien longtemps, et que c'étaient là leurs pierres tombales.

Ils aboutirent à une sorte d'escalier dérobé. Le roi, qui avait pris à cœur la consigne de silence de Strange, insista pour descendre les marches sur la pointe des pieds à la manière très exagérée d'un petit enfant. Cela lui prit du temps.

— Eh bien, Votre Majesté, déclara gaiement Strange, quand ils arrivèrent enfin en bas, j'estime que nous nous sommes plutôt bien débrouillés. Je n'entends aucun bruit de poursuite. Le duc de Wellington serait content de nous employer l'un ou l'autre comme agent de renseignements. Je ne pense pas que le capitaine Somers-Cocks ou même Colquhoun Grant auraient pu traverser le territoire ennemi avec plus de...

Il fut interrompu par les sons stridents, triomphants, que le roi tirait de sa flûte.

— Morbleu ! s'exclama Strange, tendant l'oreille au cas où les infirmiers ou, pis encore, les Willis accourraient.

Cependant, il ne se produisit rien de tel. Quelque part tout près, on entendait de drôles de coups sourds irréguliers, accompagnés de cris et de gémissements... On eût cru que quelqu'un se faisait battre par un plein placard de balais. Hormis ce vacarme, tout était tranquille.

Une porte ouvrait sur une grande terrasse de pierre, d'où le sol descendait à pic ; au bas du talus, s'étendait un parc. Sur la droite, on devinait une longue double rangée d'arbres dénudés.

Bras dessus, bras dessous, le roi et Strange suivirent la terrasse jusqu'au coin du château. Là, Strange trouva un sentier qui dévalait la pente avant de disparaître dans le parc. Ils le longèrent donc et n'avaient pas pénétré très avant sous les arbres quand ils tombèrent sur une pièce d'eau ornementale, limitée par une margelle de pierre[1]. Au centre se dressait un petit pavillon de

1. Cette pièce d'eau et sa double rangée d'arbres étaient tout ce qui restait d'un vaste jardin d'agrément, dessiné par le roi William III, et qui avait été commencé sans être jamais achevé. Il avait été abandonné après que le coût s'en fut révélé par trop cher. On avait laissé les terres retourner à leur état antérieur de parc et de prés.

pierre, décoré de gargouilles sculptées. Certaines évoquaient des chiens, sauf que leurs corps étaient allongés et bas sur pattes, tels ceux des lézards, et que chacun présentait une crête de piquants le long de l'échine. D'autres étaient censées représenter des dauphins incurvés qui s'étaient mystérieusement arrangés pour s'accrocher aux murs. Sur le toit, une demi-douzaine de dames et de messieurs de l'Antiquité classique, assis dans des positions tout aussi classiques, tenaient des vases. Visiblement, il avait été dans les intentions de l'architecte que des fontaines jaillissent des gueules de toutes ces étranges créatures et des vases du toit pour retomber artistiquement dans la pièce d'eau ; à présent tout était gelé et silencieux.

Strange s'apprêtait à émettre quelque remarque sur le spectacle mélancolique offert par le bassin gelé, quand il entendit des cris. Il se retourna et aperçut un groupe de personnes qui descendaient le talus du château à vive allure. Comme ils se rapprochaient, il vit qu'ils étaient au nombre de quatre : deux messieurs qu'il ne connaissait pas et les deux infirmiers, celui à la face pareille à un fromage du Cheshire et celui qui avait été envoyé chercher les Willis. Ils semblaient tous ulcérés.

Ces messieurs se dépêchaient, fronçant le sourcil d'un air important et offensé. Ils montraient tous les symptômes de ceux qui s'étaient vêtus en hâte. L'un tentait de boutonner sa redingote, sans grand succès. Dès qu'il attachait les boutons, ceux-ci se défaisaient. À peu près du même âge que Mr Norrell, il portait une perruque démodée (rappelant celle de Mr Norrell) qui de temps en temps tressautait et tournoyait sur sa tête. Mais il différait de Mr Norrell en ce qu'il était plutôt grand, plutôt beau, et avait un maintien imposant et décidé. L'autre monsieur, son cadet de plusieurs années, était tracassé par ses bottes, lesquelles paraissaient douées d'opinions propres. Alors qu'il luttait pour avancer, elles tentaient de l'entraîner dans une direction totalement différente. Strange ne put que conclure que sa magie avait eu plus de succès qu'il ne l'avait espéré et avait rendu les habits difficiles à manier.

Le monsieur le plus grand (celui qui portait la perruque folâtre) jeta à Strange un regard furibond.

— Avec l'autorisation de qui le roi est-il sorti ? s'enquit-il.

Strange leva les épaules.

— Avec la mienne, je pense.

— Vous ! Mais qui êtes-vous ?

Ne goûtant point la manière dont on s'adressait à lui, Strange répliqua

— Et vous, qui êtes-vous ?

— Je suis le Dr John Willis. Voici mon frère, le Dr Robert Darling Willis. Nous sommes les médecins du roi. Nous avons la charge de la personne du roi sur ordre du Conseil de la reine. Personne n'a le droit de rencontrer Sa Majesté sans notre permission. Je vous le demande une dernière fois : qui êtes-vous ?

— Je suis Jonathan Strange. Je suis venu à la requête de Leurs Altesses royales les ducs d'York, de Clarence, de Sussex, de Kent et de Cambridge pour voir si Sa Majesté peut ou non être guérie par la magie.

— Ha ! s'écria le Dr John avec mépris. La magie ! Cette médecine-là est surtout utilisée pour tuer les Français, n'est-il pas ?

Le Dr Robert émit un rire sarcastique. L'effet de son dédain glacé de scientifique fut toutefois gâché quand ses bottes l'emportèrent soudain avec une telle brutalité qu'il alla heurter du nez contre un arbre.

— Voyons, maître magicien ! protesta le Dr John. Vous vous méprenez si vous croyez pouvoir maltraiter ma personne et mes domestiques en toute impunité. Car vous reconnaîtrez sans doute que vous avez collé les portes du château avec votre magie afin que mes hommes ne puissent vous empêcher de sortir ?

— Certainement pas ! déclara Strange. Je n'ai rien commis de tel ! Je l'aurais pu, concéda-t-il, s'il en avait été besoin. Mais vos hommes sont aussi paresseux qu'ils sont insolents ! Quand Sa Majesté et moi-même avons quitté le château, ils étaient invisibles !

Le premier infirmier (celui à la face pareille à un fromage du Cheshire) faillit exploser en entendant ces paroles.

— Ce n'est pas vrai ! cria-t-il. Docteur John, docteur Robert, je vous supplie de ne pas écouter ces menteries ! Martin que voici – il montrait l'autre infirmier – a perdu la voix. Il ne pouvait plus émettre un son pour donner l'alerte !

L'autre infirmier remua les lèvres en gesticulant violemment pour confirmer ses propos.

— … Quant à moi, monsieur, j'étais dans le corridor au bas de l'escalier, quand la porte d'en haut s'est ouverte. Je me disposais justement à parler à ce magicien – et des noms d'oiseaux j'allais lui donner aussi de votre part – quand j'ai été attiré par magie dans un placard à balais dont la porte s'est aussitôt refermée sur moi…

— Quelles inepties ! s'exclama Strange.

— Des inepties, ah, oui ? s'indigna le bonhomme. Et je présume que ce n'est pas vous qui m'avez fait battre par les balais du placard ? Je suis plein de contusions.

Cela au moins était parfaitement vrai. Il avait le visage et les mains couverts de marques rouges.

— Là, maître magicien ! s'écria triomphalement le Dr John. Que dites-vous à présent ? À présent que tous vos tours sont dévoilés...

— Ah, vraiment ? fit Strange. Il s'est infligé une belle correction afin de rendre son histoire plus convaincante !

Le roi émit un son vulgaire sur sa flûte.

— Soyez assuré, menaça le Dr John, que le Conseil de la reine entendra parler sous peu de votre impudence ! – Puis, se détournant de Strange, il appela : – Votre Majesté, venez ici !

Le roi gambadait lestement derrière Strange.

— Vous m'obligeriez en rendant Sa Majesté à ma garde, insista le Dr John.

— Je n'en ferai rien, déclara Strange.

— Parce que vous savez comment les insensés doivent être traités, n'est-ce pas ? ironisa le Dr John. Vous avez étudié la question ?

— Je sais que l'éloignement de toute compagnie, la privation d'exercice et un simple changement d'air ne peuvent rien guérir du tout. Il s'agit d'une barbarie ! Je ne traiterais pas un chien ainsi.

— En parlant de la sorte, ajouta le Dr Robert, vous trahissez votre ignorance. La solitude et la tranquillité dont vous vous plaignez si vigoureusement sont les pierres angulaires de tout notre système de traitement du roi.

— Oh ! se défendit Strange. Vous appelez cela un système, vraiment ? Et en quoi consiste ce système ?

— Il y a trois principes essentiels, répondit le Dr Robert. L'intimidation...

Avec sa flûte, le roi joua quelques notes tristes...

— ... l'isolement...

... qui se muèrent en un petit air mélancolique...

— ... et la contention.

... avant de s'achever sur une longue note semblable à un soupir.

— De cette manière, poursuivit le Dr Robert, toutes les sources possibles d'excitation sont supprimées et le patient se voit refuser les matériaux servant à construire ses fantaisies et ses idées erronées.

— À la fin, ajouta le Dr John, c'est en imposant sa volonté à son patient que le médecin obtient la guérison. La force de caractère du médecin détermine donc son succès ou son échec. D'aucuns ont noté que notre père était capable de maîtriser des aliénés juste en les fixant du regard.

— Vraiment ? s'étonna Strange, se sentant intéressé à son corps défendant. Je n'y avais jamais songé auparavant, mais on trouve assurément quelque chose d'identique dans la magie. Il existe toutes sortes de circonstances où le succès d'un tour de magie dépend de la force de caractère du magicien.

— Pas possible ? fit le Dr John, jetant un bref coup d'œil à sa gauche.

— Oui. Prenez Martin Pale, par exemple. Maintenant il est...

Strange suivit involontairement des yeux la direction du regard du Dr John. Un des infirmiers – celui qui ne pouvait plus parler – contournait furtivement la pièce d'eau ornementale en direction du roi, tenant un objet de couleur claire dans les mains. Sur le moment, Strange ne devina pas la nature de ce dernier. Puis il le reconnut : c'était une camisole de force.

Plusieurs événements se produisirent en même temps. Strange cria quelque chose – il ne savait quoi –, l'autre infirmier se rua vers le roi, les deux Willis tentèrent de s'emparer de Strange, le roi tira des sons d'alarme stridents de sa flûte et un drôle de bruit se fit entendre, comme si une centaine de gens se raclaient la gorge.

Tous s'arrêtèrent pour regarder autour de soi. Le vacarme paraissait provenir du petit pavillon de pierre au centre du bassin gelé. Soudain un nuage blanc opaque fusa des gueules de toutes les gargouilles de pierre, comme si celles-ci avaient toutes expiré à la fois. Les nuages de buée brillèrent et scintillèrent dans la maigre lumière brumeuse, puis tombèrent sur la glace avec un léger tintement.

Il y eut un silence, suivi immédiatement d'un horrible fracas, pareil à celui de blocs de marbre qu'on eût fendus. Les gargouilles s'arrachèrent des murs du pavillon et se mirent à ramper et à se dandiner vers les Willis sur la surface gelée. Les yeux de pierre inexpressifs roulaient dans leurs orbites. Leurs gueules s'ouvrirent, et de chaque gorge jaillit un jet d'eau. Leurs lourdes queues zigzaguaient de côté et d'autre, tandis que leurs pattes minérales se levaient puis s'abaissaient avec raideur. Les canalisations de plomb qui transportaient l'eau jusqu'à leurs gueules s'étiraient magiquement derrière elles.

Les Willis et les infirmiers écarquillaient les yeux, dans la totale incapacité de comprendre ce qui se passait. Les grotesques créatures rampaient toujours, tirant leur tuyauterie après elles et arrosant d'eau les médecins. Ces derniers sautaient ici et là en hurlant, davantage par peur que sous l'effet de la douleur.

Les infirmiers s'enfuirent. Que les Willis, eux, restassent plus longtemps avec le roi, il n'aurait pu en être question. Dans l'air glacé, leurs habits trempés gelaient sur eux.

— Magicien ! cria le Dr John, tout en se tournant pour regagner le château en courant. Eh bien ! voilà un autre nom pour imposteur ! Lord Liverpool en entendra parler, magicien ! Il saura comment vous agissez avec les médecins du roi ! Ouille, ouille, ouille !

Il aurait bien continué dans cette veine, mais les gargouilles du toit du pavillon s'étaient dressées et commençaient à lui lancer des pierres.

Strange se borna à accorder un sourire méprisant aux frères Willis. Son assurance était pourtant plus feinte que réelle. En vérité, il se sentait mal à l'aise. Toute la magie qui venait d'être pratiquée n'était pas de son fait.

33

« Placez la lune devant mes yeux »

Novembre 1814

C'ÉTAIT ON NE PEUT PLUS mystérieux. Pouvait-il y avoir un autre magicien au château ? Un des domestiques, peut-être ? Ou l'une des princesses ? Cela semblait peu probable. Mr Norrell pouvait-il y être pour quelque chose ? Strange se représenta son professeur assis dans son petit salon du second étage de Hanover-square, à scruter son plat d'argent, à observer tout ce qui se passait et à chasser, à la fin, les Willis grâce à sa magie. C'était possible, estima Strange. L'animation des statues était une des spécialités de Mr Norrell, après tout. Cela avait même été le premier enchantement à lui apporter la notoriété publique. Et pourtant, pourtant… Pourquoi Mr Norrell déciderait-il soudain de l'aider ? Par bonté d'âme ? Certainement pas. En outre, cette magie dégageait un humour noir qui ne ressemblait pas à Norrell. Le magicien n'avait pas seulement voulu effrayer les frères Willis, il avait voulu les ridiculiser. Non, ce ne pouvait être Norrell. Alors qui ?

Le roi ne paraissait nullement las. Il était plutôt porté à danser, à gambader et à se réjouir en général de la défaite des Willis. Aussi, pensant qu'un surcroît d'exercice ne pouvait assurément pas nuire à Sa Majesté, Strange poursuivit son chemin.

Le brouillard blanc avait estompé tout détail et toute couleur, rendant le paysage fantomatique. La terre et le ciel se confondaient dans la même grisaille immatérielle.

Le roi prit le bras de Strange d'un geste affectueux, ayant complètement oublié qu'il détestait les magiciens. Il se mit à l'entretenir des sujets qui le préoccupaient dans sa folie. Il était convaincu que quantité de calamités s'étaient abattues sur la Grande-Bretagne depuis qu'il était devenu fou. Il se figurait que le naufrage de sa raison devait s'accompagner d'un naufrage correspondant du royaume. Le premier de ces fantasmes était sa croyance que Londres avait été noyée dans une grande inondation.

— … et quand on est venu nous annoncer que les eaux grises et glacées s'étaient refermées sur le dôme de la cathédrale Saint-Paul et que la cité de Londres était devenue le domaine des poissons et des monstres marins, nous ne pouvons vous décrire nos sentiments ! Nous croyons avoir pleuré pendant trois jours entiers ! Aujourd'hui, les monuments sont tous recouverts d'anatifes, et sur les marchés on ne vend plus que des huîtres et des oursins ! Mr Fox nous a rapporté que voilà trois dimanches il était allé à Saint Vedast, dans Foster-lane, et qu'il avait entendu une excellente homélie prononcée par un turbot[1]. Mais nous avons un plan pour la restauration de notre royaume ! Nous avons dépêché des plénipotentiaires au roi des Poissons avec notre proposition d'épouser une sirène et de mettre ainsi fin au conflit opposant nos deux grandes nations !…

L'autre sujet qui préoccupait le roi était celui du personnage aux cheveux d'argent que lui seul voyait.

— Il prétend être roi, chuchota-t-il avec empressement. Nous, nous pensons que c'est un ange ! À cause de cette chevelure d'argent, nous croyons cela très vraisemblable. Et ces deux mauvais génies – ceux auxquels vous parliez –, il les a affreusement injuriés. Nous sommes persuadé qu'il est venu les frapper et les jeter dans une fosse ardente ! Ensuite, il ne fait aucun doute qu'il nous portera, vous comme nous, jusqu'au Piccadilly céleste !

— Au paradis céleste, corrigea Strange. Votre Majesté veut dire le paradis.

Ils continuèrent de marcher. Il se mit à neiger, une lente chute de blanc sur un monde gris clair. Le silence était total.

Soudain résonna le son d'une flûte. Cette musique était indiciblement funèbre et nostalgique, quoique pleine de noblesse.

Croyant que le roi jouait, Strange se retourna. Sa Majesté se tenait les bras le long du corps, avec la flûte dans sa poche. Strange promena ses regards à la ronde. Le brouillard n'était pas assez épais pour cacher un intrus qui aurait pu s'approcher d'eux. Il n'y avait personne. Le parc était désert.

— Ah, écoutez ! s'écria le roi. L'artiste décrit la tragédie du roi de Grande-Bretagne. Cette suite de notes, là ! C'est pour ses anciens pouvoirs disparus ! Cette phrase mélancolique ! C'est pour sa raison détruite par des politiciens fourbes et la mauvaise conduite de ses fils. Ce petit air-là propre à vous briser le cœur… C'est pour la belle et jeune créature qu'il adorait quand il était

1. Charles James Fox, un homme politique d'opinion radicale, était décédé quelque huit ans plus tôt. Ce propos montre à quel point le roi avait l'esprit dérangé : Mr Fox était un célèbre athée qui n'aurait mis les pieds dans une église sous aucun prétexte.

petit et à laquelle ses amis l'ont contraint de renoncer. Ah, mon Dieu ! Comme il a pleuré alors...

Des larmes roulèrent sur la face du roi. Il esquissa une pavane lente et solennelle, agitant le corps et les bras de côté et d'autre et tournant doucement sur le sol. La musique s'éloignait pour s'enfoncer plus profondément dans le parc, et le roi suivait en dansant.

Strange était mystifié. La musique conduisait le roi en direction d'un bosquet. Du moins Strange supposait-il que c'était un bosquet. Il était quasi certain d'avoir vu tout à l'heure une douzaine d'arbres, probablement moins. À présent le bosquet était devenu un petit bois... Non, un vrai bois, un bois sombre et profond, aux arbres séculaires et sauvages. Leurs grosses branches évoquaient des membres tordus, et leurs racines de grouillants nœuds de serpent. Elles étaient lourdement enchevêtrées de lierre et de gui. Un étroit sentier se dessinait entre les troncs, creusé de profondes ornières, bordées de glace et frangées d'herbes raidies par le gel. Au fond du bois, de pâles piqûres d'épingle lumineuses suggéraient une maison là où il n'aurait dû y en avoir aucune.

— Votre Majesté ! appela Strange. – Il courut après le roi et lui saisit les mains. – Que Votre Majesté me pardonne, mais je n'aime pas beaucoup l'aspect de ces arbres. Je pense que nous ferions aussi bien de retourner au château.

Le roi était transporté par la musique et ne voulait pas partir. Il murmura, puis dégagea son bras de l'étreinte de Strange. Strange se saisit de nouveau de lui et, moitié ouvrant la marche, moitié tirant son royal compagnon, le ramena à la grille.

Mais le flûtiste invisible n'était pas disposé à abandonner si facilement la partie. La musique soudain s'amplifia ; elle arrivait de toutes parts. Une nouvelle mélodie s'insinuait presque à leur insu pour se mêler harmonieusement à la première.

— Ah ! Écoutez ! Oh, écoutez ! s'exclama le roi, se retournant vivement. Il joue en votre honneur, maintenant ! Cette mélodie criarde est pour votre méchant maître qui ne veut pas vous enseigner ce que vous êtes en droit d'apprendre. Ces notes discordantes expriment votre courroux d'être empêché de faire de nouvelles découvertes. Cette lente marche funèbre est pour la grande bibliothèque qu'il est trop égoïste pour vous montrer.

— Comment diable..., commença Strange, avant de s'interrompre.

Il l'entendait aussi, la musique qui racontait sa vie. Il s'avisa pour la première fois combien son existence était pleine de tristesse. Il était entouré d'hommes et de femmes à l'esprit mesquin, qui le détestaient et étaient secrètement jaloux de son talent. Il savait à présent que toute pensée rebelle qu'il avait nourrie était justifiée, et toute pensée généreuse hors de propos. Ses ennemis étaient méprisables, et ses amis fourbes. Norrell (bien entendu) était le pire de tous ; Arabella était faible et indigne de son amour.

— Ah ! soupira Sa Majesté. Alors vous aussi avez été trahi.

— Oui, murmura tristement Strange.

Ils étaient de nouveau face au bois. Les lumières entre les arbres, si minuscules fussent-elles, évoquaient fortement à Strange l'idée d'un toit et de ses joies. Il voyait déjà la douce clarté des chandelles tomber sur les bergères confortables, les âtres anciens où des flammes claires pétillaient, les verres de vin chaud épicé qui leur seraient servis pour les réchauffer après leur marche dans le bois obscur. Ces lumières lui suggéraient aussi autre chose.

— Je crois qu'il y a une bibliothèque, dit-il.

— Oh, assurément ! acquiesça le roi, tapant des mains dans son enthousiasme. Vous allez lire ses ouvrages et, quand vos yeux seront fatigués, nous vous les lirons ! Nous devons nous hâter ! Écoutez la musique ! Il s'impatiente de savoir si nous le suivons !

Sa Majesté tendit la main pour prendre le bras gauche de Strange. Afin de lui agréer, Strange s'aperçut qu'il devait déplacer un objet qu'il tenait dans la main gauche. *Les Révélations des trente-six autres mondes* d'Ormskirk.

« Oh, ce livre-là ! songea-t-il. Eh bien, je n'en ai plus besoin. La maison de la forêt doit sûrement en contenir de meilleurs ! » Il ouvrit la main et laissa tomber *Les Révélations* sur le sol enneigé.

La neige tombait plus dru. Le flûtiste jouait toujours. Ils pressèrent le pas vers le bois. Comme ils couraient, le bonnet de nuit du roi tomba sur les yeux de ce dernier. Strange leva le bras pour le redresser. Ce faisant, il se souvint brusquement de ce qu'il savait sur la couleur rouge : c'était une puissante protection contre les enchantements.

— Hâtez-vous ! hâtez-vous ! criait le roi.

Le flûtiste enchaîna une suite de notes rapides qui montèrent, puis descendirent pour imiter le bruit du vent. Un authentique vent surgi du néant moitié souleva les marcheurs, moitié les poussa au-dessus du sol en direction du bois. Quand il les reposa, ils étaient beaucoup plus proches de celui-ci.

— Excellent ! approuva le roi.

Son bonnet de nuit tira de nouveau l'œil de Strange.

Le flûtiste invoqua un nouveau vent. Celui-ci emporta le royal bonnet de nuit.

— Peu me chaut, peu me chaut ! cria joyeusement le roi. Il nous a promis des bonnets en abondance quand nous arriverons à sa maison.

Tout à coup Strange lâcha le bras du roi et rebroussa chemin en vacillant dans la tempête et le blizzard pour recouvrer le livre. Celui-ci reposait sur la neige, écarlate au milieu d'un vaporeux camaïeu de blanc et de gris.

« ... Protection contre les enchantements... »

Strange se rappela avoir dit à l'un des Willis qu'afin de réussir sa magie un magicien se devait de recourir à sa force de caractère. Pourquoi songeait-il à cela maintenant ?

« Place la lune devant mes yeux, récita-t-il intérieurement, et sa blancheur dévorera les fausses apparences que le trompeur y aura mises. »

Le disque blanc balafré de la lune apparut soudain. Non dans le ciel, mais quelque part ailleurs. S'il avait été forcé de préciser où exactement, Strange aurait déclaré que c'était dans sa tête. Cette sensation n'était pas agréable. Tout ce à quoi il pensait, tout ce qu'il voyait, c'était la face de la lune, pareille à un éclat d'ossement ancien. Il en oublia le roi, il oublia qu'il était magicien, il oublia Mr Norrell. Il oublia même son nom.

Hormis la lune, il oublia tout.

La lune disparut. Levant les yeux, Strange se trouva dans une fondrière enneigée, non loin d'un bois obscur. Entre lui et le bois se tenait le roi aveugle dans sa robe de chambre. Celui-ci devait avoir continué à avancer quand Strange s'était arrêté. Mais sans son guide sur qui s'appuyer, le roi se sentait perdu et effrayé. Il clamait :

— Magicien ! Magicien ! Où êtes-vous donc ?

Le bois ne faisait plus à Strange l'effet d'être un lieu accueillant. Il lui apparaissait désormais comme il lui était apparu au début : sinistre, impénétrable, « non anglais ». Quant aux lumières, il les distinguait à peine ; c'étaient de simples points blancs dans les ténèbres, ce qui suggérait que les occupants de la maison ne pouvaient pas se permettre de brûler beaucoup de chandelles.

— Magicien ! appela encore le roi.

— Je suis là, Votre Majesté.

« Place un essaim d'abeilles à portée de mes oreilles, récita-t-il intérieurement. Les abeilles aiment la vérité et détruiront les mensonges du trompeur. »

Une sourde rumeur emplit ses oreilles, étouffant la musique du flûtiste. Elle ressemblait fort à un langage, et Strange pensa qu'il le comprendrait dans quelque temps. Elle s'amplifia, lui emplissant la tête, la poitrine et jusqu'aux extrémités des doigts et des orteils. Même ses cheveux semblaient électrisés, sa peau crépitait et vibrait de concert. L'espace d'un horrible instant, il crut avoir la bouche pleine d'abeilles, que des abeilles bourdonnaient et voletaient sous sa peau, dans ses oreilles et ses entrailles.

Le bourdonnement cessa. Strange entendit de nouveau le son de la flûte ; toutefois sa musique ne lui paraissait pas aussi douce qu'avant, ni ne lui donnait plus l'impression d'exprimer son existence.

« Place du sel dans ma bouche, se remémora-t-il, de crainte que le trompeur ne tente de m'attirer avec le goût du miel ou de me rebuter avec un goût de cendres. »

Ce passage du charme ne produisait absolument aucun effet[1].

« Cloue ma main d'un clou en fer afin que je ne puisse la lever pour exécuter l'ordre du trompeur. »

— Aïe ! Bon Dieu ! hurla Strange.

Une douleur atroce lui vrilla la paume de la main gauche. Quand elle cessa (aussi soudainement qu'elle avait commencé), il ne se sentit plus forcé de se hâter vers le bois.

« Place mon cœur en lieu sûr afin que tous mes désirs me soient propres et que le trompeur ne puisse y trouver prise. »

Il s'imagina Arabella, telle qu'il l'avait vue mille fois, adorablement mise, siégeant dans un salon au milieu d'une foule de personnes, qui toutes riaient et bavardaient. Il lui donna son cœur. Elle le lui prit des mains et le glissa silencieusement dans la poche de sa robe de soirée. Personne n'avait vu son geste.

Strange jeta ensuite le même sort au roi et, en dernier ressort, confia aussi le cœur du roi à Arabella pour qu'elle le gardât dans sa poche. Il était intéressant de porter un regard extérieur sur la magie. Tant d'événements peu communs s'étaient succédé dans la pauvre tête du roi que la soudaine apparition de la lune ne parut lui causer aucune surprise. Il ne se soucia guère des abeilles ; il les chassa quelque temps après.

Lorsque le sort eut fini d'agir, le flûtiste cessa brusquement de jouer.

— Et maintenant, Votre Majesté, déclara Strange, je crois qu'il est temps de rentrer au château. Vous êtes un souverain britannique, Votre Majesté, et je suis un magicien britannique. Même si la Grande-Bretagne peut nous manquer, nous n'avons pas le droit de manquer à la Grande-Bretagne. Elle peut encore avoir besoin de nos services.

---

1. Lorsque, par la suite, Strange repassa les événements de la matinée dans son esprit, il ne put que supposer que le flûtiste n'avait pas tenté de le tromper au moyen du goût.

— C'est vrai, c'est vrai ! À notre couronnement, nous avons prêté serment de toujours la servir ! Oh, mon pauvre pays ! – Le roi se retourna et agita la main dans la direction supposée du mystérieux flûtiste. – Adieu ! Adieu, cher monsieur ! Dieu vous bénisse pour votre bonté envers George III !

Les Révélations des trente-six autres mondes reposaient à terre, à moitié recouvertes de neige. Strange les ramassa et en chassa la neige. Il regarda derrière lui. Le bois obscur avait disparu, remplacé par un bouquet de cinq hêtres dénudés des plus innocents.

Sur le chemin du retour vers Londres, Strange s'abîma dans ses pensées. Il avait conscience qu'il aurait dû être troublé par les péripéties survenues à Windsor, peut-être effrayé. Sa curiosité et son excitation, cependant, compensaient de loin son malaise. D'ailleurs, qui ou quoi que fût l'auteur de l'enchantement, il l'avait vaincu et lui avait imposé sa volonté. Son enchanteur avait été fort, mais il avait été encore plus fort. Toute l'aventure avait confirmé un de ses plus anciens soupçons : il existait davantage de magie en Angleterre que Mr Norrell ne voulait bien l'admettre.

Peu importait l'angle sous lequel il considérait cette affaire, il revenait sans arrêt au personnage aux cheveux d'argent seulement visible du roi. Il tâchait de se rappeler les paroles exactes de Sa Majesté sur ce personnage, mais butait toujours sur le simple détail de ses cheveux d'argent.

Il arriva à Londres aux environs de quatre heures et demie. La cité s'obscurcissait ; des lumières brillaient à toutes les boutiques, et les allumeurs de réverbères arpentaient les rues. Après avoir atteint le carrefour d'Oxford-street et de New Bond-street, il tourna le dos à celui-ci pour se diriger vers Hanover-square. Il trouva Mr Norrell dans sa bibliothèque, en train de prendre le thé.

Mr Norrell, comme toujours, fut ravi de voir l'autre magicien et impatient d'entendre le compte-rendu complet de sa visite au roi.

Strange lui rapporta donc que le monarque était séquestré en son palais, puis il énuméra les charmes qu'il avait pratiqués. De l'arrosage des Willis, du bois enchanté et du flûtiste invisible, il ne souffla mot.

—Je ne suis pas surpris que vous n'ayez pu aider Sa Majesté, commenta Mr Norrell. Je ne crois pas que les magiciens auréats aient été capables de guérir la folie. En fait, je ne suis pas certain qu'ils aient essayé. Ils semblent avoir considéré la folie sous un tout autre jour. Ils révéraient les fous, en quelque sorte, et croyaient qu'ils savaient des choses ignorées des hommes sensés, des choses qui pouvaient être utiles à un magicien. On raconte que

Ralph Stokesey et Catherine de Winchester consultaient tous deux des aliénés.

— Il n'y avait pas que les magiciens, n'est-ce pas ? objecta Strange. Les fées aussi s'intéressaient beaucoup aux fous. Je me souviens d'avoir lu cela quelque part, j'en suis sûr.

— Oui, en effet ! Certains de nos écrivains les plus importants ont noté la grande ressemblance existant entre les fous et les fées. Les deux sont connus pour tenir des propos sans queue ni tête. Vous avez sans doute remarqué ce trait chez le roi. On observe d'autres similitudes. Chaston, si je m'en souviens bien, a plusieurs choses à dire sur le sujet. Il cite l'exemple d'un aliéné de Bristol qui, chaque matin, annonçait à sa famille son intention de sortir se promener en compagnie d'une des chaises de la salle à manger. L'homme était dévoué à ce meuble particulier, le considérait comme l'un de ses amis les plus intimes et tenait avec lui des conversations imaginaires au cours desquelles ils discutaient du but de leur promenade et des chances qu'ils avaient de rencontrer d'autres tables ou chaises. Apparemment, le malheureux était très peiné chaque fois qu'une personne se proposait de s'asseoir sur ladite chaise. À l'évidence, cet homme était fou, Chaston souligne toutefois que les fées ne considéreraient pas son comportement comme aussi ridicule que nous. Les fées ne font pas une grande distinction entre le règne animé et le règne inanimé. Elles croient que les pierres, les portes, les arbres, le feu, les nuées et ainsi de suite ont tous une âme et des désirs, et sont de sexe masculin ou féminin. Peut-être cela explique-t-il l'extraordinaire sympathie que les fées montrent pour la folie. Par exemple, il était bien connu que, lorsque les fées se dérobaient aux regards, les aliénés étaient souvent capables de les percevoir. Le cas le plus célèbre que j'ai en mémoire était celui d'un jeune insensé appelé Duffy, de Chesterfield dans le Derbyshire, au XIVe siècle. Il était le favori d'un sylphe malveillant qui tourmentait ce bourg depuis des années. Le sylphe, s'étant pris d'une grande affection pour ce garçon, lui faisait des présents dispendieux, dont les trois quarts ne lui eussent guère été d'utilité s'il avait été en possession de toute sa raison et ne lui en étaient absolument d'aucune dans sa folie : un bateau incrusté de diamants, une paire de bottes d'argent, un cochon chanteur…

— Pourquoi le sylphe avait-il toutes ces prévenances pour Duffy ?

— Oh ! Il disait à Duffy qu'ils étaient des frères d'infortune. J'ignore pourquoi. Chaston a écrit que nombre de fées nourrissaient le vague sentiment d'avoir été maltraitées par les Anglais. Cela constituait un mystère pour Chaston – comme pour moi – qu'elles fussent de cette opinion. Dans les maisons des grands magiciens anglais, en effet, les fées tenaient le premier rang chez les serviteurs et siégeaient aux meilleures places après le magicien et sa dame. Chaston a bien des choses intéressantes à ajouter sur le sujet. Son meilleur ouvrage est *Liber novus*. – Mr Norrell fit les gros yeux à son élève. – Je suis sûr de vous l'avoir déjà recommandé une demi-douzaine de fois, reprit-il. Ne l'avez-vous pas lu ?

Malheureusement, Mr Norrell ne se rappelait pas toujours avec une grande précision quels livres il souhaitait que Strange lût et quels autres il avait expédiés dans le Yorkshire dans le seul but de les mettre hors de sa portée. Le *Liber novus* était en sûreté sur un rayon de la bibliothèque de l'abbaye de Hurtfew. Strange soupira, puis répondit que dès que Mr Norrell lui mettrait le livre en main, il serait très content de le lire.

— Dans l'intervalle, monsieur, peut-être auriez-vous la bonté d'achever l'histoire du sylphe de Chesterfield…

— Ah, oui ! Voyons, où en étais-je ? Eh bien, pendant bien des années tout alla bien pour Duffy, tandis que tout allait mal pour la ville. Un bois croissait sur la place du marché et les habitants ne pouvaient plus gérer leurs affaires. Il poussa des ailes aux chèvres et aux cochons, qui s'envolèrent. Le sylphe transforma les pierres de l'église paroissiale à demi construite en pains de sucre. Lequel sucre se réchauffa au soleil et devint poisseux ; une partie de l'église fondit. La ville embaumait telle une pâtisserie géante. Pis encore, les chiens et les chats vinrent lécher l'église, tandis que les oiseaux, les rats et les souris accouraient pour la grignoter. Les habitants se retrouvèrent avec une église informe, à moitié mangée, ce qui n'était pas du tout le résultat qu'ils avaient escompté. Ils se virent contraints de s'adresser à Duffy et de le prier de bien vouloir plaider leur cause auprès du sylphe. Mais Duffy était obstiné et refusa de les aider car il leur en voulait de s'être moqués de lui par le passé. Ils furent donc obligés d'adresser à ce pauvre fou toutes sortes de compliments sur son intelligence et ses attraits. Aussi Duffy plaida-t-il leur cause auprès du sylphe et… Ah ! quelle différence alors ! Le sylphe cessa de les tourmenter et transforma de nouveau le sucre en pierre. Les citadins abattirent le bois de la place du marché et achetèrent de nouvelles bêtes. Néanmoins, ils ne retrouvèrent jamais vraiment leur église. Aujourd'hui encore, l'église de Chesterfield présente quelque bizarrerie qui la distingue des autres.

Strange demeura un moment silencieux. Puis il demanda :

— À votre avis, monsieur Norrell, les fées ont-elles complètement quitté l'Angleterre ?

— Je ne sais. Il circule maintes histoires sur des Anglais et des Anglaises qui auraient rencontré des fées dans des endroits écartés au cours des trois ou quatre derniers siècles. Toutefois, aucun de ces heureux élus n'étant savant ou magicien, on ne peut pas accorder une grande valeur à leur témoignage. Quand vous et moi invoquerons les fées… J'entends par là, se hâta-t-il de corriger, si nous étions assez malavisés pour le faire, alors, pourvu que nous jetions convenablement nos sorts, les fées apparaîtraient sur-le-champ. Cependant, d'où elles viennent et par quelles voies elles voyagent est incertain. Du temps de John Uskglass, on construisit des routes praticables qui conduisaient d'Angleterre au monde des fées, de larges routes verdoyantes, entre de hautes haies tout aussi verdoyantes ou des murets de pierre. Ces routes existent toujours, mais je ne crois pas que, de nos jours, les fées s'en servent davantage que les chrétiens. Elles sont envahies par les herbes et en mauvais état. Elles ont l'air abandonnées, et je me suis laissé conter qu'on les évitait.

— Le commun croit que les routes féeriques portent malheur, ajouta Strange.

— C'est ridicule. Les routes féeriques sont inoffensives. Les routes féeriques ne mènent nulle part[1].

— Et les descendants mi-humains des fées ? Héritent-ils le savoir et les pouvoirs de leurs aïeux ? s'enquit Strange.

---

1. Si Mr Norrell a raison ou non de dire que les routes féeriques sont inoffensives, on peut en disputer. Ce sont des lieux enchantés, et il existe des dizaines de contes sur les étranges aventures qui arrivaient aux imprudents tentant de les emprunter. Le conte suivant est un des plus connus. Il est difficile de savoir quel était précisément le sort réservé aux voyageurs sur la route ; ce n'est sûrement pas un sort que vous et moi souhaiterions partager.

Au Yorkshire, à la fin du XVIe siècle, il y avait un homme qui était propriétaire d'une ferme. Tôt un matin d'été, il sortit avec deux ou trois de ses domestiques pour commencer la fenaison. Une brume blanche recouvrait les terres et l'air était frais. Le long d'un des côtés du champ courait une ancienne route des fées, délimitée par de hautes haies d'aubépines. De grandes herbes et des arbustes poussaient sur cette route, indistincte et ombreuse même aux plus beaux jours. Le paysan n'avait jamais aperçu personne sur la route des fées, mais ce matin-là, levant les yeux, lui et ses hommes virent un groupe de gens la longer. Leurs visages étaient inconnus, et leurs costumes bizarres. L'un d'eux, un homme, marchait à grands pas devant les autres. Il quitta la route pour s'avancer dans le champ. Il était vêtu de noir, beau et jeune ; et bien qu'ils ne l'eussent jamais vu, le paysan et ses domestiques le reconnurent immédiatement : c'était le roi des magiciens, John Uskglass. Ils s'agenouillèrent devant lui et il les releva. Il leur apprit qu'il entreprenait un voyage, et ils lui cédèrent un cheval, ainsi que des provisions de bouche. Ils allèrent chercher épouses et enfants ; John Uskglass les bénit et leur porta bonheur.

Le fermier regardait d'un air dubitatif les inconnus qui étaient restés sur la route des fées, mais John Uskglass lui assura qu'il n'avait rien à craindre. Il lui promit que ses gens ne lui nuiraient point. Puis il s'éloigna à cheval.

Les inconnus sur l'ancienne route des fées s'attardèrent un moment mais, aux premiers rayons du soleil brûlant d'été, ils s'évanouirent avec la brume.

— Ah ! C'est une tout autre affaire. Aujourd'hui beaucoup de personnes portent des surnoms qui trahissent les origines féeriques de leurs ancêtres. Altreterros et Farfadet en sont deux exemples. Elfick en est un autre, ainsi que Faee, manifestement. Il me souvient d'un Tom Altroterres qui travaillait sur une de nos fermes quand j'étais enfant. En revanche, il est assez rare qu'aucun de ces descendants de fées présente le moindre don magique. En effet, le plus souvent ils ont une réputation de malice, d'arrogance et de paresse, tous vices pour lesquels leurs ancêtres fées étaient célèbres.

Le lendemain, Strange rencontra les ducs royaux et leur dit combien il regrettait de ne pas avoir été capable d'atténuer la folie du roi. Si Leurs Altesses royales étaient désolées de l'entendre, elles n'étaient pas surprises. Elles s'étaient attendues à cette issue, et elles assurèrent Strange qu'elles ne lui en tenaient aucunement rigueur. Elles étaient même contentes de toutes ses entreprises et appréciaient particulièrement qu'il ne leur eût pas demandé d'honoraires. En récompense, elles lui accordèrent leur *Royal Warrant*[1]. Cela signifiait qu'il pouvait, s'il le désirait, apposer des images en plâtre doré de leurs cinq blasons au-dessus de sa porte de Soho-square et qu'il était libre de répandre qu'il était magicien des ducs royaux par décret.

Ce que Strange ne révéla pas aux ducs, c'était qu'il méritait leur gratitude plus qu'ils ne le croyaient. Il était certain d'avoir épargné au roi quelque sort horrible. Mais lequel ? il l'ignorait.

---

1. *Royal Warrant* (« garantie royale »), autorisation que reçoit un commerçant de fournir la famille royale (*N.d.T.*).

34

À l'orée du désert

Novembre 1814

STEPHEN ET LE GENTLEMAN aux cheveux comme du duvet de chardon marchaient par les rues d'une ville inconnue.

— N'êtes-vous donc pas las, monsieur ? demanda Stephen. Pour ma part, sans conteste, je le suis. Nous marchons depuis des heures.

Le gentleman laissa échapper un éclat de rire aigu.

— Mon cher Stephen ! Vous arrivez à l'instant ! Tout à l'heure, vous étiez dans la demeure de Lady Pole, contraint d'accomplir quelque tâche servile sur l'ordre de son méchant époux !

— Oh ! s'écria Stephen.

Il s'avisa que la dernière chose dont il se souvenait, c'était qu'il nettoyait l'argenterie dans sa chambrette près de la cuisine, mais cela lui paraissait... Oh ! à des années de là.

Il regarda autour de lui, sans rien reconnaître. Même l'odeur du lieu, un mélange d'épices, de café, de légumes pourrissants et de viandes en train de rôtir, était nouvelle pour lui.

Il poussa un soupir.

— C'est toute cette magie, monsieur. Je m'y perds.

Le gentleman lui serra le bras d'un geste affectueux.

La ville lui apparut bâtie sur un versant escarpé. Il semblait ne pas y avoir de rues à proprement parler, juste d'étroites ruelles, composées en grande partie de marches qui montaient et descendaient en serpentant entre les maisons. Les habitations étaient de la dernière simplicité, sévérité, pour tout dire. Les murs, blanchis à la chaux, étaient de terre ou de torchis ; les entrées avaient des portes en bois plein et les fenêtres des volets de même façon. Les marches des ruelles étaient également badigeonnées de blanc. Dans toute la ville, on ne voyait pas la moindre tache de couleur pour soulager l'œil : aucune fleur en pot sur un rebord de fenêtre, aucun jouet peint oublié sur le seuil d'une porte, où un enfant l'aurait abandonné. Errer parmi ces passages resserrés, songea Stephen, c'était comme se perdre dans les plis d'une immense nappe immaculée.

Le silence ambiant était surnaturel. Tandis qu'ils gravissaient et redescendaient les marches étroites, ils entendaient bien un brouhaha de conversations sortir des maisons ; aucun rire, cependant, aucune chanson, pas de voix d'enfant surexcitées. De temps à autre, ils croisaient un habitant de la ville : toujours un homme à la face basanée, solennel, vêtu d'une robe et de pantalons blancs, avec un turban assorti sur la tête. Tous avaient des cannes – y compris les jeunes gens – ; à la vérité, aucun d'eux ne semblait très jeune ; les habitants de cette ville étaient nés vieux.

Ils ne virent qu'une seule femme (du moins le gentleman aux cheveux comme du chardon affirmait-il qu'il s'agissait d'une femme). Elle se tenait au côté de son époux, enveloppée du sommet de la tête à la pointe des pieds d'un seul vêtement de la couleur des ombres. La première fois que Stephen l'aperçut, elle lui tournait le dos. Conformément à l'atmosphère onirique du lieu, au moment où elle se retournait lentement vers lui il découvrit qu'elle avait, à la place du visage, un panneau d'étoffe lourdement brodé, d'une teinte sombre identique au reste de son costume.

— Ce peuple est très étrange, chuchota Stephen. Pourtant, ils n'ont guère l'air surpris de nous trouver ici !

— Ah ! fit le gentleman. Il tient à la magie que j'ai pratiquée que vous et moi dussions leur apparaître comme deux de leurs congénères. Ils sont convaincus de nous connaître depuis l'enfance. En outre, vous vous apercevrez que vous les entendez parfaitement, et qu'eux aussi vous entendront malgré l'obscurité de leur langue, à peine intelligible pour leurs propres compatriotes à vingt-cinq milles à la ronde !

Sans doute, songea Stephen, cela tenait-il aussi de la magie que les habitants de cette ville ne remarquassent pas combien le gentleman parlait fort, et comment ses paroles résonnaient dans la moindre encoignure chaulée.

La ruelle qu'ils descendaient tourna au coin pour se terminer brusquement par un long muret qui avait été construit là afin d'empêcher les passants étourdis de tomber dans le précipice. De ce belvédère, on avait vue sur la campagne environnante. Balayée par un vent chaud, une morne vallée de roches blanches s'étendait sous un ciel sans nuage. C'était un monde qui avait été dépouillé de toute chair et dont il ne restait plus que les os.

Stephen aurait cru que ce lieu était un rêve ou la conséquence d'un enchantement, si le gentleman aux cheveux comme du chardon ne lui avait annoncé avec jubilation :

— « ... l'Afrique ! La terre de vos ancêtres, mon cher Stephen ! »

« Mes ancêtres ne vivaient pas ici, j'en suis sûr, réfléchissait Stephen. Ce peuple est plus foncé que l'Anglais et beaucoup plus clair que moi. Ce sont des Arabes, à mon avis. » À haute voix, il demanda :

— Allons-nous quelque part en particulier, monsieur ?

— Visiter le bazar, Stephen !

Stephen fut ravi à cette nouvelle. Le silence et la solitude étaient oppressants. Le bazar ne manquerait sans doute pas de bruit et d'animation.

Le bazar local se révéla toutefois être d'une nature très étrange. Il était situé à proximité des remparts de la ville haute, juste devant une porte en bois monumentale. Il n'y avait pas d'éventaires, pas de cohue de chalands qui déambulaient pour inspecter les marchandises. Au contraire, tous ceux qui étaient tant soit peu disposés à acheter quoi que ce fût s'asseyaient par terre en silence, les mains jointes, tandis qu'un responsable du marché – une sorte de commissaire-priseur – faisait circuler les produits pour les montrer aux acheteurs éventuels. Le commissaire-priseur annonçait le dernier prix qui lui avait été proposé, et le client secouait alors la tête ou renchérissait. Les marchandises n'offraient pas une grande variété ; à part quelques balles de belle étoffe et des articles brodés, les tapis dominaient. Lorsque Stephen en fit la remarque à son compagnon, le gentleman répondit :

— Leur religion est des plus sévères, Stephen. Presque tout leur est défendu, à l'exception des tapis.

Ces hommes qui gardaient bouche close de peur de blasphémer, qui détournaient toujours les yeux des visions interdites et dont les mains s'abstenaient à tout instant de quelque geste lui aussi interdit, Stephen les regarda circuler mélancoliquement dans le marché. Ils lui parurent ne mener qu'une apparence de vie. Ils eussent pu aussi bien être des songes ou des fantômes. Dans la ville silencieuse et la campagne qui l'était tout autant, seul le vent brûlant possédait une quelconque substance. Stephen se dit qu'il ne serait pas surpris si, un jour, le vent balayait entièrement la ville et ses habitants.

Stephen et le gentleman s'installèrent dans un coin du marché, sous une banne brune déchirée.

— Pour quelle raison sommes-nous ici, monsieur ? s'enquit Stephen.

— Afin de pouvoir discuter tranquillement, Stephen. Il survient un obstacle des plus sérieux. Je regrette de devoir vous informer que tous nos magnifiques projets ont été brusquement bouleversés. Une fois de plus, ces magiciens nous barrent la route ! Il n'a jamais existé pareille paire de coquins ! Leur seul plaisir, je subodore, est de nous prouver leur mépris ! Un jour, je crois...

Le gentleman était beaucoup plus intéressé à malmener les magiciens qu'à s'exprimer avec clarté, aussi Stephen mit-il un certain temps avant de parvenir à comprendre ce qui s'était passé. Jonathan Strange avait rendu visite au roi d'Angleterre. Pour quelle raison ? le gentleman ne l'expliqua pas. Et puis il était d'avis de voir d'abord ce dont le magicien était capable, et de ne s'occuper du roi d'Angleterre qu'en second lieu.

— .. et j'ignore d'où vient ce manquement, mais je n'ai jamais rendu mes respects à Sa Majesté. Or j'ai découvert que c'était un vieillard des plus délicieux ! Très respectueux à mon égard ! Nous avons eu un long entretien ! Il a grandement souffert du traitement cruel de ses sujets. Les Anglais prennent beaucoup de plaisir à humilier les nobles du royaume. Nombre de preux à travers les âges ont subi leurs méchantes persécutions. Des gens tels que Charles Ier, Jules César et, surtout, vous et moi !

— Je vous demande pardon, monsieur, mais vous parliez de projets. De quels projets s'agit-il ?

— Voyons, nos projets pour vous placer sur le trône d'Angleterre, naturellement ! Vous n'avez pas oublié ?

— Non, en effet !

— Enfin ! J'ignore quelle peut être votre opinion, mon cher Stephen, déclara le gentleman sans avoir la patience de la connaître, mais j'avoue que je suis las d'attendre que votre mirifique destin s'accomplisse de lui-même. J'incline fortement à devancer ces paresseuses Parques et à vous introniser roi. Qui sait ? Peut-être suis-je censé être le noble instrument qui vous portera à la position élevée qui de droit est la vôtre ! Rien ne paraît plus probable ! Tenez ! Pendant que nous devisions, le roi et moi, il m'est venu à l'esprit que la première mesure à prendre pour vous sacrer roi, c'était de me débarrasser de lui ! Remarquez, je ne voulais aucun mal au vieil homme. Au contraire ! J'ai enveloppé son âme de douceur et l'ai rendu plus heureux qu'il ne l'a été pendant de longues années. Mais cela ne marcherait pas avec le magicien ! À peine avais-je commencé à tramer un enchantement que le magicien se mettait à travailler contre moi. Il a recouru à une antique magie des fées d'un immense pouvoir. Je n'ai jamais été plus surpris de ma vie ! Qui eût pu supposer qu'il saurait réaliser un tel tour de force ?

Le gentleman interrompit sa tirade assez longtemps pour que Stephen pût glisser :

— Si reconnaissant que je vous sois du soin que vous prenez de moi, monsieur, je me sens obligé de vous faire observer que notre roi actuel a treize fils et filles, dont l'aîné gouverne déjà le pays. Si le roi nous quittait, la Couronne reviendrait certainement à l'un deux.

— Oui, oui ! Mais les enfants du roi sont tous gras et stupides. Qui aimerait être gouverné par de tels épouvantails ? Quand le peuple d'Angleterre comprendra que, à la place, il pourrait être gouverné par vous, Stephen, qui êtes tout élégance et tout charme, et dont le noble maintien ferait si bon effet sur une pièce de monnaie... Tenez ! il doit être vraiment très borné s'il n'est pas ravi incontinent et ne se presse pas pour soutenir votre parti !

Le gentleman, pensa Stephen, comprenait le tempérament des Anglais moins bien qu'il ne le croyait.

À cet instant, leur conversation fut interrompue par un son des plus barbares : un cor retentit. Quelques hommes se précipitèrent en avant pour fermer péniblement les portes de la ville. Pensant qu'un danger menaçait peut-être celle-ci, Stephen jeta un regard autour de lui.

— Monsieur, que se passe-t-il ?

— Oh ! ces malheureux ont pour coutume de fermer les portes tous les soirs pour se protéger des méchants infidèles, répondit le gentleman d'un ton languissant, par quoi ils entendent tout le monde sauf eux. Mais dites-moi votre opinion, Stephen. Que devrions-nous faire ?

— Faire, monsieur ? À quel sujet ?

— Au sujet des magiciens, Stephen. Des magiciens ! Pour moi, il est désormais clair que, dès que votre magnifique destin commencera à se dérouler, ils y mettront leur nez, sans aucun doute. Cependant, je suis incapable de comprendre pourquoi il leur importe de savoir qui est le roi d'Angleterre. J'imagine que, étant laids et stupides, ils préfèrent avoir un roi qui soit à leur image. Non, ils sont nos ennemis et, en conséquence, il nous incombe de chercher un moyen de les détruire totalement. Au moyen de poison ? de couteaux ? de pistolets ?...

Le commissaire-priseur s'approcha, tendant un autre tapis.

— Vingt pennies d'argent, proféra-t-il d'un ton lent et avisé, comme s'il jetait un vertueux anathème contre le monde entier.

Le gentleman aux cheveux comme du chardon contempla le tapis d'un air songeur.

— Certes, il est possible d'emprisonner quelqu'un dans le motif d'un tapis pendant mille ou deux mille ans. Je réserve toujours ce sort particulièrement horrible à ceux qui m'ont gravement offensé, comme l'ont fait ces magiciens ! La répétition infinie de la couleur et du motif – sans parler de l'irritation due à la poussière et de l'humiliation des taches – ne manque jamais de rendre le prisonnier fou ! Il ressort du tapis déterminé à assouvir sa vengeance sur le monde entier, et ensuite les magiciens et les héros de cette Ère doivent s'unir pour le tuer ou, plus couramment, l'emprisonner une deuxième fois pendant encore quelques milliers d'années dans une geôle encore plus effroyable. Et ainsi continue-t-il à devenir de plus en plus fou et de plus en plus méchant au fil des millénaires. Oui, les tapis ! Peut-être…

— Merci, dit promptement Stephen au commissaire-priseur. Nous n'avons aucun désir d'acquérir ce tapis. Je vous en prie, monsieur, passez votre chemin.

— Vous avez raison, Stephen, approuva le gentleman. Quels que soient leurs torts, ces magiciens se sont montrés des plus compétents pour éviter les enchantements. Nous devons donc trouver un autre moyen pour entamer leur moral afin qu'ils n'aient plus la volonté de s'opposer à nous ! Nous devons leur faire regretter de s'être adonnés à la pratique de la magie !

35

Le gentleman du Nottinghamshire

Novembre 1814

PENDANT LES TROIS ANS d'absence de Strange, Mr Drawlight et Mr Lascelles avaient bénéficié d'un léger regain d'influence auprès de Mr Norrell. Quiconque désireux de s'entretenir avec Mr Norrell ou de demander son aide avait été contraint d'en passer d'abord par eux. Ils avaient conseillé Mr Norrell sur la meilleure manière d'approcher les ministres et, vice versa, les ministres sur la meilleure manière d'approcher Mr Norrell. En leur qualité d'amis et de consultants du plus éminent magicien d'Angleterre, leur fréquentation avait été recherchée par tous les personnages les plus fortunés et les plus en vue du royaume.

Après le retour de Strange, ils continuèrent de servir Mr Norrell aussi assidûment que jamais. Désormais, c'était toutefois l'opinion de Strange que Mr Norrell souhaitait le plus entendre, et c'était aussi le conseil de Strange qu'il recherchait avant tout autre. Naturellement, cette situation n'avait pas l'heur de plaire à ces jolis messieurs et Drawlight, en particulier, tentait tout ce qui était en son pouvoir pour exploiter ces menues contrariétés et aigreurs que chaque magicien éprouvait parfois devant le comportement de l'autre.

—Je ne puis croire que je ne sache rien qui dût lui porter tort, confia-t-il à Lascelles. Il court en effet des bruits très étranges sur ses exploits en Espagne. Plusieurs personnes m'ont narré qu'il avait levé toute une armée de soldats trépassés pour combattre les Français. Des cadavres aux membres disloqués et aux yeux pendant à un fil, et toutes sortes d'horreurs que vous ne sauriez imaginer ! D'après vous, que dirait Norrell si cela revenait à ses oreilles ?

Lascelles soupira.

—J'aimerais pouvoir vous convaincre de la futilité qu'il y a à tenter de semer la discorde entre eux. Ils s'en chargeront eux-mêmes tôt ou tard

Quelques jours après la visite que Strange rendit au roi, une foule d'amis et d'admirateurs de Mr Norrell se réunirent dans la bibliothèque de Hanover-square dans le but de contempler un nouveau portrait[1] des deux magiciens par Mr Lawrence[2]. Mr Lascelles et Mr Drawlight étaient présents, ainsi que Mr et Mrs Strange et plusieurs ministres du roi.

---

1. Ce portrait, aujourd'hui perdu, resta accroché dans la bibliothèque de Mr Norrell de novembre 1814 à l'été de l'année suivante, où il fut retiré. On ne l'a plus jamais revu depuis.

L'extrait suivant d'un volume de Mémoires relate les difficultés rencontrées par Mr Lawrence (depuis peu Sir Thomas Lawrence) pour peindre ce portrait. Il est également intéressant pour la lumière qu'il jette sur les relations de Mr Norrell avec Strange à la fin 1814. En dépit de maintes provocations, il semblerait que Strange se soit toujours efforcé de se montrer indulgent pour le vieux magicien et d'encourager les autres à l'imiter.

« Les deux magiciens posaient pour le tableau dans la bibliothèque de Mr Norrell. Mr Lawrence trouva en Mr Strange un homme des plus plaisants, et la partie du portrait qui lui était consacrée avançait bien. Mr Norrell, lui, se montra impatient dès le début. Il s'agitait dans son fauteuil et tendait le cou comme s'il essayait de voir les mains de Mr Lawrence, entreprise futile puisque le chevalet se dressait entre eux. Mr Lawrence pensa que son modèle devait se tourmenter pour son portrait et lui assura que tout allait bien. Mr Lawrence ajouta que Mr Norrell pouvait regarder si tel était son désir, mais cette proposition ne fit rien pour remédier aux trémoussements de Mr Norrell.

« Tout à coup Mr Norrell s'adressa à Mr Strange, qui se trouvait dans la pièce, occupé à écrire une missive à l'un des ministres : "Monsieur Strange, je sens un courant d'air ! Je suis sûr que la fenêtre derrière Mr Lawrence est ouverte ! Je vous en prie, monsieur Strange, allez voir si la fenêtre est ouverte !" Sans lever les yeux, Strange répondit : "Non, la fenêtre est fermée. Vous vous trompez." Quelques minutes plus tard, Mr Norrell crut entendre un marchand de pâtés en croûte sur la place et supplia Mr Strange d'aller regarder par la fenêtre. Une fois de plus Mr Strange refusa. C'était très étrange, et Mr Lawrence se mit à subodorer que tout l'émoi de Mr Norrell n'avait rien à voir avec les courants d'air, les marchands de pâtés en croûte et autres duchesses imaginaires, mais était à mettre au compte du portrait.

« Aussi, dès que Mr Norrell sortit de la pièce, Mr Lawrence demanda-t-il à Mr Strange ce qu'il en était. Au début, celui-ci répondit avec insistance que tout allait bien, mais Mr Lawrence, résolu à aller au fond des choses, le pressa de lui dire la vérité. Mr Strange soupira alors : "Oh, très bien ! Il s'est mis dans la tête que vous recopiez des sortilèges de ses livres derrière votre chevalet."

« Mr Lawrence en fut bouleversé. Il avait réalisé le portrait des plus éminents personnages du royaume et n'avait jamais été soupçonné de vol auparavant. Il ne s'attendait pas à être traité ainsi.

« "Allez, reprit Mr Strange avec amabilité, ne cédez pas au courroux. S'il est un homme en Angleterre qui mérite notre patience, c'est Mr Norrell. Tout l'avenir de la magie anglaise repose sur ses épaules, et je puis vous assurer qu'il en sent tout le poids. Cela le rend un tantinet original. Que serait votre sentiment, monsieur Lawrence, je me demande, si un beau matin, à votre réveil, vous vous retrouviez le seul peintre d'Europe ? Ne vous sentiriez-vous pas un peu seul ? Ne sentiriez-vous pas sur vous les regards attentifs de Michel-Ange, de Raphaël, de Rembrandt et de tous les autres, comme s'ils vous défiaient et vous imploraient à la fois d'égaler leurs chefs-d'œuvre ? Ne seriez-vous pas parfois découragé et de mauvaise humeur ?" » Tiré des *Souvenirs de Sir Thomas Lawrence au cours de près de trente ans de relations intimes*, de Miss Crofft.

2. Thomas Lawrence, célèbre portraitiste anglais du XVIIIe siècle (1769-1830) (*N.d.T.*).

Le portrait représentait Mr Norrell avec sa redingote grise unie et sa perruque à l'ancienne mode. Redingote et perruque paraissaient un peu trop grandes pour sa taille. Il donnait l'impression de s'être recroquevillé à l'intérieur, d'où ses petits yeux bleus épiaient le monde avec un curieux mélange de crainte et d'arrogance qui rappela à Sir Walter Pole le chat de son valet. La plupart de ses contemporains devaient faire un effort pour trouver quelque chose de flatteur à dire sur la moitié du tableau de Mr Norrell, alors que tout le monde était heureux d'admirer celle de Strange. Strange figurait derrière Mr Norrell, mi-assis, mi-accoudé à un guéridon, entièrement à son aise, avec son demi-sourire narquois et ses yeux pétillants, mystérieux et enchanteurs, tout comme doivent l'être des yeux de magicien.

— Oh ! Voilà qui est admirable, s'écria avec enthousiasme une lady. Regardez à quel point l'obscurité du miroir derrière les personnages met en valeur la tête de Mr Strange !

— Le commun s'imagine toujours que les magiciens et les miroirs vont ensemble, geignit Mr Norrell. Il n'y a pas de miroir dans cette partie de ma bibliothèque.

— Les artistes ont plus d'un tour dans leur sac, monsieur, eux qui refaçonnent le monde à leur idée, répondit Strange. En cela, ils ne sont certainement guère différents des magiciens. Mr Lawrence a composé pourtant une œuvre étrange. On croirait une porte plutôt qu'un miroir, c'est si sombre. Je sens presque un courant d'air en sortir. Je n'aime pas me voir assis aussi près. J'ai peur d'attraper froid...

Un des ministres, qui visitait la bibliothèque de Mr Norrell pour la première fois, émit une réflexion admirative sur ses harmonieuses proportions et son style d'ameublement, ce qui incita d'autres personnes à renchérir sur sa beauté.

— Nous avons là, sans aucun doute, une très belle pièce, approuva Drawlight, mais ce n'est vraiment rien en comparaison de la bibliothèque de l'abbaye de Hurtfew ! Voilà véritablement un charmant cabinet de lecture. Je n'ai jamais rien vu de ma vie d'aussi ravissant, d'aussi achevé. Il y a de petits arcs pointus et une coupole avec des colonnes de style gothique, et les moulures de feuillages – des feuillages séchés et recroquevillés, comme flétris par une méchante rafale d'hiver, tout cela taillé dans du bon chêne, du bon frêne et du bon orme anglais – sont les choses les plus parfaites que j'aie jamais vues. « Monsieur Norrell, lui ai-je dit en voyant ces splendeurs, vous cachez en vous des profondeurs insoupçonnées. Vous êtes un vrai romantique, monsieur. »

Apparemment, Mr Norrell n'aimait guère entendre parler autant de l'abbaye de Hurtfew, toutefois Mr Drawlight poursuivit :

— On se croirait dans un bois, un joli petit bois, tard dans l'année, et les reliures des ouvrages, étant toutes havane, brunes et racornies par le temps, contribuent à cette impression. En réalité, on y trouve autant de livres que de feuilles dans un bois. – Mr Drawlight marqua une pause. – Êtes-vous déjà allé à Hurtfew, monsieur Strange ?

Strange répondit qu'il n'avait pas encore eu ce plaisir.

— Oh ! alors vous devriez vous y précipiter. – Drawlight eut un sourire malveillant. – Vraiment, vous devriez. C'est proprement magnifique.

Norrell jeta un regard anxieux à Strange, mais ce dernier ne répondit pas. Leur ayant tourné le dos à tous, il regardait fixement son propre portrait.

Comme les autres s'écartaient pour se mettre à parler d'autre chose, Sir Walter murmura :

— Vous ne devez prêter aucune attention à son persiflage.

— Mmmmm ? fit Strange. Oh, laissons cela ! Il s'agit du miroir. Ne donne-t-il pas l'impression qu'il suffit de le traverser ? Ce ne serait pas si difficile, selon moi. On pourrait se servir d'un charme de révélation. Non, d'élucidation. Ou, des deux peut-être. Le chemin s'ouvrirait devant vous. Un pas en avant et vous voilà parti. – Il regarda autour de lui puis reprit : – Il y a des jours où je partirais bien…

— Où donc ?

Sir Walter était surpris ; ne goûtant aucun lieu autant que Londres, avec ses becs de gaz, ses boutiques, ses cafés, ses clubs, ses milliers de jolies femmes et ses milliers de potins, il se figurait qu'il devait en être ainsi pour tout le monde.

— Oh ! Là où les hommes dans mon genre allaient voilà longtemps. Suivre des chemins invisibles pour d'autres hommes. Derrière le ciel. De l'autre côté de la pluie.

Strange poussa un nouveau soupir, et il tapa impatiemment du pied droit sur le tapis de Mr Norrell, laissant entendre que, s'il ne se décidait pas rapidement à prendre les chemins tombés dans l'oubli, alors ses pieds l'y conduiraient de leur propre mouvement.

À deux heures, les visiteurs étaient repartis, et Mr Norrell, qui désirait éviter toute conversation avec Strange, monta au second étage pour se réfugier dans son petit cabinet à l'arrière de la maison. Il s'installa à son bureau et se mit au travail. Il eut tôt fait d'oublier toutes ses craintes sur Strange et la bibliothèque de Hurtfew, ainsi que toutes les déplaisantes impressions produites par le discours de Drawlight. Il fut donc un tantinet consterné quand, quelques instants plus tard, on frappa à sa porte et que Strange entra.

— Pardonnez-moi de vous déranger, monsieur, mais je souhaiterais m'entretenir avec vous.

— Ah ! fit nerveusement Mr Norrell. Eh bien, naturellement, je suis toujours très heureux de répondre aux questions que vous pouvez vous poser, mais pour l'instant je suis sur une affaire que je crains de ne pouvoir remettre. J'ai parlé à Lord Liverpool de notre projet de protéger des tempêtes les côtes de Grande-Bretagne au moyen de la magie, et il en est enchanté. Lord Liverpool se plaint que, chaque année, la valeur de plusieurs centaines de milliers de livres de terrains soit engloutie par la mer. Lord Liverpool dit aussi que la conservation des terres doit être la première tâche de la magie en temps de paix. Selon son habitude, monsieur le duc souhaite qu'elle soit menée à bien sans délai, et cela demande énormément de travail. Le comté de Cornouailles à lui seul me prendra une semaine. J'ai bien peur que nous devions reporter notre entretien à une autre fois.

Strange sourit.

— Si la magie est aussi urgente que cela, monsieur, alors je ferais mieux de vous assister, et nous pourrons parler en travaillant. Où commencez-vous ?

— À Yarmouth.

— Et à qui faites-vous appel ? À Belasis ?

— Non, pas à Belasis. On peut lire une reconstitution de la magie de Stokesey pour calmer les flots déchaînés dans *Le Langage des oiseaux* de Lancaster. Je ne suis pas assez bête pour penser que Lancaster est proche de Stokesey, mais c'est le meilleur dont nous disposions. J'ai apporté quelques révisions à Lancaster, et j'ajoute les charmes de vigilance de Pevensey[1].

---

1. Francis Pevensey, magicien du XVIe siècle et auteur des *Dix-Huit Merveilles à découvrir dans la maison d'Albion*. Nous savons que Pevensey a été formé par Martin Pale. Son célèbre ouvrage, *Les Dix-Huit Merveilles*, présente toutes les caractéristiques de la magie de Pale, y compris son goût pour les diagrammes difficiles et un attirail de magie compliqué.

Pendant de nombreuses années, en tant que disciple de Martin Pale, Francis Pevensey a occupé une place mineure bien que respectable dans l'histoire de la magie anglaise. À la surprise générale, il devint brusquement l'objet d'une des plus âpres controverses de la théorie de la magie du XVIIIe siècle.

Cela commença en 1754, avec la découverte d'un certain nombre de lettres au fond de la bibliothèque d'un gentleman de Stamford, dans le Lincolnshire. Elles étaient toutes écrites dans une graphie ancienne et portaient la signature de Martin Pale. Les clercs de la magie de l'époque furent transportés de joie.

Mais, après un examen plus approfondi, les lettres se révélèrent être des « lettres d'amour » qui ne contenaient aucun mot de magie du début à la fin. Elles étaient de l'espèce la plus passionnée qu'on pût imaginer : Pale comparait sa bien-aimée à une douce averse de pluie qu'il essuyait, à un feu auquel il se chauffait, à un tourment qu'il préférait à tout confort. Il y avait diverses allusions à des seins blancs comme le lait, à des jambes parfumées et à de longs et soyeux cheveux bruns entremêlés d'étoiles, et d'autres choses dépourvues de tout intérêt pour les spécialistes de magie qui avaient espéré des charmes magiques.

Mr Norrell poussa quelques feuillets en direction de Strange, lequel les étudia soigneusement, puis se mit à son tour au travail.

Au bout d'un moment, Strange déclara :

— Récemment, j'ai trouvé, dans *Les Révélations de trente-six autres mondes* d'Ormskirk, une allusion au royaume qui s'étend de l'autre côté des miroirs, un royaume qui abonde, apparemment, en routes des plus commodes par lesquelles le voyageur peut se rendre d'un lieu à un autre.

D'ordinaire, cette remarque n'eût pas été un sujet du goût de Mr Norrell, mais il était si soulagé de découvrir que Strange n'avait aucune intention de lui chercher querelle pour la bibliothèque de Hurtfew qu'il en devint expansif.

— Ah, certainement ! Il existe en effet un chemin qui relie tous les miroirs du monde. Il était bien connu des Grands médiévaux. Nul doute qu'ils l'ont souvent foulé. Je crains de ne pouvoir vous fournir d'indications plus précises. Les auteurs que j'ai lus le décrivent tous de différentes manières. Ormskirk prétend qu'il s'agit d'une route qui traverse une vaste et sombre lande, tandis que Hickman le voit pareil à une immense maison pourvue de nombreux passages secrets et de grands escaliers[1]. Hickman précise que, dans cette maison, des ponts en pierre enjambent des gouffres profonds et des

---

Pale s'adonnait à écrire le nom de sa bien-aimée – qui était Francis – et dans une des lettres il composa même une espèce de calembour ou de rébus sur son patronyme, Pevensey. Au début, les spécialistes de magie du XVIIIe siècle inclinèrent à soutenir que la maîtresse de Pale avait dû être la femme ou la sœur de l'autre Francis Pevensey. Au XVIe siècle, Francis était un prénom commun aux hommes et aux femmes. Puis Charles Hether-Gray publia sept extraits différents des lettres qui citaient *Les Dix-Huit Merveilles de la maison d'Albion* et montraient clairement que la maîtresse de Pale et l'auteur du livre n'étaient qu'une seule et même personne.

William Pantler argua que les lettres étaient des faux. Celles-ci avaient été retrouvées dans la bibliothèque d'un certain Mr Whittlesea. Or Mr Whittlesea avait une épouse qui avait écrit plusieurs pièces de théâtre, dont deux avaient été données au Drury Lane Theater. À l'évidence, soutenait Pantler, une femme qui s'abaisserait à écrire des pièces s'abaisserait à n'importe quoi, et il suggérait que Mrs Whittlesea avait contrefait les lettres « … afin d'élever son sexe au-dessus de la place naturelle que Dieu lui avait destinée… ». Mr Whittlesea provoqua William Pantler en duel, et Pantler, qui était un clerc de bout en bout et ne connaissait rien aux armes, présenta ses excuses et publia une rétractation en bonne et due forme de ses accusations contre Mrs Whittlesea.

Mr Norrell était content de recourir à la magie de Pevensey, car il avait, voilà longtemps, vu en esprit que Pevensey était un homme. Quant aux lettres, puisqu'elles ne contenaient pas un mot de magie, il ne s'y intéressa pas. Jonathan Strange adopta un autre point de vue. Selon lui, il suffisait de poser une question et d'y répondre pour trancher : Martin Pale eût-il enseigné la magie à une femme ? La réponse, toujours selon Strange, était oui. Après tout, Martin Pale clamait avoir été initié par une femme : Catherine de Winchester.

1. Thaddeus Hickman (1700-1738), auteur d'une vie de Martin Pale.

canaux d'une eau noire qui coulent entre des murailles. Vers quelle destination ou à quelle fin ? nul ne le sait.

Subitement, Mr Norrell se sentit d'excellente humeur. Se livrer à la magie, tranquillement installé en compagnie de Mr Strange, était pour lui le comble de la félicité.

— Et comment avance l'article destiné au prochain *Gentleman's Magazine* ? demanda-t-il.

Strange réfléchit un instant.

— Je ne l'ai pas tout à fait terminé, répondit-il.

— Quel est son sujet ? Non, ne me dites rien ! Il me tarde vivement de le lire ! Peut-être l'apporterez-vous avec vous demain ?

— Oh ! Demain, sans faute.

Ce soir-là, Arabella entra dans le salon de sa maison de Soho-square ; elle fut légèrement surprise de découvrir son tapis recouvert de petits morceaux de papier sur lesquels étaient notés des charmes, des notes et des fragments de la conversation de Norrell. Planté au milieu de la pièce, Strange scrutait les papiers en s'arrachant les cheveux.

— Que diable puis-je mettre dans mon article pour le prochain *Gentleman's Magazine* ?

— Je ne sais, mon amour. Mr Norrell ne vous a-t-il donc fait aucune suggestion ?

Strange fronça le sourcil.

— Pour une raison que j'ignore, il le croit terminé.

— Voyons, et si vous traitiez des arbres et de la magie ? proposa Arabella. Vous disiez justement l'autre soir que ce sujet était intéressant et fort négligé.

Strange prit une feuille de papier vierge et commença à gribouiller des notes à la hâte.

— Les chênes peuvent être apprivoisés et vous aideront contre vos ennemis s'ils jugent votre cause juste. Les bois de bouleaux sont connus pour ouvrir des portes sur le monde des fées. Les frênes ne cesseront jamais de s'affliger jusqu'à ce que le roi Corbeau rentre à la maison[1]. Non et non ! Cela ne fera jamais l'affaire. Je ne puis écrire cela. Norrell en aurait une commotion !

---

1. *Cf.* : « Le lierre de ligoter les ennemis de l'Angleterre a promis / Les ronces et les épines de les fouetter ont promis / L'aubépine de répondre à toutes les questions a promis / Le bouleau d'ouvrir des portes sur d'autres pays a promis / L'if des armes nous a fournies / Le corbeau nos ennemis a punis / Le chêne a observé les monts lointains / La pluie a emporté tout chagrin. » Cette comptine traditionnelle anglaise énumère prétendument les divers contrats que John Uskglass, le roi Corbeau, a conclus au nom de l'Angleterre avec les forêts.

Il froissa le papier et le jeta dans les flammes.

— Oh ! Alors peut-être prêterez-vous l'oreille un instant à ce que j'ai à vous conter, lança Arabella. Aujourd'hui je me suis rendue chez Lady Wesbtby, où j'ai rencontré une demoiselle fort singulière qui semble persuadée que vous lui enseignez la magie.

Strange leva fugitivement les yeux.

— Je n'enseigne la magie à personne, déclara-t-il.

— Non, mon amour, je sais, dit Arabella avec patience. C'est là ce qui rend la chose si extraordinaire.

— Et quel est le nom de cette jeune personne aux idées confuses ?

— Miss Gray.

— Je ne la connais point.

— Une jeune fille spirituelle, en vue, avec un visage ingrat. Apparemment, elle est très riche et absolument férue de magie, au dire de tous. Elle a un éventail décoré de votre portrait – du vôtre et de celui de Mr Norrell – et a lu le moindre mot de ce que vous et Lord Portishead avez publié.

Strange l'observa pensivement pendant quelques secondes, si bien qu'Arabella crut à tort qu'il méditait ses paroles. Néanmoins, quand il ouvrit la bouche, ce fut juste pour lui lancer sur un léger ton de reproche :

— Mon amie, vous piétinez mes papiers.

Et de lui prendre le bras pour la tirer doucement de côté.

— Elle m'a affirmé vous avoir payé quatre cents guinées pour avoir le privilège d'être votre élève. Elle prétend qu'en retour vous lui avez envoyé des lettres avec des descriptions de charmes et des conseils de lecture.

— Quatre cents guinées ! Ma foi, voilà qui est singulier… Je puis oublier une demoiselle, mais je ne crois pas pouvoir oublier quatre cents guinées.

Un bout de papier tira l'œil de Strange ; il le ramassa et commença à le lire.

— J'ai cru d'abord qu'elle avait inventé cette histoire dans le dessein de me rendre jalouse et de provoquer une querelle entre nous, mais sa manie ne semble pas être de cette sorte-là. Elle n'admire pas votre personne, seulement votre profession. Je n'y entends rien. D'où viennent ces lettres ? Qui peut en être l'auteur ?

Strange saisit un petit calepin (qui se trouva être le carnet de dépenses d'Arabella et n'avait absolument aucun rapport avec lui) et commença à y gribouiller des notes.

— Jonathan !

— Hum ?

— Que devrai-je dire à Miss Gray la prochaine fois que je la verrai ?

— Interrogez-la sur les quatre cents guinées. Dites-lui que je ne les ai pas encore reçues.

— Jonathan ! L'affaire est sérieuse.

— Oh, j'en conviens. Il y a peu de choses aussi sérieuses que quatre cents guinées.

Arabella répéta que cette histoire était des plus singulières. Elle confia à Strange qu'elle s'inquiétait au sujet de Miss Gray et ajouta qu'elle aimerait bien qu'il parlât avec elle afin d'élucider le mystère. Évidemment, elle dit tout cela pour sa seule satisfaction personnelle, puisqu'elle savait fort bien qu'il ne l'écoutait plus.

Quelques jours plus tard, Strange et Walter Pole jouaient au billard au *Bedford*, à Covent-garden. La partie était dans une *impasse** ; fidèle à son habitude, Sir Walter s'était mis à accuser Strange de déplacer les billes sur la table par magie.

Strange se défendit d'avoir fait pareille chose.

— Je vous ai vu vous toucher le nez, se plaignit Sir Walter

— Bon Dieu ! s'écria Strange. Un homme peut éternuer, non ? Je suis enchifrené.

Deux autres amis de Strange et de Sir Walter, le lieutenant-colonel Colquhoun Grant et le colonel Manningham, qui suivaient le jeu, demandèrent si, au cas où Strange et Sir Walter souhaiteraient simplement se quereller, il était alors vraiment nécessaire qu'ils occupassent la table de billard pour ce faire. Colquhoun Grant et le colonel Manningham laissèrent entendre que d'autres personnes – plus intéressées par le jeu – attendaient. Leurs remarques, donnant lieu à une discussion plus générale, amenèrent par malheur deux gentlemen campagnards à passer la tête par la porte et à s'enquérir si la table pouvait être libérée pour une partie ; ils ne savaient pas que, le jeudi soir, la salle de billard du *Bedford* était généralement regardée comme la propriété personnelle de Sir Walter Pole, de Jonathan Strange et de leurs intimes.

— Sur mon honneur, répondit Colquhoun Grant, je l'ignore. Sans doute sous peu.

Le premier des deux gentlemen campagnards était un personnage courtaud et d'aspect massif, avec une redingote d'une épaisse étoffe brune et des bottes qui eussent paru plus flatteuses sur un marché de province que dans le cadre élégant du *Bedford*. Le second gentleman campagnard était un petit homme mou, à l'expression perpétuellement étonnée.

— Monsieur, dit le premier, s'adressant à Strange avec une voix aux inflexions des plus raisonnables, vous discutez, vous ne jouez pas ! Mr Tantony et moi-même venons du Nottinghamshire. Nous avons commandé notre dîner, mais on nous a avisés que nous devions patienter une heure avant d'être servis. Laissez-nous jouer pendant que vous causez, puis nous ne serons que trop heureux de vous rendre la table.

Ses manières et ses propos avaient beau montrer une extrême politesse, le groupe de Strange ne s'en sentit pas moins ulcéré. Toute la personne de l'importun indiquait clairement qu'il s'agissait d'un fermier ou d'un commerçant, et les amis de Strange n'étaient pas des plus ravis qu'il eût pris sous son bonnet de les commander.

— Si vous daignez considérer la table, objecta Strange, vous verrez que nous venons de commencer. Prier un gentleman de s'arrêter avant la fin de son jeu... Eh bien, monsieur, cela ne se fait pas au *Bedford*.

— Oh ! Cela ne se fait pas ? répondit affablement le gentleman du Nottinghamshire. Alors, mille pardons. Toutefois, peut-être ne verrez-vous pas d'objection à me dire si vous pensez que votre partie sera longue ou courte ?

— Nous vous avons déjà répondu, s'impatienta Grant. Nous l'ignorons.

Il jeta à Strange un regard au sens on ne peut plus clair : « Notre homme est une vraie buse ».

À ce moment-là, le gentleman du Nottinghamshire commença à suspecter que le groupe de Strange n'était pas seulement peu aimable, mais que ses intentions à son égard étaient grossières. Il fronça le sourcil et désigna le petit homme mou à l'expression étonnée qui se tenait à ses côtés.

— C'est le premier séjour de Mr Tantony à Londres, et il ne souhaite pas y revenir. J'ai tenu à lui montrer le *Bedford Coffee-house*, mais je ne pensais pas trouver ses habitués si désobligeants.

— Eh bien, si vous ne vous plaisez pas ici, riposta Strange avec irritation, alors je ne peux que vous suggérer de rentrer chez vous... Dans le « Nautique-shire », je crois que vous avez dit ?

Colquhoun Grant gratifia le gentleman du Nottinghamshire d'un regard glacé et lança à la ronde :

— Cela ne m'étonne guère que nos fermes soient dans un état aussi alarmant. De nos jours, les fermiers sont toujours à courir le monde. On les rencontre dans tous les repaires les plus futiles du royaume. Ils ne prennent que leur plaisir en considération. N'y a-t-il pas de blé à semer au Nottinghamshire ? Je m'interroge. Pas de cochons à nourrir non plus ?

— Mr Tantony et moi-même ne sommes pas fermiers, monsieur ! s'exclama le gentleman du Nottinghamshire d'un ton indigné. Nous sommes des brasseurs. Gatcombe & Tantony Entire Stout est notre bière la plus fameuse, et elle est réputée dans trois comtés !

— Merci, nous avons déjà assez de bière et de brasseurs de bière comme cela à Londres, déclara le colonel Manningham. Je vous en prie, surtout ne restez pas pour nous.

— Nous ne sommes pas là pour vendre de la bière ! Nous sommes venus dans un but bien plus noble que cela ! Mr Tantony et moi-même sommes passionnés de magie ! Nous estimons qu'il est du devoir de tout patriote anglais de s'intéresser à ce sujet. Londres n'est plus seulement la capitale de la Grande-Bretagne, c'est le centre de notre science magique. Durant de nombreuses années, le vœu le plus cher de Mr Tantony a été de pouvoir apprendre la magie. Cependant, l'art en était tombé si bas qu'il désespérait. Ses amis l'engagèrent à montrer plus d'optimisme. Nous lui avons répété que, quand les choses vont au plus mal, elles commencent à s'arranger. Et nous avions raison, car presque sur l'heure il est apparu deux des plus grands magiciens que l'Angleterre ait jamais connus. Je parle, naturellement, de Mr Norrell et de Mr Strange ! Les prodiges qu'ils ont accomplis ont redonné aux Anglais une raison de bénir leur terre natale et encouragé Mr Tantony à espérer pouvoir être un jour de leur nombre.

— Vraiment ? Enfin, ma conviction est qu'il sera déçu, observa Strange.

— Alors, monsieur, vous ne pourriez davantage vous fourvoyer ! s'écria triomphalement le gentleman du Nottinghamshire. Mr Tantony est initié aux arts de la magie par Mr Strange en personne !

Par malchance, à cet instant précis, il se trouva que Strange se penchait au-dessus de la table, en équilibre sur un pied, afin de viser une bille. Il fut si stupéfié de ce qu'il entendait qu'il rata son coup, heurta sa queue de billard contre le bord de la table et bascula incontinent.

— Je crois qu'il doit y avoir erreur, hasarda Colquhoun Grant.

— Non, monsieur, aucune erreur, répondit le gentleman du Nottinghamshire avec un calme exaspérant.

Strange, qui se relevait, demanda :

— Et quel air a-t-il donc, ce Mr Strange ?

— Hélas ! soupira le gentleman du Nottinghamshire. Les lettres de Mr Strange sont pleines de sages conseils et d'admirables aperçus sur la condition de la magie anglaise. Tenez, l'autre jour, Mr Tantony a écrit à Mr Strange pour lui commander un charme susceptible d'arrêter la pluie, car nous avons notre ration de pluie dans notre coin du Nottinghamshire. Le lendemain, Mr Strange répondait en expliquant que, bien qu'il existât en effet des charmes capables de déplacer la pluie et le soleil comme des pièces sur un échiquier, il n'y recourrait jamais sauf en cas d'extrême nécessité, et il conseillait à Mr Tantony de suivre son exemple. La magie anglaise, expliquait

Mr Strange, avait germé dans le sol anglais et avait été, en un sens, nourrie par les pluies anglaises. Mr Strange ajoutait qu'en nous mêlant des météores anglais, nous nous mêlions de l'Angleterre et que, en nous mêlant de l'Angleterre, nous risquions de détruire les fondations mêmes de la magie anglaise. Nous avons vu dans ces réflexions une marque très frappante du génie de Mr Strange, n'est-il pas, monsieur Tantony ?

Le gentleman du Nottinghamshire donna une légère bourrade à son ami, qui cligna plusieurs fois des yeux.

— Avez-vous vraiment dit cela ? murmura Sir Walter

— Tenez, je pense que oui, répondit Strange. Je crois bien avoir dit une chose de ce genre… Quand était-ce ? Vendredi dernier, me semble-t-il.

— Et à qui l'avez-vous dit ?

— À Norrell, bien entendu.

— Et y avait-il quelqu'un d'autre présent dans la pièce ?

Strange hésita.

— Drawlight, énonça-t-il lentement.

— Ah !

— Monsieur – Strange s'adressait au gentleman du Nottinghamshire –, je vous demande pardon si je vous ai offensé tout à l'heure. Mais vous concéderez bien qu'il y avait dans vos propos quelque chose qui n'était pas tout à fait… En bref, j'ai mon caractère et vous m'avez piqué au vif. Je suis Jonathan Strange, et j'ai le regret de vous annoncer que je n'ai jamais entendu votre nom ni celui de Mr Tantony jusqu'à aujourd'hui. Je soupçonne que Mr Tantony et moi sommes tous deux les dupes d'un homme sans scrupule. Je suppose que Mr Tantony me paie pour son éducation ? Oserais-je vous demander où il envoie son argent ? Si c'est à Little Ryder-street, alors j'aurai toutes les preuves nécessaires.

Malheureusement, le gentleman du Nottinghamshire et Mr Tantony s'étaient représenté Strange comme un homme de haute taille, large de poitrine et suranné dans sa mise, avec une longue barbe blanche et un ton pompeux. Le Mr Strange qui se tenait devant eux étant mince, rasé de frais, volubile et vêtu exactement comme n'importe quel autre gentleman londonien fortuné et en vue, au début ils eurent peine à se persuader qu'il était la bonne personne.

— Eh bien, la question est résolue, commenta Colquhoun Grant.

— Naturellement, dit Sir Walter. Je vais appeler un garçon. Peut-être la parole d'un garçon aura-t-elle plus de poids que celle d'un gentleman. John ! Venez par ici ! Nous avons besoin de vous !

— Non, non, non ! se récria Grant. Ce n'était pas du tout ce que j'entendais. John, vous pouvez disposer. Nous n'avons nul besoin de vous. Mr Strange pourrait faire quantité de choses pour prouver son incomparable art de la magie bien mieux que de simples assurances. Il est le plus grand magicien de notre ère, après tout.

— Ce titre ne revient-il pas à Mr Norrell ? objecta le gentleman de Nottinghamshire en fronçant le sourcil.

Colquhoun Grant sourit.

— Le colonel Manningham et votre serviteur, monsieur, avons eu l'honneur de combattre avec Sa Grâce le duc de Wellington en Espagne. Je puis vous assurer que Mr Norrell était inconnu là-bas. C'était en Mr Strange – le gentleman ici présent – que nous avions confiance. Bon, s'il devait accomplir quelque saisissant acte de magie, alors je suis convaincu que votre grand respect pour la magie anglaise et les magiciens anglais ne vous permettrait pas de demeurer plus longtemps silencieux. Je suis certain que vous souhaiteriez lui dire tout ce que vous savez sur ces faux.

Et Grant de regarder le gentleman du Nottinghamshire d'un air interrogateur.

— Ma foi, répondit ce dernier, vous formez une coterie de gentlemen très singulière, je dois le reconnaître, et où vous voulez en venir en me débitant une telle fable, je l'ignore. Car je vous déclare sans ambages que je serais très surpris si les lettres s'avéraient des contrefaçons, alors que la moindre ligne, le moindre mot fleurent la bonne magie anglaise !

— Si, comme nous le subodorons, insista Grant, ce chenapan a utilisé les mots de Mr Strange pour concocter ses mensonges, alors ceci expliquerait cela, n'est-il pas ? Alors, afin de prouver qu'il est bien celui que nous disons, Mr Strange va vous montrer maintenant quelque chose qu'aucun homme vivant n'a jamais vu !

— Comment ? s'exclama l'homme du Nottinghamshire. Que va-t-il faire ?

Grant eut un large sourire puis se tourna vers Strange, comme si lui aussi était soudain pris de curiosité.

— Oui, Strange, dites-nous. Qu'allez-vous faire ?

Sir Walter répondit. Avec un signe de tête en direction d'un grand miroir vénitien qui occupait la majeure partie d'un mur et ne reflétait alors que les ténèbres, il déclara :

— Il va passer de l'autre côté de ce miroir et n'en ressortira pas.

36

Tous les miroirs du monde

Novembre 1814

Le hameau de Hampstead est situé à cinq milles au nord de Londres. Au temps de nos grands-parents, c'était une agglomération de fermes et de cottages absolument quelconque, mais l'existence d'un lieu aussi champêtre dans les environs de Londres attirait un grand nombre de gens, qui s'y rendaient pour profiter d'un meilleur air et de la verdure. Un champ de courses et un boulodrome avaient été ouverts pour leurs loisirs. Les marchands de beignets et les guinguettes offraient des rafraîchissements. Les plus fortunés y achetèrent des pavillons d'été, et Hampstead ne tarda pas à devenir ce qu'il est encore aujourd'hui : une des villégiatures préférées de la bonne société londonienne. En un très court espace de temps, ce hameau campagnard est devenu un village d'une taille tout à fait respectable, presque un bourg.

Deux jours après l'altercation de Sir Walter, du colonel Grant, du colonel Manningham et de Jonathan Strange avec le gentleman du Nottinghamshire, un équipage pénétrait dans Hampstead par la route de Londres et s'engageait dans un chemin ombragé de buissons de sureaux, de lilas et d'aubépines. La voiture roula jusqu'à la maison au bout du chemin, où elle s'arrêta. Mr Drawlight en descendit.

Jadis une ferme, la bâtisse avait été considérablement aménagee au cours des dernières années. Ses petites fenêtres rustiques – plus utiles pour se protéger du froid que pour laisser entrer le jour – avaient toutes été agrandies et mises au cordeau ; un portique à colonnes avait remplacé la modeste et rustique entrée ; la cour de ferme avait été entièrement grattée pour céder la place à un jardin d'agrément et à un massif d'arbustes.

Mr Drawlight toqua à la porte. Une servante vint ouvrir et l'introduisit immédiatement au salon. La pièce avait dû servir autrefois d'arrière-salle, mais toute trace de sa vocation d'origine avait disparu sous de couteux papiers muraux français, des tapis persans et des meubles anglais du dernier cri.

Drawlight attendait là depuis à peine quelques minutes quand une dame pénétra dans la pièce. Grande et bien en chair, belle, elle portait une robe en velours écarlate ; un ravissant collier de perles de jais rehaussait la blancheur de son cou.

Par une porte ouverte de l'autre côté du couloir, on entrevoyait une salle à manger, aussi luxueusement meublée que le salon. Sur la table, les reliefs d'un repas montraient que la dame avait dîné seule. Elle avait revêtu sa toilette rouge et son collier noir pour son plaisir personnel, semblait-il.

— Ah, madame ! s'écria Drawlight, se levant d'un bond. J'espère que vous vous portez bien ?

D'un petit geste, elle écarta le sujet.

— J'imagine que oui. Aussi bien que je puis me porter sans guère de société et aucune variété dans mes occupations.

— Comment ! s'écria encore Drawlight d'un ton scandalisé. Êtes-vous seule ici ?

— J'ai une compagne, une vieille tante. Elle me pousse dans les bras de la religion.

— Oh, madame ! se récria Drawlight. Ne perdez pas votre énergie en prières et prêchi-prêcha. Vous n'y puiserez aucun réconfort. Pensez plutôt à vous venger.

— Je m'y emploierai, je m'y emploie déjà, répondit-elle simplement, s'installant sur le canapé face à la fenêtre. Comment se portent Mr Strange et Mr Norrell ?

— Oh, ils sont occupés, madame ! Très, très occupés ! Je souhaiterais, pour leur salut comme pour le vôtre, qu'ils le fussent moins. Hier encore, Mr Strange s'est enquis tout particulièrement de vos nouvelles. Il voulait savoir si vous étiez de bonne humeur. « Oh ! D'assez bonne humeur, lui ai-je assuré, guère plus. » Mr Strange est outré, madame, sincèrement outré par le comportement sans cœur de vos relations.

— Vraiment ? J'eusse préféré que son indignation puisse se manifester sous des aspects plus pratiques, répliqua-t-elle froidement. Je lui ai déjà remis plus de cent guinées et il n'a toujours rien fait. Je suis lasse de m'évertuer à régler mes affaires par un intermédiaire, monsieur Drawlight. Ayez l'obligeance de transmettre mes compliments à Mr Strange. Spécifiez-lui que je suis prête à le rencontrer à toute heure du jour ou de la nuit de son choix. Toutes se ressemblent pour moi. Je n'ai aucun engagement.

— Ah, madame ! Que j'aimerais pouvoir faire ce que vous demandez ! Mr Strange le voudrait aussi ! Hélas, je crains que ce ne soit impossible.

— C'est ce que vous dites, je ne vois pourtant aucune raison à cela. Du moins aucune raison qui me satisfasse. J'imagine que Mr Strange redoute ce que l'on raconterait si on nous voyait ensemble. Mais notre entrevue peut être tout à fait privée. Nul n'a besoin de savoir.

— Oh, madame ! Vous vous méprenez sur le caractère de Mr Strange ! Rien au monde ne lui agréerait autant qu'une occasion de montrer au monde combien il méprise vos persécuteurs. C'est uniquement à cause de vous qu'il est si circonspect. Il craint…

La dame ne devait jamais apprendre ce que Mr Strange craignait car, à cet instant, Drawlight s'interrompit brusquement et regarda autour de lui avec un air où se lisait la plus profonde perplexité.

— Que diable était-ce là ? demanda-t-il.

Une porte paraissait s'être ouverte quelque part. Ou peut-être une enfilade de portes. On sentit, dans la maison, un courant d'air qui portait avec lui les odeurs à demi oubliées de l'enfance, une variation de lumière après laquelle toutes les ombres de la pièce semblèrent tomber différemment. Rien de plus précis, et pourtant, ainsi qu'il arrive souvent en présence d'un enchantement, Drawlight et la dame eurent la très forte impression qu'ils ne pouvaient plus se fier au monde visible. Comme si l'on avait tendu la main pour toucher un objet du salon avant de s'apercevoir qu'il n'était plus là.

Un grand miroir pendait au mur, au-dessus du canapé où la dame était assise. Il montrait une seconde pleine lune blanche dans une seconde grande fenêtre obscure, et un second salon sombre s'y reflétait. Drawlight et la dame étaient toutefois absents du reflet. À leur place apparut une espèce de tache floue qui devint une sorte d'ombre, laquelle se mua en la vague forme de quelqu'un venant vers eux. Grâce au chemin pris par ce personnage, on voyait clairement que le reflet du salon ne ressemblait pas à l'original et que seuls de singuliers jeux d'éclairage et de perspective – tels ceux auxquels le théâtre recourt – les faisaient paraître jumeaux. Le reflet du salon avait l'aspect d'un long couloir. Les cheveux et la redingote de l'être mystérieux ondoyaient à un vent que Drawlight et la dame ne percevaient pas là où ils se trouvaient et, bien qu'il marchât d'un bon pas vers la vitre séparant les deux pièces, il mit un certain temps à l'atteindre. Enfin il l'atteignit. Sa sombre silhouette se profila derrière, tandis que son visage restait encore dans l'ombre.

Soudain Strange sauta adroitement à bas du miroir, arbora son plus beau sourire et souhaita le bonsoir à Drawlight et à la dame.

Il attendit un moment, laissant ainsi aux autres le temps de parler, puis, personne ne se proposant, il dit :

— J'espère que vous aurez l'amabilité, madame, de me pardonner l'heure tardive de ma visite. À la vérité, le chemin fut un peu plus tortueux que je ne l'avais prévu. J'ai pris un mauvais embranchement et failli arriver à... Ma foi, je ne sais exactement où.

Il marqua une nouvelle pause, s'attendant à ce qu'on l'invitât à prendre place. Personne ne réagissant, il s'assit sans façon.

Drawlight et la dame en robe rouge le regardaient fixement ; il leur sourit.

— J'ai fait la connaissance de Mr Tantony, reprit-il à l'adresse de Drawlight. Un gentleman des plus aimables, bien que peu bavard. Toutefois, son ami, Mr Gatcombe, m'a appris tout ce que je voulais savoir.

— Vous êtes Mr Strange ? demanda la dame à la robe rouge.

— Pour vous servir, madame.

— Quel heureux hasard ! Mr Drawlight m'expliquait justement pourquoi vous et moi ne pourrions jamais nous rencontrer.

— Il est vrai, madame, que jusqu'à ce soir les circonstances n'étaient guère favorables à notre rencontre. Monsieur Drawlight, veuillez donc nous présenter.

Drawlight marmonna que la dame à la robe rouge était Mrs Bullworth.

Strange se leva, s'inclina devant Mrs Bullworth et se rassit.

— Mr Drawlight vous a décrit, je crois, mon horrible situation ? s'enquit Mrs Bullworth.

Strange eut un petit signe de tête qui pouvait signifier tout et n'importe quoi – ou ne rien signifier du tout.

— Un compte-rendu d'une personne extérieure ne peut jamais égaler le récit de quelqu'un qui est intimement concerné par les événements. Il existe peut-être des points essentiels que Mr Drawlight a omis de mentionner. Faites-moi ce plaisir, madame. Permettez-moi de l'entendre de votre bouche.

— Tout ?

— Tout.

— Très bien. Je suis, comme vous le savez, la fille d'un gentleman du Northamptonshire. Les terres de mon père sont étendues, sa maison et son revenu imposants. Nous comptons parmi les personnalités de ce comté. Ma famille m'a toujours encouragée à croire que, avec ma beauté et mes arts d'agrément, je pouvais prétendre à une position plus élevée dans le monde. Voilà deux ans, j'ai fait un mariage très avantageux. Mr Bullworth est riche, et nous sommes entrés dans les cercles les plus en vue. Mais je n'étais pas heureuse. L'été dernier, j'ai eu l'infortune de rencontrer un homme qui est tout ce que Mr Bullworth n'est pas : beau, intelligent, divertissant. Quelques courtes semaines ont suffi à me convaincre que je préférais cet homme à tous ceux que j'avais vus. – Elle eut un léger haussement d'épaules. – Deux jours avant Noël, j'ai quitté la maison de mon mari en sa compagnie. J'espérais – en fait, je croyais – divorcer de Mr Bullworth et épouser ce monsieur. Telles n'étaient pourtant pas ses intentions. Dès la fin janvier, nous nous étions querellés et mon ami m'avait abandonnée. Il est retourné dans sa maison et à ses occupations habituelles, alors que tout retour à mon ancienne vie était pour moi impossible. Mon mari m'a reniée, mes amis ont refusé de me recevoir. J'ai été remise à la discrétion de mon père. Il m'a avertie qu'il pourvoirait à mes besoins pour le restant de mes jours, mais qu'en retour je devais vivre complètement retirée du monde. Plus de bals, plus de fêtes, plus d'amis pour moi ! Plus rien. – Elle regarda un moment dans le vague, abîmée dans la contemplation de ce qu'elle avait perdu, puis tout aussi vite elle s'affranchit de sa mélancolie et déclara : – Et maintenant parlons affaires ! – Elle se dirigea vers un petit secrétaire, ouvrit un tiroir et en tira un papier qu'elle tendit à Strange. – J'ai, ainsi que vous m'y avez engagée, dressé la liste de tous ceux qui m'ont trahie.

— Ah ! Je vous ai demandé de dresser une liste, ce n'est pas possible ? s'exclama Strange, prenant le papier. Comme je suis efficace ! C'est une assez longue liste.

— Oh ! fit Mrs Bullworth. Tout nom doit être considéré comme une mission à part entière, pour laquelle vous serez rétribué. J'ai pris la liberté de noter à côté de chaque nom le châtiment qui, en mon opinion, devrait être le sien. Cependant, votre science supérieure de la magie peut vous suggérer d'autres sorts, plus appropriés à mes ennemis. Je serais ravie de vos conseils.

— « Sir James Southwell : goutte », lut Strange.

— Mon père, expliqua Mrs Bullworth. Il m'a mortellement excédée avec ses sermons sur ma nature méchante et m'a bannie pour toujours de chez lui. À maints égards, il est à l'origine de tous mes malheurs. J'aimerais pouvoir durcir mon cœur assez pour lui infliger une maladie plus grave. Hélas, j'en suis incapable. J'imagine que c'est ce qu'on entend par la faiblesse des femmes.

— Mais la goutte est extrêmement douloureuse, pour ce que j'en sais, observa Strange.

Mrs Bullworth eut un geste d'impatience.

— « Miss Elizabeth Church, poursuivit Strange. Que ses fiançailles soient rompues. » Qui est cette Miss Elizabeth Church ?

— Une de mes cousines, une fille ennuyeuse qui ne peut raconter une histoire sans broder. Nul ne lui a jamais prêté la moindre attention jusqu'à mon mariage avec Mr Bullworth. Et voilà que j'apprends qu'elle doit épouser un pasteur, et que mon père lui a remis un chèque de banque pour payer sa toilette de mariage et un nouveau mobilier. Mon père a promis aussi à Lizzie et au pasteur qu'il userait de son crédit pour leur obtenir toutes sortes de promotions. La voie leur sera facilitée. Ils doivent s'installer à New York, où ils participeront à des dîners, à des réceptions et à des bals, et profiteront de tous ces plaisirs qui auraient dû être miens. Monsieur Strange, s'écria-t-elle, gagnant en vigueur, il doit bien exister des charmes pour que le pasteur haïsse la seule vue de Lizzie ? Pour qu'il frissonne au son de sa voix ?

— Je n'en sais rien. Je ne me suis jamais penché sur cette question. Je présume que oui. – Il retourna à la liste. – « Mr Bullworth… »

— Mon mari, précisa-t-elle.

— « Qu'il soit mordu par ses chiens. »

— Il possède sept gros molosses noirs et en fait plus de cas que de n'importe quelle créature humaine.

— « Mrs Bullworth mère… » La mère de votre époux, je suppose. « Qu'elle se noie dans une lessiveuse. Qu'elle s'étrangle avec ses propres conserves d'abricots. Qu'elle rôtisse accidentellement dans un four à pain. » Cela fait trois morts pour une seule femme. Pardonnez-moi, madame Bullworth, mais même le plus grand magicien qui ait jamais existé ne pourrait pas tuer une personne de trois manières différentes.

— Faites votre possible, supplia Mrs Bullworth avec obstination. La vieille commère est si insupportablement fière de son ménage. Elle m'a ennuyée à mourir sur ce sujet.

— Je vois. Eh bien, tout cela est très shakespearien. Et nous arrivons donc au dernier nom. « Henry Lascelles. » Je connais ce gentleman.

Strange jeta un regard inquisiteur à Drawlight.

— C'est la personne sous la protection de laquelle j'ai laissé la maison de mon mari, expliqua Mrs Bullworth.

— Ah ! Et quel doit être son sort ?

— La ruine, proféra-t-elle d'une voix sourde, féroce. La démence. Le feu. Un mal qui le défigure. Un cheval pour le piétiner ! Un coquin qui lui dresse un guet-apens et lui balafre le visage au couteau ! Une vision d'horreur qui le hante et lui ôte le sommeil nuit après nuit ! – Elle se leva et se mit à arpenter la pièce. – Que toutes les vilaines actions déshonorantes qu'il a commises soient publiées dans la gazette ! Que le Tout-Londres l'évite ! Qu'il séduise une fille de la campagne qui devienne folle amoureuse de lui. Qu'elle le poursuive où qu'il aille pendant des années et des années. Qu'il devienne un objet de risée à cause d'elle, qu'elle ne le laisse jamais en paix. Qu'une erreur du fait d'un honnête homme le conduise à se voir accuser d'un crime. Qu'il subisse toutes les indignités d'un procès et d'un emprisonnement. Qu'il soit marqué au fer rouge ! Qu'il soit battu ! Fouetté ! Et qu'il soit exécuté !

— Madame Bullworth, tempéra Strange. Calmez-vous, je vous en prie.

Mrs Bullworth arrêta ses allées et venues. Elle cessa d'appeler des malédictions sur la tête de Mr Lascelles, mais parler de calme à son sujet eût été exagéré. Sa respiration était rapide, elle tremblait de tout son corps et ses traits étaient toujours contractés par la fureur.

Strange attendit le moment où il la jugea suffisamment maîtresse de soi pour comprendre ce qu'il entendait lui dire, puis il reprit la parole.

— Je le regrette fort, madame Bullworth, néanmoins vous avez été victime d'une cruelle duperie. Ce personnage – il jeta un regard vers Drawlight – vous a menti. Mr Norrell et moi-même n'avons jamais accepté de commandes de personnes privées. Nous n'avons jamais recouru aux services de ce personnage pour nous trouver des clients. Je ne connaissais pas votre nom jusqu'à ce soir.

Mrs Bullworth écarquilla les yeux un instant, puis se retourna contre Drawlight :

— Est-ce vrai ?

Drawlight riva un regard misérable sur le tapis et marmonna une manière de discours où seuls les mots « madame » et « situation particulière » étaient audibles.

Mrs Bullworth tendit la main pour agiter la sonnette.

La servante qui avait introduit Drawlight réapparut.

— Haverhill, ordonna Mrs Bullworth, faites sortir Mr Drawlight.

À la différence de la majorité des petites bonnes des maisons en vue qui sont choisies pour leur frais minois, Haverhill était une personne d'aspect capable et d'âge mûr, avec des bras robustes et une expression impitoyable. Cette fois-là, étant donné que Mr Drawlight n'était que trop heureux d'avoir l'occasion de sortir tout seul, elle n'eut pas grand-chose à faire. Il saisit sa canne et détala de la pièce dès que Haverhill eut ouvert la porte.

Mrs Bullworth se tourna vers Strange.

— Allez-vous m'aider ? Allez-vous faire ce que je vous demande ? Si l'argent n'est pas suffisant…

— Oh, l'argent ! – Strange eut un geste de dédain. – Vous m'en voyez désolé mais, ainsi que je vous l'ai dit, je n'accepte pas de missions privées.

Elle le regarda fixement, puis murmura d'une voix étonnée :

— Se peut-il que vous soyez totalement indifférent à la tragédie de ma situation ?

— Au contraire, madame Bullworth, un système de morale qui punit la femme et lave l'homme de toute responsabilité me paraît détestable au plus haut point. Mais je n'irai pas au-delà. Je ne ferai pas de tort à des innocents.

— Des innocents ? se récria-t-elle. Des innocents ? Qui est innocent ? Personne !

— Madame Bullworth, tout est dit. Je ne puis rien pour vous, veuillez m'excuser.

Elle le considéra avec dépit.

— Hum, bien. Au moins, vous avez l'élégance de vous abstenir de me recommander le repentir ou les bonnes œuvres, ou les travaux d'aiguille, ou tout autre remède que les benêts proposent à une vie gâchée et à un cœur brisé. Néanmoins, je pense qu'il vaut mieux pour nous deux mettre un terme à cet entretien. Bonsoir, monsieur Strange.

Strange s'inclina. Au moment où il quittait la pièce, il jeta un regard nostalgique au miroir accroché au-dessus du canapé, préférant selon les apparences repartir par ce chemin, mais Haverhill lui tenait la porte et la courtoisie l'obligeait à passer par là.

N'ayant ni cheval ni attelage, il parcourut à pied les cinq milles séparant Hampstead de Soho-square. En arrivant à sa propre porte d'entrée, il s'aperçut que, bien qu'il fût près de deux heures du matin, la lumière brillait à toutes les fenêtres de la maison. Avant qu'il eût eu le temps de pêcher sa clé dans sa poche, Colquhoun ouvrit la porte toute grande.

— Bon Dieu ! Que faites-vous ici ? s'exclama Strange.

Sans se donner la peine de répondre, Grant rentra dans la maison et cria .

— Il est là, madame ! Sain et sauf.

Arabella s'élança hors du salon, manquant tomber, suivie un instant plus tard de Sir Walter. Puis Jeremy Johns et plusieurs des domestiques apparurent dans le couloir menant à la cuisine.

— Est-il arrivé quelque chose ? Y a-t-il quelque chose qui ne va pas ? demanda Strange, les regardant tous avec surprise.

— Tête de bois ! gloussa Grant, lui donnant une calotte affectueuse sur la tête. Nous nous inquiétons pour vous ! Où diable étiez-vous passé ?

— À Hampstead.

— Hampstead ! s'exclama Sir Walter. Enfin, nous sommes très contents de vous voir ! – Il jeta un regard à Arabella et ajouta nerveusement : – Je crains que nous n'ayons alarmé Mrs Strange sans raison.

— Oh ! fit Strange à l'intention de sa femme. Vous n'aviez pas peur, n'est-ce pas ? J'allais parfaitement bien, je vais toujours bien.

— Et voilà, madame ! déclara gaiement le colonel Grant. Je vous l'avais dit ! En Espagne, Mr Strange était souvent en grand péril, mais nous ne nous inquiétions jamais le moins du monde pour lui. Il est trop malin pour qu'il lui arrive quelque chose.

— Sommes-nous obligés de rester dans le vestibule ? demanda Strange.

Sur le chemin du retour de Hampstead, il avait médité sa magie et avait bien eu l'intention de continuer une fois chez lui. Au lieu de quoi il trouvait sa maison pleine de gens qui parlaient tous à la fois. Cela le mit de mauvaise humeur.

Il les précéda au salon et pria Jeremy de lui apporter du vin et quelque chose à manger. Quand tout le monde fut assis, il leur dressa un tableau de la situation.

— Nous avions vu juste. Drawlight s'était arrangé pour que Norrell et moi perpétrions toute sorte de magie noire possible et imaginable. Je l'ai trouvé en compagnie d'une jeune femme des plus excitables qui voulait que je torture son entourage.

— Quelle horreur ! s'écria le colonel Grant.

— Et qu'a dit Drawlight ? s'enquit Sir Walter. Comment s'est-il expliqué ?

— Ha ! – Strange laissa fuser un bref éclat de rire sans gaieté. – Il n'a rien dit. Il s'est tout bonnement sauvé… Ce qui est dommage, car j'avais la ferme intention de le provoquer en duel.

— Oh ! s'indigna soudain Arabella. Il s'agit de duels maintenant, n'est-ce pas ?

Sir Walter et Grant la contemplèrent tous deux avec inquiétude, mais Strange était trop absorbé dans ce qu'il racontait pour remarquer l'expression furieuse de sa femme.

— Non que je croie qu'il eût relevé le gant, j'eusse cependant aimé l'effrayer un brin. Dieu sait qu'il le mérite !

— Mais vous ne nous avez toujours rien expliqué de ce royaume ou chemin, comme vous voulez, au-delà du miroir, protesta le colonel Grant. A-t-il répondu à vos attentes ?

Strange secoua la tête.

— Les mots me manquent pour le décrire. Tout ce que Norrell et moi avons fait n'est rien en comparaison ! Et pourtant nous avons l'audace de nous prétendre magiciens ! J'aimerais pouvoir vous donner une idée de sa splendeur ! De ses dimensions et de sa complexité ! Des grands corridors dallés qui partent dans toutes les directions ! Au début, j'ai bien tenté d'estimer leur nombre et leur longueur, mais j'y ai vite renoncé. Ils semblaient ne pas avoir de fin. Des digues de pierre contenaient des canaux, dont l'eau stagnante paraissait noire sous la lumière terne. J'ai vu des escaliers qui montaient si haut que je n'en discernais pas le sommet, et d'autres qui descendaient dans d'aveugles ténèbres. Soudain, je suis passé sous une voûte et me suis retrouvé sur un pont de pierre qui traversait un paysage sombre et désert. Le pont était si vaste que je n'en apercevais pas le bout. Figurez-vous un pont qui relierait Islington à Twickenham ! Ou York à Newcastle ! Et partout, dans les corridors comme sur le pont, je voyais un air de famille avec lui.

— Un air de famille avec qui ? demanda Sir Walter.

— Avec l'homme que Norrell et moi avons calomnié dans presque tous nos écrits. L'homme dont Norrell supporte à peine d'entendre prononcer le nom. Celui qui a bâti les corridors, les canaux, le pont, tout ! John Uskglass, le roi Corbeau ! Naturellement, l'ouvrage est tombé en ruine au fil des siècles. Quel que fût l'usage que John Uskglass faisait de ces routes jadis, il n'en a plus besoin. Les statues et la maçonnerie se sont écroulées. Des puits de jour se sont ouverts Dieu sait où. Certains corridors sont obstrués, d'autres inondés. Et je vais vous dire une autre chose très curieuse. Je voyais beaucoup de chaussures abandonnées partout où j'allais. Elles appartenaient sans doute à d'autres voyageurs. Elles étaient d'un style suranné et en très mauvais état. D'où je déduis que ces passages ont été peu fréquentés ces dernières années. Pendant tout le temps que je marchais, je n'ai rencontré qu'une seule personne.

— Vous avez vu quelqu'un d'autre ? s'étonna Sir Walter.

— Ah, oui ! Du moins, je crois que c'était une personne. J'ai vu une ombre se déplacer sur une route blanche qui traversait la lande obscure. Vous devez comprendre que j'étais sur le pont à ce moment-là, et que celui-ci était bien plus haut que tous les ponts que j'ai jamais vus en ce monde. Le sol me faisait l'effet d'être à plusieurs milliers de pieds au-dessous de moi. J'ai regardé en bas et aperçu quelqu'un. Si je n'avais pas été si décidé à retrouver Drawlight, j'eusse certainement découvert un moyen pour descendre et le suivre ou la suivre, car il ne saurait y avoir de meilleur passe-temps pour un magicien qu'une conversation avec une telle personne.

— Mais une telle personne serait-elle inoffensive ? s'inquiéta Arabella.

— Inoffensive ? répéta Strange avec mépris. Oh, non ! Je ne crois pas. Enfin, je me flatte de ne pas être particulièrement inoffensif. J'espère ne pas avoir laissé passer ma chance. J'espère que, lorsque j'y retournerai demain, je dénicherai quelque indice de l'endroit vers lequel se dirigeait la mystérieuse silhouette.

— Vous y retournerez ? s'exclama Sir Walter. Êtes-vous certain… ?

— Oh ! s'écria Arabella, l'interrompant. Je vois ce qui m'attend ! Vous explorerez ces chemins dès que Mr Norrell vous laissera un moment, pendant que, moi, je resterai ici, en proie à la plus misérable incertitude, me demandant si je vous reverrai un jour !

Strange la dévisagea, stupéfait.

— Arabella ? Qu'y a-t-il ?

— Ce qu'il y a ? Vous êtes déterminé à vous exposer aux plus grands périls et vous espérez que je me taise !

Strange eut un geste d'impuissance et de supplication mêlées, comme pour demander à Sir Walter et à Grant de témoigner du caractère tout à fait déraisonnable des protestations de sa femme.

— Mais quand je vous ai annoncé que je partais pour l'Espagne, vous étiez d'un calme olympien, bien qu'une méchante guerre ravageât ce pays à l'époque. Ceci, d'un autre côté, est plutôt...

— D'un calme olympien ? Je vous assure que je n'étais rien de la sorte ! J'avais terriblement peur pour vous... Comme avaient peur toutes les épouses, mères et sœurs des hommes présents en Espagne. Seulement vous et moi étions convenus qu'il était de votre devoir d'y aller. Et, d'ailleurs, en Espagne vous aviez toute l'armée britannique avec vous, alors que, là-bas, vous serez complètement seul. Je dis « là-bas », mais aucun de nous ne sait quel est ce lieu !

— Je vous demande pardon, je sais exactement ce qu'il est ! Il s'agit des King's Roads[1]. Vraiment, Arabella, je crois qu'il est un peu tard dans la journée pour vous apercevoir que ma profession ne vous agrée point !

— Oh, ce n'est pas juste ! Je n'ai jamais prononcé un mot contre votre profession. J'estime qu'elle est l'une des plus nobles. J'éprouve une fierté sans bornes pour ce que vous et Mr Norrell avez déjà accompli, et je ne me suis jamais opposée à ce que vous appreniez toute nouvelle magie que vous jugiez bonne. Cependant, jusqu'à aujourd'hui vous vous êtes toujours contenté de faire vos découvertes dans les livres.

— Eh bien, je ne m'en contente plus. Confiner les recherches d'un magicien aux livres de sa bibliothèque ! Enfin, autant dire à un explorateur que vous approuvez son projet de chercher la source de... de... quel que soit le nom de ces fleuves africains !... à condition qu'il ne dépasse jamais Tunbridge Wells !

Arabella poussa une exclamation exaspérée.

— Je croyais que vous vouliez être magicien, pas explorateur !

— Où est la différence ? Un explorateur ne peut pas rester à la maison à lire des cartes établies par d'autres. Un magicien ne peut pas plus enrichir le

1. « Les Routes du Roi » (*cf.* la célèbre King's Road londonienne, ancien sentier qui resta voie privée jusqu'en 1830) (*N.d.T.*).

fonds de la magie par la seule lecture des ouvrages des autres. Il est tout à fait évident à mes yeux que, tôt ou tard, Norrell et moi devrons laisser là nos livres !

— Vraiment ? Il est évident à vos yeux, n'est-ce pas ? Eh bien, Jonathan, je doute fort que ce soit aussi évident aux yeux de Mr Norrell !

Pendant cet échange, Sir Walter et le lieutenant-colonel Grant étaient aussi gênés que toute personne se trouvant par inadvertance témoin d'une scène de mésentente conjugale. Et la conscience que ni Arabella ni Strange n'étaient spécialement bien disposés envers eux n'arrangeait rien. Ils avaient déjà dû endurer quelques mots acerbes d'Arabella quand ils avaient avoué avoir encouragé Strange à perpétrer cette dangereuse magie. À présent, Strange leur décochait des regards furieux, comme s'il se demandait de quel droit ils étaient venus dans sa maison, en pleine nuit, pour mettre de mauvaise humeur son épouse habituellement d'un naturel si doux. Le colonel Grant profita de la première pause dans la conversation pour marmonner quelques paroles décousues sur l'heure tardive : l'aimable hospitalité de ses hôtes était plus qu'il ne méritait et il leur souhaitait à tous le bonsoir. Comme personne ne prêta la moindre attention à son discours, il fut bien obligé de rester là où il était.

Sir Walter était cependant d'un caractère plus déterminé. Il conclut qu'il avait eu tort d'envoyer Strange sur le chemin du miroir et était décidé à faire son possible pour redresser le cap. Étant un homme politique, il ne renonçait jamais à donner à quiconque son opinion pour la simple raison qu'on n'était pas disposé à l'écouter.

— Avez-vous donc lu tous les ouvrages de magie ? demanda-t-il à Strange.

— Comment ? Non, bien sûr que non ! Vous savez très bien que non ! s'exclama Strange, qui songea aux livres de la bibliothèque de Hurtfew.

— Les corridors que vous avez vus ce soir, savez-vous où ils mènent tous ? reprit Sir Walter.

— Non, répondit Strange.

— Savez-vous quel est ce pays obscur que le pont enjambe ?

— Non, mais…

— Alors, il serait sûrement préférable de suivre les suggestions de Mrs Strange et de lire tout ce que vous pouvez sur ces routes avant d'y retourner, déclara Sir Walter.

— Mais les renseignements qu'on trouve dans les livres sont inexacts et contradictoires ! Même Norrell le dit, lui qui a lu tout ce qu'il y a à lire sur elles. Vous pouvez en être certain !

Arabella, Strange et Sir Walter continuèrent à discuter pendant encore une demi-heure jusqu'à ce que tout le monde fût fâché, malheureux, et mourût d'envie d'aller se coucher. Seul Strange semblait tant soi peu à l'aise avec ces descriptions de corridors mystérieux et silencieux, de chemins sans fin et de vastes paysages obscurs. Arabella était sincèrement effrayée par ce qu'elle avait entendu, et Sir Walter et le colonel Grant éprouvaient un certain trouble. La magie, qui leur avait paru si familière quelques heures plus tôt, si « anglaise », était soudain devenue inhumaine, surnaturelle, « altreterrestre ».

Quant à Strange, c'était sa ferme opinion qu'ils formaient l'engeance la plus imprévisible et la plus exaspérante au monde. En effet, ils ne comprenaient apparemment pas qu'il avait réussi un exploit tout à fait « remarquable ». Il ne serait pas exagéré, selon lui, d'affirmer que ç'avait été le plus grand de sa carrière jusqu'à ce jour. Aucun magicien anglais depuis Martin Pale ne s'était aventuré sur les routes du Roi. Mais, au lieu de le féliciter et de vanter ses talents – ce que n'importe qui d'autre eût fait ! –, ils savaient seulement se plaindre, à la manière de Norrell.

Le lendemain matin, il se réveilla décidé à retourner sur les routes du Roi. Il salua joyeusement Arabella, devisa avec elle de sujets neutres et, en général, fit comme si leur querelle de la veille avait été due à la fatigue de la jeune femme et à son exaspération. Mais, bien avant qu'il ait pu profiter de cette commode chimère (et s'éclipser sur les routes du Roi par le grand miroir le plus proche), Arabella le prévint sans ambages qu'elle était dans le même état d'esprit que la veille.

À la fin, n'est-il pas vain de tenter de suivre le cours d'une brouille entre deux époux ? Il est sûr qu'une telle conversation décrira plus de méandres qu'aucune autre. Elle se gonfle toujours d'arguments et de griefs tributaires remontant à des années, tous parfaitement incompréhensibles sauf pour les deux personnes étroitement concernées. Aucun des partis ne s'avère avoir raison ou tort en pareille occasion, et serait-ce le cas, qu'est-ce que cela prouverait ?

Le désir de vivre en amitié et en harmonie avec son conjoint est très fort, et Strange et Arabella n'étaient guère différents des autres à cet égard. Finalement, après deux jours passés à se renvoyer la balle, ils se firent mutuellement une promesse. Il lui promit de ne reprendre les routes du Roi que lorsqu'elle le lui permettrait. En échange, elle lui promit de lui accorder cette permission aussitôt qu'il l'aurait convaincue que cela ne présentait aucun danger.

37

Les Cinque Dragowni

Novembre 1814

VOILÀ SEPT ANS, la maison de Mr Lascelles dans Bruton-street était généralement réputée pour être une des plus belles de Londres. Elle présentait le type de perfection qui ne peut être atteint que par un homme très riche, très oisif, consacrant la majeure partie de son temps à acquérir des peintures et des sculptures, et le plus gros de son énergie mentale à choisir mobilier et papiers peints. Son goût était des plus sûrs, et il avait le chic pour trouver des combinaisons de coloris nouvelles et saisissantes ; il aimait particulièrement les bleus, les gris et une sorte de bronze sombre et métallique. Pourtant, il ne s'attachait jamais à ses biens. Il revendait ses tableaux aussi fréquemment qu'il en achetait, et sa demeure ne dégénéra jamais en ce capharnaüm de musée de peinture qui guette les intérieurs de certains collectionneurs. Chacune des pièces de Lascelles ne contenait que peu de toiles et d'*objets d'art**, mais ce peu-là comprenait quelques-unes des plus belles et des plus admirables curiosités de tout Londres.

Au cours des sept dernières années, toutefois, l'éclat de la maison de Lascelles s'était quelque peu terni. Les coloris, toujours aussi exquis, n'avaient pas changé depuis sept ans. Quoique coûteux, les meubles représentaient ce qui avait été le dernier cri sept ans plus tôt. Pendant les sept dernières années, aucun nouveau tableau n'était venu s'ajouter à la collection de Lascelles. Durant ces sept années, des antiques exceptionnels avaient afflué à Londres en provenance d'Italie, d'Égypte et de Grèce, mais d'autres gentlemen les avaient achetés.

Plus grave, certains signes révélaient que le propriétaire des lieux avait été absorbé par des occupations utiles, en bref qu'il avait « travaillé ». Comptes-rendus, manuscrits, lettres et documents officiels s'entassaient sur le moindre guéridon ou siège ; des numéros des *Amis de la magie anglaise* ainsi que des ouvrages sur la magie traînaient dans tous ses appartements.

À la vérité, même si Lascelles affectait toujours de mépriser le travail, durant les sept années qui avaient suivi l'arrivée de Mr Norrell, il avait été plus occupé que jamais. Bien que ce fût lui qui eût proposé de nommer Lord Portishead rédacteur en chef des *Amis de la magie anglaise*, la manière dont monsieur le duc avait exercé ses fonctions éditoriales avait ulcéré Lascelles à un degré à peine supportable. Lord Portishead s'en était en effet rapporté à Mr Norrell en toutes choses – il avait sur-le-champ mis en œuvre toutes les modifications superflues de Mr Norrell – et, en conséquence, la revue était devenue plus insipide et plus pontifiante à chaque numéro. À l'automne 1810, Lascelles s'était arrangé pour se faire nommer corédacteur en chef. *Les Amis de la magie anglaise* bénéficiaient de la plus importante souscription de tous les périodiques du royaume ; le résultat n'était pas négligeable. De plus, Lascelles écrivait sur la magie pour d'autres journaux et périodiques ; il conseillait le gouvernement en matière de politique magique ; il voyait Mr Norrell presque tous les jours et, à ses moments perdus, étudiait l'histoire et la théorie de la magie.

Trois jours après la visite de Strange à Mrs Bullworth, Lascelles travaillait dur dans sa bibliothèque sur le prochain numéro des *Amis de la magie anglaise.* Bien qu'il fût midi passé, notre homme n'avait pas encore trouvé le temps de se raser ni de s'habiller, et trônait en robe de chambre au milieu d'un fatras de livres, de papiers, de soucoupes et de tasses à café. Une lettre qu'il voulait était manquante ; il partit à sa recherche. En entrant au salon, il eut la surprise d'y rencontrer un visiteur.

— Oh ! s'exclama-t-il. Vous ici !

La misérable créature affaissée dans un fauteuil au coin du feu leva la tête.

— Votre domestique est allé vous quérir pour m'annoncer.

— Ah ! fit Lascelles, qui marqua une hésitation, ne sachant apparemment plus que dire.

Il s'assit dans le fauteuil opposé, appuya la tête sur sa main et considéra Drawlight d'un air pensif.

Le visage de ce dernier était pâle, ses yeux enfoncés dans leurs orbites. Sa redingote était poussiéreuse, ses bottes mal cirées. Même son linge avait un aspect défraîchi.

— Je trouve des plus ingrat de votre part, déclara enfin Lascelles, d'accepter de l'argent pour faire en sorte de me ruiner, de me réduire à l'impuissance et de me rendre fou. Et de la main de Maria Bullworth ! Je n'aurais jamais cru cela d'elle ! Les raisons de son ire me dépassent ! C'était tout autant son fait que le mien. Je ne l'ai pas forcée à épouser Bullworth. Je lui ai simplement offert une échappatoire quand elle n'a plus pu supporter de le voir. Est-ce vrai qu'elle voulait voir Strange m'infliger la lèpre ?

— Oh ! c'est probable, soupira Drawlight. Je n'en sais trop rien. Il n'y a jamais eu le moindre risque au monde qu'il vous arrive quoi que ce fût. Vous restez cloîtré là, tout aussi riche, gras et bien installé que vous l'avez toujours été, alors que je suis l'être le plus misérable de Londres. Cela fait trois jours que je n'ai pas dormi. Ce matin, mes mains tremblaient si fort que j'ai eu du mal à nouer ma cravate. Nul ne sait à quel point je suis mortifié d'avoir cet air d'épouvantail, non que quiconque veuille me voir. Alors, quelle importance ? J'ai été chassé de toutes les portes de Londres. Votre maison est la seule à me recevoir. – Il marqua un silence. – Je n'aurais pas dû vous avouer cela.

Lascelles leva les épaules.

— Ce que je ne comprends pas, c'est que vous espériez réussir avec un plan aussi absurde.

— Il n'avait rien d'absurde ! Au contraire, j'étais scrupuleux dans le choix de... de mes clients. Maria Bullworth vit complètement retirée du monde. Gatcombe et Tantony sont des brasseurs de bière ! Et du Nottinghamshire encore ! Qui eût pu prédire que Strange et eux se rencontreraient un jour ?

— Et Miss Gray ? Arabella l'a connue chez Lady Westby, dans sa maison de Bedford-square.

Drawlight soupira.

— Miss Gray avait dix-huit ans et vivait avec ses tuteurs à Whitby. Selon les dispositions du testament de son père, elle était dans l'obligation de se conformer à leurs souhaits dans tous ses actes jusqu'à trente-six ans révolus. Or ils détestaient Londres et étaient décidés à ne jamais quitter Whitby. Malheureusement, ils ont tous les deux pris froid et ont été emportés voilà deux mois. La malheureuse jeune fille est alors immédiatement partie pour la capitale. – Drawlight hésita et s'humecta nerveusement les lèvres. – Norrell est-il très fâché ?

— Au-delà de tout ce que j'ai jamais vu, répondit doucement Lascelles.

Drawlight se tassa un peu plus dans son fauteuil.

— Que vont-ils faire ?

— Je n'en sais rien. Depuis que votre petite aventure s'est ébruitée, j'ai jugé préférable de me tenir éloigné de Hanover-square pour un temps. Je tiens de l'amiral Summerhayes que Strange voulait vous jeter le gant... – Drawlight poussa une sorte de glapissement d'effroi. – Par chance Arabella condamne les duels et cela n'a donc pas eu de suite.

— Norrell n'a pas le droit d'être fâché contre moi ! s'insurgea tout à coup Drawlight. Il a une dette envers moi ! La thaumaturgie, c'est très bien, mais si je ne l'avais pas guidé et introduit dans le monde, personne ne connaîtrait son nom. Il ne pouvait alors se dispenser de moi, pas plus qu'il ne le peut aujourd'hui.

— Vous croyez ?

Les yeux bruns de Drawlight s'écarquillèrent de plus belle ; il se mit un doigt dans la bouche comme pour se ronger un ongle en guise de réconfort puis, s'apercevant qu'il avait toujours ses gants, il l'en ressortit aussitôt.

— Je repasserai ce soir, murmura-t-il. Serez-vous chez vous ?

— Oh, probablement ! J'ai à moitié promis à Lady Blessington de faire une apparition dans son salon, cependant je doute fort d'y aller. Nous sommes terriblement en retard avec *Les Amis.* Norrell ne cesse de nous harceler d'instructions contradictoires.

— Tant de travail ! Mon pauvre Lascelles ! Cela est indigne de vous ! Quel esclavagiste, ce vieil homme !

Après le départ de Drawlight, Lascelles sonna son domestique.

— Je dois sortir dans une heure, Emerson. Dites à Wallis de préparer mon habit... Ah ! Emerson, Mr Drawlight a exprimé l'intention de revenir ici plus tard dans la soirée. Quand il se présentera, ne le laissez entrer sous aucun prétexte.

Au moment où la conversation ci-dessus se déroulait, Mr Norrell, Mr Strange et Childermass étaient réunis dans la bibliothèque de Hanover-square pour discuter de la trahison de Drawlight. Mr Norrell fixait les flammes, assis en silence, pendant que Childermass racontait à Strange comment il avait découvert une nouvelle dupe de Drawlight, un vieux gentleman de Twickenham du nom de Palgrave, qui avait remis deux cents guinées à Drawlight pour que sa vie fût prolongée encore de quatre-vingts ans et que sa jeunesse lui fût rendue.

— Je ne suis pas sûr, poursuivit Childermass, que nous saurons un jour avec certitude combien de dupes ont payé Drawlight, persuadées qu'elles vous passaient commande pour un acte de magie noire. Mr Tantony et Miss Gray se sont vu tous les deux promettre d'occuper une position dans une hiérarchie de magiciens dont Drawlight leur a prédit la prochaine existence et que je ne prétends point comprendre très bien.

Strange émit un soupir.

— Comment convaincre les gens que nous n'y étions pour rien, je l'ignore. Nous devrions agir, mais comment ? J'avoue ne pas en avoir la moindre idée.

Tout à coup, Mr Norrell prit la parole.

— J'ai beaucoup réfléchi à notre affaire pendant ces deux derniers jours. Je puis même assurer que je n'ai guère songé à autre chose, et j'en suis venu à la conclusion que nous devions rétablir les Cinque Dragowni[1] !

Un bref silence s'écoula, puis Strange proféra :

— Je vous demande pardon, monsieur ? Vous avez bien parlé des Cinque Dragowni ?

Mr Norrell inclina la tête.

— Il est clair pour moi que ce scélérat devrait être jugé par les Cinque Dragowni. Il est coupable de fausse magie et de mauvaises intentions. Par bonheur, l'ancien droit médiéval n'a jamais été abrogé.

— L'ancien droit médiéval, observa Childermass avec un bref rire, voulait que douze magiciens siégeassent au tribunal des Cinque Dragowni. Or il n'y a pas douze magiciens en Angleterre, vous le savez pertinemment. Il y en a deux.

---

1. Les Cinque Dragowni (les Cinq Dragons). Cette cour tenait son appellation non pas, ainsi qu'on le croit en général, de la férocité de ses juges, mais d'une chambre du manoir de John Uskglass, le roi Corbeau, à Newcastle, où les jugements étaient rendus à l'origine. On disait que cette chambre avait douze côtés et était décorée de magnifiques sculptures, certaines l'œuvre des hommes, d'autres celle des fées. Les plus merveilleuses de toutes représentaient cinq dragons.

Les crimes qui relevaient de la compétence des Cinque Dragowni comprenaient : les « Mauvaises intentions », magie dont la finalité était malveillante en soi ; la « Fausse magie », soit feindre ou promettre de pratiquer une magie qu'on ne pouvait ou ne voulait pas pratiquer ; vendre anneaux, chapeaux, chaussures, redingotes, ceintures, pelles, haricots, instruments de musique, etc., magiques à des personnes dont on ne pouvait guère penser qu'elles maîtriseraient ces articles dotés de pouvoirs ; feindre d'être magicien ou prétendre agir au nom d'un magicien ; enseigner la magie à des personnes peu faites pour cela (par exemple, des ivrognes, des déments, des enfants, des individus dotés de mauvaises habitudes et inclinations) ; et maints autres crimes magiques commis par des magiciens confirmés et autres chrétiens. Des crimes contre la personne de John Uskglass furent aussi jugés par les Cinque Dragowni. La seule catégorie de crimes de magie pour lesquels les Cinque Dragowni n'étaient pas compétents étaient les crimes commis par des fées. Ceux-ci relevaient de la cour spéciale des Folflures.

En Angleterre, aux XIIe, XIIIe et XIVe siècles, une florissante communauté de magiciens et de fées recourait continuellement à la magie. Il est notoire qu'il est difficile de plier la magie à des règles ; toute la magie qui est pratiquée n'obéit pas toujours à de bonnes intentions. John Uskglass semble avoir consacré beaucoup de temps et d'énergie à la création d'un recueil de lois destinées à régir la magie et les magiciens. Quand l'art de la magie se répandit à travers l'Angleterre, les rois du Sud n'étaient que trop reconnaissants de profiter de la sagesse de leurs voisins du Nord. Même si l'Angleterre était divisée en deux pays aux systèmes judiciaires distincts, c'est une particularité de ces temps-là que l'ensemble de lois qui régissaient la magie était le même pour les deux. L'équivalent des Cinque Dragowni d'Angleterre du Sud portait le nom de Petty Dragowni de Londres et était situé près de Blackfriars.

— Nous pourrions en trouver d'autres, suggéra Mr Norrell.

Strange et Childermass le dévisagèrent avec stupéfaction.

Mr Norrell eut la bonne grâce de paraître un tantinet confus de contredire toutes les thèses qu'il soutenait depuis sept ans, mais il n'en poursuivit pas moins.

— Il y a Lord Portishead et ce petit homme noiraud d'York qui a refusé de signer notre contrat. Cela fait deux et, j'ose l'affirmer – à cet instant, il considéra Childermass – vous en trouverez quelques autres avec un peu d'application.

Childermass ouvrit la bouche, vraisemblablement pour rappeler tous les magiciens qu'il avait déjà rameutés pour Mr Norrell. Des magiciens qui n'en étaient plus, à présent que Mr Norrell possédait leurs livres, qu'il les avait chassés de la profession ou leur avait fait signer des contrats pernicieux, ou encore les avait détruits de quelque autre manière.

— Pardonnez-moi, monsieur Norrell, l'interrompit Strange, mais quand je parlais d'agir, j'avais en vue une réclame dans la gazette ou une réplique dans ce goût-là. Je doute fort que Lord Liverpool et les ministres nous autorisent, pour le plaisir de punir un seul homme, à restaurer une branche du droit anglais révolue depuis plus de deux cents ans. Et eussent-ils l'obligeance de le permettre, selon moi, nous devons supposer que douze magiciens, cela signifie douze magiciens en exercice. Or Lord Portishead et John Segundus sont tous deux des théoriciens de la magie. De plus, il y a beaucoup de chances pour que Drawlight soit bientôt poursuivi pour manœuvres frauduleuses, faux et usage de faux, vol et je ne sais quoi d'autre. Je ne vois pas quel avantage les Cinque Dragowni ont sur les cours de droit coutumier...

— La justice des cours de droit coutumier est tout à fait imprévisible ! Le juge ne connaîtra rien à la magie. L'importance des crimes de cet homme lui échappera complètement. Je parle de ses crimes contre la magie anglaise, de ses crimes contre ma personne. Les Cinque Dragowni sont renommés pour leur sévérité. J'estime que la meilleure garantie pour nous est qu'il soit pendu.

— Pendu !

— Ah, oui ! Je suis partisan de le voir pendu ! Je pensais que tel était l'objet de notre discussion.

Mr Norrell clignait rapidement ses petits yeux.

— Monsieur Norrell, reprit Strange. Je suis aussi remonté contre cet individu que vous l'êtes. Il est sans scrupules, il est fourbe, il est tout ce que je méprise. Nonobstant, je ne serai la cause de la mort de personne. J'ai été en Espagne, monsieur. J'ai vu assez d'hommes mourir comme cela.

— Mais, il y a deux jours, vous vouliez le provoquer en duel !

Strange lui jeta un regard ulcéré.

— C'est tout à fait différent.

— En tout cas, continua Mr Norrell, j'estime Drawlight à peine plus à blâmer que vous !

— Moi ? s'écria Strange, ahuri. Pourquoi ? Qu'ai-je donc fait ?

— Oh, vous savez fort bien ce que je veux dire ! Que diable vous a-t-il pris d'emprunter les routes du Roi ? Seul et sans aucune préparation ! Vous ne pensiez pas que j'allais approuver une aussi folle aventure ! Vos actes de cette nuit contribueront autant à discréditer la magie que tous les forfaits de cet homme. Ils y contribueront sans doute davantage ! Nul n'a jamais eu bonne opinion de Christopher Drawlight. Ce n'est une surprise pour personne qu'il se révèle un chenapan. Mais, vous, vous êtes connu sur la place de Londres comme mon élève ! Vous êtes le second magicien du pays ! On croira que j'ai approuvé ce que vous avez fait. On croira que vos agissements entraient dans mon plan de restauration de la magie anglaise !

Strange toisa son maître.

— À Dieu ne plaise, monsieur Norrell, que vous dussiez vous sentir compromis par l'une quelconque de mes actions ! Rien, je vous l'assure, ne saurait être plus éloigné de mes vœux. Toutefois, il est facile d'y remédier. Si vous et moi nous séparons, monsieur, alors nous pourrons l'un et l'autre agir en toute indépendance. Le monde jugera chacun de nous sans référence à l'autre.

Mr Norrell parut bouleversé. Il jeta un regard à Strange, détourna de nouveau les yeux et marmonna à voix basse qu'il n'avait pas voulu suggérer cela. Il espérait que M. Strange le savait bien. Il se racla la gorge.

— J'ose croire que Mr Strange montrera de l'indulgence pour l'irritation de mes esprits. J'ose croire que Mr Strange se soucie assez de la magie anglaise pour supporter mon irritabilité. Il sait combien il est essentiel que lui et moi nous parlions et agissions de concert pour le bien de la magie anglaise. Il est beaucoup trop tôt pour que celle-ci soit exposée aux assauts des vents contraires. Si Mr Strange et moi-même commençons à nous contredire mutuellement sur d'importantes questions de politique magique, alors je ne crois pas que la magie anglaise y survivra.

Un silence.

Strange se leva de son fauteuil et, avec une raideur toute solennelle, s'inclina devant Mr Norrell.

Les instants qui suivirent furent empreints de gêne. Mr Norrell donnait l'impression qu'il eût été content d'ajouter quelque chose mais qu'il ne trouvait pas ses mots.

Il se trouvait que le dernier ouvrage de Lord Portishead, son *Essai sur l'extraordinaire renouveau de la magie anglaise, etc.*, venait de sortir des presses et était posé à portée de main sur une petite table. Mr Norrell s'en saisit.

— L'excellent opuscule que voici ! Et comme Lord Portishead est dévoué à notre cause ! Après pareille crise, l'on ne se sent pas très enclin à se fier à qui que ce soit... Pourtant, je pense que nous pourrons toujours compter sur Lord Portishead !

Il tendit le livre à Strange.

Strange le feuilleta d'un air songeur.

— Il a assurément suivi nos recommandations. Deux longs chapitres où il attaque le roi Corbeau, presque sans aucune allusion aux fées. Autant que je m'en souvienne, le manuscrit original comportait une description substantielle de la magie du roi Corbeau.

— Oui, en effet, acquiesça Mr Norrell. Jusqu'à ce que vous lui apportiez ces corrections, son texte était sans intérêt. Pire que sans intérêt, dangereux ! Les longues heures que vous avez passées avec lui à guider ses pensées ont toutes porté leurs fruits ! Vous m'en voyez extrêmement ravi.

Lorsque Lucas revint servir le thé, les deux magiciens paraissaient redevenus eux-mêmes (bien que Strange fût peut-être un tantinet moins loquace que d'habitude). Leur querelle semblait oubliée.

Au moment de se retirer, Strange demanda s'il pouvait emprunter le livre de Lord Portishead.

— Certainement ! s'écria Mr Norrell. Gardez-le ! J'en ai plusieurs autres exemplaires.

Malgré toutes les objections que Strange et Childermass avaient soulevées, Mr Norrell était dans l'incapacité de renoncer à son plan de restauration des Cinque Dragowni. Plus il y songeait, plus il était convaincu qu'il ne pourrait plus trouver la paix si l'Angleterre n'avait pas son tribunal de droit magique. Il pensait qu'aucune peine susceptible d'être prononcée contre Drawlight par toute autre instance ne pourrait jamais le satisfaire. Aussi, plus tard dans la journée, dépêcha-t-il Childermass au domicile de Lord Liverpool pour solliciter une audience de quelques minutes. Lord Liverpool renvoya un message disant qu'il recevrait Mr Norrell le lendemain.

À l'heure convenue, Mr Norrell se présenta devant le Premier ministre et lui exposa son projet. Quand il eut conclu, Lord Liverpool fronça le sourcil.

— Le droit magique est tombé en désuétude en Angleterre, objecta-t-il. Aucun magistrat n'est qualifié pour siéger dans un tel tribunal. Qui donc instruirait les affaires ? Qui les jugerait ?

— Ah ! s'exclama Mr Norrell, produisant une liasse épaisse de papiers. Je suis content que monsieur le duc pose des questions aussi pertinentes. J'ai rédigé un document expliquant le fonctionnement des Cinque Dragowni. Nos connaissances présentent maintes lacunes, c'est fâcheux. Heureusement, je suggère quelques moyens de restaurer ce qui s'est perdu. J'ai pris pour modèle les tribunaux ecclésiastiques du Collège des docteurs en droit civil. Ainsi que monsieur le duc le verra, beaucoup de travail nous attend.

Lord Liverpool jeta un regard à la liasse de papiers.

— Beaucoup trop de travail, monsieur Norrell, déclara-t-il d'un ton indifférent.

— Oh, je puis vous assurer qu'il est nécessaire ! On ne peut plus nécessaire, vraiment ! Comment donner des règles à la magie, sinon ? Comment se garder, sinon, des méchants magiciens et de leurs serviteurs ?

— Quels méchants magiciens ? Il n'y a que Mr Strange et vous.

— Eh bien, il est vrai, mais...

— Vous sentez-vous particulièrement méchant, à présent, monsieur Norrell ? Y a-t-il une raison pressante pour que le gouvernement britannique doive promulguer un recueil de lois séparé pour contrôler vos intentions perverses ?

— Non, je...

— À moins, peut-être, que Mr Strange ne montre une forte inclination à tuer, mutiler et voler ?

— Non, mais...

— Alors, tout ce qui nous reste, c'est ce Mr Drawlight... qui, autant que je sache, n'est pas magicien.

— Ses crimes sont fondamentalement des crimes de magie. Selon le droit anglais, il devrait être jugé par le tribunal des Cinque Dragowni. Pour lui, cette juridiction s'impose. Voilà les qualifications de ses crimes. – Mr Norrell posa encore une nouvelle liste devant le Premier ministre. – Là ! Fausse magie, mauvaises intentions et pédagogie malveillante. Aucune cour ordinaire n'est compétente.

— Sans doute. Mais, comme je l'ai déjà observé, personne n'a qualité pour juger cette affaire.

— Si monsieur le duc veut bien jeter ne serait-ce qu'un coup d'œil sur la quarante-deuxième page de mes notes, je propose de recourir aux juges, aux avocats et aux procureurs du Collège des docteurs en droit civil. Je pourrais leur exposer les principes du droit thaumaturgique. Cela ne prendra guère plus d'une ou deux semaines. Et puis je pourrais mettre à leur disposition mon domestique, John Childermass, pendant toute la durée du procès. Il est très bien informé et pourrait aisément leur indiquer où ils risquent de se fourvoyer.

— Comment ? Le juge et les plaideurs influencés dans leurs fonctions par le plaignant et son domestique ! Certainement pas ! La justice se refuse à cette idée !

Mr Norrell cligna les yeux.

— Mais quelle autre garantie ai-je que d'autres magiciens ne vont pas se dresser pour défier mon autorité et me contester ?

— Monsieur Norrell, il ne revient pas à la cour, quelle qu'elle soit, d'exalter les opinions d'une personne de préférence aux autres ! Pas plus dans la magie que dans n'importe quelle autre sphère de la société. Si d'autres magiciens pensent différemment de vous, alors vous devez en débattre avec eux. Vous devez prouver la supériorité de vos vues, comme je le fais en politique. Vous devez discuter, publier et pratiquer votre magie, et vous devez aussi apprendre à vivre comme je vis, face à des critiques, à une opposition et à une censure permanentes. Voilà ce qu'est la manière anglaise, monsieur.

— Mais…

— Je regrette, monsieur Norrell. Je ne veux pas en entendre davantage. Un point, c'est tout. Le gouvernement de Grande-Bretagne vous est reconnaissant. Vous avez rendu à votre pays des services incommensurables. Tout le monde sait en quelle haute estime nous vous tenons, néanmoins ce que vous demandez est impossible.

L'imposture de Drawlight devint vite de notoriété publique et, ainsi que Strange l'avait prédit, un certain discrédit s'attacha aux deux magiciens. Drawlight était l'intime de l'un d'eux, après tout. Cela fournit un excellent sujet aux caricaturistes, et plusieurs spécimens édifiants parurent dans la presse. Une planche de George Cruikshank montrait Mr Norrell devant un groupe de ses admirateurs, en train de discourir sur la noblesse de la magie anglaise, pendant que, dans une arrière-salle, Strange dictait une sorte de menu à un garçon qui l'inscrivait à la craie sur un tableau noir : « Assassinat d'une lointaine relation par magie : vingt guinées. Assassinat d'un ami proche : quarante guinées. Assassinat d'un parent : cent guinées. Assassinat de son conjoint : quatre cents guinées. » Sur une autre caricature, de Rowlandson celle-là, une dame à la mode se promenait dans la rue avec un petit chien duveteux au bout d'une laisse. Elle rencontrait une de ses connaissances qui se mettait à s'extasier sur son roquet : « Mon Dieu, madame Foulkes, quel adorable bichon vous avez là ! – Oui, répondait Mrs Foulkes, c'est Mr Foulkes. J'ai donné cinquante guinées à Mr Strange et à

Mr Norrell afin que mes désirs soient des ordres pour mon mari, et voilà le résultat. »

Il est certain que les caricatures et les allusions malveillantes dans les gazettes nuisirent considérablement à la cause de la magie anglaise. Il était désormais possible de considérer la magie sous un jour tout à fait différent. Non plus comme La Plus Grande Défense de la Nation, mais comme l'instrument de la Malice et de l'Envie.

Que dire des personnes dont Mr Drawlight avait abusé ? Quelle était leur vision de la situation ? Nul doute que Mr Palgrave – le vieux monsieur malade et acariâtre qui avait espéré vivre éternellement – eût eu l'intention de poursuivre Drawlight pour escroquerie, mais il en fut empêché par les circonstances : il mourut subitement le lendemain. Ses enfants et héritiers (qui tous le détestaient) furent ravis de découvrir que ses derniers jours avaient été assombris par la frustration, le chagrin et la déception. Drawlight n'avait rien à craindre non plus de Miss Gray ou de Mrs Bullworth. Les parents et les amis de Miss Gray ne voulurent pas qu'elle se compromît dans une vulgaire affaire judiciaire, et les consignes données par Mrs Bullworth à Drawlight la rendaient aussi coupable que lui ; elle était dans l'impossibilité de se venger. Restaient Gatcombe et Tantony, les brasseurs de bière du Nottinghamshire. Pragmatique comme tous les hommes d'affaires, Mr Gatcombe était surtout soucieux de rentrer dans ses frais, et il envoya des baillis à Londres afin de les recouvrer. Malheureusement, Drawlight fut incapable d'obliger Mr Gatcombe sur ce menu détail, étant donné qu'il avait tout dépensé.

Et l'on en vient donc à la véritable chute de Drawlight, car il n'avait pas plus tôt échappé à la potence que sa Némésis[1] apparut dans le ciel déjà couvert de son existence, tournoyant avec ses ailes noires pour le broyer. Il n'avait jamais été riche, plutôt l'inverse. Il vivait surtout à crédit et en grugeant ses amis. Parfois, il gagnait de l'argent dans les tripots, mais plus souvent poussait à jouer de jeunes et imprudents Tom et Jerry[2] et, quand ils perdaient (ce qui arrivait immanquablement), il les prenait par le bras et, sans cesser de parler, les emmenait chez tel ou tel prêteur sur gages de sa connaissance. « Je ne pouvais honnêtement vous recommander auprès d'aucun autre prêteur, leur expliquait-il avec sollicitude, ils exigent des taux d'intérêt si monstrueux... Toutefois, ce n'est pas le genre de Mr Buzzard. C'est un vieil homme très aimable. Il

1. Divinité grecque représentant la Vengeance des dieux contre la démesure (l'*hybris*) (*N.d.T.*).

2. Noms de deux personnages du livre de Pierce Egan, *Life in London ; or the Day and Night Scenes of Jerry Hawthorn, Esq. And His Elegant Corinthian Tom, Accompanied by Bob Logic, The Oxomanian in Their Rambles and Sprees Through the Metropolis* (1821) (*N.d.T.*).

ne peut supporter de voir quelqu'un renoncer au plaisir quand il a les moyens de le lui octroyer. Je crois réellement qu'il considère le prêt de petites sommes d'argent davantage sous le jour d'une œuvre de bienfaisance que sous celui d'une entreprise commerciale ! » Pour cette modeste – quoique cruciale – participation qui consistait à attirer les jeunes gens dans les dettes, le vice et la ruine, Drawlight recevait une rémunération de la part des prêteurs : en général quatre pour cent des intérêts de la première année pour le fils d'un roturier, six pour cent pour le fils d'un vicomte ou d'un baronnet, et dix pour cent pour le fils d'un comte ou d'un duc.

Des bruits de sa disgrâce commencèrent à circuler. Tailleurs, chapeliers et gantiers à qui il devait de l'argent, inquiets, réclamèrent leur dû. Des dettes dont il avait cru avec confiance qu'elles pourraient être différées quatre ou cinq ans de plus se rappelèrent brusquement à lui et devinrent des affaires urgentes. Des hommes à la mine patibulaire avec des gourdins à la main vinrent tambouriner à sa porte. Plusieurs personnes lui conseillèrent de s'expatrier sur-le-champ, mais il ne parvenait pas à croire que ses amis lui tournaient le dos. Il croyait que Mr Norrell allait se radoucir ; il pensait que Lascelles, son cher, très cher Lascelles allait l'aider. Il leur envoya à tous deux des missives respectueuses pour leur demander un prêt immédiat de quatre cents guinées. Mr Norrell ne daigna pas répondre et Lascelles lui écrivit juste pour signifier qu'il s'était fait une règle de ne jamais prêter d'argent. Drawlight fut arrêté pour insolvabilité le mardi matin ; dès le vendredi suivant il était incarcéré dans la prison du Banc du Roi.

Un soir vers la fin novembre, une ou deux semaines après ces événements, Strange et Arabella se tenaient au salon de Soho-square. Arabella rédigeait une lettre et Strange s'arrachait distraitement les cheveux, le regard perdu dans le vide. Soudain il se leva et sortit de la pièce.

Il réapparut une heure plus tard avec une douzaine de feuillets couverts de son écriture.

Arabella leva les yeux.

— Je croyais que votre article pour *Les Amis de la magie anglaise* était terminé.

— Il ne s'agit pas de l'article pour *Les Amis de la magie anglaise*, mais de la recension du livre de Portishead.

Arabella fronça le sourcil.

— Vous ne pouvez critiquer un ouvrage auquel vous avez apporté votre contribution !

— J'estime que si. Dans certaines circonstances.

— Vraiment ! Et quelles sont donc ces circonstances ?

— Si j'affirme que c'est un livre abominable, une scandaleuse supercherie aux dépens du public britannique…

Arabella le regarda fixement.

— Jonathan ! murmura-t-elle enfin.

— Voyons, ce livre est abominable !

Il lui tendit la liasse de feuillets et elle se mit à lire. La pendule de la cheminée sonna neuf heures et Jeremy servit le thé. Après avoir achevé sa lecture, elle poussa un soupir.

— Qu'allez-vous faire ?

— Je ne sais. Le publier, je pense.

— Et que devient le pauvre Portishead ? S'il a mis dans son livre des affirmations qui sont erronées, alors, certes, il faut les relever. Mais vous savez fort bien qu'il ne les a écrites qu'à votre instigation. Il va se sentir très maltraité.

— Oh, absolument ! Cette affaire est lamentable du début à la fin, lança Strange avec insouciance. – Il but une gorgée de thé et avala une bouchée de toast. – Néanmoins, la question n'est pas là. Devrais-je laisser mon estime pour Portishead m'empêcher de dire ce que je crois être vrai ? Je ne pense pas. Et vous ?

— Est-ce à vous de vous en charger ? protesta Arabella avec un regard triste. Le pauvre homme, cela l'atteindra tellement plus si cela vient de vous.

Strange fronça le sourcil.

— Bien sûr que c'est à moi. Qui reste-t-il d'autre ? Allez ! Je vous promets de me confondre en très plates excuses dès que l'occasion se présentera.

Et Arabella dut se contenter de cette promesse.

Dans l'intervalle, Strange réfléchissait à qui il devait proposer sa recension. Son choix tomba sur Mr Jeffrey, le rédacteur en chef écossais de l'*Edinburgh Review*. Or l'*Edinburgh Review*, ne l'oublions pas, était une publication radicale, favorable aux réformes politiques, à l'émancipation des catholiques et des juifs, et à toutes sortes d'autres nouveautés que Mr Norrell n'approuvait pas. En conséquence, ces dernières années Mr Jeffrey avait vu des critiques et des articles sur le « renouveau de la magie anglaise » paraître dans différentes publications, tandis que lui, le malheureux, n'avait droit à rien. Naturellement, il fut ravi de recevoir enfin une critique de Strange. Il ne se souciait pas le moins du monde de son incroyable contenu révolutionnaire, puisque c'était là le genre de choses qu'il appréciait le plus. Il écrivit immédiatement un mot à son illustre commentateur, l'assurant qu'il publierait son texte le plus tôt possible. Deux jours plus tard, il lui envoyait un *haggis*, une sorte de pudding écossais, en guise de cadeau.

38

Extrait de l'*Edinburgh Review*

Janvier 1815

« Article XIII. *Essai sur l'extraordinaire renouveau de la magie anglaise, etc.*, de John Waterbury, Lord Portishead, avec un compte-rendu de la Magie accomplie lors de la dernière guerre d'Espagne : Jonathan Strange, magicien ordinaire de Monsieur le Duc de Wellington. John Murray éd., Londres, 1814.

« En sa qualité d'assistant et de confident estimé de Mr Norrell comme en sa qualité d'ami de Mr Strange, Lord Portishead est admirablement désigné pour rapporter l'histoire des récents événements magiques, car il s'est trouvé au centre de maints d'entre eux. Chacun des exploits de Mr Norrell et de Mr Strange a été largement évoqué dans les gazettes et les revues, mais les lecteurs de Lord Portishead en auront une bien meilleure compréhension grâce au récit intégral qu'il donne à leur intention.

« Les admirateurs les plus enthousiastes de Mr Norrell voudraient nous faire accroire que celui-ci a débarqué à Londres au printemps 1807 tout armé, comme le Plus grand magicien et le Premier phénomène de l'Ère, or, d'après le compte-rendu de Portishead, il est clair que lui et Strange ont tous deux gagné en assurance et en savoir-faire après des débuts très hésitants. Portishead ne néglige pas de citer leurs échecs comme leurs succès. Le chapitre V contient un exposé tragicomique de leur longue dispute avec le régiment de la Garde à cheval, laquelle a débuté en 1810, quand un des généraux eut l'idée originale de remplacer les chevaux de la Cavalerie par des licornes. De cette manière, on espérait donner aux soldats le pouvoir d'encorner le cœur des Français. Malheureusement, ce magnifique projet n'eut jamais de suite puisque, loin qu'ils eussent trouvé un nombre suffisant de licornes à l'usage de la Cavalerie, il reste encore à Mr Norrell et Mr Strange à découvrir ne serait-ce que la première.

« D'une valeur plus douteuse est la seconde moitié de l'ouvrage de Monsieur le Duc, où il abandonne la description pour commencer à poser des règles, afin de déterminer ce qui est ou n'est pas de l'honorable Magie anglaise. En d'autres mots, laquelle doit s'appeler Magie blanche et laquelle Magie noire. Jusqu'ici, rien de neuf. Le lecteur jetterait-il un œil aux livraisons des récents commentateurs de magie, il commencerait par percevoir une curieuse uniformité des opinions. Tous entonnent un refrain similaire et tous emploient des arguments identiques pour tirer leurs conclusions.

« Le moment est peut-être venu de s'interroger sur cet état de fait. Dans toute autre branche du savoir, notre compréhension se nourrit de la contradiction et du débat rationnel. Le droit, la théologie, l'histoire et la science ont leurs différentes chapelles. Pourquoi donc, en magie, n'entendons-nous que de sempiternelles arguties éculées ? On commence à se demander pourquoi on se donne le mal d'argumenter, étant donné que tout le monde semble partager les mêmes vérités. Cette fastidieuse monotonie est particulièrement évidente dans les dernières contributions à l'HISTOIRE DE LA MAGIE ANGLAISE, qui deviennent plus singulières à chaque redite.

« Voilà huit ans, cet auteur publiait *Histoire du roi Corbeau pour les Enfants*, un modèle du genre. Ce livre donne en effet au lecteur une vive impression de l'étrangeté surnaturelle et prodigieuse de la magie de JOHN USKGLASS. Alors pourquoi aujourd'hui feint-il de croire que la vraie Magie anglaise est née au XVIe siècle avec MARTIN PALE ? Au chapitre VI de son *Essai sur l'extraordinaire renouveau de la magie anglaise, etc.*, il soutient que Pale a l'intention expresse de purger la Magie anglaise de ses éléments les plus obscurs. Or il ne tente pas d'apporter la moindre preuve à cette extraordinaire affirmation, ce qui est tout aussi bien puisqu'il n'en existe pas.

« Selon les vues actuelles de PORTISHEAD, la tradition qui a commencé avec PALE a été perfectionnée par HICKMAN, LANCHESTER, GOUBERT, BELASIS *et alii* (ceux que nous dénommons les magiciens ARGENTINS) pour atteindre aujourd'hui son glorieux apogée avec Mr NORRELL et Mr STRANGE. Il s'agit, certainement, d'une façon de voir que Mr STRANGE et Mr NORRELL ont contribué à propager. Toutefois, celle-ci ne mène à rien. MARTIN PALE et les magiciens Argentins ne se sont jamais proposé de poser les fondements de la Magie anglaise. Dans le moindre charme qu'ils ont consigné, dans le moindre mot qu'ils ont écrit, ils se sont efforcés de recréer la glorieuse magie de leurs prédécesseurs (ceux que nous définissons comme l'Âge d'Or ou magiciens AURÉATS) : THOMAS GODBLESS, RALPH DE STOKESEY, CATHERINE DE WINCHESTER et, surtout, JOHN USKGLASS. MARTIN PALE a été l'émule dévoué de ces magiciens-ci. Il n'a jamais cessé de regretter de ne pas être né deux cents ans plus tôt.

« Une des caractéristiques les plus extraordinaires du renouveau de la Magie anglaise réside dans sa façon de traiter JOHN USKGLASS. De nos jours, on ne prononce son nom que pour l'insulter. Imaginons Mr DAVY et Mr FARADAY, ou d'autres grands hommes de science, obligés de commencer leurs conférences en exprimant leur mépris et leur haine d'ISAAC NEWTON. Ou encore imaginons nos éminents médecins présentant toute annonce d'une nouvelle découverte en médecine par une description de la méchanceté de WILLIAM HARVEY.

« Lord PORTISHEAD consacre un long chapitre de son ouvrage à tenter de prouver que JOHN USKGLASS n'est pas, comme on le croit communément, le fondateur de la Magie anglaise puisqu'il y avait déjà des magiciens sur nos îles avant son époque. Je ne le nie pas. En revanche, je nie vigoureusement qu'il y ait eu en Angleterre une tradition de magie, quelle qu'elle soit, avant JOHN USKGLASS.

« Examinons ces premiers magiciens dont PORTISHEAD fait tant de cas. Qui étaient-ils ? L'un d'eux était JOSEPH D'ARIMATHIE, un magicien venu des Terres Saintes pour planter un arbre magique, destiné à protéger l'Angleterre du mal. Toutefois, je n'ai jamais ouï dire qu'il fût resté assez longtemps pour transmettre ses talents à l'un quelconque de ses habitants. MERLIN en était un autre mais, étant Gallois du côté de sa mère et Infernal de celui de son père, il ne cadre guère avec ce schéma de l'honorable magie anglaise que PORTISHEAD, NORRELL et STRANGE ont à cœur. Et qui étaient les élèves et les émules de MERLIN ? Il est impossible d'en citer un. Non, pour une fois l'opinion commune a raison : la magie s'était éteinte depuis longtemps sur ces îles, jusqu'à ce que JOHN USKGLASS quittât le monde des Fées pour fonder son royaume de l'Angleterre du Nord.

« PORTISHEAD paraît avoir lui-même conçu quelques doutes sur ce point et, au cas où ses arguments n'auraient pas réussi à convaincre ses lecteurs, il se met en devoir de prouver que la magie de JOHN USKGLASS était funeste en soi. Néanmoins, il est loin d'être clair que les exemples qu'il choisit étayent cette conclusion. Examinons l'un d'eux. Nous avons tous entendu parler des quatre bois enchantés qui entouraient la capitale de JOHN USKGLASS, Newcastle. Leurs noms respectifs étaient GRAND-TOM, CITADELLE-D'ASMODÉE, PETITE-ÉGYPTE et BÉNÉDICTION-DE-SERLO. Ils se déplaçaient d'un endroit à l'autre et avaient la réputation, à l'occasion, d'engloutir les imprudents qui s'approchaient de la cité en voulant du mal à ses habitants. Certes, l'idée de bois anthropophages nous paraît horrible et surnaturelle ; rien ne prouve toutefois que les contemporains de JOHN USKGLASS aient partagé ce sentiment. C'était une ère de violence ; JOHN USKGLASS était un roi médiéval et il agissait en roi médiéval, afin de protéger sa cité et ses citoyens. Nul ne sait pourquoi, en 1138, il a fait disparaître la lune du ciel et l'a obligée à voyager à travers tous les lacs et cours d'eau d'Angleterre.

« Comme ses motivations sont très obscures, il est souvent difficile de juger de la moralité des actions de JOHN USKGLASS. Entre tous les magiciens AURÉATS, il est le plus mystérieux.

« Nous ne savons pourquoi, en 1202, il s'est pris de querelle avec l'Hiver et l'a banni de son royaume, de sorte que pendant quatre ans l'Angleterre du Nord a bénéficié d'un Été permanent. Pas plus que nous ne savons pourquoi en mai et juin 1345, pendant trente nuits consécutives, tous les hommes, les femmes et les enfants du royaume rêvèrent qu'ils étaient rassemblés sur une plaine rouge sombre, sous un ciel d'or pâle, pour ériger une haute tour noire. Chaque nuit ils travaillaient dur avant de se réveiller au matin dans leurs lits, épuisés. Ce rêve ne cessa de les tourmenter que la trentième nuit, après que la tour et ses fortifications eurent été achevées. De tous ces contes – mais, en particulier, du dernier – nous tirons l'impression que de grands événements se déroulaient, sans que nous puissions nous prononcer sur leur nature. Plusieurs érudits en ont déduit que la haute tour noire était située dans cette région de l'Enfer qu'USKGLASS passait pour avoir libérée de LUCIFER, et que le roi bâtissait une forteresse pour poursuivre sa guerre contre ses ennemis de l'Enfer. MARTIN PALE, cependant, n'était pas de cet avis. Il croyait à l'existence d'un lien entre l'édification de la tour et l'apparition en Angleterre, trois ans plus tard, de la Peste noire. Le royaume de l'Angleterre du Nord de JOHN USKGLASS souffrit beaucoup moins de ce fléau que son voisin du Sud, et PALE était convaincu que la raison en était qu'USKGLASS avait construit un moyen de défense contre lui.

« Selon l'*Essai sur l'extraordinaire renouveau de la magie anglaise*, il ne nous appartient même pas de méditer ces choses. D'après Mr NORRELL et Lord PORTISHEAD, la magie moderne ne devrait pas se mêler de choses comprises seulement à moitié. Pour ma part, je dirais que nous devons les étudier précisément parce qu'elles sont à moitié comprises.

« La Magie anglaise est l'étrange maison où nous, les Magiciens, habitons. Elle est bâtie sur les fondations jetées par JOHN USKGLASS et, si nous ignorons ces fondations, à nos risques et périls ! Elles devraient en effet être soumises à l'examen, et leur nature bien définie, afin que nous puissions savoir ce qu'elles sont capables ou non de supporter. Sinon des lézardes vont apparaître, laissant entrer des coulis venus de Dieu sait où. Les corridors nous conduiront en des endroits où nous n'avons jamais eu l'intention d'aller.

« En conclusion, l'ouvrage de PORTISHEAD – même s'il contient nombre d'excellentes remarques – est un bel exemple de la folle contradiction qui est au cœur de la Magie anglaise moderne : nos meilleurs magiciens continuent à manifester leur intention d'effacer toute trace de JOHN USKGLASS de la Magie anglaise, mais comment serait-ce possible ? C'est la magie de JOHN USKGLASS que nous mettons en œuvre. »

39

Les deux magiciens

Février 1815

De toutes les pièces controversées jamais publiées dans les pages de l'*Edinburgh Review*, celle-ci était de loin la plus controversée. À la fin janvier, il semblait n'y avoir guère de docteur ou de femme savante d'un bout à l'autre du pays qui ne l'eût lue et ne s'en fût fait une opinion. Bien qu'elle ne fût pas signée, tout le monde savait qui en était l'auteur : Strange. Oh ! certes, au début, d'aucuns hésitèrent et soulignèrent le fait que Strange y était autant critiqué que Norrell. Peut-être davantage. Mais ceux-ci furent taxés de stupidité par leurs amis. Jonathan Strange n'était-il pas connu pour être le genre de personnage fantasque et contradictoire capable de publier contre lui-même ? Et l'auteur ne se déclarait-il pas magicien ? Qui d'autre pourrait-ce être ? Qui d'autre pourrait s'exprimer avec autant d'autorité ?

Au début, quand Mr Norrell était arrivé à Londres, ses opinions avaient paru nouvelles, et pas qu'un peu originales. Depuis lors les gens s'y étaient habitués, et était-il autre chose que le miroir de son temps en soutenant que la magie, à l'instar des océans, devait accepter les Anglais pour maîtres ? Ses frontières devaient être redéfinies, et tout ce qui n'était pas clairement intelligible pour des ladies et des gentlemen modernes – le règne de trois cents ans de John Uskglass, l'étrange et difficile histoire de nos relations avec les fées – pouvait être commodément mis de côté. Or, Strange avait bousculé la conception « norrellienne » de la magie. Soudain, tout ce qui avait été appris par tout enfant anglais sur la sauvagerie de la magie anglaise était peut-être toujours vrai ; encore aujourd'hui, sur des chemins depuis longtemps oubliés, derrière le ciel, de l'autre côté de la pluie, John Uskglass chevauchait peut-être, avec sa compagnie d'hommes et de garçons-fées.

La plupart pensaient que l'association des deux magiciens devait être rompue. Le bruit courait à Londres que Strange était allé à Hanover-square et que les domestiques l'avaient chassé. Il courait une autre rumeur, contradictoire, selon laquelle Strange n'était pas allé à Hanover-square, et Mr Norrell restait nuit et jour dans sa bibliothèque à attendre son élève et à demander toutes les cinq minutes auxdits domestiques d'aller regarder par la fenêtre pour voir s'il arrivait.

Un dimanche soir du début février, Strange rendit enfin visite à Mr Norrell. Ce fait est avéré parce que deux gentlemen sur le chemin de l'église Saint George et de Hanover-square l'aperçurent sur le perron de la maison, virent la porte s'ouvrir, Strange parler au domestique et être introduit sans délai, en hôte attendu. Les deux gentlemen poursuivirent leur route vers l'église, où ils répétèrent immédiatement à leurs voisins de prie-Dieu ce qu'ils avaient vu. Cinq minutes plus tard, un jeune homme maigre aux airs de sainte-nitouche arrivait à son tour à l'église. Sous le prétexte de réciter ses prières, il chuchota qu'il venait de causer avec quelqu'un qui se penchait par la fenêtre du premier étage de la maison mitoyenne de celle de Mr Norrell ; or cette personne croyait avoir entendu Mr Strange tempêter et haranguer son maître. Deux minutes plus tard, on racontait dans toute l'église que les deux magiciens s'étaient réciproquement menacés d'une sorte d'excommunication magique. Le service commença, et l'on vit plusieurs paroissiens tourner leurs regards avec nostalgie vers les vitraux, s'interrogeant sur la raison pour laquelle ces ouvertures étaient toujours placées aussi haut dans les édifices ecclésiastiques. Un cantique s'éleva, accompagné à l'orgue, et certains affirmèrent par la suite que la musique avait été noyée sous de grands coups de tonnerre, signe incontestable de turbulences magiques. D'autres les accusèrent d'affabulation.

Tout cela eût grandement étonné les deux magiciens qui se tenaient alors dans la bibliothèque de Mr Norrell en se regardant en chiens de faïence. Strange, qui n'avait pas revu son mentor de quelques jours, fut effrayé par son aspect. Son visage était hagard, son corps tassé ; il paraissait dix ans de plus.

— Pouvons-nous nous asseoir, monsieur ? demanda Strange.

Il se dirigea vers un fauteuil, et la soudaineté de ses mouvements fit tressaillir Mr Norrell. On eût cru qu'il s'attendait à ce que Strange le frappât. L'instant suivant, il s'était toutefois suffisamment ressaisi pour s'asseoir à son tour.

Strange n'était pas beaucoup plus à son aise. Au cours des derniers jours, il s'était demandé à plusieurs reprises s'il avait eu raison de publier sa recension, et toujours il revenait à la conclusion que oui. Il avait décidé que la juste attitude à adopter était la dignité et la supériorité morale, adoucies par une très raisonnable dose d'excuses. Mais, à présent qu'il était de nouveau installé dans la bibliothèque de Mr Norrell, il avait du mal à soutenir le regard de son professeur. Ses yeux errèrent sur une curieuse succession d'objets : une petite figurine en porcelaine représentant le Dr Martin Pale, la poignée de porte, l'ongle de son propre pouce, la chaussure gauche de Mr Norrell.

Mr Norrell, pour sa part, ne quittait pas des yeux le visage de Strange.

Au bout d'un silence de quelques instants, les deux hommes prirent ensemble la parole.

— Après toute votre gentillesse pour moi..., commença Strange.

— Vous me croyez en colère . commença de son côté Mr Norrell.

Tous deux s'interrompirent, puis Strange fit signe à Mr Norrell de poursuivre.

— Vous me croyez en colère, reprit Mr Norrell, je ne le suis pas. Vous pensez que je ne sais pas pourquoi vous avez agi ainsi, je le sais. Vous pensez avoir mis tout votre cœur dans ce texte et que maintenant le monde vous comprend en Angleterre. Que comprend-il ? Néant. Moi, je vous ai compris avant que vous n'écriviez un mot – il marqua une pause, et ses traits se contractèrent comme s'il cherchait à formuler quelque chose de profondément enfoui en lui. – Ce que vous avez écrit, vous l'avez écrit pour moi. Pour moi seul.

Strange ouvrit la bouche pour protester contre cette surprenante conclusion. Mais, réflexion faite, il s'avisa qu'elle était sans doute vraie. Il garda le silence.

Mr Norrell continua.

— Croyez-vous vraiment que je n'aie jamais éprouvé la même... la même nostalgie que vous ? « C'est la magie de John Uskglass que nous mettons en œuvre. » Bien entendu. Quelle autre, sinon ? Du temps de ma jeunesse, j'eusse tenté n'importe quoi, supporté n'importe quoi, pour aller le trouver et me jeter à ses pieds. J'ai essayé de l'invoquer. Ha ! C'était là mômerie d'un homme très jeune, très sot. Traiter un roi en valet et le sommer de venir me parler. Je considère comme une des circonstances les plus heureuses de ma vie d'avoir échoué ! Ensuite, j'ai essayé de le débusquer au moyen des vieux charmes d'élection. Je n'ai pas su faire marcher les charmes. J'ai gâché toute la magie de ma jeunesse dans cette recherche. Pendant dix ans, je n'ai songé à rien d'autre.

— Vous ne m'en avez jamais soufflé mot, monsieur.

Mr Norrell soupira.

— Je voulais vous empêcher de reproduire mes erreurs.

Il leva les mains en un geste d'impuissance.

— Mais, selon vos dires, monsieur Norrell, c'était il y a longtemps, quand vous étiez jeune et inexpérimenté. Vous êtes un magicien très différent aujourd'hui, et je me flatte de ne pas être un assistant ordinaire. Et si nous tentions un nouvel essai ?

— On ne peut pas trouver un aussi puissant magicien s'il souhaite demeurer introuvable, répliqua Mr Norrell d'un timbre monocorde. Toute tentative est vaine. Pensez-vous que ce qui se passe en Angleterre l'intéresse ? Je vous réponds non. Il nous a abandonnés voilà bien longtemps.

— Abandonnés ? répéta Strange, le sourcil froncé. Voici un mot plutôt excessif. J'imagine que des années de déconvenues doivent naturellement pousser à une conclusion de ce genre. Toutefois, il existe quantité de témoignages de personnes qui ont vu John Uskglass bien après son prétendu départ de l'Angleterre. L'enfant du gantier de Newcastle[1], le paysan du Yorkshire[2], le marin basque[3]…

---

1. À la fin du XVIIe siècle, il était un gantier de la cité royale de Newcastle qui avait une fille, une petite créature hardie. Un beau jour, cette enfant, dont tout le monde croyait qu'elle jouait dans un coin de la maison paternelle, disparut. Sa mère, son père et ses frères la cherchèrent partout. Les voisins aidèrent aux recherches, elle n'était nulle part. Puis, vers la fin de l'après-midi, levant les yeux, ils la virent descendre la côte cailloutée et boueuse. Certains crurent apercevoir fugitivement quelqu'un derrière elle dans la rue obscurcie par l'hiver, mais elle continua son chemin seule. Elle était indemne et son histoire, une fois reconstituée, était la suivante : elle avait quitté la maison paternelle pour aller se promener en ville et était rapidement tombée sur une rue qu'elle n'avait jamais vue. Cette rue, large et bien pavée, la conduisit tout droit dans les hauteurs, plus haut qu'elle n'était jamais allée auparavant, à la grille et à la cour d'une grande demeure en pierre. Elle était entrée dans la maison et avait visité plusieurs pièces, mais toutes étaient silencieuses, vides, pleines de poussière et d'araignées. Dans une aile de la maison, il y avait une enfilade de salons, où les ombres des feuillages d'été tombaient sans cesse sur les murs et le plancher, comme s'il y avait des arbres de l'autre côté des carreaux, cependant il n'y avait pas d'arbres (et, de toute façon, c'était l'hiver). Un des salons ne contenait qu'un grand miroir. Le salon et le miroir semblaient s'être brouillés à un moment donné, car le miroir représentait la pièce pleine d'oiseaux alors que celle-ci était vide. Pourtant la fille du gantier entendait des chants d'oiseaux tout autour d'elle. Un long couloir obscur résonnait de bruits d'eau, comme s'il donnait à l'autre bout sur une mer ou sur un fleuve ténébreux. Des fenêtres de certaines pièces, elle apercevait la cité de Newcastle ; depuis d'autres, elle découvrait une cité complètement différente. D'autres encore ne montraient que des landes escarpées et sauvages et un ciel bleu glacial.

Elle voyait de nombreux escaliers monter en tournant dans la maison. De grands escaliers au début, qui devenaient rapidement plus étroits et plus sinueux à mesure qu'elle s'élevait plus haut, jusqu'à n'être plus au sommet que des fentes et des brèches dans la maçonnerie qu'un enfant pouvait remarquer et par lequel il pouvait se glisser. Les dernières donnaient sur une petite porte en bois brut.

N'ayant point de raison d'avoir peur, elle poussa celle-ci, mais ce qu'elle découvrit de l'autre côté lui arracha un cri. Il lui sembla que mille et mille oiseaux peuplaient l'air, si bien qu'il n'y avait plus ni jour ni nuit, seulement un grand tourbillon d'ailes noires. Un vent, qui paraissait venir de très loin, lui donna l'impression d'une immensité, comme si elle était montée au ciel et qu'elle l'eût trouvé plein de corbeaux. La fille du gantier commençait à avoir très peur ; à cet instant, elle entendit prononcer son nom. Aussitôt les oiseaux disparurent et elle se retrouva dans une petite salle aux murs et au sol de pierre nue, où il n'y avait aucun mobilier d'aucune sorte. Un homme était assis par terre, qui l'appelait de la main et répéta son nom en lui disant de ne pas avoir peur. Il avait de longs cheveux noirs hirsutes, des habits noirs en loques. Il n'y avait rien de royal en lui, et le seul insigne de sa qualité de magicien était le grand bassin d'argent rempli d'eau à son côté. La fille du gantier resta auprès de l'homme pendant quelques heures jusqu'au crépuscule, où il la fit redescendre tout en bas et la remit sur le chemin de la cité et de sa maison.

2. *Cf.* chapitre XXXIII, la note concernant la rencontre d'un fermier du Yorkshire avec le roi Corbeau et ses gens, sur une route longeant son champ.

3. Le récit le plus mystérieux du retour de John Uskglass était peut-être celui d'un marin basque, survivant de la grande Armada du roi d'Espagne. Après que son navire eut été brisé

Mr Norrell émit un léger son irrité.

— Ouï-dire et superstition ! Si ces légendes sont vraies – ce que je suis très loin d'admettre –, je me demande comment un seul d'entre eux aurait su que le personnage qu'il avait vu était John Uskglass. Il n'existe aucun portrait de lui. Deux parmi vos exemples – la fille du gantier et le marin basque – n'ont pas formellement identifié John Uskglass. Ils ont aperçu un homme vêtu de noir et ce sont d'autres qui leur ont affirmé par la suite qu'il s'agissait de John Uskglass. Mais cela n'a guère d'importance qu'il soit revenu ou non à ce moment-ci ou à ce moment-là, ou qu'il ait été vu par telle ou telle personne. Le fait demeure qu'après avoir abandonné le trône et quitté l'Angleterre à cheval, il a emporté le meilleur de la magie anglaise avec lui. À partir de ce jour-là, son déclin a commencé. Cela ne suffit-il pas en soi à le désigner

---

par les tempêtes sur les côtes de l'extrême nord de l'Angleterre, le marin et deux de ses compagnons d'infortune s'étaient réfugiés à l'intérieur des terres. Ils n'osaient pas s'approcher des villages, mais c'était l'hiver, et une épaisse couche de gel recouvrait le sol ; ils redoutaient de mourir de froid. À la nuit tombante, ils trouvèrent une construction de pierre vide sur un versant élevé de terre nue et gelée. Il faisait presque noir à l'intérieur, bien que de hautes ouvertures dans le mur laissassent entrer la clarté des étoiles. Ils s'étendirent sur la terre battue et s'endormirent.

Le marin basque rêva qu'un roi les observait.

Il s'éveilla. Au-dessus de lui, des rais d'une lumière grise perçaient les ténèbres hivernales. Dans les ombres à l'autre extrémité de l'édifice, il crut apercevoir une estrade de pierre. Comme la lumière grandissait, il distingua une forme sur l'estrade : un fauteuil ou un trône. Un homme était assis sur le trône, un homme blême aux longs cheveux noirs, enveloppé dans une toge noire. Terrifié, le marin réveilla ses compagnons pour leur montrer la vision surnaturelle de celui qui siégeait sur le trône. L'homme semblait les regarder, mais sans bouger ne fût-ce qu'un doigt ; pourtant, il ne leur vint pas à l'esprit de douter qu'il fût vivant. Ils se ruèrent en trébuchant vers la porte et s'enfuirent à travers les champs gelés.

Le marin basque eut tôt fait de perdre ses compagnons : l'un mourut de froid et d'une angine de poitrine dans la semaine ; l'autre, décidé à tenter de regagner le golfe de Gascogne, se mit à marcher vers le sud et nul ne sait ce qu'il advint de lui. Mais le marin basque, lui, resta dans le comté de Cumbria et fut recueilli par des fermiers. Il devint domestique dans cette même ferme et épousa une demoiselle d'une ferme voisine. Toute sa vie, il raconta l'histoire de la grange de pierre sur les monts élevés ; par ses nouveaux amis et voisins, il apprit à croire que l'homme qui siégeait sur le trône noir était le roi Corbeau. Le marin basque ne retrouva jamais la grange de pierre, pas plus que ses amis ni aucun de ses enfants.

Et toute sa vie, chaque fois qu'il allait en des lieux obscurs, il répétait : « Je te salue, Seigneur, et te souhaite la bienvenue dans mon cœur », au cas où le roi blême aux longs cheveux noirs sur son trône le guetterait dans les ténèbres. Or les étendues de l'Angleterre du Nord comptent mille et mille ténèbres, mille et mille palais du futur roi. « Je te salue, Seigneur, et te souhaite la bienvenue dans mon cœur. »

comme notre ennemi ? Le *Dépérissement d'un bois enchanté* de Watershippe[1] vous est familier, je suppose ?

— Non, je ne le connais pas, répondit Strange, décochant à Mr Norrell un regard aigu signifiant qu'il ne l'avait pas lu pour les raisons habituelles. Néanmoins, je ne puis m'empêcher de regretter que vous ne m'en ayez pas dit davantage plus tôt.

— Peut-être ai-je eu tort de vous dissimuler tant de mes pensées, reconnut Mr Norrell, nouant ses doigts ensemble. Je suis quasi certain aujourd'hui d'avoir eu tort. Mais j'ai décidé autrefois que les intérêts de la Grande-Bretagne étaient mieux servis par un silence absolu en la matière, et l'on a du mal à changer de vieilles habitudes. Vous voyez la tâche qui est la nôtre, n'est-ce pas, monsieur Strange ? La vôtre et la mienne ? La magie ne peut pas attendre le bon plaisir d'un roi qui ne se soucie plus de ce qui advient de l'Angleterre. Nous devons briser la dépendance que les magiciens anglais éprouvent envers lui. Nous devons leur faire oublier John Uskglass aussi complètement qu'il nous a oubliés.

Strange secoua la tête, le sourcil froncé.

— Non, malgré tout ce que vous dites, je crois toujours que John Uskglass est au cœur de la magie anglaise et que c'est à nos risques et périls que nous l'ignorons. Il s'avérera peut-être, à la fin, que je suis dans l'erreur. Rien n'est plus probable. Sur un sujet d'une signification aussi cruciale pour la magie anglaise, j'ai toutefois besoin de comprendre par moi-même. Ne pensez pas que je sois ingrat, monsieur, je crois que la période de notre collaboration s'achève. Il me paraît que nous sommes trop différents...

— Oh ! s'écria Mr Norrell. Je sais bien que nos tempéraments... – Il eut un geste de dénégation. Mais quelle importance ? Nous sommes des magiciens. Pour moi, tel est l'alpha et l'oméga. Pour vous aussi. C'est là tout ce qui nous intéresse, l'un et l'autre. Si vous quittez cette maison aujourd'hui pour suivre

---

1. *A Faire Wood Withering* – *Dépérissement d'un bois enchanté* – (1444), de Peter Watershippe. Voici, sous la plume d'un magicien contemporain, une description remarquablement documentée du déclin de la magie anglaise après que John Uskglass eut quitté l'Angleterre. En 1434, année du départ d'Uskglass, Watershippe était un jeune homme de vingt-cinq ans qui commençait à peine à pratiquer la magie à Norwich. *Dépérissement d'un bois enchanté* contient des exposés précis de charmes qui étaient parfaitement utilisables tant qu'Uskglass et ses sujets féeriques demeuraient en Angleterre, mais qui n'eurent plus d'effet après leur départ. Il est remarquable qu'une importante proportion de notre connaissance de la magie anglaise auréate nous vienne de Watershippe. Son *Dépérissement d'un bois enchanté* paraît un livre d'humeur tant qu'on ne le compare pas avec deux de ses ouvrages plus tardifs : *Défense de mes actions écrites lors de mon injuste emprisonnement dans le château de Newark* (1459-1460) et *Crimes du faux roi* (écrit v. 1461, publié en 1697, Penzance).

votre propre route, à qui parlerez-vous comme nous parlons en ce moment ? Il n'y a personne. Vous serez seul. – D'un ton presque implorant, il murmura : – Ne faites pas cela.

Strange regarda son maître avec perplexité. Il ne s'était aucunement attendu à cela. Loin d'avoir été plongé dans une fureur noire par la recension de Strange, Mr Norrell était en proie à un accès de sincérité et d'humilité. À cet instant, il semblait à Strange à la fois raisonnable et tentant de revenir sous la tutelle de Mr Norrell. Seules la fierté et la certitude de nourrir des sentiments différents dans une heure ou deux le poussèrent à déclarer :

— Pardonnez-moi, monsieur Norrell, mais depuis que je suis revenu d'Espagne, il ne me paraît plus juste de me définir comme votre élève. J'ai le sentiment de jouer un rôle. Soumettre mes communications à votre approbation pour que vous puissiez y apporter des changements comme bon vous semble, voilà ce que je ne puis plus accepter. Cela me pousse aussi à soutenir ce à quoi je ne crois plus.

— Tout, absolument tout, doit être rendu public, soupira Mr Norrell, qui se pencha en avant, puis reprit avec plus de force : Laissez-moi vous guider. Promettez-moi de ne rien publier, de ne rien dire, de ne rien faire avant d'avoir arrêté votre décision sur ces matières. Croyez-moi, quand je vous assure que dix, vingt, cinquante ans de silence valent bien la satisfaction de savoir, à la fin, que vous avez dit ce que vous deviez dire. Ni plus ni moins. Le silence et l'inaction ne vous conviennent point, je sais cela. Je promets toutefois de faire amende honorable. Vous n'y perdrez rien. Si vous avez eu par le passé des raisons de me considérer comme ingrat, vous me trouverez différent à l'avenir. Je répéterai partout en quelle haute estime je vous tiens. Nous ne serons plus maître et élève. Traitons d'égal à égal ! N'ai-je pas, en tout état de cause, appris presque autant de vous que vous de moi ? Le côté le plus lucratif de notre affaire doit vous revenir ! Les livres... – Il déglutit légèrement. – Les livres que j'aurais dû vous prêter et dont je vous ai privé, vous les lirez. Nous allons partir pour le Yorkshire, vous et moi, ensemble. Ce soir, si vous le souhaitez ! Et je vous confierai la clé de la bibliothèque et vous lirez tout votre soûl. Je... – Mr Norrell se passa la main sur le front, surpris par ses propres paroles. – Je n'exigerai pas une rétractation de votre recension. Laissons cela, laissons cela. Et en temps voulu, vous et moi répondrons ensemble à toutes les questions que vous y soulevez.

Il s'écoula un long silence. Mr Norrell épiait ardemment le visage de son interlocuteur. Son offre de partager avec Strange sa bibliothèque de Hurtfew ne fut pas sans effet. Pendant quelques instants, Strange vacilla visiblement dans sa détermination à se séparer de son maître, puis il proféra enfin :

— Je suis très honoré, monsieur. Vous n'êtes pas ordinairement un homme de compromis, je sais. Je pense néanmoins que je dois me fixer mon propre cap maintenant. Nos routes se séparent ici.

Mr Norrell ferma les yeux.

À ce moment-là, la porte s'ouvrit. Lucas et un des autres valets entrèrent pour servir le thé.

— Allons, monsieur, dit Strange.

Il toucha le bras de son maître en guise de réconfort. Pour la dernière fois, les deux seuls magiciens d'Angleterre prirent le thé ensemble.

Strange quitta Hanover-square à huit heures et demie. Plusieurs personnes qui s'attardaient à leurs fenêtres du rez-de-chaussée le virent s'en aller. D'autres, qui dédaignaient de monter la garde en personne, avaient envoyé leurs bonnes et leurs valets guetter sur la place. On ignore si Lascelles avait pris des dispositions de ce type mais, dix minutes après que Strange eut tourné dans Oxford-street, Lascelles heurtait à la porte de Mr Norrell.

Mr Norrell était toujours dans sa bibliothèque ; il n'avait pas bougé du fauteuil où il était assis quand Strange s'était retiré. Il regardait fixement le tapis.

— Est-il parti ? demanda Lascelles.

Mr Norrell ne répondit pas.

Lascelles prit donc place.

— Nos conditions ? Quel accueil leur a-t-il réservé ?

Toujours pas de réponse.

— Monsieur Norrell ? Lui avez-vous exposé ce dont nous sommes convenus ? Lui avez-vous dit que, à moins qu'il ne publie une rétractation, nous nous verrons contraints de révéler ce que nous savons de la magie noire employée en Espagne ? Lui avez-vous dit que, en aucun cas, vous ne le prendriez comme élève ?

— Non, murmura Mr Norrell. Je n'ai rien dit de tout cela.

— Mais...

Mr Norrell eut un profond soupir.

— Peu importe ce que je lui ai dit ! Il est parti.

Lascelles demeura silencieux un moment et considéra le magicien avec une certaine irritation. Mr Norrell, toujours perdu dans ses pensées, ne remarqua rien.

À la fin, Lascelles leva les épaules.

— Vous aviez raison depuis le début, monsieur, déclara-t-il. Il ne peut y avoir qu'un magicien en Angleterre.

— Qu'entendez-vous par là ?

— J'entends que « deux » est en tout un nombre des plus inconfortables. « Un » fait ce qu'il lui plaît. « Six » peuvent assez bien s'accorder. Mais « deux » doivent toujours se disputer le pouvoir, « deux » doivent toujours se surveiller l'un l'autre. Les yeux du monde entier erreront entre « deux », ne sachant sur lequel se poser. Vous soupirez, monsieur Norrell. Vous savez bien que j'ai raison. À l'avenir, nous devons intégrer Mr Strange dans tous nos plans... Ce qu'il dira, ce qu'il fera, comment le contrer. Vous m'avez souvent répété qu'il était un magicien remarquable. Sa virtuosité était un grand avantage quand il la mettait à votre service. À présent, tout cela est terminé. Un jour ou l'autre, il est certain qu'il retournera ses talents contre vous. Il n'est pas trop tôt pour commencer à se méfier de lui. Je parle sérieusement. Son génie pour la magie est si extraordinaire, et ses matériaux si pauvres, qu'il finira par croire que tout est permis à un magicien. Que ce soit le cambriolage, le vol ou la concurrence frauduleuse. – Lascelles se pencha en avant. – Je ne veux pas dire qu'il est dépravé au point de vous voler à cette heure. Mais, s'il arrive un jour qu'il soit dans le besoin, alors il semblera à son esprit indiscipliné que tout abus de confiance, toute violation de la propriété privée sont justifiés. – Il marqua une pause. – Vous avez pris vos précautions contre les voleurs à Hurtfew ? Jeté des charmes de dissimulation ?

— Les charmes de dissimulation ne seraient d'aucune utilité contre Strange ! répliqua Mr Norrell avec emportement. Ils ne serviraient qu'à éveiller sa curiosité ! Ils le conduiraient tout droit à mes ouvrages les plus précieux ! Non, non, vous avez raison. – Il soupira. – C'est autre chose qu'il nous faut ici. Je dois réfléchir.

Deux heures après le départ de Strange, Messrs Norrell et Lascelles quittaient à leur tour Hanover-square dans la voiture de Mr Norrell. Trois domestiques les accompagnaient et ils avaient tout l'air de partir pour un long voyage.

Le lendemain, Strange, fantasque et plein de contradictions, à son habitude, tendait à regretter sa rupture avec Mr Norrell. La prédiction de ce dernier, selon laquelle il n'aurait plus personne à qui parler de magie, ne cessait de se présenter à son esprit. Il s'était repassé leur conversation. Il était presque certain que toutes les conclusions de Norrell au sujet de John Uskglass étaient fausses. En conséquence des théories de Mr Norrell, il avait conçu pas mal d'idées neuves sur le roi Corbeau, et désormais il était malheureux comme les pierres de n'avoir personne à qui les exposer.

En l'absence d'un auditeur plus approprié, il alla pleurer dans le gilet de Sir Walter Pole, à Harley-street.

— Depuis hier soir, je pense à cinquante choses que j'aurais pu lui dire. Maintenant, j'imagine que j'aurais dû les développer dans un article ou une recension – qui n'eût pas été publiée avant avril au plus tôt – et puis il lui eût fallu charger Lascelles ou Portishead de pondre un désaveu – lequel ne serait pas paru avant juin ou juillet. Cinq ou six mois pour savoir ce qu'il me répondrait ! Une manière très incommode de mener un débat, vous avouerez, surtout si vous considérez que, jusqu'à hier, je n'avais tout simplement qu'à me rendre à Hanover-square pour lui demander son avis. Et je suis sûr à présent de ne voir ni de près ni de loin les livres qui comptent ! Comment un magicien peut-il exister sans livres ? Qu'on me l'explique ! C'est comme demander à un homme politique d'accéder à de hautes fonctions sans le bénéfice des pots-de-vin ou du népotisme…

Sir Walter ne s'offusqua pas de cette réflexion particulièrement discourtoise ; il montra au contraire une indulgence charitable pour l'irritation des esprits de Strange. En tant qu'ancien élève de Harrow, il avait été contraint d'étudier l'histoire de la magie (une matière qu'il avait exécrée), et il fouillait à présent dans sa mémoire pour voir s'il ne se souvenait pas d'un élément qui pût lui servir. Il s'avisa qu'il ne se rappelait pas grand-chose. Juste de quoi remplir à moitié le plus petit des verres à vin, songea-t-il avec une ironie désabusée.

Il réfléchit une ou deux minutes et fit enfin la déclaration suivante :

— Je crois comprendre que le roi Corbeau a appris tout ce qu'il y avait à savoir de la magie anglaise sans l'aide des livres, puisqu'il n'en existait pas en Angleterre à cette époque. Alors vous pourriez peut-être suivre son exemple ?

Strange lui jeta un regard glacé.

— Pour ma part, je crois comprendre que le roi Corbeau était le fils volé, le préféré, du roi Oberon[1], ce qui, entre autres bagatelles, lui assura une excellente éducation magique et la possession d'un grand royaume. J'imagine que je pourrais me mettre moi aussi à musarder dans des taillis écartés et des clairières moussues, dans l'espoir d'être adopté un jour par quelque roi ou reine des fées, mais je pense qu'il me trouverait sans doute un peu grand à cet effet !

Sir Walter eut un rire.

— Et qu'allez-vous faire à présent, sans Mr Norrell pour remplir vos journées à votre place ? Dois-je prier Robson du Foreign Office de vous mander quelque mission magique ? La semaine dernière encore, il se plaignait de

1. Allusion transparente à l'exquise pièce de Shakespeare, *Songe d'une nuit d'été* (*N.d.T.*).

devoir attendre que tout le travail pour la Marine et les Finances fût expédié avant que Mr Norrell eût quelque temps à lui consacrer.

— Je vous en prie. Prévenez-le que ce ne sera possible que dans deux ou trois mois. Nous rentrons au Shropshire, Arabella et moi. Nous sommes très désireux de retrouver nos terres, et maintenant que nous n'avons plus à consulter les convenances de Mr Norrell, plus rien ne nous retient.

— Oh ! s'exclama Sir Walter. Vous ne partez pas immédiatement ?

— Dans un délai de deux jours.

— Si tôt ?

— N'ayez pas l'air si affligé ! Vraiment, Pole, je ne me doutais point que vous appréciiez autant ma compagnie !

— Non, je songeais à Lady Pole. Ce sera un triste changement pour elle. Son amie lui manquera.

— Oh ! Oh, oui ! acquiesça Strange, un tantinet déconfit. Bien sûr !

Plus tard dans la matinée, Arabella fit sa visite d'adieu à Lady Pole. Cinq années avaient changé très peu de chose à la beauté de Madame et absolument rien à sa triste condition. Elle était toujours aussi silencieuse, aussi indifférente à tout chagrin ou plaisir. Gentillesse et froideur la laissaient de marbre. Elle passait ses journées assise devant la fenêtre, dans le salon vénitien de sa maison de Harley-street. Elle ne montrait jamais le moindre goût pour une quelconque occupation, et Arabella était sa seule visiteuse.

— Je regrette que vous partiez, dit Madame, quand Arabella lui annonça la nouvelle. Quelle sorte de terre est donc le Shropshire ?

— Oh ! Je crains d'être un juge très partial. La plupart des gens, je crois, reconnaîtraient que c'est une terre enchanteresse, aux collines et aux bois verdoyants, sillonnée de charmants chemins de campagne. Bien entendu, nous devrons attendre le printemps pour en profiter pleinement. Mais en hiver aussi les paysages peuvent être des plus saisissants. Ce comté est particulièrement romantique, doté d'une noble histoire ; il y a des châteaux en ruine et des pierres plantées en haut des collines par Dieu seul sait quel peuple – en raison de sa proximité avec le pays de Galles, il a souvent été envahi. Presque toutes les vallées sont d'anciens champs de bataille.

— Des champs de bataille ! s'écria Lady Pole. Je ne sais que trop à quoi cela ressemble. Regarder par une fenêtre et n'apercevoir que fragments d'ossements et armures rouillées partout où porte la vue ! Voilà un spectacle très mélancolique. J'espère que vous ne le trouverez pas trop pénible.

— Fragments d'ossements et armures rouillées ? répéta Arabella. Non, pas du tout. Madame se méprend. Les batailles ont eu lieu il y a longtemps. Il n'en reste rien. En tout cas, rien qui soit pénible pour quiconque…

— Et pourtant, savez-vous, poursuivit Lady Pole, lui prêtant à peine attention, des batailles ont été livrées quasiment partout, à un moment ou à un autre. Je me souviens d'avoir appris dans ma salle de classe que Londres avait été le théâtre d'une bataille particulièrement féroce. Les habitants furent exécutés en d'horribles manières et la ville fut réduite en cendres. Tous les jours de notre vie nous sommes entourés par les ombres de la violence et du malheur, et, selon moi, il n'importe guère qu'il en reste ou non des signes matériels.

Quelque chose changea dans le salon. On eût cru que des ailes froides et grises avaient battu au-dessus de leurs têtes, ou alors que quelqu'un avait traversé les miroirs et jeté une ombre dans la pièce. Arabella avait souvent observé ce curieux jeu de lumière quand elle était assise avec Lady Pole. Ne sachant à quoi d'autre l'attribuer, elle supposait qu'il était dû à la présence de tant de glaces en un seul lieu.

Lady Pole frissonna et resserra son châle autour d'elle. Arabella se pencha pour lui prendre la main.

— Allons ! Occupez vos pensées de sujets plus gais.

Lady Pole lui jeta un regard inexpressif. Elle ne savait pas plus être gaie que voler.

Alors Arabella lui fit la conversation, avec l'espoir de l'empêcher momentanément de songer à des horreurs. Elle lui parla nouvelles boutiques et nouvelles modes. Elle lui vanta un très joli taffetas couleur d'ivoire, qu'elle avait vu dans une vitrine de Friday-street, et d'une passementerie de perles de verre couleur turquoise, aperçue autre part, qui s'assortirait magnifiquement avec le taffetas ivoire. Elle lui relata ensuite ce que sa couturière lui avait dit des perles de verre, puis elle lui décrivit une plante extraordinaire, en la possession de ladite couturière, qui poussait dans un pot, sur un petit balcon extérieur de fer forgé, et qui avait tellement grandi en l'espace d'un an qu'elle bouchait complètement une fenêtre de l'étage au-dessus, celle d'un fabricant de bougies. Après quoi vinrent d'autres plantes à la taille incroyable : Jack et son haricot magique – le géant au sommet de la tige de haricot, les géants et les tueurs de géants en général – ; Napoléon Bonaparte et le duc de Wellington ; les mérites du duc dans tous les domaines de la vie sauf un – le grand chagrin de la duchesse.

— Heureusement, nous ne connaissons ni l'une ni l'autre ce que c'est qu'avoir l'esprit constamment troublé par la vision de son époux occupé à rendre hommage à d'autres femmes, conclut-elle, un peu hors d'haleine.

— Je suppose que oui, répondit Lady Pole, d'un air un tantinet dubitatif.

Cela chagrina Arabella. Elle avait beau se montrer indulgente pour toutes les bizarreries de Lady Pole, elle avait du mal à lui pardonner sa froideur coutumière envers son époux. Arabella ne pouvait se rendre à Harley-street aussi souvent qu'elle le faisait sans remarquer à quel point Sir Walter était dévoué à Lady Pole. S'il songeait à une chose qui puisse lui agréer ou soulager le moins du monde ses souffrances, alors ce secours lui était donné dans l'instant, et Arabella voyait toujours avec un serrement de cœur combien ses efforts étaient maigrement récompensés. Non que Lady Pole montrât une quelconque aversion envers lui ; elle semblait parfois à peine s'apercevoir de sa présence.

— Oh ! Mais vous ne mesurez pas quelle bénédiction c'est là ! s'écria Arabella. Une des plus grandes de l'existence.

— De quoi parlez-vous ?

— De l'amour de votre époux.

Lady Pole parut surprise.

— Oui, il m'aime, énonça-t-elle enfin. Ou, du moins, le prétend-il. Mais à quoi cela m'avance-t-il ? Son amour ne m'a jamais réchauffée quand j'avais froid, et j'ai toujours froid, savez-vous ? Il n'a jamais non plus raccourci un de ces longs bals ennuyeux ne fût-ce que d'une minute, ni arrêté une seule procession dans ces interminables couloirs obscurs et fantomatiques. Il ne m'a jamais préservée d'aucune misère. L'amour de votre époux vous a-t-il sauvée de quoi que ce soit ?

— Mr Strange ? – Arabella sourit. – Non, jamais. C'est plutôt moi qui ai pour habitude de le sauver ! J'entends, ajouta-t-elle en hâte, étant donné qu'il était clair que Lady Pole ne la comprenait pas, qu'il rencontre souvent des gens qui désirent le voir pratiquer la magie dans leur intérêt. Ou ils ont un petit-neveu qui souhaite apprendre la magie avec lui. Ou encore ils croient avoir découvert une pantoufle ou une fourchette magique, ou ce genre d'ineptie. Ils ne lui veulent aucun mal. En général, ils sont même respectueux. Néanmoins, Mr Strange n'est pas le plus patient des hommes, aussi suis-je contrainte d'intervenir et de me porter à son secours avant qu'il ne prononce quelques paroles malavisées.

Il était temps pour Arabella de songer à se retirer, et elle se prépara à prendre congé. Maintenant qu'elles ne se reverraient peut-être pas avant plusieurs mois, Arabella tenait particulièrement à ce que ses adieux fussent empreints de gaieté.

— Et j'espère, ma chère Lady Pole, dit-elle donc, que, lorsque nous nous reverrons, vous vous porterez beaucoup mieux et que vous pourrez peut-être reparaître dans le monde. Mon vœu le plus cher est que nous nous retrouvions un jour au théâtre ou à un bal…

— Un bal ? s'exclama avec horreur Lady Pole. Quelle horreur ! À Dieu ne plaise que nous nous retrouvions jamais à un bal !

— Chut ! chut ! Je ne voulais pas vous peiner. J'ai oublié combien vous détestiez danser. Allons, ne pleurez pas ! N'y songez pas, si cela vous rend malheureuse !

Elle fit de son mieux pour apaiser son amie. Elle la prit dans ses bras, lui baisa la joue et les cheveux, lui caressa la main, lui offrit son eau de lavande. Rien n'y fit. Pendant quelques instants, Lady Pole s'abandonna à une crise de larmes. Arabella ne comprenait pas ce qui lui arrivait. Mais y avait-il quelque chose à comprendre ? Cela faisait partie du mal de Madame d'être saisie d'épouvante pour des vétilles, d'avoir du chagrin pour rien du tout. Arabella agita la sonnette pour appeler la bonne.

Seulement quand la bonne apparut, Madame fit enfin un effort pour composer son maintien.

— Vous n'avez pas idée de ce que vous avez dit ! gémit-elle. À Dieu ne plaise que vous deviez jamais découvrir ce que j'ai découvert ! Je dois tenter pourtant de vous avertir, je sais que c'est sans espoir, mais je le dois ! Écoutez-moi, ma chère, ma très chère madame Strange. Écoutez comme si votre salut éternel en dépendait !

Aussi Arabella prit-elle l'air le plus attentif possible.

En vain. Cette occasion ne s'avéra, en effet, guère différente de toutes les autres où Madame avait prétendu avoir une nouvelle de la plus haute importance à communiquer à Arabella. Elle pâlit, prit plusieurs profondes inspirations… et relata une très étrange histoire sur le propriétaire d'une mine de plomb du Derbyshire qui était tombé amoureux d'une fille d'étable. La fille d'étable était tout ce que le propriétaire de la mine avait jamais espéré, à cela près que son reflet apparaissait toujours quelques minutes trop tard dans un miroir, que ses yeux changeaient de couleur au coucher du soleil et qu'on voyait souvent son ombre se livrer à des danses sauvages alors qu'elle demeurait immobile.

Après que Lady Pole fut remontée dans ses appartements, Arabella resta assise seule. « Quelle sotte je fais ! pensa-t-elle. Je n'ignore pourtant pas que toute allusion à la danse l'afflige au dernier point ! Comment ai-je pu être si étourdie ? Je me demande ce qu'elle voulait me dire. Je ne suis pas sûre qu'elle-même l'ait su. Pauvre créature ! Sans la bénédiction de la santé et de la raison, la richesse et la beauté sont vraiment sans valeur ! »

Elle s'adressait ce type de semonce quand un léger bruit dans son dos l'incita à tourner la tête. Aussitôt elle se leva de son siège et se dirigea rapidement vers la porte, les mains tendues.

— C'est vous ! Que je suis contente de vous voir ! Serrez-moi la main. Ce sera notre dernière rencontre avant longtemps...

Ce soir-là, elle dit à Strange .

— Une personne au moins est ravie que vous ayez tourné vos idées vers l'étude de John Uskglass et ses sujets féeriques.

— Oh ! Et qui est-ce donc ?

— Le gentleman aux cheveux comme du duvet de chardon.

— Qui ?

— Le gentleman qui habite chez Sir Walter et Lady Pole. Je vous en ai déjà parlé.

— Ah, oui ! Je m'en souviens. – Quelques instants de silence s'écoulèrent, le temps que Strange méditât cette nouvelle. – Arabella ! s'exclama-t-il soudain. Vous ne connaissez toujours pas son nom ?

Il partit à rire.

Arabella parut contrariée.

— Ce n'est pas ma faute, protesta-t-elle. Il ne me l'a jamais dit et je n'ai pas pensé à le lui demander. Mais je suis contente que vous y attachiez si peu d'importance. J'ai cru à une époque que vous étiez enclin à la jalousie.

— Je ne me rappelle pas l'avoir jamais été.

— Comme c'est curieux ! Pour ma part, je m'en souviens très bien.

— Pardonnez-moi, Arabella, mais il est difficile d'être jaloux d'un homme que vous avez connu voilà plusieurs années et dont vous ignorez toujours le nom. Alors, il approuve mon travail, n'est-ce pas ?

— Oui, il m'a souvent répété que vous n'iriez jamais nulle part tant que vous n'étudieriez pas les fées. Il assure que la vraie magie réside dans l'étude des fées et de la magie des fées.

— Vraiment ? Il a des vues très arrêtées sur la question ! Et qu'en sait-il, je vous le demande ? Est-il magicien ?

— Je ne crois pas. Une fois, il a déclaré n'avoir jamais lu de sa vie un livre sur le sujet.

— Oh ! Encore un de ces mystificateurs, n'est-ce pas ? riposta Strange d'un air méprisant. Sans avoir aucunement étudié le sujet, il est parvenu à concevoir force théories y afférentes. Je rencontre très souvent ce genre de personnage. Enfin, s'il n'est pas magicien, qu'est-il donc ? Pouvez-vous au moins me renseigner ?

— Je crois pouvoir, répondit Arabella, du ton ravi de celle qui a fait une trouvaille.

Strange attendit.

— Non, se ravisa Arabella. Je ne vous dirai rien. Vous allez encore vous moquer de moi.

— Sans doute.

— Eh bien alors, reprit Arabella au bout d'un moment, je crois qu'il est prince. Ou roi. À coup sûr de sang royal.

— Où diable allez-vous chercher cela ?

— Il m'a beaucoup entretenue de ses royaumes, de ses châteaux et de ses manoirs, bien que j'avoue qu'ils portent tous des noms très curieux, et que je n'en avais jamais ouï un seul auparavant. Je pense qu'il doit être un de ces princes que Bonaparte a déposés en Allemagne ou en Suisse.

— Vraiment ? commenta Strange avec une pointe d'irritation. Eh bien, maintenant que Bonaparte a été vaincu, il aimerait peut-être rentrer chez lui !

Aucune de ces semi-explications et conjectures concernant le gentleman aux cheveux comme du duvet de chardon ne le satisfaisait pleinement ; il continua à s'interroger sur l'ami d'Arabella. Le jour suivant, qui devait être le dernier de Strange à Londres, il se rendit à pied au bureau de Sir Walter, à Whitehall, dans l'intention expresse de découvrir qui était l'inconnu.

À son arrivée, il trouva seulement le secrétaire particulier de Sir Walter en plein travail.

— Oh ! Moorcock ! Bonjour ! Sir Walter est-il sorti ?

— Il vient de partir pour Fife House[1], monsieur Strange. Puis-je vous aider en quoi que ce soit ?

— Non, je ne... Eh bien, peut-être. Il est une question que je me propose toujours de poser à Sir Walter et dont je ne me souviens jamais. Je présume que vous ne connaissez aucunement le gentleman qui loge dans sa maison ?

— Dans la maison de qui, monsieur ?

— De Sir Walter.

Moorcock fronça le sourcil.

— Un gentleman dans la maison de Sir Walter ? Je ne vois pas de qui vous pouvez parler. Comment s'appelle-t-il ?

— Voilà ce que j'aimerais savoir. Je n'ai jamais vu cet individu, mais il semble que Mrs Strange le croise toujours au moment où elle quitte les lieux.

1. Domicile londonien de Lord Liverpool, un étrange vieil hôtel particulier, plein de coins et de recoins, qui se trouvait au bord de la Tamise.

Elle le connaît depuis des années, pourtant elle n'a jamais pu savoir son nom. Il doit être très original pour faire tant de secrets. Mrs Strange l'appelle toujours « le gentleman au nez argenté » ou « le gentleman Blanche-Neige », ou quelque autre bizarre nom dans ce genre.

Ce renseignement ne fit qu'accroître l'ahurissement de Mr Moorcock.

— Je suis extrêmement désolé, monsieur. Je ne crois pas l'avoir jamais vu.

40

« Vous pouvez m'en croire, il n'existe pas de Waterloo ! »

Juin 1815

L'EMPEREUR NAPOLÉON Bonaparte avait été banni sur l'île d'Elbe. Sa Majesté impériale doutait toutefois qu'une vie paisible d'insulaire lui siérait ; après tout, il était habitué à gouverner une bonne partie du monde connu. Aussi, avant de quitter la France, déclara-t-il à plusieurs personnes qu'il reviendrait quand les violettes refleuriraient au printemps. Et il tint sa promesse.

Dès qu'il posa le pied sur le sol français, il assembla une armée, remonta vers le nord et marcha sur Paris, suivant son destin, qui était de guerroyer contre tous les peuples de la terre. Naturellement, il était pressé de reprendre son titre d'empereur, mais on ne savait encore de quel empire il choisirait d'être empereur. Il avait toujours rêvé de suivre les traces d'Alexandre le Grand, et l'on pensait donc qu'il irait vers l'est ; il avait déjà envahi l'Égypte une fois et y avait connu quelques succès. Ou alors il pouvait aller vers l'ouest : le bruit courait qu'une flotte de navires parée à lever l'ancre l'attendait à Cherbourg pour le conduire en Amérique, où il allait partir à la conquête d'un monde inconnu, du Nouveau Monde.

Quel que fût son lieu d'élection, cependant, on convenait qu'il commencerait sans doute par envahir la Belgique. Aussi, le duc de Wellington se rendit-il à Bruxelles pour devancer l'arrivée du Grand Ennemi de l'Europe.

La presse anglaise bruissait de rumeurs : Napoléon avait reformé sa Grande Armée, il avançait sur la Belgique à une vitesse effroyable, il était là, il était victorieux ! Puis, le jour suivant, il apparaissait qu'il était toujours dans son palais des Tuileries, sans en avoir jamais bougé.

À la fin mai, Jonathan Strange suivit Wellington et l'armée britannique à Bruxelles. Il avait passé les trois derniers mois dans la tranquillité du Shropshire, à méditer sur la magie ; il n'était donc guère surprenant qu'il se sentît un peu perdu au début. Après s'être promené une heure ou deux, il parvint toutefois à la conclusion que la faute en revenait à Bruxelles, et non à lui. Il savait à quoi ressemblait une cité en guerre, et l'on en était loin. Il aurait dû y avoir des compagnies de soldats qui défilaient dans les deux sens, des charrettes chargées de vivres, des visages inquiets. À la place, il voyait des boutiques de modes et des dames qui se prélassaient dans des voitures élégantes. Certes, il y avait des groupes d'officiers partout, mais aucun à l'évidence ne songeait aux rigueurs de la servitude militaire ; l'un d'eux consacrait même beaucoup d'attention et d'efforts à réparer l'ombrelle d'une fillette. On entendait beaucoup plus de rires et de gaieté qu'il ne semblait compatible avec une invasion imminente de Napoléon.

Une voix cria son nom. S'étant retourné, il reconnut le colonel Manningham, une de ses connaissances, qui l'invita sur-le-champ à venir avec lui en la demeure de Lady Charlotte Greville (une lady anglaise vivant à Bruxelles). Strange allégua qu'il n'avait pas d'invitation et que, de toute façon, il devait s'enquérir de monsieur le duc. Manningham déclara que l'absence de carton n'avait aucune importance ; il serait à coup sûr bien accueilli, et il y avait autant de chances pour que le duc fût dans les salons de Lady Charlotte Greville que n'importe où ailleurs.

Dix minutes plus tard, Strange se retrouvait dans de luxueux appartements bourrés de personnes qu'il connaissait pour la plupart. Étaient présents des officiers, de belles dames, des gentlemen en vogue, des politiciens britanniques et des représentants de tous les rangs et titres de la pairie britannique. Tous parlaient et plaisantaient bruyamment de la guerre. Cette idée était nouvelle pour Strange : la guerre transformée en divertissement chic. En Espagne et au Portugal, les soldats avaient été accoutumés à se considérer comme des martyrs calomniés et oubliés. Les éditoriaux des journaux anglais s'étaient toujours acharnés à décrire la situation sous le jour le plus sombre possible. Ici, à Bruxelles, être un des officiers de monsieur le duc était la chose la plus noble au monde, et la qualité de magicien de monsieur le duc venait au deuxième rang.

— Wellington souhaite-t-il vraiment la présence de tout ce monde ? chuchota Strange, stupéfait, à Manningham. Qu'adviendra-t-il si les Français attaquent ? Je regrette d'être venu. On va sûrement commencer à me poser des questions sur mon différend avec Norrell, et je n'ai vraiment aucune envie d'en parler.

— Sottises ! répondit Manningham à voix basse. Nul ne s'en soucie ici ! Et de toute façon voici le duc !

Précédé par un léger brouhaha, monsieur le duc apparut.

— Ah ! Merlin ! s'écria-t-il, les yeux à peine posés sur Strange. Je suis très content de vous voir ! Serrez-moi la main ! Vous connaissez le duc de Richmond, bien entendu. Non ? Alors, permettez-moi de vous présenter.

Si l'assemblée avait été déjà animée, comme elle brillait davantage maintenant que monsieur le duc était là ! Tous les visages se tournèrent dans sa direction pour voir à qui il parlait et (plus intéressant encore !) qui il courtisait. À le voir, nul n'eût deviné qu'il était venu à Bruxelles pour une autre raison que se divertir. Mais chaque fois que Strange tentait de s'éloigner, le duc le fixait du regard, comme pour lui dire : « Non, il vous faut rester. J'ai besoin de vous ! » Finalement, sans cesser de sourire, il pencha la tête et murmura à l'oreille de Strange :

— Là-bas, je crois que cela devrait faire l'affaire. Venez ! Il y a un jardin d'hiver à l'autre bout du salon. Nous y serons à l'écart de la foule.

Ils prirent place au milieu des palmiers et autres plantes exotiques.

— Je vous mets en garde, reprit le duc. Ce n'est pas l'Espagne. En Espagne, les Français étaient l'ennemi honni par tout homme, femme et enfant du pays. Ici, les choses se présentent différemment. Napoléon a des amis dans chaque rue et dans beaucoup de branches de l'armée. La ville grouille d'espions. Aussi, il nous revient, à vous comme à moi, de faire comme s'il n'y avait rien au monde de plus certain que sa défaite ! Souriez, Merlin ! Prenez un peu de thé. Cela vous calmera les nerfs.

Strange ébaucha un sourire désinvolte, qui se transforma immédiatement en un froncement de sourcils inquiet. Aussi, afin de détourner l'attention de monsieur le duc des faiblesses de son expression, il demanda quelle était l'opinion de monsieur le duc sur l'armée.

— Oh ! C'est une mauvaise troupe, dans le meilleur des cas. L'armée la plus mélangée que j'aie jamais commandée. Britanniques, Belges, Hollandais et Allemands, mêlés tous ensemble, comme si on essayait de bâtir un mur à partir d'une demi-douzaine de matériaux. Chaque matériau peut être parfait à sa manière, mais on ne peut s'empêcher de se demander si le résultat tiendra. Toutefois, l'armée prussienne a promis de combattre à nos côtés. Et puis Blücher est un vieux bonhomme parfait. – C'était le général prussien. – Il aime en découdre. Malheureusement, il est aussi un peu fou. Il se croit enceint.

— Oh !

— D'un bébé éléphant.

— Oh !

— Nous devons vous mettre au travail sur-le-champ ! Avez-vous vos livres ? Votre plat d'argent ? Un endroit où travailler ? J'ai l'obscur pressentiment que Napoléon surgira d'abord à l'ouest, en provenance de Lille. Je choisirais sans aucun doute cette route, et j'ai des dépêches de nos amis cachés dans cette cité m'assurant qu'on l'y attend d'une heure à l'autre. Voilà votre mission. Surveillez la frontière ouest en quête de signes de son approche et prévenez-moi dès que vous apercevrez les unités françaises.

Pendant les quinze jours qui suivirent, Strange invoqua des visions de lieux où le duc pensait que les Français pourraient apparaître. Le duc lui avait fourni deux auxiliaires : une grande carte et un jeune officier, du nom de Hadley-Bright.

Hadley-Bright était un de ces heureux hommes à qui dame Fortune réserve ses faveurs. Tout lui était facile. Il était l'enfant unique chéri d'une veuve riche. Il avait choisi la carrière des armes ; ses amis lui avaient obtenu un commandement d'officier dans un régiment en vue. Il avait rêvé d'émotions fortes et d'aventure ; le duc de Wellington l'avait choisi pour être un de ses *aides de camp**. Puis, au moment précis où il avait décidé qu'il aimait une chose plus que l'art militaire, la magie anglaise, le duc l'avait désigné pour assister le sublime et mystérieux Jonathan Strange. Seuls des êtres d'un tempérament particulièrement aigri pouvaient ne pas accepter le succès de Hadley-Bright ; tous les autres étaient désarmés par son entrain et son heureux naturel.

Jour après jour, Strange et Hadley-Bright scrutèrent d'anciennes villes fortifiées de l'ouest de la Belgique ; ils inspectèrent de mornes rues de village ; ils observèrent de vastes étendues de champs déserts, sous des perspectives de nuages bien plus vastes encore, aux teintes délavées. Les Français demeuraient invisibles.

Par une chaude et moite journée de la mi-juin, ils étaient attelés à cette tâche interminable. Trois heures allaient sonner. Le serveur avait omis d'emporter des tasses à café sales, et une mouche bourdonnante tournoyait autour de celles-ci. Par la fenêtre ouverte entrait un mélange d'odeurs de sueur de cheval, de pêches mûres et de lait tourné. Perché sur une chaise droite, Hadley-Bright était la parfaite démonstration d'une des aptitudes les plus importantes du soldat, celle à s'endormir à tout instant et en toutes circonstances.

Strange jeta un coup d'œil à sa carte et choisit un lieu au hasard. Dans l'eau de son bassin d'argent apparut un carrefour paisible ; une ferme et deux ou trois bâtisses se trouvaient à proximité. Il guetta un moment ; il ne se passait rien. Ses yeux se fermèrent et il était sur le point de s'assoupir quand des soldats qui tiraient un canon mirent celui-ci en position sous des ormes. Leur air d'efficacité était frappant. Strange donna un coup de pied à Hadley-Bright pour le réveiller.

— Qui sont donc ces bougres ? se renseigna-t-il.

Hadley-Bright fixa le bassin d'argent en plissant les yeux.

Les soldats du carrefour portaient des habits verts aux parements rouges. Soudain ils parurent être assez nombreux.

— Des artilleurs de Nassau, répondit Hadley-Bright, citant une partie des troupes allemandes de Wellington. Les gars du prince d'Orange. Pas de quoi s'inquiéter. Que surveillez-vous ?

— Un carrefour à vingt milles au sud de la ville. Un lieu-dit, Quatre-Bras.

— Oh ! Inutile de perdre notre temps là-dessus ! déclara Hadley-Bright avec un bâillement. Cela se trouve sur la route de Charleroi. L'armée prussienne est à l'autre extrémité, c'est du moins ce qu'on m'a dit. Je ne suis pas sûr que ces lascars soient censés être là... – Il se mit à feuilleter des documents décrivant la disposition des différentes armées alliées. – Non, vraiment, je ne crois pas que...

— Mais qu'est-ce donc ? l'interrompit Strange, montrant un soldat en habit bleu qui avait brusquement surgi sur la hauteur d'en face, son mousquet paré à faire feu.

Il y eut un silence de mort.

— Un Français, répondit Hadley-Bright.

— Est-il censé être là ? demanda Strange.

Le Français avait été rejoint par un autre. Puis en apparurent cinquante autres. Les cinquante devinrent deux cents, trois cents, mille ! Le versant de colline grouillait de Français comme un fromage grouille d'asticots. L'instant suivant, ils se mirent tous à décharger leurs mousquets sur les artilleurs de Nassau, massés au carrefour. L'engagement ne dura pas longtemps. Les artilleurs de Nassau tirèrent leurs canons. Les Français, qui n'avaient pas de canons, se replièrent derrière la colline.

— Ha ! s'exclama Strange, ravi. Ils sont battus ! Ils ont fui !

— Oui, mais d'où sortaient-ils, d'abord ? marmonna Hadley-Bright. Pouvez-vous voir de l'autre côté de cette colline ?

Strange tapota l'eau et fit une sorte de geste tournant au-dessus de sa surface. La croisée des chemins s'évanouit ; à sa place apparut une excellente vue de l'armée française ou, sinon de toute l'armée, d'une partie très substantielle de celle-ci.

Hadley-Bright s'assit, telle une marionnette dont on a coupé les fils. Strange jura en espagnol, une langue qu'il associait naturellement à la guerre. Les armées alliées étaient au mauvais endroit. Les divisions de Wellington se trouvaient à l'ouest, prêtes à défendre jusqu'à la mort toutes sortes de positions que Napoléon n'avait aucune intention d'attaquer. Le général Blücher et l'armée prussienne étaient beaucoup trop à l'est. Et voilà que l'armée française faisait irruption au sud ! En l'état actuel des choses, ces artilleurs de Nassau (qui atteignaient peut-être les trois ou quatre cents hommes) étaient tout ce qui s'interposait entre Bruxelles et les Français.

— Monsieur Strange ! Faites quelque chose, je vous en supplie ! s'écria Hadley-Bright.

Strange prit une profonde inspiration et ouvrit les bras en grand, comme s'il battait le rappel de toute la magie qu'il avait apprise.

— Dépêchez-vous, monsieur Strange ! Dépêchez-vous !

— Je pourrais déplacer la ville ! murmura Strange. Oui, je pourrais déplacer Bruxelles ! Je pourrais la mettre quelque part où les Français ne la trouveront pas...

— La mettre où ? cria Hadley-Bright, agrippant les mains de Strange pour les abaisser de force. Nous sommes cernés par les armées. Nos propres armées ! Si vous déplacez Bruxelles, vous êtes bien capable d'écraser quelques-uns de nos régiments sous les maisons et les pavés. Le duc ne sera pas content. Il a besoin de tous ses hommes jusqu'au dernier...

Strange réfléchit un peu plus.

— J'ai trouvé ! s'écria-t-il.

Une sorte de brise s'engouffra dans la pièce. Loin d'être désagréable, elle avait un parfum frais d'océan. Hadley-Bright regarda par les fenêtres. Au-delà des maisons, des églises, des palais et des parcs, se dressaient des sommets montagneux qui n'étaient pas là un instant plus tôt. Ils étaient noirs, peut-être couverts de sapins. L'air était beaucoup plus pur, comme si nul ne l'avait jamais respiré.

— Où sommes-nous ? demanda Hadley-Bright.

— En Amérique, répondit Strange, avant d'ajouter en guise d'explication : Ce continent a toujours l'air si vide sur les cartes.

— Mon Dieu ! Mais ce n'est pas mieux qu'avant ! Avez-vous donc oublié que nous venons de signer un traité de paix avec l'Amérique ? Rien ne provoquera davantage le mécontentement des Américains que l'apparition d'une ville européenne sur leur sol !

— Oh, probablement ! Il n'y a pas lieu de s'inquiéter, cependant, je vous l'assure. Nous sommes loin de Washington ou de La Nouvelle-Orléans, ou de tous ces endroits où des batailles ont été livrées. À des centaines de milles, je crois. Au moins… à la vérité, je ne sais où exactement. Pensez-vous que ce soit si important[1] ?

Hadley-Bright sortit en coup de vent pour aller trouver le duc et l'aviser que, contrairement à ce qu'il aurait pu penser, les Français étaient désormais en Belgique, mais que lui, le duc, n'y était pas.

Sa Grâce (qui se trouvait prendre le thé avec quelques politiciens britanniques et comtesses belges) accueillit la nouvelle avec son imperturbabilité cou-

---

1. Les habitants de Bruxelles et les diverses armées occupant la ville furent intrigués d'apprendre qu'ils se trouvaient désormais dans un pays lointain. Malheureusement, ils étaient plus occupés par les préparatifs de la bataille à venir (ou, dans le cas de la partie la plus fortunée et la plus frivole de la population, par ceux du bal que la duchesse de Richmond donnait le soir même), et presque personne n'eut le temps d'aller découvrir à quoi ressemblait leur nouveau pays ou qui étaient ses indigènes. En conséquence, pendant longtemps on ne sut pas où précisément Strange avait placé Bruxelles en cet après-midi de juin.

En 1830, un trappeur négociant du nom de Pearson Denby voyageait dans le pays des Grandes Plaines. Un chef Lakota de sa connaissance, « Homme-qui-a-peur-de-l'eau », l'aborda. Homme-qui-a-peur-de-l'eau voulait savoir s'il pouvait acheter pour son compte des boules de feu noir. Homme-qui-a-peur-de-l'eau lui expliqua qu'il avait l'intention de guerroyer contre ses ennemis et avait donc un besoin urgent des boules. Il dit qu'à une époque il avait possédé une cinquantaine de ces boules et qu'il les avait toujours utilisées avec modération, mais qu'il n'en avait plus. Denby ne comprenait pas. Il demanda à Homme-qui-a-peur-de-l'eau s'il voulait parler de munitions. Non, répondit Homme-qui-a-peur-de-l'eau. Cela ressemblait à des munitions, quoique en beaucoup plus gros. Il emmena Denby à son campement et lui montra un obusier en cuivre de 140 mm fabriqué par la Carron Company de Falkirk en Écosse. Denby fut étonné et demanda à Homme-qui-a-peur-de-l'eau comment il s'était procuré ce canon en premier lieu. Homme-qui-a-peur-de-l'eau raconta qu'une tribu s'appelant le Peuple Imparfait habitait dans des montagnes avoisinantes. Cette tribu avait été créée très soudainement un certain été ; son Créateur n'avait donné toutefois à ses membres qu'un des talents dont les hommes avaient besoin pour survivre, celui de se battre. Tous les autres savoir-faire leur manquaient ; ils ne savaient pas chasser le bison ou l'antilope, ni dresser les chevaux, ni se construire de maisons. Ils ne parvenaient même pas à se comprendre les uns les autres, étant donné que leur fou de créateur leur avait donné quatre ou cinq langues différentes. Mais ils avaient eu ce canon, qu'ils avaient échangé avec Homme-qui-a-peur-de-l'eau contre des vivres.

Intrigué, Denby se mit à la recherche du Peuple Imparfait. Au début, celui-ci ne lui parut guère différent de n'importe quelle autre tribu, mais ensuite Denby remarqua que les anciens avaient un air étrangement européen et que certains d'entre eux parlaient anglais. Plusieurs de leurs coutumes leur étaient communes avec les tribus de Lakota, tandis que d'autres paraissaient fondées sur l'art militaire européen. Leur langue, bien que proche de celle des Lakota, contenaient beaucoup de termes anglais, hollandais et allemands.

Un certain Robert Heath (appelé aussi P'tit-homme-trop-bavard) expliqua à Denby qu'ils avaient tous déserté de différentes armées et régiments l'après-midi du 15 juin 1815 parce qu'une grande bataille devait être livrée le lendemain et qu'ils avaient tous le pressentiment qu'ils allaient mourir s'ils restaient. Denby savait-il si c'était Lord Wellington ou Napoléon Bonaparte qui était à présent roi de France ? Denby était incapable de répondre. « Eh bien, monsieur, reprit Heath avec philosophie, que ce soit l'un ou l'autre, il est probable que cela ne change pas la vie pour vos pareils et les miens. »

tumière. Une demi-heure plus tard, il se présentait à l'hôtel de Strange avec le directeur de l'Intendance militaire, le colonel de Lancey. Il baissa les yeux pour contempler avec une mine sévère la vision offerte par le bassin d'argent.

— Napoléon m'a mystifié, nom de Dieu ! s'exclama-t-il. De Lancey, vous devez noter les ordres le plus vite possible. Nous devons masser l'armée à Quatre-Bras.

Le malheureux colonel de Lancey eut un air des plus alarmés.

— Comment transmettre les ordres aux officiers, avec tout l'Atlantique qui nous sépare ? s'enquit-il.

— Oh ! répondit Sa Grâce, Mr Strange s'en chargera.

Un mouvement de l'autre côté de la fenêtre lui tira l'œil. Quatre cavaliers passaient. Ils avaient le maintien des rois et l'expression des empereurs. Leur peau était couleur d'acajou ; leurs cheveux, longs, étaient du noir luisant d'une aile de corbeau. Ils étaient vêtus de peaux décorées de piquants de porc-épic. Chacun était muni d'un fusil dans son étui de cuir, d'une lance d'aspect redoutable (aussi emplumée que leurs têtes !) et d'un arc.

— Oh ! De Lancey, trouvez-moi quelqu'un pour demander à ces drôles s'ils aimeraient combattre demain, voulez-vous ? Ils pourraient faire l'affaire.

Une ou deux heures plus tard, dans la ville d'Ath, à vingt milles de Bruxelles (ou plutôt à vingt milles de l'habituel emplacement de Bruxelles), un *pâtissier** sortit une fournée de petits gâteaux du four. Une fois les gâteaux refroidis, il traça une lettre sur chacun d'eux au moyen d'un sucre glace rose, une fantaisie qu'il osait pour la première fois. Son épouse, qui ne connaissait pas un mot d'anglais, disposa les gâteaux sur un plateau en bois et confia celui-ci au *sous-pâtissier*. Le sous-pâtissier le livra au quartier général des armées alliées, sis en ville, où Sir Henry Clinton donnait des ordres à ses officiers. Le sous-pâtissier présenta les gâteaux à Sir Henry, qui en prit un et s'apprêtait à le porter à sa bouche quand le major Norcott du 95e régiment d'infanterie légère poussa un cri de surprise. Là, sous leurs yeux, écrite au sucre glace rose sur de petits gâteaux, se trouvait une dépêche de Wellington ordonnant à Sir Henry de déplacer la 2e division d'infanterie vers Quatre-Bras dans le plus bref délai. Sir Henry leva les yeux de stupéfaction. Le sous-pâtissier lui adressa un grand sourire.

À peu près au même moment, le général responsable de la 3e division – un gentleman du Hanovre, Sir James Alten – était en plein travail dans un château, à vingt-cinq milles au sud-ouest de Bruxelles. Il regarda par hasard par la fenêtre et remarqua dans la cour des trombes d'eau au comportement bizarre ; il pleuvait au centre de la cour sans que les murs fussent mouillés le moins du monde. Sir Charles eut la curiosité de sortir pour aller observer le phénomène de près. Là, écrit avec des gouttes de pluie dans la poussière, il lut le message suivant :

« Bruxelles, le 15 juin 1815

« La 3e division doit avancer immédiatement sur Quatre-Bras.

« Wellington »

Dans l'intervalle, des généraux hollandais et allemands de l'armée de Wellington avaient découvert que les Français étaient à Quatre-Bras et s'y dirigeaient déjà avec la 2de division néerlandaise. En conséquence, ces généraux, qui se nommaient Rebecq et Perponcher, furent plus chagrinés qu'éclairés quand une nuée d'oiseaux chanteurs se perchèrent dans les arbres alentour pour gazouiller ·

Les idées de Wellington exposons :
À Quatre-Bras, les Français se trouvent ;
Toutes ses troupes faire cercle doivent,
Vers le carrefour tous route font.

— Oui, oui, nous sommes au courant ! s'exclama le général Perponcher, en agitant les bras en direction des oiseaux pour les chasser. Partez, sacrebleu !

Mais les oiseaux s'approchèrent davantage ; certains se posèrent même sur ses épaules et sur son cheval. Ils continuaient à s'égosiller avec le plus grand zèle qui fût :

Là des réputations se feront.
Le duc ordonne : Haut les cœurs !
Tous les plans de l'armée sont dressés,
Suivez vite à présent votre brigade !

Les oiseaux escortèrent les soldats tout le reste du jour, sans jamais cesser un instant de piauler et de pépier leur chanson exaspérante. Le général Rebecq, dont l'anglais était excellent, parvint à en attraper un et tenta de lui apprendre un nouveau refrain, dans l'espoir qu'il pourrait revenir à Jonathan Strange pour lui chanter ·

Le magicien du duc mérite d'être botté
De Bruxelles à Maastricht

Pour des honnêtes hommes s'être moqué
Jusqu'à Maastricht et retour[1].

À six heures, Strange rendait Bruxelles au territoire européen. Sur-le-champ les régiments qui avaient été cantonnés à l'intérieur de la ville en sortirent au pas par la porte de Namur et s'engagèrent sur la route menant à Quatre-Bras. Cela fait, Strange put se consacrer à ses propres préparatifs de guerre. Il rassembla son bassin d'argent, une demi-douzaine d'ouvrages de magie, une paire de pistolets, une légère redingote d'été pourvue de nombreuses poches d'une profondeur inhabituelle, une douzaine d'œufs durs, trois fiasques de cognac, quelques pâtés en croûte emballés dans du papier et un très grand parapluie de soie.

Le lendemain matin, avec son nécessaire de voyage dissimulé en différents endroits de sa personne et de sa monture, il chevauchait avec le duc et son état-major en direction du carrefour de Quatre-Bras. Plusieurs milliers de troupes alliées y étaient déjà massées ; en revanche, les Français ne s'étaient point encore montrés. De temps à autre résonnait un bruit de mousquet, qui n'excédait guère ce que l'on entendait dans n'importe quelle forêt anglaise où des gentlemen s'adonnaient à la chasse.

Strange promenait ses regards à la ronde quand une grive musicienne se percha sur son épaule et se mit à babiller :

Les idées du duc exposons :
À Quatre-Bras les Français se trouvent...

— Quoi ? marmonna Strange. Que fais-tu là ? Tu étais censée avoir disparu il y a des heures !

Il traça dans les airs le signe d'Ormskirk qui servait à rompre un sortilège, et l'oiseau s'envola. En réalité, à sa vive consternation, une nuée entière d'oiseaux prit son vol en même temps. Il jeta des coups d'œil inquiets autour de lui pour voir si quelqu'un avait remarqué qu'il avait loupé son enchantement, mais tous étaient absorbés par des considérations militaires et il en conclut que, non, personne n'avait rien remarqué.

---

1. Le général Rebecq composa également une version hollandaise de sa ritournelle, laquelle fut reprise par ses soldats sur la route de Quatre-Bras. Ceux-ci l'apprirent à leurs camarades d'armes anglais, et ce chant devint par la suite une comptine sautillante pour enfants, en Angleterre comme aux Pays-Bas.

Il se trouva une position à son goût, dans un fossé exactement en face de la ferme de Quatre-Bras. Le carrefour se trouvait juste à sa droite, et le 92e régiment d'infanterie légère, le régiment des Highlands, était à sa gauche. Il sortit les œufs durs de ses poches et les distribua à ceux des Écossais qui lui paraissaient en être friands. (En temps de paix, il faut en général une forme de présentation ou de recommandation pour faire la connaissance de quelqu'un ; en guerre, un modeste comestible remplira cet office.) Les Highlanders lui donnèrent en échange du thé au lait sucré, et tous ne tardèrent pas à bavarder amicalement.

La journée était suffocante. La route descendait entre les champs de seigle qui, sous ce soleil de feu, brillaient d'un éclat presque surnaturel. À trois milles de là, l'armée prussienne était déjà engagée avec les Français ; l'on entendait une faible rumeur de canonnade et de cris d'hommes, tels les fantômes de combats à venir. Juste avant midi, des roulements de tambours et des chants martiaux résonnèrent au loin. Le sol se mit à trembler sous le martèlement de dizaines de milliers de pieds. Vers eux, à travers le seigle, arrivaient les grosses colonnes noires de l'infanterie française.

Le duc de Wellington n'avait pas donné d'ordres particuliers à Strange. Aussi, quand les combats commencèrent, se disposa-t-il à perpétrer toute la magie qu'il avait employée sur les champs de bataille espagnols. Il envoya des anges ardents menacer les Français et des dragons souffler des flammes au-dessus d'eux. Ces illusions étaient plus importantes et plus éclatantes que tout ce qu'il avait accompli en Espagne. À plusieurs reprises, il sortit de son fossé pour admirer leurs effets, et ce malgré les avertissements des Highlanders qui craignaient qu'il ne fût touché.

Strange s'appliquait à jeter ce genre de charmes depuis trois ou quatre heures quand il se passa quelque chose. Sur le champ de bataille, un assaut soudain des chasseurs français menaça d'envelopper le duc et son état-major. Ces messieurs se virent contraints d'effectuer une conversion et de regagner les lignes alliées à la débandade. Les troupes les plus proches se trouvèrent être le 92e régiment d'infanterie.

— 92e ! cria le duc. À terre !

Aussitôt les Highlanders se jetèrent à terre. Risquant un coup d'œil hors du fossé, Strange vit le duc monté sur Copenhague passer au ras de leurs têtes. Monsieur le duc était tout à fait indemne et paraissait en réalité plus revigoré qu'alarmé par son aventure. Il regarda autour de lui pour connaître l'état des troupes ; ses yeux se posèrent sur Strange.

— Monsieur Strange ! À quoi jouez-vous donc ? Quand je voudrai une prestation de magie à la mode de Vauxhall Gardens, je vous le ferai savoir ![1] Les Français ont assez vu ce genre de tours en Espagne, cela ne les dérange plus le moins du monde. En revanche, ils sont complètement nouveaux pour les Belges, les Hollandais et les Allemands de mon armée. Je viens d'apercevoir un de vos dragons qui menaçait une compagnie du Brunswick dans ce bois. Quatre hommes sont déjà tombés. Cela ne suffira pas, monsieur Strange ! Cela ne suffira tout bonnement pas !

Et de s'éloigner d'un galop.

Strange le suivit des yeux. Il avait envie d'émettre quelques remarques lourdes de sens sur l'ingratitude du duc envers ses amis, les Highlanders ; ces derniers paraissaient toutefois un tantinet occupés, bombardés comme ils l'étaient par les canons et taillés en pièces par les sabres. Alors il prit sa carte, se hissa hors du fossé et se fraya un chemin jusqu'au carrefour où le secrétaire militaire du duc, Lord Fitzroy Somerset, examinait les alentours avec une mine inquiète.

— Monsieur ? lança Strange. Je me vois dans l'obligation de vous poser une question. Comment la bataille se déroule-t-elle ?

Somerset eut un soupir.

— Tout est bien qui finira bien. Bien sûr que oui. Seulement la moitié de l'armée n'est pas encore là. Nous n'avons presque pas de cavalerie, en quelque sorte. Je sais que vous avez envoyé très promptement leurs ordres aux divisions, mais certaines d'entre elles étaient simplement trop éloignées. Si les Français obtiennent des renforts avant nous, alors…

Il leva les épaules.

— Et si les renforts français doivent arriver, de quelle direction arriveront-ils ? Du sud, j'imagine ?

— Du sud et du sud-est.

Strange ne retourna pas à la bataille. Finalement, il gagna à pied la ferme de Quatre-Bras, juste derrière les lignes britanniques. Les bâtiments étaient déserts. Des portes bâillaient, des rideaux volaient par les fenêtres. Dans la hâte, une faux et une houe avaient été jetées dans la poussière. Dans les ténèbres de l'étable qui sentait le lait, il trouva une chatte avec une portée de petits. Chaque fois que le canon tonnait (c'est-à-dire souvent), la chatte tremblait. Il alla lui chercher de l'eau et lui parla doucement. Puis il s'assit sur les dalles glacées et déplia sa carte devant lui.

---

1. En 1810, Messrs George et Jonathan Barratt, propriétaires des Vauxhall Gardens, avaient offert à Strange et à Norrell une grosse somme d'argent pour donner des représentations de magie tous les soirs dans leurs jardins. La magie suggérée par les Barratt était exactement de cette nature : illusions de chimères magiques, personnages célèbres tirés de la Bible et de l'histoire, etc. Naturellement, Mr Norrell avait décliné leur offre.

Il se mit à déplacer les routes, les chemins et les villages au sud et à l'est du champ de bataille. D'abord, il échangea les positions de deux villages. Ensuite, toutes les routes qui allaient d'est en ouest, il les orienta du nord au sud. Il patienta dix minutes, puis remit tout dans l'ordre originel. Quant aux bois des alentours, il les tourna en sens contraire. Après quoi il fit couler les ruisseaux dans la direction opposée. D'heure en heure, il continuait à modifier le paysage. La tâche était ardue, fastidieuse – réellement aussi assommante que tout ce qu'il avait fait avec Norrell par le passé. À six heures et demie, il entendit les clairons alliés sonner l'offensive. À huit heures, il se levait et étirait ses membres ankylosés.

— Eh bien, lança-t-il à l'adresse de la chatte, je ne sais absolument pas si cela a produit son petit effet ou non[1].

Une nuée noire planait au-dessus des champs. Ces lugubres témoins des combats, les corneilles et les corbeaux, étaient arrivés par centaines. Strange trouva ses amis, les Highlanders, dans un état désespéré. Ils avaient pris une maison proche de la route, mais avaient perdu dans l'opération la moitié de leurs hommes et vingt-cinq de leurs trente-six officiers, y compris leur colonel, un homme que beaucoup d'entre eux considéraient comme leur père. Plus d'un vétéran grisonnant pleurait, assis la tête entre les mains.

Les Français étaient apparemment retournés à Frasnes, ville d'où ils étaient venus le matin. Strange demanda à plusieurs personnes si cela signifiait que les alliés avaient gagné, mais nul ne semblait avoir d'information précise sur ce point.

Ce soir-là, il dormit à Genappe, un village situé trois milles plus loin sur la route de Bruxelles. Il prenait son petit déjeuner quand le capitaine Hadley-Bright apparut, porteur de nouvelles : l'alliée du duc, l'armée prussienne, avait reçu une terrible rossée dans la bataille de la veille.

---

1. La technique magique communément admise pour jeter la confusion dans les routes, paysages, pièces et autres espaces physiques revient à créer un labyrinthe à l'intérieur de ceux-ci. Strange n'apprit cette magie qu'en février 1817.

Toutefois, ce fut là indiscutablement l'action décisive de la campagne. À l'insu de Strange, le général français Erlon tentait d'atteindre le champ de bataille avec 20 000 hommes. Finalement, il passa ces heures cruciales à arpenter un paysage qui changeait de façon inexplicable toutes les deux ou trois minutes. Lui et ses hommes fussent-ils parvenus à Quatre-Bras, il est probable que les Français eussent gagné et qu'il n'y aurait jamais eu de Waterloo. Piqué au vif par les paroles abruptes du duc un peu plus tôt dans la journée, Strange ne parla à personne de ses expérimentations. Plus tard, il en informa John Segundus et Thomas Levy. Par conséquent, les historiens de Quatre-Bras furent dans l'embarras pour expliquer l'échec d'Erlon avant la publication de *La Vie de Jonathan Strange* de John Segundus en 1820.

— Sont-ils vaincus ? demanda Strange.

— Non, ils se sont repliés, et monsieur le duc dit que nous devons les imiter. Il a choisi un terrain où se battre et les Prussiens nous retrouveront là-bas. Un village qui s'appelle Waterloo...

— Waterloo ? Quel nom incroyablement ridicule[1] ! s'exclama Strange.

— Incroyable, n'est-ce pas ? Je ne suis pas parvenu à le trouver sur la carte.

— Oh ! fit Strange. Cela nous arrivait continuellement en Espagne ! Sans doute votre informateur vous a-t-il mal épelé le nom. Vous pouvez m'en croire, il n'existe pas de Waterloo...

Peu après midi, ils montaient à cheval et s'apprêtaient à suivre l'armée pour sortir de Genappe, quand tomba une dépêche de Wellington : un escadron de lanciers français approchait. Mr Strange pouvait-il tenter quelque chose pour les harceler ? Désireux d'éviter d'être accusé une nouvelle fois de magie à la mode de Vauxhall-Gardens, Strange prit conseil de Hadley-Bright.

— Qu'est-ce que la cavalerie déteste le plus au monde ?

Hadley-Bright réfléchit un moment.

— La boue, répondit-il enfin.

— La boue, vraiment ? Oui, je crois que vous avez raison. Enfin, la magie des météores est des plus évidentes et des plus sérieuses !

Les cieux s'obscurcirent. Un nuage orageux d'un noir d'encre apparut ; il était aussi gros que toute la Belgique, et si chargé, si lourd que ses bords déchiquetés semblaient brosser les faîtes des arbres. Il y eut un éclair, et le monde devint fugitivement d'un blanc de craie. Un claquement assourdissant retentit ; l'instant d'après, la pluie tombait à tels torrents que la terre frémissait et sifflait.

En quelques instants, les champs s'étaient transformés en bourbiers. Les lanciers français étaient dans l'incapacité totale de se livrer à leur sport favori, une monte rapide et adroite ; l'arrière-garde de Wellington put se dégager sans coup férir.

Une heure plus tard, Strange et Hadley-Bright eurent la surprise de découvrir qu'il existait bien un village appelé Waterloo et qu'ils y étaient arrivés. À cheval sous la pluie, monsieur le duc contemplait avec bonhomie les hommes, les bêtes et les chariots maculés de boue.

— Excellente boue, Merlin ! lança-t-il joyeusement. Très collante et très glissante. Cela ne sera point du tout du goût des Français. Davantage de pluie, je vous prie ! Bon, vous voyez cet arbre, là où la route descend ?

— L'orme, Votre Grâce ?

---

1. *Water* : « eau » ; *loo* : « cabinets », « toilettes » ! (*N.d.T.*).

— Celui-là. Si vous voulez bien vous y tenir pendant la bataille de demain, je vous en serai très obligé. Je serai là de temps à autre, mais sans doute guère. Mes gars vous apporteront mes instructions.

Ce soir-là, les différentes divisions de l'armée alliée s'emparèrent de positions le long d'une corniche peu profonde, au sud de Waterloo. Au-dessus de leurs têtes, le tonnerre grondait et il pleuvait à flots. De temps en temps, des délégations d'hommes tout crottés s'approchaient de l'orme et suppliaient Strange d'arrêter la pluie ; il se bornait à secouer la tête en répétant :

— Je l'arrêterai quand monsieur le duc m'en priera.

Les anciens d'Espagne, eux, firent observer d'un air approbateur que la pluie était toujours l'amie d'un Anglais en temps de guerre. Ils exhortaient leurs camarades.

— Rien ne vous est plus rassurant ou plus familier, voyez-vous... Alors que ce temps déconcerte d'autres nations. Il a plu la veille de Fuentes, de Salamanque et de Vitoria.

C'étaient les noms de quelques grandes victoires remportées en Espagne par Wellington.

À l'abri de son parapluie, Strange méditait sur la bataille à venir. Depuis la fin de la guerre d'Espagne, il étudiait la magie employée par les magiciens auréats en temps de guerre. On en savait peu de chose. Il circulait des rumeurs – rien de plus – sur un charme que John Uskglass aurait utilisé avant ses propres batailles ; il prédisait l'issue d'événements présents. Juste avant la tombée de la nuit, Strange eut une subite illumination. « On n'a aucun moyen de savoir ce que faisait Uskglass, mais il nous reste les *Conjectures sur l'art de présager les choses à venir* de Pale. Il s'agit, très vraisemblablement, d'une version délayée. Elle pourrait m'être utile. »

Pendant une minute ou deux avant que le charme ne produisît son effet, il prit conscience de tous les sons qui l'entouraient : le crépitement de la pluie sur le métal et le cuir, et son dégouttement sur la toile ; les piaffements et les ébrouements des chevaux ; les chants des Anglais et les cornemuses des Écossais ; les arguties de deux soldats gallois sur la bonne interprétation d'un passage de la Bible ; le son de la voix du capitaine écossais, John Kincaid, qui divertissait les sauvages américains en leur apprenant à boire du thé (sans doute avec l'arrière-pensée que, une fois que son homme saurait boire le thé, les autres habitudes et qualités qui définissent un Breton suivraient naturellement).

Puis silence. Les hommes et les chevaux commencèrent à disparaître, par deux ou trois d'abord, ensuite plus rapidement : des centaines, des milliers d'entre eux se dérobèrent aux regards. De grands trous apparurent entre les soldats serrés les uns contre les autres. Un peu plus loin vers l'est, un régiment entier manquait à l'appel, laissant un trou de la taille de Hanover-square. Là où, un moment plus tôt, tout n'avait été que vie, conversation et société, ne régnaient plus que la pluie, le crépuscule et les ondoyantes tiges de seigle. Strange s'essuya la bouche, pris de nausées. « Ha ! songea-t-il. Cela m'apprendra à me mêler d'une magie réservée aux rois ! Norrell a raison. Il existe une forme de magie qui n'est pas destinée aux magiciens ordinaires. Sans doute John Uskglass savait-il que faire de cet horrible savoir. Moi, non Devrais-je me confier à quelqu'un ? À monsieur le duc ? Il ne m'en saura aucun gré. »

Quelqu'un le regardait du haut de son cheval, quelqu'un lui parlait, un capitaine de l'artillerie montée. Strange voyait bien la bouche de l'homme remuer, sans entendre aucun son. Il claqua des doigts pour rompre le sortilège. Le capitaine l'invitait à le suivre pour partager un peu de cognac et des cigares. Strange frissonna et déclina son offre.

Pendant le reste de la nuit, il resta assis seul sous son orme. Jusqu'alors il ne s'était jamais avisé que sa qualité de magicien le mettait à l'écart des autres mortels. À présent, il avait entrevu le mauvais côté de la situation. Il éprouvait le plus mystérieux des sentiments : le monde vieillissait autour de lui, et la meilleure part de son existence – l'amour, les rires et l'innocence – glissait irrévocablement dans le passé.

Vers onze heures et demie, le lendemain matin, les canons français commencèrent à tirer. L'artillerie alliée répondit. L'air limpide de l'été qui séparait les deux armées s'emplit de rideaux flottants d'une âcre fumée noire.

L'offensive française était principalement dirigée contre le château de Hougoumont, avant-poste allié dans la vallée, dont les bois et les bâtiments étaient défendus par le 3e régiment de la Garde royale, les Coldstream Guards, les artilleurs de Nassau et les Hanovriens. Strange conjura vision après vision dans son plat d'argent afin de pouvoir suivre les sanglants engagements dans les bois environnant le château. Il avait presque envie de déplacer les arbres pour permettre aux soldats alliés un meilleur coup de feu contre leurs assaillants, mais ce type de combat au corps à corps se prêtait très mal à la magie. Il se rappela qu'en guerre un soldat pouvait faire plus de mal en agissant trop tôt, ou trop impétueusement, qu'en n'agissant pas du tout. Il rongea son frein.

La canonnade s'intensifia. Des vétérans britanniques confièrent à leurs amis qu'ils n'avaient jamais connu de mitraille qui tombât si vite et si dru. Des hommes aperçurent des camarades coupés en deux, réduits en miettes ou décapités par des boulets de canon. L'air vibrait sous les répercussions des pièces d'artillerie. « Le feu est nourri », constata froidement le duc de Wellington, avant d'ordonner aux premiers rangs de se replier derrière la crête de la corniche et de se coucher à terre. Quand cela prit fin, les alliés relevèrent la tête pour voir l'infanterie française avancer dans la vallée emplie de fumée : seize mille hommes, épaule contre épaule, en immenses colonnes, qui criaient et marquaient le pas tous ensemble.

Plus d'un soldat se demanda si les Français n'avaient pas enfin trouvé un magicien de leur cru ; les fantassins français paraissaient en effet beaucoup plus grands que des hommes ordinaires et, à mesure qu'ils approchaient, leurs prunelles brûlaient d'une flamme presque surnaturelle. Pourtant, seule opérait la magie de Napoléon Bonaparte, qui savait mieux que quiconque aligner ses soldats pour qu'ils terrifiassent leurs ennemis et les déployer de manière à ce que n'importe quel spectateur les crût indestructibles.

Désormais, Strange savait exactement quoi faire. Les paquets de boue épaisse se révélaient déjà une incontestable entrave pour les soldats en marche. Pour les gêner encore davantage, Strange se mit à enchanter les tiges de seigle. Il les fit s'enrouler autour des pieds des Français. Les tiges étaient aussi coriaces que du fil de fer ; les soldats trébuchaient et tombaient. Avec un peu de chance, la boue les empêcherait de se relever et ils seraient piétinés par leurs camarades. Ou par la cavalerie française, qui ne tarda pas à se montrer derrière eux. Mais il s'agissait là d'un travail minutieux et, malgré tous les efforts de Strange, ces premières manipulations ne firent sans doute guère plus de mal aux Français que le feu d'un adroit mousquetaire ou fusilier britannique.

Un *aide de camp** s'approcha avec une incroyable vélocité et jeta un bout de peau de chèvre dans la main de Strange avec un cri :

— Une dépêche de Sa Grâce !

En un instant, il était reparti.

« Les obus français ont mis le feu au château de Hougoumont. Éteignez-moi les flammes.

« Wellington »

Strange invoqua une nouvelle vision de Hougoumont. Depuis la dernière fois qu'il avait vu le château, les hommes, là-bas, avaient grandement souffert. Les blessés des deux bords s'entassaient dans chaque salle. La meule de foin, les communs et le château brûlaient. Partout, une fumée noire suffocante. Des chevaux hennissaient, des blessés tentaient de fuir en rampant. Pour aller où ? Pendant ce temps, la bataille faisait rage autour d'eux. Dans la chapelle,

Strange trouva une demi-douzaine d'images de saints peintes sur les murs. Œuvre, apparemment, d'un fervent *amateur**, les personnages mesuraient sept ou huit pieds de haut et leurs corps étaient mal proportionnés. Ils avaient de longues barbes brunes et de grands yeux mélancoliques.

— Ils feront l'affaire ! murmura-t-il.

À son commandement, les saints descendirent de leurs murs. Même s'ils avançaient avec des mouvements saccadés, telles des marionnettes, ils possédaient grâce et légèreté. Ils traversèrent majestueusement les rangées de blessés pour se diriger vers un puits situé dans une des cours. Là, ils tirèrent des seaux d'eau, qu'ils allaient jeter sur les flammes. Tout se déroulait bien, jusqu'au moment où deux d'entre eux (saint Pierre et saint Jérôme, peut-être) prirent feu et tombèrent en cendres. N'étant composés que de pigments et de magie, ils brûlaient assez facilement. Strange s'efforçait de réfléchir au moyen de remédier à la situation, quand un éclat d'obus français frappa le flanc de son bassin d'argent, l'envoyant voltiger à cinquante yards à droite. Le temps qu'il eût récupéré son bien, redressé et remis en état le côté cabossé, tous les saints peints avaient succombé aux flammes. Des blessés et des chevaux se consumaient. Il n'y avait plus de peintures aux murs. Les larmes aux yeux de déception, Strange maudit l'artiste inconnu pour sa nonchalance.

Qu'y avait-il d'autre ? Que savait-il d'autre ? Il réfléchit mûrement. Jadis, John Uskglass se fabriquait parfois un champion avec des corbeaux : des oiseaux s'assemblaient pour former un géant noir, hérissé et mobile, qui était capable d'accomplir sans difficulté n'importe quelle tâche. D'autres fois, Uskglass composait ses serviteurs de terre glaise.

Strange évoqua une vision du puits de Hougoumont. Il remodela l'eau du puits en une vague fontaine, puis, avant que la fontaine ait pu s'écouler sur le sol, il la contraignit à prendre la disgracieuse apparence d'un homme. Ensuite, il ordonna à l'Homme d'eau de courir vers les flammes et de se jeter dessus. Ainsi un box de l'écurie fut-il arrosé avec succès, et trois soldats épargnés. Strange avait beau en façonner d'autres aussi vite que possible, l'eau n'est pas un élément qui garde facilement une forme cohérente ; au bout d'une heure ou deux de ce labeur, il avait la tête qui tournait et les mains qui tremblaient violemment.

Entre quatre et cinq heures, il se produisit un événement absolument inattendu. Levant les yeux, Strange vit approcher une multitude éclatante : la cavalerie française. Ils chevauchaient à cinq cents de front et sur douze rangs de profondeur, et pourtant le tonnerre des canons était tel qu'ils n'émettaient aucun bruit qui fût audible ; ils paraissaient arriver en silence.

« Ils doivent tout de même s'apercevoir que l'infanterie de Wellington est intacte, songea Strange. Ils vont être taillés en pièces ! » Derrière lui, les régiments d'infanterie formaient les carrés ; certains des hommes crièrent à Strange de venir s'abriter à l'intérieur du leur. Cela lui parut de bon conseil, aussi y alla-t-il.

Depuis la sécurité relative de son carré, Strange suivit la charge de la cavalerie ; les cuirassiers portaient des plastrons flamboyants et des casques à haut cimier ; les armes des lanciers étaient ornées de pennons rouge et blanc ondoyants. Ils étaient loin d'incarner les enfants de ce siècle terne. Ils appartenaient plutôt à la gloire des temps anciens. Strange décida donc de les marier avec une ancienne gloire de son invention. Les images des serviteurs de John Uskglass brûlaient dans son imagination : des serviteurs composés de corbeaux, d'autres de terre. Sous les cavaliers français, la boue se mit à cloquer et à bouillonner. Elle se métamorphosa en mains géantes. Les mains se tendirent et abattirent hommes et montures. Ceux qui tombaient étaient piétinés par leurs camarades. Le reste subit un déluge de feu de l'infanterie alliée. Strange observa la scène, impassible.

Après que les Français eurent été repoussés, il revint à son bassin d'argent.

— Est-ce vous, le magicien ? demanda une voix.

Se retournant vivement, il fut ahuri de découvrir un petit personnage, rond et doux d'aspect, qui lui souriait.

— Pour l'amour de Dieu, qui êtes-vous ? voulut-il savoir.

— Je m'appelle Pink, expliqua le bonhomme. Je suis commis voyageur pour la Welbeck's Superior Buttons, de Birmingham. J'ai un message de monsieur le duc pour vous.

Strange, qui était couvert de boue, et plus las qu'il ne l'avait jamais été de sa vie, mit un moment à comprendre la situation.

— Où sont donc les *aides de camp** de monsieur le duc ?

— Il dit qu'ils sont morts.

— Comment ? Hadley-Bright est mort ? Et le colonel Canning ?

— Hélas, répondit Mr Pink avec un nouveau sourire, je ne puis vous donner d'informations précises. J'ai quitté Anvers hier pour assister à la bataille et, après avoir aperçu monsieur le duc, j'ai saisi l'occasion pour lui présenter mes respects et vanter au passage les extraordinaires qualités des boutons supérieurs Welbeck. Il m'a demandé une faveur spéciale, venir vous annoncer que l'armée prussienne est en route pour ici et a déjà atteint les forêts parisiennes, mais, selon Sa Grâce, elle « passe un mauvais quart d'heure »... – Mr Pink sourit encore et battit des paupières de s'entendre prononcer des mots si martiaux – ... un très mauvais quart d'heure dans les petits chemins et la boue. Auriez-vous la bonté de leur ouvrir une route entre les bois et le champ de bataille ?

— Certainement, répondit Strange, grattant une croûte de boue sur son visage.

— Je vais en informer Sa Grâce. – Il marqua un silence et demanda d'un air songeur : – Croyez-vous que Sa Grâce aimerait commander des boutons ?

— Pourquoi non ? Elle aime autant les boutons que les trois quarts des hommes.

— Alors, savez-vous, nous pourrions mettre « Fournisseur de boutons de Sa Grâce monsieur le duc de Wellington » dans toutes nos réclames. – Mr Pink rayonnait de bonheur. – Je repars donc !

— Oui, oui, vous repartez.

Strange créa donc la route destinée aux Prussiens ; par la suite, il fut toujours enclin à penser qu'il avait dû rêver Mr Pink de la Welbeck's Superior Buttons[1].

Les événements se répétaient. Maintes fois la cavalerie française chargea et Strange se réfugia dans le carré d'infanterie. Maintes fois les redoutables cavaliers tourbillonnèrent contre les côtés du carré telles des vagues successives, maintes fois Strange tira des mains monstrueuses de la terre pour les abattre. Dès que la cavalerie se repliait, la canonnade reprenait ; il retourna à son plat d'argent et façonna des hommes avec de l'eau, afin d'éteindre l'incendie et de soulager les mourants dans Hougoumont aux abois et en ruine. Tout recommençait sans arrêt ; il était inconcevable que les combats dussent jamais cesser. Il se prit à songer qu'il en avait toujours été ainsi.

« Il doit bien y avoir un moment où les balles de mousquet et les boulets de canon viendront à manquer, pensa-t-il. Qu'allons-nous faire, alors ? Nous tailler en pièces les uns les autres à coups de sabre et de baïonnette ? Et si nous trépassons tous jusqu'au dernier, qui sera déclaré victorieux ? »

La fumée refluait, révélant des moments figés tels les tableaux d'un théâtre fantomatique : juste en face de lui se trouvait un énorme cuirassier français, monté sur un cheval également énorme. La première pensée de Strange fut de se demander si l'ennemi savait qui il était. (Il avait ouï dire que l'armée française détestait le magicien anglais avec une ardeur toute latine.) Sa seconde pensée fut qu'il avait oublié ses pistolets dans le carré d'infanterie.

1. En réalité, Mr Pink n'était qu'un des civils que monsieur le duc enrôla de force comme *aides de camp** officieux ce jour-là. Ces derniers comprenaient aussi un jeune monsieur suisse et un autre commis voyageur, de Londres cette fois-ci.

Le cuirassier leva son sabre. Sans réfléchir, Strange marmonna l'*Animam evocare* de Stokesey. Une espèce d'abeille sortit du plastron du cuirassier pour venir se poser sur la paume de la main de Strange. Sauf que ce n'était pas une abeille, mais une perle de lumière d'un bleu nacré. Une seconde lumière s'envola de la monture du cuirassier. Le cheval hennit et se cabra. Le cuirassier, perplexe, ouvrit de grands yeux.

Strange leva l'autre main pour bannir cheval et cavalier de l'existence. Puis il s'immobilisa.

« Et un magicien peut-il tuer un homme avec sa magie ? » avait demandé monsieur le duc.

Et lui de répondre : « Un magicien le pourrait, mais un gentleman jamais. »

Pendant qu'il hésitait, un officier de cavalerie britannique, un Écossais du 2e régiment de dragons, surgit du néant. Il fendit la tête du cuirassier, du menton en remontant par les mâchoires. L'homme s'abattit comme un arbre. L'Écossais s'éloigna sur son cheval.

Strange ne garda qu'un souvenir confus de ce qui se passa ensuite. Il croyait avoir erré dans un état d'hébétude. Combien de temps, il ne savait pas.

Le bruit des vivats lui rendit ses esprits. Il leva les yeux et aperçut Wellington sur Copenhague. Le duc agitait son chapeau, signal du début de l'offensive des alliés contre les Français. La fumée formait des tourbillons si épais autour du duc que seuls les soldats les plus proches de lui purent partager ce moment victorieux.

Alors Strange chuchota un mot magique et une petite trouée apparut dans les volutes. Un unique rayon du soleil vespéral tomba sur Wellington. Tout du long de la corniche, les soldats tournèrent leurs visages vers lui. Les vivats s'amplifièrent.

« Là, songea Strange. Voilà le juste usage de la magie anglaise ! »

Il suivit les soldats et les Français qui battaient en retraite à travers le champ de bataille. Les grandes mains en terre qu'il avait créées étaient éparpillées à la ronde, au milieu des morts et des moribonds. Elles restaient figées dans des gestes d'indignation et d'horreur, comme si la terre elle-même désespérait. Quand il arriva à hauteur des canons français qui avaient causé tant de dégâts dans les troupes alliées, il accomplit un dernier acte de magie. Il tira d'autres mains de la terre ; elles empoignèrent les canons et les enfouirent dans le sol.

À l'*Auberge de la Belle Alliance*, de l'autre côté du champ de bataille, il trouva le duc de Wellington en compagnie du général prussien, le prince Blücher. Monsieur le duc le salua d'un signe de tête.

— Venez souper à ma table, ordonna-t-il.

Le prince Blücher lui serra chaleureusement la main et prononça nombre de paroles en allemand, dont Strange ne comprit aucune. Puis le vieux gentleman montra du doigt son estomac qui abritait son éléphant chimérique et prit une mine désabusée, comme pour signifier : « Qu'y pouvons-nous ? »

Strange ressortit de l'auberge et tomba presque immédiatement sur le capitaine Hadley-Bright.

— Je vous croyais mort ! s'écria-t-il.

— Moi aussi, répondit Hadley-Bright.

Il y eut un silence. Les deux hommes éprouvèrent un léger embarras. Les rangées de morts et de blessés s'étendaient de tous côtés, aussi loin que la vue portait. Le simple fait d'être encore vivant paraissait obscurément indigne d'un gentleman.

— Qui d'autre s'en est tiré ? Le savez-vous ? demanda Hadley-Bright.

Strange secoua la tête.

— Non.

Ils se séparèrent.

Au quartier général de Wellington, ce soir-là, à Waterloo, la table était mise pour quarante ou cinquante convives. À l'heure du dîner, seuls trois hommes pourtant étaient présents : monsieur le duc, le général Alava (son attaché espagnol) et Strange. Chaque fois que la porte s'ouvrait, monsieur le duc tournait la tête pour voir si c'était un de ses intimes, gai et dispos, mais nul ne se présenta.

Nombre de couverts à cette table avaient été dressés pour des gentlemen soit morts, soit moribonds : le colonel Canning, le lieutenant-colonel Gordon, le général de division Picton, le colonel de Lancey. La liste devait s'allonger au fil de la nuit.

Monsieur le duc, le général Alava et Strange s'attablèrent en silence.

41

Starecross

Fin septembre-décembre 1815

La Fortune refusait obstinément de sourire à Mr Segundus. Il était venu s'installer à York dans le dessein de profiter de la société et de la conversation de nombreux magiciens. Mais il n'était pas plus tôt arrivé que tous les autres magiciens avaient été interdits d'exercer par Mr Norrell, et il resta seul. Ses petites économies avaient considérablement fondu et, à l'automne 1815, il fut contraint de chercher un emploi.

— Et n'allez pas vous figurer, fit-il observer à Mr Honeyfoot avec un soupir, que je puisse gagner énormément d'argent. Quelles sont mes qualifications ?

Mr Honeyfoot ne pouvait admettre ces propos.

— Écrivez à Mr Strange, lui conseilla-t-il. Il peut avoir besoin d'un secrétaire.

Rien n'eût plu davantage à Mr Segundus que de travailler pour Jonathan Strange. Sa modestie naturelle, toutefois, l'empêchait de proposer ses services. Il eût été très inconvenant de se mettre ainsi en avant. Mr Strange serait peut-être dans l'embarras pour savoir comment lui répondre. On pourrait même croire que lui, John Segundus, se considérait comme l'égal de Mr Strange !

Mr et Mrs Honeyfoot lui assurèrent que, si cette idée n'agréait pas à Mr Strange, il ne tarderait pas à s'exprimer dans ce sens, et il ne pouvait donc y avoir aucun mal à le solliciter. Sur ce point, Mr Segundus se montra inébranlable.

Leur proposition suivante, toutefois, lui plut davantage.

— Pourquoi ne pas voir s'il n'y a pas de jeunes garçons en ville qui aimeraient apprendre la magie ? suggéra Mrs Honeyfoot.

Ses petits-fils, de vaillants galopins de cinq et sept ans, étaient justement en âge de commencer leur instruction, et ce sujet occupait donc quelque peu ses pensées.

Ainsi Mr Segundus devint-il professeur de magie. Outre de jeunes garçons, il trouva également des demoiselles, dont les études se seraient limitées normalement au français, à l'allemand et à la musique, mais qui avaient alors très envie de s'instruire sur la théorie de la magie. Très vite, on lui demanda de donner des leçons aux frères aînés des demoiselles, dont beaucoup commencèrent à s'imaginer magiciens. Pour des jeunes gens ayant des dispositions à l'étude, qui ne désiraient pas entrer dans le clergé ou la justice, la magie était très attrayante, surtout depuis que Strange avait triomphé sur les champs de bataille de l'Europe. Après tout, les prêtres ne se distinguent plus au champ d'honneur depuis de nombreux siècles ; quant aux hommes de loi, ils avaient toujours brillé par leur absence.

Au début de l'automne 1815, Mr Segundus fut chargé d'une démarche par le père d'un de ses élèves. Ce monsieur, qui répondait au nom de Palmer, avait entendu parler d'un manoir en vente dans le nord du comté. Mr Palmer n'avait aucune intention d'acheter ledit manoir, mais un ami l'avait prévenu que la bibliothèque valait le dérangement. Mr Palmer n'était alors pas libre d'aller se rendre compte en personne. Même s'il avait confiance en ses domestiques sous bien d'autres rapports, leurs compétences n'incluaient pas l'érudition ; aussi pria-t-il Mr Segundus de le remplacer pour connaître le nombre et l'état des ouvrages, et si cela valait la peine des les acquérir.

Starecross-hall était le principal édifice d'un village qui comprenait par ailleurs une poignée de bâtiments de ferme et de cottages de pierre. Starecross était situé dans un endroit très isolé, entouré de tous côtés par des landes brunes désertes. De grands arbres l'abritaient des vents et des tempêtes ; ils l'assombrissaient aussi et lui conféraient un aspect solennel. Le village ne manquait pas de murets de pierre croulants et de granges de pierre tout aussi croulantes. Le silence régnait ; on se serait cru au bout du monde.

Un petit pont de charge, très ancien et d'aspect délabré, enjambait un ruisseau profond aux eaux vives. Des feuilles d'un jaune éclatant descendaient rapidement le courant trouble, quasi noir, dessinant des motifs au hasard. Aux yeux de Mr Segundus, ces motifs évoquaient des signes ésotériques. « Enfin, songea-t-il, c'est le cas de tant de choses ! »

Le manoir était une construction basse, toute en longueur, pleine de coins et de recoins, construite dans une pierre sombre identique à celle du village. Ses jardins, ses cloîtres et ses cours non entretenus étaient remplis de monceaux de feuilles mortes. Il était difficile d'imaginer qui pourrait souhaiter acquérir pareille bâtisse. Elle était beaucoup trop imposante pour une ferme, trop lugubre et trop retirée pour une gentilhommière. Elle eût été parfaite pour un presbytère, sauf qu'il n'y avait pas de chapelle. Elle eût pu convenir aussi pour une auberge, sauf que l'ancienne route de voiturage qui traversait jadis le village avait été abandonnée et que le pont était tout ce qu'il en restait.

Personne ne vint répondre aux coups de Mr Segundus. Il s'aperçut que la porte était entrouverte. Bien qu'il lui parût plutôt insolent d'entrer sans façon, il s'y résolut après avoir frappé vainement pendant quatre ou cinq minutes.

Abandonnées, les maisons, comme les êtres, sont enclines à devenir un tantinet excentriques ; celle-ci était l'équivalent architectural d'un vieux gentleman en robe de chambre râpée et pantoufles déchirées, qui se levait et se couchait à des heures indues et était en conversation permanente avec des amis invisibles pour tout autre que lui. Comme il déambulait de-ci de-là à la recherche d'un éventuel régisseur, Mr Segundus déboucha dans une salle qui ne contenait que des moules à fromage en porcelaine, tous empilés les uns sur les autres. Une autre salle recelait des tas d'étranges habits rouges, dont il n'avait jamais vu leurs pareils : quelque chose entre les sarraus des hommes de peine et les aubes des prêtres. La cuisine, si elle possédait très peu de ces ustensiles qui se trouvent ordinairement dans les cuisines, avait un crâne d'alligator dans une vitrine ; le crâne arborait un large sourire et semblait très content de lui, bien que Mr Segundus n'eût su dire pourquoi. Il y avait un salon, où l'on n'accédait que par un singulier agencement de marches et d'escaliers, et dont tous les tableaux paraissaient avoir été choisis par un grand amateur de combats ; des toiles de combats d'hommes faits alternaient, en effet, avec d'autres montrant des combats de jeunes garçons, de coqs, de taureaux, de chiens, de centaures, ainsi qu'une représentation saisissante de deux scarabées aux prises l'un avec l'autre. Une autre pièce était presque vide, à l'exception d'une maison de poupée, posée sur une table au milieu du plancher ; cette maison de poupée était une réplique exacte du manoir, sauf que, à l'intérieur du jouet, une collection de poupées élégamment parées menaient une existence paisible et rationnelle : elles confectionnaient des gâteaux et des pains pour poupées, divertissaient leurs amies avec une harpe miniature, jouaient au casino à l'aide de toutes petites cartes, éduquaient des enfants minuscules et dînaient de dindes rôties de la taille de l'ongle du pouce de Mr Segundus. Le tout contrastait étrangement avec la réalité nue et pleine d'échos.

Bien que Mr Segundus eût le sentiment d'avoir visité toutes les pièces, il n'avait toujours pas trouvé la bibliothèque ni rencontré quiconque. Il arriva devant une petite porte à demi dérobée aux regards par un escalier. Celle-ci s'ouvrait sur un réduit, guère plus qu'un cagibi. Un homme vêtu d'une livrée blanche maculée buvait du cognac, les bottes posées sur la table, les yeux au plafond. Avec un peu de persuasion, cet individu accepta de lui montrer où était la bibliothèque.

Les dix premiers volumes consultés par Mr Segundus étaient sans valeur : recueils de sermons et de réflexions morales du siècle précédent, ou portraits de personnages dont nul être vivant ne se souciait. Les cinquante suivants étaient peu ou prou à mettre dans le même sac. Il commençait à penser que sa tâche serait bientôt terminée, quand il tomba sur des ouvrages très intéressants et peu courants de géologie, de philosophie et de médecine. Il retrouva un brin d'optimisme.

Mr Segundus travailla assidûment pendant deux ou trois heures. Une fois, il crut entendre un équipage arriver au manoir, mais sans y accorder attention. À la fin de ce délai, il s'avisa soudain qu'il avait grand-faim. Il ignorait si des dispositions avaient été prises pour son repas ou non, et le manoir était éloigné de l'auberge la plus proche. Il partit donc à la recherche du bonhomme négligent dans son réduit pour lui demander ce que l'on pouvait faire. Dans le labyrinthe des pièces et des couloirs, il ne tarda pas à se perdre. Il errait à l'aventure, ouvrant toutes les portes, se sentant de plus en plus affamé, et de plus en plus furieux contre le négligent.

Il se retrouva dans un salon à l'ancienne mode, lambrissé de boiseries de chêne sombre et doté d'une cheminée de la taille d'un petit arc de triomphe. Juste en face de lui, une ravissante jeune femme, blottie dans la banquette de la fenêtre, qui était profonde, contemplait les arbres et, plus loin, les hautes montagnes dénudées. Il eut à peine le temps de remarquer qu'il lui manquait le petit doigt à la main gauche quand, soudain, elle disparut. Ou peut-être était-il plus exact de dire qu'elle s'était transformée. À sa place se trouvait une femme bien plus vieille, plus corpulente, une femme de l'âge de Mr Segundus, vêtue d'une robe de soie violette, avec un châle d'indienne sur les épaules et un chien de manchon sur les genoux. Cette dame était assise dans la position exacte de l'autre et regardait par la fenêtre avec le même air mélancolique.

Tous ces détails furent fugitifs ; pourtant, l'impression que ces deux dames produisirent sur Mr Segundus avait la précision anormale, presque surnaturelle, des images nées du délire. Une émotion singulière transporta tout son être, il perdit l'usage de ses sens et s'évanouit.

Quand il revint à lui, il était étendu à terre, et deux dames se penchaient sur lui avec des exclamations consternées et inquiètes. Malgré la confusion de ses pensées, il comprit vite qu'aucune d'elles n'était la belle jeune femme au petit doigt manquant qu'il avait aperçue en premier. L'une était la dame au petit chien qu'il avait vue en second, et l'autre une dame blonde et mince, plus très jeune elle non plus, à la physionomie et à la silhouette quelconques. Il s'avéra qu'elle aussi se trouvait dans la pièce depuis le début, assise derrière la porte ; aussi n'avait-il pas noté sa présence.

Les deux dames ne lui permirent ni de se lever ni de tenter le moindre mouvement. Tout juste si elles le laissèrent parler ; elles le mirent fermement en garde contre une nouvelle syncope. Elles allèrent quérir des coussins pour sa tête, ainsi que des couvertures pour lui tenir chaud. (Il protesta qu'il avait chaud, mais elles refusèrent de l'écouter.) Elles lui administrèrent eau de lavande et sels anglais. Elles arrêtèrent un vent coulis, dont elles croyaient qu'il venait peut-être de dessous une des portes. Mr Segundus subodora que leur matinée avait été bien morne et qu'elles avaient été plus ravies qu'autre chose de voir un gentleman inconnu pénétrer dans la pièce.

Au bout d'un quart d'heure de ce traitement, il fut autorisé à s'installer dans un fauteuil et à boire un thé léger.

— Tout est ma faute, déclara la dame au petit chien de manchon. Fellowes m'avait prévenue que ce gentleman était venu d'York pour voir nos livres. J'eusse dû déjà aller au-devant de vous. Cela a été un trop grand choc de tomber ainsi sur nous !

Cette dame avait pour nom Mrs Lennox. L'autre était Mrs Blake, sa dame de compagnie. Résidant d'ordinaire à Bath, elles étaient venues à Starecross afin que Mrs Lennox pût revoir la maison une dernière fois avant qu'elle fût vendue.

— C'est stupide, n'est-ce pas ? dit Mrs Lennox à Mr Segundus. Le manoir est resté vide pendant des années. J'aurais dû le vendre depuis longtemps mais, quand j'étais enfant, j'y ai passé plusieurs étés particulièrement heureux.

— Vous êtes encore très pâle, monsieur, intervint Mrs Blake. Avez-vous pris une collation aujourd'hui ?

Mr Segundus avoua qu'il avait très faim.

— Fellowes ne vous a-t-il donc pas proposé de vous servir à dîner ? s'enquit Mrs Lennox avec surprise.

Fellowes était sans doute le domestique négligent dans le réduit. À contrecœur, Mr Segundus dut avouer qu'il avait tout juste pu obtenir de Fellowes qu'il lui adressât la parole.

Par bonheur, Mrs Lennox et Mrs Blake avaient apporté d'importantes provisions que Fellowes était, à cet instant, en train de préparer. Une demi-heure plus tard, les deux dames et Mr Segundus s'attablèrent pour dîner dans une salle à manger lambrissée de chêne, donnant sur un paysage mélancolique d'arbres effeuillés par l'automne. Seule petite anicroche, les deux dames voulaient que Mr Segundus, étant donné son état de faiblesse, absorbât des aliments légers et digestes, alors que, en réalité, il était très affamé et rêvait de steaks grillés et de pudding chaud.

Contentes de leur nouveau compagnon, ses deux hôtesses lui posèrent nombre de questions personnelles. Elles furent on ne peut plus intéressées d'apprendre sa qualité de magicien ; il était le premier qu'elles rencontraient.

— Et avez-vous trouvé des textes de magie dans ma bibliothèque ? demanda Mrs Lennox.

— Aucun, madame, répondit Mr Segundus. Malheureusement, les livres de magie, ceux qui ont de la valeur, sont en réalité très rares. J'eusse été le premier surpris d'en trouver un.

— Maintenant que j'y pense, reprit Mrs Lennox d'un ton songeur, je crois qu'il y en avait quelques-uns. Je les ai tous vendus autrefois à un gentleman qui résidait près d'York. Entre nous, je l'ai trouvé un peu benêt de me verser une si grosse somme pour des livres dont personne ne voulait. Peut-être était-il perspicace, après tout.

Mr Segundus savait que le « gentleman qui résidait près d'York » n'avait sans doute pas payé les exemplaires un quart de leur valeur. Cela ne servant à rien de proférer de telles vérités à haute voix, il sourit poliment et garda ses réflexions pour lui.

Il les entretint de ses élèves, des filles comme des garçons, de leur intelligence et de leur soif d'apprendre.

— Et comme vous les encouragez par de tels compliments, dit gentiment Mrs Blake, ils sont sûrs de progresser sous votre tutelle mieux qu'avec n'importe quel autre maître.

— Oh ! Je n'en sais rien, se récria Mr Segundus.

— Je n'avais pas saisi, déclara Mrs Lennox d'un air pensif, combien l'étude de la magie est devenue universellement populaire. J'avais cru qu'elle se limitait à ces deux Londoniens. Comment s'appellent-ils, déjà ? Je présume, monsieur Segundus, que le prochain pas est une école de magie ? Sans doute est-ce ce à quoi vous consacrerez toute votre énergie ?

— Une école ! s'exclama Mr Segundus. Oh ! Cela exigerait... Enfin, je ne sais pas quoi exactement... En tout cas, beaucoup d'argent et un local.

— Peut-être y a-t-il quelque difficulté à trouver des élèves ? insista Mrs Lennox.

— Non, vraiment ! Sur l'instant, je pense à quatre jeunes gens.

— Et si vous deviez faire de la réclame...

— Je ne m'y hasarderais jamais ! s'écria Mr Segundus, choqué. La magie est la carrière la plus noble au monde… Enfin, la deuxième carrière la plus noble après l'Église. On ne doit pas l'entacher avec des pratiques commerciales. Non, je ne prendrais des jeunes gens que sur recommandation personnelle.

— Alors il ne reste plus qu'à vous trouver un local et un peu d'argent. Rien ne saurait être plus facile. Sans doute votre ami, Mr Honeyfoot, dont vous parliez avec tant de considération, accepterait-il de vous prêter les fonds. Sans doute même souhaite-t-il se réserver cet honneur.

— Oh, que non ! Mr Honeyfoot a trois filles, les demoiselles les plus mignonnes qui soient. L'une d'elles est mariée, une autre est fiancée et la troisième n'arrive pas à se décider. Non, Mr Honeyfoot doit penser à sa famille. Son argent est immobilisé.

— Alors je puis vous confier mon espoir la conscience tranquille ! Pourquoi ne vous prêterais-je pas cet argent ?

Mr Segundus était tout abasourdi ; pendant quelques instants, il demeura coi.

— Vous êtes très bonne, madame ! balbutia-t-il à la fin.

Mrs Lennox lui sourit.

— Non, monsieur, je ne le suis pas. Si la magie est aussi populaire que vous le prétendez, et je dois, naturellement, m'assurer de l'opinion d'autres personnes sur ce point, alors je suis persuadée que le profit d'une telle opération peut être coquet.

— Mon expérience des affaires est malheureusement infime, objecta Mr Segundus. Je craindrais de commettre une erreur et de gaspiller votre argent. Non, vous êtes trop bonne, et je vous remercie de tout mon cœur, néanmoins je dois décliner votre offre.

— Eh bien, si l'idée d'emprunter de l'argent vous déplaît – et je sais que cela ne convient pas à tout le monde –, ce problème peut être aisément résolu. L'école sera à moi, à moi seule. J'en supporterai les frais et les risques. Vous, vous serez le maître d'école et nos deux noms seront accolés sur le prospectus. Après tout, quel meilleur usage pourrait-il y avoir pour ce manoir que celui d'école de magie ? Si, comme résidence, il présente maints inconvénients, pour une école, ses avantages sont considérables. C'est un endroit très isolé. La vénerie est pour ainsi dire inexistante. Les jeunes gens auront très peu l'occasion de jouer ou de chasser. Leurs loisirs seront très limités et ils pourront donc se consacrer à leurs études.

— Je ne prendrais jamais de jeunes gens qui jouent ! se récria Mr Segundus, passablement choqué.

Elle eut un nouveau sourire.

— Je ne crois pas que vous ayez jamais été pour vos amis un quelconque motif de tourment… Sauf à s'inquiéter que ce monde cruel puisse vite abuser d'une personne aussi honnête !

Après dîner, Mr Segundus retourna consciencieusement dans la bibliothèque et prit congé de ses deux hôtesses en début de soirée. Ils se séparèrent dans les meilleurs termes, et sur la promesse de Mrs Lennox qu'elle l'inviterait sous peu à Bath.

Sur le chemin du retour, il se répéta fermement de ne pas compter sur ces mirifiques projets d'Utilité Publique et de Bonheur Futur. Toutefois, il ne pouvait s'empêcher de se complaire dans des images idylliques de son magistère auprès des jeunes hommes et de leurs extraordinaires progrès ; de la visite de Jonathan Strange dans son école ; de la joie manifestée par ses élèves en découvrant que leur maître était un ami et un intime du plus célèbre magicien de l'ère moderne ; de Strange le félicitant : « Tout est parfait, Segundus. Rien ne saurait m'être plus agréable. Bravo ! »

Minuit avait sonné quand il rentra chez lui, et il lui fallut toute sa détermination pour ne pas courir immédiatement chez les Honeyfoot leur annoncer la nouvelle. Le lendemain matin, quand il se présenta à leur maison dès potron-minet, leurs transports de joie furent indescriptibles. Ils s'abandonnèrent à un bonheur qu'il s'était interdit. Mrs Honeyfoot tenait encore beaucoup de l'écolière ; elle saisit les mains de son mari pour danser avec lui autour de la table du petit-déjeuner, seul moyen possible d'exprimer ce qu'elle ressentait. Puis elle prit les mains de Mr Segundus et dansa aussi avec lui autour de la table et, après que les deux magiciens eurent refusé de gesticuler davantage, elle continua seule. L'unique regret de Mr Segundus (et il était très léger) était que Mr et Mrs Honeyfoot n'appréciaient pas autant que lui la surprise créée par l'événement ; ils avaient si bonne opinion de sa personne qu'ils ne voyaient rien de particulièrement remarquable dans le fait que de grandes dames souhaitassent ouvrir des écoles dans son seul intérêt.

— Elle peut considérer qu'elle a eu beaucoup de chance de vous rencontrer ! déclara Mr Honeyfoot. Car qui est plus digne que vous de diriger une école de magie ? Personne !

— Après tout, que faire d'autre de son argent ? conclut Mrs Honeyfoot. Pauvre dame sans enfants !

Mr Honeyfoot était convaincu que la fortune de Mr Segundus était désormais faite. Son optimisme naturel ne lui permettait pas d'espérer moins. Il n'avait toutefois pas vécu aussi longtemps en ce monde sans acquérir de saines habitudes en affaires, et il persuada Mr Segundus de se renseigner un peu plus sur Mrs Lennox, afin de savoir qui elle était vraiment et si elle était aussi riche qu'il y paraissait.

Ils écrivirent à un ami de Mr Honeyfoot qui habitait à Bath. Heureusement, Mrs Lennox avait la réputation d'être une grande dame, y compris à Bath, ville chérie des plus fortunés et des puissants. Elle était née riche et avait épousé un mari encore plus riche. Ce mari était mort jeune, sans susciter beaucoup de regrets, la laissant libre d'exercer sa nature active et son intelligence. Elle avait accru sa fortune grâce à de bons investissements et à une gestion attentive de ses terres et de ses propriétés. Elle était connue pour son caractère décidé et hardi, ses nombreuses œuvres de bienfaisance et la chaleur de son amitié. Elle possédait des demeures dans tout le royaume et résidait principalement à Bath avec Mrs Blake.

Entre-temps, Mrs Lennox avait posé des questions semblables sur le compte de Mr Segundus ; elle avait dû être contente des réponses puisqu'elle ne tarda pas à l'inviter à Bath, où leur projet d'école fut arrêté sans délai et dans le moindre détail.

Les mois suivants furent consacrés à restaurer et à aménager Starecross-hall. La toiture fuyait, deux cheminées étaient obstruées et une partie des cuisines s'était écroulée. Mr Segundus fut bouleversé en découvrant le prix de toutes choses. Il calcula que, s'il ne débouchait pas la deuxième cheminée, s'il se contentait de chaises de bois et de bancs campagnards anciens, au lieu d'acheter de nouveaux meubles, et limitait le nombre des domestiques à trois, il pourrait économiser soixante livres. Son courrier dans ce sens entraîna une réponse immédiate de la part de Mrs Lennox ; elle l'avisa qu'il ne dépensait pas assez. Ses élèves viendraient tous de bonnes familles ; ils s'attendraient à avoir de bonnes flambées et tout le confort. Elle lui conseilla d'engager neuf domestiques, en sus d'un majordome et d'un cuisinier français. Il devait changer entièrement le mobilier et acquérir une cave de bons crus français. La ménagère devait être tout en argent et le service de table du Wedgwood.

Au début de décembre, Mr Segundus reçut une lettre de félicitations de Jonathan Strange, qui promit de visiter l'école au printemps suivant. Pourtant, malgré les bons vœux et les efforts des uns et des autres, Mr Segundus ne pouvait se défaire du sentiment que l'école n'ouvrirait jamais ; il se passerait un événement pour l'empêcher. Cette idée ne quittait jamais ses pensées, quoi qu'il fît pour la chasser.

Un matin aux alentours de la mi-décembre, en arrivant à Starecross-hall, il trouva un homme assis tout à fait à son aise sur les marches du perron. Bien qu'il pensât ne jamais avoir vu cet individu, il le reconnut immédiatement :

c'était le Mauvais Sort personnifié, la ruine des espoirs et des rêves de Mr Segundus. Le visiteur était vêtu d'une redingote noire d'une coupe démodée, aussi fripée et râpée que celle de Mr Segundus, et ses bottes étaient crottées. Avec ses longs cheveux bruns hirsutes, il évoquait l'oiseau de malheur d'une mauvaise pièce.

— Mr Segundus, vous ne pouvez pas faire cela ! lança-t-il avec un accent du Yorkshire.

— Je vous demande pardon ? dit Mr Segundus.

— L'école, monsieur. Il vous faut renoncer à ce projet d'école !

— Comment ? s'exclama Mr Segundus, feignant bravement de ne pas savoir que le visiteur énonçait la stricte vérité.

— Enfin, monsieur, reprit l'homme en noir, vous me connaissez et vous le savez bien : quand je dis que les choses seront ainsi, elles seront ainsi, si fortement que vous et moi puissions le regretter.

— Vous vous méprenez, se défendit Mr Segundus. Je ne vous connais pas. Du moins je ne crois pas vous avoir déjà vu.

— Je suis John Childermass, le serviteur de Mr Norrell. Nous avons conversé pour la dernière fois voilà neuf ans, devant la cathédrale d'York. Lorsque vous vous limitiez à quelques élèves, monsieur Segundus, j'ai bien voulu fermer les yeux. Je n'ai rien révélé et Mr Norrell est resté dans l'ignorance de vos agissements. Cependant, une vraie école pour des magiciens adultes est une autre paire de manches. Vous avez montré trop d'ambition, monsieur. Il est au courant, monsieur Segundus. Il est au courant, et son désir est que vous liquidiez cette affaire immédiatement.

— Quel rapport y a-t-il entre Mr Norrell ou les désirs de Mr Norrell et moi ? Je n'ai pas signé l'accord d'York. Vous devez savoir que je ne suis pas seul dans cette entreprise. J'ai des amis, à présent.

— Cela est vrai, acquiesça Childermass, un tantinet amusé. Mrs Lennox est une dame très riche, et une excellente femme d'affaires. Mais a-t-elle l'oreille de tous les ministres du cabinet comme Mr Norrell ? A-t-elle son influence ? Rappelez-vous la Société savante des magiciens, monsieur Segundus ! Rappelez-vous comment il les a écrasés !

Childermass attendit un instant puis, comme la conversation semblait terminée, il partit à grands pas en direction des écuries. Cinq minutes plus tard, il réapparaissait sur un beau cheval bai. Mr Segundus, toujours planté à sa place, les bras croisés, fixait les pavés.

Childermass le regarda du haut de sa monture.

— Je regrette que cela se termine ainsi, monsieur. Tout n'est pourtant pas perdu, n'est-ce pas ? Cette demeure peut convenir à toute autre sorte d'établissement qu'une école de magie. Vous ne le croiriez pas à me voir, pourtant je suis un brave garçon, avec des relations très étendues chez les puissants de ce monde. Portez votre choix sur un autre type d'école et, la prochaine fois que j'entendrai dire qu'un lord ou une lady cherche un tel établissement pour leurs petits seigneurs, je vous les enverrai.

— Je ne veux pas d'un autre type d'école ! protesta Mr Segundus avec humeur.

Sur un de ses sourires obliques, Childermass s'éloigna à cheval.

Mr Segundus se rendit à Bath pour mettre sa protectrice au courant de leur triste situation. Elle fut profondément indignée qu'un gentleman qu'elle ne connaissait ni d'Ève ni d'Adam eût la présomption de vouloir lui dicter ce qu'elle pouvait ou ne pouvait pas faire. Elle écrivit une missive ulcérée à Mr Norrell. Elle n'obtint pas de réponse ; ses banquiers, ses hommes de loi et ses associés dans d'autres entreprises commerciales reçurent, eux, comme par hasard, d'étranges courriers de personnages importants de leur connaissance qui se plaignaient tous de manière détournée de l'école de Mr Segundus. Un des banquiers – un vieux birbe chicanier et entêté – fut assez imprudent pour demander publiquement (dans la salle des pas perdus de la Chambre des communes) quel rapport une école de magie du Yorkshire pouvait avoir avec sa personne. Le résultat fut que plusieurs ladies et gentlemen – des amis de Mr Norrell – clôturèrent leurs comptes dans sa banque.

Dans le salon de Mrs Honeyfoot, à York, quelques soirs plus tard, Mr Segundus se lamentait, assis la tête entre les mains.

— Une mauvaise fortune s'acharne à me tourmenter en me faisant miroiter de gros lots uniquement pour les reprendre…

Avec un gloussement de compassion, Mrs Honeyfoot lui tapota l'épaule et ressortit les vieilles accablantes critiques à l'encontre de Mr Norrell par lesquelles elle consolait Mr Segundus et Mr Honeyfoot depuis neuf ans : à savoir que Mr Norrell était un gentleman très singulier, doté d'étranges lubies, et qu'elle ne le comprendrait jamais.

— Pourquoi ne pas écrire à Mr Strange ? suggéra soudain Mr Honeyfoot. Il saurait quoi faire !

Mr Segundus leva les yeux.

— Oh ! Je sais bien que Mr Strange et Mr Norrell se sont séparés, néanmoins il me déplairait d'être un brandon de discorde entre eux.

— Bagatelles ! s'écria Mr Honeyfoot. N'avez-vous donc pas lu les derniers numéros du *Magicien moderne* ? C'est exactement ce que Strange recherche ! Un principe de la magie « norrellienne » qu'il puisse attaquer ouvertement pour que toute sa construction s'écroule. Croyez-moi, il vous sera obligé de l'occasion que vous lui donnerez. Vous savez, Segundus, plus j'y réfléchis, plus j'aime ce projet !

Mr Segundus réfléchit aussi.

— Permettez-moi seulement de consulter Mrs Lennox et, si elle en est d'accord, je suivrai certainement vos suggestions !

Pour ce qui était des récents événements magiques, l'ignorance de Mrs Lennox était vaste. Elle savait très peu de chose de Jonathan Strange, hormis son nom, et qu'il était vaguement lié au duc de Wellington. Elle assura promptement Mr Segundus que, si Mr Strange avait de l'aversion pour Mr Norrell, alors elle était favorablement disposée envers lui. Le 20 décembre, Mr Segundus expédiait donc à Strange une lettre l'informant des agissements de Mr Norrell relativement à l'école de Starecross-hall.

Malheureusement, loin de bondir au secours de Mr Segundus, Strange ne daigna jamais répondre.

42

Strange décide d'écrire un livre

Juin-décembre 1815

On s'imagine aisément avec quel plaisir Mr Norrell apprit que, à peine rentré en Angleterre, Mr Strange s'était rendu tout droit dans le Shropshire.

— Et le plus beau de l'affaire, déclara Mr Norrell à Mr Lascelles, c'est que, dans sa campagne, il est peu probable qu'il publiera un de ces articles pernicieux sur la magie du roi Corbeau !

— Non, en effet, monsieur, répondit Lascelles, car je doute qu'il aura encore l'occasion d'en écrire.

Mr Norrell prit le temps de méditer ce que cela pouvait signifier.

— Oh ! Vous n'êtes pas au courant, monsieur ? poursuivit Lascelles. Strange écrit un livre. Il ne parle de rien d'autre à ses amis, dans ses lettres. Il s'y est appliqué brusquement il y a quinze jours et, à l'en croire, avance à pas de géant. Enfin, nous savons tous combien Strange a la plume facile. Il a juré de mettre la totalité de la magie anglaise dans son livre. Il a même dit à Sir Walter qu'il serait fort étonné s'il pouvait tout faire tenir en deux tomes. À son opinion, il en faudra trois. Cela doit s'intituler *L'Histoire et la Pratique de la magie anglaise*, et Murray a promis de le publier dès qu'il y aura mis le point final.

Il n'eût pu y avoir pire nouvelle. Mr Norrell avait toujours eu l'intention d'écrire un livre. Il pensait l'intituler *Préceptes de l'instruction d'un magicien* et s'y était attelé au début, quand il était devenu le professeur de Mr Strange. Ses notes remplissaient déjà deux étagères du petit cabinet tapissé de volumes du deuxième étage. Pourtant il avait toujours parlé de son livre comme appartenant à un avenir lointain. Il avait une crainte tout à fait irrationnelle de s'engager par écrit, dont huit années d'adulation londonienne ne l'avaient toujours pas guéri. Tous ses ouvrages de réflexions, d'histoires et de journaux intimes n'avaient encore été montrés à personne (sauf, dans quelques cas, à

Strange et à Childermass). Mr Norrell ne croyait jamais être prêt à publier : il ne pouvait jamais être certain d'être parvenu à la vérité ; il ne croyait pas avoir médité assez longtemps son domaine ; il n'était pas sûr que ce fût un sujet à proposer au public.

Dès que Mr Lascelles fut parti, Mr Norrell sonna pour qu'on lui montât un bassin d'argent rempli d'une eau claire dans son cabinet du deuxième étage. Dans le Shropshire, Strange travaillait à son opuscule ; sans lever les yeux, il eut tout à coup un petit sourire forcé et agita le doigt dans les airs comme pour dire non à un être invisible. Tous les miroirs du cabinet avaient été retournés face au mur et, bien que Mr Norrell passât plusieurs heures penché sur son bassin d'argent, il n'en savait guère plus à la fin de la soirée.

Par un soir du début décembre, Stephen Black astiquait l'argenterie dans sa chambre, tout au bout du couloir des cuisines. Baissant les yeux, il s'aperçut que les cordons de son tablier se dénouaient tout seuls. Le nœud n'était pas devenu lâche, non, Stephen n'avait jamais mal fait aucun nœud de sa vie, simplement les attaches se tortillaient d'une manière décidée, hardie, à la manière d'attaches de tablier maîtresses d'elles-mêmes. Puis ses manchettes et ses gants de travail se retirèrent doucement de ses bras et de ses mains pour aller se plier soigneusement sur la table. Sa livrée sauta ensuite du dossier de chaise auquel il l'avait suspendue. Elle se saisit fermement de lui et l'obligea à la revêtir. Enfin, la chambre du majordome disparut.

Soudain, il se tenait dans un petit appartement lambrissé de boiserie sombre. Une table occupait les trois quarts de l'espace. Cette table était dressée d'une nappe de lin écarlate, ornée d'une large bordure chamarrée d'or et d'argent, et surchargée de plats eux-mêmes d'or et d'argent, débordant de victuailles. Des pichets ornés de pierreries contenaient du vin. Des chandelles de cire dans des bougeoirs également en or répandaient une lumière éclatante, et de l'encens brûlait dans deux cassolettes en vermeil. Outre la table, les seules autres pièces de mobilier étaient deux fauteuils en bois tourné, tapissés de drap d'or, que des coussins brodés rendaient encore plus luxueux. Le gentleman aux cheveux comme du duvet de chardon siégeait dans l'un de ces fauteuils.

— Bonsoir, Stephen !

— Bonsoir, monsieur.

— Vous paraissez un peu pâle ce soir, Stephen. J'espère que vous n'êtes pas souffrant.

— Je suis simplement un tantinet à bout de souffle, monsieur. Je trouve ces brusques déplacements vers d'autres pays et continents légèrement déroutants.

— Oh ! Nous sommes toujours à Londres, Stephen. Au *Jerusalem Coffee House* de Cowper's-court. Vous connaissez ?

— Ah, oui ! En effet, monsieur. Sir Walter soupait souvent ici avec ses riches amis quand il était encore célibataire. Seulement ce café n'a jamais été aussi somptueux ! Quant à ce banquet, il n'est presque aucun plat que je reconnaisse.

— Oh ! J'ai commandé la reproduction exacte d'un repas que j'ai pris dans cette maison, il y a quatre ou cinq cents ans ! Voici un cuissot rôti de dragon ailé et une tourte de colibris au miel. Et voilà des rissoles de salamandre nappées d'un coulis de grenade. Ici, une exquise fricassée de crêtes de basilic au safran et à la poudre d'arc-en-ciel semée d'étoiles d'or ! Maintenant, prenez place et régalez-vous ! Ce sera là le meilleur remède contre votre étourdissement. Que prendrez-vous ?

— Tout cela est bien magnifique, monsieur, je crois cependant apercevoir quelques noix de porc ordinaires qui m'ont l'air tout à fait appétissantes.

— Ah, Stephen ! Comme toujours, la noblesse de vos instincts vous a poussé à choisir le mets le plus raffiné de tous ! En effet, même si les noix de porc sont préparées assez simplement, elles ont frit dans la graisse des fantômes exorcisés de cochons noirs gallois qui rôdent la nuit dans les monts du pays de Galles, terrifiant les habitants de cette déplorable contrée ! La nature de fantôme de ces bêtes et leur férocité donnent à ces noix une saveur extraordinaire, à nulle autre pareille ! Et la sauce qui les accompagne est concoctée avec des cerises qui proviennent du verger d'un centaure !

Prenant un pichet doré et orné de pierreries, le gentleman servit à Stephen un verre de vin rubis.

— Ce vin est un des millésimes de l'enfer. Que cela ne soit pas une raison pour vous empêcher d'y goûter ! Sans doute avez-vous entendu parler de Tantale ? Ce méchant roi qui a découpé son fils pour en faire un pâté en croûte et l'a mangé ? Il a été condamné à rester immergé jusqu'au menton dans un lac dont il ne peut pas boire l'eau, sous une vigne chargée de raisins qu'il lui est impossible de grappiller. Et comme cette vigne a été plantée là à seule fin de tourmenter Tantale, vous pouvez être certain que ses grappes possèdent un goût et un parfum délicieux… Ainsi que son vin. Les grenades, elles, viennent du verger personnel de Perséphone.

Stephen goûta le vin et les noix de porc.

— Un vrai délice, monsieur. À quelle occasion avez-vous donc déjà dîné ici ?

— Oh ! Mes amis et moi célébrions notre départ pour les croisades. William de Lanchester[1] était présent, ainsi que Tom Dundell[2] et maints autres nobles seigneurs et chevaliers, aussi bien du monde chrétien que de celui des fées. Naturellement, ce n'était pas une taverne, alors. C'était une auberge. De nos places, nous voyions une vaste cour entourée de colonnes sculptées et dorées. Nos serviteurs, nos pages et nos écuyers allaient et venaient, préparant tout pour que nous assouvissions une terrible vengeance sur nos méchants ennemis ! De l'autre côté de la cour se trouvaient les écuries qui abritaient, non seulement les plus beaux chevaux d'Angleterre, mais trois licornes, qu'un autre garçon-fée – un de mes cousins – emmenait en Terre sainte pour percer de part en part nos ennemis. Plusieurs magiciens de talent étaient attablés avec nous. Ils n'avaient absolument aucune ressemblance avec les épouvantails qui passent aujourd'hui pour des magiciens. Ils étaient aussi beaux de leurs personnes qu'accomplis dans leur art ! La gent ailée fondait du ciel pour entendre leurs ordres. Les pluies et les rivières étaient leurs servantes. L'aquilon, le zéphyr n'existaient que pour satisfaire leurs demandes. Ils ouvraient les mains et les cités s'écroulaient... Ou renaissaient de leurs cendres ! Quel contraste avec cet horrible vieux birbe qui se tient en son poêle poussiéreux, à marmonner tout seul en tournant les pages de quelque vieux grimoire ! – le gentleman grignota rêveusement un brin de fricassée de crêtes. L'autre écrit un livre, ajouta-t-il.

— C'est ce que j'ai appris, monsieur. Êtes-vous allé le voir récemment ?

Le gentleman fronça le sourcil.

— Moi ? Ne venez-vous pas de m'entendre dire que je tiens ces magiciens pour les coquins les plus sots, les plus exécrables de toute l'Angleterre ? Non, je ne l'ai guère vu plus de deux ou trois fois la semaine depuis qu'il a quitté Londres. Quand il écrit, il taille ses plumes d'oie au carré au moyen d'un vieux canif. Moi, j'aurais honte d'utiliser un vieux canif aussi vilain et aussi abîmé, mais ces magiciens souffrent toutes sortes de désagréments devant lesquels vous et moi nous frémirions d'avance. Parfois, il est tellement absorbé dans ce qu'il écrit qu'il en oublie d'aiguiser sa plume. De l'encre gicle alors sur son papier et dans son café, ce dont il ne se soucie guère.

---

1. William de Lanchester était le sénéchal et le serviteur favori de John Uskglass, et par conséquent un des hommes les plus importants d'Angleterre.

2. Thomas Dundale, le premier serviteur humain de John Uskglass. (On le voit apparaître au chapitre VL.)

Stephen songea combien il était étrange que le gentleman, qui résidait dans un château partiellement en ruine, entouré des affreux ossements de batailles passées, dût être si sensible au désordre des maisons des autres.

— Et sur le sujet du livre, monsieur ? demanda-t-il. Quelle est votre opinion ?

— C'est vraiment très curieux ! L'auteur relate toutes les plus importantes apparitions de ma race dans ce pays. Il y a des récits de nos interventions dans les affaires de Grande-Bretagne pour le bien de celle-ci et la gloire de son peuple. Il défend continuellement l'opinion que rien n'est plus souhaitable que de voir les magiciens de cette ère-ci faire appel à nous sans délai et solliciter notre aide. Pouvez-vous y comprendre quelque chose, Stephen ? Pour ma part, je ne puis. Quand j'ai voulu inviter le roi d'Angleterre en ma demeure et lui montrer toutes sortes d'attentions courtoises, ce magicien m'a contrecarré. Sa conduite en cette occasion m'a semblé une insulte délibérée !

— Je pense, monsieur, qu'il n'a peut-être pas vraiment compris qui ou ce que vous étiez, dit aimablement Stephen.

— Oh ! Qui peut savoir ce que ces Anglais comprennent ? Leurs esprits sont si particuliers ! Il est impossible de savoir ce qu'ils pensent ! Je crains que vous ne vous en aperceviez, une fois que vous serez leur roi !

— Je n'ai absolument aucun désir d'être roi, monsieur.

— Vous changerez de sentiment quand vous serez roi. Vous êtes juste découragé à la pensée d'être écarté d'Illusions-perdues et de tous vos amis. Soyez sans crainte sur ce sujet ! Moi aussi, je serais malheureux si je pensais que votre ascension devait être une façon de nous séparer. Mais je ne vois aucune nécessité pour vous de résider de manière permanente en Angleterre pour l'unique raison que vous êtes son souverain. Une semaine, on ne peut exiger qu'une personne de goût s'attarde davantage dans un pays aussi ennuyeux. Une semaine est plus qu'assez !

— Et mes devoirs, monsieur ? J'ai cru comprendre que les rois ont beaucoup d'obligations et, aussi peu que je veuille être roi, je n'aimerais pas…

— Mon cher Stephen ! s'écria le gentleman avec une joie affectueuse, bien qu'amusée. Voilà à quoi servent les sénéchaux ! Ils peuvent régler toutes les ennuyeuses affaires du gouvernement pendant que vous demeurez avec moi à Illusions-perdues, à goûter nos plaisirs habituels. Vous reviendrez ici pour percevoir vos impôts et le tribut des nations conquises et tout mettre dans une banque. Oh ! J'imagine qu'il sera de temps en temps prudent de rester en Angleterre assez longtemps pour vous commander un portrait, afin que la populace puisse vous idolâtrer d'autant plus. Parfois vous pourrez gracieusement autoriser toutes les beautés du pays à attendre en rangs de vous baiser les mains et de se toquer de vous. Puis, une fois tous vos devoirs parfaitement remplis, vous pouvez nous revenir la conscience tranquille, à Lady Pole et à moi-même ! – Le gentleman marqua un silence et devint plus pensif que de coutume. – Bien que je doive vous confesser, reprit-il enfin, que mon goût pour la belle Lady Pole ne soit pas aussi irrésistible qu'il le fut jadis. Une autre dame me plaît bien davantage. Elle n'est que modérément jolie, mais son manque de beauté est plus que compensé par sa vivacité et la douceur de sa conversation. En outre, cette autre dame a un grand avantage sur Lady Pole. Comme vous et moi le savons tous les deux, Stephen, si souvent que Lady Pole honore ma maison de sa visite, elle doit toujours en repartir conformément à notre accord avec ce magicien. Dans le cas de cette dame-ci, un accord aussi stupide ne sera pas nécessaire. Une fois que je l'aurai conquise, je pourrai la garder toujours à mon côté !

Stephen soupira. L'idée d'une autre pauvre demoiselle qui serait retenue prisonnière à Illusions-perdues pour l'éternité était en effet désolante ! Pourtant, il serait absurde de croire qu'il puisse tenter quoi que ce fût pour l'empêcher, et puis il n'était pas impossible qu'il pût tourner la situation à l'avantage de Lady Pole.

— En ce cas, monsieur, dit-il avec respect, peut-être devriez-vous réfléchir à libérer Madame de son enchantement ? Je sais que son époux et ses amis seraient contents qu'elle leur soit rendue.

— Oh ! Je regarderai toujours Lady Pole comme un attrait des plus désirables pour tous nos divertissements. Une belle femme est toujours de bonne compagnie et je doute que, pour la beauté, Madame ait son égale en Angleterre. Elles ne sont pas nombreuses à pouvoir rivaliser avec elle dans le monde des fées. Non, ce que vous suggérez est tout à fait impossible. Mais revenons à la question qui nous préoccupe. Nous devons arrêter un plan pour arracher cette autre demoiselle à son foyer et la transporter à Illusions-perdues. Je sais, Stephen, que vous ne serez que plus désireux de m'aider quand je vous aurai dit que j'estime l'éloignement de la demoiselle du sol d'Angleterre tout à fait essentiel à notre noble but de vous couronner roi. Ce sera un coup terrible pour nos ennemis ! Qui les jettera dans le plus profond désespoir ! Qui sèmera entre eux la mésentente et la discussion. Oh, oui ! Ce ne sera que bénéfice pour nous et préjudice pour eux ! Nous manquerions à nos nobles charges si nous faisions moins !

Stephen ne comprit pas grand-chose à ce discours. Le gentleman parlait-il d'une des princesses du château de Windsor ? Il était bien connu que le roi avait perdu la raison à la mort de sa benjamine, sa fille préférée. Le gentleman aux cheveux comme du duvet de chardon pensait peut-être que la perte d'une autre princesse l'achèverait, ou ébranlerait l'équilibre mental d'autres membres de la famille royale.

— Allons, mon cher Stephen, poursuivit le gentleman. La question qui se pose à nous est la suivante : comment pouvons-nous aller enlever la demoiselle à l'insu de tout le monde et surtout des magiciens ? – Le gentleman réfléchit un moment : – J'ai trouvé ! Allez me quérir un tronçon de chêne moussu.

— Monsieur ?

— Il doit avoir votre corpulence et la longueur de ma clavicule.

— J'irais vous le chercher avec plaisir sur-le-champ, monsieur. Cependant, j'ignore ce qu'est un chêne moussu.

— Un bois séculaire qui est resté enfoui dans des tourbières depuis d'innombrables siècles !

— Alors, monsieur, je crains que n'ayons pas beaucoup de chances d'en trouver à Londres. Il n'y a pas de tourbières ici.

— Il est vrai, il est vrai.

Le gentleman se rejeta en arrière dans son fauteuil et fixa les yeux au plafond en réfléchissant à cet épineux problème.

— N'importe quelle sorte de bois ferait-elle votre affaire, monsieur ? demanda Stephen. Il y a un marchand de bois d'œuvre dans Gracechurch-street, qui sans doute...

— Non, non, le coupa le gentleman. Ceci doit être fait...

À cet instant précis, Stephen éprouva la plus étrange des sensations : il fut soulevé de son siège et remis debout. Au même moment, le café disparut, remplacé par un néant glacé, noir comme poix. Bien qu'il ne vît rien du tout, Stephen avait l'impression d'être dans un vaste lieu ouvert. Un vent aigre hurlait à ses oreilles et une pluie battante le fouettait de toutes les directions à la fois.

— ... dans les règles de l'art, continua le gentleman d'un ton égal. Il y a une très belle pièce de chêne moussu dans les parages. Du moins je crois me souvenir... – Sa voix, qui avait résonné quelque part près de l'oreille droite de Stephen, s'éloigna. – Stephen ! cria-t-elle. Avez-vous apporté une bêche, une pelle à poignée et une dague à tourbe ?

— Comment, monsieur ? Quoi, monsieur ? Non, monsieur. Je n'ai apporté aucun de ces outils. À dire vrai, j'ignorais que nous allions quelque part.

Stephen s'aperçut qu'il avait les pieds et les chevilles plongés dans l'eau glacée. Il tenta de se dégager. Immédiatement, le sol vacilla de la façon la plus alarmante qui soit ; il s'y enfonça soudain jusqu'à mi-mollets. Il poussa un cri.

— Mmm ? s'enquit le gentleman.

— Je… je ne me serais jamais permis de vous interrompre, monsieur. Mais la terre semble m'engloutir.

— C'est une tourbière, expliqua le gentleman avec affabilité.

— Certes, c'est une substance des plus terrifiantes.

Stephen s'efforçait d'imiter le ton calme et indifférent du gentleman. Il ne savait que trop quelle valeur le gentleman attachait à la dignité en toutes situations ; s'il lui donnait à entendre combien il était terrifié, il craignait que le gentleman ne se dégoûtât de lui et ne s'en allât, le laissant s'enliser. Il tenta de bouger, sans trouver d'appui. Il agita les bras en tous sens, faillit tomber, et le seul résultat fut que ses pieds et ses jambes s'enfoncèrent un peu plus dans la tourbe liquide. Il poussa un nouveau cri. Le marais émit une suite de bruits de succion des plus déplaisants.

— Ah, mon Dieu ! Je prends la liberté de vous faire observer, monsieur, que je m'embourbe progressivement. Ah ! – Il se mit à glisser de biais. – Vous avez eu souvent l'amabilité d'exprimer votre affection pour moi, monsieur, et de répéter combien vous préfériez ma société à celle de tout autre. Si cela ne vous importune aucunement, peut-être pourrais-je vous convaincre de me sortir de cette horrible tourbière ?

Le gentleman ne prit pas la peine de répondre. Finalement, Stephen se retrouva par magie arraché à la vase et remis d'aplomb. Il avait les jambes molles d'effroi et eût bien aimé s'étendre, mais n'osait pas bouger. Ici, le sol paraissait assez solide, bien que désagréablement humide, et Stephen ne savait pas où était la tourbière.

— Je serais très heureux de pouvoir vous aider, monsieur, cria-t-il dans l'obscurité. Toutefois, je n'ose plus bouger par peur de retomber dans le marécage !

— Oh ! Cela n'a aucune espèce d'importance ! repartit le gentleman. En vérité, nous n'avons qu'à attendre. Le chêne moussu se trouve très facilement à l'aube.

— Mais l'aube ne sera pas là avant neuf heures ! s'exclama Stephen avec horreur.

— Non, en effet ! Asseyons-nous pour l'attendre.

— Ici, monsieur ? C'est un endroit affreux ! Noir, glacé et abominable.

— Oh, tout à fait ! Des plus désagréables ! abonda le gentleman, avec une sérénité exaspérante.

Il garda ensuite le silence, et Stephen dut supposer qu'il mettait à exécution ce plan insensé qui consistait à attendre l'aube.

Le vent glacial cinglait Stephen ; l'humidité s'insinuait dans tous les replis de son être, les ténèbres l'accablaient, et les heures s'écoulaient avec une lenteur atroce. Il n'avait aucun espoir de pouvoir dormir ; à un moment dans la nuit, pourtant, il connut un léger répit dans son malheur. Sans s'endormir exactement, il se mit à rêver.

Dans ses rêveries, il était allé à l'office chercher pour quelqu'un une tranche d'un magnifique pâté en croûte. Quand il avait entamé le pâté, il s'était aperçu qu'il y avait très peu de porc dedans : les trois quarts du hachis étaient occupés par la ville de Birmingham. À l'intérieur de la croûte, des forges et des maréchaleries fumaient, des moteurs cognaient. Un des habitants, une personne d'aspect urbain, se trouva sortir nonchalamment de l'entaille pratiquée par Stephen et, dès que son regard tomba sur Stephen, il déclara…

Juste à ce moment-là, un son aigu et funèbre interrompit le rêve de Stephen : un chant lent et triste, un thrène en une langue inconnue. Stephen comprit, sans se réveiller vraiment, que le chanteur était le gentleman aux cheveux comme du duvet de chardon.

Il doit être posé en règle générale que, si un homme se met à chanter, nul ne remarquera son chant hormis ses congénères. Cela est vrai, y compris si son chant est suprêmement beau. D'autres hommes peuvent être transportés par son talent, tandis que le reste de la création reste insensible. Un chat ou un chien le regarderont peut-être ; son cheval, si c'est une bête exceptionnellement intelligente, s'arrêtera peut-être de brouter son herbe, mais cela ne va guère plus loin. Quand l'homme-fée chantait, néanmoins, le monde entier l'écoutait. Stephen sentit que les nuages marquaient une halte dans leur course, il sentit les collines endormies remuer et murmurer, il sentit les brumes fraîches danser. Pour la première fois, il comprit que le monde n'était pas muet ; il attendait seulement qu'on lui tînt un langage à sa portée. Dans le chant de l'homme-fée, la terre reconnaissait les noms qu'elle s'était donnés.

Stephen repartit dans ses songes. Cette fois, il rêva que les collines marchaient et que le ciel pleurait. Des arbres venaient lui parler et lui confier leurs secrets, par exemple s'il pouvait ou non les considérer comme ses amis ou ses ennemis. D'importantes destinées se cachaient sous les cailloux et les feuilles mortes. Il rêva que toutes les choses du monde, les pierres, les rivières, les feuilles et le feu, avaient un dessein, qu'elles étaient déterminées à accomplir avec la plus grande rigueur. Il comprit également qu'il était parfois possible de convaincre les choses de changer leurs desseins.

Quand il s'éveilla, c'était l'aube. Ou un semblant d'aube. Le jour était liquide, terne et incomparablement triste. De vastes montagnes mornes et grises se dressaient tout autour d'eux ; entre les monts, s'étendaient de grandes tourbières noires. Stephen n'avait jamais vu de paysage autant fait pour réduire instantanément le spectateur au désespoir.

— Il s'agit d'un de vos royaumes, j'imagine, monsieur ? demanda-t-il.

— Mes royaumes ! s'exclama le gentleman avec surprise. Ah, non ! Nous sommes en Écosse !

Le gentleman disparut brusquement... et réapparut un instant plus tard, chargé d'une brassée d'outils. Il y avait là une hache, une broche et trois instruments que Stephen n'avait jamais vus auparavant. Le premier ressemblait un peu à une binette, le deuxième un tantinet à une pelle, et le troisième était un objet très curieux, entre une pelle et une faux. Le gentleman les tendit tous à Stephen, qui les examina d'un air perplexe.

— Sont-ils neufs, monsieur ? Ils brillent tant !

— Eh bien, on ne peut évidemment pas utiliser des outils d'un métal ordinaire pour le type d'entreprise de magie que je me propose. Ils sont fabriqués dans un alliage de mercure et de lumière d'étoile. Maintenant, Stephen, il nous faut chercher un lopin de terre où il ne s'est pas déposé de rosée et, si nous creusons là, nous sommes sûrs de trouver du chêne moussu !

D'un bout à l'autre du ravin, toutes les herbes et les petites fleurs de couleur des marais étaient couvertes de rosée. Les habits, les mains, les cheveux et le teint de Stephen avaient pris un éclat gris velouté ; quant à la chevelure du gentleman – qui était déjà extraordinaire – le scintillement d'un million de minuscules sphères liquides ajoutait à son brillant habituel. Il paraissait porter une auréole ornée de gemmes.

Le gentleman traversa à pas lents le ravin, les yeux fixés à terre. Stephen le suivait.

— Ah ! s'écria le gentleman. Nous y voilà !

Comment le gentleman le savait, Stephen n'eût su le dire.

Ils se tenaient au milieu d'une étendue marécageuse, parfaitement identique à tout autre partie du ravin. Il n'y avait pas d'arbre ou de rocher distinctif à proximité pour marquer le lieu. Le gentleman continua pourtant à marcher à grandes enjambées d'un air confiant jusqu'à ce qu'il eût atteint une cuvette peu profonde. Au milieu de la cuvette se trouvait une longue et large bande entièrement dépourvue de rosée.

— Creusez ici, Stephen !

Le gentleman se montra incroyablement renseigné sur l'art d'extraire la tourbe. Et bien qu'il n'y mît pas la main, il indiqua soigneusement à Stephen comment enlever la couche superficielle de feuilles et de mousse à l'aide d'un outil, comment découper la tourbe avec un deuxième et comment extraire les morceaux grâce à un troisième.

Stephen n'était pas habitué à un aussi dur labeur ; il fut vite hors d'haleine et tout endolori. Par bonheur, il n'avait pas creusé très loin quand il heurta quelque chose de beaucoup plus dur que la tourbe.

— Ah ! s'écria le gentleman, au comble du ravissement. Voilà notre chêne moussu ! Parfait ! Maintenant, Stephen, coupez tout autour !

C'était facile à dire. Même quand Stephen eut extrait suffisamment de tourbe pour mettre au jour le chêne moussu, il était encore très malaisé de distinguer la part du chêne et celle de la tourbe, tous deux étant noirs, humides et suintants. Il creusa un peu plus et se mit à soupçonner que, bien que le gentleman parlât d'un tronçon de bois, il s'agissait d'un arbre entier.

— Ne pourriez-vous pas le soulever par votre magie, monsieur ? demanda-t-il.

— Que non ! Non, vraiment ! Je dois demander beaucoup à ce bois, et il nous incombe donc de faciliter le plus possible son passage de la tourbière à ce vaste monde ! Allons, voulez-vous prendre cette hache, Stephen, et me couper un morceau aussi haut que ma clavicule. Puis, à l'aide de la broche et de la dague, nous finirons par le sortir !

Cela leur coûta trois heures de plus pour venir à bout de leur tâche. Stephen débita le bois à la taille demandée par le gentleman. Toutefois, la manœuvre pour l'arracher à la tourbière dépassait les forces d'un seul homme ; le gentleman fut donc contraint de descendre le rejoindre dans le trou vaseux et nauséabond, et ils tirèrent et poussèrent ensemble avec effort.

Une fois qu'ils eurent enfin fini, Stephen se jeta par terre au comble de l'épuisement, tandis que le gentleman restait planté à contempler son tronçon avec plaisir.

— Eh bien, déclara-t-il, cela a été beaucoup plus facile que je ne l'avais imaginé !

Stephen se retrouva une fois de plus dans la salle à l'étage du *Jerusalem Coffee House*. Il se regarda, puis regarda le gentleman. Leurs beaux habits étaient déchirés, et ils étaient couverts de tourbe de la tête aux pieds.

Pour la première fois, il voyait distinctement le tronçon de chêne moussu. Celui-ci était noir comme le péché, avec un grain extrêmement fin ; une eau tout aussi noire en suintait.

— Nous devons le sécher afin qu'il nous soit utile, dit-il.

— Oh, non ! protesta le gentleman avec un sourire éclatant. Pour mon dessein, il fera très bien l'affaire tel qu'il est !

43

L'étrange aventure de Mr Hyde

Décembre 1815

Un matin de la première semaine de décembre, Jeremy toqua à la porte de la bibliothèque de Strange, à Ashfair House, pour avertir son maître que Mr Hyde demandait la faveur de s'entretenir quelques instants avec lui. Strange n'aimait pas beaucoup être dérangé. Depuis qu'il était dans sa résidence de campagne, il était devenu presque aussi jaloux de sa tranquillité et de sa solitude que Mr Norrell.

— Oh ! Très bien ! maugréa-t-il.

Il prit juste le temps de rédiger un dernier paragraphe, de vérifier trois ou quatre détails dans une biographie de Valentine Greatrakes, de sécher l'encre au buvard, de corriger quelques fautes d'orthographe et de repasser le buvard, avant de se rendre au salon.

Assis seul au coin du feu, un monsieur fixait les flammes d'une mine songeuse. Âgé d'une cinquantaine d'années, du genre actif et d'aspect vigoureux, il portait les habits rustiques et les bottes d'un gentleman-farmer. Un petit verre de vin et une assiette de biscuits étaient posés sur le guéridon à côté de lui. Manifestement, Jeremy avait décidé que le visiteur avait attendu assez longtemps pour mériter une collation.

Mr Hyde et Jonathan Strange avaient été voisins toute leur vie. Les différences sensibles de leurs fortunes et de leurs goûts, cependant, étaient cause qu'ils n'avaient jamais été plus que de simples relations. En réalité, ils se rencontraient pour la première fois depuis que Strange était devenu magicien.

Ils échangèrent une poignée de main.

— Vous vous demandez sans doute, monsieur, commença Mr Hyde, ce qui peut m'amener chez vous par pareil temps.

— Le temps ?

— Oui, monsieur. Il est très mauvais.

Strange jeta un regard par la fenêtre. Les hautes montagnes entourant Ashfair étaient enneigées. La moindre branche, la moindre brindille portaient leur charge de neige. L'air même semblait blanc de givre et de brouillard.

— C'est exact. Je ne l'avais pas remarqué. Je ne suis pas sorti de la maison depuis dimanche.

— Votre serviteur me dit que vous êtes très absorbé par vos études. Pardonnez-moi si je vous importune, mais j'ai à m'entretenir avec vous d'un sujet qui ne peut attendre plus longtemps.

— Oh ! Il n'est pas nécessaire que vous vous justifiiez. Et comment va votre... – Strange hésita, cherchant à se souvenir si Mr Hyde avait une femme, des enfants, des frères, des sœurs ou des amis, avant de s'aviser qu'il ne disposait d'aucun renseignement sur le sujet – ... ferme ? acheva-t-il. Je crois me rappeler qu'elle se trouve à Aston.

— Nous sommes plus près de Clunbury.

— Clunbury, oui.

— Tout va bien pour nous, monsieur Strange, hormis un événement assez... inquiétant qui m'est arrivé, il y a trois jours. Depuis lors je m'interroge sur l'opportunité de venir vous en parler. J'ai demandé conseil à mon épouse et à mes amis, et tous sont convenus que je devais vous narrer ce que j'ai vu. Voilà trois jours, j'avais donc affaire du côté gallois de la frontière, avec David Evans... Vous le connaissez sans doute, monsieur ?

— Je le connais de vue, bien que je ne lui aie jamais parlé. Ford le connaît, je crois.

(Ford était le régisseur qui s'occupait d'administrer tout le domaine de Strange.)

— Eh bien, monsieur, David Evans et moi avions conclu notre marché avant deux heures et j'étais très pressé de rentrer à la maison. Une épaisse couche de neige recouvrait la campagne, et les routes entre ici et Llanfair Waterdine étaient très mauvaises. Vous ne le savez peut-être pas : la maison de David Evans est perchée sur un contrefort et jouit d'une vue imprenable sur l'ouest. Dès que lui et moi sommes sortis, nous avons aperçu de gros nuages gris chargés de neige qui venaient vers nous. Mrs Evans, la mère de Dave, insistait pour que je reste chez eux et ne rentre que le lendemain. Néanmoins, après avoir débattu la question, Evans et moi sommes tombés d'accord que tout se passerait bien à condition de partir sur-le-champ et de rentrer par le chemin le plus direct possible. En d'autres mots, il me fallait grimper au Dyke[1] à cheval et repasser la frontière anglaise avant que la tempête ne me rattrape.

— Le Dyke ? répéta Strange, fronçant le sourcil. La pente est raide, même en été, et c'est un endroit très isolé s'il devait se produire un accident. Je ne crois pas que je l'eusse tenté. Toutefois vous connaissez ces monts et leurs humeurs mieux que moi.

— Vous êtes peut-être plus avisé que je ne l'ai été, monsieur. Tandis que je grimpais vers le Dyke, un vent fort, violent, s'est levé, soulevant la neige déjà tombée et la projetant dans les airs. La neige tenait sur la robe de ma monture et sur ma houppelande et, quand j'ai baissé les yeux, nous étions aussi blancs que le versant de montagne, aussi blancs que le ciel. Aussi blancs que tout. Sous l'effet des bourrasques, les flocons prenaient des formes fantastiques, si bien que j'avais le sentiment d'être entouré de fantômes tourbillonnants et de l'espèce de démons et de djinns qui hantent les contes de la dame arabe[2]. Mon pauvre cheval – qui n'est pas en général une bête nerveuse – paraissait voir toutes sortes de choses de nature à l'effrayer. Comme vous pouvez vous l'imaginer, je commençais à regretter vivement de ne pas avoir accepté l'hospitalité de Mrs Evans, quand j'ai entendu le tintement d'un glas.

— D'un glas ? s'étonna Strange.

— Oui, monsieur.

— Quelle cloche pouvait donc sonner ?

— Eh bien, absolument aucune, monsieur, dans ces solitudes. En réalité, je n'en reviens pas d'avoir pu l'entendre, entre les ébrouements de mon cheval et les hurlements du vent !

Strange, se figurant que Mr Hyde était venu le voir pour avoir des explications sur cette cloche mystérieuse, se mit à discourir sur la signification magique des cloches : comment les cloches servaient de protection contre les fées et autres démons, ou comment une mauvaise fée pouvait parfois être chassée par le son d'une cloche d'église. Pourtant, chacun savait que les fées adoraient les cloches ; la magie féerique s'accompagnait souvent de tintements de cloche et l'on entendait souvent un son de clochettes à l'apparition des fées.

—Je ne puis vous expliquer cette étrange contradiction, conclut-il. Les théoriciens de la magie s'interrogent à ce sujet depuis des siècles.

---

1. Le Dyke est un grand mur de sable et de pierres, à présent délabré, qui sépare le pays de Galles de l'Angleterre, œuvre d'Offa, un roi mercien du VIIIe siècle, à qui l'expérience avait appris à se méfier de ses voisins gallois.

2. Shéhérazade, héroïne des *Mille et Une Nuits* (*N.d.T.*).

Mr Hyde écouta ce discours avec toutes les apparences de la politesse et de l'attention. Dès que Strange eut terminé, Mr Hyde reprit la parole :

— Monsieur, ce n'était qu'un début, la cloche.

— Oh ! fit Strange, un brin contrarié. Très bien. Continuez alors.

— J'étais déjà monté si haut que je pouvais voir le Dyke, à l'endroit où il longe la corniche. Il y avait quelques arbres tordus, des murs éboulés de pierres branlantes. J'ai regardé au sud et j'ai aperçu une dame qui marchait le long du Dyke dans ma direction.

— Une dame !

— Je la voyais très nettement. Elle avait les cheveux lâchés, et le vent les dressait et les tordait autour de sa tête – Mr Hyde fit des gestes avec ses mains pour montrer comment la chevelure de la dame avait dansé dans la neige en suspens. – Je crois que je l'ai appelée. Je sais qu'elle a tourné la tête et m'a regardé, sans s'arrêter ni ralentir le pas. Elle s'est détournée de moi et a poursuivi son chemin le long du Dyke, entourée de tous les spectres neigeux. Elle n'avait sur elle qu'une robe noire. Pas de châle ni de pelisse. Et cela m'a rempli d'effroi. J'ai songé qu'il avait dû lui arriver un terrible accident. Aussi ai-je éperonné mon cheval dans la montée, autant que la pauvre bête pouvait le supporter. Pendant tout ce temps, je m'efforçais de ne pas perdre la dame de vue, mais le vent me rabattait la neige dans les yeux. J'ai atteint le Dyke et elle a disparu. J'ai donc fait des allées et venues le long du mur. J'ai cherché et j'ai perdu la voix à force de crier. J'étais certain qu'elle avait dû tomber derrière un éboulis de pierres ou une congère, ou encore trébucher dans un terrier de lapin. Ou qu'elle avait peut-être été enlevée par la personne qui lui avait fait du mal en premier lieu.

— Du mal ?

— Voyons, monsieur, je me suis dit qu'elle avait dû être emmenée au Dyke par quelqu'un de malintentionné. On entend des histoires si terribles de nos jours…

— Vous avez reconnu la dame ?

— Oui, monsieur.

— Qui était-ce ?

— Mrs Strange.

Il y eut un instant de silence.

— C'est impossible, déclara Strange, perplexe. Monsieur Hyde, s'il était arrivé quelque chose de fâcheux à Mrs Strange, je pense qu'on m'en aurait avisé. Je ne suis pas autant enfermé dans mes livres que cela ! Je suis désolé, monsieur Hyde, vous vous trompez. Qui que soit cette malheureuse, il ne s'agissait pas de Mrs Strange.

Mr Hyde secoua la tête.

— Si je vous avais vu, monsieur, à Shrewsbury ou à Ludlow, je ne vous eusse peut-être pas reconnu immédiatement. Mais le père de Mrs Strange a été le vicaire de notre paroisse pendant quarante-sept ans. Je connais Mrs Strange – Miss Woodhope, elle s'appelait ainsi alors – depuis qu'elle apprenait à marcher dans la cour de l'église de Clunbury. Même si elle ne m'avait pas regardé, je l'aurais reconnue. Je l'aurais reconnue à sa silhouette, à sa démarche, à tout !

— Qu'avez-vous fait après avoir perdu la femme de vue ?

— J'ai galopé tout droit jusqu'ici. Mais votre domestique n'a pas voulu me laisser entrer.

— Jeremy ? L'homme à qui vous avez parlé tout à l'heure ?

— Oui. Il m'a assuré que Mrs Strange était chez elle en sécurité. J'avoue que je ne l'ai pas cru. J'ai donc fait le tour de votre maison et regardé par toutes les fenêtres jusqu'à ce que je l'aie vue assise sur un canapé, dans cette pièce. – Mr Hyde montra du doigt le canapé en question. – Elle portait une robe bleu clair. Pas du tout noire !

— Eh bien, cela n'a rien de remarquable. Mrs Strange ne porte jamais de noir. Je n'aime guère à voir cette couleur sur une jeune femme.

Mr Hyde secoua la tête, fronça le sourcil.

— J'aimerais pouvoir vous convaincre de ce dont j'ai été témoin, monsieur. Mais je vois que c'est impossible.

— Et, moi, j'aimerais pouvoir vous l'expliquer, mais c'est impossible aussi.

Ils se serrèrent la main en se quittant. Regardant Strange avec un air solennel, Mr Hyde déclara :

— Je ne lui ai jamais voulu de mal, monsieur Strange. Personne ne peut être plus soulagé qu'elle soit en sécurité

Strange s'inclina légèrement.

— Et notre intention est qu'elle le reste.

La porte se referma sur le dos de Mr Hyde.

Strange attendit un instant, puis alla trouver Jeremy.

— Pourquoi ne m'as-tu pas dit qu'il était déjà venu ?

Jeremy émit un grognement de dérision.

— Je crois que j'ai mieux à faire, monsieur, que de vous importuner avec de telles sottises ! Des dames en noir qui se promènent dans des tempêtes de neige !

— J'espère que tu ne lui as pas parlé avec trop de rudesse.

— Moi, monsieur ? Non, vraiment !

— Peut-être était-il ivre ? Oui, je pense que c'était cela. David et lui fêtaient-ils sans doute l'heureuse conclusion de leur affaire.

Jeremy fronça le sourcil.

— Je ne crois pas, monsieur. David Evans est un prédicateur méthodiste.

— Oh ! Eh bien, oui. J'imagine que tu as raison. Il est de fait que cette fable ne ressemble guère aux hallucinations provoquées par l'ivrognerie. On dirait plutôt le genre de vision qu'on peut avoir si l'on prend de l'opium après avoir lu un des romans de Mrs Radcliffe[1].

Strange était bouleversé par la visite de Mr Hyde. La pensée d'Arabella – fût-ce une Arabella imaginaire, idéale – égarée dans la neige, errant sur les sommets, était troublante. Il ne pouvait s'empêcher de songer à sa propre mère, qui s'était mise à arpenter seule ces montagnes pour échapper aux souffrances d'une union malheureuse, avait pris un refroidissement sous une pluie torrentielle et en était morte.

Ce soir-là, au dîner, il annonça à Arabella .

— J'ai vu John Hyde aujourd'hui. Il a cru vous voir marcher sur le Dyke mardi dernier, en pleine tempête de neige.

— Non !

— Si !

— Pauvre homme ! Il a dû être effrayé.

— Je crois qu'il l'a été.

— J'irai sans faute rendre visite à Mr et Mrs Hyde quand Henry sera là.

— Vous paraissez résolue à rendre visite à tous les habitants du Shropshire quand Henry sera là, remarqua Strange. J'espère que vous ne serez pas déçue.

— Déçue ? Que voulez-vous dire ?

— Seulement qu'il fait un temps de chien.

— Alors, nous demanderons à Harris de conduire lentement et prudemment. Il le ferait, de toute façon. Et Starling est un cheval très sûr. Il faut beaucoup de neige et de glace pour effrayer Starling. Il ne se laisse pas facilement abattre. En outre, vous savez, Henry doit absolument voir certaines personnes, des gens qui seraient très malheureux s'il ne les voyait pas. Jenny et Alwen, les deux vieux domestiques de mon père. Ils ne parlent que de la venue de Henry. Ils l'ont vu pour la dernière fois voilà cinq ans, et ils ont peu de chances d'être encore là dans cinq ans, les pauvres.

---

1. Ann Radcliffe (1764-1823) a inventé le roman noir (*tale of terror*) : *L'Italien*, *Le Sicilien*, *Les Mystères d'Udolphe*... (*N.d.T.*)

— Très bien ! Très bien ! Je disais seulement qu'il faisait un temps de chien. C'est tout.

Mais ce n'était pas tout. Strange savait qu'Arabella fondait de grands espoirs sur cette visite. Elle n'avait vu son frère qu'en de rares occasions depuis son mariage. Il n'était pas venu à Soho-square aussi souvent qu'elle l'aurait voulu et, chaque fois, il n'était jamais resté aussi longtemps qu'elle l'eût souhaité. Cette visite de Noël allait leur rendre toute leur vieille complicité. Ils se retrouveraient dans le décor de leur enfance. Henry avait promis de rester près d'un mois.

Henry finit par arriver. Au début, il sembla que tous les vœux les plus chers d'Arabella allaient être exaucés. Ce soir-là, à table, la conversation fut très animée. Henry avait pas mal de nouvelles à donner de Great Hitherden, le village du Northamptonshire dont il était le recteur[1].

Great Hitherden était une bourgade prospère. Les environs comptaient plusieurs familles nobles. Henry était enchanté de la position respectable qu'il occupait dans cette société. Après une longue description de ses amis, de leurs dîners et de leurs bals, il conclut par ces mots :

— Je ne voudrais surtout pas que vous pensiez que nous négligeons les bonnes œuvres. Nous formons une communauté très active. Il y a beaucoup à faire, nombre de personnes dans le besoin. Avant-hier, j'ai visité une famille démunie et malade, et j'ai trouvé Miss Watkins déjà dans leur cottage, qui leur prodiguait argent et bons conseils. Miss Watkins est une demoiselle très charitable.

Là-dessus, il se tut comme s'il s'attendait à des commentaires.

Strange avait l'air inexpressif puis, soudain, une idée lui vint à l'esprit.

— Eh bien, Henry, je vous demande pardon. Vous devez nous trouver très négligents. Vous nous avez mentionné le nom de Miss Watkins cinq fois en dix minutes, et ni Bella ni moi n'avons posé la moindre question à son sujet. Nous sommes tous deux un peu lents ce soir, à cause du froid du pays de Galles, il engourdit le cerveau. Maintenant que ma curiosité s'est éveillée, je serai heureux de vous interroger sur cette jeune personne autant

---

1. Au moment du mariage de Strange et d'Arabella, Henry avait été recteur de Grace Adieu, dans le Gloucestershire. Pendant qu'il était là-bas, il avait conçu le désir d'épouser une jeune demoiselle du village, Miss Parbringer. Cette demoiselle et ses amis, toutefois, n'avaient pas eu l'heur de plaire à Strange. Il se trouva alors que la cure de Great Hitherden était devenue vacante : Strange avait su convaincre Sir Walter Pole de nommer Henry à sa tête, puisque c'était en son pouvoir. Henry avait été comblé. Great Hitherden était une paroisse beaucoup plus importante que Grace Adieu, et il oublia vite l'indésirable demoiselle.

que vous puissiez le souhaiter. Est-elle blonde ou brune ? A-t-elle le teint mat ou clair ? Préfère-t-elle le piano ou la harpe ? Quelles sont ses lectures préférées ?

Henry, soupçonnant qu'on le taquinait, fronça le sourcil et parut résolu à ne rien ajouter sur la demoiselle.

Après un regard glacé à son mari, Arabella posa de nouvelles questions avec plus de douceur et obtint vite de son frère les renseignements suivants : Miss Watkins ne s'était installée que récemment dans les environs de Great Hitherden, son prénom était Sophronia, elle vivait chez ses tuteurs, Mr et Mrs Swoonfirst (avec qui elle avait un lien lointain de parenté), elle aimait beaucoup lire (bien que Henry ne sût préciser quoi), sa couleur préférée était le jaune et elle détestait l'ananas.

— Et son aspect ? Est-elle jolie ? demanda Strange.

La question sembla embarrasser Henry.

— Miss Watkins n'est pas généralement considérée comme une beauté, non. Mais elle gagne beaucoup à être connue. Des personnes des deux sexes, dont le physique est quelconque au premier abord, peuvent paraître presque beaux quand on les connaît mieux. Un esprit instruit, de bonnes manières et une nature aimable, toutes ces qualités ont beaucoup plus de chances à concourir au bonheur d'un époux qu'une simple grâce éphémère.

Strange et Arabella furent un peu surpris par ce discours. Il y eut un silence. Enfin Strange s'enquit :

— Et la dot ?

Henry afficha un triomphe discret.

— Dix mille livres, répondit-il.

— Mon cher Henry ! s'écria Strange

Plus tard, quand ils furent de nouveau seuls, Strange dit à Arabella :

— À mon avis, Henry doit être félicité pour son discernement. Il semble qu'il ait découvert cette demoiselle avant tout le monde. Je suppose qu'elle ne croule pas sous les propositions. Il doit y avoir sur son visage ou dans son allure quelque chose qui la préserve d'une admiration universelle !

— Je ne puis croire qu'il s'agisse seulement de sa dot, objecta Arabella, encline à défendre son frère. Je pense qu'une certaine affection doit jouer aussi, sinon Henry n'y aurait jamais songé.

— Oh, sans doute ! Henry est un très bon garçon. D'ailleurs, je ne me mêle jamais des affaires des autres, comme vous le savez.

— Vous souriez, or vous n'en avez pas le droit. J'ai montré tout autant de discernement que mon frère en mon temps. Je ne crois pas que quiconque eût songé à vous épouser, avec votre long nez et votre naturel peu aimable, avant que je ne me fusse mis en tête de le faire !

— Cela est vrai, concéda pensivement Strange. Je l'avais oublié. C'est un défaut de famille.

Le lendemain, Strange s'enferma dans sa bibliothèque pendant qu'Arabella et Henry allaient en voiture rendre visite à Jenny et Alwen. Toutefois, le plaisir des premiers jours ne dura pas longtemps. Arabella s'aperçut vite qu'elle n'avait plus grand-chose en commun avec son frère. Henry avait passé les sept dernières années dans un petit village campagnard. De son côté, elle avait habité Londres, où elle avait pu observer de près certains des plus importants événements de ces récentes années. Elle avait l'amitié de plus d'un ministre. Elle connaissait le Premier ministre et avait dansé plusieurs fois avec le duc de Wellington. Elle avait été présentée aux ducs de Sa Majesté, avait fait la révérence aux princesses, et pouvait toujours compter sur un sourire et un mot du prince régent chaque fois qu'elle se trouvait à Carlton House. Quant à ses bonnes relations avec tous ceux qui étaient liés avec le glorieux renouveau de la magie anglaise, elles allaient sans dire.

Mais, alors que toutes les nouvelles de son frère l'intéressaient grandement, lui ne montrait quasiment aucun intérêt pour les siennes. Ses descriptions de la vie londonienne ne suscitaient de sa part qu'un « Oh, vraiment ? ». Une fois qu'elle parlait d'un mot que le duc de Wellington lui avait dit et répétait ce qu'elle lui avait répondu, Henry s'était tourné vers sa sœur et l'avait regardée avec un sourcil levé et un sourire suave, un regard et une expression qui signifiaient très clairement « Je ne te crois pas ». Un tel comportement l'avait blessée. Elle ne se vantait pas ; ce type de rencontres était le lot quotidien de sa vie londonienne. Avec un petit serrement de cœur, elle avait compris que, si ses lettres l'avaient toujours ravie, il avait dû trouver les siennes bien ennuyeuses et affectées.

Pendant ce temps, le pauvre Henry connaissait lui aussi des déceptions. Petit, il avait beaucoup admiré Ashfair House. Ses dimensions, sa situation et l'éminence de son propriétaire dans les alentours de Clun, tout lui avait paru magnifique au suprême degré. Il avait toujours attendu avec impatience le jour où Jonathan Strange allait en hériter et où il pourrait visiter Ashfair dans le rôle important de l'ami du maître de maison. À présent que cela avait fini par se réaliser, il découvrit qu'il ne tirait aucun plaisir particulier de son séjour. Ashfair était inférieur à de nombreuses maisons qu'il avait vues dans les années écoulées. Le manoir comptait presque autant de pignons que de fenêtres. Ses pièces avaient des plafonds bas et des formes biscornues. Les nombreuses générations d'occupants successifs avaient percé des ouvertures dans les murs au gré de leurs désirs – sans penser aux proportions d'ensemble de la maison – et les fenêtres elles-mêmes étaient assombries par le lierre et les rosiers grimpants. C'était un vieux manoir : le type de manoir, selon la formule de Strange, où une héroïne de roman pouvait aimer être persécutée.

Plusieurs maisons des environs de Great Hitherden avaient été récemment restaurées, et d'élégants nouveaux cottages bâtis pour des ladies et des gentlemen aux goûts rustiques. Aussi, partie parce qu'il était impossible à Henry de garder pour lui ce qui était lié à sa paroisse, partie parce qu'il avait l'intention de se marier prochainement et que son esprit préférait donc disserter sans arrêt sur les aménagements domestiques, il était incapable de se retenir de donner des conseils à Strange sur le sujet. L'emplacement des écuries le choquait tout particulièrement ; il répétait à Strange : « On est obligé de les traverser pour accéder au coin sud du jardin d'agrément et du verger. On pourrait très aisément les abattre pour les reconstruire ailleurs. »

Au lieu de répondre exactement à cette critique, Strange s'adressa soudain à son épouse :

— Mon amour, j'espère que vous aimez cette maison ? J'ai bien peur de n'avoir jamais songé à vous le demander. Si ce n'est pas le cas, nous irons sur-le-champ nous installer ailleurs !

Arabella eut un rire, puis elle déclara qu'elle était très contente de la maison.

— Je suis désolée, Henry, mais je suis aussi contente des écuries que du reste.

Henry revint à la charge :

— Enfin, vous conviendrez sûrement qu'on apporterait un grand embellissement en coupant ces arbres qui étouffent tant le corps de logis et assombrissent toutes les pièces. Ils poussent au petit bonheur la chance, à l'endroit même où un gland ou une graine ont dû tomber, je présume.

— Comment ? lança Strange, dont les yeux s'étaient reportés sur son livre pendant la dernière partie de la conversation.

— Les arbres, répéta Henry.

— Quels arbres ?

— Ceux-là, répondit Henry, montrant du doigt, par la fenêtre, tout un bataillon de chênes, de frênes et de hêtres séculaires.

— En leur qualité de voisins, ces arbres sont exemplaires. Ils s'occupent de leurs affaires et ne m'ont jamais dérangé. Je crois que je peux leur rendre la politesse.

— Ils bouchent la lumière !

— Vous aussi, Henry, pourtant je ne vous ai pas encore mis la cognée.

En vérité, même si Henry trouvait à redire aux jardins et à l'état d'Ashfair, ce n'était pas sa véritable doléance. Ce qui le troublait vraiment dans le manoir, c'était l'ambiance de magie qui y régnait. Les premiers temps où Strange avait choisi la profession de magicien, Henry n'y avait pas attaché beaucoup d'importance. À cette époque, la renommée des magnifiques exploits de Mr Norrell commençait tout juste à se répandre aux quatre coins du royaume. La magie n'était alors guère plus qu'une branche ésotérique de l'histoire, un divertissement pour gentlemen riches et oisifs. Bon gré mal gré, Henry parvenait encore à la considérer sous ce jour. Il était fier de la fortune de Strange, de ses terres, de son important lignage, mais pas de sa magie. Il était toujours un brin surpris chaque fois qu'on le félicitait de ses liens de parenté avec le Second Plus Grand Magicien de notre Ère.

Strange était bien éloigné de l'idéal du riche gentleman anglais selon Henry. Il avait quasiment renoncé aux activités par lesquelles les gentlemen de la campagne anglaise occupent habituellement leur temps. Ni l'agriculture ni la chasse ne l'intéressaient. Ses voisins allaient tirer ; Henry entendait leurs détonations se répercuter dans les bois et les champs enneigés, accompagnées des aboiements de leurs chiens, mais Strange ne prit jamais le fusil. Il fallait toute la persuasion d'Arabella pour l'entraîner dans une promenade d'une demi-heure. Dans la bibliothèque, les ouvrages qui avaient appartenu au père et au grand-père de Strange – ces livres en anglais, en latin et en grec ancien que tout gentleman range sur ses étagères – avaient été enlevés et empilés par terre pour céder la place aux livres et aux carnets personnels de Strange[1]. Des périodiques traitant de la pratique de la magie, tels *Les Amis de la magie anglaise* et *Le Magicien moderne*, étaient éparpillés dans toute la maison. Un grand bassin d'argent, parfois rempli d'eau, était posé sur un des guéridons de la bibliothèque. Strange restait souvent assis une demi-heure à scruter l'eau ; il en tapotait la surface, esquissait d'étranges gestes et consignait des notes sur ce qu'il voyait. Sur une autre table, au milieu d'un fouillis de volumes, était étalée

1. Les livres qui appartenaient à Strange étaient, bien sûr, des livres sur la magie, non des livres de magie. Ces derniers étaient tous en la possession de Mr Norrell.

une carte d'Angleterre sur laquelle Strange reportait les anciennes routes féeriques conduisant jadis d'Angleterre jusqu'à on ne sait où.

Henry ne comprenait qu'à moitié certaines choses, mais ne les en désapprouvait que plus. Il savait, par exemple, que les salons d'Ashfair avaient un aspect singulier, sans voir que les miroirs de la maison de Strange pouvaient réfléchir aussi bien une lumière vieille d'une demi-heure qu'une autre émise voilà un siècle. Le matin, quand il se réveillait, et le soir, juste avant de s'endormir, il entendait un lointain son de cloche, un tintement triste, comme le campanile d'une cité engloutie qui résonnerait à travers une vaste étendue d'océan. Il ne pensait jamais vraiment à cette cloche ni n'en gardait le moindre souvenir, mais sa note mélancolique l'imprégnait toute la journée.

Il trouvait un soulagement à ses divers mécontentements et déceptions en établissant de nombreuses comparaisons entre les manières de faire de Great Hitherden et celles propres au Shropshire (au grand détriment du Shropshire, bien entendu) et en s'étonnant à haute voix de ce que Strange dût étudier si dur, « comme s'il n'avait pas des biens personnels et que sa fortune restât encore à faire ». Ces remarques étaient généralement adressées à Arabella, mais Strange était souvent à portée de voix. Arabella se retrouva assez vite dans la position peu enviable qui consistait à tenter de maintenir le calme entre les deux.

— Lorsque je souhaiterai l'avis de Henry, déclarait Strange, je le lui demanderai. En quoi cela le regarde-t-il, aimerais-je savoir, où je choisis de construire mes écuries ou comment je passe mon temps ?

— C'est assommant, mon amour, acquiesçait Arabella, et nul ne devrait être surpris si cela vous met de mauvaise humeur. Pourtant, veuillez seulement considérer…

— Mon humeur ! Il ne cesse de me chercher querelle !

— Chut ! chut ! Il va vous entendre. Vous avez été mis à rude épreuve et n'importe qui dirait que vous l'avez supporté comme un ange. Mais, vous savez, je crois qu'il est plein de bonnes intentions. Simplement, il ne s'exprime pas très bien. Malgré tous ses défauts, il nous manquera grandement quand il sera parti.

Sur ce dernier point, Strange n'eut peut-être pas l'air aussi convaincu qu'elle l'eût souhaité. Aussi ajouta-t-elle :

— Soyez indulgent envers Henry. Par égard pour moi !

— Bien sûr, bien sûr ! Je suis la patience incarnée. Vous le savez ! Il existait jadis un proverbe – complètement caduc aujourd'hui. Quelque chose sur les prêtres qui sèment du blé et les magiciens qui sèment du seigle, le tout dans le même champ. La morale de l'histoire, c'est que les prêtres et les magiciens ne s'entendront jamais[1]. Je ne m'en étais jamais avisé jusqu'ici. J'étais en bons termes avec le clergé londonien, je crois. Le doyen de l'abbaye de Westminster et le chapelain du prince régent sont de joyeux drilles. Henry, lui, m'ennuie.

Le jour de Noël, la neige tomba dru. À cause des tracas des derniers jours ou pour quelque autre raison inconnue, Arabella se réveilla au matin en proie à des nausées et à la migraine, et dans l'incapacité de se lever. Strange et Henry se virent donc contraints de se tenir compagnie toute la journée. Henry parla encore beaucoup de Great Hitherden et, le soir, ils jouèrent à l'écarté, jeu dont tous deux étaient amateurs. Cela aurait pu être un moment de plaisir naturel quand, au milieu de la deuxième partie, Strange retourna le neuf de pique et fut instantanément assailli de plusieurs nouvelles idées sur la signification magique de cette carte. Il quitta la table, abandonnant du

1. La morale allait peut-être un peu plus loin. Dès le XIIe siècle, il était admis que les prêtres et les magiciens étaient en un sens des rivaux. Les uns comme les autres croient l'univers habité par une large variété d'êtres surnaturels et soumis à des forces également surnaturelles. Les uns comme les autres croient que ces êtres peuvent être invoqués par des sortilèges et des prières, et se laisser ainsi persuader d'aider ou de faire obstacle à l'humanité. À maints égards, les deux cosmologies sont remarquablement similaires ; les prêtres et les magiciens tirent toutefois des conclusions très différentes de cette croyance.

Les magiciens sont surtout intéressés par l'utilité de ces êtres surnaturels ; ils désirent savoir dans quelles circonstances et par quels moyens les anges, les démons et les fées peuvent être amenés à apporter leur aide dans les pratiques de magie. Pour leurs besoins, il est presque hors de propos que la première catégorie d'êtres soit divinement bonne, la seconde infernalement méchante et la troisième moralement suspecte. De leur côté, les prêtres ne s'intéressent guère à d'autres aspects.

Dans l'Angleterre médiévale, des tentatives pour réconcilier les deux cosmologies étaient condamnées à échouer. L'Église était prompte à identifier toute une batterie de différentes hérésies dont un magicien sans défiance pouvait être coupable. L'hérésie méraudienne a déjà été citée au chapitre 18.

Alexandre de Whitby (1230 (?) – 1302) enseignait que l'univers est pareil à une tapisserie, dont seules des parties nous sont visibles simultanément. À notre mort, nous verrons l'ensemble, et les relations que les différentes parties entretiennent les unes avec les autres seront alors claires pour nous. Alexandre fut contraint de publier une rétractation de sa thèse et les prêtres se tinrent désormais à l'affût de l'hérésie whitbyienne. Même le plus humble des magiciens ou magiciennes de village était forcé de déployer la ruse d'un politicien, si il ou elle voulait échapper aux accusations d'hérésie.

Cela ne signifie pas que tous les magiciens évitaient de confondre religion et magie. De nombreux « sortilèges » parvenus jusqu'à nous exhortent tel saint ou tel personnage sacré à aider le magicien. Chose curieuse, la source de la confusion était souvent les fées au service des magiciens. La plupart des fées étaient baptisées de force dès qu'elles pénétraient en Angleterre, et elles se mirent vite à incorporer des allusions aux saints et aux apôtres à leur magie.

même coup Henry, et emporta la carte avec lui dans la bibliothèque afin d'y réfléchir. Henry fut donc livré à la solitude.

Aux petites heures du matin suivant, Strange s'éveilla ou émergea à demi. La chambre était baignée d'une légère clarté argentée, qui pouvait facilement être le reflet du clair de lune sur la neige. Il crut voir Arabella habillée, assise au pied du lit, le dos tourné. Elle se brossait les cheveux. Il lui dit quelque chose... Ou, du moins, il crut lui dire quelque chose.

Puis il se rendormit.

Vers sept heures, il se réveilla tout à fait, impatient de retourner dans sa bibliothèque pour y travailler une ou deux heures avant l'apparition de Henry. Il se leva promptement, se précipita dans son vestiaire et sonna Jeremy Johns pour qu'il vînt le raser.

À huit heures, la bonne d'Arabella, Janet Hughes, frappa à la porte de la chambre de sa maîtresse. N'obtenant pas de réponse, Janet crut que celle-ci était peut-être toujours souffrante et repartit.

À dix heures, Strange et Henry prenaient leur petit-déjeuner ensemble. Henry avait décidé de passer sa journée à la chasse et se donnait beaucoup de mal pour convaincre Strange de l'accompagner.

— Non, non, j'ai du travail. Que cela ne vous empêche pas d'y aller ! Après tout, vous connaissez ces champs et ces bois aussi bien que moi. Je puis vous prêter un fusil et l'on trouve des chiens partout, j'en suis certain.

Jeremy Johns fit son apparition et annonça que Mr Hyde était revenu. Il était dans le vestibule et avait demandé à entretenir Strange d'une affaire urgente.

— Oh ! Que nous veut-il encore ? maugréa Strange.

Mr Hyde entra précipitamment, le visage blême d'angoisse.

Soudain Henry s'exclama :

— Où diable ce maraud se croit-il ? Il a un pied dedans, un pied dehors !

Une des nombreuses sources de contrariété de Henry venait des domestiques qui se comportaient rarement avec ce degré de cérémonie qu'il considérait comme conforme aux membres d'une si grande maison. En l'occurrence, Jeremy Johns s'apprêtait à quitter la pièce, mais n'était guère allé plus loin que la porte où, à demi dissimulé dans l'embrasure, lui et un autre domestique s'entretenaient avec des chuchotements pressants.

Strange jeta un coup d'œil de leur côté, puis déclara avec un soupir :

— Henry, cela n'a vraiment aucune importance. Monsieur Hyde, je...

Entre-temps, Mr Hyde, dont l'agitation paraissait avoir augmenté avec ces atermoiements, s'écriait :

— Il y a une heure, j'ai revu Mrs Strange sur les monts gallois !

Henry sursauta et se tourna vers Strange.

Strange jeta un regard glacé à Mr Hyde.

— Ce n'est rien, Henry, dit-il. Rien, vraiment.

Mr Hyde tressaillit légèrement à ces mots, mais il possédait une forme d'obstination qui l'aida à se dominer.

— C'était sur Castle Idris. Tout comme précédemment, Mrs Strange marchait à bonne distance de moi et je ne distinguais pas son visage. J'ai tenté de la suivre et de la rattraper, mais, comme l'autre jour, je l'ai perdue de vue. Je sais bien que, la dernière fois, cette rencontre a été tenue pour une hallucination, un fantôme de neige et de vent sorti de ma cervelle. Aujourd'hui, cependant, le temps est clair et limpide, et j'ai la certitude d'avoir vu Mrs Strange aussi nettement que je vous vois maintenant.

— La dernière fois ? répéta Henry, en plein désarroi.

Strange, avec une certaine impatience, commença à remercier Mr Hyde pour le bon naturel qu'il montrait en leur apportant cette... (Il ne trouvait pas le mot qu'il cherchait.)

— Je suis pourtant certain que Mrs Strange est en sécurité dans ma maison, et sans doute ne serez-vous pas surpris si je...

Jeremy rentra dans la pièce assez soudainement. Il alla directement à Strange, se pencha pour lui murmurer quelque chose à l'oreille.

— Eh bien, parlez, mon brave ! Que se passe-t-il ? intervint Henry.

Jeremy regarda Strange d'un air plutôt indécis, mais ce dernier ne dit mot. Il couvrit sa bouche de sa main et ses yeux errèrent de-ci de-là, comme s'il songeait soudain à quelque perspective nouvelle, et pas des plus agréables.

— Mrs Strange n'est plus là, monsieur. Nous ignorons où elle est.

Henry se mit à interroger Mr Hyde sur ce qu'il avait vu dans les collines, lui laissant à peine le temps de répondre à une question avant d'en poser une nouvelle. Jeremy Johns leur faisait les gros yeux à tous deux. Pendant ce temps, Strange, assis en silence, regardait droit devant lui. Subitement, il se leva et sortit en hâte de la pièce.

— Mr Strange ! appela Mr Hyde. Où allez-vous donc ?

— Strange ! cria Henry.

Comme rien ne pouvait être entrepris ou décidé sans lui, ils n'avaient d'autre choix que de le suivre. Strange monta l'escalier menant à sa bibliothèque, au premier étage, et se dirigea immédiatement vers le grand bassin d'argent posé sur une des tables.

— Apportez-moi de l'eau, ordonna-t-il à Jeremy Johns.

Jeremy Johns alla quérir un broc d'eau et remplit le bassin.

Strange prononça une seule parole ; la pièce parut s'obscurcir, s'emplir de ténèbres. L'eau du bassin se troubla et devint légèrement opaque.

La diminution de la lumière terrifia Henry.

— Strange ! s'exclama-t-il. Que faisons-nous ici ? Le jour baisse ! Et ma sœur qui est dehors… Nous ne devrions pas rester une minute de plus dans cette maison ! – Il se tourna vers Jeremy Johns comme s'il était l'unique personne présente susceptible d'exercer une influence sur Strange. Dites-lui d'arrêter ! Nous devons commencer les recherches !

— Taisez-vous, Henry, murmura Strange.

De l'index, par deux fois, il effleura la surface de l'eau. Deux lignes scintillantes de lumière apparurent, divisant l'eau en quatre. Il esquissa un geste au-dessus d'un des quarts, où des étoiles pointèrent à leur tour, suivies d'autres lignes, de veinures et de trames lumineuses. Il les contempla pendant quelques instants. Puis il fit un signe au-dessus du quart voisin. Un diagramme de lumière différent apparut. Il répéta l'opération pour les troisième et quatrième quarts. Les diagrammes ne restaient pas immuables ; ils bougeaient et étincelaient, tantôt proches de l'écriture, tantôt comparables aux dessins d'une carte, tantôt encore identiques à des constellations.

— À quoi cela est-il destiné ? s'informa Mr Hyde d'un ton pensif.

— À la retrouver, répondit Strange. Du moins, est-ce là l'effet escompté.

Il tapota un des quarts. Instantanément, les trois autres diagrammes s'évanouirent. Celui qui restait grandit jusqu'à occuper toute la surface de l'eau. Strange le divisa en quarts, l'étudia un moment et tapota un des quarts. Il réitéra cette opération plusieurs fois. Les diagrammes s'opacifièrent et commencèrent à ressembler de plus en plus à une carte. Plus cela allait, plus l'expression de Strange devenait dubitative et moins il semblait sûr de ce que le bassin lui révélait.

Au bout de quelques minutes, Henry ne put plus y tenir.

— Pour l'amour du ciel, ce n'est pas le moment de s'adonner à la magie ! Arabella a disparu ! Strange, je vous en conjure ! Laissez ces sottises et partons à sa recherche !

Strange ne prit pas la peine de répondre. Il eut l'air furieux et frappa l'eau. En un instant, les lignes et les étoiles disparurent. Il prit une profonde inspiration et recommença. Cette fois-ci, il procéda d'une manière plus assurée et obtint rapidement un diagramme en apparence plus significatif. Pourtant, loin d'en tirer d'utiles informations, il resta assis à l'examiner avec un mélange de consternation et de perplexité.

— Qu'y a-t-il ? demanda Mr Hyde, alarmé. Monsieur Strange, apercevez-vous votre femme ?

—Je n'entends goutte à ce que me raconte mon sortilège ! D'après lui, elle n'est pas en Angleterre, ni au pays de Galles, ni en Écosse, ni en France. Je ne parviens pas à réussir ma magie. Vous avez raison, Henry. Je perds mon temps ici. Jeremy, va chercher mes bottes et ma redingote !

Une vision s'épanouit soudain sur la face de l'eau. Dans un salon ancien et sombre, une foule d'hommes galants et de femmes ravissantes dansaient. Mais comme cela ne pouvait avoir aucun lien intelligible avec Arabella, Strange frappa la surface de l'eau une nouvelle fois. La vision s'évanouit.

Dehors, une épaisse couche de neige recouvrait la nature. Tout était gelé, immobile et silencieux. On fouilla d'abord le domaine d'Ashfair. Après que celui-ci se révéla ne receler guère plus qu'un roitelet ou un rouge-gorge, Strange, Henry, Mr Hyde et les domestiques se mirent à battre les routes.

Trois des bonnes retournèrent au manoir, où elles montèrent explorer les greniers qui n'avaient pas été dérangés depuis l'enfance de Strange. Elles se munirent d'une hache et d'un marteau et forcèrent des coffres qui avaient été fermés à clé cinquante ans plus tôt. Elles inspectèrent placards et tiroirs, dont certains eussent pu à peine contenir le corps d'un nourrisson, et en aucun cas celui d'une femme adulte.

Quelques-uns des serviteurs coururent les rues de Clun. D'autres sautèrent à cheval et gagnèrent Clunton, Purslow, Clunbury et Whitcott. Sous peu il n'y eut pas une maison des alentours qui ignorât la disparition de Mrs Strange, pas une qui ne dépêchât quelqu'un pour participer aux recherches. Dans l'intervalle, les femmes de ces foyers entretenaient leurs feux et prenaient toutes sortes de dispositions afin que Mrs Strange, dût-elle être conduite dans cette maison-là, bénéficiât sur-le-champ d'autant de chaleur, de nourritures terrestres et de réconfort qu'il était possible à un être humain d'espérer.

La première heure leur amena le capitaine John Ayrton du 12e régiment de dragons légers, qui avait été en Espagne, puis à Waterloo avec Wellington et Strange. Ses terres jouxtaient celles de Strange. Ils étaient du même âge et avaient été voisins toute leur vie, mais le capitaine Ayrton se montrait un gentleman si timide et si réservé qu'ils avaient rarement échangé plus d'une vingtaine de mots au cours d'une année. Dans ces moments critiques, il se présenta avec des cartes, et la promesse aussi discrète que solennelle d'apporter à Strange et Henry toute l'assistance possible.

On ne tarda pas à découvrir que Mr Hyde n'était pas le seul à avoir vu Arabella. Deux ouvriers agricoles, Martin Oakley et Owen Bullbridge, l'avaient aussi reconnue. Jeremy Johns apprit la nouvelle de quelques proches des deux hommes, après quoi il enfourcha le premier cheval sur lequel il put mettre la main et galopa jusqu'aux champs enneigés des berges de la Clun, où Oakley et Bullbridge s'étaient joints aux recherches. Jeremy moitié les escorta, moitié les ramena de force à Clun pour les présenter au capitaine Ayrton, à Strange, Henry Woodhope et Mr Hyde.

Ils constatèrent que le témoignage d'Oakley et Bullbridge contredisait celui de Mr Hyde sous d'étranges rapports. Mr Hyde avait aperçu Arabella sur les versants désolés et neigeux de Castle Idris. Elle marchait en direction du nord. Il l'avait vue à neuf heures précises et, tout comme la fois précédente, avait entendu un tintement de cloches.

Oakley et Bullbridge, de leur côté, l'avaient vue qui traversait les sombres bois hivernaux à quelque cinq milles à l'est de Castle Idris ; eux aussi prétendaient pourtant qu'il était neuf heures précises.

Le capitaine Ayrton fronça le sourcil et demanda à Oakley et Bullbridge d'expliquer comment ils savaient qu'il était neuf heures étant donné que, à la différence de Mr Hyde, ni l'un ni l'autre ne possédaient de montre de gousset. Oakley répliqua qu'ils avaient pensé qu'il devait être neuf heures parce qu'ils avaient entendu les cloches sonner. Selon lui, ces cloches étaient celles de l'église Saint George, à Clun. Bullbridge, lui, affirma que ce ne pouvait pas être les cloches de Saint George : il avait entendu un carillonnement, or Saint George n'avait qu'une cloche. Il avait précisé que le tintement qui lui était parvenu était triste – funèbre, selon lui – mais, quand on lui demanda d'expliquer ce qu'il signifiait par là, il s'en montra incapable.

Les deux récits concordaient sur tous les autres détails. Ni l'un ni l'autre ne mentionnaient de robe noire. Les trois hommes précisèrent au contraire qu'elle en portait une blanche. Tous s'accordèrent à dire qu'elle marchait d'un pas vif. Aucun d'eux n'avait vu son visage.

Le capitaine Ayrton envoya les hommes ratisser les bois obscurs par groupes de quatre ou cinq, et les femmes quérir des lanternes et des vêtements chauds. Il dépêcha aussi des cavaliers pour reconnaître les hautes montagnes ventées autour de Castle Idris. Il mit tout ce monde sous les ordres de Mr Hyde, qui n'eût pu être plus satisfait. Dix minutes après qu'Oakley et Bullbridge eurent fini de parler, tous avaient disparu. Les recherches durèrent tant qu'il fit clair, mais le jour baissait vite. On n'était plus qu'à cinq jours du solstice d'hiver : dès trois heures, la lumière déclinait ; à quatre heures, il n'y en avait plus.

Les hommes se retrouvèrent au manoir de Strange, où le capitaine Ayrton avait l'intention de passer en revue tout ce qui avait été tenté jusque-là et espérait définir la suite à donner à l'affaire. Plusieurs des dames du voisinage étaient également présentes. Elles avaient essayé d'attendre chez elles des nouvelles du sort de Mrs Strange et avaient trouvé insupportables cette solitude et cette angoisse. Elles étaient donc venues à Ashfair en partie au cas où on aurait besoin de leurs services, mais surtout pour pouvoir se réconforter dans la compagnie les unes des autres

Les derniers à arriver furent Strange et Jeremy Johns. Ils vinrent tout droit de l'écurie, encore bottés et crottés. Strange avait un teint terreux et les yeux creux. Son air et ses gestes étaient somnambuliques. Si Jeremy Johns ne l'avait pas poussé dans un fauteuil, il ne se serait sans doute pas assis.

Le capitaine Ayrton déplia ses cartes sur la table et commença à interroger chacun des groupes de recherche sur les endroits qu'ils avaient sillonnés et le résultat de leurs recherches, qui se résumait à rien.

Tous les hommes et les femmes présents songeaient que les lignes et les mots distinctement tracés sur les cartes étaient dans la réalité des étangs et des cours d'eau pris par la glace, des bois silencieux, des fossés gelés et de hautes montagnes désolées, et chacun d'entre eux avait en tête le nombre de moutons, de vaches et de bêtes sauvages qui périssaient à cette saison.

— Je crois que je me suis réveillé cette nuit…, proféra soudain une voix rauque.

L'assemblée se retourna.

Strange était toujours dans le fauteuil où Jeremy l'avait placé. Il avait les bras ballants et regardait fixement par terre.

— Je crois que je me suis réveillé cette nuit. Je ne sais quand exactement. Arabella était assise au pied du lit. Elle était habillée.

— Vous ne nous l'aviez pas dit, remarqua Mr Hyde.

— Je ne m'en souvenais pas, je croyais avoir rêvé.

— Je ne comprends pas, intervint le capitaine Ayrton. D'après vous, Mrs Strange peut avoir quitté votre maison cette nuit ?

Strange parut chercher une réponse à cette question hautement judicieuse, en vain

— Vous devez tout de même savoir si elle était là ou non au matin ? reprit Mr Hyde.

— Elle était bien là. Naturellement, elle était là. Il serait ridicule d'insinuer que… Du moins… – Strange observa un silence. – Je songeais à mon livre quand je me suis levé, et la chambre était plongée dans l'obscurité.

Plusieurs des personnes présentes commencèrent à penser que, en tant que mari, Jonathan Strange était, sinon négligent, du moins curieusement peu attentif à sa femme ; certains furent amenés à l'observer d'un air dubitatif et à repasser dans leur esprit les nombreuses raisons qui pouvaient conduire une épouse apparemment dévouée à se sauver soudain dans la neige. Des mots désagréables ? Un caractère emporté ? Les effroyables visions qui accompagnaient le travail d'un magicien ? Fantômes, démons, monstres ? La soudaine découverte qu'il avait une maîtresse cachée et une demi-douzaine d'enfants naturels ?

Tout d'un coup, un cri retentit de l'extérieur de la pièce, dans le vestibule. Par la suite, nul ne put dire à qui appartenait cette voix. Plusieurs des voisins de Strange qui se trouvaient le plus près de la porte allèrent voir ce qui se passait. Puis leurs exclamations poussèrent les autres à sortir du salon.

Le vestibule était sombre. En un instant des chandelles furent apportées, et tous purent voir que quelqu'un se tenait au pied de l'escalier.

Arabella.

Henry se précipita pour la serrer dans ses bras ; Mr Hyde et Mr Ayrton lui dirent leur joie de la voir saine et sauve ; d'autres exprimèrent leur étonnement et informèrent tous ceux qui voulaient bien les écouter qu'ils n'avaient absolument pas soupçonné sa présence. Plusieurs dames et servantes firent cercle autour d'elle, lui posant des questions. Était-elle souffrante ? Où était-elle passée ? S'était-elle perdue ? Était-il arrivé quelque chose qui l'avait peinée ?

Puis, comme il arrive parfois, quelques témoins prirent conscience en même temps d'un fait plutôt étrange : Strange n'avait pas prononcé un mot, ébauché un mouvement vers elle, pas plus, d'ailleurs, qu'elle ne lui avait parlé ni tenté aucun mouvement vers lui.

Le magicien restait immobile et silencieux, les yeux fixés sur son épouse. Soudain il s'exclama :

— Grand Dieu, Arabella ! Qu'avez-vous sur vous ?

Dans la lumière incertaine et vacillante des chandelles, il était visible qu'elle portait une robe noire.

44

Arabella

Décembre 1815

— VOUS DEVEZ ÊTRE glacée jusqu'aux os ! déclara le capitaine Ayrton, saisissant une des mains d'Arabella. Oh, ma chère ! Vous êtes froide comme une tombe !

Une autre de ces dames courut au salon chercher un des châles d'Arabella. Elle revint en portant un cachemire bleu indien, orné d'une fine frange de fils roses et dorés. Une fois que Mrs Ayrton en eut enveloppé ses épaules, cependant, la robe noire sembla éteindre toute sa beauté.

Arabella, les mains jointes devant elle, les considérait tous avec une expression calme, indifférente. Elle ne se donna la peine de répondre à aucune de leurs aimables interrogations. Elle ne parut ni surprise ni embarrassée de les trouver là.

— Où diable êtes-vous allée ? demanda Strange.

— Me promener, répondit-elle de sa voix habituelle.

— Vous promener ! Arabella, avez-vous perdu la tête ? Par trois pieds de neige ? Où donc ?

— Dans les bois sombres, parmi mes frères et mes sœurs au sommeil léger. À travers les plateaux marécageux, au milieu des fantômes embaumés de mes frères et de mes sœurs depuis longtemps défunts. Sous le ciel gris, au sein des songes et des murmures de mes futurs frères et sœurs..

Strange la regarda fixement.

— Comment ?

Avec des questions aussi aimables que celles-ci pour l'encourager à parler, cela ne surprit personne qu'elle n'en dît pas davantage. Une des dames, au moins, commença à penser que la rudesse de son mari la rendait peu loquace et la poussait à répondre avec des accents étranges.

Mrs Ayrton passa son bras autour des épaules d'Arabella et la tourna doucement vers l'escalier.

— Mrs Strange est fatiguée, dit-elle d'un ton ferme. Venez, ma chère, montons dans…

— Ah, non ! déclara Strange. Pas encore ! J'aimerais savoir d'où vient cette robe. Je vous demande pardon, madame Ayrton, mais je suis bien décidé à…

Il s'avança vers elles. Soudain, il s'immobilisa et fixa le sol avec perplexité. Puis il s'écarta précautionneusement de quelque chose.

— Jeremy ! D'où sort cette eau ? Juste à l'endroit où Mrs Strange se tenait.

Jeremy apporta un chandelier au pied de l'escalier, où s'étalait une grande flaque. Lui et Strange examinèrent le plafond et les murs d'un air inquiet. Les autres serviteurs s'intéressèrent à leur tour au problème, imité des gentlemen.

Pendant que les hommes se laissaient ainsi distraire, Mrs Ayrton et ces dames emmenèrent tranquillement Arabella.

Le vestibule d'Ashfair était aussi suranné que le restant de la maison. Il était lambrissé d'orme verni d'un ton crème. Quant au sol, ce n'étaient que des dalles de pierre bien balayées. Un des valets de chambre était d'avis que l'eau devait avoir suinté des dalles et alla donc quérir un tisonnier pour sonder celles-ci afin de prouver que l'une d'elles avait du jeu. Néanmoins, il ne réussit à en ébranler aucune. Nulle part on ne voyait trace de l'origine de l'infiltration. Un autre pensait que les deux chiens du capitaine Ayrton s'étaient peut-être oubliés. Les animaux furent examinés avec soin. Ils étaient complètement secs.

Finalement, ils examinèrent l'eau.

— Elle est noire et il y a de minuscules bribes de quelque chose dedans, souligna Strange.

— On dirait de la mousse, dit Jeremy Johns.

Ils continuèrent de s'étonner et de s'exclamer quelque temps, jusqu'à ce que l'absence totale d'éclaircissements les obligeât à laisser ce sujet de côte. Peu après, les messieurs se retirèrent, emmenant leurs épouses avec eux.

À cinq heures, Janet Hughes monta dans la chambre de sa maîtresse et trouva cette dernière couchée sur son lit. Elle n'avait pas pris la peine d'ôter sa robe noire. Quand Janet lui demanda si elle se sentait souffrante, Arabella répondit qu'elle avait mal aux mains. Janet aida donc sa maîtresse à se dévêtir, puis alla informer Strange.

Le deuxième jour, Arabella se plaignit d'une douleur qui descendait du sommet de sa tête, le long de son flanc droit, jusqu'à ses pieds (ou, du moins, ils supposèrent qu'elle entendait cela en disant « de ma cime jusqu'au bout de mes racines »). Ce symptôme était suffisamment alarmant pour que

Strange envoya quérir Mr Newton, le médecin de Church Stretton. Mr Newton se rendit à Clun à cheval dans l'après-midi ; hormis la douleur, il ne trouva rien d'anormal et repartit gaiement, promettant à Strange de revenir dans un jour ou deux.

Le troisième jour, Arabella rendait l'âme.

Volume III
JOHN USKGLASS

« Mr Norrell de Hanover-Square soutient
que tout ce qui venait de John Uskglass devait être chassé
de la magie moderne, comme on chasserait les mites
et la poussière d'une vieille redingote. Que croit-il qu'il lui resterait ?
Si vous vous débarrassez de John Uskglass,
vous n'étreindrez plus que le vide. »

Jonathan Strange,
prologue de *L'Histoire et la Pratique de la magie anglaise*,
John Murray éditeur, Londres, 1816

45

L'Histoire et la Pratique de la magie anglaise Prologue

Jonathan Strange

« DANS LES DERNIERS mois de 1110, une étrange armée fit son apparition dans le nord de l'Angleterre. On en entendit parler pour la première fois non loin d'un lieu-dit, Penlaw, à vingt ou trente milles au nord-ouest de Newcastle Personne ne savait d'où elle venait ; on supposait généralement qu'il s'agissait d'une incursion d'Écossais ou de Danois, ou même de Français.

« Au début décembre, cette armée avait pris Newcastle et Durham, et chevauchait vers l'ouest. Elle atteignit Allendale, un petit hameau de pierre perché au milieu des monts de Northumbrie, et bivouaqua une nuit en bordure d'une lande à la périphérie du bourg. La population d'Allendale était formée de bergers, pas de soldats. La ville n'avait pas de remparts pour se protéger ; la garnison la plus proche était à trente-cinq milles et se préparait à défendre le château fort de Carlisle. En conséquence, les habitants jugèrent qu'il fallait sans tarder nouer des liens d'amitié avec l'armée inconnue. De belles jeunes femmes se mirent en route avec cet objectif en tête, tout un bataillon de braves Judith déterminées à les sauver, elles et leurs voisins, si c'était en leur pouvoir. Toutefois, quand elles arrivèrent à l'endroit où campait la fameuse armée, les femmes prirent peur et hésitèrent à aller de l'avant.

« Le campement était un endroit désolé, silencieux. La neige tombait dru, et les guerriers étrangers reposaient sur le sol enneigé, enroulés dans leurs capes noires. Les jeunes femmes crurent d'abord que les soldats étaient morts, impression que renforçait la prodigieuse multitude de corbeaux et autres oiseaux sinistres posés partout dans le camp, y compris sur les formes prostrées des hommes. Les soldats n'étaient pourtant pas morts ; de temps en temps, l'un d'eux se secouait et allait soigner sa monture, ou chassait un volatile si celui-ci tentait de lui picorer la face.

« À l'approche des jeunes femmes, un soldat se leva. Une des femmes s'affranchit de ses craintes et s'avança vers lui pour l'embrasser sur la bouche. Il avait le teint très clair (aussi éclatant que le clair de lune) et dépourvu de toute imperfection, les cheveux longs et raides, telle une cascade d'eau brune. L'ossature de son visage était anormalement régulière et puissante, ses grands yeux bleus en amande, et ses sourcils aussi fins et sombres que des traits de plume, avec une étrange fioriture à leur bout. Rien de tout cela n'inquiéta le moins du monde la jeune fille. Pour ce qu'elle en savait, tout Danois, tout Écossais ou Français jamais né était d'une beauté surnaturelle.

« Il répondit assez bien à son baiser et la laissa encore l'embrasser. Puis il la paya de retour. Un autre soldat se leva de terre et ouvrit la bouche. Il en sortit une mélodie triste et plaintive. Le premier – celui que la jeune fille avait embrassé – la cajola pour l'amener à danser avec lui, la poussant de côté et d'autre avec ses longs doigts blancs jusqu'à ce qu'elle ondulât d'une manière qui lui agréât.

« Ce jeu dura quelque temps ; s'étant échauffée avec la danse, elle s'arrêta un moment pour ôter sa cape. Ses compagnes virent alors que des gouttes de sang, pareilles à des perles de sueur, se formaient sur ses bras, son visage et ses jambes et tombaient sur la neige. Ce spectacle les terrifia, aussi s'enfuirent-elles.

« L'armée étrangère n'entra jamais dans Allendale. Elle continua à chevaucher dans la nuit vers Carlisle. Le lendemain, les habitants de la ville montèrent prudemment aux prés où elle avait bivouaqué. Là-haut, ils trouvèrent la jeune fille, le corps blanc et entièrement exsangue. Tout autour d'elle, le sol était taché de rouge vif.

« À ces signes, ils reconnurent la *Daoine Sidhe,* la Phalange des fées.

« Des batailles furent livrées ; les Anglais les perdirent toutes. À Noël, la Phalange féerique était à York. Elle tenait déjà Newcastle, Durham, Carlisle et Lancaster. Hormis l'exsanguination de la vierge d'Allendale, les fées usèrent très peu de la cruauté pour laquelle leur race est renommée. De toutes les cités et forteresses qu'elles prirent, seule celle de Lancaster fut réduite en cendres. À Thirsk, au nord d'York, un cochon offensa un membre de la Phalange en se jetant sous les pieds de son cheval, qui se cabra et tomba, se brisant l'échine dans sa chute. L'homme-fée et ses compagnons pourchassèrent le cochon et, après l'avoir attrapé, lui arrachèrent les yeux. L'arrivée de la Phalange en un nouveau lieu était en général cause d'importantes réjouissances parmi les animaux à la fois sauvages et domestiques, comme s'ils reconnaissaient chez les fées un allié contre leur ennemi commun, l'Homme.

« À Noël, le roi Henry convoqua ses comtes, ses évêques, ses abbés et les grands hommes de son royaume en son palais de Westminster pour débattre de l'affaire. Les fées n'étaient pas inconnues en Angleterre, à cette époque. Des villages féeriques étaient établis de longue date en de nombreux endroits, certains cachés par magie, d'autres que leurs voisins chrétiens évitaient simplement. Les conseillers du roi Henry s'accordèrent à dire que les fées étaient méchantes par nature. Elles étaient lascives, menteuses et voleuses ; elles séduisaient les jouvenceaux et les jouvencelles, fourvoyaient les voyageurs et volaient les enfants, le bétail et le blé. Elles étaient incroyablement indolentes : elles maîtrisaient les arts de la maçonnerie, de la menuiserie et de la sculpture depuis des millénaires ; pourtant, plutôt que de se donner la peine de se construire des maisons, la plupart préféraient loger en des gîtes qu'elles se piquaient d'appeler des châteaux, mais qui n'étaient que des *brugh*, des tertres de terre de haute antiquité. Elles passaient leurs jours à boire et à danser, pendant que leur orge et leurs haricots pourrissaient sur pied, et que leurs bêtes frissonnaient et mouraient sur le versant glacé. Les conseillers du roi répétaient en effet à l'envi que, n'eût été leur magie extraordinaire et leur quasi-immortalité, la race féerique entière eût depuis longtemps péri de faim et de soif. Ce peuple étourdi et imprévoyant n'en avait pas moins envahi un royaume chrétien bien défendu, remporté toutes les batailles qu'il avait livrées, et il avait chevauché de lieu en lieu pour prendre les places fortes qu'il rencontrait sur son passage. Tout cela parlait en faveur d'un certain discernement que les fées n'avaient jamais été connues pour posséder.

« Nul ne savait quoi en conclure.

« En janvier, la Phalange féerique sortit d'York pour chevaucher vers le sud. Arrivée à la Trent, elle marqua une halte. Ainsi, ce fut à Newark, sur les berges de la Trent, que le roi Henry et son armée livrèrent bataille à la Daoine Sidhe.

« Avant la bataille, un vent magique souffla dans les rangs de l'armée du roi Henry et la douce plainte d'un chalumeau se fit entendre, amenant un grand nombre de chevaux à se libérer et à se sauver du côté des fées ; beaucoup emportèrent avec eux leurs malheureux cavaliers. Ensuite, les hommes entendirent les voix de leurs êtres chers – mères, pères, enfants, amants ou amantes – les supplier de revenir à la maison. Une légion de corbeaux descendit du ciel, picotant les visages des Anglais et les aveuglant sous une mêlée d'ailes noires. Les soldats anglais n'avaient pas seulement l'adresse et la férocité de la Sidhe à combattre ; ils devaient aussi lutter contre leur propre effroi face à une magie si mystérieuse. Il ne faut guère s'étonner que la bataille fût brève et que le roi Henry la perdît. Sur le moment, quand le silence retomba et qu'il devint indubitablement clair que le roi Henry avait été vaincu, les oiseaux à des milles à la ronde se mirent à chanter de joie.

« Le roi et ses conseillers attendirent qu'un chef ou un roi s'avançât. Les rangs de la Daoine Sidhe s'écartèrent et quelqu'un finit par apparaître.

« Il devait avoir moins de quinze ans. À la manière de la Daoine Sidhe, il était vêtu de guenilles de grossière laine noire. Comme les autres, il avait des cheveux bruns, longs et raides. Comme eux, il ne parlait ni anglais ni français – les deux langues répandues en Angleterre en ce temps-là –, seulement un dialecte du royaume des fées[1]. Il était beau, son teint était pâle et son air dédaigneux. Pour tous les témoins, il était clair que c'était un homme, pas un garçon-fée.

« Selon les critères des comtes et chevaliers normands et anglais qui le voyaient ce jour-là pour la première fois, il était à peine civilisé. Il n'avait jamais vu ni cuillère, ni chaise, ni bouilloire de fer, ni penny d'argent, ni flambeau de cire. Aucun clan ou royaume féerique de l'époque ne possédait d'objets aussi raffinés. Lorsque le roi Henry et le jouvenceau se rencontrèrent pour se partager l'Angleterre, Henry, assis sur un banc de bois, se régalait de vin dans un gobelet d'argent, tandis que le garçon, installé par terre, buvait du lait de brebis dans un mortier en pierre. Le chroniqueur Orderic Vitalis, qui narra la scène quelque trente ans plus tard, décrit l'outrage ressenti par la cour du roi Henry en voyant, au milieu de ces importantes délibérations, un guerrier de la Daoine Sidhe se pencher et se mettre avec sollicitude à épouiller la chevelure sale du jeune garçon.

« La Phalange féerique comptait dans ses rangs un jeune chevalier normand du nom de Thomas de Dondale[2]. Bien qu'il fût captif en Féerie depuis de nombreuses années, il avait suffisamment de souvenirs de sa langue maternelle, le français, pour permettre au jouvenceau et au roi Henry de se comprendre mutuellement.

« Le roi Henry demanda son nom au jouvenceau.

---

1. De nos jours, plus personne ne connaît cette langue en Angleterre, et tout ce qui nous en reste se limite à une poignée d'emprunts, décrivant diverses obscures pratiques magiques. Matin Pale note dans son *De tractatu magicarum linguarum* qu'elle était parente des anciennes langues celtiques.

2. Selon d'autres sources, Thomas de Dundelle ou Thomas de Donvil. Il semble que plusieurs des vassaux de Henry aient reconnu en Thomas le cadet d'un puissant seigneur normand qui avait disparu lors d'un Noël, quatorze ans plus tôt. Étant donné les circonstances de son retour, il est douteux qu'ils aient été particulièrement ravis de le revoir.

« Le jouvenceau répondit qu'il n'avait pas de nom[1].

« Le roi Henry lui demanda pourquoi il faisait la guerre à l'Angleterre.

« Le jouvenceau déclara qu'il était le seul membre survivant d'une famille de la noblesse normande à qui le père du roi Henry, Guillaume le Conquérant, avait octroyé des terres dans le nord de l'Angleterre. Les hommes de la maison avaient été dépossédés de leurs terres et de leur vie par un vil ennemi, Hubert de Cotentin. Le jouvenceau affirmait que, quelques années auparavant, son père avait demandé justice à Guillaume II (frère de Henry et son prédécesseur sur le trône), sans rien obtenir. Peu après, son père avait été assassiné. Le garçon rapporta qu'il avait été lui-même enlevé par les hommes de Hubert alors qu'il était encore un nourrisson et abandonné dans la forêt, où le Daoine Sidhe l'avait découvert et emmené vivre au pays des fées. Il était de retour.

« Il avait la foi d'un très jeune homme et dans la justice absolue de sa cause et dans la totale iniquité de celle des autres. Il s'était mis dans la tête que la terre d'Angleterre qui s'étendait entre la Tweed et la Trent était une juste compensation pour l'impuissance des rois normands à venger les membres de sa famille. Pour ce motif et pour nul autre, le roi Henry était autorisé à garder la moitié méridionale de son royaume.

« Le jouvenceau ajouta qu'il était déjà roi en Féerie. Il donna le nom du roi des fées qui était son souverain. Personne ne comprit[2].

« Ce jour-là, il inaugura son règne ininterrompu de plus de trois cents ans.

« À l'âge de quatorze ans, il avait déjà créé le système de magie que nous utilisons encore aujourd'hui. Ou, plutôt, que nous utiliserions si nous le pouvions ; le gros de ce qu'il savait s'est, hélas, perdu. Il s'agissait d'un parfait mélange de magie féerique et d'humaine organisation ; leurs pouvoirs s'alliaient à une terrible détermination. Il n'existe aucune raison, à notre connaissance, qui expliquerait pourquoi un enfant chrétien volé dût subitement se révéler être le plus grand magicien de tous les âges. D'autres enfants, auparavant comme depuis lors, ont été captifs dans les marches du pays des fées ; aucun autre, pourtant, n'a jamais autant mis à profit cette expérience.

---

1. Quand il était enfant au pays des fées, la Sidhe l'avait appelé d'un mot de leur langue qui, nous dit-on, signifiait « Étourneau ». Il avait déjà abandonné ce nom à l'époque où il entra en Angleterre. Par la suite, il reprit le nom de son père, John Uskglass, mais, au début de son règne, il était simplement connu sous un des nombreux titres que ses amis ou ses ennemis lui donnaient : le Roi, le roi Corbeau, le roi Noir, le roi du Nord.

2. Le nom de ce roi de la Daoine Sidhe était particulièrement long et difficile à prononcer. Dans la tradition, il s'est toujours appelé Obéron. [Obéron, le roi des fées du *Songe d'une nuit d'été* de Shakespeare (*N.d.T.*).]

Par comparaison avec ses exploits, tous nos efforts paraissent triviaux, sans importance.

« Mr Norrell, de Hanover-square, soutient que tout ce qui vient de John Uskglass doit être chassé de la magie moderne, de la façon qu'on doit chasser la poussière et les mites d'une vieille redingote. Que croit-il qu'il lui resterait ? Si vous vous débarrassez de John Uskglass, vous n'étreindrez plus que le vide. »

Extrait de L'Histoire et la Pratique de la magie anglaise, *volume I, Jonathan Strange, John Murray éditeur, 1816.*

46

« Le ciel m'a parlé... »

Janvier 1816

C'ÉTAIT PAR UNE SOMBRE journée. Un vent glacé rabattait les flocons contre les croisées de la bibliothèque de Mr Norrell, où Childermass était à son bureau pour écrire des lettres d'affaires. Bien qu'il ne fût que dix heures du matin, les chandeliers étaient déjà allumés. Les seuls bruits étaient celui des braises qui se consumaient dans l'âtre et le grattement de la plume de Childermass sur le papier.

« À l'attention de Lord Sidmouth, Ministre de l'Intérieur
« Hanover-square, le 8 janvier 1816

« Monsieur le Ministre,

« Mr Norrell me prie de vous informer que les charmes destinés à empêcher la crue des rivières dans le comté de Suffolk sont maintenant au point. La note sera expédiée ce jour à Mr Wynne des Finances... »

Quelque part, très loin, une cloche tinta, un son funèbre. Childermass n'y prêta guère attention. Pourtant, sous l'influence de ce glas, la pièce s'assombrit autour de lui ; il se sentit plus seul.

« ... La magie maintiendra les eaux dans les limites des lits habituels des rivières. Toutefois, Mr Leeves, le jeune ingénieur recruté par le lord lieutenant du Suffolk pour estimer la solidité des ponts et autres ouvrages attenants aux cours d'eau, a exprimé quelques doutes... »

L'image d'un paysage désolé s'imposa à lui. Il le voyait très nettement, comme un lieu de sa connaissance ou un tableau qu'il contemplait quotidiennement depuis des années et des années. Un vaste paysage de champs bruns déserts et de bâtisses en ruine sous un morne ciel gris...

« … sur la capacité des ponts de la Stour et de l'Orwell à résister à l'augmentation du débit d'eau qui s'ensuivra certainement au moment des fortes pluies. Mr Leeves préconise une inspection immédiate et complète des ponts, moulins et gués du Suffolk, à commencer par ceux de la Stour et de l'Orwell. Je me suis laissé dire qu'il a déjà écrit à Votre Seigneurie sur le sujet… »

Il ne se représentait plus seulement le paysage, il avait la quasi-sensation d'être dedans. Il se tenait sur une route ancienne, antique, creusée d'ornières, qui escaladait en lacet une montagne noire dressée vers le ciel, où un grand vol d'oiseaux tout aussi noirs se rassemblait…

« Mr Norrell a refusé de fixer un délai à la magie. Son opinion personnelle est que celle-ci durera aussi longtemps que les rivières elles-mêmes. Il prend toutefois la liberté de recommander à Votre Seigneurie que ses charmes soient réexaminés dans vingt ans. Mardi prochain, Mr Norrell commencera à mettre en place un dispositif magique similaire pour le comté de Norfolk… »

Les oiseaux formaient des caractères noirs sur le gris du ciel. Il songea qu'il allait comprendre le sens de l'inscription en un instant. Les pierres de l'ancienne route étaient des symboles qui prédisaient la route au voyageur.

Childermass revint à lui avec un sursaut. La plume tressauta dans sa main ; toute sa lettre fut éclaboussée d'encre.

L'esprit troublé, il regarda autour de lui. Il ne rêvait pas. Les vieux objets, si familiers, étaient toujours là : les rayonnages de livres, le miroir, l'encrier, les chenets, la statuette en porcelaine de Martin Pale. Néanmoins, la confiance qu'il avait dans ses organes des sens était ébranlée. Il n'était plus sûr de la présence réelle des livres, des miroirs, de la statuette de porcelaine. Tout ce qu'il voyait n'était plus qu'une peau qu'il pouvait fendre d'un coup d'ongle pour trouver le paysage froid et désolé caché dessous.

Les champs bruns étaient partiellement inondés par un chapelet de mares grises et glacées. La forme des mares avait une signification. Elles avaient été dessinées dans les champs par la pluie, elles étaient un sort jeté par la pluie, tout comme la nuée d'oiseaux noirs sur le gris était un sort jeté par le ciel, et l'ondulation de l'herbe grisâtre un sort jeté par le vent. Tout avait un sens.

D'un bond, Childermass s'écarta du bureau et se reprit. Il fit le tour de la pièce en hâte, puis sonna le valet. Pendant qu'il attendait, la magie retrouva son pouvoir. Lorsque Lucas fit son apparition, Childermass ne savait plus s'il était dans la bibliothèque de Mr Norrell ou bien arrêté sur une ancienne route.

Il secoua violemment la tête et cligna les yeux plusieurs fois.

— Où est donc mon maître ? demanda-t-il. Quelque chose ne va pas.

Lucas le dévisagea avec une légère inquiétude.

— Monsieur Childermass ? Êtes-vous souffrant, monsieur ?

— Ne vous souciez pas de cela. Où est Mr Norrell ?

— Il est au ministère de la Marine, monsieur. Je croyais que vous le saviez. La voiture est venue le prendre voilà plus d'une heure. Il sera de retour sous peu.

— Non, s'exclama Childermass, ce n'est pas possible ! Il ne peut pas être parti. Êtes-vous sûr qu'il n'est pas à l'étage, occupé par sa magie ?

— Sûr et certain, monsieur. J'ai vu la voiture partir avec notre maître à l'intérieur. Permettez-moi d'envoyer Matthew chercher un médecin, monsieur Childermass. Vous avez l'air souffrant.

Childermass ouvrit la bouche pour protester qu'il n'était pas du tout souffrant. Juste à ce moment-là...

... le ciel le regarda. Childermass sentit la terre se voûter car il pesait sur son dos.

Le ciel lui parlait, à lui, Childermass.

Cette langue, il l'entendait pour la première fois. Il n'était pas certain que ce fussent des mots. Peut-être le ciel lui parlait-il seulement dans l'inscription noire formée par les oiseaux. Childermass était petit et vulnérable, et n'avait aucun moyen de s'échapper. Il était pris entre la terre et le ciel, comme au creux de deux mains qui pouvaient le broyer à leur gré.

Le ciel lui parla encore.

— Je ne comprends pas, répondit-il.

Il battit des paupières et découvrit Lucas penché sur lui. Respirant difficilement, il tendit la main, effleura un objet à son côté. Il se tourna pour regarder ; la vision d'un pied de fauteuil le laissa perplexe. Il était étendu par terre.

— Que... ? commença-t-il.

— Vous êtes dans la bibliothèque, monsieur, le coupa Lucas. Vous avez perdu connaissance, apparemment.

— Aidez-moi à me relever. Il faut que je parle à Norrell.

— Monsieur, je vous ai déjà dit…

— Non. Vous vous trompez. Il doit être ici, c'est impossible autrement. Emmenez-moi à l'étage.

Lucas l'aida à se mettre debout et à sortir de la pièce, mais, quand ils atteignirent l'escalier, Childermass faillit de nouveau s'effondrer. Lucas appela donc Matthew, l'autre valet ; à eux deux, moitié ils soutinrent Childermass, moitié le portèrent jusqu'au deuxième étage où Mr Norrell accomplissait ses actes de magie les plus secrets.

Lucas ouvrit la porte. À l'intérieur, un feu pétillait dans la grille de la cheminée. Plumes, canifs, porte-plumes et crayons étaient disposés avec art sur un petit plateau. L'encrier était plein, et son capuchon d'argent bien fermé. Livres et carnets étaient soigneusement empilés ou rangés. Tout paraissait épousseté, ciré et en ordre parfait. Manifestement, Mr Norrell s'était absenté ce matin-là.

Childermass repoussa les valets, se redressa et inspecta la pièce avec perplexité.

— Vous voyez, monsieur ? reprit Lucas. C'est tout comme je vous l'ai dit. Le maître est au ministère de la Marine.

— Oui, admit Childermass.

Cela n'avait pas de sens pour lui. Si Norrell n'était pour rien dans cette mystérieuse magie, alors, qui cela pouvait-il bien être ?

— Strange est-il venu ici ? demanda-t-il.

— Certes non ! – Lucas était indigné. – J'espère avoir mieux à faire qu'introduire Mr Strange. Vous paraissez encore incommodé, monsieur. Permettez-moi d'envoyer quérir un médecin.

— Non, non. Je me sens mieux, beaucoup, beaucoup mieux. Tenez, aidez-moi donc à m'asseoir. – Childermass s'affala dans un fauteuil avec un soupir. – Au nom du Ciel, que regardez-vous donc tous les deux ? – d'un geste, il les congédia. Matthew, n'avez-vous aucune tâche qui vous attend ? Lucas, allez me chercher un verre d'eau !

Il était encore hébété et étourdi, le sentiment d'angoisse qui l'avait saisi au ventre avait toutefois diminué. Il pouvait se figurer le paysage dans ses moindres détails ; son image était gravée dans son esprit. Il percevait sa désolation, sa dimension surnaturelle, mais ne se sentait plus en danger de s'y perdre. Il pouvait réfléchir.

Lucas revint avec un plateau chargé d'un verre à vin et d'une carafe d'eau. Il servit un verre d'eau à Childermass, qui le but d'un trait.

Il existait bien un sort que Childermass connaissait, un sort servant à déceler la présence de magie. Il ne vous révélait pas quelle magie, ni le nom de son auteur ; simplement, il indiquait si une magie était à l'œuvre ou non. Du moins, était-ce l'effet qu'il était censé produire. Childermass ne l'avait essayé qu'une fois, sans résultat. Il n'avait aucun moyen de savoir s'il marchait ou non.

— Ressers-moi de l'eau, ordonna-t-il à Lucas.

Lucas obéit.

Cette fois-ci, Childermass ne but pas. Il marmonna une formule au-dessus du verre, puis le leva à la lumière et scruta son contenu, en le tournant lentement jusqu'à ce qu'il eût embrassé toute la pièce au travers.

Rien.

— Je ne sais pas ce que je cherche, murmura-t-il, avant de lancer à Lucas . Venez. J'ai besoin de vos services.

Ils redescendirent dans la bibliothèque. Childermass leva une nouvelle fois son verre, prononça sa formule et examina le liquide.

Toujours rien.

Il s'approcha de la fenêtre. Fugitivement, il crut apercevoir une perle de lumière blanche au fond du verre.

— C'est dans le square, énonça-t-il.

— Qu'y a-t-il donc dans le square ? demanda Lucas.

Sans répondre, Childermass regarda par la fenêtre. Les pavés boueux de Hanover-square étaient recouverts de neige. Les grilles noires qui délimitaient le jardin central se détachaient nettement sur le blanc. La neige tombait toujours, et il soufflait un vent vif. Malgré les intempéries, plusieurs personnes se tenaient là. Il était de notoriété publique que Mr Norrell habitait à Hanover-square, et l'on venait jusqu'ici dans l'espoir de l'apercevoir. En ce moment, un gentleman et deux demoiselles (tous, à n'en pas douter, des passionnés de magie), postés devant la maison, contemplaient celle-ci avec une certaine excitation. Non loin de là, un jeune homme brun était mollement appuyé à la grille. Un marchand d'encre au manteau déchiré, un petit réservoir sur le dos, se tenait près de lui. À droite, il y avait une autre dame. Celle-ci avait tourné le dos à la maison et se dirigeait à pas lents vers Hanover-street ; Childermass avait idée qu'elle faisait partie des curieux l'instant d'avant. Elle portait une toilette luxueuse et du dernier chic, une pelisse vert foncé bordée d'hermine, et tenait un gros manchon également d'hermine.

Childermass connaissait bien le marchand d'encre pour lui avoir souvent acheté de l'encre. Les autres étaient tous, croyait-il, des inconnus.

— Reconnaissez-vous l'un d'entre eux ? demanda-t-il.

— Ce gandin aux cheveux bruns. – Lucas montrait du doigt le jeune homme appuyé aux grilles. – C'est Frederick Marston. Il est venu ici plusieurs fois pour demander à Mr Norrell de le prendre comme élève, mais Mr Norrell a toujours refusé de le recevoir.

— Oui, je pense que vous m'en avez déjà parlé. – Childermass observa un instant de plus les promeneurs du square, puis poursuivit : – Aussi improbable que cela puisse paraître, l'un d'eux doit créer une sorte de magie. Il faut que je descende pour aller voir. Venez. J'ai encore besoin de vous.

Dans le square, la magie était plus forte que jamais. Le glas tintait dans la tête de Childermass. Derrière le rideau de neige, les deux mondes luisaient par intermittence, telles les images d'une lanterne magique : tantôt Hanover-square, tantôt les champs mornes et une inscription noire dans le ciel.

Childermass leva son verre, prêt à répéter sa formule magique. Ce ne fut guère nécessaire ; celui-ci répandait déjà une douce lumière blanche. C'était la chose la plus brillante de cette sombre journée d'hiver ; son éclat, plus clair et plus pur que n'importe quelle lampe, jetait de drôles d'ombres sur les visages de Childermass et de Lucas.

Le ciel lui parla encore. Cette fois, il crut reconnaître une question. De graves conséquences dépendaient de sa réponse. S'il pouvait seulement comprendre ce qui lui était demandé et trouver les mots justes pour répondre, alors il aurait une révélation. Une révélation qui changerait la magie anglaise pour toujours, une révélation dont Strange et Norrell n'avaient encore rien soupçonné.

Longtemps il s'efforça de comprendre. La langue et le sort lui semblaient à présent cruellement familiers. D'un moment à l'autre, pensait-il, il allait saisir leur sens. Somme toute, le monde lui tenait chaque jour le même langage ; seulement il ne l'avait pas remarqué plus tôt…

Lucas lui disait quelque chose. Childermass avait dû retomber, puisqu'il s'aperçut alors que Lucas l'agrippait par les aisselles pour le remettre debout. Le verre à vin était brisé sur les pavés, et la lumière blanche zébrait la neige.

— … la chose la plus singulière, disait Lucas. C'est cela, monsieur Childermass. Vous revenez à vous. Je ne vous ai jamais vu impressionné de la sorte. Êtes-vous sûr, monsieur, de ne pas vouloir rentrer ? Voici Mr Norrell. Il saura quoi faire.

Childermass regarda vers la droite. La voiture de Mr Norrell débouchait dans le square par George-street.

Le marchand d'encre la vit également. Aussitôt, il s'approcha du gentleman et des deux demoiselles. Il s'inclina respectueusement et s'adressa au gentleman. Tous trois tournèrent la tête pour suivre la voiture des yeux. Le gentleman mit la main à la poche et donna une pièce au marchand. Après une nouvelle courbette, ce dernier s'éloigna.

Mr Marston, le jeune gandin brun, n'eut pas besoin qu'on lui précise qu'il s'agissait de la voiture de Mr Norrell. Dès qu'il la vit arriver, il s'écarta des grilles pour s'avancer.

La dame vêtue du dernier chic avait fait demi-tour et revenait vers la maison, apparemment dans l'intention de rencontrer le premier magicien d'Angleterre.

La voiture s'arrêta devant l'entrée. Le valet de pied descendit pour ouvrir la portière. Mr Norrell mit pied à terre. Il était si emmitouflé dans ses cache-col que sa petite silhouette ratatinée en paraissait presque corpulente. Sur-le-champ, Mr Marston le salua et commença à l'entretenir. Mr Norrell secoua la tête avec impatience et, d'un geste, congédia l'importun.

La dame à la toilette du dernier chic dépassa Childermass et Lucas. Elle avait le teint très clair et un air grave. Il vint à l'esprit de Childermass qu'elle eût sans doute été considérée comme belle par ceux que cela intéressait. À présent qu'il la voyait de plus près, il commença à songer qu'il la connaissait.

— Lucas, murmura-t-il, qui est cette dame ?

— Veuillez m'excuser, monsieur. Je ne pense pas l'avoir déjà vue.

Au pied des marches de la voiture, Mr Marston se montrait de plus en plus pressant et Mr Norrell, lui, était de plus en plus furieux. Il promena ses regards à la ronde, aperçut Childermass et Lucas non loin de là et leur fit signe.

Alors la dame à la toilette du dernier chic avança d'un pas vers lui. Un court instant, il sembla qu'elle aussi allait l'aborder, mais cela n'entrait pas dans ses intentions. Elle tira un pistolet de son manchon avec tout le calme du monde et le pointa sur le cœur du vieux magicien.

Mr Norrell et Mr Marston écarquillèrent les yeux.

Plusieurs choses se produisirent en même temps. Lucas lâcha Childermass – qui retomba à terre comme une pierre – et courut au secours de son maître. Mr Marston saisit la dame par la taille. Davey, le cocher de Mr Norrell, sauta à bas de son siège et empoigna le bras qui tenait l'arme.

Childermass gisait dans la neige, au milieu des éclats de verre. Il vit la femme se dégager de l'étreinte de Mr Marston avec ce qui lui parut une facilité déconcertante. Elle jeta son adversaire au sol avec une telle force qu'il ne se releva pas. Elle posa une petite main gantée sur la poitrine de Davey, qui fut projeté plusieurs yards en arrière. Le valet de Mr Norrell – celui qui avait ouvert la portière de la voiture – tenta bien de l'étendre sur le carreau, mais son coup n'eut pas le moindre effet sur elle. Elle plaqua la main sur son visage – on eût cru une caresse : il s'écroula de tout son long. Quant à Lucas, elle le frappa simplement à l'aide du pistolet.

Childermass ne comprenait pas grand-chose aux événements. Il se releva tant bien que mal et, d'un pas trébuchant, s'avança d'une demi-douzaine de yards, ne sachant guère s'il foulait les pavés de Hanover-square ou une antique route du pays des fées.

Mr Norrell fixait la dame avec la plus profonde horreur, trop effrayé pour crier ou se sauver. Childermass leva les mains vers elle dans un geste de conciliation.

— Madame..., commença-t-il.

Elle ne lui accorda pas un regard.

La chute continue des flocons immaculés l'étourdissait. Malgré tous ses efforts, Childermass ne pouvait pas se raccrocher à Hanover-square. Le paysage fantastique l'appelait ; Mr Norrell allait être tué et rien ne pouvait l'empêcher.

Puis il se produisit un fait étrange.

Il se produisit un fait étrange. Hanover-square disparut. Mr Norrell, Lucas et tous les autres disparurent.

La dame, elle, resta.

Elle se tenait face à lui, sur l'antique route, sous le ciel où foisonnaient les oiseaux noirs. Elle leva son pistolet et, du pays des fées, le pointa en Angleterre, sur le cœur de Mr Norrell.

— Madame, répéta Childermass.

Elle le regarda avec une rage froide et brûlante. Il n'y avait rien au monde qu'il pût dire pour la dissuader de son geste. Il empoigna l'arme par le canon.

Une détonation retentit, un bruit insupportable, assourdissant.

L'intensité de ce son l'avait ramené en Angleterre, supposa Childermass.

Brusquement, il se retrouva à Hanover-square, mi-assis mi-couché, adossé aux marches de la voiture. Il se demanda où Norrell était, s'il était mort ou non. Il pensa qu'il devait aller aux renseignements, mais s'avisa qu'il ne s'en souciait guère et resta donc là où il était.

À l'arrivée d'un chirurgien, il comprit que la dame avait vraiment tiré sur quelqu'un : ce quelqu'un, c'était lui.

Le reste de la journée et la plus grande partie de la suivante s'écoulèrent dans un mélange de douleur et de rêveries sous laudanum. Parfois, Childermass se croyait sur l'ancienne route, sous le ciel parlant, mais Lucas lui tenait désormais compagnie et lui causait puits d'amour et seaux de charbon. Une corde était tendue en travers du ciel, sur laquelle un grand nombre de personnes évoluaient. Strange était là, et Norrell aussi. Tous deux tenaient des piles d'ouvrages dans les mains. Il y avait John Murray, l'éditeur, et Vinculus, et beaucoup d'autres. Parfois, la douleur logée dans l'épaule de Childermass s'échappait de lui et courait se cacher dans la chambre. Il songeait à les prévenir afin qu'ils pussent la chasser. Une fois, il l'aperçut : elle avait un pelage rouge feu, plus flamboyant que celui d'un renard...

Le soir du deuxième jour, il était couché dans son lit avec une idée beaucoup plus claire de son identité, du lieu où il se trouvait et de ce qui s'était passé. Vers sept heures, Lucas entra dans la chambre, portant une chaise. Il la posa au chevet du lit. Un instant plus tard, Mr Norrell entrait à son tour et y prenait place.

Pendant quelques instants, Mr Norrell se borna à fixer la courtepointe avec une expression tourmentée. Puis il marmonna une question.

Childermass, n'entendant pas, supposa naturellement que Mr Norrell s'enquérait de sa santé. Il s'apprêtait à répondre qu'il espérait être en meilleure forme dans un jour ou deux, quand Mr Norrell l'interrompit et répéta d'un ton plus acerbe :

— Pourquoi accomplissiez-vous le Scopus[1] de Belasis ?

— Le quoi ? demanda Childermass.

— Lucas m'a appris que vous aviez eu recours à la magie. Je l'ai prié de me décrire vos gestes. Naturellement, j'ai reconnu le Scopus de Belasis[2]. – Sa physionomie devint acérée et soupçonneuse. – Pourquoi y avez-vous eu recours ? Et, mieux encore, où diable avez-vous appris une telle technique ? Comment puis-je avancer dans mon travail en étant constamment trahi de la sorte ? Je m'étonne d'avoir pu accomplir quoi que ce fût, alors que je suis entouré de serviteurs qui apprennent des sorts dans mon dos et d'élèves qui s'appliquent à contrer toutes mes réalisations !

Childermass lui jeta un regard un tantinet ulcéré.

— C'est vous qui me l'avez enseigné.

— Moi ? s'écria Mr Norrell, d'une voix plus aiguë de plusieurs tons que d'habitude.

— Avant votre arrivée à Londres, à l'époque où vous vous enfermiez dans votre bibliothèque de Hurtfew, pendant que je battais la campagne pour vous

1. En latin, *scopus* : « but », « cible » (*N.d.T.*).

2. Le sort servant à détecter un phénomène de magie apparaît dans *Les Instructions* de Jacques Belasis.

acheter de précieux ouvrages. Vous m'avez appris ce sort au cas où je rencontrerais quelqu'un qui se targuerait d'être un magicien praticien. Vous craigniez qu'il pût exister un autre magicien capable de…

— Oui, oui, l'interrompit Mr Norrell avec impatience. Je m'en souviens maintenant. Mais cela n'explique toujours pas pourquoi vous l'avez utilisé dans le square, hier matin.

— Parce que la magie régnait.

— Lucas n'a rien remarqué.

— Il n'entre pas dans les attributions de Lucas de savoir si de la magie est en cours. Cette tâche me revient. Ce fut la chose la plus étrange que j'aie jamais vue. Je n'arrêtais pas de penser que j'étais ailleurs. Je crois que, un temps, j'ai été vraiment en danger. Je ne comprends pas dans quel lieu je me trouvais. Il présentait de curieux aspects, que je vais vous décrire tantôt. Ce n'était certainement pas l'Angleterre. Je pense que c'était le pays des fées. Quelle sorte de magie produit cet effet ? Et d'où venait-elle ? Se peut-il que cette femme soit une magicienne ?

— Quelle femme ?

— Celle qui m'a tiré dessus.

Mr Norrell émit un léger son irrité.

— Ce projectile vous a affecté plus que je ne pensais, déclara-t-il avec mépris. Si elle avait été une grande magicienne, pensez-vous vraiment que vous auriez pu la contrecarrer si facilement ? Il n'y avait aucun magicien dans le square. Cette femme n'en est certainement pas une.

— Pourquoi donc ? Qui est-elle ?

Mr Norrell garda le silence un moment. Puis il répondit :

— L'épouse de Sir Walter Pole, la femme que j'ai ramenée d'entre les morts.

À son tour, Childermass resta silencieux.

— Eh bien, vous me surprenez ! articula-t-il enfin. Je pourrais citer plusieurs personnes qui auraient une bonne raison de pointer un pistolet sur votre cœur, mais je ne vois pas du tout pourquoi cette femme devrait être de leur nombre.

— On la prétend folle. Elle a échappé aux gens qui avaient pour tâche de la surveiller et est venue jusqu'ici pour me tuer, ce qui, vous en conviendrez, je pense, est une preuve suffisante de sa folie. – Les petits yeux gris de Mr Norrell se détournèrent. – Après tout, je suis connu partout pour être son bienfaiteur.

Childermass l'écouta à peine.

— Où s'est-elle procuré le pistolet ? Sir Walter est un homme sensé. On a peine à imaginer qu'il laisse des armes à feu à sa portée…

— Il s'agissait d'un pistolet de duel, d'une paire qui appartient à Sir Walter. Celle-ci est rangée dans un coffret fermé à clé, dans le secrétaire lui-même fermé à clé de son bureau personnel. Sir Walter affirme que jusqu'à hier il aurait juré que son épouse ignorait son existence. Quant à savoir comment elle a réussi à se procurer la clé – les deux clés –, c'est un mystère.

— Ce ne me paraît pas un grand mystère pour moi. Les épouses, même les épouses folles, savent obtenir ce qu'elles veulent de leurs époux.

— Sir Walter n'avait pas les clés. C'est cela qui est étrange. Ces pistolets étaient les seules armes à feu dans la maison, et Sir Walter avait quelque inquiétude fort naturelle pour la sécurité de sa femme et de ses biens, étant donné qu'il est si souvent absent de son domicile. Les clés étaient confiées à la garde du majordome – ce géant noir –, vous voyez sans doute de qui je parle. Sir Walter n'arrive pas à comprendre comment il en est venu à commettre pareille bourde. Sir Walter jure que ce garçon est, d'une manière générale, le plus sûr et le plus sérieux du monde. Bien entendu, on ne sait jamais vraiment ce que pensent les domestiques, continua allègrement Mr Norrell, oubliant qu'il parlait à l'un d'eux en ce moment. Néanmoins, je serais étonné que cet homme ait pu m'en vouloir. Je n'ai pas dû lui adresser trois mots de toute mon existence. Bien sûr, poursuivit-il, je pourrais engager des poursuites contre Lady Pole pour tentative d'assassinat. Hier encore, j'y étais fermement résolu. Mais plusieurs personnes m'ont fait observer que je devais ménager Sir Walter. C'est ce que plaident Lord Liverpool et Mr Lascelles, et je crois qu'ils ont tous les deux raison. Sir Walter a favorisé la magie anglaise. Je ne voudrais pas donner à Sir Walter une raison de regretter d'avoir été mon ami. Sir Walter m'a fait le serment qu'elle serait enfermée en une retraite campagnarde, où elle ne verrait personne et où nul ne la verrait.

Mr Norrell ne daigna pas s'informer des vœux de Childermass en la matière. Malgré le fait que Childermass était cloué au lit par la douleur et une hémorragie, et que les blessures de Mr Norrell consistassent principalement en une légère migraine et une petite entaille à un doigt, il était évident pour Mr Norrell qu'il était le plus à plaindre des deux.

— Alors, quelle était donc cette magie ? demanda Childermass.

— La mienne, bien sûr ! s'emporta Mr Norrell. De qui d'autre, sinon ? La magie que j'ai mise en œuvre pour la ramener d'entre les morts. Vous l'avez sentie, et le Scopus de Belasis l'a révélée. C'était au début de ma carrière, et il y a sans doute eu quelques vices de forme qui lui ont peut-être donné une drôle de tournure et…

— Une drôle de tournure ? s'écria Childermass d'une voix rauque, avant d'être pris d'une quinte de toux. – Après avoir repris son souffle, il continua : – À tout moment, je courais le danger d'être transporté dans un royaume où tout respirait la magie. Le ciel me parlait ! Tout me parlait ! Comment cela a-t-il pu être ?

Mr Norrell leva un sourcil.

— Je n'en sais rien. Vous étiez peut-être ivre...

— Vous m'avez déjà vu ivre dans l'accomplissement de mes devoirs ? répliqua Childermass d'un ton glacial.

Mr Norrell haussa les épaules, sur la défensive.

— J'ignore absolument ce que vous faites. Dès l'instant où vous avez mis le pied dans ma maison, vous n'avez connu d'autre loi que la vôtre, me semble-t-il.

— Considérée sous le jour de l'ancienne magie anglaise, insista Childermass, l'idée n'est pas si singulière ! Ne m'avez-vous pas dit que les Auréats considéraient les arbres, les montagnes, les rivières et ainsi de suite comme des créatures vivantes dotées de pensées, de souvenirs et de désirs propres ? Les Auréats pensaient que tout l'univers était magique, si l'on peut dire.

— Certains des Auréats le pensaient, oui. Ils ont assimilé cette croyance auprès de leurs serviteurs-fées, qui attribuaient quelques-uns de leurs extraordinaires pouvoirs magiques à leur aptitude à parler aux arbres, aux rivières, etc., et à nouer des amitiés et des alliances avec eux. Cependant, il n'y a aucune raison de croire qu'ils avaient raison. Ma magie à moi ne repose pas sur des idées aussi absurdes.

— Le ciel m'a parlé, insista Childermass. Si ce que j'ai vu était vrai, alors...

Il hésita.

— Alors quoi ? s'impatienta Mr Norrell.

Dans son état de faiblesse, Childermass avait pensé tout haut. Il voulait dire que, si ce qu'il avait vu était vrai, alors tout ce que Strange et Norrell avaient jamais réalisé était un jeu d'enfant. La magie était bien plus étrange et bien plus terrifiante qu'aucun des trois l'avait cru. Strange et Norrell n'avaient fait que lancer des fléchettes en papier d'un bout à l'autre d'un salon, tandis que la vraie magie s'élevait sur ses grandes ailes, piquait et zigzaguait dans un ciel sans limites, loin, très loin au-dessus d'eux.

Il s'avisa toutefois qu'il existait peu de chances pour que Mr Norrell eût une vue très optimiste de ce genre d'idées, aussi ne répondit-il pas.

Curieusement, Mr Norrell paraissait lire dans ses pensées.

— Oh ! s'exclama-t-il dans un accès de colère. Très bien ! Vous êtes toujours là, n'est-ce pas ? Alors je vous conjure d'aller rejoindre immédiatement

Strange, Murray et tous les autres traîtres ! Je suis persuadé que vous trouverez leurs conceptions bien mieux appropriées à votre actuel état d'esprit ! Je suis sûr qu'ils seront très contents de vous compter parmi eux. Et vous pourrez leur révéler tous mes secrets ! Ils sauront être généreux avec vous en échange. Je serai ruiné et...

— Monsieur Norrell, calmez-vous. Je n'ai aucune intention de chercher une nouvelle place. Vous êtes le dernier maître que j'aurai.

Il s'écoula un nouveau silence bref qui laissa peut-être le temps à Mr Norrell de réfléchir au manque d'à-propos qu'il y avait à se quereller avec l'homme qui lui avait sauvé la vie la veille. D'un ton plus posé, il déclara :

— Personne ne vous a sans doute encore prévenu. La femme de Strange est morte.

— Quoi ?

— Morte. Sir Walter me l'a annoncé. Apparemment, elle est sortie se promener dans la neige. C'était bien malavisé. Deux jours après, elle était morte.

Childermass en eut froid dans le dos. Le morne paysage était soudain très proche, juste sous la peau de l'Angleterre. Il se voyait presque encore sur l'antique route...

... et Arabella Strange était devant lui sur la route. Elle lui tournait le dos et s'enfonçait seule dans les terres grises et glacées, sous le ciel enchanté et parlant...

— On m'a dit que le décès de Mrs Strange a rendu Lady Pole très malheureuse, continua Mr Norrell, oublieux de la subite pâleur de Childermass et de sa respiration difficile. Son chagrin a été terrible. Apparemment, elles étaient amies. Je l'ignorais jusqu'à aujourd'hui. L'eussé-je su, j'aurais peut-être pu... – Il hésita et son visage se crispa sous l'effet de quelque émotion secrète. – Cela n'a plus d'importance, à présent. L'une est folle, et l'autre morte. D'après Sir Walter, Lady Pole paraît me considérer à certains égards comme coupable de la mort de Mrs Strange. – Il hésita une nouvelle fois puis, au cas où il y aurait un doute sur le sujet, il ajouta : – Ce qui est absurde, bien sûr.

À cet instant, deux éminents médecins que Mr Norrell avait mandés pour soigner Childermass entrèrent dans la pièce. Ils furent surpris d'y trouver Mr Norrell – surpris et ravis. Leurs expressions souriantes, ainsi que leurs courbettes et leurs révérences, montraient quel plaisant exemple de condescendance ils voyaient dans le fait que le grand homme rendît visite à son serviteur. Ils lui certifièrent qu'ils avaient rarement vu de maison où le maître fût aussi soucieux de la santé de ses subordonnés et où les domestiques fussent aussi attachés à leur maître par les liens, moins du devoir, que du respect et d'une tendre affection.

Et Mr Norrell, au moins aussi sensible à la flatterie que la plupart des individus, de se prendre à songer qu'il accomplissait peut-être un geste exceptionnellement vertueux. Il tendit la main dans l'intention de tapoter celle de Childermass d'une façon amicale et condescendante. Mais, après avoir croisé le regard froid de ce dernier, il se ravisa, toussota et quitta la pièce.

Childermass le suivit des yeux.

« Tous les magiciens mentent et celui-ci plus que la majorité », avait dit Vinculus.

47

« Un gars noir et un drôle tout bleu… ça doit vouloir dire quèque chose… »

Fin janvier 1816

LA VOITURE DE SIR Walter Pole suivait une route isolée du Yorkshire. Stephen Black l'escortait, monté sur un cheval blanc.

De part et d'autre, des landes désertes couleur d'ecchymose s'étiraient jusqu'à un ciel sombre, où la neige menaçait. Des rochers gris et informes étaient éparpillés ici et là, rendant le paysage plus désolé et plus sauvage encore. De temps à autre, un rayon de soleil perçait de biais les nuages, illuminant fugitivement un torrent blanc d'écume, ou frappant une fondrière pleine d'eau, qui devenait soudain aussi éblouissante qu'un penny d'argent tombé d'une poche.

Ils atteignirent une croisée de chemins. Le cocher arrêta les chevaux et contempla tristement l'endroit où, à son opinion, un poteau indicateur eût dû se trouver.

— Il n'y a pas de bornes, rien pour indiquer où peuvent mener ces routes ! maugréa Stephen.

— À supposer qu'elles aillent quelque part, ce dont je commence à douter, répondit le cocher, sortant une tabatière de sa poche et inhalant une bonne pincée de son contenu.

Le valet qui siégeait à côté du cocher (et qui était de loin le plus transi et le plus misérable des trois) maudit copieusement le Yorkshire, tous les habitants du Yorkshire et toutes les routes du Yorkshire.

— Nous devrions rouler vers le nord-nord-est, je pense, dit Stephen. Mais je suis un peu désorienté, sur cette lande. Savez-vous où se trouve le nord ?

Le cocher, à qui cette question s'adressait, répliqua que toutes les directions lui semblaient assez nordiques.

Le valet émit un petit rire sans gaieté.

Comprenant que ses compagnons d'infortune ne lui étaient d'aucun secours, Stephen agit comme il agissait toujours en pareille circonstance : il prit le fardeau du voyage sur ses épaules. Il ordonna au cocher d'emprunter une route, tandis que lui en suivrait une autre.

— Si je réussis à trouver, je reviendrai vous chercher ou enverrai un messager. Si c'est vous qui me précédez, déposez votre chargement et ne vous souciez pas de moi.

Stephen chevaucha de l'avant, scrutant dubitativement les chemins et les sentes qu'il rencontrait. Une fois, il croisa un autre cavalier solitaire et lui demanda sa route, mais l'homme se révéla être étranger à la lande, lui aussi, et n'avait jamais entendu parler du lieu cité par Stephen.

Il atteignit enfin un chemin étroit qui serpentait entre deux murets de pierres sèches – courants dans cette partie de l'Angleterre. Il s'y engagea. De chaque côté, une rangée d'arbres dénudés bordait l'alignement des murets. Au moment où les premiers flocons de neige tombaient en tourbillonnant, il franchit un petit pont et pénétra dans un village d'austères cottages de pierre et de murs à demi écroulés. Le silence régnait. Il n'y avait guère plus d'une poignée de bâtiments, et Stephen trouva vite celui qu'il cherchait : une maison basse, toute en longueur, avec une cour pavée devant. Il embrassa du regard les toitures affaissées, les croisées vétustes et les pierres moussues d'un air de profonde répulsion.

— Ohé ! appela-t-il. Y a-t-il quelqu'un ?

La neige tombait de plus en plus dru. De quelque part sur le flanc de la bâtisse, deux serviteurs accoururent. Bien qu'ils fussent propres et bien mis, leurs expressions nerveuses et leur allure maladroite arrachèrent un tressaillement à Stephen et lui firent regretter de ne pas s'être occupé de leur instruction.

De leur côté, ils écarquillaient les yeux à la vue de cet homme noir monté sur une jument d'une blancheur de lait au milieu de leur cour. Le plus brave des deux esquissa une demi-courbette.

— Est-ce bien Starecross-hall ? demanda Stephen.

— Oui, monsieur, répondit le domestique courageux.

— Je suis ici pour affaires au nom de Sir Walter Pole. Allez me chercher votre maître.

Le bonhomme s'en fut au pas de course. L'instant d'après, la porte d'entrée s'ouvrait ; un individu brun et maigre apparut.

— Vous êtes le gardien de l'asile d'aliénés ? s'enquit Stephen. Vous êtes John Segundus ?

— Certainement ! s'écria John Segundus. Soyez le bienvenu !

Stephen mit pied à terre et jeta la bride de sa monture au serviteur.

— J'ai eu un mal de tous les diables à vous trouver ! Nous roulons dans cette lande diabolique depuis une heure. Pouvez-vous dépêcher un homme pour amener la voiture de Madame jusqu'ici ? Ils ont pris la route à gauche de celle-ci, au croisement, deux milles plus haut.

— Bien sûr, tout de suite, l'assura Mr Segundus. Je suis désolé que vous ayez rencontré des difficultés. L'asile, comme vous voyez, est extrêmement reculé. C'est là une des raisons pour lesquelles ce lieu sied à Sir Walter. Madame va bien, j'espère ?

— Madame est très fatiguée par le voyage.

— Tout est prêt pour l'accueillir. Au moins... – Mr Segundus le fit entrer. – Je suis conscient que ce doit être très différent de ce à quoi elle est habituée...

Un court couloir dallé conduisait à une chambre qui offrait un contraste plaisant avec le cadre sombre et dépouillé. Tout n'y était que confort et hospitalité ; elle avait été pourvue de tableaux, d'un ravissant mobilier, de tapis moelleux et de lampes à l'éclairage gai. Il y avait aussi des repose-pieds pour les pieds de Madame si elle se sentait lasse, des paravents pour la protéger des courants d'air si elle avait froid, et des livres pour la divertir, eût-elle par hasard envie de lire.

— Cela ne convient-il pas ? s'enquit Mr Segundus avec inquiétude. Je comprends, à votre figure, que non.

Stephen ouvrit la bouche pour déclarer à Mr Segundus que ce qu'il voyait était bien différent. Il voyait, en effet, ce que Madame verrait à son entrée dans la pièce. Les fauteuils, les peintures et les lampes étaient fantomatiques. Derrière eux transparaissaient les formes plus consistantes et plus solides des salles et des escaliers gris et nus d'Illusions-perdues.

Toutefois, il était vain de tenter d'expliquer tout cela. Ses mots auraient changé au moment où il les aurait prononcés, pour se transformer en quelque absurdité sur une bière aux ferments de colère et sur la soif de vengeance ; ou sur des jeunes filles dont les larmes se métamorphosaient en opales et en perles à la lune montante, et dont les empreintes de pied s'emplissaient de sang à la lune descendante. Aussi se contenta-t-il de dire :

— Non, non, cela nous donne entière satisfaction. Madame a tout ce qu'il lui faut.

Ces paroles auraient pu paraître un brin froides à beaucoup, surtout s'ils s'étaient donné autant de mal que Mr Segundus – ce dernier, cependant, n'émit aucune objection.

— Alors, c'est la dame que Mr Norrell a ramenée d'entre les morts ? dit-il.

— Oui, répondit Stephen.

— L'acte même sur lequel la restauration de la magie anglaise repose !

— Oui.

— Et pourtant elle a tenté de le tuer ! Cette affaire est très étrange, vraiment des plus étranges !

Stephen se tut. À son avis, il ne convenait pas au gardien d'un asile d'aliénés de méditer de tels sujets ; et il y avait très peu de chances pour qu'il découvrît la vérité s'il s'y hasardait.

Afin de détourner les pensées de Mr Segundus de Lady Pole et de son prétendu crime, Stephen déclara :

— Sir Walter a choisi personnellement cet établissement. J'ignore sur le conseil de qui. Êtes-vous gardien d'asile d'aliénés depuis longtemps ?

Mr Segundus eut un rire.

— Non, pas depuis très longtemps. Depuis environ quinze jours. Lady Pole sera ma première patiente.

— Vraiment !

— Je crois que Sir Walter considère mon manque d'expérience comme un avantage plutôt que le contraire ! D'autres messieurs de la profession sont habitués à exercer toutes sortes d'autorité sur leurs patients et à leur imposer des contraintes. Comportement auquel Sir Walter est opposé dans le cas de son épouse. Voyez-vous, je n'ai aucune mauvaise habitude à perdre. Madame ne trouvera que douceur et respect en cette demeure. Et, hormis quelques précautions suggérées par le simple bon sens – comme de garder armes à feu et couteaux hors de sa portée –, elle sera traitée avec tous les égards dans cette maison, et nous tâcherons de la rendre heureuse.

Stephen inclina la tête en signe d'approbation.

— Comment en êtes-vous arrivé là ? s'enquit-il.

— Dans cette maison ? demanda Mr Segundus.

— Non, à tenir un asile d'aliénés.

— Oh ! Tout à fait par hasard ! En septembre dernier, j'ai eu l'extrême bonne fortune de connaître une dame du nom de Mrs Lennox qui, dès lors, est devenue ma bienfaitrice. Cette maison lui appartient. Depuis quelques années, elle essayait de trouver un bon locataire, sans succès. Elle s'est prise d'amitié pour moi et a souhaité me rendre service. Ainsi, elle a décidé d'ouvrir un établissement ici et de m'en confier la charge. Notre première idée était une école de magiciens, mais…

— De magiciens ! s'exclama Stephen, surpris. Quel rapport entretenez-vous avec les magiciens ?

— J'en suis un, je l'ai été toute ma vie.

— Vraiment !

Stephen paraissait tellement offusqué à cette nouvelle que la première impulsion de Mr Segundus fut de s'excuser. Mais quelle sorte d'excuses pouvait-on donner à l'état de magicien ? Il ne le savait pas. Alors il poursuivit :

— Mr Norrell n'a pas approuvé notre projet d'école, et il a envoyé Childermass pour me mettre en garde. Connaissez-vous John Childermass, monsieur ?

— Je le connais de vue, répondit Stephen. Je ne lui ai jamais parlé.

— Au début, Mrs Lennox et moi-même avions la ferme intention de lui résister – de résister à Mr Norrell, j'entends, pas à Childermass. J'ai écrit à Mr Strange, mais ma lettre est arrivée le matin où sa femme a disparu et, comme vous le savez sans doute, la malheureuse dame a expiré quelques jours plus tard.

L'espace d'un instant, Stephen eut l'air de vouloir ajouter un commentaire, mais ensuite il secoua la tête, et Mr Segundus reprit :

— Sans l'aide de Mr Strange, il était clair pour moi que nous devions renoncer à notre école. Je me suis rendu à Bath pour en informer Mrs Lennox. Elle s'est montrée pleine de bienveillance et m'a assuré que nous arrêterions bientôt un nouveau projet. Je confesse être sorti de chez elle d'une humeur très maussade. J'avais à peine fait quelques pas quand j'ai vu un étrange spectacle. Une silhouette en guenilles noires se tenait au milieu de la route. Ses yeux rouges et enflammés étaient vides de toute raison et de tout espoir. L'homme agitait les bras pour se défendre contre les fantômes qui l'assaillaient et criait, les suppliant d'avoir pitié de lui. Ceux qui souffrent dans leur corps peuvent parfois trouver un répit dans le sommeil, néanmoins je sus d'instinct que les démons de cet homme le poursuivaient jusque dans ses rêves. J'ai glissé quelques pièces dans sa main et ai passé mon chemin. Je ne sais si j'ai pensé particulièrement à lui sur le trajet du retour mais, au moment où je franchissais le seuil de cette demeure, il s'est passé un événement très curieux. J'ai eu ce que je crois devoir appeler une vision. J'ai vu le fou en plein délire dans le vestibule – dans l'exacte condition où je l'avais vu à Bath – et j'ai compris. J'ai compris que cette maison, avec sa tranquillité et sa solitude, pouvait être bénéfique aux personnes à l'esprit dérangé. J'ai écrit à Mrs Lennox et elle a accepté mon nouveau projet. Vous ignoriez qui m'avait recommandé à Sir Walter. C'est Childermass. Childermass m'avait promis de m'aider s'il en avait le pouvoir.

— Il serait peut-être préférable, monsieur, que vous évitiez toute allusion à votre profession ou à l'école, du moins au début. Il n'y a rien au monde – en celui-ci ou en tout autre – qui ne chagrinerait plus Madame que de se retrouver esclave d'un autre magicien.

— Esclave ! s'exclama Mr Segundus, stupéfié. Quel drôle de mot est-ce là ! J'espère sincèrement que nul ne se considérera jamais comme mon esclave ! Et certainement pas cette dame !

Stephen l'étudia un moment.

— Je suis sûr que vous êtes un magicien d'une sorte très différente de Mr Norrell, dit-il.

— Je l'espère, renchérit gravement Mr Segundus.

Une heure plus tard, du remue-ménage se faisait entendre dans la cour. Stephen et Mr Segundus sortirent pour accueillir Madame. Les chevaux et la voiture s'étaient trouvés dans la totale impossibilité de passer le pont, et Lady Pole avait été forcée de parcourir à pied les derniers cinquante yards de son voyage. Elle entra dans la cour du manoir non sans émoi, embrassa du regard le morne décor enneigé ; il sembla à Stephen que seul le plus cruel des cœurs pouvait la considérer dans toute sa jeunesse, sa beauté et sa profonde affliction sans former le vœu de lui apporter toute la protection en son pouvoir. Intérieurement, il maudit Mr Norrell.

Quelque chose dans l'apparence de la jeune femme parut alarmer Mr Segundus. Il baissa les yeux sur sa main gauche, mais celle-ci était gantée. Il se ressaisit immédiatement et lui souhaita la bienvenue à Starecross-hall.

Stephen leur servit le thé au salon.

— On m'a appris que Madame a été très peinée de la disparition de Mrs Strange, dit Mr Segundus. Me permettez-vous de vous offrir mes condoléances ?

Elle détourna son visage pour dissimuler ses larmes.

— Il serait plus juste de les lui offrir à elle, pas à moi, répondit-elle. Mon mari a offert, lui, d'écrire à Mr Strange et de solliciter la faveur d'emprunter un portrait de Mrs Strange afin d'en réaliser une copie pour me consoler. Mais à quoi cela m'avancerait-il ? Après tout, il y a peu de chances que j'oublie son visage alors qu'elle et moi assistons aux mêmes bals et cortèges tous les soirs… et continuerons à y assister le restant de notre vie, j'imagine. Stephen sait, Stephen comprend.

— Ah, oui ! reprit Mr Segundus. Madame a horreur de la danse et de la musique, je suis au courant. Soyez assurée qu'ils seront interdits ici. Ici, nous n'aurons rien qui ne vous apporte de la gaieté, rien qui ne vous rende heureuse.

Il lui parla des ouvrages qu'il prévoyait de lire avec elle et des promenades qu'ils pourraient faire au printemps, si cela agréait à Madame.

À Stephen, affairé avec le service à thé, cette conversation parut des plus innocentes, à cela près qu'à une ou deux reprises il vit Mr Segundus reporter, de Madame à lui-même et vice-versa, un regard aigu et pénétrant qui le rendit perplexe et le mit mal à l'aise.

La voiture, le cocher, la femme de chambre et le valet devaient tous rester a Starecross Hall, auprès de Lady Pole ; Stephen, lui, devait retourner à Harley-street. De bonne heure, le lendemain matin, pendant que Madame prenait le petit-déjeuner, il entra pour faire ses adieux.

Comme il s'inclinait devant elle, Lady Pole eut un petit rire, mi-mélancolique mi-amusé.

— Il est on ne peut plus ridicule de nous séparer ainsi, alors que vous et moi savons que nous allons nous retrouver dans quelques heures. Ne vous inquiétez pas pour moi, Stephen. Je me trouverai mieux ici, j'en suis sûre.

Stephen se rendit à l'écurie, où son cheval l'attendait. Il mettait ses gants quand une voix résonna derrière lui.

— Je vous demande pardon.

Mr Segundus était là, plus hésitant et plus modeste que jamais.

— Me permettez-vous de vous poser une question ? Quelle est la magie qui vous entoure, vous et Madame ? – Il leva la main comme s'il voulait effleurer le visage de Stephen du bout des doigts. – Vous avez une rose rouge et blanche à la bouche, et elle aussi. Que cela signifie-t-il ?

Stephen porta la main à ses lèvres ; il n'y avait rien. Cependant, il eut fugitivement l'idée de tout raconter à Mr Segundus : son enchantement et celui des deux femmes. Il se figura que Mr Segundus le comprendrait plus ou moins, qu'il se révélerait être un magicien extraordinaire – plus grand que Strange ou Norrell – et trouverait un moyen pour contrecarrer le gentleman aux cheveux comme du duvet de chardon. Mais il s'agissait là de fantaisies fugaces. L'instant suivant, la méfiance innée de Stephen pour les Anglais – et pour les magiciens anglais en particulier – reprenait ses droits.

— Je ne vous entends point, dit-il très vite.

Il monta sur sa jument et s'en fut sans un mot de plus.

Ce jour-là, les routes hivernales étaient parmi les pires qu'il eût jamais connues. La boue des ornières, en gelant, avait formé des crêtes dures comme du fer. Les champs et les chemins étaient recouverts de gelée blanche, et un brouillard givrant ajoutait à la pénombre ambiante.

Sa monture était l'un des innombrables présents du gentleman. Cette jument à la blancheur de lait n'avait pas un seul crin noir. Elle était, au reste, rapide et robuste, et aussi affectueuse envers Stephen qu'un cheval peut l'être avec un homme. Il l'avait appelée Firenze, et doutait que le prince régent ou le duc de Wellington eussent une meilleure cavale. Une des étranges particularités de sa vie enchantée tenait à ce que, où qu'il allât, nul ne s'étonnait de l'incongruité qu'il y avait à ce qu'un serviteur nègre possédât le plus beau cheval du royaume.

À une vingtaine de milles au sud de Starecross-hall, il arriva dans un petit village. La route formait un coude brutal, avant de s'enfiler entre une grosse demeure cossue, avec un jardin sur la droite et une rangée de communs délabrés sur la gauche. À l'instant où Stephen passait devant l'entrée de la maison, un équipage sortit de l'allée et faillit le heurter. Le cocher se retourna pour voir ce qui avait fait broncher ses chevaux et l'avait forcé à les retenir. N'apercevant qu'un homme noir, il claqua du fouet dans sa direction. S'il manqua Stephen, le coup atteignit Firenze juste au-dessus de l'œil droit. La bête se cabra de peur et de douleur et perdit l'équilibre sur la chaussée verglacée.

Un bref instant, tout parut sens dessus dessous. Quand Stephen recouvra enfin ses esprits, il découvrit qu'il était par terre. Firenze était tombée. Lui avait été désarçonné ; il avait encore le pied gauche pris dans l'étrier et la jambe tordue d'inquiétante manière – il pensa à une fracture. Il dégagea son pied et resta un moment assis, nauséeux et tout étourdi. Il sentait un liquide lui couler sur le visage et il s'était écorché les mains dans sa chute. Il tenta de se remettre debout et vit avec soulagement qu'il y parvenait ; sa jambe semblait contusionnée, mais pas cassée.

Firenze renâclait, couchée sur le flanc, roulant follement les yeux. Stephen se demanda pourquoi elle n'essayait pas de se redresser ou, au moins, de ruer. Une sorte de frisson convulsif secouait son corps ; hormis cela, elle était inerte. Ses jambes étaient raides et dessinaient des angles bizarres. Alors, la vérité lui apparut : elle ne pouvait plus bouger, elle avait l'échine brisée.

Il scruta la maison de maître, dans l'espoir que quelqu'un viendrait l'aider. Une femme apparut un moment à une fenêtre. Stephen eut l'impression fugitive d'une toilette élégante et d'un grand air. Dès qu'elle se fut assurée que l'accident n'avait causé aucun dégât à quiconque ou à quoi que ce fût de sa maison, l'inconnue disparut et Stephen ne la revit plus.

Il s'agenouilla devant Firenze et, de la main, flatta sa tête et son épaule. D'une de ses sacoches de selle, il tira un pistolet, un cornet à poudre, un écouvillon et une cartouche. Il chargea le pistolet et l'amorça. Puis il se releva et arma le chien.

Mais il eut conscience de ne pouvoir aller plus loin. La jument lui avait été trop dévouée ; il ne pouvait pas la tuer. Il était sur le point de renoncer par désespoir, quand un ferraillement se fit entendre sur la route derrière lui. Au tournant, apparut une charrette tirée par un grand percheron placide, à l'allure traînante. C'était la voiture d'un charretier, et dedans trônait le charretier en personne, un bonhomme gros comme une barrique, affublé d'un vieux manteau, avec une face ronde et épaisse. Quand il vit Stephen, il ralentit son cheval.

— Eh ! mon gars ! Qu'est-ce à faire ?

Stephen désigna Firenze de son pistolet.

Le charretier descendit de sa voiture et s'avança vers Stephen.

— Belle bête, dit-il d'une voix pleine de bonté.

Il tapa sur l'épaule de Stephen et poussa un soupir compatissant qui empestait le chou.

— Mais, mon gars ! Ça lui fait une belle jambe, à présent.

Quittant des yeux le visage de Stephen, il reporta ses regards sur le pistolet. Il tendit alors le bras, leva doucement le canon à hauteur de la tête frémissante de Firenze. Stephen ne tirant toujours pas, il reprit :

— Dois-je le faire à ta place, mon gars ?

Stephen inclina la tête.

Le charretier prit le pistolet. Stephen détourna les yeux. Un coup retentit – un bruit affreux, suivi immédiatement de croassements affolés et d'un grand bruissement d'ailes, tandis que tous les oiseaux des environs s'envolaient. Stephen se retourna. Firenze se contracta une dernière fois, puis ne bougea plus.

— Merci, dit-il au charretier.

Stephen entendit l'homme s'éloigner et pensa qu'il était parti, mais ce dernier revint au bout d'un instant, lui donna un coup de coude et lui tendit un flacon noir. Stephen prit une lampée. C'était du gin d'une qualité très grossière. Il s'étrangla.

Même si l'on avait pu payer deux fois sa carriole et son cheval sur le prix des habits et des bottes de Stephen, le charretier endossait l'allègre sentiment de supériorité que les hommes blancs éprouvent en général à l'égard des nègres. Il rumina l'affaire, puis déclara à Stephen que le plus urgent était de prendre des dispositions pour l'enlèvement de la carcasse.

— C'est une bête de valeur, morte ou vive. Ton maître ne sera pas content quand il apprendra qu'un autre a le cheval et l'argent…

— Cette jument n'était pas à mon maître ! protesta Stephen. Elle était à moi.

— Eh ! s'écria le charretier. Regarde ça !

Un corbeau s'était posé sur le flanc blanc comme lait de Firenze.

— Non ! cria Stephen, tentant d'aller chasser l'oiseau.

Le charretier l'arrêta.

— Nenni, mon gars ! Nenni ! Ça porte chance. Je ne sais pas quand j'ai vu un meilleur présage !

— Chance ! répéta Stephen. De quoi parles-tu ?

— C'est le signe du vieux roi, non ? Un corbeau sur quèque chose de blanc. L'étendard du vieux John !

Le charretier avisa Stephen qu'il connaissait un endroit non loin de là où, selon lui, contre espèces sonnantes on l'aiderait à trouver un arrangement pour vendre Firenze. Stephen grimpa à côté de lui sur la charrette et le charretier le conduisit à une ferme.

Le fermier, n'ayant jamais vu d'homme noir, fut stupéfait de trouver un être aussi exotique dans sa cour. Contre toute évidence, il ne parvenait pas à croire que Stephen parlât anglais. Le charretier, qui compatissait à la confusion d'esprit du fermier, se tint au côté de Stephen, répétant aimablement tout ce qu'il disait pour que le fermier comprît mieux. Cela ne servit à rien. Ne les écoutant pas plus l'un que l'autre, le fermier se contenta de bader Stephen et d'adresser des remarques à son sujet à l'un de ses domestiques, tout aussi fasciné. Le fermier se demandait si Stephen déteignait quand il touchait des objets, et il émit d'autres spéculations d'une nature encore plus impertinente et plus déplaisante. Les instructions précises de Stephen pour l'enlèvement de la carcasse de Firenze se perdirent, jusqu'au moment où l'épouse du fermier revint d'un marché voisin. Elle était d'une sorte très différente. Pour sa part, un homme bien mis avec une monture de prix (quoique morte) était un gentleman – libre à lui d'être de la couleur de son choix. Elle parla à Stephen d'un équarrisseur qui emportait les cadavres de chevaux de la ferme, écoulait la chair et revendait os et sabots pour fabriquer de la colle. Elle lui indiqua combien l'équarrisseur le paierait et promit de s'occuper de tout en échange d'un tiers de la somme. Stephen lui donna son accord.

— Je vous remercie, dit Stephen. Tout cela eût été beaucoup plus difficile sans votre aide. Je vous dédommagerai de votre peine, naturellement. Toutefois, j'ai bien peur de devoir vous déranger encore. Je n'ai aucun moyen de rentrer chez moi. Je vous serais très obligé si vous pouviez me conduire jusqu'au prochain relais de poste.

— Nenni ! s'écria le charretier. Range ta bourse, mon gars, je vais t'amener à Doncaster et cela te coûtera néant.

En vérité, Stephen eût préféré de beaucoup gagner le prochain relais de poste, mais le charretier avait l'air si ravi d'avoir trouvé un compagnon qu'il lui sembla plus aimable et plus reconnaissant d'aller avec lui.

La charrette se dirigeait cahin-caha vers Doncaster ; ils voyageaient sur des chemins de campagne et arrivaient à des auberges et dans des villages en des points inattendus, les prenant par surprise. Ils livraient ici un bois de lit, là un cake, et chargeaient un tas de colis aux drôles de formes. Une fois, ils s'arrêtèrent devant une très humble chaumière, isolée derrière une haute haie dénudée, en pleine forêt. Là, ils reçurent des mains d'une servante décrépite une antique volière, toute en angles et peinte en noir, contenant un minuscule canari. Le charretier expliqua à Stephen qu'elle avait appartenu à une vieille dame qui était décédée et devait être livrée à sa petite-nièce, au sud de Selby.

Peu après que le canari eut été caché à l'arrière de la charrette, une rafale de ronflements sonores émanant subitement du même endroit fit sursauter Stephen. Il paraissait impossible qu'un tel raffut fût sorti d'un oiseau si petit ; Stephen en conclut donc qu'une autre personne se trouvait dans la charrette, quelqu'un qu'il n'avait pas encore eu le privilège de saluer.

Le charretier tira d'un panier un gros pâté en croûte et un morceau de fromage. Il découpa une portion de pâté à l'aide d'un grand couteau et s'apprêtait à l'offrir à Stephen quand un doute l'effleura :

— Les gars noirs mangent-ils la même chose que nous ? demanda-t-il, comme s'il croyait qu'ils se nourrissaient d'herbe ou de rayons de lune.

— Oui, répondit Stephen.

Le charretier donna donc à Stephen sa part de pâté et du fromage.

— Je vous remercie. Mais votre autre passager ne veut-il pas se restaurer ?

— Possible. Quand il se réveillera. Je l'ai fait monter à Ripon. Il n'avait pas un penny en poche. Je me suis dit que j'aurais quèqu'un à qui causer. Il était assez bavard au début, puis il a commencé à dormir à Boroughbridge et n'a rien fait d'aut' depuis.

— Quel ennuyeux personnage !

- Peut me chaut. Je peux vous causer à présent.

— Il doit être très fatigué, dit Stephen d'un ton pensif. Il ne s'est pas réveillé au coup qui a achevé ma jument, ni pendant la visite à ce balourd de fermier, ni pour le bois de lit et le canari – pour aucune des péripéties de la journée, en réalité. Où va-t-il donc ?

— Lui ? Nulle part. Il erre de lieu en lieu. Il est harcelé par un célèbre personnage londonien et ne peut rester longtemps quèque part sinon le serviteur de l'autre bonhomme pourrait l'attraper.

— Vraiment ?

— Il est tout bleu, ajouta le charretier.

— Bleu ? s'étonna Stephen, mystifié.

Le charretier opina du bonnet.

— Comment ? Bleu de froid ? Ou bien a-t-il été rossé ?

— Nenni, mon gars. Il est aussi bleu que t'es noir. Eh ! J'ai un gars noir et un drôle tout bleu dans ma charrette ! Je n'ai pas ouï dire qu'on eût osé avant moi. À présent, si voir un gars noir porte bonheur – ce qui doit être vrai, comme pour les chats –, alors voir un gars noir et un drôle tout bleu ensemble en un seul et même lieu doit vouloir dire quèque chose. Mais quoi ?

— Peut-être cela veut-il dire quelque chose, suggéra Stephen, mais pas pour vous. Peut-être cela a-t-il un sens pour lui. Ou pour moi.

— Non, ça ne se peut, objecta le charretier. C'est à moi que ça arrive.

Stephen considéra l'étrange couleur de l'inconnu.

— Aurait-il une maladie ? demanda-t-il.

— Possible, admit le charretier, ne voulant pas s'engager.

Une fois leur repas terminé, le charretier se mit à piquer du nez ; sous peu il dormit d'un sommeil profond, la bride toujours en main. La charrette poursuivit tranquillement sa route sous la direction du percheron, une bête dotée de bon sens et d'un grand discernement.

La journée était épuisante pour Stephen. Le triste exil de Lady Pole et la perte de Firenze l'accablaient. Il était content d'être dispensé un moment de la conversation du charretier.

Une première fois, il perçut une espèce de marmonnement, ce qui laissait supposer que l'homme bleu se réveillait. Au début, il ne comprit pas ce que l'autre racontait, puis il entendit très distinctement : « L'esclave sans nom deviendra roi d'un pays inconnu. »

Ces mots le firent frémir ; ils lui rappelaient fortement la promesse du gentleman de le couronner roi d'Angleterre.

La nuit tombait. Stephen arrêta le cheval, descendit de son siège et alluma les trois lanternes vétustes accrochées autour de la voiture. Il s'apprêtait à remonter à sa place, quand un individu hirsute et dépenaillé se dressa soudain à l'arrière et sauta sur le sol verglacé pour venir se camper devant lui.

L'individu hirsute examina Stephen à la lueur des lanternes.

— Sommes-nous déjà arrivés ? s'enquit-il d'une voix enrouée.

— Arrivés où ? demanda Stephen.

Le bonhomme rumina un moment ces mots, avant de se résoudre à reformuler sa question initiale.

— Où sommes-nous ?

— Nulle part. Quelque part entre un village appelé Ulleskelf et un autre répondant au nom de Thrope Willoughby, je crois.

Bien qu'il eût demandé ce renseignement, une fois qu'il l'eut obtenu l'homme ne parut guère s'y intéresser. Sa chemise souillée était ouverte jusqu'à la taille ; Stephen put voir que la description faite par le charretier était de nature fallacieuse. L'autre n'était pas bleu de la même manière que Stephen était noir. C'était un personnage maigre et d'allure rapace, peu recommandable, dont la peau en son état naturel avait dû être d'une couleur identique à celle de tout Anglais. Cependant, elle était désormais recouverte d'un étrange motif de traits, de fioritures, de points et de cercles bleus.

— Connaissez-vous John Childermass, le serviteur du magicien ? s'enquit-il.

Stephen fut saisi, comme n'importe qui le serait après s'être entendu poser deux fois la même question en deux jours par de complets inconnus.

— Je le connais de vue. Mais je ne lui ai jamais parlé.

Le bonhomme eut un large sourire et lui fit un clin d'œil.

— Il me recherche depuis huit ans et ne m'a toujours pas attrapé. Je suis allé à la maison de son maître, dans le Yorkshire. Elle est entourée d'un grand parc. J'aurais bien aimé dérober une friandise. Quand j'ai visité sa demeure londonienne, je me suis régalé de quelques tourtes.

Se trouver en compagnie d'un voleur qui reconnaissait son état était une expérience un tantinet déconcertante, et pourtant Stephen ne pouvait s'empêcher d'éprouver une certaine sympathie pour quelqu'un qui rêvait de voler le magicien. Après tout, sans Mr Norrell, Lady Pole et lui n'eussent jamais été victimes d'un enchantement. Il plongea la main dans sa poche et en tira deux couronnes.

— Tiens ! dit-il.

— Pourquoi tant de générosité ? demanda l'homme d'un ton suspicieux, tout en acceptant les pièces.

— Je te plains.

— Et pourquoi ?

— Parce que, si ce qu'on me raconte est vrai, tu n'as ni feu ni lieu.

L'homme grimaça un nouveau sourire et gratta sa joue sale.

— Et si ce qu'on me raconte à moi est vrai, tu es sans nom !

— Comment ?

— J'ai un nom, moi. Vinculus. – Il empoigna la main de Stephen. – Pourquoi cherches-tu à t'écarter de moi ?

— Je ne cherche pas à m'écarter, se récria Stephen.

— Que si. Tu t'es écarté juste à l'instant.

Stephen hésita.

— Ta peau est marquée, et d'une autre couleur. J'ai pensé que les marques étaient peut-être le signe d'un mal quelconque.

— Non, ma peau signifie autre chose, déclara Vinculus.

— Signifie ? Voilà un drôle de mot à employer ! C'est pourtant vrai, la peau peut signifier beaucoup de choses. La mienne signifie que tout homme peut me frapper dans un lieu public sans s'inquiéter des conséquences. Elle signifie que mes amis n'aiment pas toujours être vus dans la rue en ma compagnie. Elle est aussi le signe que, peu importe le nombre d'ouvrages que je lis ou de langues que je maîtrise, je ne serai jamais autre chose qu'une curiosité – à l'instar d'un cochon parlant ou d'un cheval qui aurait la bosse des mathématiques.

Vinculus sourit de plus belle.

— La mienne signifie le contraire de la tienne. Elle signifie que tu seras élevé à la plus haute place, ô roi sans nom. Elle signifie que ton royaume t'attend et que ton ennemi sera anéanti. Elle signifie que ton heure viendra. « *L'esclave sans nom portera une couronne d'argent ; l'esclave sans nom deviendra roi dans un pays étranger…* »

Alors, tenant toujours aussi serré la main de Stephen, Vinculus récita sa prophétie tout du long :

— Là, dit-il quand il eut fini. À présent je l'ai annoncé aux deux magiciens comme je te l'ai annoncé. La première partie de ma tâche est accomplie.

— Je ne suis pas magicien ! protesta Stephen.

— Je n'ai jamais dit que tu l'étais, répondit Vinculus.

Sans prévenir, il lâcha le bras de Stephen, resserra les pans de sa redingote déchirée autour de lui, plongea dans les ténèbres au-delà du cercle lumineux des lanternes et disparut.

Quelques jours plus tard, le gentleman aux cheveux comme du duvet de chardon exprima le désir soudain d'assister à une chasse au loup, passe-temps qu'il négligeait apparemment depuis plusieurs siècles.

Le hasard voulut que, juste à ce moment-là, une telle chasse fut en cours dans le sud de la Suède, aussi se transporta-t-il instantanément sur place en emmenant Stephen. Ce dernier se retrouva perché sur une grosse branche appartenant à un chêne séculaire, au beau milieu d'une forêt enfouie sous la neige. De là, il avait une excellente vue sur une petite clairière où un grand pieu de bois avait été fiché dans le sol. Au sommet de ce pieu était dressée une roue de charrette, et sur cette roue était solidement attaché un chevreau qui bêlait pitoyablement.

Une famille de loups sortit furtivement d'entre les arbres, le pelage constellé de neige et de glace, le regard affamé rivé sur le chevreau. Ils n'étaient pas plus tôt apparus que des chiens se faisaient entendre dans toute la forêt et qu'on entrevoyait des cavaliers approchant à vive allure. Une meute de chiens courants se déversa dans la clairière ; les deux premiers sautèrent sur l'un des loups, et les trois bêtes ne formèrent plus qu'une seule boule de corps, de pattes et de crocs qui se battaient, mordaient, grognaient et claquaient des mâchoires. Les chasseurs arrivèrent au galop et abattirent le loup. Ses congénères s'enfuirent dans le sous-bois obscur, suivis des chiens et des hommes.

Dès que le spectacle baissait en un endroit, le gentleman se déplaçait magiquement dans les airs avec Stephen, jusqu'à un belvédère plus prometteur. De cette façon, ils se mouvaient d'une cime d'arbre à l'autre, d'une montagne à un piton rocheux. Une fois, ils se posèrent au sommet d'un clocher d'église dans un village de chalets, où les portes et les fenêtres avaient une forme étrange, féerique, et où les toits étaient saupoudrés d'une neige poudreuse qui scintillait au soleil.

Ils guettaient, dans un coin tranquille du bois, la réapparition de chasseurs quand un loup solitaire passa devant leur arbre. Il était le plus beau de son espèce, avec de magnifiques yeux sombres et le poil couleur d'ardoise mouillée. Levant la tête, il scruta l'arbre et s'adressa au gentleman dans un langage qui rappelait le bruissement de l'eau sur les pierres, le soupir du vent entre les branches dénudées et le crépitement d'un feu de feuilles mortes.

Le gentleman lui répondit sur le même mode, puis il eut un rire insouciant et le congédia de la main.

Le loup accorda un dernier regard plein de reproche au gentleman et continua sa course.

— Il me supplie de le sauver, expliqua le gentleman.

— Oh ! Ne le pourriez-vous pas, monsieur ? Je déteste voir mourir ces nobles animaux !

— Stephen au cœur tendre ! s'écria le gentleman avec affection.

Mais il ne sauva pas le loup.

Stephen n'aimait pas la chasse au loup. Sans nul doute, les chasseurs étaient intrépides et leurs chiens loyaux et volontaires ; la perte de Firenze, cependant, était trop récente pour qu'il prît plaisir à une mise à mort, surtout d'une bête aussi belle et aussi forte que le loup. Le souvenir de sa jument lui rappela qu'il n'avait pas encore parlé au gentleman de sa rencontre avec l'homme à la peau bleue de la charrette ni de sa prophétie. Il s'y employa aussitôt.

— Vraiment ? Eh bien, voilà qui est pour le moins inattendu ! déclara le gentleman.

— Avez-vous déjà entendu cette prophétie, monsieur ?

— Oui, en effet ! Je la connais bien. Comme toute ma race. C'est une prophétie de... – Ici, le gentleman prononça un mot que Stephen ne saisit pas[1]. – Que vous connaissez mieux sous son nom anglais, John Uskglass, le roi Corbeau. Ce que je ne comprends pas, c'est comment elle s'est perpétuée en Angleterre. Je ne pensais pas que les Anglais s'intéressaient encore à pareilles questions.

— L'esclave sans nom ! Eh bien, c'est moi, monsieur, n'est-ce pas ? Et cette prophétie semble dire que je serai roi !

— Enfin, bien sûr que vous allez être roi ! Je l'ai dit, et je ne me trompe jamais en ces matières. Mais j'ai beau vous chérir tendrement, Stephen, il n'est pas du tout question de vous dans cette prophétie. Elle parle essentiellement de la restauration de la magie anglaise, et le passage que vous venez de me citer n'a rien d'une prophétie. Le roi se remémore comment il est entré en possession de ses trois royaumes, un en Angleterre, un autre au pays des fées et le troisième en enfer. Par « l'esclave sans nom », c'est lui qu'il entend. Il était l'esclave sans nom au pays des fées, le petit enfant chrétien caché dans le *brugh*, amené là par une très méchante fée qui l'avait volé et sorti d'Angleterre.

Stephen se sentit étrangement déçu, sans savoir pourquoi. Après tout, il ne souhaitait pas être roi ! Il n'était pas anglais, il n'était pas non plus africain. Sa place n'était nulle part. Les paroles de Vinculus lui avaient fugitivement donné le sentiment d'avoir une place, de faire partie d'un ensemble et d'avoir un but. Tout cela n'avait été qu'illusion.

---

1. Selon toute probabilité, le nom *sidhe* du roi Corbeau, dont Jonathan Strange pensait qu'il signifiait « Étourneau ».

48

Les gravures

Fin février-mars 1816

— VOUS AVEZ CHANGÉ. Je suis vraiment ému de vous voir.

— J'ai changé ? Vous me surprenez. Je suis peut-être un peu amaigri, mais je ne me connais point d'autre changement.

— Non, c'est votre figure, votre air, votre… je ne sais quoi.

Strange sourit. Ou plutôt ses traits se contractèrent, et Sir Walter supposa qu'il souriait. Sir Walter était incapable de se rappeler ce à quoi son sourire ressemblait auparavant.

— C'est cet habit noir, répondit Strange. Je personnifie un souvenir des obsèques, condamné à errer en ville et à effrayer les autres en les obligeant à penser à leur condition de mortel.

Ils se tenaient au café *Bedford*, à Covent-garden, établissement choisi par Sir Walter car ils y avaient été souvent très joyeux par le passé, et il pouvait donc avoir un effet réconfortant sur Strange. Cependant, par un soir pareil, même le *Bedford* manquait quelque peu de gaieté. Dehors, un vent sombre et glacial poussait les passants de-ci de-là, rabattant dans leurs yeux une forte pluie, tout aussi sombre. À l'intérieur, des salles pleines de messieurs malheureux et mouillés dégageaient une espèce de brouillard morne et domestique, que les garçons tentaient de disperser en jetant des pelletées de charbon sur le feu et en servant aux messieurs des verres supplémentaires de vin chaud épicé.

À son entrée dans la salle, Sir Walter avait trouvé Strange qui scribouillait furieusement dans un petit carnet. Il montra le carnet d'un signe de tête et lança :

— Vous n'avez pas renoncé à la magie, alors ?

Strange eut un rire.

Sir Walter en conclut qu'il n'y avait pas renoncé, ce dont il était content, car il tenait en haute estime un homme qui exerçait une profession, et pensait qu'une occupation utile et régulière valait bien des remèdes et pouvait guérir beaucoup de maux. Toutefois, il n'aimait pas du tout son rire : une exclamation d'une dureté et d'une amertume qu'il n'avait jamais entendues chez Strange.

— Simplement, vous m'aviez dit..., commença-t-il.

— Oh, j'ai dit tant de choses ! Toutes sortes d'idées étranges me sont passées par la tête. Un excès de chagrin peut déclencher une aussi belle crise de folie que n'importe quel autre excès. En vérité, je n'ai pas été tout à fait moi-même pendant un temps. En vérité, j'ai été un peu insensé. Mais, comme vous voyez, c'est du passé, maintenant.

En vérité, Sir Walter ne voyait rien du tout.

Souligner que Strange avait changé ne suffisait pas. En un sens, il était exactement celui qu'il avait toujours été. Il souriait aussi souvent qu'avant (bien que ce ne fût pas tout à fait le même sourire). Il s'exprimait toujours sur ce ton ironique et superficiel qui lui était propre (tout en donnant l'impression de ne guère avoir cure de ses paroles). Ses propos et son visage demeuraient fidèles au souvenir que ses amis en gardaient – à cela près que l'homme derrière eux semblait ne jouer qu'un rôle, tandis que ses pensées et son cœur étaient ailleurs. Il les guettait tous, embusqué derrière son sourire sarcastique, et aucun d'eux ne devinait ce qu'il ruminait. Il avait plus que jamais l'air d'un magicien. D'une manière étrange, et nul ne savait quoi en penser, à certains égards il ressemblait de plus en plus à Mr Norrell.

Il portait, à l'annulaire de la main gauche, une bague de deuil contenant une fine mèche de cheveux bruns, et Sir Walter observa qu'il la touchait et la faisait tourner continuellement autour de son doigt.

Ils commandèrent un bon dîner, composé d'un consommé de tortue, de trois ou quatre biftecks, d'une sauce à la graisse d'oie sauvage, de lamproies, d'huîtres panées et d'une petite salade de betterave.

— Je suis content d'être de retour, déclara Strange. Maintenant que je suis là, j'ai bien l'intention de semer le plus possible la zizanie. Norrell fait ses quatre volontés depuis bien trop longtemps.

— Il est déjà au supplice chaque fois qu'on parle de votre livre. Il demande sans arrêt à ses interlocuteurs s'ils savent ce qu'il y a dedans.

— Oh, le livre n'est qu'un début ! Et, d'ailleurs, il ne sera pas prêt avant des mois. Il nous faut une nouvelle revue. Murray souhaite la sortir le plus tôt possible. Naturellement, ce sera une livraison très supérieure. Elle doit s'appeler *Le Famulus*[1] et est conçue pour promouvoir MA conception de la magie.

— Et celle-ci est très différente de celle de Norrell, n'est-ce pas ?

---

1. *Famulus*, mot latin signifiant « serviteur », en particulier le serviteur d'un magicien.

— Bien sûr ! Mon idée directrice est d'examiner rationnellement le sujet, sans aucune des restrictions et des limites que Norrell lui impose. Je suis convaincu qu'un tel réexamen ouvrira rapidement de nouvelles voies dignes d'être explorées. Car, tout bien considéré, à quoi se ramène notre prétendue restauration de la magie anglaise ? Qu'avons-nous réellement réalisé, Norrell et moi ? Créer des illusions, avec nuages, pluie, fumée, etc. Les choses les plus faciles au monde à accomplir ! Octroyer la vie et l'usage de la parole à des objets inanimés... Bon, je vous l'accorde, cela est assez complexe. Envoyer des tempêtes et des intempéries à nos ennemis... Je ne saurais assez insister sur la simplicité de la magie météorologique. Quoi d'autre ? Invoquer des visions... Enfin, cela pourrait être impressionnant si l'un de nous y parvenait avec un certain savoir-faire, mais ni l'un ni l'autre n'en est capable. Tenez ! Comparez ce pauvre bilan avec la magie des Auréats ! Ils ont persuadé des bois de sycomores et de chênes de s'allier avec eux contre leurs ennemis ; ils ont pris pour épouses et servantes de simples fleurs ; ils se sont métamorphosés en souris, renards, arbres, rivières, etc. Ils ont créé des navires avec des toiles d'araignée, des maisons avec des rosiers...

— Oui, oui ! l'interrompit Sir Walter. J'entends que vous soyez pressé d'essayer ces différentes sortes de magie. Néanmoins, même s'il me déplaît de le dire, Norrell a peut-être raison. La plupart ne nous siéraient plus aujourd'hui. Les métamorphoses et compagnie convenaient par le passé. Cela rend un conte vivant, je vous l'accorde. Mais, Strange, vous ne voulez pas y recourir ? Un gentleman ne peut pas se métamorphoser. Un gentleman méprise de paraître autre qu'il n'est. Vous-même ne voudriez jamais apparaître dans le rôle d'un pâtissier ou d'un allumeur de réverbères...

Strange rit.

— Eh bien alors, poursuivit Sir Walter, songez combien ce serait pire de prendre l'apparence d'un chien ou d'un cochon[1]...

---

1. Sir Walter exprime un souci largement répandu. La magie des métamorphoses a toujours été un objet de suspicion. Les Auréats y recouraient en général pendant leurs voyages au pays des fées ou en d'autres royaumes au-delà de l'Angleterre. Ils savaient que la magie des métamorphoses était particulièrement susceptible d'abus de toutes sortes. Par exemple, à Londres, en 1232, l'épouse d'un noble, Cecily de Walbrook, trouva un beau chat couleur d'étain qui grattait à la porte de sa chambre. Elle le laissa entrer et l'appela Sir Loveday. Il mangeait dans sa main et dormait sur son lit. Ce qui était encore plus remarquable, il la suivait partout, jusqu'à l'église, où il se roulait en boule et ronronnait dans le bas de ses jupes. Puis, un jour, elle fut vue dans la rue avec Sir Loveday par un magicien du nom de Walter de Chepe, dont les soupçons furent immédiatement éveillés. Il aborda Cecily, lui disant : « Madame, le chat qui vous suit, je crains que ce ne soit pas du tout un chat. » Deux autres magiciens furent mandés, et Walter et les autres prononcèrent des incantations sur Sir Loveday. Il réintégra sa véritable forme, celle d'un magicien mineur, Joscelin de Snitton. Peu après, Joscelin était jugé par les Petty Dragowni de Londres et condamné à avoir la main droite coupée.

— Vous choisissez exprès des exemples triviaux.

— Vraiment ? D'un lion, alors ! Aimeriez-vous être un lion ?

— C'est possible. Peut-être. Sans doute pas. Là n'est point la question. Je concède que l'art de la métamorphose est une variété de magie qui exige de délicates manipulations, néanmoins cela ne signifie aucunement que l'on ne puisse en tirer d'utiles applications. Demandez donc au duc de Wellington s'il n'aurait pas aimé transformer ses officiers de reconnaissance en renards ou en souris pour qu'ils se faufilassent dans les campements français. Je vous assure que Sa Grâce n'eût point eu autant de scrupules.

— Je ne pense pas que vous auriez pu persuader Colquhoun Grant de se transformer en renard[1] !

— Oh ! Cela eût été bien égal à Grant d'être un renard, pourvu qu'il fût un renard en uniforme. Non, non, nous devons tourner notre attention vers les Auréats. Il faudrait consacrer beaucoup plus d'énergie à l'étude de la vie et de la magie de John Uskglass et, dès que nous…

— Voilà la chose à éviter. N'y songez plus.

— De quoi parlez-vous ?

— Je suis sérieux, Strange. Je ne dis rien contre les Auréats en général. Dans l'ensemble, je crois en effet que vous avez raison. Les Anglais tirent une grande fierté de leur ancienne histoire de la magie… De Godbless, Stokesey, Pale et des autres. Cela ne leur plaît pas de lire dans leurs quotidiens que Norrell fait fi de leurs réalisations. Vous, cependant, risquez de tomber dans l'erreur inverse. Trop gloser sur d'autres rois ne peut que rendre le gouvernement nerveux. Surtout quand nous pouvons être renversés par les Johannites d'un moment à l'autre.

— Les Johannites ? Qui sont ces Johannites ?

— Comment ? Bon Dieu, Strange ! Ne jetez-vous donc jamais un œil à un journal ?

Strange parut un tantinet interloqué.

— Mes études occupent une bonne partie de mon temps. Tout mon temps, en réalité. Et d'ailleurs, vous savez, pour le mois dernier, je puis invoquer des divertissements d'un ordre très particulier.

— Qui vous parle du mois dernier ? Il y a des Johannites dans les comtés du Nord depuis quatre ans.

— Oui, mais qui sont-ils ?

---

1. Il a déjà été relaté comment le dévouement du lieutenant-colonel Colquhoun Grant avait conduit à sa capture par les Français en 1812.

— Des artisans qui s'introduisent nuitamment dans les manufactures et s'attaquent à la propriété privée. Ils incendient les maisons des propriétaires. Ils organisent des réunions pernicieuses pour inciter le peuple à des actes séditieux et pillent les marchés[1].

— Ah, les « briseurs de machines[2] » ! Oui, oui, je vous comprends maintenant. Ce nom singulier m'a induit en erreur. Mais qu'ont les briseurs de machines à voir avec le roi Corbeau ?

— Beaucoup d'entre eux sont ou plutôt prétendent être ses disciples. Ils barbouillent le « Corbeau-en-vol » sur tous les murs des propriétés dévastées. Leurs chefs, qui sont porteurs de lettres de mission censées venir de John Uskglass, racontent qu'il va bientôt ressurgir pour rétablir son règne à Newcastle.

— Et le gouvernement les croit ? s'étonna Strange.

— Bien sûr que non ! Nous ne sommes pas ridicules à ce point. Ce que nous redoutons est beaucoup plus terrestre : en bref, une révolution. La bannière de John Uskglass flotte dans tout le Nord, de Nottingham à Newcastle. Naturellement, nous avons nos espions et nos informateurs pour nous renseigner sur ce que font et sur ce que pensent ces bougres. Oh, je ne jurerais pas qu'ils croient tous au retour de John Uskglass ! La majorité d'entre eux est aussi raisonnable que vous et moi. Mais ils connaissent le pouvoir de son nom sur les gens du commun. Rowley Fisher-Drake, le député du Hampshire, a présenté une loi dans laquelle il propose de rendre illégal le lever de l'étendard du Corbeau-en-vol. Nous ne pouvons tout de même pas interdire au peuple d'arborer son propre étendard, celui de son souverain légitime[3]. – Sir Walter soupira et piqua de sa fourchette le bifteck posé dans son assiette. – D'autres pays, reprit-il, ont aussi des histoires de rois qui doivent revenir aux heures difficiles. Mais, en Angleterre, cela fait partie de la Constitution.

---

1. Le petit peuple du nord de l'Angleterre estimait qu'il avait beaucoup souffert dans les dernières années – non sans raison. La pauvreté et le chômage avaient ajouté à la misère générale, conséquence de la guerre contre les Français. Puis, juste à la fin de la guerre, une nouvelle menace contre leur bonheur était apparue : d'extraordinaires nouvelles machines, qui produisaient toutes sortes de marchandises et leur prenaient ainsi leur emploi. Il n'est guère étonnant que certains individus se soient mis à détruire les machines afin de préserver leur gagne-pain.

2. Ou encore luddites, d'après la figure mythique de Ludd qui aurait détruit des machines textiles au XVIIIe siècle, mouvement apparu en 1811 dans le comté de Nottingham et que Lord Byron défendit en 1812 à la chambre des Lords (*N.d.T.*).

3. Il ne saurait y avoir de meilleur exemple que celui-ci des étranges rapports que le gouvernement de Londres entretenait avec la moitié nord du royaume. Le gouvernement représentait le roi d'Angleterre, mais celui-ci n'était que le souverain de la moitié sud. Juridiquement, il était l'intendant de la moitié nord qui assurait l'autorité de la loi jusqu'au moment où John Uskglass jugerait bon de revenir.

Avec impatience, Strange agita sa propre fourchette en direction du ministre.

— Tout cela est de la politique. Où est le rapport avec moi ? Je ne vais pas appeler de mes vœux la restauration du royaume de John Uskglass. Mon seul désir est d'étudier, d'une manière calme et posée, ses réalisations en tant que magicien. Comment pourrions-nous restaurer la magie anglaise tant que nous ne comprenons pas ce que nous sommes censés restaurer ?

— Alors, penchez-vous sur les Auréats et laissez John Uskglass dans l'obscurité où Norrell l'a relégué.

Strange fit de la tête signe que non.

— Norrell vous a fait douter de John Uskglass, Norrell vous a tous ensorcelés.

Ils mangèrent un moment en silence, puis Strange poursuivit :

— Vous ai-je jamais raconté qu'il y a un portrait de lui au château de Windsor ?

— De qui ?

— D'Uskglass. Une scène imaginaire, peinte sur un mur d'un des salons d'apparat par quelque peintre italien. Elle représente Edward III et John Uskglass, le roi guerrier et le roi magicien, siégeant côte à côte. Voilà près de quatre siècles que John Uskglass a quitté l'Angleterre, et les Anglais sont toujours incapables de décider s'ils éprouvent pour lui de l'amour ou de la haine.

— Ha ! s'exclama Sir Walter. Dans le Nord, ils savent exactement quoi penser de lui. Ils échangeraient la loi de Westminster contre la sienne dès demain, s'ils le pouvaient[1].

---

1. Naturellement, à différentes périodes de l'histoire, des prétendants se sont succédé, qui affirmaient être John Uskglass pour tenter de reprendre le royaume du Nord. Le plus célèbre d'entre eux était un jeune homme du nom de Jack Pharaoh, qui fut couronné en la cathédrale de Durham en 1487. Il s'acquit le soutien d'un grand nombre de nobles du Nord, et aussi de quelques fées restées dans la cité royale de Newcastle. Pharaoh était un homme d'une grande beauté et au port majestueux. Il pouvait réaliser des actes simples de magie, et ses serviteurs-fées étaient prompts à en faire davantage en sa présence et à lui en attribuer le mérite. Il était le fils d'un couple de magiciens ambulants. Encore enfant, il fut aperçu à une foire par le comte de Hexham, lequel remarqua son étonnante ressemblance avec des portraits de John Uksglass. Hexham versa sept shillings aux parents du petit garçon pour le prendre avec lui. Pharaoh ne devait plus jamais les revoir. Hexham le garda en un lieu secret du nord de l'Angleterre, où il fut formé aux arts royaux. En 1486, le comte présenta Pharaoh, et ce dernier commença son court règne de roi de l'Angleterre du Nord. Le problème principal de Pharaoh était que trop de monde connaissait la supercherie. Pharaoh et Hexham ne tardèrent pas à se quereller. En 1490, Hexham fut assassiné sur l'ordre de Pharaoh. Les quatre fils de Hexham s'allièrent à Henry VII de l'Angleterre du Sud pour attaquer Pharaoh, qui fut vaincu à la bataille de Worksop en 1493. Pharaoh fut emprisonné à la Tour de Londres et exécuté en 1499.

Une semaine ou deux plus tard, le premier numéro du *Famulus* sortait ; grâce à la nature sensationnelle d'un des articles, tout le tirage fut écoulé en moins de deux jours. Mr Murray, qui devait publier sous peu le premier tome de *L'Histoire et la Pratique de la magie anglaise* de Strange, caressait le doux espoir de réaliser de gros bénéfices. L'article qui électrisait tant le public était une description de la manière dont les magiciens pouvaient invoquer les morts afin de tirer d'eux d'utiles informations. Ce sujet choquant (quoique extrêmement intéressant) fit tellement sensation que, dit-on, plusieurs demoiselles s'étaient trouvées mal simplement en apprenant la présence du *Famulus* dans leur maison[1]. Nul n'imaginait que Mr Norrell approuvât une telle publication, aussi tous ceux qui n'aimaient pas Mr Norrell prenaient-ils un malin plaisir à en acheter un exemplaire.

À Hanover-square, Mr Lascelles lisait à haute voix à l'intention de Mr Norrell :

— « ... Là où le magicien ou la magicienne manque de savoir-faire et de connaissance – et cela doit inclure tous les magiciens modernes, notre génie

---

D'autres prétendants, plus ou moins heureux, furent Piers Blackmore et Davey *Sans-chaussures**. Ce dernier fut appelé simplement le « Roi d'été » étant donné que nul ne sut jamais sa véritable identité. Il apparut pour la première fois non loin de Sunderland, en mai 1536, peu après que Henry VIII eut dispersé les monastères. On pense que c'était peut-être un moine d'une des grandes abbayes du Nord : Fountains, Rievaulx ou Hurtfew. Le Roi d'été était différent de Pharaoh et de Blackmore en cela qu'il ne bénéficiait d'aucun soutien de l'aristocratie du Nord, et qu'il ne tenta pas non plus de le gagner. Il s'adressait aux gens du peuple. À certains égards, sa carrière fut plus mystique que magique. Il guérissait les malades et enseignait à ses disciples à révérer la nature et les bêtes sauvages, un article de foi qui semble plus proche des préceptes du magicien du XIIe siècle, Thomas Godbless, que de tout ce que John Uskglass a pu jamais apporter. Sa troupe de gueux ne tenta jamais de prendre Newcastle, ou même de prendre quoi que ce fût. Pendant tout l'été de 1536, ils parcoururent l'Angleterre du Nord, gagnant des partisans à chacune de leurs apparitions. En septembre, Henry VIII envoya une armée contre eux. Ils n'étaient pas équipés pour se battre. La plupart s'enfuirent pour rentrer chez eux, mais quelques-uns resistèrent ; ils combattirent pour leur roi et furent massacrés à Pontefract. Le Roi d'été a pu être au nombre des morts ou disparaître simplement sans laisser de traces.

1. Nous pouvons considérer la consultation de magiciens disparus comme on ne peut plus sensationnelle, mais c'est une procédure de magie qui a une histoire parfaitement respectable. Martin Pale a déclaré avoir appris la magie de Catherine de Winchester (laquelle était une élève de John Uskglass). Or Catherine de Winchester est morte deux siècles avant la naissance de Martin Pale. John Uskglass lui-même était réputé pour s'être entretenu avec Merlin, la pythonisse d'Endor*, Moïse, Aaron, Joseph d'Arimathie et d'autres anciens et vénérables magiciens.

* Craignant d'être vaincu par les Philistins, Saül s'adressa à la pythonisse d'Endor ; la sorcière fit apparaître l'ombre du prophète Samuel, qui annonça la mort de Saül et la déroute de l'armée d'Israël. [*Cf.* Bible, *Samuel* 28, 7-20) (*N.d.T.*).]

national en ces matières ayant tristement décliné par rapport à ce qu'il a été par le passé –, il ou elle ferait bien d'invoquer l'esprit de quelqu'un qui fut magicien de son vivant ou qui eut, du moins, un don certain pour cet art. En effet, si nous ne connaissons pas nous-mêmes la voie, il vaut mieux en appeler à quelqu'un qui possède des rudiments et soit capable, en quelque sorte, de parcourir la moitié du chemin. »

— Il va tout anéantir ! s'écria Mr Norrell avec emportement. Il est résolu à me détruire !

— Il n'y a pas de doute, c'est assommant, acquiesça Lascelles avec tout le calme du monde. Et après avoir juré à Sir Walter qu'il avait renoncé à la magie à la mort de sa femme...

— Oh ! Nous pourrions tous mourir, la moitié de Londres pourrait être emportée, que Strange ferait toujours de la magie ! Il ne peut s'en empêcher. Il est trop magicien pour s'arrêter maintenant. Et la magie qu'il fera est néfaste... Je ne sais comment je pourrais le retenir !

— Je vous en prie, calmez-vous, monsieur Norrell, dit Lascelles. Je suis sûr que vous ne tarderez pas à trouver la parade.

— Quand son livre doit-il paraître ?

— Les réclames de Murray annoncent la sortie du premier tome pour août.

— Le premier tome ?

— Ah, oui ! Vous ne saviez pas ? Ce sera un ouvrage en trois tomes. Le premier expose au lecteur l'histoire complète de la magie anglaise. Le deuxième lui fournit une compréhension précise de sa nature et le troisième pose les fondements pour sa pratique future.

Mr Norrell émit un gémissement audible, baissa la tête et enfouit son visage dans ses mains.

— Naturellement, poursuivit Lascelles d'un ton songeur, si pernicieux sans aucun doute que soit le texte, ce que je trouve encore plus alarmant, ce sont les gravures...

— Les gravures ? s'écria Mr Norrell, consterné. Quelles gravures ?

— Oh, répondit Lascelles, Strange a découvert quelque émigré qui fut l'élève des meilleurs maîtres d'Italie, de France et d'Espagne, et il paie à cet homme une extravagante somme d'argent pour réaliser les gravures.

— Ce sont des gravures de quoi ? Quel en est le sujet ?

— Ah, là est la question ! répondit Lascelles dans un bâillement. Je n'en ai pas la moindre idée.

Il reprit le *Famulus* et se remit à lire en silence. Mr Norrell resta un bon moment à se ronger les ongles, absorbé dans ses pensées. Un peu plus tard, il sonna et envoya chercher Childermass.

À l'est de la City de Londres s'étend le faubourg de Spitalfields, connu dans le monde entier pour sa production de soies magnifiques. Il n'y a pas aujourd'hui, pas plus qu'il n'y aura jamais, ailleurs en Angleterre, de soie d'une aussi belle qualité que la soie de Spitalfields. Jadis, des demeures cossues avaient été construites pour loger les marchands, les maîtres tisserands et les teinturiers qui avaient prospéré dans ce métier. Toutefois, bien que la soie qui sort des greniers des tisserands soit toujours aussi remarquable, Spitalfields a beaucoup baissé. Ses maisons sont à présent encrassées et miteuses. Les riches marchands ont migré vers Islington, Clerkenwell et la paroisse de Saint-Mary-le-Bone, plus à l'ouest, s'ils étaient très riches. De nos jours, Spitalfields est peuplé de miséreux et de petites gens, et livré au fléau des poulbots, des vide-goussets et autres personnages hostiles à la paix des citoyens.

Par un jour particulièrement sombre, où une pluie grise et glacée tombait sur les rues sales de Spitalfields, formant des flaques dans la boue, une voiture descendit Elder-street. Elle s'arrêta devant un immeuble haut et étroit. Le cocher et le valet attachés à cet équipage étaient en grand deuil. Le valet sauta à bas du siège, déploya un parapluie noir et le leva pendant qu'il ouvrait la portière afin de laisser descendre Jonathan Strange.

Strange marqua une halte sur le trottoir pour ajuster ses gants noirs et jeter un coup d'œil du haut en bas d'Elder-street. Hormis deux chiens bâtards qui fouillaient diligemment un tas d'ordures, la rue était déserte. Pourtant il continua à examiner les alentours jusqu'à ce qu'il eût le regard accroché par un porche sur le trottoir d'en face.

C'était le plus commun des porches – l'entrée d'un entrepôt de négociant ou de quelque chose dans ce genre. Trois degrés de pierre usée montaient à une porte noire massive, d'une construction vénérable et surmontée d'un grand fronton en saillie. Le battant était entièrement tapissé d'affiches de théâtre et d'avis officiels informant le public que, tel ou tel jour, à telle ou telle taverne, les biens de Mr Untel (faillite) seraient vendus aux enchères.

— George, dit Strange au valet qui tenait le parapluie, savez-vous dessiner ?

— Je vous demande pardon, monsieur ?

— Vous a-t-on appris le dessin ? Connaissez-vous ses principes ? Premiers plans, trompe-l'œil, perspective, ce genre de chose ?

— Moi, monsieur ? Non, monsieur.

— Quel dommage ! Cela a fait partie de mon éducation. Je pourrais vous croquer un paysage ou un portrait parfaitement honorable et tout aussi parfaitement inintéressant. Exactement comme les productions de n'importe quel autre *amateur** éclairé. Feu votre maîtresse n'a pas profité des coûteux professeurs de dessin que j'ai eus, je crois pourtant qu'elle avait plus de talent. Ses aquarelles de villageois et d'enfants horrifieraient un dessinateur à la mode. Il trouverait les personnages trop raides et les coloris trop vifs. Mrs Strange avait pourtant le génie pour saisir les expressions du visage et les attitudes, pour trouver charme et esprit aux situations les plus banales. Il y a, dans ses peintures, quelque chose à la fois de vivant et de ravissant qui... – Strange s'interrompit et garda un moment le silence. – Que disais-je ? Ah, oui ! Le dessin donne des habitudes d'observation qui seront toujours utiles. Prenez ce porche, par exemple...

Le valet tourna les yeux vers le porche.

— ... Aujourd'hui, il fait froid et sombre, il pleut. Il y a très peu de lumière et donc pas d'ombres. On s'attendrait à ce que l'intérieur de ce porche soit obscur, ténébreux. On ne s'attend pas à ce que cette ombre soit là. Je parle de la grande ombre qui va de droite à gauche, laissant la partie gauche du porche dans le noir le plus total. Non, cette ombre est très bizarre. Elle n'est pas un phénomène naturel.

Le valet jeta alors un coup d'œil vers le cocher en quête d'aide, mais celui-ci était déterminé à ne pas s'en mêler et détourna la tête.

— Je vois, monsieur, dit le valet.

Strange continuait à considérer le porche avec la même expression songeuse.

Puis il appela :

— Childermass ! Est-ce bien toi ?

Pendant un moment, il ne se passa rien, puis l'ombre noire à laquelle Strange avait tant trouvé à redire bougea. Elle se détacha du porche tel un drap mouillé que l'on arrache d'un lit et, ce faisant, elle se modifia, se transforma, rapetissa et se métamorphosa en un homme : John Childermass.

Childermass eut son petit sourire désabusé.

— Eh bien, monsieur, je ne pouvais pas espérer me dérober plus longtemps à vos regards.

Strange renifla avec dédain.

— Je vous ai attendu la semaine dernière, et même avant. Où étiez-vous donc ?

— Mon maître ne m'a dépêché qu'hier.

— Et comment va votre maître ?

— Oh ! mal, monsieur, très mal. Il est assailli de rhumes, de migraines et de tremblements dans les membres. Tous ses symptômes habituels quand on le chagrine. Et personne ne le chagrine plus que vous.

— Vous me voyez ravi de l'entendre.

— À propos, monsieur, je voulais vous dire, j'ai de l'argent pour vous à Hanover-square. Vos honoraires du ministère des Finances et de celui de la Marine pour le dernier trimestre de 1814.

Strange écarquilla les yeux de surprise.

— Norrell a réellement l'intention de me laisser toucher ma part ? J'avais cru cet argent perdu pour de bon.

Childermass sourit une nouvelle fois.

— Mr Norrell n'est au courant de rien. Dois-je vous porter l'argent ce soir ?

— Certainement. Je ne serai pas chez moi, mais remettez-le à Jeremy. Dites-moi, Childermass, je suis curieux. Norrell sait-il que vous vous promenez en vous rendant invisible et en vous transformant en ombre ?

— Oh, j'ai glané un brin de technique ici et là. Cela fait vingt-six ans que je suis au service de Mr Norrell. Il eût fallu que je sois vraiment obtus pour ne rien avoir appris du tout.

— Certes. Néanmoins, ce n'est pas ce que je vous ai demandé. Norrell le SAIT-il ?

— Non, monsieur. Il a des soupçons, mais préfère ne pas savoir. Un magicien qui passe son existence dans une pièce pleine de livres doit avoir quelqu'un pour courir le monde à sa place. Il y a des limites à ce qu'on peut trouver dans un bassin d'argent, vous le savez bien.

— Hum ! Enfin, allez, mon vieux ! Regardez ce pour quoi vous avez été envoyé !

La maison avait l'air déserte, presque abandonnée. Ses fenêtres et sa peinture étaient très sales, et les volets tous posés. Strange et Childermass attendirent sur le trottoir pendant que le valet toquait à la porte. Strange avait son parapluie. Quant à Childermass, il était parfaitement indifférent à la pluie qui tombait sur lui.

Il ne se passa rien pendant un certain temps. Puis quelque chose incita le valet à baisser les yeux vers la courette sous le perron, et il entama la conversation avec quelqu'un que nul autre que lui ne voyait. Qui que fût cette personne, le valet de Strange n'en faisait pas grand cas : son froncement de sourcil, sa manière de se tenir, les deux poings sur les hanches, le ton sur lequel il l'admonestait trahissaient la plus vive impatience.

Au bout d'un moment, une servante très petite, très sale, très craintive, vint leur ouvrir. Jonathan Strange, Childermass et le valet entrèrent ; ils lui jetèrent tous un coup d'œil au passage, et la pauvre créature fut saisie de peur d'être examinée par tant de personnages, si grands et si imposants.

Strange ne prit pas la peine de se faire annoncer – cela semblait trop improbable de parvenir à convaincre la petite souillon de s'en charger. Finalement, ordonnant à Childermass de le suivre, Strange gravit l'escalier en courant et pénétra directement dans une des pièces. Là, dans le clair-obscur créé par de nombreuses chandelles qui brûlaient dans une sorte de brouillard – car la bâtisse paraissait produire son propre climat –, ils trouvèrent le graveur, M. Minervois, et son assistant, M. Forcalquier.

M. Minervois n'était pas grand, il était même d'une stature plutôt frêle. Il avait les cheveux longs, aussi fins, aussi sombres, satinés et luisants qu'un écheveau de soie brune. Ils lui arrivaient aux épaules et lui retombaient sur le front chaque fois qu'il se penchait sur son travail, c'est-à-dire quasiment tout le temps. Ses yeux aussi étaient remarquables : grands, doux et bruns, dénotant les origines méridionales de leur propriétaire. Le physique de M. Forcalquier offrait un contraste frappant avec le charme indéfinissable de son maître. Il possédait un visage anguleux aux yeux creux, un crane rasé couvert d'un duvet translucide. Pourtant, malgré son aspect cadavérique, presque squelettique, il était de nature très courtoise.

Ils étaient tous deux des réfugiés venus de France, mais la distinction entre un réfugié et un ennemi était par trop subtile pour la population de Spitalfields. M. Minervois et M. Forcalquier étaient connus partout comme « les espions français ». Ils souffraient beaucoup de cette injuste réputation : des bandes de filles et de garçons de Spitalfields passaient le plus clair de leurs vacances à guetter le passage des deux Français pour les rosser et leur faire mordre la poussière, un élément dont Spitalfields était particulièrement riche. D'autres jours, les voisins des Français se soulageaient à coups d'airs bourrus et de huées et refusaient de leur vendre tout article dont ils pouvaient avoir besoin ou envie. Strange s'était déjà rendu utile en servant de médiateur entre M. Minervois et son propriétaire, et en amenant ce dernier, à force d'arguments, à mieux comprendre le caractère et la situation de M. Minervois – sans oublier d'envoyer Jeremy Johns dans toutes les tavernes des environs boire du gin et lier conversation avec les autochtones pour faire savoir à la ronde que les deux Français étaient les protégés d'un des deux magiciens d'Angleterre. « Et, disait Strange, levant un doigt pour lui faire la leçon, s'ils répondent que Norrell est le plus grand des deux, vous pouvez laisser glisser, à condition de préciser que j'ai le caractère plus vif et que je suis grandement plus sensible aux affronts essuyés par mes amis. » M. Minervois et M. Forcalquier savaient gré à Strange de ses efforts, mais, en d'aussi mornes circonstances, ils avaient découvert que leur meilleur ami était le cognac, qu'ils ingurgitaient toute la journée avec une régularité d'horloge.

Ils restaient barricadés dans leur maison d'Elder-street. Les volets étaient fermés nuit et jour pour faire pièce à l'inhospitalité de Spitalfields. Ils vivaient et travaillaient à la lueur des chandelles et avaient depuis longtemps rompu toutes relations avec les horloges. Ayant l'impression qu'on était en pleine nuit, ils furent plutôt surpris de voir Strange et Childermass. Ils avaient une seule domestique, la petite orpheline aux yeux grands comme des assiettes, qui ne les comprenait pas et avait très peur d'eux, et dont ils ne connaissaient pas le nom. À leur manière, désinvolte et hautaine, cependant, les deux hommes étaient gentils à son égard et lui avaient donné une petite chambre pour elle toute seule, avec un lit de plume et des draps de fil – si bien qu'elle pensait que la lugubre demeure était un paradis. Son principal devoir était de leur apporter de quoi manger, du cognac et de l'opium – provisions qu'ils partageaient ensuite avec elle : ils gardaient le cognac et l'opium pour leur usage personnel et lui laissaient les trois quarts des victuailles. Elle allait aussi leur chercher de l'eau et la chauffait pour leurs bains et leur rasage, car tous deux étaient assez vaniteux. En revanche, ils étaient indifférents à la saleté ou au désordre de leurs appartements, ce qui était tout aussi bien : en effet, la petite orpheline s'y connaissait autant en soins du ménage qu'en hébreu ancien.

Des feuilles de papier épais et des macules recouvraient toutes les surfaces existantes. Des plats en étain contenaient de vieux rogatons de fromage, des crayons et des bouts de fusain s'entassaient dans des pots. Un vieux pied de céleri avait cohabité avec le fusain trop longtemps et dans une trop grande promiscuité pour son bien. Des gravures et des dessins étaient épinglés directement sur le moindre pouce carré du lambris et du papier peint foncé et crasseux – dont un de Strange particulièrement bon.

Une petite cour noire de suie derrière la maison abritait un pommier qui avait été autrefois un arbre campagnard – jusqu'à ce que la grisaille londonienne eût fini par grignoter tous ses charmants voisins verdoyants. Une fois, dans un accès de zèle, un pensionnaire inconnu de la maison avait cueilli toutes les pommes de l'arbre et les avait disposées sur les rebords de fenêtre, où elles se trouvaient déjà depuis plusieurs années : de l'état de vieux fruits, elles étaient passées à celui de cadavres boursouflés et, enfin, de purs fantômes de pommes. Une odeur très prononcée régnait en ce lieu : un mélange d'encre, de papier, de charbon de mer, de cognac, d'opium, de pommes en putréfaction, de suif, de café, l'ensemble pimenté du fumet unique dégagé par deux hommes qui travaillaient nuit et jour dans un espace confiné et qui au grand jamais ne se seraient risqués à ouvrir une fenêtre.

La vérité était que Minervois et Forcalquier oubliaient souvent qu'il existait des lieux comme Spitalfields ou la France sur la face de la Terre. Ils vivaient des jours d'affilée dans le petit univers des gravures conçues pour le livre de Strange ; or celles-ci étaient vraiment des curiosités.

Elles représentaient de grands couloirs, taillés dans les ombres plus que dans tout autre matériau. D'obscures ouvertures dans les murs suggéraient encore d'autres couloirs, de sorte que les gravures paraissaient rendre l'intérieur d'un labyrinthe ou d'un lieu de ce genre. Sur certaines, on voyait de larges marches dévalant vers de ténébreux canaux souterrains. Des dessins montraient une vaste et sombre lande, où serpentait une route abandonnée. Le spectateur paraissait contempler ce décor d'une grande hauteur. Loin, très loin sur cette route se détachait une ombre – rien de plus qu'une éraflure à la surface, plus claire, de la chaussée – trop lointaine pour distinguer un homme, une femme ou un enfant, ou un être humain en général, mais sa présence au milieu de cet espace désertique était mystérieusement inquiétante.

Une image figurait une esquisse de pont solitaire qui enjambait un immense abîme vaporeux – peut-être le ciel – et, bien que le pont fût bâti de la même pierre massive que les couloirs et les canaux, de petits escaliers descendaient en colimaçon sur chacun de ses côtés, accrochés à ses énormes piles. Ces escaliers étaient des structures d'aspect fragile, construites avec beaucoup moins d'art que le pont ; il y en avait une quantité qui dégringolaient dans les nuages vers Dieu savait où.

Strange, dont la concentration rivalisait avec celle de Minervois, se pencha sur ces curiosités, émettant tour à tour doutes, critiques et propositions. Strange et les deux Français se parlaient en français. À la vive surprise de Strange, Childermass les entendait parfaitement et posa même une ou deux questions à Minervois dans sa langue maternelle. Malheureusement, le français de Childermass était si déformé par l'accent épais de son Yorkshire natal que Minervois ne le comprit pas et demanda à Strange si Childermass était hollandais.

— Certes, fit observer Strange à Childermass, ils ont trop latinisé ces décors – les rendant trop proches des œuvres de Palladio et de Piranèse. C'est plus fort qu'eux, le prix de leur formation. On ne peut pas changer sa formation, savez-vous ? Comme magicien, je ne serai jamais tout à fait Strange... Ou, du moins, pas Strange seulement, il y a trop de Norrell en moi.

— Alors, c'est là ce que vous avez vu sur les routes du Roi ? s'enquit Childermass.

— Oui.

— Et quel est le pays enjambé par le pont ?

Strange jeta un regard ironique à Childermass.

— Je ne sais point, magicien. À votre avis ?

Childermass leva les épaules.

— Je présume que c'est le pays des fées.

— Peut-être. Néanmoins, je commence à penser que ce que nous appelons le pays des fées est probablement composé de nombreuses contrées. On pourrait aussi bien dire « Ailleurs » et voilà !

— Ces lieux sont-ils éloignés ?

— Non. Je m'y suis rendu en venant de Covent-garden et je les ai tous vus en l'espace d'une heure et demie.

— La technique de magie était-elle difficile ?

— Non, pas vraiment.

— Et me l'expliquerez-vous ?

— Avec la meilleure volonté du monde. Il faut un sort de révélation – j'ai utilisé le Doncaster. Et un autre de dissolution, pour faire fondre la surface du miroir. Il existe une infinité de sorts de dissolution dans les livres que j'ai consultés, mais, autant que je sache, ils sont tous inefficaces, si bien que j'ai été contraint d'en improviser un. Je puis vous le noter par écrit si vous le souhaitez. Enfin, on doit insérer ces deux sorts dans un sort d'exploration majeur. C'est important, sinon je ne vois pas comment on pourrait jamais repasser de l'autre côté. – Strange marqua une pause et regarda Childermass. – Vous me suivez ?

— Parfaitement, monsieur.

— Bon. – Après un bref silence Strange reprit : – N'est-il pas temps, Childermass, que vous quittiez le service de Mr Norrell pour me rejoindre ? Ces sornettes de serviteur ne sont plus de mise. Vous seriez mon élève et mon assistant.

Childermass se mit à rire.

— Ha, ha ! Je vous remercie, monsieur, je vous remercie. Mr Norrell et moi n'en avons pas fini l'un avec l'autre. Pas encore. Et, au reste, je crois que je serais un très mauvais élève. Pire que vous !

Strange, souriant, médita un moment.

— C'est là une bonne réponse, déclara-t-il à la fin, mais pas tout à fait assez bonne, j'en ai peur. Je ne crois pas que vous puissiez être sincèrement du bord de Norrell. Un seul magicien en Angleterre ! Une seule opinion sur la magie ! Vous n'êtes tout de même pas d'accord avec cela ! Vous avez au moins autant l'esprit de contradiction que moi. Pourquoi ne pas venir jouer au contradicteur avec moi ?

— Alors, je serai obligé d'être d'accord avec vous, monsieur, n'est-ce pas ? Je ne sais comment cette histoire entre vous et Norrell se terminera. J'ai interrogé mes cartes. La réponse oscille entre deux partis. Ce qui nous attend est trop complexe pour que les cartes donnent une explication claire, et je ne parviens pas à trouver la bonne question à leur poser. Je vais vous dévoiler mes projets, je vais vous faire une promesse. Si vous échouez et que Mr Norrell gagne, alors je quitterai son service. Je défendrai votre cause, m'opposerai à lui de toutes mes forces et trouverai des arguments pour le fâcher… Et il y aura encore deux magiciens en Angleterre et deux opinions sur la magie. Mais, s'il devait échouer et vous l'emporter, je ferai la même chose contre vous. Ma réponse vous convient-elle ?

Strange sourit.

— Oui, elle me convient. Retournez chez Mr Norrell et faites-lui mes compliments. Dites-lui que j'espère qu'il sera content des réponses que je vous ai données. S'il souhaitait savoir quoi que ce soit d'autre, vous me trouverez chez moi demain aux alentours de quatre heures.

— Je vous en sais gré, monsieur. Vous vous êtes montré très franc et très ouvert.

— Et pourquoi me serais-je montré différent ? Norrell aime faire des cachotteries, pas moi ! Je ne vous ai rien appris qui ne soit déjà dans mon livre. Dans un ou deux mois, tous les hommes, les femmes et les enfants du royaume seront en mesure de le lire et de se forger leur opinion. Je ne vois vraiment pas par quel moyen Norrell pourrait l'empêcher.

49

Folie et sauvagerie

Mars 1816

QUELQUES JOURS APRÈS sa visite chez les graveurs, Strange convia à dîner Sir Walter Pole et Lord Portishead. Si ces messieurs avaient déjà dîné avec Strange en maintes occasions, ils revenaient pour la première fois dans sa maison de Soho-square depuis la mort de Mrs Strange. Ils trouvèrent les lieux bien changés. Strange était retourné à ses anciennes habitudes de célibataire. Les tables et les sièges disparaissaient sous des monceaux de documents. Des chapitres inachevés de son livre traînaient dans tous les coins de la maison ; dans le salon, il avait même pris des notes sur le papier peint.

Sir Walter entreprit d'ôter une pile de livres d'un fauteuil.

— Non, non ! hurla Strange. Surtout ne les déplacez pas ! Ils sont rangés dans un ordre précis.

— Où dois-je m'asseoir ? s'enquit Sir Walter avec un brin de perplexité.

Strange émit un léger son exaspéré, comme si la requête était des plus déraisonnables. Mais il déplaça ses livres ; une seule fois, il se laissa distraire au cours de l'opération et se mit à lire l'un d'eux. Dès qu'il eut parcouru le passage deux fois et consigné une note sur le papier peint, il fut de nouveau en mesure de s'occuper de ses hôtes.

— Je suis très heureux de vous revoir chez moi, monsieur, dit-il à Portishead. J'ai interrogé tout le monde sur Norrell. Autant, je pense, qu'il s'est enquis de moi. J'espère que vous avez beaucoup de choses à m'apprendre.

— Je pensais vous avoir déjà tout raconté, intervint Sir Walter d'un ton plaintif.

— Oui, oui. Vous m'avez dit en quels lieux Norrell s'était rendu, avec qui il s'était entretenu et dans quelle estime il était tenu par tous les ministres, mais je parle de MAGIE à Sa Seigneurie. Or ce que vous comprenez à la magie tiendrait à peine…

— … sur un pouce carré de papier peint ? suggéra Sir Walter.

— Tout à fait. Allez, monsieur. Dites-moi. Quelles ont été les occupations de Mr Norrell ces derniers temps ?

— Eh bien, répondit Lord Portishead, à la requête de Lord Liverpool il a travaillé à un procédé magique pour nous aider à nous prémunir contre toute future évasion de Napoléon Bonaparte… Et puis il a étudié les *Discours sur le Royaume des lumières et le Royaume des ténèbres.* Il croit avoir fait certaines découvertes.

— Quoi donc ? s'écria Strange, alarmé. Une interprétation inédite des *Discours*[1] ?

— Quelque chose qu'il a trouvé à la page 72 de l'édition de Cromford. Une nouvelle application du sort pour « conjurer la mort ». Je ne saisis pas très bien[2], mais Mr Norrell semble penser que le principe pourrait être adapté afin de guérir certains maux chez les hommes et les animaux… En conjurant le mal de sortir du corps, comme s'il était un démon.

— Ah, cela ! s'exclama Strange avec soulagement. Oui, oui ! Je vois ce dont vous voulez parler maintenant. J'ai établi ce lien en juin dernier. Alors Norrell vient seulement d'y aboutir, n'est-ce pas ? Oh, excellent !

— Beaucoup ont été surpris qu'il n'ait pas pris un autre élève après vous, continua Lord Portishead. Et je sais qu'il a reçu une quantité de candidatures. Mais il n'en a accepté aucune. De fait, je ne crois pas qu'il ait parlé aux jeunes gens en question ou répondu à leurs lettres. Ses critères sont très astreignants et personne ne vous arrive à la cheville, monsieur.

Strange sourit.

— Enfin, les choses se passent exactement comme je m'y attendais. Il supporte difficilement l'existence d'un second magicien. Un troisième serait son arrêt de mort. J'aurai bientôt le dessus. Dans la bataille dont l'issue décidera de l'orientation de la magie anglaise, les partis en cause seront de force très inégale. Un seul magicien norrellien sera face à des dizaines de magiciens strangiens. Ou, tout au moins, autant que je pourrai en former. Je songe à

1. Les clercs de magie sont toujours particulièrement excités à l'idée de toute nouvelle découverte concernant l'éminent Dr Pale. Il occupe en effet une position unique dans l'histoire de la magie anglaise. Jusqu'à l'avènement de Strange et de Norrell, il fut le seul praticien de magie éminent qui consigna son art pour le donner à lire aux autres. Naturellement, ses ouvrages sont estimés entre tous.

2. Durant des siècles, ce passage fut regardé comme une curiosité, digne d'intérêt mais dépourvue de toute valeur pratique, étant donné que personne ne croit plus, de nos jours, que la Mort soit une personne susceptible d'être interrogée de la manière suggérée par Pale

établir Jeremy Johns comme une sorte d'anti-Childermass. Il pourrait parcourir le pays pour aller voir tous ceux que Norrell et Childermass ont détournés de l'étude de la magie. Lui et moi pourrions les y ramener. Je me suis déjà entretenu avec plusieurs de ces jeunes gens. Deux ou trois sont très prometteurs. Le fils cadet de Lord Chaldecott, Henry Purfois, a lu une collection d'ouvrages sur la magie de quatrième ordre et de biographies de magiciens de cinquième ordre. Cela rend sa conversation un tantinet ennuyeuse, mais on ne peut guère l'en blâmer, le drôle ! Ensuite, il y a William Hadley-Bright, l'un des *aides de camp** de Wellington à Waterloo, et un drôle de petit homme, un certain Tom Levy, qui pour l'heure est employé comme professeur de danse à Norwich.

— Professeur de danse ? répéta Sir Walter en fronçant le sourcil. Est-ce là le type de personnage que nous devrions encourager à embrasser la magie ? N'est-ce pas une profession qui devrait être réservée aux gentlemen ?

— Je ne vois pas pourquoi. D'ailleurs, je préfère Levy à tous les autres. C'est la première personne que j'ai rencontrée en des années qui considère la magie comme une source de plaisir... Il est aussi le seul des trois à s'être débrouillé pour assimiler des rudiments de magie pratique. Grâce à lui, ce chambranle de fenêtre, là-bas, s'est couvert de branches et de feuillages. Vous vous demandiez sans doute la raison de ce singulier état de fait.

— Pour être franc, répliqua Sir Walter, la pièce contient tant de curiosités que je ne l'avais pas remarqué.

— Bien entendu, Levy ne voulait pas que les choses restassent ainsi, expliqua Strange. Seulement, après avoir réussi sa manipulation, il n'a pu revenir en arrière, et moi non plus. J'imagine que je dois demander à Jeremy de trouver un menuisier pour réparer ma fenêtre.

— Je suis content que vous ayez trouvé autant d'émules qui vous agréent, déclara Sir Walter. C'est de bon augure pour la magie anglaise.

— J'ai reçu également plusieurs candidatures de demoiselles, ajouta Strange.

— De demoiselles ! s'exclama Lord Portishead.

— Bien sûr ! Il n'y a aucune raison pour que les femmes n'étudient pas la magie. Il s'agit là encore d'une des erreurs de Norrell.

— Hum ! Elles pleuvent en ce moment, remarqua Sir Walter.

— Qu'est-ce qui pleut ?

— Les erreurs de Norrell.

— Qu'entendez-vous par là ?

— Rien, rien du tout ! Ne vous fâchez pas. Néanmoins, je note que vous ne parlez pas de prendre des dames pour élèves.

Strange soupira.

— N'y voyez que des raisons pratiques. Pas plus. Un magicien et son élève doivent passer beaucoup de temps ensemble, à lire et à discuter. Si Arabella n'était pas morte, alors je crois que j'aurais pris des élèves féminines. À présent, je serais forcé de compter avec des chaperons et toutes sortes de désagréments pour lesquels je n'ai aucune patience. Mes recherches personnelles doivent passer en premier.

— Et quelle nouvelle magie avez-vous l'intention de nous montrer, monsieur Strange ? s'enquit Lord Portishead avec empressement.

— Ah ! Je suis content que vous me posiez cette question ! J'y ai beaucoup réfléchi. Si le renouveau de la magie anglaise doit continuer – ou plutôt s'il ne doit pas demeurer sous la seule férule de Gilbert Norrell – alors je dois apprendre quelque chose de neuf. Seulement la nouveauté en magie ne se trouve pas sous le sabot d'un cheval. Je pourrais toujours parcourir les routes du Roi et tenter d'atteindre ces pays où la magie est la règle générale plutôt que l'exception...

— Mon Dieu ! s'exclama Sir Walter. Plus jamais cela ! Êtes-vous devenu fou ? Je croyais que nous étions convenus que les routes du Roi étaient bien trop dangereuses pour justifier...

— Oui, oui ! Je connais vos opinions. Vous m'avez suffisamment sermonné sur le sujet. Mais vous ne me laissez pas finir ! Je cite seulement des possibilités. Je ne parcourrai pas les routes du Roi. J'avais donné ma parole à ma... à Arabella que je n'irais pas[1].

Il s'écoula un silence. Strange soupira ; sa physionomie s'assombrit. Manifestement, il pensait à quelque chose ou à quelqu'un d'autre.

Sir Walter reprit doucement :

— J'ai toujours eu la plus haute considération pour le jugement de Mrs Strange. Vous ne sauriez mieux faire que de suivre son conseil. Strange, je comprends votre point de vue – certes, vous souhaitez innover dans la magie, tout savant le souhaiterait – cependant la seule voie sûre pour apprendre la magie n'est-elle pas celle des livres ?

— Je n'ai aucun livre ! se récria Strange. Seigneur ! Je promets d'être aussi doux et casanier qu'une vieille fille si le gouvernement veut bien passer une loi spécifiant que Norrell doit m'ouvrir sa bibliothèque ! Mais comme le gouvernement ne me rendra pas ce service, je n'ai d'autre choix que d'accroître mes connaissances par mes propres moyens.

1. Nous sommes pour la plupart naturellement enclins à résister aux restrictions que nos amis et notre famille nous imposent, mais si nous avons le malheur de perdre un être cher, quelle différence alors ! Ces restrictions deviennent un devoir sacré.

— Alors, que ferez-vous ? demanda Lord Portishead.

— Appeler une fée, répondit vivement Strange. Je me suis déjà livré à plusieurs tentatives.

— Mr Norrell n'a-t-il pas posé en règle générale qu'en appeler aux fées est hasardeux ? s'inquiéta Sir Walter.

— Il n'y a pas grand-chose que Mr Norrell ne tienne pour hasardeux, rétorqua Strange d'un ton irrité.

— C'est vrai.

Sir Walter était satisfait. Après tout, le recours aux fées était une branche de la magie anglaise établie depuis longtemps. Tous les Auréats l'avaient pratiqué, et tous les Argentins en avaient rêvé.

— Êtes-vous sûr que ce soit possible, monsieur ? demanda Lord Portishead. La majorité des autorités s'accordent à dire que les fées ne visitent plus guère l'Angleterre.

— C'est là en effet l'opinion la mieux partagée, oui, acquiesça Strange, mais je suis quasi certain d'avoir côtoyé l'une d'elles en novembre 1814, un mois ou deux avant que Norrell et moi ne nous séparions.

— Vraiment ! s'exclama Lord Portishead.

— Vous ne nous en avez jamais parlé, dit Sir Walter.

— J'étais dans l'impossibilité d'en parler plus tôt. Ma condition d'élève de Norrell exigeait que je n'en soufflasse mot. La moindre allusion à une pareille rencontre eût suscité l'ire de Norrell.

— À quoi ressemblait-elle, monsieur Strange ? reprit Lord Portishead.

— À quoi ressemblait-il, car c'était un garçon-fée ! Je ne sais pas. Je ne l'ai pas vu, je l'ai entendu. Il jouait de la musique. Quelqu'un d'autre était présent qui, je crois, l'entendait et le voyait. Bon, songez aux avantages qu'il y a à fréquenter un tel être ! Aucun magicien, mort ou vivant, ne pourrait m'instruire davantage. Les fées sont la source de tout ce que nous, magiciens, désirons. La magie est une qualité innée chez elles ! Quant aux inconvénients, eh bien, il en reste un, toujours le même, que j'ignore comment surmonter. J'ai jeté des sorts par douzaines, mis en pratique tout ce que j'ai lu et entendu dire, pour tenter de rappeler ce garçon-fée, en vain. Je ne saurais absolument pas expliquer pourquoi Norrell dépense tant d'énergie à interdire ce que personne ne peut réaliser. Monsieur, vous ne connaissez pas des charmes pour évoquer les fées, que je sache ?

— Si, quantité, répondit Lord Portishead, mais je suis certain que vous les avez tous déjà essayés, monsieur Strange. Nous comptons sur vous pour reconstruire à notre profit tout ce qui s'est perdu.

— Oh ! soupira Strange. Parfois, je crois que rien ne s'est perdu. En vérité, tout se trouve dans la bibliothèque de Hurtfew.

— Vous disiez qu'une autre personne voyait et entendait le garçon-fée ? reprit Sir Walter.

— Oui.

— Et je présume que cette autre personne n'était pas Norrell ?

— Non.

— Très bien, alors. Et que racontait cette autre personne ?

— Elle, enfin, il était... confus. Il croyait voir un ange et, par suite de son mode de vie et de ses tournures d'esprit, il ne trouvait pas cela aussi extraordinaire que vous pourriez le penser. Je vous prie de m'excuser, la discrétion m'interdit de vous donner davantage de détails.

— Oui, oui ! Très bien ! Votre compagnon a vu la fée. Pourquoi ?

— Oh, je sais pourquoi ! Il avait en lui une qualité très spéciale qui lui permettait de voir les fées.

— Enfin, ne pouvez-vous y recourir aussi d'une façon ou d'une autre ?

Strange médita la question.

— Je ne vois pas comment. Il s'agit d'un pur hasard, comme d'avoir des yeux bleus ou bruns. – Il demeura songeur un moment. – Remarquez, peut-être que non. Vous avez peut-être raison. L'idée n'est pas tellement étrange, quand on y réfléchit bien. Pensez aux Auréats ! Pour ce qui est de la folie et de la sauvagerie, certains d'entre eux étaient proches des fées ! Pensez à Ralph Stokesey et à son serviteur fée, Col-Tom-Blue ! Quand Stokesey était jeune homme, on avait du mal à les distinguer. Peut-être suis-je un magicien trop bien dressé, trop DOMESTIQUE. Mais comment acquérir un brin de folie ? Je croise quotidiennement des insensés dans la rue et je n'ai jamais songé auparavant à me demander comment ils ont perdu la raison. Je devrais peut-être aller errer sur les landes solitaires et les rivages stériles – lieux toujours prisés des aliénés... Dans les romans et les pièces de théâtre, en tout cas. Peut-être l'Angleterre sauvage me rendra-t-elle fou...

Strange se leva pour s'approcher de la fenêtre du salon, comme s'il espérait, de là, pouvoir contempler la sauvage Angleterre – même si tout ce qu'elle montrait était la vue très banale de Soho-square sous une bruine pénétrante.

— Je pense que vous avez peut-être mis dans le mille, Pole.

— Moi ? s'écria Sir Walter, un tantinet alarmé par les conséquences auxquelles menaient ses remarques. Je ne voulais rien suggérer de tel !

— Monsieur Strange, vous n'êtes pas sérieux, plaida l'aimable Lord Portishead. Pour un homme qui possède votre érudition, penser à devenir un... un vagabond. Eh bien, monsieur, voilà une pensée très choquante.

Strange se croisa les bras et jeta un dernier regard sur Soho-square.

— Voyons, répondit-il, je ne sortirai pas aujourd'hui. – Il eut son petit sourire moqueur et parut presque redevenir le Jonathan de jadis. – J'attendrai qu'il cesse de pleuvoir[1].

1. Même John Uskglass, qui avait trois royaumes à gouverner et toute la magie anglaise à diriger, ne s'était pas entièrement libéré de cette disposition à faire de longs et mystérieux voyages. En 1241, il quitta sa maison de Newcastle d'une manière secrète, connue seulement des magiciens. Il prévint un serviteur qu'on le retrouverait endormi sur un banc au coin du feu dans un délai d'un jour.

Le lendemain, le serviteur et les membres de la maison du roi cherchèrent le roi sur le banc au coin du feu, mais il n'était pas là. Ils regardèrent tous les matins et tous les soirs, mais il ne réapparut pas. William, comte de Lanchester, gouverna à sa place et plusieurs ordonnances furent reportées « jusqu'à ce que le roi fût de retour ». Cependant, à mesure que le temps passait, beaucoup de monde était enclin à douter que cela arriverait jamais. Puis, un an et un jour après son départ, on découvrit le roi qui dormait sur le banc au coin du feu.

Il ne semblait pas s'aviser qu'un événement fâcheux s'était produit et ne confia à personne où il était allé. Nul n'osa lui demander s'il avait toujours eu l'intention de s'éloigner si longtemps ou s'il était arrivé quelque chose de terrible. William de Lanchester appela le serviteur et lui ordonna de répéter derechef les mots exacts employés par le roi. Ne se pouvait-il qu'il eût vraiment dit qu'il allait partir pendant un an et un jour ? Peut-être, répondit l'homme. Le roi avait en général la parole douce. Il était tout à fait possible qu'il n'eût pas bien entendu.

50

L'Histoire et la Pratique de la magie anglaise

Avril à septembre 1816

LES AMIS DE STRANGE étaient contents d'avoir l'assurance qu'il n'avait aucunement l'intention de renoncer à ses confortables demeures, à son coquet revenu et à son personnel de maison pour partir sur les routes, tel un bohémien, contre vents et marées. Ses nouvelles recherches inquiétaient toutefois certains d'entre eux. Ils avaient de bonnes raisons de craindre qu'il n'eût perdu la mesure et ne fût prêt à s'adonner à toutes sortes de magie. Sa promesse à Arabella le tenait pour le moment loin des routes du Roi, pourtant les avertissements de Sir Walter ne suffisaient pas à l'empêcher de parler de John Uskglass et de ses sujets fées, ni d'y songer constamment.

Vers la fin d'avril, les trois nouveaux élèves de Strange, l'honorable Henry Purfois, William Hadley-Bright et Tom Levy, le professeur de danse, s'étaient installés non loin de Soho-square. Quotidiennement, ils se rendaient chez Strange afin d'étudier la magie. Dans l'intervalle entre deux leçons, Strange travaillait à son livre et se livrait à des manipulations magiques pour le compte de l'armée et de la Compagnie anglaise des Indes orientales. Il avait également reçu des demandes d'assistance de la Corporation de Liverpool et de la Société des marchands aventuriers de Bristol.

Que Strange dût encore obtenir des commandes de corps constitués – ou même de quiconque – irritait tellement Mr Norrell qu'il s'en plaignit auprès de Lord Liverpool, le Premier ministre.

Lord Liverpool n'était pas bien disposé.

— Les généraux peuvent faire ce qui leur chante, monsieur Norrell. Le gouvernement ne s'immisce pas dans les affaires militaires, ainsi que vous le savez[1]. Les généraux emploient les talents de magicien de Mr Strange depuis

1. Ce n'était absolument pas vrai. La doléance la plus amère du duc de Wellington pendant la guerre d'Espagne avait été que le gouvernement s'immisçait constamment.

de nombreuses années, et ils ne voient aucune raison d'y renoncer simplement parce que vous et lui vous êtes querellés. Quant à la Compagnie des Indes orientales, on me rapporte que ses administrateurs vous ont sollicité en premier et que vous avez refusé de les aider.

Mr Norrell battit rapidement des paupières.

— Ma mission pour le gouvernement – ma mission pour vous, monsieur le Premier ministre – occupe trop de mon temps. Je ne puis, en conscience, la négliger pour une société privée.

— Et croyez-moi, monsieur Norrell, nous vous en sommes reconnaissants. J'ai à peine besoin de vous dire, toutefois, à quel point les succès de la Compagnie des Indes orientales sont vitaux pour la prospérité de la nation, et combien son besoin d'un magicien est immense. Elle a des flottes entières à la merci des tempêtes et des intempéries ; elle possède de vastes territoires à administrer, et ses armées sont constamment harcelées par des principicules et des bandits indiens. Mr Strange s'est chargé de contrôler la météorologie aux alentours du Cap et dans l'océan Indien, et il nous a prodigué ses conseils sur le meilleur usage de la magie en territoires hostiles. Les administrateurs de la Compagnie anglaise des Indes croient que l'expérience que Mr Strange a acquise en Espagne peut se révéler inestimable. Voilà encore une nouvelle preuve que la Grande-Bretagne a grandement besoin de davantage de magiciens. Monsieur Norrell, aussi diligent que vous soyez, vous ne pouvez être partout à la fois, et nul ne vous le demande. J'apprends que Mr Strange a pris des élèves. Il me serait infiniment agréable d'entendre que vous avez l'intention de l'imiter.

Malgré l'approbation de Lord Liverpool, l'instruction des trois nouveaux magiciens, Henry Purfois, William Hadley-Bright et Tom Levy, avançait avec guère moins de cahots que celle de Strange des années plus tôt, à la différence que, là où Strange avait eu à combattre les formules évasives de Norrell, les jeunes gens étaient continuellement contrariés par l'abattement et l'état fiévreux de leur maître.

Au début de juin, le premier tome de *L'Histoire et la Pratique de la magie anglaise* était achevé. Strange le livra à Mr Murray, et ce ne fut une surprise pour personne quand, le jour suivant, il annonça à Henry Purfois, William Hadley-Bright et Tom Levy qu'ils devraient ajourner quelque temps leurs études de magie, étant donné qu'il avait décidé de partir pour l'étranger.

— Je trouve votre projet excellent ! s'écria Sir Walter, dès que Strange l'eut mis au courant. Changement de décor, changement de société. Je ne vous aurais pas prescrit autre chose. Partez, partez !

— Vous ne pensez pas qu'il est trop tôt ? s'enquit Strange avec inquiétude. Je vais laisser Norrell maître de Londres, en quelque sorte.

— Croyez-vous que nous ayons la mémoire si courte ? Eh bien, nous ferons tout notre possible pour ne pas vous oublier en l'espace de quelques mois. D'ailleurs, votre livre sera bientôt publié et cela nous rappellera à tous combien nous avons du mal à nous passer de vous.

— C'est vrai, il y a mon livre. Cela prendra des mois à Norrell pour réfuter quarante-six chapitres, et je serai de retour bien avant qu'il en ait fini.

— Quelle est votre destination ?

— L'Italie, je pense. Les pays du sud de l'Europe ont toujours exercé un puissant attrait sur moi. J'ai souvent été frappé par l'aspect de la campagne quand j'étais en Espagne... Ou, du moins, je crois que je l'aurais trouvé très frappant si celle-ci n'avait été couverte de soldats et de fumée de canon.

— J'espère que vous nous écrirez à l'occasion ? Pour témoigner de vos impressions ?

— Oh ! Je ne vous ménagerai pas. Il appartient au voyageur d'exhaler sa frustration après chaque désagrément en le racontant à ses amis. Attendez-vous à de longues descriptions !

Comme il arrivait souvent à cette époque, l'humeur de Strange s'assombrit brusquement. Son air badin et ironique s'évanouit d'un coup ; il regarda fixement le seau à charbon en fronçant le sourcil.

— Je me demandais si vous..., articula-t-il enfin. C'est-à-dire, j'aimerais vous demander... – Il émit un son d'exaspération devant sa propre hésitation. – Auriez-vous l'obligeance de transmettre à Lady Pole un message de ma part ? Je vous en serais très reconnaissant. Arabella était très attachée à Madame, et je sais qu'elle n'eût pas aimé que je quitte l'Angleterre sans envoyer un message à Lady Pole.

— Certainement. Que dois-je lui dire ?

— Oh ! Simplement transmettez-lui mes vœux sincères de rétablissement. Ce que vous jugerez le mieux. Peu importe les mots, pourvu que vous lui signifiez que ce message vient du mari d'Arabella. Je voudrais que Madame sache que le mari de son amie ne l'a pas oubliée.

— Merci de tout mon cœur, répondit Sir Walter.

Strange avait espéré que Sir Walter le prierait de parler en personne à Lady Pole, mais Sir Walter s'en abstint. Nul ne savait si Madame se trouvait encore dans leur maison de Harley-street. Une rumeur courait en ville selon laquelle Sir Walter l'avait envoyée à la campagne.

Strange n'était pas le seul à désirer partir pour l'étranger. S'expatrier était devenu soudain très à la mode. Depuis beaucoup trop longtemps les Britanniques étaient confinés dans leur île par les guerres napoléoniennes. Depuis trop longtemps ils étaient contraints de satisfaire leur désir de voir de nouveaux horizons et des peuples singuliers par des séjours dans les Highlands écossais, au bord des lacs anglais ou dans les Pennines. À présent que la guerre était finie, ils pouvaient se rendre sur le continent et visiter des montagnes et des rivages d'une nature toute différente. Ils pouvaient voir en personne ces célèbres monuments qu'ils n'avaient contemplés que dans les livres de gravures. Certains allaient aussi à l'étranger, avec l'espoir de trouver la vie moins chère sur le continent que dans leur pays. D'autres partaient pour fuir les dettes ou le scandale, et d'autres enfin, comme Strange, s'exilaient pour trouver une tranquillité que l'Angleterre leur refusait.

Jonathan Strange à John Segundus « Bruxelles, le 12 juin 1816

« Autant que je sache, je suis en retard d'environ un mois sur Lord Byron[1]. À chaque étape où nous nous arrêtons, nous tombons sur des aubergistes, des postillons, des fonctionnaires, des citoyens, des garçons de café et toutes sortes et qualités de dames dont la cervelle semble encore un tantinet dérangée à la suite de leur bref contact avec monsieur le baron. Et bien que mes compagnons de voyage prennent soin d'informer autrui que je suis cet être abominable, un magicien anglais, je ne suis manifestement rien en comparaison d'un poète anglais. Et partout où je vais, je jouis de la réputation – tout à fait nouvelle pour moi, je vous l'assure – du bon Anglais sans histoire, qui ne fait aucun bruit et ne crée d'ennuis à personne. »

Cette année-là, l'été fut pourri. Ou plutôt il n'y eut pas d'été. L'hiver s'était réinstallé dès août. Le soleil était à peine visible, le ciel couvert de gros nuages gris ; un vent aigre balayait les villes et les récoltes. Des averses de pluie et de grêle, égayées de temps à autre de déchaînements de tonnerre et de foudre, s'abattaient sur l'Europe entière.

Londres était à demi vide. Le Parlement était dissous et ses membres en villégiature dans leurs maisons de campagne, le meilleur endroit pour contempler la pluie. À Londres, Mr John Murray, l'éditeur, était resté en sa

1. Lord Byron avait quitté l'Angleterre en avril 1816 afin d'échapper à des dettes croissantes, aux accusations de cruauté portées par sa femme et à des rumeurs selon lesquelles il aurait séduit sa propre sœur, Augusta.

demeure d'Albermarle-street. À une autre période, les salons de Mr Murray étaient les plus animés de Londres, courus par les poètes, les essayistes, les critiques et tous les grands hommes de lettres du royaume. Mais les grands hommes de lettres du royaume étaient partis aux champs. La pluie crépitait contre la vitre et le vent sifflait dans la cheminée. Mr Murray remit du charbon sur le feu, puis s'assit à son bureau pour commencer à lire le courrier du jour. Il prenait chaque pli et le levait à hauteur de son œil gauche (le droit étant aveugle).

Ce jour-là, il en trouva deux venant de Genève, en Suisse. La première était de Lord Byron, qui se plaignait de Jonathan Strange, et la deuxième était de Strange, qui se plaignait de Byron. Les deux hommes s'étaient croisés plusieurs fois chez Mr Murray, mais sans avoir jamais fait connaissance jusque-là. Strange avait rendu visite à Byron à Genève quinze jours plus tôt. La rencontre n'avait pas été un succès.

Strange (qui était, pour l'heure, d'humeur à attacher la plus haute valeur au mariage et à tout ce qu'il avait perdu en Arabella) fut troublé par les arrangements domestiques de Lord Byron. « J'ai trouvé monsieur le baron dans sa coquette villa sur les rives du lac. Il n'était pas seul. Il y avait là un autre poète, Shelley, Mrs Shelley et une autre jeune femme – une jeune fille, en fait – qui se fait appeler Mrs Clairmont et dont je n'ai pas bien compris la relation avec les deux hommes. Si vous avez des lumières, ne me les communiquez pas. Était également présent un drôle de jeune homme qui ne cessait de débiter des inepties, un certain Mr Polidori. »

Lord Byron, de son côté, trouva matière à critiquer la tenue vestimentaire de Strange : « Il était en demi-deuil. Sa femme est morte à Noël, n'est-ce pas ? Peut-être croit-il que le noir lui donne un air plus mystérieux, plus magique… »

S'étant mutuellement déplu au premier abord, ils en étaient venus progressivement à se quereller sur la politique. Strange écrivait : « J'ignore comment, nous nous sommes mis aussitôt à parler de la bataille de Waterloo, sujet malheureux puisque je suis le magicien du duc de Wellington, et qu'ils détestent tous Wellington et idolâtrent Napoléon. Mrs Clairmont, avec toute l'impertinence de ses dix-huit ans, m'a demandé si je n'avais pas honte d'avoir été l'instrument de la chute d'un homme aussi sublime. Non, ai-je répondu. »

Byron, lui, écrivait : « C'est un grand partisan du duc de W. J'espère pour votre salut, mon cher Murray, que son livre est plus intéressant que sa personne. »

Strange concluait : « On a une notion si bizarre des magiciens. Ils voulaient que je leur parle des *vampyres* ! »

Mr Murray fut navré que ses deux auteurs n'aient pas pu mieux s'entendre, mais il réfléchit qu'il n'eût pu en être autrement, étant donné que l'un et l'autre étaient célèbres pour leurs querelles : Strange avec Norrell, et Byron avec quasiment tout le monde[1].

Après avoir fini de lire leurs lettres, Mr Murray songea qu'il devait descendre à la librairie. Il avait imprimé un très grand nombre d'exemplaires de l'ouvrage de Jonathan Strange et brûlait d'impatience de savoir comment il se vendait. La boutique était tenue par un certain Shackleton, qui avait exactement l'apparence qu'on attendait d'un libraire. Il n'eût convenu pour aucune autre sorte de boutiquier – certainement pas pour un mercier ni un marchand de modes, qui se devaient d'être plus élégants que leurs clientes. Comme libraire, il était parfait. Il paraissait sans âge ; maigre, poussiéreux et finement constellé d'encre, il avait un air de grande culture tintée de distraction. Son nez s'ornait de bésicles ; une plume d'oie était coincée derrière son oreille, et une perruque à demi effilochée trônait sur son chef.

— Shackleton, combien de livres de Mr Strange avons-nous vendus aujourd'hui ? demanda Mr Murray.

— Soixante ou soixante-dix exemplaires environ.

— Excellent ! s'exclama Mr Murray.

Shackleton fronça le sourcil et remonta ses bésicles sur son nez.

— Oui, on pourrait le penser, n'est-ce pas ?

— Qu'entendez-vous par là ?

Shackleton décrocha la plume d'oie de son oreille.

— Beaucoup de clients sont venus à deux reprises et ont acheté un exemplaire chaque fois.

— Encore mieux ! À cette vitesse, nous allons rattraper *Le Corsaire*[2] de Lord Byron ! À cette vitesse, il faudra un second tirage dès la fin de la semaine prochaine ! – Puis, s'étant avisé que le froncement de sourcils de Shackleton n'avait pas diminué, Mr Murray ajouta : – Eh bien, qu'est-ce qui ne va pas ? Ils souhaitent sans doute l'offrir à leurs amis...

---

1. Malgré l'apparente absence de sympathie entre les deux hommes, quelque chose en Strange devait en avoir imposé à Byron. Son futur poème, *Manfred*, commencé en septembre ou octobre de la même année, parlait d'un magicien. Certes, Manfred a peu de traits communs avec Jonathan Strange (ou, tout au moins, avec le respectable Strange qui déplaisait tant à Byron). Il ressemble bien davantage à Byron, par son narcissisme, sa haine de soi, son dédain hautain envers ses semblables, ses allusions à d'impossibles tragédies et ses désirs mystérieux. Manfred, toutefois, est un magicien qui passe son temps à invoquer les esprits de l'air, de la terre, de l'eau et du feu afin de parler avec eux, comme si Byron, ayant rencontré un enchanteur qui l'avait déçu, en avait créé un autre plus à son goût.

2. Poème paru en 1814 (*N.d.T.*).

Shackleton secoua la tête, de sorte que les cheveux dénoués de sa perruque sautillèrent de-ci de-là.

— C'est bizarre. Je n'ai jamais ouï dire que c'était déjà arrivé.

La porte de la boutique s'ouvrit ; un jeune homme entra. Il était de petite taille et de faible corpulence. Il avait les traits réguliers et, à la vérité, eût été plutôt beau, n'eussent été ses fâcheuses manières. Il était de ces personnages dont les idées sont trop percutantes pour rester confinées dans leur cervelle et qui se répandent dans le monde à la consternation des présents. Il parlait tout seul, et l'expression de son visage changeait sans cesse. En l'espace d'un instant, il eut l'air tour à tour surpris, offensé, résolu et furieux, autant d'émotions qui étaient sans doute les effets des conversations animées qu'il entretenait avec des interlocuteurs imaginaires.

Les boutiques, surtout les boutiques londoniennes, sont souvent dérangées par des aliénés ; Mr Murray et Mr Shackleton furent aussitôt sur leurs gardes. Et leurs soupçons se renforcèrent quand le jeune inconnu fixa Shackleton d'un regard pénétrant de ses yeux bleus en s'écriant :

— Voilà qui s'appelle bien traiter ses clients ! Voilà ce qu'est la distinction ! – Il se tourna vers Mr Murray et s'adressa à lui en ces termes : – Suivez mon conseil, monsieur ! N'achetez pas de livres dans cette officine. Ce sont des menteurs et des voleurs !

— Des menteurs et des voleurs ? répéta Mr Murray. Non, vous vous méprenez, monsieur. Je suis sûr que nous pouvons vous convaincre du contraire.

— Ha ! s'écria le jeune homme en jetant un regard noir à Mr Murray, afin de lui signifier qu'il avait compris que celui-ci n'était pas, ainsi qu'il l'avait d'abord supposé, un simple client comme lui.

— Je suis le propriétaire, expliqua à la hâte Mr Murray. Nous ne volons pas le monde, ici. Expliquez-moi votre affaire et je serai heureux de vous servir dans la mesure du possible. Il doit s'agir d'un malentendu.

Le jeune ne se laissa pas radoucir le moins du monde par les paroles courtoises de Mr Murray.

— Niez-vous, monsieur, cria-t-il, que cet établissement emploie un charlatan de magicien ? Un magicien du nom de Strange ?

Mr Murray commença par objecter que Strange était un de ses auteurs, mais le jeune homme fut incapable de l'écouter jusqu'au bout.

— Niez-vous, monsieur, que Mr Strange ait jeté un sort à ses livres pour les faire disparaître afin qu'on doive en acheter un autre ? Et puis encore un autre ! – Il agita le doigt en direction de Shackleton et prit l'air rusé : – Osez prétendre que vous ne vous souvenez pas de moi !

— Non, monsieur, je m'en garderai. Je me souviens très bien de vous. Vous avez été un des premiers gentlemen à acheter un exemplaire de *L'Histoire et la Pratique de la magie anglaise*, puis vous êtes revenu en chercher un autre environ une semaine plus tard.

Le jeune homme écarquilla les yeux.

— J'ai été obligé d'en acheter un autre ! hurla-t-il avec indignation. Le premier avait disparu !

— Disparu ? répéta Mr Murray, perplexe. Si vous avez égaré votre ouvrage, monsieur… vous m'en voyez désolé, néanmoins je ne comprends pas comment le libraire pourrait en être tenu pour responsable.

— Je m'appelle Green, monsieur. Et je n'ai pas égaré mon ouvrage. Il a disparu. Par deux fois. – Mr Green poussa un profond soupir, en homme découvrant qu'il a affaire à des fous et des simples d'esprit. – J'ai rapporté le premier exemplaire chez moi et je l'ai posé sur la table, sur un coffret où je range mon rasoir et mon nécessaire de rasage. – Mr Green fit mine de poser le livre sur le coffret. – J'ai ensuite posé le journal sur le livre et mon bougeoir de cuivre et un œuf au sommet de la pyramide.

— Un œuf ? s'étouffa Mr Murray.

— Un œuf dur ! Mais quand je me suis retourné – moins de dix minutes plus tard ! –, le journal reposait directement sur le coffret et le livre s'était envolé ! Pourtant l'œuf et le bougeoir n'avaient pas changé de place. Alors, une semaine plus tard, je suis revenu acheter un nouvel exemplaire, exactement comme le dit votre employé. Je l'ai emporté à la maison. Je l'ai posé sur le dessus de cheminée, avec le *Dictionnaire de chirurgie pratique* de Cooper, et j'ai placé la théière dessus. Il s'est trouvé qu'en préparant le thé, j'ai délogé les deux livres, qui sont tombés dans la corbeille à linge sale. Lundi, Jack Boot – mon domestique – a rempli la corbeille. Mardi, la lavandière est passée prendre le linge sale, et quand les draps de lit ont été emportés, le *Dictionnaire de chirurgie pratique* de Cooper était toujours là, au fond de la corbeille, mais *L'Histoire et la Pratique de la magie anglaise* avait de nouveau disparu !

Ces propos, qui suggéraient quelques légères excentricités dans le règlement de la maison de Mr Green, fournissaient l'espoir d'une explication.

— N'auriez-vous pas pu vous méprendre sur l'endroit où vous l'avez posé ? suggéra Mr Shackleton.

— La lavandière l'a peut-être emporté avec vos draps ? proposa Mr Murray.

— Non et non ! déclara Mr Green.

— Quelqu'un pourrait-il l'avoir emprunté ou déplacé ? lança encore Shackleton.

Mr Green parut stupéfié par cette hypothèse.

— Mais qui ? répliqua-t-il.

— Je… je n'en ai aucune idée. Mrs Green ? Votre domestique ?

— Il n'y a pas de Mrs Green ! Je vis seul ! À l'exception de Jack Boot, or Jack Boot ne sait pas lire !

— Un ami, alors ?

Mr Green paraissait prêt à nier avoir jamais eu d'amis.

Mr Murray soupira.

— Shackleton, donnez un nouvel exemplaire à Mr Green et remboursez-lui le deuxième. – À l'adresse de Mr Green il poursuivit : – Je suis content que vous aimiez notre livre au point d'en avoir racheté un autre exemplaire.

— Aimiez ? s'exclama Mr Green, plus ébahi que jamais. Je ne peux pas savoir si je l'aime ou non ! Je n'ai pas eu l'occasion de l'ouvrir.

Après son départ, Mr Murray s'attarda un moment à la librairie pour plaisanter sur les corbeilles à linge sale et les œufs durs, mais Mr Shackleton (qui, en temps normal, était amateur de blagues, comme tout un chacun) ne se dérida pas. Pensif et inquiet, il répéta plusieurs fois qu'il se passait des événements bizarres.

Une demi-heure plus tard, Mr Murray contemplait sa bibliothèque, dans son bureau à l'étage. Levant les yeux, il vit Shackleton.

— Il est de retour, balbutia Shackleton.

— Comment ?

— Green. Il a encore égaré son livre. Il l'avait mis dans sa poche droite, mais le temps qu'il atteigne Great Pulteney-street, celui-ci s'était envolé. Bien entendu, je lui ai dit que Londres était plein de pickpockets, cependant vous devez admettre…

— Oui, oui ! Vous n'allez pas m'ennuyer avec cela maintenant ! l'interrompit Mr Murray. Mon propre exemplaire a disparu ! Regardez ! Je l'ai rangé ici, entre *Flim-Flams* d'Israeli et *Emma* [1] de Miss Austen. Vous pouvez voir son emplacement. Que se passe-t-il, Shackleton ?

— C'est de la magie, répondit fermement Shackleton. J'y ai réfléchi et je crois que Green a raison. Un sort doit agir sur les livres et sur nous.

— Un sort ? – Mr Murray ouvrit de grands yeux. – Oui, ce doit être le cas. Jamais auparavant je n'avais approché la magie d'aussi près. Je ne crois pas que je serai pressé de renouveler l'expérience. C'est on ne peut plus inquiétant et désagréable. Comment diable un homme pourrait-il savoir que faire quand rien ne se comporte normalement ?

1. En français *Balivernes*, d'Isaac d'Israeli (1805). *Emma* date de 1816 (*N.d.T.*)

— Eh bien, répondit Shackleton, si j'étais vous, je commencerais par consulter les autres libraires pour savoir si leurs livres disparaissent aussi. Au moins, nous saurons alors si le problème est général ou limité à nous.

Cela paraissait de bon conseil. Laissant donc la boutique à la garde du commis, Messrs Murray et Shackleton mirent leurs chapeaux et sortirent dans les bourrasques de pluie. Le libraire le plus proche était *Edwards & Skittering*, à Piccadilly. Arrivés à destination, ils durent s'écarter pour laisser passer un valet en livrée bleue. Il emportait une haute pile de livres du magasin.

Mr Murray eut à peine le temps de penser que le valet et sa livrée lui étaient tous deux familiers que le bonhomme était déjà parti.

À l'intérieur, ils trouvèrent Mr Edwards en grande conversation avec John Childermass. Au moment où Murray et Shackleton entraient, Mr Edwards se retourna avec un air coupable, mais Childermass, lui, était fidèle à lui-même.

— Ah, monsieur Murray ! s'exclama-t-il. Je suis content de vous voir, monsieur. Cela m'épargne une course sous la pluie.

— Que se passe-t-il ? demanda Mr Murray. Que faites-vous ici ?

— Ce que je fais ? Mr Norrell achète quelques ouvrages. Rien de plus.

— Ha ! Si votre maître compte supprimer le livre de Mr Strange en achetant tous les exemplaires, alors il sera déçu. Mr Norrell a beau être un homme riche, sa fortune n'est pas infinie, et je peux imprimer des livres aussi vite qu'il peut les acquérir.

— Non, répliqua Childermass. Vous ne le pouvez pas.

Mr Murray se tourna vers Mr Edwards.

— Robert, Robert ! Pourquoi les laissez-vous vous tyranniser ainsi ?

Le pauvre Mr Edwards avait l'air malheureux comme les pierres.

— Je suis désolé, monsieur Murray, mais les livres disparaissaient tous. J'ai dû rembourser plus de trente clients. Je risquais d'y laisser ma dernière chemise. Mr Norrell m'a alors proposé de reprendre tout mon stock du livre de Strange pour un bon prix. J'ai donc…

— Un bon prix ! s'écria Shackleton, incapable d'en supporter davantage. Un bon prix ? Qu'y a-t-il de bon là-dedans ? J'aimerais bien le savoir. Qui, selon vous, fait disparaître les livres ?

— Exactement ! approuva Mr Murray. – Se tournant vers Childermass, il poursuivit : – Vous n'essaierez pas de nier que tout cela est l'œuvre de Norrell ?

— Non, non. Au contraire Mr Norrell ne demande qu'à reconnaître sa responsabilité. Il a toute une liste de raisons et se fera une joie de les exposer à quiconque voudra bien l'écouter.

— Et quelles sont ces raisons ? s'enquit froidement Mr Murray.

— Oh ! la sorte habituelle, j'imagine, répondit Childermass, pour la première fois légèrement évasif. Une lettre est en préparation, qui vous expliquera tout.

— Et vous croyez que cela puisse me satisfaire, n'est-ce pas ? Une lettre d'excuse ?

— D'excuse ? Je doute que vous obteniez grand-chose en manière d'excuse.

— Je me propose de parler à mon avocat cet après-midi, déclara Mr Murray.

— Naturellement, nous ne nous attendions à rien de moins. Quoi qu'il en soit, il n'est pas dans les intentions de Mr Norrell que vous dussiez perdre de l'argent dans cette affaire. Dès que vous serez en mesure de me fournir les comptes de tout ce que vous avez dépensé pour la publication du livre de Mr Strange, je suis autorisé à vous remettre un billet à ordre équivalent au montant total.

Cette proposition était inattendue. Mr Murray était tiraillé entre son désir d'envoyer à Childermass une réponse bien sentie et la conscience que Norrell le privait de beaucoup d'argent et devait, en toute justice, le dédommager.

Shackleton donna un discret coup de coude à Mr Murray pour lui conseiller de ne pas céder à la précipitation.

— Et mon profit ? demanda Mr Murray, tentant de gagner un peu de temps.

— Ah ! vous souhaitez qu'on prenne aussi cela en considération, n'est-ce pas ? Ce n'est que justice, je pense. Permettez-moi d'en parler à Mr Norrell.

Sur ce, Childermass s'inclina et sortit de la librairie.

Messrs Murray et Shackleton n'avaient aucune raison de s'attarder plus longtemps. Dès qu'ils se retrouvèrent dans la rue, Mr Murray se tourna vers Shackleton.

— Descendons à Thames-street… – c'était l'entrepôt où Mr Murray gardait son stock – et vérifions s'il nous reste des livres de Mr Strange. Ne vous laissez pas rembarrer par Jackson. Exigez qu'il vous les montre. Dites-lui que j'ai besoin de les compter et qu'il doit m'envoyer l'inventaire d'ici à une heure.

Quand Mr Murray eut regagné Albermale-street, il trouva trois jeunes gens flânant dans sa boutique. Ils refermèrent leurs livres dès qu'ils l'aperçurent, l'entourèrent en un instant et se mirent à parler tous à la fois. Mr Murray, naturellement, supposa qu'ils devaient être là pour une démarche identique à celle de Mr Green. Comme deux d'entre eux étaient très grands, et qu'ils manifestaient tous une bruyante indignation, il conçut quelque inquiétude et fit signe à son commis de courir chercher de l'aide. Le commis resta planté là où il était et observa les opérations avec une expression d'intérêt inhabituel.

Certaines exclamations véhémentes des jeunes gens, comme « Affreux coquin ! » ou « Abominable chenapan ! », étaient peu faites pour rassurer Mr Murray. Néanmoins, au bout d'un moment il comprit enfin qu'ils ne l'injuriaient pas lui, mais Norrell.

— Je vous prie de bien vouloir m'excuser, messieurs, tenta-t-il. Si cela ne vous dérange pas trop, je me demande si vous auriez la bonté de me dire qui vous êtes ?

Les jeunes gens étaient ébahis. Ils croyaient être plus connus que cela ! Ils se présentèrent donc. Il s'agissait des trois élèves attachés au service de Strange : Henry Purfois, William Hadley-Bright et Tom Levy.

William Hadley-Bright et Henry Purfois étaient tous deux grands et agréables de leur personne, tandis que Tom Levy était petit et fluet, avec des cheveux et des yeux sombres. Ainsi qu'il a déjà été noté, Hadley-Bright et Purfois étaient des gentlemen anglais de bonne famille, alors que Tom était un ancien maître de danse dont les ancêtres étaient tous israélites. Par bonheur, Hadley-Bright et Purfois méprisaient de telles distinctions de rang et de lignage. Sachant que Tom était le plus talentueux d'entre eux, ils s'en remettaient à lui sur tous les sujets du savoir magique. Hormis qu'ils l'appelaient par son prénom (alors qu'il leur donnait du « monsieur Purfois » et du « monsieur Hadley-Bright »), et comptaient sur lui pour ramasser les livres qu'ils laissaient dans leur sillage, ils étaient tout à fait disposés à le traiter en égal.

— Nous ne pouvons pas rester assis inactifs pendant que ce scélérat, ce monstre, détruit la grande œuvre de Mr Strange ! déclara Henry Purfois. Donnez-nous quelque chose à faire, monsieur Murray ! C'est là tout ce que nous demandons !

— Et si ce quelque chose pouvait nécessiter de passer un sabre à travers le corps de Mr Norrell, alors tant mieux ! ajouta William Hadley-Bright.

— L'un de vous pourrait-il aller chercher Strange et me le ramener ? demanda Mr Murray.

— Oh, certainement ! Hadley-Bright est votre homme ! s'exclama Henry Purfois. À Waterloo, il était un des *aides de camp** de Wellington, vous savez. Il n'aime rien tant que courir ventre à terre à cheval en tous sens !

— Savez-vous où est allé Mr Strange ? s'enquit Tom Levy.

— Il y a quinze jours de cela, il se trouvait à Genève, répondit Mr Murray. J'ai eu une lettre de lui ce matin. Il peut y être encore. À moins qu'il ne soit passé en Italie.

La porte s'ouvrit et Shackleton entra, la perruque constellée de gouttes de pluie, comme s'il l'avait décorée d'innombrables perles de verre.

— Tout va bien, dit-il avec ardeur à Mr Murray. Les livres sont toujours dans leurs balles.

— Vous les avez vus de vos yeux ?

— Oui, assurément. Faire disparaître dix mille ouvrages exige sans doute beaucoup de magie.

— J'aimerais pouvoir être aussi optimiste, intervint Tom Levy. Pardonnez-moi, monsieur Murray, mais, d'après tout ce que j'ai ouï dire sur Mr Norrell, une fois qu'il s'est assigné une tâche, il travaille inlassablement jusqu'à son accomplissement. Je ne crois pas que nous ayons le temps d'attendre le retour de Mr Strange.

Shackleton eut l'air surpris d'entendre quelqu'un se prononcer avec tant d'assurance sur des matières magiques.

Mr Murray présenta à la hâte les trois élèves de Strange.

— Combien de temps pensez-vous que nous ayons ? demanda-t-il à Tom.

— Un jour ? Deux tout au plus ? Assurément pas assez de temps pour trouver Mr Strange et le ramener. Je pense, monsieur Murray, que vous devriez nous passer la main et que nous devrions tenter un sort ou deux pour neutraliser la magie de Norrell.

— Existe-t-il de tels sortilèges ? s'enquit Mr Murray, qui considérait les apprentis magiciens d'un air dubitatif.

— Oh, des centaines ! répondit Henry Purfois.

— Vous en connaissez ? insista Mr Murray.

— Nous connaissons leur existence, nuança William Hadley-Bright. Nous pourrions vraisemblablement en reconstituer un qui soit à peu près acceptable. Quelle excellente chose ce serait si Mr Strange rentrait du continent et que nous ayons sauvé son livre ! Ce succès l'obligerait à ouvrir les yeux, à mon sens !

— Si on appliquait le Truc et le Bidule invisibles de Pale ? suggéra Henry Purfois.

— Je vois ce que vous voulez dire, acquiesça William Hadley-Bright.

— Un procédé du Dr Pale absolument remarquable, expliqua Henry Purfois à Mr Murray. Il inverse un sort et le retourne à l'envoyeur. Les livres de Mr Norrell deviendraient à leur tour vierges ou disparaîtraient ! Ce qu'il mérite amplement, après tout.

— Je ne suis pas certain que Mr Strange serait ravi s'il découvrait à son retour que nous avons détruit la première bibliothèque de magie d'Angleterre, objecta Tom. D'ailleurs, afin d'exécuter le Reflet et la Protection invisibles de Pale, il nous faudrait construire un Quiliphon.

— Un quoi ? s'exclama Mr Murray.

— Un Quiliphon, répéta William Hadley-Bright. Les ouvrages du Dr Pale regorgent de telles machines pour pratiquer la magie. Je crois que, en apparence, il s'agit d'un croisement entre une trompette et une fourchette à rôties...

— ... Et au-dessus il y a quatre globes de métal qui tournent, ajouta Henry Purfois.

— Je vois, murmura Mr Murray.

— La construction d'un Quiliphon nous prendrait trop de temps, décida Tom. Je suggère que nous tournions notre attention vers la Prophylaxis de De Chepe[1]. Cette méthode-là est très rapide à mettre en œuvre et, si l'on s'en tient aux règles, devrait tenir un moment à distance la magie de Norrell... Assez longtemps pour faire parvenir un message à Mr Strange.

À cet instant, la porte s'ouvrit ; un bonhomme d'apparence débraillée avec un tablier de cuir entra dans la librairie. S'apercevant qu'il était la cible de tous les regards, il fut un peu décontenancé. Il esquissa un signe de tête, tendit un bout de papier à Shackleton et se sauva aussitôt.

— Qu'est-ce que c'est ? s'enquit Mr Murray.

— Un message de Thames-street. Les magasiniers ont ouvert les livres. Ceux-ci sont tous vierges. Il ne reste plus un mot sur aucune page. Je suis désolé, monsieur Murray, mais *L'Histoire et la Pratique de la magie anglaise* a disparu.

William Hadley-Bright fourra ses mains dans ses poches et poussa un léger sifflement.

Au fil des heures, il devint clair que pas un seul exemplaire de l'ouvrage de Strange ne demeurait en circulation. William Hadley-Bright et Henry Pufois

---

1. Walter de Chepe était un magicien londonien du début du XIIIe siècle. Sa méthode, la Prophylaxis, protège des sortilèges une personne, une cité ou un objet. Elle est censée suivre de près une manifestation de magie des fées. Elle est aussi réputée être très puissante. En fait, le seul problème de ce sort réside dans sa remarquable efficacité. Parfois, des choses deviennent rebelles à tout agent humain ou féerique, qu'il soit ou non magique. Ainsi, si les élèves de Strange avaient réussi à jeter ce sort sur un des livres de Strange, il est tout à fait possible que nul n'aurait plus pu saisir le livre ou tourner ses pages.

En 1280, les habitants de Bristol ordonnèrent à leurs concitoyens magiciens de jeter la Prophylaxis de De Chepe sur toute la ville afin de la protéger des sortilèges de ses ennemis. Malheureusement, la magie réussit si bien que tous les citadins, tous les animaux et tous les bateaux mouillés dans le port devinrent des statues vivantes. Plus personne ne put bouger ; l'eau cessa de couler à l'intérieur des frontières et les flammes se figèrent dans les cheminées. Bristol demeura en cet état tout un mois, jusqu'à ce que John Uskglass revînt de sa demeure de Newcastle pour rétablir la situation.

étaient tous deux pour appeler Norrell sur le pré, jusqu'à ce qu'on leur eût fait remarquer que Mr Norrell était un vieux monsieur, qui prenait rarement de l'exercice et n'avait jamais été vu avec une épée ou un pistolet à la main. En aucun cas, il ne serait équitable ni honorable pour deux hommes dans la fleur de l'âge (dont l'un était militaire) de le provoquer en duel. Hadley-Bright et Purfois s'inclinèrent de bonne grâce devant ces arguments. Néanmoins, Purfois ne put s'empêcher d'embrasser la pièce d'un regard plein d'espoir, en quête d'un personnage aussi décrépit que Mr Norrell. Il considéra Shackleton d'un air méditatif.

D'autres amis de Strange accoururent pour partager la douleur de Mr Murray et exprimer un brin de la fureur qu'ils éprouvaient devant les agissements de Mr Norrell. Lord Portishead se présenta ; il leur donna un résumé de la lettre qu'il avait expédiée à Mr Norrell pour dénoncer leur amitié, puis de celle qu'il avait envoyée à Mr Lascelles pour donner sa démission de rédacteur des *Amis de la magie anglaise* et annuler son abonnement.

— Dorénavant, messieurs, déclara-t-il aux élèves de Strange, je me considère entièrement comme des vôtres.

Les élèves de Strange assurèrent à Sa Seigneurie qu'il avait pris la bonne décision et n'aurait jamais à le regretter.

À sept heures et demie, Childermass fut de retour. Il pénétra dans la librairie bondée avec autant de componction que s'il allait à l'église.

— Bon, à combien s'élèvent vos pertes, monsieur Murray ? demanda-t-il.

Il sortit son calepin, prit une plume d'oie sur le bureau de Mr Murray et la plongea dans l'encre.

— Rangez votre calepin, monsieur Childermass, répliqua Mr Murray. Je ne veux pas de votre argent.

— Vraiment ? Prenez garde, monsieur, à ne point vous laisser influencer par ces gentlemen. Certains d'entre eux sont jeunes et n'ont aucune responsabilité... – Childermass jeta un regard glacé aux trois élèves de Strange et aux quelques officiers en uniforme qui faisaient le pied de grue dans la boutique. – D'autres sont riches, et cent livres de plus ou de moins ne comptent pas pour eux. – Childermass fixait Lord Portishead. – Mais vous, monsieur Murray, vous êtes un homme d'affaires, et les affaires sont les affaires.

— Ha ! – Mr Murray croisa les bras et regarda triomphalement Childermass de son seul œil valide. – Vous croyez que j'ai désespérément besoin d'argent. Seulement, voyez-vous, ce n'est pas le cas. Des offres de prêts des amis de Mr Strange pleuvent depuis le début de la soirée. Je crois que je pourrais monter une affaire toute neuve si je voulais ! Cependant, je désire que vous vous acquittiez d'un message auprès de Mr Norrell : il paiera au terme – à nos conditions, pas aux siennes. Nous avons l'intention de lui imputer la nouvelle édition. Il paiera pour les réclames du livre de son rival. Cette réparation le peinera davantage que n'importe quoi d'autre, je pense.

— Oh ! Vraiment ! Si cela arrive un jour, riposta sèchement Childermass.

Il se tourna vers la porte. Puis il marqua une pause et, les yeux momentanément rivés sur le tapis, parut avoir un débat intérieur.

— Je vous dirai ceci, reprit-il. Malgré les présentes apparences, le livre n'est pas détruit. J'ai consulté mes cartes et leur ai demandé s'il en restait des exemplaires. Il en reste deux. Strange détient l'un, et Norrell l'autre.

Pendant le mois qui suivit, le Tout-Londres ne parla guère d'autre chose que des incroyables agissements de Mr Norrell. Quant à la question de savoir ce qu'il fallait le plus blâmer – la méchanceté du livre de Mr Strange ou la malveillance de Mr Norrell –, le Tout-Londres était partagé. Ceux qui avaient acheté des exemplaires étaient furieux de la perte de leur livre, et Mr Norrell n'arrangea pas les choses en dépêchant ses domestiques à leur domicile munis d'une guinée (le prix du livre) et de la lettre où il expliquait ses raisons pour le faire disparaître. Bon nombre de gens ne s'en trouvèrent que plus insultés, et certains sommèrent immédiatement leur avocat d'entamer des poursuites contre Mr Norrell[1].

En septembre, les ministres quittèrent leur campagne pour regagner Londres. Naturellement, les menées extraordinaires de Mr Norrell fournirent un des principaux sujets de conversation de leur première rencontre.

---

1. Cette lettre contenait deux sous-entendus qui furent considérés comme particulièrement blessants : d'abord, que les acheteurs n'étaient pas assez intelligents pour comprendre le livre de Strange ; deuxièmement, qu'ils ne possédaient pas le sens moral leur permettant de décider à part eux si la magie décrite par Strange était bonne ou mauvaise.

Les norrelliens s'étaient pleinement attendus à ce que la destruction du livre de Strange fût controversée. Ils s'étaient préparés à être l'objet de nombreuses critiques ; toutefois, le tort que la lettre portait à leur propre cause était involontaire. Mr Norrell était censé avoir montré la lettre à Mr Lascelles avant de l'envoyer. Si Lascelles l'avait lue, alors le langage et les expressions utilisés eussent subi des modifications considérables et eussent été sans doute moins blessants pour les récipiendaires.

Malheureusement, il y eut un malentendu. Mr Norrell demanda à Childermass si Lascelles avait reporté ses corrections. Childermass crut qu'il parlait d'un article destiné aux *Amis de la magie anglaise* et répondit par l'affirmative. La lettre partit donc sans avoir été corrigée. Lascelles fut furieux et accusa Childermass d'avoir encouragé sciemment Mr Norrell à nuire à sa propre cause, ce que Childermass nia farouchement.

À dater de ce jour, les rapports de Lascelles et Childermass, qui n'avaient jamais été bons, se détériorèrent rapidement, et Lascelles ne tarda pas à laisser entendre à Mr Norrell que Childermass avait des sympathies strangiennes et travaillait en secret à trahir son maître.

— La première fois que nous avons demandé à Mr Norrell d'exercer la magie pour notre compte, dit l'un, nous ne songions aucunement à lui permettre d'introduire ses sortilèges dans la maison d'autrui ni à transformer ses biens. À certains égards, il est dommage que nous ne disposions pas du tribunal magique avec lequel il nous assomme sans arrêt. Comment s'appelle-t-il, déjà ?

— Les Cinque Dragowni, répondit Sir Walter Pole.

— Je présume qu'il doit bien être coupable d'un crime ou d'un autre ?

— Certes ! Mais je n'ai pas la moindre idée duquel. John Childermass doit le savoir, cependant je doute fort qu'il se confie à nous.

— Cela n'a pas d'importance. Plusieurs poursuites judiciaires pour vol sont intentées contre lui.

— Vol ! s'exclama de surprise un autre ministre. Je trouve très choquant qu'un homme qui a rendu de tels services au pays soit poursuivi pour un délit aussi vil !

— Pourquoi ? répliqua le premier. Il l'a voulu !

— Le problème, déclara Sir Walter, c'est que, dès qu'on lui demandera de se défendre, il répondra par une allégation sur la nature de la magie anglaise. Or nul n'est qualifié pour en débattre, hormis Strange. Mon avis est que nous devons nous armer de patience. Nous devons attendre le retour de Strange.

— Ce qui soulève une autre question, dit un autre ministre. Il n'existe que deux magiciens en Angleterre. Comment pouvons-nous décider entre eux ? Qui peut trancher lequel a raison et lequel a tort ?

Les ministres s'entre-regardèrent avec perplexité.

Seul Lord Liverpool, le Premier ministre, demeurait imperturbable.

— Nous les reconnaîtrons comme nous reconnaissons d'autres hommes aux fruits qu'ils portent[1], déclara-t-il.

Les ministres se turent pour méditer sur le fait que les fruits portés pour l'heure par Mr Norrell n'étaient pas très prometteurs : arrogance, vol et malveillance.

Il fut convenu que le ministre de l'Intérieur parlerait à Mr Lascelles en privé et lui demanderait d'aviser Mr Norrell de l'extrême déplaisir du Premier ministre et des autres membres du cabinet devant ses agissements.

Il n'y avait pas grand-chose à ajouter, mais les ministres étaient incapables d'abandonner ce sujet sans se laisser aller à quelques commérages. Ils avaient tous entendu parler de la rupture entre Lord Portishead et Mr Norrell. Sir Walter fut en mesure de leur relater comment Childermass – qui avait

1. « Ainsi donc, c'est à leurs fruits que vous les reconnaîtrez », *Saint Matthieu*, 7, 16.

paru jusqu'alors vivre dans l'ombre de son maître – s'était dissocié des intérêts de Mr Norrell et avait parlé à l'assemblée des amis de Strange en personne indépendante pour leur assurer que le livre n'avait pas été détruit. Sir Walter poussa un profond soupir.

—Je ne peux m'empêcher d'y voir, sous bien des rapports, un signe pire que tous les autres. Norrell n'a jamais été bon juge en matière d'hommes, et à présent ses meilleurs amis le délaissent : Strange est parti, John Murray et maintenant Lord Portishead. Si Childermass et Norrell se brouillent, il ne restera plus que Henry Lascelles.

Ce soir-là, tous les amis de Strange s'attablèrent pour lui écrire des lettres d'indignation. Celles-ci devaient mettre deux semaines pour atteindre l'Italie, mais Strange tenait si peu en place qu'il allait leur en falloir peut-être deux de plus avant de lui parvenir. Au début, les amis de Strange étaient convaincus que, dès qu'il les aurait lues, il regagnerait sur-le-champ l'Angleterre tout feu tout flamme, prêt à affronter Norrell au prétoire comme dans la presse. Toutefois, en septembre, ils reçurent des nouvelles qui leur laissèrent penser qu'il leur faudrait peut-être s'armer de patience.

Tant qu'il faisait route vers l'Italie, Strange avait paru dans l'ensemble frais et dispos. Sa correspondance était émaillée de plaisantes inepties. Mais il était à peine arrivé là-bas que son humeur avait changé. Pour la première fois depuis la disparition d'Arabella, il n'avait aucun travail pour l'occuper et le distraire de son veuvage. Rien de ce qu'il voyait ne trouvait grâce à ses yeux ; durant quelques semaines, il sembla qu'il ne pût trouver de répit à son chagrin que dans un continuel changement de décor[1]. Au début de septembre, il atteignit Gênes. Trouvant ce lieu un peu plus à son goût que d'autres villes italiennes qu'il avait déjà visitées, il y resta près d'une semaine. Durant cette période, une famille anglaise arriva à l'hôtel où il était descendu. Bien qu'il eût antérieurement exprimé à Sir Walter son intention de fuir la société des Anglais pendant qu'il était à l'étranger, Strange lia connaissance avec cette famille. En un rien de temps, il écrivait à ses correspondants en Angleterre

1. « ... Je ne puis vous décrire Plaisance, écrivit Strange à Henry Woodhope, étant donné que je n'y ai pas séjourné assez longtemps pour visiter la ville. Je suis arrivé au soir. Après dîner, j'ai décidé de me promener pendant une demi-heure, mais, après m'être engagé sur la grande piazza, j'ai été immédiatement frappé par une urne imposante sur son socle, dont les longues ombres noires s'allongeaient sur les dalles. Deux ou trois lianes de lierre ou de quelque autre plante grimpante émergeaient du col de l'urne, mais elles étaient mortes. Je ne saurais dire pourquoi, cette vue m'a semblé si profondément mélancolique que je n'ai pu la supporter. On eût cru une allégorie de la perte, de la mort et du malheur. Je suis rentré à l'auberge, me suis couché sur-le-champ et suis parti au matin pour Turin. »

des lettres qui ne tarissaient pas d'éloges sur les manières, l'intelligence et l'amabilité des Greysteel. À la fin de la semaine, il gagna Bologne ; n'y trouvant aucun plaisir, il retourna vite à Gênes pour rester avec les Greysteel jusqu'à la fin du mois, où ils projetèrent de se rendre tous ensemble à Venise.

Naturellement, les familiers de Strange se réjouirent qu'il eût trouvé une agréable compagnie. Ce qui les intrigua le plus dans ses lettres, ce fut plusieurs allusions à la fille de la famille, jeune et pas encore mariée, et dans la société de laquelle, selon les apparences, il se plaisait particulièrement. L'idée vint aussitôt à l'esprit de plusieurs de ses amis : et s'il devait se remarier ? Une jolie jeune femme saurait le guérir de sa mélancolie mieux que tout, et, surtout, elle le détournerait de cette magie sombre et inquiétante à laquelle il tenait tant.

Mr Norrell avait davantage d'épines dans le cœur que Strange. Un gentleman du nom de Knight avait ouvert une école de magie dans Henrietta-street, à Covent-garden. Mr Knight n'était pas un praticien de la magie ni ne prétendait à ce statut. Sa réclame proposait aux jeunes messieurs : « Une Instruction complète dans la Théorie de la Magie et l'Histoire de la Magie Anglaise, fondée sur les principes qui ont guidé notre Premier Magicien, Mr Norrell, dans l'enseignement de son Illustre Élève, Jonathan Strange. » Mr Lascelles avait écrit à Mr Knight une lettre de protestation dans laquelle il affirmait que l'école de Mr Knight ne pouvait aucunement être fondée sur les susdits principes, puisque ceux-ci n'étaient connus que de Mr Norrell et de Mr Strange. Lascelles menaçait Mr Knight de dénoncer son imposture s'il ne démantelait pas immédiatement son école.

Mr Knight avait répondu par une lettre polie dans laquelle il exprimait un tout autre avis. Il affirmait, au contraire, que le système d'instruction de Mr Norrell était connu de tous. Il signalait à l'attention de Mr Lascelles la page 47 du numéro de l'automne 1810 des *Amis de la magie anglaise,* où Lord Portishead avait déclaré que les seuls fondements pour former d'autres magiciens approuvés par Mr Norrell étaient ceux posés par Francis Sutton-Grove. Mr Knight (qui se définissait comme un fervent admirateur de Mr Norrell) s'était procuré un exemplaire du *De generibus artium magicarum anglorum* de Sutton-Grove afin de l'étudier. Il profitait de l'occasion pour prier Mr Norrell de bien vouloir lui faire l'honneur de devenir répétiteur invité et de donner des conférences et ainsi de suite. Il s'était proposé d'instruire quatre jeunes gens ; néanmoins, devant l'affluence des candidatures, il avait été dans l'obligation de louer un autre local pour loger les futurs élèves et d'engager des professeurs pour les encadrer. D'autres écoles étaient en projet à Bath, Chester et Newcastle.

Les boutiques étaient presque pires que les écoles. Plusieurs établissements londoniens s'étaient lancés dans la vente de philtres, miroirs magiques et bassins d'argent qui, selon les fabricants, avaient été spécialement conçus pour y condenser des visions. Mr Norrell s'était démené pour mettre un terme à ce commerce, à grand renfort de diatribes dans *Les Amis de la magie anglaise.* Il avait persuadé les directeurs de toutes les autres publications de magie sur qui il exerçait quelque influence de publier des articles expliquant qu'il n'avait jamais existé de miroirs magiques, et que la magie pratiquée par des magiciens recourant à des miroirs (magie qui n'était, en tout cas, que de celles rarement approuvées par Mr Norrell) se pratiquait à l'aide de miroirs ordinaires. Les accessoires de magie continuaient toutefois à se vendre aussi vite que les commerçants pouvaient les placer sur leurs étagères ; certains d'entre eux envisageaient même de renoncer à leurs autres commerces pour dédier toute leur boutique aux oripeaux de la magie.

51

La famille Greysteel

Octobre à novembre 1816

« Campo Santa Maria Zobenigo, Venise

Jonathan Strange à Sir Walter Pole « Le 16 octobre 1816

« Nous avons quitté la *terraferma* à Mestre. Deux gondoles étaient à notre disposition. Miss Greysteel et sa tante devaient monter dans l'une, et le docteur et moi dans l'autre. Mais que mon italien eût manqué de clarté quand je me suis expliqué avec le *gondoliero* ou que la répartition des cartons et des malles de Miss Greysteel eût imposé un autre arrangement, je ne sais, rien ne s'est passé comme nous l'avions prévu. La première gondole s'éloigna doucement pour traverser la lagune avec tous les Greysteel à son bord, tandis que je me tenais encore sur la rive. Le Dr Greysteel passa la tête au-dehors et rugit des excuses, en brave homme qu'il était, avant que sa sœur ne l'obligeât à se rasseoir. L'incident était le plus trivial qui fût ; pourtant, je ne sais pourquoi, il me déconcerta et, pendant les quelques instants qui suivirent, je fus en proie aux inquiétudes et aux imaginations les plus morbides. Je regardai ma gondole. On a beaucoup glosé, je le sais, sur l'aspect funèbre de ces embarcations – qui tiennent à la fois du cercueil et de la barque. Cependant, une tout autre idée se présenta à mon esprit. Je songeai combien elles ressemblaient aux boîtes d'escamotage de mon enfance, peintes en noir, avec des rideaux également noirs – le genre de boîtes où les illusionnistes glissaient les mouchoirs, les pièces de monnaie et les médaillons des gens de la campagne. Parfois, ces objets ne réapparaissaient plus – ce dont les illusionnistes étaient toujours désolés – « ... Les esprits-fées, monsieur, sont des êtres très volages et très contrariants ». Les nourrices et les filles de cuisine que j'ai connues quand j'étais enfant avaient toujours une tante qui connaissait une femme dont le fils du cousin germain avait été enfermé dans une telle boîte pour ne plus jamais reparaître. Planté sur le quai de Mestre, j'eus l'horrible pressentiment que, en arrivant à Venise, les Greysteel ouvriraient la gondole qui aurait dû m'y conduire et la trouveraient vide. Cette chimère s'était si puissamment emparée de moi que je ne pensai à rien d'autre pendant quelques instants. J'en eus vraiment les larmes aux yeux, ce qui, je pense, peut servir à montrer combien j'étais devenu nerveux. Il est risible qu'un homme se mette à redouter d'être sur le point de disparaître. C'était le soir, et nos deux gondoles étaient d'un noir d'encre et tout aussi mélancoliques. Le ciel, toutefois, était du bleu le plus froid, le plus clair qu'on pût imaginer. Il n'y avait pas de vent ou quasiment pas, et la mer reflétait le ciel. Immensités de paisible lumière froide dessus, immensités de paisible lumière froide dessous. Devant nous, la cité, elle, n'était illuminée ni par le ciel ni par la lagune, et semblait une vaste ribambelle de tours et de clochetons en ombres chinoises, toutes percées de minuscules lueurs et posées sur l'onde miroitante. Alors que nous entrions dans Venise, les flots se mirent à grouiller de débris et de détritus – éclats de bois, fétus de paille, peaux d'orange et trognons de chou. Je baissai les yeux et aperçus fugitivement – très fugitivement – une main fantomatique ; je crus vraiment que, du fond de l'eau sale, une femme tentait de se frayer un passage vers le jour. Ce n'était qu'un gant blanc, bien sûr, mais mon effroi, tant qu'il dura, fut très grand. Cependant, vous ne devez point vous tourmenter pour moi. Je suis très occupé à travailler au second tome de *L'Histoire et la Pratique* et, quand je ne travaille pas, je suis en général avec les Greysteel, qui forment un petit groupe tel que vous les aimez vous-même : gai, indépendant et cultivé. J'avoue être un peu inquiet de ne rien savoir encore de l'accueil qui a été réservé à mon premier tome. Je suis passablement certain qu'il sera un succès triomphal – je sais que, après l'avoir lu, N. est tombé par terre de jalousie, l'écume à la bouche –, je ne puis pourtant m'empêcher de regretter que personne ne me l'ait écrit. »

« Campo Santa Maria Zobenigo, Venise

Jonathan Strange à John Murray « Le 27 octobre 1816

« … des agissements de Norrell par huit canaux différents. Oh, je pourrais être ulcéré ! Je pourrais, sans doute, m'user, user à la fois mes forces et ma plume dans une longue diatribe, mais dans quel but ? Je choisis de ne pas me laisser gouverner plus longtemps par cet impudent petit bonhomme. Je regagnerai Londres au début du printemps, ainsi que je me l'étais proposé, et nous préparerons une nouvelle édition. Nous prendrons des hommes de loi. J'ai mes amis, tout comme il a les siens. Qu'il explique à la barre (s'il l'ose !) pourquoi il pense que les Anglais sont devenus des enfants et ne savent plus ce que leurs aïeux savaient. Et s'il ose encore retourner sa magie contre moi, nous mettrons en œuvre quelque contre-magie, et nous verrons à la fin qui est le plus grand magicien de notre ère. Je crois, cher Monsieur Murray, que je ne saurais trop vous recommander de procéder à un plus gros tirage que le précédent – ce gâchis a été un des actes de magie les plus notoires de Norrell, et je suis convaincu que le public aimerait voir le livre qui l'y a conduit. À propos, quand vous imprimerez la nouvelle édition, il nous faudra y apporter des corrections ; il reste quelques horribles bourdes. Les chapitres 6 et 42 sont particulièrement fautifs... »

« Harley-street, Londres

Sir Walter Pole à Jonathan Strange « Le 1er octobre 1816

« ... un libraire de Saint Pauls's Churchyard, Titus Watkins, a imprimé un livre tout à fait absurde et le présente à la vente comme *L'Histoire et la Pratique de la magie anglaise* "perdue" de Strange. Lord Portishead dit que la moitié est un plagiat d'Absalom[1] et le reste des inepties. Portishead se demande ce que vous trouverez le plus insultant : la partie Absalom ou les inepties. Bon garçon, Portishead dénonce cette supercherie partout où il va, mais beaucoup se sont déjà laissé attraper et Watkins s'est certainement enrichi. Je suis heureux que vous appréciiez tant Miss Greysteel... »

« Campo Santa Maria Zobenigo, Venise

Jonathan Strange à John Murray « Le 16 novembre 1816

« Mon cher Murray,

« Vous serez content, je pense, d'apprendre que la destruction de *L'Histoire et la Pratique de la magie anglaise* a au moins une conséquence positive : je me suis réconcilié avec Lord Byron. Monsieur le baron n'entend rien aux grandes controverses qui déchirent la magie anglaise en deux partis et s'en moque sincèrement. Cependant, il éprouve le plus profond respect pour les livres. Il m'avise qu'il est constamment sur ses gardes, de peur que votre plume précautionneuse, Monsieur Murray, n'aille altérer certains de ses poèmes et ne rende certains de ses mots les plus "surprenants" un tantinet trop respectables. Lorsqu'il a appris qu'un livre entier avait été magiquement rayé de l'existence par l'ennemi de l'auteur, son indignation a été indescriptible. Il m'a envoyé une longue épître pour décrier Norrell dans les termes

1. *L'Arbre du savoir*, de Gregory Absalom (1507-1599).

les plus vigoureux. De tous les messages que j'ai reçus en cette triste occasion, le sien a ma préférence. Aucun Anglais vivant ne peut égaler monsieur le baron en matière d'insulte. Il est arrivé à Venise voilà une semaine environ, et nous nous sommes rencontrés au *Florian* [1]. Je confesse avoir été un brin inquiet qu'il n'ait amené cette insolente jeune personne, Mrs Clairmont, mais par bonheur elle ne s'est pas montrée. Apparemment, il l'a congédiée voilà quelque temps. Notre nouvelle amitié a été scellée par la découverte que nous partagions le goût du billard ; j'y joue quand je songe à la magie, et lui s'y adonne quand il compose ses poèmes... »

La lumière du soleil était aussi froide et limpide que la note frappée par un couteau sur un verre en cristal. Sous un tel jour, les murs de l'église Santa Maria Formosa étaient aussi blancs que des coquillages ou des ossements – et les ombres sur les pavés, bleues comme la mer.

La porte de l'église s'ouvrit ; un petit groupe sortit sur le campo. Ces messieurs dames étaient des visiteurs de la ville de Venise qui avaient admiré l'intérieur de l'église, ses autels et ses curiosités. Maintenant qu'ils étaient ressortis à l'air libre, ils étaient enclins à être volubiles ; leurs conversations joyeuses et sonores emplissaient le silence des lieux, ponctué seulement par le clapotis de l'eau. Le Campo Santa Maria Formosa les mettait au comble du ravissement. Ils trouvaient sublimes les façades des maisons, ne tarissaient pas d'éloge à leur sujet. Le triste état de ruine montré par l'ensemble des palais, des ponts et de l'église paraissait les charmer encore davantage. C'étaient des Anglais et, à leurs yeux, le déclin d'autres nations était des plus naturels. Ils appartenaient, en effet, à une race qui avait le bonheur de posséder un jugement si délicat de ses propres talents (et une opinion si indécise de ceux des autres) qu'ils n'eussent pas du tout été surpris d'apprendre que les Vénitiens eux-mêmes étaient totalement ignorants des mérites de leur propre cité... tant que des Anglais ne fussent pas venus leur enseigner qu'elle était magnifique.

Une dame, enfin délivrée de ses transports, se mit à parler du temps avec l'autre dame.

— Savez-vous, ma chère, une chose très étrange : quand nous étions dans l'église, pendant que vous et Mr Strange regardiez les tableaux, j'ai passé la tête par la porte et j'ai cru qu'il pleuvait. J'ai eu très peur que vous ne vous mouilliez.

---

1. Célèbre café de la place Saint-Marc.

— Mais non, ma tante ! Vous voyez, les pavés sont parfaitement secs. Il n'y a pas une tache d'eau !

— Enfin, ma chère, j'espère que vous n'êtes pas incommodée par ce vent. Il donne froid aux oreilles. Nous pouvons toujours demander à Mr Strange et à papa de presser un peu le pas si vous ne l'aimez pas.

— Merci, ma tante, je suis parfaitement bien. J'aime cette brise, j'aime l'odeur de la mer. Cela aiguise l'esprit, les sens... Tout. Mais peut-être, ma tante, est-ce vous qui ne l'aimez pas.

— Oh, non, ma chère. Ce genre de chose ne me gêne jamais. Je suis très robuste. Je pense seulement à vous.

— Je le sais bien, ma tante, répondit la demoiselle.

Ladite demoiselle s'était peut-être avisée que le soleil et la brise, qui montraient Venise tellement à son avantage, rendaient ses canaux si bleus et donnaient à ses marbres un éclat si mystique, avaient autant – ou presque autant – d'effet sur sa personne. Rien n'eût pu si bien attirer l'attention sur la transparence du teint de Miss Greysteel que le passage rapide du soleil et de l'ombre sur son visage. Rien non plus ne pouvait mettre davantage en valeur sa robe de mousseline blanche que la brise qui la faisait voler.

— Ah ! reprit la tante, voilà que papa montre à Mr Strange quelque autre nouveauté. Flora, ma chère, n'aimeriez-vous pas aller voir ?

— J'en ai assez vu. Allez-y, ma tante.

La tante s'éloigna donc en toute hâte vers l'autre extrémité du *campo*, tandis que Miss Greysteel s'engageait à pas lents sur le petit pont blanc qui jouxtait l'église, plantant d'un air maussade la pointe de son ombrelle immaculée entre les dalles blanches et murmurant toute seule : « J'en ai assez vu. Oh ! j'en ai vraiment assez vu ! » La répétition de cette exclamation énigmatique ne parut pas soulager beaucoup son cœur ; en fait, cela ne servit qu'à la rendre plus mélancolique et à lui arracher davantage de soupirs.

— Vous êtes bien silencieuse aujourd'hui, dit soudain Strange.

Elle sursauta. Elle ne s'était pas doutée qu'il était si proche.

— Vraiment ? Je ne m'en étais pas rendu compte.

Elle accorda alors toute son attention au décor qui l'entourait et garda le silence quelques instants. Strange s'adossa au parapet, croisa les bras et lui jeta un regard très intense.

— Silencieuse, réitéra-t-il, et un peu triste, je crois. Aussi dois-je vous divertir, savez-vous ?

Cette déclaration la fit sourire malgré elle.

— Vraiment ? fit-elle.

L'acte même de sourire et de lui parler sembla raviver son chagrin, aussi soupira-t-elle et détourna-t-elle les yeux une nouvelle fois.

— En effet. Chaque fois que je suis mélancolique, vous me tenez des propos enjoués pour me redonner courage. Je dois donc vous appliquer un traitement identique. C'est cela, l'amitié !

— La franchise et l'honnêteté, monsieur Strange. Voilà les meilleurs fondements de l'amitié selon moi.

— Oh ! Vous me jugez cachottier. Je le vois à votre figure. Vous avez peut-être raison, mais je... C'est à... Non, vous avez sans doute raison. Ma profession, j'imagine, n'encourage pas à...

Miss Greysteel lui coupa la parole.

— Je ne voulais pas dénigrer votre profession. Pas du tout. Toutes les professions ont leurs formes particulières de discrétion. C'est entendu, je pense.

— Alors je ne vous comprends pas.

— Cela n'a pas d'importance. Nous devrions rejoindre ma tante et papa.

— Non, attendez, mademoiselle Greysteel, cela ne peut pas aller. Qui d'autre que vous peut me remettre dans le droit chemin si je m'égare ? Dites-moi... Qui puis-je abuser, selon vous ?

Miss Greysteel demeura un moment silencieuse puis, un peu à son corps défendant, lança :

— Votre amie d'hier soir, peut-être ?

— Mon amie d'hier soir ! De qui parlez-vous ?

Miss Greysteel eut l'air très malheureuse.

— La jeune femme dans la gondole qui était si impatiente de vous entretenir et n'a pas voulu – pendant une demi-heure entière – laisser parler les autres.

— Ah ! – Strange sourit et secoua la tête. – Non, vous vous êtes sauvée sur une idée fausse. Elle n'est pas mon amie, mais celle de Lord Byron.

— Oh !... – Miss Greysteel s'empourpra légèrement. – Elle m'a paru une jeune personne plutôt agitée.

— Elle n'est pas des plus ravies de la conduite de monsieur le baron. – Strange leva les épaules. – Mais qui l'est ? Elle voulait savoir si j'avais de l'influence sur Sa Seigneurie, et j'ai eu quelque mal à la convaincre qu'il n'existe pas aujourd'hui, pas plus qu'il n'a jamais existé, assez de magie en Angleterre à cet effet.

— Vous êtes offensé.

— Aucunement. Désormais, nous voilà plus proches de cette compréhension mutuelle que vous jugez nécessaire à l'amitié. Acceptez-vous de me serrer la main ?

— Avec la meilleure volonté du monde, répondit-elle.

— Flora ? Monsieur Strange ? appela le Dr Greysteel, s'approchant d'eux à grands pas. Que se passe-t-il ?

Miss Greysteel était un brin confuse. Il était de la plus haute importance pour elle que sa tante et son père aient bonne opinion de Mr Strange. Elle ne voulait pas qu'ils sachent qu'elle l'avait soupçonné d'avoir mal agi. Elle feignit de ne pas avoir entendu la question de son père et se mit à parler avec force de certaines peintures de la Scuola di Giorgio degli Schiavoni qu'elle avait un vif désir d'admirer.

— Ce n'est vraiment pas loin. Nous pourrions y aller maintenant. Vous nous accompagnerez, j'espère ? lança-t-elle à l'adresse de Strange.

Strange lui sourit tristement.

— J'ai du travail qui m'attend.

— Votre livre ? s'enquit le Dr Greysteel.

— Pas aujourd'hui. Je m'efforce de découvrir la magie qui produira un esprit-fée pour me servir d'assistant. J'ai perdu le compte des multiples fois où j'ai tenté l'expérience – et des multiples méthodes utilisées. Et jamais, bien entendu, avec le moindre succès ! Telle est la fâcheuse condition du magicien moderne ! Des charmes qui étaient autrefois considérés comme allant de soi par n'importe quel sorcier mineur d'Angleterre sont aujourd'hui si insaisissables que nous désespérons de jamais les retrouver. Martin Pale avait vingt-huit serviteurs-fées. Je m'estimerais heureux d'en avoir un seul…

— Des fées ? s'exclama tante Greysteel. Mais, de l'avis général, ce sont des créatures malveillantes ! Êtes-vous tout à fait certain, monsieur Strange, que vous souhaitez vous encombrer d'une compagnie aussi embarrassante ?

— Ma chère tante ! s'écria Miss Greysteel. Mr Strange sait ce qu'il fait.

La tante Greysteel était pourtant inquiète ; pour illustrer son point de vue, elle se mit à évoquer une rivière du Derbyshire où elle et le Dr Greysteel avaient grandi. Ce cours d'eau avait été jadis enchanté par des fées, en conséquence de quoi le noble torrent s'était réduit à un aimable ruisseau et, bien que ces faits remontassent à des siècles, la population locale, loin de les avoir oubliés, en était encore indignée. Ses membres parlaient encore des ateliers qu'ils auraient pu ouvrir et des industries qu'ils auraient pu créer si seulement le cours d'eau avait eu assez de débit pour fournir de l'énergie[1].

---

1. La tante Greysteel parle sans doute de la Derwent. Autrefois, alors que John Uskglass était encore un enfant captif du pays des fées, un roi de ce pays prédit que, si Uskglass atteignait l'âge adulte, tous les anciens royaumes des fées s'écrouleraient. Le roi envoya ses serviteurs en Angleterre chercher un couteau de fer pour tuer John. Le couteau fut forgé sur les

Strange l'écouta poliment et, quand elle eut fini, il approuva :

— Oui, assurément ! Les fées sont par nature pleines de méchanceté et extrêmement difficiles à contenir. Dussé-je y parvenir, je devrais certainement prendre garde aux fréquentations de mon homme-fée ou de mes fées. – Il jeta un regard à Miss Greysteel. – Cependant, leur pouvoir et leurs connaissances sont tels qu'un magicien ne peut se dispenser de leur aide à la légère... À moins d'être Gilbert Norrell. Toute fée qui a jamais existé possède plus de magie dans la tête, les mains et le cœur que la plus grande bibliothèque de livres de magie qui ait jamais existé ne saurait en contenir[1] !

— Vraiment ? s'étonna la tante Greysteel. Eh bien, voilà qui est remarquable !

Le Dr Greysteel et la tante Greysteel souhaitèrent à Strange de réussir dans sa magie, et Miss Greysteel lui rappela qu'il avait promis de l'accompagner un jour prochain voir un pianoforte qui, avaient-ils ouï dire, était à louer chez un antiquaire installé non loin du Campo San Angelo. Puis les Greysteel vaquèrent aux autres réjouissances de la journée, tandis que Strange regagnait son logis près de Santa Maria Zobenigo.

La plupart des gentlemen anglais qui se rendent de nos jours en Italie composent des poèmes ou des récits de leur voyage, ou encore réalisent des croquis. Les Italiens qui souhaitent louer des gîtes à ces gentlemen seraient bien avisés de leur fournir des chambres où ils puissent s'adonner à ces occupations. Le logeur de Strange, par exemple, avait réservé un réduit sombre tout en haut de sa maison à l'usage de son pensionnaire. Le lieu contenait une vieille table avec quatre griffons sculptés en guise de pieds ; il y avait aussi un fauteuil de capitaine au long cours, un coffre de bois peint tel qu'on pouvait en trouver dans une église et une statue également en bois, haute de deux ou trois pieds, montée sur une colonne. Celle-ci représentait un homme souriant tenant dans la main un objet rond et rouge, qui aurait pu tout aussi bien être une pomme, un pamplemousse ou une balle rouge. On avait du mal à ima-

---

berges de la Derwent, dont les eaux servirent à refroidir le métal incandescent. La tentative d'assassinat de John Uskglass échoua toutefois, et le roi et son clan furent anéantis par l'enfant magicien. Quand John Uskglass entra en Angleterre et établit son royaume, ses compagnons-fées partirent à la recherche du forgeron. Ils le tuèrent, ainsi que sa famille, détruisirent sa maison et jetèrent des sortilèges sur la Derwent pour la punir de son rôle dans la fabrication du couteau maléfique.

1. Les vues que Strange exprime à ce stade sont follement optimistes et romantiques. La littérature magique anglaise abonde en exemples de fées dont les pouvoirs étaient limités, ou qui étaient stupides ou ignares.

giner l'origine de ce monsieur : il était un tantinet trop réjoui pour un saint d'église et pas assez comique pour une enseigne de café.

Strange avait trouvé le coffre humide et moisi ; y renonçant, il avait posé ses livres et ses papiers en tas sur le plancher. Mais il avait trouvé un ami en la statue de bois à laquelle, en travaillant, il adressait sans cesse des commentaires tels que « Quel est ton avis ? », « Doncaster ou Belasis[1] ? Que me suggères-tu ? », « Enfin ? Le vois-tu ? Non ! ». Et même une fois, d'un ton d'extrême exaspération : « Oh ! Tais-toi, veux-tu ? »

Il exhuma un papier sur lequel il avait griffonné un sort. Il remuait les lèvres, comme font les magiciens pour réciter leurs formules magiques. Une fois son invocation terminée, Strange parcourut son réduit du regard, s'attendant à moitié à y trouver un nouveau venu. Mais qui que ce fût qu'il souhaitât voir, il ne vit personne ; il soupira, froissa le papier en boule et le lança à la tête de la statuette de bois. Puis il saisit un autre feuillet – y inscrivit quelques notes – consulta un de ses ouvrages – ramassa à terre le premier bout de papier – le déplia – l'étudia une demi-heure, se tirant les cheveux pendant tout ce temps, le froissa de nouveau et le jeta par la fenêtre.

Une cloche s'était mise à tinter quelque part. Le son, triste et solitaire, évoquait à celui qui l'entendait les étendues sauvages et désolées, les cieux obscurs et le néant. Certaines de ces images avaient dû venir à l'esprit de Strange, car il devint distrait et marqua une pause pour jeter un regard par la fenêtre, comme pour se persuader que Venise ne s'était pas brusquement transformée en une ruine déserte et silencieuse. La vue extérieure montrait

---

1. Jacques Belasis était réputé pour avoir mis au point un excellent sortilège destiné à invoquer les esprits-fées. Malheureusement, l'unique exemplaire du chef-d'œuvre de Belasis, *Les Instructions*, se trouvait dans la bibliothèque de Hurtfew, et Strange ne l'avait jamais vu. Tout ce qu'il en connaissait se réduisait à de vagues comptes-rendus dans des livres d'histoire postérieurs. L'on doit donc présumer que Strange recréait cette magie et n'avait qu'une idée des plus vagues du but qu'il poursuivait.

Par contraste, le sortilège communément attribué au maître de Doncaster est très connu et apparaît dans nombre d'ouvrages largement disponibles. L'identité du maître de Doncaster demeure inconnue. Son existence se déduit d'une poignée d'allusions, dans les histoires des Argentins, à des magiciens du XIIIe siècle qui acquéraient des sortilèges et des procédés magiques « à la Doncaster ». De plus, il est loin d'être clair que toute la magie attribuée au maître de Doncaster soit l'œuvre d'un seul homme. Cette incertitude a conduit des historiens de la magie à postuler l'existence d'un second magicien, encore plus obscur que le premier, le pseudo-maître de Doncaster. Si, comme il a été prouvé d'une manière convaincante, le maître de Doncaster était en réalité John Uskglass, alors il est logique de supposer que le sort d'invocation a été créé par le pseudo-maître. Il semble en effet hautement improbable que John Uskglass eût eu besoin d'un sort pour invoquer les fées. Sa cour en était remplie, après tout.

seulement l'affairement et l'animation habituelle. Le soleil illuminait les flots bleus. Le *campo* était bourré de monde : gentes dames vénitiennes qui affluaient à Santa Maria Zobenigo ; soldats autrichiens qui flânaient bras dessus, bras dessous, le regard à l'affût ; boutiquiers qui tentaient de leur vendre leurs marchandises ; garçons des rues qui se battaient et demandaient l'aumône ; chats vaquant à leurs secrètes occupations.

Strange retourna à sa tâche. Il ôta sa redingote, puis roula une de ses manches de chemise. Ensuite, il sortit de la pièce et revint avec un couteau et une petite cuvette blanche. Au moyen du couteau, il fit couler un peu de sang de son bras. Il posa la cuvette sur la table et scruta son contenu pour voir si celui-ci était suffisant, mais l'hémorragie avait dû l'affecter plus qu'il ne le croyait : dans un moment de faiblesse, il heurta la table et la cuvette tomba à terre. Il jura en italien (une bonne langue pour jurer !) et chercha des yeux autour de lui un moyen d'étancher le sang.

Par chance, un linge blanc roulé en boule était posé sur la table. C'était une chemise de nuit qu'Arabella avait confectionnée dans les premières années de leur mariage. Sans s'en rendre compte, Strange tendit la main. Il l'avait presque saisie, quand Stephen Black sortit des ténèbres pour lui donner un chiffon. Stephen accompagna son geste de cette légère courbette qui est une seconde nature chez un domestique stylé. Strange prit le chiffon et épongea le sang (avec peu d'efficacité), sans paraître s'apercevoir de la présence de Stephen dans la pièce. Stephen, quant à lui, ramassa la chemise de nuit, la défripa, la plia minutieusement et la posa avec soin sur un tabouret dans un coin.

Strange se renversa dans son fauteuil, cogna la partie blessée de son bras contre l'arête de la table, jura de plus belle et enfouit son visage dans ses mains.

— Que diable nous prépare-t-il ? demanda Stephen Black à voix basse.

— Oh, il tente de m'invoquer ! répondit le gentleman aux cheveux comme du duvet de chardon. Il aimerait me poser toutes sortes de questions sur la magie ! Mais il n'est pas nécessaire de chuchoter, mon cher Stephen. Il ne peut ni vous voir ni vous entendre. Ils sont si grotesques, ces pauvres magiciens anglais ! Ils ont l'art de compliquer les choses les plus simples. Je vous assure, Stephen, regarder ce bougre s'évertuer à pratiquer la magie, c'est comme de regarder un homme se mettre à table pour dîner avec sa redingote à l'envers, un bandeau sur les yeux et un seau sur la tête ! Quand m'avez-vous vu réaliser des tours aussi absurdes ? Faire couler mon propre sang ou griffonner des mots sur le papier ? Chaque fois que je désire faire quelque chose, je m'adresse simplement à l'air… ou aux pierres… ou au soleil… ou à la mer… ou à tout ce que vous voulez, et les prie poliment de m'aider. Mes alliances avec ces esprits puissants remontant à des millénaires, ils ne sont que trop contents de m'accorder ce que je leur demande.

— Je vois, dit Stephen. Cependant, même si ce magicien est ignorant, il n'en a pas moins réussi. Après tout, monsieur, vous êtes là, n'est-ce pas ?

— Oui, sans doute, répondit le gentleman d'un ton irrité. N'empêche, la magie qui m'a amené jusqu'ici est maladroite et inélégante ! D'ailleurs, à quoi cela l'avance-t-il ? À rien ! Il ne me plaît pas de me montrer à lui, et il ne connaît aucune magie pour déjouer ce refus. Stephen ! Vite ! Tournez les pages de ce livre ! Il n'y a pas de courant d'air en ce lieu et cela le plongera dans un abîme de perplexité. Ha ! Voyez comme son regard est fixe ! Il soupçonne à demi notre présence, mais il ne peut nous voir. Ha, ha ! Comme il prend la mouche ! Pincez-lui fort le cou ! Il croira que c'est un moustique !

52

La vieille lady du Cannaregio

Fin de novembre 1816

QUELQUE TEMPS AVANT son départ d'Angleterre, le Dr Greysteel avait reçu une lettre d'un ami d'Écosse qui le suppliait, au cas où il devrait pousser jusqu'à Venise, de bien vouloir rendre visite à une certaine vieille lady qui y résidait. Ce serait, écrivait son ami écossais, un acte de charité, étant donné que cette vieille lady, autrefois riche, était désormais indigente. Le Dr Greysteel croyait se rappeler avoir jadis entendu raconter qu'elle était d'un étrange lignage mêlé – en l'occurrence mi-écossais, mi-espagnol ou peut-être mi-irlandais, mi-israélite.

Le Dr Greysteel avait toujours compté s'acquitter de sa mission. Néanmoins, entre les auberges et les équipages, les soudains déménagements et changements de plan, il s'était aperçu, à son arrivée à Venise, qu'il ne pouvait plus mettre la main sur ladite lettre et ne conservait plus un souvenir très net de son contenu. Il n'avait pas non plus noté ailleurs le nom de la lady ; il n'avait qu'un petit bout de papier sur lequel était indiquée l'adresse où la trouver.

La tante Greysteel dit que, dans des circonstances aussi défavorables que celles-ci, ils feraient mieux d'envoyer à la vieille lady un billet pour l'avertir de leur intention de se rendre chez elle. Bien que, assurément, ajoutait-elle, cela paraîtrait très singulier qu'ils ne sachent pas son nom ; sans aucun doute, elle les prendrait pour une triste engeance de négligents. L'air mal à l'aise, le Dr Greysteel eut beau faire la moue et s'agiter, il ne put imaginer de meilleur plan ; ils rédigèrent donc séance tenante leur billet et le confièrent à leur logeuse afin qu'elle pût le faire porter tout de suite à la vieille lady.

À ce moment-là survint la première bizarrerie de cette histoire ; la logeuse, en effet, étudia l'adresse, fronça les sourcils, puis – pour des raisons qui échappèrent en partie au Dr Greysteel – l'envoya à son beau-frère, sur l'île de Giudecca.

Quelques jours plus tard, ce beau-frère, un élégant petit homme de loi vénitien, vint présenter ses respects au Dr Greysteel. Il avisa ce dernier qu'il avait fait porter le billet, conformément à ses instructions, mais le bon docteur devait savoir que la vieille lady vivait dans ce quartier de la ville qui s'appelait Cannaregio, dans le ghetto juif. Le billet avait été confié aux soins d'un vénérable monsieur israélite. Il n'y avait pas eu de réponse. Comment le Dr Greysteel souhaitait-il procéder ? Le petit homme de loi vénitien était heureux de servir le Dr Greysteel dans la mesure de ses moyens.

En fin d'après-midi, Miss Greysteel, la tante Greysteel, le Dr Greysteel et l'homme de loi (qui s'appelait Signor Tosetti) traversèrent la ville en gondole – ce quartier qu'on appelle Saint-Marc, où ils aperçurent hommes et femmes qui se préparaient aux réjouissances de la nuit –, dépassèrent le débarcadère de Santa Maria Zobenigo, où Miss Greysteel se retourna pour épier une lucarne éclairée à la bougie, qui eût pu être celle de Jonathan Strange, et laissèrent derrière eux le Rialto, où la tante Greysteel se répandit en soupirs et en exclamations désapprobatrices, en regrettant de ne pas voir davantage de chaussures aux pieds des enfants.

Ils descendirent de leur gondole au Ghetto Nuevo. Bien que toutes les maisons de Venise fussent singulières et anciennes, celles du Ghetto semblaient encore plus anciennes et plus singulières. Comme si la bizarrerie et l'Antiquité étaient deux des matières dont ce peuple mercantile faisait le commerce et avec lesquelles il avait bâti ses maisons. Toutes les rues de Venise étaient mélancoliques ; ces rues-là, pourtant, dégageaient une mélancolie particulière. Comme si la tristesse des Juifs et celle des Gentils étaient le fruit de recettes différentes. Les maisons étaient pourtant très sobres, et la porte à laquelle le Signor Tosetti toqua était assez noire et assez modeste pour convenir à n'importe quel temple quaker d'Angleterre.

Un valet de chambre vint leur ouvrir et les introduisit dans un salon obscur, lambrissé d'une vieille boiserie desséchée qui ne sentait rien tant que la mer.

Une porte de ce salon était restée entrouverte. De sa place, le Dr Greysteel apercevait de vieux livres dépenaillés, reliés en maroquin, des chandeliers d'argent qui avaient poussé davantage de branches que les chandeliers anglais n'en poussent en général, de mystérieux coffrets en bois poli, toutes choses que le Dr Greysteel supposait être liées à la confession du monsieur israélite. Une marionnette ou un pantin, de la taille et de la carrure d'un homme, aux mains et aux pieds énormes, habillé en femme, avec la tête qui pendait sur la poitrine de sorte que son visage demeurait invisible, était accroché au mur.

Le valet de chambre franchit cette porte pour parler à son maître. Le Dr Greysteel chuchota à sa sœur que le valet avait l'air plutôt convenable. Oui, accorda la tante Greysteel, hormis qu'il ne portait pas de livrée. La tante Greysteel ajouta qu'elle avait souvent remarqué que les valets étaient toujours sujets à se présenter en manches de chemise et qu'il arrivait souvent, si leurs maîtres étaient célibataires, que rien ne fût fait pour corriger cette mauvaise habitude. La tante Greysteel ne comprenait pas la raison de cet état de fait, elle subodorait que le gentleman israélite était veuf.

— Oh ! s'exclama le Dr Greysteel, jetant un œil par la porte entrouverte. Nous l'avons dérangé en plein repas.

Le vénérable gentleman israélite, qui portait une redingote noire poussiéreuse, avait une grande barbe grise frisée, les cheveux blancs et une calotte noire sur le haut du crâne, était assis à une longue table dressée d'une nappe blanche immaculée, dont il avait glissé tout un pan dans le col de sa tenue de cérémonie en guise de serviette.

La tante Greysteel, très choquée que le Dr Greysteel espionnât leur hôte par l'entrebâillement de la porte, tenta bien de l'en empêcher en le piquant de son ombrelle. Mais le Dr Greysteel était venu en Italie pour se repaître les yeux de tout ce qu'il pouvait et ne voyait aucune raison de faire une exception pour les gentlemen israélites en leurs appartements privés.

Ce gentleman israélite particulier ne paraissait pas disposé à interrompre son dîner pour recevoir une famille anglaise inconnue ; il eut l'air de dicter au valet la nature de sa réponse.

Le valet revint parler avec le Signor Tosetti ; quand il eut fini, le Signor Tosetti s'inclina bien bas devant la tante Greysteel et expliqua que le nom de la lady qu'ils cherchaient était Delgado et qu'elle logeait tout en haut de la maison. Le Signor Tosetti était un tantinet agacé qu'aucun des domestiques du gentleman israélite ne parût prêt à leur montrer le chemin et à les annoncer ; cependant, ils formaient un groupe de hardis aventuriers, pour reprendre ses termes, et étaient sûrement capables de trouver leur chemin jusqu'en haut d'un escalier.

Le Dr Greysteel et le Signor Tosetti se munirent chacun d'une chandelle. L'escalier montait en colimaçon dans les ténèbres. Ils passèrent devant de nombreuses portes qui, bien qu'assez imposantes, avaient un étrange aspect rabougri – car, afin de loger tous leurs habitants, les maisons du Ghetto avaient été construites aussi hautes et étaient pourvues d'autant d'étages que les propriétaires l'avaient osé et, en compensation, tous les plafonds étaient assez bas. Au début, ils percevaient des bruits de voix derrière ces portes ; à hauteur d'une d'elles, ils entendirent un homme psalmodier une mélopée lugubre dans une langue inconnue. Puis ils arrivèrent devant des portes qui ouvraient seulement sur les ténèbres : un courant d'air froid et moisi sortait de chacune. La dernière, toutefois, était fermée. Ils frappèrent ; personne ne répondit. Ils crièrent qu'ils venaient présenter leurs respects à Mrs Delgado. Toujours pas de réponse. Puis, la tante Greysteel arguant qu'il était stupide de venir d'aussi loin pour repartir bredouille, ils poussèrent le battant et entrèrent.

La pièce – à peine plus que des combles – montrait toute la misère que la vieillesse et l'extrême dénuement pouvaient créer. Elle ne contenait rien qui ne fût brisé, ébréché ou déchiré. Tous les coloris s'étaient fanés ou obscurcis, bref avaient fait leur possible pour devenir gris. Une unique lucarne était ouverte sur l'air nocturne et montrait la lune, bien que ce fût un brin surprenant que celle-ci, avec sa face et ses doigts d'un blanc éclatant, condescendît à faire une apparition dans cette petite mansarde sale.

Cependant, ce n'était pas là ce qui donnait au Dr Greysteel cet air si alarmé, l'incitait à tirer sur sa cravate, à rougir et pâlir tour à tour et à aspirer de grandes goulées d'air. S'il y avait une chose que le Dr Greysteel détestait par-dessus tout, c'étaient les chats. Or la pièce était pleine de chats.

Et au milieu des chats trônait une personne très menue, dans un fauteuil de bois poussiéreux. Heureusement, ainsi que l'avait signifié le Signor Tosetti, les Greysteel étaient tous de hardis aventuriers, car la vue de Mrs Delgado eût pu choquer quelque peu les natures impressionnables. En effet, bien qu'elle se tînt très droite – on eût presque cru qu'elle était en suspens, dans l'attente – elle présentait tant de stigmates et de défigurements du grand âge qu'elle perdait toute parenté avec les êtres humains pour commencer à ressembler à d'autres ordres d'êtres vivants. Ses bras reposaient sur ses genoux, si extraordinairement constellés de taches brunes qu'ils évoquaient des poissons. Sa peau était du blanc quasi transparent des vieillards, aussi fine et ridée qu'une toile d'araignée, avec des veines bleues et noueuses.

Elle ne se leva pas à leur entrée, ni ne donna aucun signe qu'elle eût remarqué leur présence. Peut-être ne les entendit-elle pas. Car, bien que la chambre fût silencieuse, le silence d'un demi-cent de chats est chose particulière. Pareil à cinquante silences particuliers, tous empilés les uns sur les autres.

Les Greysteel et le Signor Tosetti, étant des gens pragmatiques, s'assirent donc dans la misérable soupente, et la tante Greysteel, avec son aimable sourire et son souci que tout le monde fût à son aise, commença à rendre leurs civilités à la vieille lady.

— J'espère, ma chère madame Delgado, que vous nous pardonnerez cette intrusion. Ma nièce et moi-même souhaitions avoir l'honneur de vous saluer. – La tante Greysteel se tut au cas où la vieille lady désirerait répondre, mais celle-ci ne souffla mot. – Quel emplacement bien aéré vous avez là, chère madame ! Une de mes amies les plus chères – Miss Whilesmith – loge dans une chambre tout en haut d'une maison de Queen's-square, à Bath, une chambrette rappelant un peu la vôtre, madame Delgado, et elle affirme qu'en été elle ne la changerait pas pour la plus belle demeure de la ville, car elle reçoit les brises dont personne d'autre ne profite et reste au frais alors que les personnalités étouffent dans leurs riches appartements. Son seul sujet de plainte, c'est que la jeune fille du deuxième étage sur cour pose des bouilloires brûlantes dans l'escalier – ce qui, comme vous le savez, madame Delgado, peut être extrêmement déplaisant si d'aventure vous butez contre l'une d'elles. Votre escalier offre-t-il de graves inconvénients, madame ?

Il y eut un silence. Ou plutôt quelques instants s'écoulèrent, remplis seulement par la respiration de cinquante chats.

Le Dr Greysteel tapota son front moite avec son mouchoir et s'agita sous ses vêtements.

— Nous sommes ici, madame, commença-t-il, à la requête de Mr John McKean de l'Aberdeenshire. Il désire se rappeler à votre souvenir. Il espère que vous allez bien et vous transmet tous ses meilleurs vœux de santé.

Le Dr Greysteel parlait plus fort qu'à l'ordinaire, car il s'était mis à soupçonner que la vieille lady était sourde. Cela n'eut toutefois d'autre effet que de déranger les félins, dont beaucoup se mirent à rôder dans la pièce, en se frottant les uns contre les autres et en jetant des étincelles dans l'air crépusculaire. Un chat noir se laissa tomber de quelque part sur le dossier du siège du Dr Greysteel et évolua sur celui-ci comme sur une corde raide.

Le Dr Greysteel mit un moment pour se ressaisir, puis reprit :

— Pouvons-nous donner des nouvelles de votre santé et de votre situation à Mr McKean, madame ?

La vieille lady restait muette.

Miss Greysteel prit la suite.

— Je suis contente, madame, de vous voir si bien entourée. Vos amis doivent être pour vous un grand réconfort. Ce petit mistigri couleur de miel à vos pieds... Quelle élégante silhouette il a ! Et une façon si délicate de se débarbouiller ! Comment l'appelez-vous ?

La vieille lady ne répondait toujours pas.

Alors, encouragé par un coup d'œil du Dr Greysteel, le petit homme de loi vénitien entreprit de répéter une bonne part de ce qui avait déjà été dit, cette fois-ci en italien. La seule différence, ce fut que la vieille lady ne prit plus la peine de les regarder et fixa sa vue sur un grand chat gris, qui à son tour observa un chat blanc, lequel à son tour contempla la lune.

— Dites-lui que je lui ai apporté son argent, murmura le Dr Greysteel à l'homme de loi. Dites-lui qu'il s'agit d'un présent de la part de John McKean. Dites-lui qu'elle n'a pas à me remercier...

Le Dr Greysteel agita vigoureusement la main, comme si une réputation de bonnes actions et de dons généreux s'apparentait à un moustique, et qu'il voulût de cette manière en empêcher un de se poser sur lui.

— Monsieur Tosetti, intervint la tante Greysteel, vous n'êtes pas bien. Vous êtes tout pâle, monsieur. Voulez-vous un verre d'eau ? Je suis sûre que Mrs Delgado peut vous procurer un verre d'eau.

— Non, *madamina* Greysteel, je ne suis pas souffrant. Je suis... – Mr Tosetti promena les yeux autour de la pièce pour trouver le mot qu'il cherchait – inquiet, chuchota-t-il.

— Inquiet ? murmura en retour le Dr Greysteel.

— Ah, *signor dottore*, quel terrible endroit ! répondit l'autre à voix basse.

Et ses yeux horrifiés errèrent d'abord jusqu'à l'un des chats qui se léchait la patte en vue de se laver le museau, puis se reportèrent sur la vieille lady, comme s'il s'attendait à la voir se livrer à la même activité.

Miss Greysteel murmura que, dans leur souci de se montrer pleins d'égards pour Mrs Delgado, ils étaient venus en trop grand nombre et s'étaient présentés trop soudainement à sa porte. Manifestement, ils étaient les premiers visiteurs qu'elle recevait depuis des années. Était-ce si étonnant que son esprit parût temporairement battre la campagne ? Leur jugement était par trop sévère !

— Oh, Flora ! chuchota à son tour la tante Greysteel. Songez un peu ! Passer des années et des années sans société d'aucune sorte !

Que tous chuchotassent à tour de rôle dans une si petite chambre – car la vieille lady n'était guère à plus de trois pieds d'aucun d'eux – paraissait d'un ridicule extrême au Dr Greysteel ; ne sachant que faire d'autre, il devint plutôt désagréable avec ses compagnons, tant et si bien que sa sœur et sa fille jugèrent préférable de se retirer.

La tante Greysteel insista pour faire de longs et affectueux adieux à la vieille lady, lui promettant de revenir quand elle serait mieux portante – ce qui, espérait la tante Greysteel, ne saurait tarder.

En repassant la porte, ils se retournèrent. À cet instant, un nouveau chat apparut sur le rebord de fenêtre avec quelque chose de raide et de hérissé dans la gueule : une chose remarquablement proche d'un oiseau mort. La vieille lady émit un petit son joyeux et bondit hors de son fauteuil avec une surprenante énergie. Ce son était le plus étrange au monde et n'offrait pas la moindre ressemblance avec la parole humaine. Le Signor Tosetti, en alarme, cria, referma la porte et dissimula à leurs regards quoi que fût ce que la vieille lady s'apprêtait à faire ensuite[1].

---

1. Par la suite, le Signor Tosetti devait confesser aux Greysteel qu'il croyait savoir qui était la vieille lady de Cannaregio. Il avait souvent entendu son histoire en parcourant la ville mais, tant qu'il n'avait pas vu son héroïne de ses yeux, il l'avait tenue pour une fable, un conte destiné à effrayer les esprits jeunes et les naïfs.

Son père était juif, semble-t-il, et sa mère descendait de la moitié des peuples d'Europe. Dans son enfance, elle avait appris plusieurs langues et les parlait toutes à la perfection. Il n'y avait rien qu'elle ne pût maîtriser si elle s'en donnait la peine. Elle apprenait pour le plaisir. À l'âge de seize ans, elle parlait non seulement le français, l'italien et l'allemand, qui font partie des talents courants d'une lady, mais toutes les langues du monde civilisé (et non civilisé). Ainsi, elle parlait l'idiome des Highlands d'Écosse (proche d'un chant). Elle parlait le basque, langue qui laisse rarement une impression dans l'esprit de tout autre peuple, de sorte qu'un homme peut l'entendre aussi souvent et aussi longtemps qu'il le désire sans jamais pouvoir se rappeler ensuite une seule syllabe. Elle assimila même la langue d'un pays inconnu dont certains, avait-on rapporté au Signor Tosetti, croyaient qu'il existait toujours, même si nul au monde ne savait où il se trouvait. (C'était ce qu'on appelait le pays de Galles.)

Elle voyagea dans le monde entier et fut présentée à des rois et à des reines, à des archiducs et à des archiduchesses, à des princes et à des évêques, à des *Grafen* et à des *Grafinen*. À chacun de tous ces importants personnages elle s'adressait dans la langue qu'il ou elle avait apprise enfant, et tous proclamèrent sa qualité de prodige. Et elle finit par arriver à Venise.

Cette lady n'avait jamais appris à modérer ses exigences en quoi que ce soit. Son appétit de toutes choses rivalisait avec sa soif de connaissances, et elle avait épousé un homme qui était son semblable. Cette lady et son époux vinrent au *Carnavale* et ne repartirent plus. Ils jouèrent toute leur fortune dans les *Ridóttos*, perdirent leur santé dans d'autres plaisirs. Un beau matin où l'aurore teintait de rose et d'argent tous les canaux de Venise, l'époux s'étendit sur les pavés humides des Fundamenta dei Mori et expira. Nul ne put rien pour le sauver. Quant à sa femme, elle eût aussi bien fait de l'imiter, car elle n'avait pas d'argent ni nulle part où aller. Mais les Juifs se souvinrent qu'elle avait quelque droit à leur charité, puisqu'elle était en quelque sorte juive (bien qu'elle ne l'eût jamais reconnu auparavant), ou peut-être compatirent-ils à ses souffrances (car les Juifs avaient beaucoup souffert à Venise). Quoi qu'il en soit, ils l'accueillirent dans le Ghetto. Il existe différentes versions des événements postérieurs, mais toutes s'accordent à dire qu'elle a vécu parmi les Juifs, sans jamais être des leurs. Elle a vécu ensuite dans la solitude par sa faute ou la leur, je l'ignore. Il s'écoula beaucoup de temps sans qu'elle parlât à âme qui vive ; un grand vent de démence s'engouffra en elle et emporta toutes ses langues. Elle oublia l'italien, elle oublia l'anglais, elle oublia le latin, elle oublia le basque, elle oublia le gallois, elle oublia toutes les choses du monde hormis la langue des chats. Et celle-là, prétend-on, elle la parlait encore merveilleusement bien.

53

Une petite souris grise morte

Fin de novembre 1816

Le soir suivant, dans un salon où une mélancolie vénitienne se mêlait à une munificence tout aussi vénitienne d'une manière hautement romantique et satisfaisante, les Greysteel et Strange s'attablèrent pour dîner. Même le sol de marbre, usé et fêlé, avait tous les coloris d'un hiver à Venise. La tête de la tante Greysteel, coiffée de son bonnet blanc immaculé, ressortait sur la porte sombre et imposante qui se dessinait au loin derrière elle. Le linteau en était surmonté de vagues moulures et ne ressemblait rien moins qu'à un monument funéraire drapé d'ombres lugubres. Sur les murs de plâtre apparaissaient de pâles fresques peintes dans des couleurs fantomatiques, toutes à la gloire de quelque ancienne famille autochtone dont le dernier héritier s'était noyé longtemps auparavant. Les propriétaires actuels étaient aussi pauvres que des souris d'église et n'avaient pu restaurer leur palais depuis de nombreuses années. Il pleuvait dehors et, ce qui était plus surprenant, il pleuvait aussi dedans ; d'un coin de la pièce provenait le bruit désagréable de grandes quantités d'eau dégouttant abondamment sur le sol et le mobilier. Les Greysteel n'allaient pas céder à la mélancolie ni se priver d'un très bon dîner pour de telles vétilles. Ils avaient chassé les ténèbres funèbres à grand renfort de chandelles et étouffaient le vacarme des gouttières sous leurs rires et leur bavardage. De manière générale, ils donnaient une gaieté tout anglaise à cette partie du salon où ils étaient installés.

— Je ne comprends pas, dit Strange. Qui s'occupe de la vieille dame ?

— Le monsieur juif, qui m'a l'air d'une âme très charitable, lui assure le logis, répondit le Dr Greysteel. Ses domestiques déposent des plats de nourriture à son intention au bas de l'escalier.

— Mais comment cette pitance lui parvient-elle ? s'écria Miss Greysteel. Nul ne le sait. Le Signor Tosetti croit que ses chats la lui montent.

— Allons donc ! déclara le Dr Geeysteel. Qui a dit que les chats étaient utiles ?

— À rien sauf à vous regarder d'un air hautain, acquiesça Strange. Ce qui présente une certaine utilité morale, selon moi ; ils vous mettent mal à l'aise et vous incitent à de graves réflexions sur vos défauts.

La drôle d'aventure des Greysteel avait alimenté la conversation depuis qu'ils s'étaient mis à table.

— Flora, ma chère, intervint tante Greysteel, Mr Strange va commencer à penser que nous n'avons pas d'autre sujet de causerie.

— Oh ! Ne vous tourmentez pas pour moi, se récria Strange. Par un fait curieux, nous, les magiciens, collectionnons les curiosités, savez-vous.

— Pourriez-vous la guérir avec votre magie, monsieur Strange ? s'enquit Miss Greysteel.

— Guérir la folie ? Non. Bien que ce ne soit pas faute d'avoir essayé. Une fois, on m'a demandé de me rendre chez un vieux monsieur à l'esprit égaré pour voir en quoi je pouvais le soulager. Je crois avoir jeté des charmes plus forts en cette occasion qu'en aucune autre. Pourtant, à la fin de ma visite, il était plus fou que jamais.

— Mais il existe peut-être un secret pour guérir la folie, n'est-ce pas ? s'impatienta Miss Greysteel. Si je puis me permettre, les magiciens auréats en ont peut-être eu un.

Miss Greysteel commençait à s'intéresser à l'histoire de la magie, et sa conversation, à cette époque, était émaillée de mots comme « auréat » ou « argentin ».

— C'est possible, répondit Strange. Si tel est le cas, cependant, la formule s'est perdue depuis des siècles.

— Se serait-elle perdue depuis mille ans que ce ne serait pas nécessairement un obstacle pour vous, j'en suis certaine. Vous nous avez relaté des douzaines d'exemples de charmes qu'on croyait perdus et que vous avez su retrouver.

— C'est vrai, mais en général je savais vaguement par où commencer. Je n'ai jamais eu vent d'un seul cas de guérison de folie par un magicien auréat. Leur attitude à l'endroit de la folie semble avoir été tout à fait différente de la nôtre. Ils considéraient les fous comme des visionnaires et des prophètes, et écoutaient leurs divagations avec la plus grande attention.

— Comme c'est étrange ! Et pourquoi ?

— Mr Norrell croyait que cela avait un rapport avec l'indulgence que les fées éprouvent pour les fous… Cela, et le fait que les fous peuvent comme nul autre pareil sentir les esprits-fées – Strange marqua un silence. Vous dites que cette vieille lady est complètement folle ? reprit-il.

— Oh, oui ! Je vous crois.

Au salon, après dîner, le Dr Greysteel s'endormit profondément dans son fauteuil. La tante Greysteel piquait du nez dans le sien, se réveillant de temps à autre pour s'excuser de sa somnolence avant de s'assoupir aussitôt de nouveau. Miss Greysteel put donc s'entretenir en tête à tête avec Strange pendant le restant de la soirée. Elle avait bien des choses à lui dire. Sur son conseil, elle avait lu récemment *Une histoire du roi Corbeau enfant* et souhaitait interroger son interlocuteur sur ce sujet. Toutefois, il paraissait distrait et elle eut plusieurs fois le sentiment désagréable qu'il ne l'écoutait point.

Le lendemain, les Greysteel visitèrent l'Arsenal et furent saisis d'admiration devant sa mélancolie et sa grandeur ; ils flânèrent une heure ou deux dans les boutiques de souvenirs, dont les commerçants étaient presque aussi pittoresques et vieillots que leurs curiosités, et dégustèrent des glaces dans une pâtisserie proche de l'église San Stefano. Strange avait été convié à toutes les réjouissances de la journée. Tôt le matin, cependant, la tante Greysteel avait reçu un bref billet où il lui faisait ses compliments et la remerciait, mais il était tombé tout à fait par hasard sur une nouvelle piste dans son enquête et n'osait s'en écarter. « … Et puis les savants, comme vous le savez par l'exemple de votre propre frère, sont les êtres les plus égoïstes de la création, convaincus qu'ils sont que leur attachement à leurs travaux peut tout excuser… » Il n'apparut pas davantage le surlendemain, jour où ils visitèrent la Scuola di Santa Maria della Carità. Ni non plus le jour suivant, où ils se rendirent en gondole à Torcello, une île solitaire envahie de roseaux et ensevelie sous des brumes grises, où la première cité de Venise avait été construite et avait prospéré, avant d'être désertée et de tomber en ruine, voilà de cela très, très longtemps.

Bien que Strange, occupé à sa magie, se tînt reclus dans ses appartements non loin de Santa Maria Zobenigo, le Dr Greysteel se voyait épargner le grand tourment de l'absence de son ami grâce à la fréquence avec laquelle son nom était cité entre eux trois. Si les Greysteel longeaient le Rialto – et si la vue du pont incitait le Dr Greysteel à évoquer Shylock, Shakespeare et la condition du théâtre moderne – alors le bon docteur était sûr de profiter des opinions de Strange sur tous ces sujets, car Miss Greysteel les connaissait toutes et pouvaient les soutenir avec autant d'ardeur que les siennes propres. Si, dans une petite échoppe, les Greysteel étaient frappés par un tableau d'un drôle d'ours dansant, cela servait seulement à Miss Greysteel de prétexte pour parler à son père d'une relation de Mr Strange qui possédait un ours brun empaillé dans une vitrine. Si les Greysteel mangeaient du mouton, alors Miss Greysteel était sûre de se souvenir d'une circonstance que Mr Strange lui avait signalée, où il avait déjeuné de mouton à Lyme Regis.

Le soir du troisième jour, le Dr Greysteel envoya une missive à Strange pour lui proposer de prendre un café et un verre de liqueur italienne en sa compagnie. Ils se retrouvèrent au *Florian* peu après six heures.

— Je suis content de vous voir, dit le Dr Greysteel. Vous paraissez un peu pâle. Pensez-vous à manger ? À dormir ? À prendre de l'exercice ?

— Je pense avoir mangé aujourd'hui, répondit Strange, bien que je n'arrive pas à me rappeler quoi.

Ils discutèrent un moment de choses et d'autres, mais Strange avait l'esprit ailleurs. À plusieurs reprises il répondit au Dr Greysteel au petit bonheur la chance. Puis, avalant le reste de sa *grappa*, il tira son oignon de sa poche et dit :

— J'espère que vous voudrez bien me pardonner, il faut que je me sauve. J'ai un engagement. Alors, je vous souhaite le bonsoir.

Un tantinet surpris par cette dérobade, le Dr Greysteel ne put s'empêcher de se demander quel type d'engagement ce pouvait être. Un individu avait la possibilité de mal se conduire partout dans le monde. Le Dr Greysteel avait cependant l'impression qu'on se comportait peut-être plus mal à Venise qu'ailleurs, et qu'on s'y laissait aller peut-être aussi plus souvent. Aucune autre cité au monde n'était aussi attachée à fournir l'occasion de toutes sortes d'écarts ; or il se trouvait, à cette époque, que le Dr Greysteel avait particulièrement à cœur que Strange eût une réputation au-dessus de tout soupçon. Aussi s'enquit-il, de l'air le plus dégagé qui fût, s'il avait rendez-vous avec Lord Byron.

— Certes, non. À dire vrai… – Strange étrécit ses yeux et prit un ton confidentiel. – Je crois avoir trouvé quelqu'un pour m'aider.

— Votre garçon-fée ?

— Non, un autre être humain. Cette collaboration m'inspire de grandes espérances. Pourtant, je ne suis pas tout à fait sûr de la manière dont l'autre personne accueillera mes propositions. Vous comprendrez qu'en pareilles circonstances je ne tienne pas à la faire attendre.

— Certes, non ! s'écria le Dr Greysteel. Allez-y ! allez-y !

Strange s'éloigna et se fondit dans les nombreuses silhouettes noires de la piazza, aux têtes inexpressives et tout aussi noires, pour traverser en hâte la face lunaire de Venise. La lune elle-même était enchâssée dans d'énormes architectures nuageuses, si bien qu'il semblait y avoir dans le ciel une autre cité éclairée par la lune, dont la grandeur rivalisait avec celle de Venise et dont les immenses palais et rues s'écroulaient et tombaient en ruine, comme si un esprit d'humeur fantasque l'avait disposée là pour moquer le lent déclin de la première.

Dans l'intervalle, la tante Greysteel et Miss Greysteel avaient profité de l'absence du médecin pour retourner à la misérable chambrette en haut de la maison du ghetto. Elles étaient venues en catimini, dans l'idée que le Dr Greysteel, et peut-être Strange, pourraient chercher à les en empêcher, ou encore insister pour les accompagner. Or elles ne souhaitaient aucune compagnie masculine à cette occasion.

— Ils voudront discourir sur la question, dit la tante Greysteel, ils essaieront de deviner comment elle est tombée dans ce triste état. Et à quoi cela servira-t-il ? En quoi cela l'aidera-t-il ?

Miss Greysteel, qui avait apporté des bougies et un bougeoir, alluma une bougie afin qu'elles pussent y voir clair. Puis elles sortirent de leurs paniers un plat bien appétissant de fricassée de veau, qui remplit l'affreuse chambrette confinée d'un agréable fumet, quelques petits pains blancs frais et des pommes, ainsi qu'un bon châle chaud. La tante Greysteel posa l'assiette de fricassée devant Mrs Delgado, mais elle s'aperçut que les doigts et les ongles de la malheureuse étaient aussi durs et incurvés que des serres, et qu'elle ne parvenait pas à les refermer autour des manches du couteau et de la fourchette.

— Eh bien, ma chère, reprit enfin la tante Greysteel, elle porte un grand intérêt à nos petites attentions et je suis certaine que celles-ci lui feront du bien. Pourtant, je pense que nous allons la laisser manger de la manière qui lui convient.

Elles redescendirent dans la rue. Dès qu'elles se retrouvèrent à l'air libre, la tante Greysteel s'exclama :

— Oh, Flora ! Avez-vous vu ? Son souper était déjà prêt. Il y avait là une petite soucoupe en porcelaine – très jolie, la soucoupe, rappelant un peu mon service à thé avec les myosotis et les boutons de rose – et elle avait disposé dessus une souris. Une petite souris grise morte !

Miss Greysteel eut l'air songeuse.

— J'imagine qu'une chicorée – pochée et assaisonnée d'une sauce, comme on la sert ici – ressemble un tantinet à une souris.

— Oh, mon Dieu ! s'exclama la tante Greysteel. Vous savez bien que ce n'était rien de ce genre…

Elles traversaient le Ghetto Vecchio en direction du canal Cannaregio, quand Miss Greysteel obliqua brusquement dans les ombres et échappa aux regards.

— Flora ! Qu'y a-t-il ? s'écria la tante Greysteel. Qu'avez-vous donc vu ? Ne vous attardez pas, mon chou. Il fait si sombre ici, entre les maisons. Ma chérie ! Flora !

Miss Greysteel revint à la lumière aussi vite qu'elle s'était éclipsée.

— Ce n'est rien, ma tante. Ne vous effrayez pas. J'ai cru avoir entendu crier mon nom et je suis allée voir. Je pensais que c'était peut-être quelqu'un que je connaissais. Mais il n'y avait personne...

Au *Fondamenta*, leur gondole les attendait. Le gondolier les aida à embarquer puis, avec de lents coups de son aviron, s'éloigna du quai. La tante Greysteel se réfugia sous la bâche tendue au centre de la barque. La pluie se mit à crépiter sur la toile.

— Une fois rentrées, nous trouverons peut-être Mr Strange avec papa, dit-elle.

— Peut-être, murmura Miss Greysteel.

— Ou alors il sera encore sorti jouer au billard avec Lord Byron, suggéra la tante Greysteel. C'est curieux qu'ils soient amis. Ils ont des personnalités si différentes.

— Vraiment ! Mr Strange m'a confié qu'il avait trouvé Lord Byron beaucoup moins aimable quand il l'avait rencontré en Suisse. Monsieur le baron était alors avec d'autres représentants de la gent poétique qui monopolisaient son attention et dont il préférait visiblement la compagnie à toute autre. Mr Strange m'a confié qu'il était à peine poli.

— Ma foi, voilà qui est très mal. Mais guère surprenant. N'auriez-vous pas peur de le regarder, mon chou ? Lord Byron, j'entends. Pour ma part, je crois que j'en aurais peut-être peur... Un peu.

— Non, moi je n'aurais pas peur.

— Eh bien, mon chou, vous êtes plus perspicace et plus sérieuse que d'autres. En effet, je ne vois pas ce qui au monde pourrait vous faire peur.

— Oh ! Je ne pense pas que ce soit en raison de quelque courage extraordinaire de ma part. Quant à un mérite extraordinaire... Je ne saurais dire. Je n'ai jamais encore été tentée de commettre une très mauvaise action. Simplement Lord Byron ne pourrait jamais avoir aucun pouvoir sur moi ni influer sur la moindre de mes pensées ou le moindre de mes actes. Je ne cours aucun risque avec lui. Mais cela ne signifie pas qu'il ne saurait y avoir un être au monde – je ne prétends pas l'avoir déjà rencontré – que je redouterais parfois de regarder, de crainte qu'il n'aie l'air triste, perdu ou songeur, ou – ce qui, savez-vous, peut paraître pire que tout – qu'il ne remâche quelque courroux ou froissement intime et ne remarque donc pas mes regards ou encore s'en moque.

Dans la petite soupente en haut de la maison du Ghetto, les bougies de Miss Greysteel coulèrent, puis s'éteignirent. La lune entrait dans l'appartement de cauchemar et la vieille lady du Cannaregio se mit à dévorer la fricassée que les dames Greysteel lui avaient apportée.

Elle s'apprêtait à avaler la dernière bouchée quand une voix d'Anglais déclara soudain ·

— Malheureusement, mes amies ne sont pas restées pour se charger des présentations, et c'est toujours une situation gênante, n'est-ce pas, madame, quand deux personnes restent seules dans un lieu pour faire connaissance. Mon nom est Strange. Le vôtre, madame, même si vous ne le savez pas, est Delgado, et vous me voyez ravi de vous rencontrer.

Adossé au rebord de fenêtre, les bras croisés, Strange l'observait avec une vive attention.

Elle, de son côté, lui prêtait aussi peu d'intérêt qu'auparavant à la tante Greysteel ou à Miss Greysteel, ou à n'importe lequel de ses visiteurs de ces derniers jours. Elle lui en prêtait aussi peu qu'un chat en prête à quiconque l'indiffère.

— Permettez-moi d'abord de vous assurer, reprit Strange, que je ne suis pas de ces fâcheux dont la visite n'a aucun objet et qui n'ont pas de conversation. J'ai une proposition à vous faire, madame Delgado. Par un heureux hasard de la fortune, madame, vous et moi devions nous rencontrer à ce moment précis. Je suis en mesure de combler votre plus cher désir et, en échange, vous comblerez le mien.

Mrs Delgado ne laissa transparaître aucun signe qu'elle avait entendu ses paroles. Elle avait rendu son attention à la soucoupe contenant la souris morte, et sa bouche sénile s'ouvrait toute grande pour la dévorer.

— Vraiment, madame ! s'exclama Strange. Je me dois d'insister pour que vous différiez un moment votre dîner et écoutiez ce que j'ai à vous dire – il se pencha en avant et retira la soucoupe.

Pour la première fois, Mrs Delgado sembla remarquer sa présence. Elle émit un petit miaulement de mécontentement et le dévisagea d'un air rancunier.

— Je voudrais que vous m'appreniez à être fou. L'idée est si simple, je me demande pourquoi je n'y ai pas pensé plus tôt.

Mrs Delgado eut un feulement sourd.

— Oh ! Vous doutez de la sagesse de ma démarche ? Vous avez sans doute raison. S'infliger la folie est très imprudent. Mon précepteur, mon épouse et mes amis seraient tous indignés s'ils l'apprenaient. – Il marqua une hésitation ; sa physionomie perdit son expression sardonique et sa voix sa légèreté de ton. – Mais je me suis défait de mon précepteur, mon épouse est morte, et je suis séparé de mes amis par vingt milles marins et la majeure partie d'un continent. Pour la première fois depuis que j'ai embrassé cette singulière profession, je ne suis contraint de consulter personne. Voyons, par où commencer ? Vous devez me donner quelque chose... Quelque chose qui serve de symbole et de réceptacle de votre folie. – Il promena ses regards autour de la pièce. – Malheureusement, vous ne possédez rien, hormis votre robe... – il baissa les yeux vers la soucoupe qu'il tenait toujours à la main – ...et cette souris. Je crois que je préfère encore la souris.

Strange se mit à réciter une incantation. Une gerbe de lumières argentées – entre des flammes blanches et le scintillement produit par des girandoles de feux d'artifice – éclata dans la pièce. La boule lumineuse flotta un moment dans les airs entre Strange et Mrs Delgado. Puis Strange fit un geste, apparemment avec l'intention de la lancer à la vieille femme ; la boule vola vers elle et, un bref instant, la vieille lady fut baignée d'un éclat d'argent. Soudain Mrs Delgado devint invisible et, à sa place, se tenait une demoiselle grave et boudeuse, vêtue d'une robe démodée. La demoiselle disparut à son tour, remplacée par une belle jeune femme à l'expression entêtée, laquelle fut vite suivie d'une matrone plus âgée au maintien impérieux, avec une lueur de folie inquiétante dans les yeux. Toutes les femmes qu'avaient été Mrs Delgado se succédèrent fugitivement dans le fauteuil, avant de disparaître l'une après l'autre.

Sur le fauteuil, il ne restait plus qu'un tas de soie froissée, d'où s'échappa un petit chat gris. L'animal sauta délicatement à terre, bondit sur le rebord de fenêtre et s'évanouit dans la nuit.

— Enfin, cela a marché, murmura Strange.

Il saisit la souris morte en putréfaction par la queue. Instantanément, il devint un objet d'intérêt pour plusieurs des chats qui miaulaient, ronronnaient et se frottaient contre ses jambes pour attirer son attention.

Il ébaucha une grimace.

— Et qu'a dû endurer John Uskglass afin d'inventer la magie anglaise ?

Il se demanda s'il allait sentir une différence. Après avoir jeté son sort, se rendrait-il compte qu'il essayait de savoir s'il était bien fou désormais ? Resterait-il là à s'évertuer à avoir de folles pensées pour découvrir si l'une d'elles semblait plus naturelle que les autres ? Il jeta un dernier regard au monde qui l'entourait, ouvrit la bouche et y descendit doucement la souris. .

Cela ressemblait au plongeon sous une cascade ou au son de deux mille trompettes résonnant à ses oreilles. Tout ce qu'il pensait avant, tout ce qu'il savait, tout ce qu'il avait été fut emporté par un violent flot d'émotions et de sensations confuses. Le monde fut recréé dans des coloris flamboyants insoutenables, traversé de nouvelles peurs, de nouveaux désirs, de nouvelles haines. Il était entouré de présences imposantes. Certaines avaient des gueules cruelles, hérissées de crocs, et d'énormes prunelles brûlantes. Une créature pareille à une araignée affreusement difforme se dressa à côté de lui, pleine de malveillance. Il avait quelque chose dans la bouche, et le goût en était innommable. Privé de ses pensées et de sa connaissance, il trouva Dieu sait où la présence d'esprit de recracher le corps étranger. Un cri retentit…

Il se retrouva étendu sur le dos, les yeux plantés dans un embrouillamini de ténèbres, de chevrons et de clair de lune. Un visage sombre apparut et scruta le sien d'une manière effrayante ; son haleine était chaude, humide et nauséabonde. Strange n'avait aucun souvenir de s'être couché, il ne se rappelait rien. Il se demanda vaguement s'il était à Londres ou dans le Shropshire. Il éprouvait une des plus étranges sensations dans tout le corps, comme si plusieurs chats le piétinaient. Au bout d'un moment, il leva la tête et découvrit que tel était le cas.

Il s'assit sur son séant et les chats s'enfuirent d'un bond. La pleine lune brillait par une fenêtre cassée. De réminiscence en réminiscence, il reconstitua sa soirée. Il se rappelait le sort grâce auquel il avait métamorphosé la vieille lady, son projet de s'infliger la folie afin de voir le garçon-fée. Au début, tout lui paraissait si lointain qu'il crut se souvenir d'événements qui s'étaient produits… oh ! il y avait peut-être un mois ou deux. Pourtant il se trouvait là, dans la chambre, et il constata à l'aide de sa montre de gousset qu'il s'était écoulé très peu de temps.

Il réussit à sauver la souris. Par chance, son bras était tombé dessus et la protégeait des chats. Il la fourra dans sa poche et quitta les lieux en hâte. Il n'avait aucune envie de s'y attarder plus longtemps ; cette pièce avait été cauchemardesque dès le début et lui paraissait désormais empreinte d'une horreur indicible.

Il croisa plusieurs personnes dans l'escalier, mais celles-ci l'ignorèrent. Il avait jeté au préalable un sort aux habitants de la maison ; ceux-ci étaient persuadés de le voir tous les jours, qu'il fréquentait les combles régulièrement et que sa présence n'était rien que naturelle. Néanmoins, si on leur avait demandé qui il était, ils eussent été bien en peine de répondre.

Il regagna son logis de Santa Maria Zobenigo. La démence de la vieille femme l'infectait encore. Les gens qu'il rencontrait dans la rue étaient étrangement changés ; leurs expressions étaient cruelles et indéchiffrables, leur allure lourde et disgracieuse. « Eh bien, une chose est claire, songea-t-il, la vieille dame était vraiment folle à lier. Je n'eusse jamais pu invoquer les fées dans cet état. »

Le lendemain, il se leva à l'aube et, aussitôt après le petit-déjeuner, entreprit de réduire en poudre la chair et les viscères de la souris, selon divers principes de magie bien connus. Il garda les os intacts. Puis il transforma la poudre en teinture. Ce procédé présentait deux avantages. En premier lieu (qui n'était nullement le dernier), il était considérablement moins répugnant d'avaler quelques gouttes de teinture que de mettre une souris morte dans sa bouche. Deuxièmement, il croyait pouvoir ainsi doser le degré de folie qu'il s'infligeait.

Vers cinq heures, Strange obtenait un liquide brun foncé sentant surtout le cognac qu'il avait utilisé pour préparer sa teinture. Il le décanta dans un flacon. Puis il compta soigneusement quatorze gouttes dans un verre de cognac et les avala.

Au bout de quelques minutes, il regarda le Campo Santa Maria Zobenigo par la fenêtre. Des passants allaient et venaient. L'arrière de leurs têtes était évidé , leurs visages se limitaient à de fins masques sur le devant. Dans chaque creux brûlait une chandelle. C'était si clair pour lui qu'il s'étonna de ne pas l'avoir remarqué plus tôt. Il imagina ce qui se produirait s'il descendait dans la rue et soufflait quelques chandelles. Cela le fit rire d'y penser. Il riait tellement qu'il tenait à peine debout. Ses rires se répercutèrent dans toute la maison. Un reste de raison lui rappela qu'il ne devait pas laisser son logeur et sa famille connaître ses faits et gestes, il préféra donc se coucher et étouffa ses éclats dans les oreillers, agitant de temps en temps les jambes sous le seul effet de l'hilarité provoquée par cette idée.

Le lendemain matin, il se réveilla dans son lit, tout habillé et chaussé encore de ses bottes. Hormis la vague sensation d'inconfort qui résultait généralement d'un sommeil pris dans ses habits diurnes, il se croyait dans son état habituel. Il se livra à ses ablutions, se rasa et changea de linge. Puis il sortit pour se restaurer. Il y avait un petit café qu'il aimait bien au coin de la Calle de la Cortesia et du Campo San Angelo. Tout alla très bien jusqu'au moment où le garçon s'approcha de sa table et posa la tasse de café devant lui. Strange leva les yeux et vit dans l'œil du bonhomme un reflet pareil à une minuscule flamme de bougie. Il s'aperçut qu'il ne se rappelait plus si les gens avaient ou non des bougies dans leurs têtes. Il savait qu'un monde séparait ces deux notions : l'une était sensée, l'autre non, mais il ne se rappelait absolument plus laquelle des deux c'était.

Voilà qui était un tantinet déconcertant.

« Le seul problème avec une teinture, se dit-il, c'est qu'il est vraiment très difficile de juger quand ses effets se seront dissipés. Je n'y avais jamais songé auparavant. Je suppose que je devrais attendre un jour ou deux avant de réessayer. »

À midi toutefois, l'impatience l'emporta chez lui. Il se sentait mieux. Il était enclin à penser que les êtres n'avaient pas de bougie dans le crâne. « De toute façon, conclut-il, peu me chaut. La question n'a aucun rapport avec ma présente entreprise. » Il versa encore neuf gouttes de teinture dans un verre de Vin Santo et but le breuvage d'un trait.

Immédiatement, il eut la conviction que tous les placards de la maison étaient remplis d'ananas. Il était certain qu'il y en avait d'autres sous son lit, ainsi que sous la table. Il était si alarmé à cette pensée qu'il en eut des sueurs froides et fut obligé de s'asseoir par terre. Toutes les maisons et tous les *palazzi* de la ville étaient remplis d'ananas et dehors, dans les rues, les passants portaient aussi des ananas, cachés sous leurs habits. Il sentait l'ananas partout, une odeur à la fois âcre et sucrée.

Peu après, on frappait à sa porte. Il fut surpris de voir que le soir était déjà tombé et la pièce obscure. On frappa de nouveau. Son logeur se tenait sur le seuil. Il lui parlait, sans que Strange le comprenne car l'autre avait un ananas dans la bouche. Comment était-il parvenu à y introduire le fruit entier, Strange ne pouvait l'imaginer. Des feuilles vertes et hérissées émergeaient peu à peu de ses lèvres, puis repartaient en arrière quand il parlait. Strange se demanda s'il ne devait pas aller chercher un couteau ou un crochet pour tenter de dégorger l'ananas, au cas où son logeur risquait de s'étouffer. Pourtant, en même temps, il n'en avait cure. « Après tout, songea-t-il avec une légère irritation, c'est sa faute. Il l'a mis là où il est. »

Le lendemain, au café au coin de la Calle de la Cortesia, un des garçons découpait un ananas. Recroquevillé sur son café, Strange frissonna à cette vision.

Il avait découvert qu'il était plus facile – bien plus facile qu'on ne l'eût cru – de se rendre fou, mais, à l'instar de toutes les autres, cette magie était pleine d'obstacles et de frustrations. Cependant, s'il réussissait à invoquer le garçon-fée (ce qui ne semblait guère vraisemblable), il ne serait pas en état de lui parler. Tous les ouvrages qu'il avait lus sur le sujet recommandaient aux magiciens de se tenir sur leurs gardes lorsqu'ils avaient affaire aux fées. Au moment où il aurait eu besoin de sa présence d'esprit, il n'en avait presque plus.

« Comment suis-je censé l'impressionner avec la supériorité de ma magie si je suis seulement capable de radoter sur les ananas et les chandelles ? » se tracassait-il.

Il passa la journée à faire les cent pas dans sa chambre, s'arrêtant de temps à autre pour griffonner des notes sur des fragments de papier. Quand le soir vint, il consigna un charme pour invoquer les fées et le posa sur la table. Après quoi il compta quatre gouttes de teinture dans un verre d'eau et but le mélange.

Cette fois, la teinture produisit sur lui un effet complètement différent. Il n'était plus assailli de certitudes ou de craintes particulières. En fait, à maints égards, il se sentait mieux qu'il ne s'était senti depuis longtemps : plus posé, plus calme, moins tourmenté. Il s'avisa qu'il ne se souciait plus beaucoup de magie. Des portes claquèrent dans son esprit. Il partit à l'aventure dans des coins et recoins de lui-même qu'il n'avait pas revus depuis des années. Pendant les dix ou vingt premières minutes, il redevint l'homme qu'il avait été à vingt ou vingt-deux ans ; après cela, il fut quelqu'un d'entièrement autre. Quelqu'un qu'il avait toujours eu le pouvoir d'être, mais n'était jamais devenu pour diverses raisons.

Après la prise de la teinture, son premier désir fut d'aller à un *Ridótto*. Il lui paraissait grotesque d'être à Venise depuis le début d'octobre et de ne jamais en avoir visité un. Un coup d'œil à sa montre de gousset lui apprit qu'il n'était que huit heures.

— Beaucoup trop tôt ! lança-t-il à la cantonade.

D'humeur loquace, il chercha des yeux un confident. Faute de mieux, il s'adressa à la petite statue de bois posée dans un coin.

— Il n'y aura personne d'intéressant à voir avant deux ou trois heures encore, lui déclara-t-il.

Pour tuer le temps, il songea à aller trouver Miss Greysteel.

— Sa tante et son père seront là, j'imagine. – Il émit un petit son irrité. – Voilà qui est fâcheux ! Pourquoi les jolies femmes ont-elles toujours une telle foule de parents ! – Il se regarda dans la glace. – Mon Dieu ! Ce jabot a l'air d'avoir été noué par un paysan.

Il passa la demi-heure suivante à nouer et renouer son jabot jusqu'à ce qu'il fût satisfait. Puis il s'avisa que ses ongles étaient trop longs pour son goût et pas particulièrement nets. Il alla chercher une paire de ciseaux pour les tailler.

Les ciseaux étaient posés sur la table. Et autre chose à côté.

— Qu'avons-nous là ? s'exclama-t-il. Des feuillets ! Des feuillets couverts de formules magiques ! – Cette idée lui parut des plus divertissantes. – Tu sais, c'est très bizarre, dit-il, toujours à l'adresse de la petite statue de bois, je connais l'individu qui en est l'auteur ! Il a pour nom Jonathan Strange… Et maintenant que j'y pense, je crois que ces livres lui appartiennent. – Il se replongea dans sa lecture. – Ha ! Tu ne devineras jamais à quelle ineptie il se livre à présent ! Jeter des sorts pour invoquer les fées ! Ha, ha ! Il prétend qu'il le fait pour s'attacher un serviteur-fée et servir la cause de la magie anglaise. En réalité, il n'a qu'un but, terrifier Gilbert Norrell ! Il a parcouru des centaines de milles pour atteindre la ville la plus somptueuse du monde, et seul l'avis d'un vieux Londonien l'intéresse ! Quel ridicule !

Dégoûté, il reposa la feuille de papier et prit les ciseaux. Il se retourna et évita de justesse de cogner quelque chose de la tête.

— Que diable… ? commença-t-il.

Un ruban noir pendait du plafond. Au bout étaient accrochés quelques os minuscules, une fiole d'un liquide sombre – du sang, peut-être – et un fragment de papier couvert de signes, le tout attaché ensemble. La longueur du ruban était telle qu'une personne se déplaçant dans la pièce était quasi certaine de le heurter tôt ou tard. Strange secoua la tête avec incrédulité devant la stupidité de certains. Adossé à la table, il entreprit de se couper les ongles.

Quelques minutes s'écoulèrent.

— Il avait une femme, tu sais, expliqua-t-il à la statuette de bois, approchant la main de la lumière de la bougie pour examiner ses ongles. Arabella Woodhope. La plus charmante demoiselle du monde. Mais elle est morte. Morte, tout ce qu'il y a de plus morte. – Il saisit un polissoir sur la table et se mit à se polir les ongles. – Au fait, j'y pense, n'étais-je pas amoureux d'elle ? Je crois que si. Elle avait la manière la plus exquise de prononcer mon nom et de sourire en même temps. Chaque fois j'en avais un coup au cœur. – Il eut un rire. – Tu sais, c'est vraiment on ne peut plus ridicule, mais je ne me rappelle plus comment je m'appelle. Laurence ? Arthur ? Frank ? Je regrette qu'Arabella ne soit plus là. Elle le saurait. Et elle me le dirait ! Ce n'est pas une de ces femmes qui tourmentent les hommes et insistent pour tout tourner en dérision longtemps après que cela n'amuse plus personne. Par Dieu, je regrette vraiment qu'elle ne soit pas là ! J'ai mal là. – Il se tapota le cœur. – Et une tension brûlante là-dedans. – Il se tapota le front. - Une demi-heure d'entretien avec Arabella porterait remède à mes indispositions, j'en suis certain. Peut-être devrais-je appeler ce garçon-fée pour lui demander de me l'amener ici. Les fées peuvent invoquer les morts, n'est-il pas ? – Il reprit le charme sur la table et le relut. – C'est simple comme bonjour. Il n'y a rien de plus simple au monde.

Il récita la formule du charme et, parce que cela paraissait important, retourna aux soins de ses ongles.

Dans les ombres de l'armoire peinte se tenait un personnage en redingote vert tendre – un personnage aux cheveux de la couleur du duvet de chardon, avec un sourire supérieur et amusé peint sur la figure.

Strange était toujours absorbé par ses ongles.

Le gentleman aux cheveux comme du duvet de chardon s'approcha brusquement de l'endroit où Strange se tenait et tendit la main pour tirer les cheveux de Strange. Avant qu'il ait pu terminer son geste, Strange le regarda dans les yeux et s'enquit :

— Vous n'auriez pas par hasard une pincée de tabac à priser, si ?

Le gentleman aux cheveux comme du duvet de chardon se figea sur place.

— J'ai cherché dans toutes les poches de cette maudite redingote, poursuivit Strange, totalement inconscient de la stupéfaction du gentleman. Point de tabatière. Je ne sais pas à quoi je pensais pour sortir sans la mienne. Je prends en général du Kendal Brown, si vous en avez.

En parlant, il fouilla de nouveau ses poches. Mais il avait oublié le petit bouquet d'os et de sang qui pendait du plafond et, dans sa gesticulation, il le heurta de la tête. Le bouquet se balança en arrière et revint le frapper en plein front.

54

Une petite boîte de la couleur du chagrin

1er et 2 décembre 1816

Une sorte de craquement résonna dans les airs, suivi d'un léger courant d'air et d'un regain de fraîcheur, comme si une odeur de renfermé avait brusquement été chassée de la pièce.

Strange cligna deux ou trois fois les paupières.

Après être revenu à lui, sa première pensée fut que tout son plan minutieux avait marché : voilà que quelqu'un – un garçon-fée, sans le moindre doute – se tenait devant lui. Sa deuxième pensée fut de se demander ce que diable il avait pu faire. Il tira sa montre de gousset pour la consulter ; il s'était écoulé près d'une heure depuis qu'il avait pris la teinture.

— Je vous prie de m'excuser, dit-il, je sais que ma question doit vous paraître étrange, mais vous ai-je déjà demandé quelque chose ?

— Du tabac à priser, répondit le gentleman aux cheveux comme du duvet de chardon.

— Du tabac à priser ?

— Oui, vous m'avez demandé une pincée de tabac à priser.

— Quand ?

— Comment ?

— Quand vous ai-je demandé du tabac à priser ?

— Il y a un instant.

— Ah ! Ah, bon ! Eh bien, inutile de vous mettre en peine. Je n'en ai plus besoin.

Le gentleman aux cheveux comme du duvet de chardon s'inclina.

Strange était conscient que sa confusion se lisait sur son visage. Il se remémora tous les fermes avertissements qu'il avait lus sur le danger qu'il y avait à laisser des membres de cette race astucieuse soupçonner qu'ils en savaient plus que soi. Il masqua donc sa perplexité derrière des regards sarcastiques. Puis, se rappelant qu'il était généralement considéré comme plus périlleux encore de paraître supérieur et de provoquer ainsi l'ire de la fée, il cacha son sarcasme sous un sourire. À la fin, il reprit son air de perplexité.

Il ne remarqua pas que le gentleman était au moins aussi mal à l'aise que lui.

—Je vous ai appelé, reprit-il, car je désire depuis longtemps qu'un représentant de votre race m'apporte son secours pour m'enseigner la magie. – Il avait répété plusieurs fois cette petite déclaration et était content que ses paroles eussent un accent d'assurance et de gravité. Malheureusement, il gâcha tout de suite son effet en ajoutant avec inquiétude : – Vous en ai-je déjà parlé ?

Le gentleman demeura silencieux.

—Je me présente : Jonathan Strange. Peut-être avez-vous entendu parler de moi ? Je suis à un moment de ma carrière des plus intéressants. Il n'est pas exagéré de dire que tout l'avenir de la magie anglaise dépend de mes réalisations au cours des prochains mois. Si vous acceptez de m'aider, votre nom sera aussi célèbre que ceux de Col-Tom-Blue et de maître Witcherley ![1]

— Allons donc ! déclara le gentleman avec dégoût. De vils personnages !

— Vraiment ? s'étonna Strange. Je ne l'eusse point cru. – Il s'empressa de continuer. – Ce sont vos... – Il marqua une hésitation avant de trouver l'expression juste : ... aimables prévenances envers le roi d'Angleterre qui ont d'abord attiré mon attention. De tels pouvoirs ! Une telle inventivité ! La magie anglaise manque d'esprit, de nos jours. Elle manque d'ardeur et d'enthousiasme ! Je ne saurais vous répéter combien je suis las des charmes fastidieux utilisés pour résoudre des problèmes tout aussi fastidieux. L'aperçu que j'ai eu de votre magie m'a montré qu'elle était tout à fait différente. Vous pourriez me surprendre. Or j'aspire à être surpris...

Le gentleman leva un parfait sourcil de fée, ne voyant apparemment pas la moindre objection à surprendre Jonathan Strange.

Lequel poursuivit avec agitation :

— Oh ! Et je puis vous assurer sans attendre qu'un vieux Londonien du nom de Norrell – un magicien, si l'on peut dire – sera fou de rage dès qu'il apprendra que vous vous êtes allié avec moi. Il fera tout son possible pour nous contrecarrer. Pourtant, si je puis me permettre, il ne sera pas de taille à se mesurer à moi.

Le gentleman semblait ne plus écouter. Il parcourait la pièce des yeux, reportant ses regards tantôt sur un objet, tantôt sur un autre.

---

1. Col-Tom-Blue était le plus célèbre serviteur de Ralph Stokesey ; maître Witcherley, lui, assistait Martin Pale.

— Y a-t-il ici quelque chose qui vous déplaît ? s'enquit Strange. Je vous prie de m'en faire état, s'il en est ainsi. Votre sensibilité magique est sans doute beaucoup plus fine que la mienne. Mais, même dans mon cas, certains détails peuvent perturber mon talent. Je crois qu'il en va ainsi de tous les magiciens. Une salière de table, un sorbier, un fragment de l'hostie consacrée... Tous ces objets me dérangent incontestablement. Je ne dis pas que je NE puis PAS me livrer à la magie en leur présence, seulement il me faut en tenir compte dans mes sortilèges. S'il y a ici quelque chose qui ne vous sied pas, vous n'avez qu'à me le dire et je serais trop heureux de l'écarter.

Le gentleman le fixa un moment, n'ayant de toute évidence pas la moindre idée de ce dont Strange lui parlait. Puis, soudain, il s'écria :

— Ma sensibilité magique, oui ! Quelle intelligence de votre part ! Ma sensibilité magique est, comme vous l'imaginez, formidable ! Et voilà qu'elle m'informe que vous avez acquis récemment un objet doté d'un grand pouvoir ! Un anneau de désenchantement ? Une urne de visibilité ? Quelque chose de cette nature ? Mes félicitations ! Montrez-moi l'objet et je vous instruirai sur-le-champ sur son histoire et son bon usage !

— En fait, non, répondit Strange, surpris. Je n'ai rien de cette sorte.

Le gentleman fronça le sourcil. Il examina de près d'abord un pot de chambre à demi dissimulé sous le lit, ensuite un anneau de deuil orné d'une miniature d'ange sur ivoire et, enfin, un pot de céramique peinte, ayant jadis contenu des prunes et des abricots confits.

— Peut-être l'avez-vous trouvé par accident ? demanda-t-il. De tels objets peuvent être très puissants, même si le magicien ignore leur présence.

— Je ne crois vraiment pas, insista Strange. Ce pot, par exemple, a été acheté chez un confiseur de Gênes. Il en avait des douzaines en boutique, tous exactement pareils. Je ne vois pas pourquoi l'un serait magique et les autres non.

— Non, certes, acquiesça le gentleman. Et il semble n'y avoir ici rien que les objets habituels. J'entends par là, s'empressa-t-il d'ajouter, ceux que je m'attendais à trouver dans les appartements d'un magicien de votre génie.

Un bref silence s'écoula.

— Vous ne donnez pas de réponse à mon offre, reprit Strange. Vous êtes indécis en attendant de mieux me connaître. Il doit en être ainsi. Dans un ou deux jours, j'aurai l'honneur de solliciter de nouveau votre compagnie, et nous parlerons davantage.

— Cela a été un échange des plus captivants ! se récria le gentleman.

— Le premier d'une longue série, j'espère, rétorqua poliment Strange, avant de s'incliner.

Le gentleman s'inclina à son tour.

Puis Strange délivra le gentleman de son sort d'invocation et ce dernier disparut promptement.

La fièvre de Strange était immense. Il songea qu'il devrait s'asseoir pour rédiger des notes sensées et savantes sur ce qu'il avait vu, mais il avait du mal à se retenir de danser, de rire et de taper dans ses mains. Il exécuta plusieurs pas d'une danse folklorique, et si la statuette n'avait pas été fixée par les pieds à sa colonne de bois, il en eût fait certainement sa cavalière et eût tournoyé avec elle autour de la pièce.

Quand son envie de danser lui eut passé, il fut grandement tenté d'écrire à Norrell. Il finit par se poser et commença une missive triomphante et pétrie de sarcasmes. (« Vous serez sans doute ravi d'apprendre... ») Ensuite, il se ravisa. « Cela l'incitera seulement à faire disparaître ma maison ou un tour dans ce genre. Ha ! Quelle sera sa fureur quand je rentrerai en Angleterre ! Il me faut publier les nouvelles dès mon retour. Je n'attendrai pas le prochain numéro du *Fabulus*. Cela prendrait trop de temps. Murray va se plaindre, mais je n'y puis rien. *Le Times* serait préférable. Je me demande bien ce qu'il entendait par toutes ces sottises sur les anneaux de pouvoir et les pots de chambre. J'imagine qu'il cherchait à s'expliquer comment j'avais réussi à l'appeler. »

Dans l'ensemble, il n'aurait pu être plus content de lui s'il avait invoqué John Uskglass en personne et avait eu une demi-heure d'aimable entretien avec lui. Le seul point inquiétant de toute l'affaire était le souvenir – qui lui revenait par bribes – de la forme que sa folie avait prise cette fois-ci. « À croire que je m'étais transformé en Lascelles ou Drawlight ! Quelle horreur ! »

Le lendemain matin, Stephen Black avait une affaire à conduire pour le compte de Sir Walter. Il rendit visite à un banquier de Lombard-street, parla à un portraitiste de Little-Britain, donna des instructions à une femme de Fetter-lane pour une robe destinée à Lady Pole. La démarche suivante le menait dans le cabinet d'un avocat. Il tombait une neige molle et lourde. Tout autour de lui résonnaient les bruits ordinaires de la City : les ébrouements et les piaffements des chevaux, le fracas des voitures, les cris des vendeurs ambulants, les claquements de portes et le crissement des pas sur le sol enneigé.

Il se tenait au coin de Fleet-street et de Mitre-court. Il venait de tirer sa montre de gousset (un cadeau du gentleman aux cheveux comme du duvet de chardon), quand tout le vacarme environnant s'interrompit, comme sous la lame d'un couteau. Un moment, il eut l'impression d'être frappé de surdité. Mais, avant d'avoir le temps de s'alarmer, il se retourna et s'aperçut que ce silence soudain n'était pas l'unique bizarrerie. La rue était soudain déserte ; il n'y avait plus de passants, plus de chats, de chiens, de chevaux, ni d'oiseaux. Tout le monde avait disparu.

Et la neige ! C'était là le plus étrange de tout. Elle flottait, en suspens dans les airs, en énormes flocons blancs et mous, gros comme des souverains.

« Encore de la magie ! » songea-t-il, dégoûté.

Il descendit un peu Mitre-court, en inspectant les devantures des boutiques. Les lampes étaient toujours allumées ; des marchandises s'entassaient ou étaient éparpillées sur les comptoirs : soies, tabac, partitions... Des feux brûlaient encore dans les âtres, mais leurs flammes étaient figées. En regardant derrière lui, il découvrit qu'il avait creusé une sorte de tunnel dans la dentelle à trois dimensions de la neige. De tous les événements étranges qu'il avait connus dans son existence, celui-ci était de loin le plus étrange.

Surgie du néant, une voix s'écria avec fureur :

— Je me croyais pourtant à l'abri de lui ! Quels tours peut-il donc utiliser ?

Le gentleman aux cheveux comme du duvet de chardon apparut soudain devant Stephen, le visage enflammé et les yeux étincelants.

Stephen eut un tel choc qu'il crut un instant défaillir. Pourtant, sachant combien le gentleman prisait le calme et le flegme, il dissimula sa frayeur du mieux qu'il put et hoqueta :

— À l'abri de qui, monsieur ?

— Voyons, du magicien, Stephen ! Du magicien ! Je pensais qu'il avait acquis quelque objet susceptible de lui révéler ma présence. Mais je n'ai rien pu dénicher dans ses appartements et il m'a juré ne rien posséder de tel. Juste afin de m'en assurer, j'ai fait le tour du globe dans l'heure pour examiner tous les anneaux de pouvoir, le moindre calice ou poivrier magique. Il n'en manquait aucun. Ils se trouvent tous à l'endroit exact où je pensais qu'ils étaient.

De ces explications incomplètes, Stephen déduisit que le magicien avait réussi à invoquer le gentleman aux cheveux comme du duvet de chardon et à s'entretenir avec lui.

— Monsieur, certainement, à une époque vous vouliez bien aider les magiciens dans leur magie et gagner leur gratitude. C'est ainsi que vous avez fini par sauver Lady Pole, n'est-il pas ? Vous allez peut-être vous apercevoir que cela vous agrée plus que vous ne pensez.

— Oh, peut-être ! Cependant je n'en crois rien. Puisque je vous dis, Stephen, que, mis à part le désagrément de le voir m'appeler chaque fois que cela lui plaît, ce fut la demi-heure la plus ennuyeuse que j'ai passée depuis de longues éternités ! Je n'ai jamais entendu quelqu'un s'épancher autant ! Il est l'être le plus prétentieux de ma connaissance. Les personnages de cette sorte, qui parlent continuellement sans prendre le temps d'écouter les autres, m'écœurent totalement.

— Oh, certes, monsieur ! C'est on ne peut plus vexant. Et si je puis me permettre, étant donné que vous serez occupé avec votre magicien, nous aurons à différer mon couronnement ?

Le gentleman prononça quelques paroles bien senties dans sa propre langue – un juron, probablement.

— Je crois que vous avez raison… Et cela m'irrite davantage que tout le reste mis ensemble ! – Il réfléchit un moment. – Enfin, ce n'est peut-être pas aussi détestable que nous le craignons. Ces magiciens anglais sont généralement des sots. D'ordinaire, ils veulent les mêmes choses. Les plus pauvres désirent des provisions sans fin de navets ou de porridge, les riches veulent encore plus de richesses ou étendre leur pouvoir au monde entier, et les jeunes rêvent de l'amour de quelque reine ou princesse. Dès qu'il me fera part d'un de ces vœux, je l'exaucerai. Ce qui ne manquera pas de lui attirer un tombereau d'ennuis. C'est toujours le cas. Il en perdra la tête, et toi et moi pourrons poursuivre notre plan de vous sacrer roi d'Angleterre ! Oh, Stephen ! Je suis tellement content d'être venu jusqu'à vous ! J'entends toujours plus de sens commun de votre bouche que de celle des autres.

Sur-le-champ l'irritation du gentleman se dissipa, cédant la place à la joie. Le soleil perça derrière un nuage ; tout l'étrange rideau de neige en suspens scintilla et flamboya autour d'eux (bien que Stephen n'eût su dire si c'était le fait du gentleman ou non).

Il se préparait à faire remarquer qu'il n'avait rien suggéré du tout, quand le gentleman disparut. Les passants, les chevaux, les voitures, les chats et les chiens réapparurent immédiatement et Stephen heurta de plein fouet une grosse dame vêtue d'une pelisse violette.

Strange se leva, frais et dispos. Il avait dormi huit heures sans interruption. Pour la première fois depuis des semaines, il ne s'était pas relevé en pleine nuit pour s'adonner à la magie. Pour se récompenser d'avoir réussi à invoquer le garçon-fée, il décida de s'octroyer un jour de congé. Peu après dix heures, il se présentait au *palazzo* où les Greysteel séjournaient et trouva toute la famille attablée autour du petit-déjeuner. Il accepta leur invitation de prendre place parmi eux, mangea quelques petits pains chauds, but un peu de café et annonça à Miss Greysteel et à la tante Greysteel qu'il était à leur entière disposition.

La tante Greysteel fut heureuse de décliner ses offres au profit de sa nièce. Miss Greysteel et Strange passèrent donc la matinée à parcourir ensemble des ouvrages sur la magie – des livres qu'il lui avait prêtés ou qu'elle s'était procurés sur son conseil. Il y avait *L'Histoire du roi Corbeau enfant* de Portishead, la *Vie de Martin Pale* de Hickman et *L'Anatomie d'un minotaure* de Hether-Gray. Strange, qui les avait lus à ses débuts, quand il avait commencé à étudier la magie, était amusé de s'apercevoir combien ceux-ci lui paraissaient désormais simples, presque innocents. C'était la chose la plus délicieuse au monde d'en donner lecture à Miss Greysteel, de répondre à ses questions et d'écouter ses opinions à leur sujet – passionnées, intelligentes et, à son goût, légèrement trop sérieuses.

À une heure, après un repas léger de viande froide, la tante Greysteel déclara qu'ils étaient tous restés assis assez longtemps et proposa une promenade.

— Si vous me permettez, monsieur Strange, vous serez content de prendre un peu le frais. Les savants négligent souvent l'exercice.

— Nous sommes de bien tristes sires, madame, admit gaiement Strange.

La journée était belle. Ils déambulèrent par les passages et les rues étroites, et tombèrent par hasard sur une heureuse succession d'objets fascinants : une sculpture de chien tenant un os dans sa gueule, le reliquaire d'un saint qu'aucun d'eux ne reconnut, une suite de fenêtres dont les rideaux semblaient, à première vue, de gros bouillons de la dentelle la plus fine mais qui, à y regarder de plus près, se révélèrent être un enchevêtrement d'immenses toiles d'araignée qui avaient proliféré dans la pièce. Ils n'avaient pas de guide pour leur commenter ces découvertes, il n'y avait personne à proximité qu'ils pussent interroger, aussi se divertissaient-ils à inventer des explications de leur cru.

Juste avant le crépuscule, ils s'avancèrent sur une petite place dallée et glacée, avec un puits en son centre. Le lieu était curieusement aveugle et désert. Le sol était pavé de pierres antiques, les murs percés d'un nombre incroyablement réduit d'ouvertures. On eût cru que toutes les maisons avaient été offensées par quelque méfait commis par la place et lui avaient résolument tourné le dos. Une seule minuscule échoppe paraissait ne vendre que des loukoums d'une infinité de variétés et de couleurs. Elle était fermée, mais Miss Greysteel et la tante Greysteel scrutèrent sa devanture et se demandèrent à haute voix quand elle pouvait ouvrir, et si elles seraient capables de la retrouver.

Strange musardait, sans penser à rien de particulier. L'air était très vif – ce qui était plutôt agréable – et l'étoile du soir fit son apparition au-dessus de leurs têtes. Percevant un drôle de grattement derrière lui, Strange se retourna pour en voir la cause.

Dans le coin le plus sombre de la placette, quelque chose se détachait – une chose dont il n'avait jamais vu la pareille, noire, si noire qu'elle aurait pu être constituée des ténèbres environnantes. Sa tête ou son sommet avait la forme d'une ancienne chaise à porteurs telle qu'on en voyait encore, à l'occasion, transporter une douairière de Bath. Elle avait des fenêtres aux rideaux noirs bien fermés. Au-dessous des fenêtres, elle rétrécissait pour dessiner le corps et les pattes d'un grand oiseau noir. Celui-ci, portant un haut-de-forme noir et une fine canne également noire, n'avait pas d'yeux. Strange se savait pourtant épié. La monstruosité raclait les dalles du bout de sa canne, d'un horrible mouvement saccadé.

Strange songea qu'il aurait dû avoir peur. Il se dit aussi qu'il aurait dû se livrer à un brin de magie pour tenter de détourner son attention. Sorts de dispersion, sorts de révocation, sorts de protection affluèrent à son esprit ; néanmoins, il ne réussit à en retenir aucun. Bien que la « chose » suât le mal et la malveillance, il avait la nette impression qu'elle ne présentait actuellement aucun danger pour lui-même ou quiconque. Elle lui paraissait plutôt être un signe du mal encore à venir.

Il commençait à se demander comment les Greysteel supportaient cette soudaine irruption de l'horreur en leur sein, quand un changement se produisit dans sa cervelle ; la chose n'était plus là. À sa place se tenait la silhouette trapue du Dr Greysteel – le Dr Greysteel en habit noir, le Dr Greysteel avec une canne à la main.

— Eh bien ? cria le Dr Greysteel.

— Je... je vous demande pardon ? cria Strange en retour. M'avez-vous parlé ? Je songeais à... à autre chose.

— Je vous ai demandé si vous vous proposiez de dîner avec nous ce soir !

Strange le regardait fixement.

— Qu'y a-t-il ? Êtes-vous souffrant ? s'enquit le Dr Greysteel.

Il dévisagea Strange d'un air pénétrant, comme s'il voyait dans l'expression ou dans les manières du magicien quelque chose qui ne lui plaisait guère.

— Je me porte on ne peut mieux, je vous assure, répondit Strange. Et je dînerai avec plaisir avec vous. Rien ne m'agréera autant. Seulement j'ai promis à Lord Byron de jouer au billard avec lui à quatre heures.

— Il nous faut trouver une gondole pour nous ramener, décida le Dr Greysteel. Je crois que Louisa est plus lasse qu'elle ne veut le reconnaître. – Il parlait de la tante Greysteel. – Où retrouvez-vous monsieur le baron ? Où devons-nous dire au batelier de vous conduire ?

— Merci, j'irai à pied. Votre sœur avait raison. J'ai besoin d'air frais et d'exercice.

Miss Greysteel était un brin déçue d'apprendre que Strange ne rentrait pas avec eux. Les deux dames et le magicien prirent un peu longuement congé les uns des autres et se rappelèrent à maintes reprises qu'ils devaient tous se revoir dans quelques heures, jusqu'au moment où le Dr Greysteel commença à perdre patience.

Les Greysteel s'éloignèrent à pied en direction du *Rio*. Strange suivait de loin. Malgré ses joyeuses assurances au Dr Greysteel, il se sentait secoué. Il s'efforçait de se convaincre que l'apparition n'avait rien été de plus qu'un jeu de lumière, en vain. Il fut obligé d'admettre que cela ressemblait surtout à une récidive de la folie de la vieille lady.

— C'est vraiment assommant ! Les effets de la teinture paraissaient s'être complètement dissipés ! Enfin, grâce à Dieu, je n'ai pas besoin d'en boire davantage. Si ce sylphe refuse de m'assister, je n'aurai tout simplement qu'à trouver le moyen d'en invoquer un autre…

Sortant du passage pour déboucher dans la lumière plus vive du *Rio*, il vit que les Greysteel avaient trouvé une gondole et que quelqu'un – un gentleman – aidait Miss Greysteel à y monter. Il crut d'abord qu'il s'agissait d'un inconnu, avant de remarquer que ce personnage avait une crinière de cheveux brillants comme du duvet de chardon. Il se précipita à sa rencontre.

— Quelle belle jeune femme ! s'extasiait le gentleman, au moment où la barque s'écartait du quai, les yeux étincelants de vivacité. Et elle danse admirablement, je crois ?

— Si elle danse ? répéta Strange. Je n'en sais rien. Nous devions aller à un bal ensemble à Gênes, mais elle a eu une rage de dents et nous ne sommes pas sortis. Je suis surpris de vous voir. Je ne m'attendais pas à ce que vous reveniez avant que je vous rappelle…

— Ah ! j'ai réfléchi à votre proposition de nous adonner à la magie ensemble ! Et je m'aperçois maintenant que ce plan est excellent.

— Je suis content de l'entendre, repartit Strange, réprimant un sourire. Mais dites-moi. Je cherche à vous appeler depuis des semaines. Pourquoi ne pas être venu plus tôt ?

— Oh ! cela s'explique aisément ! déclara le gentleman, qui se lança dans une longue histoire sur un de ses cousins qui était très méchant et très jaloux de ses talents et de ses vertus ; qui exécrait les magiciens anglais et qui s'était ingénié en quelque sorte à dénaturer la magie de Strange afin que le gentleman n'eût vent des invocations que la veille.

Le récit était excessivement compliqué, et Strange n'en crut pas un mot. Cependant, jugeant plus prudent de feindre le contraire, il s'inclina d'un air approbateur.

— Et pour vous montrer combien je suis sensible à l'honneur que vous me faites, acheva le gentleman, je vous accorderai tout ce que vous désirez.

— Tout ? insista Strange avec un regard aiguisé. Et cette offre, si je vous entends bien, a la nature d'un accord contraignant. Pour peu que j'aurai nommé une chose, vous ne pourrez me la refuser ?

— Je ne le souhaiterais même pas !

— Et je puis demander la fortune, le pouvoir sur le monde entier ? Ce genre de chose ?

— Parfaitement ! acquiesça le gentleman d'un air rayonnant.

Il leva les mains pour commencer.

— Eh bien, il ne me faut rien de cela. Ce qu'il me faut surtout, ce sont des renseignements. Qui était le dernier magicien anglais à qui vous ayez eu affaire ?

Un instant de silence.

— Oh, vous ne voulez pas en entendre parler ! déclara le gentleman. Je vous assure que c'est très ennuyeux. Tenez, allez ! Il doit bien y avoir quelque chose que vous désirez par-dessus tout ? Un royaume à vous ? Une ravissante compagne ? La princesse Pauline Borghese est une femme des plus délicieuses et je peux vous l'avoir ici en un clin d'œil !

Strange ouvrit la bouche pour parler, puis resta muet un instant.

— Pauline Borghese, vous dites ? J'ai vu un portrait d'elle à Paris[1] – puis, se ressaisissant, il poursuivit : Ce n'est pas là ce qui m'intéresse pour le moment. Entretenez-moi plutôt de magie. Comment m'y prendre pour me transformer en ours ? Ou en renard ? Comment s'appellent donc les trois rivières magiques qui coulent dans le royaume d'Agrace[2] ? Ralph Stokesey croyait que ces rivières influaient sur les événements d'Angleterre. Est-ce vrai ? *Le Langage des oiseaux* mentionne un groupe de sorts qu'on jette en manipulant des couleurs. Pouvez-vous m'en apprendre plus ? Que représentent les palets des Doncaster Squares[3] ?

Le gentleman leva les mains en un geste de surprise feinte.

— Tant de questions !

Il rit, mais son rire, manifestement censé être joyeux, insouciant, sonnait faux.

1. Cette dame, la plus belle et la plus passionnée des sœurs de Napoléon Bonaparte, était encline à prendre des amants et à poser nue pour des sculpteurs.

2. Agrace est parfois le nom donné au troisième royaume de John Uskglass. On pensait que ce royaume s'étendait de l'autre côté de l'enfer.

3. Magie qui se pratique sur une espèce de damier (*N.d.T.*).

— Voyons, donnez-moi la réponse à l'une d'elles. Celle de votre choix.

Le gentleman se borna à sourire aimablement.

Strange le fixa avec un ennui non déguisé. Apparemment, son offre ne s'étendait pas aux connaissances, seulement aux objets.

« Si je voulais me faire un cadeau, songea Strange, j'irais me l'acheter ! Si je voulais voir Pauline Borghese, j'irais tout simplement lui présenter mes hommages. Je n'ai nul besoin de magie pour cela ! Comment diable je... » Une pensée le frappa. À haute voix, il continua :

— Apportez-moi quelque chose que vous avez gagné dans vos dernières transactions avec un magicien anglais !

— Comment ? protesta le gentleman, ahuri. Non, vous ne voulez pas cela ! C'est sans valeur, absolument sans aucune valeur ! Réfléchissez encore !

Visiblement, il était très troublé par la requête de Strange, même si ce dernier n'eût su expliquer la raison de cet état de fait. « Le magicien lui a peut-être donné un objet précieux, songeait-il, et il répugne à s'en séparer. Peu importe. Une fois que j'aurai vu ce que c'est et que j'en aurai tiré tous les enseignements possibles, je le lui rendrai. Cela devrait le convaincre de mes bonnes intentions. »

Il eut un sourire poli.

— Un accord contraignant, c'est ce que vous disiez, je crois ? Quoi que ce soit, je l'attends au plus tard dans la soirée !

À huit heures, il dînait avec les Greysteel, dans leur lugubre salle à manger. Miss Greysteel le questionna sur Lord Byron.

— Oh ! répondit Strange. Il n'a aucunement l'intention de rentrer en Angleterre. Il peut écrire ses poèmes partout. Alors que, dans mon cas, la magie anglaise a été façonnée par l'Angleterre... Tout comme l'Angleterre a été façonnée par la magie. Les deux vont ensemble. Elles sont inséparables.

— Vous voulez dire, reprit Miss Greysteel, fronçant légèrement les sourcils, que les esprits anglais, l'histoire d'Angleterre et ainsi de suite ont été façonnés par la magie. Vous parlez par métaphores.

— Non, je parlais au sens littéral. Cette cité, par exemple, a été construite selon la manière commune...

— Oh ! l'interrompit le Dr Greysteel en riant. Voilà bien un magicien ! Cette légère pointe de mépris quand il parle de choses réalisées selon la manière commune !

— Dans mon esprit, je ne voulais pas me montrer irrévencieux. Je vous assure que je fais le plus grand cas des choses réalisées selon la manière commune. Non, mon propos était simplement que les frontières d'Angleterre, sa forme même, ont été déterminées par la magie.

Le Dr Greysteel fit la moue.

— Je ne suis pas certain de ce que vous avancez. Donnez-moi un exemple.

— Très bien. Jadis, sur la côte du Yorkshire, les citoyens d'une très belle ville se demandaient comment il se faisait que leur roi, John Uskglass, dût exiger des impôts d'eux. Un si grand magicien, discutaient-ils, pouvait certainement faire apparaître dans les airs tout l'or qu'il voulait. Certes, il n'y a aucun mal à s'interroger. Ces farauds ne s'en tinrent toutefois pas là. Ils refusèrent d'acquitter leur dû et se mirent à comploter avec les ennemis du roi. Un homme est plus avisé de mûrement réfléchir avant de se quereller avec un magicien, bien plus encore avec un roi ! Et quand ces deux qualités se combinent en un seul personnage, eh bien, les périls sont multipliés par cent. D'abord, un grand aquilon se leva et souffla sur la ville. À peine toucha-t-il les bêtes, voilà que celles-ci vieillirent puis trépassèrent... Vaches, cochons, volaille et moutons, chats et chiens. Dès qu'il s'abattit sur la ville, les maisons se délabrèrent sous les yeux de leurs malheureux propriétaires. Les outils se brisèrent, les pots volèrent en éclats, le bois se gondola et se fendit, la brique et la pierre tombèrent en poussière. Les sculptures de l'église se patinèrent comme sous l'effet du très grand âge, jusqu'à ce que, raconte-t-on, la face de la moindre statue semblât hurler. Le vent déchaîna la mer, qui prit des formes étranges et menaçantes. Les habitants, très sagement, se mirent à fuir et, dès qu'ils eurent atteint les hauteurs, ils se retournèrent juste à temps pour voir les restes de leur cité glisser lentement sous les flots gris et glacés.

Le Dr Greysteel sourit.

— Quels que soient les gouvernements – Whigs, Torys, empereurs ou magiciens –, ils voient tous d'un très mauvais œil que le peuple ne paie pas ses impôts. Allez-vous inclure ces légendes dans votre prochain livre ?

— Oh, assurément ! Je ne suis pas de ces auteurs parcimonieux qui pèsent leurs mots au quart d'once près. Sur la paternité littéraire, j'ai des notions très libérales. Quiconque est disposé à payer sa guinée à Mr Murray s'apercevra que j'ai grand ouvert les portes de ma réserve et que toute ma science est à vendre. Mes lecteurs peuvent entrer et faire leur choix à loisir.

Miss Greysteel accorda à la saga de John Uskglass une ou deux minutes de considération respectueuse.

— Sans doute a-t-il été provoqué, déclara-t-elle à la fin, néanmoins sa réaction était celle d'un tyran.

Quelque part dans les ombres, des bruits de pas se rapprochèrent.

— Qu'est-ce donc, Frank ? demanda le Dr Greysteel.

Frank, le domestique du Dr Greysteel, sortit de l'obscurité.

— Nous avons trouvé un pli joint à une petite boîte, monsieur. Les deux sont destinés à Mr Strange.

Frank paraissait inquiet.

— Voyons, ne reste pas là à bayer aux corneilles. Voici Mr Strange, juste à ton côté. Donne-lui sa lettre et sa petite boîte.

L'expression et l'attitude de Frank montraient qu'il luttait contre un grand sentiment de perplexité. Son froncement de sourcils donnait à entendre qu'il croyait être complètement dépassé. Il tenta un dernier effort pour transmettre sa contrariété à son maître.

— Nous avons trouvé le pli et la petite boîte par terre, juste à l'intérieur de la porte, monsieur, mais celle-ci était fermée à clé et au verrou !

— On a dû tirer le verrou et tourner la clé, Frank. Ne fais pas tant de mystères, le sermonna le Dr Greysteel.

Frank remit donc le pli et la boîte à Strange et disparut de nouveau dans les ténèbres, en bougonnant et en demandant aux chaises et aux dessertes qu'il heurtait au passage pour quelle souche elles le prenaient.

La tante Greysteel se pencha en avant pour prier Mr Strange de ne pas faire de cérémonies ; il était en bonne compagnie et devait lire sa lettre sans façon. C'était très aimable de sa part, bien qu'un tantinet superflu, car Strange, qui avait décacheté sa lettre, la lisait déjà.

— Oh, ma tante ! s'écria Miss Greysteel, en ramassant la petite boîte que Frank avait posée sur la table. Regardez comme elle est belle !

Petite, rectangulaire, la boîte était apparemment en argent et porcelaine. Elle était d'une délicate teinte de bleu, enfin pas exactement de bleu, plutôt de lilas, enfin pas exactement lilas non plus, étant donné qu'elle contenait une touche de gris dedans. Pour être plus précis, elle était de la couleur du chagrin. Heureusement, ni Miss Greysteel ni la tante Greysteel n'avaient jamais souvent ressenti de chagrin, aussi ne reconnurent-elles pas sa couleur.

— Elle est vraiment ravissante, s'extasia la tante. Est-elle italienne, monsieur Strange ?

— Hum ? fit Strange, levant les yeux. Je n'en sais rien.

— Y a-t-il quelque chose à l'intérieur ? s'enquit la tante Greysteel.

— Oui, je crois, répondit Miss Greysteel, s'apprêtant à l'ouvrir.

— Flora ! tonna le Dr Greysteel, avec un sévère signe de tête à l'adresse de sa fille.

Il subodorait que la boîte était un cadeau que Strange réservait a Flora. Cette idée lui plaisait peu, mais le Dr Greysteel ne s'estimait guère compétent pour juger les sortes de frasques qu'un homme tel que Strange – un homme du monde, au goût du jour – pouvait se croire permises.

Le nez toujours plongé dans sa lettre, Strange ne vit ni n'entendit rien. Il prit à son tour la petite boîte et l'ouvrit.

— Y a-t-il quelque chose à l'intérieur, monsieur Strange ? répéta la tante Greysteel.

Strange referma vite la boîte.

— Non, madame, rien du tout.

Il glissa la boîte dans sa poche, puis sonna d'urgence Frank pour lui demander un verre d'eau.

Il quitta les Greysteel très tôt après dîner et se rendit directement au café au coin de la Calle de la Cortesia. Le premier aperçu du contenu de la boîte l'avait beaucoup choqué, et il n'avait nul désir de se trouver seul quand il la rouvrirait.

Le garçon lui apporta son cognac. Il en but une gorgée, puis rouvrit la boîte.

Au début, il crut que le garçon-fée lui avait envoyé le moulage d'un petit doigt blanc amputé, réalisé en cire ou en quelque autre matière similaire et très voisine. Celui-ci était si pâle, si exsangue, qu'il en semblait presque teinté de vert, avec une touche de rose dans la cuticule de l'ongle. Strange s'étonna que quelqu'un se fût donné tant de peine pour produire un objet aussi horrible.

Mais dès l'instant où il l'eut touché il comprit qu'il n'avait pas affaire à de la cire. La chose était froide, glacée même, pourtant la peau bougeait d'une façon identique à celle qui recouvrait son propre doigt, et les muscles étaient perceptibles dessous, au toucher comme à la vue. Il s'agissait, sans aucun doute, d'un doigt humain. À sa taille, Strange estima que c'était probablement un doigt d'enfant, ou l'auriculaire d'une femme aux mains très fines.

Pourquoi le magicien lui donnerait-il donc un doigt ? s'interrogea-t-il. Peut-être était-ce le doigt du magicien ? « Je ne vois pas comment cela serait possible, à moins que le magicien ne soit un enfant ou une femme. » Il lui revint en mémoire qu'il avait entendu jadis quelque chose sur un doigt, sans pouvoir se le rappeler. Assez curieusement, bien qu'il ne se souvînt pas de *ce* qu'on lui avait raconté, il croyait se rappeler *qui* le lui avait raconté. Drawlight. « ... Ce qui explique pourquoi je n'y ai guère prêté attention. Mais pourquoi Drawlight eût-il parlé de magie ? Il n'y connaissait rien et s'en souciait encore moins. »

Il but un peu plus de cognac. « Je croyais que si j'avais une fée pour tout m'expliquer, les mystères s'éclairciraient. Au contraire je me retrouve avec un nouveau mystère ! »

Il se mit à méditer les diverses histoires dont il avait ouï dire concernant les grands magiciens anglais et leurs serviteurs-fées. Martin Pale avec maître Witcherley, maître Fallowthought et tous les autres. Thomas Godbless avec Dick-come-Tuesday, Meraud avec Coleman Gray et, les plus célèbres de tous, Ralph Stokesey et Col-Tom-Blue.

La première fois que Stokesey le vit, Col-Tom-Blue était un individu farouche, rebelle – le dernier garçon-fée au monde à s'allier à un magicien anglais. Stokesey avait donc suivi Col-Tom-Blue dans le monde des fées jusqu'à son château personnel[1], était allé de-ci de-là de manière invisible et avait fait nombre de découvertes intéressantes[2]. Strange n'avait pas la naïveté de croire que le conte tel qu'il avait été transmis aux enfants et aux historiens

---

1. *Brugh*, l'ancien mot *sidhe* pour les maisons des fées, se traduit communément par « château » ou « manoir », mais désigne en réalité l'intérieur d'un tertre ou d'une colline creuse.

2. Stokesey manda Col-Tom-Blue dans sa maison d'Exeter. Après que le garçon-fée eut refusé pour la troisième fois de le servir, Stokesey se rendit invisible et suivit Col-Tom-Blue hors de la ville. Ce dernier prit une route féerique et atteignit rapidement un lieu qui n'était pas l'Angleterre. Une colline basse, brune, se dressait près d'une mare d'eau stagnante. En réponse à un ordre de Col-Tom-Blue, une porte s'ouvrit dans le flanc de colline et il entra. Stokesey lui emboîta le pas.

Au centre de la colline, Stokesey découvrit une salle enchantée où tout le monde dansait. Il attendit qu'une des danseuses s'approchât. Puis il fit rouler une pomme magique dans sa direction et elle la ramassa. Naturellement, c'était la plus belle et la plus exquise pomme de tous les mondes jamais existants. Dès que la fée l'eut croquée, elle ne désirait rien tant qu'une autre exactement pareille à la première. Elle se retourna, mais ne vit personne. « Qui m'a envoyé cette pomme ? s'enquit-elle. – Le vent d'est », murmura Stokesey. La nuit suivante, Stokesey suivit de nouveau Col-Tom-Blue sous la colline. Il observa les danseuses et fit rouler une nouvelle pomme vers la femme. Quand elle redemanda qui la lui avait envoyée, il répondit que c'était le vent d'est. Le troisième soir, il garda la pomme dans sa main. La fée quitta les autres danseuses et promena ses regards autour d'elle. « Vent d'est ! vent d'est ! chuchota-t-elle. Où est ma pomme ? – Dis-moi seulement où Col-Tom-Blue dort, murmura Stokesey, et je te donnerai la pomme. » Alors elle le lui dit : au plus profond de la terre, sur le bord le plus au nord du *brugh*.

Les soirs suivants, Stokesey se fit passer pour le vent d'ouest, le vent du nord et le vent du sud, et utilisa ses pommes pour convaincre les autres habitants de la butte de le renseigner sur Col-Tom-Blue. D'un berger, il apprit quels animaux gardaient Col-Tom-Blue pendant son sommeil : une truie sauvage et un bouc encore plus sauvage. De la nourrice de Col-Tom-Blue, il sut ce qu'il tenait à la main pendant son sommeil : un caillou important et très particulier. Et d'un garçon de cuisine, il connut les trois mots que Col-Tom-Blue prononçait tous les matins à son réveil.

Par ce subterfuge, Stokesey en apprit assez sur Col-Tom-Blue pour avoir barre sur lui. Cependant, avant qu'il pût mettre à profit ses nouvelles connaissances, Col-Tom-Blue vint le trouver pour lui assurer qu'il avait réfléchi : il pensait qu'il lui plairait de servir Stokesey, après tout.

Voilà ce qui s'était passé : Col-Tom-Blue avait découvert que le vent d'est, le vent d'ouest, le vent du nord et le vent du sud avaient tous posé des questions à son sujet. Bien qu'il n'eût aucune idée de ce qu'il pouvait avoir fait pour offenser ces importants personnages, il en avait conçu de sérieuses alarmes. Une alliance avec un éminent et puissant magicien anglais semblait soudain beaucoup plus attrayante.

de la magie était un récit exact des événements. « Pourtant il y a probablement de la vérité là-dedans, songea-t-il. Stokesey est peut-être parvenu à pénétrer dans le château de Col-Tom-Blue, et cette prouesse a prouvé à celui-ci qu'il était un magicien avec lequel il fallait compter. Il n'y a aucune raison que je ne puisse être capable d'en faire autant. Après tout, ce garçon-fée ne sait rien de mes talents et de mes faits d'armes. Si je lui rendais une visite inopinée, cela lui prouverait l'étendue de mes pouvoirs. »

Il repensa à ce jour brumeux et neigeux à Windsor, où lui et le roi avaient failli pénétrer par hasard dans le monde des fées, attirés par la magie du gentleman. Il revoyait le bois et les petites lumières qui lui avaient évoqué une vieille maison. Les routes du roi pouvaient certainement l'y conduire ; toutefois – en dehors de sa promesse à Arabella – il n'avait aucune envie de retrouver le gentleman par un procédé de magie qu'il avait déjà utilisé. Il voulait que cette rencontre eût quelque chose de neuf et de saisissant. La prochaine fois qu'il verrait le gentleman, il voulait être empli de l'assurance et de l'ivresse qu'un nouveau charme couronné de succès lui procurait toujours.

« Le monde des fées n'est jamais très loin, se dit-il, et il y a mille moyens d'y parvenir. Je devrais pouvoir en découvrir un, tout de même ! »

Il existait un sort de sa connaissance capable d'ouvrir un chemin entre deux êtres nommés par un magicien. Il s'agissait d'un ancien sort – assez proche de la magie féerique. Les chemins qu'il ouvrirait franchiraient assurément les frontières entre les mondes. Strange ne l'avait jamais utilisé et n'avait aucune idée de l'aspect de ce chemin, ni de ce qui l'y attendait s'il s'y engageait. Il était pourtant persuadé de ne pas échouer. Il marmonna les paroles rituelles, ébaucha quelques gestes et se nomma, lui ainsi que le gentleman, comme les deux êtres entre qui le chemin devait être tracé.

Il sentit un changement, fréquent au commencement de la magie. Apparemment, une porte invisible s'était ouverte puis refermée, le laissant de l'autre côté. Ou alors les constructions de la cité avaient pivoté et tout regardait désormais dans une autre direction. La magie avait vraisemblablement marché à la perfection – il s'était sûrement passé quelque chose – toutefois il ne pouvait en voir le résultat. Il réfléchit à la marche à suivre.

— Ce n'est probablement qu'une affaire de perception – et je sais comment y remédier. – Il marqua un silence. – C'est vexant ! Je préférerais de beaucoup ne pas en abuser, il y a néanmoins peu de chances qu'une prise supplémentaire me fasse du mal…

Il plongea la main dans l'intérieur de sa redingote et en tira la teinture de folie. Le garçon lui apporta un verre d'eau ; avec précaution, Strange y versa une unique petite goutte. Il but son verre d'un trait.

En regardant autour de lui, Strange remarqua pour la première fois le trait de lumière scintillante qui commençait à ses pieds, traversait le sol carrelé de la salle de café et indiquait la sortie ; il ressemblait à ces traits que lui-même avait souvent fait apparaître à la surface de l'eau du plat d'argent. Notre ami s'avisa que le phénomène disparaissait s'il l'observait de face. En revanche, s'il le lorgnait du coin de l'œil, il le voyait très bien.

Il régla sa note et ressortit dans la rue.

— Eh bien, s'exclama-t-il, voilà qui est vraiment remarquable !

55

Le second verra son bien le plus cher entre les mains de son ennemi

Nuit du 2 au 3 décembre 1816

LE DESTIN QUI AVAIT toujours menacé la cité de Venise parut la frapper dans l'instant ; au lieu d'être engloutie sous les eaux, toutefois, elle était noyée sous les frondaisons. Des arbres sombres et spectraux envahissaient en effet les passages et les places, comblaient les canaux. Les murs n'étaient pas un obstacle pour eux. Leurs branches transperçaient la pierre et le verre. Leurs racines s'enfonçaient profondément sous les dalles. Les statues et les colonnes étaient recouvertes de lierre. Soudain tout était – aux sens de Strange, en tout cas – beaucoup plus silencieux et plus obscur. Des guirlandes de gui masquaient les lampes et les chandelles, et l'épaisse voûte des feuillages bouchait la vue de la lune.

Aucun des habitants de Venise, cependant, n'avait apparemment remarqué le moindre changement. Strange avait souvent lu que les hommes comme les femmes pouvaient être allègrement indifférents à la magie ambiante ; en revanche, il n'en avait jamais vu d'exemple. Un apprenti boulanger portait un plateau de pains sur sa tête. Sous les yeux de Strange, le garçon fit soigneusement le tour de tous les arbres dont il ignorait la présence, se baissant subitement dans tous les sens afin d'éviter des branchages qui lui auraient crevé un œil. Un monsieur et une dame, parés de capes et de masques pour le bal ou le *Ridótto*, descendaient ensemble la Salizzada San Moisè, bras dessus bras dessous, joue contre joue, en chuchotant. Un gros arbre leur barrait le chemin. Ils se séparèrent on ne peut plus naturellement, passant de part et d'autre du tronc, et se redonnèrent ensuite le bras.

Strange suivit son trait de lumière scintillante dans une ruelle qui le mena aux quais. Les futaies continuaient là où la cité s'arrêtait, et le trait lumineux s'enfonçait entre les arbres.

L'idée d'entrer dans la mer ne le séduisait guère. À Venise, il n'existe pas de plage en pente douce pour vous conduire pouce après pouce jusqu'à l'eau ; le monde de pierre de la cité finit aux quais, où commence immédiatement l'Adriatique.

S'il ne connaissait pas la profondeur de l'eau à cet endroit, Strange était à peu près certain qu'elle était assez profonde pour se noyer. Son seul espoir était que le sentier lumineux qui l'entraînait à travers bois lui éviterait aussi la noyade.

Pourtant, cela flattait sa vanité de penser combien il était mieux préparé à cette aventure que Norrell. « On n'aurait jamais pu le convaincre d'entrer dans la mer. Il déteste être mouillé. Qui a dit qu'il fallait à un magicien la subtilité d'un jésuite, l'audace d'un soldat et la présence d'esprit d'un malandrin ? Je crois que cela se voulait une insulte, mais il y a quelque vérité là-dedans. »

Il se détacha du quai.

Aussitôt la mer devint plus éthérée et plus onirique, et les bois se firent plus massifs. Les flots ne tardèrent pas à se réduire à un léger miroitement argenté entre les fûts sombres et à une odeur d'air marin mêlée aux habituelles senteurs nocturnes d'une forêt.

« Je suis le premier magicien anglais à entrer dans le monde des fées en près de trois cents ans », songea Strange[1]. Cette pensée le ravissait infiniment, et il regrettait que personne ne pût témoigner de sa stupéfaction devant pareil exploit. Il comprit combien il était las des livres et du silence, combien il se languissait des temps où la qualité de magicien signifiait des incursions en des lieux inconnus d'aucun Anglais. Pour la première fois depuis Waterloo, il agissait vraiment. Puis il lui vint à l'esprit que, au lieu de se féliciter, il devrait regarder autour de lui pour voir s'il n'y avait pas quelque enseignement à tirer de la situation. Il s'appliqua à étudier son environnement.

Le bois n'était pas tout à fait un bois anglais, tout en y ressemblant beaucoup. Les arbres étaient un brin trop anciens, un brin trop majestueux, et leurs formes un brin trop fantastiques. Strange avait la nette impression qu'ils avaient des personnalités bien distinctes, avec des amours, des haines et des désirs qui leur étaient propres. Ils avaient l'air accoutumés à être traités sur un pied d'égalité avec les hommes et les femmes, et de s'attendre à ce qu'on les consultât sur les matières les concernant.

« Tout est exactement comme je l'avais prévu, et cela devrait me servir d'avertissement sur la différence existant entre ce monde et le mien. Les

1. Le dernier magicien anglais à entrer dans le monde des fées avant Strange était le Dr Martin Pale. Il y fit plusieurs voyages. Le dernier datait probablement des années 1550.

hôtes de ces bois ne vont pas manquer de m'interroger, ils voudront me leurrer. » Il se mit à imaginer les sortes des questions qu'ils pourraient lui poser et à préparer un choix de réponses astucieuses. Il n'éprouvait aucune peur ; un dragon pouvait apparaître, peu importait ! Il était allé si loin pendant ces deux derniers jours qu'il avait le sentiment que rien n'était hors de sa portée s'il s'en donnait la peine.

Après une vingtaine de minutes de marche, le trait scintillant le conduisit jusqu'au manoir. Il le reconnut sur-le-champ ; son image avait été si claire et si nette devant lui, ce jour-là, à Windsor. Et pourtant, il était différent. À Windsor, il lui avait semblé lumineux et accueillant. À présent, Strange était frappé par son aspect de misère et de désolation. Les croisées étaient nombreuses mais très petites, et la plupart obscures. Les bâtiments étaient bien plus grands que dans son souvenir – beaucoup plus vastes que tout logis terrestre. « Le tzar de Russie possède peut-être une maison aussi imposante que celle-ci, songea-t-il, ou le pape à Rome. Je n'en sais rien. Je ne me suis jamais aventuré en ces lieux. »

Le manoir était entouré d'un haut mur d'enceinte, au pied duquel le trait scintillant s'arrêta. Strange n'apercevait aucune ouverture. Il marmonna alors le sort de Révélation d'Ormskirk, suivi immédiatement du Bouclier de Taillemache, charme destiné à assurer un passage sûr dans les séjours enchantés. Sa chance ne l'abandonnait pas : une petite poterne apparut. Il la franchit et se retrouva dans une large cour grise, jonchée d'ossements blanchâtres luisant à la lumière des étoiles. Des squelettes portaient des armures rouillées ; les armes qui avaient terrassé les chevaliers étaient encore enchevêtrées dans leurs côtes ou saillaient d'une orbite.

Strange avait vu les champs de bataille de Badajoz et de Waterloo ; il n'allait pas se laisser émouvoir par quelques antiques squelettes. Toutefois, ce n'était pas sans intérêt. Désormais, il se sentait vraiment dans le monde des fées.

Malgré le délabrement du manoir, il soupçonnait fortement que son apparence relevait de la magie. Il réessaya la Révélation d'Ormskirk. Immédiatement, le manoir tournoya et se transforma. Strange vit qu'il n'était que partiellement construit en pierre. Ce qui avait paru être des murs, des contreforts et des tours révéla alors sa nature de grand tertre de terre. De versant de colline, en fait.

« C'est un *brugh* ! » pensa-t-il avec exaltation.

Il passa sous une porte basse, puis déboucha immédiatement dans une immense salle, remplie de gens qui dansaient. Si les danseurs étaient parés des toilettes les plus belles qu'on pût imaginer, la salle était dans un état pitoyable. À une extrémité, en effet, une partie d'un mur s'était écroulée et ne formait plus qu'un tas de gravats. Le mobilier était rare et misérable, les chandelles de très médiocre qualité, et seuls un violoniste et un cornemuseur animaient le bal.

Nul ne prêtait la moindre attention à Strange, aussi se posta-t-il au milieu du monde agglutiné près du mur pour observer la danse. À maints égards, le divertissement en cours lui était moins étranger que, disons, une *conversazione* [1] vénitienne. Les manières des hôtes semblaient anglaises, et le bal en soi lui rappelait les danses folkloriques goûtées des dames et des messieurs, de Newcastle à Penzance, tout au long des semaines de l'année.

Il lui traversa l'esprit qu'il avait beaucoup aimé les sauteries, et Arabella aussi. Après la guerre d'Espagne, pourtant, il avait à peine dansé avec elle. Ou avec aucune autre. Où qu'il se rendît à Londres – que ce fût dans une salle de bal ou au siège du gouvernement –, il avait toujours rencontré trop d'interlocuteurs avec qui parler magie. Il se demanda si Arabella avait dansé avec d'autres cavaliers. Il se demanda même s'il l'avait jamais questionnée sur ce sujet. « Si j'ai songé à le faire, songea-t-il avec un soupir, je n'ai apparemment pas écouté sa réponse... Je n'en ai aucun souvenir. »

— Grand Dieu, monsieur ! Que faites-vous ici ?

Strange se retourna pour voir qui lui avait parlé. À coup sûr, il n'était pas du tout préparé à ce que la première personne qu'il devait rencontrer ce soir-là fût le majordome de Sir Walter Pole. Il ne parvenait pas à se rappeler le nom du gaillard, bien qu'il l'eût entendu cent fois dans la bouche de Sir Walter. Simon ? Samuel ?

L'homme saisit Strange par le bras et le secoua. Il paraissait dans tous ses états.

— Pour l'amour du ciel, monsieur, que faites-vous donc ici ? Ne savez-vous point qu'il vous exècre ?

Strange ouvrait la bouche pour lui décocher une de ses brillantes ripostes, quand il hésita. Qui l'exécrait ? Norrell ?

Le majordome fut entraîné dans le savant enchaînement des pas. Strange le chercha de nouveau des yeux, puis l'aperçut à l'autre bout de la salle , il jetait à Strange des regards furieux, fâché qu'il ne partît pas.

« Quelle originalité ! se dit Strange. Et pourtant ils en sont capables. Ils sont tout à fait capables de ce à quoi l'on s'attend le moins. Sans doute n'est-ce pas le majordome de Pole. Sans doute n'est-ce qu'un garçon-fée avec un

1. « Fête italienne »

air de famille. Ou une illusion magique. » Et de se retourner, à l'affût de son propre garçon-fée.

— Stephen ! Stephen !

— Je suis là, monsieur !

Faisant volte-face, Stephen trouva à son côté le gentleman aux cheveux comme du duvet de chardon.

— Le magicien est parmi nous ! Oui, parmi nous ! Que peut-il vouloir ?

— Je l'ignore, monsieur.

— Oh ! Il est venu jusqu'ici pour me détruire, je le sais !

Stephen était stupéfait. Depuis longtemps il s'imaginait que le gentleman était à l'abri de tout préjudice. Le voilà pourtant aux extrémités de l'inquiétude et de la frayeur !

— Pourquoi voudrait-il cela, monsieur ? objecta Stephen d'un ton apaisant. Je trouve plus vraisemblable qu'il soit venu jusqu'ici pour sauver... ramener sa femme à la maison. Nous devrions peut-être libérer Mrs Strange de son enchantement et lui permettre de rentrer chez elle avec son époux. Et Lady Pole aussi. Laissez Mrs Strange et Lady Pole retourner en Angleterre avec le magicien, monsieur. Je suis certain que cette décision suffira à adoucir ses sentiments envers vous. Je suis certain de parvenir à l'en convaincre.

— Comment ? Que me chantez-vous ? Mrs Strange ? Non et non, Stephen ! Vous vous méprenez ! Pour sûr ! Il n'a même pas parlé de notre chère Mrs Strange. Vous et moi, Stephen, savons apprécier la société d'une telle femme. Lui, nenni ! Il l'a oubliée. Il a une nouvelle dulcinée pour l'heure... Une ravissante jeune femme dont l'exquise présence, je l'espère, donnera un jour un nouveau lustre à nos bals ! Il n'y a rien d'aussi volage qu'un Anglais ! Oh, vous pouvez me croire ! Il est venu pour me détruire ! Dès le moment où il m'a demandé le petit doigt de Lady Pole, j'ai su qu'il était beaucoup, beaucoup plus intelligent que je ne l'avais cru jusque-là. Conseillez-moi, Stephen, vous qui vivez au milieu des Anglais depuis des années. Que devrais-je faire ? Comment me protéger ? Comment puis-je punir pareille malice ?

Stephen luttait pour garder les idées claires malgré toute la lenteur et la pesanteur de son enchantement. Une grande crise l'attendait, il en était sûr. Jamais auparavant le gentleman n'avait réclamé aussi ouvertement son aide ! Il devrait pouvoir tourner la situation à son avantage. Mais comment ? Il savait de longue expérience qu'aucune des humeurs du gentleman ne durait bien longtemps ; il était l'être le plus mercuriel au monde. Le moindre mot pouvait transformer ses craintes en une fureur et une haine effroyables. Si Stephen commettait un écart de langage, alors, loin de se libérer, lui et les autres, il risquait de pousser le gentleman à les détruire tous. Il parcourut la salle du regard, en quête d'inspiration.

— Que dois-je faire, Stephen ? gémit le gentleman. Que faire ?

Quelque chose tira l'œil de Stephen. Sous une voûte noire se tenait une silhouette familière : une fée qui portait habituellement un voile noir descendant du sommet de sa tête aux extrémités de ses doigts. Sans jamais se joindre aux danseurs, elle évoluait, moitié marchant, moitié flottant, parmi les danseurs et les spectateurs. Stephen ne l'avait jamais entendue parler à quiconque ; une légère odeur de cimetière, de terre et d'ossuaire suivait son passage. Il ne pouvait jamais poser les yeux sur elle sans ressentir un frisson de terreur. Était-elle méchante, maudite ou les deux ? il n'eût su le dire.

— Il est des êtres ici-bas pour qui la vie n'est qu'un fardeau, commença-t-il. Un voile noir les sépare du monde. Ils sont complètement solitaires. Pareils aux ombres de la nuit, ils sont coupés de la joie, de l'amour et de toutes les aimables émotions humaines, incapables de se réconforter mutuellement. Leurs jours sont emplis de ténèbres, de misère et de solitude. Vous voyez qui j'entends par là, monsieur. Je... Je ne parle pas de tort. – Le gentleman le fixait avec une farouche intensité. – Cependant, je suis convaincu que nous pouvons détourner le courroux du magicien de votre personne, si vous voulez bien seulement libérer...

— Ah ! s'exclama le gentleman, dont les yeux s'élargirent sous l'effet de la compréhension.

Il leva la main pour faire signe à Stephen de se taire. Ce dernier crut être allé trop loin.

— Pardonnez-moi, murmura-t-il.

— Vous pardonner ? répéta le gentleman d'un ton surpris. Voyons, il n'y a rien à pardonner ! Depuis des siècles personne ne m'a parlé avec autant de franchise, et cela vous honore ! Emplis de ténèbres, oui ! De ténèbres, de misère et de solitude !

Il pivota sur ses talons et s'éloigna dans la foule.

Strange se divertissait grandement. Les contradictions surnaturelles du bal ne le dérangeaient pas le moins du monde ; elles correspondaient à ce à quoi il se serait attendu. Malgré sa pauvreté, la grande salle était encore pour une part une illusion. Son œil de magicien perçut qu'au moins une partie de celle-ci était située sous terre.

Un peu plus loin, une fée l'observait attentivement. Vêtue d'une robe de la couleur d'un coucher de soleil hivernal, elle agitait un délicat éventail, tout étincelant de ce qui eût pu être des perles de cristal, mais qui évoquait plutôt du givre sur des feuilles ou les fragiles stalactites de glace suspendues aux brindilles.

À cet instant, un menuet commençait. Personne ne chercha la main de la fée, si bien que, pris d'une impulsion soudaine, Strange sourit, puis s'inclina en disant :

— Il n'y a ici guère personne qui me connaisse. Nous ne pouvons donc être présentés. Néanmoins, madame, je serais très honoré si vous acceptiez cette danse.

Sans répondre ni sourire en retour, elle saisit sa main tendue et lui permit de l'emmener danser. Ils prirent place dans le groupe et se tinrent un moment immobiles sans un mot.

— Vous avez tort de croire que personne ne vous connaît, déclara-t-elle soudain. Je vous connais. Vous êtes l'un des deux magiciens qui sont destinés à rendre la magie à l'Angleterre, puis elle poursuivit, comme si elle récitait une prophétie ou un refrain bien connu : « Et le nom de l'un sera Sans peur. Et le nom de l'autre sera Arrogance… » Eh bien, à l'évidence, vous n'êtes pas Sans peur, j'imagine donc que vous devez être Arrogance.

Ce n'était pas très poli.

— C'est là, en effet, mon destin, admit Strange. Et il est excellent !

— Ah ! vous trouvez ? Vraiment ? dit-elle, lui lançant un regard oblique. Alors pourquoi ne l'avez-vous pas encore accompli ?

Strange eut un sourire.

— Et qu'est-ce qui vous fait croire, madame, que je ne l'ai pas accompli ?

— Le fait que vous restiez là.

— Je ne vous entends pas.

— N'avez-vous donc pas écouté la prophétie quand elle vous a été dévoilée ?

— La prophétie, madame ?

— Oui, la prophétie de…

Elle finit par prononcer un nom dans sa langue. Strange ne comprit pas[1].

— Je vous demande pardon ?

— La prophétie du roi.

Strange se remémora Vinculus s'extrayant de dessous la haie hivernale, avec des brins d'herbe brune et sèche et des cosses vides collés à ses habits ; il se souvint de Vinculus récitant quelques phrases sur le chemin. Qu'avait dit Vinculus ? il n'en avait aucune idée. Il ne pensait pas devenir magicien à ce moment-là et n'avait donc pas prêté attention à ses paroles.

1. Probablement le nom *sidhe* de John Uskglass.

— Je crois en effet, madame, qu'il existe une sorte de prophétie, reconnut-il, mais, à dire vrai, c'était il y a longtemps et je ne m'en souviens plus. Qu'est-ce que cette prophétie nous préconise… à l'autre magicien et à moi ?

— D'échouer.

Strange cligna les yeux de surprise.

— Je… Je ne pense pas… Échouer ? Non, madame, non. Il est trop tard. Nous sommes déjà les magiciens qui avons le plus de succès depuis Martin Pale.

Elle demeura muette.

Était-il trop tard pour échouer ? se demandait Strange. Il songea à Mr Norrell dans sa maison de Hanover-square, à Mr Norrell à l'abbaye de Hurtfew, à Mr Norrell complimenté par tous les ministres et écouté poliment par le prince régent. Peut-être était-ce un peu ironique que lui, entre tous, dût tirer du réconfort des succès de Norrell ; néanmoins, à ses yeux, rien au monde n'était aussi solide, aussi irréfutable à cet instant. La fée se trompait.

Pendant les quelques minutes qui suivirent, ils s'absorbèrent dans l'exécution de la danse. Quand ils eurent repris leur place dans le groupe, elle lança :

— Vous avez assurément beaucoup d'audace de venir ici, magicien.

— Pourquoi donc ? Que devrais-je craindre, madame ?

Elle rit.

— Combien de magiciens anglais, selon vous, ont-ils laissé leurs os dans ce *brugh* ? Sous ces cieux ?

— Je n'en ai pas la moindre idée.

— Quarante-sept.

Strange commença à se sentir un tantinet mal à l'aise.

— Sans compter Peter Porkiss, mais il n'était pas magicien. Ce n'était qu'un *cowan*[1].

— Certes.

— Ne prétendez pas comprendre ce que je veux dire, répliqua-t-elle sèchement. Quand il est clair comme le Pandémonium que vous n'en savez rien.

Une fois de plus, Strange se trouvait dans l'embarras. Elle paraissait si résolue à être mécontente. Enfin, pensa-t-il, qu'y avait-il de si extraordinaire à cela ? À Bath, à Londres et dans toutes les cités du monde, les dames européennes feignaient de réprimander les hommes qu'elles cherchaient à

1. Un problème propre à l'Angleterre médiévale consistait dans l'abondance des *cowans*. Ce terme (aujourd'hui obsolète) désigne tout artisan non qualifié ou raté, mais il a ici le sens spécial de magicien.

attirer. Pour autant qu'il sache, elle n'était guère différente. Il décida de considérer ses manières sévères comme une sorte de badinage et de voir si cela l'apaisait. Aussi dit-il avec un rire léger :

— Apparemment, vous savez bien des choses sur ce qui s'est passé dans ce *brugh*, madame !

Prononcer ce mot, un mot si ancien et si romantique, lui procura un petit frisson d'excitation.

Elle leva les épaules.

— Je suis une hôte de ces lieux depuis quatre mille ans[1].

— Je serais trop heureux d'en discuter avec vous quand vous en aurez la liberté.

— Ou plutôt la prochaine fois que *vous* en aurez la liberté ! Je ne verrai alors aucune objection à répondre à toutes vos questions.

— Vous êtes très aimable.

— Pas du tout. D'ici cent ans, alors ?

— Je vous demande pardon ?

Mais la fée semblait estimer qu'elle en avait suffisamment dit, et Strange ne put plus tirer d'elle que les remarques les plus anodines sur le bal et les autres danseurs.

La danse s'acheva ; ils se séparèrent. Ç'avait été la conversation la plus insolite et la plus inquiétante de toute la vie de Strange. Pourquoi diable sa cavalière jugeait-elle que la magie n'avait point encore été restaurée en Angleterre ? Et que signifiait cette histoire de cent ans ? Il se consola à la pensée qu'une femme qui passait la plus grande partie de son existence dans un manoir plein d'échos au fond d'une forêt impénétrable avait peu de chances d'être très bien renseignée sur les événements de mondes plus vastes.

Il alla se mêler à la foule pressée contre le mur. La mise en place du quadrille suivant amena une femme particulièrement charmante à sa portée. Il fut frappé par le contraste qu'offraient la beauté de ses traits et la profonde gravité de son expression. Au moment où elle levait la main pour la joindre à celle de son cavalier, il vit qu'il lui manquait le petit doigt.

---

1. Plusieurs autorités ont noté que les fées, qui vivent longtemps, ont tendance à appeler toute période de temps considérable « quatre mille ans ». La dame fée veut simplement indiquer qu'elle connaît le *brugh* de temps immémorial, avant qu'on se donnât la peine de compter le temps en années, en siècles et en millénaires. Beaucoup de fées, quand on les interroge, répondront qu'elles ont quatre mille ans. C'est une manière de dire qu'elles ne connaissent pas leur âge : elles sont plus vieilles que la civilisation humaine... Ou peut-être même que l'humanité.

« Curieux ! songea-t-il, palpant la poche de son habit où se trouvait la boîte en porcelaine et argent. Peut-être... » Mais il ne put concevoir aucune suite logique d'événements qui pût conduire un magicien à donner au garçon-fée un doigt appartenant à un membre de la maison de celui-ci. Cela n'avait pas de sens. « Peut-être ces deux faits sont-ils absolument sans rapport », conclut-il intérieurement.

La main de la femme, cependant, était si menue et tellement blanche ! Il était convaincu que le doigt contenu dans sa poche lui irait à la perfection. Sa curiosité était éveillée ; il était déterminé à aller lui parler pour lui demander comment elle avait pu perdre son doigt.

Le menuet s'était achevé. Elle devisait avec une autre dame qui lui tournait le dos.

— Je vous demande pardon..., commença-t-il.

Aussitôt l'autre dame se retourna. C'était Arabella.

Elle était parée d'une robe blanche recouverte d'une chasuble de tulle bleu clair constellée de diamants. Sa toilette, qui scintillait comme du givre ou de la neige, dépassait de beaucoup en beauté toutes celles qu'elle avait possédées pendant sa courte vie en Angleterre. Sa chevelure était semée de petites branches de fleurs en forme d'étoiles, et un ruban de velours noir était noué à son cou.

Elle le dévisagea avec un drôle d'air – un air où la surprise se mêlait à la méfiance, le plaisir à l'incrédulité.

— Jonathan ! Regardez, ma chère ! s'exclama-t-elle à l'adresse de sa compagne. C'est Jonathan !

— Arabella..., tenta-t-il.

Il ne savait que dire. Il tendit les mains dans sa direction ; elle s'abstint de les prendre. Sans sembler consciente de ses gestes, elle recula légèrement et joignit ses doigts à ceux de l'inconnue, comme si, désormais, cette dernière était l'être auprès de qui elle cherchait soutien et réconfort.

Se pliant à la requête d'Arabella, l'inconnue regarda à son tour Strange.

— Il ressemble à la majorité des hommes, fit-elle remarquer froidement, puis, l'entretien étant selon toute vraisemblance terminé, elle ajouta : Venez.

Et de tenter d'entraîner Arabella.

— Oh, attendez ! protesta doucement cette dernière. Il doit être venu pour nous aider. Ne le pensez-vous pas ?

— Peut-être, répondit l'inconnue d'un ton dubitatif, reportant les yeux sur Strange. Non, je ne le pense pas. Je crois qu'il est venu pour une tout autre raison.

— Je n'ignore pas que vous m'avez mise en garde contre les faux espoirs, reprit Arabella. Et je me suis efforcée de suivre votre conseil. Cependant, il est là ! J'étais certaine qu'il ne m'aurait pas si tôt oubliée.

— Vous oublier ! s'exclama Strange. Non, certes ! Arabella, je...

— Êtes-vous venu ici pour nous aider ? s'enquit l'inconnue, s'adressant soudain directement à Strange.

— Comment ? balbutia Strange. Non, je... Vous devez comprendre que jusqu'à présent je ne savais pas... Je ne comprends pas...

L'inconnue émit un petit cri exaspéré.

— Êtes-vous ou non venu ici pour nous aider ? La question est assez simple, non ?

— Non, répondit Strange. Arabella, parlez-moi, je vous en supplie. Dites-moi ce qui a...

— Là ! Vous voyez ? dit l'inconnue à Arabella. Maintenant allons toutes les deux dans un coin où nous pourrons être tranquilles. Je crois avoir vu une banquette libre à côté de la porte.

Toutefois, Arabella refusait toujours de s'éloigner. Elle continuait à fixer Strange de manière étrange, paraissant contempler un portrait de lui au lieu de l'homme de chair et de sang.

— Je sais que vous n'accordez pas beaucoup de confiance aux actes des hommes, commença-t-elle, mais...

— Je ne leur accorde aucune confiance, la coupa l'inconnue. Je sais ce que c'est que de perdre des années dans le vain espoir d'un secours de tel personnage ou de tel autre. Il vaut mieux aucun espoir du tout qu'une déception renouvelée !

La patience de Strange s'envola.

— Vous voudrez bien me pardonner de vous interrompre, madame, même si j'observe que vous n'avez eu de cesse de m'interrompre depuis que je vous ai rejointes ! Je crains de devoir insister pour avoir un entretien privé avec mon épouse ! Si vous voulez bien avoir la bonté de vous écarter d'un pas ou deux...

Ni elle ni Arabella ne lui prêtèrent attention. Leurs regards étaient dirigés un tantinet plus à droite. Le gentleman aux cheveux comme du duvet de chardon se tenait au côté de Strange.

Stephen se fraya un passage à travers la foule des danseurs. Sa conversation avec le gentleman avait été des plus déconcertantes. Une décision avait été prise ; plus Stephen y réfléchissait, cependant, plus il s'apercevait qu'il n'avait pas la moindre idée de sa nature.

— Il n'est pas encore trop tard, marmonnait-il en jouant des coudes. Il n'est pas encore trop tard…

Une partie de lui – la moitié insensible, froide, ensorcelée – s'interrogeait sur ce qu'il entendait par là. Pas trop tard pour se sauver ? Sauver Lady Pole et Mrs Strange ? Le magicien ?

Jamais les rangées de danseurs ne lui avaient paru si longues, pareilles à des obstacles lui barrant le passage. À l'autre bout de la salle, il crut apercevoir une crinière brillante comme du duvet de chardon.

— Monsieur ! appela-t-il. Attendez ! J'ai encore à vous parler !

La lumière changea. Les flonflons, les bruits de pas et de voix s'éteignirent. Stephen regarda autour de lui, s'attendant à se retrouver dans une nouvelle cité ou sur un autre continent. Il était toujours dans la salle de bal d'Illusions-perdues. Celle-ci était déserte ; danseurs et musiciens avaient disparu. Il restait trois personnes : Stephen lui-même et, un peu plus loin, le magicien et le gentleman aux cheveux comme du duvet de chardon.

Le magicien prononça le nom de son épouse. Il se dirigea à la hâte vers une porte obscure, dans l'intention de s'élancer à sa recherche dans toute la maison.

— Attendez ! cria le gentleman aux cheveux comme du duvet de chardon.

Le magicien se retourna. Stephen vit qu'il avait l'œil noir et que sa bouche remuait comme si un sort allait fuser de lui.

Le gentleman aux cheveux comme du duvet de chardon leva les mains. *La grande salle de bal était remplie d'un vol d'oiseaux. Un instant, ils étaient là, et l'instant suivant ils avaient disparu.*

Les oiseaux avaient battu Stephen de leurs ailes, ils lui avaient coupé le souffle. Quand il eut suffisamment repris ses esprits pour redresser la tête, il vit que le gentleman aux cheveux comme du duvet de chardon avait levé les mains une seconde fois.

La grande salle de bal était pleine de feuilles tournoyantes. Sèches et brunies par la saison, elles tourbillonnaient dans un vent qui avait surgi du néant. Un instant, elles étaient là, et l'instant suivant elles avaient disparu.

Le magicien écarquilla les yeux. Manifestement, il ignorait comment agir face à une magie aussi irrésistible.

« Il est perdu », pensa Stephen.

Le gentleman aux cheveux comme du duvet de chardon leva les mains une troisième fois. *La grande salle de bal était pleine de pluie. Pas d'une pluie d'eau, d'une pluie sanglante. Un instant, elle était là, et l'instant suivant elle avait disparu.*

La magie prit fin. À cet instant, le magicien disparut et le gentleman aux cheveux comme du duvet de chardon tomba à terre, tel un homme en pâmoison.

— Où est passé le magicien, monsieur ? cria Stephen, se précipitant pour s'agenouiller auprès de lui. Qu'est-il arrivé ?

— Je l'ai renvoyé dans la colonie marine d'Altinum[1], répondit-il avec un chuchotement rauque. Il tenta de sourire, mais s'en révéla incapable. Je l'ai fait, Stephen ! J'ai suivi votre conseil ! Cela a exigé toute ma force. Mes anciennes alliances ont été reculées dans leurs dernières limites. Néanmoins, j'ai changé le monde ! Oh ! Je lui ai porté un tel coup ! Ténèbres, misère et solitude ! Il ne nous nuira plus ! – Il ébaucha un petit rire triomphant, qui se transforma en une crise de toux et de hoquet. Quand ce fut passé, il prit la main de Stephen. – Ne vous inquiétez pas pour moi, Stephen. Je suis un peu las, c'est tout. Vous êtes un être d'une prévoyance et d'une perspicacité remarquables. Dorénavant nous ne sommes plus des amis, vous et moi, nous sommes frères ! Vous m'avez aidé à vaincre mon ennemi et, en échange, je vous trouverai un nom. Je vous ferai roi !

Sa voix faiblit, puis se tut.

— Dites-moi ce que vous avez machiné ! chuchota Stephen.

Mais le gentleman ferma les yeux.

Stephen demeura à genoux dans la salle de bal, tenant toujours la main du gentleman. Les chandelles de suif s'éteignirent, les ténèbres se refermèrent sur eux.

---

1. C'est-à-dire Venise : Altinum était la cité latine de la côte orientale de l'Italie d'où venaient les premiers habitants de Venise (Tacite, *Histoires*, III, VI).

56

La Tour noire

3 et 4 décembre 1816

Le Dr Greysteel rêvait pendant son sommeil. Dans son rêve quelqu'un l'appelait, l'on attendait quelque chose de lui. Il était désireux d'obliger ce personnage, quel qu'il fût, et il allait donc de-ci de-là à sa recherche. Mais il ne le trouvait pas, et l'on criait toujours son nom. À la fin, il ouvrit les yeux.

— Qui est là ? demanda-t-il.

— Moi, monsieur. Frank, monsieur.

— Que se passe-t-il ?

— Mr Strange est ici. Il désirerait vous parler, monsieur.

— Quelque chose ne va pas ?

— Il ne m'a rien dit, monsieur. Je crois néanmoins que ce n'est pas impossible.

— Où est-il, Frank ?

— Il refuse d'entrer, monsieur. Il ne veut rien entendre. Il est resté dehors, monsieur.

Le Dr Greysteel sortit ses jambes du lit et retint son souffle.

— Il fait froid, Frank ! s'écria-t-il.

— Oui, monsieur.

Frank aida le Dr Greysteel à enfiler sa robe de chambre et ses pantoufles. À pas de loup, ils traversèrent d'innombrables pièces obscures, des milles de sols de marbre noir. Une lampe brûlait dans le vestibule. Frank ouvrit la grande porte à double battant en fer forgé, se munit de la lampe et sortit. Le Dr Greysteel lui emboîta le pas.

Une volée de degrés de pierre descendait dans le noir. Seuls l'odeur de la mer, le clapotis de l'eau contre le quai et, de temps à autre, un reflet et un mouvement particulier de l'obscurité donnaient à comprendre à l'observateur qu'un canal coulait au bout des marches. Quelques constructions du voisinage avaient des lampes allumées à leurs fenêtres ou sur leurs balcons. Au-delà de ce cercle régnaient le silence et les ténèbres.

— Il n'y a personne ! s'exclama le Dr Greysteel. Où est donc Mr Strange ?

En guise de réponse, Frank tendit le doigt vers la droite. Un fanal brilla soudain sous un pont et, à la lumière de celui-ci, le Dr Greysteel aperçut une gondole qui attendait. À l'aide de sa perche, le *gondoliero* poussa sa barque dans leur direction. Quand elle fut suffisamment proche, le Dr Greysteel distingua un passager. Malgré tout ce que Frank lui avait dit, le bon docteur mit une minute ou deux avant de le reconnaître.

— Strange ! appela-t-il. Grand Dieu ! Que vous est-il arrivé ? Je ne vous remettais pas. Mon… mon… mon cher ami ! – Le Dr Greysteel se mordit la langue, en quête du mot juste. Au cours des dernières semaines, il s'était accoutumé à l'idée que Strange et lui ne tarderaient pas avoir des liens plus étroits. – Entrez donc ! Frank, vite ! Va chercher un verre de vin pour Mr Strange !

— Non, cria Strange d'une voix rauque, qui ne lui était pas familière.

D'un ton pressant, il s'adressa au *gondoliero* dans sa langue. Son italien était incomparablement plus courant que celui du Dr Greysteel, qui ne le comprit pas, même si le sens de ses paroles lui devint vite clair quand le *gondoliero* s'employa à écarter son embarcation.

— Je ne peux pas entrer ! reprit Strange. Ne me posez pas de questions !

— Très bien, mais expliquez-moi ce qui est arrivé.

— Je suis maudit !

— Maudit ? Non ! Ne dites pas cela.

— Si, je le dis. Je me suis trompé du début à la fin ! J'ai ordonné à ce bougre de m'éloigner un petit peu. Il n'est pas prudent pour moi d'être trop près de votre demeure. Docteur Greysteel ! Vous devez renvoyer votre fille !

— Flora ? Et pourquoi ?

— Quelqu'un dans les parages lui veut du mal !

— Grand Dieu !

Les yeux de Strange s'élargirent.

— Oui, quelqu'un veut la lier à une vie de misère incessante ! D'esclavage et d'asservissement à un esprit de folie ! Une antique prison, bâtie autant à coups de froids ensorcellements qu'avec de la pierre et du torchis. Le méchant, le méchant ! Remarquez, il n'est peut-être pas si méchant que cela, après tout ! Car que fait-il, sinon suivre sa nature ? Comment peut-il s'en empêcher ?

Ni le Dr Greysteel ni Frank ne comprenaient rien à ses paroles.

— Vous êtes souffrant, monsieur, hasarda le Dr Greysteel. Vous avez la fièvre. Entrez. Frank va vous préparer une boisson chaude pour chasser ces mauvaises pensées. Entrez donc, monsieur Strange.

Il s'écarta légèrement des marches pour que Strange puisse approcher ; Strange ne s'aperçut de rien.

— Je croyais..., commença Strange, se taisant instantanément. – Il demeura si longtemps silencieux qu'il parut avoir oublié ce qu'il voulait dire, pourtant il reprit : – Je croyais que Norrell n'avait menti qu'à moi. Je me trompais. Je me trompais entièrement. Il a menti à tout le monde. Il nous a menti à tous.

Puis il donna un ordre au *gondoliero*, et la gondole s'enfonça dans les ténèbres.

— Attendez ! attendez ! cria le Dr Greysteel, mais celle-ci avait déjà disparu.

Il scruta l'obscurité, dans l'espoir que Strange reparaîtrait, en vain.

— Dois-je me lancer à sa poursuite, monsieur ? s'enquit Frank.

— Nous ne savons pas où il est allé.

— Il est sans doute rentré chez lui, monsieur. Je peux toujours le suivre à pied.

— Pour lui dire quoi, Frank ? Il n'a pas voulu nous écouter tout à l'heure. Non, rentrons. Il nous faut réfléchir au sort de Flora.

Une fois dans ses murs, le Dr Greysteel resta là, désemparé, ne sachant que faire. Brusquement, il parut son âge. Frank le prit doucement par le bras et le fit descendre à la cuisine par un escalier de pierre plongé dans l'obscurité.

La cuisine était bien petite, pour desservir tant de grands salons de marbre dans les étages. À la lumière du jour, c'était un lieu froid et humide, lugubre, doté d'une seule fenêtre. Située presque en haut du mur, juste au-dessus du niveau de l'eau extérieure, elle était protégée par une lourde grille de fer. Par conséquent, les trois quarts de la cuisine se trouvaient au-dessous du niveau du canal. Après leur entrevue avec Strange, ce lieu semblait pourtant chaud et accueillant. Frank alluma d'autres chandelles et tisonna le feu pour le ranimer. Puis il remplit une bouilloire pour préparer du thé.

Le Dr Greysteel, installé sur une simple chaise de cuisine, contemplait le feu, perdu dans ses pensées.

— Quand il a parlé de quelqu'un qui voulait du mal à Flora..., articula-t-il enfin.

Frank hocha la tête comme s'il connaissait la suite.

— ... Je n'ai pu m'empêcher de penser qu'il parlait de lui, Frank, acheva le Dr Greysteel. Il redoute de lui nuire en quelque façon, aussi vient-il nous prévenir.

— C'est ça, monsieur ! approuva Frank. Il vient jusqu'ici pour nous prévenir. Ce qui montre qu'il a bon fonds.

— Il a bon fonds, acquiesça le Dr Greysteel avec conviction. Mais il est arrivé quelque chose. C'est cette magie, Frank. Certainement. C'est une profession à part et je ne puis m'empêcher de regretter qu'il ne soit pas autre chose. Militaire, ecclésiastique ou homme de loi ! Que dirons-nous à Flora, Frank ? Elle refusera de partir, tu peux en être sûr ! Elle ne voudra pas l'abandonner. Surtout quand... quand il est souffrant. Que puis-je lui dire ? Je devrais partir avec elle. Mais alors qui restera à Venise pour prendre soin de Mr Strange ?

— Vous et moi n'avons qu'à rester pour aider le magicien, monsieur. Renvoyez Miss Flora avec sa tante.

— Oui, Frank ! Voilà tout ! C'est ce que nous allons faire !

— Bien que je doive ajouter, monsieur, dit Frank, que Miss Flora n'a besoin de personne pour prendre soin d'elle. Elle ne ressemble pas aux autres demoiselles.

Frank avait vécu assez longtemps au sein des Greysteel pour avoir pris l'habitude familiale de considérer Miss Greysteel comme douée d'une intelligence et de dons exceptionnels.

Avec le sentiment d'avoir fait pour l'heure tout leur possible, le Dr Greysteel et Frank retournèrent se coucher.

Toutefois, c'est une chose d'élaborer des plans en pleine nuit, c'en est une autre de les mettre à exécution au grand jour. Selon la prédiction du Dr Greysteel, Flora protesta dans les termes les plus vifs contre la décision destinée à l'éloigner de Venise et de Jonathan Strange. Elle ne comprenait pas. Pourquoi devait-elle partir ?

Parce qu'il était souffrant, expliqua le Dr Greysteel.

Raison de plus pour rester, décréta-t-elle. Il avait besoin de quelqu'un pour le soigner.

Le Dr Greysteel tenta bien de laisser supposer que le mal de Strange était contagieux, mais il était, par principe et inclination, un honnête homme. Ayant peu d'expérience en la matière, il ne savait pas mentir. Flora ne le crut pas.

La tante Greysteel n'entendait guère mieux que sa nièce ce changement de projets. Le Dr Greysteel ne sut pas résister à leurs oppositions conjuguées, aussi fut-il contraint de mettre sa sœur dans la confidence et de lui raconter les événements de la nuit. Malheureusement, il n'avait aucun talent pour traduire des atmosphères. L'étrangeté des paroles de Strange était totalement absente de ses explications. La tante Greysteel retint seulement que Strange avait été incohérent. Elle conclut naturellement qu'il avait été pris de boisson. Ce comportement, bien que blâmable, n'était pas rare chez les gentlemen et ne paraissait pas un motif suffisant pour tous les exiler dans une autre cité.

— Après tout, Lancelot, conclut-elle, je *vous* ai connu complètement enivré de vin. Par exemple la fois où nous avons dîné chez Mr Sixsmith et où vous vouliez à toute force souhaiter bonne nuit aux poules. Vous êtes allé dans la cour et les avez sorties une à une du poulailler. Elles se sont sauvées en tous sens, et la moitié d'entre elles ont été mangées par le renard. Je n'ai jamais vu Antoinette aussi fâchée contre vous. (Antoinette était la défunte épouse du docteur.)

C'était une vieille histoire, et des plus dégradantes. Le Dr Greysteel écoutait avec une exaspération croissante.

— Pour l'amour de Dieu, Louisa ! Je suis médecin ! Je suis capable de reconnaître l'ivrognerie à l'œil nu !

L'on sonna donc Frank. Il se remémorait les propos de Strange avec bien plus de précision. Les visions qu'il évoqua, celles d'une Flora prisonnière pour l'éternité, suffirent à terrifier sa tante. En un bref laps de temps, la tante Greysteel était aussi désireuse que les autres d'éloigner Flora de Venise. Elle insista toutefois sur un point, une idée qui n'était pas venue à l'esprit du Dr Greysteel et de Frank : elle insista pour qu'ils révèlent la vérité à Flora.

Cela causa beaucoup de peine à Flora d'apprendre que Strange avait perdu la raison. Elle avait cru d'abord qu'ils devaient se tromper et, même après qu'ils l'eurent convaincue que telle était peut-être la vérité, elle ne voyait toujours aucune nécessité de quitter Venise. Elle était certaine qu'il ne lui ferait jamais de mal. Cependant elle voyait que son père et sa tante étaient persuadés du contraire et qu'ils ne seraient rassurés qu'une fois qu'elle serait loin. À son vif regret, elle accepta donc de partir.

Peu après le départ des deux dames, le Dr Greysteel était assis dans un des salons de marbre glacés du *palazzo*. Il se réconfortait avec un verre de cognac et tentait d'y puiser le courage de se lancer à la recherche de Strange, quand Frank entra dans la pièce pour lui parler d'une tour noire.

— Comment ? s'impatienta le Dr Greysteel.

Il n'était pas d'humeur à supporter les excentricités de Frank.

— Allez à la fenêtre, monsieur, et je vous montrerai.

Le Dr Greysteel se leva et s'approcha de la fenêtre.

Quelque chose se dressait au centre de Venise. Comment mieux décrire ladite chose sinon comme une tour noire d'une hauteur impossible ? Sa base s'étendait sur plusieurs acres ; elle jaillissait de la cité pour s'élever dans le ciel, et son sommet demeurait invisible. De loin, sa couleur était uniformément noire et sa texture lisse. Par moments, pourtant, elle paraissait presque translucide, comme si elle était composée de volutes obscures. On entrevoyait des édifices derrière, ou peut-être même *à l'intérieur.*

Ce phénomène était le plus mystérieux que le Dr Greysteel eût jamais contemplé.

— D'où cela peut-il bien venir, Frank ? Et qu'est-il advenu des maisons qui étaient là auparavant ?

Avant que ces questions ou d'autres eussent pu trouver une réponse, trois coups d'une sonorité tout officielle retentirent à la porte. Frank alla ouvrir. Il revint un instant plus tard avec un groupe d'individus que le Dr Greysteel n'avait jamais vus. Deux d'entre eux étaient des prêtres ; trois ou quatre jeunes gens d'allure martiale portaient tous des uniformes de couleurs vives, décorés d'une extravagante quantité de galons et de passementerie. Le plus élégant des nouveaux arrivants s'avança. Sa tenue était la plus splendide de toutes, et il avait de longues moustaches blondes. Il expliqua qu'il était le colonel Wenzel von Ottenfeld, secrétaire du gouverneur autrichien de la ville. Il présenta ses compagnons ; les officiers étaient autrichiens comme lui ; les prêtres étaient vénitiens. Ce détail en soi suffit à causer quelque surprise au Dr Greysteel ; les Vénitiens haïssaient les Autrichiens, et les deux peuples n'apparaissaient presque jamais en compagnie les uns des autres.

— Vous êtes *Herr Doktor* ? demanda le colonel von Ottenfeld. L'ami du *Hexenmeister*[1] du grand Wellington ?

Le Dr Greysteel répondit que oui.

— Ah, *Herr Doktor* ! Nous nous jetons à vos pieds aujourd'hui !

Von Ottenfeld prit une expression mélancolique, que ses longues moustaches tombantes soulignaient encore.

Le Dr Greysteel dit sa stupéfaction d'entendre cela.

— Nous venons aujourd'hui. Nous demandons... – Von Ottenfeld plissa le front, puis claqua des doigts. – *Vermittlung. Wir bitten um Ihre Vermittlung. Wie kann man das sagen ?*

La manière dont il fallait traduire ce terme suscita quelque discussion. Un des prêtres italiens suggéra « intercession ».

— Oui, oui, acquiesça von Ottenfeld avec empressement. Nous demandons vous intercéder en notre nom près le *Hexenmeister* du grand Wellington. *Herr Doktor,* nous estimons beaucoup le *Hexenmeister* du grand Wellington. Mais maintenant le *Hexenmeister* du grand Wellington a fait quelque chose. Quelle

1 En allemand, « magicien ».

calamité ! Le peuple de Venise a peur. Beaucoup doivent quitter leurs maisons pour fuir !

— Ah ! s'exclama le Dr Greysteel d'un air entendu. – Il réfléchit un moment et la lumière se fit dans son esprit : – Oh ! Vous pensez que Mr Strange est responsable de cette tour noire.

— Non ! Ce n'est pas une tour, déclara von Ottenfeld. C'est la nuit ! Quelle calamité !

— Je vous prie de m'excuser ? s'étonna le Dr Greysteel, cherchant des yeux l'aide de Frank, lequel haussa les épaules.

Un des prêtres, dont l'anglais était un peu plus consistant, expliqua que, lorsque le soleil s'était levé ce matin-là, il s'était levé sur tous les quartiers de la ville sauf sur un, la paroisse de Santa Maria Zobenigo, là où Strange résidait. Là-bas, la nuit continuait de régner.

— Pourquoi le *Hexenmeister* du grand Wellington fait cela ? reprit von Ottenfeld, nous l'ignorons. Nous supplions vous d'aller, *Herr Doktor.* Demandez-lui, je vous prie, de ramener le soleil à Santa Maria Zobenigo. Demandez-lui respectueusement de ne plus faire magie à Venise...

— J'irai, bien sûr, répondit le Dr Greysteel. La situation est des plus désolantes. Et bien que je sois tout à fait certain que Mr Strange ne peut en être volontairement à l'origine – que tout cela se révélera être une méprise – je serai trop heureux de vous apporter mon aide.

— Ah ! s'écria avec inquiétude le prêtre qui parlait bien anglais, levant la main dans la crainte que le Dr Greysteel ne se précipitât sur-le-champ à Santa Maria Zobenigo. Vous voudrez bien emmener votre domestique ? Vous n'irez pas seul ?

Il neigeait abondamment. Les tristes coloris de Venise avaient viré au camaïeu de gris. La piazza San Marco était une gravure ombrée d'elle-même, réalisée sur papier blanc. Les lieux étaient déserts. Le Dr Greysteel et Frank clopinaient ensemble dans la neige. Le Dr Greysteel portait une lanterne, tandis que Frank tenait un parapluie noir au-dessus de la tête du médecin.

La colonne de nuit noire s'élevait de l'autre côté de la place ; les deux hommes passèrent sous le portique de l'Atrio Quadrato, puis se glissèrent entre les maisons silencieuses. Les Ténèbres commençaient au milieu d'un pont. C'était la chose la plus surnaturelle au monde de voir comment les flocons de neige, qui tombaient de biais, se trouvaient soudainement aspirés à l'intérieur, comme si un être vivant les avalait de ses lèvres goulues.

Ils jetèrent un dernier regard à la cité blanche et silencieuse, puis s'enfoncèrent dans les Ténèbres.

Les passages étaient déserts. Les habitants de la paroisse s'étaient réfugiés chez des parents ou des amis aux quatre coins de la ville. Les chats de Venise, eux – qui forment une engeance aussi contrariante que les chats de n'importe quelle autre cité –, avaient afflué à Santa Maria Zobenigo pour rôder, jouer et chasser dans la nuit éternelle qui leur offrait de grandes vacances. Des félins frôlaient le Dr Greysteel et Frank dans les Ténèbres et, plusieurs fois, le Dr Greysteel aperçut des yeux phosphorescents qui l'épiaient d'un porche.

Quand ils atteignirent la maison où Strange logeait, tout était silencieux. Ils eurent beau frapper et appeler, personne ne vint leur ouvrir. La porte n'étant pas fermée à clé, ils la poussèrent. L'intérieur était obscur. Ils trouvèrent l'escalier et montèrent à la chambre, au sommet de la maison, où Strange se livrait à la magie.

Après tout ce qui s'était passé, ils s'attendaient à quelque circonstance remarquable. Par exemple, à trouver Strange en grande conversation avec un démon ou hanté par d'horribles apparitions. La scène qui se présenta à eux s'avéra si ordinaire qu'elle en était quelque peu déconcertante. La chambre avait le même aspect que lors de maintes autres occasions ; elle était éclairée par une profusion de chandelles et un poêle en fonte dégageait une bonne chaleur accueillante. Strange était assis à la table, penché sur son plat d'argent, d'où irradiait une clarté immaculée qui lui baignait le visage. Il ne leva pas les yeux. Une horloge tictaquait doucement dans un coin. Livres, gazettes et manuscrits recouvraient en couche épaisse la moindre surface, comme à l'accoutumée. Strange effleura la surface de l'eau du bout de l'index, puis la tapota deux fois très délicatement. Enfin, il se retourna et jeta quelques notes dans un ouvrage.

— Strange, dit le Dr Greysteel.

Strange leva la tête. S'il n'avait pas l'air aussi délirant que la veille au soir, ses yeux gardaient leur expression hagarde. Il regarda le bon docteur un long moment sans montrer aucun signe qu'il le reconnaissait.

— Greysteel, murmura-t-il enfin. Que faites-vous ici ?

— Je suis venu voir comment vous alliez. Vous me donnez du souci.

À quoi Strange ne répondit rien. Il se retourna vers son plat d'argent et ébaucha quelques gestes au-dessus. Aussitôt il parut mécontent de ce qu'il avait fait. Il prit un verre et y versa un peu d'eau. Puis il sortit une petite fiole et compta soigneusement deux gouttes de potion dans le verre.

Le Dr Greysteel l'observait. La fiole ne portait pas d'étiquette ; le liquide était d'une couleur ambrée, ç'aurait pu être n'importe quoi.

Strange sentit les yeux de Greysteel posés sur lui.

— J'imagine que vous allez me déconseiller de prendre ce breuvage. Eh bien, vous pouvez vous épargner cette peine ! – Il vida son verre d'un trait. – Vous ne perdriez pas votre salive si vous connaissiez mes raisons !

— Non, non, protesta le Dr Greysteel de son ton le plus conciliant, celui qu'il employait avec ses patients les plus difficiles. Je vous assure que je n'allais rien suggérer de tel. Je voudrais seulement savoir si vous êtes souffrant ? Ou malade ? J'ai cru que vous l'étiez, hier soir. Peut-être pourrais-je vous indiquer...

Il s'interrompit. Il sentait une odeur. Vraiment suffocante. Une odeur de moisi et de renfermé, mêlée à des relents fétides et animaux. Le plus curieux, c'était qu'il reconnaissait cette odeur. Tout à coup, il pouvait sentir la mansarde où la vieille dame logeait, la vieille dame folle avec tous ses matous.

— Mon épouse est vivante, déclara Strange, d'une voix enrouée et épaisse. Ha ! là ! Vous ne le saviez pas !

Le Dr Greysteel en eut froid dans le dos. Si Strange avait voulu l'alarmer davantage, il n'aurait su mieux choisir.

— Ils m'ont affirmé qu'elle était morte ! Ils m'ont affirmé l'avoir mise en terre. Je ne puis croire m'être laissé autant abuser ! Elle était ensorcelée. Elle m'a été volée ! C'est pourquoi j'ai besoin de ça !

Il agita la petite fiole de liquide de couleur ambrée sous le nez du médecin.

Le Dr Greysteel recula d'un pas ou deux. Frank marmonna à l'oreille du Dr Greysteel :

— Tout va bien, monsieur. Tout va bien. Je ne le laisserai pas vous faire du mal. Je l'ai jaugé. N'ayez pas peur...

— Je ne puis retourner au manoir, reprit Strange. Il m'en a chassé et ne me laissera pas rentrer. Les arbres me boucheront le chemin. J'ai essayé des sortilèges de désenvoûtement. Ils ne marchent pas. Ils ne marchent pas...

— Vous êtes-vous adonné à la magie depuis la nuit dernière ? s'inquiéta le Dr Greysteel.

— Comment ? Oui !

— Je suis navré de l'apprendre. Vous devriez vous reposer. Vous ne vous rappelez pas sans doute pas grand-chose de la nuit dernière...

— Ha ! s'exclama Strange avec une ironie très amère. Je n'en oublierai jamais le moindre détail !

— Pas possible ? Pas possible ? répéta le Dr Greysteel de son ton apaisant. Enfin, je ne puis vous cacher que votre apparence m'a alarmé. Vous n'étiez plus vous-même. C'est la conséquence, j'en suis sûr, du surmenage. Peut-être que si je..

— Pardonnez-moi, docteur Greysteel. Comme je viens de vous l'expliquer, mon épouse est *envoûtée*, elle est prisonnière sous la terre. J'aimerais autant poursuivre cette conversation, mais j'ai des affaires bien plus pressantes qui m'attendent !

— Très bien, calmez-vous. Notre présence en ce lieu vous afflige. Nous allons nous en retourner et reviendrons demain. Cependant, avant de partir, je dois vous mettre au courant : le gouverneur m'a envoyé une délégation ce matin. Il vous prie respectueusement de vous abstenir de pratiquer la magie pour le moment...

— Ne plus faire de magie ! – Strange partit d'un rire aux accents froids, durs et sans humour. – Vous me demandez d'arrêter maintenant ? Tout à fait impossible. Pourquoi Dieu m'a-t-il fait magicien sinon pour cela ?

Il revint à son plat d'argent et se mit à tracer des signes dans les airs, juste au-dessus de la surface de l'eau.

— Alors, au moins, libérez la paroisse de cette nuit surnaturelle ! Faites-le au moins pour moi... Par amitié ! Pour l'amour de Flora !

Strange s'arrêta au milieu d'une de ses manipulations.

— De quoi me parlez-vous ? Quelle nuit surnaturelle ? Qu'y a-t-il de surnaturel là-dedans ?

— Pour l'amour du ciel, Strange ! Il est près de midi.

Pendant un moment Strange resta muet. Il jeta un coup d'œil à la fenêtre noire, puis reporta les yeux sur l'obscurité de la pièce et, enfin, sur le Dr Greysteel.

— Je ne me doutais absolument de rien, chuchota-t-il, consterné. Croyez-moi ! Je n'y suis pour rien !

— Qui est responsable de cette situation, alors ?

Strange ne répondit pas ; il avait le regard perdu dans le vide.

Le Dr Greysteel craignait qu'il ne se fâchât s'il le questionnait davantage sur les Ténèbres, aussi demanda-t-il simplement :

— Pouvez-vous nous ramener la lumière du jour ?

— Je... Je ne sais pas.

Le Dr Greysteel répéta à Strange qu'il reviendrait le lendemain, et il saisit une fois de plus l'occasion pour lui vanter les vertus réparatrices du sommeil.

Strange n'écoutait pas. Juste au moment où le Dr Greysteel et Frank sortaient, il empoigna pourtant le bras du médecin et chuchota :

— Puis-je vous poser une question ?

Le Dr Greysteel inclina la tête.

— Ne redoutez-vous pas qu'elle s'éteigne ?

— Qu'est-ce qui peut s'éteindre ?

— La chandelle. – D'un geste, Strange montra le front du Dr Greysteel. – La chandelle qui est à l'intérieur de votre tête.

Dehors, les Ténèbres semblaient plus surnaturelles que jamais. Le Dr Greysteel et Frank suivirent leur chemin en silence par les rues nocturnes. Quand ils retrouvèrent la lumière du jour à l'extrémité ouest de la piazza San Marco, tous deux poussèrent un grand soupir de soulagement.

Le Dr Greysteel dit :

— J'ai la ferme intention de taire son dérangement d'esprit à monsieur le gouverneur. Dieu sait quelle serait la réaction des Autrichiens ! Ils pourraient envoyer des militaires pour l'arrêter… Ou pis ! Je lui expliquerai simplement qu'il est incapable de dissiper la Nuit, pour l'heure, qu'il ne veut aucun mal à la cité – j'en suis tout à fait certain –, et que je ne doute pas de le convaincre de remettre les choses dans l'ordre très bientôt.

Le lendemain, quand le soleil se leva, les Ténèbres ensevelissaient toujours la paroisse de Santa Maria Zobenigo. À huit heures et demie, Frank sortit acheter du lait et du poisson. La ravissante jeune paysanne aux prunelles sombres qui vendait du lait sur sa barque dans le canal San Lorenzo aimait bien Frank et avait toujours un mot et un sourire pour lui. Ce matin-là, elle lui rendit son bidon de lait en demandant :

— *Hai sentito che lo stregone inglese è pazzo ?* (« Savez-vous que le magicien anglais est fou ? »)

Au marché aux poissons près du Grand Canal, un pêcheur vendit à Frank trois mulets, mais ensuite faillit presque oublier de prendre son argent car il accordait toute son attention à la discussion qu'il avait avec son voisin sur la question de savoir si le magicien anglais était devenu fou parce qu'il était magicien ou parce qu'il était anglais. Sur le chemin du retour, deux religieuses au visage blafard, qui astiquaient les marches de marbre d'une église, souhaitèrent le bonjour à Frank et manifestèrent leur intention de réciter des prières pour le pauvre magicien anglais qui avait perdu la raison. Puis, à l'instant où il atteignait la porte de la maison, un chat blanc sortit de dessous une banquette de gondole, bondit sur le quai et lui jeta un regard. Frank s'attendit à ce que l'animal lui parlât de Jonathan Strange, mais il s'en abstint.

— Comment cela est-il arrivé ? demanda le Dr Greysteel, assis sur son séant dans son lit. Crois-tu que Mr Strange ait quitté son logement et ait parlé à quelqu'un ?

Frank l'ignorait. Il ressortit pour mener son enquête. Apparemment, Strange n'avait pas encore bougé de sa chambre sous les combles de la maison de Santa Maria Zobenigo ; Lord Byron (qui était bien le seul personnage de toute la cité à voir une forme de divertissement dans l'apparition de la Nuit Éternelle !) lui avait toutefois rendu visite la veille vers cinq heures du soir et l'avait trouvé absorbé dans sa magie et battant la campagne sur les chandelles, les ananas, les bals qui duraient des siècles et les bois sombres qui envahissaient les rues de Venise. Rentré chez lui, Byron en avait parlé à sa maîtresse, son logeur et son valet. Tous trois étant des personnes sociables, habituées à passer leurs soirées au milieu de grandes assemblées d'amis bavards, le nombre de gens au courant ce matin-là était remarquable.

— Lord Byron ! Naturellement ! s'écria le Dr Greysteel. Je l'avais oublié, celui-là ! Je dois aller le voir pour l'engager à la discrétion.

— Je crois qu'il est un peu tard pour cela, monsieur, dit Frank.

Le Dr Greysteel dut concéder que c'était vrai. Mais il sentait confusément qu'il aimerait consulter un tiers. Et qui remplirait mieux cet office que l'autre ami de Strange ? Ce soir-là, il s'habilla donc avec soin et se rendit dans sa gondole au palais de la comtesse Albrizzi. La comtesse était une Grecque d'âge mûr, une femme d'esprit qui avait publié quelques ouvrages sur la sculpture. Son plus grand plaisir était de donner des *conversazioni* où toutes sortes de personnages savants ou en vue pouvaient se rencontrer. Strange avait participé à une ou deux, mais jusqu'à présent le Dr Greysteel ne s'en était jamais soucié.

Il fut introduit dans un grand salon sur le *piano nobile*[1]. Celui-ci était richement décoré de sols en marbre, de statues magnifiques, ainsi que de murs et de plafonds peints. À un bout de la pièce, les dames étaient assises en demi-cercle autour de la comtesse. Les hommes se tenaient debout à l'autre extrémité. Dès l'instant où il eut pénétré dans le salon, le Dr Greysteel sentit les regards des autres invités s'arrêter sur lui. Plus d'un le montrait du doigt à son voisin. Il ne faisait aucun doute qu'ils parlaient de Strange et des Ténèbres.

Un bel homme, malgré sa petite taille, était posté près de la fenêtre. Il avait des boucles brunes et une bouche vermeille, ronde et molle. Cette bouche, qui eût été frappante chez une femme, était tout simplement extraordinaire chez un membre du sexe opposé. Avec sa frêle carrure, sa toilette recherchée, sa chevelure et ses yeux sombres, il offrait un léger air de ressemblance avec Christopher Drawlight – si seulement Drawlight avait été effroyablement intelligent. Le Dr Greysteel alla droit vers lui.

— Lord Byron ?

1. « Premier étage ».

Le poète se retourna pour voir qui lui parlait. Il n'eut pas l'air des plus ravis de se voir aborder par un Anglais corpulent, ennuyeux et vieux jeu. Mais il ne pouvait pas nier qui il était.

— Oui ?

— Mon nom est Greysteel. Je suis un ami de Mr Strange.

— Ah ! fit monsieur le baron. Le médecin qui a une fille ravissante !

Le Dr Greysteel, à son tour, ne fut pas des plus ravis d'entendre parler de sa fille en pareils termes par un des libertins les plus notoires d'Europe. Mais il ne pouvait pas nier que sa fille était ravissante. Laissant ce sujet de côté pour le moment, il poursuivit :

— Je suis allé voir Strange. Mes pires craintes sont confirmées. Il n'a plus toute sa raison.

— Oh, plus du tout ! acquiesça Byron. J'étais en sa compagnie, il y a encore quelques heures, et n'ai pu l'amener à m'entretenir d'un autre sujet que de sa défunte épouse et de ce qu'elle n'était pas vraiment morte mais simplement enchantée. Et maintenant il s'ensevelit dans les Ténèbres et s'adonne à la magie noire ! Convenez que le caractère de tout cela est admirable !

— Admirable ? répéta sèchement le médecin. Navrant, plutôt ! Pensez-vous qu'il soit l'auteur des Ténèbres ? Il m'a clairement affirmé le contraire.

— Bien sûr qu'il en est l'auteur ! Un Monde noir qui s'accorde avec sa bile noire ! Qui ne voudrait pas masquer le soleil, parfois ? La différence, c'est que l'on peut le faire quand on est magicien.

Le Dr Greysteel médita cette affirmation.

— Vous avez peut-être raison, concéda-t-il. Il a peut-être créé les Ténèbres, puis a tout oublié. Je ne crois pas qu'il se souvienne toujours de ses actes ou de ses paroles. Je me suis aperçu qu'il gardait une faible impression de nos précédents entretiens.

— Exactement, approuva monsieur le baron, comme s'il n'y avait rien de très surprenant là-dedans et que lui aussi serait content d'oublier le plus tôt possible son entretien avec le bon docteur. Étiez-vous au courant qu'il a écrit à son beau-frère ?

— Non, je l'ignorais.

— Il a chargé le bougre de venir à Venise pour voir sa défunte sœur.

— Pensez-vous qu'il viendra ? s'enquit le Dr Greysteel.

— Je n'en ai pas la moindre idée ! – Le ton de Lord Byron laissait entendre qu'il était légèrement présomptueux de la part du Dr Greysteel d'espérer que le plus grand poète de tous les temps s'intéressât à de telles matières. Il s'écoula une ou deux minutes de silence, puis Lord Byron ajouta d'une voix plus posée : – En réalité, je suis convaincu qu'il ne viendra pas. Strange m'a montré son courrier. Celui-ci était rempli de divagations sans suite et de raisonnements que seul un dément – ou un magicien ! – pouvait entendre.

— C'est une réalité très cruelle, commenta le Dr Greysteel. Très cruelle, vraiment ! Avant-hier encore, nous nous promenions avec lui. Il était d'humeur si gaie ! Passer de la parfaite santé à la démence parfaite en l'espace d'une nuit, je ne comprends pas. Je me demande s'il ne pourrait y avoir quelque cause physique. Une infection, peut-être ?

— Sornettes ! Les causes de sa démence sont purement métaphysiques. Elles résident dans le vaste abîme entre ce que l'on est et ce que l'on désire devenir, entre l'âme et la chair. Pardonnez-moi, docteur Greysteel, mais en cette matière je ne manque pas d'expérience. Je puis vous en parler avec autorité.

— Néanmoins... – le Dr Greysteel plissa le sourcil et marqua une hésitation afin de rassembler ses pensées – sa période d'intense frustration paraissait close. Ses recherches avançaient...

— Je ne puis vous dire que ceci. Avant cette obsession maladive pour sa défunte épouse, il était occupé d'une tout autre question : John Uskglass. Vous avez dû l'observer ? Maintenant, je ne connais pas grand-chose aux magiciens anglais. Ils m'ont toujours paru un lot de vieux messieurs poussiéreux et ennuyeux, à l'exception de John Uskglass. Lui est d'une autre eau ! Le magicien qui a apprivoisé les Altreterrestres[1] ! Le seul magicien capable de vaincre la mort ! Le magicien avec qui Lucifer a été forcé de traiter d'égal à égal ! Enfin, chaque fois que Strange se compare à cet être sublime – il doit s'y laisser aller de temps en temps – il se voit bien pour ce qu'il est véritablement : une médiocrité laborieuse et terre à terre ! Tous ses exploits – tant célébrés dans sa petite île désolée[2] – tombent en poussière devant lui ! Cela doit provoquer une aussi belle crise de désespoir que vous puissiez souhaiter voir. « Voilà ce que c'est d'être mortel, /Et de vouloir connaître ce qui est au-delà des limites de sa nature...[3] » – Lord Byron se tut un moment, pour graver cette dernière remarque dans sa mémoire au cas où il désirerait l'insérer dans un poème. – J'ai moi-même été en proie à pareille mélancolie quand je me trouvais dans les montagnes suisses en septembre. J'errais çà et là, entendant des avalanches toutes les cinq minutes – comme si Dieu voulait absolument ma destruction ! J'étais empli de regrets et de nostalgies immor-

1. Épithète poétique des fées. [En anglais, *the Otherlanders* (*N.d.T.*)].
2. Lord Byron parle de la Grande-Bretagne.
3. *Manfred*, II, 4, drame édité en juin 1817 par John Murray. Le IIIe acte fut écrit à Venise au début 1817) (*N.d.T.*).

telles. Plusieurs fois, j'ai été grandement tenté de me brûler la cervelle... Et je l'eusse fait si je ne m'étais souvenu du plaisir que je causerais ainsi à ma belle-mère.

Pour ce qui concernait le Dr Greysteel, Lord Byron pouvait se tuer n'importe quel jour de la semaine. Strange, c'était une autre affaire.

— Vous le croyez capable d'autodestruction ? s'enquit-il avec alarme.

— Oh, assurément !

— Que faire ?

— Faire ? répéta Sa Seigneurie, légèrement embarrassée. Pourquoi voulez-vous faire quelque chose ? – Puis, jugeant qu'ils avaient parlé assez longtemps d'autrui, Sa Seigneurie aiguilla la conversation sur sa personne : – Somme toute, je suis content de vous avoir rencontré, docteur Greysteel. J'avais amené un médecin d'Angleterre avec moi, mais j'ai été contraint de le renvoyer à Gênes. À présent, je crains que mes dents ne se déchaussent. Regardez[1] !

Byron ouvrit grand la bouche pour montrer sa dentition au Dr Greysteel.

Le Dr Greysteel tâta délicatement une grosse molaire blanche.

— Elles me paraissent très saines et solides, dit-il.

— Oh ! croyez-vous ? Plus pour très longtemps, j'en ai peur. Je vieillis, je me ratatine avec l'âge, je le sens. – Byron soupira. Puis, animé par une pensée plus gaie, il ajouta : – Cette crise avec Strange, savez-vous, n'eût pu survenir à un meilleur moment. Le hasard veut que j'écrive un poème sur un magicien qui lutte contre les Esprits ineffables qui président à son destin. Naturellement, en tant que modèle de mon magicien, Strange est loin d'être parfait... Il lui manque l'authentique nature héroïque. Pour ce motif, je serai donc obligé d'y mettre un peu de moi.

Une délicieuse jeune Italienne passa à leur hauteur. Byron pencha la tête à un angle très insolite, ferma les yeux à demi et se composa un visage qui suggérait qu'il allait expirer d'une indigestion chronique. Le Dr Greysteel ne put que supposer que le poète gratifiait la jeune femme de l'expression et du profil byroniens.

1. Voir la lettre de Byron du 28 octobre 1816 à sa sœur Augusta Leigh.

57

Les lettres noires[1]

Décembre 1816

Jonathan Strange au révérend Henry Woodhope

« Santa Maria Zobenigo
« 3 décembre 1816

« Mon cher Henry,

« Vous devez vous préparer à des nouvelles extraordinaires. *J'ai vu Arabella.* Je l'ai vue et je lui ai parlé. N'est-ce pas magnifique ? N'est-ce pas là la meilleure de toutes les nouvelles ? Vous ne me croirez pas. Vous n'allez rien comprendre. Je vous garantis que je ne rêvais pas. Je n'étais pas non plus en proie à l'ivrognerie, ni à la folie ni à l'opium. Réfléchissez : vous n'avez qu'à admettre que, lors du dernier Noël à Clun, nous étions à demi ensorcelés, et tout devient crédible, tout devient possible. Quelle ironie du sort, n'est-ce pas, que, entre tous, je n'aie pas su reconnaître la magie alors qu'elle était l'unique objet de mes pensées ? Pour ma défense, je puis alléguer qu'elle était d'une sorte tout à fait inattendue et provenait d'une direction que je n'eusse jamais prévue. Pourtant, à ma grande honte, d'autres ont eu l'esprit plus délié que moi. John Hyde savait que quelque chose ne tournait pas rond et il a essayé de m'alerter, mais je ne l'ai pas écouté. Même vous, Henry, m'avez déclaré sans détour que j'étais trop pris par mes livres, que je négligeais et mes responsabilités et mon épouse. Je vous en voulais de vos

1. Les dernières lettres vénitiennes de Strange (ses lettres à Henry Woodhope en particulier) sont connues sous ce nom depuis leur publication à Londres en janvier 1817. Les hommes de loi et les spécialistes de magie continueront sans aucun doute à débattre la question de savoir si cette publication était légale ou non. Certes, Jonathan Strange n'a jamais donné son autorisation, et Henry Woodhope a toujours soutenu qu'il ne l'avait pas donnée non plus. Henry Woodhope a également dit que les lettres publiées avaient subi de nombreuses altérations et étaient surchargées d'ajouts, probablement du fait de Henry Lascelles et de Gilbert Norrell. Dans sa *Vie de Jonathan Strange*, John Segundus a publié ce que lui et Woodhope ont certifié être les originaux. C'est cette version-là que nous rééditons.

mises en garde et vous ai rabroué à plusieurs reprises. Je le regrette aujourd'hui et vous en demande humblement pardon. Blâmez-moi autant que vous voulez. Vous ne pourrez jamais me juger la moitié aussi fautif que je me juge. Mais venons-en à l'essentiel. J'ai besoin que vous veniez me rejoindre à Venise. Arabella se trouve en un lieu voisin, qu'elle ne peut pas plus quitter que je peux m'y rendre… Du moins… [*Suivent plusieurs lignes rayées*]. Mes amis de Venise sont bien intentionnés, mais ils m'accablent de questions. Je n'ai pas de domestique, et ici il m'est difficile de parcourir la ville incognito. Sur cela, je ne m'étendrai pas. Mon cher, mon bon Henry, je vous supplie de ne pas créer de difficultés. Venez sur-le-champ à Venise. Votre récompense sera de nous voir restituer une Arabella saine et sauve. Pour quelle autre raison, sinon, Dieu a-t-il fait de moi le plus grand magicien du siècle ?

« Votre frère,

« S. »

« Santa Maria Zobenigo, Venise

Jonathan Strange au révérend Henry Woodhope « Le 6 décembre 1816

« Mon cher Henry,

« J'ai eu quelques tourments de conscience depuis ma dernière lettre. Vous savez que je ne vous ai jamais menti. Je confesse cependant ne pas vous en avoir appris assez pour que vous puissiez vous former une opinion exacte de la situation actuelle d'Arabella. Elle n'est pas morte… [*Douze lignes raturées et illisibles*]… sous terre, au-dedans de la colline qu'ils appellent *brugh.* Vivante, et pourtant pas vivante – pas morte non plus – *ensorcelée.* C'est leur coutume, depuis des temps immémoriaux, de voler des chrétiens et des chrétiennes pour en faire leurs domestiques, ou les contraindre – tel est le cas – à prendre part à leurs lugubres passe-temps : leurs bals, leurs fêtes, la poussière et le néant de leurs célébrations aussi vides qu'interminables. Parmi tous les reproches que j'accumule sur ma tête, le plus amer de tous c'est que je l'ai trahie, elle que mon premier devoir était de protéger. »

« Santa Maria Zobenigo, Venise

Jonathan Strange au révérend Henry Woodhope « Le 15 décembre 1816

« Mon cher Henry,

« Cela me peine de devoir vous dire que j'ai aujourd'hui de meilleurs motifs pour fonder l'inquiétude dont je vous ai entretenu dans ma dernière lettre[1]. J'ai fait tout ce qui est concevable pour briser les barreaux de sa noire prison, en vain. Pas un sort de ma connaissance ne peut ouvrir la moindre brèche dans une magie si ancienne. Autant que je le sache, il n'existe pas pareil sortilège dans tout le canon anglais. Les histoires de magiciens libérant des captifs du pays des fées sont rares et espacées dans le temps. Je ne parviens pas à m'en remémorer une seule pour l'heure. Quelque part dans un de ses ouvrages, Martin Pale décrit comment les fées peuvent se lasser de leurs hôtes humains et les expulser du *brugh* sans prévenir ; les malheureux se retrouvent de retour chez eux, des centaines d'années après en être partis. Peut-être est-ce ce qui se produira. Arabella reviendra en Angleterre longtemps après votre mort et la mienne. Cette pensée me glace le sang. Je ne puis vous cacher qu'une humeur noire pèse sur moi. Nous sommes fâchés, le temps et moi. Toutes les heures sonnent minuit à présent. J'avais une horloge et une montre ; je les ai détruites toutes les deux. Je ne supportais plus leur façon de se moquer de moi. Je ne dors plus, je ne peux rien avaler de solide. Je bois du vin... et autre chose. Enfin, par moments, je deviens un peu fou. Je tremble et je ris et je pleure pendant quelque temps, je ne saurais dire combien : peut-être une heure, peut-être un jour. Mais il suffit. La clé, c'est la folie. Je crois que je suis le premier magicien anglais à comprendre cette vérité. Norrell avait raison, lui qui répétait que nous n'avions pas besoin de l'aide des fées. Il prétendait que les fous et les fées avaient beaucoup en commun, pourtant je n'apercevais pas la portée d'une telle affirmation, pas plus que lui. Henry, vous ne concevez pas à quel point j'ai désespérément besoin de votre présence ici. Pourquoi ne venez-vous donc pas ? Êtes-vous souffrant ? Je n'ai reçu aucune réponse à mes lettres, mais cela peut signifier que vous avez déjà pris la route pour Venise et que cette lettre ne vous atteindra peut-être jamais. »

— Ténèbres, misère et solitude ! s'écria le gentleman avec jubilation. Voilà ce que je lui ai infligé et qu'il va devoir endurer pendant le prochain siècle ! Oh ! Comme il est découragé ! J'ai gagné ! J'ai gagné !

Il tapa dans ses mains et ses yeux étincelèrent.

Dans la mansarde de la paroisse Santa Maria Zobenigo, trois chandelles brûlaient : une sur le secrétaire, une autre sur le dessus de la petite commode peinte et la troisième dans une niche du mur près de la porte. Un observa-

1. Cette lettre n'a jamais été retrouvée. Il est probable que Strange ne l'ait jamais expédiée. Selon Lord Byron (lettre à John Murray du 31 décembre 1816), Strange rédigeait souvent de longues missives à ses amis avant de les détruire. Entre celles qu'il avait envoyées et celles qu'il n'avait pas envoyées, Strange confia à Byron qu'il s'y perdait vite.

teur de la scène aurait pu s'imaginer qu'elles étaient les seules lumières au monde. De la fenêtre, on ne voyait que la nuit silencieuse. Strange, non rasé, hirsute, les yeux bordés de rouge, s'adonnait à la magie.

Stephen le considérait avec un mélange de pitié et d'horreur.

— Pourtant il n'est pas aussi solitaire que je le voudrais, déclara le gentleman d'un ton mécontent. Quelqu'un est avec lui.

En effet, quelqu'un était là. Accoudé à la modeste commode peinte, un homme brun de petite taille, richement vêtu, observait Strange avec un vif intérêt et un plaisir manifeste. De temps en temps, il sortait un petit carnet et y gribouillait quelques notes.

— C'est Lord Byron, dit Stephen.

— Qui est-ce ?

— Un homme très méchant, monsieur. Un poète. Il s'est brouillé avec son épouse et a séduit sa sœur.

— Vraiment ? Je vais peut-être le tuer...

— Oh, gardez-vous-en, monsieur ! Certes, ses péchés sont grands, et il a été plus ou moins chassé d'Angleterre, mais fût-ce dans ces conditions...

— Oh ! Je ne me soucie guère de ses crimes contre d'autres ! Je me soucie de ses crimes contre *moi* ! Il n'a rien à faire ici. Ah, Stephen, Stephen ! N'ayez pas l'air si navré. Pourquoi vous soucieriez-vous du sort d'un méchant Anglais ? Je vais vous dévoiler mon projet : à cause de la grande tendresse que je vous porte, je ne le tuerai pas maintenant. Il peut avoir encore... Oh ! encore cinq ans de vie ! Mais, passé ce délai, il devra mourir[1] !

— Merci, monsieur ! s'exclama Stephen avec gratitude. Vous êtes la générosité même.

Tout à coup, Strange leva la main et cria :

— Je sais que vous êtes là ! Vous pouvez vous dissimuler à mes regards tant que vous voulez, il est trop tard ! Je sais que vous êtes là !

— À qui parlez-vous ? demanda Byron.

Strange fronça le sourcil.

— On me surveille ! On m'espionne !

— Vraiment ? Et savez-vous qui ?

— Un garçon-fée et un majordome !

— Un majordome, hein ? ironisa Sa Seigneurie avec un rire. Eh bien, on peut raconter ce qu'on veut des lutins et des gobelins, mais les majordomes sont les pires !

— Comment ? fit Strange.

---

1. Byron succomba à un refroidissement cinq ans plus tard en Grèce.

Le gentleman aux cheveux comme du duvet de chardon fouillait la pièce des yeux avec inquiétude.

— Stephen ! Ne voyez-vous pas ma petite boîte quelque part ?

— Votre petite boîte, monsieur ?

— Oui, oui ! Vous savez ce dont je parle ! Celle contenant le doigt de notre chère Lady Pole !

— Je ne la vois pas, monsieur. Néanmoins elle ne doit plus avoir d'importance à présent que vous avez vaincu le magicien ?

— Ah, la voilà ! s'exclama le gentleman. Vous voyez ? Vous aviez posé la main sur la table et, par inadvertance, l'aviez soustrait à mes regards.

Stephen retira sa main.

— Vous ne la prenez pas, monsieur ? dit-il au bout d'un moment.

Le gentleman laissa cette remarque sans réponse. À la place, il se remit aussitôt à insulter le magicien et à savourer sa victoire.

« Elle n'est plus sienne ! songea Stephen avec un frisson d'excitation. Il ne peut pas la prendre ! Elle appartient au magicien désormais ! Le magicien peut peut-être s'en servir pour libérer Lady Pole ! » Stephen continua d'observer la scène, attendant de voir ce que le magicien allait faire. Au bout d'une demi-heure, toutefois, il fut contraint de s'avouer que les signes n'étaient guère encourageants. Strange arpentait la mansarde, marmonnant des sortilèges, l'air complètement dérangé ; Lord Byron l'interrogeait sur ses actes, et les réponses apportées par Strange étaient insensées et incompréhensibles (bien que tout à fait du goût de Lord Byron). Quant à la petite boîte, Strange ne lui accorda pas un regard. Pour ce que Stephen en savait, il l'avait complètement oubliée.

58

Henry Woodhope rend visite

Décembre 1816

— VOUS AVEZ BIEN FAIT de venir me voir, monsieur Woodhope. Je me suis livré à une étude minutieuse de la correspondance vénitienne de Mr Strange et, à part l'horreur générale que vous nous décrivez avec juste raison, ces lettres contiennent beaucoup d'informations qui échappent au profane. Je crois pouvoir affirmer sans vanité que, en ce moment, je suis le seul homme d'Angleterre en mesure de les comprendre.

C'était le crépuscule, trois jours avant Noël. Les chandelles et les lampes n'étaient pas encore allumées dans la bibliothèque de Hanover-square. C'était cette étrange heure du jour où le ciel est brillant et encore plein de couleurs, mais où les rues sont déjà obscures et indistinctes. Un vase de fleurs était posé sur la table ; dans le jour finissant, on eût cru un vase noir de fleurs tout aussi noires.

Mr Norrell était assis devant la fenêtre, les lettres de Strange dans les mains Lascelles, installé au coin du feu, considérait Henry Woodhope avec froideur.

— J'avoue avoir éprouvé une certaine détresse depuis que j'ai reçu la première de ces lettres, répondit Henry Woodhope à Mr Norrell. Je ne savais vers qui me tourner pour chercher secours. Pour dire la vérité, je m'intéresse peu à la magie. Je n'ai pas suivi les dernières polémiques sur le sujet. Cependant, on rapporte que vous êtes le plus grand magicien d'Angleterre… Et puis vous avez jadis été le tuteur de Mr Strange. Je vous serai très reconnaissant, monsieur, de tout conseil que vous pourriez me prodiguer.

Mr Norrell hocha la tête.

— Il ne faut pas en vouloir à Mr Strange. La profession de magicien est dangereuse. Aucune autre n'expose autant un homme aux périls de la vanité. La politique et le droit sont inoffensifs en comparaison. Vous devez comprendre, monsieur Woodhope, que j'ai fait tout mon possible pour le garder auprès de moi, le guider. Mais son génie – qui suscite notre admiration à tous –

est la cause qui égare sa raison. Ces lettres montrent qu'il s'est égaré encore plus que je n'aurais pu l'imaginer.

— Égaré ? Alors vous ne croyez pas à ce conte étrange selon lequel ma sœur serait en vie ?

— Je n'en crois pas un mot, monsieur, pas un mot. Il ne s'agit que de malheureuses élucubrations personnelles.

— Ah ! – Henry Woodhope demeura un moment silencieux, soupesant les degrés relatifs de déception et de soulagement qu'il éprouvait. – Et la plainte singulière de Mr Strange selon laquelle le Temps s'est arrêté ? Y entendez-vous goutte, monsieur ?

— D'après nos correspondants en Italie, intervint Lascelles, nous croyons savoir que Mr Strange est enveloppé de Ténèbres perpétuelles depuis quelques semaines. S'il a créé volontairement cette situation ou si le sortilège a mal tourné, nous n'en savons rien. Il existe également la possibilité qu'il ait offensé quelque grande puissance et que cela en soit le résultat. Ce qui est certain, c'est qu'une action de la part de Mr Strange a causé une turbulence dans l'ordre naturel.

— Je vois, murmura Henry Woodhope.

Lascelles le regarda avec sévérité.

— Ce risque, Mr Norrell s'est efforcé de l'éviter toute sa vie.

— Ah ! dit Henry, qui se tourna vers Mr Norrell. Quel parti dois-je prendre, monsieur ? Dois-je me rendre auprès de lui, comme il m'en supplie ?

Mr Norrell fit la moue.

— La question la plus importante, selon moi, c'est dans combien de temps nous réussirons à le ramener en Angleterre, où ses amis pourront prendre soin de lui et mettre un terme aux hallucinations qui l'assaillent.

— Et si vous lui écriviez, peut-être, monsieur ?

— Ah, non ! Je crains que le modeste ascendant que j'avais sur lui ne se soit épuisé voilà déjà quelques années. La guerre d'Espagne nous a porté un mauvais coup. Avant son départ pour la Péninsule, il était très content de rester à mes côtés pour apprendre tout ce que je pouvais lui enseigner, mais après... – Mr Norrell soupira. – Non, nous devons nous en remettre à vous, monsieur Woodhope. Vous devez le faire rentrer à la maison. Toutefois, je subodore que votre voyage à Venise ne pourrait que prolonger son séjour en cette ville et le persuader qu'une personne au moins ajoute foi à ses hallucinations, alors je vous déconseille vivement d'y aller.

— Eh bien, monsieur, je dois reconnaître que vous me voyez ravi de vous entendre parler en ces termes. Je ne manquerai pas de suivre votre conseil. Si vous pouviez me rendre mes lettres, je ne vous importunerais pas davantage.

— Monsieur Woodhope, intervint Lascelles. Ne soyez point si pressé, je vous en prie ! Notre entretien n'est aucunement terminé. Mr Norrell a répondu à toutes vos questions sincèrement et sans arrière-pensée. À vous de nous rendre la politesse !

Henry Woodhope fronça les sourcils avec perplexité.

— Mr Norrell m'a soulagé de nombre de mes inquiétudes. S'il existe un moyen qui me permette de servir Mr Norrell, je m'estimerai trop heureux de m'y attacher. Cependant, je n'entends pas très bien…

— Peut-être ne suis-je pas assez clair, reprit Lascelles. Je veux dire, naturellement, que Mr Norrell a besoin de votre aide pour pouvoir à son tour aider Mr Strange. Y a-t-il autre chose que vous puissiez nous raconter sur le périple italien de Mr Strange ? Comment se portait-il avant de tomber dans ce triste état ? Était-il de bonne humeur ?

— Non ! répondit Henry d'un ton indigné, voyant une insulte dans cette question. La disparition de ma sœur l'accablait ! Au début, au moins. Au début, en effet, il paraissait très malheureux. Puis, quand il a atteint Gênes, tout a changé. – Il marqua un silence. – Il n'écrit plus un mot sur ce sujet, mais auparavant ses lettres ne tarissaient pas d'éloges sur une demoiselle… qui était membre du groupe avec lequel il voyageait. Et je n'ai pu m'empêcher de penser qu'il songeait à se remarier.

— Un deuxième mariage ! s'exclama Lascelles. Si tôt après le décès de votre sœur ? Mon Dieu ! C'est choquant ! Et pénible pour vous…

Henry inclina la tête d'un air malheureux.

Il s'écoula un petit silence, puis Lascelles poursuivit :

— J'espère qu'il n'a donné auparavant aucun signe de cette tendresse pour la société des autres dames ? J'entends, du vivant de Mrs Strange. Cela lui eût causé beaucoup de peine.

— Non ! Non, bien sûr que non ! se récria Henry.

— Je vous prie de bien vouloir me pardonner si je vous ai offensé. Je m'en voudrais de manquer de respect envers votre sœur, une femme des plus charmantes. Néanmoins, de tels comportements ne sont pas rares, savez-vous. Surtout chez les hommes d'une certaine envergure. – Lascelles tendit une main vers la console où les lettres de Strange à Henry Woodhope étaient posées et les fourgonna d'un doigt jusqu'à ce qu'il eût retrouvé celle qu'il cherchait. – Dans ce message, reprit-il en la parcourant d'un œil, Mr Strange écrit : « Jeremy m'a dit que vous n'avez pas suivi mes instructions. Cela n'a pas d'importance. Jeremy s'en est chargé et le résultat est exactement tel que je l'imaginais. » – Mr Lascelles reposa la lettre, puis sourit aimablement à

Mr Woodhope. – Que Mr Strange vous a-t-il donc demandé de faire dont vous vous êtes abstenu ? Qui est Jeremy et quel était ce résultat ?

— Mr Strange... Mr Strange m'avait demandé d'exhumer le cercueil de ma sœur. – Henry baissa les yeux. – Ma foi, naturellement, j'ai refusé. Strange a donc écrit à son domestique, un bonhomme du nom de Jeremy Johns. Un coquin très arrogant !

— Et ce Johns a exhumé le corps ?

— Oui. Il a un ami fossoyeur à Clun. Ils s'y sont mis à deux. J'ai peine à vous représenter mes sentiments quand j'ai découvert l'abomination commise par ce personnage.

— Oui, très bien. Qu'ont-ils découvert, eux ?

— Que devaient-ils découvrir sinon la dépouille de ma pauvre sœur ? Pourtant, ils ont préféré prétendre le contraire. Ils ont préféré colporter un conte grotesque.

— Qu'ont-ils raconté ?

— Je n'ai pas l'habitude de répéter les ragots des domestiques.

— Bien sûr que vous n'en avez pas l'habitude. Mr Norrell souhaite, toutefois, que vous mettiez momentanément de côté cet excellent principe pour vous exprimer avec franchise et sincérité... Comme il s'est exprimé avec vous.

Henry se mordilla la lèvre.

— Ils ont juré que le cercueil contenait une bûche de bois noir.

— Pas de corps ? insista Lascelles.

— Pas de corps, murmura Henry.

Lascelles échangea un regard avec Mr Norrell. Ce dernier baissa les yeux vers ses mains jointes sur ses genoux.

— Quel est le rapport avec la mort de ma sœur ? s'inquiéta Henry avec un froncement de sourcils, avant de se tourner vers Norrell. À vos affirmations précédentes, j'ai cru comprendre que son décès n'avait rien d'extraordinaire. Je croyais que, selon vous, la magie n'y était pour rien...

— Ah, au contraire ! déclara Lascelles. La magie y était bien pour quelque chose. Il ne peut y avoir aucun doute là-dessus ! La question est la suivante : la magie de qui ?

— Je vous demande pardon ? s'étrangla Henry.

— Naturellement, cette matière est trop profonde pour moi ! répondit Lascelles. Seul Mr Norrell est capable de s'y appliquer.

En grand désarroi, Henry reportait ses regards de l'un à l'autre.

— Qui est avec Strange actuellement ? demanda Lascelles. Il a bien des domestiques, j'imagine ?

— Non, pas de domestiques personnels. Son logeur a mis ses gens à son service, je crois. Ses amis à Venise sont une famille d'Anglais. Ils forment un groupe très singulier, passionnément adonné aux voyages, les dames autant que les messieurs.

— Leur nom ?

— Greystone ou Greyfield, je ne me rappelle pas exactement.

— Et d'où viennent-ils, ces fameux Greystone ou Greyfield ?

— Je l'ignore. Je ne pense pas que Strange me l'ait jamais révélé. Le gentleman est un médecin de la Marine, je crois, et son épouse – qui est décédée – était française.

Lascelles hocha la tête. Le salon était à présent si obscur que Henry Woodhope ne distinguait plus les visages de ses deux interlocuteurs.

— Vous me paraissez pâle et fatigué, monsieur Woodhope, fit remarquer Mr Lascelles. L'air de Londres ne vous réussit peut-être pas...

— Je ne dors pas très bien. Depuis que ces lettres ont commencé à arriver, je suis assailli de rêves d'horreur.

Lascelles hocha de nouveau la tête.

— Parfois un homme peut savoir des vérités au fond de son cœur qu'il n'oserait pas chuchoter à l'air libre, même tout seul. Vous avez beaucoup d'affection pour Mr Strange, n'est-ce pas ?

L'on pouvait peut-être excuser Henry Woodhope de sembler un tantinet embarrassé par cette question, étant donné qu'il n'avait pas la moindre idée de ce dont Lascelles parlait. Il se limita à cette réponse :

— Merci de votre conseil, monsieur Lascelles. Je me conformerai assurément à vos suggestions, et maintenant je me demande si je ne pourrais pas reprendre mes lettres.

— Ah ! Eh bien, quant à ces papiers, Mr Norrell se demande, lui, s'il ne pourrait pas vous les emprunter quelque temps. Il est convaincu qu'ils ont encore beaucoup de choses à nous apprendre.

Henry Woodhope s'apprêtait à protester, aussi Lascelles ajouta-t-il d'un ton de reproche :

— Il ne pense qu'à Mr Strange ! C'est seulement pour son bien !

Henry Woodhope laissa donc ses lettres en la possession de Mr Norrell et de Lascelles.

Après son départ, Lascelles déclara :

— La première mesure à prendre est de dépêcher quelqu'un à Venise.

— Oui, certes ! acquiesça Mr Norrell. Je donnerais cher pour connaître la vérité de cette affaire.

— Ah oui ! enfin... – Lascelles eut un rire bref et méprisant. – La vérité

Mr Norrell regarda Lascelles en clignant rapidement ses petits yeux, mais celui-ci n'expliqua pas ce qu'il entendait par là.

—Je ne sais pas qui nous pouvons envoyer, continua Mr Norrell. L'Italie est très, très loin. Un voyage là-bas prend près de quinze jours, à ce que je comprends. Je ne peux me passer de Childermass, pas même une semaine...

— Hum, fit Lascelles. Je ne songeais pas nécessairement à Childermass. De fait, il y a plusieurs bonnes raisons pour écarter Childermass. Vous-même l'auriez souvent suspecté de sympathies pour notre cher Strange. Il me paraît très peu souhaitable que ces deux-là soient seuls ensemble dans un pays étranger, où ils peuvent toujours comploter contre nous. Non, je sais sur qui nous devons porter notre choix.

Le lendemain, les domestiques de Lascelles se dispersèrent aux quatre coins de Londres. Certains des lieux où ils se rendirent étaient très mal famés, par exemple les taudis et les bas quartiers de Saint Giles, Seven Dials et Saffron-hill ; d'autres étaient d'une munificence toute patricienne, tels Golden-square, Saint James's et Mayfair. Ils recrutèrent un curieux mélange de personnages, tailleurs, gantiers, chapeliers, savetiers, prêteurs sur gages (en nombre, ceux-ci), baillis et gardiens de prison pour dettes, et les ramenèrent tous chez Lascelles, dans sa maison de Bruton-street. Une fois qu'ils furent rassemblés dans les cuisines (le maître de maison n'ayant aucune intention de recevoir une telle compagnie au salon), Lascelles descendit pour remettre à chacun d'eux une somme d'argent au nom d'un tiers. Voici, leur dit-il avec un sourire glacé, un acte de charité. Après tout, si un homme ne peut être charitable à Noël, alors quand peut-il l'être ?

Trois jours plus tard, le jour de la Saint-Étienne, le duc de Wellington fit une soudaine apparition à Londres. Depuis un an ou deux, Sa Grâce résidait à Paris, où il commandait les armées alliées d'occupation. En réalité, il eût été à peine exagéré d'affirmer que le duc de Wellington gouvernait à présent la France. Une question se posait désormais : les armées alliées devaient-elles demeurer en France ou regagner leurs patries respectives (choix qui était celui des Français) ? Toute la journée, le duc resta enfermé dans son cabinet avec le ministre des Affaires étrangères, Lord Castlereagh, pour discuter de cette importante affaire et, le soir, il dînait avec le gouvernement dans une maison de Grosvenor-square. Ils venaient à peine de se mettre à table quand les conversations se turent, phénomène rare parmi autant de politiciens. Les ministres paraissaient attendre que quelqu'un parle. Le Premier ministre, Lord Liverpool, s'éclaircit la voix avec une légère nervosité, puis déclara :

— Nous ne pensons pas que vous soyez au courant : il nous revient d'Italie que Strange a perdu la raison.

Le duc marqua un temps d'arrêt, la cuillère à mi-chemin de la bouche. Il jeta un coup d'œil à la ronde, puis continua de savourer son velouté.

— Vous ne paraissez guère ému par cette nouvelle, reprit Lord Liverpool.

Sa Grâce se tamponna les lèvres avec sa serviette.

— Non, guère, reconnut-il.

— Voulez-vous bien nous donner vos raisons ? demanda Sir Walter Pole.

— Mr Strange est excentrique. Il peut sembler fou à son entourage. Ils n'ont sans doute pas l'habitude des magiciens.

Les ministres n'eurent pas l'air de trouver cet argument aussi convaincant que Wellington le pensait. Ils lui énumérèrent des exemples de la folie de Strange : son insistance à affirmer que son épouse n'était pas morte, son étrange croyance que les gens avaient des chandelles dans la tête, et le détail encore plus bizarre qu'il n'était plus possible d'importer des ananas à Venise.

— Les bateliers qui transportent les fruits du continent vers la cité racontent que les ananas s'envolent de leurs barques comme tirés au canon, raconta Lord Sidmouth, un personnage menu et d'aspect desséché. Certes, ils transportent aussi d'autres variétés de fruits : pommes, poires et *tutti frutti*. Aucun de ceux-ci ne cause le moindre dérangement, mais plusieurs citoyens ont été blessés par les ananas volants. Pourquoi le magicien a-t-il pu concevoir un tel dégoût pour ce fruit particulier ? nul ne le sait.

Le duc n'était pas impressionné.

— Rien de cela ne prouve quoi que ce soit. Je puis vous l'assurer, il a réalisé des tours bien plus excentriques dans la péninsule Ibérique. S'il est réellement fou, c'est qu'il a une bonne raison de l'être. Si vous vouliez suivre mon conseil, messieurs, vous ne vous inquiéteriez pas outre mesure.

Il s'écoula un bref silence durant lequel les ministres méditèrent cet avis.

— Vous entendez par là qu'il a pu perdre la raison de propos délibéré ? s'exclama l'un d'eux d'un ton incrédule.

— Rien n'est plus probable, répondit le duc.

— Pourquoi ? s'enquit un autre.

— Je n'en ai pas la moindre idée. Dans la Péninsule, nous avions appris à ne pas lui poser de questions. Tôt ou tard, il apparaissait clairement que tous ses actes saisissants et incompréhensibles relevaient de sa magie. Gardez-le à la tâche, sans montrer la moindre surprise devant ce qu'il entreprend. Voilà comment on prend un magicien, messieurs !

— Oh ! Vous ne savez pas encore tout, repartit le ministre de la Marine avec impatience. Il y a pis. Le bruit court qu'il est enveloppé de ténèbres perpétuelles. L'ordre naturel est renversé et toute une paroisse de la Sérénissime est plongée dans une nuit permanente !

Lord Sidmouth déclara :

— Même vous, Votre Grâce, malgré toute votre partialité pour cet homme, devez admettre qu'un linceul de ténèbres éternelles ne présage rien de bon. Quel que soit le bien que ce magicien a accompli pour le pays, nous ne pouvons prétendre qu'un linceul de ténèbres éternelles soit de bon augure.

Lord Liverpool soupira

— Je suis navré de la tournure des événements. On pouvait toujours s'adresser à Strange comme à un homme ordinaire. J'avais espéré qu'il interpréterait les faits et gestes de Norrell pour notre compte. À présent, selon toute vraisemblance, il nous faut trouver quelqu'un pour interpréter Strange...

— Nous pourrions solliciter Mr Norrell, suggéra Lord Sidmouth.

— Je ne pense pas que nous puissions espérer un jugement impartial de ce côté-là, objecta Sir Walter Pole.

— Que devrions-nous faire, alors ? demanda le ministre de la Marine.

— Nous enverrons une dépêche aux Autrichiens, répondit le duc de Wellington avec sa détermination coutumière. Une dépêche pour leur rappeler le vif intérêt que le Prince régent et le gouvernement britannique porteront toujours au bien-être de Mr Strange ; pour leur remémorer la grande dette que toute l'Europe a contractée envers la vaillance et la magie pendant les dernières guerres. Pour leur signifier aussi notre grand déplaisir, dussions-nous apprendre qu'il lui est arrivé malheur...

— Ah ! s'exclama Lord Liverpool. Vous et moi divergeons sur ce point. Votre Grâce. S'il arrive malheur à Strange, cela ne viendra pas des Autrichiens. Il est beaucoup plus probable que cela viendra de Strange en personne.

À la mi-janvier, un libraire du nom de Titus Watkins sortit un livre, *Les Lettres noires*, présenté comme la correspondance de Strange avec Henry Woodhope. Le bruit courait que Mr Norrell en avait payé tous les frais d'édition. Henry Woodhope jura qu'il n'avait jamais donné l'autorisation de publier ces lettres. Il déclara aussi que certaines d'entre elles avaient été altérées. Les allusions aux transactions de Mr Norrell avec Lady Pole avaient été coupées, tandis que d'autres passages avaient été interpolés, dont beaucoup suggéraient que Strange avait assassiné son épouse par sa magie.

Vers la même période, un des amis de Byron – un certain Scrope Davies – fit sensation quand il répandit le bruit qu'il avait l'intention de poursuivre

Mr Norrell sur ordre de Lord Byron pour avoir tenté de s'approprier la correspondance privée du poète au moyen de la magie. Scrope Davies consulta un homme de loi de Lincoln's Inn et déclara par écrit sous serment les faits suivants. Il avait reçu récemment plusieurs courriers de Byron où Sa Seigneurie évoquait la colonne de Ténèbres perpétuelles qui ensevelissait la paroisse de Mary Sobendigo (*sic*) à Venise, ainsi que le dérangement d'esprit de Jonathan Strange. Scrope Davies avait posé les lettres sur la table de toilette de ses appartements de Jermyn-street, dans le quartier de Saint James's. Un soir – le 7 janvier, selon lui –, il s'habillait pour se rendre à son club. Il venait de saisir une broche à cheveux quand il remarqua par hasard que les lettres dansaient en tous sens, telles des feuilles mortes soulevées par le vent. Aucun courant d'air n'expliquait leurs mouvements, ce qui le laissa d'abord perplexe. Il ramassa les lettres, puis s'aperçut que l'écriture aussi se comportait bizarrement sur les feuillets. Les traits de plume se détachaient de leurs amarres et s'agitaient de-ci de-là, pareils à des cordes à linge par grand vent. Il lui vint soudain à l'esprit que ces lettres devaient être enchantées. Il était joueur professionnel et, à l'instar de tous les joueurs prospères, avait l'esprit vif et la tête froide. Il glissa prestement les lettres dans une bible, entre les pages de l'Évangile selon saint Marc. Plus tard, il confia à des amis que, bien qu'ignorant tout de l'histoire de la magie, il avait pensé que rien n'était plus susceptible de vaincre un maléfice que l'Écriture sainte. Il avait raison : les lettres demeurèrent en sa possession, et intactes. Par la suite, une plaisanterie circula dans tous les clubs de gentlemen : le plus extraordinaire de toute l'affaire n'était pas que Mr Norrell eût cherché à se procurer les lettres, mais que Scrope Davies, un libertin notoire doublé d'un ivrogne, eût possédé une bible !

59

Leucrocuta, le loup du soir

Janvier 1817

UN MATIN de la mi-janvier, le Dr Greysteel sortit sur le seuil de sa porte et s'arrêta un instant pour tirer sur ses gants. Relevant la tête, il remarqua par hasard un petit homme qui s'abritait du vent sous le porche d'en face.

Les portes cochères de Venise sont pittoresques... Et parfois les personnages qui s'attardent dessous le sont tout autant. Ce bougre-ci était assez menu et, malgré son évidente pauvreté, il possédait une bonne dose de dandysme. Ses habits étant excessivement râpés et misérables, il avait cherché à les retaper en astiquant ce qui était susceptible de briller et en brossant ce qui ne l'était pas. Il avait blanchi ses vieux gants jaunissants avec tant de craie qu'il avait laissé des empreintes de doigts blafardes sur la porte à côté de lui. À première vue, il arborait la panoplie propre au dandy : une longue chaîne de montre, une collection de breloques et un binocle. Un examen plus attentif, néanmoins, montrait qu'en lieu de chaîne de montre il possédait un vulgaire ruban doré qu'il avait soigneusement arrangé pour qu'il pendît d'une boutonnière. Ses breloques de montre se révélaient n'être rien de tel : elles se limitaient à une poignée de cœurs, de croix et de médailles de la Vierge en fer-blanc – de la sorte que les colporteurs italiens vendaient en échange d'un franc ou deux. Le pompon revenait à son binocle ; tous les dandys et les petits marquis adorent les binocles. Ils s'en servent pour toiser d'un air narquois ceux qui sont moins au goût du jour qu'eux. Ce drôle de bonhomme se sentait sans doute nu sans cet accessoire, aussi avait-il accroché une grande cuillère à soupe à sa place.

Le Dr Greysteel prit note de ces excentricités afin de pouvoir en divertir un ami. Puis il se souvint que son seul ami dans cette ville était Strange, et que Strange n'avait plus cure de ce genre de détails.

Brusquement, le petit homme quitta sa porte cochère pour s'approcher du Dr Greysteel. Il pencha la tête de côté et demanda en anglais :

— Êtes-vous le Dr Greyfield ?

Le Dr Greysteel, surpris de se voir ainsi aborder, ne répondit pas sur-le champ.

— Vous êtes bien le Dr Greyfield ? L'ami du magicien ?

— Oui, acquiesça le Dr Greysteel d'un ton songeur. Mais je m'appelle Greysteel, monsieur, pas Greyfield.

— Mille excuses, mon cher docteur ! Un sot m'aura mal renseigné sur votre nom ! Vous m'en voyez mortifié. Vous êtes, je vous assure, la dernière personne au monde que je souhaiterais froisser ! Mon respect pour la Faculté est sans bornes ! Et maintenant, drapé dans toute la dignité des cataplasmes et des prises de pouls, vous pensez : « Qui est cette drôle de créature qui ose m'aborder dans la rue, comme si j'étais un homme du commun ? » Permettez-moi donc de me présenter ! Je viens de Londres, du cercle d'amis de Mr Strange qui, en apprenant à quel point il avait le cerveau dérangé, ont été plongés dans un tel abîme d'inquiétudes qu'ils ont pris la liberté de me dépêcher ici afin que je m'informe de sa santé !

— Hum ! maugréa le Dr Greysteel. En toute franchise, je regrette qu'ils n'aient pas été plus inquiets. Ma première lettre date du début de décembre, voilà six semaines, monsieur ! Six semaines !

— Oh ! Exactement ! Choquant, n'est-ce pas ? Ce sont les êtres les plus oisifs au monde ! Ils ne pensent qu'à leurs aises ! Pendant que vous restez ici, à Venise, le seul véritable ami du magicien ! – Il marqua une pause. – Je ne me trompe pas, si ? s'enquit-il d'une voix tout à fait différente. Il n'a pas d'autre ami que vous ?

— Eh bien, il y a aussi Lord Byron..., commença le Dr Greysteel.

— Byron ! s'exclama le petit homme. Vraiment ? Oh, mon Dieu ! Fou et ami de Lord Byron ! – Il paraissait ne pas savoir ce qui était pire. – Oh ! mon cher docteur Greysteel ! J'ai mille questions à vous soumettre. Y a-t-il un endroit où je pourrais vous parler en privé ?

La porte du Dr Greysteel était juste derrière eux. L'aversion du docteur pour le petit homme, cependant, croissait à chaque instant. Si désireux fût-il d'apporter son aide à Strange et à ses amis, il n'avait aucune envie d'introduire cet individu dans sa maison. Aussi marmonna-t-il quelques mots sur son domestique qui était parti en course en ville. Il y avait un petit café, quelques rues plus loin. Pourquoi ne pas y aller ?

Le petit homme, tout sourire, donna son assentiment.

Ils se mirent en route vers le café. Leur chemin longeait le bord d'un canal. Le petit homme marchait à main droite du Dr Greysteel, le plus près de l'eau. Il discourait, et le Dr Greysteel regardait autour de lui. Ses yeux étant fortuitement dirigés vers le canal, il vit apparaître une vague, sans prévenir – une unique vague. Ce qui était déjà assez curieux en soi. Ce qui suivit fut encore plus surprenant. La vague se rua vers eux, se répandit sur le bord en pierre du canal et changea de forme : des doigts liquides se tendirent vers le pied du petit homme pour chercher à l'attraper. À l'instant où l'eau l'atteignait, celui-ci bondit en arrière avec un juron, mais sans sembler remarquer qu'un phénomène inhabituel s'était passé. Le Dr Greysteel ne dit rien de ce qu'il avait vu.

L'intérieur du café offrait un refuge accueillant contre la froidure humide de janvier. Il était chaud et enfumé – un tantinet sombre peut-être, bien que cette pénombre eût son confort. Si les murs et le plafond badigeonnés de brun étaient noircis par les ans et la fumée de tabac, ils étaient aussi égayés par le miroitement des bouteilles de vin, le reflet des chopes en étain, l'éclat des céramiques vernissées et des miroirs aux encadrements dorés. Un épagneul crotté et indolent était couché sur le carrelage devant le poêle ; il secoua la tête et éternua quand le bout de la canne du Dr Greysteel lui effleura accidentellement une oreille.

— Je dois vous prévenir, déclara le Dr Greysteel après que le garçon leur eut servi du café et du cognac, qu'il circule en ville toutes sortes de rumeurs sur le compte de Mr Strange. On prétend qu'il a fait appel à des sorcières et qu'il a domestiqué le feu. Vous saurez ne pas donner dans de telles inepties, néanmoins il est aussi bien de s'y préparer. Vous le trouverez fortement changé, ce serait ridicule de prétendre le contraire. Pourtant, au fond, il est toujours le même. Ses grandes qualités, ses mérites n'ont en rien varié. De cela, je n'ai aucun doute.

— Vraiment ? Mais dites-moi. Est-il vrai qu'il a mangé ses chaussures ? Est-il vrai qu'il a transformé en verre plusieurs personnes et qu'il leur a jeté des pierres ?

— Mangé ses chaussures ? s'exclama le Dr Greysteel. Qui vous a raconté cela ?

— Oh ! D'aucuns... Mrs Kendal-Blair, Lord Pope, Sir Galahad Denehey, Miss Underhills...

Le petit homme cita au galop une longue liste de noms de dames et messieurs anglais, irlandais et écossais qui résidaient alors à Venise et dans les villes environnantes. Le Dr Greysteel était pantois. Pourquoi les amis de Strange souhaiteraient-ils consulter ces gens-là plutôt que lui ?

— N'avez-vous point entendu ce que je viens d'expliquer ? Voilà justement le genre de sottises dont je parle !

Le petit homme rit aimablement.

— Patience ! Patience, mon cher docteur ! Mon cerveau n'est pas aussi rapide que le vôtre. Pendant que vous aiguisiez vos facultés avec l'anatomie et la chimie, les miennes se sont étiolées dans le désœuvrement.

Il continua à déblatérer un moment sur le fait qu'il ne s'était jamais appliqué à aucun programme régulier d'études, que ses maîtres avaient désespéré de lui et que ses talents ne se trouvaient pas du tout dans cette direction.

Le Dr Greysteel ne se donnait plus la peine de l'écouter. Il réfléchissait. Il lui revint à l'esprit que le petit homme, un peu plus tôt, avait sollicité la permission de se présenter et que, d'une manière ou d'une autre, il avait négligé cette formalité. Le Dr Greysteel s'apprêtait à lui demander son nom quand son interlocuteur lui posa une question qui chassa toute autre pensée de son esprit :

— Vous avez une fille, n'est-ce pas ?

— Je vous demande pardon ?

Pensant apparemment que le docteur était sourd, le petit homme répéta sa question un peu plus fort.

— Oui, j'en ai une, mais..., commença le Dr Greysteel.

— Et le bruit court que vous l'avez renvoyée de la cité ?

— Le bruit ! Quel bruit ? En quoi ma fille est-elle concernée ?

— Oh ! Simplement elle est partie juste après que le magicien a perdu la raison. Ce qui montre que vous craigniez qu'elle ne fût exposée !

— J'imagine que vous tenez cela de Mrs Kendal-Blair et consorts ? répliqua le Dr Greysteel. Il s'agit d'une bande d'imbéciles.

— Oh, sans doute ! Avez-vous renvoyé votre fille ou non ?

Le Dr Greysteel ne répondit pas.

Le petit homme pencha sa tête d'un côté, puis de l'autre. Il arborait le sourire de celui qui détient un secret et s'apprête à stupéfier le monde en le divulguant.

— Naturellement, reprit-il, vous savez que Strange a assassiné son épouse ?

— Comment ? – Le Dr Greysteel demeura silencieux un moment. Une ombre de rire fusa d'entre ses lèvres : – Je ne vous crois pas !

— Oh ! Vous devez me croire, insista le petit homme, se penchant en avant, les yeux étincelants d'excitation. C'est de notoriété publique ! Le propre frère de la dame – un homme des plus respectables, un ecclésiastique, un certain Mr Woodhope – était présent quand sa sœur est morte, et il a tout vu de ses yeux.

— Qu'a-t-il donc vu ?

— Toutes sortes de détails suspects. La dame était ensorcelée. Elle était envoûtée et savait à peine ce qu'elle faisait du matin jusqu'au soir. Personne n'a pu trouver d'explications. C'était l'œuvre de son époux. Naturellement, il recourra à sa magie pour éviter le châtiment, mais Mr Norrell, qui a pitié, oui, pitié de la malheureuse, se mettra en travers de sa route. Mr Norrell est bien décidé à ce que Strange soit traduit en justice pour ses crimes.

Le Dr Greysteel secoua la tête.

— Rien de ce que vous raconterez ne pourra me faire ajouter foi à ces calomnies. Strange est un homme honorable !

— Oh, j'en conviens ! Et pourtant la pratique de la magie a détruit des esprits plus solides que le sien. Dans de mauvaises mains, la magie peut mener à l'anéantissement de toutes les qualités et à la glorification de tous les défauts. Il a défié son maître, le plus patient, le plus sage, le plus noble, le meilleur...

Le petit homme, s'il enfilait les épithètes, avait perdu le fil de ses pensées ; il était distrait par le regard pénétrant que le Dr Greysteel posait sur lui.

Le Dr Greysteel eut un reniflement dédaigneux.

— C'est curieux, énonça-t-il lentement. Vous prétendez que les amis de Mr Strange vous envoient, cependant vous avez omis de me citer leurs noms. C'est là assurément une catégorie bien particulière d'amis pour clamer partout qu'un homme est un assassin.

À son tour, le petit homme évita de répondre.

— Était-ce Sir Walter Pole, peut-être ?

— Non, reconnut le petit homme d'un ton empreint de considération. Pas Sir Walter Pole.

— Des élèves de Mr Strange alors ? Leurs noms m'échappent.

— Comme à tout le monde. Ils sont les individus les moins mémorables au monde.

— Étaient-ce eux ?

— Non.

— Mr Norrell ?

Le petit homme garda le silence.

— Quel est votre nom ? demanda le Dr Greysteel.

Le petit homme pencha la tête d'un côté, puis de l'autre. Ne voyant aucun moyen d'éluder une question aussi directe, il répondit :

— Drawlight.

— Oh ! oh ! oh ! Le joli accusateur que voilà ! Oui, certes, votre parole aura beaucoup de poids contre un honnête homme, contre le magicien personnel du duc de Wellington ! Christopher Drawlight ! Connu dans toute l'Angleterre pour être un menteur, un voleur et un malandrin !

Drawlight rougit et cligna des yeux au regard chargé de ressentiment.

— Il vous sied mal de parler ainsi ! siffla-t-il. Strange est un homme riche et vous étiez tout disposé à lui accorder la main de votre fille ! Où est l'honneur là-dedans, mon cher docteur ? Où est donc l'honneur là-dedans ?

Le Dr Greysteel émit un son où l'exaspération se mêlait à la fureur. Il se leva de son siège.

— Je vais me rendre dans toutes les familles anglaises de la Vénétie, je leur recommanderai de ne pas vous parler ! Je m'en vais maintenant. Je ne vous souhaite pas le bonjour ! Je ne vous salue pas !

Sur ces derniers mots, il jeta quelques pièces sur la table et sortit.

La dernière partie de leur échange avait été bruyante et animée. Les garçons et les autres clients de l'établissement épièrent avec curiosité Drawlight, resté seul. Ce dernier attendit qu'il y eût peu de chances pour qu'il rencontrât le médecin dans la rue, avant de quitter lui aussi le café. Pendant qu'il longeait les rues, l'eau des canaux s'agitait de la plus étrange manière. Des vagues apparurent qui le suivaient, dessinant des flèches et des traits à ses pieds, éclaboussant le bord du canal. Il ne remarqua rien.

Le Dr Greysteel tint parole. Il rendit visite à toutes les familles britanniques de la ville pour leur recommander d'éviter Drawlight. Ce dernier s'en moquait bien. Il tourna son attention vers les domestiques, garçons de café et *gondolieri*. Par expérience, il savait que cette classe sociale était souvent bien mieux renseignée que les maîtres qu'elle servait ; et si elle ne l'était pas, eh bien, il se chargeait de remédier à la situation. Sous peu, bon nombre de personnes apprirent que Strange avait assassiné son épouse, qu'il avait tenté d'épouser Miss Greysteel de force en la basilique Saint-Marc et n'en avait été empêché que par l'arrivée d'un escadron de cavaliers autrichiens. Et aussi qu'il s'était entendu avec Lord Byron pour se partager leurs futures épouses ou maîtresses. Drawlight racontait sur Strange tout ce qui lui passait par la tête ; néanmoins, ses capacités d'invention étant réduites, il était content de s'emparer de la moindre rumeur ou de la moindre pensée en gestation dans l'esprit de ses informateurs.

Un *gondoliero* le présenta à l'épouse d'un drapier, Marianna Segati, la maîtresse de Byron. Grâce à un interprète, Drawlight lui tourna un tas de compliments et l'abreuva de sulfureux secrets sur de grandes dames de Londres, qui, lui assura-t-il, étaient loin d'être aussi exquises qu'elle. Elle lui confia en échange que, selon Lord Byron, Strange restait dans sa chambre, à boire du vin et du cognac, et à jeter des sorts. Rien de cela n'était très intéressant, cependant elle raconta à Drawlight le peu qu'elle savait sur le magicien du poème de Lord Byron[1] : comment il fréquentait les esprits malins, défiait les dieux et l'ensemble de l'humanité. Drawlight ajouta consciencieusement ces fictions à l'édifice de ses mensonges.

De tous les habitants de Venise, celui que Drawlight désirait le plus avoir pour confident, c'était Frank. Les insultes du Dr Greysteel lui étaient restées sur le cœur ; il eût tôt fait de décider que la meilleure vengeance serait de retourner contre lui son valet de chambre. Il envoya donc un billet à Frank pour l'inviter chez un petit marchand de vins de San Polo. À sa grande surprise, Frank accepta l'invitation.

À l'heure convenue, Frank se présenta. Drawlight commanda un pichet de gros rouge et leur en servit à tous deux un plein verre.

— Frank ? commença-t-il d'une voix doucereuse et mélancolique. J'ai parlé à ton maître l'autre jour, tu le sais sans doute. Il a l'air d'une vieille culotte de peau. Pas du tout accommodant, l'animal ! J'espère que tu es content de ta place, Frank. J'en parle parce qu'un de mes grands amis, du nom de Lascelles, remarquait seulement l'autre jour qu'il était difficile de s'attacher de bons domestiques à Londres et que, si d'aventure quelqu'un voulait bien l'aider à trouver un bon valet de chambre, il était prêt à y mettre le prix.

— Oh ! fit Frank.

— Penses-tu que tu pourrais vivre à Londres, Frank ?

D'un air songeur, Frank dessinait des cercles sur la table avec un peu de vin répandu.

— Je pourrais, proféra-t-il.

— Parce que, poursuivit Drawlight avec empressement, si tu pouvais me rendre un ou deux services, je serais en mesure de vanter ta bonne volonté auprès de mon ami et je suis certain qu'il conviendrait sur-le-champ que tu es l'homme qu'il lui faut !

— Quel genre de services ? s'enquit Frank.

— Oh ! Eh bien, le premier est chose la plus facile au monde ! Dès que je t'aurai dit de quoi il s'agit, tu seras impatient de m'aider… même en l'absence de toute récompense. Vois-tu, Frank, je crains qu'il n'arrive bientôt quelque chose de vraiment abominable à ton maître et à sa fille. Le magicien leur veut beaucoup de mal. J'ai tenté d'alerter ton maître, mais il est si obstiné qu'il a refusé de m'écouter. J'en perds le sommeil d'y penser. Je maudis ma sottise de ne pas avoir su mieux m'expliquer. Ils ont confiance en toi,

---

1 Manfred, inspiré du Faust de Goethe (*N.d.T.*).

Frank. Tu pourrais glisser quelques sous-entendus – pas à ton maître, mais à sa sœur et à sa fille – sur la malice de Strange et les mettre ainsi sur leurs gardes.

Drawlight évoqua l'assassinat d'Arabella Strange, et le pacte conclu par Strange avec Byron pour partager leurs femmes.

Frank inclina la tête d'un air finaud.

— Il faut nous méfier du magicien, poursuivit Drawlight. Les autres se sont tous laissé prendre à ses mensonges et à sa fourberie... Ton maître, en particulier. Il est donc vital que toi et moi nous rassemblions tous les renseignements possibles afin de pouvoir révéler ses menées pernicieuses au monde entier. Voyons, Frank. Y a-t-il un fait que tu aurais observé, une parole que le magicien aurait laissé incidemment échapper, quoi que ce soit qui aurait éveillé tes soupçons ?

— Ma foi, maintenant que vous m'en touchez un mot, répondit Frank, se grattant la tête. Il y a bien une chose.

— Pas possible ?

— Je n'en ai parlé à personne d'autre. Pas même à mon maître.

— Excellent ! sourit Drawlight.

— Seulement je ne peux pas très bien l'expliquer. Il est plus facile de vous montrer.

— Oh, certainement ! Où allons-nous ?

— Il n'y a qu'à sortir. On le voit d'ici.

Frank et Drawlight sortirent sur le seuil. Drawlight promena les yeux autour de lui. C'était le décor vénitien le plus banal qu'on pût imaginer. Un canal coulait juste en face d'eux et, de l'autre côté, se dressait une église de couleur fauve. Une domestique plumait des pigeons devant une porte ouverte ; les plumes sales s'éparpillaient en un cercle d'un blanc grisâtre à ses pieds. Partout s'étendait un fouillis de constructions, de statues, de cordes à linge et de pots de fleurs. Au loin, se dressait la face lisse et abrupte des Ténèbres.

— Enfin, peut-être pas exactement ici, reconnut Frank. Les maisons bouchent la vue. Avancez de quelques pas et vous le verrez parfaitement.

Drawlight avança donc de quelques pas.

— Ici ? demanda-t-il, regardant toujours autour de lui.

— Oui, juste là, répondit Frank.

Et, d'un coup de pied, il l'expédia dans le canal.

Un plouf retentissant.

Frank s'attarda un peu plus longtemps pour lancer quelques réflexions bien senties sur la moralité de Drawlight, le traitant de chenapan menteur et sournois, de chien couchant, de lâche canaille venimeuse, de serpent et de porc. Ces épithètes soulagèrent certainement les sentiments de Frank ; ils laissèrent plutôt froid Drawlight, qui se trouvait alors sous l'eau et ne pouvait donc les entendre.

L'onde l'avait heurté avec la violence d'un coup, lui cinglant le corps et lui coupant le souffle. Il coula dans des fonds troubles. Il ne savait pas nager et crut qu'il allait se noyer. Il était dans l'eau depuis quelques secondes, quand il se sentit pris par un courant impétueux et emporté à grande vitesse. Incidemment, le flot le poussait de temps en temps à la surface, lui permettant de reprendre haleine. À chaque instant, il continuait sa course, en proie à la terreur la plus abjecte, dans l'incapacité totale de se sauver de là. Une fois, les eaux déchaînées le soulevèrent et il aperçut fugitivement le quai inondé de soleil (un endroit qu'il ne reconnut pas) : il vit une vague blanche d'écume se briser sur les pierres, trempant les hommes et les maisons, il vit les visages bouleversés. Il comprit qu'il n'avait pas été entraîné dans la mer, comme il l'avait craint ; il ne lui vint pourtant pas à l'esprit que ce courant n'était aucunement naturel. Tantôt celui-ci le chassait violemment dans un sens, tantôt tout n'était plus que confusion, et il était certain que sa fin était proche. Soudain, le flot parut se lasser de lui ; le mouvement cessa dans l'instant, et Drawlight fut rejeté sur des degrés de pierre. Il eut vaguement conscience d'être environné d'air glacé et de monuments.

Il aspira de grandes goulées d'air frissonnant, qui lui secouaient tout le corps, et comme il lui devenait plus facile de respirer il régurgita des quantités d'eau salée glaciale. Ensuite, il reposa simplement là un long moment, les yeux clos, comme un homme peut reposer sur le sein de sa bien-aimée. Il n'avait aucune pensée d'aucune sorte. Il lui restait un désir : demeurer là pour toujours. Bien plus tard, il s'avisa, en premier lieu, que les pierres étaient probablement très sales et, deuxièmement, qu'il avait affreusement froid. Il se demandait aussi pourquoi les lieux étaient aussi silencieux et pourquoi personne ne venait lui porter secours.

Il s'assit sur son séant et ouvrit les yeux.

Les Ténèbres l'enveloppaient. Était-il dans un tunnel ? Une cave ? Sous terre ! Toutes ces hypothèses eussent été horribles, étant donné qu'il ne savait pas comment il était arrivé là ni comment il allait s'en tirer. Il sentit alors un léger vent froid sur sa joue ; levant les yeux, il aperçut les étoiles blanches d'hiver. La nuit !

— Non, non, non ! supplia-t-il, s'aplatissant contre les pierres du quai en gémissant.

Les maisons étaient obscures, complètement silencieuses. Les uniques êtres vivants et brillants étaient les étoiles. Leurs constellations semblaient à Drawlight des lettres scintillantes géantes, des lettres d'un alphabet inconnu. Le magicien avait dû former ces signes avec les étoiles et s'en servait pour lui jeter un sortilège. Seuls s'étendaient à la ronde la nuit noire, les étoiles et le silence. Aucune lumière ne brillait aux maisons et, si ce qu'on avait dit à Drawlight était vrai, plus personne n'y logeait. À moins, naturellement, que le magicien ne fût dans les parages...

À contrecœur, il se releva et observa les alentours. Non loin de là se trouvait un petit pont. À l'autre bout du pont, un passage disparaissait entre les hauts murs des maisons noires. Il pouvait aller par là ou choisir de suivre les dalles bordant le canal. Givrées par la lumière des astres, celles-ci paraissaient particulièrement surnaturelles et semées de périls. Il préféra le passage et son obscurité.

Il franchit donc le pont et se glissa entre les maisons. Presque immédiatement, le passage déboucha sur une place. Quel chemin devait-il donc prendre ? Il songea à toutes les ombres noires, à toutes les portes silencieuses devant lesquelles il lui faudrait passer. Et s'il ne pouvait plus sortir ! Il se sentit nauséeux, les jambes molles de peur.

Une église s'élevait sur la place. À la lueur des étoiles, sa façade présentait un aspect monstrueux, tant elle était bosselée de colonnes, hérissée de statues : des anges aux ailes déployées tenaient des trompettes à leurs bouches , une silhouette ténébreuse tendait les bras sous un baldaquin de pierre ; des faces aveugles surplombaient Drawlight du haut des arcs sombres.

« Comment saurai-je si le magicien est là ? » songea-t-il, se mettant à scruter chaque forme noire à tour de rôle pour voir si ce n'était pas Jonathan Strange. Une fois qu'il eut commencé, il lui était difficile de s'arrêter ; Drawlight se figurait que, s'il détournait les yeux un seul instant, une des statues bougerait. Il s'était presque convaincu qu'il était plus sûr de s'éloigner de l'église, quand un détail attira son attention – une minuscule irrégularité dans l'obscurité épaisse de la porte. Il y regarda de plus près. Il y avait bien quelque chose – ou quelqu'un – sur les marches. Un homme. Il gisait étendu de tout son long sur les marches, en pâmoison, face contre terre, un bras replié sur la tête.

Pendant quelques minutes qui lui parurent une éternité, Drawlight attendit de voir ce qui allait se passer.

Il ne se passa rien.

Puis cela lui apparut tout à coup : le magicien était mort ! Peut-être s'était-il tué dans sa folie ! Un sentiment de joie et de soulagement l'envahit. Dans son exaltation, il rit tout haut – un bruit extraordinaire dans ce silence. La forme sombre dans le coin de porte obscur ne bougea pas. Il s'approcha jusqu'à se pencher au-dessus d'elle ; aucun bruit de respiration n'était audible. Il regretta de ne pas avoir de bâton pour le tâter.

Sans prévenir, la forme se retourna.

Drawlight poussa un glapissement d'effroi.

Silence. Puis :

— Je te connais ! chuchota Strange.

Drawlight tenta de rire. Il avait toujours eu recours au rire pour se concilier ses victimes. Le rire était toujours rassurant, non ? On était entre amis. Toutefois, seul sortit de sa bouche un étrange braiment.

Strange se leva et fit quelque pas vers Drawlight, lequel recula. À la lueur des étoiles, il voyait mieux le magicien ; il pouvait distinguer les traits de l'homme qu'il avait connu. Strange avait les pieds nus. Sa veste et sa chemise ouvertes pendillaient et, visiblement, il ne s'était pas rasé depuis plusieurs jours.

— Je te remets, chuchota encore Strange. Tu es... Tu es... – Il agita les mains dans les airs pour tracer des symboles magiques. – Tu es un Leucrocuta[1] !

— Un Leuco... ? répéta Drawlight.

— Tu es le loup du soir ! Tu attaques hommes et femmes ! Ton père était une hyène et ta mère une lionne ! Tu as un corps de lion, tes sabots sont fourchus. Tu ne peux pas te retourner. Tu as un seul croc de la longueur de ta gueule et pas de gencives. Et pourtant tu peux prendre une apparence humaine et attirer les hommes avec une voix humaine.

— Non, non ! implora Drawlight.

Il eût voulu en dire plus, eût voulu jurer qu'il n'était rien de tout cela, que Strange se méprenait du tout au tout, mais il avait la bouche sèche de peur et était incapable d'articuler le moindre mot.

— Et maintenant, reprit Strange sans sourciller, je vais te rendre ta véritable forme ! – Il leva les mains. – Abracadabra ! cria-t-il.

Drawlight chut à terre en criant comme un perdu. Strange, de son côté, poussa de tels éclats de rire – un rire dément, sinistre – qu'il se plia en deux et tituba sur la place.

La terreur de l'un et l'hilarité de l'autre finirent par retomber. Drawlight constata qu'il n'avait pas été transformé en créature de cauchemar. Strange, lui, devint plus calme, presque sévère.

— Leucrocuta, murmura-t-il. Lève-toi.

---

1. Monstre hybride dont la gueule va d'une oreille à l'autre, *cf.* Pline l'Ancien, *Histoire naturelle*, VIII, LXXII) (*N.d.T.*).

Encore gémissant, Drawlight se remit debout.

— Leucrocuta, pourquoi es-tu venu jusqu'ici ? Non, attends ! Je le sais. – Strange claqua des doigts. C'est moi qui t'ai amené en ce lieu. Leucrocuta, dis-moi. Pourquoi m'espionnes-tu ? Qu'ai-je pu faire qui soit secret ? Pourquoi n'es-tu pas venu me le demander ? Je t'aurais tout raconté.

— Ce sont eux qui m'y ont forcé, Lascelles et Norrell. Lascelles a payé mes dettes afin que je puisse sortir de la prison du Banc du Roi[1]. J'ai toujours été votre ami.

Drawlight se troubla légèrement : il paraissait invraisemblable que même un fou crût à cette déclaration.

Strange leva la tête pour jeter un regard de défi à Drawlight ; Drawlight ne put déchiffrer son expression dans l'obscurité.

— Je suis devenu fou, Leucrocuta ! grinça-t-il. Te l'ont-ils dit ? Eh bien, c'est la vérité. Je suis devenu fou et je vais le redevenir. Mais depuis ton arrivée dans cette ville, je me suis abstenu… Je me suis abstenu de certains sorts, de façon à être en possession de toute ma raison quand je te verrais. Ma bonne vieille raison, afin de pouvoir te reconnaître et de savoir ce que j'avais à te dire. J'ai appris beaucoup de choses dans les Ténèbres, Leucrocuta, entre autres ceci : je ne peux pas agir seul. Je t'ai amené jusqu'ici pour que tu m'aides

— Par exemple ! Vous m'en voyez ravi ! Je ferai tout ce que vous voulez ! Merci, merci !

En prononçant ces mots, Drawlight se demandait combien de temps Strange comptait le garder là. À cette pensée, son cœur se liquéfia.

— Comment… Comment… – Strange semblait avoir des difficultés pour suivre le fil de ses idées. Il ratissa l'air avec ses mains. – Comment s'appelle l'épouse de Pole ?

— Lady Pole ?

— Oui, mais je… parle de ses autres noms.

— Emma Wintertowne ?

— Oui. Emma Wintertowne. Où est-elle ? En ce moment ?

— On l'a conduite dans une maison d'aliénés du Yorkshire. C'est censé être un secret d'État, mais je l'ai percé à jour. J'ai connu en prison un bonhomme dont la future bru est une confectionneuse de mantes, et elle était au courant de tout parce qu'on recourait à ses services pour préparer la garde-

1. La prison où Drawlight fut incarcéré pour dettes en novembre 1814. [*King's Bench*, prison londonienne d'aussi sinistre réputation que la Bastille, qui fut démolie en 1754 puis reconstruite, et servit ensuite à incarcérer débiteurs et auteurs de pamphlets (*N.d.T.*).]

robe de Lady Pole pour le Yorkshire... Il fait très froid dans le Yorkshire. Ils l'ont emmenée dans un lieu qui s'appelle Star-quelque chose... Lady Pole, évidemment, pas la fabricante de mantes. Star-quelque chose. Attendez ! Cela va me revenir. Je l'ai au bout de la langue ! Starecross-hall, dans le Yorkshire.

— Starecross ? Je connais ce nom.

— Que oui vous le connaissez ! Le locataire est un de vos amis. Jadis il a été magicien à Newcastle, ou à York, ou dans un de ces bourgs du Nord. J'ignore son nom. Mr Norrell lui a fait une méchanceté une fois... Ou peut-être deux. Aussi, quand Lady Pole a perdu la tête, Childermass a-t-il pensé arrondir un peu les angles en recommandant son établissement auprès de Sir Walter.

Il s'écoula un silence. Drawlight se demandait ce que Strange avait compris à ses explications. Strange reprit la parole :

— Emma Wintertowne n'est pas folle. Elle le paraît, mais la faute en incombe à Norrell. Il a invoqué un garçon-fée pour la ressusciter d'entre les morts et, en échange, il lui a concédé toutes sortes de droits sur elle. Ce garçon-fée a également menacé la liberté du roi d'Angleterre et a ensorcelé au moins deux autres sujets de Sa Majesté, dont ma femme. – Il marqua un temps d'arrêt. – Ta première mission, Leucrocuta, sera de répéter à John Childermass ce que je viens de t'apprendre et de lui remettre ceci.

D'une poche de sa redingote, Strange sortit un objet qu'il tendit à Drawlight. L'objet se révéla être une petite boîte ressemblant à une tabatière, hormis qu'elle était un tantinet plus longue et plus étroite que les tabatières le sont habituellement. Drawlight la lui prit des doigts et la glissa dans sa poche.

Strange poussa un long soupir. L'effort de parler de manière cohérente paraissait l'épuiser.

— Ta seconde mission sera... Ta seconde mission sera de transmettre un message à tous les magiciens d'Angleterre. Me comprends-tu ?

— Oh oui ! Mais...

— Mais quoi ?

— Il n'y en a qu'un.

— Comment ?

— Il n'y a qu'un magicien, monsieur. Maintenant que vous êtes ici, il ne reste plus qu'un magicien en Angleterre.

Strange parut méditer ces mots un moment.

— Mes élèves. Mes élèves sont des magiciens. Tous les hommes et les femmes qui ont jamais voulu être élèves de Norrell sont des magiciens. Childermass en est un, Segundus aussi, Honeyfoot... Les abonnés des journaux de magie, les membres des anciennes sociétés. L'Angleterre regorge de magiciens. De centaines de magiciens, des milliers peut-être ! Norrell les a rejetés, Norrell leur a opposé son refus, Norrell les a réduits au silence. Pourtant ils sont magiciens. Dis-le-leur. – Il passa une main sur son front et respira avec gêne un moment. – L'arbre parle à la pierre, la pierre parle à l'eau. Ce n'est pas aussi ardu que nous l'avons imaginé. Dis-leur de lire ce qui est écrit dans le ciel. Dis-leur d'interroger la pluie ! Toutes les vieilles alliances de John Uskglass sont encore en vigueur. Je dépêche des messagers pour rappeler leurs anciennes promesses aux pierres, au ciel et à la pluie. Dis-leur... – De nouveau Strange ne trouvait plus ses mots. D'un geste, il dessina quelques traits dans les airs. – Je ne peux pas l'expliquer, murmura-t-il. Leucrocuta, comprends-tu ?

— Oui. Oh oui ! répondit Drawlight, même s'il n'avait pas la moindre idée de ce dont Strange pouvait parler.

— Bien. À présent répète-moi les messages que je t'ai confiés.

Drawlight obtempéra. Les longues années qu'il avait passé à glaner et à répéter des ragots malveillants sur ses relations l'avaient rendu incollable dans la mémoire des noms et des faits. Il avait saisi le premier message à la perfection, mais le second s'était réduit à quelques phrases tronquées sur des magiciens regardant des pierres, debout sous la pluie.

— Je vais te montrer, poursuivit Strange, alors tu comprendras. Leucrocuta, si tu remplis tes trois missions, je ne me vengerai pas, je ne te ferai pas de mal. Remets ces trois messages et tu pourras retourner à tes chasses nocturnes, à ton goût pour la chair humaine...

— Merci ! Merci ! murmura Drawlight avec gratitude, avant qu'une terrible prise de conscience ne s'imposât à lui. Trois, mais, monsieur, vous ne m'en avez donné que deux !

— Trois messages, Leucrocuta, répéta Strange d'un ton las. Tu dois porter trois messages.

— Oui, mais vous ne m'avez pas dit quel était le troisième !

Strange ne répondit pas. Il lui tourna le dos en parlant tout seul.

Malgré sa terreur, Drawlight eut envie de se saisir du magicien et de le secouer. Il aurait cédé à son envie s'il avait pensé que cela pouvait servir à quelque chose. Des larmes d'apitoiement sur soi commencèrent à couler sur ses joues. Voilà que Strange allait le tuer pour ne pas avoir rempli sa troisième mission et ce n'était pas sa faute !

— Leucrocuta, lança Strange, se retournant soudain. Apporte-moi de l'eau à boire !

Drawlight regarda autour de lui. Au milieu de la place, il y avait un puits. Il se dirigea vers lui et trouva une affreuse vieille tasse métallique qu'une longueur de chaîne rouillée reliait aux pierres. Il poussa de côté le couvercle du puits, tira un seau d'eau et plongea la coupe dedans. Y toucher lui faisait horreur. Curieusement, après tout ce qui lui était arrivé ce jour-là, c'était cette tasse qui lui faisait le plus horreur. La faute en revenait aux magiciens. Combien il en avait horreur !

— Monsieur ? Monsieur le magicien ? cria-t-il. Il vous faudra venir jusqu'ici pour boire.

Et de montrer la chaîne métallique en guise d'explication.

Strange s'avança, mais ne prit pas la coupe qui lui était tendue. À la place, il sortit une petite fiole de sa poche et la donna à Drawlight.

— Mets six gouttes dans l'eau, ordonna-t-il.

Drawlight ôta le bouchon. Sa main tremblait tellement qu'il redouta de verser tout le contenu par terre. Strange ne remarqua rien ; Drawlight compta six gouttes.

Strange prit alors la tasse et but l'eau. La tasse tomba de ses doigts. Drawlight eut conscience – il ne savait pas exactement comment – que Strange avait changé. Contre le ciel étoilé, le contour noir de sa silhouette s'affaissa et sa tête pencha. Drawlight se demanda s'il était saoul. Comment quelques gouttes de quoi que ce fût pouvaient-elles enivrer ? D'ailleurs, il ne sentait pas l'alcool fort. Il sentait comme un homme qui ne s'était pas lavé et n'avait pas changé de linge depuis des semaines. Et une autre odeur – absente un instant plus tôt –, un relent de vieillesse mêlé à celui d'une cinquantaine de chats.

Drawlight eut une sensation très étrange – sensation qu'il avait déjà éprouvée quand il y avait de la magie dans l'air. Des portes invisibles s'ouvrirent tout autour de lui ; des vents venus de très loin lui soufflèrent dessus, chargés de senteurs de bois, de marécages et de fondrières. Des images défilèrent spontanément dans son esprit. Les maisons voisines n'étaient plus vides. Il voyait à l'intérieur comme si l'on en avait ôté les murs. Chaque pièce obscure contenait... pas une personne exactement... un Être, un Esprit ancien. Une contenait un feu, une autre une pierre, une autre encore une averse de pluie, une autre encore une volée d'oiseaux, une autre encore un versant de colline, une autre encore une petite créature aux pensées sombres et ardentes, et ainsi de suite.

— Qui sont-ils ? chuchota-t-il, stupéfait.

Il s'aperçut que ses cheveux se dressaient sur sa tête comme s'il avait été électrisé. Puis une nouvelle sensation, différente, le gagna : une sensation proche de la chute, et pourtant il restait debout. C'était comme si son esprit s'était effondré.

Il croyait se tenir sur un versant de colline anglaise. La pluie tombait ; elle se tordait dans les airs, tels des fantômes gris. Il pleuvait sur lui et il devenait aussi fin que la pluie. La pluie emportait la pensée, elle emportait les souvenirs, le bien et le mal. Il ne savait plus qui il était. Tout était emporté, telle la croûte de boue d'une pierre. La pluie le remplit de ses pensées et de ses souvenirs à elle. Des filets d'eau argentés recouvrirent le flanc de colline, telle une dentelle délicate, telles les veines d'un bras.

Il croyait reposer sous la Terre, sous l'Angleterre. Des éternités s'écoulèrent ; le froid et la pluie s'insinuèrent en lui ; des pierres bougèrent en lui. Dans le Silence et l'Obscurité, il devint immense. Il devint la Terre, il devint l'Angleterre. Une étoile le regarda du haut du ciel et lui parla. Une pierre lui posa une question à laquelle il répondit dans la langue des pierres. Une rivière dessina une boucle à son côté ; des coteaux bourgeonnèrent sous ses doigts. Il ouvrit la bouche et exhala le printemps…

Il se croyait acculé dans un fourré, au fond d'un bois obscur en hiver. Les arbres continuaient à l'infini, colonnes obscures séparées par de fines stries blanches de lumière hivernale. Il baissa les yeux. De jeunes rejets le transperçaient de part en part ; ils croissaient à travers son corps, ses pieds et ses mains. Ses paupières ne se fermaient plus parce que des brindilles avaient poussé au travers. Des insectes entraient dans ses oreilles et en sortaient en trottinant ; des araignées tissaient des nids et des toiles dans sa bouche. Il comprit qu'il était entrelacé avec le bois depuis des années. Il connaissait le bois et le bois le connaissait. On ne savait plus ce qui était bois et ce qui était homme.

Tout était silencieux. La neige tombait. Il cria…

L'obscurité. Comme s'il émergeait d'eaux sombres, Drawlight reprit connaissance. Qui était celui ou celle qui l'avait relâché, Strange, le bois ou l'Angleterre elle-même – il l'ignorait. En revanche, il sentit « son » mépris au moment où il recouvra ses esprits. Les Esprits anciens se retirèrent de lui. Ses pensées et ses sensations se contractèrent pour redevenir humaines. Le souvenir de ce qu'il avait enduré lui donnait le vertige. Il examina ses mains et frictionna les endroits de son corps où les arbres l'avaient transpercé ; sa chair était intacte. Oh ! mais qu'il souffrait ! Il gémit et chercha Strange des yeux.

Accroupi devant un mur, un peu plus loin, le magicien marmonnait des incantations magiques. Il frappa le mur une fois ; les pierres se boursouflèrent, changèrent de forme pour se métamorphoser en corbeau. Le corbeau ouvrit les ailes puis, avec un croassement sonore, s'envola vers le ciel nocturne. Strange frappa le mur une deuxième fois : un autre corbeau sortit du mur et prit son envol. Et puis un autre et un autre, sans arrêt ils arrivaient de partout, jusqu'au moment où toutes les étoiles furent masquées par des ailes noires.

Strange leva la main pour frapper encore…

— Seigneur magicien, souffla Drawlight, vous ne m'avez pas dit quel était le troisième message.

Strange se retourna. Sans prévenir, il saisit Drawlight par sa veste et le tira à lui. Drawlight sentit l'haleine fétide de Strange sur son visage et pour la première fois distingua ses traits. La lumière des étoiles éclaira ses yeux hagards et féroces, d'où avaient disparu toute humanité, toute raison.

— Dis à Norrell que je viens ! siffla Strange. Allez, va !

Drawlight ne se le fit pas répéter. Il s'enfuit dans les ténèbres. Des corbeaux le poursuivirent. Il ne les voyait pas, mais entendait leurs battements d'ailes et sentait les courants d'air créés par ceux-ci. Au milieu d'un pont, il bascula soudain dans une lumière éblouissante. Dans l'instant, il fut entouré de chants d'oiseaux et de bruits de voix. Des hommes et des femmes marchaient en parlant et vaquaient à leurs occupations quotidiennes. Ici, pas de magie épouvantable, seulement le monde de tous les jours – le magnifique et merveilleux monde de tous les jours.

Les vêtements de Drawlight étaient encore trempés d'eau de mer, or il faisait un temps glacial. Il se trouvait dans un quartier qu'il ne reconnaissait pas. Personne ne se proposa pour l'aider, et il erra un long moment, perdu et épuisé. Finalement, il déboucha sur une place qui lui était familière et put enfin regagner la petite auberge où il louait une chambre. Le temps qu'il arrivât à destination, il était sans forces et frissonnant. Il se dévêtit et rinça le sel de son corps de son mieux. Puis il s'étendit sur son lit étroit.

La fièvre le cloua au lit pendant les deux jours qui suivirent. Ses rêves étaient des visions indescriptibles, remplies de ténèbres, de magie et des longues ères glaciaires de la Terre. Et pendant tout le temps où il dormit, il fut rempli d'effroi, de peur de se réveiller sous terre ou crucifié sur un arbre dénudé.

Au milieu du troisième jour, il avait repris suffisamment de forces pour se lever et descendre au port. Là, il trouva un navire anglais en partance pour Portsmouth. Il montra au capitaine les lettres et documents que Lascelles lui avait fournis, promettant une grosse somme au bâtiment qui le ramènerait en Angleterre et signés par deux des plus célèbres banquiers d'Europe.

Le cinquième jour, il était à bord d'un bateau à destination de l'Angleterre.

Une brume inconsistante et froide recouvrait Londres, reproduisant la froideur et l'inconsistance de l'existence de Stephen. Ces temps derniers, son ensorcellement lui pesait plus que jamais. La joie, la tendresse et la paix lui étaient désormais étrangères. Les seules émotions à percer les brumes de magie qui enveloppaient son cœur étaient de la sorte la plus amère : colère, rancune et déception. Entre lui et ses amis anglais, la division et l'éloignement s'aggravèrent encore. Le gentleman avait beau être un démon, quand il parlait de l'orgueil et de la suffisance des Anglais, Stephen avait peine à nier le bien-fondé de ses propos. Même le manoir des Illusions-perdues, si lugubre fût-il, était parfois un refuge accueillant contre l'arrogance et la malveillance anglaises ; là, au moins, Stephen n'avait jamais besoin de s'excuser d'être ce qu'il était ; il y avait toujours été traité en invité d'honneur.

Par ce jour d'hiver, Stephen se trouvait dans les écuries de Sir Walter Pole, dans Harley-street. Sir Walter avait récemment acheté un couple de très beaux lévriers, pour le plus grand plaisir de ses domestiques masculins, qui passaient une bonne partie de leur journée à aller admirer les bêtes et à discuter, avec des degrés divers de savoir et d'intelligence, de leurs exploits probables sur la piste. Stephen savait qu'il aurait dû mettre un terme à cette déplorable habitude, mais s'avisa que cela ne l'intéressait pas assez pour qu'il s'y employât. Ce jour-là, quand Robert, le valet de pied, l'avait invité à venir voir les lévriers, Stephen, loin de le tancer, avait enfilé son chapeau et sa redingote pour le suivre. À présent, il regardait Robert et les palefreniers s'extasier devant les chiens. Il avait l'impression d'être de l'autre côté d'un carreau sale et épais.

Soudain, les hommes se raidirent et sortirent à la file des écuries. Stephen frissonna. L'expérience lui avait appris qu'un comportement aussi peu naturel annonçait invariablement l'arrivée du gentleman aux cheveux comme du duvet de chardon.

Le voilà déjà, illuminant les écuries sombres et exiguës de l'éclat argenté de sa chevelure, du brillant de ses yeux bleus et du vert vif de sa veste, débordant de paroles et de rires retentissants, sans douter un instant que Stephen fût aussi ravi de le voir que lui l'était de voir Stephen. Il était aussi content des chiens que les domestiques l'avaient été et mit Stephen en demeure de les admirer avec lui. Il leur parlait dans sa langue, et les bêtes sautaient et aboyaient de joie, manifestement plus séduites par lui que par tous ceux qu'elles avaient vus jusque-là.

Le gentleman déclara :

— Cela me rappelle une fois où, en 1413, je m'étais aventuré dans le Sud pour rendre visite au roi du sud de l'Angleterre. Le roi, un monarque aimable et valeureux, me présenta à sa cour, lui vantant mes nombreux et merveilleux hauts faits, mes royaumes étendus, ma nature chevaleresque, etc. L'un de ses vassaux, cependant, préféra ne pas écouter ce discours instructif et élevé. Lui et ses compagnons restaient là, à jaser et à rire entre eux. J'étais, comme vous pouvez l'imaginer, offensé par une telle attitude et fermement décidé à leur apprendre à vivre ! Le lendemain, ces rustres chassaient le lièvre non loin de Hatfield Forest. Les prenant tous à l'improviste, j'eus l'heureuse idée de transformer les hommes en lièvres et les lièvres en hommes. D'abord, les chiens mirent leurs maîtres en pièces ; ensuite, les lièvres, ayant désormais la forme d'hommes, s'avisèrent qu'ils pouvaient exercer une terrible vengeance sur les lévriers qui les avaient pourchassés et harcelés. – Le gentleman marqua un temps d'arrêt pour recevoir les louanges de Stephen sur son exploit mais, avant que Stephen eû pu prononcer un mot, le gentleman s'exclama : – Oh ! Avez-vous senti quelque chose ?

— Senti quoi, monsieur ? s'enquit Stephen.

— Toutes les portes ont tremblé !

Stephen jeta un coup d'œil aux portes des écuries.

— Non, pas ces portes-là ! s'impatienta le gentleman. Je parle des portes qui séparent l'Angleterre du reste ! On essaie de les ouvrir. Quelqu'un a parlé au ciel et ce n'était pas moi ! Quelqu'un commande aux pierres et aux rivières et ce n'est pas moi ! Qui ose ? Qui est-ce ? Venez !

Le gentleman empoigna Stephen par le bras et tous deux s'élevèrent dans les airs, comme s'ils étaient soudain au sommet d'une montagne ou d'une très haute tour. Les étables de Harley-street disparurent, un nouveau décor s'offrit aux yeux de Stephen, suivi d'un autre, et encore d'un autre. Voici un port hérissé d'une forêt de mâts... Il s'envola sous leurs pieds, aussitôt remplacé par une mer grise et glacée, où des navires toutes voiles dehors gîtaient sous le vent. Ensuite venait une cité ornée de flèches d'église et de ponts majestueux. Curieusement, presque aucune sensation de mouvement n'était perceptible. Le monde donnait l'impression de voler vers Stephen et le gentleman, alors qu'eux restaient immobiles. À ce moment-là se succédèrent des monts enneigés que de minuscules personnages gravissaient péniblement, puis un lac lisse comme un miroir, entouré de pics sombres, et enfin un plat pays semé de villes et de fleuves en miniature pareils à des jouets.

Quelque chose se profila devant eux. Au début, on eût cru un trait noir partageant le ciel en deux. Mais, au fur et à mesure qu'ils approchaient, cela devint une colonne noire qui montait sans fin de la terre.

Stephen et le gentleman vinrent se poser bien au-dessus de Venise (quant à ce qui pouvait leur servir de belvédère, Stephen ne voulait pas le savoir). Le soleil se couchait. Les rues et les édifices sous eux étaient obscurs ; la mer et le ciel étaient encore pleins d'une lumière où des tons de rose, de bleu laiteux, de topaze et de nacre se fondaient harmonieusement les uns dans les autres. La cité semblait flotter dans un vide radieux.

Si dans l'ensemble la colonne noire était lisse comme de l'obsidienne, juste à hauteur des toits de maison des volutes et des spirales de ténèbres se détachaient de sa surface avant de planer dans les airs. Quelle pouvait être leur nature ? Stephen était impuissant à l'imaginer.

— Est-ce de la fumée, monsieur ? La tour est-elle en feu ? demanda Stephen.

Le gentleman ne répondit pas. À mesure de leur progression, cependant, Stephen découvrit qu'il ne s'agissait pas de fumée. Une noire multitude s'envolait de la tour. Des corbeaux. Des milliers et des milliers de corbeaux. Ils quittaient Venise et repartaient par où étaient venus Stephen et le gentleman.

Un vol tournoya dans leur direction. Soudain l'air frémit des battements d'un millier d'ailes, en même temps qu'il retentissait de raclements et de tambourinements. Des nuages de poussière et de sable pénétraient dans les yeux, les narines et la bouche de Stephen. Il se pencha en avant et plaqua une main sur son nez pour ne pas sentir la puanteur.

Une fois qu'ils furent passés, il demanda avec stupeur :

— Qu'est-ce là, monsieur ?

— Des créatures du magicien, répondit le gentleman. Il les renvoie en Angleterre avec des instructions à l'intention du ciel, de la terre, des rivières et des montagnes. Il bat le rappel de tous les vieux alliés du roi. Bientôt ils se mettront au service des magiciens anglais plutôt qu'au mien ! – Il poussa un grand cri de colère et de désespoir mêlés. – Je l'ai châtié comme je n'avais jamais châtié mes ennemis auparavant ! Pourtant, il œuvre contre moi ! Pourquoi ne se résigne-t-il pas à son sort ? Pourquoi ne désespère-t-il pas ?

— Je n'ai jamais ouï dire qu'il manquât de courage, monsieur, objecta Stephen. Au dire de chacun, il a accompli moult actes de bravoure dans la Péninsule.

— De courage ? De quoi parlez-vous ? Foin du courage ! C'est de la malice pure et simple ! Nous avons été négligents, Stephen ! Nous avons laissé les magiciens anglais prendre l'avantage sur nous. Nous devons trouver le moyen de les vaincre ! Nous devons redoubler d'efforts pour vous faire roi !

60

Tempête et mensonges

Février 1817

LA TANTE GREYSTEEL avait loué à Padoue une maison d'où l'on avait vue sur le marché aux fruits et légumes. L'immeuble était très bien situé, et son loyer trimestriel coûtait seulement quatre-vingts *sechinis* (ce qui équivaut à peu près à trente-huit guinées). La tante Greysteel fut ravie de l'aubaine. Toutefois, lorsqu'on agit vite et avec détermination, il arrive que les doutes et les interrogations s'insinuent après coup, quand il est trop tard. Tel était le cas : la tante Greysteel et Flora avaient emménagé depuis moins d'une semaine que la tante commençait déjà à trouver à redire à leur nouveau logis et à se poser des questions sur son choix. Bien qu'anciennes et ravissantes, ses fenêtres gothiques étaient assez petites, et plusieurs d'entre elles se cachaient derrière des balcons de pierre ; en d'autres mots, les appartements étaient plutôt sombres. Cela n'eût posé aucun problème auparavant, mais le moral de Flora avait alors besoin d'être soutenu, et, songeait la tante Greysteel, l'obscurité et les ombres, fussent-elles pittoresques, n'étaient peut-être pas indiquées. En outre, la cour intérieure était entourée de statues de femmes qui, au fil des ans, avaient acquis de véritables voiles ou manteaux de lierre. Il n'était pas exagéré de prétendre que ces dames couraient le danger imminent de disparaître complètement et, chaque fois que la tante Greysteel posait les yeux sur elles, elle se rappelait la malheureuse épouse de Jonathan Strange, morte si jeune, et dans des conditions si mystérieuses, et dont le funeste destin avait fait perdre la raison à son époux. La tante Greysteel formait l'espoir que des idées aussi mélancoliques ne hantaient pas sa petite Flora.

Mais l'affaire avait été conclue, et la maison était devenue leur, de sorte que la tante Greysteel se mit en devoir de la rendre aussi gaie et coquette que possible. Dans ses efforts pour réconforter Flora, elle qui n'avait jamais gaspillé de chandelles ni de pétrole de sa vie, envoya l'avarice au diable. Il y avait un coin particulièrement sombre dans l'escalier, dont une marche tournait selon un drôle d'angle que nul n'eût pu prévoir ; de peur que quelqu'un ne tombât et ne se rompît le cou, la tante insista pour qu'une lampe fût dressée sur une étagère juste au-dessus de la marche. Ladite lampe brûlait jour et nuit, un affront personnel à Bonifazia, la vieille bonne italienne qui venait avec la maison et était encore plus économe que la tante Greysteel.

Bonifazia était une excellente domestique, bien qu'encline au dénigrement et à d'interminables protestations pour expliquer pourquoi les instructions qu'elle venait de recevoir étaient abusives ou irréalisables. Elle était aidée dans sa charge par un garçon influençable et attardé du nom de Minichello, qui accueillait tout ordre par un marmonnement sourd de mots dialectaux, impossibles à entendre. Bonifazia traitait Minichello avec un tel mépris et une telle familiarité que la tante Greysteel pensa qu'ils devaient être apparentés, quoiqu'elle manquât encore de renseignements précis sur ce point.

Aussi, entre les nouveaux aménagements de la maison, les batailles quotidiennes avec Bonifazia et toutes les découvertes, agréables ou non, qui accompagnaient un séjour dans une nouvelle ville, les journées de la tante Greysteel étaient-elles bien remplies ; mais son premier devoir, à l'époque, et le plus sacré, était d'essayer de trouver des distractions à Flora. Celle-ci avait pris l'habitude du silence et de la solitude. Si sa tante lui parlait, elle répondait sur un ton plutôt enjoué, néanmoins rares étaient les conversations qu'elle-même commençait. À Venise, Flora avait été la principale instigatrice de tous leurs plaisirs ; désormais elle se rangeait simplement aux projets d'excursion proposés par sa tante. Elle préférait les occupations qui n'exigeaient pas de compagnie. Elle se promenait seule, s'adonnait à la lecture, s'installait au salon ou au soleil, dont les pâles rayons pénétraient parfois dans leur petite cour aux alentours d'une heure. Elle était moins expansive et moins confiante qu'autrefois ; on avait le sentiment que quelqu'un – pas nécessairement Jonathan Strange ! – l'avait déçue et qu'elle s'était résolue à être moins indépendante à l'avenir.

Lors de la première semaine de février, un gros orage éclata à Padoue. Cela se passa à la mi-journée. L'orage survint très soudainement de l'est (la direction de Venise et de la mer). Les vieux messieurs qui fréquentaient les cafés de la ville affirmaient qu'il n'y avait eu aucun signe avant-coureur. D'autres n'étaient pas très portés à faire cas de cette circonstance ; après tout, on était en hiver, et les tempêtes étaient prévisibles.

Tout d'abord, un coup de vent balaya la ville. Il n'était pas respectueux des portes ou des fenêtres, ce vent. Il trouvait des fentes dont nul ne connaissait l'existence, et il soufflait presque aussi fort à l'intérieur des maisons qu'à l'extérieur. La tante Greysteel et Flora se tenaient ensemble au petit salon du premier étage. Les carreaux de la fenêtre se mirent à trembler et les pampilles en cristal du lustre tintinnabulèrent. Puis les feuillets d'une lettre que la tante Greysteel écrivait lui échappèrent des mains et voletèrent à travers la pièce. De l'autre côté de la fenêtre, les cieux s'obscurcirent et il fit noir comme en pleine nuit ; des rideaux de pluie opaque s'abattirent sur la ville.

Bonifazia et Minichello pénétrèrent au salon. Ils venaient sous prétexte de s'informer des souhaits de la tante concernant la tempête, mais à la vérité Bonifazia désirait joindre ses exclamations de stupéfaction devant la violence du vent et de la pluie à celles de la tante (et elles formaient un fameux duo, bien que dans des langues différentes !). Minichello avait sans doute suivi Bonifazia ; il contemplait la tempête d'un air morne, soupçonnant apparemment qu'elle avait été arrangée dans le but exprès de lui donner du travail.

La tante Greysteel, Bonifazia et Minichello étaient tous les trois à la fenêtre, quand ils virent le premier éclair qui transforma leur décor familier en un tableau on ne peut plus gothique et inquiétant, baigné d'une lumière blafarde surnaturelle et d'ombres inattendues. Celui-ci fut suivi d'un coup de tonnerre qui ébranla toute la pièce. Bonifazia marmonnait des *Ave Maria* et en appelait à tous les saints. La tante Greysteel, également alarmée, eût été peut-être bien contente d'avoir le même refuge, mais, membre de la communion de l'Église anglicane, elle pouvait seulement s'exclamer : « Mon Dieu ! », « Ma parole ! » ou encore « Seigneur ! », ce qui ne lui apportait guère de réconfort.

— Flora, mon cœur, articula-t-elle d'une voix qui chevrotait légèrement, j'espère que vous n'êtes pas effrayée. Cet orage est épouvantable.

Flora s'approcha de la fenêtre et, prenant la main de sa tante, lui assura qu'il allait certainement s'éloigner bientôt. Un nouvel éclair illumina la ville. Flora lâcha la main de sa tante, ouvrit la fenêtre et se précipita sur le balcon.

— Flora ! s'écria la tante Greysteel.

La jeune fille se penchait dans les ténèbres rugissantes, les mains accrochées à la balustrade, indifférente à la pluie qui trempait sa robe ou au vent qui tordait ses cheveux.

— Mon ange ! Flora ! Flora ! Viens à l'abri !

Flora se retourna pour lancer à sa tante quelques mots que les autres n'entendirent pas.

Minichello la suivit sur le balcon et, avec une étonnante délicatesse, mais sans sortir un instant de sa morosité naturelle, il réussit à la ramener à l'abri en utilisant ses grandes mains plates pour la guider, comme les bergers élèvent des clôtures pour canaliser leurs bêtes.

— Ne voyez-vous donc rien ? s'exclama Flora. Il y a quelqu'un en bas ! Là, au coin de la rue ! Savez-vous qui c'est ? J'ai pensé..

Elle se tut brusquement et, quel que fût l'objet de ses pensées, elle ne le leur révéla pas.

— Voyons, mon cœur, j'espère que vous vous méprenez. Je plains quiconque est dehors par ce temps. J'espère qu'il saura trouver où s'abriter dès que possible. Oh, Flora ! Vous êtes tellement mouillée !

Bonifazia alla quérir des serviettes, puis elle et la tante Greysteel s'employèrent immédiatement à sécher la robe de Flora, en faisant pirouetter celle-ci entre elles, tentant parfois de la tourner dans des sens contraires. Toutes les deux donnaient également à Minichello des instructions impérieuses, la tante dans un italien hésitant et pourtant pressant, et Bonifazia dans son volubile dialecte vénitien. Les instructions, comme les pirouettes, étaient peut-être bien contradictoires, car Minichello se bornait à les observer d'un œil torve.

Flora regarda dans la rue, par-dessus les têtes inclinées des deux femmes. Encore un éclair. Elle se raidit, électrisée, et, l'instant d'après, se dégageait des griffes de sa tante et de la bonne pour se ruer hors du salon.

Ils n'eurent pas le temps de se demander où elle allait. Une agitation domestique titanesque occupa la demi-heure suivante : Minichello se battait avec les persiennes, malgré l'orage ; Bonifazia tâtonnait dans le noir, en quête de chandelles ; la tante Greysteel, elle, s'avisait que le mot italien qu'elle avait employé pour dire « persienne » signifiait en fait « parchemin ». Chacun des trois perdit à tour de rôle son sang-froid. Et la tante Greysteel n'eut guère le sentiment que la situation s'améliorait quand toutes les cloches de la ville se mirent à sonner à la fois, en vertu de la croyance que les cloches (étant des objets bénis) pouvaient chasser les orages et le tonnerre (qui étaient manifestement l'œuvre du diable).

Enfin la maison fut bien fermée – ou peu s'en fallait. La tante Greysteel laissa Bonifazia et Minichello terminer le travail et, oubliant qu'elle avait vu Flora quitter le salon, elle y retourna avec une chandelle pour chercher sa nièce. Flora n'était pas là. La tante Greysteel remarqua que Minichello n'avait toujours pas fermé les persiennes de cette pièce.

Elle gravit l'escalier menant à la chambre à coucher de Flora : sa nièce n'y était pas non plus. Pas plus qu'elle ne se trouvait dans la petite salle à manger, ni dans la chambre de sa tante, ni dans l'autre salon, plus petit, où toutes deux se retiraient parfois après dîner. Ensuite, la cuisine, le vestibule et la chambre du jardinier furent successivement inspectés. Flora demeurait introuvable.

La tante Greysteel commençait à s'inquiéter sérieusement. Une cruelle petite voix chuchotait à son oreille que, quel que fût le sort mystérieux qui avait frappé l'épouse de Jonathan Strange, tout avait commencé quand elle avait disparu subitement dans une tempête de neige.

« C'était de la neige, pas de la pluie », se raisonna-t-elle. En déambulant dans la maison à la recherche de Flora, elle ne cessait de se répéter : « De la neige, pas de la pluie. De la neige, pas de la pluie... » Puis elle songea : « Elle était peut-être au salon depuis le début. Il faisait si sombre, et elle est si silencieuse, je ne l'ai peut-être pas vue... »

Elle retourna donc au salon, auquel un nouvel éclair donna un aspect lunaire. Les murs prirent une blancheur spectrale ; le mobilier et d'autres objets devinrent gris, comme s'ils avaient été transformés en pierre. Dans un sursaut d'horreur, la tante Greysteel prit conscience d'une seconde présence dans la pièce : une femme, *mais qui n'était pas Flora.* Une femme debout, vêtue d'une toilette sombre et démodée, qui la regardait, un bougeoir à la main. Une femme dont le visage était dans l'ombre et dont les traits restaient donc indistincts.

La tante Greysteel se sentit glacée.

Un grondement de tonnerre retentit, puis les ténèbres s'épaissirent, trouées seulement de deux flammes de chandelle. Pourtant, celle de l'inconnue n'éclairait rien. Encore plus bizarre, le salon donnait l'impression de s'être mystérieusement agrandi ; la femme et sa chandelle étaient étrangement loin de la tante Greysteel.

— Qui est là ? cria la tante Greysteel.

Personne ne répondit.

« Naturellement, se dit-elle, elle est italienne. Je dois lui parler en italien. Elle s'est peut-être trompée de maison dans l'affolement créé par l'orage. » Mais, en dépit de tous ses efforts, pas un seul mot d'italien ne lui vint à l'esprit.

Encore un éclair. La femme réapparut à la même place, face à la tante Greysteel. « C'est le fantôme de l'épouse de Jonathan Strange ! » songea celle-ci. Elle avança d'un pas, l'inconnue aussi. Soudain la compréhension et le soulagement l'envahirent à proportion. « C'est un miroir ! Oh ! Suis-je sotte ! suis-je sotte ! Avoir peur de mon propre reflet ! » Elle était si soulagée qu'elle faillit éclater de rire ; elle se reprit aussitôt. Il n'y avait aucune sottise à concevoir de l'effroi, absolument aucune sottise. Il n'y avait jamais eu de miroir dans ce coin jusqu'à présent.

L'éclair suivant illumina le miroir, laid et beaucoup trop important pour le petit salon. La tante Greysteel était sûre de ne l'avoir jamais vu de sa vie.

Elle se précipita hors de la pièce, avec le sentiment qu'elle aurait les idées plus claires loin de la vue de ce funeste miroir. Elle était déjà à mi-escalier, quand du bruit qui provenait de la chambre de Flora l'incita à ouvrir la porte pour regarder à l'intérieur.

Flora était là. Elle avait allumé les chandelles qu'on lui avait préparées et était en train de retirer sa robe par la tête. Le vêtement était trempé, son jupon et ses bas ne valaient guère mieux. Ses bottines s'entassaient par terre à côté du lit, crottées et gâtées par la pluie.

Flora regarda sa tante avec une expression où se mêlaient la culpabilité, l'embarras, la méfiance et plusieurs autres émotions plus indéchiffrables.

— Rien ! Rien ! cria-t-elle.

Sans doute était-ce la réponse à une question qu'elle escomptait de la part de sa tante, cependant la tante Greysteel ne put que balbutier :

— Oh, ma chère ! Où étiez-vous passée ? Qu'est-ce qui a pu vous pousser à sortir par un tel temps ?

— Je suis allée acheter du fil de soie à broder.

La tante Greysteel avait dû montrer son étonnement à ces mots, car Flora ajouta d'un ton indécis :

— Je ne pensais pas que la pluie durerait aussi longtemps.

— Voyons, mon cœur, vous ne m'ôterez pas de l'esprit que vous avez agi étourdiment. Vous avez dû avoir grand-peur ! Était-ce là la raison de vos larmes ?

— Des larmes ? Non, non ! Vous vous méprenez, ma tante ! Je n'ai pas pleuré. C'est la pluie, voilà tout.

— Mais vous...

La tante Greysteel s'interrompit. Elle allait dire « vous pleurez en ce moment même », quand Flora secoua la tête et se détourna.

Pour une raison inconnue, la jeune fille avait noué son châle en balluchon, et la tante Greysteel pensa que, si tel n'avait pas été le cas, le châle l'aurait un peu protégée de la pluie et elle n'eût pas été aussi mouillée. Flora sortit du ballot une petite fiole remplie d'un liquide de couleur ambrée. Elle ouvrit un tiroir, la glissa à l'intérieur.

— Flora ! Il s'est produit quelque chose de très singulier. Je ne sais comment vous expliquer, il y a un miroir...

— Oui, je sais, se hâta de répondre Flora. Il est à moi.

— Il est à vous ! – La tante Greysteel était plus perplexe que jamais. Un silence de quelques minutes s'écoula. – Où l'avez-vous acheté ? demanda-t-elle, ne trouvant pas autre chose à dire.

— Je ne me rappelle plus très bien. On a dû le livrer tout à l'heure.

— Enfin, personne ne livrerait de la marchandise en plein orage ! Et si quelqu'un avait été assez bête pour s'y risquer, il aurait heurté à la porte... et n'aurait pas fait tant de secrets.

Flora ne formula aucune objection à ces arguments on ne peut plus sensés.

La tante Greysteel ne regrettait pas de changer de sujet de conversation. Elle avait son content d'orages, de frayeurs et de miroirs imprévus. La question du pourquoi de l'apparition du miroir étant désormais résolue, elle mit momentanément de côté l'examen des circonstances de cette apparition. Elle était soulagée de pouvoir se rabattre sur les sujets plus bénins de la robe de Flora, des bottines de Flora, des risques que Flora courait d'attraper un rhume, et de la nécessité pour Flora de se sécher immédiatement et de mettre sa robe de chambre pour venir s'asseoir au coin de la cheminée du salon et manger une collation chaude.

Quand elles se retrouvèrent toutes deux au salon, la tante Greysteel déclara :

— Regardez ! L'orage est presque passé. On croirait qu'il repart vers la côte. Que c'est curieux ! Je pensais qu'il en venait. J'imagine que vos fils de soie ont été gâtés par la pluie comme tout le reste…

— Des fils de soie ? répéta Flora, avant que la mémoire lui fût revenue. Oh ! Je ne suis pas arrivée jusqu'à la boutique. C'était, comme vous dites, une étourderie de ma part.

— Eh bien, nous pouvons sortir plus tard pour quérir ce qu'il vous faut. Comme je plains ces pauvres gens du marché ! Tous les étals ont dû être dévastés. Bonifazia prépare votre gruau d'avoine, mon cœur. Je me demande si je lui ai recommandé de prendre le lait frais.

— Je ne m'en souviens pas, ma tante.

— Je ferais mieux d'aller vérifier.

— Je puis y aller moi aussi, proposa Flora, faisant mine de se lever.

Sa tante ne voulut rien entendre. Flora devait demeurer exactement là où elle était, au coin du feu, les pieds sur un repose-pieds.

Le temps s'éclaircissait déjà. Avant de se rendre à la cuisine, la tante Greysteel examina le miroir. Il était très grand et tarabiscoté, le type de miroir que l'on fabriquait sur l'île de Murano, dans la lagune de Venise.

— J'avoue que je suis surprise que vous aimiez ce miroir, Flora. Il est surchargé d'ornements et de fleurons en verre. En général, vous préférez plus de simplicité.

Flora soupira, puis allégua qu'elle pensait avoir pris goût à la splendeur et au raffinement depuis son arrivée en Italie.

— A-t-il coûté cher ? s'enquit la tante Greysteel. Il semblerait.

— Non, pas cher du tout.

— Enfin, c'est toujours cela, n'est-ce pas ?

La tante Greysteel descendit à la cuisine. Elle se sentait remise de ses émotions et était persuadée que la série de chocs et d'alarmes successives dont la matinée avait paru composée était désormais finie. En quoi elle se trompait du tout au tout.

Deux hommes qu'elle n'avait jamais vus se tenaient à la cuisine, avec Bonifazia et Minichello. Apparemment, la domestique ne s'était pas attelée à la préparation du gruau de Flora. Elle n'avait même pas sorti les flocons d'avoine et le lait de la dépense.

Dès qu'elle eut posé ses yeux sur la tante Greysteel, Bonifazia la prit par le bras et se répandit en un flot passionné de mots dialectaux. Elle parlait de l'orage – jusque-là c'était clair – et accusait le diable ; à part cela la tante Greysteel comprit très peu de choses. À son vif étonnement, Minichello l'aida à s'y retrouver. Dans un semblant d'anglais très correct, il proféra :

— Le magicien angless récolte la tempête, le magicien angless récolte *la tempesta*.

— Je vous demande pardon ?

Malgré les fréquentes interruptions de Bonifazia et des deux inconnus, Minichello l'informa qu'au cœur de l'orage, en levant la tête, d'aucuns avaient distingué une crevasse entre les nuages noirs. Mais ce qu'ils avaient entrevu par la crevasse les avait stupéfiés, et terrifiés aussi : un ciel noir de minuit, criblé d'étoiles, remplaçait le limpide azur de leurs attentes. L'orage n'était pas naturel ; il avait été provoqué afin de cacher l'approche de la colonne de Ténèbres de Strange.

Cette nouvelle courut bientôt dans toute la ville, et les citoyens en furent grandement troublés. Jusque-là la colonne de Ténèbres avait été une monstruosité confinée à Venise, cité qui semblait – aux Padouans, du moins – un décor propice aux monstruosités. Désormais il était clair que Strange était resté à Venise par choix plutôt que par enchantement. Toutes les villes d'Italie – toutes les villes du monde pouvaient se retrouver soudain envahies par les Ténèbres éternelles. Cette perspective, déjà détestable, était bien pire pour la tante Greysteel ; à la peur que Strange lui inspirait s'ajoutait la fâcheuse conviction que Flora avait menti. Elle s'interrogeait pour savoir s'il était plus probable que sa nièce avait menti parce qu'elle était victime d'un sortilège, ou parce que son affection pour Strange avait ébranlé ses principes. Elle ne savait pas quelle solution était la plus odieuse.

Elle écrivit à son frère resté à Venise pour le supplier de venir. En attendant, elle avait décidé de se taire. Pendant le reste de la journée, elle observa attentivement Flora. Celle-ci était à peu près comme d'habitude, sauf que son comportement envers sa tante se teintait parfois de contrition, sans motif apparent.

À une heure, le lendemain – soit quelques heures avant que la lettre de la tante Greysteel eût pu l'atteindre – le Dr Greysteel débarqua de Venise, accompagné de Frank. Ils lui apprirent que ce n'était un secret pour personne à Venise que Strange avait quitté la paroisse de Santa Maria Zobenigo pour rejoindre la *terraferma*. De nombreux points de la cité, en effet, on avait vu la colonne de Ténèbres se déplacer sur la mer. Sa surface tremblotait, et des volutes et des spirales de ténèbres s'y agglutinaient ou s'en détachaient, si bien qu'on l'eût crue faite de flammes noires. Comment Strange avait-il franchi les flots ? S'il avait traversé en bateau ou si son voyage avait été de la pure magie, nul ne le savait. L'orage derrière lequel il avait tenté de dissimuler sa venue n'avait été provoqué qu'à son arrivée à Strà, à huit milles de Padoue.

—Je ne le fréquenterais pour rien au monde, vous dis-je, Louisa, déclara le Dr Greysteel. Tout le monde s'est sauvé à son approche. De Mestre à Strà, il n'a pas dû voir âme qui vive. Juste des rues silencieuses et des campagnes abandonnées. Dorénavant, le monde est un désert pour lui.

Quelques instants auparavant, la tante Greysteel pensait à Strange avec des sentiments peu tendres, cependant le tableau brossé par son frère était si affreux que les larmes lui montèrent aux yeux.

— Et où est-il maintenant ? s'enquit-elle d'un ton radouci.

— Il a regagné son logis de Santa Maria Zobenigo. Tout est exactement comme avant. Aussitôt que nous avons appris qu'il se trouvait à Padoue, j'ai deviné son dessein. Nous nous sommes mis en route dès que possible. Comment se porte notre Flora ?

Flora était au salon. Elle y attendait son père ; en fait, elle paraissait soulagée que l'heure du face-à-face fût venue. Le Dr Greysteel eut à peine posé la première question qu'elle se lança dans sa confession. C'était l'épanchement d'un cœur gros de chagrin. Ses larmes coulèrent d'abondance, et elle avoua avoir revu Strange. Elle l'avait aperçu dans la rue en contrebas et, sachant qu'il l'attendait, s'était précipitée hors de la maison pour courir à sa rencontre.

—Je vais tout vous expliquer, je vous le promets, l'assura-t-elle. Mais pas encore. Je n'ai rien fait de mal – elle s'empourpra – à part les mensonges que j'ai dits à ma tante, que je regrette beaucoup. Mais ces secrets ne m'appartiennent pas.

— Pourquoi ces secrets, quels qu'ils soient, Flora ? insista son père. Cela ne vous prouve-t-il pas que quelque chose ne va pas ? Celui qui a des intentions honorables n'a pas de secrets. Il agit au grand jour.

— Oui, je pense... Pourtant cette règle ne s'applique pas aux magiciens ! Mr Strange a des ennemis. Cet affreux vieil homme à Londres et bien d'autres encore ! Vous ne devez pas me reprocher de mal agir. J'ai tenté mon possible pour bien faire et je crois y être parvenue ! Voyez-vous, il existe une sorte de magie qu'il pratique et qui le détruit... Et hier je l'ai convaincu d'y renoncer. Il m'a promis de l'arrêter complètement.

— Flora ! reprit tristement son père. Votre comportement me peine plus que tout le reste. Que vous dussiez vous considérer comme étant en droit d'exiger de lui des promesses, voilà qui mérite des explications ! Je suis sûr que vous en êtes consciente. Ma chérie, vous êtes-vous promise à lui ?

— Non, papa ! – Nouvelle crise de larmes. Il lui fallut beaucoup de caresses de sa tante pour retrouver un calme relatif. Quand elle put de nouveau s'exprimer, elle poursuivit : – Nous n'avons contracté aucun engagement. Il est vrai que je lui ai été attachée autrefois. Mais tout cela est bel et bien fini. Vous ne devez pas mettre ma parole en doute ! C'est par amitié que je lui ai demandé de me faire cette promesse. Et par égard pour son épouse. Il pense agir dans son intérêt, toutefois je sais qu'elle ne voudrait pas qu'il se livrât à une magie aussi nocive pour sa santé et sa raison, quel que soit son but, aussi désespérée que soit la situation ! Elle n'est plus là pour le guider dans ses actes, alors il m'incombait de lui parler en son nom.

Le Dr Greysteel demeura silencieux.

— Flora, commença-t-il au bout d'une minute ou deux, vous oubliez, ma chérie, que je l'ai vu souvent à Venise. Il n'est pas en état de tenir ses promesses. Il ne se rappellera même pas quelles promesses il a pu faire !

— Oh, que si ! J'ai pris des dispositions pour qu'il les tienne.

Un nouveau flot de larmes montra qu'elle n'était pas aussi insensible qu'elle le prétendait. Néanmoins, elle en avait assez dit pour rassurer un tantinet son père et sa tante. Ils furent convaincus que son attachement pour Jonathan Strange devait tôt ou tard venir à son terme naturel. Comme la tante Greysteel le formula plus tard ce soir-là, Flora n'était pas le genre de fille à soupirer des années après un amour impossible ; elle était une créature trop rationnelle.

Maintenant qu'ils étaient de nouveau réunis, le Dr Greysteel et la tante Greysteel étaient impatients de reprendre leurs pérégrinations. La tante souhaitait aller à Rome afin de visiter les monuments et les vestiges anciens dont ils avaient entendu vanter le caractère remarquable. Flora, elle, n'était plus intéressée par les ruines ou les œuvres d'art. Elle était heureuse là où elle était, répétait-elle. La plupart du temps, à moins d'y être contrainte, elle ne voulait pas sortir de la maison. Quand ses parents lui proposaient une excursion ou la visite d'une église abritant un autel Renaissance, elle refusait de les accompagner. Elle invoquait la pluie ou la saleté des rues, motifs bien fondés ; il plut abondamment à Padoue cet hiver-là, sauf que la pluie ne l'avait jamais troublée auparavant.

Sa tante et son père se montrèrent patients, même si le Dr Greysteel en particulier la trouvait saumâtre. Il n'était pas venu en Italie pour rester assis tranquillement dans des appartements la moitié moins grands que les salons de sa confortable demeure du Wiltshire. En privé, il grommelait qu'il était parfaitement possible, et aussi bien moins onéreux, de broder ou de lire des romans dans le Wiltshire (tels étaient désormais les passe-temps favoris de Flora) ; la tante Greysteel le tançait et lui imposait silence. Si c'était là la manière dont Flora se disposait à pleurer Jonathan Strange, alors ils devaient la laisser.

Flora proposa pourtant une excursion, d'une sorte bien étrange. Le Dr Greysteel était à Padoue depuis une semaine environ, quand elle annonça qu'elle avait grande envie de prendre la mer.

Songeait-elle à une croisière ? demandèrent-ils. Rien ne les empêchait de gagner Rome ou Naples par mer.

Elle ne songeait pas à une croisière, elle ne désirait pas quitter Padoue. Non, elle eût aimé faire une sortie à bord d'un voilier ou de toute autre embarcation. Une sortie d'une heure ou deux, peut-être moins. Elle souhaitait s'embarquer sans attendre. Le lendemain, ils se rendaient dans un petit village de pêcheurs.

Le village n'avait en soi aucun intérêt particulier, qu'il s'agisse d'emplacement, de vue, d'architecture ou d'histoire ; en réalité, il présentait très peu d'attraits, hormis sa proximité avec Padoue. Le Dr Greysteel prit des renseignements chez le petit marchand de vins, puis au presbytère, jusqu'à ce qu'on l'eût lancé sur la piste de deux gaillards sérieux qui acceptassent de les emmener en mer. Les hommes n'avaient rien contre l'argent du Dr Greysteel ; néanmoins, ils se sentirent obligés de lui signaler qu'il n'y avait rien à voir et que le beau temps n'y aurait rien changé. Car il ne faisait pas beau ; il pleuvait, assez fort pour rendre une excursion en mer des plus inconfortables, pas assez pour dissiper l'épaisse brume grise.

— Êtes-vous sûre, mon cœur, que tel est bien votre désir ? s'enquit la tante Greysteel. Le lieu est sinistre et le bateau empeste le poisson.

— On ne peut plus sûre, ma tante, répondit Flora, qui monta à bord et s'installa à un bout.

Sa tante et son père lui emboîtèrent le pas. Les pêcheurs, embarrassés, mirent à la voile jusqu'au moment où l'on ne vit plus, dans toutes les directions, qu'une ondoyante masse de flots gris, limitée par des murailles de brume d'un gris plus terne. Dans l'expectative, les pêcheurs regardèrent le Dr Greysteel. Ce dernier, à son tour, fixa Flora d'un air interrogateur.

Flora ne les voyait pas. Appuyée à la coque de la barque, elle était assise dans une attitude pensive. Son bras droit était tendu au-dessus de l'eau.

— Je la sens encore ! s'écria le Dr Greysteel.

— Vous sentez quoi encore ? s'enquit la tante Greysteel avec humeur.

— Cette odeur de chats et de moisi ! L'odeur de la chambre de la vieille dame. La vieille dame du Cannaregio à qui nous avons rendu visite. Y a-t-il un chat à bord ?

Sa question n'avait pas de sens. Aucun recoin de la barque de pêche n'était dissimulé aux regards ; il n'y avait pas de chat.

— Quelque chose ne va pas ? s'enquit la tante Greysteel, qui n'aimait pas beaucoup la posture de Flora. Êtes-vous souffrante ?

— Non, ma tante, dit Flora, se redressant et rajustant son parapluie. Je vais bien. Nous pouvons rentrer maintenant si vous voulez.

L'espace d'un instant, la tante Greysteel vit une petite fiole flotter sur les flots, une fiole sans bouchon. Puis celle-ci coula à pic et disparut à jamais.

Pendant de nombreuses semaines, cette curieuse excursion devait être la dernière fois où Flora montra une inclination à sortir. Parfois, la tante Greysteel tentait de l'inciter à s'installer dans le fauteuil devant la fenêtre pour voir ce qui se passait dans la rue. La rue italienne, en effet, offre souvent des saynètes amusantes. Mais Flora préférait une bergère dans un coin sombre, sous le mystérieux miroir, et elle prit l'étrange habitude de comparer l'image du salon contenue dans ce miroir et le salon tel qu'il était en réalité. Elle pouvait, par exemple, s'intéresser soudain à un châle abandonné sur un siège et, après avoir consulté son reflet, déclarer :

— Ce châle a l'air différent dans le miroir.

— Vraiment ? répondait sa tante, perplexe.

— Oui. Il a l'air brun dans la glace, alors qu'il est bleu en réalité. Ne trouvez-vous pas ?

— Eh bien, mon cœur, je suis sûre que vous avez raison, pourtant il me paraît exactement pareil.

— Oui, admettait alors Flora avec un soupir. Vous avez raison.

61

L'arbre parle à la pierre, la pierre parle à l'eau

Janvier-février 1817

Si la destruction du livre de Strange par Mr Norrell avait dressé l'opinion publique contre ce dernier, elle l'avait aussi rendue favorable à son élève. On établit des comparaisons, en public comme en privé, entre les deux magiciens. Strange était ouvert, courageux et actif, alors que le secret constituait les tenants et aboutissants de la personnalité de Mr Norrell. Et l'on n'avait pas oublié non plus la façon dont, pendant que Strange servait son pays dans la Péninsule, Norrell avait racheté tous les ouvrages de magie de la bibliothèque du duc de Roxburghe afin que nul autre que lui ne pût les lire. À la mi-janvier, cependant, les gazettes étaient pleines de bulletins sur la folie de Strange, de descriptions de la Tour noire et de spéculations sur la nature de la magie qui le retenait là-bas. Un Anglais du nom de Lister s'était trouvé à Mestre, sur la côte italienne, le jour où Strange avait quitté Venise pour Padoue. Mr Lister avait assisté au passage de la colonne de Ténèbres sur la mer et avait envoyé une dépêche en Angleterre ; trois semaines plus tard, des articles paraissaient dans plusieurs journaux londoniens pour relater la manière silencieuse dont elle avait glissé sur la face des eaux. En l'espace de quelques mois, Strange était devenu un objet d'horreur pour ses compatriotes : un être maudit, à peine humain.

Néanmoins, la subite disgrâce de Strange ne profita guère à Mr Norrell. Il ne reçut pas de nouveaux mandats du cabinet ; pis encore, des missions d'autres provenances furent annulées. Au début de janvier, le doyen de la cathédrale Saint Paul avait demandé si Mr Norrell ne serait pas en mesure de découvrir le lieu d'inhumation d'une certaine jeune trépassée. Le frère de la défunte souhaitait ériger un nouveau monument funéraire à tous les membres de sa famille. Cela impliquait de déplacer le cercueil de la jeune femme. Le doyen et le chapitre, très embarrassés, s'étaient avisés que son lieu de sépulture avait été noté de manière erronée, et ils ignoraient où il pouvait être. Mr Norrell leur avait assuré que c'était l'enfance de l'art de la retrouver. Dès que le doyen lui aurait donné le nom de la demoiselle ainsi qu'un ou deux autres détails, il se livrerait à sa magie. Mais le doyen ne communiqua jamais son nom à Mr Norrell. À sa place, une lettre gauchement tournée était arrivée, où le doyen, avec maintes excuses et circonlocutions, soutenait avoir été récemment frappé par l'inconvenance qu'il y avait, pour des ecclésiastiques, à recourir à des magiciens.

Lascelles et Norrell convinrent que la situation était inquiétante.

— Il sera difficile de poursuivre la restauration de la magie anglaise en l'absence de toute nouvelle magie, déclara Lascelles. Face à une situation aussi critique, il est impératif de rappeler votre nom et vos réalisations à la mémoire du public.

Lascelles rédigea donc des articles pour les gazettes et dénonça Strange dans toutes les revues de magie. Il saisit aussi l'occasion pour passer en revue toute la magie réalisée par Mr Norrell au cours des dix années précédentes et suggérer des perfectionnements. Il décida que Mr Norrell et lui devaient descendre à Brighton pour étudier le mur de sortilèges que le maître et Jonathan avaient édifié le long des côtes de Grande-Bretagne. Cette entreprise occupait la majeure partie du temps de Mr Norrell depuis ces deux dernières années et avait déjà coûté au gouvernement d'énormes sommes d'argent.

Aussi, par un jour venteux et particulièrement glacé de février, ils se trouvaient ensemble à Brighton et contemplaient une vaste étendue de mornes flots gris.

— Votre mur est invisible, dit Lascelles.

— Invisible, oui ! concéda Mr Norrell avec impatience. Nullement moins efficace pour autant ! Il protégera les falaises de l'érosion, les habitations de la tempête, il empêchera le bétail d'être emporté et fera chavirer tous les ennemis de la Bretagne qui tenteraient d'accoster.

— N'auriez-vous pas dû disposer des fanaux à intervalles réguliers pour rappeler aux gens que votre muraille enchantée est toujours là ? Des flammes flottant mystérieusement sur la face des flots ? Des colonnes formées d'eau de mer ? Quelque chose dans ce goût ?

— Oh, assurément ! acquiesça Mr Norrell. Je pourrais créer les illusions magiques que vous citez. Elles ne sont pas difficiles à produire, cependant vous devez comprendre qu'elles seraient purement ornementales. Elles ne renforceraient aucunement la magie, elles n'auraient aucun effet pratique.

— Leur effet, le reprit sévèrement Lascelles, serait de rappeler constamment au spectateur les œuvres du grand Mr Norrell. Elles feraient savoir au peuple britannique que vous êtes toujours le défenseur de la nation, l'éternel vigile qui veille sur eux pendant qu'ils vaquent à leurs affaires. Cela vous vaudrait dix, vingt articles dans les publications de magie !

— Pas possible ? s'étonna Mr Norrell, qui se promit à l'avenir de garder toujours présent à l'esprit la nécessité de se livrer à son art pour exciter l'imagination populaire.

Ce soir-là, ils logèrent à l'*Old Ship Tavern* et rentrèrent à Londres le lendemain matin. En règle générale, Mr Norrell détestait les longs voyages. Bien que son équipage fût un exemple supérieur de l'art des fabricants de voitures, avec tout ce qu'il fallait en matière de ressorts métalliques et de banquettes bien rembourrées, le vieux magicien se ressentait du moindre cahot et du moindre creux de la route. Au bout d'une demi-heure environ, il souffrait de douleurs du dos, de maux de tête et de nausées. Ce matin-là, pourtant, il n'accorda guère de pensée à son dos ou à son estomac. Depuis l'instant où il avait quitté l'*Old Ship*, il était dans un curieux état de fébrilité, assailli d'idées incongrues et de vagues craintes.

Par la vitre de la voiture, il aperçut quantité de grands oiseaux noirs, des corbeaux ou des corneilles, il n'eût su dire, et son cœur de magicien y reconnut un signe. Sur le ciel blême d'hiver, ils tournaient et tournoyaient, et ouvraient leurs ailes comme autant de mains noires ; ce faisant, chacun devenait une incarnation vivante du Corbeau-en-vol, l'étendard de John Uskglass. Mr Norrell demanda à Lascelles s'il trouvait les volatiles plus nombreux que d'habitude ; Lascelles répondit qu'il ne savait pas. Après les oiseaux, les grandes flaques gelées éparpillées dans les champs obsédèrent l'imagination du vieux magicien. Tandis que la voiture longeait la route, chaque flaque devint un miroir argenté pour le ciel blanc hivernal. Aux yeux d'un magicien, il n'y a guère de différence entre un miroir et une porte. L'Angleterre semblait disparaître peu à peu sous ses yeux. Il avait l'impression qu'il pourrait franchir n'importe lequel de ces miroirs-portes pour se retrouver dans l'un des autres mondes qui touchaient jadis à l'Angleterre. Pis encore, il pensa que d'autres que lui en étaient capables. Le paysage du Sussex commença à ressembler un peu trop à son goût à l'Angleterre évoquée dans la vieille ballade :

> « *Ce pays n'est que trop plat,*
> *Il se reflète au firmament*
> *Et tremble comme la pluie battue par le vent*
> *Au passage du roi Corbeau*[1]. »

---

1. La ballade apparaît dans la première note du chapitre III.

Pour la première fois de sa vie, Mr Norrell se prit à songer qu'il y avait peut-être trop de magie en Angleterre.

À peine arrivés à Hanover-square. Mr Norrell et Lascelles se précipitèrent à la bibliothèque. Childermass y était déjà, installé à un secrétaire. Une pile de lettres se dressait devant lui ; il lisait l'une d'elles. À l'entrée de Mr Norrell, il leva les yeux.

— Bien ! Vous voilà de retour ! Lisez ceci !

— Pourquoi ? Qu'est-ce donc ?

— Son auteur est un certain Traquair. Un jeune homme du Nottinghamshire a sauvé la vie d'un enfant grâce à la magie, et Traquair en a été témoin.

— Vraiment, monsieur Childermass ! fit Lascelles avec un soupir. Je pensais que vous aviez mieux à faire que d'importuner votre maître avec de telles inepties. – Il jeta un regard à la pile de missives ouvertes ; l'une d'elles présentait un grand cachet portant des armoiries. Il contempla celles-ci quelques instants avant de s'apercevoir qu'il les connaissait bien, puis se saisit vivement du courrier. – Mr Norrell ! s'écria-t-il. Nous avons une convocation de Lord Liverpool !

— Enfin ! s'exclama Mr Norrell. Que dit-il ?

Lascelles mit un moment pour lire le feuillet.

— Seulement qu'il nous prie de bien vouloir l'honorer de notre présence à Fife House pour une affaire des plus urgentes ! – Il réfléchit rapidement. – Il s'agit sans doute des Johannites[1]. Liverpool eût dû solliciter votre aide voilà des années, afin de traiter avec les Johannites. Je suis content qu'il revienne enfin à la raison. Quant à vous, poursuivit-il, s'en prenant à Childermass, êtes-vous devenu fou ? Ou jouez-vous encore à l'un de vos petits jeux ? Vous discourez sur de fausses prétentions à la magie alors qu'une dépêche du Premier ministre d'Angleterre traîne sur votre bureau !

— Lord Liverpool peut attendre, répliqua Childermass en s'adressant à Mr Norrell. Croyez-moi quand je vous presse de prendre connaissance du contenu de cette lettre !

Lascelles eut un grognement d'exaspération.

Mr Norrell reporta ses regards de l'un à l'autre, au comble de la détresse. Depuis des années il était habitué à compter sur eux deux, et leurs querelles (qui devenaient de plus en plus fréquentes) le déconcertaient. Il aurait pu

---

1. Mouvement d'ouvriers prônant la destruction des machines industrielles dont il est question au chapitre XLVIII.

rester là un temps indéfini, incapable de choisir entre les deux, si Childermass n'avait pas brusqué les choses en lui prenant le bras pour le tirer de force dans une petite antichambre lambrissée attenante à la bibliothèque. Il claqua la porte et s'y adossa.

— Écoutez-moi. Cette magie a eu lieu dans une grande demeure du Nottinghamshire. Les adultes bavardaient au salon, les domestiques étaient occupés et une fillette s'est aventurée dans les jardins. Elle a escaladé un haut mur qui délimite un potager et a marché sur son faîte. Le mur était gelé. Elle est tombée et, dans sa chute, a traversé le toit d'une serre. Le verre a cédé et transpercé l'enfant en de nombreux endroits. Une servante l'a entendue crier. Il n'y avait pas de chirurgien à moins de dix milles de là. Un des invités, un jeune homme du nom de Joseph Abney, l'a sauvée par la magie. Il a retiré les éclats de verre de son corps et réduit ses fractures grâce à la Restauration et la Rectification de Martin Pale[1] puis il a arrêté l'hémorragie au moyen d'un sort qu'il prétendait être la Main de Teilo[2].

— C'est ridicule ! déclara Mr Norrell. La Main de Teilo s'est perdue depuis des siècles. Par ailleurs, le charme de Restauration et de Rectification de Pale est un procédé très ardu. Ce jeune homme aurait dû être absorbé par ses études pendant des années...

— Oui, je sais... Or il reconnaît avoir à peine étudié. Il connaissait à peine les noms des sortilèges, sans parler de leur mise en œuvre. Traquair soutient pourtant qu'il a jeté ses sorts avec facilité, sans hésitation. Traquair et les autres personnes présentes se sont adressées à lui pour lui demander ce qu'il faisait. Le père de la jeune fille était très inquiet de voir Abney exercer sa magie sur elle... Pour autant qu'on sache, Abney ne les entendait pas. Par la suite, on eût cru un homme qui sortait d'un rêve. Tout ce qu'il a pu dire se résume à ces mots : « L'arbre parle à la pierre, la pierre parle à l'eau. » Il semblait convaincu que les arbres et le ciel lui avaient tenu la main.

— Fariboles mystiques !

— Peut-être. Pourtant, je ne le pense pas. Depuis notre arrivée à Londres, j'ai lu des centaines de lettres de rêveurs qui croient pouvoir se livrer à la magie et se méprennent. Mais cela est différent. Je gagerais mon pécule que cela est vrai. En outre, nous avons ici d'autres lettres de personnes qui ont

1. Restauration et Rectification, un sort qui inversait les effets d'une calamité récente.
2. La Main de Teilo était un ancien sortilège des fées qui interrompait toutes sortes de choses : la pluie, le feu, le vent, un écoulement d'eau ou de sang. Il tient sans doute son nom de la fée qui l'a enseigné pour la première fois à un magicien anglais.

essayé des charmes... Et ceux-ci ont marché. Ce que je ne comprends pas, c'est que...

À cet instant, la porte à laquelle Childermass était adossé subit des tremblements fracassants. Un coup la heurta, et Childermass fut projeté en avant contre Mr Norrell. La porte s'ouvrit, laissant voir Lucas et, derrière lui, Davey, le cocher.

— Oh ! fit Lucas, quelque peu stupéfait. Je vous demande bien pardon, monsieur. J'ignorais que vous étiez là. Mr Lascelles nous a dit que la porte était coincée, et Davey et moi tâchions de l'ouvrir. La voiture est prête, monsieur, pour vous conduire chez Lord Liverpool.

— Venez, monsieur Norrell ! appela Lascelles depuis la bibliothèque. Lord Liverpool nous attend !

Mr Norrell jeta un regard inquiet à Childermass, puis sortit de l'antichambre.

Le trajet jusqu'à Fife House ne fut pas très agréable pour Mr Norrell : Lascelles, qui gardait rancune à Childermass, ne perdit pas de temps pour exhaler ses sentiments.

— Pardonnez-moi de vous parler ainsi, monsieur Norrell, mais vous ne devez vous en prendre qu'à vous-même. Parfois, il paraît sage de laisser un certain degré d'indépendance à un domestique intelligent, cependant on finit toujours par le regretter. Ce chenapan est devenu si insolent qu'il trouve tout naturel de vous contredire et d'insulter vos amis. Mon père fouettait des hommes pour moins, beaucoup moins que cela, je puis vous l'assurer. Et j'aimerais... Oh ! j'aimerais... – Lascelles s'agita avec des mouvements convulsifs, puis se renversa sur les coussins. L'instant suivant, il reprenait d'un ton plus calme : – Je vous conseille, monsieur, de bien vouloir considérer si votre besoin de lui est vraiment aussi grand que vous le croyez. Jusqu'à quel point ses sympathies vont-elles à Strange, je me le demande. Oui, là est toute la question, n'est-ce pas ? – Il contempla par la vitre les tristes façades grises. – Nous y sommes. Monsieur Norrell, je vous supplie de vous souvenir de mes mises en garde. Quelles que soient les difficultés de la magie requise par Sa Seigneurie, ne vous y arrêtez pas. De longues explications ne les aplaniront en rien.

Mr Norrell et Lascelles trouvèrent Lord Liverpool dans son cabinet, debout devant le bureau où il conduisait bon nombre de ses dossiers. Avec lui se tenait Lord Sidmouth, le ministre de l'Intérieur. Ils fixèrent Mr Norrell avec des mines graves.

Lord Liverpool déclara :

— J'ai là des dépêches des représentants de la Couronne des comtés du Lincolnshire, du Yorkshire, du Somerset, des Cornouailles, du Warwickshire et du Cumberland... – Lascelles ne put retenir un soupir de plaisir devant la magie et l'argent qui semblaient en vue... – Tous se plaignent de la magie qui s'est produite récemment dans ces comtés !

Mr Norrell cligna rapidement ses petits yeux.

— Plaît-il ?

Mr Lascelles expliqua en hâte :

— Mr Norrell ignore tout de la magie perpétrée en ces lieux.

Lord Liverpool lui décocha un regard froid, ne le croyant apparemment pas. Une pile de journaux était posée sur la table. Lord Liverpool en prit un au hasard.

— « Il y a quatre jours, dans notre bonne ville de Stamford, lut-il, une jeune quakeresse et son amie échangeaient des secrets. Elles entendirent du bruit et trouvèrent leurs frères cadets en train d'écouter aux portes. Poussées par l'indignation, elles pourchassèrent les garçons jusque dans le jardin. Là, elles joignirent les mains et récitèrent une incantation. Les oreilles des garçons se détachèrent alors de leurs têtes et s'envolèrent. Lesdites oreilles ne se laissèrent persuader de quitter les rosiers dénudés – qui était l'endroit où elles s'étaient posées – pour regagner les têtes des garçons qu'après que ces derniers eurent juré solennellement de ne plus jamais recommencer. »

Mr Norrell était plus perplexe que jamais.

— Je suis, naturellement, désolé que ces jeunes femmes mal élevées aient étudié la magie. Que des représentantes du sexe féminin dussent étudier la magie, voilà une chose, si je puis me permettre, à laquelle je m'oppose farouchement. Mais je ne vois pas très bien...

— Monsieur Norrell, le coupa Lord Liverpool, ces jeunes filles avaient treize ans. Leurs parents affirment qu'elles n'avaient jamais seulement vu un ouvrage de magie. Il n'y a pas de magicien à Stamford, aucun livre de magie d'aucune sorte.

Mr Norrell ouvrit la bouche pour dire quelques mots, prit conscience qu'il en était absolument incapable et demeura silencieux.

— C'est très curieux, avança Lascelles. Quelle explication ces demoiselles ont-elles fournie ?

— Les jeunes filles ont déclaré à leurs parents qu'elles avaient regardé par terre et vu le charme écrit dans l'allée au moyen de cailloux gris. Elles ont prétendu que ces pierres leur avaient indiqué quoi faire. D'aucuns ont inspecté l'allée depuis ; il y a en effet de petits cailloux gris, mais ceux-ci ne forment aucun symbole, aucune formule magique. Ce sont des cailloux comme les autres.

— Et vous dites qu'il y a eu d'autres exemples de magie, en d'autres lieux que Stamford ? s'enquit Mr Norrell.

— Maints autres exemples en maints autres lieux… Surtout, mais pas uniquement, dans le Nord, et presque tous au cours de ces deux dernières semaines. Dix-sept routes des fées se sont ouvertes dans le Yorkshire. Certes, les routes existent depuis le règne du roi Corbeau, néanmoins voici des siècles qu'elles ne menaient plus nulle part, et les habitants du pays les avaient laissées à l'abandon. Et voilà qu'elles sont de nouveau dégagées sans prévenir ! Les herbes folles ont disparu et les autochtones rapportent qu'ils aperçoivent d'étranges destinations tout au bout… Des contrées que nul n'a jamais vues.

— Quelqu'un a-t-il… ? – Mr Norrell hésita et s'humecta les lèvres. – Quelqu'un a-t-il suivi ces routes ?

— Pas encore, répondit Lord Liverpool. Mais ce n'est vraisemblablement qu'une affaire de temps.

Lord Sidmouth était impatient de prendre la parole depuis quelques instants.

— C'est le comble ! s'écria-t-il dans un accès de fureur. Une chose est de changer la carte d'Espagne grâce à la magie, mais nous sommes en Angleterre ! Soudain nous voilà voisins de « contrées » dont nul ne sait rien… Des pays dont nul n'a entendu parler ! J'ai peine à vous exprimer mon sentiment en ce moment. Il ne s'agit pas exactement d'une trahison. Je ne pense pas qu'il existe de nom pour ce que vous avez fait !

— Je n'ai rien fait ! protesta Mr Norrell d'un ton désespéré. Pourquoi l'eussé-je fait ? J'abomine les routes des fées. Je l'ai répété en de nombreuses occasions. – Il se tourna vers Lord Liverpool. – J'en appelle à la mémoire de Sa Seigneurie. Vous ai-je jamais donné une raison de croire que j'approuvais les fées ou leur magie ? Ne les ai-je pas censurées et condamnées à tout propos ?

À ces paroles de Mr Norrell, l'humeur du Premier ministre s'adoucit un tant soit peu. Il inclina légèrement la tête.

— Si ce n'est pas votre fait, de qui est-il alors ?

Cette question dut toucher quelque point particulièrement sensible de l'âme de Mr Norrell. Il écarquilla les yeux, ouvrit puis referma la bouche, incapable de répondre.

Lascelles, en revanche, était en pleine possession de ses moyens. Il n'avait pas la moindre idée de l'origine de cette magie, et il s'en moquait. Toutefois, il savait précisément quelle réponse servirait au mieux ses intérêts et ceux de Mr Norrell.

— Sincèrement, je suis surpris que Votre Seigneurie ait besoin de poser la question, répliqua-t-il avec froideur. La perversité de cette magie est signée de son auteur : Strange.

— Strange ! – Lord Liverpool battit des paupières. – Strange est à Venise !

— Mr Norrell croit que Strange n'est plus maître de ses actes, continua Lascelles. Il a accompli toutes sortes de magies maléfiques, il a commercé avec des créatures qui sont les ennemies de la Grande-Bretagne, de la chrétienté, de l'humanité entière ! Cette catastrophe est peut-être une espèce d'expérience de son cru qui aura mal tourné. Ou encore il est possible qu'il l'ait fait délibérément. Il n'est que justice, à mon avis, de rappeler à Votre Seigneurie que Mr Norrell a mis plusieurs fois en garde le gouvernement contre le grand danger que les présentes recherches de Strange constituent pour la nation. Nous avons fait parvenir des dépêches urgentes à Votre Seigneurie, sans obtenir de réponse. Heureusement pour nous tous, Mr Norrell est ce qu'il a toujours été : ferme, déterminé et vigilant.

En parlant, le regard de Lascelles se posa sur Mr Norrell, image même de la consternation, de la défaite et de l'impuissance.

Lord Liverpool se tourna vers Mr Norrell.

— Est-ce également votre opinion, monsieur ?

Mr Norrell, perdu dans ses pensées, répétait dans un murmure :

— C'est mon fait, c'est mon fait.

Bien qu'il se parlât à lui-même, ses paroles étaient juste assez fortes pour que tous ceux présents dans le bureau entendissent.

Les yeux de Lascelles s'agrandirent, mais il redevint maître de lui en un instant.

— Il n'est que naturel que vous ayez ce sentiment maintenant, monsieur, dit-il en hâte. Pourtant, dans un moment vous reconnaîtrez que rien ne saurait être plus éloigné de la vérité. Lorsque vous enseigniez la magie à Mr Strange, vous ne pouviez pas savoir que cela finirait ainsi. Nul n'eût pu s'en douter.

Lord Liverpool parut plus qu'ulcéré devant cette tentative de transformer Mr Norrell en victime. Depuis des années Mr Norrell prétendait être le premier magicien d'Angleterre et, si la magie était pratiquée en Angleterre, alors Lord Liverpool le considérait au moins comme partiellement responsable.

— Je vous pose de nouveau la question, monsieur Norrell. Répondez-moi sans détours, je vous prie. Est-ce votre opinion que Strange est responsable de tout ceci ?

Mr Norrell dévisagea tour à tour chacun des gentlemen.

— Oui, répondit-il d'une petite voix.

Lord Liverpool fixa sur lui un œil noir. Puis il déclara :

— Il n'est pas admissible que l'affaire en reste là, monsieur Norrell. Que ce soit Strange ou non, une chose est claire. L'Angleterre a déjà un roi fou. Un magicien fou serait le summum ! Vous n'avez cessé de solliciter des missions. Eh bien, en voici une. Empêchez votre élève de revenir en Angleterre !

— Mais..., commença Mr Norrell.

Puis il croisa le regard d'avertissement de Lascelles et se tut.

Mr Norrell et Lascelles retournèrent à Hanover-square. Mr Norrell gagna aussitôt la bibliothèque. Childermass travaillait au bureau comme précédemment.

— Vite ! s'écria Mr Norrell. Il me faut un sortilège qui ne marche plus !

Childermass leva les épaules.

— Il y en a des milliers. Chauntlucet[1], la Rose de Dédale[2], les Dames dévêtues[3], la Vitrification de Stokesey[4]...

— La Vitrification de Stokesey ! Oui ! J'en ai un exposé !

Mr Norrell se précipita vers une étagère et en tira un ouvrage. Il chercha une page, la trouva et, à la va-vite, passa la pièce en revue. Un vase de gui, de lierre, de houx et de quelques feuillages d'un arbuste hiémal était posé sur un guéridon près de la cheminée. Il attacha ses yeux sur le bouquet et se mit à marmonner.

Il se produisit alors un phénomène étrange avec les ombres de la pièce, un phénomène pas facile à décrire ni à expliquer. Apparemment, elles s'étaient toutes tournées dans l'autre sens. Quand elles se furent de nouveau figées, Childermass et Lascelles eussent été bien en peine de dire si elles étaient différentes d'avant ou non.

---

1. Chauntlucet, ancien et mystérieux sortilège qui pousse la lune à chanter. Le chant connu de la lune est apparemment très beau et peut guérir la lèpre ou la folie chez ses auditeurs.

2. La Rose de Dédale, procédure assez compliquée conçue par Martin Pale pour conserver émotions, vices et vertus dans de l'ambre, du miel ou de la cire d'abeille. Quand on réchauffe le milieu de conservation, les qualités qui y sont emprisonnées se dégagent. La Rose possède – ou plutôt possédait – un nombre immense d'applications. Elle pouvait servir à se donner du courage ou à infliger la lâcheté à son ennemi ; elle pouvait également provoquer l'amour, la concupiscence, la noblesse des desseins, la colère, la jalousie, l'ambition, le dévouement, etc.

3. À l'instar de maints charmes aux noms singuliers, celui des Dames dévêtues était beaucoup moins piquant qu'il n'y paraissait. Les dames en question n'étaient qu'une variété de fleur des bois utilisée dans un sort destiné à « lier » les pouvoirs d'une fée. On devait dépouiller la fleur de ses feuilles et de ses pétales, d'où le « dévêtissement ».

4. La Vitrification de Stokesey transforme les objets – et les personnes – en verre.

Quelque chose se détacha du vase et tomba sur le guéridon avec un tintement.

Lascelles s'approcha de la table pour l'examiner. L'une des branches de houx s'était transformée en verre. La branche, trop lourde pour le vase, avait basculé ; deux ou trois feuilles reposaient sur le bois, intactes.

— Ce sortilège ne marchait plus depuis plus de quatre siècles, commenta Mr Norrell. Dans *Le Dépérissement des bois enchantés*, Watershippe le range explicitement au nombre des sorts qui fonctionnaient dans sa jeunesse avant de perdre toute efficacité quand il eut vingt ans !

— Votre science supérieure..., commença Lascelles.

— Ma science supérieure n'a rien à voir là-dedans ! répliqua Mr Norrell. Je ne puis mettre en œuvre une magie qui n'est pas là. La magie revient en Angleterre. Strange a trouvé un moyen de la rappeler.

— Alors j'avais raison, n'est-ce pas ? s'exclama Lascelles. Notre première tâche est de l'empêcher de rentrer en Angleterre. Parvenez à cette fin et Lord Liverpool vous pardonnera pas mal de peccadilles !

Mr Norrell médita un moment.

— Je puis l'empêcher d'arriver par la mer, murmura-t-il.

— Excellent ! s'enthousiasma Lascelles. – Puis quelque chose dans la manière dont Mr Norrell avait formulé cette dernière assertion le fit réfléchir. – Enfin, il y a peu de chances qu'il suive une autre voie. Il ne sait pas voler ! – Il eut un petit rire à cette idée, quand une nouvelle pensée lui traversa l'esprit : – Sait-il voler ?

Childermass haussa les épaules.

— Je ne sais pas ce dont Strange est déjà capable, répondit Mr Norrell. Mais je ne songeais pas à cela. Je songeais aux routes du Roi.

— Je croyais que les routes du Roi conduisaient au royaume des fées, protesta Lascelles.

— Oui, c'est exact, mais pas seulement là. Les routes du Roi conduisent partout. Au paradis, en enfer, au palais de Westminster... Elles ont été construites par magie. Le moindre miroir, la moindre flaque, la moindre ombre d'Angleterre, est une porte qui donne accès à ces routes. Je ne peux pas les verrouiller toutes. Nul ne le pourrait ! Ce serait un travail de Romain ! Si Strange vient par les routes du Roi, alors je ne vois rien pour l'empêcher.

— Mais..., tenta Lascelles.

— Je ne peux pas l'en empêcher ! s'écria Mr Norrell, se tordant les mains. Ne me posez pas de questions. – Il fit un gros effort pour se dominer. – Je puis être prêt à le recevoir. Le plus grand magicien de l'époque. Eh bien, nous serons bientôt fixés, n'est-ce pas ?

— S'il rentre en Angleterre, reprit Lascelles, où ira-t-il en premier ?

— À l'abbaye de Hurtfew, répondit Childermass. Où voulez-vous qu'il aille ?

Mr Norrell et Lascelles s'apprêtaient tous deux à lui répondre, quand Lucas entra dans la bibliothèque avec un plateau d'argent sur lequel reposait une lettre. Il présenta celle-ci à Lascelles, qui la décacheta et la parcourut rapidement

— Drawlight est de retour, annonça-t-il. Attendez-moi ici. Je serai revenu dans la journée.

62

Je suis venu à eux dans un cri qui a brisé le silence d'un bois en hiver

Début février 1817

À L'AUBE, au début de février, une croisée de routes en plein bois. Les interstices entre les arbres, par lesquels leurs ténèbres suintaient encore, étaient brumeux, indistincts. Aucune des deux routes n'avait d'importance. Elles étaient creusées d'ornières et mal entretenues, l'une n'était guère plus qu'un chemin de charroi. C'était un lieu perdu, porté sur aucune carte, qui n'avait pas de nom.

Drawlight attendait donc à la croisée des routes. On n'apercevait pas de monture à proximité, ni de valet d'écurie muni d'un collet à lapin ou conduisant une charrette, rien qui expliquât comment il était arrivé là. Pourtant, manifestement, il attendait au carrefour déjà depuis quelque temps ; les manches de sa redingote étaient blanches de givre. Un faible crissement dans son dos le fit virevolter. Mais il ne vit rien, hormis la même étendue d'arbres silencieux.

— Non, non, marmonna-t-il. Ce n'était rien. La chute d'une feuille morte... voilà tout. – Un claquement sec se fit entendre, bois ou pierre se fendant sous l'effet du gel. Il écarquilla de nouveau des yeux égarés par la peur. – Juste une feuille morte, murmura-t-il.

Un nouveau bruit résonna alors. Le laps d'un instant, il céda à l'affolement, ne sachant d'où cela provenait, jusqu'à ce qu'il reconnût un battement de sabots de cheval. Il scruta la route. Une vague déchirure grise dans la brume dévoila l'approche d'un cheval et de son cavalier.

— Le voici enfin ! Le voici ! marmonna Drawlight en s'avançant en hâte. Où étiez-vous ? cria-t-il. Cela fait des heures que je vous guette.

— Et alors ? répondit la voix de Lascelles. Vous n'avez rien de mieux à faire.

— Oh ! Vous vous trompez ! Vous vous trompez du tout au tout. Vous devez me conduire à Londres toutes affaires cessantes !

— Chaque chose en son temps.

Lascelles émergea des vapeurs et retint sa monture. Son beau costume et son chapeau étaient perlés de rosée argentée.

Drawlight le considéra un moment puis, avec une survivance de son ancien caractère, déclara d'un ton boudeur :

— Comme vous voilà bien mis ! Vraiment, savez-vous que ce n'est pas très futé de votre part d'étaler ainsi votre richesse ? N'avez-vous pas peur des détrousseurs ? On est dans un coin affreux. Si je puis me permettre, toutes sortes de personnages sans foi ni loi rôdent.

— Vous avez sans doute raison. Mais, voyez-vous, j'ai mes pistolets sur moi et, comme eux, je n'ai ni foi ni loi.

Une idée vint soudain à l'esprit de Drawlight.

— Où est l'autre cheval ? demanda-t-il.

— Comment ?

— L'autre cheval ! Celui qui doit m'emmener à Londres ! Oh, Lascelles, chien de pendard ! Comment vais-je gagner Londres sans cheval ?

Lascelles se mit à rire.

— J'eusse pensé que vous me seriez reconnaissant de vous éviter cette peine. Vos dettes ont peut-être été remboursées – je les ai remboursées –, néanmoins Londres foisonne de personnes qui vous détestent et vous réserveront un mauvais coup dès qu'elles le pourront.

Drawlight écarquillait les yeux, sans comprendre. D'une voix que l'émotion rendait stridente, il s'écria :

— J'ai reçu des instructions du magicien ! Il m'a donné des dépêches à remettre à toutes sortes de personnes ! Je dois m'y employer sur-le-champ ! Je n'ai pas une heure à perdre !

Lascelles fronça les sourcils.

— Êtes-vous pris de boisson ? Ou sous l'effet d'un songe ? Norrell ne vous a chargé de rien. S'il avait des projets pour vous, il vous les ferait connaître par mon intermédiaire. En outre…

— Pas Norrell, Strange !

Lascelles resta figé sur sa monture. Le cheval s'ébrouait et piaffait, mais Lascelles ne cillait pas. Puis d'une voix plus doucereuse, plus menaçante, il proféra :

— Que me chantez-vous là ? Strange ? Comment osez-vous me parler de Strange ? Je vous conseille de réfléchir à deux fois avant d'ouvrir de nouveau la bouche. Vous me voyez déjà très chagriné. Vos instructions étaient pourtant claires, je pense. Vous deviez rester à Venise jusqu'au départ de Strange Mais vous êtes ici, et lui est là-bas.

— Je n'ai pu faire autrement ! Il fallait que je parte ! Vous ne comprenez pas. Je l'ai vu et il m'a dit..

Lascelles leva la main.

— Je ne souhaite pas poursuivre cette conversation au grand jour. Nous allons nous enfoncer un peu sous les arbres.

— Sous les arbres ? – Le visage de Drawlight perdit le peu de couleurs qu'il avait gardées. – Oh, non ! Pour rien au monde ! Je refuse d'y aller ! Ne me demandez pas cela !

— Que voulez-vous dire ? – Lascelles regarda autour de lui avec un air un peu moins assuré qu'avant. – Strange aurait-il chargé les arbres de nous espionner ?

— Non, non. Ce n'est pas cela, je ne puis vous l'expliquer. Ils m'attendent, ils me connaissent ! Je ne puis entrer dans le bois !

Drawlight n'avait pas de mots pour relater ce qui lui était arrivé. Il tendit les bras un moment, pensant pouvoir montrer à Lascelles les rivières qui décrivaient des boucles autour de ses pieds, les arbres qui l'avaient transpercé, les pierres qu'avaient été son cœur, ses poumons et ses entrailles.

Lascelles leva sa cravache.

— Je n'entends rien à ce que vous racontez.

Il lança son cheval sur Drawlight en agitant sa badine.

Le pauvre Drawlight, qui n'avait jamais possédé le moindre courage physique, recula dans les arbres en pleurnichant. Un églantier accrocha le bord de sa manche, il poussa un cri.

— Oh, moins de bruit ! gronda Lascelles. On pourrait croire que l'on commet un assassinat...

Ils s'engagèrent plus avant jusqu'au moment où ils débouchèrent dans une petite clairière. Lascelles mit pied à terre et attacha sa monture à un arbre. Il sortit les deux pistolets de leurs étuis de selle et les fourra dans les poches de sa capote. Puis il se retourna vers Drawlight.

— Alors vous avez vraiment vu Strange ? Bon. Excellent, en fait. Je vous croyais trop pleutre pour lui faire front.

— J'ai cru qu'il allait me changer en quelque chose d'affreux !

Lascelles considéra les habits tachés de Drawlight et son visage hagard avec un certain dégoût.

— Êtes-vous sûr qu'il ne l'a pas fait ?

— Quoi ? s'étrangla Drawlight.

— Pourquoi ne pas l'avoir simplement tué ? Là-bas, dans les ténèbres ? Vous étiez seul, je suppose ? Tout le monde n'y aurait vu que du feu.

— Ah, oui ! C'est très vraisemblable, n'est-ce pas ? Il est grand, intelligent, rapide et cruel, tout ce que je ne suis pas.

— Moi je l'eusse fait.

— Vraiment ? Eh bien alors, libre à vous d'aller à Venise pour tenter votre chance !

— Où est-il à présent ?

— Dans les ténèbres... À Venise... Mais il revient en Angleterre.

— Vraiment ?

— Oui, je vous l'ai dit. J'ai trois dépêches : une pour Childermass, une pour Norrell et une pour tous les magiciens d'Angleterre.

— Et quel est leur contenu ?

— Je dois informer Childermass que Lady Pole n'a pas été ressuscitée de la manière dont Norrell l'a prétendu. Il avait un garçon-fée pour l'aider et ce dernier a commis des choses... de mauvaises choses. Et je dois aussi donner une petite boîte à Childermass. Voilà pour la première dépêche. Et je dois enfin prévenir Norrell que Strange revient. Voilà pour la troisième !

Lascelles réfléchit.

— Cette petite boîte, que contient-elle ?

— Je l'ignore.

— Pourquoi ? A-t-elle été scellée ? Par enchantement ?

Drawlight ferma les yeux et secoua la tête.

— Je l'ignore.

Lascelles éclata de rire.

— Vous n'allez pas me dire que vous avez une boîte en votre possession depuis des semaines et que vous n'avez pas cherché à l'ouvrir ? Vous, entre tous ? Voyons, quand vous veniez chez moi autrefois, je n'osais pas vous laisser seul un instant. Mon courrier eût été lu, mes affaires exposées sur la place publique dès le lendemain...

Les yeux de Drawlight se plantèrent dans le sol. Il sembla rapetisser dans ses vêtements, devint si possible encore plus pitoyable. On eût pu croire qu'il avait honte de s'entendre reprocher ses anciens péchés, mais ce n'était pas cela.

— J'ai peur, chuchota-t-il.

Lascelles émit un son inarticulé.

— Où est cette boîte ? cria-t-il. Donnez-la-moi !

Drawlight plongea la main dans une poche de sa redingote et en sortit un objet enveloppé d'un mouchoir sale. On avait fait à celui-ci de nombreux nœuds prodigieusement compliqués afin d'empêcher la boîte de s'ouvrir toute seule. Drawlight la remit à Lascelles.

Avec toute une mimique exprimant un suprême dégoût, Lascelles se mit en devoir de défaire les nœuds. Après ces préliminaires, il ouvrit la boîte.

Un instant de silence.

— Vous êtes un sot, déclara Lascelles, refermant la boîte avec un bruit sec avant de la glisser dans une de ses poches.

— Ah ! Mais je dois..., commença Drawlight en tendant vainement le bras.

— Vous parliez de porter trois dépêches. Quelle est la dernière ?

— Je ne pense pas que vous l'entendiez.

— Comment ? Vous l'entendriez, et moi pas ? Vous devez être devenu bien intelligent en Italie...

— Ce n'est pas ce que je voulais dire.

— Que voulez-vous dire, alors ? Allez droit au fait. Cette conversation m'assomme.

— Strange affirmait que l'arbre parle à la pierre, la pierre parle à l'eau. Il disait que les magiciens peuvent apprendre la magie des bois, des pierres et autres choses de ce genre. Il disait même que les anciennes alliances de John Uskglass tenaient toujours...

— John Uskglass, John Uskglass ! Comme j'ai les oreilles rebattues de ce nom ! Tous l'ont à la bouche aujourd'hui. Y compris Norrell. Je ne parviens pas à comprendre pourquoi. Son règne est révolu voilà quatre siècles !

Drawlight leva une nouvelle fois la main.

— Rendez-moi ma boîte. Je dois...

— Que diable vous prend-il ? Ne comprenez-vous pas ? Vos dépêches ne parviendront jamais à leurs destinataires, hormis celle destinée à Norrell. Je la lui porterai en personne.

Un hurlement d'angoisse jaillit de Drawlight.

— Je vous en prie, je vous en prie ! Ne m'obligez pas à lui manquer ! Vous ne comprenez pas. Il me tuera ! Ou pis encore...

Lascelles ouvrit les bras et jeta un coup d'œil à la ronde, prenant les bois à témoin du ridicule de la situation.

— Croyez-vous honnêtement que je vous permettrais de détruire Norrell ? Ce qui revient à me détruire ?

— Ce n'est pas ma faute ! Ce n'est pas ma faute ! Je n'ose pas lui désobéir !

— Vermisseau, qu'adviendra-t-il de vous entre deux hommes tels que Strange et moi ? Vous serez broyé...

Drawlight émit une petite plainte, un gémissement de peur. Il fixa sur Lascelles un regard étrange, trouble. Il parut sur le point d'ajouter une parole. Puis, avec une surprenante vivacité, il lui tourna le dos et se sauva entre les arbres.

Lascelles ne se donna pas la peine de le poursuivre. Il leva simplement un des pistolets, visa, puis tira.

Le projectile atteignit Drawlight à la cuisse, produisant, l'espace d'un instant, une efflorescence de chair et de sang d'un rouge humide au milieu des bois blanc et gris. Drawlight cria et s'effondra avec fracas dans un massif d'églantiers. Il tenta bien de fuir en rampant, mais sa jambe ne lui servait plus à rien et, de plus, les épines s'accrochaient à ses vêtements ; il n'arriva pas à se dégager. En tournant la tête, il vit Lascelles avancer vers lui ; la peur et la douleur rendirent ses traits méconnaissables.

Lascelles fit feu avec son second pistolet.

Le côté gauche de la tête de Drawlight explosa, à la manière d'un œuf ou d'une orange. Après quelques convulsions, il ne bougea plus.

Bien qu'aucun témoin n'assistât à la scène, et même si son sang battait dans ses oreilles, dans sa poitrine, dans tout son être, Lascelles ne pouvait se permettre de paraître le moins du monde troublé. Dans son sentiment, cela eût été indigne d'un gentleman.

Un de ses valets goûtait beaucoup les comptes-rendus de meurtres et de pendaisons publiés dans le *Newgate Calendar* et le *Malefactor's Register*[1]. Parfois, Lascelles se divertissait en prenant au hasard une de ces publications. Un trait distinctif essentiel de ces histoires voulait que le meurtrier, si audacieux qu'il fût lors de l'acte du meurtre, ne tardait pas ensuite à être la proie de son émotivité, ce qui le poussait à des actes étranges et irrationnels qui signaient toujours sa perte. Lascelles doutait que ces comptes-rendus continssent beaucoup de vérité ; néanmoins, pour plus de sûreté, il s'examina, en quête de signes de remords ou d'horreur, sans en trouver aucun. Sa pensée dominante était qu'il y avait une vilaine créature de moins sous le soleil. « En vérité, il y a trois ou quatre ans, s'il avait su que cela finirait ainsi, il m'aurait supplié de l'envoyer dans l'autre monde. »

Un bruissement se fit entendre. À sa vive surprise, Lascelles vit une petite pousse pointer de l'œil droit de Drawlight (le gauche ayant été emporté par le coup de pistolet). Des guirlandes de lierre s'enroulaient autour de son cou et de sa poitrine. Un rejet de houx lui avait transpercé la main ; un jeune hêtre avait poussé à travers son pied ; une aubépine saillait dans son ventre. C'était comme s'il avait été crucifié à même le bois. Et les arbres ne s'en tinrent pas là ; ils continuaient de croître. Un enchevêtrement de tiges écarlates et couleur de bronze masquait son visage dévasté tandis que son corps et ses

1. *Le Calendrier de Newgate* (Newgate étant l'ancienne prison de Londres, comme la Bastille à Paris) et *Le Registre du malfaiteur* (*N.d.T.*).

membres se décomposaient, à mesure que la végétation et d'autres êtres vivants y puisaient de la force. En un bref espace de temps, il ne resta plus rien de Christopher Drawlight. Les arbres, les pierres et la terre l'avaient englouti, mais dans leurs formes il était encore possible de distinguer l'homme qu'il avait été.

« Cet églantier était son bras, je crois, songea Lascelles. Cette pierre… Son cœur, peut-être ? Il est assez petit, et assez dur aussi. » Il rit.

— C'est là le côté risible de la magie de Strange, dit-il à haute voix à personne en particulier. Tôt ou tard, elle se retourne entièrement contre lui.

Et de remonter à cheval pour regagner la route.

63

Le premier enterrera son cœur dans un bois sombre sous la neige, pourtant y aura mal encore

Mi-février 1817

IL S'ÉTAIT ÉCOULÉ plus de vingt-huit heures depuis que Lascelles avait quitté Hanover-square, et Mr Norrell était à moitié hors de lui. Il avait promis à Lascelles qu'on l'attendrait, mais redoutait à présent de trouver sa bibliothèque entre les mains de Strange à leur arrivée à l'abbaye de Hurtfew.

Nul occupant de la demeure de Hanover-square ne fut autorisé à se coucher ce soir-là ; le lendemain matin, tout le monde était las et démoralisé.

— Pourquoi attendons-nous ? s'impatienta Childermass. En quoi croyez-vous qu'il nous sera utile quand Strange se présentera ?

— J'accorde toute ma confiance à Mr Lascelles, vous le savez. Il est mon seul conseiller aujourd'hui

— Vous m'avez toujours, moi, protesta Childermass.

Mr Norrell cligna rapidement ses petits yeux, qui semblaient avoir une proposition d'avance : « ... mais vous n'êtes qu'un domestique ». Mr Norrell ne souffla mot.

De toute façon, Childermass parut comprendre le sous-entendu. Il émit un petit son dégoûté, puis sortit de la pièce.

À six heures du soir, la porte de la bibliothèque s'ouvrit à la volée. Lascelles fit son entrée. Son apparence laissait quelque peu à désirer : il avait les cheveux ébouriffés, sa lavallière était maculée de poussière et de sueur, et sa capote et ses bottes crottées.

— Nous avions raison, monsieur Norrell ! s'exclama-t-il. Strange arrive !

— Quand ? s'enquit Mr Norrell, blêmissant.

— Je l'ignore. Il n'a pas eu l'amabilité de nous fournir ces menus détails. Nous devrions nous mettre en chemin pour l'abbaye de Hurtfew dès que possible !

— Nous pouvons partir sur-le-champ. Tout est prêt. Alors, vous avez vraiment vu Drawlight ? Il est ici ?

Mr Norrell se pencha de côté pour voir s'il pouvait apercevoir Drawlight derrière Lascelles.

— Non, je ne l'ai pas vu. Je l'ai guetté, mais il ne s'est point montré. Surtout ne craignez rien, monsieur. – Mr Norrell était sur le point de l'interrompre. – Il a envoyé une dépêche. Nous disposons de tous les renseignements nécessaires.

— Une dépêche ! Puis-je la voir ?

— Naturellement ! Vous en aurez tout le temps sur la route. Il faut s'en aller. Vous ne devez pas vous retarder pour moi. Mes besoins sont limités et, ce que je n'ai pas, je puis très facilement m'en passer. – Cette déclaration était un tantinet surprenante. Loin d'avoir jamais été limités, les besoins de Lascelles avaient toujours été nombreux et compliqués. – Allez, allez, monsieur Norrell. Secouez-vous. Strange arrive.

Il ressortit de la pièce à grands pas. Plus tard, Mr Norrell devait apprendre de Lucas qu'il n'avait pas demandé d'eau pour sa toilette ni de quoi se désaltérer. Il s'était simplement dirigé vers la voiture et calé dans un coin pour l'attendre.

À huit heures, ils faisaient route vers le Yorkshire. Messrs Norrell et Lascelles étaient installés à l'intérieur de la voiture, Lucas et Davey à côté du cocher. Childermass, lui, était à cheval. À l'octroi d'Islington, Lucas paya le gardien. L'air sentait la neige.

Mr Norrell contemplait distraitement une devanture resplendissante de lumière. C'était une boutique de luxe à l'intérieur dépouillé, où d'élégants fauteuils modernes tendaient leurs bras aux clients ; l'établissement était si raffiné que ce qu'il proposait à la vente n'était nullement évident. Un monceau de « je-ne-sais-quoi » aux couleurs vives était entassé sur un des fauteuils mais, s'il s'agissait d'écharpes ou de coupons de tissu pour des robes, ou encore de tout autres effets, Mr Norrell n'eût su le dire. Trois femmes se trouvaient là. L'une était une cliente, une personne élégante et distinguée, avec un spencer à brandebourgs doublé de fourrure, rappelant un uniforme de hussard. Sur la tête de la dame était posée une petite toque russe en fourrure, qu'elle ne cessait de tapoter par-derrière, par crainte de la perdre. La modiste, plus discrètement mise, portait une longue robe sombre unie. Il y avait, en outre, une jeune vendeuse qui les regardait avec respect et faisait nerveusement une révérence chaque fois que les yeux des deux autres se posaient par hasard sur elle. La cliente et la marchande en avaient fini avec leurs affaires ; leur conversation était très animée et ponctuée d'éclats de rire. Bien que cette scène fût aussi éloignée que possible des préoccupations habituelles de Mr Norrell, elle lui serra le cœur d'une manière incompréhensible.

Il songea fugitivement à Mrs Strange et à Lady Pole. Puis quelque chose au vol lourd s'interposa entre lui et ce charmant tableau, portion de ténèbres passée à l'état solide. Il crut reconnaître un corbeau.

L'octroi était payé. Davey agita la bride, et la voiture se remit en branle vers l'Archway[1].

Des flocons apparurent. Un vent chargé de neige fondue cinglait les flancs de la voiture et la faisait osciller d'un bord sur l'autre ; il pénétrait par la moindre fente ou le moindre interstice et glaçait les épaules, les nez et les pieds. Mr Norrell ne trouvait pas davantage de réconfort dans le fait que Lascelles semblait être d'une humeur très spéciale. Il était fébrile, presque euphorique, sans que Mr Norrell sût pourquoi. Quand la bourrasque mugissait, il riait, comme s'il la soupçonnait de chercher à l'effrayer et voulait lui montrer qu'elle s'abusait.

Quand il s'aperçut que Mr Norrell l'observait, il lança :

— Je réfléchissais. Vétilles que tout cela ! Vous et moi, monsieur, aurons bientôt raison de Strange et de ses tours. Quelle bande de vieilles femmes forment les ministres ! Ils me dégoûtent ! Toutes ces alarmes pour un aliéné ! J'en ris rien que d'y penser. Naturellement, Liverpool et Sidmouth sont les pires de tous ! Depuis des années qu'ils osent à peine mettre le nez dehors par peur de Napoléon, voilà que Strange leur a donné des convulsions simplement en perdant la raison !

— Oh, vous êtes dans l'erreur ! déclara Mr Norrell. Vraiment, dans l'erreur ! La menace représentée par Strange est immense... Napoléon n'était rien, comparé à lui. Mais vous ne m'avez toujours pas transmis le message de Drawlight. J'aimerais beaucoup voir sa missive. Je dirai à Davey de faire une halte à l'*Angel* de Hadley et puis...

— Je ne l'ai pas. Je l'ai laissée à Bruton-street.

— Oh !

Lascelles pouffa de rire.

— Monsieur Norrell, ne vous inquiétez pas ! Ce n'est pas grave, vous dis-je ! Je m'en souviens mot pour mot.

— Que dit-elle alors ?

— Que Strange est fou et prisonnier des Ténèbres éternelles, ce que nous savions déjà, et...

— Quelle forme prend donc sa folie ? s'enquit Mr Norrell.

Un instant de silence.

---

1. Viaduc conçu à l'origine par John Nash en 1813 (*N.d.T.*).

— Des divagations absurdes, essentiellement. Toutefois, il est coutumier du fait, n'est-il pas ? – Lascelles pouffa de nouveau de rire. Surprenant l'expression de Mr Norrell, il continua d'un ton plus calme : – Il déblatère sur les arbres, les pierres, John Uskglass et – promenant ses regards à la ronde en quête d'inspiration – les carrosses invisibles. Et... Oh, oui ! Cela va vous amuser ! Il a subtilisé des doigts aux mains de plusieurs vierges vénitiennes. Il les a subtilisés, ni vu ni connu ! Et il conserve les fruits de ses larcins dans de petites boîtes !

— Des doigts ! s'écria Mr Norrell, sur le qui-vive.

Cette information lui suggéra quelques déplaisantes associations. Il réfléchit un moment, sans rien comprendre.

— Drawlight décrit-il les Ténèbres ? Livre-t-il la moindre information qui puisse nous aider à y voir clair ?

— Non. Il a vu Strange, et ce dernier lui a remis une dépêche pour vous, où il annonce son arrivée. Voilà la teneur de la lettre.

Le silence retomba. Mr Norrell se mit à somnoler sans le vouloir ; dans ses rêves, il entendit plusieurs fois Lascelles parler seul à voix basse dans l'obscurité.

À minuit, ils changèrent de chevaux à la *Haycock Inn* de Wansford. Lascelles et Mr Norrell attendirent dans l'arrière-salle, un grand local rustique aux murs lambrissés et au sol recouvert de sable, chauffé par deux grandes cheminées.

La porte s'ouvrit, Childermass entra. Il alla tout droit à Lascelles et lui adressa les mots suivants :

— Lucas affirme qu'il y a une dépêche de Drawlight où il raconte ce qu'il a vu à Venise.

Lascelles tourna à demi la tête, sans regarder Childermass.

— Puis-je la voir ?

— Je l'ai laissée à Bruton-street, prétendit Lascelles.

Childermass eut l'air un peu surpris.

— Soit, répliqua-t-il. Lucas peut donc aller l'y quérir. Nous louerons un cheval pour lui ici. Il nous rattrapera avant que nous arrivions à Hurtfew.

Lascelles sourit.

— Je vous ai dit Bruton-street, n'est-ce pas ? Mais savez-vous ? Je ne suis pas sûr que ce soit là. Je crois l'avoir oubliée à l'auberge, celle où j'ai attendu Drawlight, à Chatham. On l'aura jetée.

Et de se retourner vers les flammes.

Childermass lui jeta un regard mauvais, puis sortit de la salle à grands pas.

Un valet de chambre vint les prévenir que de l'eau chaude, des serviettes et autres objets de première nécessité les attendaient dans deux chambres, afin que Messrs Norrell et Lasselles pussent se rafraîchir.

— Et on joue à colin-maillard dans le couloir, messieurs, conclut-il gaiement. Aussi vous ai-je apporté une chandelle à chacun.

Muni de sa chandelle, Mr Norrell se fraya un chemin dans le couloir, en effet très sombre. Soudain Childermass fit son apparition et lui saisit le bras.

— À quoi pensiez-vous donc ? siffla-t-il. Quitter Londres sans cette dépêche ?

— Mais il jure se souvenir de son contenu, plaida Mr Norrell.

— Oh ! Et vous le croyez, n'est-ce pas ?

Mr Norrell ne répondit pas. Il entra dans la chambre préparée pour son usage. Il se lava les mains et le visage, ce faisant aperçut dans le miroir le lit derrière lui. Un lit lourd, ancien et – comme il arrive souvent dans les auberges – beaucoup trop grand pour la pièce. Quatre colonnes en acajou sculpté, un baldaquin haut et sombre, des touffes de plumes d'autruche noires à chaque coin, tout contribuait à lui donner un aspect funèbre. Mr Norrell eut l'impression qu'on l'avait conduit là pour lui montrer le tombeau. Il éprouva alors le plus étrange des sentiments – identique à celui qu'il avait eu à l'octroi, à la vue des trois femmes –, la sensation que quelque chose venait à son terme et que les jeux étaient faits. Il avait choisi une voie dans sa jeunesse, mais celle-ci ne menait pas où il avait pensé ; il rentrait à la maison, sauf que la maison était devenue une sorte de monstre. Dans la semi-obscurité, posté devant le lit noir, il se rappelait pourquoi il avait toujours eu peur des ténèbres étant petit : les ténèbres appartenaient à John Uskglass.

« Pour toujours et sans retour
Je t'en prie, de moi souviens-toi
Sur la lande, sous les étoiles,
En la folle compagnie du Roi »

Il se hâta de sortir de la pièce pour aller retrouver la chaleur et les lumières de l'arrière-salle.

Peu après six heures commença à poindre une aube grise qui n'avait presque rien d'une aube. La neige, blanche, tombait d'un ciel gris sur un monde, lui, gris et blanc. Davey était si abondamment recouvert de neige que chacun eût pu croire que l'on avait commandé une effigie en cire de lui et qu'on préparait son moule de plâtre.

Toute la journée, une succession de chevaux de poste peinèrent pour faire avancer la voiture malgré les congères et le vent. Davey et Childermass – cocher et cavalier – étaient les plus fourbus du groupe et ne profitaient guère de ces étapes ; ils se retrouvaient généralement à l'écurie à discuter chevaux avec l'aubergiste. À Grantham, le maître de poste ulcéra Childermass en proposant de leur louer un cheval aveugle. Childermass jurait qu'il ne le prendrait pas ; de son côté, le maître de poste jurait que c'était son meilleur cheval. Le choix étant limité, ils finirent par accepter. Par la suite, Davey reconnut que la bête était excellente, dure à la tâche et d'autant plus docile à ses ordres qu'elle n'avait aucun autre moyen de savoir où aller ou quoi faire. Davey lui-même tint jusqu'au *Newcastle Arms* de Tuxford, où ils furent obligés de se séparer de lui. Il avait conduit sur plus de cent trente milles et, selon Childermass, était si fatigué qu'il pouvait à peine parler. Childermass engagea un postillon et ils se remirent en route.

Une ou deux heures avant le coucher du soleil, il arrêta de neiger et le ciel s'éclaircit. De longues ombres d'un noir bleuté s'étendaient sur les champs dénudés. Cinq milles après Doncaster, ils dépassèrent l'auberge qui s'appelle *La Maison rouge* (en raison de ses murs peints). Sous la lumière rasante du soleil d'hiver, celle-ci flamboyait telle une fournaise. La voiture parcourut un peu plus de chemin, avant de s'immobiliser.

— Pourquoi nous arrêtons-nous ? s'écria Mr Norrell de l'intérieur de la voiture.

Lucas se pencha de son siège et prononça quelques mots en réponse ; le vent les emporta et Mr Norrell n'entendit rien.

Childermass avait quitté la grand-route pour chevaucher dans un champ rempli de corbeaux. Sur son passage, ceux-ci s'envolaient avec de grands croassements. L'extrémité du champ était limitée par une ancienne haie trouée d'un passage, flanqué de part et d'autre de deux grand houx et donnant sur une nouvelle route ou un nouveau chemin bordé de haies. Childermass y fit halte et regarda de droite et de gauche. Il hésita, secoua la bride de sa monture, qui s'engagea sur le chemin, entre les arbres, et disparut hors de vue.

— Il a pris la route des fées ! s'exclama Mr Norrell avec effroi.

— Oh ! dit Lascelles. C'en est une ?

— Oui, certes ! Même l'une des plus fameuses. Elle passe pour avoir relié Doncaster à Newcastle par deux citadelles féeriques.

Ils rongèrent leur frein.

Au bout de vingt minutes, Lucas descendit de son siège.

— Combien de temps devrions-nous encore rester ici, monsieur ? s'enquit-il.

Mr Norrell secoua la tête.

— Aucun Anglais n'a franchi la frontière du royaume des fées depuis Martin Pale, voilà trois cents ans. Il est tout à fait possible qu'il n'en revienne jamais. Peut-être...

Juste à ce moment-là Childermass réapparut et retraversa le champ au galop.

— Ma foi, c'est vrai, lança-t-il à Mr Norrell. Les voies du royaume des fées sont rouvertes !

— Qu'as-tu donc vu ? demanda Mr Norrell.

— La route continue un peu plus loin, avant de s'enfoncer dans un bosquet d'aubépines. L'entrée du bosquet est gardée par une statue de femme aux mains tendues. Dans une main, elle tient un œil de pierre et, dans l'autre, un cœur également de pierre. Quant au bosquet lui-même... – Childermass ébaucha un geste qui exprimait peut-être son incapacité à décrire ce qu'il avait vu, à moins que ce ne fût son impuissance face à un tel spectacle. – Des cadavres pendaient à chaque arbre. Certains pouvaient ne dater que de la veille. D'autres n'étaient plus que des squelettes sans âge, harnachés d'armures rouillées. Je me suis approché d'une haute tour, faite de pierres grossièrement taillées. Les murs en étaient percés de minuscules fenêtres. À l'une d'elles, j'ai vu une lumière et l'ombre de quelqu'un qui regardait au loin. La tour se dressait au milieu d'une clairière traversée d'un ruisseau. Un jeune homme s'y tenait. L'air pâle et mal en point, les yeux éteints, il portait l'uniforme britannique. Il s'est présenté comme le champion du château de l'Œil-et-du-Cœur-arrachés. Il avait juré de défendre la dame du château en défiant quiconque approchait dans l'intention de lui porter tort ou de l'insulter. Je lui ai demandé s'il avait tué tous les hommes que j'avais vus. Il a répondu qu'il en avait occis quelques-uns et les avait pendus aux épines, imitant en cela son prédécesseur. Je lui ai alors demandé comment la dame se proposait de le récompenser de ses services. Il a dit qu'il ne savait pas. Il ne l'avait jamais vue ni ne lui avait jamais parlé. Elle demeurait dans le château de l'Œil-et-du-Cœur-arrachés ; lui restait entre le ru et les aubépines. Il s'est enquis si je voulais le combattre. Je lui ai rappelé que je n'avais jamais insulté sa dame, pas plus que je ne lui avais fait du tort. Je lui ai notifié que j'étais un domestique et devais rejoindre mon maître qui m'attendait à l'instant. Puis j'ai tourné bride et suis revenu.

— Comment ? vociféra Lascelles. Un homme vous propose de combattre et vous vous sauvez. N'avez-vous aucun honneur ? Aucune honte ? Un visage mal en point, des yeux éteints, une inconnue à la fenêtre ! – Il eut un reniflement de dérision. – Ce ne sont là que des excuses pour votre poltronnerie !

Childermass tressaillit, piqué au vif, et parut prêt à lui renvoyer une réponse peu amène. Il fut coupé dans son élan par Mr Norrell.

— Bien au contraire ! Childermass a bien fait de partir dès que possible. Pareil lieu contient toujours plus de magie qu'il n'y paraît à première vue. Certaines fées se délectent des combats et de la mort. Je ne sais pourquoi Elles ne reculent devant rien pour se procurer de tels plaisirs...

— Je vous en prie, monsieur Lascelles, persifla Childermass, si le lieu exerce un tel attrait sur vous, alors allez-y ! Ne restez pas à cause de nous.

Lascelles regarda rêveusement le champ et la brèche dans la haie Sans bouger néanmoins.

— Vous ne goûtez peut-être pas les corbeaux ? poursuivit Childermas, d'un ton secrètement moqueur.

— Nul ne les goûte ! déclara Mr Norrell. Pourquoi sont-ils là ? Que présa gent-ils ?

Childermass leva les épaules.

— D'aucuns croient qu'ils font partie des Ténèbres qui enveloppent Strange et que, pour des raisons connues de lui seul, il les a incarnées sous cette forme avant de les envoyer vers l'Angleterre. D'autres croient qu'ils annoncent le retour de John Uskglass.

— John Uskglass. Naturellement, grinça Lascelles. Le premier et le dernier recours des esprits vulgaires. Chaque fois qu'il se passe quelque chose, ce doit être à cause de John Uskglass ! Monsieur Norrell, je crois que l'heure est venue de vous fendre d'un nouvel article dans *Les Amis de la magie anglaise* pour vilipender ce gentleman. Qu'y écrirons-nous ? Qu'il était mécréant ? Qu'il n'était pas anglais ? Qu'il était démoniaque ? Je pense avoir quelque part une liste des saints et des archevêques qui l'ont dénoncé. Je pourrais facilement vous tourner cela.

Mr Norrell, l'air mal à l'aise, jetait des regards inquiets au postillon de Tuxford.

— Si j'étais vous, monsieur Lascelles, reprit doucement Childermass, je parlerais avec plus de prudence. Vous êtes dans le Nord, maintenant. Dans la patrie de John Uskglass. Nos villes, nos cités et nos abbayes ont été construites par lui. Nous lui devons nos lois. Il est présent dans notre mémoire, dans notre cœur et dans notre façon de parler. Si c'était l'été, vous verriez un tapis de menues fleurs d'un blanc bleuté sous chaque bordure d'arbres. On les appelle des « John's Farthings[1] ». Quand les saisons sont inversées, et que nous avons un temps chaud en hiver ou qu'il pleut en été, les gens de la cam-

1. Petites pièces d'argent frappées par Jean sans Terre (1180-1210) (*N.d.T.*)

pagne disent que John Uskglass est retombé amoureux et néglige ses affaires[1]. Et quand nous sommes certains d'un fait, nous disons qu'il est aussi sûr qu'un caillou dans la poche de John Uskglass...

Lascelles pouffa de rire.

— Loin de moi, monsieur Childermass, l'idée de décrier vos pittoresques dictons paysans ! Cependant, c'est une chose de chanter l'épopée d'un héros, c'en est une autre de parler de restaurer un roi qui comptait Lucifer parmi ses alliés et ses suzerains ! Personne n'aspire à cela, n'est-ce pas ? J'entends, à part quelques Johannites et songe-creux...

— Je suis un Anglais du Nord, monsieur Lascelles. Rien ne m'agréerait davantage que mon roi revienne sur le trône. Je l'ai souhaité toute ma vie.

Il était près de minuit lorsqu'ils atteignirent l'abbaye de Hurtfew. Il n'y avait pas trace de Strange. Lascelles alla se coucher, mais Mr Norrell allait et venait dans sa demeure, inspectant l'état de certains sortilèges mis en place depuis longtemps.

Le lendemain matin, au petit-déjeuner, Lascelles déclara :

— Je m'interroge. Y a-t-il eu des duels de magie par le passé ? Des combats entre deux magiciens ?

Mr Norrell soupira.

— Il est difficile de le savoir. Ralph Stokesey semble avoir affronté, avec sa magie, deux ou trois magiciens, dont un Écossais très puissant, le magicien d'Athodel[2]. Catherine de Winchester fut amenée jadis à expédier un jeune magicien à Grenade par enchantement. Il ne cessait de l'importuner par d'intempestives demandes en mariage alors qu'elle voulait se consacrer à

---

1. Plusieurs auteurs ont relevé que le Nord de l'Angleterre, même si sa loyauté envers John Uskglass n'a jamais chancelé, ne traite pas toujours celui-ci avec le respect qu'il inspire dans le Sud. En fait, les sujets d'Uskglass prennent un plaisir tout particulier à des récits et des ballades qui le montrent en nette position de faiblesse. *Cf.* l'histoire de John Uskglass et du Brûleur de charbon de bois d'Ullswater ou celle de la Méchante Fée et de la Sorcière. Il existe maintes versions de cette dernière (dont certaines assez triviales) ; elle raconte comment Uskglass a failli perdre son âme, ses royaumes et son pouvoir pour une petite sorcière de Cornouailles.

2. À l'instar de John Uskglass, le magicien d'Athodel régnait sur son île ou royaume. Athodel, semble-t-il, était une des îles occidentales d'Écosse. Mais soit elle a été engloutie, soit elle est invisible, ce que pensent certains commentateurs. Quelques historiens écossais aiment voir dans Athodel la preuve de la supériorité de la magie écossaise sur l'anglaise ; le royaume d'Uskglass, affirment-ils, s'est écroulé et se trouve entre les mains des Anglais du Sud, tandis que celui d'Athodel demeure indépendant. Comme Athodel est à la fois invisible et inaccessible, c'est là une affirmation difficile à confirmer ou infirmer. [Athodel, « nouvelle Irlande », en écossais (*N.d.T.*).]

l'étude, et Grenade était la ville la plus éloignée à laquelle elle pût songer à l'époque. Il y a aussi eu l'étrange légende du Brûleur de charbon du Cumberland[1]...

— Et de tels duels se sont-ils jamais terminés par le trépas d'un des magiciens ?

— Comment ? – Mr Norrell fixa sur lui un regard chargé d'horreur. – Non ! Pas que je sache, je ne pense pas.

Lascelles sourit.

— Pourtant, assurément, la magie doit en exister ? Si vous vous concentriez, il est probable que vous songeriez à une demi-douzaine de sorts qui conviendraient. Ce serait comme un duel ordinaire à l'épée ou au pistolet. Il ne serait pas question de poursuites judiciaires ensuite. En outre, les amis et les domestiques du vainqueur seraient tout à fait en droit de l'aider à envelopper l'affaire de tout le secret possible.

Mr Norrell garda le silence, puis il répondit :

— Nous n'en arriverons pas là.

Lascelles eut un rire.

— Mon cher monsieur Norrell ! À quoi d'autre pouvez-vous en arriver ?

Curieusement, jusqu'à ce jour Lascelles ne s'était jamais rendu à l'abbaye de Hurtfew. Par le passé, chaque fois que Drawlight était venu y séjourner, Lascelles s'était toujours arrangé pour être déjà pris. Une villégiature dans un manoir campagnard était l'idée que Lascelles se faisait du purgatoire. Dans le meilleur des cas, il s'imaginait que Hurtfew devait être à l'image de son propriétaire : poussiéreux, vieillot et enclin à de longs et lugubres silences ; au pis, il se représentait une ferme fouettée par la pluie sur une sombre et morne lande. Il fut surpris de découvrir que la réalité était tout autre. La maison n'avait rien de gothique. Elle était moderne, élégante et confortable, et il s'en fallait de beaucoup que les domestiques fussent les manants mal dégrossis de son imagination. En effet, les mêmes servaient Mr Norrell à Hanover-square. Ils étaient londoniens et au fait des habitudes de Lascelles.

Les maisons de magicien, cependant, ont leurs bizarreries, et l'abbaye de Hurtfew – au premier abord si spacieuse et si élégante – paraissait avoir été bâtie selon des plans tellement embrouillés qu'il était impossible d'aller d'une aile du manoir à l'autre sans se perdre. Plus tard, ce matin-là, Lascelles

1. Dans la légende de John Uskglass et du Brûleur de charbon d'Ullswater, Uskglass engage une joute magique avec un pauvre brûleur de charbon et connaît la défaite. Cette histoire présente des similitudes avec d'autres anciens récits où un puissant souverain est vaincu par l'un de ses plus humbles sujets et, pour cette raison, nombre de savants ont argué qu'elle n'avait aucun fondement historique.

fut informé par Lucas qu'il ne devait sous aucun prétexte tenter de se rendre seul à la bibliothèque, seulement en compagnie de Mr Norrell ou de Childermass. Selon Lucas, c'était la première règle de la maison.

Naturellement, Lascelles n'avait nulle intention de respecter cette interdiction, qui, de surcroît, lui avait été signifiée par un domestique. Il visita l'aile est du manoir et trouva le traditionnel agencement, petit salon, grand salon, salle à manger, mais pas de bibliothèque. Il en conclut que celle-ci devait se trouver dans l'aile ouest, encore inexplorée. Il se mit en marche et se retrouva immédiatement de retour dans la pièce qu'il venait de quitter. Croyant avoir tourné dans la mauvaise direction, il tenta de nouveau sa chance. Cette fois-ci, il déboucha dans une des souillardes, où une petite bonne malpropre et enchifrenée se mouchait du dos de la main puis, de la même main, lavait les coquetons. Quel que fût le chemin choisi, celui-ci le ramenait immédiatement au petit salon ou à la souillarde. Il se lassa vite de la vue de la petite bonne, qui, de son côté, ne semblait pas ravie de le revoir. Pourtant, bien qu'il perdît une matinée entière dans cette tentative infructueuse, il ne lui vint pas à l'esprit d'imputer son échec à une autre raison qu'une particularité de l'architecture du Yorkshire.

Pendant les trois jours suivants, Mr Norrell se confina le plus possible dans la bibliothèque. Chaque fois qu'il voyait Lascelles, il était certain d'entendre de nouvelles récriminations contre Childermass, tandis que ce dernier ne cessait de le harceler en lui demandant de rechercher la dépêche de Drawlight par magie. À la fin, il jugea plus simple de les éviter tous les deux.

Il se garda de leur divulguer une récente découverte qui le tourmentait beaucoup. Depuis que son chemin et celui de Strange s'étaient séparés, il avait pour habitude d'invoquer des visions pour tenter de connaître les agissements de son ancien élève. Il avait toujours échoué. Un soir, un mois plus tôt environ, le vieux magicien ne parvenait pas à dormir. Il s'était levé pour se remettre à sa magie. L'image n'était pas très nette, mais il avait entrevu un magicien à l'œuvre dans l'obscurité. Il s'était félicité d'avoir enfin percé le barrage des sorts de Strange, jusqu'au moment où il s'était rendu compte qu'il contemplait une vision de lui-même dans sa propre bibliothèque. Il avait fait une nouvelle tentative. Il avait varié les sorts, donné différents noms à Strange. Cela n'y changeait rien. Il fut dans l'obligation de conclure que la magie anglaise ne le distinguait plus de Strange.

Des courriers de Lord Liverpool et du cabinet lui arrivaient régulièrement, pleins de descriptions incendiaires de phénomènes magiques que nul ne savait expliquer. Mr Norrell leur répondait, promettant d'accorder toute son attention à ces affaires dès que Strange aurait été vaincu.

Le troisième soir après leur arrivée, Mr Norrell, Lascelles et Childermass étaient réunis dans le grand salon. Lascelles dégustait une orange. Il possédait un petit canif au manche de nacre et à la lame ébréchée dont il se servait pour couper la peau. Childermass étalait un jeu de cartes sur un guéridon ; il se tirait les cartes depuis deux heures. On pouvait mesurer à quel point Mr Norrell était tracassé par l'actuelle situation à ce qu'il n'avait pas émis la plus légère protestation. Lascelles, lui, était rendu à moitié fou par ces cartes. Il était persuadé d'être l'objet de toutes ces savantes manipulations, ce en quoi il avait parfaitement raison.

— J'abhorre cette inactivité ! lâcha-t-il tout à coup. Que Strange peut-il bien attendre, je vous le demande ? Nous ne sommes même pas certains qu'il viendra.

— Il viendra, affirma Childermass.

— Et comment le savez-vous ? riposta Lascelles. Il vous l'a dit ?

Childermass ne répondit pas. Quelque chose qu'il avait vu dans les cartes sollicitait son attention. Ses regards sautaient de l'une à l'autre. Soudain il se leva de sa chaise.

— Monsieur Lascelles, vous avez une dépêche pour moi !

— Moi ? fit Lascelles, surpris.

— Oui, monsieur.

— Qu'entendez-vous par là ?

— J'entends que l'on vous a confié récemment une dépêche à mon intention. Les cartes l'affirment. Je vous serais reconnaissant de bien vouloir me la remettre.

Lascelles eut un grognement de mépris.

— Je ne suis l'estafette de personne… Et surtout pas la vôtre !

Childermass ignora ses paroles.

— De qui est ce message ? demanda-t-il.

Lascelles resta muet et revint à son couteau et à son orange.

— Très bien, dit Childermass, qui se rassit et étala de nouveau son jeu.

En proie à de vives appréhensions, Mr Norrell les observait. Sa main voleta vers le cordon de sonnette mais, après un instant de réflexion, il se ravisa et alla chercher lui-même un domestique. Lucas était dans la salle à manger, en train de dresser la table. Mr Norrell lui conta ce qui se passait.

— Ne peut-on tenter une action pour les séparer ? demanda-t-il. Ils seront peut-être plus calmes dans un moment. Aucun courrier n'est arrivé pour Mr Lascelles ? N'y a-t-il rien qui requière les soins de Childermass ? Ne peux-tu trouver quelque chose ? Et le dîner ? Ne peut-il être servi ?

Lucas secoua la tête.

— Il n'y a pas de courrier, Childermass en fera à sa guise selon son habitude, et vous avez demandé à dîner à neuf heures et demie, monsieur. Vous le savez bien.

— Je regrette que Mr Strange ne soit pas là, balbutia Mr Norrell d'un air misérable. Lui saurait quoi leur dire, lui saurait que faire.

Lucas toucha le bras de son maître pour tenter de le secouer.

— Monsieur Norrell ? Nous essayons d'éviter l'apparition de Mr Strange, si vous vous souvenez, monsieur…

Mr Norrell le considéra avec une certaine irritation.

— Oui, oui ! Je le sais ! N'empêche…

Mr Norrell et Lucas revinrent ensemble au salon. Childermass retournait sa dernière carte. Lascelles s'était plongé résolument dans une gazette.

— Que disent donc les cartes ? demanda Mr Norrell à Childermass.

Mr Norrell avait posé la question, mais Childermass s'adressa à Lascelles.

— Elles disent que vous êtes un menteur et un larron. Elles disent qu'il y a plus qu'une dépêche. On vous a donné un objet. Un objet de grande valeur. Il m'est destiné et pourtant vous l'avez gardé par-devers vous.

Un ange passa.

Lascelles dit d'un ton glacial :

— Monsieur Norrell, combien de temps comptez-vous me laisser insulter de la sorte ?

— Je vous le demande pour la dernière fois, monsieur Lascelles, reprit Childermass. Allez-vous me rendre ce qui me revient ?

— Comment osez-vous vous adresser de cette manière à un gentleman ? s'emporta Lascelles.

— Parce que c'est le fait d'un gentleman de me dépouiller ? rétorqua Childermass.

Lascelles devint pâle comme un mort.

— J'exige des excuses, siffla-t-il. Des excuses, espèce de bâtard, raclure de caniveau du Yorkshire, ou je jure de t'apprendre de meilleures manières !

Childermass leva les épaules.

— Mieux vaut être bâtard que larron !

Avec un cri de fureur, Lascelles le saisit au collet et le pressa contre le mur si violemment que les pieds de Childermass quittèrent le sol. Il secoua tant Childermass que les tableaux accrochés aux murs tremblèrent dans leurs cadres.

Bizarrement, Childermass paraissait sans défense face à Lascelles. Ses bras s'étaient plaqués mystérieusement contre le corps de son adversaire et, bien qu'il se débattît comme un possédé, il était incapable de les libérer. Ce fut fini en deux coups de cuillère à pot. Childermass fit un bref signe de tête à Lascelles, reconnaissant ainsi sa défaite.

Mais Lascelles ne le libéra pas. Au contraire, il s'aplatit davantage contre lui, le maintenant acculé au mur. Puis il baissa la main et sortit le couteau au manche de nacre et au fil ébréché. Il passa lentement la lame en travers du visage de Childermass, le balafrant de l'œil à la bouche.

Lucas poussa un cri, pourtant pas une plainte ne franchit les lèvres de Childermass. Tant bien que mal il dégagea sa main gauche et la leva, serrée en un poing. Les protagonistes gardèrent cette posture un moment – comme dans un tableau vivant ! –, enfin Childermass laissa retomber son bras.

Lascelles eut un large sourire. Il lâcha Childermass et se tourna vers Mr Norrell. D'une voix doucereuse, il s'adressa à lui en ces termes :

— Je ne souffrirai pas qu'on me fasse des excuses au nom de cette personne. J'ai été insulté. Si ce drôle était de mon rang, je l'eusse assurément provoqué en duel. Il le sait. Sa condition inférieure le protège. Si je dois rester un instant de plus dans cette maison, et que je doive demeurer votre ami et votre conseiller, alors il faut que ce personnage quitte votre service à l'instant ! Après ce soir, je ne veux plus entendre prononcer son nom par vous ou l'un de vos gens sous peine de renvoi. J'espère, monsieur, que c'est assez clair ?

Lucas saisit l'occasion pour tendre subrepticement à Childermass une serviette de table.

— Eh bien, monsieur, lança Childermass à Mr Norrell, épongeant le sang de son visage, lequel de nous choisissez-vous ?

Un long moment de silence. Puis, d'une voix rauque, tout à fait différente de son ton habituel, Mr Norrell répondit.

— Vous êtes congédié.

— Adieu, monsieur Norrell, dit Childermass, en s'inclinant. Vous avez fait le mauvais choix, monsieur. À votre habitude !

Il ramassa ses cartes et sortit.

Il monta à sa petite chambre nue sous les combles et alluma la chandelle posée sur une table. Une glace fêlée et bon marché pendait au mur. Il inspecta son visage. L'estafilade n'était pas belle. Sa cravate et l'épaule droite de sa chemise étaient trempées de sang. Il nettoya sa plaie du mieux possible, se lava et s'essuya les mains.

Avec des gestes précautionneux, il sortit de la poche de sa veste une boîte, d'une couleur de chagrin et à peu près de la taille d'une tabatière, bien qu'un peu plus longue. Il murmura : « Chassez l'éducation, elle reviendra au galop[1]. »

Il l'ouvrit. L'espace d'un instant, il eut l'air songeur ; il se gratta la tête, puis jura car il avait failli la tacher de sang. Il la referma avec un bruit sec et la remit dans sa poche.

Cela ne lui prit guère de temps de rassembler ses possessions : un étui en acajou contenant une paire de pistolets, une petite bourse, un rasoir, un peigne, une brosse à dents, un bout de savon, quelques effets (tous aussi surannés que ceux qu'il portait) et un petit paquet de livres comprenant une bible, *Une histoire enfantine du roi Corbeau*, de Lord Portishead, plus un exemplaire des *Révélations des Trente-Six Autres Mondes*, de Paris Ormskirk. Mr Norrell payait grassement Childermass depuis des années, nul ne savait toutefois ce qu'il faisait de son argent. Comme Davey et Lucas s'en étaient souvent fait la remarque, une chose était sûre, il ne le dépensait pas.

Childermass fourra le tout dans un sac de voyage bosselé. Une coupe de pommes trônait sur la table. Il enveloppa les fruits dans un linge et les ajouta à son bagage. Enfin, pressant toujours sa serviette sur son visage, il redescendit. Il se trouvait déjà dans la cour des écuries quand il lui revint que sa plume, son encrier et son calepin étaient restés dans le grand salon. Il les avait posés sur une desserte pour se tirer les cartes. « Tant pis, il est trop tard pour revenir en arrière, songea-t-il. Je devrai en acheter d'autres ! »

Tout un groupe l'attendait dans les écuries : Davey, Lucas, les palefreniers et quelques-uns des valets qui avaient réussi à sortir discrètement de la maison.

— Que faites-vous tous là ? s'exclama-t-il avec surprise. Vous tenez une réunion de prière ?

Les hommes échangèrent des coups d'œil.

— Nous vous avons sellé Brewer, monsieur Childermass, dit Davey.

Brewer[2] était le cheval de Childermass, un grand étalon dégingandé.

— Merci, Davey.

— Pourquoi l'avez-vous laissé faire ? s'enquit Lucas. Pourquoi l'avez-vous laissé vous balafrer ?

— Ne t'inquiète pas, mon gars. C'est sans importance.

---

1. Dans la demeure des graveurs de Spitalfields, au début du printemps de 1816, Strange avait dit à Childermass : « Chassez l'éducation, elle reviendra au galop, vous savez… » Childermass avait exercé plusieurs métiers avant de devenir le domestique et le conseiller de Mr Norrell. Le premier avait été celui d'enfant pickpocket très doué. Sa mère, Black Joan, Jeanne la Noire, avait jadis réuni une petite troupe de jeunes chenapans sales et déguenillés qui avaient écumé les villes de l'East Riding à la fin des années 1770.

2. En anglais, « Brassun » (*N.d.T.*)

— J'ai apporté de la charpie. Permettez-moi de vous bander le visage.

— Lucas, j'ai besoin de toute ma présence d'esprit cette nuit et je ne puis réfléchir si je suis couvert de bandages !

— Vous aurez une vilaine cicatrice si on ne referme pas les lèvres de la plaie.

— Laisse. Personne ne se plaindra si je suis moins beau qu'avant. Donne-moi seulement un autre linsuel[1] pour étancher le flot de sang. Celui-ci est trempé. Allez, les gars, quand Strange arrivera… – Il soupira. – Je ne sais que vous dire. Je n'ai aucun conseil à vous donner. Mais si vous avez la possibilité de les aider, alors n'hésitez pas.

— Quoi ? s'écria un valet. Aider Mr Norrell et Mr Lascelles ?

— Non, songe-creux ! Aider Mr Norrell et Mr Strange. Lucas, dis adieu à Lucy, Hannah et Dido de ma part et assure-les que je leur souhaite bonne chance… Et de bons maris dociles quand elles se décideront.

(Ces trois petites bonnes étaient les favorites de Childermass.)

Davey sourit d'une oreille à l'autre.

— Vous ne voulez pas tenir vous-même cet emploi, monsieur ? dit-il.

Childermass partit à rire, puis la douleur le fit tressaillir.

— Peut-être pour Hannah, alors, badina-t-il. Adieu, la compagnie.

Il leur serra la main à tous et fut un peu déconcerté quand Davey, qui était aussi sentimental qu'une écolière en dépit de sa taille et de sa carrure, insista pour lui donner l'accolade et versa des larmes. Lucas lui remit une bouteille du meilleur bordeaux de Mr Norrell pour la route.

Childermass sortit Brewer de l'écurie. La lune s'était levée. Il ne rencontra aucun obstacle pour suivre l'allée en demi-cercle qui permettait de quitter les jardins et de s'enfoncer dans le parc. Il franchissait le petit pont quand un pressentiment s'imposa brusquement à lui : il y avait de la magie dans l'air. Mille trompettes avaient sonné à ses oreilles, ou une lumière éblouissante avait brillé dans les ténèbres. Le monde était entièrement différent de ce qu'il avait été l'instant d'avant. En quoi consistait donc la différence ? Childermass n'aurait tout d'abord su le dire. Il regarda autour de lui.

Juste au-dessus du parc et du manoir, tout un pan de ciel nocturne n'était pas à sa place. Les constellations étaient disjointes. De nouveaux astres étaient apparus, des astres que Childermass n'avait jamais vus. Sans doute s'agissait-il des étoiles des Ténèbres éternelles de Strange.

Il jeta un dernier regard sur l'abbaye et partit au galop.

---

1. En anglais, *clout*, mot du Yorkshire signifiant « linge ». [En ancien français, morceau de drap ou de linge (*N.d.T.*).]

Toutes les horloges se mirent à sonner en même temps. Cet événement était déjà en soi assez extraordinaire. Depuis quinze ans que Lucas s'évertuait à convaincre les horloges de Hurtfew d'indiquer l'heure avec ensemble, elles s'y étaient jusque-là toujours refusées. Pourtant, il était difficile de dire quelle heure il pouvait bien être. Les horloges continuèrent à sonner bien après minuit, mesurant le temps d'une nouvelle et étrange époque.

— Quel peut bien être cet atroce vacarme ?

Mr Norrell se leva de son siège. Il se frotta les mains, chez lui toujours signe de tension et de grande nervosité.

— Strange est ici, articula-t-il à la hâte.

Il prononça un mot. Les horloges se turent.

La porte s'ouvrit brusquement. Mr Norrell et Mr Lascelles se tournèrent, le visage plein d'alarme, s'attendant à voir Strange entrer. Ce n'était que Lucas et deux autres domestiques.

— Monsieur Norrell ! commença Lucas. Je suppute...

— Oui, oui ! Je sais ! Va dans la soupente au pied de l'escalier de la cuisine. Dans le buffet sous la fenêtre, tu y trouveras des chaînes de plomb avec des cadenas et des clés. Apporte-les ici. Vite !

— De mon côté, je vais aller chercher une paire de pistolets, déclara Lascelles.

— Ils ne vous seront d'aucun usage, objecta Mr Norrell.

— Oh ! Vous seriez surpris du nombre de problèmes qu'une bonne paire de pistolets peut résoudre !

Ils revinrent tous en moins de cinq minutes : Lucas, tenant les chaînes et les cadenas, l'air contrit et malheureux ; Lascelles, armé de ses pistolets ; plus quatre ou cinq autres valets de chambre.

— Où croyez-vous qu'il soit ? demanda Lascelles.

— Dans la bibliothèque. En quel autre endroit ? répondit Mr Norrell. Venez.

Ils quittèrent le grand salon pour entrer dans la salle à manger. De là, ils empruntèrent un court passage qui contenait une desserte d'ébène marquetée, la statue de marbre d'un centaure et de son poulain, et un tableau de Salomé portant la tête de Jean-Baptiste sur un plat d'argent. Deux portes leur faisaient face. Celle de droite avait un air peu familier aux yeux de Lascelles. Mr Norrell la leur fit franchir et ils se retrouvèrent immédiatement de retour au salon.

— Attendez ! s'écria Mr Norrell, désorienté, jetant un regard derrière lui. Je dois m'être... Non. Attendez. J'y suis. Venez !

De nouveau, ils passèrent de la salle à manger dans le couloir. Cette fois-ci, ils prirent la porte de gauche, qui les ramena aussi tout droit au salon.

Mr Norrell poussa un grand cri de désespoir.

— Il a brouillé mon labyrinthe et en a construit un autre contre moi !

— À certains égards, monsieur, fit observer Lascelles, je pourrais regretter que vous l'ayez si bien instruit.

— Oh ! Je ne l'ai jamais instruit en ce domaine… Et vous pouvez être certain qu'il ne l'a appris de personne d'autre ! Soit il a le diable pour maître, soit il l'a appris dans ma maison ce soir même. Tel est le génie de mon ennemi ! Fermez-lui une porte, et il apprendra, premièrement, à crocheter une serrure, deuxièmement, à en poser une meilleure dont il se servira contre vous !

Lucas et les autres domestiques allumèrent davantage de chandelles, comme si, malgré les sortilèges de Strange, la clarté pouvait les rendre plus visibles et les aider à distinguer la réalité de la magie. Les bougeoirs et les chandeliers encombraient toutes les surfaces disponibles, ce qui ne servit qu'à accroître leur trouble. Ils allaient de la salle à manger au grand salon, du grand salon au couloir – « pareils à des renards captifs d'un terrier bouché », selon le mot de Lascelles. Cependant, quels que fussent leurs efforts, ils ne parvenaient pas à sortir de ces trois pièces.

Le temps passa, impossible à évaluer. L'ensemble des horloges indiquait minuit. Toutes les fenêtres ouvraient sur les ténèbres de la Nuit éternelle et les étoiles inconnues.

Mr Norrell s'arrêta, ferma les yeux. Sa physionomie était aussi sombre et close qu'un poing. Il se tenait complètement immobile ; seules ses lèvres remuaient légèrement. Enfin il rouvrit fugitivement les yeux et dit : « Suivez-moi. » Refermant les yeux, il se remit en marche. Selon les apparences, il suivait le plan d'une tout autre demeure qui se serait mystérieusement glissée à l'intérieur de la sienne. Les directions qu'il prenait, à droite, à gauche, à droite, à gauche, composaient un nouveau circuit qu'il ne connaissait pas.

Au bout de trois ou quatre minutes, il rouvrit les yeux. Là, devant lui, se trouvait le couloir qu'il cherchait, celui au sol dallé, et, tout au bout, le contour sombre et imposant de la porte de la bibliothèque.

— Enfin nous allons voir ce qu'il manigance ! s'écria-t-il. Lucas, tiens prêts tes cadenas et tes chaînes. Il n'existe pas de meilleure substance prophylactique contre la magie que le plomb. Nous lui lierons les mains, et cela le retiendra un brin. Monsieur Lascelles, dans quel délai pourrions-nous faire parvenir une dépêche à un des ministres ?

Un tantinet surpris de ne pas obtenir de réponse, il se retourna.

Il était seul. Non loin de lui, il entendit Lascelles prononcer quelques phrases : sa voix froide et traînante était reconnaissable entre toutes. Il entendit un de ses domestiques, puis Lucas répondre tour à tour. Peu à peu, tous les bruits diminuèrent. Le tapage des domestiques qui couraient de pièce en pièce s'éteignit. Le silence tomba.

64

Deux versions de Lady Pole

Mi-février 1817

— Eh bien ! s'exclama Lascelles. Voilà qui est pour le moins inattendu !

Les domestiques et lui étaient agglutinés devant le mur nord de la salle à manger, mur à travers lequel Mr Norrell venait de passer avec tout le flegme du monde.

Lascelles tendit la main pour le toucher : la paroi était pleine. Il s'y appuya lourdement, elle ne bougea pas.

— Pensez-vous que c'était voulu ? s'enquit un des domestiques.

— Qu'importe si c'était voulu ou pas, trancha Lucas. Il est allé au-devant de Mr Strange.

— Ce qui revient à dire qu'il est allé au diable ! ajouta Lascelles.

— Que va-t-il arriver, maintenant ? demanda un autre domestique.

Personne ne répondit. Des images de joutes magiques traversèrent l'esprit de toutes les personnes présentes : Mr Norrell lançant des boulets de canon contre Strange, Strange invoquant des démons pour qu'ils viennent emporter Mr Norrell. Ils guettèrent des bruits de bataille. En vain.

Un cri résonna dans la pièce voisine. Un des domestiques avait ouvert la porte du grand salon et trouvé le fumoir de l'autre côté. Après le fumoir se trouvait le salon personnel de Mr Norrell et, après celui-ci, son cabinet de toilette. L'ancienne enfilade de pièces était soudain restaurée ; le labyrinthe avait disparu.

Le soulagement apporté par cette découverte fut très vif. Sur-le-champ, les domestiques abandonnèrent Lascelles pour descendre à l'office, refuge et consolation naturelle de leur classe. Lascelles – tout aussi naturellement – s'assit seul dans le salon personnel de Mr Norrell, avec la ferme intention d'y rester jusqu'au retour de son propriétaire. Ou bien, si ce dernier ne revenait pas, d'attendre Strange et de le tuer avec son revolver. « Après tout, songeait-il, que peut un magicien contre une balle de plomb ? Entre le coup de feu et l'explosion subséquente de son cœur, il n'y a pas de temps pour la magie. »

Des pensées pareilles n'apportaient qu'un réconfort temporaire. L'abbaye était trop silencieuse, l'obscurité trop surnaturelle. Il n'avait que trop conscience des domestiques solidairement réunis en un lieu, des deux magiciens qui tramaient Dieu sait quoi en un autre lieu, et de sa personne, solitaire, en un troisième. Une ancienne horloge de parquet se dressait dans un coin de la pièce, dernier vestige de la maison familiale de Mr Norrell. Cette horloge, à l'instar de toutes les autres, s'était arrêtée sur minuit à l'arrivée de Strange. Toutefois, elle ne s'y était pas résignée de bon cœur et protestait bruyamment contre la tournure des événements. Son tic-tac était irrégulier · il semblait ivre, ou peut-être en proie à la fièvre, et émettait de temps en temps un son qui avait ceci de remarquable qu'il évoquait le bruit d'un souffle qu'on retient. Chaque fois qu'il l'entendait, Lascelles croyait que Strange avait pénétré dans la pièce et s'apprêtait à prendre la parole.

Il se leva et suivit les domestiques à l'office.

Pleine d'angles classiques et plongée dans une pénombre tout aussi classique, la cuisine de l'abbaye de Hurtfew évoquait la crypte d'une basilique. Une collection innombrable de chandelles de suif éclairait le centre de la pièce ; là, s'étaient rassemblés tous les domestiques que Lascelles avait jamais vus à Hurtfew, et quantité d'autres encore. Il s'adossa à un pilier, en haut d'une volée de marches.

Lucas leva les yeux vers lui.

— Nous discutions du parti à prendre, monsieur. Nous allons quitter l'abbaye d'ici une demi-heure. Nous ne faisons aucun bien à Mr Norrell en restant ici, alors que nous risquons de nous faire du tort. Telle est notre intention, monsieur, mais si vous êtes d'un autre avis, je serai heureux de l'entendre.

— D'un autre avis ! s'exclama Lascelles. – Il paraissait absolument stupéfait, et son expression n'était qu'en partie feinte. – C'est la première fois que je m'entends demander mon avis par un laquais. Je vous en sais gré, je crois cependant que je vais devoir décliner toute participation à cette... – il réfléchit un instant avant de fixer son choix sur le mot le plus outrancier de son vocabulaire – ... démocratie.

— À votre guise, monsieur, répondit doucement Lucas.

— Il doit faire jour en Angleterre en ce moment, dit une des bonnes, regardant avec nostalgie les fenêtres percées en haut des murs.

— Nous sommes en Angleterre, espèce de dinde ! releva Lascelles.

— Non, monsieur, objecta Lucas. Je vous demande bien pardon, non. L'Angleterre est un pays normal. Davey, combien de temps pour sortir les chevaux ?

— Ah ! s'écria Lascelles. Vous êtes tous bien hardis de parler de votre rapine sous mon nez ! Quoi ! Vous croyez que je ne vous dénoncerai pas ? Au contraire, je m'assurerai que vous soyez tous pendus !

Certains des domestiques surveillaient avec inquiétude les pistolets aux mains de Lascelles. Lucas, toutefois, ignora celui-ci.

Les domestiques convinrent que ceux d'entre eux qui possédaient des parents ou des amis dans le voisinage devaient leur demander asile. Les autres seraient dispersés avec les bêtes dans les différentes fermes appartenant au domaine de Mr Norrell.

— Alors, vous voyez bien, monsieur, dit Lucas à Lascelles, il n'y a pas de voleur parmi nous. Tous les biens de Mr Norrell resteront sur ses terres... Et nous soignerons ses chevaux aussi bien que s'ils étaient toujours à l'écurie. Ce serait d'une atroce cruauté de laisser une créature dans ces Ténèbres perpétuelles.

Un peu plus tard, les domestiques quittaient Hurtfew (combien de temps exactement, il était impossible de le dire, leurs montres de gousset, à l'instar des horloges, indiquaient toutes minuit). Des paniers et des sacs pendus à leurs bras et des havresacs au dos, ils menaient les chevaux par le licou. Il y avait aussi deux ânes et une chèvre qui avaient toujours vécu dans les écuries parce que les chevaux aimaient leur compagnie. Lascelles suivait à distance ; s'il n'avait aucune envie de paraître faire partie de cette canaille, il ne voulait pas non plus rester seul à l'abbaye.

À dix yards de la rivière, ils émergèrent des Ténèbres pour s'avancer dans l'aurore. Brusquement, le gel, la terre hivernale et la rivière proche embaumèrent l'air de leurs émanations. Les teintes et les formes du parc semblaient plus pures, comme si l'Angleterre avait été refaite pendant la nuit. Pour les malheureux manants, qui ne savaient pas s'ils ne verraient plus que les Ténèbres et les étoiles, cette vision était extrêmement bienvenue.

Leurs montres s'étaient remises en marche et ils s'aperçurent, après consultation générale, qu'il était huit heures moins le quart.

Lascelles se hâta de les rejoindre.

— Qu'est-ce donc ? demanda-t-il, tendant le doigt vers le nouveau pont.

Un vieux serviteur – un homme avec une barbe pareille à un nuage blanc miniature collé à la pointe du menton – répondit que c'était un pont féerique. Il l'avait déjà vu dans sa jeunesse. Il avait été construit voilà longtemps, quand John Uskglass régnait encore sur le Yorkshire. Il s'était délabré et avait été démonté du temps de l'oncle de Mr Norrell.

— Pourtant le revoilà ! murmura Lucas avec un frisson.

— Qu'y a-t-il de l'autre côté ? s'enquit Lascelles.

Le vieux serviteur dit que cette route menait jadis à Northallerton en passant par divers lieux étranges.

— Rejoint-elle celle que nous avons aperçue à proximité de la Maison rouge ? demanda Lascelles.

Le vieux serviteur secoua la tête. Il n'en savait rien.

Lucas s'impatientait. Il voulait repartir.

— Les routes féeriques s'écartent des routes chrétiennes, expliqua-t-il. Souvent elles ne conduisent pas là où elles sont censées aller. Qu'importe ! Personne ici présent ne posera ne serait-ce qu'un pied sur cette voie maléfique.

— Merci, répliqua Lascelles, mais je crois que je suis assez grand pour prendre tout seul ma décision sur ce point.

Après une hésitation, il s'engagea à grands pas sur le pont aux fées.

Plusieurs domestiques lui crièrent de revenir.

— Oh, laissez-le ! s'exclama Lucas, agrippant un panier qui contenait son chat. Qu'il aille au diable si ça lui chante ! Je suis certain que personne ne le mériterait mieux que lui...

Il jeta à Lascelles un dernier regard de franche animosité et emboîta le pas aux autres pour s'enfoncer dans le parc.

Derrière eux, la colonne noire s'élevait dans le ciel gris du Yorkshire sans qu'on en pût voir le sommet.

À vingt milles de là, Childermass franchissait le pont de charge qui menait au village de Starecross. Il traversa le village en direction du château, puis mit pied à terre.

— Holà ! Holà !

Il toqua à la porte avec son stick, poussa quelques vociférations supplémentaires et donna des coups de pied vigoureux dans le battant.

Deux domestiques apparurent. Ils avaient été déjà assez alarmés par ces cris et ces coups dans la porte, mais quand ils levèrent leur chandelle et s'avisèrent que leur auteur était un individu aux yeux égarés, avec une balafre, la chemise ensanglantée et l'aspect général d'un coupe-jarrets, ils ne furent pas du tout rassurés.

— Ne restez pas là à bayer aux corneilles ! lança Childermass. Allez me chercher votre maître ! Il me connaît !

Dix minutes de plus lui amenèrent Mr Segundus en robe de chambre. Childermass, qui attendait avec impatience dans l'encadrement de la porte, remarqua qu'il avait les yeux clos à son apparition dans le corridor et que le domestique le guidait de la main. On eût cru un aveugle. Le domestique le plaça juste devant Childermass. Il ouvrit les yeux.

— Mon Dieu, monsieur Childermass ! s'écria-t-il. Qu'est-il arrivé à votre visage ?

— Quelqu'un l'a pris pour une orange. Et vous, monsieur ? Que vous est-il arrivé ? Êtes-vous souffrant ?

— Non, je ne suis point souffrant. – Mr Segundus parut embarrassé. – C'est de vivre au contact permanent d'une puissante magie. Je n'avais pas mesuré à quel point cela peut être débilitant. Pour une personne qui y est sensible, j'entends. Mes domestiques, eux, ne se ressentent absolument d'aucun effet, j'en suis heureux.

Il était d'une étrange inconsistance et donnait l'impression d'avoir été peint dans les airs. Un menu courant d'air venant d'un interstice de la croisée souleva ses cheveux et les tordit en boudins et en accroche-cœurs comme s'ils étaient sans poids.

— Je présume que c'est là la raison de votre visite, poursuivit-il. Néanmoins, il vous faut certifier à Mr Norrell que je n'ai fait qu'étudier les occurrences qui se sont présentées d'elles-mêmes. Je reconnais avoir rédigé quelques notes, il n'a pourtant vraiment aucun objet de se plaindre.

— Quelle magie ? s'enquit Childermass. Que me chantez-vous ? Et vous n'avez nul besoin de vous soucier plus longtemps de Mr Norrell. Il a ses propres problèmes et ne sait rien de ma présence ici. Que faisiez-vous donc, monsieur Segundus ?

— J'observais et notais mes observations, devoir incombant à tout magicien. – Mr Segundus se pencha en avant avec empressement. – Et je suis parvenu à des conclusions surprenantes sur le mal de Lady Pole !

— Oh !

— Dans mon opinion, la folie n'est pas en cause, mais la magie !

Mr Segundus s'attendait à ce que Childermass fût surpris. Il sembla dépité que Childermass se bornât à hocher la tête.

— J'ai quelque chose qui appartient à Madame, déclara alors Childermass. Quelque chose qui lui manque depuis longtemps. Aussi je vous prie d'avoir l'amabilité de me conduire auprès d'elle.

— Ah !

— Je ne lui veux aucun mal, monsieur Segundus. Et je crois même pouvoir lui faire du bien. Je le jure par l'Oiseau et le Livre. Par l'Oiseau et le Livre[1] !

— Il m'est impossible de vous conduire à elle, dit Mr Segundus, qui leva la main pour prévenir les protestations de Childermass. Non que je m'y refuse, simplement je ne peux pas. Charles nous conduira.

Ce rebondissement était plutôt original, Childermass toutefois n'était pas d'humeur à argumenter. Mr Segundus s'accrocha au bras de Childermass et referma les yeux.

La vision d'une autre demeure surgit derrière les corridors de pierre et de chêne de Starecross-hall. Childermass aperçut de hauts passages s'étirant sur des distances inconcevables ; comme si deux plaques de verre avaient été glissées dans une lanterne magique, de sorte qu'une image se superposait à l'autre. L'impression de visiter deux maisons à la fois suscita rapidement une sensation proche du mal de mer. Son esprit tourna à la confusion et, eût-il été seul, il n'aurait pas tardé à perdre son chemin. Il ne savait plus s'il marchait ou tombait, s'il gravissait une marche ou un escalier sans fin. Parfois, il lui semblait glisser sur une étendue de dalles de pierre, alors qu'il ne bougeait presque pas. La tête lui tournait et il avait mal au cœur.

— Arrêtez ! arrêtez ! cria-t-il, avant de s'effondrer à terre les yeux fermés.

— La magie vous affecte beaucoup, dit Mr Segundus. Plus que moi encore. Gardez les yeux fermés et prenez mon bras. Charles va nous conduire.

Ils continuèrent à avancer, les yeux clos. Charles les fit tourner à main droite, puis monter un escalier, au sommet duquel M. Segundus s'entretint à voix basse avec quelqu'un. Charles entraînait toujours Childermass de l'avant. Ce dernier eut l'intuition de pénétrer dans une pièce. Les lieux embaumaient le linge propre et les roses séchées.

— Voilà donc la personne que vous souhaitiez que je voie, lança une voix de femme, qui présentait la bizarrerie de provenir de deux endroits à la fois,

1. C'est un antique serment d'Angleterre du Nord. Les armes de John Uskglass montraient un Corbeau-en-vol sur fond blanc (Argent, Corbeau essoré) ; celles de son chancelier, William Lanchester, avaient la même figure avec l'ajout d'un livre ouvert (Argent, Corbeau essoré au-dessus d'un livre ouvert).

Pendant une bonne partie du XIIIe siècle, John Uskglass se consacra à l'étude et à la magie, laissant les affaires de gouvernement à Lanchester. Les armes de Lanchester étaient apposées dans toutes les grandes cours de justice et sur de nombreux et éminents documents juridiques. En conséquence, le peuple prit l'habitude de jurer par l'Oiseau et le Livre, emblèmes de ces armes.

renvoyée par l'écho. Mais je connais cette personne ! C'est le valet du magicien ! Il est...

— Je suis celui sur lequel Madame a tiré, l'interrompit Childermass, qui rouvrit les yeux.

Il ne vit pas une femme, mais deux... Ou, plus exactement, il voyait la même femme en double. Toutes les deux, dans une posture identique, levèrent les yeux vers lui. Elles occupaient le même espace, de sorte qu'il eut, en la regardant, le même sentiment de vertige qu'il avait éprouvé en suivant les corridors.

Une version de Lady Pole était assise dans la demeure du Yorkshire ; elle portait un déshabillé ivoire et le regardait avec une calme indifférence. L'autre vision était plus diaphane, plus fantomatique. Elle se tenait dans la maison sombre et labyrinthique, parée d'une robe du soir rouge sang. Sa chevelure brune était semée de gemmes ou d'étoiles, et ses yeux le fixaient avec une fureur haineuse.

Mr Segundus tira Childermass vers la droite.

— Postez-vous là, murmura-t-il fébrilement. Maintenant, fermez un œil ! La voyez-vous ? Une rose rouge et blanc à l'emplacement de la bouche...

— La magie agit différemment sur nous, observa Childermass. J'ai une vision très étrange, mais pas celle que vous dites.

— Vous avez de l'audace de venir jusqu'ici, déclarèrent les deux versions de Lady Pole, s'adressant à Childermass, étant donné ce que vous êtes et qui vous représentez.

— Je ne viens pas mandaté par Mr Norrell. Pour être honnête, je ne sais plus vraiment qui je représente. Jonathan Strange, je crois bien. J'ai la certitude qu'il m'a envoyé une dépêche, et celle-ci concernait madame, je pense. Mais on a empêché le messager de m'atteindre, et la dépêche s'est perdue. Savez-vous, madame, ce que Mr Strange aurait pu vouloir m'apprendre à votre sujet ?

— Oui, répondirent les deux versions de Lady Pole.

— Voulez-vous bien m'en instruire ?

— Si je parle, dirent-elles, des extravagances sortiront de ma bouche.

Childermass eut un haussement d'épaules.

— J'ai passé vingt ans dans la société des magiciens, j'y suis habitué. Parlez.

Alors elle se lança (ou elles se lancèrent). Instantanément, Mr Segundus tira un calepin d'une poche de sa robe de chambre et se mit à griffonner des notes. Pour Childermass, les deux versions de Lady Pole ne s'exprimaient plus d'une seule voix. La Lady Pole qui était à Starecross-hall relatait une histoire sur une enfant qui vivait non loin de Carlisle[1] ; la femme en robe rouge sang, elle, contait une tout autre chanson. Elle avait une expression farouche et soulignait ses paroles de gestes véhéments – malheureusement, Childermass n'entendait pas ses paroles. L'histoire fantasque de la fillette du Cumberland couvrait le reste.

— Là ! Vous voyez ! s'écria Mr Segundus, en mettant un point final à ses notes. Voilà pourquoi elle passe pour folle aux yeux du monde. À cause de ces drôles de contes et de légendes. J'ai établi une liste de tout ce qu'elle m'a raconté, et j'ai commencé à trouver des correspondances entre son contenu et l'ancienne tradition des fées. Je suis convaincu que si vous et moi devions mener notre enquête, nous découvririons quelque rapport avec un groupe de fées ayant une parenté avec les oiseaux chanteurs. Ce n'étaient peut-être pas des gardeuses d'oiseaux chanteurs, occupation qui, vous en conviendrez, serait un tantinet trop stable pour une race aussi écervelée, mais elles peuvent avoir creusé une sorte particulière de magie relative aux oiseaux chanteurs. Et cela a peut-être arrangé l'une d'elles de raconter à une enfant impressionnable qu'elle était gardeuse d'oiseaux chanteurs…

— Peut-être, dit Childermass, peu intéressé. Seulement son message n'était pas celui-là. Et puis je me souviens de la signification magique des roses. Elles symbolisent le silence. Voilà pourquoi vous voyez une rose rouge et blanc. Il s'agit d'un sort de bâillonnement.

— Un sort de bâillonnement ! répéta Mr Segundus, ébahi. Oui, oui ! Je vois cela. Je l'ai lu dans les livres. Comment le rompre ?

De la poche de sa veste, Childermass tira une petite boîte de la couleur du chagrin.

— Madame, dit-il. Donnez-moi votre main gauche.

---

1. Un matin d'automne, une fillette du Cumberland sortit dans le jardin de sa mère-grand. Dans un coin oublié de celui-ci, elle découvrit une maison de la hauteur et de la largeur d'une ruche en paille, faite de toiles d'araignée raidies et blanchies par la gelée. À l'intérieur de la maison fine comme de la dentelle se trouvait une toute petite personne qui paraissait tantôt infiniment vieille, tantôt guère plus âgée que l'enfant. La petite personne dit à la fillette du Cumberland qu'elle était une gardeuse d'oiseaux chanteurs et qu'au cours de l'éternité passée elle avait eu pour tâche de garder les grosses grives, les petites grives et les grives à tête cendrée dans cette contrée du Cumberland. Tout l'hiver, la fillette du Cumberland et la gardeuse d'oiseaux chanteurs jouèrent ensemble, et leur différence de taille ne gêna en rien le progrès de leur amitié. En fait, la gardeuse d'oiseaux chanteurs contournait en général cet obstacle en devenant aussi grande que la fillette du Cumberland… Ou, parfois, en donnant à celle-ci comme à elle-même la taille d'un oiseau, d'un scarabée ou d'un flocon de neige. La gardeuse d'oiseaux chanteurs présenta la fillette du Cumberland à de nombreuses personnes aussi étranges qu'intéressantes, dont certaines logeaient dans des demeures encore plus originales et plus plaisantes que celle de la gardeuse d'oiseaux chanteurs.

Lady Pole posa sa blanche main dans la paume brune et marquée de sillons de Childermass, qui ouvrit la boîte, en sortit le doigt et le glissa à l'emplacement vide.

Rien ne se passa.

— Nous devons trouver Mr Strange, reprit Mr Segundus. Ou Mr Norrell. Ils pourront peut-être le recoller !

— Non, répliqua Childermass. Ce n'est pas nécessaire. Pas maintenant. Vous et moi sommes magiciens, monsieur Segundus. Or l'Angleterre regorge de magie. Combien d'années d'étude avons-nous à nous deux ? Nous devons bien savoir quelque chose de pertinent. Et si nous tentions le sort de Restauration et Rectification de Pale ?

— J'en connais la formule, admit Mr Segundus. Mais je n'ai jamais été un praticien de la magie.

— Et vous ne le serez jamais si vous n'essayez pas. Mettez en pratique votre magie, monsieur Segundus.

Mr Segundus mit donc en pratique sa magie[1].

Le doigt se fondit dans la main, sans qu'on vît la moindre couture. Au même instant, l'impression qu'avaient les deux magiciens d'être entourés de couloirs sinistres et interminables s'évanouit ; les deux femmes fusionnèrent en une sous les yeux de Childermass.

Lady Pole se leva lentement de son fauteuil. Son regard allait rapidement de-ci de-là, pareil à celui de quelqu'un qui retrouve le monde réel. Toutes les personnes présentes pouvaient voir qu'elle avait changé. Ses traits étaient animés et pleins d'ardeur. Ses yeux étincelèrent de fureur. Elle leva les bras, les poings serrés, comme si elle avait l'intention de les abattre sur la tête de quelqu'un.

— J'ai été ensorcelée ! s'écria-t-elle. Sacrifiée à la carrière d'un méchant homme !

— Mon Dieu ! s'exclama Mr Segundus. Ma chère Lady Pole...

— Calmez-vous, monsieur Segundus ! le rappela à l'ordre Childermass. Nous n'avons pas de temps à perdre en fariboles Laissez-la parler !

— J'étais morte intérieurement et presque morte au dehors ! – Les larmes jaillirent de ses yeux et elle se frappa la poitrine de sa main fermée. – Et il n'y

1. Comme la majeure partie de la magie de Martin Pale, le sort de Restauration et de Rectification implique l'usage d'un outil ou d'une clé conçue spécialement à cet effet. Dans le cas présent, la clé est un petit objet cruciforme composé de deux fines pièces de métal. Les quatre bras de la croix représentent l'état passé et l'état futur, la complétude (ou bien-être) et l'incomplétude (ou maladie). Comme il le rapporta par la suite dans *Le Magicien moderne*, Mr Segundus utilisa une cuillère et une épingle à cheveux tirée du nécessaire de toilette de Lady Pole que la bonne de celle-ci attacha ensemble au moyen d'un ruban.

a pas que moi ! D'autres souffrent encore ! ... Mrs Strange et le domestique de mon époux, Stephen Black !

Elle leur conta les bals glacés et fantomatiques qu'elle avait endurés, les affreuses processions auxquelles elle avait été contrainte de participer et l'étrange désavantage qui leur interdisait, à elle et à Stephen Black, de parler de leur condition.

Mr Segundus et les domestiques entendaient chaque nouvelle révélation avec une horreur grandissante ; Childermass, lui, toujours assis, écoutait avec une expression impassible.

— Nous devons alerter les directeurs des gazettes ! cria Lady Pole. Je suis résolue à les dénoncer publiquement !

— Dénoncer qui ? s'enquit Mr Segundus.

— Les magiciens, naturellement ! Strange et Norrell !

— Mr Strange ? balbutia Mr Segundus. Non, non, vous vous méprenez ! Ma chère Lady Pole, prenez le temps de réfléchir à vos propos. Je ne défendrai pas Mr Norrell, ses crimes à votre égard sont monstrueux ! Mais Mr Strange n'a fait aucun mal... Pas sciemment, en tout cas. Il est assurément plus à plaindre qu'à blâmer.

— Oh ! s'exclama Lady Pole. Bien au contraire ! Je le considère de loin comme le pire des deux. Par sa négligence et sa magie aussi froide que masculine, il a trahi la meilleure des femmes, l'épouse la plus admirable !

Childermass se leva.

— Où allez-vous donc ? demanda Mr Segundus.

— Trouver Strange et Norrell, répondit Childermass.

— Pourquoi ? s'indigna Lady Pole, s'en prenant inopinément à lui. Pour les prévenir ? Afin qu'ils puissent se prémunir contre la vengeance d'une femme ? Oh ! Vraiment, les hommes se protègent mutuellement !

- Non, je vais leur offrir mon assistance pour libérer Mrs Strange et Stephen Black.

Lascelles marchait toujours. Le chemin s'enfonçait dans un bois. La statue d'une femme tenant l'Œil et le Cœur arrachés en marquait l'entrée, exactement comme Childermass l'avait décrit. Des cadavres à divers stades de décomposition pendaient à de grandes aubépines. Le sol était couvert de neige et l'on n'entendait aucun bruit.

Quelque temps après, il parvenait à la tour. Il se l'était représentée de manière fantastique, surnaturelle. « Elle est très commune, songea-t-il, guère différente des châteaux des marches de l'Écosse. »

Au sommet de la tour, une ombre guettait à une fenêtre éclairée aux chandelles. Lascelles remarqua un détail que Childermass soit n'avait pas vu, soit ne s'était pas donné la peine de signaler : les arbres grouillaient de créatures ressemblant à des serpents, aux formes lourdes et flasques. L'une d'elles était en train d'avaler tout rond un cadavre frais et d'aspect charnu.

Le jeune homme pâle se tenait entre les arbres et le ruisseau. Son regard était vide et une fine rosée perlait sur son front. Il portait l'uniforme du 11e régiment de dragons légers, pensa Lascelles.

Lascelles s'adressa à lui en ces termes :

— Un de nos compatriotes est venu à vous voilà quelques jours. Il vous a parlé, vous l'avez défié. Alors il s'est enfui. Un bonhomme noiraud, qui ne payait pas de mine. Un personnage de basse extraction et de mœurs méprisables.

Si le jeune homme pâle reconnut Childermass à cette description, il n'en laissa rien paraître. D'une voix éteinte, il dit :

— Je suis le champion du château de l'Œil-et-du-Cœur-arrachés. Je lance des défis à...

— Oui, oui, le coupa impatiemment Lascelles. Cela m'est égal. Je suis venu ici pour combattre. Pour laver l'honneur de l'Angleterre qui a été entaché par la poltronnerie de ce fripon.

La silhouette à sa fenêtre se pencha avec empressement.

Le jeune homme pâle ne disait rien.

Lascelles émit un cri d'exaspération.

— Très bien ! Continuez à croire que je veux à votre dame toutes sortes de torts si cela vous chante. Je m'en moque bien. Pistolets ?

Le jeune homme pâle se tut.

Devant l'absence de témoins pour les assister, Lascelles indiqua au jeune homme qu'ils devaient s'écarter de vingt pas et il mesura le pré lui-même.

Ils avaient pris position et s'apprêtaient à faire feu quand une idée vint à l'esprit de Lascelles :

— Attendez ! cria-t-il. Quel est votre nom ?

Le jeune homme fixa sur lui un regard morne.

— Il ne m'en souvient pas, énonça-t-il.

Tous deux tirèrent. Lascelles eut l'impression qu'au dernier moment le jeune homme avait délibérément détourné son arme et visé à côté. Lascelles s'en moquait : si le jeune homme était un couard, tant pis pour lui ! Sa propre balle vola et transperça la poitrine de son adversaire avec une aimable précision. Il le regarda agoniser avec un intérêt et un sentiment de satisfac tion équivalents à ceux qu'il avait éprouvés en tuant Drawlight.

Il pendit le cadavre à l'arbre le plus proche. Puis il se divertit en visant les serpents et les corps en putréfaction. Il se livrait à ce plaisant passe-temps depuis moins d'une heure quand il entendit un bruit de sabots sur le sentier de la forêt. Surgie du sens opposé, du royaume des fées plutôt que d'Angleterre, une silhouette sombre sur un coursier aussi sombre venait vers lui.

Lascelles se retourna vivement.

—Je suis le champion du château de l'Œil-et-du-Cœur-arrachés..., commença-t-il.

65

Les cendres, les perles, la courtepointe et le baiser

Mi-février 1817

Au moment où les autres quittaient l'abbaye, Stephen s'habillait dans sa chambrette, tout en haut de la maison de Harley-street. Londres est une cité qui a plus que son lot d'excentricités, mais, de tous les lieux surprenants qu'elle comptait à l'époque, le plus extraordinaire était assurément la chambre de Stephen. Celle-ci était remplie d'objets précieux, rares ou étonnants. Si le gouvernement ou les gentlemen qui dirigeaient la Banque d'Angleterre avaient été en mesure d'accaparer le contenu du logis de Stephen, tous leurs soucis se seraient envolés. Ils auraient pu rembourser les dettes de la Grande-Bretagne et reconstruire Londres avec la monnaie. Grâce au gentleman aux cheveux comme du duvet de chardon, Stephen possédait en effet les joyaux d'on ne sait quels royaumes, ainsi que des toges brodées ayant appartenu jadis à des patriarches coptes. Les pots alignés sur son rebord de fenêtre, en lieu et place de fleurs, contenaient des croix de rubis et de perles, des pierres précieuses taillées et les insignes d'ordres militaires disparus depuis longtemps, rien de moins. Dans son petit buffet se trouvaient un fragment du plafond de la chapelle Sixtine et le fémur d'un saint basque. Le chapeau de saint Christophe était accroché à une patère de la porte, et une statue en marbre de Laurent de Médicis réalisée par Michel-Ange (qui se dressait, jusqu'à récemment, sur le caveau florentin du grand homme) occupait les trois quarts du plancher.

Stephen se rasait dans un petit miroir posé en équilibre sur le genoux de Laurent de Médicis, quand le gentleman apparut à son côté.

— Le magicien est rentré en Angleterre ! s'écria-t-il. Je l'ai aperçu hier soir sur les routes du Roi, enveloppé des Ténèbres comme d'une cape magique ! Que veut-il donc ? Que prépare-t-il ? Oh ! il sera ma perte, Stephen ! Je le pressens ! Il me veut beaucoup de mal !

Stephen eut froid dans le dos. Quand il était dans cet état d'agitation et d'alarme, le gentleman se révélait toujours dangereux au plus haut point.

— Nous devrions l'occire ! conclut le gentleman.

— L'occire ? Oh non, monsieur !

— Pourquoi non ? Nous en serions débarrassés pour toujours ! Je pourrais lui lier les bras, lui bâillonner la langue et les yeux par magie, et vous lui plongeriez un couteau en plein cœur !

Stephen réfléchit à la hâte.

— Son retour n'a peut-être absolument rien à voir avec vous, monsieur, suggéra-t-il. Considérez combien il a d'ennemis en Angleterre... D'ennemis humains, j'entends. Il est peut-être revenu pour poursuivre sa querelle avec l'un d'eux.

Le gentleman sembla perplexe. Il lui était toujours difficile de suivre un raisonnement qui ne parlait pas de lui.

— Je ne trouve pas cela plausible.

— Oh, mais si ! insista Stephen, commençant à se sentir sur un terrain plus sûr. De terribles accusations ont été portées contre lui par la voie des gazettes et des revues de magie. Une rumeur veut qu'il ait tué son épouse. Beaucoup y croient. N'eût-ce été sa situation actuelle, il aurait été vraisemblablement déjà arrêté. En outre, il est de notoriété publique que l'autre magicien est l'auteur de tous ces mensonges et semi-vérités. Selon toute probabilité, Strange est rentré pour se venger de son maître.

Une ou deux minutes, le gentleman attacha ses regards sur Stephen. Puis il éclata de rire, d'une humeur aussi joyeuse qu'elle avait été tout l'opposé quelques instants plus tôt.

— Nous n'avons rien à craindre, Stephen ! s'exclama-t-il avec délice. Les magiciens se sont pris de querelle et se détestent cordialement ! Pourtant ils ne sont rien l'un sans l'autre. Que cela me rend content ! Que je suis heureux de vous avoir pour me conseiller ! Et il se trouve que je m'apprête à vous faire un magnifique présent aujourd'hui... Quelque chose que vous désirez depuis longtemps !

— Vraiment, monsieur ? dit Stephen avec un soupir. C'est on ne peut plus charmant.

— Il nous faut tuer quelqu'un cependant, reprit le gentleman, retournant aussitôt à sa première idée. J'ai été mis de mauvaise humeur ce matin, et quelqu'un doit le payer de sa vie. Que pensez-vous du vieux magicien ?... Oh, attendez ! Cela rendrait service au plus jeune, ce dont je ne veux pas entendre parler ! Et l'époux de Lady Pole ? Il est grand, plein d'arrogance, et vous prend pour son domestique !

— Je suis un domestique, monsieur.

— Ou le roi d'Angleterre ! Oui, voilà un excellent projet ! Allons immédiatement voir le roi d'Angleterre, vous et moi ! Alors vous pourrez le mettre à mort et devenir roi à sa place ! Avez-vous l'orbe, la couronne et le sceptre que je vous ai donnés ?

— Les lois de Grande-Bretagne ne permettent pas…, tenta Stephen.

— Les lois de Grande-Bretagne ! Taratata ! Billevesées ! Je croyais que vous auriez déjà compris que les lois de Grande-Bretagne ne sont qu'un piètre témoignage des rêves et des vœux creux de l'humanité. Selon les anciennes lois, sur lesquelles ma race règle sa conduite, un roi trouve ordinairement son successeur dans la personne qui l'occit.

— Monsieur ! Souvenez-vous de l'affection dont vous vous êtes pris pour le vieux monsieur après l'avoir rencontré !

— Hum ! c'est vrai. Néanmoins, dans une affaire d'une telle importance, je tiens à mettre de côté mes sentiments personnels. La difficulté, c'est que nous avons beaucoup trop d'ennemis, Stephen ! Il y a trop de malfaisants en Angleterre, je le sais ! Je prierai certains de mes alliés de nous désigner notre plus grand ennemi. Nous devons nous montrer prudents, nous devons être rusés, nous devons formuler notre question avec précision[1]. Je demanderai à l'Aquilon et à l'Aurore de nous conduire sur-le-champ en présence du seul personnage d'Angleterre dont l'existence représente la plus grande menace pour moi ! Nous pouvons le tuer, quel qu'il soit. Vous remarquerez, Stephen, que j'évoque ma vie, cependant je considère votre destin et le mien comme si étroitement liés qu'il n'existe guère de différence entre nous. Quiconque présente un danger pour moi en présente pour vous ! À présent prenez votre couronne, votre orbe et votre sceptre et dites un dernier adieu aux paysages de votre esclavage ! Il se peut que vous ne les revoyiez jamais plus !

— Mais…, commença Stephen.

Il était trop tard. Le gentleman leva ses longues mains blanches et esquissa un grand geste.

Stephen s'attendait à se voir amener devant l'un ou l'autre des magiciens – peut-être les deux. Finalement, le gentleman et lui se retrouvèrent sur une vaste lande déserte et couverte de neige. Il neigeait encore. D'un côté, le sol s'élevait à la rencontre d'un ciel chargé, couleur d'ardoise ; de l'autre, la brume dérobait en partie à la vue de lointaines montagnes blanches. Au milieu de ce paysage désolé, il n'y avait qu'un seul arbre, une aubépine

1 C'est bien beau de demander dans les contes de fées : « Qui est la plus féerique de toutes ? » Mais, dans la réalité, aucune magie, féerique ou humaine, ne peut être amenée à répondre à une question aussi imprécise.

tordue non loin de l'endroit où ils se tenaient. Les lieux ressemblaient tout à fait aux environs de Starecross-hall, songea Stephen.

— Ma foi, voilà qui est très singulier ! s'exclama le gentleman. Je n'aperçois absolument personne. Et vous ?

— Non, monsieur. Personne, confirma Stephen, soulagé. Retournons donc à Londres.

— Je ne comprends pas... Oh, mais attendez ! Voilà quelqu'un !

À un mille ou à un demi-mille de distance, il y avait une route ou un semblant de piste où un cheval attelé à une charrette cheminait lentement. Une fois arrivée à hauteur de l'aubépine, celle-ci s'arrêta ; quelqu'un en descendit. Cette personne se mit à traverser la lande dans leur direction en clopinant.

— Excellent ! s'écria le gentleman. Maintenant nous allons voir qui est notre ennemi le plus puissant et le plus malfaisant ! Mettez votre couronne, Stephen ! Qu'il tremble devant notre puissance et notre majesté ! Excellent ! Levez votre sceptre ! Oui, oui ! Tendez votre orbe ! Comme vous êtes beau ! Royal ! Tenez, Stephen, puisque nous avons un peu de temps avant qu'il arrive... – le gentleman reporta ses regards sur la petite silhouette au loin qui traversait péniblement la lande enneigée – ... j'ai autre chose à vous dire. Quel jour sommes-nous aujourd'hui ?

— Le 15 février, monsieur, jour de la Saint-Antoine.

— Ha ! Un saint mortellement ennuyeux ! Eh bien, à l'avenir, le peuple d'Angleterre aura mieux à célébrer le 15 février que la vie d'un moine qui protège les gens de la pluie et retrouve les dés à coudre égarés !

— Est-ce possible, monsieur ? Et quoi donc ?

— Le baptême de Stephen Black !

— Je vous demande pardon, monsieur ?

— Je vous ai promis, Stephen, de trouver votre vrai nom !

— Comment ? Ma mère m'a réellement donné un nom, monsieur ?

— Oui ! C'est exactement ce que je supposais, ce qui ne me surprend guère, étant donné que je me trompe rarement en ces matières. Elle vous a donné un nom dans sa langue maternelle, un nom qu'elle avait souvent entendu parmi son peuple quand elle était une toute jeune fille. Elle vous a donné un nom, mais ne l'a confié à personne. Elle ne l'a même pas chuchoté à votre oreille de bébé. Elle n'en a pas eu le temps parce que la Mort rôdait et l'a prise à l'improviste.

Une image se forma dans l'esprit de Stephen : la cale sombre et empestant le moisi du bateau, sa mère épuisée par les douleurs de l'enfantement et entourée d'étrangers, lui-même un minuscule nouveau-né. Parlait-elle la langue des autres personnes à bord ? Il n'avait aucun moyen de le savoir.

Comme elle avait dû se sentir seule ! À cet instant, il eût donné n'importe quoi pour pouvoir lui tendre la main et la consoler, mais toutes les années de sa vie les séparaient. Il sentit son cœur se durcir un peu plus contre les Anglais. Quelques minutes plus tôt, il s'était efforcé de dissuader le gentleman de tuer Strange, mais pourquoi devrait-il se soucier du sort d'un Anglais ? Pourquoi devrait-il se soucier de ce qu'il advenait d'un membre de cette race insensible et sans cœur ?

Avec un soupir, il écarta ces pensées et s'aperçut que le gentleman parlait encore :

— ... Cette histoire, des plus édifiantes, montre à la perfection toutes ces qualités qui font ma réputation : sacrifice de soi, fidélité en amitié, noblesse de vues, sensibilité, ingénuité et courage.

— Je vous demande pardon, monsieur ?

— L'histoire de mes efforts pour retrouver votre nom, Stephen, que je vais à présent vous narrer ! Sache donc que votre mère a expiré dans la cale d'un bateau, le *Penlaw* [1], qui reliait la Jamaïque à Liverpool. Ensuite, ajouta-t-il d'un ton prosaïque, les matelots anglais ont dévêtu son corps pour le jeter à la mer.

— Oh ! murmura Stephen.

— Bon, comme vous pouvez l'imaginer, cela n'en a rendu que plus difficile la tâche de découvrir votre nom. Au bout de trente ou quarante ans, tout ce qui restait de votre mère se résumait à quatre choses : ses cris dans l'enfantement qui avaient pénétré dans les bordages du navire ; ses ossements, qui étaient tout ce qui subsistait d'elle, une fois que la chair et les parties molles eurent été dévorées par les poissons...

— Ah ! s'exclama de nouveau Stephen.

— ... sa robe de cotonnade rose qui était tombée en la possession d'un marin et un baiser que le capitaine du bateau lui avait volé deux jours auparavant. Alors, poursuivit le gentleman (qui manifestement jubilait), vous voudrez bien noter avec quelle intelligence et quelle finesse j'ai suivi la trace de chacune de ses parties aux quatre coins du monde avant de les retrouver et de deviner ainsi votre glorieux nom ! Le *Penlaw* a rallié Liverpool, où le méchant grand-père du méchant époux de Lady Pole a débarqué avec son domestique, lequel portait votre personne nouvellement née dans ses bras. Lors de la traversée suivante, qui le menait à Leith, en Écosse, il a essuyé une tempête et a fait naufrage. Divers espars et fragments de coque brisée furent rejetés sur la côte rocheuse, y compris les bordages contenant les cris de votre

1. Penlaw est le nom d'un lieu de Northumbrie où John Uskglass et son armée de fées apparurent pour la première fois en Angleterre.

mère. Un homme très pauvre les a ramassés pour confectionner le toit et les murs de sa cabane. J'ai déniché la cabane sans peine. Bâtie sur un promontoire battu par les vents, elle dominait les flots démontés. À l'intérieur, plusieurs générations de la famille de l'indigent cohabitaient dans le plus grand dénuement et le plus grand abrutissement. Bon, il vous faut savoir, Stephen, que le bois est doté d'une nature fière et obstinée ; il ne livre pas volontiers ses secrets, y compris à ses amis. Il est toujours plus aisé d'avoir affaire aux cendres de bois qu'au bois. Aussi ai-je réduit la maison de notre pauvre diable en cendres, conservé celles-ci dans une bouteille et repris ma route.

— En cendres, monsieur ! J'espère que personne n'a été blessé !

— Eh bien, certains l'ont été. Les jeunes gens vigoureux ont pu échapper à temps au sinistre. Les membres les plus âgés et les plus faibles de la famille, les femmes et les enfants, ont tous péri dans l'incendie.

— Oh !

— Ensuite, j'ai retracé l'histoire de ses ossements. Je crois avoir déjà signalé que votre mère fut précipitée dans l'océan où, en raison du mouvement des flots et de l'ingérence importune des poissons, le corps est devenu ossements, les ossements de la poussière, laquelle poussière a été très vite transformée, par un banc d'huîtres, en quelques poignées de perles du plus bel orient. Avec le temps, les perles ont été récoltées et vendues à un joaillier de Paris. Il a créé un collier à cinq rangs magnifique, qu'il a vendu à une belle comtesse française. Sept ans plus tard, la comtesse fut guillotinée, et ses bijoux, ses toilettes et ses biens personnels devinrent la propriété d'un bureaucrate révolutionnaire. Ce méchant homme était, jusque récemment, le maire d'un bourg de la vallée de la Loire. Tard dans la soirée, il attendait que tous ses domestiques fussent couchés et, dans le secret de sa chambre, il revêtait les bijoux, les robes et autres falbalas de la comtesse et se pavanait de long en large devant sa psyché. C'est là que je l'ai trouvé un soir. Il avait l'air ridicule, je dois dire. Je l'ai étranglé sur place... au moyen du collier de perles.

— Oh ! fit Stephen.

— Je me suis saisi des perles, j'ai laissé le corps choir sur le sol et passé mon chemin. Ensuite, j'ai accordé toute mon attention à la ravissante robe rose de votre mère. Le marin qui en avait hérité l'a gardée parmi ses effets pendant un an ou deux, jusqu'au jour où il échoua dans un hameau misérable et glacé du nom de Piper's Grave, sur la côte est de l'Amérique. Là, il rencontra une grande femme mince, à qui il offrit la robe avec le désir de l'impressionner. La robe n'allait pas à cette demoiselle (votre mère, Stephen, avait des formes féminines, doucement arrondies), mais elle en aimait la couleur, aussi la découpa-t-elle et confectionna-t-elle une courtepointe avec les morceaux et d'autres chiffons bon marché. Le reste de l'histoire de cette femme n'est pas très intéressant, elle a eu plusieurs époux et les a tous enterrés et, quand je l'ai retrouvée, elle était vieille et ratatinée. J'ai arraché la courtepointe de son lit pendant son sommeil.

— Vous ne l'avez pas tuée, monsieur ? s'enquit Stephen, avec inquiétude.

— Non, Stephen. Pourquoi l'eussé-je fait ? Certes, c'était pendant l'horreur d'une nuit glacée, sous quatre pieds de neige et un violent aquilon. Elle est peut-être morte de froid, je ne sais. Nous en venons donc enfin au baiser et au capitaine qui l'avait volé.

— L'avez-vous tué, monsieur ?

— Non, Stephen, bien que je l'eusse certainement fait pour le punir d'avoir insulté votre estimée mère et amie, mais il a été pendu en la ville de Valletta, voilà vingt-neuf ans. Par bonheur, il avait lutiné un grand nombre d'autres demoiselles avant sa mort, et la vertu et la force du baiser de votre mère leur avaient été transmises. Tout ce que j'avais à faire, c'était de les retrouver et d'extraire ce qui leur restait du baiser de votre mère.

— Et comment y êtes-vous parvenu, monsieur ? s'enquit Stephen, même s'il redoutait de trop bien connaître la réponse.

— Oh ! C'est assez facile, une fois les dames mortes.

— Tant de gens passés de vie à trépas, juste pour savoir mon nom, soupira Stephen.

— Et j'en aurais tué avec joie deux fois plus... Nenni, cent fois, que dis-je ? mille fois plus, si grande est l'affection que je vous porte, cher Stephen. Grâce aux cendres qui furent ses cris, et aux perles qui furent ses ossements, et à la courtepointe qui fut sa robe, et à l'essence magique de son baiser, nous avons pu deviner votre nom que nous, votre plus fidèle ami et votre plus noble bienfaiteur, allons maintenant... Oh ! Voici notre ennemi ! Dès que nous l'aurons occis, nous vous dévoilerons ton nom. Prenez garde, Stephen ! Sans doute une sorte de combat magique nous attend-il. Il me faudra alors prendre différents aspects : basilics, tête écorchée et os sanguinolents, pluies de feu, etc. Vous souhaiterez peut-être t'écarter un peu !

L'inconnu approchait. Il était aussi maigre qu'un fromage de Banbury[1], avec une physionomie louche et anguleuse. Sa redingote et sa chemise étaient en loques, et ses bottes éculées et trouées.

— Par exemple ! s'exclama le gentleman au bout d'un instant. Rien ne pourrait davantage me surprendre ! Avez-vous déjà vu ce personnage, Stephen ?

1. « Fromage remarquablement mince et plat. » *Cf. Les Joyeuses Épouses de Windsor*, Shakespeare, *Œuvres complètes*, t. II, La Pléiade, éd. Gallimard (*N.d.T.*).

— Oui, monsieur. Je dois vous confesser que oui. Voilà l'homme dont je vous ai parlé. Celui à l'étrange défiguration, qui m'a révélé la prophétie. Il a pour nom Vinculus.

— Bien le bonjour, sire ! lança Vinculus à Stephen. Ne t'ai-je pas prédit que ton heure allait venir ? Et voilà qu'elle est venue ! La pluie doit former une porte qui t'est destinée et tu la franchiras ! Les pierres doivent former un trône qui t'est destiné et tu y prendras place !

Il considéra Stephen avec une mystérieuse satisfaction, comme si la couronne, l'orbe et le sceptre étaient son œuvre.

Stephen se tourna vers le gentleman.

— Les Êtres vénérables auxquels vous vous êtes adressé se sont mépris, monsieur. Ils nous ont peut-être conduits à la mauvaise personne.

— Rien ne me semble plus probable, acquiesça le gentleman. Ce vagabond ne représente guère de menace pour personne, pour moi moins que les autres. Cependant, comme l'Aquilon et l'Aurore se sont donné la peine de nous le signaler, ce serait leur manquer de respect que de ne pas le tuer.

Vinculus parut curieusement insensible à cette déclaration. Il eut un rire.

— Essayez pour voir, esprit féerique ! Vous vous apercevrez que je suis dur a cuire !

— Vraiment ? s'écria le gentleman. Car je dois avouer que rien ne me paraît plus aisé ! Vois-tu, je suis expert à cuire toutes sortes de choses ! J'ai tué des dragons, noyé des armées et englouti des cités à coups de tremblements de terre et de tempêtes ! Toi, tu n'es qu'un homme, tu es seul, comme tous les hommes le sont. Moi, je suis entouré d'amis et alliés immémoriaux. Coquin, qu'as-tu à m'opposer ?

Vinculus donna un coup de menton en direction du gentleman en signe de mépris absolu.

— Un livre ! répondit-il.

C'était là une curieuse réponse. Stephen pensait que, si Vinculus avait réellement possédé un livre, il eût été plus avisé de le vendre pour s'acheter un meilleur manteau.

Le gentleman tourna soudain la tête pour fixer intensément une lointaine chaîne de montagnes blanches.

— Oh ! s'exclama-t-il avec autant de véhémence que si on l'avait frappé. Oh ! Ils me l'ont ravie ! Voleurs ! Voleurs ! Voleurs d'Anglais !

— Qui, monsieur ?

— Lady Pole ! Quelqu'un a rompu l'enchantement !

— La magie des Anglais, esprit féerique ! cria Vinculus. La magie des Anglais est de retour !

— Alors vous voyez leur arrogance, Stephen ! cria à son tour le gentleman, qui fit volte-face pour décocher à Vinculus un regard de pure fureur. Alors vous voyez la malice de nos ennemis ! Stephen, procurez-moi un bout de corde !

— Un bout de corde, monsieur ? Il n'y en a pas à des milles à la ronde, j'en suis certain. Allons...

— Pas de corde, esprit féerique ! se gaussa Vinculus.

Toutefois, il se passait quelque événement dans les airs au-dessus de leurs têtes. Les traits de neige et de neige fondue s'entrelacèrent mystérieusement, serpentèrent dans le ciel vers Stephen. Sans prévenir, un tronçon de grosse corde tomba dans sa main.

— Là ! s'écria le gentleman d'un ton triomphant. Stephen, regardez ! Voici un arbre ! Un seul arbre dans toute cette vaste étendue désolée, exactement où nous en avons besoin ! L'Angleterre a toujours été mon amie. Elle m'a toujours bien servi. Jetez la corde sur une branche et pendons ce fripon !

Stephen hésita, ne sachant pour l'heure comment empêcher cette nouvelle catastrophe. Dans sa main, la corde s'impatienta contre lui ; d'un bond, elle se libéra et se divisa proprement en deux brins. L'un zigzagua en direction de Vinculus et le ficela bien serré, tandis que l'autre formait promptement un beau nœud coulant, avant de s'accrocher adroitement à une branche.

Le gentleman exultait, ayant retrouvé tout son entrain à la perspective d'une pendaison.

— Sais-tu danser, coquin ? demanda-t-il à Vinculus. Je vais t'apprendre quelques nouveaux pas !

La situation tournait au cauchemar. Les événements se succédaient à grande vitesse, sans solution de continuité, et Stephen ne trouvait jamais ni les mots justes ni le bon moment pour intervenir. Quant à Vinculus lui-même, il se comporta très singulièrement du début à la fin de son exécution. Il ne semblait pas comprendre ce qui lui arrivait. Il ne prononça plus une parole, mais poussa plusieurs interjections d'exaspération, comme s'il connaissait un grand dérangement et que cela l'indisposât.

Sans le moindre effort apparent, le gentleman empoigna Vinculus pour le placer sous le nœud coulant, lequel se lova autour de son cou et le hissa brusquement dans les airs ; au même moment l'autre bout de corde se détachait de son corps pour s'enrouler proprement sur le sol.

Vinculus rua inutilement dans les airs ; son corps tressautait en tournoyant. En dépit de ses rodomontades sur sa nature de dur à cuire, son cou se rompit facilement. Le craquement résonna distinctement dans la lande déserte. Encore un ou deux sursauts, et c'en fut fini de lui.

Oubliant qu'il s'était promis de détester tous les Anglais, Stephen couvrit son visage de ses mains pour cacher ses pleurs.

Le gentleman gambadait et chantait, tel un enfant particulièrement content. Une fois l'excitation retombée, il déclara sur le ton de la conversation :

— Enfin, c'était décevant ! Il ne s'est pas débattu. Je me demande qui cela pouvait bien être...

— Je vous l'ai dit, monsieur, répondit Stephen, s'essuyant les yeux. C'est l'homme qui m'a fait cette prophétie. Son corps présente une curieuse défiguration, semblable à de l'écriture.

Le gentleman dépouilla Vinculus de sa redingote, de sa chemise et de sa cravate.

— Oui, voilà ! s'écria-t-il avec une légère surprise.

D'un ongle, il gratta un petit cercle sur l'épaule droite de Vinculus pour voir si cela s'enlevait. Voyant que non, il s'en désintéressa.

— Bon ! reprit-il. Allons jeter un sort à Lady Pole.

— Un sort, monsieur ? protesta Stephen. Pourquoi cela ?

— Oh ! Afin qu'elle rende l'âme d'ici à un mois ou deux. Toute autre considération mise à part, c'est on ne peut plus classique. Il est très rare que quiconque libéré d'un enchantement soit autorisé à vivre longtemps. En tout cas, pas si je l'ai enchanté ! Lady Pole n'est pas loin, et ces magiciens doivent apprendre qu'ils ne peuvent pas s'opposer à nous impunément ! Venez, Stephen !

66

Jonathan Strange et Mr Norrell

Mi-février 1817

MR NORRELL SE RETOURNA pour jeter un regard dans le couloir qui reliait autrefois la bibliothèque au reste de la maison. S'il avait eu l'assurance que celui-ci pouvait le reconduire à Lascelles et aux domestiques, il l'aurait suivi. Mais il était tout à fait certain que la magie de Strange le ramènerait en ce lieu-ci.

Un bruit lui parvint de la bibliothèque ; le vieux magicien sursauta de peur. Il attendit ; personne ne se montra. Au bout d'un moment, il s'avisa qu'il connaissait l'origine de ce bruit. Il l'avait déjà entendu mille fois : Strange s'exclamait d'impatience sur quelque passage d'un livre. Ce son était si familier – et si étroitement lié dans l'esprit de Mr Norrell à la période la plus heureuse de son existence – qu'il y puisa le courage d'ouvrir la porte et d'entrer.

Immédiatement, il fut frappé par l'incroyable quantité de chandelles allumées. La pièce était éclatante de lumière. Strange n'avait pas pris la peine de chercher des bougeoirs ; il avait simplement posé les chandelles sur les tables et les rayonnages. Il en avait même planté sur des piles d'ouvrages. La bibliothèque courait le risque imminent de prendre feu. Il y avait des livres partout – épars sur des guéridons, en vrac sur le sol. Beaucoup étaient ouverts à plat par terre, afin que Strange ne perdît pas la page.

Ce dernier se tenait à l'autre bout de la bibliothèque. Il était beaucoup plus maigre que dans le souvenir de Mr Norrell. Il n'était pas lavé ni rasé de frais et avait les cheveux hirsutes. Il ne leva pas les yeux à l'approche de Mr Norrell.

— Sept personnes ont disparu de Norwich en 1124, lut-il à haute voix dans le volume qu'il tenait à la main. Quatre d'Aysgarth, dans le Yorkshire, au Noël de 1151, vingt-trois d'Exeter en 1201, et une de Hathersage, dans le Derbyshire, en 1243... Toutes enchantées et transportées au royaume des fées. Problème qui n'a jamais été résolu.

Il parlait avec tant de calme que Mr Norrell – qui s'attendait plutôt à ce qu'un éclair magique le foudroyât d'un moment à l'autre – regarda autour de lui pour voir si quelqu'un d'autre se tenait dans la pièce.

— Je vous prie de m'excuser, tenta-t-il.

— John Uskglass, expliqua Strange, sans se donner la peine de se retourner. Il n'a pu empêcher les fées de ravir des chrétiens et des chrétiennes. Pourquoi dois-je supposer que je saurais être capable de ce dont il est incapable ? – Il lut sa page jusqu'en bas. – Votre labyrinthe me plaît bien, dit-il sur le mode de la conversation. Avez-vous utilisé Hickman ?

— Comment ? Non. De Chepe.

— De Chepe ! Vraiment ? – Pour la première fois Strange dévisagea son maître. – Je l'ai toujours pris pour un savant très mineur, dépourvu de toute pensée originale.

— Il n'a jamais été beaucoup au goût du monde, qui préfère les magies plus tapageuses, répondit nerveusement Mr Norrell, ne sachant combien de temps cet accès de civilité de Strange allait durer. Il s'intéressait aux labyrinthes, aux routes magiques, aux sorts qui peuvent être déclenchés en suivant certains pas ou tours... À des choses de cette sorte. Il y a un long exposé de sa magie dans *Les Instructions* de Belasis... – il eut une hésitation – ...que vous n'avez jamais vues. L'unique exemplaire est ici, sur la troisième étagère près de la fenêtre. – Il tendit la main et s'aperçut que ladite étagère avait été vidée. Ou alors il doit être par terre, suggéra-t-il. Dans cette pile-là.

— J'y jetterai un coup d'œil dans un instant, l'assura Strange.

— Votre labyrinthe aussi était tout à fait remarquable, reprit Mr Norrell. J'ai passé la moitié de la nuit à tenter d'en sortir.

— Oh ! j'ai fait ce que je fais d'ordinaire en pareille circonstance, répliqua Strange, désinvolte. Je vous ai copié et ai ajouté quelques raffinements de mon cru. Combien de temps s'est-il écoulé ?

— Je vous demande pardon ?

— Depuis combien de temps suis-je dans les Ténèbres ?

— Depuis le début décembre.

— Et en quel mois est-on ?

— En février.

— Trois mois ! s'exclama Strange. Trois mois ! Je croyais qu'il y avait des années !

Mr Norrell s'était souvent imaginé cette conversation. Chaque fois, il s'était représenté Strange furieux et animé par l'esprit de vengeance, et lui-même en train d'avancer des arguments décisifs pour se justifier. À présent qu'ils s'étaient finalement retrouvés, l'indifférence de Strange était extrêmement déroutante. Les vagues rancœurs que Mr Norrell nourrissait depuis longtemps dans son cœur racorni se réveillèrent pour le griffer et le déchirer. Ses mains se mirent à trembler.

— J'étais votre ennemi ! s'écria-t-il. J'ai détruit votre livre… Tous à l'exception de mon propre exemplaire ! J'ai calomnié votre nom et comploté contre vous ! Lascelles et Drawlight ont chanté à tout le monde que vous aviez assassiné votre femme ! Je n'ai rien démenti !

— Oui, dit Strange.

— Ce sont là de terribles crimes ! Pourquoi n'êtes-vous pas fâché ?

Strange parut concéder que sa question était fondée. Il réfléchit un moment.

— Parce que j'ai été beaucoup de choses depuis la dernière fois que nous nous sommes vus, j'imagine. J'ai été les arbres, les rivières, les montagnes et les pierres. J'ai parlé aux étoiles et à la terre, et au vent. L'on ne peut pas être le conduit par lequel toute la magie anglaise se répand et rester soi-même. J'eusse dû être fâché, dites-vous ?

Mr Norrell inclina la tête.

Strange eut son vieux sourire ironique.

— Alors soyez rassuré ! Je le serai sans doute encore. Le moment venu.

— Et vous avez fait tout cela juste pour me contrarier ? demanda Mr Norrell.

— Vous contrarier ? répéta Strange, étonné. Non ! je l'ai fait pour sauver mon épouse !

Il y eut un bref silence pendant lequel Mr Norrell n'osa pas croiser les yeux de Strange.

— Qu'attendez-vous de moi ? s'enquit-il à voix basse.

— Seulement ce que j'ai toujours attendu de vous. Votre aide.

— Pour rompre les enchantements ?

— Oui.

Mr Norrell médita un moment.

— Le centenaire d'un enchanteur est souvent des plus propices, murmura-t-il. Il existe plusieurs rites et procédés…

— Merci, le coupa Strange, avec plus qu'une pointe de son ancien air sarcastique. J'espérais un procédé un peu plus radical.

— La mort de l'enchanteur met fin à tous ses contrats et enchantements, cependant…

— Ah, oui ! Tout à fait ! l'interrompit impatiemment Strange. La mort de l'enchanteur ! J'y ai souvent songé à Venise. Avec toute la magie anglaise à ma disposition, tant de manières de le tuer s'offraient à moi ! Le précipiter du haut des sommets. Le frapper de la foudre. Soulever des montagnes pour l'écraser. Si ma liberté avait été en jeu, je l'eusse assurément tenté. Mais, loin de s'agir de ma liberté, il s'agissait de celle d'Arabella et, si j'avais échoué dans ma tentative – si j'avais trouvé la mort – alors son destin eût été scellé pour l'éternité. Je me suis donc replongé dans mes réflexions. Et j'ai pensé qu'il existait un seul homme au monde – dans tous les mondes jamais existants – qui saurait comment vaincre mon ennemi. Un seul homme qui pourrait me conseiller sur la conduite à suivre. J'ai compris que l'heure était venue de lui parler.

Mr Norrell eut l'air plus inquiet que jamais.

— Oh ! Je dois vous avouer que je ne me considère plus comme votre supérieur. Mes lectures ont été bien plus étendues que les vôtres, il est vrai, et je vous apporterai toute l'aide en mon pouvoir, cependant je ne puis aucunement vous garantir que j'aurai plus de succès que vous.

Strange fronça les sourcils.

— Comment ? de quoi parlez-vous ? Je ne songe pas à vous, mais à John Uskglass ! Je veux que vous m'aidiez à évoquer John Uskglass.

Mr Norrell respirait avec peine. L'air semblait vibrer, comme si une note grave avait résonné. Il était conscient, à un degré presque douloureux, des ténèbres qui les entouraient, des nouveaux astres roulant au-dessus de leurs têtes et du silence des pendules arrêtées. C'était un Grand Instant Noir qui n'en finissait plus, pesant sur lui jusqu'à l'étouffer. L'espace de cet Instant-là, l'on pouvait croire sans effort que John Uskglass était proche, séparé d'eux par un simple charme ; les ombres épaisses dans les coins éloignés de la pièce dessinaient les plis de sa robe, la fumée des chandelles crachotantes les lambrequins aile de corbeau de son heaume.

Strange, pourtant, ne paraissait aucunement oppressé par de telles terreurs immortelles. Il se pencha légèrement en avant, avec un demi-sourire d'impatience.

— Allez, monsieur Norrell, murmura-t-il. Travailler pour Lord Liverpool est d'un ennui ! Vous devez en convenir. Que d'autres magiciens jettent leurs sorts de protection sur les falaises et les grèves ! Bientôt ils seront nombreux à s'en charger ! Faisons quelque chose d'extraordinaire, vous et moi !

Nouveau silence.

— Vous avez peur, reprit Strange, qui eut un mouvement de recul sous l'effet de la contrariété.

— Peur ! bredouilla Mr Norrell. Naturellement que j'ai peur ! Ce serait folie, folie furieuse, de ne pas avoir peur ! Néanmoins, tel n'est pas le sens de mes objections. Cela ne marchera pas. Quoi que vous espériez obtenir par ce moyen, cela ne marchera pas. Et si nous réussissions à le faire apparaître, ce qui est à notre portée si vous et moi unissons nos efforts, il ne nous aidera pas de la manière que vous imaginez. Les rois ne satisfont pas une simple curiosité, ce roi-ci moins que les autres !

— Vous appelez cela une simple curiosité… ? commença Strange.

— Non, non ! dit Mr Norrell, l'interrompant précipitamment. Dieu m'en garde ! Je vous représente seulement comment les choses lui apparaîtront. En quoi la disparition de deux femmes peut-elle l'intéresser ? Vous pensez à John Uskglass comme à un homme ordinaire. J'entends, un homme pareil à vous ou à moi. Il a été élevé et formé au royaume des fées. Les us et coutumes du *brugh* lui étaient naturels, or la plupart de ceux-ci gardaient des chrétiens captifs, il en était un lui-même. Cela ne lui paraîtra pas si extraordinaire. Il ne comprendra pas.

— Alors je vais tout lui expliquer. Monsieur Norrell, j'ai changé l'Angleterre pour sauver mon épouse, j'ai changé le monde. Je ne me déroberai pas devant la tâche qui consiste à invoquer un seul homme, aussi abominable puisse-t-il être. Allez, monsieur ! Discuter ne rime à rien. Premier point, il faut l'appeler ici. Par où commençons-nous ?

Mr Norrell soupira.

— Ce n'est pas une évocation ordinaire. Toute magie relative à John Uskglass présente des difficultés propres.

— Par exemple ?

— Eh bien, d'abord, nous ignorons comment l'appeler. Les charmes d'évocation exigent du magicien qu'il soit précis en matière des noms. Or aucun de ceux que l'on attribue à John Uskglass n'était vraiment le sien. Il a été, ainsi que le rapportent les légendes, volé et emporté au royaume des fées avant d'avoir pu être baptisé, aussi est-il devenu l'enfant sans nom du *brugh*. « L'esclave sans nom » était une des épithètes qu'il s'appliquait à lui-même Certes, les fées lui ont donné un nom de leur cru, mais il l'a abandonné à son retour en Angleterre. Quant à tous ses autres titres, le roi Corbeau, le roi Noir, le roi du Ponant, ce sont les autres qui les lui ont conférés, pas lui

— Oui, oui ! déclara Strange avec impatience. Je sais tout cela ! Tout de même, John Uskglass était son vrai nom ?

— Oh ! Aucunement. C'était le nom d'un jeune noble normand qui est mort, je crois, à l'été 1097 Le roi, notre John Uskglass, a affirmé que cet homme était son père. Certains, toutefois, ont contesté que tous deux aient le moindre lien de parenté. Je ne pense pas que cet embrouillamini de noms et de titres soit fortuit. Le roi savait qu'il attirerait toujours l'attention des autres magiciens, aussi s'est-il protégé de leur magie en brouillant délibérément leurs maléfices.

— Alors que dois-je faire ? – Strange claqua des doigts. – Conseillez-moi !

Mr Norrell cligna ses petits yeux. Penser si vite n'était pas dans ses habitudes.

— Si nous recourons à l'un des sorts anglais classiques d'évocation – ce que je recommande fortement, étant donné que rien ne peut les dépasser – nous pouvons toujours nous décharger du travail d'identification sur les éléments du sort. Il nous faudra un émissaire, un chemin et des étrennes[1]. Si nous faisons appel à des outils qui connaissent déjà le roi – et qui le connaissent bien –, alors peu importe que nous ne puissions pas le nommer correctement, ils sauront bien le trouver, nous l'amener et le contraindre sans notre aide ! Voyez-vous ?

Malgré son effroi, il s'animait de plus en plus à la perspective de devoir perpétrer la magie – une magie nouvelle ! – avec Mr Strange.

— Non, répondit Strange, je ne vois pas du tout.

— Cette demeure est bâtie sur les terres du roi, avec des pierres provenant de l'abbaye du roi. Une rivière la longe – à guère plus de deux cents yards d'ici ; ses eaux ont souvent transporté le roi dans sa barque d'apparat. Dans mon potager, on trouve un poirier et un pommier, descendants directs des pépins recrachés par le roi alors qu'il se tenait dans le jardin de curé par un beau soir d'été. Que les pierres de la vieille abbaye soient notre émissaire, que la rivière soit notre chemin, que la prochaine récolte de pommes et de poires soit nos étrennes ! Alors nous pourrons l'appeler simplement « le Roi ». Ces pierres, cette rivière, ces arbres n'en connaissent nul autre !

— Bien, approuva Strange. Et quel sort recommandez-vous ? Y en a-t-il chez Belasis ?

— Oui, trois.

— Vaut-il la peine de les essayer ?

— Non, pas vraiment. – Mr Norrell ouvrit un tiroir d'où il tira une feuille de papier. – Voici le meilleur que je connaisse. Je n'ai pas coutume de recourir aux sorts d'évocation, mais si c'était le cas, j'utiliserais celui-ci.

Il passa à Strange la feuille qui était couverte de sa petite écriture méticuleuse. En haut, on lisait : « Sort d'évocation de Mr Strange ».

1. Ce sont là les trois éléments habituels d'un sort d'évocation anglais traditionnel. L'émissaire trouve le personnage évoqué, le chemin l'amène jusqu'à l'évocateur et les étrennes (ou présent) le contraignent à venir.

— Il s'agit de celui dont vous vous êtes servi pour évoquer Maria Absalom, expliqua Norrell. J'y ai apporté certaines corrections. J'ai coupé le *florilegium* que vous aviez copié mot pour mot chez Omskirk. Vous le savez, je n'ai pas grande opinion des *florilegia* en général, et celui-ci me paraît particulièrement inepte. En revanche, j'ai ajouté un épitomé[1] de conservation et de délivrance, ainsi qu'un écrémage de supplication, même si je doute que l'un ou l'autre nous aide beaucoup en la circonstance.

— C'est autant votre œuvre que la mienne à présent, fit observer Strange, dont la voix ne trahissait pas le moindre soupçon de rivalité ou de ressentiment.

— Non, non, insista Norrell. La trame est entièrement vôtre. Je me suis borné à rogner les bords.

— Bon ! Alors nous sommes prêts, n'est-ce pas ?

— Il y a encore une chose.

— Qu'est-ce donc ?

— Certaines précautions sont nécessaires pour assurer la sécurité de Mrs Strange, expliqua Mr Norrell.

Strange lui jeta un regard signifiant qu'à son avis son ancien maître songeait un peu tardivement à la sécurité d'Arabella, mais ce dernier, qui s'était précipité vers un rayonnage, ne le remarqua pas, tant il était occupé à fouiller dans un énorme grimoire.

— Ce charme est consigné dans le *Liber novus* de Chaston. Ah, oui ! Le voilà ! Nous devons construire une route magique et ériger une porte afin que Mrs Strange puisse sortir saine et sauve du royaume des fées. Sinon, elle

---

1. « Florilegium », « épitomé » et « écrémage » sont des termes désignant des parties de sorts.

Au XIIIe et au XIVe siècle, les fées d'Angleterre aimaient ajouter à leur magie des adjurations à des saints chrétiens choisis aux hasard. Si elles étaient déconcertées par la doctrine chrétienne, les fées étaient en effet grandement attirées par les saints, en qui elles voyaient de puissantes créatures surnaturelles dont il était utile d'obtenir la protection. Ces adjurations étaient appelées *florilegia* (littéralement, choix ou recueils de fleurs) et les fées les enseignaient à leurs maîtres chrétiens. Lorsque la religion protestante s'implanta en Angleterre et que les saints tombèrent en disgrâce, les *florilegia* dégénérèrent en suites inintelligibles de mots magiques et de fragments d'autres sorts, prononcées par le magicien dans l'espoir que certaines d'entre elles pourraient agir.

Un épitomé est une forme de sortilège hautement condensée, inséré dans un autre sort pour le renforcer ou étendre son champ d'application. Dans le cas présent, un épitomé de conservation et de libération est destiné à protéger le magicien du personnage évoqué. Un ecremage est un saupoudrage de mots ou de charmes (dans le texte *skimmer*, dérivé d'un mot dialectal de l'anglais du Nord signifiant « briller » ou « étinceler »). Un écrémage de supplication incite le personnage évoqué à aider le magicien.

risque d'y rester captive pour toujours. Cela pourrait nous prendre des siècles pour la retrouver.

— Ah, celui-là ! s'écria Strange. Je l'ai déjà utilisé. J'ai également nommé un portier pour l'accueillir quand elle sortira. Tout est prêt.

Il se saisit d'un misérable bout de chandelle, le ficha dans un bougeoir et l'alluma[1]. Ensuite, il se mit à réciter son incantation. Aux pierres de l'abbaye, il donna le nom d'émissaire envoyé quérir le roi ; à la rivière, celui de chemin par où le roi devait arriver ; à la prochaine récolte de pommes et de poires des arbres de Mr Norrell, celui d'étrennes que le roi devait recevoir ; à l'instant où la flamme mourait, celui d'heure où le roi devait apparaître.

La chandelle crachota puis s'éteignit...

... et à cet instant...

... à cet instant la bibliothèque regorgea de corbeaux. Les ailes noires emplissaient les airs telles de grandes mains qui se tordaient, bouchaient la vue de Strange de leur tumulte de flammes obscures. De tous côtés, il se heurtait à des ailes et à des griffes. Les croassements étaient assourdissants. Les corbeaux battaient les murs, les fenêtres, la personne de Strange, qui se couvrit la tête des mains et s'écroula à terre. Ce vacarme et cette confusion d'ailes durèrent encore un peu.

Puis, en un clin d'œil, tous les oiseaux eurent disparu et la pièce retrouva le silence.

Les chandelles étaient toutes éteintes. Strange roula sur le dos ; pendant quelques instants ses regards se perdirent dans les ténèbres.

— Monsieur Norrell ? articula-t-il enfin.

Personne ne lui répondit

Il se releva dans la nuit noire, parvint à retrouver un des pupitres et tâtonna jusqu'à ce que sa main tombât sur une chandelle renversée, qu'il alluma avec le briquet tiré de sa poche.

Levant la flamme au-dessus de sa tête, il découvrit que la salle offrait le spectacle du plus grand désordre et du chaos extrême. Pas un livre n'était resté sur son étagère. Les tables et l'escabeau de bibliothèque étaient renversés. Plusieurs sièges de style avaient été réduits en miettes. Une couche épaisse de plumes de corbeau recouvrait tout, pareille à une neige noire.

---

1. Le dernier élément d'un sort d'évocation réussi est d'ordre temporel. Le magicien doit faire savoir au personnage évoqué quand il est censé se manifester, sinon (comme Strange l'avait jadis observé) celui-ci peut faire son apparition n'importe quand et ainsi croire qu'il a rempli ses obligations. Un bout de chandelle est un expédient très commode : le magicien ordonne au personnage évoqué d'apparaître quand la flamme s'éteint.

Adossé à une table, Norrell était à demi assis, à demi couché sur le sol. Il avait les yeux ouverts et le regard vide. Strange lui passa la chandelle devant le nez.

— Monsieur Norrell ? répéta-t-il.

Hébété, Mr Norrell murmura :

— Je crois qu'on peut penser que nous avons son attention.

— Je crois que vous avez raison, monsieur. Savez-vous ce qui s'est passé ?

Toujours dans un murmure, Mr Norrell répondit :

— Les livres se sont tous transformés en corbeaux. J'avais l'œil sur *La Fontaine du cœur* de Hugh Pontifex et j'ai vu la métamorphose. Il y a eu souvent recours, savez-vous ?... À cette tourmente d'oiseaux noirs. J'ai beaucoup lu sur le sujet depuis que je suis enfant. Mais que je vive assez longtemps pour le voir, monsieur Strange ! Que je sois encore là pour le voir ! Cela a un nom dans la langue sidhe, la langue de son enfance, malheureusement il s'est perdu[1]. – Il agrippa soudain la main de Strange. – Mes ouvrages sont-ils intacts ?

Strange en ramassa un par terre. Il secoua les plumes de corbeau du livre, puis jeta un coup d'œil au titre : *Sept Portes et Quarante-Deux Clés*, de Piers Russinol. Il ouvrit le volume et se mit à lire au hasard :

— « ... et là tu trouveras un pays inconnu, semblable à un échiquier, où alternent le rocher nu et les vergers féconds, les étendues d'épines et les champs de blé barbu, les prairies inondables et les déserts. Et dans ce pays le dieu des magiciens, Hermès Trismégiste, a posté un garde à chaque porte et à chaque pont : à un endroit un bélier, à un autre un serpent... » Cela vous paraît-il juste ? demanda-t-il d'un ton dubitatif.

Mr Norrell inclina la tête. Il sortit son mouchoir et s'en servit pour éponger le sang de sa figure.

Affalés par terre, au milieu des livres et des plumes, les deux magiciens ne prononcèrent plus un mot pendant un moment. Le monde s'était réduit au halo lumineux d'une chandelle.

Enfin Strange reprit :

— Il ne doit pas être bien loin pour opérer pareille magie...

— Qui ? John Uskglass ? Que je sache, sa magie est opérante à cent mondes de distance... Que dis-je ? Du fin fond de l'enfer !

— Cela vaut quand même la peine d'essayer d'en apprendre davantage, n'est-ce pas ?

---

1. Cette tourmente de corbeaux est aussi décrite dans l'histoire de la fille du gantier de Newcastle racontée au chapitre XXXIX.

— Vous croyez ?

— Eh bien, par exemple, si nous découvrions qu'il était dans les parages, nous pourrions... – Strange eut un instant de réflexion. – Nous pourrions le consulter.

— Soit, soupira Norrell, peu optimiste.

Le premier – en réalité, l'unique – accessoire requis pour les sorts de localisation est un plat d'argent rempli d'eau. À Hurtfew, le plat de Mr Norrell trônait sur un petit guéridon dans un coin de la pièce, mais le guéridon en question avait été victime de la violence des corbeaux et le plat demeurait invisible. Ils cherchèrent un moment et finirent par le retrouver dans l'âtre de la cheminée, retourné et enfoui sous un monceau de plumes noires et de pages de livres trempées et en lambeaux.

— Il nous faut de l'eau, dit Norrell. J'envoyais toujours Lucas en quérir à la rivière. De l'eau qui a voyagé rapidement est le mieux pour la magie localisatrice. Et la rivière de Hurtfew coule vite, même en été. Je vais aller en chercher.

Mr Norrell, qui n'avait pas l'habitude de se débrouiller seul, mit un certain temps avant de sortir de la maison. Il s'arrêta au milieu de la pelouse et leva les yeux pour contempler des constellations qu'il voyait pour la première fois. Il n'avait pas l'impression d'être dans une colonne de Ténèbres, au cœur du Yorkshire ; il avait plutôt le sentiment que le reste du monde avait disparu, et que Strange et lui restaient seuls sur une île ou un promontoire solitaire. Cette idée l'affligeait bien moins qu'on eût pu le croire. Il ne s'était jamais beaucoup soucié du monde et prenait donc sa perte avec philosophie.

Au bord de la rivière, il s'agenouilla au milieu des herbes gelées pour remplir son plat. Les étoiles inconnues se reflétaient dans les profondeurs. Il se releva (un brin étourdi, n'ayant pas l'habitude de l'effort) et eut aussitôt l'intuition irrépressible d'un enchantement en cours – bien plus puissant que ce qu'il avait jamais senti. Si on lui avait demandé de décrire ce qui se passait, il aurait répondu que tout le Yorkshire se retournait comme un gant. L'espace d'un instant, il ne sut plus dans quelle direction se trouvait l'abbaye. Il pivota sur ses talons, trébucha et heurta de plein fouet Mr Strange qui, mystérieusement, se tenait juste derrière lui.

— Je croyais que vous deviez rester dans la bibliothèque ! s'exclama-t-il avec stupéfaction.

Strange le regarda de travers

— Je suis resté dans la bibliothèque ! Un instant, je lisais *Le Portier d'Apollon* de Goubert et, celui d'après, j'étais ici !

— Vous ne m'avez donc pas suivi ? s'enquit Norrell.

— Non, bien sûr que non ! Que se passe-t-il ? Pour l'amour du ciel, pourquoi mettez-vous tant de temps ?

— Je ne trouvais plus ma pelisse, avoua humblement Mr Norrell. Je ne savais pas où Lucas l'avait rangée.

Strange arqua un sourcil et dit avec un soupir :

— Je présume que vous avez fait la même expérience que moi ? Juste avant d'être transporté ici par surprise, j'ai eu une sensation de vents, d'eau et de flammes mêlés...

— Oui, acquiesça Norrell.

— Accompagnée d'une légère odeur, rappelant celle des herbes sauvages de montagne ?

— Oui, dit Norrell.

— Magie des fées ?

— Ah ! sans aucun doute ! s'écria Norrell. Tout cela relève du sortilège qui vous retient dans les Ténèbres éternelles. – Il regarda autour de lui. Quelle est leur étendue ?

— L'étendue de quoi ?

— Des Ténèbres.

— Eh bien, il m'est difficile de le savoir exactement, étant donné qu'elles se déplacent avec moi. Néanmoins, d'aucuns m'ont assuré qu'elles sont grandes comme la paroisse vénitienne où je logeais. Un arpent, environ.

— Un arpent ? Ne bougez pas d'ici !

Mr Norrell posa le plat d'argent plein d'eau sur le sol gelé, puis partit en direction du pont. Bientôt, on ne distingua plus que sa perruque grise. À la lumière des étoiles, celle-ci ne ressemblait rien tant qu'à une petite tortue de pierre qui s'éloignait en trottinant.

Le monde tourna encore d'un cran. Soudain les deux magiciens se retrouvèrent côte à côte sur le pont enjambant la rivière de Hurtfew.

— Que diable... ? commença Strange.

— Vous voyez ? dit Norrell d'un air mécontent. Le sortilège ne nous permet pas de trop nous éloigner l'un de l'autre. Il me tient moi aussi. Si je puis me permettre, la magie du garçon-fée est entachée d'une regrettable imprécision. Il s'est montré négligent. Il vous a sans doute qualifié de magicien anglais... ou de quelque autre terme aussi vague. Par conséquent, son sort – à l'origine à vous seul destiné – prend désormais au piège tout magicien anglais qui se présente !

— Ah ! fit Strange.

Il ne semblait pas qu'il y eût quoi que ce soit à ajouter.

Mr Norrell se retourna vers le manoir.

— À défaut d'autre chose, monsieur Strange, poursuivit-il, voilà une parfaite illustration de la nécessité d'une grande précision des noms cités dans les sortilèges !

Dans son dos, Strange leva les yeux au ciel.

De retour dans la bibliothèque, ils installèrent le plat d'argent sur un guéridon entre eux.

Bizarrement, la découverte qu'il était désormais prisonnier des Ténèbres éternelles en compagnie de Strange parut redonner courage à Mr Norrell plutôt que l'inverse. Avec entrain, il rappela à son émule qu'ils ne savaient toujours pas comment nommer John Uskglass, et que cette lacune serait sans aucun doute un gros obstacle pour le débusquer. Par magie ou par tout autre moyen.

Strange, la tete appuyée sur ses mains, le fixait d'un air sombre.

— Essayons John Uskglass, lança-t-il.

Norrell opéra donc sa magie, nommant l'objet de leurs recherches John Uskglass. Il divisa la surface de l'eau en quatre au moyen de lignes scintillantes. Il donna un nom à chacun des quartiers : Paradis, Enfer, Terre et royaume des fées. Instantanément, un point d'une lumière bleuâtre s'alluma dans le quart qui représentait la Terre.

— Là ! s'écria Strange, se levant triomphalement d'un bond. Vous voyez, monsieur ! Les choses ne sont pas toujours aussi difficiles que vous le croyez.

Norrell tapota la surface du quartier ; les divisions disparurent. Il les redessina, leur assignant de nouveaux noms :

— Angleterre, Écosse, Irlande, Ailleurs.

Le point lumineux réapparut en Angleterre. Le vieux magicien tapota le quart concerné, refit une fois de plus ses divisions et examina le résultat. Et il continua ainsi à affiner sa magie. Le point brillait toujours.

Mr Norrell émit une exclamation sourde.

— Qu'y a-t-il ? demanda Strange.

D'un ton émerveillé, Norrell répondit :

— Je crois que nous avons réussi, tout compte fait ! L'eau nous indique qu'il est ici. Au Yorkshire !

67

L'aubépine

Février 1817

CHILDERMASS TRAVERSAIT une lande solitaire. Au milieu de la friche se dressait une aubépine isolée et rabougrie, à laquelle un homme était pendu. Il avait été dépouillé de sa veste et de sa chemise, dévoilant dans la mort un secret qu'il avait sûrement tenu caché toute sa vie : une curieuse difformité présentée par sa peau. Son torse, son dos et ses bras étaient en effet couverts d'un enchevêtrement de marques bleues si touffu que le malheureux était plus bleu que blanc.

En poussant sa monture vers l'arbre, Childermass se demanda si l'assassin avait écrit sur le corps pour le transformer en un objet de risée. Du temps où il était marin, il avait entendu parler de pays où l'on gravait les confessions des criminels dans leur chair par divers horribles moyens avant de les exécuter. De loin, les marques évoquaient des inscriptions ; en se rapprochant, il vit qu'elles étaient sous-cutanées.

Il mit pied à terre et tourna le cadavre pour l'amener face à lui. Le visage était violacé et bouffi, les yeux exorbités et injectés de sang. Il le scruta, puis parvint à distinguer dans les traits convulsés une tête de sa connaissance.

— Vinculus, murmura-t-il.

Tirant son couteau de poche, il trancha la corde. Puis il arracha les grègues et les bottes de Vinculus, et inspecta son corps : le cadavre d'une bête fourchue sur une lande hivernale désolée.

Les signes inconnus recouvraient le moindre centimètre de peau, à la notable exception du visage, des mains, des parties génitales et des plantes de pied. On eût cru un homme bleu, portant des gants et un masque blancs. Plus Childermass le regardait, plus il avait le sentiment que ces stigmates avaient une signification.

— Ce sont les lettres du roi, proféra-t-il enfin. Le livre de Robert Findhelm...

À cet instant, il se mit à neiger avec des rafales de flocons glacés et cinglants. Le vent forcit.

Childermass songea à Strange et à Norrell à vingt milles de là et rit tout haut. Qu'importait qui lisait les livres à l'abbaye de Hurtfew ? L'ouvrage le plus précieux de tous gisait nu et sans vie dans la neige et le vent.

— C'est donc à moi qu'il échoit, hein ? Le plus grand titre de gloire comme le plus grand fardeau jamais imparti à un homme de cette ère...

Pour le moment, le fardeau l'emportait sur la gloire. Le livre se présentait sous une forme des plus incommodes. Childermass ne savait pas depuis combien de temps Vinculus était mort ni quand ses chairs allaient commencer à se décomposer. Que faire ? Il pouvait toujours s'aventurer à jeter le corps en travers de son cheval. Un cadavre fraîchement pendu, cependant, serait difficile à expliquer auprès d'un voyageur de rencontre. Il pouvait aussi bien cacher le corps et aller quérir un cheval et une charrette. Combien de temps cela lui prendrait-il ? Et si, dans l'intervalle, quelqu'un trouvait le corps et l'enlevait ? Certains médecins d'York paieraient cher pour se procurer des cadavres sans susciter de questions.

« Je peux jeter un sort de dissimulation », songea-t-il.

Un sort de dissimulation déroberait certainement son objet aux regards humains ; néanmoins, il fallait compter avec les chiens, les renards et les corbeaux. Ils ne se laisseraient pas abuser par les rudiments de magie de Childermass. Le livre ayant déjà été dévoré une fois, celui-ci n'avait aucune envie de risquer que cela se reproduisît une seconde fois.

Ce qui s'imposait à l'évidence, c'était d'en réaliser une copie, mais son carnet de notes, sa plume et son encrier étaient restés sur la table du salon, dans les Ténèbres de l'abbaye de Hurtfew. Et alors ? Il pouvait aussi graver sa copie dans le sol gelé à l'aide d'un bâton – toutefois, cela ne valait guère mieux que ce dont il disposait déjà. Si seulement il y avait eu des arbres, il aurait pu peut-être les écorcer, brûler un peu de bois et écrire sur l'écorce avec le charbon obtenu. Mais il n'y avait que cette unique aubépine, toute tordue.

Childermass contempla son couteau. Peut-être devrait-il copier le livre sur son propre corps ? Plusieurs arguments plaidaient en faveur d'un tel projet. D'abord, qui pouvait jurer si l'emplacement des signes sur le corps de Vinculus ne comportait pas un sens caché ? Plus le texte était proche de la tête, plus important était-il ? Tout était possible. Deuxièmement, le livre serait ainsi à la fois invisible et en sécurité. Il n'aurait pas à craindre les agissements d'un voleur. Il n'avait pas encore décidé s'il allait le montrer à Strange ou à Norrell.

Las ! les écritures sur le corps de Vinculus étaient aussi denses que compliquées. Si Childermass pouvait contraindre sa lame à reproduire exactement tous ces points, cercles et arabesques – ce dont il doutait –, il lui faudrait inciser assez profond pour rendre les marques permanentes.

Il retira sa houppelande et sa veste de tous les jours, défit son poignet de chemise et roula sa manche. En guise d'expérience, il grava un des symboles présentés par l'intérieur du bras de Vinculus à l'endroit correspondant sur son propre bras. Le résultat n'était guère prometteur ; le sang était si abondant qu'il avait du mal à voir ce qu'il faisait, et la douleur lui donna des sueurs froides.

— Je peux me permettre de perdre un peu de sang pour la cause, mais les signes sont si nombreux que l'opération me tuerait à coup sûr. De plus, comment diable pourrais-je copier ce qui est écrit sur son dos ? Je vais le ramener à cheval et si l'on me défie... Eh bien, je leur tirerai dessus au besoin. Au moins, voilà un plan ! S'il n'est pas très bon, c'est quand même un plan.

Il remit sa veste, puis sa houppelande.

Brewer, qui s'était légèrement éloigné, broutait des herbes sèches, dénudées par le vent. Childermass alla le rejoindre. De sa sacoche, il sortit une longueur de grosse corde, ainsi que l'étui contenant ses pistolets. Il glissa une balle dans chaque arme et les amorça avec de la poudre.

Il se retourna afin de s'assurer que le corps était toujours en place. Quelqu'un – un homme – était penché au-dessus. Il fourra les pistolets dans les poches de sa houppelande et se mit à courir en criant.

L'homme portait des bottes noires et une redingote de voyage également noire. Il se tenait près de Vinculus, mi-courbé, mi-agenouillé sur le sol enneigé. Fugitivement, Childermass le prit pour Strange, mais l'inconnu n'était pas tout à fait aussi grand, bien qu'un peu plus frêle. Ses habits sombres étaient visiblement coûteux et au goût du jour. Ses cheveux bruns et raides, pourtant, étaient plus longs qu'un gentleman au goût du jour n'eût osé les porter ; cela lui donnait plutôt l'air d'un prêcheur méthodiste ou d'un poète romantique. « Je le connais, se dit Childermass. C'est un magicien, je le connais fort bien. Pourquoi son nom m'échappe-t-il ? »

À haute voix, il déclara :

— Ce corps est mien, monsieur ! Laissez-le tranquille !

L'autre leva les yeux.

— Vôtre, John Childermass ? répondit-il avec un air un tantinet ironique. Je croyais qu'il était mien...

Chose étrange malgré sa mise son calme et son autorité apparente, ses paroles avaient des accents frustes... Y compris aux oreilles de Childermass. Son accent venait du Nord – de cela il n'y avait aucun doute –, mais Childermass ne réussit pas à l'identifier. Ç'aurait pu être celui du Northumberland, s'il n'avait été teinté du parler des contrées glacées situées de l'autre côté de la mer du Nord, et – plus extraordinaire – d'une pointe de français perçant dans sa prononciation.

— Eh bien, vous vous méprenez. – Childermass leva ses pistolets. – Je vous mettrai en joue s'il le faut, monsieur. Pourtant je n'y tiens pas. Laissez-moi le corps et passez votre chemin !

L'homme demeura silencieux. Il considéra Childermass un moment encore puis, lassé de sa vue, retourna à son examen.

Childermass chercha des yeux un cheval ou une voiture – quelque indication du moyen par lequel cet homme était arrivé jusque-là. Rien. Sur toute la vaste lande, on n'apercevait que les deux hommes, sa monture, le cadavre et l'aubépine.

« Une voiture doit pourtant bien l'attendre quelque part ? pensa-t-il. Son habit ne présente pas la moindre tache de boue, non plus que ses bottes. Il a l'air de sortir des mains de son valet de chambre. Où sont donc ses domestiques ? »

C'était là une pensée contrariante. Childermass doutait d'avoir beaucoup de mal à terrasser cet être maigre et pâle aux allures de poète ; un cocher ou trois robustes laquais seraient une tout autre paire de manches.

— Les terres environnantes vous appartiennent-elles, monsieur ? s'inquiéta-t-il.

— Oui.

— Où est votre cheval ? Et votre voiture ? Où sont vos domestiques ?

— Je n'ai pas de cheval, John Childermass. Je n'ai pas de voiture non plus. Et seul un de mes domestiques est là.

— Où donc ?

Sans daigner lever la tête, l'autre leva le bras et tendit un doigt pâle et maigre.

Troublé, Childermass regarda derrière lui. Il n'y avait personne. Hormis le vent qui soufflait sur les touffes d'herbe neigeuses. Qu'entendait-il par là ? Était-ce le vent ou la neige ? Il avait ouï dire que des magiciens médiévaux se targuaient de les avoir pour serviteurs, ainsi que d'autres éléments naturels. Puis la vérité lui apparut.

— Comment ? Non, monsieur vous êtes dans l'erreur ! Je ne suis pas votre serviteur !

— Vous vous en êtes vanté voilà moins de trois jours, rétorqua l'autre.

Une seule personne au monde pouvait prétendre à être le maître de Childermass. Était-ce donc, en quelque mystérieuse façon, Norrell ? Un aspect de Norrell ? Par le passé, les magiciens étaient parfois apparus sous diverses apparences, suivant les qualités qui entraient dans leur personnalité. Childermass tenta de deviner quelle partie de la personnalité de Gilbert Norrell pouvait soudain s'incarner dans ce bel homme pâle, doté d'un curieux accent et d'un air de grande autorité. Il songea qu'il s'était passé de drôles de choses depuis peu, mais rien d'aussi bizarre.

— Monsieur ! cria-t-il. Je vous aurai prévenu. Laissez ce corps !

L'homme se pencha davantage sur le cadavre. Il tira quelque chose de sa bouche – une petite perle lumineuse, teintée de rose et d'argent – et la plaça dans celle de Vinculus. Le cadavre frémit. Pas le frisson d'un malade ni non plus le tremblement d'un être en bonne santé, plutôt le frémissement d'un bouleau dénudé sous le souffle du printemps.

— Écartez-vous du corps, monsieur ! cria encore Childermass. Je ne le répéterai pas !

L'homme ne se donna pas la peine de lever les yeux ; il effleura toute la dépouille du bout de l'index, comme s'il écrivait dessus.

Avec le pistolet de droite Childermass visa un tantinet au-dessus de l'épaule gauche de l'homme, dans l'intention de l'effrayer. Son arme fonctionna à la perfection ; un nuage de fumée et une odeur de poudre s'élevèrent du bassinet ; des étincelles et davantage de volutes jaillirent du canon.

Mais le plomb refusa de voler. Il restait suspendu dans les airs comme dans un rêve, se tordait, gonflait et changeait de forme ; soudain il lui poussa des ailes, il se métamorphosa en vanneau et s'envola. Dans l'instant, l'esprit de Childermass devenait aussi calme et silencieux qu'une pierre.

L'homme promenait toujours son doigt sur Vinculus, et tous les dessins et les symboles ondulaient et tournoyaient comme s'ils avaient été tracés sur l'eau. Il continua un moment son manège et, une fois satisfait, s'arrêta puis se releva.

— Vous vous trompez, dit-il à Childermass. Il n'est pas mort.

Il vint se camper juste devant lui. Sans plus de façon qu'un parent qui nettoie une poussière sur le visage de son enfant, l'homme se lécha un doigt et esquissa une sorte de symbole sur chacune des paupières de Childermass, sur ses lèvres et sur son cœur. Après quoi, il donna un coup à sa main gauche, de sorte que le pistolet tomba à terre. Il traça un autre symbole sur la paume de Childermass, se détourna et parut prêt à partir quand, jetant un coup d'œil en arrière et apparemment pris de remords, il ébaucha un dernier geste sur la balafre qui défigurait le serviteur.

Le vent balayait les flocons qui tombaient et les faisait tourbillonner. Brewer émit une petite plainte, comme si une mouche l'avait piqué. Fugitivement, la neige et les ombres dessinèrent la silhouette d'un homme brun et efflanqué, vêtu d'une houppelande et chaussé de bottes. L'instant d'après, l'illusion avait disparu.

Childermass cligna les yeux.

« Où mes pensées s'égarent-elles ? s'interrogea-t-il, non sans irritation. Et qu'ai-je à parler tout seul ? » Il flottait une odeur de poudre. Un de ses pistolets reposait dans la neige. Quand il la ramassa, l'arme était encore chaude, comme s'il venait de s'en servir. Voilà qui était fort étrange. Il n'eut pas le temps d'être surpris car un bruit attira son regard.

Vinculus se relevait avec des gestes maladroits, saccadés, pareil à une créature nouveau-née qui ne connaît pas encore la destination de ses membres. Il se figea un moment sur place, le corps vacillant et la tête bougeant de côté et d'autre. Puis il ouvrit la bouche et invectiva Childermass. Le son qui sortit de sa bouche n'avait pourtant rien de sonore ; c'était une coquille vide de toute substance.

Sans aucun doute, ce spectacle était le plus étrange auquel il eût été jamais donné à Childermass d'assister : un homme bleu et nu, aux yeux rouges, qui criait silencieusement au beau milieu d'une lande enneigée. La situation était si extraordinaire que, l'espace de quelques instants, il ne sut quel parti prendre. Il se demanda s'il ne devait pas tenter le sort appelé « Restauration de la tranquillité enfuie » de Gilles de Marston, mais, après mûre considération, il eut une meilleure idée. Il sortit le bordeaux que Lucas lui avait donné et le montra à Vinculus. Ce dernier se calma et y attacha ses regards.

Un quart d'heure plus tard, ils étaient assis côte à côte sur une touffe d'herbes sous l'aubépine et se restauraient de quelques pommes arrosées de vin rouge. Vinculus, qui avait enfilé sa chemise et ses grègues, s'était enroulé dans la couverture de cheval de Brewer. Il s'était remis de sa pendaison avec une surprenante rapidité. Ses yeux étaient toujours injectés de sang, mais moins effrayants à voir que tantôt. Ses paroles, bien qu'enrouées et susceptibles d'être interrompues à tout moment par de violentes crises de toux, étaient compréhensibles.

— On a essayé de te pendre, lui expliqua Childermass. Je ne sais qui ni pourquoi. Par chance, je t'ai trouvé à temps pour trancher la corde.

En prononçant ces mots, il sentit une question insidieuse distraire ses pensées. Intérieurement, il revit Vinculus mort par terre, et une main blanche, maigre, qui le montrait du doigt. Qui était-ce ? Le souvenir lui échappait.

— Alors dis-moi, poursuivit-il, comment un homme devient-il un livre ? Je sais que ton père a reçu ce livre des mains de Robert Findhelm et qu'il devait le remettre à un ermite des monts du Derbyshire.

— Le dernier Anglais a savoir lire les lettres du roi, croassa Vinculus.

— Mais ton père n'a pas transmis le livre. Au lieu de cela, il l'a mangé au cours du championnat de boisson de Sheffield.

Vinculus but une nouvelle rasade à la bouteille, puis s'essuya la bouche du dos de la main.

— Je suis né quatre ans plus tard et les lettres du roi étaient écrites sur mon corps de nouveau-né. À sept ans, je me suis mis en quête de l'ermite des monts du Derbyshire... Le malheureux a vécu juste assez longtemps pour que je puisse le retrouver. La belle nuit que ce fut ! Une nuit étoilée d'été où le Livre du roi et le dernier lecteur des lettres du roi se rencontrèrent pour trinquer ensemble ! Perchés sur la croupe d'une colline, à Bretton, nous contemplions l'Angleterre, et il a lu sur moi les destinées de notre patrie.

— Et c'était là la prophétie que tu as répétée à Strange et à Norrell ?

Vinculus, pris d'une nouvelle quinte de toux, hocha la tête pour acquiescer. Quand il recouvra enfin l'usage de la parole, il ajouta :

— Ainsi qu'à l'esclave sans nom.

— Qui ? demanda Childermass avec un froncement de sourcils. Qui donc ?

— Un heureux mortel. J'avais entre autres tâches celle de témoigner de son histoire. Il a commencé dans la vie en étant esclave. Il deviendra bientôt roi. Son vrai nom lui a été caché à la naissance.

Childermas médita ce récit pendant un instant ou deux.

— Tu parles de John Uskglass ?

Vinculus émit un son d'exaspération.

— Si je parlais de John Uskglass, je le dirais ! Non et non. Il n'est aucunement magicien, c'est un homme comme les autres. – Il réfléchit un moment. – Hormis qu'il est noir, ajouta-t-il.

— Je n'ai jamais entendu parler de lui, déclara Childermass.

Vinculus le regarda avec amusement.

— Bien sûr que non. Vous avez passé toute votre vie dans la poche du magicien de Mayfair. Vous n'en savez pas plus que lui.

— Et alors ? répliqua Childermass, piqué au vif. Ce n'est déjà pas négligeable, si ? Norrell est un esprit éclairé... Et Strange aussi. Ils ont leurs défauts, comme tous les hommes, leurs exploits sont pourtant remarquables. Ne t'y trompe pas. Je suis l'homme de John Uskglass. Ou je le serais, s'il était là. Cependant tu dois convenir que la restauration de la magie anglaise est leur œuvre, pas la sienne.

— Leur œuvre ? se gaussa Vinculus. Vous avez dit leur œuvre ? Ne comprenez-vous donc toujours rien ? Ils sont le sortilège créé par John Uskglass et n'ont jamais été autre chose. Et il le crée en ce moment même !

68

« Oui »

Février 1817

LE POINT LUMINEUX tremblota dans l'eau du plat d'argent, puis disparut.

— Quoi ? s'écria Strange. Que s'est-il passé ? Vite, monsieur Norrell ! Norrell tapota la surface de l'onde, y traça une nouvelle fois les traits phosphorescents et murmura son incantation. L'eau demeura obscure et immobile.

— Il est parti.

Strange ferma les yeux.

— C'est très bizarre, poursuivit Mr Norrell avec étonnement. Que faisait-il au Yorkshire, selon vous ?

— Oh ! s'exclama Strange. Il est sans doute venu jusqu'ici pour me rendre fou ! – Avec un cri où la rage le disputait à l'apitoiement sur soi, il se lamenta : – Pourquoi refuse-t-il de m'écouter ? Après tout ce que j'ai fait, pourquoi ne daigne-t-il pas me regarder ? Me parler ?

— C'est un vieux magicien, et un vieux roi, répondit brièvement Norrell. Deux natures qui ne s'en laissent pas facilement conter.

— Tous les magiciens aspirent à épater leurs maîtres. Je vous ai bien épaté, vous. Je voulais produire sur lui un effet identique.

— Votre véritable dessein est de libérer Mrs Strange de son enchantement, lui rappela Norrell.

— Oui, oui, c'est juste, concéda Strange avec humeur. Certes. Seulement...

Il n'acheva pas sa phrase.

Il y eut un silence. Puis Norrell, d'un air songeur, reprit :

— Vous parliez de magiciens qui désirent toujours impressionner leurs maîtres. Cela me rappelle un événement qui s'est produit en 1156...

Strange poussa un soupir.

— Cette année-là, John Uskglass souffrit d'un mal inconnu – cela lui arrivait de temps à autre. Après qu'il se fut rétabli, une fête eut lieu dans son château de Newcastle. Rois et reines apportèrent des présents d'une valeur et d'une splendeur incomparables : or, rubis, ivoire, épices rares. Les magiciens, eux, offrirent des objets magiques : nuées de révélation, arbres chanteurs, clés de portes surnaturelles et ainsi de suite. Chacun s'efforçait de supplanter l'autre. Le roi les remercia tous avec componction. En dernier se présenta le magicien Thomas Godbless. Ses mains étaient vides, il n'avait pas de cadeau. Il releva la tête, puis proféra : « Sire, je vous apporte les arbres et les collines, je vous apporte le vent et la pluie. » Les rois et les reines, les grands seigneurs et les grandes dames de la cour, ainsi que les autres magiciens, furent frappés de stupeur par une telle impudence. Selon eux, en effet, c'était se moquer du monde. Mais, pour la première fois depuis qu'il avait été malade, le roi avait souri.

Strange médita ces paroles.

— Eh bien, dit-il, je crains d'être du côté des rois et des reines. Je n'y entends rien. D'où tenez-vous ce fabliau ?

— Il est rapporté dans *Les Instructions* de Belasis. Dans ma jeunesse, j'ai étudié *Les Instructions* avec une ardeur fervente et j'y ai trouvé ce passage fascinant. J'en ai conclu que Godbless avait, on ne savait comment, convaincu les arbres, les collines et le reste de saluer John Uskglass de manière occulte, de se prosterner devant lui, en quelque sorte. J'étais content d'avoir percé à jour une arcane qui avait résisté à Belasis, mais j'en suis resté là. Pareille magie ne m'était d'aucun usage. Bien des années plus tard, j'ai déniché un sortilège dans *Le Langage des oiseaux* de Lancaster, lequel l'avait tiré d'un livre plus ancien, aujourd'hui perdu. Il reconnaissait ne pas savoir à quoi celui-ci servait. Pour ma part, je crois que c'est le sort employé par Godbless... Ou, en tout cas, un qui lui est très proche. Si vous avez sérieusement l'intention de dialoguer avec John Uskglass, que penseriez-vous si nous jetions maintenant ce sort ? Et si nous demandions à l'Angleterre de l'accueillir ?

— À quoi cela nous avancerait-il ? s'enquit Strange.

— À quoi cela nous avancerait-il ? À rien. Du moins, à rien directement. Simplement, cela remémorerait à John Uskglass ses liens avec l'Angleterre. Et puis cela montrerait une forme de respect de notre part, ce qui est assurément plus conforme à l'attitude qu'un souverain attend de ses sujets.

Strange leva les épaules.

— Bien, acquiesça-t-il. Je n'ai pas d'autre suggestion. Où est votre exemplaire du *Langage des oiseaux* ?

Il promena ses regards à la ronde. Tous les livres reposaient à l'endroit où ils étaient tombés après avoir cessé d'être des corbeaux.

— Combien avez-vous de livres ? s'enquit-il.

— Quatre ou cinq mille, répondit Norrell.

Les magiciens se munirent chacun d'une chandelle et commencèrent leur quête.

Le gentleman aux cheveux comme du duvet de chardon suivait à grandes enjambées le chemin clos menant au village de Starecross. Stephen trébuchait à sa suite, sur la route qui les conduisait d'un trépassé à l'autre.

L'Angleterre, en effet, ne lui semblait plus qu'horreurs et misère. Les silhouettes des arbres étaient pareilles à des cris muets. Un paquet de feuilles mortes pendait à une branche et crépitait au vent – c'était Vinculus à son aubépine. Une charogne de lièvre éventrée par un goupil était abandonnée sur le sentier – c'était Lady Pole qui serait bientôt tuée par le gentleman.

Mort après mort, horreur après horreur, et il n'y avait rien que Stephen pût tenter afin de les empêcher.

À Starecross-hall, Lady Pole écrivait furieusement sur le bonheur-du-jour de son boudoir. Le plateau en était jonché de feuilles de papier, toutes couvertes de son écriture.

On frappa. Mr Segundus entra.

— Je vous demande pardon ! dit-il. Puis-je vous poser une question ? Écrivez-vous à Sir Walter ?

Elle secoua la tête.

— Ces lettres sont destinées à Lord Liverpool et au rédacteur en chef du *Times* !

— Vraiment ? s'étonna Mr Segundus. Eh bien, le fait est que je viens de terminer une missive de ma composition – à l'attention de Sir Walter – mais rien, j'en suis sûr, ne le ravirait davantage qu'une ligne ou deux de la main de Madame, lui assurant que vous allez bien et que vous êtes désensorcelée.

— Votre lettre y pourvoira. Pardonnez-moi, monsieur Segundus, mais, tant que Mrs Strange et ce pauvre Stephen seront au pouvoir de ce mauvais génie, je ne puis songer à rien d'autre ! Vous devez expédier ces missives sans tarder ! Et quand ce sera fait, j'écrirai à l'archevêque de Canterbury et au Prince régent !

— Vous ne pensez pas, peut-être, que Sir Walter est la personne convenable à qui s'adresser pour des gentlemen aussi exaltés ? Certes… ?

— Non, assurément pas ! le coupa-t-elle, toute indignation. Je n'aurais pas idée de demander à des gens de me rendre des services dont je puis me charger personnellement. Je n'ai aucunement l'intention, en l'espace d'une heure, de passer de la faiblesse de l'enchantement à une autre sorte de faiblesse ! En outre, Sir Walter ne saura pas la moitié aussi bien que moi expliquer la véritable atrocité des crimes de Mr Norrell !

À cet instant, une autre personne pénétra dans la pièce – le valet de chambre de Mr Segundus, Charles. Ce dernier venait informer son maître qu'il se passait quelque chose de très étrange au village. Le grand homme noir – le personnage qui, à l'origine, avait conduit Madame à Starecross – était réapparu avec un diadème d'argent sur la tête, accompagné d'un gentleman aux cheveux fins comme du duvet de chardon, portant un habit vert vif.

— Stephen ! Stephen et l'enchanteur ! s'écria Lady Pole. Vite, monsieur Segundus ! Rassemblez tous vos pouvoirs ! Nous comptons sur vous pour le vaincre ! Vous devez libérer Stephen comme vous m'avez libérée !

— Vaincre une fée ! s'exclama Mr Segundus d'un ton horrifié. Ah, non ! Je ne pourrais jamais… Cela exigerait les talents d'un bien meilleur magicien…

— Sottise ! protesta-t-elle, les yeux étincelants. N'oubliez pas ce que Childermass vous a dit. Vos années d'études vous y ont préparé ! Vous n'avez qu'à tenter votre chance !

— Je ne sais pas…, commença-t-il faiblement.

Peu importait ce qu'il savait ou pas. Dès qu'elle eut fini de parler, elle s'enfuit de la pièce. Et, comme il s'estimait tenu de la protéger, il fut contraint de lui courir après.

À l'abbaye de Hurtfew, les deux magiciens avaient remis la main sur *Le Langage des oiseaux* ; celui-ci était ouvert sur le pupitre, à la page où le sortilège féerique était reproduit. Restait le problème de trouver un nom pour John Uskglass. Norrell, accroupi au-dessus de son plat d'argent, expérimentait ses sorts de localisation. Il avait déjà épuisé tous les titres et patronymes qu'ils avaient pu trouver, sans qu'aucun de ses charmes en eût reconnu un seul. L'eau du plat d'argent demeurait sombre et trouble.

— Et son nom de fée ? suggéra Strange.

— Il s'est perdu, répondit Norrell.

— Avons-nous déjà essayé le Roi du Nord ?

— Oui.

— Oh ! – Strange réfléchit un moment, puis dit : – Quelle était cette drôle d'appellation que vous avez citée ? Le qualificatif qu'il se donnait à lui-même, d'après vous ? Le quelque chose sans nom…

— L'esclave sans nom.

— Oui, essayez cela.

Norrell semblait dubitatif. Il n'en jeta pas moins le sort au nom de « l'esclave sans nom ». Instantanément, un atome de lumière bleuâtre apparut. Le magicien continua ses manipulations et l'esclave sans nom se révéla être au Yorkshire... À peu près à l'endroit où John Uskglass était apparu auparavant.

— Là ! s'exclama Strange d'un ton triomphal. Toutes nos inquiétudes étaient sans objet. Il est toujours là.

— Je ne crois pas que ce soit la même personne, l'interrompit Norrell. Il y a une légère différence.

— Monsieur Norrell, épargnez-moi vos lubies, je vous en prie ! Qui d'autre cela pourrait-il bien être ? Combien peut-il y avoir d'esclaves sans nom au Yorkshire ?

La question était si raisonnable que Mr Norrell ne souleva plus d'objection.

— À présent, la magie, reprit Strange, qui s'empara du livre et entreprit de réciter la formule.

Et de s'adresser aux arbres d'Angleterre, aux collines d'Angleterre, au soleil, à l'eau, à la gent ailée, à la terre et aux pierres. Il les exhorta, les uns après les autres, à se confier aux mains de l'esclave sans nom.

Stephen et le gentleman atteignirent le pont de charge menant à Starecross. Le village était paisible : on ne voyait presque personne. Sous un porche, une jeune fille dans une robe d'indienne et un châle de laine transvasait du lait de ses seaux en bois dans des cuves à fromage. Un homme portant guêtres et chapeau à larges bords descendait un chemin longeant la maison, un chien trottant à son côté. Quand tous deux tournèrent le coin, la jeune fille et l'homme se sourirent mutuellement et l'animal aboya de joie. Ce genre de tableau à la simplicité toute domestique eût, d'ordinaire, enchanté Stephen, mais dans les dispositions qui étaient alors les siennes il ne put que frémir ; si le nouvel arrivant avait tendu le bras pour frapper la demoiselle – ou l'étrangler – il n'eût guère été surpris.

Le gentleman était déjà sur le pont. Stephen lui emboîta le pas et...

... et tout changea. Le soleil, sortant de derrière un nuage, darda entre les arbres dénudés ; des centaines de petites mouchetures de lumière apparurent. Le monde devint une espèce de casse-tête ou de labyrinthe, rappelant la superstition qui veut qu'on ne doit pas marcher sur les lignes de séparation entre les dalles... Ou encore l'étrange magie appelée les Palets de Doncaster, qui se pratique sur une sorte d'échiquier. Soudain tout prenait sens. Stephen osait à peine avancer d'un pas. S'il le faisait - si, par exemple, il posait le pied sur CETTE ombre ou CETTE tache lumineuse, alors le monde pourrait en être transformé à jamais.

« Attendez ! songea-t-il fébrilement. Je ne suis pas prêt à cela ! Je n'ai pas réfléchi, je ne sais que faire ! »

Trop tard. Stephen leva les yeux.

Les branches dénudées formaient des signes sur le ciel et, sans le vouloir, il savait les lire. Il vit que les arbres lui posaient une question.

— Oui, leur répondit-il.

Leur âge et leur savoir étaient siens.

Au-delà des arbres se dressait une cime enneigée, tel un trait qui barrait le ciel. Son ombre était bleutée sur la neige de ses pentes. Elle symbolisait toutes sortes de froidures et d'épreuves. Elle salua en Stephen le roi qui lui manquait depuis longtemps ; sur un mot de lui, elle s'éboulerait et écraserait ses ennemis. Elle posa une question à Stephen.

— Oui.

Sa hauteur et sa force étaient siennes.

Le ru noir sous le pont de charge gazouilla sa question.

— Oui.

La terre dit...

— Oui.

Les freux, les pies et les grives dirent...

— Oui.

Les pierres dirent...

— Oui. Oui, oui, oui.

Toute l'Angleterre tenait à présent sur sa paume noire. Tous les Anglais étaient à sa merci. Dès lors chaque insulte pouvait être lavée, chacune des brimades subies par sa pauvre mère rachetée au centuple. L'Angleterre entière pouvait être dévastée dans l'instant. Il avait le pouvoir de précipiter les maisons sur la tête de leurs occupants, le pouvoir d'ordonner aux montagnes de s'écrouler et aux vallées de refermer leurs lèvres. Il avait le pouvoir d'invoquer les centaures, d'éteindre les étoiles, de masquer la lune dans le ciel. À présent, à présent, à présent...

À présent Lady Pole et Mr Segundus accouraient du manoir sous le pâle soleil hivernal. Lady Pole regarda le gentleman avec des yeux flamboyant de haine. Le pauvre Mr Segundus était confus et consterné.

Le gentleman se retourna vers Stephen et lui adressa quelques mots qu'il n'entendit pas. Les monts et les arbres parlaient trop fort. Mais il murmura :

— Oui.

Le gentleman, avec un rire folâtre, leva les mains pour jeter ses sortilèges sur Lady Pole.

Stephen ferma les yeux. Il prononça une parole à l'intention des pierres du pont.

Oui, dirent les pierres. Le pont se cabra tel un cheval emballé et précipita le gentleman dans le ru.

Stephen prononça ensuite une parole au ru.

Oui, dit le ru. Ses eaux étreignirent le gentleman d'une poigne de fer et l'emportèrent très vite.

Stephen avait conscience que Lady Pole lui parlait, qu'elle tentait de lui saisir le bras ; il voyait la figure pâle de stupeur de Mr Segundus, il voyait bien qu'il disait quelques mots, mais n'avait pas le temps de leur répondre. Qui savait combien de temps le monde allait consentir à lui obéir ? Il sauta du haut du pont et courut sur la berge.

Les arbres le saluaient sur son passage ; ils bruissaient d'anciennes alliances et lui rappelaient des temps révolus. Le soleil l'appelait « Sire » et exprimait son plaisir de le trouver là. Il n'avait pas le temps de leur expliquer qu'il n'était pas celui qu'ils croyaient.

Il parvint en un lieu où les berges s'élevaient en pente raide de part et d'autre du ru – une combe profonde de la lande, d'où l'on extrayait les meules de moulin. Les alentours des versants de la combe étaient jonchés de grosses pierres rondes, taillées, dont chacune mesurait la moitié d'un homme.

La surface du ruisseau fumait et bouillonnait à l'endroit où le gentleman était maintenu prisonnier. Stephen s'agenouilla sur une pierre plate, puis se pencha au-dessus de l'eau.

— Je suis désolé, dit-il. Vous ne pensiez pas à mal, j'en suis sûr.

Les mèches de cheveux du gentleman flottaient, tels des serpents argentés dans le flot sombre. Sa tête était terrible à voir. Sous l'effet de la fureur et de la haine, il se mit à perdre toute ressemblance avec l'humanité : ses yeux s'écartèrent davantage, un duvet recouvrit son visage et ses lèvres se retroussèrent férocement sur ses dents.

Une voix intérieure résonna en Stephen : « Si vous me tuez, vous ne connaîtrez jamais votre nom ! »

— Je suis l'esclave sans nom, clama Stephen. Je n'ai jamais été autre chose et aujourd'hui j'en suis content.

Et de prononcer une parole à l'intention des meules de moulin, qui s'envolèrent dans le ciel et se jetèrent sur le gentleman. Et de parler aux galets et aux rochers, qui les imitèrent. Le gentleman était d'un âge immémorial et très robuste. Longtemps après que ses os et sa chair eurent dû être réduits en miettes, Stephen sentait encore ce qui restait lui résister pour se reconstituer par magie. Alors Stephen s'adressa aux escarpements caillouteux de la combe en demandant leur aide. La terre et la roche s'éboulèrent ; elles s'entassèrent sur les meules de moulin et les blocs de rocher jusqu'à ce qu'il se dressât à leur place un monticule aussi haut que les pentes de la combe.

Depuis des années, Stephen avait le sentiment qu'un panneau de verre gris et sale le séparait du monde ; à l'instant précis où la dernière étincelle de vie du gentleman s'éteignait, le verre se brisait. Stephen demeura un instant immobile, le souffle coupé.

Mais ses alliés et ses serviteurs avaient des doutes. Une question hantait les esprits des monts et des arbres. Ceux-ci commençaient à comprendre qu'il n'était pas celui pour lequel ils l'avaient pris. Que toute cette gloire n'était que d'emprunt.

Il les sentit se retirer un à un. Au moment où le dernier l'abandonna, il tomba à terre, vide et privé de l'usage de ses sens.

À Padoue, les Greysteel, qui avaient déjà pris leur petit-déjeuner, étaient tous réunis au petit salon du premier étage. Ce matin-là, ils n'étaient pas au mieux de leur humeur. Une querelle les avait divisés. Le Dr Greysteel avait contracté l'habitude de fumer une pipe à la maison, fantaisie à laquelle Flora et la tante Greysteel étaient vivement opposées. La tante avait tenté de l'en dissuader, mais le bon docteur s'était révélé obstiné. Fumer la pipe était un passe-temps qu'il appréciait tout particulièrement, et il estimait qu'on lui devait bien une ou deux douceurs pour compenser leur absence de sorties. La tante Greysteel déclara qu'il devait aller fumer sa pipe dehors. Le docteur répondit qu'il ne pouvait pas puisqu'il pleuvait. Il était difficile de fumer sa pipe sous la pluie : la pluie rendait le tabac humide.

Il fumait donc sa pipe et la tante Greysteel toussotait ; Flora, prête à endosser tous les torts, leur jetait un regard de temps à autre, d'un air malheureux. Les choses en étaient là depuis près d'une heure quand le Dr Greysteel leva les yeux par hasard et s'exclama avec stupéfaction :

— Ma tête est devenue noire ! Complètement noire !

— Enfin, qu'espériez-vous donc en fumant la pipe ? répliqua sa sœur.

— Papa, se récria Flora avec inquiétude, posant son ouvrage, qu'entendez-vous par là ?

Le Dr Greysteel fixait le miroir – celui qui était apparu si mystérieusement quand il avait fait nuit en plein jour et que Strange était arrivé à Padoue. Flora alla se planter derrière son fauteuil afin de voir ce qu'il voyait. Son exclamation de surprise incita sa tante à venir la rejoindre.

Là où, dans le reflet, aurait dû se trouver la tête du Dr Greysteel, une tache sombre bougeait et changeait de forme. La tache grossit jusqu'à ressembler peu à peu à une silhouette qui dévalait un vaste couloir dans leur direction. La silhouette se rapprocha et ils virent que c'était une femme. Elle regarda plusieurs fois en arrière en courant, comme par peur d'être poursuivie.

— Qu'est-ce qui a pu l'effrayer pour la faire courir ainsi ? s'étonna la tante Greysteel. Lancelot, n'apercevez-vous rien ? La pourchasse-t-on ? Oh, la pauvre demoiselle ! Lancelot, n'y pouvez-vous donc rien ?

Le Dr Greysteel se dirigea vers le miroir, plaqua sa main dessus et poussa, mais la surface en était aussi dure et aussi lisse que les miroirs le sont d'habitude. Il hésita un instant, débattant intérieurement s'il devait tenter une approche plus violente.

— Prenez garde, papa ! cria Flora, en alarme. Il ne faut pas le briser !

Dans le miroir, la femme vint plus près encore. Un instant, elle se tint juste derrière, et ils distinguèrent les délicates broderies et garnitures de perles de sa longue robe, puis elle escalada le cadre comme on fait d'un escabeau. La surface de la glace se ramollit et prit la consistance d'un nuage ou d'une vapeur. En hâte, Flora poussa un siège contre le mur afin que la dame pût descendre plus facilement. Trois paires de mains se levèrent pour la rattraper, l'arracher à ce qui l'avait tant effrayée.

Âgée peut-être de trente ou trente-deux ans, elle était hors d'haleine ; et sa toilette, d'un coloris automnal, un brin en désordre en raison de sa course. D'un regard égaré, elle embrassa la pièce inconnue, les visages tout aussi inconnus, l'aspect étranger de toutes choses.

— Est-on au royaume des fées ? s'enquit-elle.

— Non, madame, répondit Flora.

— Est-on en Angleterre ?

— Non plus, madame. – Les larmes se mirent à couler sur le visage de Flora, qui pressa une main contre son sein pour se calmer. – On est à Padoue, en Italie. Je m'appelle Flora Greysteel. Mon nom doit vous être totalement inconnu, cependant je vous attendais à la requête de votre époux. Je lui ai promis de vous rencontrer ici.

— Jonathan serait ici ?

— Non, madame.

— Vous êtes Arabella Strange, dit le Dr Greysteel avec stupeur.

— Oui, acquiesça-t-elle.

— Oh, ma chérie ! s'exclama la tante Greysteel, une main volant à sa bouche pour la cacher, et l'autre à son cœur. Oh, ma chérie ! – Les deux mains voltigèrent autour du visage et des épaules d'Arabella. – Oh, ma chérie ! s'exclama-t-elle pour la troisième fois, avant d'éclater en larmes et de prendre Arabella dans ses bras.

Stephen se réveilla. Il était étendu sur la terre gelée, au fond d'une combe encaissée. Le soleil était parti. Il faisait gris et froid. La combe était obstruée par un grand mur de meules de pierre, de rochers et de terre : un mystérieux tumulus. Le mur avait coupé le ruisseau, mais un filet d'eau suintait encore et se répandait désormais sur le sol. La couronne, le sceptre et l'orbe de Stephen s'éparpillaient un peu plus loin, dans des flaques sales. Avec des gestes las, il se releva.

Au loin il entendit crier : « Stephen ! Stephen ! » Il crut que c'était Lady Pole.

— J'ai renié le nom hérité de ma captivité, déclara-t-il. Plus jamais ce nom-là !

Il ramassa la couronne, le sceptre et l'orbe, puis se mit en marche.

Il ne savait pas où ses pas le conduisaient. Il avait tué le gentleman, après avoir laissé celui-ci tuer Vinculus. Il ne pourrait jamais rentrer à la maison... S'il avait eu une maison. Que diraient un juge et un jury anglais à un homme noir coupable d'un double meurtre ? Stephen en avait fini avec l'Angleterre comme l'Angleterre en avait fini avec Stephen. Il poursuivit son chemin.

Quelque temps après, le paysage ne lui parut plus aussi anglais qu'auparavant. Les arbres qui le cernaient à présent étaient aussi immenses que séculaires, leurs rameaux deux fois gros comme un corps d'homme et recourbés suivant des formes étranges et fantastiques. Bien qu'on fût en hiver et que les églantiers fussent dénudés, quelques roses fleurissaient encore, rouge sang ou blanches comme neige.

L'Angleterre était derrière lui. Il ne la regrettait pas, il ne se retourna pas et poursuivit son chemin.

Il arriva au pied d'une longue colline basse, présentant une ouverture en son milieu. Si celle-ci évoquait plus une bouche qu'une porte, son aspect n'avait rien de sinistre. Là, juste à l'entrée, quelqu'un l'attendait. « Je connais ce lieu, songea-t-il. C'est le manoir des Illusions-perdues ! Comment est-ce possible ? »

Le manoir n'était pas seulement devenu une colline, tout semblait avoir subi une révolution. Le bois était soudain habité d'un esprit de fraîcheur, d'innocence. Les futaies ne menaçaient plus le voyageur. Entre leurs branches scintillait un ciel d'hiver serein, du bleu le plus froid. Ici et là brillait le pur éclat d'une étoile – bien que Stephen eût oublié s'il s'agissait des astres du matin ou du soir. Il se retourna, cherchant des yeux les antiques ossements et l'armure rouillée, ces emblèmes effroyables de la nature sanguinaire du gentleman. À sa grande surprise, il s'aperçut qu'ils étaient partout : sous ses pieds, cachés dans des creux de racines d'arbre, enchevêtrés dans les églantiers et les ronces. Ces reliques se trouvaient toutefois dans un état de dégradation bien plus avancée que dans son souvenir : moussues, piquées de rouille et tombant en poussière. Dans peu de temps il n'en subsisterait plus rien.

Le personnage à l'entrée de l'abri lui était familier ; il avait souvent participé aux bals et aux processions des Illusions-perdues. Lui aussi avait changé, ses traits étaient devenus plus féeriques, ses yeux plus étincelants, ses sourcils plus extraordinaires. Ses cheveux étaient bouclés comme la toison d'un petit agneau ou de jeunes fougères au printemps, et son visage était couvert d'un léger duvet. Il avait l'air à la fois plus vieux et plus innocent.

— Bienvenue ! cria-t-il.

— Est-ce vraiment Illusions-perdues ? demanda l'être qui avait jadis été Stephen Black.

— Oui, grand-père.

— Je ne comprends pas. Illusions-perdues était un beau manoir. Or voilà... – L'être qui avait jadis été Stephen Black hésita. – Je n'ai pas de mot pour cette chose...

— C'est un *brugh*, grand-père ! Le monde qui est sous la colline. Illusions-perdues se transforme ! Le vieux roi est mort. Le nouveau roi arrive ! Et, à son approche, le monde oublie son chagrin. Les péchés du vieux monarque se dissipent comme la brume matinale ! Le monde endosse la personnalité du nouveau. Ses vertus emplissent les bois et le monde !

— Le nouveau roi ?

L'être qui avait jadis été Stephen Black contempla ses mains. Dans l'une était le sceptre, dans l'autre l'orbe.

Le garçon-fée lui sourit, se demandant apparemment la raison de cette surprise.

— Les bouleversements que vous avez apportés ici dépassent de loin tout ce que vous avez pu réaliser en Angleterre.

Traversant l'entrée, ils débouchèrent dans une grande salle. Le nouveau roi prit place sur un antique trône. Toute une foule vint s'assembler autour de lui. Certains visages ne lui étaient pas inconnus, d'autres si, cependant il avait dans l'idée que c'était parce qu'il ne les avait jamais vus auparavant sous leur véritable jour. Il garda le silence un long moment.

— Cette demeure, leur dit-il enfin, est sale et en désordre. Ses habitants ont perdu leurs jours en vains plaisirs et en célébrations des cruautés passées, qui ne devraient jamais être commémorées, et encore moins célébrées. Toutes ces erreurs, je les corrigerai le moment venu[1].

Dès l'instant où le sort produisit ses effets, un grand vent souffla d'un bout à l'autre de l'abbaye. Des portes claquèrent dans les Ténèbres ; des rideaux noirs se gonflèrent dans des salons tout aussi noirs ; des papiers noirs s'envolèrent de tables également noires pour voltiger en tous sens. Une cloche – décrochée autrefois de l'ancienne abbaye et oubliée depuis – tintait follement dans un clocheton au-dessus des écuries.

Des visions s'encadrèrent dans les miroirs et les verres d'horloge de la bibliothèque. Le vent ouvrit les rideaux, et des visions apparurent aussi aux fenêtres. Elles se succédaient en rangs serrés, presque trop rapides pour qu'on pût les comprendre. Mr Norrell en discerna certaines qui lui étaient familières : la branche de houx cassée dans sa bibliothèque de Hanover-square, un corbeau volant devant la cathédrale Saint Paul et incarnant fugitivement le Corbeau-en-vol, le grand lit noir de l'auberge de Wansford. D'autres lui étaient inconnues : une aubépine, un homme crucifié sur un fourré, un muret de pierres sèches dans une étroite vallée, une fiole débouchée flottant au gré de la vague…

Puis toutes les visions disparurent, hormis une seule. Elle avait beau occuper une des hautes croisées de la bibliothèque, Mr Norrell n'eût su dire ce qu'elle représentait. Cela ressemblait à une grosse pierre noire, parfaitement ronde, d'un éclat, d'un lustre quasi impossibles, sertie dans un fin anneau de roche granuleuse et montée sur ce qui avait l'air d'être un versant noir. Mr Norrell songea à un versant de colline à cause de certaines similitudes avec une lande dont la bruyère est brûlée et carbonisée – sauf que ce versant-ci n'avait pas le noir du brûlé, plutôt celui de la soie mouillée ou du cuir ciré. Tout à coup la pierre bougea ou pivota ; presque trop rapide pour être perceptible, son mouvement laissa à Mr Norrell l'impression nauséeuse qu'elle avait cligné.

Le vent tomba. La cloche au-dessus des écuries cessa de tinter.

C'était fini. Mr Norrell poussa un long soupir de soulagement. Strange, debout les bras croisés, fixait le sol, absorbé dans ses pensées.

— Qu'en pensez-vous ? demanda Mr Norrell. Le dernier élément était de loin le pire. Sur le moment, j'ai cru que c'était un œil.

---

1. Un nombre étonnant de rois et de reines du royaume des fées ont été humains. John Uskglass, Stephen Black et Alessandro Simonelli en sont déjà trois. Les fées sont en général irrémédiablement indolentes. Bien qu'elles affectionnent les plus hautes dignités, les honneurs et les richesses, elles détestent le dur labeur du gouvernement.

— C'était bien un œil, confirma Strange.

— À qui pouvait-il appartenir ? À une horreur ou à un monstre, je présume ! Des plus troublants !

— C'était monstrueux en effet, acquiesça Strange. Mais pas tout à fait comme vous l'imaginez. C'était un œil de corbeau.

— Un œil de corbeau ! Mais il occupait toute la croisée !

— Oui. Soit le corbeau était géant, soit...

— Soit ? chevrota Mr Norrell.

Strange eut un rire bref et sans gaieté.

— Soit nous étions ridiculement petits ! Charmant, n'est-ce pas ? de se voir tels que les autres vous voient ? J'ai dit que je voulais que John Uskglass me regarde et il l'a fait un instant, je crois. Ou, au moins, un de ses lieutenants. Et, l'espace de cet instant, vous et moi étions plus petits qu'un œil de corbeau, et sans doute aussi négligeables. À propos de John Uskglass, je ne pense pas que nous sachions où il se cache !

Mr Norrell s'installa devant son plat d'argent et se mit à l'ouvrage. Au bout de cinq minutes d'un patient labeur, il déclara :

— Monsieur Strange, je n'aperçois plus aucune trace de John Uskglass, absolument aucune ! J'ai cherché Lady Pole et Mrs Strange. La première est dans le Yorkshire, et la seconde en Italie. Il n'y a pas l'ombre de leur présence au royaume des fées. Toutes les deux sont désensorcelées !

Il s'écoula un silence. Strange se détourna avec brusquerie.

— C'est par trop bizarre, continua Mr Norrell d'une voix où perçait l'étonnement. Nous avons réalisé tout ce qui entrait dans nos intentions. Mais comment ? je n'ai pas la prétention de le savoir. Je ne puis que supposer que John Uskglass a simplement vu ce qui clochait et a fait un geste pour redresser la situation ! Par malheur, son obligeance n'est pas allée jusqu'à nous délivrer des Ténèbres. Ce problème demeure.

Mr Norrell marqua une pause. Alors telle était sa destinée ! Une destinée pleine de peurs, d'horreur et de désolation ! Durant quelques instants, il resta patiemment assis, s'attendant à devenir la proie de l'une de ces terribles émotions ou de toutes à la fois, mais fut obligé de reconnaître qu'il n'en éprouvait aucune. Au fond, seules lui parurent remarquables les longues années passées à Londres, loin de sa bibliothèque, aux ordres des ministres et des animaux. Il se demandait comment il l'avait supporté.

— Je suis content de ne pas avoir reconnu l'œil du corbeau, reprit-il avec gaieté, sinon je crois que j'eusse été épouvanté !

— Certes, monsieur, approuva Strange d'une voix rauque. Là, vous avez eu de la chance ! Pour ma part, me voilà guéri de mon désir d'être regardé, je crois ! Dorénavant John Uskglass est libre de m'ignorer aussi longtemps qu'il lui plaît.

— Ah, oui alors ! renchérit Mr Norrell. Vous savez, monsieur Strange, vous devriez vraiment essayer de perdre votre manie de désirer des choses. Ce penchant est dangereux chez un magicien.

Et de se lancer dans un long et fastidieux récit sur un magicien du Lancashire du XIVe siècle qui avait souvent nourri des désirs oiseux et avait suscité ainsi une suite incessante d'embarras dans le village où il habitait, transformant accidentellement les vaches en nuées et les poêlons en navires, ou faisant s'exprimer les villageois par des couleurs plutôt que par des mots... Et d'autres signes de chaos magique dans ce genre.

Au début, Strange lui répondait à peine, et ses remarques étaient fortuites et décousues. Puis, peu à peu il sembla écouter plus attentivement, et il retrouva sa façon de parler habituelle.

Mr Norrell avait moult talents, mais la pénétration du cœur des hommes et des femmes n'était pas son fort. Strange n'évoqua pas la restitution de son épouse, aussi Mr Norrell se figurait-il que ces événements n'avaient pas dû le toucher très profondément.

69

Strangistes et norrellistes

Février-printemps 1817

CHILDERMASS CHEVAUCHAIT et Vinculus marchait à son côté. Tout autour d'eux courait la vaste étendue de lande enneigée, semblable, avec ses différentes buttes et montagnes, à un immense édredon. Cette image avait dû traverser l'esprit de Vinculus, car il décrivait par le menu le lit et les oreillers moelleux où il avait l'intention de dormir ce soir-là, ainsi que le copieux souper qu'il se disposait à engloutir avant de se retirer. Il espérait que son compagnon paierait ces douceurs, cela ne faisait aucun doute, et il n'eût guère été surprenant que ce dernier eût à redire à ce sujet, cependant Childermass ne desserrait pas les dents. Toutes ses pensées étaient occupées par le problème de savoir s'il devait ou non montrer Vinculus à Strange et à Norrell. Assurément, personne, en Angleterre, n'était mieux qualifié pour examiner Vinculus ; d'un autre côté, Childermass ne pouvait pas prédire la réaction des magiciens face à un homme qui était aussi un livre. Il se gratta la joue, marquée d'une fine cicatrice bien refermée, simple trait argenté sur son visage bistré.

Vinculus, qui s'était arrêté de parler, resta planté sur la route. Sa couverture avait glissé, et il remontait consciencieusement les manches de sa veste.

— Qu'y a-t-il ? s'impatienta Childermass. Que se passe-t-il ?

— J'ai changé ! s'écria Vinculus. Regardez ! – Il retira enfin sa veste et ouvrit sa chemise. – Les mots sont différents ! Sur mes bras ! Sur ma poitrine ! Partout ! Ce n'est pas ce que je disais avant !

Malgré le froid, il entreprit de se dévêtir. Une fois de nouveau nu, il célébra sa transformation en gambadant gaiement comme un diable à peau bleue.

Childermass descendit de cheval, en proie à des sentiments d'effroi et de désespoir. Il avait réussi à arracher le livre de John Uskglass à la mort et à la destruction, et voilà qu'au moment même où celui-ci paraissait à l'abri il lui avait échappé en s'altérant !

— Nous devons trouver une auberge le plus tôt possible, déclara-t-il. Il nous faut du papier et de l'encre pour consigner exactement ce qui était écrit sur toi tantôt. Tu dois fouiller dans le moindre recoin de ta mémoire !

Vinculus le considérait comme s'il pensait qu'il avait perdu la raison.

— Pourquoi donc ? s'enquit-il.

— Parce que c'est la magie de John Uskglass ! Les pensées de John Uskglass ! La seule copie qu'on en ait jamais eue. Nous devons conserver la moindre bribe possible !

Vinculus était toujours dans le noir le plus complet.

— Pourquoi ? répéta-t-il. John Uskglass n'a pas jugé utile de conserver quoique ce soit.

— Pourquoi devais-tu brusquement changer ? Cela n'a ni rime ni raison !

— Au contraire, il y a toutes les raisons, objecta Vinculus. Avant, j'étais une Prophétie. Ce que je prédisais a fini par advenir. Il est donc tout aussi bien que j'aie changé... Sinon je serais devenu une Histoire ! une Histoire dépourvue d'intérêt !

— Alors, qu'es-tu donc maintenant ?

Vinculus haussa les épaules.

— Je suis peut-être un carnet de quittances ! peut-être un roman ! peut-être un recueil de sermons !

Extrêmement amusé par ces éventualités, il glousssa et folâtra de plus belle.

— J'ose espérer que tu es ce que tu as toujours été, un livre de magie. Mais que racontes-tu ? Vinculus, es-tu en train de me dire que tu n'as jamais appris ces lettres ?

— Je suis un livre, répliqua Vinculus, s'immobilisant au milieu de ses gambades. Je suis LE livre. La mission du livre est de porter les mots, ce que je fais. Mais c'est au lecteur de savoir leur signification.

— Le dernier lecteur est mort !

Vinculus leva de nouveau les épaules, comme si cela ne le concernait pas.

— Tu dois bien savoir quelque chose ! s'écria Childermass, devenant presque fou d'exaspération. – Il saisit le bras de Vinculus. – Et ceci ? Ce sym bole pareil à un cercle cornu, barré d'un trait... Il revient sans arrêt. Que signifie-t-il ?

Vinculus dégagea son bras.

— Il signifie mardi dernier. Il signifie trois petits cochons, dont l'un porte un chapeau de paille ! Il signifie que Sally est allée danser dans l'ombre de la lune et a perdu son sac rose ! – Avec un large sourire, il agita le doigt en direction de Childermass. – Je comprends où vous voulez en venir ! Vous espérez être le prochain lecteur.

— Peut-être, reconnut Childermass. Même si je ne sais pas par où commencer. Pourtant je ne vois pas qui d'autre peut mieux prétendre à être le prochain lecteur. Quoi qu'il se passe désormais, je ne te quitterai plus des yeux. À l'avenir, Vinculus, toi et moi serons comme l'ombre et le corps.

L'humeur de Vinculus s'assombrit aussitôt. D'un air morne, il se rhabilla.

Le printemps revint en Angleterre. Les oiseaux escortaient les charrues. Le soleil réchauffait les pierres. Les pluies et les vents s'étaient radoucis et dégageaient des senteurs de terre et de végétation. Les bois se tintèrent d'un coloris si tendre, si subtil, qu'on avait peine à y voir de la couleur ; il évoquait davantage l'*idée* d'une couleur, comme si les arbres poursuivaient des rêves verts ou avaient des pensées crues.

Le printemps revint en Angleterre, mais pas Strange ni Norrell. La colonne de Ténèbres recouvrait toujours l'abbaye de Hurtfew, et Norrell n'en sortait plus. Le monde spéculait sur les chances que Strange ait tué Norrell ou, vice versa, que Norrell ait tué Strange, et sur le moyen de déterminer dans quelle mesure respective chacun le méritait. Devait-on ou non aller aux renseignements ?

Toutefois, avant que quiconque ait pu arriver à une conclusion sur ces épineuses questions, les Ténèbres s'évanouirent, emportant Hurtfew avec elles. Abbaye, parc, pont et portion de rivière, tout disparut. Les routes qui conduisaient à Hurtfew ramenaient désormais à leur point de départ ou aboutissaient à de mornes coins de champs et de taillis que nul ne souhaitait explorer. La demeure de Hanover-square et les deux maisons de Strange – celle de Soho-square et sa résidence de Clun[1] – subirent le même sort mystérieux. À Londres, la seule créature au monde capable de retrouver encore la maison de Soho-square était Bullfinch, le chat de Jeremy John. En effet, Bullfinch n'avait pas remarqué que les lieux avaient changé ; il continuait à y rôder chaque fois que cela lui chantait, se faufilant entre le n° 30 et le n° 32,

1. Bien des années après, les habitants de Clun disaient que, par une pleine lune d'hiver, si l'on se dressait légèrement sur la pointe des pieds près d'un arbre particulier, et qu'on tendît le cou pour regarder entre les branchages d'un autre arbre, il était encore possible d'apercevoir Ashfair au loin. Sous la neige et le clair de lune, l'édifice paraissait surnaturel, perdu et solitaire. Avec le temps, cependant, les arbres poussèrent dans des sens différents et dissimulèrent Ashfair aux regards.

et tous ceux qui le regardaient faire convenaient que cette scène était des plus singulières[1].

Lord Liverpool et les autres ministres exprimèrent publiquement leurs vifs regrets devant la disparition de Strange et de Norrell ; en privé, ils étaient contents d'être déchargés d'un problème aussi délicat. Ni Strange ni Norrell ne s'étaient révélés aussi respectables qu'ils l'avaient été jadis. Tous les deux s'étaient adonnés, sinon à la magie noire, du moins certainement à une magie d'une coloration plus sombre qu'il ne semblait désirable ou légitime. Finalement, les ministres tournèrent leur attention vers la pléthore de nouveaux magiciens qui avaient soudain surgi. Ces néophytes, qui n'avaient presque jamais expérimenté la magie, étaient pour la plupart dépourvus d'éducation ; ils promirent toutefois de se montrer tout aussi chicaniers que Strange et Norrell, et il allait rapidement falloir trouver une réglementation. Brusquement, on estima de la dernière pertinence le projet de Mr Norrell de restauration du tribunal des Cinque Dragowni (qui avait paru si inopportun auparavant)[2].

Dans la deuxième semaine de mars, un entrefilet fut publié dans le *York Chronicle*, à l'intention des anciens membres de la Société savante des magiciens d'York ainsi qu'à celle de tous ceux qui pourraient désirer devenir membres de ladite société, pour les inviter à se rendre à l'*Old Starre Inn* le mercredi suivant (traditionnel jour de réunion de la société).

Cet avis singulier choqua au moins autant d'anciens membres de la Société d'York qu'elle en ravit. Publié tel quel dans une gazette, il était à la portée de tous ceux qui avaient un penny en poche. Au surplus, l'auteur (qui n'était pas

1. Ce phénomène n'est aucunement exceptionnel, ainsi que le montre le passage suivant, extrait du *Magicien moderne* (automne 1812) : « Où se trouve la demeure de Pale ? Celle de Stokesey ? Pourquoi personne ne les a-t-il jamais vues ? La maison de Pale se trouvait à Warwick, on connaissait la rue exacte. La maison de Stokesey était en face de la cathédrale à Exeter. Où est donc le château du roi Corbeau à Newcastle ? Tous ceux qui l'ont vu ont déclaré que cette maison était la première au monde, pour sa beauté et sa splendeur... Mais l'a-t-on revue depuis les Temps modernes ? Non. Est-il fait mention de sa destruction ? Non, elle a simplement disparu. Toutes ces demeures existent quelque part mais, quand le magicien part ou rend l'âme, elles disparaissent à la vue. Lui peut y entrer et en sortir à sa guise, nul autre ne peut les retrouver.

2. Nombre des nouveaux magiciens demandèrent à Lord Liverpool et aux ministres l'autorisation d'aller trouver Strange et Norrell. Certains gentlemen se montrèrent assez avisés pour joindre à leur requête des listes d'accessoires, magiques comme de ce monde, dont ils pensaient pouvoir avoir besoin – ils espéraient que le gouvernement aurait l'amabilité de les leur fournir. L'un deux, un certain Beech de Plymouth, sollicita même le prêt des dragons Inniskilling. [Célèbre régiment, compagnon des Scots Greys dans les charges de Waterloo (*N.d.T.*).]

nommé) avait pris sur lui de convier le public à adhérer à la Société d'York, une initiative qui ne lui revenait manifestement pas, quel que fût son statut.

Lorsque vint la soirée en question, les anciens membres, à leur arrivée à l'*Old Starre*, trouvèrent une cinquantaine de magiciens ou d'apprentis magiciens assemblés dans la salle d'honneur. Les sièges les plus confortables étaient déjà tous occupés, et les anciens, qui incluaient Mr Segundus, Mr Honeyfoot et le Dr Foxcastle, furent contraints de se serrer sur une petite estrade assez loin des cheminées. Leur place avait cependant l'avantage de leur réserver une excellente vue sur les nouveaux magiciens.

Ce n'était pas une vision destinée à mettre la joie au cœur des anciens membres. L'assistance était des plus mélangées. (« Sans presque aucun gentleman parmi eux », observa le Dr Foxcastle.) Il y avait deux fermiers et trois boutiquiers, un jeune homme pâle aux cheveux clairs et au comportement nerveux qui expliquait à ses voisins qu'il était tout à fait certain que l'avis avait été publié dans le journal par Jonathan Strange en personne et que ce dernier allait sûrement se présenter d'un moment à l'autre pour leur enseigner à tous la magie ! Circonstance plutôt de bon augure, était présent également un ecclésiastique – un personnage gourmé de cinquante ou soixante ans, glabre et vêtu de noir. Il était accompagné d'un chien aussi respectable et aussi grisonnant que lui, et d'une jeune femme saisissante, parée d'une longue robe de velours rouge, quoique ce détail semblât moins respectable. Elle avait des cheveux sombres et un air farouche.

— Monsieur Taylor, murmura le Dr Foxcastle à un de ses acolytes, pourriez-vous avoir l'amabilité d'aller faire comprendre à ce gentleman que nous n'amenons pas de membres de notre famille à ces réunions ?

Mr Taylor se sauva.

De là où ils étaient assis, les anciens membres de la Société d'York remarquèrent que l'ecclésiastique glabre était plus coriace que son visage serein ne le laissait supposer et qu'il avait répondu assez sèchement à Mr Taylor.

Ce dernier revint avec le message suivant :

— Mr Redruth s'en excuse auprès de notre société, mais il n'est nullement magicien. S'il porte beaucoup d'intérêt à la magie, il ne montre aucun don. C'est sa fille qui est magicienne. Il a un fils et trois filles, et prétend qu'ils sont tous magiciens. Les autres n'ont pas souhaité assister à la réunion. Il dit qu'ils ne souhaitent pas fréquenter les autres praticiens, préférant suivre leurs études en petit comité chez eux, sans risque de distraction.

Il y eut un silence pendant que les anciens membres s'efforçaient en vain d'assimiler ces informations.

— Son chien aussi est peut-être magicien, lança le Dr Foxcastle.

Et les anciens membres de la société de pouffer de rire. Il devint vite manifeste que les nouveaux arrivants se répartissaient en deux catégories bien distinctes. Miss Redruth, la demoiselle en robe de velours rouge, fut une des premières à prendre la parole. Sa voix était grave, son débit plutôt rapide. Elle n'était pas habituée à s'exprimer publiquement et les magiciens ne saisissaient pas tous ses mots, mais son discours était passionné. En substance, elle expliquait que Jonathan Strange avait tout fait, et Gilbert Norrell rien ! Strange ne tarderait pas à être défendu et Norrell universellement vilipendé ! La magie serait libérée des chaînes dont Gilbert Norrell l'avait accablée ! Ces remarques, émaillées de diverses références au chef-d'œuvre perdu de Strange, *L'Histoire et la Pratique de la magie anglaise*, appelèrent des réponses furibardes de plusieurs autres magiciens, assurant que l'ouvrage de Strange était rempli de maléfices et que Strange était un assassin. Il avait assassiné certainement son épouse[1] et, selon toute probabilité, Norrell aussi.

La discussion s'échauffait toujours plus, quand elle fut interrompue par l'arrivée de deux hommes. Ni l'un ni l'autre n'avaient rien de respectable. Tous deux avaient les cheveux longs et hirsutes et portaient des redingotes démodées. Cependant, tandis que l'un avait tout l'air d'un vagabond, l'autre était considérablement plus soigné dans sa mise et affichait un air d'efficacité – presque d'autorité.

Le vagabond ne daigna pas jeter un regard à la Société d'York ; il se borna à s'asseoir par terre et à réclamer un gin et de l'eau chaude. L'autre gagna le centre de la salle à grands pas et les considéra avec un sourire désabusé. Il s'inclina en direction de Miss Redruth et adressa aux magiciens le message suivant :

— Messieurs, Madame ! D'aucuns d'entre vous se souviennent peut-être de moi. J'étais en votre compagnie il y a dix ans, quand Mr Norrell a réalisé sa magie en la cathédrale d'York. Mon nom est John Childermass. Jusqu'au mois dernier, j'étais le domestique de Gilbert Norrell, et voici – il désigna l'homme assis par terre – Vinculus, un sorcier ambulant londonien d'antan.

Childermass n'alla pas plus loin. Tout le monde se mit à parler à la fois. Les anciens membres de la Société d'York étaient consternés d'apprendre qu'ils avaient laissé leurs confortables coins de cheminée pour venir se laisser sermonner par un domestique. Toutefois, pendant que ces messieurs épanchaient leur indignation, les trois quarts des nouveaux étaient la proie de sentiments très différents. Ils étaient tous des strangistes ou des norrellistes, mais aucun d'eux n'avait jamais posé les yeux sur son héros, et le fait d'être assis si

1. Strange ne fut complètement lavé de cette calomnie qu'au retour d'Arabella Strange en Angleterre, au début de juin 1817.

près d'une personne qui l'avait réellement connu et avait parlé avec lui les porta à un degré d'excitation sans précédent.

Childermass ne se laissa nullement démonter par le tumulte ambiant. Il se contenta d'attendre que le silence fût revenu pour pouvoir parler, puis il reprit :

— Je suis venu vous dire que l'accord avec Gilbert Norrell est non avenu. Nul et non avenu, messieurs. Vous voilà redevenus magiciens, si vous le désirez.

Un des nouveaux magiciens cria pour demander si Strange était attendu. Un autre souhaitait savoir si Norrell l'était.

— Non, messieurs, répondit Childermass. Ils ne sont pas attendus ce soir. Vous devrez vous contenter de ma personne. Je ne pense pas qu'on revoie de sitôt Strange et Norrell en Angleterre. Du moins, pas avant la prochaine génération.

— Pourquoi ? s'enquit Mr Segundus. Où sont-ils allés ?

Childermass sourit.

— Là où les magiciens vont d'habitude. Derrière le ciel, de l'autre côté de la pluie...

Un des norrellistes fit observer que Jonathan Strange était sage de s'éloigner de l'Angleterre. Sinon, il eût été certainement pendu.

Le jeune homme impressionnable aux cheveux clairs rétorqua d'un ton méprisant que toute l'engeance des norrellistes ne tarderait pas à se retrouver prise au dépourvu. Le principe premier de la magie norrelliste était que tout devait être fondé sur les livres, n'est-ce pas ? Et comment allaient-ils s'y prendre, alors que tous les livres avaient disparu avec l'abbaye de Hurtfew[1] ?

— Vous n'avez pas besoin de la bibliothèque de Hurtfew, messieurs, leur certifia Childermass. Pas plus que de celle de Hanover-square. Je vous ai apporté un bien meilleur adjuvant. Un livre que Norrell a longtemps convoité sans jamais le voir, un livre dont Strange ne connaissait pas l'existence. Messieurs, je vous ai apporté le livre de John Uskglass.

Regain de clameurs et de tumulte. Là-dessus, Miss Redruth eut l'air de prononcer un discours pour défendre John Uskglass, qu'elle s'obstinait à appeler monseigneur, le roi, comme s'il s'apprêtait à tout moment à entrer dans Newcastle pour se remettre à gouverner le Nord de l'Angleterre.

— Attendez ! cria le Dr Foxcastle, dont la voix sonore, puissante, couvrit peu à peu celle de ses voisins, puis le reste de l'assemblée. Je ne vois pas de

1. Il y a très peu de magiciens modernes qui ne se revendiquent pas strangistes ou norrellistes, la seule exception notable étant John Childermass. Chaque fois qu'on lui pose la question, il prétend en effet se situer quelque part entre les deux. Comme cela équivaut à prétendre être Whig et Tory à la fois, personne ne comprend ce qu'il entend par là.

livre dans les mains de ce manant ! Où est-il donc ? Il s'agit d'une ruse, messieurs ! Il en veut à notre argent, j'en suis sûr. Eh bien, monsieur ? – S'adressant à Childermass : – Que dites-vous ? Montrez votre livre... S'il existe !

— Bien au contraire, monsieur, répondit Childermass, avec son grand sourire oblique, empreint de tristesse. Je ne veux rien de vous. Vinculus, lève-toi.

Dans leur maison de Padoue, les Greysteel et leurs domestiques avaient pour premier souci d'assurer le plus de confort possible à Mrs Strange ; et chacun ou chacune avait sa recette bien à lui ou à elle. Le réconfort du Dr Greysteel prit essentiellement une forme philosophique. Il chercha dans sa mémoire des exemples historiques de gens – de dames surtout – qui avaient triomphé de l'adversité, souvent grâce à l'aide de leurs amis. Minichello et Frank, les deux valets de chambre, couraient ouvrir les portes sur le passage de leur hôte – qu'elle voulût passer à travers ou non. Bonifazia, la bonne, préférait voir dans son séjour d'un an au royaume des fées une sorte de grave refroidissement et lui apportait des fortifiants toute la journée. La tante Greysteel envoyait par toute la ville chercher les meilleurs vins et les mets les plus délicats ; puis elle achetait les coussins et les oreillers de plumes les plus moelleux, dans l'espoir qu'en posant sa tête dessus Arabella pourrait être incitée à oublier tout ce qui lui était arrivé. De toutes les différentes sortes de consolation qui lui étaient proposées, celle qui convenait le plus à Arabella était la compagnie de Flora, sans oublier sa conversation.

Un matin, elles étaient toutes les deux à leurs travaux d'aiguille. Arabella posa son ouvrage d'un geste impatient pour aller à la fenêtre.

— Je ne tiens pas en place, déclara-t-elle.

— C'était à prévoir, répondit Flora, avec douceur. Soyez patiente. Avec le temps, votre humeur redeviendra ce qu'elle était.

— Vraiment ? murmura Arabella avec un soupir. Pour être honnête, je ne me rappelle plus vraiment comment j'étais.

— Alors je vais vous dépeindre. Vous étiez toujours gaie – bien que souvent livrée à vous-même. Vous ne perdiez jamais votre calme – bien que souvent en butte à d'intolérables provocations. Votre façon de vous exprimer était remarquable par son esprit et son génie – bien que personne ne le reconnût et que vous rencontriez presque toujours la contradiction...

Arabella pouffa de rire.

— Mon Dieu ! Quel prodige j'étais ! Mais, poursuivit-elle avec un air ironique, je ne suis guère encline à me fier à ce portrait, étant donné que vous ne m'avez jamais vue.

— Mr Strange me l'a dit. Ce sont ses paroles.

— Oh ! s'exclama Arabella, qui détourna la tête.

Flora baissa les yeux et murmura :

— Quand il reviendra, il se démènera pour vous faire revivre. Vous retrouverez le bonheur.

Arabella demeura un moment silencieuse.

— Je ne suis pas certaine que nous nous reverrons.

Flora reprit son ouvrage. Au bout d'un moment, elle déclara :

— Il est très étrange qu'il ait dû finir par retourner avec son ancien maître

— Pas possible ? Cela ne me semble pas tellement extraordinaire. Je ne pensais pas que leur querelle allait durer aussi longtemps. Je croyais qu'ils seraient redevenus amis au bout d'un mois !

— Vous m'étonnez ! s'écria Flora. Quand Mr Strange était avec nous, il n'a pas eu un mot en faveur de Mr Norrell... Ce dernier a publié des abominations sur Mr Strange dans les revues de magie.

— Oh, sans doute ! répliqua Arabella, peu impressionnée. Ils racontent des sottises, à leur habitude ! Ils ont tous les deux une obstination du diable. Je n'ai aucune raison d'aimer Mr Norrell... Loin de là. Mais je sais une chose à son sujet : il est magicien avant tout, le reste passe après... Et Jonathan est pareil. Les livres et la magie, voilà tout ce qu'ils aiment ! Nul autre qu'eux ne comprend mieux le sujet... Aussi, voyez-vous, il n'est que fort naturel qu'ils apprécient leur compagnie respective.

Au fil des semaines, Arabella réapprit à sourire et à rire. Elle s'interessait à tout ce qui touchait ses nouveaux amis. Ses journées étaient occupées par des déjeuners amicaux, la tournée des boutiques et les plaisantes contraintes de l'amitié – menues affaires domestiques par lesquelles son cœur meurtri et son âme blessée étaient contents de se délasser. Elle pensait très peu à l'absence de son époux, hormis pour lui être reconnaissante des égards qu'il lui avait montrés en la plaçant chez les Greysteel.

Un jeune capitaine irlandais se trouvait par hasard à Padoue juste à ce moment-là, et d'aucuns étaient d'avis qu'il admirait Flora – bien que celle-ci jurât le contraire. Il avait mené une compagnie de cavalerie sous le feu le plus nourri de Waterloo ; pourtant tout son courage l'abandonnait quand il s'agissait de Flora. Il ne pouvait la regarder sans s'empourprer et était dans les plus vives alarmes dès qu'elle pénétrait dans une pièce. En général, il trouvait plus aisé de s'adresser à Mrs Strange pour se renseigner sur l'heure où Flora pouvait entrer dans le Prato della Valle, un magnifique jardin en plein cœur de la cité, ou sur le moment où elle rendrait ensuite peut-être visite aux Baxter (des amis mutuels) ; Arabella, de son côté, ne demandait qu'à l'aider.

Cependant, elle ne se débarrassait pas aisément de certains effets de sa captivité. Elle qui était habituée à danser toute la nuit trouvait difficilement le sommeil. Parfois, le soir, elle entendait encore un violon mélancolique et un chalumeau jouer des airs féeriques qui forçaient ses membres à onduler, bien que ce fût la dernière chose au monde dont elle eût envie.

— Parlez-moi, implorait-elle Flora et la tante Greysteel. Parlez-moi, et je crois que je pourrai le surmonter.

Une des deux ou les deux veillaient alors avec elle et lui causaient de tout ce qui leur venait à l'esprit. Parfois, Arabella trouvait que son besoin de mouvement – de n'importe quelle sorte de mouvement – était trop fort pour être nié, alors elle se mettait à arpenter la chambre avec Flora ; à plusieurs reprises, le Dr Greysteel et Frank sacrifièrent gentiment leur repos pour se promener en sa compagnie par les rues obscures de Padoue.

Par une nuit semblable d'avril, ils déambulaient dans les parages de la cathédrale ; Arabella et le Dr Greysteel discutaient de leur prochain départ pour l'Angleterre, fixé au mois suivant. Arabella trouvait intimidante la perspective de retrouver toutes ses amies anglaises, et le bon docteur tentait de la rassurer. Tout à coup Frank poussa une exclamation de surprise, le doigt tendu vers le ciel.

Les étoiles se déplaçaient et se transformaient ; dans le carré de ciel au-dessus de leurs têtes apparurent de nouvelles constellations. Un peu plus loin se dressait un arc de triomphe en pierre antique. Celui-ci ne présentait rien de proprement inhabituel ; Padoue est une cité qui regorge de porches, d'arcs et d'arcades. Mais cet arc était différent des autres. Padoue a été bâtie en briques médiévales, et par conséquent nombre de ses rues sont d'un beau rose doré. Cet arc-ci était construit avec des pierres sombres et austères du Nord, et flanqué de chaque côté par une statue de John Uskglass, le visage à demi dissimulé sous un casque orné d'ailes de corbeau. Sous l'arc exactement se profilait une haute silhouette.

Arabella hésitait.

— Vous ne vous éloignerez pas ? dit-elle au Dr Greysteel.

— Frank et moi serons là, l'assura le bon docteur. Nous ne bougerons pas de cet endroit. Vous n'aurez qu'à nous appeler.

Elle continua seule son chemin. Le personnage sous la voûte lisait. À son approche, il leva les yeux avec la bonne vieille expression de celui qui ne se rappelait plus où il était ni ce qu'il avait à voir avec le monde extérieur.

— Vous n'avez pas déclenché de tempête cette fois, déclara-t-elle.

— Ah ! vous en avez entendu parler, n'est-ce pas ? – Strange émit un petit rire un tantinet gêné. – C'était un peu excessif, peut-être. En tout cas, pas du meilleur goût. J'ai passé trop de temps dans la société de Byron quand j'étais à Venise, je crois. Son style a déteint sur moi.

Ils firent quelques pas ensemble ; à chaque instant, de nouveaux groupes d'étoiles apparaissaient au-dessus d'eux.

— Vous avez bonne mine, Arabella, reprit-il. J'ai craint… Qu'ai-je craint ? Oh ! mille choses différentes. J'ai craint que vous ne vouliez plus me parler. Mais vous êtes là. Je suis très heureux de vous revoir.

— Et maintenant vos mille craintes peuvent être enterrées, repartit-elle. Du moins, en ce qui me concerne. Avez-vous trouvé un moyen de dissiper les Ténèbres ?

— Non, pas encore. Bien que, à ne point mentir, nous ayons été si occupés ces derniers temps – quelques nouvelles conjectures sur les naïades… – que nous n'avons guère eu le temps de nous atteler sérieusement au problème. Il y a une ou deux choses prometteuses dans *Le Portier d'Apollon*. Nous sommes optimistes.

— Vous m'en voyez contente. Je suis malheureuse quand je pense que vous souffrez.

— Ne soyez pas malheureuse, de grâce. Toute autre considération mise à part, je ne souffre point. Un peu au début, peut-être, mais plus maintenant. Et puis Norrell et moi sommes presque les premiers magiciens anglais à travailler sous enchantement. Robert Dymoke, qui s'est querellé avec une fée au XIIe siècle, a perdu par la suite l'usage de la parole et n'a plus pu que chanter, ce qui, j'en suis certain, n'est pas aussi agréable qu'il y paraît. Un magicien du XIVe siècle avait un pied d'argent, ce qui devait être très désagréable. D'ailleurs, qui peut dire si les Ténèbres ne nous arrangent pas ? Nous nous disposons à quitter l'Angleterre pour augmenter nos chances de rencontrer toutes sortes de personnages retors. Un magicien anglais est une créature impressionnante. Deux magiciens anglais sont, je suppose, deux fois plus impressionnants… Et quand ces deux magiciens anglais sont ensevelis dans des Ténèbres impénétrables… Ah, ma foi ! Cela suffit à porter la terreur au cœur de celui qui n'a rien d'un demi-dieu !

— Où irez-vous ?

— Oh ! les lieux ne manquent pas. Ce monde-ci n'en est qu'un parmi tant d'autres, et il ne sied pas à un magicien de devenir – comment dirais-je ? – trop paroissial.

— Cela plaira-t-il à Mr Norrell ? s'inquiéta-t-elle d'un ton dubitatif. Il n'a jamais aimé voyager… Pas même jusqu'à Portsmouth.

— Ah ! C'est là un des avantages de notre façon particulière de voyager. Il n'a aucun besoin de sortir de sa maison s'il ne le souhaite pas. Le monde –

tous les mondes – viennent à nous. – Il observa un silence et promena ses regards à la ronde. – Je ferais mieux de ne pas m'écarter. Norrell est un peu plus loin. Pour diverses raisons liées à l'enchantement, nous ne nous éloignons jamais l'un de l'autre. Arabella, continua-t-il avec un sérieux qui ne lui était pas habituel, cela m'était une souffrance insupportable de vous savoir sous terre. J'eusse tenté n'importe quoi, absolument n'importe quoi, pour vous sauver de là.

Elle lui prit les mains, les yeux brillants.

— Et vous avez réussi, chuchota-t-elle.

L'un et l'autre se dévorèrent des yeux. L'espace de cet instant, tout fut comme avant. Comme s'ils n'avaient jamais été séparés. Mais elle ne proposa pas de l'accompagner dans les Ténèbres, et il ne le lui demanda pas.

— Un jour, dit-il, je trouverai le bon sort pour chasser les Ténèbres. Et ce jour-là je vous reviendrai.

— Oui, ce jour-là. J'attendrai le temps qu'il faudra.

Il inclina la tête, prêt à s'en aller, quand il eut une hésitation.

— Bella, ne vous mettez pas en noir, ne jouez pas la veuve. Soyez heureuse. Voilà comment je veux penser à vous.

— Je vous le promets. Et moi, comment penserai-je à vous ?

Il réfléchit un instant avant d'éclater de rire.

— Le nez fourré dans un livre !

Ils échangèrent un baiser. Puis il tourna les talons et redisparut dans les Ténèbres.

Remerciements

Toute ma reconnaissance va d'abord à l'admirable Giles Gordon, regretté de tous. J'étais fière de dire qu'il était mon agent, et je le suis toujours.

Je remercie particulièrement Jonny Geller pour tout ce qui a suivi la disparition de Giles.

Pour leurs encouragements quand j'ai commencé ce livre, que soient remerciés Geoff Ryman et Alison Paice (elle aussi regrettée de tous), ainsi que Tinch Minter et son atelier d'écriture, en particulier Julian Hall.

Pour leurs encouragements du début à la fin, merci à mes parents Janet et Stuart, à Patrick et Teresa Nielsen Hayden, Ellen Datlow, Terri Winding et Neil Haiman, dont la générosité envers les autres auteurs ne laisse pas de m'épater.

Pour leur assistance linguistique, merci à Stuart Clarke, Samantha Evans, Patrick Marcel et Giorgia Grilli. Pour son aide dans les problèmes épineux de l'histoire militaire et navale napoléonienne, merci à Nicholas Blake (il va sans dire que les erreurs subsistantes sont entièrement ma responsabilité). Pour ses suggestions et ses commentaires extrêmement pénétrants, merci à Antonia Till. Pour avoir écrit des ouvrages qui se sont révélés continuellement d'un grand secours, merci à Elizabeth Longford (*Wellington*), Christopher Hibbert et Ben Weinreb (*London Encyclopedia*).

Merci à Jonathan Whiteland, qui dispense généreusement son temps et ses compétences afin que les Mac puissent tourner et les livres être écrits.

Et surtout merci à Colin, qui s'est chargé de tout le reste sans une plainte pour que je puisse écrire, et sans qui ce livre n'eût probablement jamais vu le jour.

Table

Premier volume : Mr Norrell

Volume II : Jonathan Strange

Volume III : John Uskglass

Composé par Nord Compo
à Villeneuve-d'Ascq

Cet ouvrage a été imprimé par

FIRMIN DIDOT

GROUPE CPI

Mesnil-sur-l'Estrée

pour le compte des Éditions Robert Laffont
24, avenue Marceau, 75008 Paris
en novembre 2007

Imprimé en France
Dépôt légal : mars 2007
N° d'édition : 48461/04 - N° d'impression : 87782